HEYNE <

Das Buch

In ferner Zukunft hat sich die Menschheit weit über den Spiralarm der Galaxis ausgebreitet und auf zahllosen Welten blühende Kolonien errichtet. Doch mit der Explosion des Sterns Antares in einer gewaltigen Supernova wird diese Expansion nicht nur gestoppt, sondern die gesamte menschliche Zivilisation gerät in tödliche Gefahr. Denn die so genannten »Faltpunkte« im Raum-Zeit-Kontinuum, die interstellares Reisen überhaupt erst möglich machen, werden durch diese Explosion unzugänglich – und das nutzt eine aggressive außerirdische Rasse skrupellos aus, um die Menschheit zu vernichten. Ein Krieg unvorstellbaren Ausmaßes beginnt.

»Der Antares-Krieg« versammelt erstmals Michael McCollums preisgekrönte Antares-Trilogie – »Antares: Dämmerung«, »Antares: Passage« und »Antares: Sieg« – in einem Band.

Der Autor

Michael McCollum wurde 1946 in Phoenix, Arizona, geboren und studierte an der University of Arizona Luft- und Raumfahrttechnik. Seit seinem Abschluss ist er als Raumfahrtingenieur tätig und hat an beinahe allen militärischen und zivilen Raumfahrzeugtypen gearbeitet, die heute gebaut werden. Daneben hat er sich einen Namen als Autor zahlreicher Science-Fiction-Romane gemacht. »Der Antares-Krieg« ist sein bekanntestes Werk.

MICHAEL McCOLLUM

DER ANTARES-KRIEG

Roman

Deutsche Erstausgabe

WILHELM HEYNE VERLAG
MÜNCHEN

Titel der amerikanischen Originalausgaben
ANTARES DAWN
ANTARES PASSAGE
ANTARES VICTORY
Deutsche Übersetzung von Walter Brumm

Umwelthinweis:
Dieses Buch wurde auf chlor- und
säurefreiem Papier gedruckt.

3. Auflage

Redaktion: Werner Bauer & Wolfgang Jeschke

www.heyne.de
Printed in Germany 2006
Titelillustration: Fred Gambino
Umschlaggestaltung: Nele Schütz Design, München
Satz: Schaber Satz- und Datentechnik, Wels
Druck und Bindung: GGP Media GmbH, Pößneck

ISBN-10: 3-453-87910-4
ISBN-13: 978-3-453-87910-2

TEIL I

Antares: Dämmerung

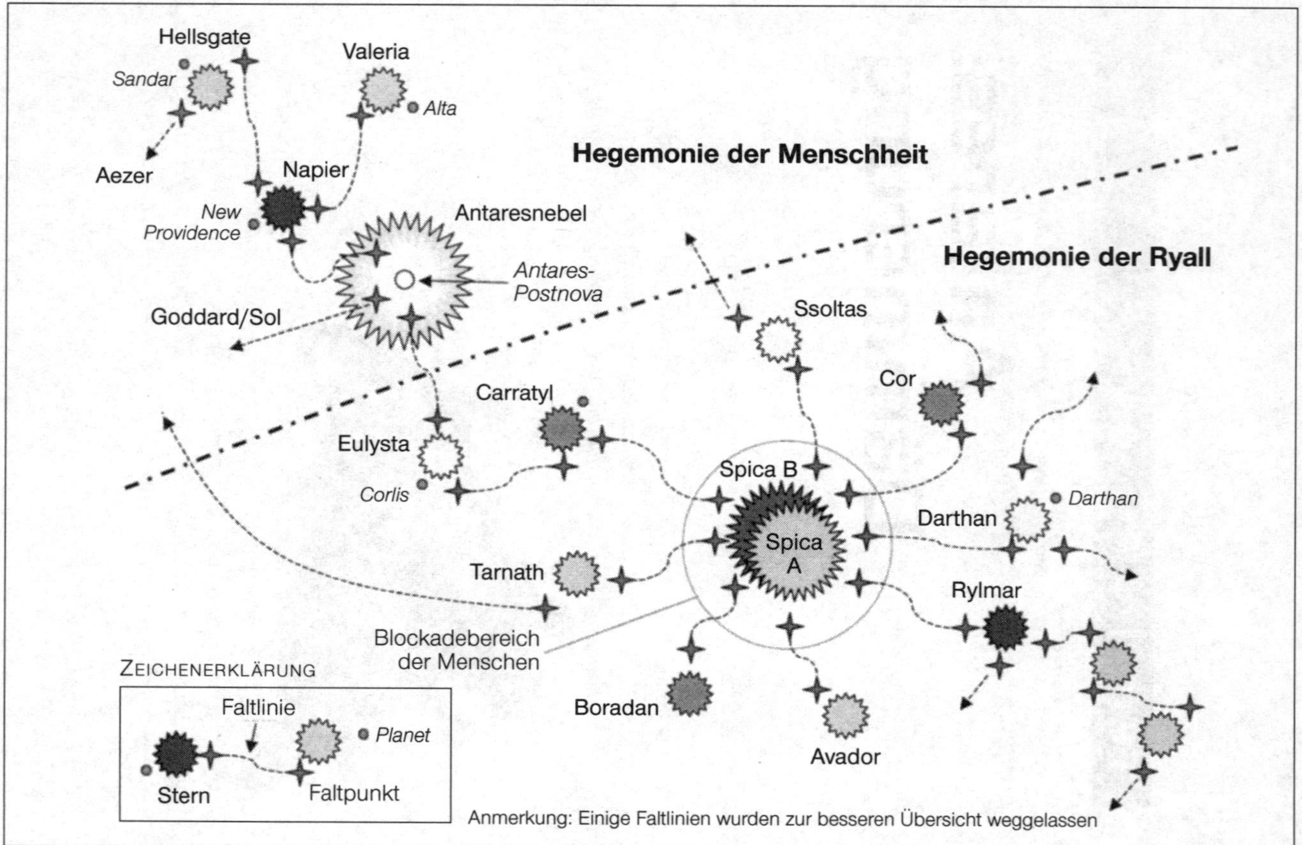
Hellsgate
Sandar
Valeria
Alta
Aezer
Napier
New Providence
Hegemonie der Menschheit
Antaresnebel
Antares-Postnova
Goddard/Sol
Hegemonie der Ryall
Ssoltas
Cor
Carratyl
Eulysta
Corlis
Spica B
Spica A
Darthan
Darthan
Tarnath
Rylmar
Blockadebereich der Menschen
Boradan
Avador
Zeichenerklärung
Faltlinie
Planet
Stern
Faltpunkt
Anmerkung: Einige Faltlinien wurden zur besseren Übersicht weggelassen

Geburt und Tod eines Sterns

Der Stern war eine relativ junge Erscheinung auf dem galaktischen Schauplatz. Er hatte sein Dasein als eine ungeheure Wolke aus interstellarem Wasserstoff und kosmischem Staub begonnen, die sich im Laufe der Jahrtausende durch die Anziehung der Schwerkraft verdichtet hatte. In dem Maße, wie die Verdichtung zunahm, erhitzte sich das Gas in ihrer Kernzone. Nach einiger Zeit begann das Innere der Wolke sichtbar zu glühen. Schließlich erreichte die Temperatur dort unter dem Druck der Materieverdichtung die Ebene, wo Wasserstoff in Helium umgewandelt wird. An diesem Tag leuchtete ein neuer Stern auf, um die Schwärze der interstellaren Nacht zu erhellen.

Millionen Jahre strahlte der Stern mit einer Leuchtkraft, die jener von mehreren Tausend seiner geringeren Brüder gleichkam. Tatsächlich machte die Helligkeit den Stern zu einem Leuchtfeuer, das über die ganze Ausdehnung der Galaxis sichtbar war. Solche Verschwendung hat jedoch ihren Preis. Wo kleinere Sonnen bis zu zehn Milliarden Jahre benötigten, um ihren Vorrat an fusionsfähigem Wasserstoff zu verbrauchen, gelang dies dem Riesenstern in weniger als einer Milliarde Jahren. Ungefähr zur gleichen Zeit, als die ersten noch affenähnlichen Vormenschen in den Savannen Afrikas erschienen, ging der Wasserstoffvorrat des Sterns zur Neige, und sein nukleares Feuer erlosch so rasch, wie es aufgeflammt war.

Das Erlöschen der Kernfusion brachte ein Wiederaufleben der Kontraktion mit sich, die bereits zur Formung des Sterns aus der ursprünglichen Wolke gas- und staubförmiger Materie geführt hatte. Als der Stern in sich zusammenstürzte, stieg seine Temperatur rapide an. Innerhalb von Sekunden erreichte sie im Kernbereich den Punkt, wo Helium durch Kernfusion in Kohlenstoff umgewandelt wird. Das nukleare Feuer flammte erneut auf, diesmal genährt vom Helium, das im vorausgegangenen Zyklus entstanden war. Da das neue Feuer heißer brannte als das alte, verbrauchte der Stern seine Energie noch verschwenderischer. Er expandierte wieder und strahlte die neue Energie von vergrößerter Ober-

fläche ab. Mit der Expansion war aber die Abkühlung der äußeren Schichten des Sterns und eine veränderte Farbe verbunden. Hatte der Stern bis dahin ein blendendes bläulich weißes Licht ausgestrahlt, war seine sichtbare Oberfläche jetzt von einem hellen Gelbgrün.

Der Helium-Kohlenstoff-Zyklus dauerte bis in die Zeit an, als auf der Erde die ersten landwirtschaftlichen Siedlungen entstanden. Dann war der Heliumvorrat erschöpft, das innere Feuer erlosch und löste einen weiteren Zyklus von Kontraktion und Erwärmung aus. Diesmal lieferten die entstandenen Kohlenstoffatome die neue Energiequelle des Sterns. Wieder erzeugte der neue Brennstoff mehr Energie als zuvor, zwang die Oberfläche des Sterns zur Expansion, um ausreichend Oberfläche zur Abstrahlung der Hitze zu gewinnen. Als der Stern sich bei etwa vierhundert Sonnendurchmessern stabilisierte, war seine Farbe von gelbgrün zu einem tiefen Rotorange übergegangen.

Zu dem Zeitpunkt, als die ersten menschlichen Teleskope auf ihn gerichtet wurden, war der Stern bereits in seinem Greisenalter. Die ersten Raumschiffe, die einige Jahrhunderte später in seine Nähe gelangten, fanden dies durch eine unerwartet hohe Abstrahlung von Neutrinos aus seinem feurigen Inneren bestätigt. Schon damals war offensichtlich, dass der Stern nicht mehr lang zu leben hatte. Gleichwohl ist die Lebenszeit eines Sterns von einer Dauer, die sich menschlicher Vorstellungskraft entzieht, und niemand rechnete wirklich damit, dass das Ende so rasch kommen würde, wie es dann eintrat.

Am 3. August 2512 um 17:32 Uhr hatte der Stern seinen Kohlenstoffvorrat erschöpft. Innerhalb von Sekunden begann der alte Zyklus von Kontraktion und Aufheizung von neuem. Diesmal aber war der Verlauf ein anderer, denn jetzt war der Kern des Sternes reich an Eisen, und Eisen kann nicht durch Kernfusion Energie freisetzen. Vielmehr rauben die Atomkerne des Eisens Energie von ihrer Umgebung. Da sein Kern durch die Fusionsreaktionen des Eisens abkühlte, gab der Stern seinen seit Urzeiten andauernden Kampf gegen die Schwerkraft auf. Der Kern begann endgültig zu kollabieren.

Als ungezählte Milliarden Tonnen Materie in sich zusammenstürzten, setzten sie die im Laufe der Jahrtausende gespeicherte potenzielle Energie frei. Diese kinetische Energie erzeugte im Innern des Sterns einen unbegrenzten rapiden Temperaturanstieg. Ein Teil dieser Hitze wurde in die mittleren Schichten der Sternatmosphäre abgestrahlt; diese Schichten waren im Gegensatz zum Kern noch immer reich an unverbranntem Was-

serstoff. Eine heftige thermonukleare Reaktion war die Folge. In einem Augenblick erzeugte der Stern pro Sekunde so viel Energie, wie er zuvor in seiner gesamten Lebenszeit abgestrahlt hatte.

Das Ende kam rasch, als der Stern in der gewaltigsten Explosion, die jemals von Menschen beobachtet worden war, auseinander gerissen wurde.

1

Das Landungsboot sank mit dem Heck voran zur blauweißen Kugel des Planeten hinab. Im Innern war das schrille Pfeifen des Windes mehr zu fühlen als zu hören, und die ersten sanften Rucke des Abbremsmanövers vermittelten nur einen Vorgeschmack der bald einsetzenden physischen Belastung.

Captain Lieutenant Richard Drake, kommandierender Offizier des Kreuzers *Discovery* der altanischen Raumstreitkräfte und einziger Passagier des Landungsbootes, lag angeschnallt im Beschleunigungssitz und blickte prüfend zum Seitenfenster hinaus. Drake war mittelgroß und schlank und von der ausgebleichten Bräune eines Mannes, der viel und gern im Freien ist, aber die letzten acht Monate im Raum verbracht hat. Er war fünfunddreißig, und sein dunkles Haar, das er militärisch kurz trug, zeigte bereits einen Anflug von Grau an den Schläfen. Seine Augen waren graugrün und standen zu beiden Seiten des breiten Nasenrückens weit auseinander. Eine weißliche Narbe verlief von der linken Augenbraue zum hohen Backenknochen, Ergebnis einer Auseinandersetzung während eines Schulsportfestes.

Mit nachdenklicher Miene beobachtete er den Plasmastrom, der sich am Tragflächenrand aufbaute. In seiner Tasche steckte der Ausdruck eines Marschbefehls, der ihn unverzüglich zum Admiralitätsgebäude in der altanischen Hauptstadt Homeport beorderte. Der Befehl trug die Kennzeichnung STRENG GEHEIM und war von Admiral Dardan persönlich unterzeichnet.

»Was hat uns diese Ehre verschafft?«, hatte Commander Bela Marston, Drakes Stellvertreter, gefragt, als Drake ihm den Befehl gezeigt hatte.

»Glauben Sie, er hat von diesen zusätzlichen Feldspulen erfahren, die wir requirierten, als wir letztes Mal zur Wartung im Stützpunkt Felicity lagen?«, hatte Drake gefragt, nur halb im Scherz.

Marston hatte den Kopf geschüttelt. »Nein, diese alten Spulen hätten schon vor zehn Jahren verschrottet werden müssen.«

»Das wird uns nicht viel nützen, wenn Dardan meint, er müsse dieses Jahr wieder mit der Bitte um zusätzliche Etatmittel vors Parlament gehen.«

»Könnte sein«, hatte Marston eingeräumt. »Soll ich Ihrem Burschen sagen, dass er Ihre gepanzerte Unterwäsche bereitlegen soll?«

Drake hatte lachend genickt. »Keine schlechte Idee. Vielleicht brauche ich sie.«

Vierzig Minuten nach dem Eintritt in die obere Atmosphäre Altas landete das Boot in Homeport. Sobald es am Passagierflugsteig ausgerollt war, schnallte sich Drake los und ging zur Steuerbordschleuse, wo ein nervöser Bootsmann angespannt verfolgte, wie eine Auslegerbrücke langsam über die Tragfläche zur Schleusenöffnung manövriert wurde.

»Was ist los, Chief?«, fragte Drake. »Trauen Sie den Leuten hier nicht?«

»Ob ich diesen fummelnden Blödmännern mit *Molly* hier traue, Captain? Nein, Sir. Nicht so weit, wie ich bei drei *g* spucken kann.«

Das Landungsboot war bei Dunkelheit gelandet, doch den Flutlichtstrahlern des Raumhafens fiel es nicht schwer, die Nacht zum Tag zu machen. Drake sah zu, wie die Auslegerbrücke mit ihren Gummiwülsten leicht gegen den Rumpf um die Schleusenöffnung stieß. Als der Bootsmann das Zeichen gab, dass alles gesichert war, betrat er das filigranartige Gitterwerk der Auslegerbrücke und ging hinüber zum Abfertigungsgebäude.

Dort erwartete ihn Commodore Douglas Wilson. Im Laufe der Jahre hatte Drake drei Dienstzeiten unter Wilsons Kommando abgeleistet und während dieser Zeit gelernt, jede Stimmungslage seines Vorgesetzten zu erspüren. Deshalb sah Drake gleich, dass der Commodore aufgeregt war, sich jedoch sehr bemühte, es zu verbergen.

»Freut mich, Sie wiederzusehen, Richard«, sagte Wilson. »Wie war die Reise?«

»Ziemlich hart, Sir. Seit meinen Tagen in der Akademie musste ich kein Wiedereintrittsmanöver maximaler Bremsleistung durchstehen. Was gibt es?«

»Der Admiral wird Sie unterrichten«, sagte Wilson unverbindlich. »Kommen Sie, ich habe einen Wagen für Sie.«

Drake folgte Wilson zu einer Limousine der Admiralität; deren Fahrer verstaute Drakes Handgepäck, dann setzte er sich ans Steuer, während die beiden Offiziere für die zehn Kilometer lange Fahrt zur Admiralität in den Fond stiegen.

»Wie geht es dieser jungen Dame …?«, fragte Wilson, als der Fahrer den Wagen in den starken Verkehr nach Homeport manövrierte.

»Cynthia? Gut, Sir. Ich hoffe auf eine Gelegenheit, sie während dieses Aufenthalts zu sehen.«

Eine unbestimmbare Gefühlsregung huschte über Wilsons Züge. »Tut mir Leid, Captain, aber so lange werden Sie nicht hier sein.«

»Ach?« Drake begleitete seine Frage mit hochgezogenen Brauen, doch der Commodore nahm den Köder nicht an. Er lehnte sich zurück und blickte zum Fenster hinaus, wo die schattenhaften Umrisse von Bäumen mit zweihundert Stundenkilometern vorüberhuschten.

Sie fuhren mehrere Minuten schweigend, bis der Fahrer zum Osthimmel zeigte. »Antares ist aufgegangen!«

Drake wandte den Kopf und folgte der angezeigten Richtung. Ungefähr sechzig Kilometer östlich von ihnen lag das Colgate-Gebirge. Bei Tag boten die schneebedeckten Gipfel und bewaldeten Hänge ein Panorama, das bei den Liebhabern von Naturlandschaften berühmt war und den Herstellern von Souvenirhologrammen eine Menge Geld einbrachte. Bei Nacht waren die Berge ein zerklüfteter, gezuckter schwarzer Wall, der am Horizont aufragte. Jetzt stand ein einzelner Stern von blendender, bläulich weißer Brillanz über der Gebirgskette. Mit seinem Aufgang veränderte sich die nächtliche Landschaft um sie her. Die vereinzelten Wolken, die bis dahin nur sichtbar gewesen waren, weil ihre Unterseiten die Lichter der Stadt Homeport reflektiert hatten, leuchteten nun im bläulich weißen Widerschein auf, und der dunkle Wald zu beiden Seiten der Schnellstraße war überglänzt von silbrigem Licht; die langen schwarzen Schatten der Bäume fielen in breiten Bahnen über die Straße.

»Ist es immer so?«, fragte Drake und zeigte zum Fenster hinaus.

Wilson nickte. »Seit die Nova nach Einbruch der Dunkelheit aufging. Vorher war es nicht so eindrucksvoll – bloß ein sehr heller Stern, der am Tag als Lichtpunkt zu sehen war.«

»So sieht er aus der Umlaufbahn noch immer aus«, sagte Drake. Schweigend blickte er eine Weile hinaus. »Wer hätte gedacht, dass eine Katastrophe solcher Größenordnung so schön sein würde?«

Der erste Mensch, der eine rationale Theorie der Schwerkraft postulierte, war Sir Isaac Newton im Jahre 1687. Seine *Philosophiae Naturalis Principia Mathematica* erklärte, dass Schwere eine Kraft ist, durch die jedes Atom im Universum jedes andere Atom anzieht. Newtons Gravitationsgesetz blieb annähernd zweieinhalb Jahrhunderte im Wesentlichen unangefochten. Erst 1916 ging die Herrschaft der Newtonschen Physik zu Ende. In diesem Jahr veröffentlichte Albert Einstein seine Allgemeine Relativitätstheorie. Einstein behauptete, dass die Gravitation überhaupt keine physikalische Kraft sei, sondern vielmehr eine Krümmung des Raumzeitkontinuums, verursacht durch die Gegenwart von Masse. Niemand bestritt ernstlich Einsteins Betrachtungsweise des Universums, bis Baschir-Ben Suleiman 2078 seine entscheidende Abhandlung über makrogravitationale Wirkungen veröffentlichte.

Suleiman arbeitete als Astronom an der Sternwarte auf der erdabgewandten Seite des Mondes. Er hatte sein Leben mit Messungen der genauen Positionen und Bewegungen mehrerer tausend der näheren Sterne verbracht. Nach zwei Jahrzehnten Arbeit folgerte er widerwillig, dass Einsteins einfache Modelle gravitationaler Raumzeitkrümmung die Sterne am Himmel nicht hinlänglich erklären konnten. Die Diskrepanzen waren gering und äußerst schwierig zu messen, aber sie waren nicht von der Hand zu weisen. So sehr er sich bemühte, konnte Suleiman sie nicht als Datenstreuung oder Turbulenz wegerklären, wie frühere Astronomen es getan hatten, die aus dem Innern der Erdatmosphäre heraus arbeiteten. Je länger Suleiman seine Daten verglich und nach Erklärungen suchte, desto mehr wuchs in ihm die Überzeugung, dass der Raum in der Nähe stellarer und planetarischer Massen nicht nur örtlich gekrümmt, sondern auch in langen Linien, die sich über Tausende von Lichtjahren erstrecken, in sich gefaltet ist.

Die Vorstellung, dass das Raumzeitkontinuum multidimensional sei, ist nicht neu. Die klassische Raumzeit hat vier Dimensionen, drei räumliche und eine zeitliche: oben/unten, vorwärts/rückwärts, rechts/links, vergangen/zukünftig. Wenn die vierdimensionale Raumzeit jedoch gekrümmt ist, wie Einstein postulierte, dann muss es mindestens eine zusätzliche Dimension geben, in die er gekrümmt ist. Wenn die Allgemeine Relativitätstheorie richtig sein soll, muss die Raumzeit mindestens fünf Dimensionen besitzen. Baschir-Ben Suleimans Beitrag bestand in der Hinzufügung einer weiteren (oder sechsten) Dimension. Er folgerte, dass, wenn Einsteins gekrümmter Raum wirklich eine Krümmung in die fünfte Dimension war, sein eigener, in sich gefalteter Raum eine Krümmung in die sechste sein müsse. Um die beiden auseinander zu halten, führte er die Regel des ›vertikal‹ polarisierten gekrümmten Raums – tatsächlich hängt der menschliche Begriff vertikal von der Schwerkraft ab, welche die Hauptmanifestation des gekrümmten Raumes ist – und des ›horizontal‹ polarisierten gefalteten Raumes ein.

Er theoretisierte, dass der Ursprung der langen, kompliziert verflochtenen Faltlinien das massive Schwarze Loch sei, das die Mitte der Galaxis einnimmt. Damit gab er sich jedoch nicht zufrieden. Als er feststellte, dass die Faltlinien entlang den Spiralarmen der Galaxis auswärts führen, überlegte er, ob die Linien gefalteten Raumes nicht im Zuge der galaktischen Rotation interstellare Materie aufnehmen und so als Katalysator der Sternbildung wirken. Das Problem der relativen Häufigkeit neuer Sterne in den Spiralarmen hatte Astronomen und Kosmologen seit langem Kopfzerbrechen bereitet.

Den Rest seines Lebens verbrachte Suleiman mit der Ausarbeitung und Verbesserung seiner Theorie. Im Alter von zweiundneunzig Jahren bewies er, dass die Faltlinien der sechsten Dimension durch die Krümmung der fünften Dimension der Gravitation in ganz ähnlicher Weise verzerrt werden wie eine Linse einen Lichtstrahl bricht. Suleiman demonstrierte mathematisch, dass überall dort, wo eine Faltlinie eine Masse von Sterngröße trifft, eine ›Bündelung‹ in ein beschränktes Raumvolumen stattfindet. Gewöhnlich ist der Effekt so gering, dass er nicht gemessen werden kann. Bisweilen jedoch ist der Brennpunkt hinreichend scharf, dass im Raumzeitkontinuum eine Schwachstelle erscheint und ein Faltpunkt gebildet wird.

Zwanzig Jahre nach Suleimans Tod entdeckten Wissenschaftler eine praktische Verwendung für Faltpunkte. Sie brachten ein Raumschiff innerhalb eines der beiden im Sonnensystem bekannten Faltpunkte in Position und setzten große Energiemengen in einem genau kontrollierten Muster frei, um den Raumkrümmungseffekt zu verstärken. Die Energiefreisetzung bewirkte, dass das Schiff in den Faltraum fiel und dadurch augenblicklich zur nächsten Schwachstelle entlang der Faltlinie transportiert wurde. Eben schwebte das Forschungsschiff noch hoch über der Sonne, im nächsten Augenblick befand es sich in einer Umlaufbahn um Luytens Stern, etwa 12,5 Lichtjahre entfernt.

Danach gab es kein Halten mehr, und umgehend begann die Große Auswanderung. Im Laufe der nächsten Jahrhunderte wurde das Abwandern von Bevölkerungsteilen in den Raum zu einer wahren Flut. Die Verteilung und Form der Auswanderung war nahezu gänzlich vorgegeben von den bestehenden Faltlinien und ihren Faltpunkten. Während manche Sterne nur einen einzigen Faltpunkt besaßen, andere überhaupt keinen, gab es im Umkreis mancher Sterne zwei, drei oder noch mehr. Einen besonders fruchtbaren Boden zur Entstehung von Faltpunkten boten die größten, massivsten Sterne. Der rote Überriese Antares nahm im gesamten, dem Menschen zugänglichen Raum eine herausragende Stellung ein. Antares hatte sechs Faltpunkte, und das machte ihn zum Mittelpunkt eines Geflechts von Sternsystemen am östlichen Rand menschlicher Expansion.

Da die Faltlinien mit dem Spiralarm ausgerichtet waren, der die Sonne enthält, fand die Menschheit es am einfachsten, sich entlang der Achse des galaktischen Arms auszudehnen. Entfernungen zwischen Kolonien wurden nicht nach der räumlichen Distanz zwischen ihren jeweiligen Sternen berechnet, sondern nach der Zahl von Faltpunkten zwischen ihnen. Um den nächsten Stern zu erreichen, war es mitunter notwendig, zuerst zu einem fünfhundert Lichtjahre entfernten Faltpunkt zu springen und dann wieder zurück.

In der frühen Phase der Großen Auswanderung fanden Vermessungsschiffe, welche die Systeme des Antares-Haufens erforschten (diejenigen Sterne, die mit der Faltlinienachse im System Antares verbunden waren), einen erdähnlichen Planeten, der einen namenlosen Stern der Spektralklasse G3 umkreiste, 490 Lichtjahre vom Sonnensystem entfernt. Sie tauften den Stern nach dem Captain des Schiffs Napier und seinen einzigen bewohnbaren Planeten New Providence. Chartergesellschaften wurden gegründet und enorme finanzielle und materielle Mittel in das System gesteckt. New Providence gedieh und erreichte in weniger als hundert Jahren die Fähigkeit zur Selbstversorgung. Als die Kolonie reifte, begann sie ihrerseits nach Sternsystemen Ausschau zu halten, in die Kapital und Arbeitskraft investiert werden konnten.

Das Napier-System war dem Riesenstern Antares nahe genug, um von der Verformung des Faltraumes durch den größeren Stern beeinflusst zu werden. Die Wechselwirkung hatte zur Folge, dass New Providence mit mehr Faltpunkten gesegnet war, als normalerweise erwartet werden konnte. Zusätzlich zu dem Faltpunkt, der eine Verbindung mit Antares herstellte, gab es zwei weitere Faltpunkte im System. Und beide Faltpunkte öffneten den Weg zu Systemen mit wertvollen erdähnlichen Welten.

Sobald die Kolonie New Providence auf eigenen Beinen stand und fest etabliert war, wurden diese zusätzlichen Systeme Ziele von zwei miteinander im Wettbewerb stehenden Kolonisationsbewegungen. Die finanziell besser gestellte Bewegung konzentrierte sich auf das an Metallerzen reiche Hellsgate-System; die kleinere Kolonisationsanstrengung galt der Gründung einer Kolonie im System eines Zwergsterns der Spektralklasse F8, der nur durch seine Katalognummer bekannt war. Die Kolonisten aus New Providence, die in diesem letzteren System ihr neues Heim gefunden hatten, gaben ihm den Namen Alta. Ihren Stern nannten sie Valeria oder einfach Val.

Die Kolonie Alta wuchs, wenn auch langsamer als Sandarsons Hellsgate-System. Als Alta zweihundert Jahre bestand (2506 n. Chr.), begann man auch hier nach umliegenden Sternen Ausschau zu halten. Das System Valeria besaß jedoch nur einen einzigen Faltpunkt; altanische Raumschiffe waren dadurch gezwungen, das Napier-System zu durchqueren, um entweder die Antares-Drehscheibe oder ihre Schwesterkolonie im Hellsgate-System zu erreichen. Im Jahre 2510 begannen Verhandlungen mit der Regierung von New Providence mit dem Ziel, altanischen Schiffen ungehinderten Zugang zum Napier-System zu gewähren. Zwei Jahre später, als beide Regierungen sich weitgehend über die Vertragsbedingungen geeinigt hatten, war die Frage des Zugangs plötzlich wieder offen, denn am 3. August 2512 um 17:32 Uhr (Universalkalender) meldete das altanische Raumschiff *Vagabond Traveller*, dass seine Instrumente den Valeria-Napier-Faltpunkt in seiner eingetragenen Position nicht mehr ausmachen konnten. Sofort wurden Vermessungsschiffe ausgesandt. Innerhalb einiger Wochen hatten sie das Ausmaß der Katastrophe bestätigt. Aus Gründen, die niemand mit Gewissheit erklären konnte, hatte der einzige Faltpunkt im System Valeria aufgehört zu existieren – Alta war vom Rest des von Menschen besiedelten Raumes abgeschnitten.

Das Admiralitätsgebäude war ein großes, unansehnliches Gebilde aus Stahl und Glas, das aus den ersten Jahren nach der Gründung der Kolonie Alta stammte. Drake und Wilson stiegen vor dem Haupteingang aus, erwiderten die Ehrenbezeigungen der Wachtposten und schritten durch die Panzerglastüren in die geräumige Eingangshalle. Das Gebäude war ursprünglich von der Zentralregierung der Erde errichtet worden, um als Verwaltungszentrum der neuen Kolonie und später als Botschaft und Botschafterresidenz zu dienen. Der eingelegte Marmorboden zeigte noch immer die vertrauten kontinentalen Umrisse der Erde.

Der Posten am Empfangsschalter war weniger zeremoniell als die Wachen am Eingang. Er saß in einer Panzerglaskabine und forderte beide auf, ihre Identitätskarten in einen Wandschlitz zu stecken. Ein Computer im Keller verglich die Daten, prüfte ihre Akten, folgerte, dass sie waren, die zu sein sie behaupteten, und ließ auf der Konsole des Empfangsschalters ein grünes Licht aufleuchten. Der Mann gab ihre Identitätskarten zurück und salutierte. Wilson führte Drake zu einem alten Aufzug und drückte den Knopf zum obersten Stockwerk. Bald durchschritten sie einen stillen Korridor, von dessen Wänden Porträts früherer Admirale grüßten. Wilson hielt vor einer schweren Tür aus einer einzigen Platte schwarzen Holzes, klopfte und wurde von einer gedämpften Stimme zum Eintreten aufgefordert.

Admiral Dardan saß hinter seinem übergroßen Schreibtisch und blickte aufmerksam zu einem kleinen, weißhaarigen Mann, der vor einer beleuchteten holografischen Projektion stand. Als Wilson und Drake eintraten, stand der Admiral auf und kam um den Schreibtisch, die Ankömmlinge zu begrüßen. Seine plötzliche Aktivität ließ den weißhaarigen Mann frustriert in seinem Vortrag verstummen.

»Ah, Richard, schön, dass Sie so schnell gekommen sind. Darf ich Sie mit Professor Mikhail Planovich bekannt machen, dem Dekan der astronomischen Fakultät an der Universität Homeport.« Dardan nahm Drake beim Arm und führte ihn zu dem Vortragenden. »Der Professor erläutert gerade, was über die Antares-Supernova bekannt ist.«

»Sehr erfreut, Professor Planovich«, murmelte Drake und gab ihm die Hand.

»Ganz meinerseits, Captain.«

Darauf nahm Dardan ihn wieder beim Arm und geleitete ihn zu einem Mann, der auf einer Couch gegenüber dem Schreibtisch zurückgelehnt mit einem Glas in der Hand saß. »Ich glaube, Sie kennen Stan Barrett, den Sonderbeauftragten des Ministerpräsidenten.«

»Ja, Sir. Ich lernte Mr. Barrett kennen, als ich vor zwei Jahren als Verbindungsoffizier der Marine zum Parlament diente. Aber ich weiß nicht, ob er sich an mich erinnert.«

»Selbstverständlich erinnere ich mich an Sie, Drake«, sagte Barrett. Er streckte ihm die Hand hin, ohne von der Couch aufzustehen. »Ich glaube, zuletzt hatten Sie den Job, den Fünfjahresplan für die Kosten der Flottenoperationen auszuarbeiten. Damals nagelten wir über dem ehrenwerten alten Jon den Sargdeckel zu, nicht?«

»Wir waren jedenfalls erfolgreich«, erwiderte Drake. Der *›Ehrenwerte Jon‹*, auf den Barrett sich bezog, war der Ehrenwerte Jonathan Carstairs, Führer der Konservativen und kein Freund von hohen Flottenbudgets.

Barrett lachte. »Talentiert, bescheiden und vorsichtig! Das gefällt mir, Captain. Ich glaube, unser Admiral hat den richtigen Mann ausgesucht.«

»Sparen Sie sich das für später«, sagte Admiral Luis Dardan. »Setzen Sie sich, Captain Drake. Lassen wir Professor Planovich seinen Vortrag beenden.«

»Ja, Sir.«

Planovich wandte sich daraufhin wieder der Projektion zu und zeigte auf einen rötlichen Stern mit einem kleinen bläulich weißen Punkt in der Nähe. »Wie ich sagte, Admiral, ist Antares, auch als Alpha Scorpius bekannt, ein Überriese, dessen Masse das Zwanzigfache von Valeria ausmacht und dessen Durchmesser vierhundertmal so groß ist. Antares ist ...« Planovich brach ab und lächelte verlegen. »Antares *war* ein Stern der Klasse MO, der einen Begleiter der Spektralklasse A3 besaß. Die Projektion zeigt beide Sterne. Sterne der M-Klasse sind in ihrer Farbe rötlich bis rotorange, was auf ihre Oberflächentemperaturen zurückzuführen ist, die zwischen 2600 und 3500 Kelvin betragen. Der Name ›Antares‹ kommt aus dem Griechischen und bedeutet ›Gegner von Ares‹.«

»Was ist ein Ares?«, fragte Barrett.

»Ich glaube, Sir«, sagte Planovich, »dass es ein Hinweis auf die rötliche Farbe von Sol IV ist, von der Erde aus gesehen.«

»Ich dachte, Sol IV heißt Mars.«

»Die Griechen nannten ihn Ares, nach ihrem Kriegsgott. Mars ist der Name des römischen Kriegsgottes. Beide sind im übrigen identisch. Nun, wenn ich fortfahren darf, Sir ...«

»Verzeihung«, sagte Barrett, ohne sich im Mindesten um Aufrichtigkeit zu bemühen.

»Vor zwei Monaten veränderte sich Antares – ziemlich dramatisch.« Die Projektion wurde ausgewechselt, und anstelle des roten Sterns mit dem bläulich weißen Punkt daneben sah man jetzt den blendenden Lichtpunkt, den Drake und Wilson zehn Minuten zuvor über den Bergen hatten aufgehen sehen. »Die Veränderung ist natürlich auf den Supernova-Ausbruch des Antares vor einhundertzwanzig Jahren zurückzuführen. Da die Entfernung von Antares zu Valeria einhundertfünfundzwanzig Lichtjahre beträgt, erreicht uns die Wellenfront zum jetzigen Zeitpunkt. Unsere Analysen sind noch nicht vollständig, aber es scheint, dass Antares die größte Supernova ist, die wir je registriert haben.«

»Größer als die Supernova von 1054 im Sternbild Krebs?«, fragte Wilson.

»In Wirklichkeit explodierte jener Stern ungefähr um 4000 vor unserer Zeitrechnung, Admiral. Die Lichterscheinung wurde aber am 4. Juli 1054 auf Erden von chinesischen Astronomen beobachtet. Die Supernova war dreiundzwanzig Tage lang tagsüber bei Sonnenschein sichtbar und danach noch zwei Jahre bei Nacht. Um Ihre Frage zu beantworten: die Antares-Supernova ist weitaus größer!«

»Verstehe.«

»Ich hebe den Unterschied nicht hervor, um pedantisch zu sein, Sir«, erklärte Planovich mit steifer Würde. »Die Verzögerung zwischen Explosion und Beobachtung, bedingt durch die Lichtgeschwindigkeit, ist wichtig. Da wir die Entfernung von Valeria zu Antares kennen und auch den genauen Zeitpunkt des Supernova-Ausbruchs, ist es einfach, das tatsächliche Datum der Sternexplosion zu berechnen. Dieses Datum war der 3. August 2512.«

»Derselbe Tag, an dem unser Faltpunkt verschwand«, rief der Admiral verwundert aus.

»Sehr richtig, Sir«, sagte Planovich. »Der Zusammenhang ist so genau, wie wir ihn herstellen können, wenn man in Betracht zieht, dass wir den genauen Augenblick des Faltpunktverschwindens nicht näher als sechzehn Stunden an diesem Tag bestimmen können. Wir haben lange vermutet, dass damals etwas Katastrophenartiges geschah, groß genug, um unsere lokale Faltlinie hinreichend zu stören, so dass der Valeria-Napier-Faltpunkt aus dem Brennpunkt gerückt wurde. Offensichtlich war die Antares-Supernova die Schuldige.«

»Dann waren wir nicht das einzige betroffene System?«, fragte Barrett.

Planovich wandte sich dem Sonderbeauftragten zu. Der weiße Widerschein der Projektion beleuchtete die Hälfte seines Gesichts und ließ die andere Hälfte im Dunkeln. »Sie können versichert sein, Sir, dass wir nicht als Einzige den Zorn Gottes auf uns gezogen haben. Wahrscheinlich haben wir sehr viel mehr Glück als andere. Ich fürchte sehr um das Schicksal unserer Elternwelt.«

»Warum?«, fragte der Admiral.

»Sicherlich ist Ihnen bekannt, Sir, dass New Providence nur fünfzehn Lichtjahre von der Supernova entfernt ist.«

»Und?«

»Noch vor der Explosion sprachen die Dichter von New Providence von der ›unheilvollen Glut des einäugigen Kriegers‹, die ›auf den Schneefeldern frostiger Winternächte schimmert‹. Damit bezogen sie sich natürlich auf die strahlende Helligkeit, mit der Antares vor der Wintersonnenwende auf die südliche Hemisphäre von New Providence scheint.« Planovich schritt zum Fenster und zog die Vorhänge zurück. Der silberne Lichtschein von draußen durchflutete den Raum. »Können Sie sich vorstellen, wie es sein muss, dieses Licht vierundsechzigmal so hell am Nachthimmel zu sehen?«

»Wollen Sie damit andeuten, dass New Providence durch die Supernova in Gefahr geraten sein kann?«, fragte der Admiral weiter.

»Nicht ›geraten sein kann‹, Sir. Eine Supernova schleudert alle Arten von gefährlichen Partikeln hinaus: alles von Gamma- und Röntgenstrahlen bis zu hochbeschleunigten Neutronen, Protonen und Elektronen. Nach einer solchen Explosion wird es im kosmischen Wind sogar eine beträchtliche Menge Antimaterie geben. Der Ausbruch der Antares-Supernova sterilisierte aller Wahrscheinlichkeit nach New Providence und das gesamte Napier-System!«

»Und wenn ihre Faltpunkte verschwanden?«

»Dann wurden wahrscheinlich drei Milliarden Menschen zu Siechtum und langsamem Tod verurteilt.«

»Wie, zum Teufel, konnte so etwas ohne Warnung geschehen?«, wollte Barrett wissen.

»Es geschah nicht ohne Warnung«, erwiderte Planovich. »Den Astronomen ist seit langem bekannt, dass Antares ein Stern im Zustand fortgeschrittener Altersschwäche ist. Die ersten Erforscher des Antares-Haufens bemerkten, dass die Neutrinoproduktion des roten Überriesen weit über dem Normalzustand war. Dies deutete darauf hin, dass der Kern des Sterns längst in seine Eisenanreicherungsphase eingetreten war. Wir wussten, dass es nur eine Frage der Zeit war, bis ihm der Nuklearbrennstoff ausgehen, er in sich selbst zusammenfallen und explodieren würde. Nur ist ›eine Frage der Zeit‹, wenn es um Sterne geht, gewöhnlich eine Frage von ein paar Millionen Jahren. Niemand rechnete damit, dass es so bald geschehen würde.«

»Was haben wir jetzt zu erwarten?«, fragte Barrett.

»Eine gute Frage«, antwortete Planovich. »Die in der Explosion freigesetzte Strahlung wird nach einem Jahrhundert der Expansion beträchtlich verdünnt sein. Altas Atmosphäre sollte keine Schwierigkeiten haben, die schädlichen Partikel herauszufiltern. Es wird jedoch einen messbaren Anstieg der Hintergrundstrahlung im Raum geben; und es kann nötig sein, alle außerhalb der Atmosphäre bestehenden Einrichtungen mit zusätzlichen Strahlungsabschirmungen zu versehen.«

»Was wird aus dem Faltraum?«

Planovich zuckte die Achseln. »Die Auswirkungen auf den Faltraum kennt niemand. Jede Vermutung ist so gut wie jede andere. Es gibt Leute, die daran glauben, dass unser Faltpunkt sich von selbst wieder einstellen werde, sobald die Diskontinuität der Wellenfront des Ausbruchs durchgegangen ist.«

»Wirklich?«, fragte Dardan ungläubig. Er tauschte einen Blick mit Barrett und Wilson.

»Das ist eine Theorie, Admiral. Ich persönlich habe zu dem Thema keine feste Meinung, weder so noch so.«

»Vielleicht sollten Sie eine haben.«

»Wie darf ich das verstehen, Sir?«

Dardan holte tief Luft und lehnte sich zurück. »Es wird Sie interessieren, Professor Planovich, dass eine unserer Sensorstationen vor ungefähr zwanzig Stunden ein Objekt ausmachte, welches hoch in der nördlichen Hemisphäre dieses Systems erschienen ist. Dieses Objekt ist sehr groß. Aus den Eigentümlichkeiten seines Spektrums haben wir gefolgert, dass es ein Raumschiff von außerhalb des Systems Valeria ist.«

2

Ein Raumschiff!

Richard Drake versuchte die Bedeutung zu verstehen, die in dieser Enthüllung steckte. Genau genommen waren die Kreuzer, die den Kern der altanischen Raumstreitkräfte bildeten, allesamt Raumschiffe. Vor zwölf Jahrzehnten waren die *Discovery* und ihre beiden Schwesterschiffe Teil der irdischen Flotte gewesen. Hätten sie nicht das Pech gehabt, auf einer Rundreise durch die östlichen Kolonien zu sein, als Valerias Faltpunkt verschwand, wären *Discovery*, *Dagger* und *Dreadnought* vermutlich noch immer in den Diensten von Mutter Erde gewesen. Noch waren die drei Schlachtkreuzer die einzigen Raumschiffe, die durch den Ausbruch der Antares-Supernova gefangen waren. Zweihundert andere interstellare Raumschiffe – Frachter, Passagierschiffe und Jachten – waren an jenem schicksalhaften Tag im System gewesen. Aber ein Raumschiff ohne einen Faltpunkt war ein Widerspruch in sich selbst. Ohne Zugang zum Faltraum konnte ein solches Schiff nirgendwohin.

Und deshalb hatte das Erscheinen eines Raumschiffs im System Valeria weitreichende Implikationen. Es bedeutete, dass die lange Isolation endlich überwunden war, dass der interstellare Handel bald wieder aufgenommen werden konnte. Es bedeutete, dass die altanische Bevölkerung, die seit mehr als einem Jahrhundert in einem Zustand der Stagnation gelebt hatte, unter den Anregungen von hundert Jahren neuer Ideen und Erfindungen aus dem gesamten, von Menschen besiedelten Raum wieder zum Leben erwachen würde. Es bedeutete, dass seine eigene *Discovery* wieder die Freiheit gewinnen würde, zwischen den Sternen zu fliegen – vielleicht sogar zur Erde.

Drake sah Professor Planovich an, der starr vor Staunen dastand. Im Gegensatz zu ihm gaben sich Dardan, Wilson und Barrett kühl und gelassen und verrieten sich dadurch als Eingeweihte.

Nach mehreren Sekunden räusperte sich Planovich und fragte ein wenig unsicher: »Kann es sich nicht um einen Irrtum handeln, Admiral?«

»Kein Irrtum. Commodore, bitte unterrichten Sie unseren Gast.«

»Ja, Sir.« Wilson stand auf und schritt hinüber zur Projektion, wo er Planovichs Platz einnahm, während der Professor sich zu Barrett auf die Couch setzte. Wilson gab einen Code in die Konsole ein, und das Bild der bläulich weißen Supernova verschwand. An seiner Stelle erschien eine schematische Darstellung des Systems Valeria. Im Innern der dreidimensionalen Darstellung schwebte ein winziger roter Pfeil über dem goldenen Lichtpunkt, der Valeria darstellte. Die Umlaufbahnen der vier innersten von insgesamt zwölf Planeten waren deutlich zu erkennen.

»Das Schiff erschien hoch in der nördlichen Hemisphäre, ungefähr 250 Millionen Kilometer von Valeria entfernt. Die Position ist nahe bei jener des Valeria-Napier-Faltpunkts, stimmt aber nicht mit ihm überein.«

»Sind Sie sicher?«

»Ganz sicher, Professor.«

»Dann hat die Supernova die lokale Ausformung des Faltraumes gestört«, sagte Planovich.

»Ja, Sir, das war auch unsere Folgerung. Wenn die Störung stark genug ist, dann mag der Zusammenhalt oder, besser gesagt, das Zusammenwirken der Faltlinien nicht mehr so sein, wie es war. Das System Napier und New Providence sind möglicherweise nicht mehr am anderen Ende unseres lokalen Zugangs.«

»Wollen Sie damit sagen, dass unsere Sprungtabellen nicht mehr gültig sein könnten?«

»Das ist eine ernst zu nehmende Möglichkeit, Captain Drake.« Wilson wandte sich wieder an Planovich. »Darum haben wir Sie hierher gebeten, Sir. Wir dachten, dass Sie und Ihre Kollegen eine Möglichkeit finden könnten, die Faltlinien für uns neu zu kartieren.«

Planovich starrte lange Sekunden mit nachdenklicher Miene ins Hologramm. Schließlich nickte er. »Es könnte möglich sein! Eine Serie äußerst genauer Messungen der Gravitationskonstanten um den Faltpunkt sollte der geeignete Weg sein.«

»Wann können Sie reisefertig sein?«, fragte Admiral Dardan.

»Reisefertig?«

»Ja, Professor. Für eine Expedition zur Messung der Gravitationskonstanten und der Neukartierung der Faltlinien.«

»Aber ich kann vor dem Ende des laufenden Semesters nicht gut meinen Posten verlassen. Als Dekan der Fakultät habe ich neben den Vorlesungen und Seminaren verwaltungstechnische Pflichten zu erfüllen.«

»Wir wissen Ihr Problem zu würdigen, Professor Planovich«, sagte Barrett, »aber hier handelt es sich um eine Angelegenheit von größter Bedeutung für die Regierung.«

Der weißhaarige Mann blickte von Barrett zum Admiral. Nachdem er die letzten zwei Monate mit dem Studium der Antares-Supernova verbracht hatte, erkannte er unwiderstehliche Kräfte, sobald er sie sah. Er schaute resigniert drein und seufzte. »Wann wird diese Expedition beginnen?«

»Wir hoffen, schon innerhalb der nächsten siebzig Stunden. Der Ministerpräsident hat die Transportmittel bereitgestellt. Wir haben eine Anzahl anderer Spezialisten verpflichtet, einschließlich einiger führender Leute auf dem Gebiet multidimensionaler Physik.«

»Wen haben Sie?«

»Dr. Nathaniel Gordon hat sich bereit erklärt.«

»Sie haben diesen besseren Laborassistenten gefragt, bevor Sie mich fragten? Also, ich habe noch nie …«

»Nie was, Professor?«, fragte Barrett.

»Lassen wir das. Benachrichtigen Sie mich einfach, wann und wo Sie mich brauchen, und ich werde dort sein.«

»Ausgezeichnet.«

»Wenn ich in drei Tagen abreisen soll, wird es Zeit, die nötigen Vorbereitungen zu treffen.«

»Selbstverständlich, Professor«, sagte Barrett und stand rasch auf. »Mein Wagen samt Fahrer steht Ihnen zur Verfügung. Er wird Sie fahren, wohin Sie in Erledigung Ihrer Pflichten fahren müssen. Natürlich ist Ihnen klar, dass die Nachricht von unserem Besucher aus dem All gegenwärtig als Staatsgeheimnis eingestuft ist …« Die beiden Zivilisten gingen hinaus und ließen die drei Marineoffiziere allein zurück.

Dardan legte die Fingerspitzen zusammen und lächelte. »Seit heute Mittag haben Barrett und ich Gespräche mit Wissenschaftlern geführt. Das eben war das fünfte.«

»Barrett scheint sehr gut darin zu sein, von den Leuten zu bekommen, was er will«, sagte Drake.

»Das muss man ihm lassen. Aber er sitzt am längeren Hebel und das wissen die Leute. Er kann sie jederzeit dienstverpflichten. Gott sei Dank sind wir keine geborenen Politiker, was, Captain?«

»Ja, Sir.«

»Nun, was Ihren Auftrag angeht ... Douglas, wir können jetzt zu den geheimen Daten übergehen, nicht?«

»Selbstverständlich, Admiral.« Wilson rief eine weitere Darstellung ab. Diese erschien mit den falschen Farben einer Infrarotfotografie in der Projektion. Die Nova war nicht zu sehen, der Zentralstern im Bild besaß jedoch einen eigentümlichen, schwach ausgeprägten Schwanz, wie ein Komet. »Dies ist eine teleskopische Aufnahme unseres Besuchers, die weniger als eine Minute nach seinem Erscheinen aufgenommen wurde. Die Fahne, die Sie sehen, ist der Plasmaausstoß der Triebwerke.«

»Manövriert es?«, fragte Drake.

Wilson nickte. »Die Doppleranalyse zeigt eine Beschleunigung von anderthalb *g*.«

»Haben wir den Kurs berechnet?«

»Die Flugbahn entfernt sich von Valeria.«

»Entfernt sich? Wohin?«

»Wir meinen, dass es vielleicht auf der Suche nach einem zweiten Faltpunkt ist.«

»Ein Vermessungsschiff?«

»Könnte sein.«

»Ohne Zweifel weiß man an Bord, dass wir nur den einen Faltpunkt haben.«

»Haben Sie nicht zugehört, Captain? Diese Explosion ...« – er zeigte mit dem Daumen zu dem silbrigen Leuchten, das noch immer durch die offenen Vorhänge hereinflutete – »hat die Struktur des Faltraumes durcheinander gebracht. Es ist möglich, dass es zu einer beträchtlichen Umorientierung der Faltlinien gekommen ist. Darum haben wir es so eilig, unsere Vermessungsexpedition auf den Weg zu bringen. Solange wir nicht hinausgehen und uns vergewissern, kann kein Mensch sagen, wie viele Faltpunkte Valeria gegenwärtig besitzt.«

»Unser Besucher von draußen könnte es wissen. Hat schon jemand einen Kommunikationsversuch gemacht?«, fragte Drake.

»Seit gestern um diese Zeit haben wir versucht, Verbindung aufzunehmen«, antwortete der Admiral. »Bisher hat unser Besucher weder auf Funk noch auf Laser reagiert. Das ist der Grund, Captain, weshalb ich Sie von Ihrem Schiff kommen ließ.

Ihr Befehl ist, den kürzestmöglichen Annäherungskurs festzulegen und ein Rendezvous mit dem Außenseiter zu suchen. Sie haben Verbindung aufzunehmen und die Leute dazu zu bringen, dass sie mit uns reden. Ich überlasse es Ihrem eigenen Urteil, wie Sie diese Aufgabe bewältigen, aber werden Sie nicht gleich schießwütig!« Dardan griff in eine Schreibtischschublade und zog einen versiegelten Beutel hervor. Er warf ihn auf die Tischplatte und bedeutete Drake, ihn an sich zu nehmen. »Ihr ausführlicher Operationsbefehl ist dort drinnen, dazu ein paar vorläufige Rendezvousdaten. Öffnen Sie den Sicherheitsbeutel erst, wenn Sie wieder an Bord der *Discovery* sind.«

»Ja, Sir. Warum all die Sicherheitsvorkehrungen?«

Der Admiral machte ein grimmiges Gesicht. »Die vorzeitige Freigabe dieser Information könnte mehrere bedeutende Industrien schädigen, Captain Drake, ganz zu schweigen von den Auswirkungen auf den Aktienmarkt. Der Ministerpräsident möchte die Nachricht zurückhalten, bis wir mehr über unseren Besucher in Erfahrung gebracht haben.«

»Verstanden, Sir. Wie sieht es mit Unterstützung aus?«

»Sie werden keine haben. Weder die *Dagger* noch die *Dreadnought* können früher als in dreihundert Stunden in einer Position sein, die für eine Unterstützung geeignet ist.«

»Verstanden, Sir. Ich bin also auf mich gestellt. Ich danke für Ihr Vertrauen, Admiral.«

»Sehen Sie bloß zu, dass ich meine Wahl nicht bedauern muss. Noch etwas. Stan Barrett wird Sie als persönlicher Vertreter des Ministerpräsidenten begleiten. Bezeigen Sie ihm den nötigen Respekt, aber vergessen Sie darüber nicht, dass Sie diese Expedition befehligen. Barretts Rat wird nicht mehr als eben das sein – ein Rat. Sie sind nicht gehalten, ihn anzunehmen und zu befolgen.«

»Mr. Barrett wird mich begleiten, Sir?«, fragte Drake überrascht.

»Wie ich sagte. Sie scheinen zu zweifeln.«

»Sie sagten doch, dass ich den kürzestmöglichen Annäherungskurs festlegen soll, nicht wahr, Admiral?«

»Das sagte er!«, ertönte eine Stimme hinter Drake. Er wandte den Kopf und sah Barrett hereinkommen. »Sorgen Sie sich nicht um meinetwillen, Captain. Es mag sein, dass ich einen Bauch bekomme, aber ich bin noch immer relativ gesund. Laden Sie mir alle Beschleunigung auf, die Sie zur Erfüllung Ihrer Mission brauchen.«

»Das werde ich tun, Mr. Barrett«, sagte Drake. »Ich hoffe nur, Sie werden am anderen Ende noch am Leben sein.«

Der Sonderberater des Ministerpräsidenten lachte. »Das hoffe ich auch, Captain. Was Sie aushalten, werde auch ich hoffentlich überstehen.«

»Alsdann«, sagte Commodore Wilson. »Sie werden draußen einen Wagen in Bereitschaft finden, der Sie zum Raumhafen bringt. Ihr Landungsboot ist aufgetankt und startbereit, Richard. Es wird eine lange Verfolgungsjagd geben, und die Chancen verbessern sich nicht, wenn wir herumstehen und reden. Lassen Sie sich von uns nicht länger aufhalten. Viel Glück.«

»Danke, Sir.«

Richard Drake lag angeschnallt im Sitz des Copiloten und sah ANS *Discovery* allmählich größer werden. Als das Schiff zuerst in Sicht gekommen war, war es ein funkelndes Licht gewesen, das über der blaßblauen Krümmung des Horizonts schwebte. Als solches hatte man es von einem Stern nicht unterscheiden können. Im Laufe mehrerer Minuten war es gewachsen, zuerst zu einem Spielzeugraumschiff, gerade groß genug, um von einem Kleinkind in einer pummeligen Hand gehalten zu werden, dann zu einem fein detaillierten Maßstabsmodell. Schließlich war der Schlachtkreuzer angeschwollen, bis er Drakes Gesichtsfeld ausgefüllt und dann darüber hinausgeflossen war.

Das Landungsboot überholte die *Discovery* von unten und achtern und gab Drake Gelegenheit zu einer Inspektion seines Schiffes. Der Kreuzer bestand aus einem torpedoförmigen zentralen Zylinder, der von einer Ringstruktur umgeben war. Der zentrale Zylinder beherbergte den Masseumwandler des Schiffes, den Photonenantrieb und Springertriebwerke, die lediglich ein auf den neuesten Stand gebrachtes Programm benötigten, um das Schiff wieder in die interstellaren Raumverbindungen zu schießen. Der Zylinder enthielt ferner Treibstofftanks mit deuterium- und tritiumangereichertem Cryogen, die schweren Antimaterie-Projektoren, welche die Hauptbewaffnung der *Discovery* stellten und die Hilfsausrüstungen, die den äußeren Ring des Schiffes mit Energie versorgten.

Der Ring wurde von zwölf hohlen Speichen getragen, die ihn fest mit dem Zylinder verbanden; er enthielt die Mannschaftsquartiere, die Nachrichtenzentrale, Sensoren, sekundäre Gefechtsstände, Frachträume und die Hangarbucht, in der Landungsboote untergebracht waren.

Während der Annäherung lauschte Drake der Kommunikation zwischen Landungsboot und Kreuzer. Als sie nahe herangekommen waren, sah er das aktinische Licht der zur Stabilisierung der Fluglage feuernden Düsen um die Peripherie des Ringes. Wenn der Kreuzer in einer Parkumlaufbahn war, rotierte er um seine Achse, um die Besatzung mit Schwerkraft zu versorgen, die im äußersten Deck eine halbe Erdschwere erreichte. Die Stabilisierungsdüsen feuerten nun, um die Rotation anzuhalten und das Landungsboot an Bord zu nehmen.

Drake war zufrieden mit dem, was er während der Annäherung über die Bordsprechanlage hörte – hauptsächlich Stille, unterbrochen von knappen Meldungen und Bestätigungen. Das vollständige Fehlen von Geschwätz war ein Beweis für straffe Disziplin und eine gute Besatzung. Er war stolz auf sein Schiff und seine Leute, als er sah, wie die Hangartore sich vor dem schwebenden Boot fast im selben Augenblick öffneten, wie die Rotation des Kreuzers zum Stillstand kam.

»Landungsboot *Molière*. Reaktionsdüsen sichern!«, kam der Befehl von der Andockkontrolle.

»Gesichert«, meldete der Pilot, nachdem er einen großen roten Schalter neben dem rechten Knie umgelegt hatte. Über den Kontrollschirm kam die Bestätigung.

»Fertig zum Einholen.«

»Haken ausgefahren.«

Aus dem offenen Hangar kam ein Torpedo, der ein Kabel im Schlepp hatte, das er die zehn oder fünfzehn Meter zum Landungsboot zog. Der Torpedo geriet für mehrere Sekunden außer Sicht, dann sagte der Mann in der Andockkontrolle: »Am Haken, *Molière*. Die Winsch zieht Sie an Bord.«

Es gab einen kaum wahrnehmbaren Ruck, als das durchhängende Kabel gestrafft wurde, dann glitt das Landungsboot langsam vorwärts. Der Rumpf des Kreuzers und das offene Hangartor füllten die Windschutzscheibe. Das Boot glitt in den Schatten des Kreuzers, doch sobald der Bug in die Hangarbucht kam, lag es im grellen Schein von Flutlichtlampen.

Mit einem Stoß wurde die Vorwärtsbewegung abgefangen, als der Bug von der Gummimanschette in der Andockbucht aufgenommen wurde. Das Boot wurde an seinem Liegeplatz festgemacht, und die Hangartore schlossen sich hinter ihnen.

»Halten Sie die äußeren Türen geschlossen, bis Druckausgleich hergestellt ist.«

Drake schnallte sich los, machte dem Piloten ein Kompliment für das reibungslose Andockmanöver, dankte dem Copiloten für die Überlassung seines Sitzes und schwang sich durch die Luke, die von der Pilotenkanzel in die Kajüte führte. Er gab Anweisung, das Gepäck seines Begleiters zur Luftschleuse zu schaffen, dann zogen er und Barrett sich Hand über Hand zur Luftschleuse, wo der Bootsmann bereits wartete.

»Haben Sie diesmal irgendwelche Beschwerden über das Andockmanöver, Chief?«

»Keine, Captain. Hätte es selbst nicht besser machen können. Natürlich mache ich mir keine Sorgen um *Molly*, wenn unsere eigene Mannschaft sie an Bord zieht.«

Von draußen ertönte gedämpft das Brausen einströmender Luft. Der Bootsmann verfolgte seine Ablesungen, dann öffnete er die Luftschleuse. Ein Schwall kalter Luft drang herein, vermischt mit einer wirbelnden Masse von Kondensationsnebel. Drake fröstelte unwillkürlich, als er eine Sicherheitsleine ergriff und sich durch die Hangarbucht zu einer zweiten Luftschleuse zog, die ins Innere des Schiffes führte. Er half Barrett in die Schleuse, dann hörte er über den Lautsprecher das Kommando: »Bereithalten zur Wiederaufnahme Rotation!«

Im Korridor innerhalb der Luftschleuse erwartete ihn Bela Marston. Sein Blick ging zuerst zu Barrett und dann zu dem Sicherheitsbeutel, der an Drakes rechtem Handgelenk festgemacht war. »Wir erwarteten Sie nicht so früh zurück, Captain. Produktive Reise?«

»Könnte man sagen«, erwiderte Drake. Er setzte eine streng dienstliche Miene auf. »Wie lange werden Sie brauchen, um das Schiff für den Raum reisefertig zu machen, Mr. Marston?«

»Für den Raum, Sir?«

»Das ist der Befehl, Mister.«

Marston rieb sich das Kinn. »Nun, Captain, der Hilfscomputer des Maschinenraums meldete kurz nach Ihrer Abreise zur Oberfläche einen technischen Fehler. Der Chefingenieur kriecht seitdem in den Triebwerken herum und sucht nach dem Problem.«

»Was für ein Fehler ist es?«

»Ungenauigkeiten bei der selbsttätigen Einstellung der Plasmainjektoren.«

»Akut oder präventiv?«

»Die Fehlermeldung war präventiv, Sir.«

»Dann sagen Sie dem Chefingenieur, dass er alles zuknöpfen und Startvorbereitungen treffen soll. Nun, wie lange wird es dauern, bis wir starten können?«

»Eine Stunde, Sir.«

»Machen Sie daraus fünfundvierzig Minuten. Ich werde mit Mr. Barrett in meiner Kajüte sein. Verständigen Sie mich, sobald Sie startbereit sind.«

»Jawohl, Captain.«

Richard Drake arbeitete sich durch mehrere lange, graue Korridore, vorbei an geschäftigen Besatzungsmitgliedern, die sich mit der Mühelosigkeit langer Praxis in der Schwerelosigkeit bewegten. Stanislaw Barrett blieb Drake auf den Fersen. Seine Bewegungen waren merklich unbeholfener als die der Raumfahrer, doch brachte er es ohne allzu große Mühe fertig, mit Drake Schritt zu halten. Als sie das innerste Deck im Ring erreicht hatten, war die Rotation des Schiffes so weit wiederhergestellt, dass die Fliehkraft einem Zehntel der Erdschwere entsprach.

»Gerade genug, um mit den Füßen am Boden zu bleiben, wenn wir uns auf die Abreise vorbereiten«, bemerkte Drake, als er und sein Gast die letzten paar Dutzend Meter zu seiner Kajüte bewältigten.

Drake öffnete die Tür, trat beiseite und bedeutete Barrett mit einer Geste, vorauszugehen. Barrett trat vor ihm ein und ließ einen leisen Pfiff hören.

»Sehr hübsch, Captain! Ich hatte keine Ahnung, dass die Marine ihre Schiffe so fein ausstattet.«

Drake überlegte, ob der Admiral nicht einen taktischen Fehler begangen hatte, indem er diesen Sonderbeauftragten des Ministerpräsidenten an Bord gelassen hatte. Da er nachteilige Folgen für den Umfang des nächsten Jahresbudgets befürchtete, beeilte er sich, die Zusammenhänge zu erklären.

»Das Dekor, Mr. Barrett, ist traditionell – und antik. Diese Kajüte ist heute noch genauso wie damals, als Captain Krueger, der letzte irdische Kommandeur, das Schiff unseren kolonialen Streitkräften übergab.«

Barrett, der ein Ölgemälde bewundert hatte, auf dem ein voll getakelter Rahsegler mit Reihen von Stückpforten in stürmischer See dargestellt war, wandte sich um und sagte: »Oh, ich kritisiere nicht, Captain. Ich bewundere nur.«

Drake forderte Barrett auf, vor seinem Schreibtisch, der zugleich Arbeitsstation war, Platz zu nehmen. »Wollen wir jetzt unsere Befehle öffnen, Sir?«

»Selbstverständlich.«

Drake setzte sich hinter den Schreibtisch und sperrte das kleine Kettenschloß auf, das den Sicherheitsbeutel an seinem rechten Handgelenk befestigte. Er legte den Beutel auf den Tisch, rieb sich die Haut, wo die Manschette eingeschnitten hatte, und drückte mit dem Daumen auf die blaßgrüne Oberfläche der Verschlussplatte. Es gab ein hörbares Klicken, und der Beutel öffnete sich der Länge nach. Darin befand sich eine kleine gläserne Tafel – wie ein Dominostein, der die Deckenbeleuchtung in einem Regenbogen holographisch induzierter Farben reflektierte. Drake löste die Tafel aus den Elastikbändern, die sie in dem Beutel gehalten hatten, steckte sie ins Lesegerät und schaltete den Bordcomputer ein. Ein momentanes Winseln wurde von einem Piepton abgelöst. Drake antwortete darauf, indem er seinen Namen, die Seriennummer und den Autorisationscode eingab. Nach kurzer Verzögerung wurde der Bildschirm frei und zeigte die Botschaft: ZUGANG ZU GESICHERTEN DATEN ERFORDERT ADMIRALITÄTSSCHLÜSSEL. Drake gab eine zwölfstellige Zahlen-Buchstaben-Kombination ein, die nur ihm als Captain und dem Zentralcomputer der Admiralität bekannt war. Der Bildschirm wurde wieder freigemacht. Nach einer Sekunde Wartezeit begann ein Text in leuchtend gelber Farbe über den Bildschirm zu wandern:

AN: Captain Lieutenant Richard Drake
Kommandierender Offizier
ANS *Discovery*

VON: Admiral Luis Dardan
Admiralität
Homeport, Alta

Datum: 14. Hermes 2637
Gegenstand: Marschbefehl

**** STRENG GEHEIM **** STRENG GEHEIM ****

1.0 Am 12. Hermes 2637 orteten die Flotten-Sensorstationen Alpha 7134 und Alpha 8364 um 21:37 bzw. 21:42 Uhr ein Artefakt in den Koordinaten 3615/+2712/-250EG.

2.0 Die Analyse der Ortungen durch die Admiralität führt zu folgenden Schlüssen:

1) Ein wirksamer Faltpunkt existiert wieder im System Valeria unter den oben angegebenen Koordinaten.
2) Das Artefakt ist ein Raumschiff, dessen Herkunftsort außerhalb des Systems Valeria liegt.
3) Die Bewegungen des Schiffes legen den Schluss nahe, dass es sich um ein Vermessungsschiff handelt, das einen zweiten Faltpunkt sucht.

3.0 Steht unter eigenem Antrieb. Gegenwärtige Kursdaten: 3615/+8865 gegenüber der zuerst festgestellten Position.

4.0 Das Zielschiff hat auf Kommunikationsversuche der Admiralität nicht reagiert.

5.0 Angesichts dieser Sachlage wird dem kommandierenden Offizier der ANS *Discovery* befohlen, folgende Aktionen einzuleiten:

1) Sie werden das Zielschiff so frühzeitig abfangen, wie es praktikabel ist, ohne Ihren Auftrag zu gefährden.
2) Sie werden durch die Ihnen zur Verfügung stehenden Mittel Ursprung und Natur des Zielschiffes feststellen.
3) Sie werden alle Informationen, die Sie gewinnen können, unverzüglich der Admiralität zuleiten.
4) Sofern ein derartiges Vorgehen sich mit Ihren anderen Zielen vereinbaren lässt, werden Sie das Zielschiff daran

hindern, das System Valeria durch Übergang in den Faltraum zu verlassen.

6.0 Sie werden im Hinblick auf die Sicherheit des Ihnen anvertrauten Kommandos jede Vorsicht walten lassen, die mit der erfolgreichen Durchführung Ihres Auftrags in Einklang zu bringen ist.

7.0 Sie werden hinsichtlich des Zielschiffes den Rat des Sonderbeauftragten des Ministerpräsidenten einholen, wenn die Umstände dies angezeigt erscheinen lassen.

8.0 Viel Glück, *Discovery!*

(Unterschrift)
Luis Emilio Dardan
Admiral

ANLAGEN

**** STRENG GEHEIM **** STRENG GEHEIM ****

Drake blickte zu Barrett auf. »Ist Ihnen der Inhalt meiner Befehle bekannt, Sir?«

Barrett nickte.

»Einschließlich Paragraph sieben?«

Diesmal lachte der Sonderbeauftragte. »Besonders Paragraph sieben. Ich wollte eine präziser formulierte Erklärung zu meiner Anwesenheit an Bord Ihres Schiffes, aber der Admiral verweigerte sie mir. Er hielt sogar dem Ministerpräsidenten stand. Trotzdem hoffe ich, dass Sie meinen Rat einholen werden, ›wenn die Umstände dies angezeigt erscheinen lassen‹.«

»Solange wir uns darüber im Klaren sind, dass es an Bord des Schiffes nur einen Captain geben kann, Mr. Barrett.«

»Sie werden keinen Widerspruch von mir hören.«

»Ausgezeichnet«, sagte Drake. »Gehen wir also an die Arbeit.«

Drake fragte die technischen Daten der Anlage ab und begann sie zu prüfen. Darunter befanden sich mehrere Teleskopaufnahmen des Eindringlings, die derjenigen ähnelten, welche er im Büro des Admirals gesehen hatte. Er ließ eine Serie von Kursprojektionen folgen, die auf verschiedenen optimistischen und pessimistischen Annahmen beruhten. Rasche Berechnungen des Bordcomputers überzeugten ihn, dass ein Rendezvousmanöver mit ihrem Besucher keine einfache Aufgabe sein würde.

»Warum nicht?«, fragte Barrett, als Drake eine diesbezügliche Bemerkung machte.

»Das Raumschiff hat in den vergangenen zweiundzwanzig Stunden gleichmäßig auf einem Kurs beschleunigt, der direkt von Valeria wegführt, Mr. Barrett. Schlimmer noch ist, dass es einen Vorsprung von 250 Millionen Kilometern hat. Im Augenblick hat seine Geschwindigkeit 388 Kilometer pro Sekunde erreicht, und sie wird noch sehr viel höher sein, wenn wir es schließlich einholen. Also werden wir die verlorene Zeit und den Rückstand aufholen müssen, seine Höchstgeschwindigkeit erheblich überschreiten und dann wieder verlangsamen, um die Geschwindigkeit anzugleichen, sobald wir das verdammte Ding eingeholt haben. Dann – angenommen, es wird seine Beschleunigung aufrechterhalten – werden wir weiterhin die Triebwerke einsetzen müssen, um nicht wieder zurückzufallen. Und dies alles werden wir tun und gleichzeitig eine Treibstoffreserve zurückhalten müssen, die uns hinterher die Heimkehr ermöglicht.

Dieses Problem hat aber noch einen weiteren Aspekt: die Höchstgeschwindigkeit der *Discovery* und die Toleranz meiner Besatzung für fortgesetzte Beschleunigung. Die beiden schließen sich natürlich gegenseitig aus – zu wenig Beschleunigung, und unser Treibstoffvorrat wird zur Neige gehen, bevor wir das Raumschiff einholen; zu viel, und wir laufen Gefahr, dass es an Bord Tote geben wird.«

»Und die Antwort, Captain?«, fragte Barrett.

»Es wird eine knappe Sache sein«, sagte Drake, während er zusätzliche Daten in seine Konsole eingab. »Der Computer hat dreiunddreißig Stunden bis zur Kehrtwendung berechnet; dann weitere einundzwanzig Stunden zur Verlangsamung für das Rendezvous. Sagen wir … vierundfünfzig Stunden bei dreieinhalb Ge Schub. Das wird uns zu demselben Punkt im Raum bringen, den das Raumschiff bei gleichbleibender Beschleunigung einnehmen wird. Danach werden uns vielleicht zehn bis zwölf Stunden zur Durchführung unseres Auftrags bleiben, bevor wir umkehren müssen.«

»Dreieinhalb Ge für vierundfünfzig Stunden?«

»Sie sagten, Sie könnten es ertragen«, erinnerte ihn Drake.

»Das sagte ich«, stimmte Barrett kleinlaut zu. »Lieber Himmel, wenn ich an meine Rückenschmerzen denke!«

3

Unter Laien herrscht die verbreitete Ansicht, dass die Brücke eines Raumschiffes irgendwo in der Nähe des Schiffsbugs liegen müsse. In Wahrheit ist das so gut wie nie der Fall. Die *Discovery* war durch ihre Bauweise, die aus einem Zylinder und einem Ring bestand, für eine derartige Anordnung besonders ungeeignet. Wie bei den meisten Kriegsschiffen befand sich die Brücke des Kreuzers am sichersten Ort, den die Konstrukteure finden konnten – in der Mitte der Innenkurve des Ringes.

Tatsächlich besaß die *Discovery* drei Kontrollräume, von denen jeder allein imstande war, die Aufgaben der Navigation, der Überwachung der Bordsysteme und die Funktionen einer Feuerleitzentrale zu übernehmen, sollte die Notwendigkeit entstehen. Für normale Operationen gab es jedoch eine traditionelle Arbeitsteilung zwischen den drei Nervenzentren. Kontrollraum 1 versah die üblichen Funktionen einer Brücke: Navigation, Kommunikation und Steuerung; Nummer 2 diente als Feuerleitzentrale für Waffen und Sensoren; Nummer 3 diente dem Chefingenieur zur Überwachung der Bordfunktionen und der Energieerzeugungs- und Antriebssysteme.

»Beginnen Sie mit der Startzählung, Mr. Cristobal«, befahl Drake, als er sich im Kontrollraum 1 auf seinem Platz anschnallte. Weniger als eine Stunde war vergangen, seit er an Bord der *Discovery* gekommen war, und fünf Minuten, seit er Stan Barrett in einer der Gästekabinen zwei Decks achtern angeschnallt hatte. Die Schiffsrotation hatte aufgehört, und das Innere des Habitatringes war wieder in Schwerelosigkeit.

Drake hörte die kurzen Bereitschaftsmeldungen aus den verschiedenen Abteilungen des Schiffes, während er darauf wartete, dass die roten Nummern auf dem Bildschirm vor ihm auf Null heruntergingen. Die Stimme von Lieutenant Argos Cristobal, des Navigators der *Discovery*, rief fest und deutlich die verbleibenden Sekunden ab: »Zehn, neun, acht, sieben, sechs, fünf, vier, drei, zwei, eins … Start!«

Ein zusätzlicher Bildschirm leuchtete auf, als eine am Habitatring befestigte Kamera den Glutschein aufnahm, der plötzlich aus dem Achterende des zentralen Torpedokörpers der *Discovery* hervorbrach. Theoretisch hätte der Photonenantrieb des Kreuzers im Vakuum des

Raumes unsichtbar bleiben sollen. Überschüssiges Plasma aus den Masseumwandlern des Schiffes wurde jedoch in den Abgasstrom der Triebwerke gepumpt und ließ den Ausstoß rötlich weiß erstrahlen, als die *Discovery* ihre Parkumlaufbahn verließ und Kurs auf die Schwärze des tiefen Raumes nahm.

Drake beobachtete die Instrumente mehrere Minuten lang; als er sich vergewissert hatte, dass das Schiff in Ordnung war, wählte er die Nummer von Barretts Kabine. »Wie kommen Sie zurecht?«

Der Sonderbeauftragte lag entspannt in einem rückklappbaren Ruhesessel, der wie eine Kreuzung zwischen Wasserbett und Badewanne aussah. Er grinste in die Kameralinse. »Kein Problem, Captain. Es ist nicht so schlimm, wie ich es mir vorgestellt hatte.«

Drake lachte. »Das liegt daran, dass wir erst bei einem *g* Beschleunigung sind. Wir werden sie beibehalten, bis wir die innere Verkehrszone hinter uns haben. Sie können aufstehen, wenn Sie wollen, verlassen Sie aber Ihre Kabine nicht. Und kehren Sie zurück an Ihren Platz, sobald Sie die erste Beschleunigungswarnung hören.«

»Wird gemacht.«

Eine Stunde später beschleunigte das Schiff entlang einer normalen Startspirale mit einem *g*, während Besatzungsmitglieder an der Arbeit waren, ganze Räume und Abteilungen von der ›Außen-ist-unten‹-Orientierung der Parkumlaufbahn in die ›Achtern-ist-unten‹-Orientierung der Beschleunigungsphase umzubauen. Die einzigen Räumlichkeiten, die dieser Umwandlung nicht bedurften, waren die Kontrollräume, die kardanisch aufgehängt waren, um das Deck horizontal zu halten, und die größeren Abteilungen wie Hangarbucht und Maschinenraum, die so konstruiert waren, dass unabhängig von der Richtung des ›Unten‹ jederzeit Zugang möglich war.

»Die Verkehrsüberwachung meldet, dass wir die innere Zone verlassen haben und freizügig navigieren können, Captain«, berichtete Lieutenant Cristobal.

»Das wurde Zeit! Bringen Sie das Schiff auf unseren Kurs, Mr. Cristobal.«

»Ja, Sir. Welchen Vektor?«

»Sie werden den Flugplan bereits im Computer finden.« Cristobal rief die Einstellung auf seinem Bildschirm ab und runzelte die Stirn. »Ich bekomme einen Nordkurs mit drei Komma fünf *g* Beschleunigung, Captain.«

»Das ist richtig, Lieutenant. Geben Sie ihn ein.«

»Jawohl, Sir.«

Drake hatte die unausgesprochene Frage in der Stimme des Navigators gehört, als der Mann festgestellt hatte, dass sie einen Kurs nahmen, der neunzig Grad von der Ekliptik Valerias abwich. Er musste lächeln, als er an die bevorstehende Überraschung dachte; dann wählte er die Nummer der Nachrichtenzentrale. »Mr. Slater, ich werde in fünf Minuten das Wort an die Besatzung richten, machen Sie die Ankündigung.«

»Ja, Sir.« Ein paar Sekunden später drang Lieutenant Karl Slaters Stimme überall im Schiff aus den Deckenlautsprechern. »Achtung, alle Stationen. Der Captain wird in fünf Minuten eine Erklärung abgeben. Halten Sie sich bereit.«

Das Schiff begann sein Wendemanöver mit eingeschaltetem Antrieb; die dabei entstehenden Corioliskräfte wirkten seltsam auf den Gleichgewichtssinn. Zwei Minuten später meldete Cristobal: »Manöver ausgeführt, Captain. Bereit zur Beschleunigung.«

»Sehr gut, Lieutenant. Nachrichtenmaat, verbinden Sie mich mit dem Chefingenieur.«

»Hier Chefingenieur, Sir.«

»Ich hörte, Sie hatten einen störrischen Computer, Gavin.«

»Nichts, womit wir nicht fertig werden können, Captain.«

»Glauben Sie, dass Sie aus dem alten Eimer dreieinhalb *g* herausquetschen können?«

»Kein Problem.«

»Dann halten Sie sich bereit für Dauerbeschleunigung gleich nach meiner allgemeinen Durchsage.«

»Verstanden, Captain.«

Drake rief nacheinander die verschiedenen Abteilungen an und ließ sich von jedem leitenden Offizier den Status seiner Abteilung und ihre Bereitschaft bestätigen. Besorgnis erregend war die Personallage. Der Startbefehl war so kurzfristig ergangen, dass keine Zeit gewesen war, das Personal auf Landurlaub zurückzurufen. Die *Discovery* hatte die wichtigste Mission ihrer langen Geschichte mit einem Fehlbestand von zwölf Prozent ihres Personals angetreten.

Als fünf Minuten um waren, rief Drake erneut die Nachrichtenabteilung an. »Schalten Sie mich jetzt auf den Kanal für öffentliche Durchsagen.«

»Fertig, Captain. Drücken Sie Kanal sechs.«

Drake sammelte seine Gedanken, befeuchtete sich die Lippen und schaltete das Mikrofon ein.

»Hier spricht der Captain. Ich bitte um Ihre Aufmerksamkeit. Ich weiß, dass Sie alle sich fragen, warum wir in solcher Eile die Umlaufbahn verließen. Dies geschah, weil wir mit einer Mission beauftragt wurden, die keinen Aufschub duldet. Vor vierundzwanzig Stunden wurde ein fremdes Raumschiff in der nördlichen Hemisphäre Valerias geortet. Wir haben den Auftrag, es einzuholen und abzufangen.«

Drake machte eine Pause, um seinen Zuhörern Gelegenheit zu geben, die Nachricht zu verdauen. Nach zwölf Sekunden setzte er seine Durchsage fort, verlas einen Auszug aus dem Befehl der Admiralität, erläuterte die Folgerungen, die sich aus einer möglichen Wiedereröffnung des Faltpunktes ergaben, und schloß mit den Worten: »Wir haben uns seit langem auf einen Fall wie diesen vorbereitet. Ich erwarte von jedem, an welchem Platz er auch stehen mag, dass er seine Pflicht tut. Bereiten Sie sich jetzt auf eine starke Dauerbeschleunigung vor. Sie haben zwei Minuten. Ein Glückauf uns allen!«

Die hundertfünfundzwanzigjährige Isolation des Systems Valeria war für die große Mehrzahl seiner Bewohner nicht mehr als eine Unannehmlichkeit gewesen, die durch Gewöhnung längst zum Normalzustand geworden war. Wirkliches Leiden – wie etwa durch Hungersnot, Seuchen oder Krieg – hatte es nie gegeben. Zumindest für Alta hätte der Zeitpunkt des Ausbruchs der Antares-Supernova kaum günstiger gewesen sein können.

Während der ganzen Geschichte hatten die hohen interstellaren Frachtkosten immer als Ansporn zur raschen Entwicklung einer eigenen landwirtschaftlichen und industriellen Versorgungsbasis gedient. So war es auch mit der Kolonie Alta gewesen. Um 2512 n. Chr. hatte sich Alta von seiner Mutterkolonie New Providence nahezu unabhängig gemacht. Die Bevölkerung war von den paar Millionen harten, anspruchslosen Pionieren der Frühzeit auf mehr als eine Milliarde angewachsen. In vielerlei Hinsicht ist eine Bevölkerungszahl von einer Milliarde Menschen die optimale Zahl für ein Sternsystem – nicht genug Münder, um eine Gefahr für das natürliche Gleichgewicht und die vorhandenen Ressourcen darzustellen, doch mehr als genug Hände und Köpfe, um eine moderne, technische Zivilisation zu erhalten.

Rohstoffe und Bodenschätze waren niemals ein ernstes Problem gewesen. Das Einzige, was die Bedeutung der Eisen- und Buntmetallproduktion übertraf, war die landwirtschaftliche Produktion, deren Erzeugnisse zum größten Teil aus den weiten, fruchtbaren Ebenen des altanischen Ostkontinents kamen. Dieser Kontinent war mit einem idealen Klima für irdische Feldfrüchte gesegnet. Seit fünfzig Jahren hatte Altas Kornkammer immer wieder neue Rekordernten eingebracht.

Obwohl der Verlust des Faltpunktes relativ wenig Einfluss auf das physische Wohlergehen der Kolonie gehabt hatte, ließ sich das Gleiche nicht von den psychologischen Auswirkungen sagen. Die Nachricht vom Verschwinden des Faltpunktes verbreitete sich in Windeseile, und verschiedentlich kam es zu Panik. Im Lauf der ersten Woche war die Zahl der Selbstmorde auf mehr als zehntausend angestiegen. Und in den nächsten fünfzehn Monaten, die das altanische Jahr ausmachten – weil Alta so lange benötigte, um den Zentralstern Valeria einmal zu umkreisen –, wurde über eine Million Menschen wegen mehr oder minder schweren Depressionen behandelt.

Am härtesten traf die Nachricht vom Versagen des Faltpunktes natürlich die nun im System Valeria gefangenen Fremden. Zu diesen zählten die Besatzungen verschiedener Raumschiffe von anderen Systemen sowie der Botschafter der Erde in Alta. Dieser war ein Mann namens Granville Whitlow, der erst 2510 als jüngster Botschafter im diplomatischen Dienst der Erde in Homeport eingetroffen war. Seine Laufbahn sah eine zweijährige Dienstzeit als Botschafter ›bei den Kolonisten‹ vor, worauf er heimkehren und anderswo einen wichtigeren Posten übernehmen sollte.

Wie viele andere der auf Alta festsitzenden Ausländer (und nicht wenige Altaner), klammerte sich Whitlow an die Hoffnung, dass die Störung des Faltpunktes nur vorübergehend sein würde. Er verbrachte seine Zeit mit Warten auf den Zeitpunkt, da der Faltpunkt sich von selbst wieder etablieren würde, und tat im Übrigen so, als hätte sich nichts geändert: Er versah seine Pflichten, half gestrandeten Touristen mit Pässen und Überbrückungsdarlehen, veranstaltete Feste für das kleine diplomatische Korps von Homeport und betätigte sich in Fragen, die von Interesse für die Zentralregierung waren, als Lobbyist beim altanischen Ministerpräsidenten und den Parlamentsabgeordneten.

Zu seinen Obliegenheiten gehörte die Versorgung und Instandhaltung von drei Einheiten der Großen Flotte, die im System Valeria festsaßen. Eine Zeit lang bezahlte Whitlow diese Unkosten wie auch den Sold der Schiffsbesatzungen aus den ihm zur Verfügung stehenden Etatmitteln. Als diese zur Neige gingen, gab er Schuldscheine zu Lasten der Zentralregierung aus. Auch diese Regelung hatte nicht lange Bestand. Als Lieferanten und altanische Regierungsstellen zu argwöhnen begannen, dass der Verlust des Faltpunktes von Dauer sein könnte, verlangten sie Zahlung in harter Währung. Ungefähr zur gleichen Zeit, als seine Kreditquellen auszutrocknen begannen, sah sich der Botschafter der Erde einer weiteren Krise gegenüber. Nachdem ihre Dienstzeiten abgelaufen waren, auf die sie sich verpflichtet hatten, machten immer mehr Besatzungsmitglieder von ihrem Recht Gebrauch, aus dem Militärdienst auszuscheiden und sich auf Alta eine Existenz aufzubauen.

Als runde 20 Prozent der Besatzungen das freie Leben auf dem Planeten gewählt und dem eintönigen Garnisonsdienst in Parkumlaufbahnen den Rücken gekehrt hatten, trat Granville Whitlow mit einem Angebot an die Regierung und das Parlament Altas heran. Er schlug vor, das durch die Isolation vom Rest des besiedelten Raumes entstandene Machtvakuum durch die Schaffung einer altanischen Streitmacht auszufüllen. Als Kern dieser Streitmacht bot er die drei gestrandeten Schlachtkreuzer an, die er der altanischen Regierung ›für die Dauer des gegenwärtigen Notstands‹ zur Verfügung stellen wollte. Seine Überlegung war, dass die Kolonialregierung verpflichtet sein würde, die Kreuzer instand zu halten, zu versorgen und mit Personal zu versehen, sobald sie die Befehlsgewalt über sie ausübte.

Die Entscheidung zur Aufgabe der Schlachtkreuzer war Whitlow nicht leicht gefallen. Später betonte er gern, es sei die schwerste Entscheidung gewesen, zu der er sich jemals habe durchringen müssen. Denn als Kenner der Geschichte war ihm klar, dass Jahre der Trennung unausweichlich zu einer Lockerung der Bande von Verwandtschaft und Freundschaft zwischen der isolierten Kolonie und der Mutterwelt führen mussten. Ohne interstellaren Handel und ohne gemeinsame Interessen würden die beiden Gesellschaften zwangsläufig verschiedene Wege gehen. Er sorgte sich, dass beide eines Tages in Konflikt miteinander geraten und womöglich sogar in einen Krieg verwickelt werden würden.

Im Jahr 2512 war der Gedanke, das winzige Alta könne die mächtige Erde angreifen, beinahe zu lächerlich, um einen Gedanken darauf zu verschwenden. Granville Whitlow war jedoch ein Mann, der dank seiner Ausbildung als Diplomat langfristig zu denken gewohnt war, und er nahm seine Verantwortung als Repräsentant der Erde sehr ernst. Bevor er der altanischen Regierung die Überlassung seiner kleinen Flotte anbot, beschloss er, dass, sollte Alta jemals Krieg gegen die Erde führen, dies ohne die Hilfe seiner drei Schlachtkreuzer geschehen würde.

»Onkel, wo bist du?«

»Hier draußen, Kind!«

Bethany Lindquist schloss die Tür hinter sich und ging durch Clarence Whitlows geräumiges Haus dem Klang seiner Stimme nach. Whitlow war der Urenkel Granville Whitlows und der ältere Bruder von Bethanys Mutter. Als sie und Bethanys Vater bei einem Flugzeugabsturz ums Leben gekommen waren, nahm Clarence Whitlow die Zehnjährige in sein Haus auf und erzog sie als sein eigenes Kind. Jetzt, achtzehn Standardjahre später, lebte sie in der Stadt und besuchte ihn mehrmals im Jahr in seinem Haus in den Vorbergen des Colgate-Gebirges.

Bethany fand ihren Onkel im Solarium bei der Pflege seiner Rosen. Sie schlängelte sich zwischen den stachligen Pflanzen durch Rosenduft zu der Stelle, wo er einen Rosenstrauch beschnitt, der sich zwei Meter aus der Mitte eines Labyrinths komplizierter Rohrleitungen erhob. Als sie dem gebeugten, weißhaarigen Mann im schmutzigen Gärtnerkittel gegenüberstand, küsste sie ihn zärtlich auf die Stirn. »Wieder mal bei deinen Pflanzen, Onkel?«

Er nickte. »Nächsten Monat ist in Homeport die Blumenschau, und dieses Jahr möchte ich ein blaues Band gewinnen.«

»Du hättest schon letztes Jahr gewinnen sollen!«

Er lachte. »Das finde ich auch, aber wir sind beide voreingenommen. Was bringt meine Lieblingsnichte so weit aus der Stadt?«

Sie zuckte die Achseln. »Kein bestimmter Grund. Ich wollte bloß meine Familie besuchen. Ist das ein Verbrechen?«

Whitlow antwortete nicht gleich. Stattdessen legte er umständlich seine Gartenschere weg und zog die dicken Arbeitshandschuhe aus. Dabei betrachtete er seine Nichte. Was er sah, war eine junge Frau von etwas mehr als durchschnittlicher Größe, mit einer wohlproportionierten Figur und von anmutiger Haltung. Schulterlanges, kastanienbraunes Haar rahmte ihr Gesicht ein. Sie hatte klare graue Augen und einen Mund, der für den Rest ihrer Züge ein wenig zu groß war, aber der Gesamteindruck war der unauffälliger Schönheit. Zum hundertsten Mal musste er an die Verwandlung denken, die eine verängstigte Zehnjährige zu dieser schönen jungen Frau gemacht hatte. Wo waren all die Jahre geblieben?

»Deine Worte passen nicht zu deiner Haltung, Kind. Du bist so nervös, wie ich dich selten gesehen habe. Nun sag, was hast du auf dem Herzen?«

Ihr Ausdruck wurde nachdenklich, und sie tat einen tiefen Atemzug, bevor sie antwortete. »Carl hat mir einen Heiratsantrag gemacht.«

»Meinst du Carlton Aster?«

»Wen sonst?«

Whitlow nickte. Aster war Assistent und Berater von Jonathan Carstairs, dem Führer der oppositionellen Konservativen Partei im Parlament. Whitlow schätzte Aster nicht sonderlich, doch war er als Botschafter der Erde kraft Erbfolge zu vorsichtig, um es sich anmerken zu lassen. Er war mehrere Male in offiziellen Angelegenheiten mit dem jungen Mann zusammengekommen und hatte ihn bald als einen Opportunisten abgestempelt, einen unaufrichtigen Händeschüttler jenes Typs, der sich stets von der Politik angezogen fühlt. Ein prüfender Blick in Bethanys Gesicht sagte ihm, dass er nicht das Recht hatte, dieser Einschätzung Ausdruck zu geben. »Liebst du ihn?«

»Ich glaube schon.«

»Das klingt nicht sehr überzeugt.«

»Ich habe manchmal meine Zweifel. Das ist normal, nicht?«

Whitlow zuckte die Achseln. »Mag sein. Möchtest du einen Rat?«

»Von dir, Onkel? Natürlich.«

»Lass dir Zeit mit deiner Antwort auf seinen Antrag. ›Heirat in Eile bereut man alleweile‹, sagt ein jahrhundertealtes Sprichwort.«

»Ich möchte, dass du ihn kennen lernst.«

»Ich bin ihm schon begegnet.«

»Ich spreche nicht von geschäftlichen Dingen. Ich möchte gern, dass ihr zwei euch privat kennen lernt. Gesellschaftlich. Kannst du nächste Woche nach Homeport kommen und mit uns zu Mittag essen?«

»Zu dumm, dass ich gestern nicht davon wusste. Dann hätten wir zusammen essen gehen können.«

»Ach, du warst in der Stadt?«, fragte Bethany überflüssigerweise.

Whitlow nickte. »Ich war in der Botschaft, um ein paar alte Akten durchzusehen.«

Bethany ächzte. »Nicht die Admiralität, Onkel, wirklich!«

Whitlow lächelte und breitete resigniert die Hände aus. Dass er darauf bestand, seinen Pflichten nachzugehen, hatte immer zu Reibungen zwischen ihnen geführt. Bethany behauptete, dass die Leute ihn hinter seinem Rücken auslachten und sagten, er sei ein alter Mann, der sein Leben mit Träumen von vergangenem Ruhm verbracht habe. Er glaubte selbst, dass sie Recht hatte. Der Umstand aber, dass er die Zielscheibe des Spottes seiner Nachbarn war, würde ihn niemals davon abhalten, seine Pflicht zu tun. Das hatte er Bethany oft klargemacht.

»Ich fürchte, dass ich es tun musste, Bethany. Einige Diskrepanzen in den alten Einwanderungsakten bedurften der Aufklärung. Wie du dich bestimmt erinnerst, besorgtest du voriges Jahr selbst Kopien einer Anzahl von Akten aus der Universität. Ich verglich diese Daten mit den Aufzeichnungen im alten Botschaftscomputer. Es gelang mir nicht, sehr weit voranzukommen, aber die Zeit war durchaus nicht vergeudet. Gestern gab es eine Art Krise in der Admiralität, und ich verbrachte mehrere erfreuliche Stunden damit, die Aufregung zu beobachten.«

»Was für eine Krise?«

»Ich weiß es nicht. Sie wollten es mir nicht sagen. Aber sie rannten durcheinander in der heißen Sonne herum wie die Hühner. Ich sah mehrere Bekannte von der Akademie der Wissenschaften, die am Eingang empfangen und die Treppe hinauf zum Büro des Admirals geführt wurden. Das war der interessanteste Teil der ganzen Geschichte. Sie gingen mit verdrießlichen Mienen hinauf, als wären sie kurzfristig von wichtiger Arbeit abgezogen worden. Doch als sie wieder herauskamen, waren sie wie verwandelt.«

»In welcher Weise verwandelt?«

»Sie schienen … nachdenklich und besorgt.«

»Wahrscheinlich hat der Admiral sie gebeten, die Auswirkungen der Supernova auf die Flottenkommunikation oder was zu untersuchen.«

»Könnte sein.«

»Kommst du nächste Woche zum Essen?«

»Selbstverständlich, Bethany. Ich werde sogar meine Diplomatenschärpe zu Hause lassen, um dich nicht in Verlegenheit zu bringen.«

»Ach, Onkel!«

»Nun, da wir diese Einzelheit aus dem Weg geräumt haben: Kannst du zum Abendessen bleiben?«

»Ich weiß nicht …«

»Nicht einmal, um einen alten Mann glücklich zu machen?«

Sie lächelte. »Ich nehme an, ich kann auch später am Abend noch zurückfahren.«

»Ausgezeichnet«, sagte er und rieb sich die Hände. »Um achtzehn Uhr werden wir dann bei Kerzenschein im Innenhof speisen und zusammen Antares aufgehen sehen.«

»Das würde mir gefallen«, sagte Bethany.

»Mir auch, Kind. Mehr als du dir vorstellen kannst.«

Jonathan Carstairs, Anwalt des gemeinen Mannes, Führer der Demokratisch-Konservativen Koalition im Parlament und – wenn bestimmte politische Erwartungen sich erfüllten – nächster Ministerpräsident der Republik Alta, saß in seinem Büro und verfluchte den Tag, an dem er von der Antares-Supernova gehört hatte. Nicht, dass das verdammte Ding keinerlei Reiz gehabt hätte. Anfänglich war Carstairs von dem nächtlichen Phänomen bezaubert gewesen, das die Kommentatoren ›Antaresdämmerung‹ nannten. Jede Nacht wurde das Land bei Novaaufgang von einem silbernen Lichtschein überflutet, der niemanden gleichgültig ließ, der ihn sah. Im Gegensatz dazu waren Altas vier kleine Monde entschieden unansehnlich.

Aber hübsch oder nicht, die Supernova kam die Staatsfinanzen zu teuer! Mit der bläulich weißen Strahlung war ein deutlicher Anstieg der Hintergrundstrahlung im System Valeria einhergegangen. Für Alta selbst war es kein Problem, da die Atmosphäre die schädlichsten Strahlen herausfilterte, aber das Gleiche ließ sich von den Raumhabitats nicht sagen. Schon wurden im Parlament Stimmen laut, welche die Freigabe zusätzlicher Mittel zur Verstärkung der Strahlungsabschirmung der Raumstationen verlangten.

Hinzu kamen die kleineren Verdrießlichkeiten. Kinder wollten abends nicht ins Bett gehen, weil das silbrige Licht draußen den Tag verlängerte. Jugendliche trieben sich nach Sonnenuntergang mehr als bisher auf den Straßen herum, was zu einem Anstieg der Belästigungen und mutwilligen Zerstörungen geführt hatte. Auch die Zahl der Verkehrsunfälle war im Ansteigen begriffen, desgleichen asoziale Handlungen jeglicher Art. Und dann das Wetter! Die Landwirte im Brandttal machten die Nova für die Trockenheit in der Region verantwortlich, während auf den Neubritischen Inseln ganze Dörfer von Schlammlawinen begraben wurden. Beide Gruppen verlangten von der Regierung Entschädigungen und Hilfsgelder. Carstairs hatte keine Ahnung, ob die Nova das Wetter beeinflusste oder nicht, aber er wusste, wer unter Druck geraten würde, Hilfsgelder bereitzustellen und zinslose Darlehen zu garantieren, wenn die Lage sich nicht bald besserte. Woher, zum Teufel, sollte all das zusätzliche Geld kommen?

Carstairs' düstere Gedanken wurden vom Summen der Gegensprechanlage unterbrochen. Er beugte sich vor. »Ja?«

»Mr. Aster ist hier.«

»Schicken Sie ihn herein.« Carstairs drehte sich mit seinem Bürosessel zur Tür, als sein Assistent aus dem Vorzimmer hereinkam. Carl Aster erinnerte Jonathan Carstairs an sich selbst, wie er vor drei Jahrzehnten gewesen war. Carl sah gut aus, hatte gewandte Umgangsformen, Rednertalent und besaß die Fähigkeit, sich nicht allzu auffällig bei denen einzuschmeicheln, die seiner Karriere förderlich sein konnten. Wichtiger war, dass er einen politischen Instinkt zu besitzen schien, der ihm half, den Fehltritten auszuweichen, die eine beginnende politische Laufbahn ruinieren konnten. Ein solcher Fehltritt wäre es zum Beispiel, wenn er die falsche Frau heiratete. Es sah so aus, als hätte Aster die Bedeutung dieses Punktes erkannt. Carstairs billigte von Herzen die jüngste Wahl seines Assistenten. Bethany Lindquist würde die vollkommene Ergänzung eines aufstrebenden jungen Politikers sein. »Nun, was haben Sie erfahren?«, fragte er den jungen Mann.

»Die Admiralität verweigert jegliche Auskunft, Sir. Man sagte mir, die Bewegungen ihrer Schiffe unterlägen der Geheimhaltung.«

»Und Sie ließen es dabei bewenden?«

Aster lächelte. »Sie kennen mich besser, Sir. Ich rief einen Freund an, der mir eine Gefälligkeit schuldet. Die Gerüchte sind zutreffend. Die *Discovery* ist ausgesandt worden, ein fremdes Raumschiff zu stellen, das von außen in das System eingedrungen ist.«

Carstairs erlaubte sich den Luxus einer diskreten Verwünschung. Die Nachrichten der parlamentarischen Flüsterpropaganda waren so erstaunlich gewesen, dass er sich verpflichtet gefühlt hatte, eine Bestätigung zu erlangen, bevor er etwas unternehmen würde. Nun sah es so aus, als hätte er zu lange gewartet.

»Wie steht es mit diesen anderen Gerüchten? Ist Stan Barrett an Bord?«

»Mein Informant war nicht sicher, aber er glaubt es.«

»Verdammt! Das bedeutet, dass der Ministerpräsident uns kaltgestellt hat, Carl. Wären wir ihnen auf die Schliche gekommen, bevor dieses Schiff aus der Umlaufbahn startete, hätten wir einen oder zwei unserer eigenen Leute aus dem parlamentarischen Sicherheitsausschuss an Bord bringen können. Nun wird uns nach Lage der Dinge nichts übrig bleiben als in den Jubel einzustimmen, wenn die Sozialdemokraten den ganzen Ruhm einheimsen und damit die Unfähigkeit ihrer Regierung bemänteln.«

»Ich kann Ihnen nicht folgen«, sagte Aster.

»Nicht? Welche Partei wird denn die Gesichter ihrer Führer in den nächsten paar Wochen am meisten ins Rampenlicht der Medienöffentlichkeit bringen? Welche Partei wird sich damit brüsten, die Verbindung mit dem äußeren Universum wiederhergestellt zu haben? Und am schlimmsten von allen: Welche Partei wird am meisten von dieser Entwicklung profitieren und in der Wählergunst nach vorn rücken, wenn wir an unserem Plan zur Erzwingung vorgezogener Neuwahlen festhalten?«

»Was können wir tun, um wirkungsvoll zu kontern?«

»Hmm.« Carstairs rieb sich den Nacken. »Das ist ein interessantes Problem in angewandter Politik. Natürlich gibt es verschiedene Manöver, die wir ins Auge fassen könnten. Wir könnten ihre Entscheidung zur Geheimhaltung dieses Ereignisses angreifen und unsere Sache mit dem Recht der Öffentlichkeit begründen, unterrichtet zu werden. Oder wir könnten den entgegengesetzten Kurs fahren und den Medien selbst die Nachricht zuspielen, um die Regierung dann wegen mangelhafter Geheimhaltung anzugreifen. Oder wir könnten versuchen, völlig ruchlos zu sein und mit ihnen zusammenarbeiten. Diese letztere Strategie könnte uns Punkte für verantwortungsbewusstes Handeln einbringen, weil wir das Wohl des Ganzen über das der Partei stellen – als ob man die beiden voneinander trennen könnte! Wie ich schon sagte, ein interessantes Problem.«

Plötzlich richtete sich der Oppositionsführer in seinem Stuhl auf und schlug mit der offenen Hand auf die Schreibtischplatte. »Als Erstes müssen wir herausbringen, wie viel Manövrierraum wir haben. Gehen Sie nach nebenan, Carl, und vereinbaren Sie für heute Nachmittag einen Gesprächstermin mit dem Ministerpräsidenten.«

»Und wenn sein Sekretariat mich nach dem Gesprächsthema fragt?«

»Sagen Sie ihm, dass es eine Angelegenheit von größter Bedeutung für die Republik ist.«

4

»Alle Mann bereithalten für null *g*! Null Ge in einer Minute!«

Richard Drake hörte die Warnung mit Erregung und nicht geringer Erleichterung. Wie die aus der Gegensprechanlage des Schiffes dringenden Hochrufe bewiesen, stand er mit seiner Reaktion nicht allein da. Mit Ausnahme kurzer, zehnminütiger Ruhepausen in jeder Wache hatten er und der Rest der Besatzung mehr als fünfzig Stunden angeschnallt in ihren Sitzen verbracht, von dreieinhalbfacher Erdschwere in die Polsterung gepresst.

»Achtung! Null *g* in dreißig Sekunden. Letzte Warnung!«

Drake blickte zum großen Chronometer an der Wand auf. Blinkende rote Zahlen tickten langsam die verbleibenden Sekunden der Beschleunigung ab. Als sie 00:00:00 erreichten, hob sich der Druck plötzlich von seiner Brust. Sein Körper wurde vorwärts in die Gurte gestoßen und prallte in einer kurzen Serie von Oszillationen vor und zurück. Er streckte die Hand aus und drückte Tasten, die in die Armlehne seines Sitzes eingelassen waren. Die Bildschirmwiedergaben über seiner Befehlskonsole begannen sich zu verändern. Auf dem großen holografischen Bildschirm der Brücke verblasste ein Hologramm, das den Kurs des Schiffes als Diagramm aufgezeichnet hatte, und wurde ersetzt durch einen Ausschnitt des Sternenhimmels. In der Mitte des Bildausschnitts befand sich der helle, weißlich violette Stern, der ihr Ziel war.

Drake wählte den Stabskanal, ging auf Konferenzschaltung und gab das Rufzeichen durch. Sekunden später erschienen acht Gesichter auf Bildschirmen vor ihm – die Mitglieder seines Stabes und Stan Barrett; alle waren gezeichnet von der Wirkung des eben beendeten Hochbeschleunigungsfluges. Tiefe Schatten umgaben die Augen, die Gesichter waren eingefallen und von Bartstoppeln eingerahmt. Doch verriet das Leuchten in ihren Augen die Erregung, dem Ziel nahe zu sein.

»Was melden die Sensoren, Mr. Marston?«, fragte Drake mit einem Blick zum Bildschirm links außen.

»Wir sind auf 100.000 Kilometer herangekommen und nähern uns rasch, Captain«, sagte der Dienst tuende Offizier in der Feuerleitzentrale. »Die Annäherungsrate verringert sich, während wir zwei *g* aufrechterhalten.«

»Wann werden wir die Geschwindigkeit angepasst haben?«

»Ungefähr drei Minuten, Sir. Ich empfehle, dass wir das Schiff wenden.«

»Richtig! Mr. Cristobal, beginnen Sie mit dem Wendemanöver.«

»Ja, Captain.«

Seit mehreren Stunden hatte die *Discovery* die überschüssige Geschwindigkeit abgebaut, die ihr gestattet hatte, das fremde Raumschiff einzuholen. Zu diesem Zweck hatte der Kreuzer eine Wendung um hundertachtzig Grad beschrieben und war während der Drosselungsphase sozusagen rückwärts gegen den Druck seiner Triebwerke durch den Raum geflogen. Da das fremde Raumschiff noch immer mit eingeschalteten Triebwerken flog, würde es erforderlich sein, den Kreuzer noch einmal zu wenden und wieder zu beschleunigen, um die Position gegenüber dem stetig beschleunigenden Raumschiff zu halten. Wie Drake vorausgesehen hatte, wurde die Treibstoffversorgung der *Discovery* kritisch. Wenn sie die Triebwerke des fremden Raumschiffes nicht innerhalb der nächsten paar Stunden abschalten konnten, würden sie die Verfolgungsjagd aufgeben und die Heimreise antreten müssen – wollten sie nicht riskieren, ihre Tanks vollends zu leeren.

»Können wir wieder beschleunigen, Ingenieur?«

»Jawohl, Captain.«

»Navigator?«

»Wendung eingeleitet, Sir. Wir werden die Beschleunigung in zwei Minuten wieder aufnehmen können. Ich bestätige Mr. Marstons Zahlen hinsichtlich des Zeitbedarfs für die Angleichung der Geschwindigkeit.«

»In Ordnung«, sagte Drake. »Geben Sie es ein. Beschleunigung in …« – er blickte zum Chronometer – »zwei Minuten, sechzehn Sekunden.«

»Ja, Sir«, sagte Lieutenant Cristobal.

Drake streckte die Hand aus und drückte die Taste für allgemeine Durchsagen. »Achtung, hier spricht der Captain. Wir werden in zwei Minuten wieder beschleunigen. Alle Vorsichtsmaßnahmen sind sofort einzuleiten.«

Wieder gab es eine scheinbar endlose Wartezeit, während der Chronometer die Sekunden heruntertickte. Doch als die Schwere schließlich zurückkehrte, fehlte ihr die erdrückende Gewalt, an die sich alle während der Reise gewöhnt hatten. Schon nach wenigen Augenblicken meldete Argos Cristobal: »Geschwindigkeiten angeglichen, Captain. Wir halten jetzt bei 100.000 Kilometern Distanz Position.«

»Sehr gut, Navigator.« Drake wandte sich den Gesichtern seines Stabs zu und sagte: »Nun, nachdem dies erledigt ist, bitte ich um Ihre Meldungen!«

Sobald die *Discovery* Altas innere Verkehrszone hinter sich gelassen hatte und auf maximale Beschleunigung gegangen war, hatte Drake seinen Stab wie jetzt über die Bordsprechanlage zusammengerufen und über ihre Mission unterrichtet. Die Konferenzschaltungen hatten sich seither wiederholt mit der geeigneten Strategie zur Herstellung eines Kontakts mit dem fremden Raumschiff befasst. Dabei hatte der anhaltende Beschleunigungsdruck auch den Nerven übel mitgespielt. Schließlich aber waren sie übereingekommen, dass es zunächst darauf ankommen würde, den Schiffstyp ihres Besuchers zu identifizieren und seine Herkunft festzustellen.

Mittels der Spektralanalyse des beobachteten Plasmaausstoßes war es möglich, Rückschlüsse auf die Triebwerksleistung des Außenseiters zu ziehen. Dies und seine beobachtete Beschleunigung ermöglichte wiederum eine Schätzung seiner Masse. Die Ergebnisse waren beeindruckend. Nach vierzigstündiger Beobachtung hatte der Computer der *Discovery* gemeldet, dass das Raumschiff aus der Fremde eine Gesamtmasse von etwas mehr als 200.000 Tonnen besitzen müsse. Nur die größten Kriegsschiffe der Großen Flotte vor dem Ausbruch der

Supernova und die riesigen Kolonietransporter hatten derartige Außenmaße aufzuweisen gehabt.

»Fangen Sie an, Chefingenieur.«

»Ja, Sir«, antwortete Gavin Arnam. Mit fünfundvierzig war Arnam das älteste Besatzungsmitglied an Bord des Kreuzers. Sein rosiges Gesicht zeigte die Wirkung der anhaltenden Beschleunigung deutlicher als alle anderen mit Ausnahme von Stan Barrett, den Drake auf annähernd fünfzig schätzte. »Wir haben die Analyse abgeschlossen. Sein Photonenantrieb ist mindestens acht Prozent effizienter als der unsrige. Dies und die Größe seiner Treibstofftanks erklärt seine Fähigkeit, die Beschleunigung aufrechtzuerhalten.«

»Wie lange wird er dazu noch in der Lage sein?«

Arnam hob die Schultern. »Schwer zu sagen, Sir. Sicherlich länger als wir. Ein Schiff von dieser Größe hat zweifellos genug Beine unter sich.«

»Gut. Nachrichtenabteilung: Gibt es schon eine Reaktion von unserem Besucher?«

»Keine, Sir. Wir haben in jeder Sprache, die im Archiv gespeichert ist, Freundschaftsbotschaften ausgesandt und alle Kanäle und unseren Kommunikationslaser eingesetzt. Entweder ist seine Sende- und Empfangsanlage defekt, oder er will einfach nicht mit uns sprechen.«

»Besteht die Möglichkeit, dass er von unserer Anwesenheit nichts weiß?«

»Schwerlich, Captain. Neben all dem Radiogeräusch, das wir gemacht haben, zielte unser Plasmaausstoß in den vergangenen zwanzig Stunden direkt auf ihn. Um uns zu übersehen, müsste er nicht nur taubstumm, sondern auch blind sein.«

»Feuerleitzentrale.«

»Hier, Sir.«

»Haben Sie irgendeine Reaktion ausgemacht?«

»Negativ, Captain.«

Drake fuhr fort, seinen Stab über den derzeitigen Stand der Dinge zu befragen. Die Meldungen waren stets die gleichen. Als er die Umfrage beendet hatte, waren sich alle Offiziere an Bord des Kreuzers darin einig, dass ihr ursprünglicher Plan, mit dem Besucher Verbindung aufzunehmen, noch immer der beste sei. Zuletzt richtete Drake das Wort an den Sonderbeauftragten des Ministerpräsidenten.

»Ich bitte Sie um Ihre Meinung, Mr. Barrett.«
Barrett lächelte. »Gemäß Paragraph sieben, Captain?«
»Gemäß Paragraph sieben«, bestätigte Drake.
»Dann lassen Sie für das Protokoll festhalten, Sir, dass ich keine Meinung abzugeben hatte. Ich habe Ihre Pläne studiert und wüsste nicht, wie sie sich verbessern ließen.«
»Dann ist alles klar«, sagte Drake. »Wir gehen wie geplant vor.« Er dankte den Teilnehmern an der Konferenzschaltung, dann unterbrach er die Verbindung. Acht Bildschirme wurden gleichzeitig dunkel. Er starrte sie ein paar Augenblicke lang an, dann wählte er die Nummer der Hangarbucht, sechs Decks unter seinen Füßen.
»Lieutenant Hall«, meldete sich ein bärtiges Gesicht.
»Starten Sie Ihre Boote, Lieutenant. Wir werden die Annäherung wie geplant durchführen. Viel Glück.«
»Ja, Sir, danke. Wir starten jetzt.«

Lieutenant Phillip Hall, Kommandeur der kleinen Flotte von Landungsbooten und Hilfsfahrzeugen der *Discovery*, ließ den Blick ein letztes Mal über die Armaturen seines bewaffneten Aufklärers schweifen. Die Kontrollleuchten sämtlicher Instrumente zeigten grünes Licht, der Treibstofftank war voll. Die einzige Fehlanzeige kam von den Ablesungen, die der Gefechtsbereitschaft der Waffen dienten. Dies war ein Vorstoß, bei dem die bewaffneten Aufklärer ihren Namen Lügen strafen würden. Sie waren im Begriff, unbewaffnet ins Unbekannte vorzudringen.
»Wir gehen besser gleich auf vollen Druck«, sagte Hall zu seinem Copiloten, während er zum Helm griff. Er hob ihn über den Kopf, schob ihn in den Halsring seines Anzugs und drehte ihn im Uhrzeigersinn bis zum Anschlag. Copilot und Bordschütze Moss Krueger auf dem Nebensitz folgte seinem Beispiel. Hall überprüfte den Anzug, indem er mit dem Kinn die Luftdruckkontrolle einschaltete. Ein zufrieden stellendes Knacken in den Ohren belohnte ihn. Er signalisierte Krueger mit erhobenem Daumen, dann schaltete er das Funksprechgerät ein und ging auf die den Aufklärern und Landungsbooten vorbehaltene Frequenz.
»Hier Hall in *Catherine*. An alle Boote. Statusprüfung zum Start.«
»Swenson in *Gossamer Gnat* startbereit, Phil.«
»Marman in *Drunkard* startbereit, Lieutenant.«

»Garth in *Flying Fool* hier. Fühle mich nackt ohne mein Spielzeuggewehr, bin aber ansonsten startbereit.«

»In Ordnung, ihr habt alle eure Flugpläne«, fuhr Hall fort. »Der Captain hat uns soeben Startbefehl gegeben. Startfolge wie gewöhnlich. Und verpfuscht mir diese Sache nicht, in Gottes Namen!«

»Das Tor zur Hangarbucht wird geöffnet, Lieutenant. Achten Sie beim Start auf die Beschleunigungskurve«, sagte der Aufseher der Hangarbucht in Halls Kopfhörer.

»Wird gemacht«, erwiderte Hall. »Geben Sie uns eine Fünf-Sekunden-Startzählung.«

»In Bereitschaft. Fünf, vier, drei, zwei, eins, Start!«

»In Formation, folgt mir!«, befahl Hall. Er umfasste den Steuerknüppel und manövrierte den Aufklärer aus seiner Halterung. Da das Mutterschiff beschleunigte, würde das Verlassen der Hangarbucht den schwierigsten Teil der Reise darstellen. *Catherine* war wie alle Aufklärer und Landungsboote ein schnittiges, stromlinienförmiges Raumfahrzeug, das einer Rakete mit Stummelflügeln und Leitwerken glich. Die Bauweise dieser Boote erlaubte den Eintritt in eine planetarische Atmosphäre mit hoher Geschwindigkeit ebenso wie die Fernaufklärung im All. Im Falle einer Flottenaktion konnten sie darüber hinaus als Vorpostenboote für den Kreuzer und auch als Überschallbomber dienen.

Als das Boot vom Kreuzer freikam, schaltete Hall den Autopiloten ein, der den vorprogrammierten Flugplan im Speicher hatte. Sofort wurden er und sein Copilot von einem Stoß in ihre Liegesitze gepresst, der annähernd fünf *g* ausmachte. Der im Zentrum eines seiner Bildschirme sichtbare Kreuzer schrumpfte mit erstaunlicher Schnelligkeit bis zur Unsichtbarkeit. Dann kam eine den Magen umdrehende Kursänderung mit hoher Geschwindigkeit, und der Aufklärer war direkt auf den Plasmaausstoß des fremden Raumschiffes ausgerichtet.

Richard Drake beobachtete die Formation der Aufklärer und überlegte, ob er richtig handelte. Mehrere Angehörige seines Stabes hatten ihm geraten, eine unbemannte Sonde vorauszuschicken, um das Raumschiff aus der Nähe aufzunehmen, bevor bemannte Fahrzeuge riskiert wurden. Drake hatte die Idee ernsthaft erwogen, sich dann aber dagegen ausgesprochen, weil die Besatzung des fremden Schiffes eine Kamerasonde allzu leicht für eine Angriffswaffe halten konnte.

»Im Zweifelsfall wird geschossen« war lange Zeit die herrschende Lehre sowohl in der Großen Flotte wie auch in der altanischen Marine gewesen.

Nein, der einzig sichere Weg, der Besatzung des Raumschiffes die friedfertigen Absichten Altas nahe zu bringen, war die Entsendung von Männern statt Maschinen. Er hatte seinem Stab die Aufgabe gestellt, eine Aufklärungsmission zu planen, die bei minimalem Risiko ein Maximum an Information erbringen würde. Daraufhin hatte der Stab empfohlen, alle vier Aufklärer/Landungsboote des Kreuzers einzusetzen. Drei sollten sich auf divergierenden Bahnen von der *Discovery* entfernen und weit voneinander getrennte Punkte tausend Kilometer querab vom Raumschiff anfliegen. Einmal in Position, würden sie ihre Geschwindigkeiten angleichen und ihre Positionen halten. Ihre Aufgabe bestand zunächst in der Übermittlung von Fernaufnahmen des Raumschiffes zur *Discovery*.

Dem vierten Aufklärer würde die Aufgabe zufallen, den fremden Besucher aus der Nähe zu untersuchen. Sobald die drei Kameraboote in Position wären, würde das vierte sich langsam bis auf einen Kilometer dem Raumschiff nähern und die Geschwindigkeiten angleichen. Dann sollte dieses ›Kontaktboot‹ seine Position halten, bis das fremde Raumschiff reagierte. Drake hoffte, dass die Reaktion nicht in einem Versuch bestehen würde, das Kontaktboot zu vernichten.

»Kameraboote sind annähernd in Position, Captain«, meldete der Nachrichtenoffizier von seiner Station auf der anderen Seite der Brücke.

»Zeigen Sie uns, was Sie haben, Mr. Slater.«

Der Hauptbildschirm teilte sich in drei Abschnitte, in denen jeweils eine glühende Plasmawolke zu sehen war, an deren spitzem Ende sich ein undeutlich zylindrischer Körper befand. Bis auf gewisse Abweichungen in der unregelmäßig gesprenkelten Oberfläche des kaum erkennbaren Schiffsrumpfes hätten die Ansichten von einer einzigen Kamera aufgenommen sein können.

»Geben Sie den Aufklärern Anweisung, auf maximale Vergrößerung zu gehen.«

»Was wir sehen, ist maximal, Captain. Das ist das Beste, was wir ohne Computerverstärkung bekommen können.«

»Dann geben Sie mir die Ansicht von *Catherine*.«

»Ja, Sir.«

Wie seine Schwesterboote, so hatte auch das Kontaktboot seine Kamera auf den Besucher von den Sternen gerichtet. Seine Aufholjagd hatte es tief in die expandierende Wolke von Wasserstoffplasma und Hochenergie-Photonen geführt, die aus dem Antrieb des Raumschiffes strömte. Der ganze Bildschirm schien zu brennen. Drake ließ sich durch den Nachrichtenoffizier in die Sendefrequenz der Aufklärer einschalten.

»Wann werden Sie aus der Plasmawolke freikommen?«

»Die Flugprojektion gibt uns noch weitere zwei Minuten, Sir«, meldete Phillip Hall aus der Kanzel des Kontaktbootes. »Ich könnte meine Annäherung manuell beschleunigen und in der Hälfte dieser Zeit freikommen.«

»Nein, lassen Sie den Autopiloten nach Plan weitermachen, Phil.«

»Ja, Sir.«

Drake sah den feurigen Nebel heller und dichter werden. Zweimal musste der Aufklärerpilot Dunkelfilter gebrauchen, um seine Sensoren zu schützen. Dann war der glühende Nebel auf einmal fort. Der Bildschirm wurde schwarz, hellte sich dann merklich auf, als die Filter sich wieder auf maximale Transparenz umstellten. Eine Ansicht des fremden Raumschiffes kam ins Bild. Der Blickwinkel der Aufzeichnung umfasste es von schräg achtern. Bevor jemand an Bord der *Discovery* reagieren konnte, drang Lieutenant Halls verblüffte Stimme aus den Deckenlautsprechern:

»Nicht zu glauben! Es ist ein fliegendes Wrack!«

Wenig später hatten sie das Raumschiff zentriert auf dem großen Projektionsschirm der Brücke. Der Besucher von draußen war von zylindrischer Form, aber mit einer Vielzahl von Vorsprüngen und gondelartigen Anhängseln, die dem Rumpf entragten und zu klein waren, um in den Aufnahmen der Teleobjektive sichtbar zu sein. Der Rumpf des Raumschiffes war so orientiert, dass die Achse des Zylinders sich von der unteren linken zur oberen rechten Seite des Projektionsschirms erstreckte, so dass die blendende Helligkeit der Plasmawolke außerhalb des Gesichtsfeldes blieb.

Der Teil des Schiffes, der *Catherine* am nächsten war, lag im Schatten Valerias, empfing aber genug geisterhaft silbriges Licht von der Supernova, dass Drakes geübtes Auge keine Mühe hatte, die kuppelförmigen Gefechtsstände auszumachen, die über den Rumpf verteilt waren. Er sah die Mündungen von Laserkanonen und Antimaterieprojektoren ebenso wie mehrere Abschussrampen für Raketen und andere Dinge, die weniger leicht zu identifizieren waren, aber offenbar todbringende Funktion hatten. Es gab auch eine sehr große Luke, die möglicherweise ein Hangartor für bewaffnete Beiboote gewesen sein mochte. Die Öffnung sah groß genug aus, um einen ganzen Zerstörer aufzunehmen.

Aber die Waffen des Raumschiffes waren nicht sein auffallendstes Merkmal. Tatsächlich registrierte Drake die umfangreiche Bewaffnung nur flüchtig. Denn wie Phillip Hall bereits bemerkt hatte, trug das Raumschiff die Spuren eines Gefechts auf seinen Flanken. Die unregelmäßigen dunklen Flecken, die schon auf den Fernaufnahmen erkennbar gewesen waren, erwiesen sich aus der Nähe als Löcher in der Außenschale des Rumpfes, die ungefähr ein Fünftel der Oberfläche ausmachten, wo die Platten der Rumpfverkleidung anscheinend von einer Serie innerer Explosionen abgesprengt worden waren. Wo die Platten fehlten, drang das schimmernde Licht der Nova durch Schichten von nackten Trägern und verwüsteten Decks. An anderen Stellen war die Außenschale des Rumpfes von außen eingeschlagen, als hätte sie eine gigantische Faust getroffen. An anderen Stellen hatten die verbrannten Einschnitte schweren Laserfeuers tiefe gerade Furchen in die Schiffsflanken gegraben.

»Sehen Sie sich den Bug an, Captain!« Der Sprecher war Argos Cristobal. Drake folgte der Aufforderung und blickte hin zur oberen rechten Ecke des Projektionsschirms. Der Schiffsbug zeigte noch stärkere Beschädigungen als die Flanken. Er war so stark zerstört, dass es praktisch unmöglich war, die ursprüngliche Form der unterliegenden Struktur zu erkennen. Tatsächlich nahm der Grad der Zerstörung nach achtern zum Schiffsheck dramatisch ab – was erklärte, dass Masseumwandler, Photonenantrieb und die Faltraumgeneratoren noch funktionsfähig waren.

Drake runzelte die Stirn und fragte sich, wonach er Ausschau halten sollte. Dann sah er es. Inmitten von verbogenen Trägern und zerrissenen Verkleidungsteilen machte er den Teil eines Buchstabens aus. Er sah sich den Umkreis genauer an, bis er einen zweiten und dann einen dritten fand. Offensichtlich war der Schiffsname einmal in weißen Blockbuchstaben auf den Bug gemalt gewesen. Ein großer Teil des Namens war ausgelöscht, andere Buchstaben auf ausgeglühten

Verkleidungsplatten kaum noch erkennbar, doch blieb bei genauer Prüfung genug übrig, um eine Struktur auszumachen:

TS • S C • N • UE • • R
SB • 3 •

»Ich lese daraus TSNS *Conqueror*, Captain.«

»Sie haben gute Augen, Mr. Cristobal, und ein gutes Kombinationsvermögen! Nachrichtenabteilung!«

»Ja, Captain.«

»Geben Sie die Nachricht an die Besatzung durch. Unser Besucher ist ein Schiff von der Erde. Nichts Geringeres als ein Schlachtschiff der Großen Flotte.«

»Ja, Sir!«

»Und verbinden Sie mich mit Lieutenant Hall an Bord der *Catherine*.«

»Verbindung steht, Captain.«

»Hall!«

»Ja, Sir?«

»Gibt es irgendeinen Hinweis, dass jemand an Bord dieses Schrotthaufens von Ihnen Notiz genommen hat?«

»Nichts, Captain. Wir haben unsere Ohren auf maximale Verstärkung eingestellt. Bisher haben wir keinen Flüsterton aus dem Wrack gehört.«

»In Ordnung. Schalten Sie die Zusatzkamera mit ein und beginnen Sie Ihre Suchspirale.«

»Wird gemacht, Sir.«

Das Bild auf dem Projektionsschirm veränderte sich, und der Rumpf des Raumschiffes dehnte sich aus und füllte das Bild. Neue Gefechtsnarben wurden mit der verstärkten Vergrößerung sichtbar. Hier und dort zeigten kleine runde Löcher im grauen Rumpf, wo ein Laser- oder Partikelstrahl lange genug im Ziel gehalten worden war, um die dicke Panzerung zu durchbohren. Kleine, schwarz gesäumte Risse verrieten Partien, wo Brände gewütet hatten, bis der Sauerstoff, der sie genährt hatte, in den Raum entwichen war. Elektrische Kabel hingen von zertrümmerten Decks und aus aufgerissenen Teilen der Außenschale ins Leere. An einigen Stellen waren die geborstenen Decks unter dem Gewicht der Beschleunigung eingestürzt.

Wie alle anderen auf der Brücke, so starrte auch Drake in sprachloser Verblüffung auf die Projektion. Unglaublich, dass ein Schiff mit so umfangreichen Schäden überhaupt operationsfähig sein konnte! Die Antwort lag natürlich in der Aufgliederung und maximalen Redundanz, auf die beim Bau von Kriegsschiffen geachtet wurde. Die alten Kriegsgeschichten sprachen von Schiffen, die entzweigeschnitten worden waren und dennoch bis zum Sieg weitergekämpft hatten.

Das Summen der Bordsprechanlage riss Drake aus seiner Betrachtung. Aus einem der Bildschirme starrte ihn das angespannte Gesicht seines Stellvertreters an.

»Werfen Sie einen Blick auf Kanal zwei, Captain.«

Die zweite Kamera an Bord der *Catherine* ging langsam über einen der achtern befindlichen Abschnitte des Rumpfes hin. Dabei kam eine Serie elliptischer Einkerbungen ins Bild, die in regelmäßigen Abständen den Umfang des Schiffes begleiteten. Am Boden einer jeden Einkerbung schien eine Öffnung zu sein, die wie eine kleine Luftschleuse von Mannshöhe aussah.

»Liegeplätze für Rettungsboote?«, fragte Drake.

»Ja, Sir. Alle leer. Anscheinend ist die Besatzung von Bord gegangen.«

»Wollen Sie damit sagen, dass unser Besucher ein Ausreißer ist?«

»Es ist sicherlich eine Möglichkeit, Captain. Das würde erklären, warum unsere Kommunikationsversuche erfolglos blieben.«

Drake erwog die Möglichkeit und nickte. »Es würde in der Tat vieles erklären, Mr. Marston. Es stellt uns aber auch vor ein Problem.«

»Was für ein Problem, Sir?«

»Wenn wir diesen Antrieb nicht ausschalten können, bleiben uns knapp acht Stunden bis zur Rückkehr. Wenn niemand dieses Ding steuert, wie sollen wir dann die Triebwerke ausschalten?«

»Wir könnten ein Prisenkommando an Bord schicken, Captain. Ich wäre bereit, es zu führen.«

»Um was zu tun? Um sich in dem verwüsteten Labyrinth des Wracks zu verirren, während wir über dem Versuch, Sie wieder herauszuholen, unseren Treibstoffvorrat verbrauchen? Sie sehen selbst, wie es da drüben aussieht. Das verdammt Ding ist vierhundert Meter lang! Es würde Tage in Anspruch nehmen, den Maschinenraum zu finden. Vielleicht sogar länger, wenn man den Umfang der Zerstörungen in Betracht zieht.«

Marston schaute nachdenklich drein. »Wir könnten den Treibstoffvorrat über die Masseumwandler ablassen, Captain.«

Drake schüttelte den Kopf. »Der Einwand ist derselbe. Sie würden auch die Masseumwandler nicht rechtzeitig finden.«

»Wir brauchen sie nicht zu finden. Wir entziehen ihnen den Saft von außen. Schießen Löcher in die Treibstofftanks! Sobald das Cryogen entweicht, wird alles von selbst aufhören.«

Drake überlegte, dann nickte er. »Das würde gehen. Aber es widerstrebt mir, das Wrack noch mehr zu beschädigen.«

»Welche Wahl bleibt uns?«, fragte Marston.

»Keine, nehme ich an. Wir wurden hierher geschickt, um das Schiff abzufangen, und das werden wir tun. Außerdem lässt der Zustand der *Conqueror* unsere Mission in einem völlig neuen Licht erscheinen.«

»Wieso, Captain?«

»Offensichtlich wird jenseits des Faltpunktes Krieg geführt. Wer *das* angerichtet hat ...« – Drake zeigte mit dem Daumen zum Wrack auf dem Projektionsschirm – »ist nicht mit einem Pusterohr in der Hosentasche unterwegs. Ich glaube, wir sollten herausbringen, gegen wen die Erde kämpft – und warum. Und wir sollten uns damit beeilen!«

5

Zweiundachtzig Stunden nach dem Erscheinen der *Conqueror* im neuerdings wiedererstandenen Faltpunkt waren alle drei großen astronomischen Fernrohre im System Valeria auf das Drama konzentriert, das eine halbe Milliarde Kilometer über der Ekliptik stattfand. Die Astronomen beobachteten mit gespannter Aufmerksamkeit, wie die winzige Konstellation weißlich-violetter Sterne sich mit 1.500 km/sec vom Zentralstern entfernte. Dann erlosch zu ihrer Verwunderung der hellste dieser Sterne. Sie waren in ihrer Sorge nicht allein. Richard Drake beschäftigten die gleichen Überlegungen.

Sechs Stunden lang hatten die *Discovery* und ihre drei Aufklärer mit dem Wrack Schritt gehalten und sich bemüht, seine Geheimnisse aufzudecken. Sie hatten das Schiff in einem Dutzend Wellenlängen sichtbaren Lichts fotografiert, seine Flanken mit Seitenradar und stereooptischen Lasern gescannt und mit thermographischen und ultravioletten Detektoren untersucht. Während dieser Studien setzten sie ihre Kommunikationsversuche fort und deckten das Wrack der *Conqueror* mit scharf gebündelten Strahlen elektromagnetischer Strahlung ein, zusammengesetzt aus jeder Frequenz, die das Nachrichtensystem der *Discovery* erzeugen konnte. Sie stellten sogar einen Mann im Schutzanzug und mit einem Jagdgewehr in die offene Luftschleuse eines der Aufklärungsboote und brachten ihn bis auf hundert Meter an das Wrack heran. Er verbrachte eine fruchtlose Stunde damit, dass er in der Hoffnung, die metallischen Aufschläge würden durch direkte Leitung zu etwa überlebenden Besatzungsmitgliedern irgendwo im Wrack getragen, mit Hochgeschwindigkeitsprojektilen auf verschiedene Partien des Schiffes feuerte.

Und während eine Gruppe sich bemühte, die Besatzung des Raumschiffes zu wecken, gingen andere an Bord des Kreuzers von der Annahme aus, dass die *Conqueror* tatsächlich verlassen war. Unmittelbar nach Abschluss der thermographischen Untersuchungen berief Drake seinen Stab zu einer Sitzung in die Offiziersmesse ein, um die Strategie zu besprechen. Drake, Bela Marston, Argos Cristobal und der zweite Ingenieur Aliman Grandstaff inspizierten bereits die ersten der grellfarbenen Thermographien, als Stan Barrett eintraf.

»Tut mir Leid, dass ich mich verspätet habe«, sagte der Sonderbeauftragte. »Ich habe mit Regierungsleuten zu Hause gesprochen. Haben Sie schon mal versucht, ein Gespräch zu führen, wenn es zwischen Frage und Antwort eine einstündige Verzögerung gibt?«

»Ja«, sagte Drake. »Es funktioniert nicht sehr gut, nicht wahr?«

Barrett setzte sich und seufzte. »Es funktioniert überhaupt nicht, wenn Sie mich fragen. Immerhin konnte ich einiges erfahren. Die Situation zu Hause verschlechtert sich rasch. Die Nachricht vom Erscheinen unseres Besuchers wird offiziell noch immer geheim gehalten, aber das wird nicht mehr lange Bestand haben. Seit unserer Abreise rumort es im Parlamentsgebäude von Gerüchten. Praktisch die ganze Geschichte ist inzwischen durchgesickert. Mehrere Abgeordnete haben mit einer offenen Anfrage gedroht. Jonathan Carstairs hat sogar für den Fall, dass die Regierung weiterhin jede Auskunft verweigert, eine Pressekonferenz angekündigt.«

»Wie verhält sich die Admiralität?«, fragte Drake.

Barrett lächelte. »Komisch, dass Sie danach fragen. Verschiedene Nachrichtenagenturen und andere Medien haben Nachforschungen über den Verbleib eines gewissen Kreuzers angestellt, der angeblich sehr eilig seine Parkumlaufbahn verlassen hat.«

»War zu erwarten«, bemerkte Drake.

»Wenn ich klüger wäre, würde ich eine Farm auf dem Ostkontinent kaufen und die Politik aufgeben«, seufzte Barrett. Er blickte zur Projektion. »Was haben wir hier?«

»Wir sind eben im Begriff, die Thermographien zu untersuchen.«

»Sieht wie moderne Kunst aus. Was können Sie daraus entnehmen?«

Drake zeigte auf die Projektion. »Wenn es um die grundlegenden Operationsprinzipien geht, Mr. Barrett, unterscheidet sich die *Conqueror* nicht so sehr von der *Discovery*. Sie hat eine Menge evolutionärer Verbesserungen eingebaut, aber bedeutende wissenschaftlich-technische Durchbrüche sucht man vergebens – zumindest sind gegenwärtig keine zu erkennen. Beide Schiffe verwenden Photonenantriebe für die Navigation im normalen Raum; und beide haben vermutlich ähnliche Systeme für interstellare Reisen. Das Herz eines jeden Raumschiffs ist der Masseumwandler. Schaltet man ihn aus, so schaltet man den Antrieb aus. Normalerweise geschieht dies durch die Unterbrechung der Treibstoffzufuhr in den Umwandler. Da wir keine Ahnung haben, wo dieser besondere Mechanismus an Bord der *Conqueror* zu finden ist, werden wir es mit einer weniger sauberen Methode versuchen.

Der Treibstoff für den Masseumwandler ist mit Deuterium angereicherter Wasserstoff, das unter Tieftemperaturbedingungen gelagert wird. An Bord der *Discovery* ist das Cryogen in Tanks in unserem Zentralzylinder gelagert. Die Konstruktion der *Conqueror* legt den Schluss nahe, dass wir die Tanks achtern finden werden. Sobald wir das getan haben, werden wir mit Lasern ein paar Löcher bohren, das Cryogen tritt unter dem Druck der Schiffsbeschleunigung aus, die Treibstofftanks werden geleert und die Masseumwandler sollten sich wegen Treibstoffmangels automatisch ausschalten.«

»Hoffen Sie«, sagte Barrett.

»Die Theorie ist vernünftig«, erwiderte Drake.

»Und was tun wir mit diesen thermographischen Aufzeichnungen?«, fragte Barrett.

»Cryogen wird bei Temperaturen gelagert, die dem absoluten Nullpunkt so nahe sind, wie die Ingenieure es erreichen können. Ganz gleich, wie wirkungsvoll die Isolierung der Treibstofftanks der *Conqueror* ist, es wird eine Kühlung der benachbarten Strukturen feststellbar sein. Findet man die kalten Stellen, so findet man die Treibstofftanks.«

»Wir haben einen Tank, Sir!«, sagte Grandstaff.

»Wo?« Drake beobachtete die holographische Wiedergabe. Das Spektrum der Farben reichte von Scharlachrot (heiß) im Bereich des arbeitenden Haupttriebwerks über Hellblau (Außentemperatur) auf den meisten Teilen des Rumpfes bis zu Indigo (sehr kalt) an einigen wenigen Stellen. Der Techniker hatte eine gestrichelte leuchtende Linie um einen der indigofarbenen Abschnitte gezogen.

»Ich vermute, dass es sich um einen zylindrischen Tank handelt, der sich ungefähr bis zur Mitte des Schiffes erstreckt, Captain.«

Drake nickte. »Ungefähr zu dreißig Prozent voll, würde ich sagen.«

»Ja, Sir.«

»Wie können Sie das erkennen?«, wollte Barrett wissen.

»Ich schließe es aus dem Temperaturprofil«, antwortete Grandstaff. »Nur der Teil des Tanks, der mit dem flüssigen Treibstoff tatsächlich in Berührung ist, erscheint indigofarben. Wenn dreißig Prozent der Tanklänge Tieftemperatur anzeigen, dann ist das der Prozentsatz des noch vorhandenen Treibstoffs.«

»Verstehe«, sagte Barrett in einem Ton, der Drake bezweifeln ließ, dass er es wirklich verstand.

»Habe ich Ihre Erlaubnis, die anderen Aufnahmen zu überprüfen, Captain?«, fragte Grandstaff.

»Machen Sie nur weiter.«

Es gab insgesamt sechs Treibstofftanks. Zwei davon waren an ihren vorderen Enden aufgerissen, doch hielt die Beschleunigung der *Conqueror* den flüssigen Wasserstoff von diesen potenziellen Lecks fern. Die Temperaturprofile ließen erkennen, dass das Raumschiff noch etwa 25 Prozent seines ursprünglichen Treibstoffvorrats besaß.

»Damit ist die Sache klar«, sagte Drake, als Grandstaff seine Schätzung vorgelegt hatte. »Wir wissen, dass unser Treibstoffvorrat nicht so lange reichen wird.«

»Wir werden eine der Schiffsbatterien einsetzen müssen, Captain«, sagte Bela Marston von seinem Platz zu Drakes Rechten. »Die Aufklärer sind unbewaffnet, und selbst wenn sie ihre Bewaffnung hätten, könnten sie diese Panzerung nicht in vertretbarer Zeit durchbohren.«

»Einverstanden, Mr. Marston. Sehen Sie ein Problem, wenn die *Discovery* die Arbeit übernimmt?«

»Ich dachte daran, was ich tun würde, wenn ich an Bord dieses havarierten Schiffes wäre, und irgendein fremder Kreuzer käme daher und würde anfangen, seine Initialen in meine Flanken zu schneiden, Captain. Ich glaube, ich würde mich nach Kräften zur Wehr setzen. Und selbst wenn das verdammte Ding ein aufgegebenes Wrack ist, könnte es an Bord noch jede Menge automatischer Abwehrwaffen geben.«

»Also ich sehe keine Möglichkeit, wie wir das Risiko umgehen könnten. Wenn wir den Antrieb der *Conqueror* nicht in den nächsten …« – Drakes Blick wanderte zum Chronometer der Offiziersmesse – »zwei Stunden ausschalten können, werden wir gezwungen sein, die Verfolgung abzubrechen.«

»Ich habe keine Lösung des Problems, Captain. Dachte nur, ich sollte es erwähnen.«

»Mr. Cristobal, haben Sie eine Anregung?«

»Keine, Captain.«

»In diesem Fall werden wir es einfach riskieren müssen. Meine Herren, ich danke Ihnen. Bitte kehren Sie zu Ihren Stationen zurück. In fünf Minuten gehen wir in Alarmbereitschaft.«

Die luftdichten Türen geschlossen, die Besatzung in Schutzanzügen und auf Gefechtsstationen, hielt die *Discovery* auf das Wrack zu. Während der Kreuzer den 100.000-Kilometer-Abstand zum Raumschiff verringerte, zogen sich die Aufklärer in eine Entfernung zurück, die Drake für sicher hielt.

Wieder stieß die *Discovery* in die glühende Plasmawolke vom Antrieb der *Conqueror* vor. Drake sah den Nebel auf dem Bildschirm dichter und heller werden, dann löste er sich so plötzlich auf wie beim letzten Mal. Die Filter stellten sich um und ließen weniger als ein Dutzend Kilometer voraus den gewaltigen Rumpf der *Conqueror* deutlich hervortreten.

»Erster Offizier, halten Sie die zweite Laserbatterie in Feuerbereitschaft.«

»Laserbatterie mit Energie versorgt und feuerbereit, Captain.«

Der Kreuzer verringerte die Distanz, bis sie weniger als einen Kilometer betrug. Lieutenant Cristobal manövrierte das Schiff so in Position, bis der zerschossene Rumpf der *Conqueror* querab stand und den Bildschirm im Brückenraum füllte.

»In Position«, meldete Cristobal.

»Haben Sie Zielansprache, Nummer Eins?«, fragte Drake. Er war sehr bemüht, sich die wachsende Spannung nicht anmerken zu lassen.

»Zielansprache durchgeführt, Captain«, kam Marstons Stimme aus Drakes Kopfhörer. Der große Bildschirm schaltete um auf eine taktische Darstellung, die den Zielpunkt der Laserbatterie zeigte. In einer Nahaufnahme des Heckteils der *Conqueror* lag ein Zielkreis mit Fadenkreuz auf einem intakten Rumpfabschnitt vor dem Triebwerksteil.

Drake umklammerte die Armlehnen seines Sitzes, befeuchtete sich die Lippen und sagte: »Geben Sie Feuerbefehl, Nummer Eins.«

»Feuer frei!«, befahl Marston.

Ein unerträglich blendender Lichtpunkt erschien auf dem Bildschirm. Eine Sekunde lang geschah nichts, dann – so rasch, dass menschliche Reflexe nicht reagieren konnten – war der Lichtpunkt verschwunden, und eine Fontäne flüssigen Wasserstoffs sprühte in den Raum heraus.

»Nächste Feuerposition, Mr. Cristobal«, befahl Drake. Es folgte ein leichter Beschleunigungsdruck, als der Kreuzer für den nächsten Schuss in eine neue Position gebracht wurde.

»In Position, Captain.«

»Sie sind dran, Mr. Marston.«

»Feuer frei!«

Wieder schoss der blendende Lichtpunkt hinaus und wurde vom Computer ausgeschaltet, als die weit heraussprühende Fontäne flüssigen Wasserstoffs erschien.

»Sehen Sie, wie lang es dauert, bis wir mit dem Laser durchkommen?«, fragte Marston, als der Kreuzer in die nächste Schussposition manövriert wurde.

»Länger, als es bei dieser Distanz dauern sollte«, erwiderte Drake.

»Ungefähr zehnmal länger, Captain. Das ist ein zäher alter Knochen!«

»Was den, der ihn so zugerichtet hat, umso gefährlicher macht«, sagte Drake.

»Ja, Sir. Zielansprache beendet, feuerbereit.«

»Dann schießen Sie.«

Die zweite Batterie feuerte ein drittes Mal, und wieder sprühte flüssiger Wasserstoff aus dem Rumpf des Wracks. Drei weitere Male wiederholten sie das schwerfällige Manöver der Positionsveränderung, des Zielens und Feuerns.

»Das wär's«, sagte Drake, als der letzte Treibstofftank der *Conqueror* seinen Inhalt in den Raum versprühte. »Mr. Cristobal, gehen Sie wieder auf Distanz. Wir wollen sehen, wie unsere Arbeit wirkt.«

»Ja, Sir.«

Aus einer Entfernung von fünf Kilometern war es unmöglich, die Schäden auszumachen, die sie dem Riesenschiff zugefügt hatten. Den einzigen Hinweis lieferte der Triebwerksausstoß, der nun in der dünnen zurückbleibenden Atmosphäre austretenden Treibstoffs heller denn je leuchtete.

»Was nun, Captain?«, fragte Stan Barrett. Da es für ihn keine Gefechtsstation gab, hatte der Sonderbeauftragte des Ministerpräsidenten die Operation als Beobachter im Brückenraum verfolgt.

»Wir warten, Mr. Barrett. Bis die Tanks leer sind.«

Eine Stunde später warteten sie noch immer. Die Aufzeichnungen der Thermographen zeigten, dass die Tanks nahezu leer waren, aber das Haupttriebwerk des Raumschiffs setzte nicht aus. Es beschleunigte die verlassene *Conqueror* gleichmäßig weiter auf ihrem Kurs, unbekümmert um die Nähe des altanischen Kreuzers.

»Warum hat der Antrieb nicht ausgeschaltet?«, fragte Barrett schließlich.

»Es muss irgendwo im Innern einen Zusatztank geben«, knurrte Drake. »Wenn dieser verdammte Saurier nicht bald abschaltet, werden wir ein echtes Problem am Hals haben. Es könnte sogar sein, dass wir …«

»Was ist los?«, rief Barrett plötzlich.

Das riesige Schlachtschiff, eben noch an der Spitze einer weiß glühenden Plasmawolke, war plötzlich dunkel geworden. Das helle Nachglühen der Antriebsteile schien vergleichsweise matt.

Der *Conqueror* war endlich der Treibstoff ausgegangen!

Irgendwo in den Tiefen des Schiffes hatten Sicherheitssysteme das beginnende Versiegen des Treibstoffs festgestellt und den Antrieb ausgeschaltet, um seine Beschädigung zu verhüten. Der Computer der

Discovery, von den Sensoren über die Veränderung unterrichtet, war dem Beispiel der *Conqueror* gefolgt und hatte ebenso abrupt den Antrieb ausgeschaltet. Obwohl nun beide Schiffe nicht weiter beschleunigten, entfernten sie sich mit enormer Geschwindigkeit weiter von Valeria ins Nichts; aber wenigstens steigerten sie ihre Geschwindigkeit nicht mehr.

Eine unmögliche Situation war dadurch nur noch »schwierig« geworden.

Eine Woche später saß Richard Drake in der Pilotenkabine des Landungsbootes *Molière* und sah durch die Windschutzscheibe die Masse des Wracks vor sich wachsen. Die bläulich weißen, Funken sprühenden Lichter von Schweißgeräten zeigten, wo am Schließen der Löcher gearbeitet wurde, die von der Laserbatterie der *Discovery* in die Treibstofftanks geschmolzen worden waren. Unmittelbar vor dem Landungsboot waren Luken, aus denen das Licht provisorischer Bogenlampen drang. Gestalten in Schutzanzügen bewegten sich zielbewusst im Innern des riesigen Rumpfes. Das Landungsboot glitt bis auf zehn Meter an sein Ziel heran, dann betätigte der Pilot die Düsen zur Kontrolle der Fluglage, um vor einer der beleuchteten Öffnungen zum Stillstand zu kommen.

»Näher wage ich nicht heranzugehen, Captain«, sagte der Pilot des Landungsbootes. »Sie werden sich Hand über Hand hineinziehen müssen.«

»In Ordnung.« Drake verließ seinen Sitz und schwebte zurück in die Passagierkabine, wo er seinen Helm aus einem Ablagefach unter der Decke nahm. Der Bordingenieur des Landungsbootes half ihm beim Aufsetzen und Versiegeln. Nachdem Drake seinen Schutzanzug der Druckprüfung unterzogen hatte, sagte er: »Gehen Sie voran, Mr. Mayer.«

»Ja, Sir.« Gordon Mayers Stimme klang blechern, weil sie durch die äußeren auditiven Sensoren von Drakes Anzug kamen. Mayer zog Drake zur Luftschleuse, half seinem Kapitän hinein und wartete auf das traditionelle Zeichen des emporgereckten Daumens, bevor er die Tür schloss.

»Fertig, Sir?«, hörte Drake über sein Funksprechgerät.

»Sie können die Dekompression einleiten, Mr. Mayer.«

»Dekompression eingeschaltet. Viel Glück, Captain.«

»Danke.«

Drakes Anzug blähte sich um ihn auf, als der Druck in der Luftschleuse auf Null sank. Er stand in der leicht gebeugten, breitbeinigen Haltung, die für einen Mann in einem Schutzanzug typisch war, und lauschte aufmerksam, ob seine Ohren das Geräusch wahrnehmen würden, das jeder Raumfahrer am meisten fürchtet – das Zischen eines Luftlecks. Doch er hörte nichts als sein eigenes Atmen und das leise Summen des Luftumwälzers in seinem Traggestell.

»Die Tür wird jetzt geöffnet, Captain.«

»Verstanden.« Drake wandte sich der äußeren Tür der Luftschleuse zu. Die Innenbeleuchtung ging aus, als ein heller Spalt am Rand der Tür erschien. Er weitete sich, bis ein Mann zu sehen war, der unmittelbar vor der Schleuse schwebte und sich mit einer behandschuhten Hand an der Sicherheitsleine festhielt, die mit einem Karabinerhaken am Rumpf des Landungsbootes befestigt war. Sie führte durch die zehn Quadratmeter große Öffnung in den Rumpf des Schlachtschiffes.

»Bootsmann Coos, Captain. Der Erste Offizier erwartet Sie drinnen.« Drake machte die Armbewegung, die in einem Schutzanzug das Kopfnicken ersetzte. »Einen Augenblick, Bootsmann. Ich möchte mir dieses Ungetüm aus der Nähe ansehen.«

»Ja, Sir«, sagte Coos. Er hatte den singenden Tonfall der Leute vom Ostkontinent. »Die meisten möchten das, wenn ich sie begrüße.«

Drake wandte sich nach vorn, um am Rumpf des Schiffes entlangsehen zu können. Aus diesem Blickwinkel in der Nähe des Hecks sahen die Schäden nicht ganz so schlimm aus. Wenn er nicht allzu scharf hinsah, konnte er sich vorstellen, dass der Behemoth heil und intakt war. Nicht weit vor ihm war die Kuppel einer Gefechtsstation, aus der die hässliche Schnauze eines Partikelstrahlprojektors ragte. Die Kuppel hob sich in ihrer Silhouette vom sternübersäten Schwarz ab und widerspiegelte matt den Lichtschein der Bogenlampen voraus.

»Geht einem irgendwie unter die Haut, nicht wahr, Sir?«, meinte Coos nach einer kleinen Weile.

»Das kann man wohl sagen«, meinte Drake, dem kurz zuvor ein ungebetener Schauer über den Rücken gelaufen war. »Nun bringen Sie mich zu Mr. Marston, Bootsmann.«

»Ja, Sir.«

Die Abteilung innerhalb der offenen Luke schien ein Lagerraum zu sein – jedenfalls war er angefüllt mit einem Haufen sechseckiger Verpackungsbehälter, die in verschiedenen Farben gestrichen waren.

»Willkommen an Bord der *Conqueror*, Sir«, sagte eine der sechs Gestalten in Schutzanzügen mit Bela Marstons Stimme. Die eingeschalteten Helmlampen der Männer blendeten Drake und verbargen ihre Identitäten, bis sich eine Gestalt von der Gruppe löste und näher kam.

»Danke, Nummer Eins. Ich hatte es satt, immer nur Ihre Berichte zu hören. Darum dachte ich, ich sollte einmal herüberkommen und die Dinge mit eigenen Augen sehen.«

»Ja, Sir. Wir haben einen kurzen Rundgang vorbereitet. Fähnrich Symes wird uns begleiten.«

»Hallo, Sir«, sagte eine weitere Gestalt und kam zu ihnen.

»Hallo, Mr. Symes. Gehen Sie nur voran. Zuerst möchte ich die Toten sehen.«

Sofort nach Abschalten des Antriebs hatte Drake alle nicht unbedingt auf ihren Plätzen benötigten Besatzungsmitglieder an Bord der *Conqueror* geschickt, um das Wrack zu erkunden. Die Suchtrupps hatten aus jeweils vier Mann bestanden, und jeder von ihnen hatte den Auftrag erhalten, einen bestimmten Sektor zu durchsuchen. Sinn der Aktion war in erster Linie die Suche nach Überlebenden gewesen; man hatte keine gefunden. Der größte Teil des durchlöcherten Rumpfes war dem offenen Vakuum des Raumes ausgesetzt, und in den vereinzelten Räumen und Abschnitten, die noch Atmosphäre enthielten, war die Luft gesättigt mit giftigen Gasen und dem Geruch verbrannter elektrischer Isolierungen.

Aber sehr bald hatten die Suchtrupps Spuren der Schiffsbesatzung gefunden. Ihre persönlichen Habseligkeiten lagen in den Wohnquartieren verstreut. Nach der Größe dieser Quartiere schätzte Marston, dass die Besatzung der *Conqueror* mehr als tausend Mann betragen haben musste. Reste einer hastig unterbrochenen Mahlzeit trieben überall in der Kombüse und den Räumen der Offiziers- und Mannschaftsmesse.

Nach den ersten zwanzig Stunden an Bord hatten die Suchtrupps der *Discovery* dreiundsechzig Besatzungsmitglieder des Schlachtschiffes gefunden, deren Überreste dort trieben, wo sie im Kampf gefallen waren.

Die meisten Toten waren in gepanzerten Schutzanzügen unbekannter Konstruktion gefunden worden, die von den altanischen Ingenieuren im Vergleich zu den eigenen rasch als erheblich fortgeschrittener erkannt worden waren. Trotzdem war die Panzerung in allen Fällen durch Explosionssplitter oder Laserstrahlen durchlöchert worden. Diejenigen, die nicht sofort den Tod gefunden hatten, waren bald darauf gestorben. In Räumen, die noch Atmosphäre enthielten, wurden Leichen gefunden, die anscheinend als Verletzte noch während des Gefechts dorthin gebracht worden waren. Viele von diesen wiesen Schrapnellwunden auf. Es fanden sich auch zahlreiche Gliedmaßen und Körperteile. Große Abschnitte des Schiffes waren jedoch infolge der schweren Schäden unzugänglich.

Richard Drake hatte nie an einem Gefecht im Raum teilgenommen, doch hatte er die historischen Berichte gelesen und wusste, wie verheerend die Kombination von Explosivstoffen und Vakuum sein konnte. Er hatte auch Aufnahmen gesehen, die seine Leute über Bildfunk aus dem Wrack gesendet hatten. Beides ging ihm durch den Sinn, als Marston und Symes ihn zu den Gefallenen der *Conqueror* führten. Sie traten durch eine instand gesetzte Luftschleuse in eine Abteilung, die von den Bergungsmannschaften in ein Leichenschauhaus umgewandelt worden war.

Sobald sie drinnen waren, nahm Marston seinen Helm ab; Drake und der junge Fähnrich folgten seinem Beispiel. Die Luft im Abteil war ein Kälteschock, als Drake den Helm von den Schultern hob. Der weiße Dampf seines Atems umgab ihn, als er den Helm unter den Arm klemmte und sich der Doppelreihe von Leichensäcken zuwandte, die auf das Deck geschnallt waren.

»Wenn Sie mir folgen wollen, Captain«, sagte Symes.

Er führte Drake an einer Sicherheitsleine, die durch die Abteilung gespannt war, zu einem der nächsten Leichensäcke. Drake betrachtete die sterblichen Überreste darin durch das transparente Plastikmaterial.

Er schüttelte den Kopf, dann ging er zum nächsten Sack auf der rechten Seite, dann zu einem dritten. »Ein Schiff von der Erde, ganz recht!«

»Ja, Sir.«

Auf ungefähr der Hälfte der von Menschen bewohnten Welten zählte die überwältigende Mehrzahl der Siedler zu einem einheitlichen rassischen Typ. Alta war ein Beispiel solch einer Kolonie. Die ursprünglichen Bewohner waren zu 95 Prozent Weiße gewesen – eine Folgeerscheinung des Umstands, dass New Providence zweihundert Jahre früher fast ausschließlich von ausgewanderten Nordamerikanern und Westeuropäern kolonisiert worden war. Andere Planeten waren von anderen Rassen besiedelt worden. Die meisten Siedler der ›Garten der Harmonie‹ genannten Welt waren aus den Bergen, Steppen und Tälern Chinas gekommen; die meisten Bewohner N'domos stammten aus den Wäldern, Savannen und Industriezonen Mittel- und Südafrikas, während die Mehrzahl der Bewohner Noumoleas von den Inseln und Völkern des Großen Pazifischen Beckens gekommen waren. Anthropologen und Soziologen auf der Suche nach Dissertationsthemen hatten auf diesen Welten mit ihren homogenen Bevölkerungen wenig von Interesse gefunden. Viel faszinierender waren für sie die anderen Welten, für die Skorzen, Cinco de Mayo und Roughneck Beispiele waren. Diese Welten waren von einer zusammengewürfelten Bevölkerung aus den verschiedensten Weltgegenden besiedelt worden, so gründlich durchmischt und verschiedensprachig, als hätten die für Auswanderungsvisa zuständigen Computer sich einen mutwilligen Scherz erlaubt.

Aber noch immer in der Geschichte hat es die Menschen verschiedener Herkunft zu ihresgleichen gezogen, haben sie der Geborgenheit gemeinsamer Sprache und Volkskultur gegenüber der entwurzelten Massenzivilisation den Vorzug gegeben, und wenn es auch vielfach gegen die Wünsche, Sitten, Traditionen oder Vorurteile der Älteren zu Vermischungen unter den Jungen kam, bildeten sich doch überall, wo die Zahl der Individuen ausreichte, immer wieder räumlich abgegrenzte Ethnien rassischer und nationaler Eigenart, die innerhalb größerer politischer Ordnungen ihr Eigenleben führten und dadurch die reiche kulturelle Vielfalt der Erde in ihre Kolonien verpflanzten. Gleichwohl bildeten sich auf den meisten von Menschen bewohnten Welten allmählich homogene Bevölkerungen eines einzigen dominierenden rassischen Typs heraus. Diese Typen konnten von einer Welt zur anderen variieren, zeigten aber ein jeweils relativ einheitliches Bild.

Auf der Erde war es niemals zu einem Verschmelzungsprozess großen Umfangs gekommen. Die genetischen Reservoire der verschiedenen Rassen waren groß und tief verwurzelt, ihre Verteilung ungleichmäßig, da sie sich in fünfzigtausend Jahren unter sehr verschiedenen Umweltbedingungen isoliert voneinander entwickelt hatten. Diese Isolation hatte mit dem Aufkommen des weltweiten Verkehrsnetzes im zwanzigsten Jahrhundert aufgehört. Auch auf der Erde war ein Vermischungsprozess von Ethnien und Rassen in Gang gekommen, blieb aber eine Randerscheinung, denn die hohen Bevölkerungszahlen, die Bindungen gemeinsamer Sprache und Kultur und die an überschaubaren Gemeinschaften Gleichartiger orientierte menschliche Natur sorgten dafür, dass die Vielfalt menschlicher Stämme, Völker und Rassen noch lange Bestand haben würde.

Als Richard Drake den Lichtkegel seiner Helmlampe auf das erste tote Besatzungsmitglied der *Conqueror* richtete, sah er ein schwarzes Gesicht, auf dem der entspannte Friede des Todes lag. Der nächste Tote war weiß, und die offenen braunen Augen des dritten waren eingerahmt von auffallenden Lidfalten. Solche Verschiedenartigkeit innerhalb einer Schiffsbesatzung konnte nur bedeuten, dass die *Conqueror* mit Bewohnern der Mutter Erde bemannt gewesen war.

»Sind meine Befehle ausgeführt worden?«, fragte Drake mit einer Kopfbewegung zu den Toten.

»Ja, Sir«, sagte Symes. »Wir haben sie nicht mehr als unbedingt nötig in ihrer Ruhe gestört, die Erkennungsmarken eingesammelt, und der Schiffsgeistliche hat die Sterbegebete für sie gesprochen.«

»Gut, Mr. Symes. Sorgen Sie dafür, dass alle hier an Bord verstehen, weshalb die Toten mit Ehrfurcht behandelt werden müssen.«

»Ich werde es noch einmal allen Arbeitstrupps sagen.«

»Ich glaube, Sie sollten sich dies ansehen, Captain«, meldete sich Marston und führte ihn zu einem Leichensack am Ende der Reihe. »Unsere Suchtrupps fanden ihn erst vor zwei Stunden. Ich hatte noch keine Zeit, Meldung davon zu machen.«

Drake zog sich Hand über Hand zu der vom Ersten Offizier bezeichneten Stelle. Er beugte sich über den Kunststoffsack und seinen Inhalt, bis der Lichtkegel der Helmlampe ins transparente Fenster schien. Dann richtete er sich rasch auf.

»Eine Frau!«

»Ja, Sir. Wir fanden sie in einem der Räume, die unter innerem Druck standen, so dass wir die Tür nicht aufbrachten. Alles deutet darauf hin, dass sie zur gleichen Zeit wie die anderen getötet wurde. Fällt Ihnen etwas auf?«

Drake leuchtete wieder auf den Leichnam. Die Frau war eine hübsche Blondine gewesen und trug eine blaue Uniform, die er bereits bei mehreren von den anderen gesehen hatte. Bis auf eine große blutunterlaufene Prellung an der Stirn waren keine äußeren Zeichen von Verletzungen zu sehen.

»Was soll ich bemerken?«

»Wir fanden sie in einer Abteilung, die noch eine Sauerstoffatmosphäre bei ungefähr dreißig Grad Celsius enthielt. Inzwischen hätten Anzeichen von Verwesung sichtbar sein müssen. Ich sehe keine.«

Drake runzelte die Stirn, beugte sich näher und betrachtete eingehend die gebräunte, aber im Tod gebleichte Haut. Schließlich blickte er zu Marston auf. »Sie haben Recht. Es ist nichts zu sehen. Was kann das bedeuten?«

»Wenn Sie mich fragen, bedeutet es, dass etwas alle Bakterien an Bord dieses Schiffes abgetötet hat, einschließlich der Bakterien, die von Natur aus im menschlichen Körper leben! Abgesehen von dem Umstand, dass alle Rettungsboote fehlen, würde ich daraus schließen, die *Conqueror* hat einen Volltreffer von einer Neutronenwaffe erhalten. Aber bei einer so starken, unmittelbaren Neutronenstrahlung hätten wir alle tot auf ihren Gefechtsstationen und alle Rettungsboote an ihren Plätzen vorfinden müssen.«

»Ich sehe, was Sie meinen, Nummer Eins. Tragen Sie Ihre Beobachtung ins Logbuch ein. Wir werden sie mit der nächsten Meldung an die Admiralität weiterleiten.«

»Ja, Sir.«

Drake richtete sich auf. »Nun möchte ich den Maschinenraum sehen.«

»Folgen Sie mir bitte, Sir«, sagte Symes.

Sie bewegten sich zwischen den gewaltigen Generatoren, die Energie für Laserbatterien erzeugt hatten, als ein Signalmaat der Besatzung hereingeeilt kam.

»Was gibt es, Murphy?«

»Eine Botschaft mit Priorität eins kam soeben von der Admiralität, Captain!«, berichtete der Signalmaat außer Atem.

»Geheim?«, fragte Drake.

»Nein, Sir.«

»Dann lesen Sie.«

»Ich habe den Ausdruck nicht, Sir. Der Zweite Offizier befahl mir nur, Sie zu suchen und persönlich Meldung zu machen.«

»Sie haben mich gefunden. Melden Sie.«

»Ja, Sir. Der Admiral hat *Dagger* und einen Cryogentanker zum Rendezvous mit *Conqueror* entsandt, um das Schiff abzubremsen und auf die Rückkehr nach Alta vorzubereiten. Sie werden in einem Monat hier sein.«

»Das ist kaum eine Neuigkeit, Murphy«, erwiderte Drake. »Ich habe die ganze Woche mit dem Admiral über den Bergungsplan gesprochen.«

»Das war nicht die ganze Botschaft, Captain. Admiral Dardan hat uns die Rückreise befohlen.«

»Nach Hause?«

»Ja, Sir. Wir sollen die *Conqueror* verlassen und innerhalb der nächsten zwölf Stunden einen Kurs maximaler Effizienz auf Alta nehmen.«

»Aber verdammt noch mal, wir sind gerade erst gekommen! Gibt der Befehl einen Grund an?«

»Nein, Sir. Es heißt nur, dass wir auf Heimatkurs gehen sollen, schnellstens!«

6

Auf der Ausreise hatte die *Discovery* bloße vierundfünfzig Stunden nach dem Start das Rendezvousmanöver mit der *Conqueror* ausgeführt. Drake wünschte, die Heimreise könnte ebenso rasch vonstatten gehen. Unglücklicherweise wirkte sich der verschwenderische Energieverbrauch, der ihnen ermöglicht hatte, das verlassene Schlachtschiff einzuholen, nun gegen sie aus. Als Admiral Dardans Rückkehrbefehl eintraf, war die *Discovery* anderthalb Milliarden Kilometer von Valeria entfernt und entfernte sich noch immer mit einer Rate von 1.500 Kilometern pro Sekunde. Um in die Heimat zurückzukehren, würde der Kreuzer zuerst seine erhebliche auswärts gerichtete Geschwindigkeit auf Null bringen müssen. Diese Erfordernis sorgte gemeinsam mit der Treibstofflage nach der früheren herkulischen Anstrengung dafür, dass die Heimreise sich lange hinziehen würde.

Wieder an Bord seines Schiffes, zeigte Drake den Befehl seinem Navigator. »Was für ein Verlangsamungsprogramm empfehlen Sie, Lieutenant?«

Cristobal runzelte die Stirn. »Wir werden 1.500 Kilometer pro Sekunde verausgaben, bis wir unsere nach außen gerichtete Geschwindigkeit aufgezehrt haben. Danach werden uns in den Tanks nur noch 2.200 kps bleiben. Ich empfehle eine Verlangsamung von zwei *g*, bis wir die Richtung ändern können. Danach beschleunigen wir zu einer Geschwindigkeit von 1.000 kps in Richtung Alta. Haben wir sie erreicht, schalten wir den Antrieb aus, bis es Zeit zum Abbremsmanöver ist. Damit bleibt uns eine Gesamtreserve von 200 kps.«

»Das sind nur zwei Prozent dessen, womit wir gestartet sind.«

»Ja, Sir. Sollte aber genug sein.«

»Wie lange werden wir nach diesem Programm für die Rückreise brauchen?«

Cristobal beschäftigte sich mit seiner Konsole. Nach ein paar Sekunden lieferte ihm der Computer das Ergebnis. »Vierhundertfünfzig Stunden, Sir«, meldete er. »Soll ich das Programm eingeben?«

Drake dachte darüber nach. Es war schlechter, als er gehofft, aber besser, als er befürchtet hatte. Er nickte. »Tun Sie das, Mr. Cristobal.«

»Ja, Sir.«

Nachdem diese Frage geklärt war, lenkte Drake seine Aufmerksamkeit auf die Abwicklung der Operationen an Bord des Wracks. Widerwillig ordnete er die Beendigung der Arbeiten an und rief die Arbeitstrupps an Bord zurück. Gern hätte er den Männern einen Grund für seine Entscheidung genannt, aber unglücklicherweise hatte der Admiral auch ihm keinen angegeben.

Bald kehrten die Arbeitstrupps der *Discovery* mit ihrem Material, den Aufzeichnungen ihrer Erforschung des Wracks und verschiedenen kleinen Mechanismen zurück, die sie dort vorgefunden und ausgebaut hatten. Eine Gruppe Techniker unter der Leitung des Zweiten Ingenieurs wartete in der Luftschleuse der Hangarbucht, um das geborgene Gerät zu übernehmen. Während sie die einzelnen Stücke registrierten, fotografierten und verpackten, lösten sich die Arbeitstrupps auf, und ihre Mitglieder kehrten zu ihren Stationen zurück. Als alles getan war, befahl Drake dem Navigator, das Schiff zu wenden und den Antrieb auf die Flugrichtung auszurichten.

»Sind wir bereit, wieder mit dem Hintern voran ins Unbekannte zu gehen, Mr. Cristobal?«, fragte Drake, als er sich an seinem Platz auf der Brücke anschnallte.

»Ich wünschte, wir müssten es nicht, Captain«, lautete die Antwort.

»Ganz meiner Meinung, Lieutenant. Beantworten Sie bitte die Frage.«

»Bereit zum Start, Sir.«

»Sehr gut. Bringen Sie die Triebwerke auf minimale Leistung und geben Sie Acht, dass wir nicht die *Conqueror* mit unserem Plasmaausstoß streifen.«

»Zu Befehl, Sir.«

Ein tiefes Dröhnen vibrierte durch die stählernen Decks des Kreuzers. Drake sank zurück in seinen Sitz, sanft hineingedrückt von einer Kraft, die nur ein Zehntel jener ausmachte, der sie auf der Ausreise ausgesetzt gewesen waren. Dabei beobachtete er das Wrack, wie es in der großen holographischen Projektion schrumpfte und schließlich verschwand.

Nach mehreren Minuten minimaler Beschleunigung gab Drake Anweisung, mit dem Verlangsamungsprogramm zu beginnen. Mit dem Läuten des Beschleunigungsalarms wurde der Photonenantrieb der *Discovery* hochgefahren, und der Kreuzer begann ernstlich zu verlangsamen. Die Besatzung gewöhnte sich rasch wieder an die Routine des Fluges. Die Männer leisteten ihren Wachdienst ab, verrichteten Wartungsarbeiten, spielten Karten, lasen Bücher, aßen, beklagten sich über die eintönige Verpflegung, holten Schlaf nach und begannen wieder von vorn. Zusätzlich zu den üblichen Beschäftigungen arbeiteten besonders qualifizierte Besatzungsmitglieder an der Untersuchung geborgener Teile und Ausrüstungen der *Conqueror*. Drake hatte die Absicht, während der Rückreise einen ausführlichen Untersuchungsbericht anzufertigen, den er in Alta der Admiralität vorlegen konnte.

Einundzwanzig Stunden nach der Abreise vom Wrack genehmigte Drake eine kurze Feier anlässlich des bedeutsamen Augenblicks, an dem der Kreuzer auf seiner Reise in die Unendlichkeit zum Stillstand gekommen war. Während dieses kurzen Augenblicks hing die *Discovery* bewegungslos im Sternenhimmel über Valeria, bevor der lange Rückflug ins innere System begann.

Schließlich wuchs der helle Lichtpunkt, der so lange scheinbar unveränderlich geblieben war, zur Gestalt eines Halbmonds, dann zum vertrauten Blau und Weiß Altas. Und endlich erreichte der Kreuzer seine tausend Kilometer hohe Parkumlaufbahn, und sein Photonenantrieb wurde ausgeschaltet. Die letzten Vibrationen waren kaum vergangen, als Drake in der Hangarbucht mit Stan Barrett, Bela Marston, Argos Cristobal und Jonas Symes zusammentraf. Minuten später hatten sie an Bord der *Molière* abgelegt und waren auf dem Weg zu einem flammenden Wiedereintritt in die Atmosphäre.

Commodore Wilson erwartete sie am Raumhafen, wie er es auch schon bei Drakes früherer Ankunft getan hatte. Das war allerdings die einzige Ähnlichkeit zwischen den beiden Besuchen. Diesmal stand Valeria hoch am dunkelblauen Himmel Altas. Im Gegensatz zu dem nahezu verlassenen Abfertigungsgebäude, das Drake damals angetroffen hatte, drängten sich jetzt Hunderte von Neugierigen hinter den Absperrungen. Die meisten waren Medienvertreter und Fotografen, die unter den wachsamen Augen der Raumhafenpolizei um die besten Plätze rangelten. Draußen vor dem Abfertigungsgebäude, sichtbar durch die Glaswände der Eingangshalle, warteten mehrere tausend gewöhnliche Bürger geduldig hinter Polizeiabsperrungen oder drängten sich am äußeren Einfassungszaun.

Drake hatte kurz nach dem Rendezvous seines Kreuzers mit der *Conqueror* eine Nachricht vom Admiral erhalten. Darin war ihm mitgeteilt worden, dass die Regierung sich dem Druck des Parlaments gebeugt hatte und im Begriff war, ein paar Einzelheiten über das fremde Raumschiff bekannt zu geben. Drake war zu der Zeit mit anderen Dingen beschäftigt gewesen und hatte nicht viel darüber nachgedacht. Der Anblick der Menge ließ ihn jetzt verspätet erkennen, welche Wirkung die Nachricht auf die Bevölkerung gehabt haben musste.

»Sie hätten uns warnen sollen!«, rief Drake, als er Commodore Wilson die Hand schüttelte. Die Lautstärke war notwendig, um sich vor dem Stimmengewirr der Reporter Gehör zu verschaffen.

»Tut mir Leid«, rief Wilson zurück. »Ihre Ankunftszeit ist irgendwie bekannt geworden. Folgen Sie mir, und wir werden Sie so schnell wie möglich aus diesem Gedränge hinausbringen.« Er führte Drake, Barrett und die drei Offiziere zum Ausgang. Als sie die Absperrung passierten, überschütteten die Medienberichterstatter sie mit Fragen:

»Captain Drake, erzählen Sie uns, was Sie gefunden haben … Ist es wahr, dass das Raumschiff ein Kriegsschiff von der Erde ist? – Warum sind Sie mitgekommen, Mr. Barrett? – Geben Sie uns Ihre Eindrücke … Warum hat die Admiralität den Fall geheim gehalten?«

Als sie an den Medienleuten vorbei und auf dem Weg zur Limousine waren, die vor dem Abfertigungsgebäude wartete, trat Barrett zu Wilson und fragte: »Wohin fahren wir?«

»Zum Parlament. Der Ministerpräsident und ausgewählte Kabinettsmitglieder sind über Ihre Ergebnisse bereits unterrichtet worden. Wir dachten, dass wir die Unterrichtung des zuständigen Parlamentsausschusses Ihnen überlassen sollten.«

Barrett ächzte. »Carstairs ist in diesem Ausschuss!«

Der Commodore lachte. »Das wissen wir. Und es ist ein Grund, warum wir dieses Wespennest Ihnen überließen.«

»Danke.«

»Nicht der Rede wert.«

»Wie viel wissen sie?«

»Amtlich? Nicht viel mehr als die Öffentlichkeit. Wir gaben ein paar unscharfe Teleaufnahmen vom Schiff frei und verrieten, dass es von der Erde gekommen ist. Was das nichtamtliche Wissen der Ausschussmitglieder angeht … nun, im Parlament schwirren eine Menge Gerüchte herum, seit das Schiff gesichtet wurde. Manche kommen der Wahrheit ziemlich nahe.«

Die Fahrt nach Homeport verlief in Schweigen. Marston, Cristobal und Symes waren seit fast einem Jahr nicht zu Hause gewesen. So saßen sie still da, nahmen begierig die vertrauten Bilder auf und atmeten tief eine Luft, die nie das Innere einer Wiederaufbereitungsanlage gesehen hatte. Nach viertelstündiger Fahrt rollte der Wagen in die Tiefgarage unter dem Parlamentsgebäude. Wieder waren sie gezwungen, ein Spießrutenlaufen zwischen TV-Kameras und Reportern zu absolvieren. Diesmal wurde die Medienmeute von Männern in der Uniform des Regierungswachdienstes in Schach gehalten. Wilson führte sie zu einem Aufzug, der sie in eines der Obergeschosse trug.

Der Raum, in den sie geführt wurden, war Drake bereits bekannt. Es war der fensterlose Konferenzraum, zwischen dessen stählernen

Wänden die Parlamentsausschüsse ihre nichtöffentlichen Anhörungen hielten. Während seiner Dienstzeit als Verbindungsoffizier zur Legislative hatte Drake in genau diesem Raum an einigen nichtöffentlichen Ausschusssitzungen teilgenommen, die sich mit Marinefragen befaßt hatten. Es war der einzige Raum auf ganz Alta, der garantiert frei von elektronischen Abhörvorrichtungen war. Der Parlamentsausschuss für Fragen der Streitkräfte hatte bereits hinter dem langen Tisch auf dem Podium Platz genommen. Am anderen Ende des Raumes saßen auf den durch eine Schranke abgeteilten Zuhörerbänken mehrere Militärs und eine Anzahl von Ministerialbeamten den Ausschussmitgliedern gegenüber. Besonders ein Mitglied dieser Gruppe fand Drakes Aufmerksamkeit: in der Mitte der ersten Reihe hinter der Schranke saß Admiral Dardan. Er blickte zu den Offizieren der *Discovery*, als sie eintraten, verzichtete aber auf jedes Zeichen des Wiedererkennens.

Zwischen dem Podium und der Schranke standen zwei Tische für Zeugen. Sie nahmen auf Anweisung eines Ausschussmitglieds ihre Plätze ein, und sobald die Zeugen sich gesetzt hatten, blickte der Ausschussvorsitzende von Papieren auf, in denen er geblättert hatte und die das Signet der Raumstreitkräfte trugen. Er tauschte Blicke mit den beiden Ausschussmitgliedern zu seiner Rechten und denen zu seiner Linken, dann nickte er, richtete sich auf und berührte etwas auf dem Tisch vor sich. Der verstärkte Klang eines Hammerschlags auf Holz hallte durch den Raum.

»Ich erkläre diese Anhörung für eröffnet! Wachen, verschließen Sie den Eingang.« Die tresorartigen Flügeltüren schlossen sich zischend. Ein Knacken in Drakes Ohren signalisierte die Umschaltung auf die raumeigene Klimaanlage. Die Lampen flackerten, und ein leises Summen begann von den Wänden auszugehen, als das Antiabhörsystem in Aktion trat. Der Vorsitzende blickte auf die Papiere vor sich, dann hob er den Blick zu den sechs Männern an den Zeugentischen.

»Willkommen, meine Herren. Für diejenigen unter Ihnen, die mich nicht kennen: mein Name ist Olaf Prost, und ich bin Vorsitzender dieses Ausschusses und Abgeordneter der Provinz Bero. Zu meiner Rechten sitzt mein Kollege, der ehrenwerte Jonathan Carstairs, Abgeordneter aus Sopwell. Zu seiner Rechten sehen Sie die ehrenwerte Alicia Delevan aus dem Bezirk Southridge der Hauptstadt Homeport. Zu meiner Linken sitzt der ehrenwerte Garcia Porter, der als

Abgeordneter den Wahlbezirk Fahrenville vertritt; und links von ihm der ehrenwerte Avram Miller aus Rahway auf dem Ostkontinent.

Dieser Ausschuss ist vom Parlament mit der Aufsicht und Prüfung aller Aktivitäten der Raumstreitkräfte beauftragt. Sie sind hier, weil der Ministerpräsident die Zusage gemacht hat, in dieser Angelegenheit des Raumschiffes von außerhalb mit dem Parlament zusammenzuarbeiten. Captain Drake, bitte stellen Sie uns Ihre kleine Gruppe von Abenteurern vor.«

Drake stand bedächtig auf und räusperte sich. »Ich danke dem Herrn Vorsitzenden. Nun möchte ich dem Ausschuss meine Offiziere vorstellen: Commander Marston, mein Erster Offizier; Lieutenant Cristobal, mein Navigator; und Fähnrich Symes, Bordingenieur. Der Erste Ingenieur war wegen dringender Wartungsarbeiten nicht abkömmlich. Und natürlich kennen Sie alle Stan Barrett, den Sonderbeauftragten des Ministerpräsidenten.«

»Haben Sie einen Bericht vorbereitet, Captain?«

»Ja, Sir«, antwortete Drake. »Ich wusste nicht, wie gut Sie unterrichtet wurden ...«

»Überhaupt nicht gut!«, erwiderte Prost.

»Ich habe eine Zusammenfassung unseres Missionsberichts vorbereitet und die Aufzeichnung mitgebracht.«

»Übergeben Sie sie bitte dem Protokollführer.«

»Ja, Sir.«

Der Techniker saß auf einer Seite des Anhörungsraums zu Füßen des Podiums. Auf Anweisung des Vorsitzenden erhob er sich unter seiner Reihe von Aufnahmegeräten und ging zu Drake hinüber. Dieser gab ihm die Aufzeichnung und erhielt im Austausch eine Fernbedienung. Der Techniker kehrte an seinen Platz zurück und steckte die Aufzeichnung in ein Abspielgerät.

Mit der Fernbedienung dämpfte Drake die Deckenbeleuchtung, und ein holographischer Projektionsschirm erhob sich aus dem Boden. Die Projektion leuchtete auf, und aus den Lautsprechern drang Drakes Kommentar. Er selbst stand bereit, seine Aufzeichnung auf Verlangen durch erläuternde Bemerkungen zu ergänzen.

Sein Bericht begann mit dem Befehl des Admirals, das fremde Raumschiff abzufangen, sowie der überstürzten Abreise und der langen Verfolgungsjagd. Er zeigte die Nahaufnahmen, die ihn überzeugt hatten, dass das Schiff ein lebloses Wrack sei. Dann folgte eine Sequenz über die Laserchirurgie, die endlich den Antrieb des Wracks ausgeschaltet hatte.

Er sprach von den ersten Erkundungen im Innern des Raumschiffs und den späteren Bemühungen, alle Abteilungen und Korridore zu durchsuchen. Sein Publikum war unnatürlich still, als die Kamera über skelettierte, ausgebrannte Decks mit Gewirren verbogener T-Träger und aufgerissenen Schotts ging. In seinem Bericht ging Drake auch auf die Toten ein, die seine Leute gefunden hatten, und zeigte mehrere Ansichten des zur Leichenhalle umfunktionierten Raums. Der Bericht endete mit einem Weitwinkelhologramm der gigantischen Springertriebwerke des Schlachtschiffes. Am Ende der Aufzeichnung drückte er die Fernbedienung und brachte die Deckenbeleuchtung zurück zu voller Leuchtkraft.

Prost blickte zu den anderen Ausschussmitgliedern, dann nickte er der weiblichen Abgeordneten neben Jonathan Carstairs zu. »Beginnen Sie mit der Befragung, Mrs. Delevan.«

»Danke, Mr. Prost. Captain Drake, war es absolut notwendig, dieses Schiff anzugreifen?«

»Unser Treibstoffvorrat ging zur Neige. Wenn wir seine Beschleunigung nicht gestoppt hätten, wären wir einige Stunden später gezwungen gewesen, die Verfolgungsjagd aufzugeben.«

»Und wenn es an Bord Überlebende gegeben hätte? Sie hätten jemanden töten können. Sie hätten sogar einen Vergeltungsangriff provozieren können.«

»Glauben Sie mir, Madam, dass mir diese Überlegungen ebenfalls durch den Kopf gingen. Ich will nicht leugnen, dass unsere Aktion mit einem gewissen Risiko verbunden war, doch war es eins, das ich zum Zeitpunkt des Geschehens als akzeptabel beurteilte. Wie die Dinge lagen, wäre die *Conqueror* uns für immer verloren gegangen, wenn wir nicht ihre Treibstofftanks durchlöchert hätten.«

»Sicherlich nicht, Captain Drake«, sagte Garcia Porter, der auf Prosts anderer Seite saß. »Wir hätten eine Expedition mit mehr Treibstoff aussenden können, um die *Conqueror* einzuholen, wenn Sie gezwungen gewesen wären, die Jagd aufzugeben.«

»Nein, das wäre nicht möglich gewesen, Sir. Mit dem noch vorhandenen Treibstoff und der bereits erreichten Beschleunigung wäre die Geschwindigkeit der *Conqueror* schließlich so hoch geworden, dass keines unserer Schiffe eine Chance gehabt hätte, sie noch einzuholen.«

»Captain Drake«, sagte Avram Miller.

»Ja, Sir.«

»Wenn es an Bord dieses Schiffes keine lebende Seele mehr gab, wie konnte es Sie dann zu einer solchen Verfolgungsjagd zwingen?«

»Es war auf Autopilot geschaltet, Sir. Der letzte in den Springcomputer programmierte Befehl scheint gewesen zu sein, dass das Schiff den nächsten Faltpunkt aufsuchen und springen sollte. Ich vermute, dass der Befehl in eine Endlos-Schleife eingegeben worden war, und dass das Schiff versuchte, den Befehl auszuführen, als wir es einholten.«

»Wie? Es gibt nur den einen Faltpunkt in diesem System, und die *Conqueror* entfernte sich davon.«

»Autopiloten nehmen Befehle ziemlich buchstäblich, Sir. Gewöhnlich wird von ihnen auch nicht erwartet, dass sie die Dinge selbst durchdenken. Der Autopilot verfährt nach Programm, und wenn er keines hat, nach den elementaren Grundregeln der Navigation und Triebwerkskontrolle. Alles schwierige Denken überlässt er dem Zentralcomputer. Unglücklicherweise wurden die Speicher des Zentralcomputers der *Conqueror* offenbar durch eine starke Strahlungsdosis gelöscht. Der Autopilot versuchte seine Mission so gut er konnte ohne Hilfe auszuführen. Er war unterwegs zum nächsten Faltpunkt, um einen weiteren Sprung zu machen.«

»Aber es gibt keinen ›nächsten‹ Faltpunkt, Captain Drake.«

»Gewiss gibt es einen, Sir. Er ist im System Scirrocco, ungefähr vierzehn Lichtjahre von hier.«

»Das Schlachtschiff versuchte durch normalen Raum zu einem anderen Sternsystem zu gelangen?«

»Ja, Sir.«

»Die Computer waren durch Strahlung ausgefallen, doch sie enthielten genug Daten, um einen interstellaren Sprung zu machen?«

»Nicht die Computer, Sir. Der Autopilot. Autopiloten von Kriegsschiffen sind nahezu unzerstörbar. Sie sind unter Verwendung der alten Halbleitertechnik mit Kristalldioden konstruiert. Darum sind sie vergleichsweise primitiv, aber sehr strahlungsresistent.«

»Ist es Ihnen gelungen, den Autopiloten der *Conqueror* auszubauen und mitzubringen?«, fragte Porter.

»Ja, Sir. Wenn wir den Code knacken können, sollte es uns möglich sein, die Schiffsbewegungen zurückzuverfolgen.«

Olaf Prost beugte sich vor und fasste Drake ins Auge. »Captain, wie schätzen Sie die militärischen Fähigkeiten der *Conqueror* ein, verglichen mit denen Ihres eigenen Schiffes?«

»Es ist ein Schlachtschiff, Mr. Prost. Da gibt es keinen Vergleich. Im Gefecht würde die *Conqueror* alle drei Kreuzer der Flotte zerstören, ohne auch nur ihre Hauptbatterien einsetzen zu müssen.«

»Und doch kommt dieses Schiff schwer beschädigt und ohne Besatzung zu uns. Was ist Ihre Reaktion darauf, Captain Drake?«

»Ich folgere daraus, dass die *Conqueror* in einem sehr harten Kampf gestanden hat. Wer immer sie so zugerichtet hat, ist zu fürchten.«

Prost blickte zu den anderen Ausschussmitgliedern, wie er es am Anfang der Anhörung getan hatte. Und wieder schien eine stillschweigende Übereinkunft erzielt zu werden. Er wandte sich wieder an Drake. »Was würden Sie sagen, wenn ich Ihnen erklärte, dass wir ernsthaft an eine Expedition zur Erforschung der Lage jenseits des Faltpunktes denken, Captain Drake?«

»Ich würde sagen, dass Sie sehr weise sind, Mr. Prost.«

»Warum?«

»Wegen des Zustandes der *Conqueror*. Wir müssen in Erfahrung bringen, was dort draußen geschieht. Nun, da der Faltpunkt wieder offen ist, mag Alta in beträchtlicher Gefahr sein.«

Der Vorsitzende nickte grimmig. »Das war auch unsere Folgerung. Wie rasch können Sie Ihr Schiff reisefertig machen?«

»Mein Schiff, Sir?« Drake war überrascht. Bis zu diesem Augenblick hatte er abstrakt gesprochen und theoretische Antworten auf theoretische Fragen gegeben. Auf einmal war der Grund seines Rückrufs in die Heimat offensichtlich. Sie wollten die *Discovery* für die interstellare Expedition! »Theoretisch, Mr. Prost, könnten wir reisefertig sein, sobald wir aufgetankt und neu verproviantiert sind – sagen wir, übermorgen. In der Praxis würden wir natürlich weitaus umfangreichere Vorbereitungen treffen müssen. Alle Systeme, vor allem aber die Waffensysteme, müssten gewartet und überprüft, der Antrieb überholt, die Triebwerke neu eingestellt werden. Wenn all diese Arbeiten mit Energie vorangetrieben werden, können wir in einem Monat bereit sein.«

»Ein Monat wird völlig ausreichend sein, Captain Drake. Augenblicklich ist eine Anzahl wissenschaftlicher Untersuchungen noch nicht abgeschlossen. Sie werden die Zeit brauchen, um Früchte zu tragen.«

»Ich nehme an, Mr. Prost, dass Sie nicht nur mit der Admiralität, sondern auch mit dem Botschafter der Erde über diese Expedition gesprochen haben.«

Prosts Gesichtsausdruck zeigte, dass er nicht begriff. »Was hat der damit zu tun?«

Drake zögerte, suchte nach dem besten Weg, um den Vertretern der Legislative die Situation zu erklären. »Sie benötigen die Erlaubnis des Botschafters der Erde, wenn sie die *Discovery* für eine Expedition außerhalb des Systems einsetzen wollen, Sir. Er hat die Computercodes, die zum Betrieb unserer Springertriebwerke benötigt werden. Ohne sie werden wir nicht weit kommen!«

7

Als Bethany Lindquist nach einem harten Arbeitstag nach Hause kam, entdeckte sie Carl Aster, der auf ihrer Wohnzimmercouch lümmelte. Er hatte sich etwas zu trinken gemacht und blätterte müßig in einer ihrer Zeitschriften für vergleichende Geschichte. Bethany hatte Aster auf einer der nicht enden wollenden Cocktailpartys kennen gelernt, die zum hauptstädtischen Leben gehörten – ein charmanter Mann, ein guter Tänzer und kenntnisreicher Geschichtenerzähler. Sie hatten einander öfter getroffen, und allmählich war ihr Verhältnis vom Beiläufigen zum Ernsten und schließlich zu einem Heiratsantrag gediehen. Allerdings hatte sie ihn, dem Rat ihres Onkels folgend, noch nicht beantwortet.

»Hallo!«, rief er, sprang von der Couch auf, nahm sie in die Arme und küsste sie. Danach fragte er sie erneut: »Wie wär's damit, mich zu heiraten, schöne Frau?«

»Frag mich nächste Woche«, seufzte sie. »Im Moment wünsche ich mir nur ein heißes Bad, ein schnelles Essen und einen langen Nachtschlaf.«

»Habe ich es dir denn nicht gesagt?«, fragte er. »Wir gehen heute Abend aus!«

»Nicht heute Abend, Carl. Ich hatte einen schweren Tag.«

»Wie kann eine Historikerin einen schweren Tage haben?«

Sie hob die Schultern. »Genauso wie jeder andere, denke ich. Die verdammten Idioten in der Bibliothek haben meine Anforderung von Daten über die alten Mesopotamier verlegt. Ich verbrachte den ganzen Tag damit, das Material selbst zusammenzusuchen.«

»Wozu die Mühe?«, meinte er. »Wen kümmert es, was vor tausend Jahren und fünfhundert Lichtjahre von hier geschah?«

»Es waren eher fünftausend Jahre, und deine Frage ist ihre eigene Antwort«, erwiderte sie. Asters spöttische Bemerkungen über ihren Beruf hatten als ein Spiel zwischen ihnen angefangen. Jetzt war es allerdings nicht mehr so lustig, wie es einmal gewesen war.

»Vergleichende Geschichte ist wichtig«, sagte sie, »weil der Mensch sich in fünfzigtausend Jahren nicht geändert hat. Wir mögen andere Sternsysteme besiedelt haben, aber tief in unserem Innern reagieren wir noch immer genauso wie unsere Vorfahren, die Höhlenmenschen. Leute wie ich studieren die Geschichte der Menschheit und suchen nach Parallelen zu unserer gegenwärtigen Situation. Wenn wir sie finden, sehen wir nach, wie andere Menschen in anderen Zeiten Probleme, die unseren eigenen ähnelten, zu lösen wussten oder nicht lösen konnten.

Alta, zum Beispiel, ist eine Grenzlandwelt, die in den letzten einhundertfünfundzwanzig Jahren eine isolierte, posturbane Gesellschaft entwickelt hat. Jedes Problem, mit dem deine Chefs im Parlament sich herumschlagen, hat irgendwo in der Vergangenheit eine Analogie. Es kommt nur darauf an, sie zu finden.«

»Gut, tut mir Leid! Dein Job ist wichtig, und du hattest einen schweren Tag. Lass dich von mir dafür entschädigen, indem ich dich heute Abend ausführe.«

»Wohin?«

»Der Ministerpräsident veranstaltet einen Empfang für die Marine.«

»Wozu?«

»Einige der Leute, die die *Conqueror* zur Strecke brachten, werden anwesend sein. Mein Chef vermutet, dass die ganze Sache für die Sozialdemokraten nur als Vehikel für politische Propaganda dienen soll. Er möchte sichergehen, dass der wahre Glaube hinreichend vertreten ist. Außerdem werden alle dort sein, die in Homeport etwas sind. Übrigens wird auch dein Onkel kommen.«

»Mein Onkel? Bist du sicher?«

»Der Chef sagte es.«

»Aber weshalb?«

Aster zuckte die Achseln. »Das wollte er mir nicht sagen. Gerüchten zufolge weigerte sich dein Onkel, als sie ihn das erste Mal fragten, und der Ministerpräsident bekam einen Anfall. Sie mussten Reinhardt hinaus zu seinem Landhaus schicken, um ihn umzustimmen.«

»Um welche Zeit ist dieser Empfang?«, fragte Bethany.

»Einundzwanzig Uhr.«

Sie seufzte. »Ich gehe hin.«

»Gut für dich! Dann werde ich dich nicht später als halb neun abholen.« Er griff nach seinem Umhang, den er über die Lehne der Couch drapiert hatte, dann küsste er sie wieder. »Muss jetzt gehen. Der Chef verlangt, dass ich etwas über die Gästeliste herausbringe. Bis heute Abend.«

»Ich werde bereit sein.«

Die Männer und Frauen, die Alta gegründet hatten, waren bei der Wahl des Platzes für die Hauptstadt ihrer Kolonie mit der Sorgfalt von Eltern vorgegangen, die das genetische Programm für ihren Erstgeborenen auswählen. Fachleute verschiedener Richtungen verbrachten Jahre mit dem Studium von Stereographien der Planetenoberfläche, der Auflistung von Stärken und Schwächen verschiedener Örtlichkeiten für potenzielle Siedlungen. Und sogar nach den umfangreichen Vermessungen wurde das erste Schiff, das Kolonisten nach Alta bringen sollte, wochenlang in einer Umlaufbahn aufgehalten, während Erkundungstrupps das halbe Dutzend der geeignetsten Örtlichkeiten in Augenschein nahmen.

Schließlich wählten die Expeditionsleiter ein breites Flusstal im Nordwestquadranten der Landmasse, die sie willkürlich Hauptkontinent getauft hatten. Buchstäblich Tausende von Parametern wurden geprüft und in Erwägung gezogen, bevor die Wahl getroffen wurde. Zu den wichtigsten dieser Parameter zählte der Umstand, dass der Fluss – den die ursprünglichen Landvermesser Tigris getauft hatten, nachdem sie die Namen Amazonas, Nil und Euphrat bereits vergeben hatten – vom vorgesehenen Ort der Stadtgründung bis zum Meer über eine Entfernung von mehr als dreihundert Kilometern schiffbar war.

Im Westen des Tales schützte eine Gebirgskette von der Höhe der Sierra Nevada auf der Erde vor der Gewalt von Winterstürmen. Im Osten ließ eine sanfte Hügellandschaft die warmen Frühjahrsregen ungehindert das Tal erreichen. Jenseits des Hügellandes lag eine weite fruchtbare Ebene, der es bestimmt war, die Kornkammer der Kolonie zu sein – zumindest während des ersten Jahrhunderts ihres Bestehens. Geologische Untersuchungen hatten ergeben, dass es in Reichweite des vorgesehenen Standorts Bodenschätze gab, allerdings nicht so nahe, dass die künftige Hauptstadt Altas mit Problemen der Luftverschmutzung belastet würde. Der ursprüngliche Ort Homeport war auf einer dünn bewaldeten Uferterrasse über einer Flusskrümmung des Tigris erbaut worden. Die ersten Häuser waren ein Dutzend Blockhütten, deren Ritzen mit Lehm und Gras verschmiert waren und die sich um ein provisorisches kleines Laufwasserkraftwerk gruppierten. Dreihundert Jahre später war von den Blockhäusern nichts mehr zu sehen. An ihrer Stelle standen die weißen Herrenhäuser der Nachkommen ihrer einstigen Bewohner.

Richard Drake blickte aus dem Fenster der Limousine, die langsam die Serpentinenstraße zum Nob Hill hinauffuhr. Die Lichter der Stadt unten im Tal schienen matt, verglichen mit dem metallischen Glanz der Supernova, die den Abendhimmel beherrschte und sich im breiten Strom des Tigris spiegelte. Gleichwohl hatte ihre Helligkeit in dem Monat, seit Drake zuletzt auf Alta gewesen war, merklich nachgelassen. Aber noch immer war sie das bei weitem hellste Licht am dämmernden Himmel.

»Gut, wieder daheim zu sein, nicht wahr, Captain?«, fragte Admiral Dardan, der neben Drake im Fond der Limousine saß.

»Ja, Sir!«, erwiderte Drake. »Verdammt gut!« Sechsundvierzig Stunden (zwei von Altas dreiundzwanzigstündigen Tagen) waren vergangen, seit Drake vom Parlamentsausschuss zur Anhörung gebeten worden war.

»Freuen Sie sich über die Einladung heute Abend?«

»Um die Wahrheit zu sagen, Admiral, ich sollte mich wirklich um die Treibstoffdaten der Expedition kümmern, statt an einer Cocktailparty teilzunehmen.« Drake sah sich nach den drei anderen Wagen um, die im Konvoi hinter ihnen fuhren. »Das gleiche gilt für meine Leute.«

Dardan schüttelte den Kopf. »Dies ist Wichtiger. Sie und Ihre Offiziere sind die Ehrengäste.«

»Ja, Sir.«

»Vor allem aber, Captain«, sagte Dardan, und seine Stimme nahm ihren dienstlichen Ton an, »wird Clarence Whitlow anwesend sein. Der Ministerpräsident lud ihn persönlich ein, um uns Gelegenheit zu geben, mit ihm über das Problem der Codierungen zu sprechen.«

Drake nickte. Die Enthüllung, dass Altas drei Kreuzer seit langem ohne einsatzfähige Programme für die Computersteuerung der Springertriebwerke waren, war dem Parlamentsausschuss für die Raumstreitkräfte ein Schock gewesen. Die Konservativen hatten die regierenden Sozialdemokraten der Fahrlässigkeit und der versuchten Täuschung beschuldigt, die Sozialdemokraten hatten ihre Unschuld beteuert, und beide Seiten hatten die Schuld den Raumstreitkräften zugeschoben. Der Admiral, offensichtlich unglücklich, hatte das Verlangen des Ausschussvorsitzenden nach einer Erklärung mit den Worten beantwortet: »Ich dachte, Sie wüssten Bescheid, Mr. Prost! Der alte Granville Whitlow wollte sichergehen, dass Alta niemals eine Bedrohung für die Erde sein würde; also nahm er die Springerprogramme und Autorisationscodes aus den Computern, bevor er die Kreuzer den Streitkräften übergab.«

»Wo sind diese Codes jetzt?«, hatte Prost gefragt.

»Im alten Botschaftscomputer im Keller der Admiralität gespeichert. Soviel ich weiß, hat nur Clarence Whitlow Zugang zu den Codes. Sollte jemand anders versuchen, ohne die richtigen Zugangscodes an die Programme heranzukommen, könnte es zur Löschung der Datenspeicher führen.«

Kurz darauf war die Anhörung inmitten hitziger gegenseitiger Beschuldigungen zu Ende gegangen. Danach taten alle so, als sei nichts geschehen. Drake hatte den Auftrag bekommen, den vorläufigen Einsatzplan der interstellaren Expedition zu prüfen. Als er darauf hingewiesen hatte, dass der Plan die Teilnahme der *Discovery* oder eines ihrer Schwesterschiffe umfasste, hatte Commodore Wilson gemeint, er solle sich darüber nicht den Kopf zerbrechen.

»Das Problem wird an höherer Stelle diskutiert, Captain«, hatte er zuversichtlich erklärt. »Kümmern Sie sich um Ihren Teil, und überlassen Sie den Rest uns.«

»Ja, Sir.«

Die Limousine der Admiralität erreichte den Gipfel des Nob Hill; zur Rechten kam ein großes schmiedeeisernes Tor in Sicht, und der

Fahrer bog in eine lange, baumbestandene Zufahrt ein. Die übrigen Wagen folgten. Die Allee führte zu einer makellos gepflegten Rasenfläche, die ein großes weißes Herrenhaus umgab. Das Gebäude lag geisterhaft blass im Licht der Nova da; verstärkt wurde dieser Effekt durch im Gebüsch versteckte getönte Scheinwerfer, die das Haus anstrahlten.

Die Limousine hielt am Fuß einer breiten Freitreppe. Kaum stand der Wagen, wurden die Türen von livrierten Dienern geöffnet. Drake und der Admiral stiegen aus, rückten ihre Uniformmützen zurecht und erstiegen die Stufen zum Säulenvorbau des Eingangs. Dort erwartete sie eine füllige Frau mittleren Alters in einem Abendkleid, das für eine um zwanzig Jahre Jüngere geschnitten war und nun aus den Nähten zu platzen drohte.

»Luis, es ist entschieden zu lange her, dass Sie eine Einladung zu einer meiner Soireen angenommen haben. Ich hatte Sie schon aufgegeben.«

»Guten Abend, Mrs. Mortridge«, sagte Dardan und beugte sich über die Hand ihrer Gastgeberin.

»Mrs. Mortridge, also wirklich! Ich heiße Evelyn.«

»Verzeihung, Evelyn.« Dardan wandte sich zu Drake. »Darf ich Ihnen den Ehrengast vorstellen, CaptainLieutenant Richard Drake, vom Schlachtkreuzer *Discovery*?«

Mrs. Mortridge hielt Drake die Hand zum Kuss hin. »Ich danke Ihnen sehr, dass Sie gekommen sind, Captain. Meine Gäste können es kaum erwarten, von Ihren Heldentaten draußen in der Tiefe des Raums zu hören.«

»Ich weiß nicht, wie viel ich erzählen kann, Mrs. Mortridge. Das Parlament muss entscheiden, welche Teile meines Berichts für die Öffentlichkeit freigegeben werden. Soviel ich weiß, macht man sich Sorgen, wie der Aktienmarkt reagieren wird.«

»Ach was! Wenn das Parlament etwas weiß, weiß es jedermann. Das kluge Geld auf den Finanzmärkten hat die Ergebnisse Ihrer Reise eine Woche vor Ihrer Rückkehr als unerheblich eingestuft. Kümmern Sie sich nicht um diese albernen Sicherheitsbestimmungen. Niemand sonst tut es.«

»Ich fürchte, dass ich dazu verpflichtet bin, Mrs. Mortridge.«

Sie betrachtete ihn mit einem seltsamen Blick. Bis zu diesem Augenblick hatte Drake angenommen, dass sie ein Paradiesvogel der besseren Gesellschaft sei und sonst nichts. Der Blick, mit dem die Witwe ihn musterte, war abschätzend und durchdringend und veranlasste ihn, seinen ersten Eindruck zu revidieren. »Halten Sie es, wie Sie es für richtig befinden.«

Als sie geendet hatte, waren die Adjutanten des Admirals und Drakes Offiziere die Stufen heraufgekommen. Dardan stellte jeden von ihnen der Gastgeberin vor, die sofort wieder in ihre Rolle zurückfand.

Anschließend ging die Gruppe hinein. Das Innere des Herrenhauses war erfüllt von Licht und Stimmengewirr. Ein Streichquartett, das in der Eingangshalle spielte, hatte Mühe, sich gegen die vielen schwatzenden und lachenden Menschen durchzusetzen, die mit Sektgläsern in den Händen gruppenweise beisammenstanden. Irgendwo in der Tiefe des Hauses ertönten die Klänge eines großen Orchesters. Mrs. Mortridge wandte sich an Bela Marston, Argos Cristobal und Jonas Symes. »Ich werde Ihnen Ihren Captain für eine Weile entführen, meine Herren. Sie finden die Bar dort den Korridor entlang, zweite Tür links. Bewegen Sie sich ganz zwanglos; wir haben hier viele alleinstehende Frauen heute Abend, also unterhalten Sie sich gut.«

»Danke sehr, Madam.« Marston verbeugte sich.

Während seine Offiziere sich zur Bar aufmachten, sah Drake ihnen nicht ohne Neid nach. Als er sich dann umwandte, entdeckte er, dass er mit seiner Gastgeberin allein war. Dardan und Wilson hatten es irgendwie fertig gebracht, in der Menge unterzutauchen. Er seufzte, machte sich auf einen schwierigen Abend gefaßt und verbeugte sich. »Ich stehe Ihnen zu Diensten, Mrs. Mortridge.«

In den nächsten zwanzig Minuten führte sie ihn herum und stellte ihn jeder Gruppe von Gästen vor. Nach den ersten fünfzig Gemeinplätzen verlor Drake den Überblick. Gerade als er zu der Überzeugung kam, dass ein Entkommen unmöglich sei, wurde Mrs. Mortridge abberufen, um sich irgendeines Problems anzunehmen. – »Wirklich, Captain, man bekommt heutzutage einfach kein gutes Dienstpersonal mehr. Wollen Sie mich bitte entschuldigen?«

Drake murmelte, dass er allein zurechtkommen werde, dann zog er sich eilig zurück. Zwei Minuten später ließ er sich an der Bar einen Cocktail geben. Er nippte von dem herben Getränk, schmeckte es anerkennend ab und schluckte. Angenehme Wärme begann sich vom Magen ausgehend in ihm auszubreiten. Auf einmal erschien neben ihm ein gut gekleideter Mann.

»Captain Drake?«

»Ja.«

»Mein Name ist Converse. Greg Converse. Ich bin Fabrikant aus Southridge. Würde es Ihnen etwas ausmachen, die Geschichte Ihres Abenteuers mit diesem Raumschiff noch einmal zu erzählen?«

»Ich fürchte, dass ich Ihnen nicht mehr sagen kann als das, was in den Nachrichten gebracht wurde.«

»Glauben Sie mir, Captain, ich will Sie nicht verleiten, mir irgendwelche geheimen Einzelheiten mitzuteilen. Ich möchte nur wissen, wie es war.«

Drake nahm sein Glas und ging zu einer Couch in der Nähe, der Fabrikant folgte ihm. Rasch versammelte sich eine kleine Gruppe von Zuhörern um sie. Drake ließ seinen Blick über die erwartungsvollen Gesichter schweifen und begann seine Geschichte ein weiteres Mal zu erzählen.

»Ist es wahr, dass Sie Tote an Bord fanden?«, fragte Converse, nachdem Drake eine Weile gesprochen hatte.

»Das ist richtig.«

»Und dass eine Frau darunter war?«

»Ja.«

»Was kann eine Frau an Bord eines Kriegsschiffes getan haben?«

»Sie trug die Uniform eines Waffentechnikers«, erwiderte Drake. »Ich nehme an, dass sie ein Besatzungsmitglied war.«

»Man stelle sich vor: Frauen in der Kriegsflotte!«, sagte jemand.

»Dazu bedarf es keiner Phantasie!«, erwiderte eine Altstimme vom Rand der Gruppe. Drake wandte den Kopf und blickte zu der neuen Gesprächsteilnehmerin auf. Die Frau war brünett, mit auffallend großen Augen, einem herzförmigen Gesicht und üppiger Figur. Sie trug ein anliegendes, rückenfreies Abendkleid. Die anderen machten ihr Platz, und sie ließ sich auf der Armlehne eines Sessels nieder, der der Couch gegenüberstand.

»Tatsache ist«, fuhr sie fort, »dass es im Laufe der Geschichte viele Raumfahrerinnen gegeben hat. Die erste war eine Russin namens Valentina Tereschkowa. Als Antares explodierte, bestanden die Besatzungen der Großen Flotte der Erde zu annähernd zwanzig Prozent aus Frauen. In der Handelsschifffahrt war der Anteil der Frauen noch größer. Lesen Sie in den Geschichtsbüchern nach, wenn Sie mir nicht glauben.«

»Das war mir nicht bekannt«, sagte der Mann, der die Bemerkung gemacht hatte. Er blickte nervös auf das leere Glas in seiner Hand, dann zog er sich aus dem inneren Ring der Zuhörer zurück.

»Es ist wahr, wissen Sie«, fuhr die Frau im gleichen lehrhaften Ton fort. »Die altanische Ethik, die Frauen von den so genannten Risikoberufen fern hält, ist das Ergebnis der Notwendigkeit unserer Vorfahren, diese Welt zu bevölkern. Während der Pionierzeit war es nicht ungewöhnlich, dass die Frauen sechs, acht oder sogar zehn Kinder hatten. Die Aufzucht solch einer Brut läßt sehr wenig Zeit für irgendetwas anderes, das versichere ich ihnen.«

»Wir ergeben uns!«, sagte Converse und hielt die Hände hoch.

Die junge Frau machte ein verlegenes Gesicht und wandte sich an Drake. »Vergeben Sie mir, Captain. Ich bin Historikerin von Beruf, und manchmal lasse ich mich hinreißen, wenn ich über mein Lieblingsthema spreche.«

»Da gibt es nichts zu vergeben«, sagte er. »Ich stimme Ihnen zu. Auf den langen Reisen hätte ich manchmal ein Jahresgehalt gegeben, nur um den Klang einer weiblichen Stimme zu hören. Übrigens ist mein Name Richard Drake.«

»Ich bin Bethany Lindquist«, sagte sie und streckte ihm die Hand hin. Er stand hastig auf, sie zu ergreifen. »Bitte, ich wollte nicht unterbrechen. Fahren Sie fort mit Ihrer Geschichte.«

Drake nahm den Faden wieder auf und schilderte seinen kurzen Besuch an Bord des Wracks. Als er den Punkt erreichte, wo er den Rückruf erhalten hatte, schloss er mit den Worten: »Das ist ungefähr alles, was ich Ihnen sagen kann. Nun sollte ich mich vielleicht ein wenig unter die Gäste mischen, bevor unsere Gastgeberin bemerkt, dass ich mich in der Bar verstecke.«

Höfliches Gelächter beantwortete seine Äußerung. Die Zuhörer gingen auseinander, und auch Bethany Lindquist wandte sich zum Gehen. Drake holte sie ein, als sie durch die Tür zwischen dem kleinen Nebenraum, wo die Bar untergebracht war, und dem Ballsaal ging.

»Darf ich Sie zu einem Glas einladen?«

Sie lächelte und zeigte dabei ihre vollkommenen weißen Zähne. »Oh, danke, Captain. Ich war ohnehin im Begriff, mir ein Getränk zu holen, als ich zu Ihrer Gruppe kam und zuhörte.«

Er stellte sein eigenes leeres Glas auf das Tablett eines vorbeikommenden Bediensteten, nahm zwei volle herunter und gab eines davon Bethany.

»Man sieht, dass Sie ein Raumfahrer sind!«, sagte sie lachend.

»Wie kommen Sie darauf?«

»Ich sehe es daran, wie Sie die Gläser balancieren. Niemand, der sein Leben lang unter der Schwerkraft dieser Welt herumgestolpert ist, hätte dieses Manöver eben ausführen können, ohne einen Tropfen zu verschütten.«

»Würde es Sie kränken, wenn ich fragte, ob Sie allein hier sind?«

»Warum sollte ich gekränkt sein, Captain? Ich betrachte es als Kompliment, dass Sie interessiert sind. Tut mir Leid, nein. Ich bin mit einem Freund hier. Er ist irgendwo mit seinem Chef in Klausur.«

»Wenn ich Ihr Begleiter wäre, würde ich nicht von Ihrer Seite weichen.«

»Das würden Sie nicht tun?«, fragte sie mit einem Anflug von Belustigung.

»Niemals!«

»Freut mich, das zu hören, weil ich glaube, dass Admiral Dardan Sie sucht.«

Drake wandte sich um und folgte ihrem Blick. Tatsächlich arbeitete sich der Admiral in ihre Richtung durch die Menge. Er seufzte. »Ich nehme an, man sollte nicht ganz so absolut sein, wenn man die Zukunft voraussagt.«

»Nein, das sollte man wohl nicht«, versicherte sie.

»Drake!«, legte Dardan los, sobald er bei ihnen war. »Zeit, an die Arbeit zu gehen.«

Drake wandte sich an Bethany Lindquist und verbeugte sich. »Tut mir Leid. Darf ich Sie später um einen Tanz bitten?«

»Selbstverständlich, Captain. Nun gehen Sie nur mit dem Admiral. ›Ein Mann muss tun, was er zu tun hat‹, wissen Sie.«

»Wie bitte?«

»Es hat nichts zu bedeuten; bloß ein altes Zitat. Machen Sie sich keine Gedanken um mich. Ich bin durchaus imstande, mich allein durchzuschlagen, bis mein Freund seine Geschäfte erledigt hat.«

Dardan führte Drake in einen Flügel des Herrenhauses, der noch nicht von den Festgästen erobert worden war. Sie ließen die Musik und die Tanzenden hinter sich und gingen über weiche Teppiche durch getäfelte Räume. Endlich hielt der Admiral vor einer reich geschnitzten Tür, klopfte und wurde von einer gedämpften Stimme zum Eintreten aufgefordert.

Drei Männer befanden sich in dem Raum. Drake kannte zwei von ihnen: einer war Stan Barrett, der andere der Ministerpräsident.

Gareth Reynolds war ein Politiker alten Schlages, der sich in der Organisation der Sozialdemokratischen Partei hochgearbeitet hatte. Dem Vernehmen nach hatte er als Plakatkleber und Wahlbeobachter angefangen und war dann in rascher Folge zum Organisator von Parteiveranstaltungen und Vorsitzenden einer Bezirksgruppe befördert worden. Nachdem er sich in der Kommunalpolitik bewährt hatte, hatte die Partei ihm die Gelegenheit gegeben, sich um einen Parlamentssitz zu bewerben. Bei seiner ersten Wahl war er in einem sicheren Wahlbezirk der Sozialdemokraten als Strohmann aufgestellt worden – jemand, der bereit war, seinen Sitz für ein Kabinettsmitglied freizumachen, sollte einer dieser Honoratioren in seinem eigenen Wahlbezirk durchfallen. Reynolds erwies sich als tüchtiger Parlamentsabgeordneter. Bei den nächsten allgemeinen Wahlen erhielt er einen eigenen Sitz, und so begann ein gleichmäßiger, zwanzigjähriger Aufstieg durch die Ränge der Legislative. Vor sechs Jahren, beim letzten Machtwechsel zwischen den beiden großen Parteien, war Reynolds zum Ministerpräsidenten gewählt worden.

»Ah, Captain Drake! Willkommen«, sagte der Ministerpräsident und stand auf, die beiden Marineoffiziere zu begrüßen. »Erstklassige Arbeit haben Sie mit dieser *Conqueror*-Sache geleistet. Erstklassig!«

»Danke für die freundlichen Worte, Herr Ministerpräsident.«

»Keineswegs. Ihr Marineleute bekommt viel zu wenig Anerkennung. Nun, ich glaube nicht, dass Sie Clarence Whitlow kennen, den Botschafter der Erde.«

»Captain«, sagte der Botschafter und nickte aus einem hochlehnigen Stuhl in Drakes Richtung.

»Ich habe um diese Begegnung gebeten«, sagte der Ministerpräsident, als er Drake zu einem anderen Stuhl steuerte, »weil ich wollte, dass Botschafter Whitlow Ihren Bericht aus erster Hand hört. Sie werden feststellen, dass Ihre Aufzeichnung bereits im Projektor ist.« Reynolds wies zu einem Lesegerät und Projektor auf dem Kaffeetisch vor ihm. Stan Barrett fingerte an den Knöpfen, und aus einer Klappe in der Decke sank das kleine Modell eines würfelförmigen holographischen Bildschirms herab.

»Möchten Sie etwas trinken, Captain?«, fragte Admiral Dardan.

»Ja, gerne, Sir.«

Als alle Platz genommen hatten, begann Drake die Geschichte der Mission in größerer Ausführlichkeit als vorher zu erzählen. Er illustrierte seine Geschichte mit denselben Ansichten von der *Conqueror*, die er vor dem Parlamentsausschuss gezeigt hatte. Er hatte nicht länger als eine halbe Stunde sprechen wollen, doch bis er alle Fragen beantwortet hatte, die ihm gestellt wurden, war das Doppelte dieser Zeitspanne verstrichen.

»Höchst interessant«, sagte Clarence Whitlow, als die Holographie am Ende von Drakes Vortrag erlosch. Er richtete den Blick auf Gareth Reynolds. »Ich weiß zu würdigen, dass Sie sich die Zeit genommen haben, mir dies zu zeigen, Herr Ministerpräsident. Ich muss allerdings gestehen, dass ich etwas verwirrt bin.«

»Inwiefern, Herr Botschafter?«

»Diese fürsorgliche Einstellung Ihrer Verwaltung ist so willkommen, wie sie … ungewöhnlich ist. Ich bin jetzt seit einer ganzen Anzahl von Jahren Botschafter der Erde, und dies ist das erste Mal, dass die Regierung Altas mich zu irgendetwas konsultiert hat.«

»Eine kurzsichtige Politik von unserer Seite«, gestand der Ministerpräsident. »Und eine, die zu berichtigen ich entschlossen bin. Da die *Conqueror* ein Schiff der Erde ist, hielten wir es für richtig und zweckmäßig, Sie über unsere Untersuchungen zu unterrichten.«

»Wollen Sie damit sagen, dass Sie beabsichtigen, die Kontrolle über die *Conqueror* mir als Vertreter der Erde hier auf Alta zu übergeben?«, fragte Whitlow.

Der Admiral räusperte sich leise. »Ah … wir haben die Absicht, das Schlachtschiff im Namen der Regierung zu bergen, Herr Botschafter. *Dagger* und ein Tanker sind bereits unterwegs, um den langwierigen Prozess der Rückführung zum inneren System einzuleiten.«

Whitlow breitete die Arme aus. »Dann verstehe ich nicht, warum ich zu dieser Veranstaltung geladen wurde.«

»Sicherlich«, erwiderte der Ministerpräsident, »ist Ihnen klar, dass das Erscheinen dieses Schlachtschiffs kein alltägliches Ereignis ist.«

»Offensichtlich nicht.«

»Um das Offensichtliche festzustellen, Herr Botschafter, signalisiert das Erscheinen der *Conqueror* in diesem System das Ende unserer langen Isolation. Ein Ereignis, das nicht nur ein Segen sein wird, wie wir befürchten müssen. Viele Fragen sind zu beantworten. Zum Beispiel, was wird die Wiederaufnahme des interstellaren Handels für unsere Wirtschaft bedeuten? Wer wird profitieren, und wer wird leiden? Was wird aus dem Wert der Währung? Werden wir in der Lage sein, mit anderen Systemen zu konkurrieren, oder wird unsere Technologie sich als so rückständig erweisen, dass niemand unsere Erzeugnisse wird kaufen wollen?«

»Alles wichtige Fragen, da gebe ich Ihnen Recht, Herr Ministerpräsident. Aber was haben sie mit mir zu tun?«

»Es gibt vieles, was wir über diese gegenwärtige Situation nicht wissen. Eines aber wissen wir: Der Zustand der *Conqueror* läßt mit Sicherheit den Schluss zu, dass irgendwo jenseits des Faltpunktes ein Krieg tobt. Und wenn ein Kriegsschiff von außerhalb des Systems uns finden kann, dann können andere es auch. Mir und den führenden Persönlichkeiten des Parlaments scheint es, dass es besser für Alta wäre, wenn wir sie zuerst finden würden. Es geht darum, dass wir uns ein Bild von der Lage und dem Ausmaß einer möglichen Bedrohung machen müssen. Aus diesem Grund haben wir beschlossen, eine Aufklärungsexpedition über den Faltpunkt hinaus zu entsenden, vielleicht sogar bis zur Erde.«

»Eine Expedition zur Erde?«, fragte Whitlow. »Wie wundervoll! Werde ich Zeit haben, Botschaften vorzubereiten, die ich der Expedition mitgeben kann?«

»Reichlich Zeit, Herr Botschafter«, sagte Admiral Dardan. »Es wird mindestens einen Monat dauern, bis die Schiffe reisefertig sind.«

»Ausgezeichnet. Ich muss noch heute Abend anfangen, über meinen Bericht nachzudenken.«

»Äh«, fing der Admiral an, »es gibt noch einen Punkt, Herr Botschafter.«

»Ja?«

»Die Expedition wird aus einem umgebauten Passagierschiff und zwei Tankern bestehen. Das Passagierschiff wird die Wissenschaftler und das diplomatische Personal aufnehmen, die Tanker zusätzlichen Treibstoff. Keines dieser Schiffe ist bewaffnet, noch können sie innerhalb vertretbarer Zeit mit Waffen ausgerüstet werden. Da sie in ein potenzielles Kriegsgebiet reisen werden, halten wir es für ratsam, zu ihrem Schutz einen Kreuzer mitzuschicken. Deshalb ist Captain Drakes *Discovery* als Flaggschiff der Expedition gewählt worden.«

»Offensichtlich«, übernahm der Ministerpräsident den Ball von Dardan, »muss der Computer der Springertriebwerke operationsfähig gemacht werden, bevor die *Discovery* solch eine Reise antreten kann.«

»Offensichtlich«, pflichtete ihm Whitlow bei.

»Es freut mich, dass Sie unsere Überlegung verstehen, Sir. Darf ich Ihre Antwort so auffassen, dass Sie bereit sind, uns die Computerprogramme und Codes zur Verfügung zu stellen, die Sie in den Datenspeichern der alten Botschaft unter Verschluss halten?«

Whitlow blickte dem Ministerpräsidenten ins Auge. »Ich verstehe Ihr Problem sehr gut, Ministerpräsident, und habe Verständnis für Sie. Sie müssen jedoch verstehen, dass ich einen Eid geleistet habe, die Interessen der Erde zu wahren und zu schützen, nicht diejenigen Altas.«

»Ich versichere Ihnen, Sir, dass in der gegenwärtigen Situation beide zusammenfallen.«

»Das können Sie nicht wissen, solange die Expedition nicht mit ihren Beobachtungen zurückkehrt. Dann aber würde es viel zu spät sein, meine Zustimmung für ungültig zu erklären, nicht wahr? Es ist gerade die irreversible Natur der Entscheidung, den Kreuzern die Programme und Springercodes zurückzugeben, die meine Vorgänger immer gefürchtet haben. Um eine alte Allegorie zu gebrauchen, die meine Nichte besonders schätzt: ›Der Geist würde ein für alle Mal aus der Flasche sein.‹«

»Wollen Sie damit sagen, dass Sie die Herausgabe ablehnen?«

Whitlow zeigte ein vages Lächeln, stellte sein Glas weg und erhob sich mit steifen Gliedmaßen. »Ich sage, dass ich darüber werde nachdenken müssen. Nun, meine Herren, wenn Sie mich entschuldigen wollen, ich habe ernsthafte Gewissenserforschung zu treiben.«

Der Ministerpräsident nickte. »Noch eins, bevor Sie gehen, Herr Botschafter.«

»Ja?«

»Bitte denken Sie sorgfältig über unser Anliegen nach. Das Schicksal dieser Welt mag von Ihrer Entscheidung abhängen.«

Clarence Whitlow seufzte. »Das, Sir, ist eben, was ich fürchte.«

8

Die Antares-Supernova stand tief am Osthimmel, als Carl Aster Bethany Lindquist zu ihrem Wohnblock im modernen Teil Homeports zurückbrachte. Das Gebäude war eines von mehreren, die in einer parkähnlichen Umgebung am Westufer des Tigris standen. Das Paar schlenderte Arm in Arm einen gewundenen Weg durch Baumgruppen und duftende Sträucher entlang. Nur das Gurgeln des nahen Flusses und die gelegentlichen klatschenden Geräusche froschähnlicher Reptilien, die nachtaktiven Insektovoiden nachstellten, unterbrachen die Nachtstille. Andere kleine Nachtflieger umtanzten die milchigen Kugeln der Straßenbeleuchtung, während silbrig reflektierende Wolken majestätisch über den Himmel zogen.

»Hast du mir vergeben, dass ich dich heute Abend dir selbst überließ?«, fragte Aster, als sie sich dem Hauseingang näherten.

»Ich denke darüber nach«, erwiderte Bethany mit einem unterdrückten Gähnen. Mitternacht war längst vorbei, und sie hatte sich die meiste Zeit gelangweilt. Zu dumm, dass Admiral Dardan Captain Drake entführt hatte, dachte sie. Das war ein interessanter Mann!

»Was hast du die ganze Zeit getrieben?«

»Nützliche Kontakte geknüpft«, sagte Aster. »Die Regierung plant diese interstellare Expedition, und wir müssen sichergehen, dass die Allianz diesmal angemessen vertreten ist.«

»Und wie ist es gegangen?«

»Ich denke, dass ich ein paar Stimmen für unsere Sache gewonnen habe.«

»Das ist fein«, sagte sie ohne Begeisterung. Bethany hatte längst entdeckt, dass sie eine niedrige Toleranzschwelle für das politische Alltagsgeschäft mit seinen Kungeleien hatte. Ihre Aversion war ein Grund, dass sie die Frage ihres Onkels, ob sie seine Nachfolgerin als Botschafter der Erde werden wolle, abschlägig beschieden hatte. Nicht zum ersten Mal fragte sie sich, ob es nicht die Aussicht war, Frau eines Politikers zu sein, die sie daran gehindert hatte, Carls Heiratsantrag sofort anzunehmen.

Aster blieb ihre ernste Stimmung nicht verborgen. Er legte ihr eine Hand um die Taille und zog sie an sich. »Was hast du heute Abend alles angestellt?«

»Ich bin einem Mann begegnet.«

»So?«

»Einem recht stattlichen obendrein.«

»Wer war es?«

»Der Ehrengast.«

»Du meinst Captain Drake?«

Bethany nickte. »Er erzählte uns von der *Conqueror.*«

»Sagte er auch etwas über die bevorstehende Expedition?«

»Nicht, dass ich mich erinnern könnte.«

»Wie gefiel er dir?«

»Er war nett, außerdem viel jünger, als ich erwartet hatte.«

Aster lachte. »Alle Leute im aktiven Dienst sind jung. Soviel ich weiß, hat es etwas mit der Widerstandsfähigkeit gegen Beschleunigungseffekte zu tun.«

Sie erreichten den beleuchteten Eingang des Hauses. Aster legte die Arme um sie und küsste sie. »Nun, was die Entschuldigung angeht …«

»Entschuldigung angenommen«, antwortete sie, als sie fertig waren.

»Würde es dir was ausmachen, wenn ich noch auf ein Gläschen mit hinaufkäme?«

Sie schüttelte den Kopf. »Es ist spät, ich bin müde und muss in ein paar Stunden bereits wieder aufstehen.«

Aster zuckte die Achseln. »Nun gut, sag nicht, ich hätte es nicht versucht. Ich rufe dich im Lauf des Tages an.«

»Gut. Ich erwarte deinen Anruf.«

Sie sah ihm nach, dann betrat sie den Eingang. Ihre Absätze klangen hell auf den Marmorfliesen, als sie zum Aufzug ging. Eine halbe Minute später und zwanzig Stockwerke höher betrat sie ihre Wohnung. Als die Tür aufging, stellte sie überrascht fest, dass in der Wohnung die Beleuchtung eingeschaltet war.

In ihrem großen Lehnsessel saß Clarence Whitlow, hatte die Fußstütze herausgeklappt und die Füße daraufgelegt. Auf dem Tisch neben ihm stand ein volles Glas, und ein aufgeschlagenes Buch lag in seinem Schoß. Sie sah, dass es Granville Whitlows Autobiografie war.

»Was tust du hier, Onkel?«

»Ich hoffe, es wird dir nichts ausmachen. Eine Verwechslung bei den Hotelreservierungen.«

»Es macht mir nichts aus. Ich freue mich immer, dich hier zu haben. Du hättest aber nicht aufbleiben müssen, weißt du. Du hättest das Schlafzimmer benutzen und einen Zettel an die Tür heften können. Warum liest du zu dieser frühen Morgenstunde im Wohnzimmer ein Buch?«

»Apropos Morgenstunde«, fragte er mit hochgezogener Braue. »Ist es nicht ein bisschen spät, um nach Hause zu kommen, wenn du früh aufstehen musst?«

Sie lachte. »Man könnte meinen, ich sei wieder fünfzehn und käme von meiner ersten Verabredung zurück.«

»Zu den Freuden der Elternschaft gehört es, nie zugeben zu müssen, dass das Kind schließlich erwachsen werden muss, Bethany. Ist dein junger Mann nach Haus gegangen?«

»Ja, ist er, und sein Name ist Carl, nicht ›junger Mann‹.« Sie starrte ihn ein paar Augenblicke lang an. »Du magst Carl nicht, wie?«

Er wollte widersprechen, dann lächelte er. »Sieht man das so deutlich?«

»Nur, wenn man dich so gut kennt wie ich. Was hast du gegen ihn?«

»Nenne es einfach einen Unterschied im Stil«, erwiderte Whitlow. »Nichts, was dir Anlass zur Sorge geben sollte. Schließlich bin nicht ich derjenige, der daran denkt, ihn zu heiraten.«

»Richtig. Nun, du bist meiner Frage lange genug ausgewichen. Warum bist du zu dieser späten Stunde noch auf, und warum liest du Ururgroßvaters Biografie? Ich dachte, du hättest sie schon vor Jahren auswendig gelernt.«

»Habe ich. Ich hoffte Anleitung darin zu finden.«

»Anleitung wofür?«

»Ich kam heute Abend mit dem Ministerpräsidenten zusammen. Und ich erfuhr, warum er mich sprechen wollte.«

»Warum?«

Whitlow skizzierte die Einzelheiten seines Gesprächs mit Gareth Reynolds und den Marineoffizieren.

»Wirst du ihnen die Codes geben, Onkel?«

»Ich weiß es nicht.«

»Du glaubst doch nicht, dass die Regierung die *Discovery* gegen die Erde einsetzen würde, oder?«

Er sah sie an, und zum ersten Mal fiel Bethany auf, wie alt ihr Onkel war. Es war, als wäre er in einer einzigen Nacht zwei Jahrzehnte gealtert. »Um die Wahrheit zu sagen, nein. Für alle von uns, die sie nie gesehen haben, ist die Erde ein Ort der Legende und des Zaubers. Ich kann mir nicht vorstellen, dass ein Altaner wissentlich die Mutter der Menschheit schädigen würde.«

»Worin siehst du dann das Problem?«

»Es handelt sich um die geringfügige Angelegenheit des Eides, den ich leistete. ›Clarence, mein Sohn‹, sagte mein Vater zu mir, ›wir Kolonisten sind Eindringlinge auf dieser Welt. Wurzellose Fremde, die inmitten einer natürlichen Umwelt leben, die sie nicht verstehen und von der sie wenig wissen, vollkommen abgeschnitten von den anderen Menschen. Um zu überleben, benötigen wir ein Ideal, ein festes Fundament, auf dem wir bauen können. Die Erde liefert uns dieses Ideal. Sie ist unsere Vergangenheit. Sie hat uns geformt und zu dem gemacht, was wir sind. Noch über fünfhundert Lichtjahre unüberbrückbaren Raums ruft sie uns zu.

Du wirst der einzige Repräsentant der Erde auf dieser Welt sein, mein Junge. Es wird eine Zeit kommen, da jemand von dir verlangen wird, dass du deinen Idealen zuwiderhandelst und etwas tust, das nicht im besten Interesse jener fernen Heimat liegt, die du nie gesehen hast. Die Gründe dieser Leute werden gut, vernünftig und logisch sein. Du wirst versucht sein, ihnen nachzugeben. Mein Rat ist, Clarence, alle derartigen Appelle an die Logik zu ignorieren. Verlasse dich stattdessen darauf, was nach deinem besten Wissen und Gewissen recht ist, und vor allem, bleib deinem Erbe treu.‹« Whitlow blickte zu seiner Nichte auf. Seine Augen waren nass und spiegelten das Licht. »Mein Vater lag auf dem Sterbebett, als er diese Worte sprach. Ich sagte ihm, dass er auf mich zählen könne.«

»Dann wirst du ihnen die Codes nicht geben?«, fragte Bethany.

»Ich weiß es nicht. Die Logik sagt mir, dass ich auf Nummer sicher gehen und ablehnen sollte. Schließlich trägt selbst einer unserer antiquierten Kreuzer genug Vernichtungswaffen, um eine Welt zu sterilisieren. Wie, wenn diese Welt die Erde sein sollte? Es ist nicht so, dass ich Alta an der Rückkehr in den interstellaren Raum hindern wollte. In diesem System gibt es Dutzende von Schiffen mit funktionsfähigen Springersystemen. Sie könnten den Raum jenseits des Faltpunktes erforschen und dann über die Verhältnisse dort berichten. Jedenfalls würde ich dann einige Daten haben, auf die ich meine Entscheidung gründen könnte.«

»Du scheinst unschlüssig, Onkel.«

»Meinst du?«, fragte Whitlow mit einem ironischen Lachen. »Vielleicht scheint es so, weil ich es bin. Das Problem besteht darin, dass ich meinen Entschluss fassen muss, ohne harte Fakten als Entscheidungshilfe zu besitzen. Ich korrigiere mich! Wie der Ministerpräsident mir heute Abend mehrmals sagte, haben wir eine unbestreitbare Tatsache – die *Conqueror* war praktisch zerstört, bevor sie in dieses System eintrat. Anscheinend hat die *Pax Terra* aufgehört zu existieren und die Erde liegt wieder im Krieg. Wie, wenn meine Weigerung bedeutete, dass der Erde in der Stunde der Not unsere Hilfe versagt bleiben würde?«

Ein unerfreulicher Gedanke ging Bethany durch den Sinn. Sie überlegte kurz, dann entschied sie, dass es gesagt werden musste. »Vielleicht hat die Erde sich verändert, Onkel. Mehr als ein Jahrhundert ist vergangen. Vielleicht ist sie nicht mehr derselbe Ort, dem unsere Vorfahren Treue geschworen haben. Angenommen, die Zentralregierung wurde gestürzt, und irgendein nachgeborener Dschingis Khan hat die Macht an sich gerissen.«

»Meinst du, ich hätte diese Möglichkeit nicht erwogen? Aber der Gedanke scheint unserer Regierung noch nicht gekommen zu sein. Oder wenn doch, sagt sie es aus politischen Gründen nicht. Was mich zu meinem Problem zurückbringt. Es gibt einfach nicht genug Daten, auf deren Basis eine intelligente Entscheidung getroffen werden könnte.«

»Du könntest ihnen die Codes *leihen*«, sagte Bethany. »Nach beendeter Expedition könntest du sie zurücknehmen, wenn du es für zweckmäßig halten würdest.«

»Glaubst du, der Admiral würde einer solchen Regelung zustimmen?«

»Warum nicht?«

Whitlows Antwort war ein verächtliches Schnauben. »Sind die Springertriebwerke dieses Kreuzers einmal einsatzbereit, wird die Marine mich nie mehr in ihre Nähe lassen. Ich denke, ich könnte an der Reise teilnehmen und die Codes manuell eingeben, wenn das Schiff einen Übergang machen muss. Auf diese Weise könnte ich die Kontrolle aufrechterhalten und der *Discovery* trotzdem die Durchführung der Expedition erlauben.«

»Das kannst du nicht machen!«, rief Bethany entsetzt.

»Warum nicht?«

»Dein Herz würde die starke Beschleunigung niemals aushalten.«

»Hast du eine bessere Idee?«

»Schick jemand anderen.«

Whitlow verzog das Gesicht, als hätte er in eine saure Frucht gebissen. »Das ist ein Problem. Es gibt nur eine Person, der ich solch eine Verantwortung anvertrauen würde.«

»Schick ...« Bethany verstummte, als sie den Ausdruck im Gesicht ihres Onkels sah. Der gütige alte Mann, der sie aufgezogen hatte, war von ihm abgefallen; aus einem Gesicht, das wie aus Granit geschnitten war, blickten hellwache Augen von eiserner Willenskraft.

»Captain Drake, da sind ein Herr und eine Dame, die Sie sprechen wollen«, sagte der Marineunteroffizier, der am Empfangsschalter der Admiralität Dienst tat, aus Drakes Bildschirm.

»Wer ist es, Kraeler?«

Der Unteroffizier blickte über die Schulter, als wollte er sich vergewissern, dass niemand mithören konnte, dann beugte er sich näher zum Mikrofon der Gegensprechanlage und sagte: »Kennen Sie diesen verrückten Alten, der nun schon seit Tagen seine ganze Zeit unten in unserem Keller verbringt?«

»Beziehen Sie sich auf Seine Exzellenz, den Botschafter der Erde, Unteroffizier?«, fragte Drake barsch.

»Ah, ja, Sir. Botschafter Whitlow und seine Nichte, Sir.«

»Kraeler, es mag Sie interessieren, dass der Botschafter den Schlüssel zur bevorstehenden Expedition in den Faltraum in Händen hält. Wenn Sie ihn durch Ihre Respektlosigkeit in irgendeiner Weise beleidigt haben, wird der Admiral dafür sorgen, dass Sie als Inventarist zur Tiefkühlabteilung des Marineproviantamtes abkommandiert werden, wo Sie sich den Arsch abfrieren können. Und das ist noch nichts, verglichen damit, was ich vorher mit Ihnen machen werde.«

Kraeler errötete sichtlich. »Äh ... tut mir Leid, Captain, ich dachte nicht ...«

»Das ist es, Sie dachten nicht! Ich werde gleich unten sein. Einstweilen versuchen Sie höflich mit unseren Gästen umzugehen.« Drake wartete nicht auf eine Antwort, bevor er die Verbindung unterbrach. Er wählte augenblicklich den Admiral an.

»Was gibt es, Drake?«

»Botschafter Whitlow ist hier, Sir.«

Dardan hob überrascht die Brauen. »Ist er allein?«

»Nein, Sir. Der Dienst habende Unteroffizier sagt, er habe seine Nichte bei sich.«

»Na, dann lassen Sie sie heraufschicken … Nein, besser, Sie gehen hinunter und bringen sie zu mir.«

»Das wollte ich gerade tun, Sir.«

»Bringen Sie sie in mein Büro.«

»Soll ich das Büro des Ministerpräsidenten verständigen lassen, Sir?«

»Noch nicht, Captain. Sehen wir zunächst, was sie wollen.«

»Ja, Sir.«

Drake informierte den Offizier vom Dienst, wo er sein würde, dann eilte er hinunter, Clarence Whitlow zu begrüßen. Er fand den Botschafter in der Eingangshalle; bei ihm war eine Frau. Obwohl sie Drake den Rücken zugekehrt hatte, als er aus dem Aufzug kam, war etwas Vertrautes an ihr.

»Willkommen, Exzellenz. Es freut mich, dass Sie kommen konnten … Oh, hallo!«

Die Frau hatte sich beim Klang seiner Stimme umgewandt und zeigte ihm das bezaubernde Gesicht, das er am vergangenen Abend bei Mrs. Mortridges Party bewundert hatte.

»Hallo, Captain Drake«, sagte Bethany Lindquist.

»Sie kennen meine Nichte?«, fragte Whitlow.

»Wir lernten uns gestern Abend kennen, Sir«, sagte Drake. »Ich wusste allerdings nicht, dass Bethany Ihre Nichte ist.«

»Sie haben mich nicht gefragt«, sagte Bethany lächelnd.

»So ist es.« Drake wandte sich wieder Whitlow zu. »Der Admiral hat mich gebeten, Sie zu ihm zu geleiten, Exzellenz.«

»Das ist der Grund unseres Besuches.«

»Ja, Sir. Bitte folgen Sie mir.«

Drake führte sie zum Aufzug. Während der Fahrt bewunderte er Bethany Lindquists Spiegelbild im polierten Edelstahl der geschlossenen Aufzugtür.

Der Admiral schüttelte Whitlow die Hand und küsste die seiner Nichte, bevor er sie zu dem Teil seines Büros geleitete, wo mehrere lederbezogene Sessel einander gegenüberstanden.

»Kaffee, Exzellenz?«

»Bitte, Admiral. Ich nehme meinen ohne Milch und Zucker.«

»Und Sie, Miss Lindquist?«

»Nur mit Milch«, sagte Bethany.

Der Admiral wiederholte einfach mit lauter Stimme, und eine Minute später trat ein Steward in weißem Jackett mit einem Tablett und vier Tassen Kaffee ein. Der Kaffee war ein altanisches Ersatzprodukt, das viele der Gründer, die noch den irdischen Kaffee gekannt hatten, ungenießbar gefunden hatten. Der Admiral nippte an seiner Tasse und stellte sie wieder vor sich auf den Tisch.

»Wie kann ich Ihnen heute Morgen helfen, Exzellenz?«, fragte er.

»Ich verbrachte den größten Teil des gestrigen Abends mit Nachdenken über die Forderung des Ministerpräsidenten, dass ich die Springercodes der *Discovery* abgebe, Admiral. Offen gesagt, ich bin geneigt, auf seinen Wunsch einzugehen, aber nur zu meinen eigenen Bedingungen.«

»Und die sind?«

»Ich schlage vor, Ihren Leuten die Springerprogramme der *Discovery* zu übergeben, aber die Kontrolle über die Sicherheitscodes zu behalten, die zur Bestätigung von Befehlen benötigt werden, welche dem Computer des Springersystems erteilt werden.«

»Ich kann keinen Sinn darin erkennen, Exzellenz. Was nützen Springerprogramme, wenn der Computer sich weigert, Befehle auszuführen?«

»Die Codes werden im Besitz meiner persönlichen Vertretung bleiben, die sie vor jedem Faltraumübergang manuell in den Computer eingeben wird. Nach dem vollzogenen Übergang werden die Codes bis zum nächsten Gebrauch entfernt.«

»Das würde Ihrer Vertretung ein absolutes Veto in allem geben, was diese Expedition tut und wohin sie geht«, sagte Dardan.

»Genau!«, stimmte Whitlow zu. »Als ich meinen Posten als Botschafter der Erde antrat, leistete ich einen Eid, die Interessen der Erde zu wahren. Das erwähnte Arrangement ist die einzige Möglichkeit, mich meiner Verpflichtungen ehrenhaft zu entledigen.«

»Werden wir über die Identität dieses Musterbeispiels von Redlichkeit unterrichtet, auf dessen Schultern das Schicksal dieses Planeten ruhen wird?«, fragte der Admiral.

»Kaum ein Musterbeispiel, Admiral«, platzte Bethany Lindquist heraus.

Dardan warf ihr einen fragenden Blick zu.

Bethany räusperte sich verlegen und senkte den Blick auf ihre Hände nieder, die nervös in ihrem Schoß zuckten. »Verzeihen Sie die Unterbrechung«, murmelte sie.

»Ich fasse Ihre Bemerkung so auf, dass Sie diese Person kennen, Miss Lindquist?«

»Das könnte man so sagen, Admiral«, sagte sie mit einem Anflug von Trotz in der Stimme. »Mein Onkel hat mich gebeten, ihn auf dieser Expedition zu vertreten. Ich habe mich dazu bereit erklärt.«

»Unmöglich!«, knurrte Drake.

»Warum, Captain?«, fragte Clarence Whitlow.

»Weil die Anwesenheit Ihrer Nichte an Bord störend sein und die Disziplin gefährden würde, Sir. Seien Sie vernünftig! Der größte Teil meiner Besatzung ist seit mehr als einem Jahr im Raum! Außerdem haben wir keine Einrichtungen für Frauen an Bord, und wenn wir ins Gefecht gehen müssen, kann es an Bord der *Discovery* rasch ungesund werden. Glauben Sie mir, diese Expedition ist nichts für eine Frau.«

»Captain Drake. Es wird keine Expedition geben, es sei denn, meine Nichte begleitet Sie.«

»Gestern Abend äußerten Sie eine andere Meinung, Captain Drake«, sagte Bethany.

»Ein Partygespräch mit einer hübschen Frau ist eine Sache, Miss Lindquist. Das Hüten von zweihundert Mann Besatzung mit überaktiver Libido eine ganz andere.« Er wandte sich an Admiral Dardan. »Sir, wir können das nicht zulassen!«

Dardan kratzte sich das Kinn und seufzte. »Nun, ich sehe nicht, wie wir es verhindern können. Wir brauchen die Codes, und dies scheint die einzige Möglichkeit zu sein, sie zu bekommen.«

»Aber …«

Dardan starrte seinen Untergebenen an und grollte: »Das ist ein Befehl, Captain!«

»Ja, Sir. Ich nehme an, wir können sie in Mr. Marstons Kabine unterbringen.«

»Darf ich Sie so verstehen, Admiral, dass Sie meinem Vorschlag zustimmen?«, fragte Clarence Whitlow.

»Bleibt mir eine andere Wahl?«

»Nein, Sir.«

»Dann stimme ich zu. Natürlich werde ich die Genehmigung des Ministerpräsidenten einholen müssen.«

»Selbstverständlich.«

»Sobald das getan ist, können wir die Vereinbarung vertraglich regeln.«

Admiral Dardan suchte persönlich den Ministerpräsidenten auf, um mit ihm über seine Begegnung mit Clarence Whitlow zu sprechen. Gareth Reynolds hörte schweigend zu, als Dardan die Forderung des Botschafters erläuterte und seine vorläufige Zustimmung erwähnte. Als der Admiral geendet hatte, lehnte sich der Ministerpräsident in seinem Sessel zurück und betrachtete ihn mit müdem Blick.

»War es wirklich klug, so rasch auf eine derartige Regelung einzugehen, Admiral?«

»Ich hielt es für das Beste, Sir. Wenn jenseits des Faltpunktes ein Krieg tobt, werden wir ausnahmslos die Springerantriebe unserer Kreuzer reaktivieren müssen. Dies schien ein gangbarer erster Schritt zu diesem Ziel zu sein.«

»Ich sehe nicht, wie.«

»Clarence Whitlow leidet unter der gleichen Krankheit wie wir, Sir. Es fehlt ihm an Informationen, die vernünftige Entscheidungen erst möglich machen. Indem wir auf seine Bedingungen eingehen, liefern wir ihm in der Person seiner Nichte eine Informationsquelle. Sobald er – und wir – besser informiert sind, werden wir alle hoffentlich zu der Schlussfolgerung gelangen, dass unsere Interessen vergleichbar sind. In diesem Fall ist es wahrscheinlich, dass er die Springerprogramme und Codes für die übrigen Kreuzer freiwillig herausgeben wird.«

»Und wenn er entscheidet, dass unsere Interessen gegensätzlicher Natur sind?«

»Dann werden wir Bethany Lindquist auf unserer Seite haben, wenn es darum geht, ihn zu überzeugen.«

»Wie kommen Sie denn darauf?«

»Nachdem Whitlow und seine Nichte mein Büro verlassen hatten, sprach ich mit Captain Drake. Er hat Anweisung, der Frau Zugang zu allen Daten zu geben, die während der Expedition gewonnen werden.«

»Allen Daten, Admiral? Ist das weise?«

»Ich denke schon, Sir. Wir können uns nicht leisten, dass in ihr der Argwohn wächst, wir würden etwas vor ihr verbergen. Wenn wir sie richtig behandeln, wird sie nicht umhin können, unsere Bemühungen positiv zu sehen und sich mit ihnen zu identifizieren.«

»Was wissen wir über diese Bethany Lindquist?«, fragte Reynolds.

Dardan zog mehrere Ausdrucke aus seinem Aktenkoffer. »Sie hat einen Lehrauftrag als Historikerin an der Universität von Alta. Gesundheitlich sollte es mit ihr keine Probleme geben. Ich habe mit ihrem Professor gesprochen, der von ihrer Sachkenntnis beeindruckt scheint.«

»Wie ist ihre politische Einstellung?«

»Sie scheint keine starken Überzeugungen in dieser oder jener Richtung zu haben. Wir wissen, dass sie dem Wunsch ihres Onkels, als Botschafterin der Erde seine Nachfolge anzutreten, widerstanden hat. Die Wählerlisten zeigen, dass sie regelmäßig an den Wahlen teilnimmt, aber das ist ungefähr alles … wenigstens bis in die jüngste Vergangenheit.«

»Was geschah in jüngster Vergangenheit?«

»Sie ging ein Verhältnis mit Carl Aster ein.«

Der Ministerpräsident richtete sich ruckartig auf. »Aster? Jonathan Carstairs' rechte Hand?«

»Ja, Sir.«

»Höchst seltsam. Erst heute Morgen reichte Carstairs eine Personalliste für die Expedition ein. Die Wissenschaftler sind alle entschiedene Anhänger der Konservativen Allianz, versteht sich – es hätte mich gewundert, wenn es andere gewesen wären. Von den Nichtwissenschaftlern waren zwei von besonderem Interesse. Carstairs nominiert Alicia Delevan als Gesandte und Carl Aster als ihren Mitarbeiter. Damit nicht genug, deutete der ehrenwerte Carstairs an, dass es Ärger geben werde, wenn Delevan und Aster nicht in die Teilnehmerliste der Expedition aufgenommen würden. Nun erzählen Sie mir, dass Clarence Whitlows Repräsentant Asters Freundin ist? Wenn ich ein misstrauischer Mensch wäre, würde ich denken, dass die Allianz versucht, diese Expedition unter ihre Kontrolle zu bringen.«

»Als Angehöriger der Streitkräfte ist es mir nicht gestattet, in der Politik Partei zu ergreifen, Sir. Wenn Sie mich aber nach meiner professionellen Meinung im Hinblick auf die Expedition fragen …«

»Das tue ich, Admiral.«

»Dann bleibt meine Empfehlung die gleiche, Sir. Wie man auch das politische Risiko von Bethany Lindquists Verhältnis mit Aster einschätzen mag, es ändert nichts an unserer Situation gegenüber ihrem Onkel. Wir sollten sein Angebot annehmen, bevor er den Einsatz erhöht.«

Der Ministerpräsident dachte kurz darüber nach, dann nickte er. »Einverstanden. Es mag Sie überraschen, Admiral, aber unter uns Stimmenfängern gibt es noch immer einige, die die Interessen des Ganzen über die der Partei stellen. Ich habe bereits entschieden, eine Anzahl von Carstairs' Wissenschaftlern in diese Expedition aufzunehmen. Eine Verweigerungshaltung würde zu einer unnötigen Konfrontation im Parlament führen, die leicht zu unseren Ungunsten ausgehen könnte.

Beginnen Sie mit Ihren Vorbereitungen. Ich werde einen förmlichen Vertrag aufsetzen lassen, der die Bedingungen unserer Übereinkunft mit dem Botschafter der Erde umreißt. Sagen Sie Clarence Whitlow, dass der Vertrag bis zum Wochenende unterschriftsreif sein wird.«

»Ja, Sir.«

Alicia Delevan war eine kleine Frau mit kohlschwarzem Haar und einem Gesicht, das verkniffen aussah, wenn sie nicht aufpaßte, welche Miene sie aufsetzte. Sie war vom Fach her Soziologin und Sozioökonomin von Beruf. Lange war sie der Meinung gewesen, dass der Industriellenverband die öffentliche Politik absichtlich manipuliere, um kleinere und mittlere Unternehmen in den Steuerbankrott zu treiben. Da es ihr nicht gelang, die sozialdemokratischen Parlamentsabgeordneten für ihre Thesen zu interessieren, begann sie für die Konservative Allianz zu arbeiten und für ein Gesetz zu werben, das die Steuerquote für Klein- und Mittelbetriebe, die von Einzelunternehmern geführt wurden, spürbar senken sollte. Schließlich bewarb sie sich selbst um einen Parlamentssitz.

Das war inzwischen sechs altanische Jahre her. Vor einem Jahr war sie als Belohnung für die erfolgreiche Vorbereitung zum parlamentarischen Schiffbruch eines von den Sozialdemokraten eingebrachten kostspieligen Projekts öffentlicher Arbeiten von ihrer Partei in den prestigeträchtigen parlamentarischen Raumfahrtausschuss geschickt worden. Die Ernennung war ein Zeichen dafür gewesen, dass die Partei sie für ein höheres Amt aufbaute. Sie hatte die Arbeit interessant gefunden und Jonathan Carstairs mit ihrem politischen Verstand beeindruckt. Und sie fühlte sich ihrerseits geschmeichelt, als er ihr vorschlug, die Allianz bei der interstellaren Expedition zu vertreten.

Geschmeichelt, aber alles andere als glücklich.

Alicia Delevan hatte niemals das geringste Verlangen gehabt, in den Raum zu gehen. Ihrer Überzeugung nach gab es auf Alta mehr als genug zu tun, und Weltraumunternehmen wie die Jagd nach der *Conqueror* betrachtete sie als hinausgeworfenes Geld zur Befriedigung der Abenteuerlust des Kindes im Manne. Wie Carstairs selbst, so sah auch sie die Antares-Supernova als ein lästiges Phänomen, und die Nachricht, dass der Faltpunkt wieder offen war, hatte sie keineswegs mit Begeisterung erfüllt. Eine Expedition zum System Napier hielt Alicia für nichts weiter als einen Versuch, vergangene Herrlichkeit wiederzubeleben.

»Warum ich?«, hatte sie Carstairs gefragt, als er ihr vorgeschlagen hatte, bei der interstellaren Expedition die Konservative Allianz zu repräsentieren.

»Weil Sie klug sind und intelligent genug, zu wissen, wann man mit der Opposition zusammenarbeiten und wann man kämpfen muss. Und weil ich Ihnen vertraue.«

»Aber ich habe hier Arbeit zu tun. Wir versuchen vorgezogene Neuwahlen zu erzwingen, nicht wahr?«

»Diese *Conqueror*-Geschichte wird unsere Pläne verzögern, Alicia. Viele Wähler sind ganz aufgeregt wegen der Aussicht auf eine Rückkehr zu interstellaren Reisen und versprechen sich davon alles Mögliche. Wenn wir heute Neuwahlen verlangen, wird die allgemeine Stimmung großer Erwartungen, so unrealistisch sie auch sein mag, Reynolds und seine Kumpane für weitere fünf Jahre ins Amt zurückschwemmen. Das können wir schwerlich riskieren, nicht?

Und aus diesem Grund brauchen wir Sie bei dieser Expedition. Die Sozialdemokraten werden dieses Ding ausschlachten und bis zum letzten Tropfen ausmelken. Wir brauchen Sie dort draußen, um den Leuten vor Augen zu führen, dass das Ende unserer Isolation kein alleiniges Verdienst der Sozialdemokraten ist.«

»Aber was wird von mir erwartet?«

»Sie sollen meine Augen und Ohren sein. Nehmen Sie günstige Gelegenheiten wahr. Arbeiten Sie mit den Sozis zusammen, wenn es Sinn ergibt, aber machen Sie ansonsten Ihre politische Gegnerschaft deutlich. Vor allem aber bringen Sie mir einen genauen und zutreffenden Bericht über die Situation dort draußen zurück.«

Alicia seufzte. »Ich nehme an, dass es keinen Sinn haben wird, Sie umstimmen zu wollen.«

Carstairs lächelte humorlos. »Überhaupt keinen. Ich brauche jemanden, dem ich dort draußen vertrauen kann, und die Wahl ist auf Sie gefallen.«

9

Unter Raumfahrern gibt es ein altes Sprichwort: »Kein Schiff verlässt jemals eine Welt, bevor die Masse der Anträge, Formulare und Genehmigungen das Körpergewicht des schwersten Mannes an Bord übersteigt.«

In dem Monat, der auf die Rückkehr der *Discovery* nach Alta folgte, kam dieses Stück Volksweisheit Richard Drake immer häufiger in den Sinn. Schließlich begann er sich zu fragen, ob es die Wirklichkeit nicht unzulässig beschönige.

Die Unterzeichnung des Vertrages zwischen der Regierung Altas und Clarence Whitlow fand sechs Tage nach dem Gespräch im Büro des Admirals im Plenarsaal des Parlaments statt, Ministerpräsident Reynolds, Jonathan Carstairs und Admiral Dardan repräsentierten Regierung, politische Parteien und Streitkräfte in der vom Live-TV übertragenen Zeremonie. Clarence Whitlow, in der vollen Pracht seiner Diplomatenuniform mit Schärpe, vertrat die Erde. Beide Seiten unterzeichneten den Vertrag mit der gebotenen Feierlichkeit. Als das Protokoll sicher in den alten Botschaftscomputern im Keller der Admiralität gespeichert und geschützt war, griff Whitlow in die Tasche, zog einen Aufzeichnungskristall heraus und überreichte ihn dem Ministerpräsidenten unter dem Applaus der zweihundert geladenen Gäste.

Die erfolgreiche Wendung war zum Anlass ganztägiger Feierlichkeiten gemacht worden, die in einem abendlichen Ball gipfelten. Richard Drake nahm widerwillig daran teil, fand aber zu seiner eigenen Überraschung Gefallen daran. Sein Vergnügen rührte zu einem guten Teil von den mehreren günstigen Gelegenheiten her, mit Bethany Lindquist zu tanzen. Beide vermieden es, ihre Meinungsverschiedenheit über Bethanys Teilnahme an der Expedition zu erwähnen, und im Laufe des Abends merkten sie, dass sie eine Anzahl gemeinsamer Interessen hatten. Drake hätte ihre Gesellschaft gern bis in die frühen Morgenstunden für sich in Anspruch genommen, sah sich aber mit zunehmend unfreundlicher werdenden Blicken von Carl Aster konfrontiert. Um Mitternacht entschuldigte er sich und verließ den Ball. Früh am nächsten Morgen ging er an Bord der *Molière*, und zwei Stunden später händigte er dem Chefingenieur an Bord der *Discovery* die Programme für die Springertriebwerke aus.

Den zugehörigen Computer online zu bringen war schwieriger als erwartet. Hundertfünfundzwanzig Jahre lang hatte der Kreuzer im Beschuss kosmischer Strahlung gelegen. Hin und wieder prallte eines dieser mikroskopischen Korpuskel auf einen wichtigen Teil der Schaltkreise, welche die Springertriebwerke steuerten. Manchmal war die so entstandene Veränderung groß genug, um in den periodischen, aber relativ primitiven Wartungsüberprüfungen aufzufallen (es waren die einzigen Überprüfungen, die ohne die Operationscodes des Computers möglich waren). In anderen Fällen aber war der Schaden zu subtil, um ohne weiteres entdeckt zu werden. Das Ergebnis war eine allmähliche Ansammlung einsetzender Fehler im Computer und seinen peripheren Geräten. Volle zehn Prozent der Computerschaltungen versagten in den selbsttätigen Prüfungsläufen, nachdem der Computer ans Netz angeschlossen worden war, und die ständigen Wartungsüberprüfungen in den folgenden zwei Wochen ergaben einen ähnlich hohen Prozentsatz.

Drake war gezwungen, mehr qualifizierte Techniker für den Computer einzusetzen, als er ursprünglich veranschlagt hatte. Das führte zu einer Personalknappheit bei der Überprüfung der übrigen Bordsysteme. Um nicht noch mehr Zeit zu verlieren, improvisierte er, wo es möglich war. Nachrichtentechniker wurden mit der Überprüfung der lebenserhaltenden Systeme beauftragt, Waffentechniker befassten sich mit Radaranlagen und Infrarot-Suchgeräten. Triebwerkspezialisten halfen beim Ausgleich der elektromagnetischen Kraftfelder zur Fixierung des Masseumwandlers. Trotz der Personalknappheit bestand Drake darauf, dass jeder Teil des Schiffes mit peinlicher Gründlichkeit geprüft und erprobt werde. Jedes Teil, das auch nur den leisesten Verdacht erregte, wurde ersetzt, bis hinunter zur Kaffeemaschine in der Mannschaftsmesse.

Bei alledem war die *Discovery* nicht Drakes einzige Sorge. Als Expeditionsleiter war er auch verantwortlich für die Beaufsichtigung der Vorbereitungen zur Aufnahme des wissenschaftlichen Personals sowie seiner Geräte und Instrumente an Bord des Passagierschiffes, das den Kreuzer begleiten sollte.

Im Jahr 2512 war die *City of Alexandria* ein überaltertes Passagierschiff gewesen, das den Antares-Haufen anflog. Es hatte sich auf einem seiner zwei jährlichen Besuche im System Valeria befunden, als der Faltpunkt verschwunden war. Im Gegensatz zu den Kreuzern hatte die neuerdings von der Außenwelt abgeschnittene Kolonie keinen zwingenden Grund gesehen, die *Alexandria* in Betrieb zu halten. Das Schiff war sogleich in eine sichere Umlaufbahn gebracht und eingemottet worden, um so auf den Tag zu warten, da es für interplanetarische Transporte innerhalb des Systems Valeria benötigt würde. Nach hundert Jahren hatte ein Syndikat von Investoren das Schiff erworben. Diese hatten geplant, es in einen fliegenden Vergnügungspalast umzuwandeln und Kreuzfahrten innerhalb des Systems anzubieten, doch war ihnen das Geld ausgegangen, bevor Umbau und Neuausstattung fertig gestellt waren. In den nächsten zwei Jahrzehnten war das alte Passagierschiff eine Art weißer Elefant gewesen und hatte wechselnde Besitzer gesehen.

Als die *Conqueror* am Himmel Altas erschien, war das Schiff seit mehr als einem Jahr zum Verkauf ausgeschrieben.

Richard Drake und Bela Marston saßen in ihren Schutzanzügen Seite an Seite auf der Sitzbank eines kleinen, eiförmigen Beibootes, das für Kurzstreckenflüge zwischen Schiffen und Stationen in Umlaufbahnen verwendet wurde. Es war nicht viel mehr als eine Kabine, die von Treibstofftanks und Steuerungstriebwerken umgeben war. Was dem Boot an Komfort mangelte, wurde jedoch von der spektakulären Aussicht durch den transparenten Kunststoff seines Rumpfes mehr als ausgeglichen.

Das Beiboot war mit seinen Landekufen zum Himmel und mit seiner blasenförmigen Kabine zum Planeten hin orientiert. Daher hing Alta über ihnen, eine in schwarzen Samt gebettete, riesige und erdrückende Kugel. Unmittelbar voraus lag ein weißer Wolkenwirbel über blauem Ozean, der sich bis zum Horizont erstreckte. Darüber und zur Linken schimmerte die Eiskappe des Südpols. Zur Rechten schob sich der Hauptkontinent wie ein gewaltiger stumpfer Keil ins Voss-Meer, gefolgt von den Paradiesinseln als Anhängsel.

»*City of Alexandria* meldet, dass das Andockportal jetzt frei ist, Captain«, sagte Marston. »Wir haben Erlaubnis, mit dem Andockmanöver zu beginnen.«

»Dann bringen Sie uns hin, Nummer Eins.«

»Ja, Sir.«

Drake blickte nach vorn, hinaus über die im Bug gebündelten Düsenöffnungen. Er suchte den Raum nach einem kleinen geometrischen Körper ab, und nach ein paar Augenblicken wurde er mit dem Anblick eines kleinen, im Raum hängenden Zylinders belohnt. Dieser wuchs im Laufe der nächsten Minuten, und kleinere Formen begannen in seinem Umkreis sichtbar zu werden. Während sie sich weiter näherten, konnten sie mit bloßen Augen sehen, dass der Zylinder mehrere Male in der Minute um seine Achse rotierte.

Die *City of Alexandria* war ungefähr von gleicher Größe wie der Kreuzer, doch war das Passagierschiff im Gegensatz zu diesem nach einem zylindrischen Bauplan konstruiert. Die Wohnquartiere befanden sich um die Peripherie, wo die rotationserzeugte Schwerkraft sich am meisten auswirkte; die Laderäume befanden sich innenbords und nahe der Schiffsachse; Treibstofftanks und Triebwerke waren achtern untergebracht. Ungefähr in der Mitte öffneten sich mehrere große Luken in der Außenhaut des Schiffes, die wie tiefe Brunnen in die Laderäume führten. Eine weitere Öffnung, die am Schiffsbug in der Rotationsachse lag, diente als Andockportal, während das Schiff rotierte.

Das Passagierschiff wurde zusehends größer und massiger, als das Beiboot näher kam. Raumfähren hingen vor dem Bug der *Alexandria* und warteten auf Einlass ins Andockportal. Marston manövrierte das Beiboot durch die Versammlung der geflügelten Fähren und ging in Position vor den geschlossenen Toren des Portals. Als wären sie kybernetisch ferngesteuert, öffneten sich Tore bei ihrer Annäherung weit und gaben den Blick ins Innere frei. Marston beobachtete das rotierende Portal, dann gab er seinem Steuerknüppel eine geschickte Drehung und mit einem plötzlichen Ausbruch gedämpften Geräusches feuerten die Düsen zur Stabilisierung der Fluglage. Innerhalb mehrerer Sekunden schien sich die Rotation des Schiffes zu verlangsamen und dann ganz aufzuhören. Marston vergewisserte sich durch Augenschein und Instrumentenablesung, dass die Rotation des Beiboots mit der des Schiffes synchron verlief, dann schob er den Steuerknüppel nach vorn. Langsam glitt das Beiboot in das Riesenmaul des Schiffes.

Drinnen wurden sie weit vom Portal zu einem Vertäuungspunkt dirigiert. Sobald ihr Fahrzeug festgemacht war, überprüften Drake und Marston ihre Anzüge auf Druckfestigkeit, dann ließen sie die Luft aus dem Beiboot ins Vakuum entweichen. Drake schnallte sich los, zog sich aus der Enge der Kabine und Hand über Hand weiter eine Sicherheitsleine entlang in die annähernd schwerelose Abteilung. Nachdem er sich vergewissert hatte, dass sein Erster Offizier folgte, hangelte er weiter zu einer Luftschleuse. Kenil Fallan, der Kapitän der *Alexandria*, erwartete sie auf der anderen Seite.

»Haben wir Erlaubnis, an Bord zu kommen, Sir?«, fragte Drake.

»Erlaubnis erteilt und willkommen, Captain«, erwiderte Fallan. Marston wiederholte die alte Formalität und erhielt die gleiche Antwort. Nachdem so dem Brauch Genüge getan war, grinsten Drake und Fallan und schüttelten sich die Hand.

»Diese neuen Ärmelstreifen sehen mächtig eindrucksvoll aus, Kenil.«

»Wie ich höre, hast du mich für sie empfohlen, Richard.«

Drake zuckte die Achseln. »Der Admiral traf die endgültige Entscheidung.«

»Jedenfalls danke.«

»Gern geschehen. Nun, wie entwickelt sich dein neues Kommando?«

»Nicht gerade so wie in unseren Tagen als Offiziersanwärter an Bord der *Dagger*, als Putzen und Wienern ganz oben auf der Tagesordnung stand, aber die Besatzung ist erstklassig. Die Leute haben alles auseinander genommen, was auseinander genommen werden kann, haben sich mit Instandhaltungs- und Wartungsarbeiten abgemüht, bis sie blau im Gesicht waren, und insgesamt gute Arbeit geleistet. Die Zivilisten sind ein anderes Kapitel. Sie scheinen nicht zu begreifen, dass sie nicht überall hingehen und alles tun können, was sie wollen und wann sie es wollen. Bei jeder Wache muss ich irgendwelche kleinlichen Streitigkeiten unter den Wissenschaftlern schlichten.«

Drake nickte. »Darum sind wir hier. Sind alle versammelt?«

»Ja.«

»Dann gib uns ein paar Minuten Zeit, damit wir diese Anzüge ablegen können, und anschließend werden wir ihnen die Leviten lesen.«

»Sehr gut. Komm mit; ich zeige dir, wo die Spinde sind.«

AN: Fleet Captain Richard Drake
Kommandierender Offizier
Interstellare Expedition Eins

BETRIFFT: Operationsbefehl
Interstellare Expedition Eins

1. Sie werden hiermit beauftragt, aus den Marineschiffen *Discovery* und *City of Alexandria* sowie den Cryogentankern *Sultana* und *Haridan* die Einsatzgruppe 001, Interstellare Expedition Eins, zu bilden.
2. Sie werden das Kommando über die Einsatzgruppe 001 übernehmen und sie für die Expedition vorbereiten.
3. Nach Abschluss der Vorbereitungen werden Sie die Einsatzgruppe zum Valeria-Napier-Faltpunkt führen, wo Sie durch den Faltraumübergang ins System Napier eintreten werden.
4. Die Einsatzgruppe wird die folgenden Aufträge ausführen:
   4.1 Sie werden die gegenwärtige politische Situation im menschlich besiedelten Raum erkunden und einschätzen. Insbesondere werden Sie feststellen, ob jenseits des Systems Valeria interstellare Kriegshandlungen stattfinden. Sofern es Ihnen möglich ist, werden Sie die Identität der Krieg führenden Parteien, relative Stärke und die Ursachen des Konflikts feststellen.
   4.2 Sie werden die Auswirkung der Antares-Supernova auf die Struktur des Faltraums untersuchen.
   4.3 Sie werden insbesondere die Auswirkung der Antares-Supernova auf das System Napier untersuchen.
   4.4 Sie werden den Ihrem Kommando unterstellten Wissenschaftlern und Parlamentariern jede im Rahmen Ihres Auftrags mögliche und zweckmäßige Unterstützung gewähren.
5. Einsatzgruppe 001 kann zusätzliche Faltraumübergänge durchführen, wenn solche nach Ansicht des Kommandeurs erfor-

derlich sind, um die Ziele der Mission zu erreichen. Zusätzliche Übergänge sollen jedoch nicht allein zur Erreichung untergeordneter Ziele durchgeführt werden.

6. Die Einsatzgruppe 001 ist autorisiert, das Minimum an Gewalt anzuwenden, das zur Erreichung des ersten Ziels der Mission erforderlich ist, oder in Selbstverteidigung zu handeln, sollten fremde Streitkräfte eine feindselige Haltung einnehmen.
7. Alle Daten, die das Schlachtschiff *Conqueror* betreffen, sollen als Staatsgeheimnis betrachtet und nicht-altanischem Personal nicht zugänglich gemacht werden.
8. Die Einsatzgruppe 001 wird nach Erreichen des ersten Ziels der Mission oder nach Ablauf von 181 Tagen nach dem ersten Faltraumübergang zum System Valeria zurückkehren.

(Unterzeichnet)	(Unterzeichnet)
Gareth Reynolds	Luis Emilio Dardan
Ministerpräsident	Admiral
Republik Alta	Raumstreitkräfte

Wie ursprünglich geplant, sollte die Expedition jenseits des Faltpunktes eine militärische und wissenschaftliche bewaffnete Aufklärung sein. Da sie in potenziell feindlichen Raum eindringen würde, lagen Verantwortung und Befehlsgewalt allein bei den Raumstreitkräften.

Die Hauptziele der Expedition waren ziemlich geradlinig: Feststellung, wie es zur Zerstörung der *Conqueror* gekommen war, Kartierung der Veränderungen in der Struktur des Faltraumes und Klärung des Schicksals von New Providence nach der Supernova. Wären dies die einzigen Ziele gewesen, so hätte die Einsatzgruppe 001 auf die *Discovery* und einen einzigen Tanker beschränkt bleiben können. In Zusammenarbeit mit der Admiralität hatte die Universität von Alta zwei kleine wissenschaftliche Arbeitsgruppen zusammengestellt. Die erste bestand aus Fachleuten der Gebiete Anthropologie, Archäologie, Geschichte, Politologie, Psychologie und Soziologie. Ihre Aufgabe war die Einschätzung der Folgen und Auswirkungen, die der Ausbruch der Supernova auf die anderen Systeme des Antares-Haufens gehabt hatte. Die zweite Arbeitsgruppe bestand aus den Astronomen und Physikern, die ursprünglich von Admiral Dardan und Stan Barrett verpflichtet worden waren, um die Struktur des Faltraumes innerhalb des Systems Valeria zu kartieren. Sie sollten in jedem der besuchten Systeme die gleiche Arbeit übernehmen und so ein Gesamtbild von den großräumigen Auswirkungen der Supernova auf die Struktur des Faltraumes schaffen.

Unglücklicherweise war die Vorstellung der Admiralität von einer ›schlanken‹ Expedition bei einer Anzahl einflussreicher Persönlichkeiten nicht auf Gegenliebe gestoßen. Die Ankündigung, dass der Faltpunkt wieder offen sei, hatte eine elektrisierende Wirkung auf die Gesellschaft Altas gehabt. So hatte es nicht lange gedauert, bevor die ersten Anfragen von Einzelpersonen und Gruppen eingegangen waren, die sich der Expedition anschließen wollten.

Die erste derartige Anfrage kam von der Heiligen Ökumenischen Kirche von Alta. Seine Eminenz, der Bischof von Homeport, erschien persönlich in der Admiralität, um sein Anliegen zu vertreten.

»Sicherlich anerkennen Sie die Bedeutung, welche die Wiederherstellung der Verbindung mit unserer Mutterkirche auf Erden für uns hat«, sagte der Bischof.

»Ich bin nicht sicher, dass ich das beurteilen kann, Euer Eminenz«, erwiderte Dardan.

»Es geht nicht nur um die Angleichung des kanonischen Rechts, das in der Zwischenzeit, bedingt durch die staatliche Gesetzgebung, Veränderungen erfahren hat, sondern vor allem um die Notwendigkeit, dass unsere Mutterkirche die während der langen Isolation von uns vorgenommenen Ernennungen von Bischöfen und Priesterweihen bestätigt. Und schließlich geht es um die Angleichung der kirchlichen Lehre, die im Laufe eines Jahrhunderts ohne Zweifel Veränderungen erfahren hat, von denen wir nichts wissen.«

»Aber sicherlich kann dies alles auf eine künftige Expedition warten, Euer Eminenz, zumal noch völlig offen ist, ob diese Expedition bis zur Erde vordringen wird.«

»Ich glaube, Admiral, dass unser Anliegen keinen Aufschub duldet. Zumindest sollte ein Kardinal der Kirche zu uns kommen, um die anstehenden Fragen zu klären. Und wir müssen dem Heiligen Vater eine Petition überreichen, dass er für die Kirchenprovinz Alta einen eigenen Kardinal ernennt.«

Dardan seufzte. »Wie viele Emissäre möchten Sie entsenden?«

»Nicht viele, mein Sohn.« Der Bischof überlegte etwas. »Nicht mehr als dreißig.«

Das war zu viel. »Eher sehen Sie mich in der Hölle, bevor Sie meine Schiffe mit dreißig Geistlichen vollpacken, Eminenz!«

»Das mag durchaus sein, mein Sohn«, erwiderte der Bischof freundlich.

Das nächste Verlangen nach Beteiligung war vom Industriellenverband gekommen, der die fünfzig größten Unternehmen Altas vertrat. Nachdem das Präsidium des Industriellenverbandes erfahren hatte, welcher Empfang dem Bischof zuteil geworden war, umging es die Admiralität und wandte sich ans Parlament, wo es über seine Abgeordneten die Teilnahme einer Delegation von zweiundzwanzig Vertretern des Verbandes ›an dieser ersten interstellaren Handelsmission in mehr als einem Jahrhundert‹ zu erwirken suchte.

Eine Woche nach der Unterzeichnung des Whitlow/Alta-Abkommens lagen dem Parlament nicht weniger als dreiundsechzig ähnliche Anfragen vor.

Die Admiralität konterte den Industriellenverband und die anderen Antragsteller mit dem Argument, dass eine Expedition in ein Kriegsgebiet kein Ort für überzählige Zivilpersonen sei. Das Parlament setzte einen Ausschuss zur Untersuchung der Frage ein. Da ihm der erhebliche politische Einfluss verschiedener Antragsteller nur zu bekannt war, entschied der Ausschuss, dass eine begrenzte Zahl von parlamentarischen Freibriefen zur Teilnahme an der Expedition vergeben werden sollte und wies die Admiralität an, für die so Begünstigten Raum an Bord der *City of Alexandria* zu finden.

So kam es, dass Richard Drake fünfzig ›ausgewählte Repräsentanten‹ aufgeladen wurden, verbunden mit der Anweisung, ihnen ›in jeder Weise behilflich zu sein‹. Zusätzlich zu je zwei Vertretern der beiden großen politischen Parteien und einer Delegation von vier Geistlichen gab es jeweils zwei Repräsentanten des Industriellenverbandes, des Dachverbandes der Gewerkschaften, der Lehrervereinigung, der Unabhängigen Handelsunternehmen und des Ärzteverbandes. Kleineren Interessengruppen wurde nur ein einziger Repräsentant zugestanden. Jeder der Ausgewählten erhielt einen Kabinenplatz und eine Arbeit an Bord. Einige waren sogar nützlich, denn beispielsweise wurden die Ärzte zu Schiffsärzten an Bord der *Alexandria* ernannt, so dass die Marineärzte, die sie ersetzten, auf die zwei Cryogentanker verteilt werden konnten.

Die vier Politiker an Bord des Passagierschiffes sollten als diplomatische Vertreter dienen, falls die Expedition ein bewohntes System ansteuerte. Man war übereingekommen, dass die beiden Parteien sich in die diplomatischen Anstrengungen der Expedition teilen sollten. Stan Barrett und Alicia Delevan, die dem Raumfahrtausschuss des Parlaments angehörte, sollten gemeinsam als Botschafter auftreten. Drake hatte den Gedanken einer Aufteilung diplomatischer Autorität ungünstig gefunden, behielt seine Meinung über die Regelung aber für sich.

Mehrere Tage zuvor hatte Drake an Bord der *Discovery* den Besuch eines Mitglieds dieser diplomatischen Delegation empfangen. Er war in die Aufarbeitung seines verwaltungstechnischen Papierkriegs vertieft gewesen, als jemand an die Tür seiner Kabine geklopft hatte. Als er von seiner Arbeit aufgeblickt hatte, war Carl Aster bereits eingetreten.

»Was kann ich für Sie tun, Mr. Aster?«

»Ich möchte auf dieses Schiff versetzt werden, Captain«, hatte Aster gesagt.

»Tut mir Leid, ich habe keinen Platz, Sie unterzubringen. Wir müssen so viele Ersatzteile und Versorgungsgüter an Bord nehmen, dass wir auch so schon aus den Nähten platzen. Sogar die Duschkabinen sind mit Lebensmittelvorräten angefüllt. Es wird einen Monat dauern, bis wir uns so weit durch die Vorräte gegessen haben werden, dass einige Duschen wieder ihrem eigentlichen Zweck zugeführt werden können.«

»Verdammt noch mal, Mann! Meine Verlobte ist an Bord dieses Schiffes.«

»Dann werden Sie und Bethany heiraten?«, hatte Drake überrascht gefragt. »Meinen Glückwunsch!«

»Es ist noch nicht offiziell, aber wir haben eine klare Vereinbarung. Sicherlich können Sie meinen Wunsch verstehen, mit ihr zusammen zu sein.«

»Ich verstehe vollkommen, Mr. Aster. Aber das ändert nichts an der Sache. Ich persönlich hätte Miss Lindquist am liebsten auf die *Alexandria* versetzt, wenn sie in ihrer Funktion hier nicht unabkömmlich wäre. Immerhin würde sie dort mit anderen Frauen zusammen sein.«

Aster hatte an seiner Unterlippe genagt. »Ich hatte gehofft, wir könnten dies unter uns regeln, Captain. Wenn ich aber über Ihren Kopf hinweg handeln muss, werde ich das tun.«

»Die Antwort wird trotzdem nein sein. Nun, wenn Sie mich entschuldigen wollen, ich habe zu tun.«

Aster war hinausgestampft. Drake hatte halb damit gerechnet, Anweisung zur Verlegung des Politikers auf das Flaggschiff der Expedition zu erhalten. Als keine kam, fand er, dass der Gedanke, Bethany Lindquist und Carl Aster auf zwei verschiedenen Schiffen zu wissen, ihn beträchtlich aufmunterte.

10

Als Kenil Fallan Richard Drake und Bela Marston eine ganze Reihe von Treppen hinab in immer stärker fühlbare Schwere führte, bemerkte Drake, dass die *City of Alexandria* ein ziemlich schäbiges Äußeres hatte. Wo das Innere der *Discovery* im Glanz polierten Metalls und frischer Farbe erstrahlte, waren der *Alexandria* zwanzig Jahre Vernachlässigung deutlich anzusehen. Die Korridorwände waren früher einmal mit teuren Hartholzvertäfelungen und Lampenfassungen aus massivem Messing ausgestattet gewesen. Das Holz war verschwunden – von einem früheren Eigentümer herausgerissen, um es einem reichen Mann zu verkaufen, der sein Herrenhaus mit den wertvollen Vertäfelungen stilvoll ausstatten wollte. Wohin man sah, blätterte die Farbe ab und gab schmutzige, bräunliche Flecken getrockneten Paneelklebers frei.

»Der Zustand meines Schiffes lässt leider zu wünschen übrig«, sagte Fallan, als sie bei geringer Schwere durch einen Korridor zwischen Treppenhäusern glitten. »Wir waren zu sehr damit beschäftigt, es einsatzbereit zu machen, um uns der Verschönerung anzunehmen.«

»Es wird eine lange Mission sein, Kenil. Für diese Dinge werden wir nach dem Start Zeit genug haben.«

»Ja, das dachte ich mir auch. Ich habe meinen Offizieren gesagt, die Männer mit Abkratzen und Anstreichen zu beschäftigen, sobald wir die Umlaufbahn verlassen.«

Ihr Ziel war der Ballsaal der *Alexandria.* Auf der äußersten Ebene gelegen, wo die Schwere am höchsten war, hatte der Ballsaal eine eindrucksvolle Größe. So weiträumig war er, dass das Deck unter den Füßen eine wahrnehmbare Krümmung zeigte. Um den großen Raum zu nutzen, war es allerdings erforderlich, das Schiff in Rotation zu versetzen und so die Pseudoschwerkraft zu erzeugen. Während des Fluges unter Antrieb, wenn die Schwere achtern statt außen war, wirkte der Saal wie ein tiefer, bogenförmiger Brunnen von begrenztem Nutzen. Da aber kein Raumschiff sich die Vergeudung von so viel Raum leisten kann, hatten die Konstrukteure des Schiffes vier einziehbare Decks installiert. Aus ihren Wandschlitzen ausgefahren, unterteilten sie den Saal in eine Reihe kleinerer Räume.

In den zwei Wochen, seit die Wissenschaftler und anderen Zivilisten an Bord der *Alexandria* gegangen waren, hatte Captain Fallan einen nicht abreißenden Strom von Klagen und Beschwerden über die Zuweisung von Kabinen, Arbeitsräumen und die Lebensbedingungen im Allgemeinen gemeldet. Zu seiner Überraschung hatte Drake seine Meldung mit der Bitte um Vorlage einer vollständigen Liste der Beschwerden beantwortet.

»Du solltest dich nicht mit solchen Kleinigkeiten abgeben, Richard«, hatte Fallan gesagt. »In den meisten Fällen versuchen die Beschwerdeführer lediglich ihren Status in der Hackordnung herzustellen. Wir hören Ihnen zu, machen beruhigende Geräusche und lassen es dabei bewenden.«

»Die Beschwerden sind nicht belanglos, Kenil. Auch solltest du sie nicht so behandeln. Sie sind symptomatisch für ein Problem, das wir lösen müssen, bevor es außer Kontrolle gerät. Ich schlage vor, dass du für morgen um acht Uhr eine Versammlung deiner sämtlichen Offiziere und des zivilen Personals einberufst. Ich werde dafür sorgen, dass auch die Tanker-Kapitäne verständigt werden.«

»Ja, Sir.«

Zwei Marinesoldaten vom fünfzig Mann starken Kontingent der *Alexandria* flankierten den Eingang zum Ballsaal, als die drei Offiziere eintrafen. Die Marinesoldaten nahmen Haltung an und salutierten. Drake grüßte zurück, dann stieg er über den erhöhten Süllrand in den Ballsaal.

Der große Raum war durch Sitzreihen vor einem erhöhten Podium mit Rednerpult in einen Vortragssaal umgewandelt worden. Als Drake den Saal betrat, rief einer der Marinesoldaten am Eingang »ACH-TUNG!« Mehrere uniformierte Gestalten sprangen auf und machten Front zum Eingang. Auch einzelne Zivilisten standen auf, wenngleich in einer viel entspannteren Art und Weise. Die meisten der mehr als hundert Anwesenden blickten lediglich auf, um sich dann wieder ihren Einzelgesprächen zuzuwenden.

Drake schritt nach vorn, bestieg das Podium und trat hinter das Rednerpult. Während er auf ein Nachlassen des allgemeinen Gemurmels wartete, ließ er seinen Blick durch den Raum schweifen. In der zweiten Reihe sah er Bethany Lindquist und Carl Aster sitzen und Händchen halten; dieser Anblick verursachte einen momentanen Stich von Eifersucht. Auch Professor Planovich saß in der zweiten Reihe, drei Sitze von Aster entfernt. Drake erkannte ein Dutzend anderer Mitglieder des wissenschaftlichen Personals, darunter mehrere Frauen. Im rückwärtigen Teil des Raums waren die Kapitäne und Offiziere der Cryogentanker sowie die Piloten der Aufklärer und Landungsboote von *Discovery* und *City of Alexandria.* Drake befahl den Stehenden, sich zu setzen. Das militärische Personal gehorchte, und allmählich begann das gedämpfte Stimmengewirr zu verstummen. Drake wartete, bis die Menge still geworden war, bevor er das Wort ergriff.

»Ich danke Ihnen, dass Sie gekommen sind, meine Damen und Herren. Ich bat Captain Fallan, diese Versammlung einzuberufen, um einige Dinge klarzustellen, bevor wir die Umlaufbahn verlassen. Zuerst möchte ich all jene, die nicht aufstanden, als ich den Saal betrat, bitten, dies jetzt zu tun.«

Es folgte eine Erneuerung des Stimmengewirrs, und eine Sekunde lang rührte sich niemand. Dann begannen die Mächtigen von Alta nach und nach zögernd aufzustehen. Zuerst einer, dann zwei, dann kleine Gruppen, bis die Szene schließlich genau das Gegenteil derjenigen war, die sich vor ein paar Minuten geboten hatte.

»In den nächsten Monaten werden Sie alle an Bord dieses Schiffes leben und arbeiten. Sie werden inzwischen bemerkt haben, dass wir zu viele Leute sind, die auf zu engem Raum zusammengedrängt sind, und dass es für inkompatible Persönlichkeiten wenig Gelegenheit gibt, einander aus dem Weg zu gehen. Das ist ganz normal, und wir

Raumfahrer haben vor langer Zeit Verhaltensregeln entwickelt, um die Stresserscheinungen des Bordlebens zu minimieren. Die Verhaltensregeln beruhen auf drei Prinzipien: Respekt vor den Mitmenschen, gewöhnliche Höflichkeit und Einsicht in die Tatsache, dass ein Schiff im Raum keine Demokratie ist.

Zu den grundlegenden Prinzipien dieser Verhaltensregeln gehört der Respekt, der einem kommandierenden Offizier an Bord des Schiffes entgegengebracht wird. Aus den gleichen Gründen, die verlangen, dass man aufsteht, wenn ein Richter den Gerichtssaal betritt, so sollten auch Sie aufstehen, wenn ein Captain einen Raum betritt. Durch diese Handlung soll die Achtung vor dem Rang ausgedrückt werden, weniger vor dem Mann, der ihn bekleidet. Da jeder von Ihnen, der jetzt steht, es vorzog, diese einfache Höflichkeit zu ignorieren, werden Sie für das Versehen bezahlen, indem Sie sich sofort nach dem Start aus der Umlaufbahn bei Captain Fallan melden. Er wird Ihnen als Buße vierzig Stunden Schiffsinstandhaltung zuweisen.«

Sekundenlang verharrte alles in schockiertem Schweigen, dann folgte eine Explosion von Protesten. Drake ließ den Lärm über sich ergehen und tat nichts, um ihn zum Verstummen zu bringen. Schließlich war alles wieder still.

»Ich entnehme Ihrer Reaktion, dass Sie mich für übermäßig hart halten«, sagte er.

»Verdammt richtig!«, schrie jemand aus einer der hinteren Reihen.

»Sie sollten dankbar sein, dass Sie so leicht davonkommen. Es ist wahr, dass ich Ihre unbeabsichtigte Beleidigung hätte ignorieren können. Ich hätte erläutern können, warum wir diese kuriosen Bräuche an Bord unserer Schiffe haben, und Sie bitten können, darauf einzugehen, indem Sie sich ihnen beugen. Ich hätte das tun können, aber ich unterließ es. In einer Notsituation kann sehr leicht der Fall eintreten, dass Ihr Leben von Ihrem sofortigen, bedingungslosen Gehorsam gegen meine oder Captain Fallans Befehle abhängt. Da solch bedingungsloser Gehorsam niemandem von Natur aus einfällt, habe ich mich entschieden, Sie in einer Weise zu erziehen, die Sie in Erinnerung behalten werden.«

»Und wenn wir uns weigern, klein beizugeben?«, fragte ein weißhaariger Mann in der fünften Reihe.

»Ihr Name, Sir?«

»Greg. Tobias Greg, Vertreter des Dachverbands der Gewerkschaften.«

»Gut, Mr. Greg. Meine Antwort auf bewusste Missachtung von Befehlen hängt von dem Stadium der Mission ab, in dem wir uns zum betreffenden Zeitpunkt befinden. Zum Beispiel, wenn Sie sich weigern, meinen Befehl jetzt auszuführen, werde ich Sie von den Marinesoldaten in eine der Versorgungsfähren stecken und nach Alta zurückbringen lassen. Sollte Ihre Weigerung kommen, nachdem wir die Umlaufbahn verlassen haben, könnte ich Sie erschießen lassen, um für andere ein Exempel zu statuieren.«

Mehrere Adamsäpfel hüpften auf und nieder, als ihre Eigentümer angestrengt schluckten, aber niemand meldete sich zu Wort. Drake fuhr fort: »Nun, genug davon. Wenden wir uns dem eigentlichen Grund dieser Versammlung zu. Commander Marston wird Ihnen die Expeditionsbefehle vorlesen.«

Marston tauschte den Platz mit Drake und begann langsam und gemessen zu lesen. Während sein Erster Offizier las, beobachtete Drake die Menge. Verglichen mit ihrem Verhalten vor einigen Minuten war ihre Stimmung sehr gedämpft. Als Marston geendet hatte, kehrte Drake ans Rednerpult zurück.

»Gibt es irgendwelche Fragen im Zusammenhang mit diesen Befehlen?« Als niemand antwortete, erklärte er: »Lassen Sie im Protokoll festhalten, dass es keine Einwände gab, Captain Fallan!«

»Ja, Sir!«, antwortete Fallan.

»Wird Ihr Schiff in drei Tagen startbereit sein?«

»Ja, Sir.«

»Captain Trousma?«

»Ja, Sir«, sagte der Commander des Cryogentankers *Haridan* und stand auf.

»Wird Ihr Schiff in drei Tagen startbereit sein?«

»Ja, Sir.«

Drake ging die Liste der Schiffsoffiziere durch und stellte jedem die gleiche Frage. Jede Antwort war eine Bestätigung. Dann begann er mit den Wissenschaftlern.

»Professor Planovich.«

»Ja, Captain Drake.«

»Ist all Ihr Gerät an Bord und verstaut?«

»So ist es.«

»Ich hörte, dass Sie eine Klage über Ihre Kabine haben.«

Planovich blickte unschlüssig, dann sagte er: »Nun ja, das stimmt. Es stinkt! Der Geruch ist so schlecht, dass ich nachts nicht schlafen kann. Ich habe Captain Fallan gebeten, mir eine andere Kabine zuzuweisen.«

»Captain Fallan!«

»Ja, Sir.«

»Haben Sie eine überzählige Kabine für Professor Planovich?«

»Nein, Sir. Es sei denn, er möchte in eines der Gemeinschaftsquartiere mit Etagenbetten umziehen.«

»Möchten Sie bei den Marinesoldaten schlafen, Professor?«

»Ich denke, meine Stellung berechtigt mich zu einer Einzelkabine.«

»Selbstverständlich. Sie haben eine Einzelkabine, Sir.«

»Aber sie stinkt!«

»Antrag abgelehnt. Wenn Sie den Geruch nicht ertragen können, packen Sie Ihre Sachen und melden Sie sich im Büro des Quartiermeisters. Er wird Ihnen einen Platz an Bord einer der zurückkehrenden Fähren besorgen.« Drake wandte den Blick von dem weißhaarigen Astronomieprofessor und gab vor, die plötzliche Röte in dessen Gesicht nicht zu bemerken.

»Es tut mir Leid, wenn andere unter Ihnen unter ähnlichen Unbequemlichkeiten zu leiden haben. Aber dies ist ein altes Schiff mit einer bewegten Vergangenheit und voll von unangenehmen Gerüchen. Je eher wir es reinigen und in Ordnung bringen, desto eher wird das Problem beseitigt. Nun, Mr. Hamadi, ich glaube, Sie hatten eine Beschwerde ...«

Nach der Abreibung, die er Planovich gegeben hatte, entdeckte Drake, dass niemand sonst an irgendetwas Anstoß zu nehmen schien. Er fuhr fort, seine Liste zu verlesen, und fragte jede Person der Reihe nach, ob sie bereit sei, die Reise anzutreten. Alle erklärten ihre Bereitschaft. Er beendete seine Verlesung mit Bethany Lindquist.

»Miss Lindquist, ist die Repräsentantin der Erde bereit, die Reise anzutreten?«

»Ich bin es, Captain Drake«, sagte sie mit klarer, fester Stimme.

»In diesem Fall, meine Damen und Herren, gebe ich hiermit den folgenden Befehl an alle Schiffe aus: Einsatzgruppe 001, Interstellare Expedition Eins, wird die Umlaufbahn um Alta am fünfzehnten

Apollo 2637, um zwölf Uhr verlassen, heute in drei Tagen. Ich fordere jeden von Ihnen auf, dass Sie Ihren Bedarf und Ihr Gerät noch einmal auf Vollständigkeit überprüfen. Wenn etwas bis zum Start nicht an Bord ist, werden Sie ein halbes Standardjahr ohne es auskommen müssen. Sofern es keine weiteren Fragen gibt, erkläre ich diese Versammlung für beendet. Bitte stehen Sie auf und warten Sie, bis ich den Raum verlassen habe.«

Diesmal folgten alle der Aufforderung. Drake schritt hinaus in den Korridor, gefolgt von Captain Fallan und Commander Marston. Als sie eine Biegung umrundet hatten, wandte sich Drake an seinen alten Kollegen.

»Nun, Kenil, wie fandest du meine Vorstellung?«

Fallan grinste. »Ich dachte, mehreren Leuten würden die Gebisse herausfallen, als du ihnen den Befehl gabst, sich zur Arbeit zu melden.«

»Und Sie, Mr. Marston? Glauben Sie, dass ich mit Planovich zu hart umgesprungen bin?«

»Sie mussten es mit jemandem machen, Captain. Es war sein Pech, dass er oben auf Ihrer Liste stand.«

Fallan nickte. »Sie haben Recht, Mr. Marston. Es musste eine Lektion erteilt werden.«

»Vielleicht, Kenil. Aber damit habe ich dir ein Problem hinterlassen. Du hast jetzt zumindest einen sehr zornigen Wissenschaftler am Hals, und wahrscheinlich noch viel mehr. Ich glaube, wir sollten überlegen, wie du deine Passagiere wieder in eine kooperative Stimmung bringen kannst.«

»Richtig. Gehen wir in mein Büro.«

»Gut. Zeig uns den Weg.«

Zwei Tage später traf Carl Aster in der Messe der *City of Alexandria* auf Mikhail Planovich; beide warteten in der Schlange vor der Kaffeemaschine. Ihre Positionen in der Reihe waren nicht ganz zufällig. Aster hatte gemerkt, wohin Planovich steuerte, und hatte sich beeilt, vor ihm dort zu sein.

»Hallo«, sagte er und reichte Planovich eine leere Tasse und Untertasse, bevor er sich selbst bediente.

»Selber hallo«, erwiderte Planovich.

»Ich wollte Ihnen schon vorher sagen, dass Sie meiner Meinung nach mit Ihrer Kabine benachteiligt wurden. Wie ist der Geruch?«

Planovich hob die Schultern. »Ich habe daran gearbeitet. Es ist mittlerweile erträglich.«

»Drake hätte Sie nicht so behandeln dürfen. Er hätte keinen von uns so behandeln sollen! Wir haben Besseres zu tun, als für die Marine Farbe abzukratzen!«

»Ach, ich weiß nicht«, sagte Planovich. »Ich arbeite gern mit den Händen. Ich finde, es gibt mir Zeit zum Denken.«

»Mir macht es keinen Spaß, das kann ich Ihnen sagen! Kein bisschen!«, sagte Aster, als er die Tasse füllte, die Planovich unter den Hahn der Kaffeemaschine hielt. Als beide Tassen gefüllt waren, geleitete Aster den Professor zu einem Tisch.

»Kann ich etwas für Sie tun, Mr. Aster?«, fragte der Astronom.

Aster beugte sich näher und senkte die Stimme zu einem verschwörerischen Flüstern. »Ja, Sie können, Professor. Ich würde Sie gern mit jemandem zusammenbringen.«

Der Astronom blickte sich in der Messe um. »Wen meinen Sie?«

»Nicht hier. Gehen wir wohin, wo wir ungestört sprechen können.«

Planovich zuckte die Achseln. »Warum nicht? Ich habe in der nächsten Stunde nichts zu tun.«

Aster führte den Astronomen halb um eines der dem Schiffsumfang folgenden Decks und eine Treppe hinunter zu dem Teil, wo die Einzelkabinen waren. Unterwegs bemerkte Planovich, dass die geringe Schwerkraft ihm das Gefühl gab, zehn Jahre jünger zu sein.

Aster machte vor einer Kabinentür Halt und klopfte. Eine gedämpfte Frauenstimme forderte ihn zum Eintreten auf. Er öffnete die Tür und ließ Planovich den Vortritt. In der Kabine saß Alicia Delevan an einem winzigen Schreibtisch.

»Willkommen, Professor Planovich. Bitte setzen Sie sich«, sagte sie und zeigte zu einem Sessel, der den freien Raum der Kabine beinahe zur Gänze ausfüllte. Planovich setzte sich, während Aster sich auf das Klappbett niederließ. »Ich bat Mr. Aster, dieses Gespräch zu arrangieren, weil ich vermeiden wollte, dass gewisse Leute Sie mit mir zusammen sehen.«

»Welche Leute?«

»Nun, Stanislaw Barrett zum Beispiel. Und Captain Fallan. Ich glaube, wir sehen uns beide mit einer Situation konfrontiert, in der wir gemeinsame Interessen haben. Vielleicht können wir einander helfen.«

»Welche Interessen?«

»Sie scheinen nicht allzu glücklich mit Ihrem Los als Dr. Gordons Untergebener an Bord dieses Schiffes.«

»Wenn ich es nicht bin, so ist das meine Sache.«

»Richtig«, fuhr Alicia Delevan unverdrossen fort. »Ich bin unglücklich, weil diese Expedition von den Sozialdemokraten organisiert wurde und ihnen auf Kosten meiner Partei nützen wird.«

»Ich dachte, es sei ein Unternehmen der Streitkräfte.«

»Das ist es. Aber die Admiralität empfängt ihre Befehle vom Ministerpräsidenten, der Sozialdemokrat ist. Und er ist es auch, der den Versuch unternimmt, diese Expedition zu einer propagandistischen Goldgrube für sich selbst und seine Partei zu machen.«

»Wie könnte er das tun?«

»Liegt es nicht auf der Hand? Indem er seine Leute gut und meine Leute schlecht aussehen läßt. Glauben Sie mir, Professor, die Techniken sind uralt und erprobt in ihrer Wirkung – das heißt, solange eine Seite vollständige Kontrolle über die Informationspolitik hat und damit beherrschenden Einfluss auf die Medien ausüben kann. Wenn aber beide Seiten Zugang zu den Informationsquellen haben, wird die Partie ausgeglichener.

Hier könnten Sie mir von größtem Nutzen sein. Ich benötige einige ehrliche Makler in der wissenschaftlichen Gemeinde an Bord dieses Schiffes, die mir die gleichen Informationen zur Verfügung stellen, die Stan Barrett über Captain Drake erhält. Ich bitte um nichts Ehrenrühriges oder Unkorrektes, nur dass Sie mir zu fairen Wettbewerbschancen verhelfen.«

»Was habe ich davon?«

»Die Befriedigung, zu wissen, dass Sie den Beauftragten des Ministerpräsidenten auf die Finger gesehen haben, und dass Sie einflussreiche Freunde in der Regierung haben werden, sollten Sie jemals welche brauchen. Schließlich wird dies nicht die letzte Expedition sein, die wir auf den Weg schicken, um die Struktur des Faltraumes zu kartieren. Ich denke, die Position eines wissenschaftlichen Leiters einer künftigen Expedition würde innerhalb der Reichweite eines Mannes von Ihren Fähigkeiten und Leistungen sein.«

Planovich zog die Stirn in Falten. »Ich muss mir das durch den Kopf gehen lassen.«

»Selbstverständlich«, sagte Alicia Delevan. »Sie können mir Ihre Antwort morgen geben, wenn Sie wollen.«

Um Treibstoff zu sparen, wurde die Reise zum Valeria-Napier-Faltpunkt mit einer relativ bescheidenen Beschleunigungsrate von einem halben *g* gemacht. Sie dauerte 125 Stunden.

»Wie ist der gegenwärtige Status der *Alexandria*, Mr. Slater?«, fragte Drake seinen Nachrichtenoffizier von seinem Platz auf der Brücke der *Discovery*.

»Sie muss mit der Treibstoffübernahme von der *Sultana* beinahe fertig sein, Sir. *Haridan* steht bereit, unsere Treibstofftanks aufzufüllen.«

Drake nickte. »Sagen Sie Captain Trousma, dass wir die Triebwerke in zwei Minuten ausschalten. Er kann mit dem Annäherungsmanöver beginnen, sobald er unsere Plasmawolke erlöschen sieht. Geben Sie die Bekanntmachung durch.«

Einen Augenblick später hallte Karl Slaters Stimme aus den Bordlautsprechern: »Achtung, Schwerelosigkeit in zwei Minuten. Ich wiederhole: In zwei Minuten Schwerelosigkeit zum Auftanken.«

Drake wandte sich wieder dem großen Projektionsschirm vor dem vorderen Schott des Brückenraumes zu. Er zeigte ein dreidimensionales schematisches Diagramm. Der Faltpunkt war durch eine Anzahl von Konturenlinien dargestellt. Diese Linien, die geringfügige Abweichungen der örtlichen Gravitationskonstante darstellten, liefen an einem Punkt zusammen und trennten sich wieder. Drake ließ die schematische Darstellung auf den Konvergenzpunkt zentrieren und vergrößern. Einen Augenblick später veränderte sich das Diagramm. Der Konvergenzpunkt nahm fast den gesamten Schirm ein. Um ihn war ein undeutlicher roter Ellipsoid zu sehen; er zeigte, wo die lokale Krümmung des Raumes den kritischen Wert überschritt. Er war tatsächlich der äußere Umriss des Faltpunktes selbst.

Zwei Paare kleiner goldener Funken bewegten sich in der Projektion langsam auf die rote Ellipse zu. Das waren die Schiffe der Einsatzgruppe 001. Sie folgten einer Verlangsamungskurve, die sie in wenigen Minuten relativ nahe am Faltpunkt zum Stillstand im Raum bringen würde. Zu diesem Zeitpunkt würden sie jedoch schon innerhalb des Ellipsoids sein und – wenn alles gut ging – das System Valeria verlassen, um mehr als hundert Lichtjahre entfernt im System

Napier herauszukommen. Das führende Paar der goldenen Funken waren *Discovery* und *Haridan*, das nachfolgende *City of Alexandria* und *Sultana*.

»Bereit für Schwerelosigkeit, Captain«, sagte Lieutenant Cristobal von der Navigationsstation.

»Schalten Sie ab, wenn Sie bereit sind.«

»Triebwerke ausgeschaltet, Captain.«

Eine Serie von Alarmsignalen ertönte, und dann kam das vertraute, momentane Gefühl, zu fallen, als Drake gegen die Gurte gedrückt wurde. Die Darstellung der Projektion wurde umgeschaltet auf eine Außenkamera am Rumpf. In der Mitte des Bildes lag eine kleine silbrige Kugel. Winzige Funken von Fluglage-Steuerungsdüsen blitzten auf ihrer Oberfläche, und sie begann zu wachsen. *Haridan* war viermal so groß wie die *Discovery*, doch trotz seiner gewaltigen Abmessungen benötigte der Tanker nur ein Dutzend Mann Besatzung, denn der größte Teil seines Volumens bestand aus isolierten Tankabteilungen, die bis zum Rand mit cryogenischem Wasserstoff gefüllt waren.

Der Tanker näherte sich langsam und glich seine Geschwindigkeit an. Dann wurde eine ferngesteuerte, isolierte Leitung über den Abstand von zweihundert Metern Raum geschossen, der die zwei Schiffe trennte, fand mit der mathematischen Genauigkeit der Computerkontrolle den Treibstoffeinfüllstutzen des Schlachtkreuzers und schloss sich an. Während der nächsten zehn Minuten floss Wasserstoff bei einer Temperatur von zwei Grad über dem absoluten Nullpunkt durch die Leitung, um die Tanks der *Discovery* aufzufüllen. Danach zog der Tanker die Leitung wieder ein und trieb langsam ab in sicherere Distanz.

»Captain Trousma meldet Abschluss des Auftankens«, sagte Slater über die Bordsprechanlage.

»Sehr gut. Schaffen Sie eine Konferenzschaltung für die Kapitäne.«

»Zu Befehl, Sir.«

Eine Minute später blickte Drake in die Gesichter der Kapitäne Fallan, Trousma und Lee – Letzterer war der kommandierende Offizier der *Sultana*. »Nun, meine Herren, es sieht so aus, als ob wir angekommen wären. Ich bitte um die Statusmeldungen.«

»*Alexandria*, bereit zum Sprung.«

»*Haridan*, bereit zum Sprung.«

»*Sultana*, bereit zum Sprung.«

»Und auch die *Discovery* ist bereit zum Sprung«, sagte Drake. »Gut, Sie kennen Ihre Anweisungen. Wir gehen zuerst. *City of Alexandria* folgt uns eine Minute später, dann *Haridan* und *Sultana* in den gleichen Abständen. Schalten Sie Ihre Computer zu, und wir beginnen die letzte Annäherung.«

Drei Bestätigungen folgten, bevor die Bildschirme erlöschten. Drake rief seinen Chefingenieur. »Alles bereit, Mr. Arnam?«

»Bereit, Captain. Masseumwandler unverändert. Strahlungsabschirmung hat einen Verdünnungsfaktor von Zehn gemessen.«

»Alles bereit, Mr. Marston?«

»Gefechtsstationen sind besetzt und einsatzbereit. Faltraumgeneratoren eingeschaltet, nur der Computer der Springertriebwerke wartet noch auf die Eingabe der Autorisationscodes, um einsatzbereit zu sein.«

»Bleiben Sie in Bereitschaft. Mr. Cristobal.«

»Ja, Captain?«

»Bringen Sie das Schiff auf null Komma fünf *g*.«

»Zu Befehl, Sir.«

Wieder ertönten die Alarmglocken, und das Gewicht kehrte zurück. Wieder änderte sich das Bild der Projektion. Das nahe herangerückte Schema des Faltpunktes beherrschte die Darstellung. Diesmal waren die goldenen Funken dem roten Ellipsoid beträchtlich naher gerückt. Drake schaltete die Bordsprechanlage ein.

»Wir sind bereit für Sie, Miss Lindquist.«

Bethany, die ihren Platz neben dem Navigator gefunden hatte, blickte über die Schulter zu Drake.

»Ich bin auch bereit, Captain Drake.«

»Zwei Minuten bis zum Übergang. Bitte autorisieren Sie unseren Gebrauch des Computers.«

Bethany widmete sich wieder ihrer Arbeitsstation. Ihre Konsole war eine Standardausführung, mit der einen Ausnahme, dass über der Tastatur eine undurchsichtige Kunststoffhaube angebracht war, die Außenstehenden verwehrte zu sehen, welche Tasten sie betätigte. Drake war der Meinung, die Vorsichtsmaßnahme sei überflüssig, denn jeder aufeinander folgende Faltraumübergang würde einen anderen fünfzehnstelligen Autorisationcode erfordern, der nur Bethany Lindquist und Clarence Whitlow bekannt war. Die Kenntnis des jeweils vorausgegangenen Codes würde beim nächsten Übergang also nicht helfen. Nichtsdestoweniger hatte Clarence Whitlow auf der zusätzlichen Sicherheit einer visuellen Abschirmung bestanden, und Drake hatte sie anbringen lassen.

Sein Platz auf der Brücke gab ihm einen Überblick über alle Arbeitsstationen im Raum. Er beobachtete Bethanys Handgelenke, während ihre Finger sich unter der Haube bewegten. Einen Augenblick später erschien eine Botschaft auf dem Bildschirm:

FALTPUNKTÜBERGANG AUTORISIERT

»Danke, Miss Lindquist. Sobald wir am anderen Ende herauskommen, autorisieren Sie bitte unsere sofortige Rückkehr für den Fall, dass wir einen überstürzten Rückzug antreten müssen.«

»Kein Problem, Captain«, antwortete sie. »Die Rückkehrautorisation ist immer aktiv.«

Auf dem großen Projektionsschirm trat der erste kleine goldene Funken in die unscharfe Übergangszone des roten Ellipsoids ein. Das Sichtzeichen begann rasch zu blinken.

Drake schaltete die Gegensprechanlage ein. »In Ordnung, Mr. Cristobal. Sie sind am Zug. Machen Sie den Sprung, wenn Sie bereit sind.«

»Jawohl, Sir. Fünfzehn Sekunden zum Übergang ... Generatoren eingeschaltet. Das Springerfeld baut sich auf. Zehn Sekunden ... Fünf, vier, drei, zwei, eins ... null!«

II

Frühere Aufzeichnungen von interstellaren Reisen erwähnten nichts von körperlichen Empfindungen, die den Übergang von einem Faltpunkt zum anderen begleiteten. Darum war Richard Drake überrascht, als das Haar auf seinen Armen zu prickeln begann und in seinen Ohren ein Summen aufkam. Dann, nach einem momentanen Gefühl ähnlich dem inneren Druckanstieg, der das Einsetzen der Schwerelosigkeit begleitet, normalisierte sich alles wieder. Er streckte die Hand aus, um die Bordsprechanlage einzuschalten, öffnete den

Mund zum Sprechen und merkte, dass er den Atem angehalten hatte. Nachdem er zweimal tief Luft geholt hatte, sagte er: »Alle Abteilungen, Zustandsmeldung!«

Der Appell verlief mit erfreulicher Gleichmäßigkeit. Drake hörte die Erleichterung in den Stimmen seiner Bereichsleiter, als jeder von ihnen weder Schäden noch Unfälle meldete. Ungesagt, aber in jedermanns Bewusstsein blieb die Tatsache, dass die Springertriebwerke der *Discovery* seit 125 Jahren keine Erprobung unter wirklichkeitsnahen Bedingungen erlebt hatten. So schien der Chefingenieur besonders erleichtert.

»Spürten Sie im Augenblick des Übergangs etwas wie einen Stoß, Gavin?«, fragte Drake nach beendetem Appell.

»Ich würde sagen, dass ein Springertriebwerk nicht optimal eingestellt ist, Captain. Aber ich würde nicht raten, etwas daran zu ändern, solange es nicht schlimmer wird. Wenn einer meiner Leute einen Fehler machen würde, könnten wir unter Umständen nicht zurück.«

»Empfehlung angenommen.« Drake rief Lieutenant Cristobals Station. »Konnten Sie schon feststellen, wo wir sind, Mr. Cristobal?«

»Wir überprüfen gerade, Sir. Ein Teleskop ist auf den Zentralstern dieses Systems eingestellt. Ich werde gleich sein Spektrum haben.«

»Wir sind doch nicht etwa noch in unserem eigenen System, oder?«

»Keinesfalls, Captain. Dieser Stern hat für Valeria die falsche Farbe.«

»Bringen Sie ihn auf den Projektionsschirm.«

»Zu Befehl, Sir.«

Der Projektionsschirm wurde freigemacht, und gleich darauf erschien die gefleckte Scheibe eines Sterns. Valeria war ein Stern der Spektralklasse F8, ungefähr so groß wie die Sonne, aber etwas heißer als der Heimatstern der Menschheit. Napier gehörte zur Spektralklasse G8 und war deutlich größer als die Sonne oder Valeria.

»Es ist Napier, kein Zweifel, Captain«, sagte Cristobal nach einer Weile. »Das Spektrum hat die richtigen Linien, aber die Hintergrundsterne stimmen nicht.«

»Wieso?«

»Es sind nicht die richtigen Sterne, wenn dies der Napier-Valeria-Faltpunkt ist. Wenn die überlieferten Unterlagen nicht falsch sind, hätten wir volle neunzig Grad östlich von unserer gegenwärtigen Position herauskommen müssen.«

»Anscheinend ist der Faltraum so nahe bei der Nova erheblich verändert worden«, sagte Drake. »Schauen Sie, ob Sie Antares finden können, Lieutenant.«

»Ja, Sir.«

Napier verschwand aus dem Gesichtsfeld, als Cristobal das Außenteleskop für die Suche nach der Nova umprogrammierte. Sterne sausten mit Schwindel erregender Schnelligkeit durch die Projektion. Dann kam die Bewegung zur Ruhe, und in der Mitte des Projektionsschirms erschien die Antares-Supernova.

Sie war durch die Erschöpfung des Wasserstoffs im Kern des roten Überriesen ausgelöst worden. Ohne Brennstoff zu ihrer Aufrechterhaltung war die Kernfusion, die den Stern viele Millionen Jahre mit Energie versorgt hatte, plötzlich ausgegangen. Nachdem diese innere Energiequelle nicht mehr bestand, konnte Antares dem Gravitationsdruck seiner eigenen Masse keinen Strahlungsdruck mehr entgegensetzen und war in sich zusammengefallen. Aber ein Stern ist mehr als eine Kugel aus verschmelzenden Wasserstoffatomen. Er besitzt ungeheure Mengen potenzieller Energie, die in seinem Schwerefeld verschlossen sind. Sobald der Zusammenbruch begann, erschien die durch den Kollaps freigesetzte Energie als reine Hitze. Der Kern, wenige Augenblicke vorher ohne Energie, wurde nun mit mehr davon überschwemmt, als er unter normalen Bedingungen in einer Million Jahren verbrauchen konnte. Aber die Bedingungen innerhalb des Sterns waren nicht mehr normal. Seine Temperatur war auf ein Niveau angestiegen, wo Neutrinoproduktion zur beherrschenden Atomreaktion wurde.

Unter normalen Umständen dauert es Jahrtausende, bis die im Kern eines Sterns erzeugte Energie die Oberfläche erreicht und als Licht und Wärme abgestrahlt wird. Aber die Neutrinos waren imstande, das hochverdichtete Plasma in Sekundenschnelle zu durchdringen. Die Energieabgabe an den umgebenden Raum schoss in die Höhe, die Kerntemperatur nahm weiter zu und erzeugte immer größere Mengen von Neutrinos. Es war ein regenerativer Zyklus, der nicht lange aufrechterhalten werden konnte.

Mit dem steilen Ansteigen der Kerntemperatur wurden die mittleren Schichten der Sternatmosphäre über den Zündpunkt der Fusionsreaktion des Wasserstoffs aufgeheizt. Im Gegensatz zum Kern enthielt die Antares-Atmosphäre noch immer enorme Mengen Wasserstoff. Plötzlich brach eine heftige Fusionsreaktion aus, die in einer einzigen Sekunde mehr Energie erzeugte als Antares bisher in seiner ganzen Geschichte erzeugt hatte. Außerstande, diese neue Energie an den umgebenden Raum abzugeben, war dem Stern nur eine Möglichkeit offen geblieben. Antares war explodiert.

Die Explosion hatte zwei fundamentale Wirkungen: Der Kern, der sich bereits in einem hochverdichteten Zustand befand, wurde durch den Druck der Explosion zusammengestaucht. Hatte er vor einem Augenblick noch einen Durchmesser von mehr als einer halben Million Kilometern gehabt, so war er nun ein schnell rotierender Ball aus Neutronen mit einem Durchmesser von weniger als fünfzig Kilometern.

Die zweite Wirkung war noch außergewöhnlicher. Die äußeren Schichten des Sterns, die von der Katastrophe tief in seinem Inneren relativ unbeeinträchtigt geblieben waren, wurden von der Explosion plötzlich in den Raum hinausgeschleudert. Eine Druckwelle aus sichtbarem Licht, Hitze, Röntgen- und Gammastrahlung und Neutrinos raste mit Lichtgeschwindigkeit in alle Richtungen davon. Dicht dahinter folgte eine zweite Druckwelle, die aus einzelnen Protonen, Neutronen und Elektronen bestand. Schließlich wurden 30 Prozent der ursprünglichen Masse des Sterns mit Geschwindigkeiten von mehr als 7.000 km/sec weggeschleudert.

Seit Antares den Himmel in der größten Explosion, die Menschen jemals beobachtet hatten, erhellt hatte, waren 125 Jahre vergangen. In dieser Zeit hatte sich die Kugel abkühlenden Plasmas weiter von dem Neutronenstern entfernt, der Antares geworden war. Um 2637 war die leuchtende Plasmakugel, deren Peripherie sich mit mehr als zwei Prozent der Lichtgeschwindigkeit aufblähte, zu einem Volumen angewachsen, das sechs Lichtjahre Durchmesser hatte.

Das Napier-System war nur fünfzehn Lichtjahre von Antares entfernt. Daher nahm die Gaswolke der Supernova auf dem Projektionsschirm der *Discovery* volle 23 Grad des Kreisbogens ein. Drake benötigte einige Sekunden, um die Größe des Objekts zu verstehen. Ihm stockte der Atem, als er die ungeheure Ausdehnung begriff. Auch mehreren anderen im Brückenraum hatte es den Atem verschlagen.

Antares war von einem Lichtpunkt zu einer gewaltigen vollkommen runden Kugel verwandelt worden, die den halben Himmel auszufüllen schien. Das Gas war am dichtesten am äußeren Umfang, wo es bläulich weiß glühte. Die scheinbar feste Peripherie schien jedoch ausgedünnt, wenn man radial einwärts zum Mittelpunkt blickte. Auch die Farbe veränderte sich. Dem bläulich weißen Ring am nächsten, war eine Schattierung von Blau zu Grün zu Orange und schließlich zu einem trüben Rot auszumachen. In der Mitte dieser Blase befand sich ein sternähnliches Objekt, das grelle Strahlung aussandte. Die Filter der Kameras machten es unmöglich, die wahre Helligkeit zu beurteilen, doch Drake vermutete, dass dieser zentrale Strahlungspunkt hell genug war, um ein ungeschütztes Auge zu schädigen. Er nahm sich vor, Sicherheitsmaßnahmen für Forschungsgruppen auszuarbeiten, bevor er jemandem erlaubte, das Schiff zu verlassen.

Mehr als eine Minute verging, bevor jemand sprach. Endlich brach Bethany Lindquist den Bann mit den geflüsterten Worten: »Mein Gott, es ist das Unheimlichste, was ich je gesehen habe!«

Ärgerlich über sich selbst, dass er sich von der Supernova hatte ablenken lassen, obwohl er Wichtigeres zu tun hatte, räusperte sich Drake. »Mr. Marston«, knurrte er.

»Ah ja, Sir!«

»Die *City of Alexandria* sollte jeden Augenblick durchkommen. Ich möchte eine Meldung über ihre Position, sobald sie auftaucht.«

»Wird gemacht, Captain.«

Es folgte eine lange, nervenzermürbende Wartezeit. Obwohl die gesamte Einsatzgruppe den Übergang von der gleichen Position innerhalb des Faltpunktes im System Valeria vollzog, war das keine Garantie, dass sie in der gleichen Ordnung im Napier-System eintreffen würden. Der Austrittsort innerhalb eines Faltpunktes wurde nur von den Gesetzen der Wahrscheinlichkeit bestimmt. Mehr als ein Dutzend Sekunden nach dem Augenblick, da das Passagierschiff von den Ortungsgeräten des Kreuzers hätte ausgemacht werden sollen, meldete Bela Marston:

»Wir haben einen Kontakt, Captain. Position 189/22, Distanz 600.000 Kilometer.« Im Verlauf der nächsten zwei Minuten meldete Marston zwei zusätzliche Kontakte. Alle waren über ein ähnliches Raumvolumen verteilt.

Drake befahl Slater, mit den anderen Schiffen Verbindung aufzunehmen. Als dies geschehen war, gab Drake den anderen Kapitänen Anweisung, zur *Discovery* aufzuschließen. Er schloss mit den Worten:

»Captain Fallan, Ihre Wissenschaftler können mit der Arbeit beginnen. In vier Stunden werde ich zum Austausch vorläufiger Ergebnisse eine Konferenzschaltung einrichten lassen. Drake Ende.«

Richard Drake, Bela Marston, Karl Slater, Gavin Arnam und Bethany Lindquist versammelten sich fünf Minuten vor der angegebenen Stunde in der Offiziersmesse auf dem Beta-Deck; wenn sie nicht für Mahlzeiten und als Aufenthaltsraum für Freiwachen diente, war die Offiziersmesse zugleich Konferenzraum. Die Teilnehmer der *Discovery* an der Konferenzschaltung saßen zu beiden Seiten des langen stählernen Esstisches, tranken Kaffee aus Porzellantassen und hatten Notizblöcke bereitgelegt. Der für die Übertragung vorgesehene Bildschirm an der Wand war nur wenig größer als die in den Stationen.

»Danke, dass Sie mich eingeladen haben«, sagte Bethany zu Drake, der ihr gegenüber am Tisch saß. »Ich hatte mich schon gefragt, ob Sie es tun würden. Schließlich bin ich die Vertreterin einer ausländischen Regierung.«

»Hoffentlich einer befreundeten ausländischen Regierung, Miss Lindquist.«

Bethany zeigte ein schwaches Lächeln. »Die Beziehungen waren freundlich, als wir das letzte Mal Verbindung hatten, Captain.«

»An Bord der *Alexandria* ist alles bereit, Sir.«

»Gut, Mr. Slater. Bringen Sie sie auf den Bildschirm.«

Sogleich wurde es auf dem Bildschirm an der Stirnwand der Offiziersmesse lebendig. Einer der Konferenzräume an Bord der *City of Alexandria* kam ins Bild. Captain Fallan, mehrere seiner Offiziere sowie Vertreter der wissenschaftlichen und der politischen Expeditionsteilnehmer drängten sich um einen Metalltisch, der dem vor Drake sehr ähnlich war.

»Wo bleiben die Kapitäne Lee und Trousma?«, fragte Drake.

»Sie sind in die Konferenzschaltung einbezogen, Sir«, sagte Slater. »Genügt Ihnen die Audioübertragung, oder wünschen Sie, dass ich sie auf den Bildschirm bringe?«

»Nicht nötig.« Drake wandte sich dem Schirm zu, blickte ins Objektiv der Aufnahmekamera und sagte: »Meine Damen und Herren, diese Konferenz wird für das Logbuch der Expedition aufgezeichnet. Bitte geben Sie deutlich Ihren Namen und Titel an, sobald Sie an der Reihe sind. Bitte machen Sie den Anfang, Captain Fallan.«

»Ja, Sir. Captain Lieutenant Kenil Fallan, Kommandierender Offizier der *City of Alexandria* …« Das Aufrufen aller Namen nahm seinen Fortgang. Als alle an Bord des Passagierschiffes ihre Namen zu Protokoll gegeben hatten, forderte Drake die beiden Tanker-Kapitäne auf, das Gleiche zu tun, dann gab er Bela Marston das Zeichen, den Zählappell an Bord der *Discovery* zu beginnen. »Fleet Captain Richard Drake, Expeditionsleiter und Kommandierender Offizier der ANS *Discovery.*« Es gelang ihm, seinen neuen Rang, der ihm mit dem Kommando über die Expedition verliehen worden war, ohne Versprecher anzugeben.

»Sind Ihre Leute bereit, über ihre Ergebnisse Meldung zu machen, Captain Fallan?«, fragte er.

»Sie sind bereit, Sir.«

»Dann beginnen Sie bitte.«

Fallan nickte einem Mann mittleren Alters mit dunklem Haar und Vollbart zu. Drake erkannte ihn als Dr. Nathaniel Gordon, den Astrophysiker, der die Vermessungsexpedition zur Kartierung des Faltpunktes im System Valeria geleitet hatte. »Dr. Gordon, bitte berichten sie über unsere vorläufigen Ergebnisse.«

»Gern«, sagte Gordon; er hatte einen Taschencomputer und einen Schreibblock mit seinen Notizen vor sich. »Vier Stunden sind nicht viel Zeit, um mehr als einen kurzen Überblick zu gewinnen. Dennoch ist es uns gelungen, eine ganze Menge Rohdaten zu sammeln.

Zunächst haben wir den Neutronenstern ausgemacht, der sich im Herzen der Antares-Gaswolke befindet. Das ist keine Überraschung. Unsere Orbitalsternwarten zu Hause haben den neugeborenen Antares-Pulsar seit drei Monaten beobachtet. Die einzige Diskrepanz zwischen ihren und unseren Ablesungen liegt in der Rotationsgeschwindigkeit des Neutronensterns. Zu Hause pulsierte er sechshundertzwanzigmal pro Sekunde. Hier im System Napier ist die Rate unter sechshundert Pulse pro Sekunde gesunken – fünfhundertachtundneunzig, um genau zu sein. Der Unterschied liegt darin, dass wir jetzt einen Stern sehen, der einhundertzehn Jahre älter ist als derjenige, den wir zu Hause beobachtet haben.

Unsere zweite Beobachtung betrifft die lokale Ebene der Hintergrundstrahlung. Wie Sie an Bord der *Discovery* zweifellos bereits gemessen haben, ist sie sehr hoch! Ich habe die für einen ungeschützten Menschen tödliche Dosis auf ungefähr zwölf Stunden berechnet.

Hinter unseren Abschirmungen sind wir sicher, aber ohne bleierne Unterwäsche würde ich mich nicht hinauswagen.«

»Was sagt dieser Strahlungspegel über das Schicksal der Bewohner dieses Systems aus?«, erkundigte sich Dr. Wharton, Leiter der sozialwissenschaftlichen Gruppe an Bord der *Alexandria*.

»Er verheißt nichts Gutes, Sir«, antwortete Gordon. »Noch schlechter sieht das Bild aus, wenn man rückwärts zu den ersten Jahren nach Ausbruch der Supernova rechnet. Damals war der Strahlungspegel viel höher – hoch genug, um innerhalb von Minuten zu töten. Nein, wenn in diesem System jemand überlebt hat, verdanken die Betreffenden es entweder einer sehr wirkungsvollen Strahlungsabschirmung oder dem Umstand, dass sie vorausschauend genug waren, sich einzugraben. Was das Tier- und Pflanzenleben von New Providence betrifft, so ist der ganze Planet durch die Strahlung zweifellos sterilisiert worden.«

Gordon wandte seine Aufmerksamkeit wieder den Leuten von der *Discovery* zu. »Die letzte Beobachtung, die meine Arbeitsgruppe zu melden hat, betrifft die Gashülle der Supernova selbst. Ein absolut faszinierendes Phänomen! In bestimmten Wellenlängen betrachtet, ist in der Gaswolke eine deutliche Struktur zu erkennen. Ein großer Teil davon ist bedingt durch den Einfluss von Antares' Gefährten der Spektralklasse A3, der von der Supernova beinahe zerstört worden wäre. Durch das Studium der Wechselwirkungen zwischen der Gaswolke und den Überresten der beiden Sterne werden wir möglicherweise imstande sein, vieles über die Dynamik der Supernova zu lernen.«

»Professor Planovich, meines Wissens leiteten Sie die Beobachtungen der lokalen Struktur des Faltraumes«, sagte Drake und blickte dabei direkt in den Bildschirm.

Der betagte Astronom erhob sich steif. Seine Miene und Haltung gaben deutlich zu erkennen, dass er Drake noch immer wegen der Behandlung grollte, die ihm während der letzten Versammlung an Bord der *Alexandria* zuteil geworden war. Trotzdem hatte sein Berufsethos die persönliche Missstimmung und seine Arbeit auseinander gehalten, und seine vorsichtige Klugheit verbarg Feindseligkeit und Trotz hinter einer Fassade kalter Sachlichkeit.

Wie Gordon, so konsultierte auch er seine Notizen, bevor er das Wort ergriff. »Die Tatsache, dass wir an diesem Punkt herausgekommen sind, ist ein wichtiger Hinweis. Es ist offensichtlich, dass die lokale Struktur des Faltraumes eine erhebliche Verzerrung erfahren hat, verglichen mit der in unserem System. Angesichts der Nähe Napiers zu Antares ist das allerdings kaum überraschend.

Vor der Supernova besaß Napier drei Faltpunkte – einen direkt zu Antares, einen zu Alta und einen dritten zu unserer Schwesterkolonie auf Sandarsons Welt. Diese Zahl kann infolge der Explosion zu- oder abgenommen haben. Wir werden erhebliche Kartierungsarbeiten der Gravitationskonstante leisten müssen, bevor eine sichere Aussage möglich ist. Das ist alles.«

Drake nickte seinem Ersten Offizier zu. »Commander Marston, Ihren Bericht bitte.«

»Ja, Sir. Zunächst für das Protokoll: Ich war beauftragt, das System nach Anzeichen von Leben zu beobachten. Ich fürchte, die Nachricht ist schlecht, soweit es sich aus der Entfernung beurteilen lässt. In mehr als zwei Stunden sorgfältiger Überprüfung aller Frequenzen des elektromagnetischen Spektrums gelang es uns nicht, künstliche Energiefreisetzungen irgendeiner Art auszumachen. Wir konzentrierten unsere Messungen auf New Providence selbst und drei der anderen Planeten, von denen wir wussten, dass sie vor Ausbruch der Supernova bewohnt waren. Die Radiofrequenzen sind überall tot. Keine Sendesignale, keine Geräusche elektrischer Energieerzeugung, keine statischen Entladungen von Fahrzeugen und dergleichen, nichts.«

»Würden wir imstande sein, solche Signale aufzufangen, wenn die Bewohner unter die Erde gegangen sind, um sich vor der Strahlung zu schützen?«, fragte Alicia Delevan.

»Ich würde sagen, dass es wohl irgendwelche Anhaltspunkte geben würde«, erwiderte Marston etwas vorsichtig.

Als sich sonst niemand meldete, fragte Drake: »Ist das der letzte der vorläufigen Berichte?« Die Frage führte zu einem allgemeinen Kopfnicken. »In diesem Fall bitte ich um Ihre Ansichten darüber, ob die Flotte das Risiko einer Reise nach New Providence auf sich nehmen sollte.«

Es folgte eine lange Diskussion des Für und Wider, genauere Beobachtungen von New Providence zu machen, doch es zeigte sich rasch, dass niemand entscheidende Einwände hatte. Die meisten waren sogar begierig, die Heimat ihrer Vorfahren wenigstens aus der Nähe zu sehen.

»Dann sind im Prinzip alle einverstanden«, sagte Drake nach zwanzig Minuten, um der einseitigen Debatte ein Ende zu machen. »Ich bin auch dafür, dass wir eine Umlaufbahn um New Providence ansteuern.«

NAPIER

Stern der Spektralklasse GS im Antareshaufen, Typ III (Capella-Klasse), Position 1632RA, 2626DEC, 335LY.

Zahl der Faltpunkte: 3.
Faltraum-Übersequenzen:
Primär: Sol, Goddard, Antares, Napier.
Sekundär: Vega, Carswell, Sacata, Hermes, Aezer, Hellsgate, Napier.
Tertiär: Valeria, Napier.

Das System enthält 13 Planeten, 120 Monde und einen Asteroidengürtel. Planet VII, New Providence, ist eine Welt vom Typ der Erde mit einheimischen Lebensformen. Die Planeten tragen in der Reihenfolge ihres Abstandes vom Zentralgestirn des Systems die Namen ...

GESCHICHTE
2216 von C. Napier und L. Gruen zuerst erforscht. Wie sich herausstellte, besaß der siebente Planet optimale erdähnliche Bedingungen (siehe Eintrag für *New Providence*). Die Besiedlungsrechte für das Napier-System wurden 2256 von der Neuen Erweckungskirche von Nordamerika erworben, und die Einwanderung blieb anfänglich auf Mitglieder dieser Religionsgemeinschaft beschränkt. Im Jahre 2275 wurden die Einwanderungsrechte von der Boston-Toronto-Handelsgesellschaft erworben, welche die Einwanderung gegen Gebühr forcierte. 2315 mussten niedrigere Einwanderungsquoten festgesetzt werden, und 2385 erklärte sich die Kolonie für autark.

BEVÖLKERUNG:
Die Bevölkerung des Systems Napier beträgt nach der Volkszählung von 2500 insgesamt 3.287.654.000 Einwohner. Die ethnische Zusammensetzung ist verhältnismäßig homogen, da die Einwanderer vornehmlich aus Nordamerika und Europa stammten.

Auszug aus *Kurzführer zu den Siedlungsinseln im Raum*, 97. Auflage, Copyright 2510 bei Hallen Publications Ltd., New York

Napier war ein viel größerer Stern als Valeria. Eine der Konsequenzen seiner größeren Masse war eine stärkere Anziehungskraft. Diese wiederum verlegte den Napier-Valeria-Faltpunkt erheblich weiter vom Zentralgestirn hinaus, als es beim Faltpunkt im System Valeria der Fall war. Außerdem befand sich Napier VII gerade auf der entgegengesetzten Seite des Zentralgestirns, als die Flotte am Faltpunkt herauskam, was die ungünstige Himmelsmechanik weiter erschwerte. Bei normaler Beschleunigungsrate würden die Schiffe einundzwanzig Tage benötigen, um die Entfernung zwischen dem Faltpunkt und New Providence zurückzulegen.

Sechs Stunden nach dem Übergang waren die Schiffe der Einsatzgruppe 001 wieder beisammen und hatten sich in Kiellinie formiert. Der Flugplan verlangte eine schnelle kometenähnliche Umlaufbahn, die relativ nahe an Napier heranführte und dann verlangsamte, bis die Expedition mit eben noch genug Geschwindigkeit das Ziel erreichte, um in eine planetarische Umlaufbahn einzutreten.

Drake stellte den Wissenschaftlern alle Instrumente großer Reichweite an Bord der *Discovery* und *Alexandria* zur Verfügung, während die Einsatzgruppe das System durchquerte. Ihre Flugbahn führte sie nahe an zwei der äußeren Welten des Systems vorbei, Gasriesen von der Art und Größe des Jupiter. Die alten Aufzeichnungen sprachen von Stützpunkten zur Rohstoffgewinnung auf den Satelliten beider Welten. Die Gewinnung von Rohstoffen aus den Atmosphären von Gasriesen war in praktisch allen bewohnten Systemen ein wichtiger Zweig der Grundstoffindustrie. Wenn es irgendwo im Napier-System noch immer eine technologisch fortgeschrittene Zivilisation gab, würde sie die äußeren Welten wahrscheinlich als Rohstoffquellen ausbeuten.

Die Beobachtung der Monde beider Welten erwies sich als fruchtlos. Trotz der starken Teleskope, der Infrarotsensoren und hochempfindlichen Radioantennen wurde keine Spur menschlicher Aktivität ausgemacht. Die Monde waren offensichtlich ohne Leben.

Das nächste günstige Ziel wissenschaftlicher Beobachtung war das Zentralgestirn selbst. Die Flugbahn führte die Expedition in 60 Millionen Kilometern Entfernung an der Oberfläche des Sterns vorbei, nahe genug, dass die Ingenieure an Bord der Tanker sich Sorgen machten, wie sie die tiefe Temperatur ihrer Fracht aufrechterhalten konnten. Da der Napier-Valeria-Faltpunkt hoch in der südlichen

Hemisphäre des Systems lag, musste die Expedition außerdem die Ebene ändern, sobald sie sich dem Perihel näherte. Beinahe einen Tag lang arbeiteten die Triebwerke der vier Schiffe im rechten Winkel zu ihrer Flugbahn und brachten diese in eine Ebene mit Napiers Ekliptik. Dann war es an der Zeit, das Wendemanöver einzuleiten und mit der Verlangsamung zu beginnen.

Nachdem sie das Zentralgestirn des Systems passiert hatten, richteten die Wissenschaftler ihre Instrumente auf New Providence. Obwohl sie unermüdlich arbeiteten, um einen Blick hinter die geheimnisvolle Stille zu tun, die ihr Ziel verhüllte, fanden sie wie bei ihren früheren Versuchen keine Anzeichen künstlicher Energiequellen und keine Radiowellen. Alles, was ihre Instrumente einfingen, war das gleichmäßige Zischen von den Emissionen der eigenen Schiffstriebwerke.

Zwanzig Tage und sechzehn Stunden nach Verlassen des Faltpunktes ordnete Drake für die *Discovery* volle Gefechtsbereitschaft an. Als der Alarm durch das Schiff gellte, bildete New Providence eine blauweiße Murmel im Projektionsschirm. Ein Stück abseits war Laertes zu sehen, der ansehnliche Begleiter des Planeten, eine grauweiße Kugel, die von frühen Dichtern der Kolonie oft mit dem Erdmond verglichen worden war.

Kurz nach dem Passieren des Zentralgestirns hatte Drake die Aufklärerpiloten der *Discovery* zu sich gerufen. »Bevor ich mit der Expedition in eine niedrige Umlaufbahn gehe, möchte ich mich vergewissern, dass es gefahrlos möglich ist. Darum werden wir alle vier bewaffneten Aufklärer vorausschicken, solange wir noch zwei Kilometer entfernt sind. *Catherine* und *Drunkard* werden einen schnellen Vorbeiflug knapp außerhalb der Atmosphäre unternehmen, um die zwei großen Ballungsgebiete auf den entgegengesetzten Hälften des Planeten aufzunehmen. Sie können die alten Karten verwenden, um ihre Ziele auszuwählen. *Flying Fool* und *Gossamer Gnat* werden dichtauf folgen, aber so weit verlangsamen, dass sie in gegenläufige nordsüdliche Umlaufbahnen eintreten. Ich möchte mindestens zwei vollständige Umkreisungen von New Providence, bevor die Expedition eintrifft.

Falls wir von Ihnen keine Warnung erhalten, wird die *Discovery* eine hohe, nordsüdliche Umlaufbahn einnehmen, während *City of Alexandria* das Gleiche tun wird, aber näher an der Oberfläche.

Die beiden Tanker werden Positionen zwischen New Providence und Laertes einnehmen, wo sie als Relaisstationen für den Funkverkehr zur Oberfläche dienen können, sollte es erforderlich sein.«

Die Aufklärerpiloten hatten den Rest der Reise mit der Überarbeitung und Verfeinerung des Planes verbracht. Als die *Discovery* die vorgesehene Entfernung von New Providence erreichte, warteten sie ungeduldig auf den Startbefehl.

»Alles bereit, Lieutenant Hall?«, fragte Drake.

»Alles bereit, Sir«, bestätigte der Kommandant der Aufklärer aus dem Bildschirm von Drakes Konsole. Wie bei der Annäherung an die *Conqueror* schickte Drake seine Aufklärer voraus, bevor er eines der Schiffe riskierte. Alles sprach dafür, dass er sie wieder zu einem Rendezvous mit einem Wrack schickte, freilich einem ungleich größeren.

»Sie können starten, sobald Sie bereit sind«, sagte Drake zu Hall.

»Verstanden, Captain. Wir starten jetzt. Hangarbucht öffnen!«

Etwa vier Stunden später gingen die ersten Aufnahmen von *Catherine* und *Drunkard* ein. Die Besatzung der *Discovery* war die ganze Zeit in Gefechtsbereitschaft geblieben, hatte die Gefechtsstationen besetzt und ihre Suchinstrumente und Waffen einsatzbereit gehalten. Und während dieser Zeit war die Spannung an Bord des Kreuzers unaufhaltsam gestiegen. Jede Sekunde, die ohne einen Hinweis auf die Anwesenheit von Menschen auf der alten Mutterwelt der Altaner verging, bestärkte sie alle in der Annahme, dass ihre schlimmsten Befürchtungen ihre Bestätigung finden mochten. New Providence war die Heimat von drei Milliarden Menschen gewesen; nun war es still wie ein Grab.

Die ersten Bilder kamen vom Aufklärer *Drunkard*. Sie zeigten einen blauen Ozean und die unvertraute Küstenlinie eines Kontinents, die mit hoher Geschwindigkeit näher rückte, ein Hinweis auf die rasante Annäherung des Aufklärers.

»Was ist *Drunkards* Ziel?«, fragte Drake.

»Regensburg«, antwortete Lieutenant Cristobal. »Die Archivunterlagen lassen erkennen, dass es die bedeutendste Metropole der nördlichen Hemisphäre ist. *Catherine* wird fünf Minuten später eintreffen und eine Stadt namens Terra Nova überfliegen.«

»Ich glaube, einer meiner Ururgroßväter kam aus Terra Nova«, sagte Bethany Lindquist von ihrem Platz neben Cristobal.

»Ich dachte, Ihre Familie käme von der Erde, Miss Lindquist«, erwiderte Argos Cristobal.

Sie sah ihn von der Seite an. »Nur *einige* meiner Vorfahren, Mr. Cristobal. Sie werden feststellen können, dass ich ziemlich viel von Alta in mir habe.«

Die Ansicht wechselte, als der Aufklärerpilot Marman auf stärkere Vergrößerung umschaltete. Der Computer der *Drunkard* wählte ein Einzelbild aus der Aufnahmeserie der Bordkamera und übertrug es auf den Bildschirm. Die Ansicht zeigte die Vororte der Stadt Regensburg aus einem Aufnahmewinkel von 45 Grad.

Regensburg war in einer weiten Talsenke zwischen bewaldeten Hügeln erbaut. Die Aufnahme zeigte zu gleichen Teilen Ausschnitte der Stadt und der bewaldeten Hügel, die sie umgaben. Der Wald war tot. Kahle Stämme ragten zum Himmel, dürre Äste verzweigten sich in geometrischer Symmetrie. Viele Bäume waren von Stürmen entwurzelt. Ihre Leichen lagen willkürlich verstreut zwischen den aufrechten, grau verwitterten Stämmen ihrer Brüder. In einigen Gebieten glich das Gewirr aus stehenden und durcheinandergeworfenen Stämmen einem abgestorbenen Dschungel, als ob der natürliche Fäulnisprozess unterblieben wäre.

»Keine Mikroorganismen«, murmelte Drake zu sich selbst. »Die Welt muss steril sein.«

Er nahm sich den im Bildausschnitt liegenden Teil der Stadt vor. Auch hier hatten die Gebäude die grauweiße Farbe abgestorbener Pflanzen, und wie der Wald zeigten sie Verwitterungsschäden, doch war der Grad der Erhaltung für eine hundertjährige Ruinenstadt unerwartet hoch.

»Aufklärer Marman meldet seinen Vorbeiflug beendet. Er ist auf Rückkehrkurs«, meldete Slater aus der Nachrichtenabteilung.

»Wie viele Aufnahmen hat er gemacht?«

»Fünfzigtausend, Captain. Alle empfangen und bereit zur Aufarbeitung. *Catherine* meldet Ankunft über Terra Nova.«

Drake richtete seine Aufmerksamkeit wieder auf den großen Projektionsschirm. Auch hier kam zuerst ein Ausschnitt der planetarischen Oberfläche ins Bild, der dann auf starke Vergrößerung umgeschaltet wurde, und auch hier wählte der Bordcomputer des Aufklärers ein Einzelbild aus der Serie und übertrug es zur *Discovery*. Diesmal war das Zentrum einer Großstadt im Bild. Aber wo Regensburg ausgesehen hatte, als ob seine Bewohner die Stadt erst vor kurzem verlassen hätten, lag Terra Nova in Trümmern. Überall ragten geschwärzte Stahlskelette aus Haufen eingestürzten Mauerwerks, lagen die Reste umgestürzter Türme, wo sie über Straßen und Plätze mit parkenden Fahrzeugen gekracht waren, hielten hohle Ruinenwände Wache über Berge von Mauerschutt. Das Bild der Zerstörung griff Drake ans Herz.

»Flächenbrand?«, fragte Argos Cristobal.

»Sieht so aus«, erwiderte Bethany Lindquist mit unwillkürlich gedämpfter Stimme. »Sehen Sie, wie die Gebäude außerhalb des Stadtzentrums alle von dort nach außen gedrückt scheinen. Ich habe das auf historischen Abbildungen gesehen. Diese Stadt ist nicht von selbst in Flammen aufgegangen. Jemand hat über ihr einen nuklearen Sprengsatz gezündet!«

Nach den ersten Vorbeiflügen der Aufklärer hatte die Expedition vier Stunden gebraucht, um New Providence zu erreichen. Die Hälfte dieser Zeit hatten die Wissenschaftler damit verbracht, die Panoramaansichten zu studieren, die *Drunkard* und *Catherine* gesendet hatten, oder die noch umfassenderen Panoramen der beiden anderen bewaffneten Aufklärer, die ihre Positionen knapp außerhalb der Atmosphäre eingenommen hatten. Diese zusätzlichen Beobachtungen bestätigten, was man bereits vermutet hatte: New Providence war tatsächlich eine tote Welt.

Wohin sie auch blickten, überall fanden sie Verlassenheit und die abgestorbenen Reste vernichteter Vegetation. Soweit aus der Umlaufbahn festzustellen war, gab es an der Oberfläche der Welt kein Leben mehr. Auch schien das Leben nicht allein durch die von der Supernova ausgehende tödliche Welle harter Strahlung erloschen zu sein. Jemand hatte kräftig nachgeholfen. Doch Terra Nova war nicht die einzige Stadt, die durch das Schwert umgekommen war. Die Auswertung der aus Umlaufbahnen vorgenommenen Kartierungen der Landoberflächen ergab mehr als fünfhundert durch Waffeneinwirkung vernichtete Flächen, darunter viele, die mehr als einem Angriff zum Opfer gefallen waren. Als er genug gesehen hatte, ordnete Drake eine weitere Konferenzschaltung an.

»Welche Folgerungen ziehen Sie daraus, Dr. Wharton?«, fragte er den Leiter der sozialwissenschaftlichen Gruppe, als die Konferenzschaltung zwischen den Schiffen hergestellt war.

»Über die offensichtliche Tatsache hinaus, dass es irgendwann nach der Antares-Supernova in diesem System zu verheerenden Kriegshandlungen kam und dass der Konflikt einige Zeit angedauert haben muss, haben wir keine Schlussfolgerungen, Sir.«

»Woher nehmen Sie die Erkenntnis, dass der Konflikt länger andauerte?«, fragte Stan Barrett vom Konferenzraum der *Alexandria*.

Wharton wandte sich dem Politiker zu. »Eine genaue Untersuchung von Terra Nova zeigt sekundären Pflanzenwuchs und Versuche, die Schäden stellenweise zu reparieren, Mr. Barrett. Die Stadt wurde wahrscheinlich nach Ausbruch des Konflikts zerstört. In der Stadt Durbanville andererseits sind menschliche Überreste zu sehen, und die Vegetation hatte anscheinend keine Zeit, sich zu erholen. Die logische Folgerung ist, dass Durbanville kurz vor dem Eintreffen der Wellenfront der Supernova zerstört wurde.«

»Gibt es Hinweise, was den Konflikt auslöste?«, fragte Alicia Delevan.

Wharton zuckte die Achseln. »Es gibt keine, die wir aus einer Umlaufbahn beobachten könnten, meine Dame. Ich fürchte, wir werden hinuntergehen und in den Ruinen graben müssen, um die Antwort auf diese Frage zu finden.«

Drake, der die Diskussion schweigend verfolgt hatte, unterbrach vom Konferenzraum der *Discovery*. »Ich sehe ein mehr unmittelbares Problem. Innerhalb einer Stunde werden wir die vorgesehene Umlaufbahn über New Providence erreichen. Ich brauche Ihre Meinungen, ob es sicher ist, in die Umlaufbahn einzutreten.«

»Hier draußen in der Tiefe des Raumes werden wir nichts erfahren, Captain Drake«, sagte Wharton. »Wir müssen in die Umlaufbahn.«

»Und wenn es computergesteuerte Verteidigungseinrichtungen gibt?«

»Dann sind sie wahrscheinlich längst bis zur Unbrauchbarkeit korrodiert. Außerdem wird die Strahlung der Antares-Supernova inzwischen jeden Computer in Plastikschrott verwandelt haben.«

»Andere Meinungen?«, fragte Drake.

»Umlaufbahn«, sagte Stan Barrett. »Wir müssen erfahren, was da unten geschah.«

Unter den Wissenschaftlern an Bord der *Alexandria* erhob sich zustimmendes Gemurmel.

Drake nickte. »Also gut. Wir gehen wie geplant in die Umlaufbahn!«

Der erste Landungstrupp aus Marinesoldaten landete drei Tage später auf New Providence, sehr zum Verdruss der Wissenschaftler. Richard Drake hatte angeordnet, dass keiner von ihnen Erlaubnis erhalten würde, die Oberfläche zu betreten, solange die Marinesoldaten nicht ein strahlungssicheres Basislager für hundert Bewohner errichtet hatten. Die Konstruktion der Strahlungsabschirmungen – ein äußerer Zaun für den Fall, dass der Planet nicht so tot war, wie er aussah –, die Errichtung von Unterkünften aus vorgefertigtem Material und der Transport von Gerät und Proviant nahmen fünf Tage in Anspruch. Erst als das Basislager bezugsfertig gemeldet wurde, gab Drake endlich nach und ließ die ersten Wissenschaftler zu den Marinesoldaten auf die Oberfläche fliegen.

Danach entwickelte sich für die Wissenschaftler der verschiedenen Fachrichtungen bald ein festes Arbeitsprogramm, das am achtunddreißigstündigen Tag von New Providence orientiert war. Neunzehn Stunden dieses Tages war die Antares-Gaswolke unter dem Horizont, und die Hintergrundstrahlung sank auf einen tragbaren Wert. Während dieser Stunden durchforschten kleine Arbeitstrupps die verlassene Stadt in der Hoffnung, Hinweise auf den Gang der Ereignisse vor und nach der Antares-Explosion zu finden.

In einer Hinsicht waren die Forscher vom Glück begünstigt. Die Perioden geringer Strahlung stimmten mehr oder weniger mit dem Aufgang und Untergang Napiers überein, so dass die Arbeit bei Tageslicht stattfinden konnte. Drake gab Befehl, dass alle Angehörigen von Arbeitstrupps mindestens eine Stunde vor Aufgang des ersten Schimmers der leuchtenden Gaswolke am Horizont ins Basislager zurückzukehren hätten. Während Antares vom Himmel strahlte, wurden die Tagesergebnisse gesichtet, gegessen und geschlafen, denn die achtzehnstündigen Arbeitstage forderten alle Beteiligten bis zur Erschöpfung.

Die Archäologen der Expedition entdeckten rasch, dass die Rekonstruktion der Ereignisse auf New Providence keine leichte Aufgabe sein würde. Wie die meisten modernen Gesellschaften, so hatten auch die Bewohner von New Providence ihre Aufzeichnungen und Archive als elektronische Impulse in Datenspeichern gelagert. Ein Jahrhundert täglicher Strahlungsstürme hatten die Datenspeicher leergefegt. Sogar die normalerweise strahlungsresistenten Kristallhalbleiter hatten ihre kostbare Informationsfracht längst dem Regen kosmischer Geschosse preisgegeben.

Da die primären Informationsquellen durch Strahlungseinwirkung nutzlos waren, begann Dr. Whartons Arbeitsgruppe mit dem Sammeln der Überreste von nicht computergestützten Technologien. Seine Mitarbeiter durchkämmten die Ruinenfelder nach allem, was die zweifache Katastrophe von Krieg und kosmischer Naturgewalt überlebt hatte. Was die Suchtrupps fanden – meistens in verschütteten und wieder geöffneten Kellerräumen –, war Papier: Computerausdrucke, persönliche Post, Bücher.

Um lange Anmärsche zu vermeiden, war das Basislager in einem Park nahe dem Zentrum einer mittelgroßen Stadt der nördlichen Hemisphäre von New Providence errichtet worden. Hekate galt seit der Gründung der Kolonie als regionales Zentrum und Verkehrsknotenpunkt. Die Stadt war wie Regensburg von der nuklearen Zerstörung verschont geblieben, die so viele andere Städte auf New Providence dem Erdboden gleichgemacht hatte.

Am dritten Tag der Durchsuchung entdeckte ein Arbeitstrupp ein Versteck von Ausdrucken. Der erste datierte vom 5. August 2512 und enthielt eine Meldung, dass mehrere planmäßige Raumschiffe überfällig waren. Zwei Tage später bestätigte ein weiterer Ausdruck Gerüchte, dass der Faltpunkt Napier-Valeria verschwunden war. Einige führende Wissenschaftler wurden mit der Bemerkung erwähnt, dass keiner von ihnen eine Erklärung habe, wie so etwas geschehen konnte.

Die gleichen Meldungen, die von der Unterbrechung der Verbindung mit Alta berichteten, bestätigten, dass der Faltpunkt zu Sandarsons Welt noch offen sei. Ein noch späterer Ausdruck gab die Meinung von Medienvertretern wieder, dass die Regierung eine Expedition aussenden solle, um zu erforschen, warum Schiffe das System über den Antares-Faltpunkt verlassen konnten, aber kein Verkehr aus der Gegenrichtung durchzukommen schien.

»Kein Wunder«, sagte Wharton, als er einem seiner Mitarbeiter den Ausdruck zeigte. »Sie müssen im Augenblick des Übergangs verdampft sein!«

Nach und nach machte sich Frustration über den Fortschritt der Suchaktion breit. Zwar fanden sie Unterlagen, so dass keine Knappheit an Informationen aus der Zeit vor der Nova und unmittelbar danach bestand, doch eine Erwähnung des vernichtenden Krieges suchten sie vergebens.

Eine Woche später. Drake arbeitete gerade an seinem Logbuch, als an die Tür seiner Kajüte geklopft wurde.

»Es ist offen!«, rief er.

Die Tür wurde aufgeschoben, und Bethany Lindquist erschien in der Öffnung. »Ich hoffe, ich störe Sie nicht, Captain?«

»Lieber Himmel, nein! Ich bin froh über die Unterbrechung. Kommen Sie herein und setzen Sie sich. Was kann ich für Sie tun?«

Sie setzte sich auf den angebotenen Platz neben seiner Arbeitskonsole, zögerte einen Moment und sagte dann: »Ich würde gern zur Oberfläche hinuntergehen.«

Drake blickte überrascht auf. »Weshalb?«

»Ich möchte mich den Suchtrupps anschließen.«

»Kommt nicht in Frage!«

»Aber warum nicht?«

»Ich stelle Ihnen die Gegenfrage: Warum wollen Sie gehen?«

»Ich bin von Beruf Historikerin. Ich könnte von Nutzen sein. Es wird Bücher und Ausdrucke zu bergen und durchzuarbeiten geben. Vielleicht sogar Datenspeicher, wenn welche überlebt haben. Ich weiß so gut wie jeder andere, wonach gesucht werden muss.«

»Die Arbeitsgruppen haben bereits zwei Historiker bei sich.«

»Ein zusätzliches Paar Augen und Hände ist immer nützlich, Captain.«

»Dank Ihrem Onkel, Miss Lindquist, sind Sie für mich erheblich mehr als ein ›Paar Augen und Hände‹. Tatsächlich sind Sie die einzige unersetzliche Person an Bord dieses Schiffes. Sollte Ihnen etwas zustoßen, wäre die Expedition erledigt.«

»Und sollte ich beschließen, Captain Drake, dass ich den nächsten Faltraumübergang nicht autorisieren werde, würde sie genauso erledigt sein.« Sie sah die Verfinsterung seiner Miene und bedauerte sofort ihre Worte. »Tut mir Leid, es war nicht so gemeint. Es ist bloß so, dass ich es satt habe, in meiner Kabine zu sitzen, während andere arbeiten. Außerdem will ich nicht diese lange Reise mitmachen und dann das Schiff nie verlassen.«

Drake lehnte sich zurück, nagte an der Unterlippe und dachte an den Rat, den der Admiral ihm ans Herz gelegt hatte: Er sollte im

Hinblick auf die Springercodes der *Discovery* Bethany Lindquist nach Möglichkeit für den altanischen Standpunkt gewinnen. Es würde der Sache sicherlich nicht schaden, wenn er ihr den Wunsch erfüllte. Auch konnte er nachfühlen, wie ihr zumute war. Es musste ganz einfach frustrierend sein, in der Umlaufbahn zu sitzen, während andere die Geheimnisse von New Providence aufdeckten. Andererseits war nicht zu leugnen, dass es dort unten Gefahren gab und dass die Expedition ohne Bethany Lindquist gescheitert wäre.

Nachdem Drake eine Weile über diese widerstreitenden Gesichtspunkte nachgedacht hatte, sagte er: »Wenn ich es erlaube, muss ich bestimmte Konzessionen verlangen.«

»Und die wären?«

»Ich möchte, dass Sie den Springercode für den nächsten Übergang in den Computer eingeben, bevor Sie gehen. Sie können jede Sicherheitskennzeichnung anhängen, die Sie wollen. Nur möchte ich, dass der Computer mir den Code freigibt, wenn Sie ihn nicht innerhalb einer vertretbaren Zeit – sagen wir, dreißig Tage – widerrufen.«

Bethany zögerte einen Moment lang, dann nickte sie. »Einverstanden, Captain.«

»Ich muss ferner darauf bestehen, dass Sie während Ihres gesamten Aufenthalts dort unten eine Eskorte bei sich haben. Und wenn wir feststellen, dass die Bedingungen auf der Oberfläche auch nur in geringem Maße gefährlich sind, werde ich Sie sofort zurückbeordern.«

»Auch damit bin ich einverstanden.«

Er lehnte sich in seinem Drehsessel zurück und sagte: »In diesem Fall wünsche ich Ihnen einen angenehmen Aufenthalt. Ich wäre froh, wenn ich mit Ihnen gehen könnte.«

13

»Wir sollten wirklich umkehren, Miss Lindquist.«

Bethany Lindquist kniete in einem verlassenen Gang vor einer verschlossenen Tür. Neben ihr, einen großen Vorschlaghammer in den Händen, stand eine wuchtige Gestalt in der grün gefleckten Uniform des Marinekorps. Bethany stand auf und streifte hellen Staub von den Knien. »Gut, Corporal Vargas. Machen wir noch diese eine Tür auf, dann kehren wir um.«

»In Ordnung, Madam. Treten Sie bitte zurück.«

Bethany zog sich auf die andere Seite des Gangs zurück und sah zu, wie Vargas mit dem Vorschlaghammer ausholte. Er schlug den schweren Hammerkopf mit geübtem Schwung über dem Schloss in die Tür. Das Geräusch reißenden Metalls und eine Wolke hundertjährigen Staubes begleitete die Öffnung eines drei Zentimeter breiten Spalts zwischen Tür und Rahmen. Vargas spuckte aus, um den Geschmack von muffig riechendem Staub aus dem Mund zu bekommen, schob seine Hand in die Öffnung, stemmte sich in den Türrahmen, so gut er konnte, und stieß. Die schwergängige Tür öffnete sich mit weiteren Geräuschen gequälten Metalls.

»Gut gemacht, Vargas«, sagte Bethany. »Dieses Einbrechen ist nicht so schwierig, wie es aussieht.«

»Ich wünschte, der alte Richter Waring könnte uns jetzt sehen, Miss.«

»Wer?«

»Der Friedensrichter meiner Heimatstadt. Er brachte mich darauf, zum Marinekorps zu gehen. Stellte mich vor die Wahl, das zu tun oder eine Zeit im Jugendgefängnis abzureißen!«

Bethany lachte. »Ich werde ihm nicht über Ihren jüngsten Rückfall erzählen, wenn Sie es nicht tun.« Sie zeigte zur offenen Tür. »Gehen wir hinein?«

»Augenblick, Madam, bis ich den Rest meiner Sachen zusammengesucht habe.«

Sie sah zu, wie der hünenhafte Marinesoldat den Gurt seines Werkzeugkastens über die Schulter hängte. Als er seinen Rucksack über die andere Schulter schwang, musste sie lächeln. Ein seltsameres Kindermädchen war wohl schwerlich zu finden.

Wie Richard Drake ihr zugesagt hatte, war die Marineeskorte zur Stelle gewesen, als sie vor fünf Tagen Lokalzeit beim Basislager dem Landungsboot entsteigen konnte. Die Eskorte war Corporal Garrold Vargas gewesen, von diesem Augenblick an ihr ständiger Begleiter. Wie die Mitglieder der anderen Suchtrupps hatten auch sie sich rasch an einen Tagesablauf gewöhnt, der durch den Aufgang und Untergang der strahlenden Antares-Gaswolke beherrscht wurde. Jeden Morgen luden sie ihre Rucksäcke mit Proviant, Wasser und Einbruchswerkzeug in ein kleines Geländefahrzeug und brachen zu dem ihnen zugewiesenen Suchgebiet auf. Dort angekommen, wählte Bethany die Gebäude und Räume aus, die durchsucht werden sollten, und Vargas sorgte dafür, dass keine zugesperrten Türen ihr Vorankommen behinderten. Es war eine perfekte Arbeitsteilung, und zu ihrer beiderseitigen Verwunderung fanden sie, dass sie gut zusammenarbeiteten.

Der ihnen für diesen Tag zugedachte Suchabschnitt war auf 150 Jahre alten Karten, die in altanischen Archiven geschlummert hatten, als die Universität von Hekate bezeichnet. Bethany hatte gehofft, dass sie in einer Institution höherer Gelehrsamkeit mehr Glück haben würden als bisher, zu ihrer Enttäuschung hatten sich die erhaltenen Räumlichkeiten jedoch als weniger ergiebig an Papierresten erwiesen als die Wohnviertel im Umkreis des Basislagers. Es war frustrierend, unter Hunderten von Datenanschlüssen umherzugehen, die über die Universität verteilt waren, und zu wissen, dass ein Jahrhundert harter Strahlung sie alle zu nutzlosen Klötzen aus Kunststoff, Silikon und Glas gemacht hatte.

Sie traten durch die Türöffnung, die sie gerade aufgebrochen hatten. Wie erwartet, befanden sie sich in einem Seminarraum. Er war identisch mit Dutzenden anderer, die sie während des Tages gesehen hatten. Fünfzig Plätze mit Arbeitsflächen und Ablagefächern standen in Reih und Glied einem Pult auf niedriger Plattform gegenüber, das mit Datenanschluss und Holoprojektor ausgestattet war. Rasch begannen sie mit ihrer Routinedurchsuchung, Bethany mit den vorderen Reihen nächst dem Eingang, Vargas mit den hintersten in der entferntesten Ecke des Raums. Schnell arbeiteten sie sich durch die Reihen, öffneten auf der Suche nach beschriebenem oder gedrucktem Papier Schubladen und spähten in Ablagefächer. Wie gewöhnlich, fanden sich mehrere Speichertafeln aus kristalliner Keramik – alle durch die Strahlung zu einem rauchigen Grau verfärbt –, aber kein Papier irgendwelcher Art.

Als sie die Studentenplätze durchsucht hatten, nahm Bethany sich das Dozentenpult vor. Vargas blickte im Raum umher, sah nichts, was noch zu durchsuchen war, und trat ans Fenster, um hinauszuschauen. Sie waren im zehnten Stockwerk, und das Fenster gewährte einen guten Ausblick auf die Universitätsgebäude und Teile der Stadt. Napier stand bereits tief am Himmel. Bethany beendete ihre Durchsuchung, fand nichts und trat zu dem Marinesoldaten ans Fenster.

»Erinnert einen irgendwie an zu Hause, nicht wahr, Miss Lindquist?«

»Das liegt daran, dass die meisten altanischen Architekturformen nach Vorbildern aus New Providence entstanden sind«, sagte Bethany. Die Universität von Hekate war vierflügelig in einem großen Rechteck angelegt, in dessen Mitte früher einmal Parkanlagen mit Bäumen und Blumenbeeten, Springbrunnen und Bänken gewesen waren. Die diesen weiten, jetzt verödeten Innenhof umgebenden Gebäude ähnelten dem, in dem sie sich gerade befanden, hatten aber nur vier oder fünf Geschosse. Außerhalb der vierflügeligen Anlage gab es noch eine Anzahl größerer und kleinerer Nebengebäude. »Gott, sehen Sie sich das an! Um das alles gründlich zu durchsuchen, werden wir einen Monat brauchen!«

»Sind die Universitäten der Erde wie diese?«, fragte Vargas.

»Nun, ich habe nur Bilder gesehen«, erwiderte Bethany. »Im Allgemeinen baut man auf der Erde hoch, mit weniger freien Flächen. Wegen der hohen Bevölkerungsdichte ist der Boden dort viel wertvoller. Das da unten ...« – Bethany zeigte hinab zum Innenhof, der eine Fläche von mehr als zehn Hektar umfassen musste – »würde auf der Erde als verschwenderischer Luxus gelten.«

»Sehen Sie die Statuen dort?«, fragte Vargas mit einer Kopfbewegung zu zwei steingrauen Gestalten in der Mitte des weiten Vierecks. »Was für Tiere mögen das sein?«

Bethany blickte in die gleiche Richtung. Die Gestalten flankierten einen kleinen pavillonartigen Bau, der Bethany an einen U-Bahneingang erinnerte.

»Das ist aus dieser Entfernung schwer zu sagen. Leihen Sie mir bitte mal Ihren Feldstecher, Corporal.«

Vargas reichte ihr sein Glas, und Bethany stellte es auf ihre Augen ein. Nach einer langen Pause sagte sie: »Wieso, das sind Löwen!«

»Was ist das? Eine Tierart von New Providence?«

Bethany gab ihm das Glas zurück und zog die Stirn in Falten. »Sicherlich hat Ihre Mutter Ihnen von Löwen erzählt, Corporal, oder? Sie waren auf der Erde heimisch. Eine große Katzenart, wissen Sie.«

Vargas kratzte sich am Kinn. »Ja, verstehe. Löwen.«

»Man fragt sich, was eine Löwenstatue hier auf New Providence tut«, überlegte Bethany laut. »Sie kann den Einheimischen nicht viel bedeutet haben, es sei denn, als Wappentier und Symbol. Oder sie hatten einen besonders gut ausgestatteten Zoo.« Sie stand einen Moment unschlüssig, dann sagte sie: »Ich glaube, wir sollten das überprüfen.«

»Das geht nicht, Miss Lindquist«, entgegnete Vargas. »Die Sonne geht unter. Das heißt, dass Antares in weniger als neunzig Minuten aufgehen wird.«

»Es wird nicht lange dauern, Corporal. Keine Sorge, zur Sperrstunde werden wir längst im Lager sein.«

Während Archäologen und Sozialwissenschaftler den Schutt des toten Planeten durchsiebten, arbeiteten die Astronomen in der Umlaufbahn an der Kartierung der lokalen Faltraumstruktur. Seit Jahrhunderten hatten Lehrer der vieldimensionalen Physik nach einer geeigneten Analogie gesucht, mit der sie ihren Schülern den Faltraum erklären konnten. In den meisten Fällen nahmen sie Zuflucht zu einem Stück Papier, das zu einem Ball zusammengeknüllt und dann wieder ausgebreitet und geglättet worden ist. In der Umwandlung vom zweidimensionalen Blatt zum dreidimensionalen Sphäroid nimmt das Papier ein komplexes Muster von Falten und Knicken an. Durch das Studium dieses Musters ist es möglich, den Knitterprozess genau zu beschreiben. Faltlinien sind die ›Knitter und Falten‹, die übrig blieben, nachdem das Raumzeitkontinuum durch die Einwirkung eines massiven Schwarzen Loches ›zerknittert‹ worden war.

Die Wissenschaftler der Expedition hatten zwei Hinweise, die ihnen zum Verständnis der Struktur des Faltraums nach der Supernova verhelfen konnten. Den ersten Hinweis boten die detaillierten Karten der Faltraumstruktur vor dem Ausbruch der Nova; der zweite war das Wissen, wie weit der Faltpunkt Napier-Valeria sich von seiner früheren Position entfernt hatte. Von den alten Karten ausgehend, die sie topographisch so verzerrten, dass die beobachtete Positionsänderung des Faltpunktes berücksichtigt wurde, konnten die Astronomen ein Computermodell erarbeiten, das ihnen ermöglichte, die Positionen der anderen überlebenden Faltpunkte vorauszusagen.

In der Wissenschaft taugt eine Voraussage freilich nur, wenn sie sich experimentell bestätigen läßt. Die Bestätigung einer Faltpunktposition ist allerdings eine schwierige Sache, da viele tausend Feinmessungen der lokalen Gravitationskonstante erforderlich sind. Die

Alexandria führte zu ebendiesem Zweck mehrere hundert frei fliegende Gravitationsdetektoren mit, die in genauen Flugbahnen ausgesandt wurden, welche sie in die Nähe der theoretischen Faltpunktpositionen des Systems brachten. Während des Fluges führten sie kontinuierliche Messungen der Gravitationskonstante in der Region durch und funkten sie zwecks Analyse zurück zur *Alexandria.* Das kontinuierliche Winseln der eingehenden Ströme telemetrischer Messdaten erfüllte den Kartenraum an Bord des Passagierschiffes länger als hundert Stunden. Als die Forscher eine vorläufige Lagekarte ausgearbeitet hatten, welche die Faltpunktpositionen bestätigte, die zum Herzen des Antares-Haufens und zu Altas Schwesterkolonie auf Sandarsons Welt führten, ersuchten Nathaniel Gordon und Mikhail Planovich um ein Gespräch mit Richard Drake in dessen Kajüte an Bord der *Discovery.*

»Ich glaube, wir haben alle Faltpunkte in diesem System lokalisiert, Captain.« Gordon zeigte auf drei weit voneinander entfernte Punkte einschließlich des Napier-Valeria-Faltpunktes in einer dreidimensionalen kugelförmigen Raumdarstellung. Zusätzlich zu den Sternen, Planeten und Faltpunkten zeigte sie eine Anzahl Verbindungslinien gleicher Schwere.

»Sind Sie sicher, dass diese Zahl stimmt?«, fragte Drake.

Professor Planovich nickte. »Ganz sicher, Captain. Wir haben inzwischen ein viel besseres Verständnis dessen, was durch die Nova im Faltraum geschah. Es lässt sich sagen …«

Das Summen der Gegensprechanlage auf Drakes Schreibtisch unterbrach Planovich. Drake nahm den Anruf entgegen.

»Ja, Mr. Slater?«

»Anruf von Dr. Wharton im Basislager, Captain. Ich hätte Sie nicht gestört, aber er sagt, es sei dringend.«

»Stellen Sie ihn durch.«

Der Bildschirm wurde freigemacht, und im nächsten Augenblick erschien das fleischige, gerötete Gesicht Gregory Whartons. Der Mann war offensichtlich stark beunruhigt.

»Was kann ich für Sie tun, Professor?«, fragte Drake.

»Es ist hier Nacht geworden, Captain Drake, und die Antares-Gaswolke ist gerade am Himmel aufgestiegen.«

Drake blickte zum Wandchronometer. Außer der Bordzeit zeigte er Tag und Nacht und die Strahlungszyklen in Hekates Längengrad an. »Wir wissen hier oben, wie viel Uhr es bei Ihnen ist, Professor. Was ist los?«

»Bethany Lindquist und der Corporal, den Sie ihr als Leibwächter zugeteilt haben, machten sich heute Morgen wie gewöhnlich auf den Weg. Sie sind noch nicht zurückgekehrt.«

Drake fühlte, wie sich in seinem Magen etwas zusammenzog. »Haben Sie sich überzeugt? Haben Sie alle Teile des Basislagers absuchen lassen?«

»Haben wir, Sir. Ich habe alle zusammengerufen und befragt. Niemand hat sie gesehen, und ihr Fahrzeug steht nicht bei den übrigen.«

»Haben Sie tagsüber Funksprechverbindung mit ihnen gehabt?«

»Sie meldeten sich, als sie heute früh in ihrem Suchabschnitt eintrafen. Seitdem haben wir nichts gehört. Was soll ich tun?«

Drake überlegte einen Moment. In seiner Magengrube machte sich ein akuter, Übelkeit erregender Druck bemerkbar. Eine Stadt ist überall und zu jeder Zeit ein gefährlicher Ort. Eine tote Stadt auf einer toten Welt ist es umso mehr. Er stellte sich vor, dass Bethany verletzt irgendwo lag und die tödliche Glut der Antares-Gaswolke langsam über den Horizont steigen sah. Dann starrte er in das ratlose Gesicht auf dem Bildschirm, überlegte seine Optionen und sagte dann: »Ich komme hinunter! Unternehmen Sie nichts, bis ich dort bin.«

Bethany und Vargas lenkten ihr Geländefahrzeug in die Mitte des viereckigen Innenhofs, wo die Löwenstatuen den Pavillon flankierten. Als sie näher herankamen, wurden alle Zweifel, die Bethany im Hinblick auf ihre Natur hatte, rasch zerstreut. Es waren Löwen, und sie lagen in Ruhehaltung, aber mit erhobenen Köpfen, hatten die Pranken vor sich ausgestreckt und die Schwänze an den Seiten. Ihre Mähnen waren voll und buschig, und ihre steinernen Augen blickten aufmerksam in die Ferne. Zwischen den beiden Tieren führte eine Betonrampe abwärts und verschwand hinter einer großen Stahltür, die den Eingang des Pavillons verschloss.

»Schlagen Sie sie ein, Corporal!«, befahl Bethany mit einer Kopfbewegung zur Tür.

Vargas runzelte die Stirn, öffnete den Mund zu einem Einwand, besann sich jedoch dann. Er nahm einfach seinen Vorschlaghammer aus dem rückwärtigen Teil des Fahrzeugs und ging an die Arbeit. Zwei

Minuten später hallten die wuchtigen Hammerschläge noch immer von den Gebäuden wider.

»Augenblick«, rief Bethany, als Vargas zum zwanzigsten Mal ausholte. »Lassen Sie mich sehen.«

Vargas stellte seine Bemühungen ein und wischte sich die Stirn. »Ich glaube nicht, dass wir hierfür die geeignete Ausrüstung haben, Miss.«

»Versuchen Sie's noch ein paarmal«, erwiderte Bethany und trat von ihrer Inspektion des Schlosses zurück. »Mir scheint, es beginnt nachzugeben.«

Vargas holte abermals aus und schlug den Hammer mit aller Kraft gegen die Tür, die daraufhin ein metallisches Kreischen von sich gab. Nach zwei weiteren Schlägen gaben die Scharniere nach, und die Stahltür krachte nach innen. Jenseits der am Boden liegenden schweren Stahltür führte eine Rolltreppe abwärts und verschwand in der Dunkelheit.

»Wir brauchen unsere Lampen.«

Sie kramten ihre Stablampen aus den Rucksäcken, Vargas mit einem nervösen Blick zu Napiers Position. Das Zentralgestirn war längst hinter der Gebäudefront im Westen versunken. »Unsere Zeit ist beinahe um, Miss Lindquist.«

»Vertrauen Sie mir, Corporal. Dies könnte wichtig sein. Wir werden nachsehen und dann umgehend nach Hause fahren. Ich verspreche es!«

Langsam stiegen sie die bewegungslosen Stufen der Rolltreppe hinunter. Nach etwa dreißig Metern erreichten sie einen Treppenabsatz, wo die Rolltreppe endete und zu beiden Seiten Türen zu sehen waren. Ein paar Meter vor ihnen führte eine weitere Rolltreppe hinunter. Bethany ging voraus und folgte ihr abwärts, bevor Vargas protestieren konnte. Hier waren sie in völliger Schwärze; nur die Lichtkegel ihrer Stablampen zeigten ihnen den Weg. Sie erreichten einen zweiten Absatz, und folgten einer dritten Rolltreppe hinunter, bevor sie einen geräumigen unterirdischen Korridor erreichten. Er verlor sich auf beiden Seiten in der Dunkelheit.

»Er muss unter dem ganzen Innenhof durchführen«, sagte Bethany. Ihre Stimme hallte hohl von den Wänden.

»Welchen Zweck kann dieser Korridor haben?«

»Er führt von einem Gebäudeflügel zum gegenüberliegenden«, antwortete sie. »Vielleicht diente er als eine Art Abkürzung.«

»Welche Richtung nehmen wir?«, fragte er.

Sie ließ ihren Lichtkegel erst über eine Wand gehen, dann in die andere Richtung. »Versuchen wir es rechts.«

Langsamer als zuvor bewegten sie sich den unterirdischen Korridor entlang, bis sie zu einer Tür mit der Silhouette eines liegenden Löwen kamen.

»Danach habe ich gesucht«, sagte Bethany. »Schlagen Sie die Tür ein!«

»Nicht nötig«, erwiderte Vargas. Mit einer Hand stieß er die Tür zurück. »Sie ist offen.«

Hinter der Tür fanden sie einen geräumigen unterirdischen Raum mit einer Reihe von Informationsterminals auf schalterähnlichen Tischen. Bethany ging weiter zu einer Tür am anderen Ende des Raums. Auch sie war leicht zu öffnen. Trotz des Gewöhnungseffekts, der sich nach fünf langen Tagen der Erforschung verlassener Gebäude und Ruinen eingestellt hatte, empfand sie stark die Verlassenheit des Ortes.

Der zweite Raum enthielt eine Maschine von Schreibtischgröße. Bethany hielt den Atem an, als sie im Licht ihrer Stablampe die Vorderseite des dick eingestaubten Geräts absuchte.

Vargas fügte seine eigene Beleuchtung hinzu. »Was für ein Ding ist das?«

»Ich bin nicht sicher«, erwiderte Bethany, »aber ich glaube, es ist ein Computer.«

»Könnte sein. Er sieht wie andere Computer aus, die wir gefunden haben. Aber nun kommen Sie. Nichts wie raus hier.«

»Raus hier?«, fragte Bethany überrascht.

»Klar, was sonst? Die Sonne geht unter. Wir haben bei unseren Durchsuchungen schon mehr Computer gefunden.«

»Aber noch keinen, der hundert Meter unter der Oberfläche war, oder?«, erwiderte Bethany.

Vargas schüttelte den Kopf. »Nein, die meisten waren in den Obergeschossen von Gebäuden. Warum?«

»Weil hundert Meter Erde und Beton mehr als genug sind, um die Strahlung der Nova abzuschirmen.«

Vargas starrte sie an. Im Widerschein der Stablampen sah sein Gesicht kantig und zerklüftet aus. Seine Augen waren weiße Ringe, die aus den dunklen Schatten ihrer Höhlen starrten. »Sie meinen, diese Maschine könnte betriebsbereit sein?«

»Möglich. Ich glaube, wir haben den Computer der Universitätsbibliothek gefunden.«

»Sie wussten, dass dies hier unten war?« Eine Andeutung von ehrfürchtigem Staunen war in seiner Stimme.

Bethany nickte. »Ich kam auf die Idee, als ich oben die beiden Löwen sah. Aus irgendeinem Grund sind Löwen immer mit Bibliotheken in Verbindung gebracht worden. Diese Statuen sind Kopien von zwei recht bekannten Löwenplastiken, die einst den Eingang der Öffentlichen Bibliothek von New York schmückten. Wenn die Universität von Hekate Kopien aufstellte, dachte ich mir, geschah es, um den Eingang zur Bibliothek zu kennzeichnen.«

»Wir müssen Meldung machen«, drängte Vargas. »Der Unteroffizier sagte uns, wenn wir einen intakten Computer finden, können wir all die Papierreste vergessen, die wir gesammelt haben.«

»Das werden wir, aber erst muss ich noch etwas überprüfen.« Bethany ging zu einer Tür an der Rückseite des Computerraums, die sich allerdings nicht öffnen ließ. Sie drehte sich zu Vargas um. »Wir brauchen Ihren Vorschlaghammer, Corporal.«

Die Tür gab nach einem einzigen Schlag nach. Bethany drängte sich durch, bevor die Öffnung ganz frei wurde. Sie ließ den Lichtkegel ihrer Lampe über eine Reihe von Ablageschränken gehen. Dutzende von kleinen Speichertafeln waren darin aufgereiht.

»Hier haben sie alles gespeichert, womit sie ihre Arbeitsspeicher nicht vollstopfen wollten«, sagte Bethany. »Gut, Corporal, ich habe alles gesehen, was ich sehen musste. Fahren wir zurück zum Lager und machen Meldung.«

»Ja, Madam!«

Der Westhorizont leuchtete im Abendrot, als sie schließlich an die Oberfläche kamen. Rote und orangegelbe Lichtstrahlen des untergegangenen Zentralgestirns stießen weit in den Himmel hinauf, verblassten allmählich im Blau, das im Zenit bereits in Blauschwarz überging. Ein paar Sterne waren erschienen, während im Osten ein milchweißes Leuchten eine Lücke zwischen zwei Gebäuden erhellte. Beim Anblick dieses Leuchtens überlief es Bethany. Es bedeutete, dass die Antares-Gaswolke die Stadt Hekate bald wieder mit ihrem tödlichen Licht überschütten würde.

Die beiden eilten zu ihrem Fahrzeug und warfen Rucksäcke und anderes Gerät hinein. Bethany stieg auf den Beifahrersitz, während Vargas die Ausrüstung verstaute. Sie ließ sich schlaff in den Sitz fallen und konzentrierte sich darauf, nach dem langen Aufstieg über die stille Rolltreppe wieder zu Atem zu kommen. Mehrere Sekunden vergingen, bevor sie merkte, dass Vargas keine Anstalten machte, seinen Platz am Steuer einzunehmen. Stattdessen stand er neben dem Fahrzeug und spähte nach Osten, wo das milchige Licht stärker und stärker wurde.

Bethany rutschte über die Sitzbank zur Fahrerseite und ließ die Scheibe herunter. »Steigen Sie ein, Corporal! Wir haben gerade noch Zeit, die Rückfahrt zu schaffen.«

Vargas wandte den Kopf; er hatte Sorgenfalten auf der Stirn. »Ich fürchte, es ist schon zu spät, Miss Lindquist.«

»Wovon reden Sie! Die Strahlung wird erst in weiteren zwanzig Minuten gefährlich. Und heute früh brauchten wir bloß fünfzehn Minuten, um vom Lager hierher zu kommen.«

»Das war heute Morgen, bei Tageslicht. Aber in zehn Minuten wird es dunkel sein.« Er schüttelte den Kopf. »Die Gefahr ist zu groß, dass wir irgendwo falsch abbiegen, über Trümmerstücke fahren oder in der Dunkelheit in ein Loch stoßen. Jeder unvorhergesehene Aufenthalt würde uns der Strahlung aussetzen. Selbst wenn nichts geschehen sollte und wir es schaffen, wird Unteroffizier Crocker mich erschießen lassen, weil ich Sie einem derartigen Risiko ausgesetzt habe.«

Bethany öffnete den Mund zu einer Erwiderung, sah den Blick in Vargas' Augen und nickte bloß. Er hatte natürlich Recht. Die Erforschung der Bibliothek hatte mehr Zeit beansprucht, als sie geplant hatte. Und obwohl ihre Rucksäcke mit Speichertafeln vollgestopft waren, würde es keinem etwas nützen, wenn sie bei Antares' Aufgang im Freien wären. Bethany fand sich damit ab, die Nacht in den Untergrundräumen zu verbringen, die sie gerade verlassen hatten.

»Wenn wir uns hier verkriechen, sollten wir Meldung davon machen.«

»Geht nicht«, erwiderte Vargas. »Die Reichweite des Funksprechgeräts ist eingeschränkt, weil zu viele Gebäude zwischen uns und dem Basislager stehen.« Er zeigte zu einer Reihe leuchtender Zahlen auf einem Display am Armaturenbrett des Geländefahrzeugs. »Und die Schiffe in der Umlaufbahn können wir auch nicht anfunken und als Relais verwenden, weil sie unter dem Horizont stehen.«

»Verdammt!«

Eine der ersten Entdeckungen der Marinesoldaten, die das Basislager aufgebaut hatten, war der Umstand gewesen, dass Funkgeräte auf New Providence nicht gut arbeiteten. Wie für die meisten anderen Probleme des Planeten war die Antares-Gaswolke dafür verantwortlich. Der beständige Regen aufgeladener Partikel in die Ionosphäre führte zu einem unaufhörlichen Rauschen und Knistern atmosphärischer Störungen auf den Frequenzen. Verständigung war nur über verhältnismäßig kurze Strecken möglich, wo die Sendeimpulse stark hereinkamen. Um über weitere Distanzen Kontakt zu halten, verließ man sich im Basislager auf Kommunikationslaserverbindungen zu den beiden Cryogentankern in ihren Umlaufbahnen. Da diese aber hinter dem Horizont waren, blieben Bethany und Vargas praktisch isoliert.

Bethany blickte zu den Gebäuden auf. »Könnte die Zeit reichen, um auf das Dach zu steigen und das Lager direkt anzufunken?«

»Auf keinen Fall!«, erwiderte Vargas. »Wir haben nur noch Zeit, in Deckung zu gehen.«

»Gut, dann lassen wir das mit der Meldung. Wie lange brauchen wir, um den Generator abzuladen?«

»Wozu?«

»Er könnte uns unten nützlich sein. Außerdem wird die Strahlung ihn ruinieren, wenn wir ihn nicht in den Untergrund schaffen. Das Gleiche gilt für den Laser und die anderen Festkörpergeräte und -schaltungen des Geländewagens.«

Er nickte. »Ich werde die Sachen herausnehmen. Fangen Sie doch schon mal an, die Rucksäcke hineinzutragen. Und noch etwas, Miss Lindquist …«

»Ja, Corporal?«

»Egal, wie viel wir zu tun haben, wir lassen es fünf Minuten vor Antares' Aufgang liegen und bringen uns in Sicherheit. Einverstanden?«

»Einverstanden.«

Sie unterboten ihre selbstgesetzte Frist um zwei Minuten. Bethany ging ein letztes Mal hinaus, um Vargas beim Einsammeln der Werkzeuge zu helfen, die er zum Ausbau der strahlungsgefährdeten Teile des Geländefahrzeugs gebraucht hatte. Als sie ins Freie kam, warf sie einen besorgten Blick zum Osthimmel.

Das Leuchten dort war beträchtlich stärker geworden, und der Rand der Gaswolke war jetzt als ein unregelmäßiger weißer Bogen sichtbar, der sich scharf vom dunklen Himmel abhob. Atmosphärische Verzerrung erweckte den Eindruck, dass der weiße Bogen ein paar Grad über der dunklen Linie des Horizonts hing. Darunter brannte eine sternähnliche Erscheinung mit dem Licht einer fluoreszierenden Lampe. Das Licht war das des Antares-Pulsars, von der Brechung des atmosphärischen Linseneffekts über den Horizont gespiegelt. Bethany, die das Phänomen an früheren Abenden beobachtet hatte, wußte, dass der wirkliche Stern niemals weit hinter seinem Phantombild zurückblieb.

»Höchste Zeit«, grunzte Vargas, als er die gebündelten Instrumente auf die Schulter hob. »Nehmen Sie das übrige Zeug und kommen Sie mit.«

Im Laufschritt folgte sie ihm. Sie eilten durch den Pavillon, über die am Boden liegende Stahltür und die Rolltreppe hinunter. Auf dem Treppenabsatz hob Vargas seine Last vorsichtig von der Schulter und setzte sie neben die Rucksäcke und Ausrüstungsteile, die Bethany zuvor schon heruntergetragen hatte. Am Eingang über ihnen begann ein Strahlungsdetektor wie wild zu schnattern.

14

Es kostete sie eine weitere Stunde mit häufigen Ruhepausen, um ihre Sachen hinunter zur Bibliotheksebene zu schaffen. Wegen seines Gewichts war der Generator das Letzte, was sie anpackten.

»Was wollen Sie mit diesem Ding?«, fragte Vargas. Er stieß mit der Stiefelspitze an das schwere Gehäuse.

»Ich dachte, wir könnten den Bibliothekscomputer damit in Betrieb nehmen und einige der alten Aufzeichnungen lesen«, sagte Bethany. »Wenn wir schon bis zum Morgen hier unten gefangen sind, können wir genauso gut etwas arbeiten, nicht?«

Vargas grunzte nur, dann lud er sich den Generator auf und schleppte ihn stoisch hinunter zum Computerraum. Dort stellte er ihn neben dem Computer auf eine Arbeitsfläche, um Bethany den Zugang zu den Anschlüssen zu erleichtern. Er vergewisserte sich, dass der Generator ausgeschaltet war, dann machte er sich daran, zwei Proviantpäckchen über einem kleinen Campingkocher zu wärmen.

Während verlockende Düfte den alten Bibliothekskeller erfüllten, befreite Bethany den Computer vom Staub und begann seine Funktionen zu studieren. Als es ihr gelungen war, den Anschluss für das Stromkabel zu finden, verkündete Vargas, das Abendessen sei fertig. Bethany aß hastig, machte sich dann wieder an die Arbeit. Zwei Stunden später hatte sie den Computer über zwei Kabel, die sie aus einem der Informationsterminals der Bibliothek geborgen hatte, an den Generator angeschlossen.

»Versuchen wir es!«

»Welche Voltspannung?«, fragte Vargas.

An der Rückseite des Computers entdeckte Bethany ein Typenschild des Herstellers, befreite es vom anhaftenden Staub und las die Stromspannung ab. Vargas stellte den manuellen Schalter am Generator entsprechend ein, dann blickte er auf.

»Fertig?«

»Kann losgehen.«

Vargas schaltete den Generator ein. Statt eines Funkens oder des Geruchs verbrannter Isolation wurden sie mit dem plötzlichen Aufleuchten des Bildschirms belohnt.

»Ich kann's nicht glauben, es funktioniert!«, rief sie. Der Klang ihrer Stimme verriet, dass sie den Atem angehalten hatte. Sie nahm eine der Speichereinheiten, die sie aus dem Ablageschrank im Nebenraum geholt hatte und schob sie in einen passenden Schlitz an der Frontseite des Computers.

Vargas sah in ihre abgespannten Züge, die im grellen, kalten Licht der Camping-Karbidlampe, mit der sie den Raum beleuchteten, noch ausgezehrter wirkten. »Sie müssen todmüde sein. Warum legen Sie sich nicht ein paar Stunden hin? Wenn Sie ein wenig ausruhen, bevor Sie versuchen, dieses Zeug zu lesen, werden Sie besser arbeiten können.«

»Ich bin zu aufgeregt, um zu schlafen«, erwiderte Bethany, ohne von ihrer Arbeit aufzublicken. »Aber gehen Sie nur nach nebenan und strecken Sie sich aus, wenn Sie wollen. Ich komme hier schon zurecht.«

»Brauchen Sie mich wirklich nicht?«

»Gewiss nicht. Lassen Sie sich nicht aufhalten.«

Vargas entfernte sich, seinen Schlafsack auszurollen, während Bethany mit dem Datenanschluss experimentierte. Der Marinesoldat wickelte sich in das leichte Gewebe, versiegelte den elektrostatischen Verschluss an der Seite des Schlafsacks, drehte sich zur Wand und war im Nu eingeschlafen.

Als er vier Stunden später erwachte, fand er den Bibliotheksraum dunkel bis auf das geisterhaft zuckende Licht des Bildschirms im benachbarten Computerraum. Er öffnete den Schlafsack, stand auf und tappte zur offenen Tür. Bethany saß vor dem Datenanschluss und starrte wie gebannt auf den Text, der rasch von unten nach oben über den Bildschirm wanderte.

»Alles in Ordnung, Miss Lindquist?«, fragte er.

Bethany wandte den Kopf. Sie reckte die Arme, rieb sich die Augen. »Mir fehlt nichts, was ein Jahr Schlaf nicht heilen würde, Corporal.«

»Warum hören Sie dann nicht auf und schlafen ein wenig?«

»Ich bin beinahe fertig.« Sie zeigte auf drei Stapel Speichertafeln. »Ich habe unser Schatzkästlein in Kategorien aufgeteilt. Der größte Stapel enthält Aufzeichnungen aus der Zeit vor dem Novaausbruch; der mittlere enthält allgemeine Informationen aus der Postnova-Periode; und der kleinste enthält Meldungen und Kommentare, die zum großen Teil die Gaswolke erwähnen.«

»Haben Sie was Interessantes gefunden?«

»Das kann man wohl sagen.« Sie blickte mit einem Ausdruck zu ihm auf, der zu gleichen Teilen aus Müdigkeit, Erregung und Genugtuung zu bestehen schien. »Ich weiß, wo und wie der Krieg ausbrach!«

Richard Drake saß im Pilotensitz eines Landungsbootes der *City of Alexandria* und blickte zur Nachtseite von New Providence hinab, die dreißig Kilometer unter ihm lag. Im unheilvollen Schein der Antares-Gaswolke hatte der Planet ein märchenhaftes Aussehen angenommen. Das Licht war viel leichter und diffuser als der grelle Schein des aufgehenden Antares zu Hause auf Alta. Auch war die Gaswolke nicht die einzige Lichtquelle. Der ständige Regen aufgeladener Partikel, der das Magnetfeld des Planeten traf, löste enorme, die ganze Nacht andauernde Lichterscheinungen aus. Wogende Bänder und Streifen matt leuchtenden himmlischen Feuers hingen in roten, grünen und blauen Bannern von einem Horizont zum anderen. Wäre nicht das ständige Knattern des Strahlungsdetektors, hätte er leicht vergessen können, dass das Bild tödlich war.

»Wir halten auf Hekate zu, Captain«, meldete der Pilot des Landungsbootes und wies zu einem hellen roten Leuchtsignal, das eben am Horizont erschienen war.

Das Boot ging im sanften Bogen über der Stadt nieder und legte sich in die Kurve. Unten lag ein Dutzend Fertigteilbaracken in einem Lichtkreis von Bogenlampen inmitten der Kahlflächen und Gruppen bleicher Baumskelette, die einmal ein Park gewesen waren. Das Landungsboot vollendete eine schwungvolle Kurve, verlangsamte über dem Lager zum Schwebeflug und setzte in einer aufgewirbelten Staubwolke behutsam auf.

»Wir sind unten, Sir«, sagte der Pilot nach ein paar Sekunden, »aber wir müssen warten, bis sie die tragbare Strahlungsabschirmung errichtet haben, bevor wir aussteigen können.«

Drake nickte. Es dauerte zehn Minuten, bis eine Abschirmung zwischen dem Landungsboot und der nächsten strahlungssicheren Baracke in Position gebracht war. Sobald ein Mann mit einem Geigerzähler die Strahlungsmessung vorgenommen hatte und mit erhobenem Daumen das Freizeichen gab, ging Drake von Bord und eilte im Laufschritt zur nächsten strahlensicheren Unterkunft. Gregory Wharton und Fleet Sergeant Vin Crocker erwarteten ihn in der Strahlungsschleuse der Unterkunft. Crocker war der Führer der Abteilung Marineinfanterie an Bord der *Alexandria.*

»Irgendwelche Neuigkeiten?«

»Nichts, seit ich Sie vor vier Stunden anrief, Captain«, erwiderte Dr. Wharton.

Drake nahm sich Crocker vor. »Also, Sergeant, erzählen Sie. Wie ist es geschehen?«

»Wir wissen es nicht, Sir. Alles war in bester Ordnung, als sie heute Morgen das Lager verließen. Miss Lindquist scherzte sogar, während sie ihr Gerät in den Geländewagen luden. Als sie ihren Suchabschnitt erreichten, meldeten sie sich über Funk aus dem Hochhaus der Universität. Der Empfang war schlecht, aber wir verstanden sie. Darüber hinaus wissen wir nur, dass sie zum Abendappell nicht erschienen.«

»Ist dieser Vargas ein tüchtiger Mann?«, fragte Drake.

»Einer meiner besten Leute, Sir. Darum machte ich ihn zu Miss Lindquists Eskorte.«

»Wo genau war ihr zugewiesener Suchabschnitt?«

»Ich kann es Ihnen auf der Karte in meinem Büro zeigen, Captain«, sagte Wharton.

Drake und Crocker folgten ihm in eine benachbarte Baracke und ein enges, voll gestelltes Büro. Ein Stadtplan bedeckte eine Wand. Er war mit Streifen farbiger Klebebänder markiert, um den Fortgang der Durchsuchung augenfällig zu machen.

»Sie durchsuchten die Universität«, sagte Wharton und zeigte auf einen rot eingegrenzten Abschnitt. »Ich wollte einen unserer größeren Suchtrupps dort einsetzen, aber Miss Lindquist bestand darauf, diesen Abschnitt zu übernehmen.«

»Und Sie ließen sie?«

»Sie werden sich erinnern, Captain, dass Ihre Anweisung lautete, sie mit größter Höflichkeit und Zuvorkommenheit zu behandeln, solange sie in Begleitung ihrer Eskorte sei.«

Drake holte tief Luft, dann ließ er sich auf dem Stuhl hinter Whartons Schreibtisch nieder. »Also gut, meine Herren, genug der Rückblicke. Was machen wir jetzt?«

»Ich empfehle, dass wir nach ihnen suchen, Sir«, sagte Crocker. »Wir haben zwei Bodenfahrzeuge mit Strahlenabschirmung. Sie ist nicht annähernd so wirkungsvoll wie die Abschirmungen hier, aber besser als nichts.«

»Welchen Dämpfungsfaktor kann man erwarten, Unteroffizier?«

»Nach Angabe des Herstellers mindestens eintausend.«

»Das bedeutet, dass die Insassen des Fahrzeugs in ungefähr vier Stunden die Sicherheitsgrenze erreichen werden.«

»Die Sicherheitsgrenze ist sehr niedrig angesetzt, Sir. Ich glaube, man würde mindestens doppelt so lang sicher sein, vielleicht länger. Jedenfalls habe ich vier Freiwillige, die bereit sind, es zu versuchen.«

»Sie selbst mit eingeschlossen, Sergeant?«

»Ja, Sir.«

»Nein, vergessen Sie es. Wenn die beiden nicht tot oder zu schwer verletzt sind, um sich zu bewegen, sollten sie ein Loch gefunden haben, in dem sie sich verstecken konnten, als sie merkten, dass sie vom Antaresaufgang überrascht wurden. Wenn sie sich irgendwo im Untergrund verkrochen haben, werden sie bis zum Morgen sicher sein. Ich wünsche nicht, dass jemand in der Zwischenzeit ohne guten Grund seine kumulative Strahlungsdosis hochtreibt.«

»Und wenn sie keine Deckung gefunden haben, Captain?«

»Dann werden sie in weiteren acht Stunden tot sein. So oder so sind die Aussichten, sie bei Dunkelheit zu finden, gleich Null. Wir werden einfach warten müssen, bis die Strahlung am Morgen nachläßt.«

Als Napier am nächsten Morgen aufging, fiel sein Licht auf eine abgespannte und unausgeschlafene Rettungsexpedition. Minuten später glitt die geisterhafte Gasblase der Antares-Supernova endlich hinter den entgegengesetzten Horizont. Ihr Verschwinden war das Signal für hektische Aktivität im Basislager. Das Tor des großen Fahrzeug- und Geräteschuppens wurde geöffnet, und die Geländefahrzeuge rollten heraus. Ein Dutzend Männer verließen die Unterkünfte und begannen Ausrüstungen zu verladen. Richard Drake stieg gerade in den Beifahrersitz des ersten Fahrzeugs, als der Nachrichtentechniker aus der Unterkunft gerannt kam und schrie: »Ich habe sie, Sir! Sie rufen über *Haridan* als Relais. Miss Lindquist ist am Apparat.«

Er verbarg seine Erleichterung unter einer Verwünschung und rannte in den Nachrichtenraum.

»Es war alles meine Schuld, Captain«, sagte Bethanys Stimme, als Drake sich meldete. »Corporal Vargas wollte zurückfahren, aber ich musste unbedingt noch in ein Loch schauen. Als wir wieder an die Oberfläche kamen, war es zu spät.«

»Immer langsam und der Reihe nach«, sagte Drake, momentan abgelenkt von der Standpauke, die er sich seit fünfzehn Stunden zurechtgelegt hatte.

Bethany erzählte ihm eilig von dem Bibliothekscomputer und den Aufzeichnungen, die sie gefunden hatten, und schloss mit den Worten: »Ich habe den größten Teil der Nacht mit der Durchsicht der Aufzeichnungen verbracht. Mehrere behandeln ausführlich die Kriegsereignisse im Anschluss an den Novaausbruch. Übrigens irrten wir uns.«

»Worüber?«

»Wir dachten, die Bewohner von New Providence hätten untereinander Krieg geführt. Nichts hätte weiter von der Wahrheit entfernt sein können. Sie wurden angegriffen.«

»Angegriffen? Von wem?«

»Von einer fremden Lebensform.«

»Wie bitte?«

»Sie haben mich gehört. Die Leute von New Providence nannten ihre Angreifer die Ryall. Sie drangen durch einen von der Supernova vorübergehend geöffneten Faltpunkt in das System ein. Nach den Aufzeichnungen griffen sie ohne Provokation an.«

»Augenblick!« Drake grollte. »Wollen Sie im Ernst sagen, dass New Providence von einer unbekannten intelligenten Lebensform angegriffen wurde?«

»Das sagte ich doch gerade, oder?«

»Wo sind Sie?«

»Wir sind in dem großen viereckigen Innenhof der Universität. Corporal Vargas macht gerade unser Fahrzeug wieder betriebsbereit.«

»Bleiben Sie, wo Sie sind. Wir werden in zwanzig Minuten dort sein. Ich möchte diese Aufzeichnungen selbst sehen.«

Die Astronomen von New Providence hatten nicht lange gebraucht, um zu der Folgerung zu gelangen, dass die Ereignisse vom 3. August 2512 am besten durch eine Supernova-Explosion irgendwo im Antares-Haufen erklärt werden konnten. Zu ihrem Schrecken stellte sich sehr bald heraus, dass der einzige Stern, auf den alle beobachteten Phänomene zutrafen, Antares selbst war. Sie verstanden, dass dies für New Providence das Todesurteil bedeutete.

Die erste Reaktion der Verantwortlichen und Mächtigen in Regierung und Medien bestand darin, zu leugnen, dass es überhaupt zum Ausbruch einer Supernova gekommen sei. Um die Bevölkerung ruhig zu stellen, wurden die Erkenntnisse der Astronomen von den einen als grundlose Spekulation und von den anderen als bewusste Panikmache angeprangert. Wissenschaftler aus Dutzenden von Fachgebieten, die mit Astronomie nichts zu tun hatten, wurden von den Massenmedien herausgestellt und erklärten mit großer Selbstgewißheit, dass die ›Weltuntergangspropheten‹ sich irrten. Andere Fachleute folgerten mit gleicher Gewissheit, dass Antares zwar explodiert sei, von diesem weit entfernten Ereignis aber keinerlei Gefahr ausgehe. Schließlich lägen fünfzehn Lichtjahre zwischen New Providence und der Nova. Keine Explosion, wie groß sie auch sein mochte, könne eine derart gewaltige Entfernung überbrücken.

Die Leugnungsphase dauerte drei von New Providences langen Tagen. Allmählich aber erschienen da und dort nachdenkliche Analysen, als die Kommentatoren sich sachkundig machten und merkten, dass die Astronomen an ihrer Weltuntergangsprophezeiung festhielten. Die Manipulatoren der öffentlichen Meinung begannen vorsichtig von dem abzugehen, was sie gerade noch lauthals verkündet hatten, und fragten: »Was, wenn?«, dann: »Was wird?« und schließlich: »Wann?« Eine unheimliche Ruhe breitete sich aus, eine Ruhe, die zwei weitere Tage andauerte.

Am fünften Tag kam der Zorn der getäuschten Bevölkerung zum Durchbruch. Er richtete sich nicht gegen die Nova, sondern vielmehr gegen jene, die sie tagelang irregeführt hatten, aber auch gegen die Überbringer der schlechten Nachricht. Menschenmengen belagerten in spontanen Aktionen Regierungsbehörden, Sendeanstalten und Universitäten und verlangten von den einen endlich die ganze Wahrheit zu erfahren und von den anderen die Revision ihrer Prognosen. Es kam zu Ausschreitungen. Gebäude wurden in Brand gesetzt und mehrere Menschen getötet. Nach einer langen Woche, die von Unruhen gekennzeichnet war, begannen sich kühlere Köpfe Gehör zu verschaffen. Die Katharsis war vorüber, und die Tatsachen blieben unverändert. Die Natur hatte von dem Wutanfall keine Notiz genommen. Die Druckwelle vom explodierenden Stern raste noch immer mit Lichtgeschwindigkeit auf Napier zu. Widerwillig und mit beträchtlicher Wehmut richtete das Volk von New Providence seine Aufmerksamkeit auf Möglichkeiten und Vorbereitungen zur Evakuierung seiner Welt.

Am Ende des ersten Standardjahres war die gesamte industrielle Kapazität des Systems auf den Bau einer Evakuierungsflotte konzentriert. Die Einheitsform des Schiffes war eine Kugel von annähernd tausend Metern im Durchmesser. Jedes Schiff sollte eine Million Menschen und ihre Habseligkeiten aufnehmen. Hundert derartige Schiffe sollten gebaut werden, und für jedes waren dreißig Reisen zur Kolonie auf Sandarsons Welt vorgesehen.

Während die Industrie mit Hochdruck am Bau der Evakuierungsflotte arbeitete, studierten die Wissenschaftler von New Providence Veränderungen, welche die Supernova in der lokalen Struktur des Faltraumes erzeugt hatte. Vor der Explosion des Sterns hatte es im Napier-System drei interstellare Faltpunkte gegeben, die zu Antares, Valeria und Hellsgate führten, dem Stern von Sandarsons Welt. Die Supernova hatte die Faltraumkarte des Systems dramatisch verändert, indem sie den Faltpunkt zu Valeria zum Verschwinden gebracht und den zu Antares unbenutzbar gemacht hatte.

Deshalb waren die Astronomen überrascht, als sie die charakteristischen Konvergenzen von Schwerelinien ausmachten, die normalerweise einen Faltpunkt markierten, nun aber in einem Teil des Systems erschienen, wo vorher kein Faltpunkt existiert hatte. Der neue Faltpunkt war von Napier dreimal so weit entfernt wie die Pränova-Faltpunkte des Systems. Analysen des neugebildeten Faltpunktes ließen den Schluss zu, dass er ein vorübergehendes Phänomen war, das Ergebnis einer von weither kommenden Konvergenz der Faltlinien durch die expandierende Druckwelle der Supernova. Sobald diese das Napier-System passiert hätte, würde der Bündelungseffekt und mit ihm der neue Faltpunkt verschwinden.

Einstweilen aber empfahlen die Wissenschaftler, die den neuen Faltpunkt entdeckt hatten, die Ausrüstung zu einer Expedition zu seiner Erforschung. Die Regierung, die zuvor angeordnet hatte, dass nichts den absoluten Vorrang behindern dürfe, den der Bau der Evakuierungsflotte genoss, übergab die Angelegenheit einem Parlamentsausschuss zur Beratung. Erst im zweiten Jahr nach der Supernova wurden die erforderlichen Schiffe und Besatzungen für die Expedition freigegeben.

Drei Schiffe wurden am zweiten Jahrestag der Nova mit großem Aufheben verabschiedet. Sie erreichten einen Monat später ihr Ziel. Nach einer Serie vorläufiger Messungen wagten zwei von ihnen den Übergang zu dem System jenseits des Faltpunktes. Das dritte Schiff, ein gecharterter Frachter namens *Aldo Quest*, blieb zurück, um genaue Gravitationsmessungen des Faltpunktes vorzunehmen.

Zwölf Tage später wurde eine Routinemeldung mit dem Aufschrei unterbrochen, dass die *Aldo Quest* von einem Dutzend Raumfahrzeugen unbekannten Typs angegriffen werde. Es gab keine Möglichkeit, mehr zu sagen, denn wenige Augenblicke später wurde die Verbindung unterbrochen.

Der Hilferuf der *Aldo Quest* spornte den Ältestenrat von New Providence an, in einer Sondersitzung Entscheidungen über weiteres Vorgehen zu treffen. Sie hatten das Glück, dass ein Verband der Großen Flotte der Erde gerade eine Woche zuvor eingetroffen war, um die Evakuierungsanstrengungen zu unterstützen. Die Flotte war direkt von der Erde entsandt worden und hatte das Napier-System durch die sekundäre Sequenz der Faltraumübergänge erreicht. Die Flottille XVII der Großen Flotte bestand aus neun Schiffen, deren

Größe von kleinen Begleitzerstörern bis zum Flaggschiff, dem Schweren Schlachtkreuzer *Dartmouth*, reichte. Als er vom bruchstückhaften Notruf der *Aldo Quest* hörte, befahl der Kommandeur der Flottille seine Schiffe in den fraglichen Raumquadranten, um die unbekannten Eindringlinge abzufangen.

Es erforderte zehn Standardtage hoher Beschleunigung, bis die beiden Flotten aufeinandertrafen. Ortungsinstrumente der Flottille XVII hatten ihre potenziellen Gegner schon aus weiter Ferne beobachtet und analysiert. Als Ergebnis dieser Beobachtungen gelangte der Commodore zu der Überzeugung, dass er es mit außerirdischen Eindringlingen einer fremden Spezies zu tun hatte. Ihre Schiffe waren scheibenförmig und wurden angetrieben von Anlagen, deren Plasmaausstoß stark im ultravioletten Bereich des Spektrums lag.

Die beiden Flotten stießen mehr als drei Milliarden Kilometer von New Providence aufeinander. Trotz des Verlustes der *Aldo Quest* hatte die Flottille XVII während ihrer Annäherung Freundschaftsbotschaften ausgesendet. Dies taten sie noch, als die fremden Schiffe mit Lasern und Antimaterieprojektoren das Feuer eröffneten. Die Flottille erwiderte es mit Langstreckenraketen, Lasern und Neutronenstrahlprojektoren. Als die beiden Flotten einander durchdrungen hatten, war jede von ihnen auf die Hälfte ihrer ursprünglichen Stärke zusammengeschrumpft.

Die überlebenden fremden Kriegsschiffe schlüpften durch die Lücken, die sie in die Frontlinie der menschlichen Verteidiger gerissen hatten, und drangen weiter gegen New Providence vor. Der Commodore befahl ein hartes Abbremsmanöver, das die Schiffe in ihrem auswärts gerichteten Flug stoppte, und nahm die Verfolgung der Eindringlinge auf.

Ein langer, brutaler Kampf zog sich bis zum Planeten hin. Es gab nur noch sieben einsatzfähige Kriegsschiffe – drei fremde und vier menschliche –, als die Scheiben in den Bereich des planetarischen Verteidigungssystems von New Providence eindrangen. Jahrhundertealte Abwehrsatelliten fügten ihr Feuer dem der überlebenden Schiffe der Flottille XVII hinzu. Die drei Scheiben waren im Kreuzfeuer rasch zerstört, aber nicht bevor eine von ihnen ein halbes Dutzend zielsuchende Geschosse mit nuklearen Sprengköpfen auf New Providence selbst abgefeuert hatte.

Ein einziges scheibenförmiges Schiff spie sechs Geschosse aus, und sechs Städte auf New Providence starben eines gewaltsamen Todes.

»Das war der erste Angriff«, berichtete Bethany Lindquist. Sie und Richard Drake waren im Computerraum der Bibliothek und beobachteten den Bildschirm des Terminals, den Bethany am Abend zuvor mit dem Generator betriebsbereit gemacht hatte. »Ungefähr drei Jahre später gab es einen weiteren Angriff. Inzwischen hatten die Verantwortlichen von New Providence einen Teil ihrer Schiffbaukapazität von Evakuierungsschiffen auf Kriegsschiffe verlagert. Auch die Erde schickte Verstärkungen. Sie fingen die zweite Ryall-Flotte ab und vernichteten sie, bevor sie weit über den Faltpunkt hinauskam.«

Drake runzelte die Stirn. »Wenn der erste Angriff New Providence ein halbes Dutzend zerstörter Städte kostete und der zweite Angriff so rasch abgewehrt wurde, warum haben unsere Aufklärer dann mehr als fünfhundert große nukleare Einschlagstellen auf der Oberfläche dieses Planeten gefunden?«

Bethany zuckte die Achseln. »Es muss einen weiteren Angriff gegeben haben, nachdem diese Aufzeichnungen gemacht wurden, einen, der schlimmer war als die ersten zwei.«

»Nach den Überresten zu urteilen, muss es einen großen Durchbruch gegeben haben, kurz bevor die Druckwellenfront der Nova durch dieses System fegte.«

Sie nickte. »So sehe ich es auch.«

»Was wussten die Bewohner von New Providence über diese Ryall, und woher?«, fragte Drake.

Statt zu antworten, beugte sich Bethany über die Tastatur des Datenanschlusses. Der Bildschirm wurde freigemacht, und eine neue Wiedergabe erschien.

Sie zeigte ein fremdartiges Wesen, das auf einem Autopsietisch lag. Drake unterdrückte eine Empfindung von Unwirklichkeit und studierte die Gestalt des unbekannten Lebewesens mit aller nüchternen Distanz, die er aufbringen konnte. Es ließ sich nicht sagen, dass es ein schöner Anblick war, aber in vergleichbarer Situation hätte sich ein Mensch auch schwerlich von seiner vorteilhaftesten Seite gezeigt.

Das Wesen war ein sechsbeiniger, zweiarmiger Zentauroid, dessen Erscheinung auf die Abstammung aus dem Reich der Reptilien hindeutete. Es lag auf der rechten Seite, mit dem Kopf am oberen Ende des Bildschirms und einem meterlangen Schwanz, der über das Ende des Tisches am unteren Rand des Bildschirms hing. Die Haut war graugrün und leicht geschuppt.

Während Drake die wenig einnehmende Erscheinung studierte, langten zwei menschliche Arme ins Bild, hoben den Kopf des Geschöpfes vom Tisch und drehten ihn um fast einhundertachtzig Grad in die Kamera. Entweder war der lange Hals des Lebewesens gebrochen, oder er besaß eine beachtliche Flexibilität.

Der Kopf zeigte eine gewölbte Schädelkappe über einem zähnestarrenden, schnauzenartig vorgebauten Gesichtsteil. Die Augen saßen seitlich unter dicken Knochenwülsten im Schädel. Drake bemerkte, dass der Zentauroid es schwierig gefunden haben musste, geradeaus nach vorn zu blicken. Die Ohren waren Löcher im oberen Teil des Schädels, um die beweglich aussehende Hautlappen an einem Rahmenwerk kleiner Stacheln aufgespannt waren.

Die Kamera ging nahe an eines der Augen heran, und der ungesehene menschliche Helfer drehte den Kopf so, dass es besser zu sehen war. Zuerst schien es, als ob die Augen des Ryall zwei Obsidiankugeln wären, die tief in den Schädel eingesunken waren. Aber zwei neue Hände kamen ins Bild und leuchteten mit einer Taschenlampe in das stark vergrößerte Auge. Das Licht wurde von einer schwarzen Pupille in dem pechschwarzen Augapfel reflektiert. Von einem Augenlid oder einer Membran zum Bedecken des Auges war nichts zu sehen.

Die Kamera ging zurück und brachte den Mund des Zentauroiden in den Brennpunkt. Eine dreifach gegabelte Zunge hing schlaff zwischen Doppelreihen scharfer, konischer Zähne heraus. Dann wanderte die Kamera langsam über die Flanke des Zentauroiden, verweilte auf einer sechsfingrigen Hand mit rudimentären Schwimmhäuten zwischen den Fingern, dann auf den sechs Beinen, die in ähnlichen, gleichfalls mit Andeutungen von Schwimmhäuten ausgestatteten Füßen endeten.

»Nicht gerade hübsch«, war Drakes einziger Kommentar.

»Ich weiß nicht«, erwiderte Bethany. »Ich finde, es hat eine gewisse, ihm eigene Schönheit. Möchten Sie mehr sehen? In einer Minute fangen sie mit der Autopsie an. Wenn Sie wollen, kann ich den Film zu den Ergebnissen vorlaufen lassen.«

»Ersparen Sie sich die Mühe«, sagte Drake, »sie würde an mir verschwendet sein. Wir müssen die Aufzeichnung an Bord der *City of*

Alexandria bringen, damit die Fachleute ihre Folgerungen daraus ziehen können.«

Bethany nickte und griff nach dem Funksprechgerät, das sie auf dem Computergehäuse hatte liegen lassen. »Soll ich die Bergungsmannschaft verständigen, dass sie mit dem Abbau der Bibliothek anfängt?«

»Noch nicht«, sagte Drake. »Ich habe etwas zu sagen, das sonst niemand hören soll.«

Bethany spürte seinen plötzlichen Stimmungsumschwung und zog die Stirn in Falten. »Wenn es sich darum handelt, dass ich gestern die Zeit zur Rückkehr versäumte, so sage ich Ihnen, dass ich es bedaure.«

»Das sollten Sie auch tun«, sagte er in eisig-strengem Ton. »Es war eine verdammte Dummheit, und gefährlich dazu …«

15

Zwei Standardtage nach der Entdeckung der Universitätsbibliothek ließ Richard Drake die Bodenoperationen auf New Providence einstellen. Die Auflösung des Basislagers, der Abbau der strahlungssicheren Fertigteilbaracken und der Rücktransport des Personals und Materials nahmen danach noch mehrere Tage in Anspruch. Bethany Lindquist schob ihre Abreise auf, solange sie konnte, indem sie sich nach Möglichkeit nützlich machte. Sie verpackte Aufzeichnungen, nahm Geräte auseinander und sortierte mit anderen die Berge von Kleingegenständen und Bruchstücken, die von den Suchtrupps gesammelt worden waren. Schließlich war das Einpacken und Abtransportieren abgeschlossen, und das Auseinandernehmen der Fertigteilbaracken des Lagers musste sie den Marinesoldaten überlassen. Mit den letzten Angehörigen des wissenschaftlichen Personals stieg sie in ein Landungsboot und warf einen letzten Blick zurück zum Basislager, wo die Männer in ihren gefleckten grünen Kampfanzügen die Baracken abbauten.

Das Landungsboot stieg zur Umlaufbahn empor und dockte ohne Zwischenfall bei der *City of Alexandria* an. Die Passagiere warteten geduldig auf das Anbringen der Andockröhren, dann schoben sie sich im Gänsemarsch durch die Luftschleuse am Bug. Bethany verließ das Boot als vorletzte der Passagiere. Mit dem Kopf voran schwebte sie in die Andockröhre, dann zog sie sich an den Leitkabeln, die an den Wänden festgemacht waren, weiter hinein, bis sie die Mündung erreichte. Dort verhielt sie für einen Augenblick, momentan verwirrt von dem organisierten Chaos im Korridor der Schiffsachse.

Eine Kette von Besatzungsmitgliedern, die mit magnetisierten Stiefelsohlen am Metallgitter des Bodens hafteten, reichten große, schwerelose Kisten und Lattenverschläge aus der hinteren Luftschleuse des Landungsbootes weiter zu einer offenen Luke, die in einen der höhlenartigen Frachträume des Passagierschiffes führte. Zwischen dem weitergereichten Frachtgut bewegten sich Bethanys Mitpassagiere mehr oder minder geschickt nach achtern zu den drei radial nach außen abzweigenden Treppen, die zu den unteren Decks führten. Einige Leute, die sich bemühten, anderen nicht im Weg zu sein, indem sie sich an den Wänden des Durchgangs festhielten, taten ein Übriges zur Mehrung des Durcheinanders. Zu dieser letzteren Gruppe gehörte Carl Aster.

»Bethany!«

Bethany winkte mit einer Hand, während sie sich mit der anderen festhielt. Aster stieß sich von seinem Platz ab, segelte schräg durch die Kette der Ladearbeiter mit ihren Lasten, wobei er mehrere Flüche auf sich zog, und kam zielsicher neben Bethany an. Er legte ihr beide Arme um die Taille und küsste sie leicht auf die Lippen. Ein rauer Chor anfeuernder Zurufe von Zuschauern begleitete die Zärtlichkeit.

Bethany ließ den Kuss ein paar Sekunden andauern, dann versuchte sie sich von Carl Aster zu lösen. »Hör auf«, flüsterte sie. »Alle schauen her!«

»Na und?«, fragte Aster im normalen Gesprächston. »Bestimmt haben sie alle schon gesehen, wie ein Mann sein Mädchen küsst.«

»Bitte, du bringst mich in Verlegenheit.«

Aster grinste sie an. »Gut, aber ich finde, du stellst dich schrecklich zimperlich an.« Er wandte sich zu den Ladearbeitern um. »Die Vorstellung ist beendet, Leute. Zurück an die Arbeit.«

Gelächter hallte durch den röhrenförmigen Korridor, und die Lasten setzten sich wieder in Bewegung. Bethany fühlte eine Hand auf ihrer Schulter und hörte ein Räuspern. Sie wandte den Kopf und sah

Dr. Wharton geduldig in der Andockröhre hinter ihr hängen. »Ich möchte nicht gefühllos scheinen, Bethany, aber würde es Ihnen etwas ausmachen, wenn ich mich an Ihnen und diesem jungen Mann vorbeizwänge?«

»Entschuldigen Sie, Dr. Wharton.«

»Komm mit, lass uns aus dieser Menge verduften. Ich habe einen Tisch an der Bar bestellt.«

»Ich wünschte, ich könnte, Carl, aber ich bin bloß auf der Durchreise. Ich muss mich an Bord der Fähre zur *Discovery* melden.«

»Kein Problem. Ich habe einen Befehl für dieselbe Fähre. Sie geht erst in einer Stunde ab. Unser hochgeschätzter Expeditionsleiter hat eine Konferenz des wissenschaftlichen Personals einberufen. Sie sollen ihm erklären, was sie aus den Aufzeichnungen gelernt haben, die du gefunden hast, bevor wir wieder starten.«

»Dann ist es schon entschieden, dass wir die Umlaufbahn verlassen?«

»Es verlautet gerüchtweise.«

»Wann soll es losgehen, und wohin?«

»Umgehend, wenn du der Version des zweiten Hilfskochs Glauben schenken willst. Über das Ziel gehen die Meinungen auseinander. Einige sind überzeugt, dass Drake die Heimreise anordnen wird, um Parlament und Regierung vor der Drohung der Ryall zu warnen. Andere sind überzeugt, dass er den Faltraumübergang zu Sandarsons Welt machen wird. Andererseits hoffen verschiedene Wissenschaftler, dass wir bleiben, wo wir sind. Hier bietet sich ihnen die einmalige Gelegenheit, die Antares-Gaswolke aus der Nähe zu studieren. Aber genug von diesem Klatsch. Wie wär's mit einem Gläschen?«

»Gläschen? Du meinst Alkohol?«

Aster lachte. »Du hast zu lange an Bord dieses verdammten Kriegsschiffes gelebt!«

Er begleitete sie hinunter zum Alpha-Deck und in die Abteilung, die den Wissenschaftlern als Aufenthaltsraum zur Entspannung und zum Austausch von Klatsch und Daten diente. Bethany war überrascht, Alicia Delevan in der Nische zu finden, auf die Aster sie zusteuerte. Offensichtlich hatte sie dort auf sie gewartet.

»Ich glaube, du kennst meine Chefin, Sonderbotschafterin Delevan«, sagte Aster.

»Ich bin geehrt, Mrs. Delevan«, sagte Bethany und streckte ihr die Hand hin.

»Sagen Sie Alicia zu mir, Bethany. Das tun alle meine Freunde.«

»Gut denn, Alicia.«

»Was möchten Sie trinken, meine Liebe?«

»Martini, bitte.«

»Ich nehme auch einen. Wollen Sie so gut sein, Carl?«

»Selbstverständlich.« Aster eilte davon, die Getränke zu besorgen, während Bethany gegenüber der Vertreterin der Konservativen Allianz in der Nische Platz nahm.

»Ich habe mich darauf gefreut, Sie kennen zu lernen, Bethany«, sagte Alicia. »Carl redet die ganze Zeit von Ihnen. Ich hoffe, ich störe nicht Ihre Wiedersehensfeier.«

Bethany lächelte. »Mit weniger als einer Stunde bis zum Abgang der Fähre würde es ohnehin nicht viel von einer Feier gewesen sein.«

»Trotzdem, es ist unbedacht von mir. Ich hätte es auch nicht getan, wenn es nicht mein Job wäre.«

»Ihr Job ...?«

»Sie sind eine wichtige Person, Bethany. Es ist der Job von Politikern wie mir, wichtige Leute kennen zu lernen. Und da ich nicht sicher sein konnte, ob ich später noch eine Gelegenheit haben würde, Sie zu sprechen, bat ich Carl, diese Zusammenkunft zu arrangieren.«

»Ich glaube, Sie überschätzen mich, Alicia.«

»Tue ich das? Wer sonst in dieser Expedition hat ein absolutes Vetorecht über alle Entscheidungen, die Richard Drake trifft? Glauben Sie mir, der Sicherungscode, den Sie in Ihrem Kopf haben, verleiht Ihnen Macht. Sie müssen sich bloß entscheiden, Gebrauch davon zu machen.«

»Wirklich, es ist überhaupt nicht so ...«

Alicia lächelte. »Und Sie sind auch noch bescheiden. Kein Wunder, dass Carl Sie so liebt. Ich kann jetzt verstehen, warum er außer sich war, als Captain Drake ihm eine Kabine an Bord der *Discovery* verweigerte.«

»Carl wollte eine Kabine an Bord des Kreuzers?«

»Wussten Sie das nicht? Ich gab ihm die Erlaubnis zum Transfer, bevor wir die Umlaufbahn verließen. Er wollte in Ihrer Nähe sein, und ich wollte jemanden an Bord des Flaggschiffes haben, der mich über die Entwicklungen auf dem Laufenden halten würde. Daraus wurde nichts, und nun muss ich mich herablassen, die Piloten der Fähren in die Bar einzuladen und mit Getränken zu bearbeiten, wenn ich wissen will, was drüben vorgeht. Carl ging zu Richard Drake und bat um eine Versetzung. Drake lehnte ab. Als Grund nannte er Überfüllung. Carl glaubt, er habe einen anderen Grund, dass er ihn nicht an Bord der *Discovery* haben will. Nun, da ich Sie kennen gelernt habe, neige ich dazu, ihm beizupflichten.«

»Wollen Sie damit sagen, dass *ich* der Grund gewesen sei?«

»Sie sind die am besten aussehende Frau im Umkreis mehrerer Lichtjahre. Und unser hochgeschätzter Expeditionsleiter ist in einer Position, die es ihm erlaubt … sagen wir mal, die Konkurrenz zu begrenzen.«

Bethany schüttelte seufzend den Kopf. »Sie könnten sich nicht mehr täuschen. Als ich Richard Drake zuletzt sah, sagte er mir, wie dumm ich sei, mich vom Antaresaufgang überraschen zu lassen, als wir die Bibliothek fanden.«

»In meinen Ohren hört sich das wie wahre Liebe an.«

»Was hört sich wie an?«, fragte Carl Aster, der mit den Martinis zurückkam.

»Die Art, wie Sie und Bethany übereinander sprechen«, erwiderte Alicia geistesgegenwärtig.

»Schade, dass ich es verpasst habe. Der verdammte Spender ist außer Betrieb, und ich musste die Martinis von Hand mischen. Hoffentlich schmecken sie.«

Bethany nahm das tiefe Glas und nippte von der klaren Flüssigkeit. »Vollkommen.«

»Nicht schlecht, Carl«, sagte Alicia und stellte ihr Glas auf den Tisch. »Nun, genug geschwatzt. Einige von uns hatten nicht das Glück, Landurlaub zu bekommen, Bethany. Erzählen Sie uns, wie es unten an der Oberfläche war. Haben Sie Städte gesehen, die von den Ryall zerstört wurden?«

Bethany schüttelte den Kopf. »Eine Gruppe Marinesoldaten unternahm eine Kurzexpedition zu den Hekate am nächsten gelegenen Ruinenstädten. Ich wollte mitfahren, aber Dr. Wharton ließ es nicht zu. Immerhin sah ich die Bilder. Die Stadt war eine Trümmerwüste bis zum Horizont, aus der vereinzelte Ruinen ragten. Sie erinnerte mich ein bisschen an die Bilder von Hiroshima.«

»Wie bitte?«, sagte Alicia.

»Eine Stadt auf der Erde«, erwiderte Carl Aster. »Japanische Insel. Zeichnet sich dadurch aus, dass sie die erste Stadt war, die durch Atomwaffen zerstört wurde. Im Ersten Weltkrieg, glaube ich.«

»Zweiten«, berichtigte ihn Bethany.

Aster legte ihr den Arm um die Schultern und zog sie an sich, dann wandte er sich an Alicia Delevan und sagte: »Sie werden sich daran gewöhnen. Bethany ist ein wahres Füllhorn von interessanten historischen Belanglosigkeiten.«

»Ja, Sie sind von Beruf Historikerin, nicht wahr?«

Bethany nickte. »Mein Spezialfach ist vergleichende Geschichte.«

»Haben Sie eine professionelle Meinung dazu, was wir dem Parlament im Hinblick auf diese Bedrohung durch Außerirdische, die Sie entdeckten, empfehlen sollten?«

»Wir wissen nicht, ob die Ryall eine Bedrohung für uns sind«, erwiderte Bethany. »Diese Ruinen sind hundert Jahre alt, und der Faltpunkt, den die Ryall für ihren Einfall ins Napier-System benutzten, besteht längst nicht mehr. Außerdem kann sich das Problem von selbst erledigt haben, wenn ihr Heimatsystem in der Nähe ist.«

»Weshalb?«, fragte Alicia Delevan.

»Ist es nicht offensichtlich? Wenn ihr Sternsystem irgendwo in der Nähe ist, dann hat die Supernova ihre Welt genauso gründlich sterilisiert wie New Providence.«

»Hmm. Eine interessante Hypothese, an die ich nicht gedacht hatte. Trotzdem glaube ich, dass es besser sein würde, wenn wir im Hinblick auf diese Zentauroiden keine Risiken eingehen. Darin werden Sie mir sicherlich beipflichten. Der gesunde Menschenverstand sagt, dass wir uns schützen sollten, bis wir wissen, dass keine Notwendigkeit dafür besteht.«

»Richtig.«

Alicia nahm einen Schluck von ihrem Martini und betrachtete Bethany. »Nun, da wir von ihrer Existenz erfahren haben, stellt sich die Frage nach unserem nächsten Schritt.«

»Um darauf zu antworten, sollten wir jemanden suchen, der uns sagen kann, was vorgeht.«

»Das war meine erste Reaktion«, sagte Alicia mit einem entwaffnenden Lächeln. »Aber nachdem ich darüber nachgedacht habe, bin ich zu dem Schluss gelangt, dass es das Schlimmste wäre, was wir im Moment tun könnten.«

»Wieso?«

»Weil ich der Meinung bin, dass wir gar nicht wissen, welches Glück wir gehabt haben. Seit mehr als einem Jahrhundert haben wir unsere erzwungene Isolation als einen Fluch betrachtet. Wir haben so lange gestöhnt und geächzt, bis wir daran geglaubt haben. Nun aber, nachdem wir entdeckt haben, was nach der Antares-Supernova aus New Providence geworden ist, beginne ich zu glauben, dass unsere lange Isolation ein Segen war. Wäre unser Faltpunkt vor hundert Jahren offen gewesen, könnte auch unsere Welt heute in Schutt und Asche liegen.«

»So hatte ich es noch nicht gesehen.«

»Niemand scheint es so gesehen zu haben«, erwiderte Alicia. »Führen wir diesen Gedanken noch einen Schritt weiter. Soweit es das äußere Universum betrifft, ist unser Faltpunkt noch immer geschlossen und wird es bleiben, bis das Gegenteil bewiesen ist.«

»Siehst du, worauf Alicia abzielt?«, fragte Aster. »Solange wir unsere Anwesenheit nicht preisgeben, wird niemand – weder Ryall noch Menschen – einen Grund haben, uns zu suchen. Wir werden so sicher sein, wie wir es immer waren.«

»Sie schlagen vor, dass wir uns verstecken sollen?«, fragte Bethany.

»Nicht unbedingt«, antwortete Alicia. »Ich will sagen, dass die Entscheidung, uns dem äußeren Universum zu öffnen, nicht von uns auf dieser Expedition getroffen werden kann. Sie steht rechtmäßig dem Parlament zu. Ich bringe dies zur Sprache, weil Gerüchte umlaufen, denen zufolge Captain Drake beabsichtigt, einen weiteren Übergang zu Sandarsons Welt zu machen. Ich möchte das verhindern. Wenn das Parlament eine zweite Expedition zu Sandarsons Welt – oder anderswohin, was das angeht – genehmigt, so sei es. Aber wir sollten uns diese Verantwortung nicht selbst anmaßen.«

»Wenn der Expeditionsleiter den nächsten Übergang machen will, wie sollte jemand ihn daran hindern können?«

»Wie ich vorher sagte, Bethany, sind Sie die einzige Person, die gegen Richard Drakes Entscheidungen ein wirksames Veto einlegen kann. Sie verwahren die Springercodes der *Discovery.* Ohne diese wird er nirgendwo hingehen.«

»Verlangen Sie von mir, dass ich gegen Captain Drakes Willen eine Rückkehr nach Alta erzwingen soll?«

»Nichts so Drastisches«, versicherte Alicia. »Wir ersuchen Sie lediglich, sorgfältig abzuwägen, was ich gesagt habe, und uns zu helfen, vernünftig mit ihm zu reden, wenn die Zeit kommt.«

Bethany nagte an ihrer Unterlippe. »Das werde ich mir noch überlegen müssen.«

»Selbstverständlich. Das ist alles, was wir erbitten.«

Ein Deckenlautsprecher kündigte die Ankunft der Fähre von der *Discovery* an. Die drei tranken ihre Martinis aus, verließen die Nische und gingen wieder hinauf zum Achsenkorridor.

Die Fähre war bis auf den letzten Platz besetzt. Bethany hatte einen Fensterplatz neben Carl und Alicia Delevan. Die beiden sprachen über die bevorstehende Konferenz und die Strategie, mit der sie für eine Rückkehr in die Heimat argumentieren wollten. Bethany lauschte mit halbem Ohr ihrem Gespräch, während sie aus dem Fenster zu den winzigen Szintillationen hinausblickte, die aufgeladene Strahlungspartikel aus der Antares-Gaswolke im Strahlenabschirmungsfeld der Fähre erzeugten. Hauptsächlich aber dachte sie über Alicias Anregung nach, dass sie in ihre Isolation vor dem Auftauchen der *Conqueror* zurückkehren sollten.

Nachdem die Fähre am Kreuzer angedockt hatte, warteten sie, bis zwei Dutzend andere Passagiere vor ihnen von Bord gegangen waren. Nicht alle waren Teilnehmer an der Wissenschaftlerkonferenz; einige waren Besatzungsmitglieder oder Marinesoldaten, deren Pflichten sie zum Passagierschiff geführt hatten und die nun zu ihrem Schiff zurückkehrten. Von den Konferenzteilnehmern waren Dr. Wharton, Professor Planovich und mehrere andere aus der wissenschaftlichen Gemeinde der *Alexandria*, die Bethany nicht kannte, an Bord der Fähre.

Jenseits der Andockbucht erinnerte nichts an die Desorganisation, die früher am Tag an Bord des Passagierschiffes erkennbar gewesen war. Besatzungsmitglieder waren zur Stelle, um die zur Teilnahme an der Konferenz geladenen Ankömmlinge in Empfang zu nehmen und weiterzuleiten. Bethany sah überall die Zeichen zielgerichteter Aktivität und staunte darüber, wie froh sie war, wieder an Bord des Kreuzers zu sein; sie fühlte sich in ihm schon zu Hause.

»Ich zähle außer uns nur acht Leute, die zur Konferenz wollen«, sagte Bethany. »Wo sind die anderen?«

»Die meisten kamen mit einem früheren Flug«, antwortete Carl.

»Und wohin gehen wir?«

»Zur Mannschaftsmesse im Gamma-Deck«, antwortete Alicia.

»Wissen Sie, wo das ist?«

»Natürlich. Dort werden die Sonntagsgottesdienste gehalten. Folgen Sie mir.«

Bethany führte sie zum nächsten Speichenaufzug, hinunter zum Gamma-Deck und dann eine Vierteldrehung um den Habitatring der *Discovery*, um den großen Raum zu erreichen, wo die Konferenz stattfinden sollte.

Die Einrichtung der Mannschaftsmesse war umarrangiert worden, seit Bethany das letzte Mal an einem der wöchentlichen Gottesdienste teilgenommen hatte. Anstelle der auf dem Deck angeschraubten Sitzreihen hatte man mehrere Tische zu einer langen Tafel zusammengeschoben und auf jeder Seite eine Stuhlreihe angeordnet; weitere Stühle standen um die Peripherie des Raumes.

Ein Marineunteroffizier in Ausgehuniform mit roten Kragenspiegeln und Achselklappen konsultierte einen Sitzplan, dann dirigierte er Bethany und Alicia zu ihren Plätzen am Tisch. Anschließend wies er Carl Aster einen Stuhl an der Wand zu, bevor er sich umdrehte, die nächste Teilnehmergruppe zu begrüßen. Zehn Minuten später waren nahezu alle Plätze besetzt. Pünktlich um 14:00 Uhr klappte der Unteroffizier die Hacken zusammen und befahl den Konferenzteilnehmern aufzustehen.

Es folgte ein eiliges Scharren von Stühlen auf Metall, als die Leute sich gehorsam von ihren Plätzen erhoben. Richard Drake, dichtauf gefolgt von Bela Marston, schritt in den Raum. Beide trugen die dunkelblaue, reichlich mit goldenen Tressen und Streifen besetzten Ausgehuniformen der altanischen Raumstreitkräfte. Drake steuerte das Kopfende der Tafel an, während sein Erster Offizier am Fußende Platz nahm.

Der Kapitän wartete, bis alle sich wieder gesetzt hatten und ein Dutzend Gespräche allmählich verstummt waren. Dann ließ er seinen Blick über die Reihen der erwartungsvollen Gesichter wandern und sagte:

»Ich begrüße Sie, meine Damen und Herren, und bedanke mich für Ihr Kommen. Ich habe diese Konferenz anberaumt, um die wissenschaftlichen Ergebnisse unseres sechswöchigen Aufenthalts im System Napier zu erörtern. Bitte beschränken Sie alle Bemerkungen, die Sie zu machen wünschen, auf dieses Thema. Dr. Wharton, ich glaube, Sie sind heute der Erste.«

»Ja, Sir«, sagte der Soziologe. Er stand an seinem Platz auf und stützte die geballten Fäuste auf den Tisch. »Wir kamen mit der Erwartung in dieses System, eine tote Welt vorzufinden. Wir erwarteten jedoch nicht den Anblick von Städten, die durch Massenvernichtungsmittel in Trümmerwüsten verwandelt wurden.« Wharton skizzierte rasch die wichtigsten Einzelheiten der Ryall-Angriffe für jene Anwesenden, die noch keine Gelegenheit gehabt hatten, die ganze Geschichte zu hören. Sein Bericht enthielt mehr Fakten als Bethany Lindquist geboten hatte, war aber sonst ähnlich. Er schloss mit den Worten: »Wie viele von Ihnen bereits gehört haben, ging die Mehrzahl der Städte dieser Welt in einem späteren Angriff unter, über den wir keine Aufzeichnungen gefunden haben. Ich denke aber, dass wir aus dem geborgenen Material aus der Universität von Hekate relativ zuverlässig rekonstruieren können, was mit dieser Welt geschehen ist.«

»Professor Planovich«, sagte Drake, als Wharton geendet hatte. »Ihr Bericht, bitte.«

»Meiner Arbeitsgruppe war die Nachprüfung und Bewertung der seinerzeit in New Providence erarbeiteten Analyse des Faltpunktes übertragen, durch den die Ryall dieses System angriffen. Wir können in der Methodologie keinen Fehler finden und müssen daher annehmen, dass ein solcher Faltpunkt während der fünfzehn Jahre zwischen dem Augenblick der Antares-Explosion und der Zeit existierte, als die expandierende Druckwelle durch dieses System ging.«

»Aber der Faltpunkt existiert jetzt nicht«, sagte Drake.

»O nein, gewiss nicht!«, rief Planovich aus. »Wir haben dieses System sehr gründlich kartiert. Heute gibt es darin drei Faltpunkte, genauso wie vor der Nova. Wenn man es verlassen will, hat man die Wahl von Alta, Sandarsons Welt und dem Herzen der Antares-Gaswolke. Letzteres Reiseziel empfehle ich jedoch nicht. Die Verhältnisse am anderen Ende sind entschieden ungesund.

Was den vierten Faltpunkt betrifft, durch den die Ryall angriffen, so haben sich die besonderen Verhältnisse, die eine zeitweilige Verbindung des Napier-Systems mit einem unbekannten, von Ryall bewohnten Sternsystem verursachten, seit damals längst geändert.«

»Dann besteht kein Grund zu der Sorge, dass die Ryall zu diesem System zurückkehren könnten?«, fragte Drake.

»Es besteht kein Grund zu dieser Sorge, Captain Drake.«

»Aber wie kann ein Faltpunkt einfach verschwinden?«, fragte einer der Anthropologen, die im Basislager gewesen waren.

»Genauso wie unser eigener Faltpunkt verschwand«, antwortete Planovich. »Die Antares-Explosion störte den Faltraum in dieser gesamten Region der Galaxis. Ich halte es für gut möglich, dass sie die Hälfte der vor der Nova bestehenden Verbindungen verändert hat. Die Verbindung, von der hier die Rede ist, war ein Sonderfall. Er setzte voraus, dass die Faltlinien von der Druckwelle der Nova gebrochen wurden. Sobald die Druckwelle dieses System durchlief, bestand das Hypozentrum nicht mehr und der Faltpunkt verschwand. Ein ähnliches Phänomen verursachte die Selbstheilung unseres eigenen Faltpunktes.«

»Haben Sie eine Vorstellung von der Lage des Ryall-Systems, Professor Planovich?«, fragte Stan Barrett.

»Nein«, antwortete der Astronom. »Wir müssen viel mehr wissen, bevor wir diese Frage beantworten können. Es könnte allerdings möglich sein, einige der Daten, die wir dazu benötigen, aus einem weiteren Studium der Antares-Gaswolke zu deuten. Das heißt, wenn es uns möglich ist, unsere Abreise aus diesem System zu verschieben.«

Mehrere Augenpaare richteten sich fragend auf Richard Drake. Er blickte in die erwartungsvollen Gesichter, bevor er bedauernd die Schultern hob. »Tut mir Leid, Professor, aber wir werden dieses System unverzüglich verlassen.«

»Macht es Ihnen etwas aus, wenn wir fragen, wohin die Reise gehen soll?«, fragte Alicia Delevan.

»Ganz und gar nicht. Ich habe meine Befehle konsultiert, die mir die Verantwortung übertragen, festzustellen, ob im von Menschen besiedelten Raum gegenwärtig Krieg geführt wird oder nicht. Unsere Untersuchungen auf New Providence sind sehr nützlich gewesen, unglücklicherweise aber nicht ausreichend, um die Frage zu beantworten. Darum habe ich entschieden, als nächstes Ziel Sandarsons Welt aufzusuchen.«

»Ich erhebe Einspruch!«, verkündete Alicia Delevan.

»Erklären Sie Ihren Einwand, Mrs. Delevan.«

Alicia erläuterte rasch die Empfehlung, die sie Bethany an Bord der *Alexandria* gemacht hatte. Sie hob hervor, dass das Parlament nichts von den Ryall gewusst hatte, als es den Expeditionsauftrag billigte, und dass es nun die Pflicht der Expeditionsleitung sei, in die

Heimat zurückzukehren und neue Befehle einzuholen. Nach annähernd fünfzehn Minuten leidenschaftlichen Plädoyers schloss sie mit den Worten: »Sie haben nicht das Recht, diese Entscheidung in Ihre eigenen Hände zu nehmen, Captain Drake.«

Drake bedachte Alicia Delevan mit einem langen Blick, dann sagte er: »Ich habe jedes Recht, Mrs. Delevan. Ich leistete einen Eid, der mich unter anderem verpflichtet, meine Befehle auszuführen. Das kann ich am besten tun, wenn ich Sandarsons Welt aufsuche, um mich über die dortigen Verhältnisse zu informieren. Deshalb werden wir diesen Weg gehen.«

Alicia Delevan wandte sich an Bethany. »Sie müssen ihn daran hindern!«

Bethany blickte von Alicias beschwörender Miene zu Drakes strengem Gesicht und fühlte die Last der Verantwortung auf sich. Obwohl sie ihre Entscheidung bereits getroffen hatte, dachte sie eine lange Minute über ihre verzwickte Lage nach, bevor sie den Blick zu Alicia hob.

»Ich bedaure, Mrs. Delevan«, sagte sie steif. »Auch ich habe einen Eid auf mich genommen. Ich versprach meinem Onkel, dass ich seine Sendungen einem diplomatischen Vertreter der Erde übergeben würde. Ich stimme Captain Drake darin zu, dass die einzige Möglichkeit, das zu tun, auf Sandarsons Welt bestehen dürfte.«

16

Richard Drake saß an seinem Platz auf der Brücke der *Discovery* und verfolgte am Bildschirm, wie der Cryogentanker *Sultana* seine Treibstoffleitung vom Schlachtkreuzer abkoppelte und einholte. An mehreren Stellen des Rumpfes leuchteten plötzlich die hellen Funken der Düsen zur Stabilisierung der Fluglage auf, und der massige Koloss begann sich langsam zu entfernen.

»Captain Lee meldet Auftanken beendet, Captain«, sagte Slaters Stimme. »Die *Sultana* kehrt zu ihrer Position zurück. Wir haben soeben auch eine Botschaft von Captain Trousma erhalten. Er meldet die *Haridan* bereit für den Übergang. Er wünscht uns Glück.«

»Ist Zeit für eine Antwort?«

»Nein, Sir. Die Verzögerung des Funkverkehrs beträgt bei unserer gegenwärtigen Entfernung siebenundneunzig Minuten. Bis unsere Botschaft eintrifft, wird die *Haridan* längst fort sein.«

»Danke, Mr. Slater. Machen Sie weiter. Mr. Cristobal, Sie können den Antrieb wieder einschalten, sobald Sie es für richtig halten.«

»Verstanden, Sir. Antrieb wird in dreißig Sekunden gezündet.«

Drake rief auf einem seiner Bildschirme eine schematische Darstellung des Systems Napier ab. Zusätzlich zum Zentralgestirn und seiner weit auseinander gezogenen Familie von Planeten zeigte der Bildschirm die Positionen der drei gegenwärtig aktiven Faltpunkte. Diejenigen für Alta und Sandarsons Welt waren in der gleichen Hemisphäre, lagen aber mehr als 80 Grad auseinander. Sein Blick ging zum Napier-Valeria-Faltpunkt und dem winzigen Symbol daneben, das die gegenwärtige Position des Cryogentankers *Haridan* kennzeichnete.

Zwar hatte Drake Alicia Delevans Forderung abgelehnt, dass die Einsatzgruppe 001 nach Alta zurückkehre, stimmte ihr aber darin zu, dass Regierung und Parlament so rasch wie möglich über die Ryall und das Schicksal, das sie New Providence bereitet hatten, unterrichtet werden sollten. Der Cryogentanker hatte die Umlaufbahn um New Providence vor drei Wochen verlassen, nachdem er den Rest seiner Ladung an die *Sultana* abgegeben hatte. Zusätzlich zu einem offiziellen Bericht der Expeditionsleitung hatte die *Haridan* ein Dutzend Vertreter von Verbänden an Bord, die um ihre Heimreise gebeten hatten. Drake vermutete, dass die meisten von ihnen nach Haus gingen, um Vorteil aus der Kontroverse zu ziehen, die mit der Nachricht von den Ryall zweifellos ausbrechen würde. Was auch immer der Grund ihrer Abreise sein mochte: Er war froh, sie los zu sein.

Dann ertönte die Beschleunigungswarnung durch die *Discovery*. Sekunden später wurde die Schwerkraft wieder spürbar.

»Bringen Sie die Darstellung des Faltpunktes ins Bild, Mr. Cristobal«, befahl Drake.

»Zu Befehl, Sir.«

Der große Projektionsschirm wurde leer geräumt und zeigte dann die Isogravitationslinien, die in der Position des Napier-Hellsgate-Faltpunktes zusammenliefen. Die Darstellung änderte sich wieder, und eine unscharfe rote Ellipse erschien in der Mitte der Projektion. Drei goldene kleine Funken hatten ihren Rand beinahe erreicht. Während er sie beobachtete, bewegten sich die Funken langsam nach innen.

»Stellen Sie eine Konferenzschaltung her, Mr. Slater.«
»Ja, Sir.«
Als die Kapitäne Fallan und Lee mit Drakes Konsole verbunden waren, ließ er sich die Statusmeldungen geben. Beide meldeten ihre Schiffe bereit für den Übergang.
»Lassen Sie die Frequenz offen. Die Reihenfolge des Übergangs wird die gleiche sein wie letztes Mal. Viel Glück!«
Die Bildschirme erloschen. Drake rief Bela Marston in der Feuerleitzentrale. »Fertig, Mr. Marston?«
»Fertig, Captain. Alle Gefechtsstationen sind besetzt, der Masseumwandler arbeitet planmäßig. Die Springertriebwerke sind bereit für den Autorisationscode.«
»Miss Lindquist!«
»Hier, Captain«, meldete sich Bethany von ihrem Platz neben dem Navigator.
»Zwei Minuten zum Übergang. Geben Sie jetzt Ihren Autorisationscode ein.«
»Ja, Sir.« Bethanys Finger drückten in rascher Folge die unter der Abdeckhaube verborgenen Tasten. Der Hauptprojektionsschirm bestätigte die Eingabe mit dem Signal, dass die Faltraumgeneratoren der Springertriebwerke einsatzbereit waren. Über den Leuchtbuchstaben kreuzte der goldene Funke, der die *Discovery* darstellte, die Grenze des Faltpunktes und begann rasch zu blinken.
»In Ordnung, Mr. Cristobal. Sie haben freie Hand für den Übergang.«
»Ja, Sir. Dreißig Sekunden zum Übergang ... Generatoren auf voller Energie. Die Springertriebwerke bauen das Übergangsfeld auf. Zwanzig Sekunden ... Zehn Sekunden ... Fünf, vier, drei, zwei, eins ... Null!«

HELLSGATE

Zwergstern der Spektralklasse FO im Antares-Haufen.
Position im Verhältnis zu Sol: 1712RA, –2513DEC, 560L-Y.

Zahl der Faltpunkte: 2
Faltraum-Übergangsssequenzen:
Primär: Sol, Goddard, Antares, Napier, Hellsgate.
Sekundär: Vega, Carswell, Sacata, Hermes, Aezer, Hellsgate.

Das System enthält acht Planeten, 56 Monde und einen kleinen Asteroidengürtel. Planet IV, Sandarsons Welt, ist eine Welt vom Erdtypus mit einheimischen Lebensformen. Die Planeten in der Reihenfolge ihrer Entfernung vom Zentralgestirn des Systems sind ...

GESCHICHTE:
2315 von Carl Sandarson zuerst erforscht. Wegen der durch die komplizierten Faltraumübergänge des Systems bedingten wirtschaftlichen Randlage verzögerte sich die Kolonisation bis 2365. Der vierte Planet ist in seinen gemäßigten Zonen bewohnbar (siehe gesonderten Eintrag für *Sandarsons Welt*), wird aber als zu kalt betrachtet, um als unbeschränkt entwicklungsfähig eingestuft zu werden. Die Kolonie wurde von Bergbaugeseltschaften aus New Providence gegründet, um die reichen mineralischen Bodenschätze von Hellsgate IV auszubeuten.

BEVÖLKERUNG:
Die Bevölkerung des Systems Hellsgate wurde in der Volkszählung von 2500 auf 1.480.000 geschätzt und besteht aus ethnisch relativ homogenen Nachkommen nordamerikanischer und europäischer Auswanderer.

Auszug aus *Kurzführer zu den Siedlungsinseln im Raum*, 97. Auflage, Copyright 2510 bei Hallan Publications Ltd., New York

Das erwartete Gefühl des Faltraumübergangs stellte sich ein, und als es nachgelassen hatte, aktivierte Richard Drake die Bordsprechanlage für eine allgemeine Durchsage. »Alle Abteilungen, Zustandsmeldung!«

Als die Meldungen kamen, fiel ihm der gegenüber dem ersten Faltraumübergang veränderte Ton auf. Damals war der Tonfall der Bereichsleiter von einer forcierten militärischen Knappheit gewesen, hinter der sich Anspannung und Nervosität verborgen hatten. Jetzt kamen die Meldungen ruhig und geschäftsmäßig, als meldete jeder Offizier die bevorstehende Ankunft des täglichen Postbootes. Drake fragte sich, ob der interstellare Flug sie bereits zu langweilen begann oder ob sie ihre innere Spannung lediglich besser zu verbergen wussten. Nach seiner eigenen Stimmung zu urteilen, war Letzteres wahrscheinlich.

»Wo sind wir, Mr. Cristobal?«

»Hellsgate, Sir. Das Spektrum stimmt überein.«

»Bringen Sie Antares auf den Projektionsschirm, Lieutenant.«

»Ja, Sir.«

Nach kurzer Verzögerung leuchtete der Projektionsschirm auf und zeigte einen schwarzen Hintergrund mit Dutzenden von verstreuten Lichtpunkten. In der Mitte war ein Stern von der Farbe erlöschender Glut. Es war ein Anblick, den Richard Drake nicht zu sehen erwartet hatte. Da Hellsgate von Antares doppelt so weit entfernt war wie Valeria, hatte die expandierende Wellenfront des Novaausbruches Altas Schwesterkolonie noch nicht erreicht. Zumindest in diesem System war Antares noch immer der rote Überriese alter Zeiten, der rötliche Lichtfunke, der bei vielen Ferienzeltlagern nachts vom Himmel auf den jungen Drake herabgeblinzelt hatte. Die Antares-Explosion würde Sandarsons Welt erst in einem Jahrhundert erreichen.

»Mr. Marston.«

»Ja, Sir!«

»Halten Sie Ausschau nach der *City of Alexandria.* Machen Sie Meldung, sobald Sie eine Ortung haben.«

»Zu Befehl, Sir.«

Lange Sekunden vertickten, bis der Erste Offizier meldete: »Wir haben eine Ortung, Captain. Position 17/93, Distanz 280.000 Kilometer.« Eine weitere Wartezeit schloss sich an, dann kam die nächste Meldung: »Ortung auf Position 165/12, Distanz 820.000 Kilometer.«

»Mr. Slater, geben Sie den Kapitänen Fallan und Lee Anweisung, Kurs auf uns zu nehmen. Und schalten Sie mich für eine allgemeine Durchsage ein.«

»Sie sind dran, Captain.«

»Achtung, alle Besatzungsmitglieder! Hier spricht der Kapitän. Wir sind planmäßig im System Hellsgate eingetroffen. Es gilt Alarmstufe Eins. Abteilungen, die mit Raumüberwachung und Instrumentenaufklärung befasst sind, nehmen sofort die Arbeit auf. Ergebnisse sind sofort zu melden. Kapitän Ende.«

Wenn Drake sich gesorgt hatte, dass sie Sandarsons Welt so tot wie New Providence antreffen würden, wurde diese Befürchtung rasch zerstreut. Auch ohne die Hilfe von Navigationstabellen, die hundertfünfundzwanzig Jahre alt waren, wäre es schwierig gewesen, den Planeten zu übersehen. Sandarsons Welt war eine Radioquelle erster Ordnung und Ursprung ungewöhnlich hoher Neutrinoemissionen.

Ähnliche Emissionen von einigen anderen Planeten innerhalb des Systems verrieten das Vorhandensein mehrerer Unterkolonien.

»Wir fangen starke Radiosignale auf, Captain«, meldete Slater, kurz nachdem der Planet von den Radioteleskopen erfasst worden war.

»Von Menschen oder von Ryall?«

»Eindeutig von Menschen, Sir. Sie sprechen Standard. Der Akzent ist ziemlich stark, aber ich habe keine Schwierigkeiten, sie zu verstehen.«

»Was sagen sie?«

»Bisher ist alles kommerziell, Sir. Hauptsächlich Unterhaltungsprogramme.«

»Lassen Sie mich wissen, wenn Sie etwas auffangen, was wie militärischer Funkverkehr klingt.«

»Ja, Sir.«

Die Instrumentenaufklärung machte Plasmafahnen von Triebwerken aus, die zu Raumschiffen im Verkehr zwischen den inneren Planeten des Systems gehören mussten. Soweit die spektroskopische Analyse aus der Entfernung zuverlässige Ergebnisse liefern konnte, war die Plasmazusammensetzung praktisch identisch mit jener der altanischen Triebwerke, was auf einen ungefähr vergleichbaren technologischen Stand schließen ließ. Für Richard Drake rechtfertigte bereits dieser Umstand allein die Entscheidung, nach Hellsgate vorzustoßen. Er bewies, dass Alta während seiner langen Isolation nicht hoffnungslos hinter den Rest der menschlichen Zivilisation zurückgefallen war.

Vier Stunden nach dem Übergang beobachteten die Astronomen der *Alexandria* eine Anhäufung von ungefähr sechzig verschiedenen Rauminstallationen hoch über der Ekliptik auf der gegenüberliegenden Seite des Zentralgestirns. Die Position war so weit von den Planeten Hellsgates entfernt, und der Haufen so groß, dass sie ihn unverzüglich mit weit reichenden Instrumenten zu untersuchen begannen.

»Das ist ungefähr die Position, wo vor der Nova der Faltpunkt vom System Aezer war«, sagte Nathaniel Gordon, als er die Entdeckung meldete.

»Raumstationen um einen Faltpunkt?«, fragte Drake. »Weshalb? Ich würde es für wirtschaftlicher halten, Fracht über Sandarsons Welt zu entladen.«

»Vielleicht ist die Wirtschaftlichkeit des Frachtverkehrs hier nicht genauso wie bei uns zu Hause«, meinte Gordon.

Bethany Lindquist, die das Gespräch mitgehört hatte, ging zu Drakes Platz. »Ich glaube nicht, dass es sich um Ladeeinrichtungen handelt! Ich möchte wetten, dass diese Stationen militärisch sind.«

»Wieso militärisch?«

»Ich stelle mir vor, dass es gepanzerte Gefechtsstationen sind, die den Zweck haben, Eindringlinge von der Benutzung des Faltpunktes abzuschrecken.«

»Wie kommen Sie zu dieser Folgerung, Miss Lindquist?«

»Sie haben Militärgeschichte studiert, Captain. Wo setzt man Befestigungen ein? An geographischen Schlüsselpunkten, natürlich, und genau das ist ein Faltpunkt. Umgeben Sie ihn mit genug Feuerkraft, und Sie können jeden aus Ihrem System fern halten, der Ihnen nicht gefällt.«

»Wenn das der Fall ist, sollten wir ähnliche Installationen in unserer Nähe sehen, Bethany«, sagte Dr. Gordon. »Wo sind sie?«

»Es gibt keine, Dr. Gordon. Warum sollte es hier welche geben? Soweit die Bewohner von Sandarsons Welt wissen, führt *dieser* Faltpunkt nur zu der toten Welt ihrer Vorfahren. Warum also eine Sackgasse bewachen?«

»Dann stellt sich die Frage, gegen wen die Verteidigungsanlagen gerichtet sind?«, meinte Drake. »Die Ryall?«

»Könnte sein.«

»Wer immer sie sind«, sagte Dr. Gordon, »wir können annehmen, dass die Bewohner dieses Systems nicht überglücklich sein werden, uns zu sehen. Ich empfehle, dass wir äußerste Vorsicht walten lassen, bis wir mehr über die Lage hier wissen, Captain.«

Drake nickte. »Ich werde daran denken, Doktor.«

Der erste Hinweis, dass ihre Anwesenheit bemerkt worden war, ergab sich zwei Stunden später. Drake las aufgefangene Radionachrichten, als Karl Slater um Aufmerksamkeit summte.

»Was gibt es, Mr. Slater?«

»Wir werden gescannt, Sir! Sensoren haben eben einen überraschend starken elektromagnetischen Impuls aus dem inneren System festgestellt.«

»Radar?«

»So lese ich die Wellenform, Captain. Wahrscheinlich ein entwickeltes Suchradar.«

»Glauben Sie, dass sie sich über diese Distanz ein aussagefähiges Bild machen können?«

»Zumindest können sie Entfernungsdaten bekommen. Ob sie in der Lage sein werden, mehr zu entziffern, hängt von ihren Fähigkeiten zur Signalverarbeitung ab.«

»Könnte es eine Art Verkehrskontrollradar sein?«

»Die zivile Verkehrskontrolle verlässt sich im Allgemeinen darauf, dass Schiffe sich selbst anmelden, wenn sie ein System erreichen, Sir. Langstrecken-Suchradar riecht nach einem militärischen Überwachungssystem. Ich würde sagen, dass sie einen Angriff erwarten.«

Eine Stunde später wurde Slaters Vermutung bestätigt.

»Wir haben einen Start ausgemacht, Captain«, meldete Bela Marston aus der Feuerleitzentrale. »Ich berichtige mich, wir haben mehrere Starts ausgemacht!«

»Wie viele und von wo?«

»Höchstwahrscheinlich sechs Schiffe von Sandarsons Welt, Sir. Die Doppleranalyse sagt, dass sie mit fünf *g* Kurs auf uns nehmen.«

Drake pfiff durch die Zähne. »Jemand strengt sich mächtig an, um hierher zu kommen.«

»Ja, Sir. Wir schätzen siebzig Stunden bis zum Rendezvous, wenn sie wenden und verlangsamen – fünfzig, wenn sie nicht verlangsamen.«

»Was schlagen Sie vor?«

»Es wäre vielleicht keine schlechte Idee, auf Sendung zu gehen und ihnen zu sagen, dass wir mit freundlichen Absichten kommen, Captain.«

Drake dachte darüber nach, dann schüttelte er den Kopf. »Dafür haben wir später noch Zeit, Nummer Eins. Ich möchte etwas mehr über unsere Vettern in Erfahrung bringen, bevor wir uns identifizieren.«

»Sie sind der Chef. Feuerleitzentrale Ende.«

»Mr. Cristobal.«

»Ja, Captain?«

»Der Plan ist geändert worden. Legen Sie einen Kurs fest, der uns in der Mitte des Faltpunktes zum Stillstand bringt und bereiten Sie das Schiff zum Übergang zurück zu Napier vor, falls erforderlich.«

»Halt im Faltpunkt und Vorbereitung zum Übergang. Verstanden, Sir.«

Achtundvierzig Stunden nach ihrem Eintritt ins Hellsgate-System klopfte Bethany Lindquist an Drakes Kajütentür. Als die gedämpfte Aufforderung zum Eintreten kam, schob sie die Tür zurück und stieg über den erhöhten Süllrand.

»Sie wollten mich sprechen, Captain?«

Drake, der an seinem Schreibtisch vor dem Bildschirm saß, nickte. »Bitte machen Sie es sich bequem.«

»Danke.« Bethany schritt zu der lederbezogenen Couch unter dem Ölgemälde des Rahseglers und setzte sich.

»Sie sagten, Sie haben die letzten zwei Tage mit dem Studium der von Mr. Slater abgehörten Sendungen verbracht.«

»So ist es.«

»Was halten Sie von der Regierungsform unserer Vettern?«

»Ehrlich gesagt, ich bin überrascht. Man erwartet außerhalb von Geschichtsbüchern kein Königtum.«

Drake nickte. »Können Sie sich vorstellen, wie es einer konstitutionellen Monarchie gelang, eine parlamentarische Demokratie zu verdrängen?«

»Ich habe keine Ahnung, wie es in diesem Fall geschah, aber wir müssen uns vergegenwärtigen, dass es im Laufe der Menschheitsgeschichte weitaus mehr Könige und Kaiser als Präsidenten gab. Wir neigen zu Vorurteilen gegen die monarchische Regierungsform, aber das heißt nicht, dass sie nicht effektiv sein kann.«

»Was sonst haben Sie den aufgefangenen Sendungen entnommen?«

Bethany lehnte sich zurück, legte die Fingerspitzen vor sich aneinander und betrachtete ihn mit ernstem Blick. »Ich habe erfahren, dass unser Verdacht weitgehend begründet ist. Sandar … – Sie wissen, dass man den Namen des Planeten hier abgekürzt hat, nicht wahr? – Sandar liegt im Krieg mit den Ryall. Anscheinend hat es während der hundert Jahre, die seit der Evakuierung von New Providence vergangen sind, eine Anzahl größerer Schlachten gegeben.«

»Haben Sie Hinweise darauf, wie viele?«

»Das ist schwer zu sagen, Captain. Offenbar werden die Sendungen zensiert, wenn es um militärische Belange geht. Über militärische Operationen wird praktisch nichts gemeldet.«

»Haben sie uns erwähnt?«

»Mit keinem Wort. Wenn diese sechs Schiffe nicht auf uns zukämen, würde ich sagen, dass sie unsere Ankunft gar nicht bemerkt haben.«

»Haben Sie einen Vorschlag, wie wir ihnen am besten beibringen können, wer wir sind?«

»Ich denke, eine einfache Erklärung der Fakten wäre das Beste. Wahrscheinlich haben sie unsere Identität bereits aus dem Umstand gefolgert, dass wir hier zum Vorschein gekommen sind.«

Drake nickte. Er drückte einen Schalter, und einen Augenblick später leuchtete sein Bildschirm wieder auf. Bethany konnte das Gesicht nicht sehen, aber die zugehörige Stimme war die eines der jüngeren Nachrichtenoffiziere der *Discovery.* »Wo ist Slater?«, fragte Drake.

»In seiner Kabine, Captain. Er hat Freiwache. Soll ich ihn rufen?«

»Tun Sie das. Entschuldigen Sie mich bei ihm, dass ich seine Ruhe unterbreche, aber sagen Sie ihm, dass ich ihn brauche. Wir gehen mit der Kontaktbotschaft, die wir in der letzten Wache aufgenommen haben, auf Sendung. Ich werde in fünf Minuten oben auf der Brücke sein. Wir senden noch in dieser Stunde.«

»Ja, Sir«, sagte der Nachrichtenoffizier. Er wiederholte Drakes Befehl und meldete sich ab.

»Würden Sie gern den historischen Augenblick erleben?«, fragte Drake, als er von seinem Platz aufstand und um den Schreibtisch ging.

Bethany gab ihm die Hand und ließ ihn ihr beim Aufstehen behilflich sein. Sie lächelte. »Sehr gern, Captain.«

Gefolgt von Bethany Lindquist, schritt Richard Drake durch eine der kardanisch aufgehängten Luftschleusen auf die Brücke. Er ging direkt zu seinem Platz und schnallte sich an. Karl Slater traf nur wenige Augenblicke später ein.

»Bereiten Sie die Sendung der Kontaktbotschaft vor, wenn Sie fertig sind, Mr. Slater«, sagte Drake.

»Ja, Sir«, erwiderte Slater. Seine Finger huschten über die Konsole, und auf dem Projektionsschirm erschien eine neue Ansicht: Auf einer Seite war das Zentralgestirn des Systems, während sechs winzige Punkte weißlich violetten Lichts in der Mitte glühten.

Die Teleskope der *Discovery* und *City of Alexandria* waren auf die sandarischen Schiffe gerichtet, seit sie gestartet waren, die Eindringlinge abzufangen. Anfangs war der Plasmaausstoß der Abfanggruppe nur als winzige Stellen diffusen Lichts in der Schwärze des Raumes auszumachen. Fünfunddreißig Stunden später hatte sich das geändert. Die verwaschenen Lichtflecken wandelten sich zu blendenden Strahlungspunkten, als die sandarischen Schiffe wendeten und zum Rendezvous mit der Einsatzgruppe 001 verlangsamten.

Ein feines Fadenkreuz erschien im Projektionsschirm. Es bewegte sich auf einen der Strahlungspunkte zu, schoss darüber hinaus und korrigierte sich. Gleich darauf gesellte sich ein Zielkreis dazu, als eine der Kommunikationsantennen der *Discovery* sich auf ihr Ziel einstellte. Slater wiederholte das Verfahren noch fünfmal, bis jede der sechs Strahlungsquellen in einem scharf gebündelten Richtstrahl lag. Dann meldete er: »Alle Ziele anvisiert, Captain. Wir können senden.«

»Gehen Sie auf Sendung«, befahl Drake.

Er lehnte sich zurück und verfolgte die Aussendung der Aufzeichnung, die er am Nachmittag gemacht hatte: »Wir begrüßen die Regierung und das Volk von Sandar ...« Die Kontaktbotschaft erläuterte in knapper Form, wer und was die altanische Expedition war, versicherte die friedfertigen Absichten der Expedition und schloss mit der Bitte an die sich nähernden Sandarer, mit der Expedition in Verbindung zu treten. Nach dem Ende der Botschaft folgte eine Pause von fünf Sekunden, dann begann sie von neuem. Nach der dritten Wiederholung ließ Drake auf Empfang schalten und beobachtete die Strahlungspunkte der näher kommenden sandarischen Schiffe. Minutenlang ereignete sich nichts. Dann begann einer der Zielkreise endlich zu blinken, um anzuzeigen, dass von dem betreffenden Schiff eine Sendung empfangen wurde.

Der Projektionsschirm brachte ein Nebenbild von einem schwarz uniformierten Mann mit hartem Gesicht. Er war völlig kahl, sogar die Augenbrauen fehlten. Seine Züge zeigten die Spuren vieler Stunden unter hoher Beschleunigung.

Der Mann in Schwarz sagte: »Ich bin Commodore Silsa Bardak, herzoglicher Erbe von Schloss Romal und kommandierender Offizier der Kampfgruppe 7735. Ich befehle Ihnen, Ihre Schiffe meinen Prisenkommandos zu übergeben. Sie haben eine Stunde, der Aufforderung Folge zu leisten.«

»An Selbstbewusstsein fehlt's ihm nicht, wie?«, bemerkte Drake. »Er wird erst in zwanzig Stunden in der Lage sein, uns anzugreifen.«

»Wahrscheinlich denken sie, die Kontaktbotschaft sei eine List der Ryall«, erwiderte Bethany.

»Mr. Slater, halten Sie mich auf die Frequenz der Sandarer.«

»Sie sind dran, Captain.«

»Hier spricht Fleet Captain Richard Drake, Kommandant des altanischen Kreuzers *Discovery*. Wir sind eine wissenschaftliche Expedition. Unsere Absichten sind friedlich.«

Die Züge des sandarischen Commodores blieben starr und undurchdringlich, bis die Botschaft ihn nach langen Sekunden erreichte. Dann sagte er: »Wenn das zutrifft, Fleet Captain, werden Sie freigelassen, sobald wir Ihre Identität verifiziert haben. Ich wiederhole meine Anweisung, dass Sie Ihre Schiffe meinen Prisenkommandos übergeben.«

»Abgelehnt«, erwiderte Drake. »Wir werden keine bewaffneten Schiffe an uns heranlassen. Ich schlage eine erste Begegnung von Hilfsfahrzeugen im tiefen Raum vor.«

Die Miene des sandarischen Commodores blieb undurchdringlich. Nach einer Pause sagte er: »Einverstanden. Ich schlage vor, dass jeder von uns einen unbewaffneten Aufklärer zu einem Punkt hunderttausend Kilometer von Ihrer gegenwärtigen Position entlang einer direkten Linie nach Hellsgate sendet. Die Begegnung wird in vierundzwanzig Stunden stattfinden.«

»Einverstanden«, sagte Drake.

»Ich muss Sie warnen, Fleet Captain, dass ich auf jedes Schiff feuern werde, das den Faltpunkt zu verlassen sucht.«

»Dagegen ist nichts einzuwenden«, sagte Drake. »Ich werde gezwungen sein, die Gefälligkeit zu erwidern, sollte eines Ihrer Schiffe versuchen, in den Faltpunkt einzudringen.«

»Verstanden.«

17

Lieutenant Phillip Hall lag angeschnallt im zurückgeklappten Pilotensitz des Landungsbootes *Sysiphon* und verfolgte am Bildschirm der Rückansicht, wie der mächtige Zylinder der *City of Alexandria* kleiner und kleiner wurde. Als das Schiff außer Sicht war, schaltete er auf den Befehlskanal, der ihn mit Richard Drake an Bord der *Discovery* verband.

»Wir sind unterwegs, Sir.«

»Sehr gut, Lieutenant«, sagte Drakes Stimme in Halls Kopfhörern. »Melden Sie sich wieder, wenn Sie in Sichtweite der sandarischen Fähre sind.«

»Zu Befehl, Sir.« Hall schaltete aus und wandte sich an seinen Copiloten. »Meinst du, du kannst dieses Ding fliegen, Hulse?«

Junior Lieutenant Hulse Arker, der reguläre Pilot der *Sysiphon*, zog ein Gesicht. »Ich dachte immer, der Alte wüsste, was er tut. Aber das war natürlich, bevor er dich mit dieser Expedition beauftragte.«

»Na, na!«, sagte Hall mit gespielter Strenge. »Wir sollten über die Entscheidungen unserer Vorgesetzten nicht verbittert sein. Schließlich, wer in dieser Flotte hat schon meine umfassende Kontakterfahrung?«

Arkers Antwort war ein unanständiges Geräusch. »Was? Alles, was du gemacht hast, war ein Rendezvous mit einem toten Schiffswrack und dann ein Vorbeiflug an einer noch toteren Welt. Ich würde das kaum ›Kontakterfahrung‹ nennen.«

Hall grinste. »Na, der Alte findet es jedenfalls und hat mir die Verantwortung übertragen. Im Ernst, kannst du auf den Laden hier aufpassen, während ich nach unserem Passagier sehe?«

»Wird gemacht.«

Hall schnallte sich los und hievte sich von seinem Sitz hoch. Er langte nach der Leiter, die nach achtern führte, hielt seine Stiefel fern von den Sprossen und ließ sich von der Beschleunigung des Bootes zur offenen Luke nach achtern ziehen.

Die Passagierkabine war mit zwei Dutzend Sitzen in Doppelreihen auf jeder Seite des Rumpfes ausgestattet. Alle konnten in Liegesitze zurückgeklappt werden, aber auf diesem Flug war nur ein Platz besetzt. In der Mitte der Kabine saß Stanislaw Barrett und las einen Computerausdruck.

»Verzeihen Sie, Mr. Barrett. Kann ich etwas für Sie tun?«

Barrett blickte auf. »Nein. Danke, Mr. Hall. Wie lange wird es bis zum Rendezvouspunkt dauern?«

»Etwas über zwei Stunden, Sir.«

»Haben Sie die sandarischen Abgesandten schon gesichtet?«

»Noch nicht, Mr. Barrett.«

»Ist das ungewöhnlich?«

»Nicht für die einfache Ausstattung dieses Bootes mit Detektoren, Sir. Ich denke, dass wir die Sandarer spätestens in einer Stunde orten werden. Wenn es Sie beruhigt, Sir, bei meiner letzten Meldung erfuhr ich von der *Discovery*, dass das sandarische Kontaktboot unterwegs sei. Es verließ seine Flotte planmäßig und wird zur vereinbarten Zeit am Rendezvouspunkt sein.«

»Was tun die übrigen Schiffe der Sandarer?«

»Sie warten dort draußen, Sir. Seien Sie unbesorgt. Die *Discovery* wird uns warnen, sollten sie irgendwelche unerwarteten Manöver machen.«

»Was können wir tun, wenn das geschieht?«

Hall blickte sich in der Kabine um. Das Landungsboot war für diese Mission gewählt worden, weil es von allen Hilfsfahrzeugen der Einsatzgruppe 001 am wenigsten bedrohlich aussah. »Nun, dieses Boot ist vereinbarungsgemäß unbewaffnet, Mr. Barrett. Sollten sie uns angreifen, solange wir hier an Bord sind, werden wir nichts dagegen unternehmen können.«

»Das dachte ich mir«, sagte Barrett und legte sein Papier zur Seite. »Ich bedaure, dass meine Arbeitslast mir keine Möglichkeit ließ, an Ihrer Einsatzbesprechung teilzunehmen, Lieutenant. Bitte unterrichten Sie mich darüber, was man Ihnen über diese Mission gesagt hat.«

»Nur, dass wir hinausgehen und einen sandarischen Adligen treffen sollen, und dass wir den sandarischen Abgesandten alles zu zeigen haben, was sie sehen wollen.«

»Und wie denken Sie über diesen Befehl, Lieutenant?«

Hall zuckte die Achseln. »Es sind Befehle, und ich führe sie aus.«

»Es sind wichtige Befehle, Lieutenant. Wir müssen diese Leute rasch davon überzeugen, dass wir sind, was und woher zu sein wir sagen. Wenn sie Fragen stellen, sagen Sie ihnen die genaue Wahrheit. Schmücken Sie nichts aus, ganz gleich, was sie nach Ihrer Meinung vielleicht hören wollen.«

»Und wenn sie mich nach der *Conqueror* fragen?«

Barretts Gesicht zeigte plötzlich die ausdruckslose Miene eines erfahrenen Politikers an, der aufgefordert wird, die Finanzierung seines letzten Wahlkampfes zu erklären. »*Conqueror?* Was ist das?«

»Öffnen Sie eine Kommunikationsschaltung, Pilot.«

»Ich kann Ihnen nur Ton geben, Sir.«

»Das wird ausreichen, Mr. Hall.«

»Die Verbindung ist offen.«

Barrett holte tief Luft und befeuchtete sich die trockenen Lippen, bevor er sprach. »Achtung an Bord des sandarischen Schiffes. Mein Name ist Stanislaw Barrett. Ich bin der beauftragte Vertreter Altas an Bord dieses Bootes und überbringe Ihnen Grüße von meiner Regierung, dem Parlament und dem Volk von Alta.«

»Hallo«, erwiderte eine jugendliche Stimme. »Ich bin Fähnrich Randall Kyle von Seiner Majestät Langstrecken-Abfangjäger *Avenger*. Ich vertrete meinen Captain und meinen König.«

Barrett runzelte die Stirn. »Sie sind ein *Fähnrich*, sagen Sie?«

Im Tonfall des anderen trat eine subtile Veränderung ein. Eine gewisse Härte mischte sich unüberhörbar in den typischen sandarischen Dialekt. »Sie brauchen nicht zu befürchten, dass mein Rang mich für diesen Auftrag disqualifiziert, Milord. Neben meinem militärischen Rang habe ich die Ehre, der zweite Sohn des Grafen von Kyle zu sein und als solcher an neunzehnter Stelle in der Thronfolge zu stehen.«

»Ich wollte Sie nicht kränken, Sir«, sagte Barrett hastig.

»Ich bin nicht gekränkt. Viel ist geschehen, seit die Große Nova über eine nichts ahnende Galaxis hereinbrach. Sie von der verlorenen Kolonie können kaum mit Dingen wie der Lehnstreue innerhalb des Adels vertraut sein.«

»Ich danke Ihnen für Ihr Verständnis, Fähnrich. Wie wünschen Sie den ersten Kontakt zu handhaben?«

»Wie wir mit Ihrem Kommandeur besprachen, werde ich meinen Schutzanzug anlegen und an Bord Ihres Fahrzeugs kommen. Nachdem ich es nach Waffen durchsucht und bestätigt habe, dass alles so ist, wie Sie behaupten, können Sie das Gleiche mit meinem Schiff tun. Ist eine solche Regelung annehmbar?«

Barrett bejahte.

»Sehr gut. Dann werde ich in zehn Minuten Standard bei Ihnen sein.«

»Wir erwarten Sie.«

Zehn Minuten später ging eine einzelne Gestalt durch die Luftschleuse des sandarischen Schiffes von Bord und überbrückte mit seinen Steuerungsdüsen den leeren Raum, der ihn von der *Sysiphon* trennte. Lieutenant Arker tat Dienst an der Luftschleuse, als Fähnrich Kyle eintraf. Es war eine Sache von einer halben Minute, ihn durch die Schleuse zu bringen. Barrett erwartete die an Bord gekommene Gestalt im Raumanzug. Der Sandarer öffnete die Verschlüsse und hob den Helm von seinem Kopf. Er ließ ihn am Ende seiner Halteleine treiben und hielt sich mit einer Hand an einer Stütze fest.

Fähnrich Kyle war noch jünger, als Stan Barrett ihn nach seiner Stimme eingeschätzt hatte, vielleicht achtzehn Standardjahre. Er hatte kurz geschnittenes blondes Haar, seine Hautfarbe war blass, und seine hellblauen Augen blickten aufmerksam in die Runde, bevor sie Hulse Arker und Stan Barrett musterten.

»Willkommen an Bord«, sagte Barrett mit ausgestreckter Hand. Kyle ergriff sie mit einer behandschuhten Hand.

»Danke, Milord. Die Ehre verlangt von mir, Ihnen zu sagen, dass ich Bilder von Ihrem Schiff zu meinem sende, und dass sie von dort in Echtzeit zu unserem Flaggschiff *Vindicator* weitergeleitet werden.«

Barrett nickte. »Dagegen ist nichts einzuwenden. Auch wir senden Bilder von dieser Zusammenkunft an unsere Flotte. Bitte, wollen Sie diesen unbequemen Anzug nicht ablegen?«

»Ich kann nicht, Sir. Meine Befehle erlauben es nicht.«

Barrett zuckte die Achseln. »Wie Sie wünschen. Sollen wir den Rundgang gleich beginnen?«

»Ich würde gern mit der Pilotenkanzel anfangen, wenn möglich.«

Barrett führte ihn nach vorn. Trotz des behindernden Schutzanzuges, in dem er steckte, hatte Kyle keine Schwierigkeiten, sich Hand über Hand durch die schwerelose Kabine zur vorderen Luke zu ziehen. Phillip Hall verbrachte mehrere Minuten mit der Erläuterung der Instrumente, während Stan Barrett den Gast schweigend betrachtete. Die Holokamera des Sandarers war an der Brust seines Anzugs festgemacht. Wann immer Hall irgendwohin zeigte, drehte Kyle den ganzen Oberkörper, um die Kamera in die angegebene Richtung zu zielen. Nach Halls Erklärungen und weiteren Minuten, die Kyle mit einer eingehenden Untersuchung der Funkanlage und der Einstellmechanismen der Bordsysteme verbrachte, richtete er sich auf und sagte: »Ich würde jetzt gern Ihren Antrieb sehen.«

»Gewiss.« Barrett gab Hulse Arker ein Zeichen, dass er vorangehen solle, und schloss sich Fähnrich Kyle an. Hall blieb in der Pilotenkanzel. Im Maschinenraum erläuterte Arker die Arbeitsweise des Photonenantriebs, und Kyle wandte sich hierhin und dorthin, um mit der Brustkamera alle Einzelheiten aufzunehmen. Barrett beobachtete, wie interessiert der junge Mann die Triebwerksanlage betrachtete und aus verschiedenen Blickwinkeln aufnahm. Endlich schien er zufrieden und nickte.

»Haben wir die Inspektion bestanden?«, fragte Barrett.

»Ich werde meinen Vorgesetzten melden, dass Sie echt zu sein scheinen, Milord. Es wird dann an ihnen sein, zu entscheiden. Und natürlich werden wir auch Ihre anderen Schiffe inspizieren wollen, bevor wir Ihnen das Verlassen des Faltpunktes gestatten.«

»Selbstverständlich«, sagte Barrett. »Wir haben eine kurze Bandaufnahme mitgebracht, die einen Abriss der Geschichte unseres Planeten seit der Nova zeigt. Möchten Sie die Aufnahme sehen?«

»Sehr gern.«

»Fein. Dann lassen Sie uns in die Passagierkabine gehen, wo wir die Aufzeichnung bequem betrachten können.«

Barrett half Kyle beim Festschnallen auf einem Sitz, dann nahm er selbst den benachbarten Platz ein. Er drückte den Knopf einer Fernbedienung, und die Dokumentation erschien auf dem holographischen Projektionsschirm.

Die Geschichte Altas war ein Projekt von Dr. Whartons Soziologen und Bethany Lindquist gewesen, eine zehn Minuten dauernde Übersicht, die in Eile zusammengeschnitten worden war, während die sandarische Flotte Kurs auf den Faltpunkt genommen hatte.

Am Ende der Vorstellung schaltete Stan Barrett das Licht wieder ein und wandte sich Fähnrich Kyle zu.

»Nun, wie ist Ihr Eindruck?«

Der Sandarer wandte sich mit dem ganzen Körper zu ihm um, damit er den Abgesandten Altas im Aufnahmefeld der Kamera hatte. Sein Gesichtsausdruck war ernst. »Haben Sie überhaupt keine Erfahrung mit den Ryall, Milord?«

Barrett schüttelte den Kopf. »Wären nicht die Ruinen gewesen, die wir in New Providence fanden, würden wir noch immer in seliger Unkenntnis ihrer Existenz leben.«

Kyles Stirnrunzeln ließ ihn noch jünger erscheinen. »Dann sollten Sie sich äußerst glücklich schätzen, Milord. Ich fürchte, unsere Geschichte ist im letzten Jahrhundert erheblich blutiger gewesen als die Ihrige. Mein Kapitän hat mich autorisiert, Ihnen von unserem Kampf zu erzählen, wenn Sie das wünschen.«

»Auf jeden Fall, Fähnrich!«

»Gut«, sagte Kyle. Sein Blick ging ins Leere, seine Augen nahmen einen abwesenden Ausdruck an, und in seine Stimme kam der singende Tonfall von jemandem, der zum wiederholten Mal eine fest eingeprägte Geschichte erzählt.

»Wir nennen den letzten Überfall der Ryall ›Der Große Weltbrand‹, Milord. Es hätte nicht geschehen müssen.

Damals waren meine Vorfahren der Meinung, dass die Zentauroiden von einem Stern kämen, der wie Napier durch die Große Nova bedroht war. Sie überlegten, dass der erste Angriff der Ryall von den zwei Schiffen ausgelöst worden sei, die bei der Erforschung eines neugebildeten Faltpunktes in das Ryall-System eindrangen. Sie vermuteten, dass die Ryall vom Auftauchen menschlicher Schiffe in ihrem System überrascht worden seien, dieses Auftauchen als einen Angriff interpretierten und mit einem Schlag gegen New Providence antworteten.

Dieser Angriff wurde zurückgeschlagen, obwohl er sechs Städte kostete. Später unternahmen die Ryall einen zweiten Angriff, und auch er wurde abgewehrt – diesmal ohne Verluste. Aber am 16. Taurus 2527 brach die letzte Ryall-Flotte aus dem Faltpunkt hervor, insgesamt sechsunddreißig Schiffe stark, fegte unsere Vorpostenschiffe am Faltpunkt hinweg und stürzte sich auf New Providence. Zur Zeit des Angriffs war die Evakuierung annähernd beendet. Viele der bewaffneten Schiffe im System waren dabei, Evakuierungsschiffen nach und von Sandar Geleitschutz zu geben. Gleichwohl gelang es den Raumstreitkräften, vierzig Kriegsschiffe aller Typen aufzubieten und den Eindringlingen entgegenzuwerfen.

Eine Woche dauerte das Gemetzel. Die Ryall teilten so viel aus, wie sie einsteckten. Da unsere Schiffe gezwungen waren, einzeln oder in kleinen Gruppen anzugreifen, zerstörten sie sogar mehr von uns als wir von ihnen. Als die Ryall New Providence erreichten, hatten sie zwanzig ihrer Schiffe verloren – aber wir hatten fünfunddreißig verloren.

Fünf weitere Schiffe wurden vernichtet, bevor sie in Reichweite kommen konnten, aber die zehn überlebenden überschütteten den Planeten mit mehr als tausend nuklearen Sprengköpfen zur Massenvernichtung. Der Angriff tötete an diesem Tag dreißig Millionen Menschen und verletzte weitere dreißig Millionen. Wären die Evakuierungen nicht nahezu abgeschlossen gewesen, würde der Angriff Milliarden Menschenleben gekostet haben.

Die Überlebenden des Infernos flüchteten an Bord der Evakuierungsschiffe, sobald diese von Sandar zurückgerufen werden konnten. Innerhalb eines Monats war der Planet verlassen. Was von Raumstreitkräften übrig geblieben war, bewachte den Faltpunkt, bis die Wellenfront der Nova durch das System fegte und der Bedrohung durch die Ryall ein Ende machte.«

Barrett räusperte sich. »Der Faltpunkt, den die Ryall benutzten, um New Providence anzugreifen, verschwand, als die Strahlungsfront das Napier-System erreichte?«

»So ist es, Milord.«

»Wie kommt es dann, dass Sie noch immer gegen sie kämpfen?«

»Weil die Ryall eine riesige interstellare Hegemonie bewohnen, Milord. Ihre Zivilisation mag durchaus größer sein als die unsrige. Wir haben ihre Sterne seit einem Jahrhundert kartiert und festgestellt, dass unsere beiden Sphären einander an zahlreichen Stellen überlappen.«

»Aber wir Menschen kommen seit Jahrhunderten im interstellaren Raum herum«, erwiderte Barrett. »Wie ist es möglich, dass wir nicht schon vor langer Zeit auf die Ryall stießen?«

»Weil es vor der Großen Nova keine Faltraumverbindungen zwischen den beiden Imperien gab, Milord«, sagte Kyle. »Als Antares explodierte, zerriss er bestehende Faltlinienverbindungen und schuf gleichzeitig viele neue. Unter diesen neuen Verbindungen sind drei, die direkten Zugang zwischen dem Bereich der Menschen und der Ryall ermöglichen. Eine solche Verbindung öffnet sich direkt in das Aezer-System, das unmittelbar jenseits unseres anderen Faltpunktes liegt.«

Im Anschluss an die erste erfolgreiche Begegnung zwischen Altanern und Sandarern kamen die beiden Flottenchefs überein, Inspektionsgruppen auszutauschen. Zwei mit Altanern beladene Fähren wurden zu den sandarischen Schiffen entsandt, während eine gleiche Zahl sandarischer Raumfahrzeuge die altanische Flotte ansteuerte. Commodore Bardak hatte deutlich gemacht, dass er Konstruktion und Technik der altanischen Schiffe auf Ryall-Einflüsse überprüfen wolle. Sollten solche Einflüsse gefunden werden, würden sie die altanische

Behauptung, sie hätten vor der Erforschung New Providences nichts von den Ryall gewußt, Lügen strafen. Auf der anderen Seite war Richard Drake besorgt, dass die technologische Entwicklung Altas durch die lange Isolation in Rückstand geraten sei. Darum hatten seine Inspekteure Auftrag, Technik und Bewaffnung der sandarischen Schiffe genau zu studieren.

Die beiderseitigen Inspektionen verliefen ohne Schwierigkeiten. Als die Sandarer mit der Durchsuchung von *Discovery*, *Alexandria* und *Sultana* fertig waren, gaben sie sich entspannt und scherzten mit ihren Fremdenführern. Die altanischen Inspektoren meldeten Drake nach ihrer Rückkehr, dass einige der Systeme an Bord der sandarischen Kriegsschiffe zweifellos allem überlegen seien, was Alta habe, das technologische Niveau der beiden Systeme im Ganzen aber ausgeglichen sei.

Nach beendeten Inspektionen gaben Drake und Bardak Bankette für die Inspektoren. Ein Dutzend sandarische Offiziere saß gleichmäßig verteilt zwischen Offizieren der *Discovery* und Diplomaten sowie einzelnen Wissenschaftlern und Wirtschaftsvertretern der *Alexandria.* Gleichzeitig zeigte ein wandgroßer Projektionsschirm eine ähnliche Szene der *Vindicator*, wo die altanischen Inspekteure unter ihren Gastgebern verteilt saßen. Die Bankette dauerten mehrere Stunden, und eine anfängliche förmliche Steifheit lockerte sich bald zu einer heiteren, gelösten Atmosphäre.

Am folgenden Morgen erhielt Drake einen Anruf von Commodore Bardak. »Guten Morgen, Sir«, sagte Drake, als die Züge des sandarischen Befehlshabers am Bildschirm des Datenanschlusses in seiner Kajüte Gestalt annahmen.

»Auch Ihnen einen guten Morgen, Fleet Captain Drake«, erwiderte Bardak. »Wie geht es Ihrem Kopf?«

»Wie man es nach den Toasts gestern Abend erwarten würde.«

Bardak nickte. »Mir ist, als wollte sich jemand aus meinem Schädel ins Freie meißeln.«

»Ich bin in etwas besserer Verfassung«, sagte Drake. »Es gibt ein altanisches Kraut, das die schlimmsten Symptome eines Katzenjammers lindert. Zwar bewirkt es nicht, dass man sich gut fühlt, aber zumindest fühlt man sich nicht elend.«

»Solch ein Wunderkraut würde zu den ersten Dingen gehören, die wir gern einführen würden, wenn der interstellare Handel wiederaufgenommen wird.« Bardak blickte aus dem Bildschirm und schien Drakes Miene zu beurteilen, bevor er fortfuhr: »Was mich zum Grund meines Anrufs bringt.«

»Ja?«

»Mir scheint, Captain Drake, dass wir alles in unserer Macht Stehende getan haben, um unser beiderseitiges Mißtrauen zu zerstreuen.«

»Ich denke genauso.«

»Sind Sie dann mit mir der Meinung, dass der nächste Schritt für beide Seiten mit einem unvermeidbaren Risiko verbunden sein wird? Ich spreche natürlich von der Verlegung Ihrer Flotte ins innere System. Der König hat den Wunsch geäußert, Sie kennen zu lernen.«

Drake nickte. Er hatte ein Angebot dieser Art erwartet. Karl Slater und seine Nachrichtenleute hatten beinahe ständig verschlüsselte Sendungen zwischen den sandarischen Schiffen und ihrem Heimatplaneten aufgefangen. »Ich bin im Prinzip einverstanden, obwohl mein Risiko mir das größere zu sein scheint.«

»Wieso? Wir werden unsere ganze Welt riskieren, wenn wir der *Discovery* erlauben, in Reichweite ihrer Waffen zu kommen.«

»Ich kann mir kaum vorstellen, dass ein alter Schlachtkreuzer der Aufgabe gewachsen wäre, Ihre ganze Welt zu bekämpfen, Admiral. Umgekehrt werden Sie in der Lage sein, meine Expedition ohne Warnung zu verdampfen, sowie ich in den Bereich Ihrer planetarischen Abwehrsysteme komme. Wer würde dann die Nachricht davon, was geschah, nach Alta bringen?«

»Sicherlich ein Problem, Captain. Haben Sie eine Lösung?«

»Ja. Ich schlage vor, dass wir *Sultana* hier zurücklassen, um mir den Rücken zu decken.«

Bardak dachte kurz darüber nach, dann nickte er. »Ein Beobachter, der in sicherer Entfernung aufgestellt und bereit ist, beim ersten Anzeichen von Verrat nach Haus zu rennen. Eine vernünftige Vorsichtsmaßnahme, wenn man mit Fremden zu tun hat.«

»Ich bin überzeugt, dass es eine Vorsichtsmaßnahme ist, die sich als überflüssig erweisen wird, Admiral.«

Bardak lachte. »Ich bin dessen sicher, Captain Drake. Sie hoffen nur, dass es so sein wird.«

18

Sandar war eine kalte Welt, die am Rande der Zone ihre Bahn zog, wo Wasser im Flüssigzustand existieren konnte. Bedingt durch diese Ferne, befand sich Sandar im Griff einer immerwährenden Eiszeit. Seit Milliarden von Jahren war Schnee auf die ausgedehnten polaren Eiskappen gefallen und dort zu einer immer dickeren Eisdecke verdichtet worden. Wo immer diese Eisdecke auf geneigtem Gelände lagerte, hatten sich Gletscher gebildet. Wenn auf Sandar etwas herrschte, so waren es die Gletscher. Im Laufe der Zeitalter hatten diese bis zu einem Kilometer dicken Eisströme Gebirgszüge überformt, Moränenwälle aufgeschüttet, tiefe Trogtäler ausgehobelt und Seen zugedeckt.

Der große Projektionsschirm des Brückenraums zeigte die rasch vorbeiziehende sandarische Wildnis. Hier und dort unterbrachen schwarze Flecken das Weiß, wo Felswände und Steilhänge keine Schneeauflagen zuließen. An anderen Stellen durchzogen tiefe Spalten und Eisbrüche die Gletscherströme. Wo diese das Meer erreichten, schoben sie breite Eisfächer in die See vor. Abgebrochene Stücke trieben als kilometerlange Tafeleisberge monatelang in den wärmeren Gewässern niederer Breiten, bis sie allmählich schmolzen. Nur in einem schmalen Streifen Land und See, der ungefähr von zwanzig Grad nördlicher Breite bis zwanzig Grad südlicher Breite reichte, gab das Eis seine Herrschaft widerwillig auf. Hier lagen die durchschnittlichen Jahrestemperaturen merklich über dem Gefrierpunkt. Das Schmelzwasser nährte ungezählte kleinere und größere Wasserläufe, die sich zu Flüssen und bisweilen mächtigen Strömen vereinten, bevor sie in die zwei relativ warmen Ozeane Sandars mündeten.

Vor Drakes Augen gingen die endlosen Ödländer von Eis und Schnee allmählich in das üppige Grün der bewohnten Äquatorialzone über. Selbst bei geringer Vergrößerung war es möglich, inmitten der Vegetation die Spuren menschlicher Besiedlung auszumachen.

Die Massenevakuierung von New Providence hatte die Bevölkerung Sandars auf das Zweitausendfache ihrer vorherigen Größe anschwellen lassen. Fast drei Milliarden Flüchtlinge mussten zwangsläufig auf einem Landstreifen angesiedelt werden, dessen bewohnbare Fläche nur ein Viertel jener von New Providence betrug. Das unvermeidliche Ergebnis war eine Bevölkerungsdichte, die an die der Japanischen Inseln auf der Erde heranreichte.

Sandars Städte ähnelten den alten Metropolen der Erde darin, dass die alten Stadtkerne im Laufe der vergangenen hundert Jahre von planlos ausufernden neuen Vierteln eingekreist worden waren, die sich wuchernd ins Land ausbreiteten. Und im weiten Umkreis der Städte war das Land wie eine einzige unübersehbare Gärtnerei mit Gewächshäusern und Spiegelsystemen überbaut – Gewächshäusern, um das Land optimal zu nutzen und die Kälte fern zu halten, und Spiegelsystemen, um die schwächlich wärmenden Strahlen Hellsgates für Pflanzen, die sich unter einem heißeren Stern entwickelt hatten, zu verstärken.

»Es ist erstaunlich, wie viel sie unter so schwierigen Bedingungen geschaffen haben«, bemerkte Bethany, als der Projektionsschirm eine ausgedehnte Großstadtregion und ihr umgebendes Grünland zeigte.

Drake nickte. »Vor allem, wenn man dabei in Betracht zieht, dass sie die längste Zeit ihrer Geschichte im Kriegszustand gelebt haben.«

Die Tatsache, dass Sandar sich im Krieg befand, war ihnen während ihres letzten Annäherungsmanövers in die zugewiesene Umlaufbahn deutlich vor Augen geführt worden. Als sie sich dem Planeten genähert hatten, waren *Discovery* und *City of Alexandria* hinter *Vindicator* in Kiellinie gegangen und durch einen streng kontrollierten Zugangskorridor in Sandars innere Verkehrszone geleitet worden, bevor sie in einer über beide Pole führenden Umlaufbahn zum Parken verlangsamt hatten. In ihrer ermäßigten Orbitalgeschwindigkeit waren sie nahe an einer großen Ansammlung von Objekten vorbeigeflogen, die in einer hohen stationären Umlaufbahn über Sandar stationiert war.

Die Ansammlung erwies sich als eine orbitale Schiffs- und Reparaturwerft. Zwischen den Dockeinrichtungen und Konstruktionshangars lagen Dutzende von Raumschiffen, deren Größe von Schlachtschiffen bis zu kleinen bewaffneten Aufklärern reichte. Bei maximaler Vergrößerung waren Hunderte von winzigen Funken wie Glühwürmchen um die beiden größten Schiffe in der Werft verteilt. In einem Fall schienen die Arbeiter den ganzen Bug eines Schiffes abzuschneiden, dessen Vorderteil bis zur Unkenntlichkeit zerstört war. Im anderen Fall war zu sehen, wie sich die blauen Acetylenflammen von vielen Schweißgeräten an den neuen Verkleidungsplatten eines Schiffes spiegelten, das entweder ein Neubau oder ein weiterer Reparaturfall kurz vor der Wiederherstellung war.

Neben den Schlachtschiffen und Aufklärern machte Drake mehrere mittelgroße Typen aus, darunter Kreuzer von ungefähr derselben Kategorie wie die *Discovery* und eine Anzahl von Schiffen, die nach ihrer Größe Zerstörer sein mochten.

Der Anblick der Werftanlagen und ihrer Ansammlung beschädigter Schiffe beeindruckte die Mannschaft der *Discovery* tiefer als die Ruinen auf New Providence. Für die meisten Altaner waren die seit langem toten Städte von New Providence eine Episode aus früherer Zeit. Die Reparaturwerft hingegen war ein greifbarer Beweis eines noch andauernden Krieges, der sich leicht ausbreiten und das System Valeria erfassen konnte.

Bald nach dem Eintritt in die Umlaufbahn wählte Drake die erste Delegation zur Landung auf der Oberfläche Sandars aus. Die Zusammensetzung der Delegation war eine Quelle eifriger Spekulation gewesen, seit sie vor zehn Tagen den Hellsgate-Napier-Faltpunkt verlassen hatten, und manchmal hatte es den Anschein, als wollte praktisch jeder von Bord gehen. Am Ende wählte Drake sich selbst, Bethany Lindquist, Stan Barrett und Alicia Delevan aus, dazu die Assistenten der beiden – Nathan Kellog und Carl Aster – sowie Argos Cristobal. Letzerer sollte Hintergrundmaterial über die Sandarer sammeln, während die eigentliche Delegation mit Kontakten auf höherer Ebene beschäftigt war. Bethany verzichtete auf einen Assistenten.

Vor dem Landgang gab Drake der Delegation und der Bootsbesatzung, die sie transportieren würde, letzte Anweisungen. Er begann damit, dass er aus dem Expeditionsauftrag vorlas.

»Paragraph sieben. Alle Daten, die das Schlachtschiff *Conqueror* der Erde betreffen, sollen als altanisches Staatsgeheimnis behandelt und nichtaltanischem Personal keinesfalls mitgeteilt werden.«

»Ich möchte davon eine Ausnahme machen, Captain«, sagte Alicia Delevan.

Drake legte den Ausdruck beiseite, aus dem er vorgelesen hatte, zog die Brauen hoch und fragte: »Warum, Mrs. Delevan?«

»Wie Sie sich erinnern werden, war ich von Anfang an gegen unseren Besuch dieses Systems. Nun aber, da wir hier sind, halte ich es nicht für klug, den Sandarern die Wahrheit über die *Conqueror* vorzuenthalten.«

»Möchten Sie das genauer erklären?«

»Gewiss. Paragraph sieben war in den Expeditionsauftrag aufgenommen worden, weil der Beraterstab des Ministerpräsidenten dachte, wir würden uns inmitten eines Krieges sehen und keine Ahnung haben, wer gegen wen kämpft. Sie wollten nicht, dass wir über die *Conqueror* redeten, solange wir uns nicht vergewissert hätten, dass wir nicht mit den Gegnern der *Conqueror* sprechen. Zu dem Zeitpunkt schien das eine vernünftige Vorsichtsmaßnahme.

Im Licht der jüngsten Ereignisse ist es aber offensichtlich eine Vorsichtsmaßnahme, die nicht mehr benötigt wird. Es ist ziemlich klar, dass die *Conqueror* in ein Gefecht mit den Ryall geriet. Darum sehe ich nicht, dass etwas zu gewinnen wäre, wenn wir den Sandarern die Wahrheit vorenthalten. Noch wesentlicher scheint mir, dass wir viel zu verlieren haben, wenn wir nicht aufrichtig zu ihnen sind. Befolgen wir Paragraph sieben, so werden sie früher oder später doch herausfinden, dass wir sie belogen haben. Das wird ihnen Anlass zu Überlegungen geben, in welchen anderen Punkten wir sie ebenfalls belogen haben könnten. Unsere Beziehungen würden dadurch ohne jeden Grund beeinträchtigt.«

»Woher wissen wir, dass die Sandarer völlig aufrichtig zu uns sind?«

»Wir wissen es nicht«, sagte Alicia Delevan. »Aber ist es nicht besser, ihnen im Zweifelsfall etwas zugute zu halten?«

»Meiner Ansicht nach«, erwiderte Drake, »ist es am besten, wenn keine Partei der anderen allzu sehr vertraut, solange wir einander nicht besser kennen. Das ist übrigens der Grund dafür, dass wir die *Sultana* als Rückendeckung im Faltpunkt zurückgelassen haben. Ich sehe keinen Grund, diese Politik zum gegenwärtigen Zeitpunkt zu ändern.«

»Aber sie vertrauen uns!«

»Tun sie das?«

»Sie trauen uns genug, dass sie uns eine Parkumlaufbahn über ihrem Planeten zugewiesen haben«, sagte Alicia. »Wenn wir das Waffenarsenal der *Discovery* betrachten, dann gehen sie ein erhebliches Risiko ein, wenn sie uns so nahe heranlassen.«

»Es ist für sie kein so großes Risiko, wie Sie vielleicht denken.«

»Das verstehe ich nicht.«

»Wir haben in den letzten dreißig Stunden Zeit gehabt, den Planeten ziemlich umfassend kartographisch aufzunehmen. Dabei haben wir zahlreiche große Installationen ausgemacht, die auf und in den polaren Eiskappen angelegt sind. Unsere Fachleute haben sie vorläufig als ein Netzwerk planetarischer Verteidigungszentren identifiziert. Nach ihrer Zahl zu urteilen, mag diese Welt durchaus die am besten verteidigte unter allen von Menschen bewohnten sein.«

»Wollen Sie damit sagen, dass die Sandarer uns in dieser Minute im Fadenkreuz haben?«, fragte Stan Barrett.

»Darauf können Sie sich verlassen, Mr. Barrett. Wenn die Installationen, die wir gesehen haben, die von uns geschätzte Feuerkraft haben, können die Sandarer uns in jeder Millisekunde, die ihnen geeignet erscheint, in eine Dampfwolke verwandeln.« Drake ließ seinen Blick über die ihm zugekehrten Gesichter wandern. »Was Mrs. Delevans Sorgen im Hinblick auf Paragraph sieben betrifft, so muss ich darauf bestehen, dass wir unsere Anweisungen befolgen. Sie haben die Freiheit, zu beobachten, Fragen zu stellen und Folgerungen zu ziehen. Aber Sie werden ihnen keinen Hinweis geben, dass wir im Besitz eines aufgegebenen Schlachtschiffes der Erde sind. Wenn sie das Thema zur Sprache bringen, haben Sie Unwissenheit vorzugeben. Ist das klar?«

Es gab mehrere gemurmelte Zustimmungen. Als alles wieder ruhig war, nahm Drake den Ausdruck auf und las weiter. »Paragraph acht ...«

Der Wind, der über die weite offene Fläche des Capitol-Raumhafens von Sandar blies, war bloße zehn Grad über dem Gefrierpunkt. Er biss Richard Drake scharf ins Gesicht, obwohl er seine Kaltwetterkleidung angezogen hatte. Er blieb einen Moment in der offenen Luftschleuse der *Molière* stehen, um den Thermostat seiner Jacke höher zu stellen. Der Himmel über ihm war von einem so dunklen Blau, dass es beinahe in Purpur überging, denn die Atmosphäre Sandars war relativ dünn, verglichen mit jenen der meisten erdähnlichen Welten. Die geringe Dichte wurde aber durch einen Sauerstoffgehalt von 30 Prozent mehr als wettgemacht.

Im Abfertigungsgebäude erwartete die Delegation ein Empfangskomitee. Commodore Bardak und Fähnrich Kyle standen in der ersten Reihe, während mehrere hochrangige Offiziere ein paar Schritte hinter ihnen warteten. Nach ihren goldbetressten und ordensgeschmückten Uniformen mussten diese Männer die militärische Führungsspitze Sandars verkörpern. Eine Militärkapelle und eine Menge Zuschauer waren hinter einer Absperrung versammelt.

Der Rest der Delegation überquerte die Brücke, die vom Landungsboot hereinführte, und betrat die Abfertigungshalle. Drake signalisierte Stan Barrett, Alicia Delevan und Bethany Lindquist zu sich nach vorn. Dann ging er auf Commodore Bardak zu. Dieser nahm Haltung an und salutierte. Drake erwiderte die Ehrenbezeigung, und alle nahmen Haltung an, als die Militärkapelle eine ziemlich gute Wiedergabe der altanischen Hymne spielte und im Anschluss daran eine feierliche Melodie mit tragischen Untertönen, die Drake für die Nationalhymne Sandars hielt.

Als die Militärkapelle geendet hatte, trat Herzog Bardak vor und verkündete mit erhobener Stimme: »Fleet Captain Richard Drake, im Namen meines Königs und meiner Königin heiße ich Sie und Ihr Gefolge auf Sandar willkommen.«

»Ich danke Ihnen, Admiral. Es ist uns eine Freude, hier zu sein.«

Bardak nahm ihn beim Arm, drehte ihn herum und führte ihn zu der Reihe der Würdenträger. »Ich möchte Sie gern mit meinen Vorgesetzten bekannt machen, Sir. Darf ich Ihnen Admiral Fernando Zeilerbach vorstellen, den Grafen von Draga?«

Drake salutierte, dann streckte er die Hand aus. »Admiral, es ist mir eine Ehre …«

Rasch arbeiteten sie sich durch die Reihe der Würdenträger. Außer Zeilerbach waren der Oberkommandierende der Kriegsoperationen, ein Admiral, ein General des Marinekorps und zwei Vizeadmiräle anwesend. Drake bemerkte, dass die Offiziere zusätzlich zu ihren militärischen Rängen durchweg Titel hatten, obwohl ihre Ränge nicht immer mit ihrer Adelsstufe korrespondierten. Zum Beispiel wurde Commodore Bardak allgemein als Herzog Bardak angeredet, und der dritte Mann in der Reihe, Admiral Villiers, der nur ein Ritter von Sandar Erster Klasse war, hieß ›Sir Anthony‹.

»Fleet Captain Richard Drake, ich möchte Sie mit seiner Königlichen Hoheit Jonas Walkirk bekannt machen. Seine Königliche Hoheit ist ein Halbbruder des Königs.«

»Königliche Hoheit«, sagte Drake und salutierte, »ich bin geehrt, dass Sie gekommen sind, uns zu begrüßen.«

»Die Ehre ist auf meiner Seite, Fleet Captain. Offen gestanden hatten wir die Hoffnung aufgegeben, jemals wieder ein altanisches Gesicht zu sehen. Als Herzog Bardak meldete, wer Sie sind, verbreitete sich die Nachricht schneller als die Schallwelle eines atmosphärischen Bombers in ganz Sandar. Bei allen Heiligen, wir können Ihre Hilfe gegen diese verdammten Kentauren gebrauchen!«

»So sagte man mir, Sir.«

Stan Barrett und Alicia Delevan, die neben Drake standen, erstarrten bei der selbstverständlichen Annahme des Oberbefehlshabers der Kriegsoperationen, dass Alta zusammen mit Sandar in den Kampf ziehen würde. Dabei war es nicht das erste Mal, dass ein Sandarer die Möglichkeit eines Bündnisses zwischen den beiden Ablegern von New Providence erwähnt hatte; Commodore Bardak hatte das Thema schon während einer Konferenzschaltung mit Drake und den Abgesandten des Ministerpräsidenten und des Parlaments zur Sprache gebracht, bevor sie den Hellsgate-Napier-Faltpunkt verlassen hatten. Damals hatte Stan Barrett geantwortet, dass die Frage eines Bündnisses von Parlament und Regierung Altas zu entscheiden sein würde. Aber, so hatte er bereitwillig hinzugefügt, die Angehörigen der Einsatzgruppe 001 seien gern bereit, Vorschläge entgegenzunehmen.

Der Oberkommandierende küsste den beiden Damen die Hand, dann bot er Bethany den Arm und führte die Gruppe zum Ausgang. Der General des sandarischen Marinekorps gab Alicia Delevan den Arm und folgte seinem Oberkommandierenden, Drake begleitete Commodore Bardak und Stan Barrett wurde von Admiral Villiers eskortiert. Andere Sandarer begleiteten Carl Aster, Nathan Kellog und Argos Cristobal; die ganze Gruppe schritt durch ein Spalier von Soldaten, die ihre Handfeuerwaffen präsentierten.

Der Korridor führte in ein riesiges Hauptabfertigungsgebäude mehrere hundert Meter weiter. Mit einem Quadratkilometer Fläche war es annähernd fünfmal so groß wie der Raumhafen von Homeport auf Alta, der dort als der größte und modernste bewundert wurde. Das Doppelspalier der Soldaten reichte bis in und durch das belebte Hauptabfertigungsgebäude. Hinter den Soldaten hatte sich eine Menschenmenge versammelt und beobachtete den Einzug der Würdenträger mit ihren Besuchern. Drake machte eine Bemerkung über den hohen Prozentsatz von Uniformierten unter der Bevölkerung.

»Jeder muss seinen Teil zur Kriegsanstrengung beitragen, Captain«, antwortete Bardak. »Die uniformierten Dienste benötigen sehr viele Menschen. Hier auf Sandar ist praktisch jeder in dieser oder jener Weise in die Gemeinschaftsleistung einbezogen.«

»Wie ist es mit den anderen Planeten des von Menschen bewohnten Raumes?«, fragte Drake. »Helfen sie Ihnen bei Ihrem Kampf gegen die Ryall?«

Er vermerkte das leise Zögern, bevor Bardak antwortete. »Sie tun, was sie können. Unglücklicherweise finden viele von ihnen, dass sie nicht mehr tun können, als ihre eigene Verteidigung zu stärken.«

Das Gespräch wurde unterbrochen, als sie eine Wagenkolonne erreichten, die in der Halle des Hauptabfertigungsgebäudes parkte. Es waren lange, niedrig gebaute Fahrzeuge von aerodynamischer Schnittigkeit, die auf hohe Geschwindigkeit schließen ließ.

Der Oberkommandierende Walkirk wies zu den ersten beiden Wagen in der Kolonne. »Captain Drake und Botschafterin Delevan in den ersten Wagen, Botschafter Barrett und Miss Lindquist in den zweiten. Die anderen Wagen werden Ihre Begleiter befördern.«

»Wohin fahren wir?«, fragte Drake, als er einstieg.

Commodore Bardak setzte sich Drake gegenüber. »Zum Palast. Der König erwartet Sie.«

John-Phillip Walkirk VI. – Verteidiger der Faltpunkte, Generaladmiral der Flotte und Marineinfanterie, Geißel der Ryall-Hegemonie, Erster Vikar der Kirche von Sandar und von Gottes Gnaden, König der Systeme von Hellsgate und Napier – blickte von seinem Schreibtisch auf, als sein Hofmarschall die Ankunft der Besucher ankündigte.

John-Phillip war ein stattlicher Mann mit breiten Schultern, einer vorspringenden Nase und mächtigen Händen. Sein Haar war einmal dunkel gewesen, aber fünfundzwanzig Jahre auf dem Thron hatten es mit reichlich Silber durchzogen. Er streckte die Hand aus und schaltete die Gegensprechanlage ein.

»Minister Haliver, Majestät«, sagte die Stimme seines Sekretärs.

»Schicken Sie ihn herein«, erwiderte John-Phillip. Gleichzeitig unterbrach seine Hand eine Lichtschranke, und die Tür zu seinem Amtszimmer öffnete sich.

Der Erste Minister Terence Haliver trat über die Schwelle in das mit Bedacht unübersichtliche Arbeitszimmer des Königs. Haliver war ein kleiner Mann mit stahlgrauem Haar und einem meistens ernsten und oft grimmigen Gesichtsausdruck.

»Sie sind hier, Majestät. Das Boot landete vor ein paar Minuten.«

»Ja, ich wurde bereits verständigt. Ist für die Audienz und das anschließende Gespräch alles vorbereitet?«

»Alles ist bereit, Majestät.«

»Unterrichten Sie mich über die Persönlichkeiten unserer Gäste.«

»Ja, Sir. Seit wir zuletzt sprachen, hat sich unser Verdacht weitgehend bestätigt. An Bord der beiden Forschungsschiffe gibt es mehrere Fraktionen, die miteinander konkurrieren. Wir haben sie vorläufig als die Marine, die beiden größten Parteien im altanischen Parlament und die Wissenschaftler an Bord ihres großen Transporters identifiziert. Es gibt eine weitere Gruppe von Wirtschaftsvertretern, die sie als ›Verbandsrepräsentanten‹ bezeichnen. Ich fürchte, wir haben ihre Rolle in diesem ganzen Unternehmen noch nicht genau bestimmen können.«

»Und die Delegation, die unterwegs hierher ist, besteht aus Vertretern der Marine und der beiden politischen Parteien?«

»Das ist richtig, Majestät. Auch diese Miss Lindquist gehört dazu.«

»Was ist ihre Funktion?«

»Diese Frage, Majestät, ist schwierig zu beantworten. Sie behaupten, dass Miss Lindquist den erblichen Botschafter der Erde auf Alta vertrete. Offen gesagt ist uns nicht ganz klar, warum sie einen prominenten Platz in der Delegation einnimmt, wenn es sich so verhält.«

»Kann sie eine verborgene Machtgruppe vertreten?«

»Es ist denkbar. Sie könnte durchaus die eigentliche Macht an Bord ihres Schiffes sein, vielleicht sogar die eigentliche Leiterin des Expedition.«

John-Phillip nickte. »Ob sie es ist oder nicht, wir wollen vorgeben, dass wir ihrer Tarngeschichte glauben.«

»Natürlich, Majestät. Es ist nicht höflich, den Gästen ins Gesicht zu sagen, dass sie Lügner sind.«

»Wie viel wissen sie über unsere Situation?«

»Herzog Bardak informierte mich, dass er sich ganz eng an das sanktionierte Drehbuch gehalten habe, Majestät. Sie wissen, dass wir uns im Krieg mit den Ryall befinden, und dass es eine Verbindung zwischen unseren Einflusssphären im Aezer-System gibt. Darüber hinaus ist er absichtlich vage geblieben.«

»Wie war ihre Reaktion auf den Vorschlag eines Bündnisses?«
»Wie erwartet, nahmen sie den Gedanken zurückhaltend auf.«
»Wieso erwartet?«
»Dies ist eine Erkundungsmission, Majestät. Sie haben nicht die Autorität, über ein Bündnis zu verhandeln. Jedenfalls behaupten sie es.«
»Glauben Sie diese Behauptung?«
»Ich habe keine Ursache, daran zu zweifeln. Betrachtet man ihre Funktionen, so ist es klar, dass sie keine politischen Entscheidungsträger sind.«
»Gibt es eine Möglichkeit, dass sie von unseren jüngsten Rückschlägen wissen? Etwa durch aufgefangene Funksprüche und dergleichen?«
Haliver schüttelte energisch den Kopf. »Wir haben alle Funk- und TV-Programme, die seit ihrer Ankunft im System ausgestrahlt wurden, durch eine Computerprüfung durchsucht. Es hat nirgendwo einen Hinweis auf das Schicksal unserer Armada gegeben, nicht einmal einen indirekten. Die Zensur ist noch immer unvermindert in Kraft.
Aber es gibt ein Problem. Miss Lindquist wird zweifellos mit unserem irdischen Botschafter sprechen wollen.«
»Das sollte kein Problem sein. Nicht, wenn wir uns klug verhalten und uns einen ausreichenden zeitlichen Vorsprung verschaffen.«
Zum ersten Mal, seit er das Arbeitszimmer des Königs betreten hatte, lächelte Haliver. »Ich verstehe vollkommen, Majestät.«

19

Vom Capitol-Raumhafen in die Stadt selbst war es eine Fahrt von fünfzehn Minuten. Richard Drake und Alicia Delevan saßen nebeneinander auf den Rücksitzen der Limousine, während Commodore Bardak und der Oberkommandierende Walkirk ihnen gegenüber im Passagierfond saß. Hinter ihnen schnurrten drei weitere lange Limousinen leise durch das Labyrinth von betonierten Tunnels, das vom Abfertigungskomplex des Raumhafens wegführte. Nach einer halben Minute kamen sie ins Sonnenlicht, überquerten eine lange Bogenbrücke und tauchten dann auf der Überholspur in eine sehr belebte Hauptstraße ein. Richard Drake wurde in seinen Sitz gedrückt, als der Wagen beschleunigte und seine Geschwindigkeit dem Verkehrsstrom anpasste, dann in eine Lücke zwischen zwei großen Transportern schlüpfte. Die Fahrt ging zwischen bestellten Feldern dahin, während Bardak auf interessante Einzelheiten aufmerksam machte. Bald begleiteten lange, schmale Gewächshäuser beide Seiten der Schnellstraße. Zwischen ihnen erhoben sich schwenkbare, zehn Quadratmeter große Spiegel, die dem Gang des Zentralgestirns über dem Himmel folgten. Drake bemerkte mit Interesse, dass die Spiegel aus reflektierendem Film bestanden, der straff über ein Rahmenwerk aus Röhren gespannt war.

Die Schnellstraße durchschnitt einen niedrigen Höhenzug und führte jenseits davon in ein weites, schüsselartig geformtes Tal. Die Hauptstadt füllte es aus, stieg die Talhänge hinauf und floß über ins Hügelland. Die Stadt war größtenteils eine Ansammlung relativ niedriger Gebäude aus Stein, Ziegelmauerwerk oder Beton; Holz war sehr wenig zu sehen. Die Gebäude waren in freundlichen Farben getüncht und mit verschiedenfarbigen Ziegeln gedeckt.

In der Mitte der Stadt erhob sich eine geodätische Kuppel aus Glas und Aluminium, die das umgebende Häusermeer überragte. Die Konstruktion der Kuppel bestand aus einem Rahmenwerk aus sechseckigen Verstrebungen.

»Unser Ziel«, bemerkte Bardak, als er den Gegenstand von Drakes Aufmerksamkeit sah. »Die Wetterkuppel des Schlosses.«

Drake konnte die Größe der Kuppel schätzen, als er bemerkte, dass die insektenartigen kleinen Objekte, die um das Bauwerk flogen, normal große Hubschrauber sein mussten. Er zog erstaunt die Brauen hoch. »Es muss kostspielig sein, eine Kuppel dieser Größe zu beheizen.«

Der Oberkommandierende Walkirk räusperte sich und sagte: »Bitte gewinnen Sie nicht den falschen Eindruck, Fleet Captain. Die Wetterkuppel ist keine Laune eines verschwenderischen Monarchen. Das Schlossgelände gilt als ein Baumgarten für irdische Vegetation; ein Botanischer Garten, wenn Sie so wollen.« Da Drakes Gesichtsausdruck verriet, dass er nicht verstand, erläuterte Walkirk eingehender, was er meinte.

»Sehen Sie, eine Anzahl irdischer Vitamine hat in der natürlichen Biosphäre Sandars keine Gegenstücke. Um auf dieser Welt gesund zu bleiben, müssen wir unsere Ernährung mit irdischen Pflanzen ergänzen, die aber in unserem kalten Klima nicht gedeihen. Wir ziehen sie daher in den Gewächshäusern, die Sie auf der Fahrt hierher sahen. Die Baumgärten, von denen das Schlossgelände den größten aufweist, sind unsere Versicherung gegen einen Ausbruch von Mehltau oder anderen Pflanzenkrankheiten in den kommerziellen Gewächshäusern.«

Die Wetterkuppel wurde größer und größer, als der Wagen sich dem Stadtzentrum näherte. Als er von der Schnellstraße abbog, war die Kuppel wie eine ragende Wand, die den halben Himmel verdeckte. Kurz darauf fuhr die Limousine ins Innere der Kuppel ein. Als sie von der kalten, trockenen sandarischen Luft in die feuchtwarme Atmosphäre des Schlossgeländes kam, beschlug Drakes Scheibe und nahm ihm die Sicht auf die Außenwelt. Kaum eine Minute später kam der Wagen sanft zum Stillstand.

»Wir sind da«, sagte Bardak. Bedienstete rissen die Türen auf, und Drake sah zwei sandarische Marinesoldaten strammstehen, die Rechte salutierend erhoben. »Nach Ihnen, Captain Drake, Botschafterin Delevan!«

Das königliche Schloss war ein nüchterner Bau aus Stahl und Glas; ein zylindrischer Zentralbau erhob sich fast bis zum Scheitelpunkt der Wetterkuppel, während von seiner Basis vier horizontale Flügel ausgingen, die in die Hauptrichtungen des Kompasses wiesen. Teile der Glasfassade waren nach außen geöffnet, wie es sich für ein Gebäude in einem Gebäude geziemte. Und wohin er auch sah, überall erblickte Drake üppig wuchernde Pflanzenwelt. In der Nähe waren Beete mit kleinen purpurnen Blütenpflanzen angelegt, dahinter wechselten Sträucher und Baumgruppen mit kleinen eingestreuten Wiesen hoher Gräser. Im Becken eines Springbrunnens blühten breitblättrige Seerosen. Zur Peripherie der Kuppel hin verdichteten sich die Kulissen der Busch- und Baumgruppen und schlossen sich zu einem Waldsaum aus Bäumen verschiedener Arten und Altersstufen zusammen. Wie grüne Wasserfälle hingen Waldreben und andere Lianen von den starken Ästen. Efeu, wilder Wein und Geißblatt ergossen sich aus hängenden Pflanzbecken an der Fassade, und die Eingänge und Dächer der Gebäudeflügel waren gesäumt von blühenden Pflanzen in allen Farbtönen.

Während Drake wartete, stiegen auch die Insassen der drei anderen Wagen aus. Er sah Bethany mit eingezogenem Kopf aus dem zweiten Wagen steigen, sich aufrichten und dann mit großen Augen umherblicken. Sie schien geradezu verzaubert, während sie langsam auf ihn zuschlenderte.

»Haben Sie einmal tief durchgeatmet?«, fragte sie.

Er nickte. »Die Luft ist hier zweifellos frischer als das, was wir an Bord gewohnt sind.«

»Das meine ich nicht. Haben Sie die Luft gerochen?«

»Ja, ich habe bemerkt, dass sie einen seltsamen Geruch hat.«

»Einen seltsamen Geruch!«, erwiderte sie. »Captain Drake, Sie haben keinen Funken Poesie in Ihrer Seele! Dieser ›seltsame Geruch‹, wie Sie es nennen, ist der Duft der Erde.«

Drake bemühte sich noch um eine passende Antwort, als Alicia Delevan und Carl Aster zu ihnen traten. Stan Barrett stand ein wenig abseits und besprach in Eile etwas mit seinem Assistenten Nathan Kellog, während Argos Cristobal noch in der Nähe des dritten Wagens stand. Commodore Bardak wies mit ausgestrecktem Arm zu einem von Blumenbeeten begrenzten Weg, der zu einem Seiteneingang des Schlosses führte, und die Altaner setzten sich in Bewegung. Im Innern des Schlosses wurden sie an Büros vorbeigeführt, wo Angestellte und Funktionäre an Computerterminals arbeiteten. Nachdem sie einen langen Gang durchschritten hatten, sahen sie sich vor einer Reihe von Aufzugtüren.

Der Halbbruder des Königs wandte sich an Drake. »Sie und die Botschafter werden jetzt in den Thronsaal geleitet, um Ihre Majestäten zu sprechen, Captain Drake. Mit Ihrer Erlaubnis werde ich die übrigen Mitglieder Ihrer Gruppe zu ihren Räumen bringen lassen.«

»Selbstverständlich, Königliche Hoheit. Mr. Cristobal! Gehen Sie mit diesen Herren. Unterstützen Sie Mr. Aster und Mr. Kellog.«

»Ja, Sir.«

Damit bestiegen Drake, Bethany und die beiden Abgesandten von Parlament und Regierung mit dem Oberkommandierenden Walkirk und Commodore Bardak einen Aufzug. Als dessen Türen sich wieder öffneten, sahen sich die Besucher in einem holzgetäfelten Vorzimmer mehreren Hofbediensteten gegenüber. Der Älteste von diesen war ein grauhaariger Mann von ehrwürdigem Aussehen, dessen linke Brustseite mit Ordensspangen geschmückt war. Er trat auf Stan Barrett zu und verbeugte sich.

»Ich begrüße Sie, Botschafter Barrett. Mein Name ist Opteris. Ich bin der Hofmarschall. Es ist meine Verantwortung, Ihnen den Aufenthalt hier angenehm zu machen. Darf ich Ihnen den schweren Mantel abnehmen? Ich versichere Sie, dass Sie ihn hier unter der Kuppel nicht benötigen werden.«

Barrett bedankte sich und zog seinen Mantel aus. Bethany, Alicia Delevan und Drake folgten seinem Beispiel.

Opteris gab ein Zeichen, und zwei wartende Diener traten näher, die Kleidungsstücke zu übernehmen, dann ließ er eine Dienerin mit einem großen Spiegel näher treten und wandte sich an Bethany und Alicia Delevan. »Ich dachte mir, die Damen würden die Möglichkeit begrüßen, Ihre Erscheinung zu überprüfen, bevor wir zur Audienz gehen.«

»Sie sind der vollkommene Gastgeber, Sir«, sagte Alicia Delevan. Sie trat vor den Spiegel, zupfte an ihrer Kleidung und zog einen Kamm aus der Handtasche.

»Ich danke der Botschafterin«, erwiderte Opteris.

Zwei Minuten wurden damit verbracht, die Schäden zu reparieren, die der Wind draußen angerichtet hatte, und Opteris nutzte diese Zeit, um den Besuchern Einblick in die sandarische Hofetikette zu geben. »Denken Sie daran, hinter der blauen Linie stehen zu bleiben, die vor den Stufen zum Thron verläuft. Es ist üblich, sich an der Linie zu verbeugen und den König als ›Euer Majestät‹ oder einfach ›Sir‹ anzureden. Die Königin wird immer als ›Euer Majestät‹ angeredet. Haben Sie noch Fragen?«

»Wie lange wird diese Audienz dauern?«, fragte Alicia Delevan.

»Nicht lange«, antwortete Opteris. »Die Audienzen im Thronsaal sind eine Formalität, die im Interesse der Holovisionskameras veranstaltet werden. Der König wird Sie begrüßen und eine allgemeine Freundschaftserklärung abgeben. Wir laden Ihren Sprecher ein, das Gleiche zu tun. Seine Majestät mag dann geruhen, ein paar Minuten über einen unstrittigen Gegenstand zu diskutieren, bevor er Ihnen die Gastfreundschaft des Schlosses anbietet. Darauf wird er die öffentliche Audienz für beendet erklären. Anschließend werde ich Sie zu einer Privataudienz mit Seiner Majestät und dem Ministerpräsidenten geleiten. Nun, wenn es keine weiteren Fragen gibt, nehmen Sie bitte Ihre Plätze an der roten Linie ein.«

Sie stellten sich an der Markierungslinie auf, die Opteris angegeben hatte. Diese erstreckte sich vor einer hohen hölzernen Flügeltür über den Marmorboden des Vorzimmers. Sobald alle in Position waren, signalisierte der Hofmarschall dies einem ungesehenen Beobachter über eine unauffällige Videokamera. Trompetenschall dröhnte aus verborgenen Lautsprechern, und schwerfällig schwangen die mächtigen Türflügel auf.

Der Thronsaal war am Eingang verhältnismäßig schmal und erweiterte sich allmählich zum Thron hin, der an der Rückwand auf einem Stufenpodium stand, so dass ein der natürlichen Perspektive entgegenwirkender Raumeindruck entstand. Die Höhe des Saales ging über zwei Geschosse, der Boden bestand aus dem gleichen Marmor wie der des Vorzimmers, und die Wände waren mit dunklem, eigenartig gemasertem Holz getäfelt. Kriegsfahnen hingen von der Decke und bewegten sich leicht in der zirkulierenden Luft.

Zu beiden Seiten eines breiten, freigehaltenen Mittelgangs, der durch die volle Länge des Thronsaales führte, standen Reihen uniformierter Palastwachen. Hinter ihnen hielten sich wohlhabend aussehende Männer und Frauen auf, die in kleinen Gruppen beisammenstanden und Konversation trieben oder doch zumindest den Anschein erweckten, es zu tun. Diener trugen Tabletts mit Getränken und Petits fours von einer Gruppe zur anderen.

An der breiten Stirnseite des Thronsaales saßen der König und die Königin nebeneinander auf dem Stufenpodium. Der König trug die schwarze Uniform der sandarischen Raumstreitkräfte, während die Königin in ein schimmerndes Seidengewand gehüllt war. John-Phillip Walkirk VI. schien Anfang fünfzig; seine Königin wirkte zehn Jahre jünger.

Der Trompetenschall wurde von einer schmetternden Militärkapelle abgelöst, als die Altaner und ihre Begleiter durch den abgesperrten Mittelgang schritten. Die Musik brach ab, als sie die blaue Linie erreichten, stehen blieben und sich gleichzeitig verbeugten. Einen Augenblick später trat der Oberkommandierende Walkirk vor, verbeugte sich erneut und sagte:

»Eure Majestäten, es ist mir eine große Ehre, Ihnen die Vertreter der Regierung von Alta – Botschafter Stanislaw Barrett und Botschafterin Alicia Delevan vorstellen zu können. Ich möchte auch Fleet Captain Richard Drake vorstellen, den Kommandanten des Schlachtkreuzers *Discovery* und Miss Bethany Lindquist, die Vertreterin des erblichen Botschafters der Erde auf Alta. Meine Damen und Herren, ich habe die Ehre, Sie mit meinem Souverän, John-Phillip Walkirk VI. und seiner Königin Felicia bekannt zu machen.«

»Danke, Bruder«, sagte John-Phillip. »Willkommen, geehrte Gäste! Bitte übermitteln Sie unsere Grüße und besten Wünsche Ihrem Parlament, Ihrer Regierung und dem Volk von Alta.«

»Wir danken Eurer Majestät«, erwiderte Barrett. »Mein Ministerpräsident hat mich gebeten, Euren Majestäten und dem sandarischen Volk seine besten Wünsche zu übermitteln.«

»Ich hörte, dass an Bord Ihrer Schiffe Vertreter von Wissenschaft und Wirtschaft sind.«

»So ist es, Euer Majestät. Und ich möchte hinzufügen, dass alle begierig darauf sind, Ihre glorreiche Welt mit eigenen Augen zu sehen.«

»Sie werden uns willkommen sein, Sir«, sagte Königin Felicia mit einem klaren Sopran.

»Euer Majestät sind sehr freundlich.« Barrett verneigte sich in die Richtung der Königin. »Wir würden es als eine besondere Gunst betrachten, wenn Gespräche mit den wissenschaftlichen und wirtschaftlichen Institutionen Sandars arrangiert werden könnten.«

»Wir begrüßen solche Gespräche, Herr Botschafter«, antwortete der König. »Sie können jederzeit mit der Ausschiffung Ihrer Spezialisten beginnen, sofern das Ihr Wunsch ist.«

»Ich werde veranlassen, dass unsere Leute entsprechende Vorbereitungen treffen, Sir.«

John-Phillip richtete seinen Blick auf Richard Drake. »Wie sieht es mit Ihrer Mannschaft aus, Captain? Ich könnte mir denken, dass sie gern Landurlaub haben würde.«

»Ja, Sir. Viele können es kaum erwarten.«

»Wenn wir in hundert Kriegsjahren vielleicht sonst nichts gelernt haben, so verstehen wir uns doch darauf, unseren Kriegern einen angenehmen Aufenthalt zu bereiten, wenn sie auf Urlaub sind. Wir werden für Ihre Leute das Gleiche tun.«

Drake verbeugte sich. »Euer Majestät sind sehr großzügig.«

»Meine Großzügigkeit ist durch Eigeninteresse motiviert, Captain. Je eher wir einander kennen lernen, desto früher werden wir alle in der Lage sein, gegen unseren gemeinsamen Feind zusammenzuarbeiten.«

»Ein vernünftiger Vorschlag, Euer Majestät.«

John-Phillip lenkte seine Aufmerksamkeit auf Bethany Lindquist. »Und was kann ich für Sie tun?«

»Unterhält die Erde hier auf Sandar eine Botschaft, Majestät?«

»Gewiss!«

»Ich wäre sehr froh über eine Gelegenheit, mit dem Botschafter der Erde zusammenzutreffen, sobald es ihm möglich ist.«

»Ich werde ihn sogleich verständigen lassen. Ich werde Ihnen auch ein Transportmittel zur Verfügung stellen, wenn er bereit ist, Sie zu empfangen.«

»Ist die Botschaft weit entfernt?«

»Halbwegs um den Planeten, Miss Lindquist. Sie wurde vor der Großen Einwanderung eingerichtet und ist niemals verlegt worden. Sie wissen, wie konservativ die Zentralregierung der Erde bisweilen sein kann.«

»Ich wünschte, ich wüßte es«, erwiderte Bethany. »Unglücklicherweise hatten wir in einhundertfünfundzwanzig Jahren keinen Kontakt mit der Erde.«

»Wir werden sehen müssen, was getan werden kann, um da Abhilfe zu schaffen«, erklärte der König.

»Ich danke Eurer Majestät.«

John-Phillip winkte ab. »Denken Sie sich nichts dabei.« Sein Blick erfasste alle vier Altaner. »Nun, Sie müssen von Ihrer Reise müde sein. Ich schlage vor, dass wir weitere Diskussionen aufschieben, bis Sie ausgeruht haben.«

»Wie Euer Majestät wünschen«, erwiderte Barrett.

Der König signalisierte einem Zeremonienmeister, der abseits neben dem Thron stand, und der Mann trat vor und stieß einen langen, mit Goldknopf verzierten Stab auf den Boden. »Die Audienz ist beendet! Alle erweisen dem König ihre Huldigung!«

Jeder im Thronsaal Anwesende verneigte sich, und aus den Lautsprechern drang wieder Musik. An der Spitze eines kleinen Gefolges, das vom Zeremonienmeister angeführt wurde, verließ das Königspaar den Thronsaal. Sobald es gegangen war, nahmen die Gruppen der Höflinge ihre Gespräche wieder auf. Von irgendwo erschien Hofmarschall Opteris und sagte zu den Besuchern: »Wenn Sie mit mir kommen wollen, werde ich Sie nun zur Privataudienz geleiten.«

Opteris führte sie zurück durch die Flügeltüren und in den Aufzug; diesmal ging es in eines der oberen Geschosse des Hauptgebäudes. Nach einigen Minuten Wartezeit wurden sie von livrierten Türstehern in einen Raum gebeten, der Teil der königlichen Wohnung zu sein schien. Vier Sofas waren um einen niedrigen Tisch angeordnet. Auf einer Seite des Raums öffnete sich eine Glastür auf einen Balkon mit Blick auf den Schloßpark. Als die vier Altaner und ihre beiden einheimischen Begleiter eingelassen wurden, stellten sie fest, dass ein kleiner, grauhaariger Mann bereits auf sie wartete.

»Meine Damen und Herren«, sagte der Oberkommandierende Walkirk, »ich möchte Sie mit Terence Haliver bekannt machen, dem Ersten Minister des Reiches.«

Haliver schüttelte ihnen die Hand, dann wies er zu den Sitzgelegenheiten. »Seine Majestät zieht sich um und wird bald nachkommen. Er wünscht, dass Sie es sich bequem machen.«

Stan Barrett und Alicia Delevan ließen sich auf ein Sofa nieder, während Richard Drake und Bethany Lindquist auf einem anderen Platz nahmen. Walkirk und Bardak besetzten ein drittes, und Ministerpräsident Haliver setzte sich den beiden altanischen Botschaftern gegenüber.

»Getränke?«, fragte er.

»Ich nehme das Übliche!«, rief der König aus dem Nebenraum.

Haliver nahm die Bestellungen der Reihe nach an und tippte sie in einen Taschencomputer. Eine Minute später brachte ein Diener die Getränke auf einem Tablett herein. Er hatte sie gerade serviert, als der König eintrat.

»Willkommen«, dröhnte John-Phillip. Er hatte seine Staatsuniform gegen einen weiten, langen Überwurf getauscht, der Stil zugunsten von Bequemlichkeit opferte. Mit abwinkenden Handbewegungen kam er zielbewusst in den Raum geschritten. »Nein, stehen Sie nicht auf. Es gibt auch so schon zu viel Förmlichkeit.«

Er nahm neben seinem Minister Platz, nippte von einem Glas, das mit bernsteinfarbener Flüssigkeit gefüllt war, und bemerkte verspätet, dass er allein trank. »Es ist nicht nötig, auf Zeremoniell zu bestehen. Trinken Sie bitte nach Belieben!«

Als die Gäste seiner Aufforderung nachgekommen waren, setzte er sein Glas ab, lehnte sich zurück und sagte: »Ich hoffe, unsere kleine Schau hat Sie nicht zu sehr eingeschüchtert. Wir tun es für die Öffentlichkeit, wissen Sie. Das Volk braucht etwas, das seine Gedanken vom Krieg ablenkt. Es hat, weiß Gott, die meiste Zeit genug zu tragen.«

»Es war eine elegante Zeremonie, Majestät«, bemerkte Stan Barrett.

»Eine notwendige, das dürfen Sie mir glauben, Botschafter. Sagen Sie, sind Sie wirklich bereit, Ihre Wissenschaftler hierher zu transferieren?«

»Ja, Sir.«

»Ich würde es zu schätzen wissen, wenn Sie noch ein paar Tage warten könnten, während wir die nötigen Vorbereitungen treffen.«

»Wenn das Ihr Wunsch ist, Majestät.«

»Das ist es. Geben Sie Minister Haliver eine Liste Ihrer Leute und Ihrer Fachgebiete. Er wird dann versuchen, sie mit vergleichbaren Mitgliedern unserer eigenen wissenschaftlichen Elite zusammenzubringen. Wir werden die beiden Gruppen ein paar Wochen in Wechselwirkung treten lassen und sehen, welche Themen von besonderem Interesse sich daraus ergeben.«

»Wie möchten Sie im Falle unserer Wirtschaftsdelegation verfahren, Majestät?«, erkundigte sich Alicia Delevan.

»Nun, die können Sie sofort herunterbringen. Wir werden sie zu einleitenden Gesprächen an die Handelskammer verweisen. Wenn wir Fragen von beiderseitigem Interesse finden, werden wir die Königliche Kommission für Außenhandel einschalten. Ich nehme an, auch die Leute vom Zoll werden mit einbezogen werden müssen, denn es liegt nicht in unserem Interesse, aufkeimende gute Beziehungen durch bürokratische Tarifregelungen abzuwürgen, nicht wahr?«

»Nein, Sir.«

»Miss Lindquist und Botschafterin Delevan, meine Gemahlin würde sich geehrt fühlen, wenn Sie beide sie morgen zum Tee mit Ihrer Gesellschaft erfreuen könnten. Der Gedanke, sich mit zwei Damen aus Alta auszutauschen, erfüllt sie mit freudiger Erwartung.«

»Es wird uns eine Ehre sein, Majestät.«

Der König nahm einen weiteren Schluck von seinem Trunk, streckte die Beine von sich und lehnte sich wieder zurück. »Nun, wenden wir uns den Fragen zu, die von allgemeinem beiderseitigem Interesse sind. Sicherlich werden Sie sich über vieles informieren wollen. Fragen Sie ungeniert und sorgen Sie sich in diesem Stadium nicht übermäßig um Diplomatie. Unsere Funktion hier ist das Austauschen von Informationen.«

Alicia Delevan räusperte sich. »Auf Alta haben wir, wie Eurer Majestät bekannt sein wird, eine parlamentarische Demokratie, wie übrigens die meisten Welten in den von Menschen besiedelten Teilen des Raumes ...«

John-Phillip unterbrach sie mit erhobener Hand. »Und Sie möchten wissen, was wir, in Gottes Namen, mit einer so archaischen Einrichtung wie einer funktionierenden Monarchie tun.«

»So ungefähr, Sir.«

»Es ist ziemlich einfach«, erläuterte der König. »Mein Vorfahre, der erste John-Phillip Walkirk, war Admiral der Flotte, die den Ryall das letzte Nachhutgefecht lieferte. Das war der Kampf, den wir als ›Das Große Brennen‹ bezeichnen – die Phase des Krieges, die zur endgültigen Zerstörung von New Providence führte. Nachdem die Ryall unsere Linien durchbrochen und zerstört hatten, was von den größeren Städten des Planeten übrig geblieben war, half Admiral Walkirk bei den Bemühungen zur Rettung der Überlebenden. Insgesamt waren zehn Millionen Menschen vom Leichnam des armen alten Planeten gerettet und zu Sandarsons Welt gebracht worden, wie sie damals noch genannt wurde.

Als sie ins System Hellsgate zurückkehrten, entdeckten sie, dass die öffentliche Ordnung zusammengebrochen war. Die frühen Siedler lagen im Streit mit den Flüchtlingen, von denen viele sich weigerten, das ihnen zugewiesene Land anzunehmen, und in den klimatisch begünstigten Gebieten mit guten Böden hatte der gewaltsame Landraub epidemische Formen angenommen. Die Zivilbehörden von New Providence waren angesichts der chaotischen Verhältnisse, die eine Folge der Entwurzelung der gesamten Bevölkerung und der Vernichtung aller Verwaltungsstrukturen waren, nicht mehr funktionsfähig.

Admiral Walkirk übernahm das Oberkommando über die Streitkräfte und stellte die Ordnung wieder her. Er rief das Kriegsrecht aus und ersetzte die zivile Regierung durch seine eigenen Offiziere. Die Regelung sollte vorübergehender Natur sein, aber etwas schien immer wieder eine Rückkehr zur Zivilregierung zu verhindern. Schließlich wurde die Militärdiktatur in eine Monarchie umgewandelt und John-Phillip Walkirk zum ersten König von Sandar und New Providence ausgerufen.«

Als der König geendet hatte, ergriff sein Halbbruder, der Oberkommandierende der Streitkräfte, das Wort. »Natürlich waren die Ryall das ›Etwas‹, das immer wieder die Rückkehr zu friedenskonformen Verhältnissen verhinderte. Kurz nachdem John-Phillip die Regierungsgewalt übernommen hatte, gingen auch aus anderen Regionen des besiedelten Raumes Meldungen über Angriffe der Ryall ein.«

»Es war die verdammte Supernova«, sagte der König. »Sie veränderte den Faltraum überall in diesem Teil der Galaxis. Bardak kann Ihnen die amtlichen Zahlen nennen.«

»Ja, Majestät«, sagte Bardak. »Die Explosion zerstörte elf kartierte Faltpunkte. Von diesen haben sich nur der Faltpunkt im Valeria-System – das heißt, Ihrem System – und ein anderer später regeneriert. Andererseits schuf Antares durch seine Explosion eine Anzahl neuer Faltraumverbindungen, von denen uns fünfzehn bekannt sind. Sechs von diesen waren kurzlebige Phänomene wie der Faltpunkt Napier-Ryall. Die anderen neun scheinen jedoch von Dauer zu sein. Von diesen führen drei zu Sternsystemen, die von den Ryall bewohnt sind. Es ist unser Unglück, dass wir im Aezer-System ein solches gleich nebenan haben. Aezer ist ein veränderlicher Stern der Klasse III und war vor der Nova unbewohnt. Heute wird das System von uns und den Ryall als Drehscheibe für Angriffe auf Territorien des jeweiligen Gegners benutzt.«

»Wir beobachteten eine große Zahl von Installationen um den Hellsgate-Aezer-Faltpunkt«, sagte Alicia Delevan.

»Das, Mrs. Delevan, ist unsere erste Verteidigungslinie«, antwortete der Oberkommandierende. »Sollten die Ryall jemals versuchen, uns hier anzugreifen, hoffen wir ihnen einen heißen Empfang zu bereiten, sowohl am Faltpunkt wie auch am sandarnahen Raum.«

»Sie müssen in den letzten hundert Jahren eine Menge Daten über die Ryall gesammelt haben«, meinte Drake.

»Mehr, als uns lieb ist«, bestätigte der König.

»Würde es uns möglich sein, Einblick in solche Daten zu gewinnen? Wir haben nur wenige alte Aufzeichnungen, die wir in New Providence ausgegraben haben.«

»Wir können Ihnen mehr bieten«, erwiderte John-Phillip. »Wie würde es Ihnen gefallen, mit einem lebenden Ryall zusammenzutreffen?«

»Sie haben Gefangene?«

Er nickte. »Ein paar.«
»Die würde ich sehr gern sehen!«
»Dann sollen Sie es. Admiral Bardak, bitte nehmen Sie das in die Hand.«
»Ja, Majestät.«

20

Das sandarische Militärhauptquartier war eine stumpfe Pyramide auf einer öden Felsinsel inmitten einer Eiswüste. Zuerst war das mit Tarnanstrich versehene Gebäude kaum von seiner Umgebung zu unterscheiden, ein schwarzbrauner Fleck kahler Felserhebungen in einem arktisch weißen Panorama. Dann, als die Maschine mit Commodore Bardak, Richard Drake und Argos Cristobal näher kam, wurde das Gebäude selbst sichtbar und enthüllte nach und nach seine wahren Abmessungen.
»Ein gewaltiger Bau«, sagte Drake zu Bardak.
»Groß genug«, erwiderte der sandarische Adlige. »Das Gebäude hat eine Seitenlänge von einem Kilometer und erhebt sich fünfhundert Meter über den Felsuntergrund. Die Flanken sind bis zu einer Tiefe von zwei Metern gepanzert und durch strahlungssichere Felder abgeschirmt.«
»Wäre es nicht praktischer, das Hauptquartier näher bei der Hauptstadt einzurichten?«, fragte Drake. Die Maschine war von der Hauptstadt zum Militärischen Hauptquartier drei Stunden geflogen, davon die meiste Zeit über scheinbar endlose Eisflächen.
»Praktischer schon, aber nicht sicherer. Das Militärische Hauptquartier fungiert außerdem als ein Planetarisches Verteidigungszentrum. Sicherlich werden Sie aus der Umlaufbahn viele von unseren PVZs gesehen haben.«
Drake nickte.
»Ein strategisches PVZ benötigt eine Menge Energie und erzeugt beträchtliche Mengen Abwärme. In einem längeren Gefecht kann die Abwärme eines einzigen fest installierten Lasers die Temperatur sogar eines mittleren Flusses um mehrere Grade ansteigen lassen. Würden wir unsere PVZs in der gemäßigten Zone errichten, so würden wir

bei jeder Erprobung der Laserwaffen ein massives Fischsterben auslösen. Dagegen besitzt die polare Eiskappe eine Wärmeleitfähigkeit, die praktisch unbegrenzt ist. Sie können es nicht sehen, aber die Eisfelder im Umkreis des Militärischen Hauptquartiers sind durchzogen von Abwärmeleitungen. Theoretisch könnten wir jede fest installierte Laserkanone der Batterie tagelang ständig feuern lassen, bevor wir uns wegen Überhitzung sorgen müssten.

Hinzu kommen natürlich die strategischen Erwägungen. Indem wir unsere Installationen gleichmäßig über die Oberfläche verteilen, vermeiden wir Blößen und ziehen unser militärisches Potenzial auseinander. Schließlich, sollten die Ryall jemals so weit kommen, was in Anbetracht der Kampfkraft unserer Faltpunkt-Gefechtsstationen höchst unwahrscheinlich ist, hoffen wir, ihr Feuer auf die PVZs und von den Städten abzulenken.«

Während Bardak seine Erläuterung gab, umkreiste die Maschine das Militärische Hauptquartier, um den Altanern eine Gelegenheit zu bieten, den künstlichen Berg aus nächster Nähe zu sehen. Die Flanken der Pyramide waren bestückt mit stufenweise koordinierten Radaranlagen und verschiedenen anderen, weniger leicht identifizierbaren Sensoren. Von der Basis der stumpfen Pyramide reckten mehrere Dutzend fest installierte Laserkanonen ihre Mündungen himmelwärts.

Die Maschine ging in einen flachen Landeanflug nieder und kam auf dem Dach des Militärischen Hauptquartiers zum Stillstand. Ein beißend kalter Wind fiel die Aussteigenden an, und sie beeilten sich, in den Schutz eines nahen Treppenhauses zu gelangen. Bardak führte sie ein Geschoss abwärts zu einem Raum voller Spinde. Dort wies er sie an, ihre schweren Mäntel, Handschuhe und Mützen abzulegen.

Als Nächstes führte er sie zu einer Transportstation, wo mehrere kleine Wagen wie Gondeln an einer unter der Decke angebrachten Schiene hingen. Sie bestiegen die erste Gondel in der Reihe, Bardak programmierte einen Bestimmungscode am Armaturenbrett des Fahrzeugs, das gleich darauf die Fahrt aufnahm und in einen langen Tunnel beschleunigte.

Eine Minute später erreichten sie eine weitere Station, die äußerlich mit der identisch war, die sie gerade verlassen hatten. Bardak führte sie weiter durch die Station und in einen Korridor. Nach mehreren Abzweigungen gelangten sie an eine Stahltür, die von zwei mit Maschinenpistolen bewaffneten Marinesoldaten bewacht wurde. Ein dritter saß an einem Schreibtisch und prüfte Commodore Bardaks Identifikation, bevor er einen verborgenen Knopf drückte. Die schwere Stahltür öffnete sich schwerfällig, und Bardak bedeutete Drake und Cristobal, vor ihm in den nächsten Raum zu gehen.

Drake tat wie geheißen und sah sich zu seiner Überraschung auf einem Laufsteg zehn Meter über einer fremdartig anmutenden Ebene. Über ihm brannte eine rötliche Sonne aus einem dunstigen rosa Himmel; unter ihm erstreckte sich gelbe Vegetation bis zum Horizont, während in seiner Nähe ein Gehölz unbekannter Bäume stand, die einen stechenden Geruch ausströmten. Ein kleiner Bach floss am Rand der Baumgruppe dahin und verschwand in dichter, ins Violette spielender Vegetation.

Die seltsame Himmelsleuchte und die womöglich noch seltsameren Pflanzen waren nicht die einzigen Hinweise auf eine unbekannte Welt. Auf halbem Weg zum Horizont durchzog eine Tierherde die Ebene. Sie war zu weit entfernt, um eine Bestimmung der Art zu ermöglichen, aber auch sie hatte etwas eindeutig Fremdartiges.

Drake wandte sich stirnrunzelnd an Bardak. »Was ist das hier?«

»Dies ist der Käfig, wo wir unsere Gefangenen halten«, erwiderte der Commodore. »Die Wände sind natürlich durch die holographische Projektion verborgen. Wir gewannen die Szene aus einem als Wrack erbeuteten Kriegsschiff der Ryall. Die Gefangenen versichern uns, dass die Umgebung sie an ihre Heimat erinnere.«

»Wo sind sie?«, fragte Argos Cristobal. »Die Ryall, meine ich.«

»Gleich unter Ihnen, Lieutenant«, antwortete Bardak. Er zeigte zu der kleinen Baumgruppe hinunter. In ihrem Schatten saßen oder lagen vier Gestalten in einem Kreis.

Die Ryall ruhten mit den zwei Meter langen Rümpfen auf ihren eingezogenen sechs Beinen und hatten die Schwänze um sich gelegt. Der vertikale Teil des Rumpfes erhob sich fünfzig Zentimeter über die Rundung des Rückens. Zwei lange Arme entsprossen den Schultern in der Mitte des vertikalen Rumpfteils und endeten in Händen mit sechs biegsamen Fingern. Ein langer, geschmeidiger Hals hob den Kopf noch einmal sechzig Zentimeter höher.

Der Kopf war reptilienartig, mit einer langen, zähnestarrenden Schnauze; zwei kohlschwarze Augen spähten unter dicken, schützenden Knochenwülsten hervor. Die Ohren waren Hautlappen, die sich auf dem Schädel zwischen vier langen Stacheln spannten.

»Gott, ich hatte sie glatt übersehen!«, flüsterte Cristobal.

»Sie brauchen Ihre Stimmen nicht zu dämpfen«, erklärte Bardak in normalem Gesprächston. »Dieser ganze Bereich ist in ein schallschluckendes Feld eingebettet und von einem Einweghologramm abgedeckt. Sie können uns weder sehen noch hören.

Sie unterhalten sich. Möchten Sie zuhören?«

»Ja, gern!«

Bardak trat zu einem kleinen Kontrollpult, das am Geländer des Laufganges angebracht war, drückte eine Taste, und sie waren plötzlich umgeben von den verstärkten Stimmen der Ryall. Es wurde sofort erkennbar, dass die Variationsbreite der hervorgebrachten Töne erheblich größer war als die jeder menschlichen Sprache.

»Sprechen sie Standard?«

»Diejenigen, welche schon ein paar Jahre hier sind. Ihr Stimmapparat ist viel anpassungsfähiger als unserer. Glauben Sie mir, die Ryall sind sehr redegewandt, wenn sie es sein wollen.«

»Wäre es möglich, dass ich mit einem von ihnen spreche?«, fragte Drake.

Bardak lächelte. »Das ist gewöhnlich die erste Frage, die von Besuchern gestellt wird. Alles ist für ein Interview vorbereitet. Folgen Sie mir ins Sprechzimmer.«

Das Sprechzimmer war ein kahler Raum mit einem Tisch, einem einzigen Stuhl und verschiedenen Bewachungsmechanismen, die hinter Panzerglasplatten in die Decke eingelassen waren. Richard Drake setzte sich auf den Stuhl und wartete, bis die schwere Stahltür am anderen Ende des Raums geöffnet wurde. Er brauchte nicht lange zu warten. Die Tür wurde in die Wand zurückgezogen, und einer der Ryall kam herein, bewacht von zwei Marinesoldaten.

Als er näher kam und auf der anderen Seite des Tisches stehen blieb, gemahnte der Ryall Drake an Bilder, die er von frühen Experimenten mit geländegängigen Gehmaschinen gesehen hatte. Die Gangart war eine Abfolge von Bewegungen, denen das ungeübte Auge schwer folgen konnte. Drake spielte mit dem Gedanken, den Ryall zu bitten, dass er im Raum umhergehe, ließ es aber sein. Lange Sekunden betrachteten die beiden einander schweigend. Wenn der

Ryall in der Lage war, ein Mienenspiel zu zeigen, so ersparte er sich die Mühe – oder Drake achtete nicht auf die richtigen Signale.

Nach fast einer Minute Stillschweigen öffnete sich die lange Schnauze, und zwischen zwei Reihen konischer Zähne drang in überraschend klarer Diktion menschliche Sprache hervor. »Man sagt mir, dass Sie mit mir zu sprechen wünschen, mein Herr oder meine Dame.« Die Sprechweise des Ryall betonte alle Zischlaute, war aber sonst akzentfrei.

»Wie lange sind Sie schon hier gefangen?«, fragte Drake.

»Fünf Standardjahre«, antwortete der Ryall.

»Und Sie können noch immer nicht den Unterschied zwischen den zwei menschlichen Geschlechtern erkennen?«

»Das Geschlecht eines bestimmten Menschen ist für einen von meiner Art nicht von Belang. Ich würde vermuten, dass Sie männlichen Geschlechts sind, weil das für die allermeisten meiner Besucher gilt.«

»Sie haben Recht. Und was sind Sie, wenn die Frage nicht zu indiskret ist?«

»Keines von beiden«, antwortete der Ryall. »Ich bin ungeschlechtlich, das, was Sie eine Drohne nennen, glaube ich.«

»Haben Sie einen Namen?«

Es kam ein kurzes Geräusch, das mit einem scharfen Einatmen begann und mit einem Geräusch wie einem plötzlich abgebrochenen Niesen endete. »Eine ungefähre Übersetzung würde lauten: ›Treuer Diener des Eies, das uns alle gebar‹. Sie können mich aber ›John‹ nennen. Das ist der Name, den meine Bewacher mir gegeben haben.«

»Gut, John, mein Name ist Richard Drake. Haben die Sandarer Ihnen gesagt, wer ich bin?«

Der Ryall machte ein undeutbare Geste mit den Händen, und eine dreifach gegabelte Zungenspitze zuckte hervor. »Einem Zootier werden keine Erklärungen gegeben, Richard Drake. Es fragt auch nicht danach.«

»Zootier? Halten Sie diesen Ort für einen Zoo?«

Diesmal war die Geste umfassender. Die Arme wurden ganz ausgestreckt, und die sechs langen Finger spreizten sich weit. »Ist das nicht Ihre Bezeichnung für einen Ort, wo die Menschen zu ihrer Unterhaltung die Possen anderer Arten beobachten?«

»Das ist richtig. Aber eine zutreffendere Bezeichnung für diesen Ort wäre ›Gefängnis‹. Sie sind ein Kriegsgefangener.«

»Das ist eine weitere Unterscheidung, mit der wir nichts anfangen können, Richard Drake. Offenbar sehen wir die Wirklichkeit nicht genauso, wie Sie es tun.«

»Ich fürchte, ich verstehe nicht, John. Wollen Sie damit sagen, dass Sie nicht wissen, was ein Gefängnis ist oder was es bedeutet, ein Gefangener zu sein?«

Der Ryall klappte mit einem flatternden Geräusch die Ohren auf. »Ich lache, Richard Drake. Nach fünf Standardjahren sind die Begriffe Gefangenschaft und Gefängnis etwas, das ich sehr wohl verstehe. Meine Gefährten und ich sprechen kaum von etwas anderem.«

»Worin besteht dann …«

»Sie nannten mich einen Kriegsgefangenen. Ich finde es schwierig, unseren Begriff von Krieg mit der unklaren Interpretation zu vereinbaren, die Sie mit dem Wort in Verbindung zu bringen scheinen.«

»Welches ist dann der Begriff, den die Ryall dafür verwenden?«

»Krieg ist ein Kampf der Ehre zwischen zwei Gegnern, wie wenn ein Mann seine Drohnen aussendet, um sich einen Nistplatz oder eine bestimmte Frau von einem anderen zu sichern. Krieg ist der Zusammenstoß von Sippen, um zu sehen, welche den Ehrenplatz für ihre Eier gewinnen wird. Krieg ist das Ringen um Herrschaft zwischen ganzen Zivilisationen, wodurch eine ihr Recht begründet, die andere zu führen.«

»Ist das nicht, was jetzt zwischen Ihrer und meiner Art geschieht?«, fragte Drake.

»Keineswegs«, antwortete der Ryall.

»Wie nennen Sie es dann?«

»Um es in Ihrer Sprache so auszudrücken, dass es der Sache am ehesten entspricht, müsste es mit einem Wettstreit zwischen rivalisierenden Schädlingsbekämpfern verglichen werden, von denen jeder versucht, den Kosmos von des anderen Gegenwart zu befreien.«

Bethany Lindquist saß in der Passagierkabine einer königlichen Privatmaschine und sah die grüne Landschaft rasch unter sich vorübergleiten. An ihrer Seite saß Prinzessin Lara, die zweite Tochter des Königs und der Königin von Sandar. Lara war eine dunkelhaarige Schönheit von ungefähr zwanzig Jahren. Sie war Bethanys inoffizielle Fremdenführerin, seit sie einander beim Tee der Königin eine Woche zuvor kennen gelernt hatten. Seitdem hatten sie die Sehenswürdigkeiten der Hauptstadt besichtigt, Wasserfälle besucht und die Eishöhlen von Arda erforscht. Lara hatte Bethany über die Geschichte von Sandar unterrichtet, und Bethany hatte sich mit Geschichten von Alta und der Erde revanchiert.

»Regnet es hier nie, Lara?«, fragte Bethany, als wieder ein wolkenloser Tag angebrochen war.

»Nicht in dieser Dekade«, antwortete die Prinzessin. »Und das ist gut so. Zur Zeit der Gletscherschmelze im Perihel ertrinken wir auch so schon beinahe. Wenn es in der Zeit zusätzlich regnen würde – nicht auszudenken, was für Probleme wir haben würden.«

»Es kommt mir seltsam vor, dass ohne Regen überall so viel Grün ist.«

»Uns nicht«, sagte Lara lachend. »Das ganze Land ist von großen und kleinen Wasserläufen und Bewässerungskanälen durchzogen.« Sie beugte sich zum Fenster und spähte hinab. »Ich glaube, wir sind am Ziel.«

Die Maschine legte sich auf die Seite und zog niedergehend einen Kreis um ein großes weißes Gebäude, das allein in einem grünen Park lag. Nach einer weiteren Schleife verlangsamte die Maschine bis zum Schwebeflug und ging auf einen von hohen Bäumen umstandenen Landeplatz nieder. Sobald die Räder aufgesetzt hatten, nahm Bethany die Aktentasche mit den Sendungen ihres Onkels an sich und wartete, dass Lara die Kabinentür öffnete.

Am Rand des Landeplatzes erwartete sie ein weißhaariger, dunkelhäutiger Mann. Da ihr Besuch angekündigt war, trug er eine Diplomatenuniform mit Schärpe.

»Ich begrüße Eure königliche Hoheit«, sagte er, dann ergänzte er, an Bethany gewandt: »Hallo, Miss Lindquist.« Er verbeugte sich und küsste ihnen die Hände. »Mein Name ist Ambrose Cartier. Ich bin der Botschafter der Erde auf Sandar. Sie müssen die Dame von der verlorenen Kolonie im Valeria-System sein.«

Bethany bejahte dies, und Cartier bat sie, mit ihm ins Haus zu kommen. »Ich fürchte, selbst ein milder Tag wie der heutige ist für bahamisches Blut zu kalt, um im Freien zu sitzen.«

»Sie kommen von den Bahamas? Das ist in der Nähe von Nordamerika, nicht wahr?«, erkundigte sich Bethany.

Cartier nickte. »Vor der Küste Floridas im Atlantischen Ozean. Das Klima ist die meiste Zeit des Jahres tropisch, obwohl manche von unseren Winterstürmen wirklich etwas frisch sein können. Aber lange nicht so kalt wie hier. Nicht wahr, Prinzessin?«

»Wenn Sie es sagen, Exzellenz.«

»Und ob ich das sage!« Cartier führte sie in das große Haus. Es war ursprünglich eine Residenz gewesen, aber ein Flügel enthielt jetzt die Amtsräume, wo Botschaftsangestellte an Datenanschlüssen arbeiteten.

»Ist dies die Botschaft?«, fragte Bethany.

»Offiziell ist es die Residenz des Botschafters«, sagte Cartier. »Ich finde es aber angenehmer, meine Amtsgeschäfte von hier aus zu führen als in diesem großen Büroklotz in Gosslaw.«

»Gosslaw?«

»Die nächste Großstadt«, erläuterte Lara, »und eine der ersten Bergbausiedlungen.«

Cartier führte die beiden Frauen in ein Arbeitszimmer, dessen Wände mit Regalen voller gedruckter und gebundener Bücher bedeckt waren. Er ließ Tee und einen Imbiss servieren, und als sie vor ihren dampfenden Tassen saßen, sagte er: »Meine Spione berichten mir, dass Sie sich als eine komparative Historikerin bezeichnen, Miss Lindquist.«

»Ja, Exzellenz.«

»Ich habe zu meiner Zeit von allen Arten von Historikern gehört, aber das ist mir etwas Neues. Bitte, erklären Sie mir, was ein komparativer Historiker ist?«

Bethany erklärte ihren Beruf und seinen Platz in der Gesellschaft von Alta. Cartier hörte ihr zu, ohne sie zu unterbrechen, und als sie geendet hatte, nickte er. »Also sind Sie eine Spezialistin für die Geschichte der Erde! Ich muss gestehen, dass es auch eine meiner Leidenschaften ist. Wenn wir den geschäftlichen Teil beendet haben, können wir vielleicht ein wenig fachsimpeln. Ich werde Sie über die Ereignisse des vergangenen Jahrhunderts unterrichten.«

»Das würde mir gefallen, Exzellenz. Ich hoffe, eines Tages in der Lage zu sein, die Erde zu besuchen.«

»Das müssen Sie tun! Neapel sehen und sterben, wie die alte Redensart geht. Zurückkehren zu unseren Wurzeln. Nun, junge Dame, wie kann ich Ihnen helfen?«

Bethany erzählte die Geschichte von Granville Whitlow und seinem lebenslangen Bemühen, eine irdische Vertretung auf Alta zu erhalten. »Seitdem ist das Amt des Botschafters der Erde als Erbe in meiner Familie weitergegeben worden. Mein Onkel ist der gegenwärtige Inhaber des Titels. Als er hörte, dass Regierung und Parlament eine Expedition aussenden, um mit dem Rest der Menschheit wieder in Verbindung zu treten, sorgte er dafür, dass ich daran teilnehmen konnte. Ich habe Depeschen von einhundertfünfundzwanzig Jahren bei mir, um sie zur Erde weiterzuleiten.«

Cartier klatschte in die Hände und lachte laut auf. »Wie herrlich, meine Liebe! Der diplomatische Dienst muss von der Geschichte Ihrer Familie erfahren. So viel Pflichtbewusstsein sollte geehrt werden, gerade zu diesem späten Zeitpunkt.«

»Danke, Sir«, sagte Bethany. »Ich habe die Depeschen bei mir und wäre Ihnen dankbar, wenn Sie sie an sich nehmen und durch Ihren Kurierdienst zur Erde senden würden.« Sie öffnete ihre Aktentasche und nahm ein versiegeltes Paket heraus, das sie Cartier übergab. »Würden Sie die Güte haben, die Umstände, wie ich sie Ihnen darlegte, in Ihrem nächsten Bericht zur Erde zu erläutern?«

Cartier nahm das Paket, wendete es in den Händen und betrachtete es lange Sekunden, dann gab er es Bethany zurück. »Behalten Sie es einstweilen, meine Liebe.«

»Sie wollen es nicht?«, fragte Bethany. Ihre Verwirrung spiegelte sich in ihren Zügen.

»Oh, ich will es, sicherlich! Aber wie die Dinge liegen, besteht kein Grund zur Eile. Die Ryall haben die Routen zwischen hier und der Erde unsicher gemacht, und der Verkehr ist in letzter Zeit ein wenig unregelmäßig gewesen. Ich werde Sie rechtzeitig benachrichtigen, wenn der nächste diplomatische Kurier abgeht.«

Bethany runzelte die Stirn. »Vielleicht wird in nächster Zeit eine Einheit der Großen Flotte zur Erde zurückkehren. Sie könnte meine Depeschen mitnehmen.«

Cartier und Lara tauschten einen Blick, dann wandten beide ihre Aufmerksamkeit Bethany zu. Cartier räusperte sich und sagte: »Ich fürchte, dass sich gegenwärtig keine Einheiten der Großen Flotte im System aufhalten, Miss Lindquist. Taktische Überlegungen erfordern ihre Anwesenheit anderswo. Nein, wir werden ein Handelsschiff abwarten müssen, um Ihre wichtigen Dokumente zu ihrem Bestimmungsort zu bringen.«

»Verzeihen Sie mir meine Hartnäckigkeit, Exzellenz, aber die Erde bekämpft doch die Ryall, nicht wahr?«

»Mein liebes Kind, die gesamte menschliche Rasse bekämpft die Ryall. Sie haben uns in der Angelegenheit keine andere Wahl gelassen.« Der Botschafter stellte seine Teetasse ab und beugte sich vor. »Als Historikerin werden Sie die Geschichte äußerst interessant finden. Wie es scheint, liegt die eigentliche Ursache unserer gegenwärtigen Schwierigkeiten nicht in uns selbst, sondern in unseren Sternen – und in den undurchsichtigen Nebeln der Ryall-Geschichte.«

Er lehnte sich zurück und faltete die Hände im Schoß.

»Was ich Ihnen jetzt erzähle«, fuhr er fort, »ist eine Legende der Ryall. Sie ist rekonstruiert aus Tausenden von Vernehmungen Gefangener aus den verschiedensten Bereichen der Ryall-Hegemonie. Alle Gefangenen haben die Legende in der gleichen Weise wiedergegeben, ungeachtet der eingesetzten Vernehmungstechniken – und ich muss zugeben, dass wir uns nicht immer an den Geist der alten Genfer Konvention gehalten haben.

Vor dreißigtausend Jahren waren die Ryall ein einfaches Fischervolk, das an den Flussufern und Flachküsten ihrer Meere lebte. Sie verbrachten einen großen Teil ihrer Zeit im Wasser, wo sie sich von anderen Meereslebewesen ernährten. Diese Lebensweise hatten sie geführt, so weit ihre Überlieferungen zurückreichten. Dann glühte eines Tages ein Stern am Himmel auf, bis seine Helligkeit der des Zentralgestirns gleichkam.«

»Eine andere Nova in der Nähe?«, fragte Bethany.

»So scheint es. Mit dem Licht der Nova kamen natürlich Strahlungsstürme. Sie waren nicht stark genug, um ihre Welt zu sterilisieren, richteten aber nichtsdestoweniger großen Schaden an. Die Mutationsrate stieg Schwindel erregend. Einige Arten starben aus, andere nahmen ihren Platz ein. Auch die Ryall waren nicht immun gegen die Strahlung. Mit jeder neuen Generation, die den Eiern entschlüpfte, erblickten neue groteske Formen, aber auch neue Fähigkeiten das Licht der Welt. Die meisten dieser mutativ entstandenen Veränderungen waren schädlich und machten die jungen Ryall, wenn sie nicht schon in den Eiern zugrunde gingen, lebensunfähig. Andere waren von begrenzter Brauchbarkeit und verschwanden wieder, entweder durch natürliche Auslese oder durch die Maßnahmen der Stammesältesten, die nur gesunde junge Ryall aufwachsen ließen. Einige Mutationen erwiesen sich als vorteilhaft und wurden in die sich rasch entwickelnde Art integriert.

Die Ryall waren nicht die einzige Spezies, die erzwungener Evolution unterworfen wurde. Vor etwa fünfundzwanzigtausend Jahren entstand auf der Heimatwelt der Ryall eine andere intelligente Art. Die Ryall haben verschiedene Namen für diese Wesen, aber am verbreitetsten ist die Bezeichnung ›Schnelle Esser‹.

Die Schnellen Esser waren Amphibien, Abkömmlinge räuberischer Meeresbewohner. Sie waren intelligent, schlau und gefräßig. Diese Schnellen Esser griffen die Brutgebiete der Ryall an und fraßen ihre Eier. Die Folge davon war ein drastisches Absinken der Bevölkerungszahlen. Es gab sogar eine Zeit, da es schien, als würden die Schnellen Esser die ältere Lebensform ausrotten.

Schließlich erfanden die Ryall eine erfolgreiche Abwehr gegen die räuberischen Überfälle der Schnellen Esser. Sie zogen sich ganz vom Wasser zurück und wurden reine Landbewohner, die in Gruppen weit genug landeinwärts lebten, um Angriffen der Schnellen Esser zu entgehen. Sie begannen andere Landtiere zu jagen und in Herden zu halten. Sie lernten den Gebrauch des Feuers und der Metallbearbeitung. Sie lernten landwirtschaftliche Techniken, um Futter für ihre Herden und Nahrung für sich selbst zu beschaffen. Und schließlich entwickelten sie die Städte und eine echte Zivilisation.

Irgendwann in ihrer Bronzezeit begannen sie die Schnellen Esser zu jagen. Es war eine lange Jagd. Die Gefangenen sagen übereinstimmend aus, dass sie etwa fünfzehntausend Jahre dauerte. Wir sind geneigt, ihnen zu glauben.«

»Warum?«, fragte Bethany.

»Wegen der tiefen Narbe, Miss Lindquist, die ihr Wettbewerb mit den Schnellen Essern in der Psyche der Ryall hinterlassen hatte. Zehntausend Jahre sind vergangen, seit sie die Letzten der Schnellen Esser ausrotteten – das Doppelte der Zeitspanne, seit auf Erden die frühen Hochkulturen entstanden. Doch wenn wir einzelnen Gefangenen Zeichnungen von Schnellen Essern zeigen, die nach den Beschreibungen anderer Gefangener angefertigt wurden, beobachten wir einen starken Kampf-oder-Flucht-Reflex. Sagen Sie, Miss Lindquist, fürchten Sie sich vor Schlangen oder Spinnen?«

»Ich weiß es wirklich nicht, Sir. Ich habe niemals welche gesehen, außer natürlich als Abbildungen in Büchern.«

»Nun, es ist eine dokumentierte Tatsache, dass ein bestimmter Prozentsatz der Menschen eine irrationale Furcht vor diesen Tieren hat. In dieser Hinsicht sind wir und die Ryall gleich. Der Unterschied ist der, dass alle Ryall die Schnellen Esser fürchten. Bei ihnen ist es weniger eine Phobie als ein Instinkt. Und darum mag dieser Krieg zwischen der Menschheit und den Ryall durchaus ein Kampf auf Leben und Tod sein.«

»Ich fürchte, das verstehe ich nicht«, sagte Bethany.

»Die Geschichte lehrt die Ryall, sich vor explodierenden Sternen am Himmel in Acht zu nehmen. Für sie war die Antares-Supernova das schlimmste Omen, das es geben konnte. Obendrein sahen sie ihre Befürchtungen bestätigt, als kurz danach ein Raumschiff mit fremden Lebewesen am Himmel einer ihrer Welten erschien.

Im Gegensatz zur Menschheit haben die Ryall Erfahrung im Umgang mit einer rivalisierenden intelligenten Spezies, Miss Lindquist. Ihre Methode zur Behandlung des Problems hat sich in fünfzehntausend Jahren der Schmerzen und Leiden ihrer Vorfahren als gültig erwiesen. Es ist eine einfache und wirksame Methode. Und sie funktioniert immer.

Kurz gesagt, die Geschichte hat die Ryall gelehrt, dass die einzig mögliche Antwort auf eine Spezies, die als ein potenzieller Konkurrent erkannt ist, ihre Ausrottung ist. Sie geben kein Pardon und verlangen kein Pardon. Es ist unter den Ryall ein Glaubensbekenntnis, dass die Jungen niemals sicher sein werden, solange irgendwo in der Galaxis ein menschliches Wesen am Leben bleibt!«

21

Bethany Lindquist erschauerte, als ihr Körper von Tausenden winziger Strahlen heißen Wassers besprüht wurde. Sie steckte den Kopf unter den Strom und ließ sich Gesicht und Kopfhaut massieren, bis sie gezwungen war, wieder Luft zu holen. Dann zog sie den Kopf zurück, inhalierte schnaufend den heißen feuchten Nebel und stand lange bewegungslos da, als könnte die Dusche das Gefühl tiefer Enttäuschung von ihr abwaschen.

Früh am Morgen war sie zuversichtlich erwacht, erfüllt von dem Bewusstsein, dass dies der Tag sein würde, an dem Alta seinen rechtmäßigen Platz als eines der Kinder der Erde wiedergewinnen würde. Während ihres Fluges mit Prinzessin Lara war ihre frohe Erwartung mit jedem Kilometer gewachsen, und gegen Ende der Reise hatte nicht viel gefehlt, und sie wäre auf ihrem Sitz auf und nieder gehüpft.

Dann war das Gespräch mit Ambrose Cartier gekommen, und ihre hohen Erwartungen waren wie unter zwei schnellen Hammerschlägen zerbrochen. Der erste hatte sie getroffen, als Cartier es abgelehnt hatte, die Depeschen ihres Onkels anzunehmen; der zweite, als er die wahre Natur des Gegners enthüllt hatte, mit der die Menschheit es zu tun hatte. Bethany ließ das Wasser an sich herabrinnen und dachte an die Hunderte von Kriegen, die sie in ihrem Leben studiert hatte. Wie oft hatten die Führer der einen oder der anderen Seite Kampf bis zum letzten Mann geschworen! Aber wie oft war das wirklich geschehen? Auf Anhieb fielen ihr nur zwei Fälle ein, die durch mehr als zweitausend Jahre getrennt waren.

Doch wenn die Ryall wirklich von ihrer Überzeugung durchdrungen waren, dann würde es keinen Frieden geben, solange es der Menschheit nicht gelang, sie zurückzuschlagen und auf ihre Heimatwelten zu beschränken. Zumindest würden sie aus dem interstellaren Raum verschwinden müssen, und vielleicht sogar ganz aus dem Raum. Und natürlich gab es immer die Möglichkeit, dass der Homo sapiens die Problemlösung der Ryall übernehmen würde. Bethany stellte sich gern vor, dass die Menschheit ungeachtet der Provokation niemals eine andere intelligente Lebensform ausrotten würde, aber sie kannte sich in der Geschichte zu gut aus, um daran zu glauben.

Sie drehte das Wasser ab, trocknete sich und tappte barfuß ins Schlafzimmer ihrer Suite. Nach der heißen Dusche schien der Raum beinahe frostig. Sie ließ das Handtuch fallen, trat vor den großen Wandspiegel und betrachtete prüfend ihr Ebenbild. Befriedigt stellte sie fest, dass ihr jüngster, von Banketten geprägter Lebensstil noch nicht seinen unvermeidlichen Tribut gefordert hatte, und beschloss, bei nächster Gelegenheit zu ihrer sparsamen Diät zurückzukehren.

Fröstelnd wickelte sie ihr nasses Haar in das Handtuch und wählte ein Kleid für den Abendempfang. Die Wahl war nicht einfach. Ihre aus Wohnzimmer, Schlafzimmer und Bad bestehende Suite war mit einem vollen Kleiderschrank ausgestattet, der sogar ein Dutzend Abendkleider enthielt, alle in ihrer Größe. Sie zögerte eine Weile, bevor sie sich für ein perlgraues Kleid entschied. Grau passte am besten zu ihrer Stimmung, dachte sie bei sich.

Zehn Minuten später war sie fertig angezogen und hatte ihr Haar getrocknet und die Frisur in Ordnung gebracht. Sie war eben dabei, letzte Hand an ihr Make-up zu legen, als die Türglocke läutete. Eilig zog sie die Lidstriche, prüfte ihr Aussehen im Spiegel und lief barfuß ins Wohnzimmer.

»Wer ist da?«, fragte sie.

»Ein sehr müder Reisender.«

Sie öffnete die Tür und sah sich Richard Drake gegenüber. Seine Ausgehuniform, unter einem offenen Wettermantel sichtbar, war zerknittert von langen Stunden in einem Flugzeug. »Hallo.«

»Hallo, Bethany. Wo sind alle? Bis auf das Dienstpersonal scheint die ganze Etage verlassen zu sein.«

»Sie sind zum Abendempfang gegangen.«

»Abendempfang?«

»Der König und sein Hof geben heute Abend für die Wissenschaftler und Wirtschaftsrepräsentanten einen Abendempfang mit Essen.«

»Ach ja. Das ist ja heute.«

Sie nickte.

»Warum sind Sie nicht dort?«

»Bin erst vor ein paar Stunden von der Botschaft zurückgekehrt. Ich sagte Carl, dass ich mich zurechtmachen und später mit ihm dort treffen würde.«

»Und nun sind Sie fertig, wie ich sehe. Das Abendkleid steht Ihnen außerordentlich gut.«

»Oh, sehr freundlich, Sir«, sagte sie mit einem Knicks. »Wie war Ihre Reise? Haben Sie wirklich einen Ryall gesehen?«

»Vier von ihnen. Ich sprach sogar mit einem.«

»Wie war es?«

Er grinste. »Ich muss zugeben, dass mir zuerst ein wenig unbehaglich war. Aber nach einer Weile schien es das Natürlichste von der Welt zu sein, einem sechsbeinigen Zentauroiden zuzuhören.«

»Haben Sie etwas von Interesse gelernt?«

»Wir sprachen über die Einstellung der Ryall zum Krieg.«

Bethany nickte. »Ambrose Cartier unterrichtete mich über die Geschichte der Ryall. Er malte ein ziemlich krasses Bild. Ich fand es deprimierend.«

Drake hob den Zeigefinger an die Lippen, dann fuhr er im Gesprächston fort: »Wann müssen Sie bei diesem Empfang sein?«

Bethany sagte etwas verwirrt: »Ich habe keine bestimmte Zeit angegeben.«

»In diesem Fall lassen Sie uns noch einen Spaziergang im Garten machen. Er soll bei Nacht besonders schön sein.«

»Gut. Ich muss mir nur noch die Schuhe anziehen.«

Bei Nacht verwandelte sich der Park um das Schloss unter der Wetterkuppel in eine Märchenwelt farbigen Lichts. Pastellfarbene, versteckt angebrachte Scheinwerfer beleuchteten Büsche und Bäume, das Schloss erstrahlte in heller Beleuchtung, und auf die Unterseite der Kuppel war ein Muster matt schimmernder Farben projiziert. Trotz der Überfülle des Lichts hatten die Architekten dafür Sorge getragen, dass es im Park einige dunkle Stellen gab, wo zwei Leute still beisammensitzen und reden konnten.

Drake führte Bethany einen von Blumenbeeten gesäumten Pfad entlang zu einer Baumgruppe, unter der eine kleine, auf drei Seiten von Ranken überwachsene Laube stand. Im Gehen legte er ihr den Arm um die Taille, als sei es das Natürlichste von der Welt. Nach einer momentanen überraschten Versteifung lehnte sie sich an ihn und passte ihren Schritt dem seinen an.

In der Laube fanden sie eine aus Stein gehauene Bank, die gerade groß genug für zwei war. Als sie sich gesetzt hatten, griff Drake in die Manteltasche und brachte einen kleinen Würfel zum Vorschein. Als er daraufdrückte, erfüllte ein tiefes Summen die Luft. Er blickte auf die Leuchtzifferablesung des Instruments und nickte zufrieden.

»Gut, wir können ungestört sprechen«, sagte er mit gedämpfter Stimme.

»Was für ein Ding ist das?«

»Ein willkürlich arbeitender Geräuschmodulator. Macht es beinahe unmöglich, unsere Stimmen vom Hintergrundgeräusch zu trennen, wenn wir nicht zu laut sprechen.«

»Meinen Sie, die Sandarer haben uns abgehört?«

»Würden Sie es an ihrer Stelle nicht tun?«

Bethany dachte einen Moment lang darüber nach und nickte dann. »Ich denke schon.«

»Nun, bevor sie misstrauisch werden, erzählen Sie mir von dem Gespräch mit dem Botschafter der Erde.«

Sie fasste kurz zusammen, was Cartier ihr über die Legende der Ryall erzählt hatte, und welche Bedeutung eine Nova am Himmel ihrer Heimatwelt für sie gewonnen hatte. Drake hörte aufmerksam zu. Als sie geendet hatte, nickte er. »Das ist annähernd die gleiche Geschichte, die ich von dem gefangenen Ryall hörte. Es ist komisch, aber diese Legende überzeugte mich mehr davon, dass ich es mit einer fremden Lebensform zu tun hatte, als sechs Beine und eine Echsenhaut. Sie machte mir klar, dass die Ryall nicht wie wir denken; sie stellten die Annahme, dass ein Konflikt zwischen unseren Arten unvermeidlich sei, niemals in Frage.«

»Glauben Sie, dass die Ryall wirklich so denken?«

»Ich glaube das, es sei denn, wir sind die Opfer sandarischer Propaganda gewesen. Ich verstehe jetzt, wie sie einen Gefangenen dazu bringen konnten, alles zu sagen, was sie wollten, aber wie konnten sie einen Botschafter der Erde bestochen haben?«

»Wenn er der Botschafter *ist*!«

Drake sah sie im Halbdunkel aufmerksam an. »Was wollen Sie damit sagen?«

Bethany biss sich auf die Lippe und zögerte. Als sie endlich antwortete, wählte sie ihre Worte mit Vorsicht. »Ich bin nicht sicher. Es ist bloß ein Gefühl, das ich hatte.«

»Wieso?«

»Seine Bemerkung, dass er es bequemer finde, die Amtsgeschäfte in seiner Residenz zu führen, kam mir irgendwie falsch vor, ganz abgesehen davon, dass Botschafter gewöhnlich in der Hauptstadt des Gastlandes residieren.«

»Sprechen Sie weiter.«

»Nun, Captain, Sie wissen, dass die Admiralität in Homeport in der alten Botschaft der Erde untergebracht ist. Stellen Sie sich das Gebäude vor. Es hat sechs Stockwerke und beherbergte früher einmal ein Botschaftspersonal von zweihundertfünfzig Diplomaten und Angestellten! Dabei war Alta vor dem Ausbruch der Nova niemals mehr als eine um ihr Überleben ringende Kolonie zweiter Klasse am Rand des von Menschen besiedelten Raums.

Sandar kämpft angeblich auf Seiten der Erde einen interstellaren Krieg. Ein Krieg im Weltraum ist der Logistik intensivste aller Kriege, und ein Krieg von interstellaren Ausmaßen muss noch viel komplizierter sein. Wenn die Sandarer auf der Seite der Erde kämpfen, müssten Zehntausende von Menschen und Hunderte von Schiffen beschäftigt sein, die Versorgungslinien offen zu halten und Nachschublieferungen zu transportieren. Die Botschaft der Erde sollte ungefähr von der Größe dieses Schlosses sein.«

»Und Sie sagen, das sei nicht der Fall.«

»Das sage ich«, bekräftigte sie. »Ich sah einen alten Mann und ein Dutzend Leute, die in der Residenz des Botschafters arbeiteten. Ich fand heraus, dass es gegenwärtig keine Kriegsschiffe der Erde im System gibt, und dass der Botschafter nicht einmal sicher ist, wann das nächste Handelsschiff eintreffen wird. Etwas stimmt da nicht.«

Drake nickte nachdenklich. »Ich stimme Ihnen zu. Wir werden uns eingehender damit beschäftigen müssen.« Er blickte auf seine Armbanduhr, dann zum Geräuschmodulator. »Es wird Zeit, dass wir dieses Ding wieder einstecken, bevor irgendein Sicherheitsbeamter herauskommt, um zu prüfen, warum seine Abhörwanze nicht mehr funktioniert. War sonst noch etwas?«

»Das war ungefähr alles.«

Er schaltete den Würfel aus, und das tiefe Summen verstummte. Drake steckte den Würfel in die Tasche, zwinkerte ihr zu und sagte zum ersten Mal seit mehreren Minuten im normalen Gesprächston: »Nun, genug des Naturgenusses. Es wird Zeit, dass Sie zum Abendempfang des Königs kommen.«

»Noch nicht«, antwortete Bethany. »Würde es Ihnen etwas ausmachen, wenn wir noch ein wenig durch den Park schlenderten?«

Er stand auf und bot ihr seinen Arm. »Mit Vergnügen.«

Sie folgten dem Pfad weitere hundert Meter schweigend. Bethany war erleichtert, dass sie ihren Verdacht jemandem anvertraut hatte, und zum ersten Mal seit Stunden fühlte sie sich zufrieden. Sie vergaß ihre Sorgen und beschäftigte sich mit den Beleuchtungseffekten und der Lichtschau oben unter der Kuppel. Nach ein paar Minuten wurden ihr die Geräusche der Insekten unnatürlich bewusst, vor allem das irritierend laute, vielstimmige Zirpen von etwas, das die Sandarer Grillen genannt hatten. Endlich brach sie das Schweigen mit der Bemerkung: »Diese Lichteffekte sind hübsch, aber wissen Sie, was wirklich schön sein würde?«

»Was?«

»Es wäre schön, wenn sie alle Lichter löschen würden, dass es pechschwarze Nacht wäre, um dann das Bild eines Mondes auf die Unterseite der Kuppel zu projizieren.«

»Sandar hat schon vier echte Monde, die man anschauen kann. Ich gebe zu, dass sie nicht sehr eindrucksvoll sind, aber warum sollten sie einen fünften falschen Mond projizieren?«

»Ich spreche nicht von irgendeinem Mond hier«, sagte sie mit einer Eindringlichkeit, die ihm ein Lächeln entlockte. »Ich meine den Erdenmond – Luna …« Sie blickte auf, dann streckte sie die Hand zu einem Punkt an der Kuppel aus, der dem Schlossgebäude gegenüber war. »Dort würde ich ihn hintun.«

»Warum?«

»Weil die alten Dichter alle sehr beeindruckt von der Wirkung sprachen, die der Vollmond auf die Menschen hatte.«

»Ich bin nicht sicher, ob ich jemals ein Bild vom Erdenmond gesehen habe.«

»Oh, das sollten Sie nachholen! Es ist ein großer Mond, ein Viertel so groß wie die Erde selbst. Die Bücher sagen, dass man im Licht des Vollmonds lesen konnte.«

»Etwas wie bei uns daheim der Antaresaufgang?«

»Ach was, viel schöner! Antares ist wie ein Schweißbrenner. Wirkliches Mondlicht ist eine weiche, silbrige Strahlung. In warmen Sommernächten lagen die Liebenden im Gras und verbrachten Stunden damit, ihn über den Himmel ziehen zu sehen.«

»Ich habe immer gehört, dass der Vollmond die Leute verrückt machte.«

»Das ist Unsinn. Ich habe es aus erster Hand, dass ein Vollmond der schönste Anblick im Universum war. Als Nächstes werden Sie mir noch erzählen, dass Sie an Vampire und Werwölfe glauben.«

»Das tue ich!«, sagte er lachend. Er öffnete den Mund, um etwas zu ergänzen, dann schloss er ihn wieder.

»Was ist?«, fragte Bethany.

»Nichts.«

»Sie wollten eben etwas sagen.«

Er seufzte. »Ich wollte sagen, dass ich nichts dagegen hätte, Sie jetzt in den Hals zu beißen.«

Bethany blieb stehen; plötzlich waren sie ganz nahe beisammen.

»Würden Sie das wirklich tun?«, fragte sie flüsternd.

Seine Antwort war, dass er sie an sich zog und küsste. Sie erwiderte den Kuss hungrig, und viele Herzschläge lang standen sie eng umschlungen. Endlich seufzte Drake und wich zurück.

Sein Gesicht war gerötet, sein Atem ging unregelmäßig. »Entschuldigen Sie, es tut mir Leid!«

Sie sah ihn mit leuchtenden Augen an. »Mir tut es nicht Leid. Ich habe mir das schon lange gewünscht.«

»Was ist mit Ihrem Verlobten?«

»Carl ist nicht mein Verlobter; er machte mir einen Heiratsantrag, aber ich habe ihm noch keine Antwort gegeben. Außerdem wird ihm ein kleiner Kuss nicht wehtun.« Sie schmolz erneut hin in seiner Umarmung. Nach langer Zeit trennten sie sich, und Bethany nahm seine Hände in ihre. »Jetzt bin ich bereit, zum Empfang zu gehen.«

Sie gingen denselben Pfad zwischen den Blumenbeeten zurück. Keiner sprach, aber beide genossen die Gegenwart des anderen. Erst nachdem sie die Laube unter der Baumgruppe passiert hatten, machte Drake Halt und sah sie an.

»Ich muss dir etwas sagen. Es geht mich nichts an, und ich sollte meinen Mund halten, aber ich muss es trotzdem sagen.«

»Was ist es, Richard?«

»Du solltest Carl Aster nicht heiraten! Du bist viel zu gut für ihn.«

»Wieso, du kennst ihn kaum!«

»Und ob ich ihn kenne«, knurrte er. »Ich war zwei Jahre Verbindungsoffizier beim Parlamentsausschuss für Verteidigungsfragen. Damals sind wir öfter aneinander geraten.«

Sie nickte. »Richtig. Er sagte mir, ihr hättet über Etatfragen gestritten.«

»Das ist nicht der Grund, weshalb ich ihn nicht mag. Sieh mal, ich hatte als Verbindungsoffizier der Marine eine Anzahl von Gegenspielern. Die meisten von ihnen respektierte ich. Aster respektiere ich nicht. Der Mann ist einer von Carstairs' Speichelleckern! Er sucht nicht eine Frau. Er will sich mit einer Dekoration schmücken, die ihm bei politischen und gesellschaftlichen Anlässen am Arm hängt.«

»Du redest wie mein Onkel. Er mag Carl auch nicht.«

»Dein Onkel ist ein kluger Mann. Du solltest auf ihn hören. Warum denkst du auch nur eine Sekunde daran, Aster zu heiraten?«

»Weil er mir einen Antrag gemacht hat.«

»Als Grund ist das nicht ausreichend«, versetzte er. »Für dich gibt es auf Alta einc Million bessere Männer.«

Bethany fühlte, wie ihr die Wangen heiß wurden. »Wollen Sie sich freiwillig melden, Captain Drake?«

Er zog die Stirn in Falten. »Ich bin auch nicht richtig für dich.«

»Ach! Und warum nicht?«

»Weil ich Captain im aktiven Dienst bin. So einer sollte erst heiraten, wenn er bereit ist, die Schiffe aufzugeben.«

Bethany schwieg einen langen Augenblick. »So redet ein Feigling, Richard. Raumfahrer haben schon immer geheiratet, und vor ihnen die Seefahrer. Außerdem scheinst du etwas zu vergessen.«

»Was?«

»Hat dieser Ryall dir nicht heute gesagt, dass seine Artgenossen es darauf abgesehen haben, die Menschheit auszurotten?«

Drake nickte.

»Dann darf ich höflich daran erinnern, dass dieser Umstand alles verändert.«

»Ich verstehe nicht.«

»Du hast dein Leben bis ins Detail geplant«, sagte sie, und Zorn färbte ihre Worte. »Du rechnest dir aus, dass du noch weitere fünf Jahre im aktiven Dienst bleiben und dann zu einem Posten in der Admiralität befördert wirst. Dann wirst du dich umsehen, dir das hübscheste Mädchen gönnen, das du finden kannst, und gefräßige, laute Kinder großziehen. Entspricht das ungefähr deinem Plan?«

Drake antwortete nicht.

»Nun, es gefällt mir nicht, die Überbringerin schlechter Nachrichten zu sein, Richard, aber die Ryall haben deine Pläne gründlich durcheinandergebracht. Wahrscheinlich werden wir den Rest unseres Lebens gegen sie kämpfen müssen, vielleicht auch noch unsere Kinder. Wir werden ausgebildete und erfahrene Leute in den Streitkräften brauchen – viele! Du wirst von Glück sagen können, wenn sie dich mit siebzig aus dem aktiven Dienst entlassen.«

»Was willst du damit sagen?«

Tränen stiegen Bethany in die Augen. »Ich versuche zu sagen, dass ich dich liebe, du großer dummer Kerl, und dass du ein Dummkopf bist, wenn du die Chance unseres Glücks wegwirfst!«

Er starrte sie überrascht an.

Sie wandte die Augen ab. »Ich liebe dich seit dem Tag, als du mich ausschimpftest, weil ich mich auf New Providence von der Nova erwischen ließ.«

Er lächelte. »Und ich habe dich geliebt, seit wir uns das erste Mal begegneten. Warum, meinst du, hätte ich Carl Aster sonst eine Koje an Bord der *Discovery* verweigert?«

Sie blickte zu ihm auf. »Würde es dir was ausmachen, mich eine Weile festzuhalten?«

Er nahm sie in die Arme. Nach ein paar Minuten legte er die Lippen an ihr Ohr und flüsterte ihren Namen.

»Was ist?«, murmelte sie.

»Willst du mich heiraten?«

Sie blickte auf, wischte sich die Tränen aus den Augen und runzelte die Stirn. »Nein, ich will nicht.«

»Was?«, fragte er verwirrt.

»Du hast mich gehört. Ich werde dich nicht heiraten. Erst nachdem ich die Arbeit für meinen Onkel getan habe. Danach … vielleicht. Nun sei still und halt mich fest!«

Einige Zeit später läutete es an der Tür von Bethanys Suite. Zwei Köpfe hoben sich wie einer, um über die Sofalehne im Wohnzimmer zu spähen. Zwei Augenpaare blickten einander an, und eine irritierte männliche Stimme brummte: »Wer, zum Teufel, kann das sein?«

Bethany lachte leise über Drakes Beunruhigung. Sie beugte sich zu ihm und flüsterte ihm ins Ohr: »Vielleicht gehen sie weg, wenn wir uns ruhig verhalten!« Als Antwort auf ihre Bemerkung läutete die Türglocke wieder, diesmal beharrlicher. Sie seufzte. »Oder vielleicht auch nicht.«

»Du solltest lieber aufmachen«, sagte Drake. »Wenn es unsere Gastgeber sind, könnten sie den Eintrittscode abschalten und öffnen.«

Bethany richtete sich auf und glättete ihr perlgraues Abendkleid. Sie ging zur Tür, schaltete das Licht auf volle Helligkeit und öffnete die Tür. Draußen stand Alicia Delevan. Sie schaute besorgt drein. In ihrer Begleitung war Carl Aster.

»Guten Abend, Bethany«, begann Alicia. »Haben Sie Captain Drake gesehen? Wir können ihn nirgendwo finden …« Sie sah Drake auf dem Sofa sitzen und verstummte mit einem scharfen Einatmen. Carl Asters Gesicht wurde plötzlich hölzern. Einen einzigen, quälenden Moment trafen sich Bethanys und sein Blick, dann machte er kehrt und ging.

Alicia Delevan blickte schweigend von Bethany zu Drake und wieder zurück. »Darf ich die offensichtliche Schlussfolgerung aus dieser Szene ziehen, Bethany?«

»Sie können jede Schlussfolgerung ziehen, die Sie für richtig halten!«

Alicia runzelte die Stirn. »Verstehen Sie mich nicht falsch. Ihr persönliches Leben geht mich nichts an. Aber Carl ist ebenso ein Freund wie ein Untergebener. Ich möchte ihn nicht tiefer verletzt sehen, als unumgänglich ist. Was soll ich ihm sagen?«

Bethany seufzte. »Sagen Sie ihm, ich bedaure, dass es so enden muss. Sagen Sie ihm, dass Richard mir einen Heiratsantrag gemacht hat und dass ich ihn möglicherweise annehmen werde, sobald ich die Verpflichtung gegenüber meinem Onkel erfüllt habe.«

»Ich wünsche Ihnen beiden alles Glück«, sagte sie, aber im nächsten Augenblick änderte sich ihr Verhalten abrupt. Sie ließ Bethany stehen und schritt auf Drake zu, der noch damit beschäftigt war, die letzten Knöpfe seines Uniformrocks zu schließen. »Captain Drake, ich muss mit Ihnen sprechen. Heute Abend während des Banketts geschah etwas sehr Eigenartiges. Kaum waren die ersten beiden Gänge aufgetragen, da wurden alle hochrangigen Sandarer abberufen!«

»Das verstehe ich nicht.«

»Ich auch nicht. Ein Bote kam herein und sprach mit Ministerpräsident Haliver. Dieser beugte sich dann zum König und flüsterte ihm etwas zu, John-Phillip sagte etwas zur Königin, und alle drei gingen. Inzwischen waren andere Boten in den Bankettsaal gekommen. Sie eilten die zweigeteilte Tafel entlang und machten da und dort Halt, um jemandem etwas zuzuflüstern. Sobald dies geschah, entschuldigte sich der Betreffende und verließ eilig den Saal. Das Ganze dauerte nicht länger als fünf Minuten, und man spürte deutlich, dass Spannung in der Luft lag.«

»Wie lange ist es her, dass dies geschah?«

»Zwanzig Minuten. Carl und ich schlüpften durch eine Seitentür hinaus, während alle mit dem Essen und mit ihren Gesprächen beschäftigt waren. Wir suchten Sie, um Ihnen zu berichten.«

Drake ging zum Bildtelefon, nahm ab und wurde mit der Telefonzentrale des Schlosses verbunden. Eine hübsche junge Frau blickte ihn an.

»Ja, Fleet Captain Drake. Wie kann ich Ihnen helfen?«

»Sie können mich zu meinem Schiff durchstellen.«

»Tut mir Leid, Sir, aber alle Schaltungen des orbitalen Funkverkehrs sind belegt. Ich setze Sie gern auf die Warteliste und rufe zurück, sobald eine Verbindung frei wird, wenn Sie es wünschen.«

»Das würde nicht genügen. Ich brauche diese Verbindung jetzt!«

»Bedaure, Sir, aber alle Schaltungen sind in Betrieb.«

»Was wirst du jetzt tun?«, fragte Bethany, als Drake aufgelegt hatte.

»Ich werde das Schiff rufen.« Er zog ein flaches, tragbares Funksprechgerät aus dem Uniformrock. Es trug die Insignien der altanischen Raumstreitkräfte. Jedes Besatzungsmitglied, das sich auf Sandar aufhielt, hatte ein gleiches Gerät bei sich, obwohl die Sandarer gebeten hatten, vom Gebrauch abzusehen. Als Grund hatten sie die Möglichkeit angegeben, dass die Funksignale die Operation verschiedener automatischer Geräte und Anlagen stören könnten.

Drake drückte den Notrufknopf und wurde belohnt von Bela Marstons Stimme, die schwach, aber hörbar aus dem kleinen Lautsprecher kam. Als Drake sich meldete, klang sein Erster Offizier sehr erleichtert.

»Ah, Captain! Ich dachte schon, ich müsste ein paar Marinesoldaten hinunterschicken, um Sie zu suchen.«

»Wie ist die Situation da oben, Nummer Eins?«

»Vor ungefähr einer halben Stunde machten unsere Sensoren eine große Zahl von Detonationen im Faltpunkt Hellsgate-Aezer aus. Ich dachte, sie erprobten ihr Gerät, bis eine der gepanzerten Gefechtsstationen explodierte.«

»Eine Gefechtsstation wurde zerstört?«

»Mehr als eine, Captain. Der Gegner, den sie beschossen, war offensichtlich gut bewaffnet und gut abgeschirmt. Nach einer Weile wurde es ruhiger, aber im Laufe der letzten fünfzehn Minuten haben wir die Plasmafahnen von mindestens einem Dutzend Schiffen verfolgt, die mit hoher Beschleunigung vom Faltpunkt fortstrebten. Wer immer sie sind, sie verteilen sich über das ganze System!«

»Konnten die Schiffstypen am Plasmaausstoß der Triebwerke identifiziert werden?«

»Sie sind nicht von Alta oder Sandar.«

»Ryall?«

»Ich würde mein Geld darauf setzen, Sir.«

»Wie ist der gegenwärtige Status der *Discovery*, Mr. Marston?«

»Wir können die Umlaufbahn verlassen, sobald Ihre Gruppe an Bord ist. Captain Fallan sagt, die *Alexandria* könne genauso rasch startbereit gemacht werden, wenn er seine Leute an Bord nehmen kann. Ich lasse das gesamte Personal an Wartungstests aller Anlagen und Geräte arbeiten, unter Vorrang der Triebwerke und Waffen. Dem Chefingenieur habe ich gesagt, dass, sollten seine Leute etwas auseinander genommen haben, ich es schnellstens wieder zusammengebaut haben will.«

»Sehr gut!«

»Wann können wir Sie an Bord erwarten, Captain?«

»Geben Sie mir etwas Zeit, herauszufinden, was hier unten vorgeht. Ich werde Sie in einer Stunde wieder anrufen.«

»Verstanden.«

»Machen Sie das Schiff in der Zwischenzeit einsatzbereit. Drake Ende.«

»Marston Ende.«

Drake wandte sich an Bethany und Alicia Delevan, doch ehe er ein Wort herausbrachte, wurde die Tür aufgestoßen, und vier stämmige sandarische Marinesoldaten stürzten herein. Ihnen folgte der Hofmarschall.

Opteris' Blick wanderte zu dem Funkgerät in Drakes Hand. »Bitte schalten Sie dieses Ding aus, Captain Drake. Ihre Sendungen verschaffen dem Sicherheitssystem des Schlosses einen Nervenzusammenbruch.«

»Was geht vor, Hofmarschall?«

Opteris zuckte die Achseln. »Nichts, was Ihnen unnötige Sorgen bereiten sollte, versichere ich Ihnen. Die Ryall versuchten vor kurzem, unsere Faltpunktverteidigung zu durchbrechen.«

»Meine Leute sagen mir, dass sie es nicht nur versuchten, sondern dass sie durchgebrochen sind!«

Opteris seufzte. »Erste Meldungen deuten darauf hin, dass die meisten ihrer Schiffe im Kreuzfeuer der Gefechtsstationen zerstört wurden. Aber auch diese hatten Schäden zu verzeichnen. Mehreren Schiffen der Angreifer gelang es, eine Lücke in unserer Abwehr zu nutzen und in den offenen Raum durchzubrechen. Wir mobilisieren jetzt unsere Flotte, um sie unschädlich zu machen. Gegenwärtig besteht keinerlei Grund zur Beunruhigung.«

22

Richard Drake und Bethany Lindquist saßen beisammen und warteten auf das Ende der langen Nacht. Manchmal sprachen sie von ihrem Leben vor jener ersten schicksalhaften Begegnung in Mrs. Mortridges Haus auf dem Nob Hill. Manchmal schwiegen sie, zufrieden, beisammen zu sein. Gegen Morgen gingen sie hinaus auf den Balkon und streckten sich auf einer Liege aus. Bethany bettete ihren Kopf an Drakes Schulter und fiel in einen unruhigen Schlaf. Drake lag still und hielt sie im Arm, genoss ihre Wärme an seiner Seite.

Endlich, als das kalte graue Licht des Morgens die Osthälfte der Wetterkuppel zu verfärben begann, regte sich Bethany. Sie öffnete die Augen und lächelte ihm zu. »Wie lange habe ich geschlafen?«

»Ein paar Stunden.«

Sie richtete sich auf. »Dann muss dein Arm schon vor Stunden eingeschlafen sein!«

»Kein Problem«, log er. »Du bist leicht wie eine Blume, und doppelt so schön.«

Sie lachte. »Ich danke meinem zukünftigen Gemahl für das hübsche Kompliment, aber ich habe in letzter Zeit an zu vielen Banketten teilgenommen, um den ersten Teil zu glauben. Gibt es schon Nachricht von Opteris?«

»Noch nicht.«

»Und wenn er sich nicht meldet?«

»Ich gebe ihm noch eine Stunde, dann lasse ich Bela Marston die Boote herunterschicken, um uns abzuholen.«

»Das wird nicht erforderlich sein, Captain!«, sagte eine Stimme hinter ihnen. Drake blickte über die Schulter und sah den Hofmarschall in der Türöffnung stehen, die von der Suite auf den Balkon führte. »Ich hoffe, Sie nehmen es mir nicht übel, dass ich eingedrungen bin, Miss Lindquist. Ich läutete, aber niemand antwortete.«

»Mein Fehler«, sagte Drake. »Ich schaltete die Glocke aus, dass sie Bethanys Schlaf nicht stören konnte.«

»Ich vermutete so etwas«, erwiderte Opteris mit einer leichten Verbeugung.

»Wie steht es mit meiner angekündigten Audienz?«, fragte Drake.

»Darum bin ich gekommen, Captain. Seine Majestät wird Sie jetzt empfangen. Er bedauert, dass er sich nicht eher freimachen konnte.«

»Sollte nicht jemand die Botschafter Barrett und Delevan verständigen?«, fragte Bethany.

»Meines Wissens schlafen sie, Miss Lindquist«, antwortete Opteris. »Und die Einladung galt in jedem Fall für Captain Drake allein.«

Drake beugte sich zu Bethany und küsste sie. »Bis bald.«

»Ich werde hier warten.«

Opteris führte Drake zum Zentralbau des Schlosses, wo ein halbes Dutzend Aufzugschächte für den Verkehr zwischen den Geschossen bereitstanden. Er steckte seine Identifikationskarte in einen Schlitz, und im nächsten Augenblick öffnete sich die Tür, und er ließ Drake vorangehen. In der Kabine drückte er einen Code in das Steuerungsfeld, und der Aufzug sank rasch abwärts. Nachdem er ein paarmal geschluckt hatte, um den Druck auf seine Trommelfelle auszugleichen, fragte er: »Wie tief gehen wir unter den Erdboden, Hofmarschall?«

»Ungefähr einen Kilometer, Captain. In ein paar Sekunden werden wir dort sein.«

Wie er angekündigt hatte, begann der Fahrkorb gleich darauf abzubremsen und hielt. Die Türen öffneten sich und gaben den Blick frei in einen langen Betonkorridor. Zwei bewaffnete Wächter prüften die Identifikation des Hofmarschalls und winkten die beiden durch. Opteris führte ihn durch ein Labyrinth von Tunnels, bis sie eine Tür erreichten, die äußerlich wie Dutzende von anderen aussah, an denen sie vorbeigegangen waren. Er schob seine Identifikationskarte in ein elektronisches Schloss, und nach einer Serie leise klickender Geräusche zog sich eine schwere Stahltür in die Wand zurück. Sie gelangten in ein kleines Vorzimmer, wo Opteris erneut einen Sicherungscode drückte. Die erste Tür schloss sich, und eine zweite öffnete sich gleich darauf; Drake sah, dass das vermeintliche Vorzimmer ein kurzes Stück Korridor war, das zu einer Personalschleuse ausgebaut war.

Hinter der zweiten Tür war eine weiträumige Höhle, in der es von Männern und Frauen in den Uniformen der sandarischen Raumstreitkräfte wimmelte. Die meisten saßen vor Computerkonsolen und arbeiteten an verschiedenen Aufgaben. Über ihren Köpfen, hoch oben an den Wänden der künstlichen Höhle, konnte man große verglaste Galerien erkennen, die hell beleuchtet waren. Die Silhouetten mehrerer Gestalten standen dort oben und blickten herab zu den Arbeitenden. Techniker eilten da und dort zwischen den Reihen der Konsolen hin und her, um Operationsstörungen zu beheben, während das Bedienungspersonal ungeduldig dabeistand.

»Hier entlang, Captain«, sagte Opteris. Er schritt voraus in einen Korridor zwischen zwei großen Gruppen von Konsolen. Im Vorbeigehen beobachtete Drake die Arbeitsstationen und bemerkte eine beträchtliche Vielfalt der Darstellungen auf den Bildschirmen. Auch fing er Bruchstücke von Gesprächen auf.

»Wann können Sie die Umlaufbahn verlassen, *Instigator?* – Alles Personal wird binnen einer Stunde an Bord sein, Lieutenant ... Die Munitionstransporter werden in Kürze eintreffen. Sorgen Sie dafür, dass Ihr Steuerbordportal freigemacht wird ...«

Wieder blieb Opteris vor einer unauffälligen Tür stehen und schob seine Identifikationskarte in einen Schlitz. Das gedämpfte Klicken wiederholte sich, und die Tür glitt zur Seite. Sie betraten einen kleinen Raum, wo ein Dutzend Sandarer um einen Tisch versammelt war. Sie hatten der Tür den Rücken zugekehrt, und ihre Aufmerksamkeit war auf eine große Darstellung der Gesamtlage an der Wand ihnen gegenüber konzentriert.

John-Phillip Walkirk VI. wandte sich auf seinem Stuhl um und sah Drake an, als dieser mit dem Hofmarschall den Lageraum betrat. Er stand auf und war mit vier langen Schritten bei ihnen.

»Willkommen, Fleet Captain«, sagte er mit ausgestreckter Hand.

»Danke, Majestät.« Drake nahm die dargebotene Hand, und erst als er ihren kräftigen Druck fühlte, wurde ihm die Abweichung von der normalen Hofetikette bewusst, die sich in der Geste ausdrückte. Er bemerkte auch, wie viel John-Phillip in der Woche seit ihrer ersten Begegnung gealtert schien. Unter den Anwesenden erkannte Drake den Halbbruder des Königs und Oberbefehlshaber der Kriegsoperationen Walkirk, den Ministerpräsidenten Haliver und Commodore Bardak.

»Was halten Sie von unserer kleinen Kommandozentrale hier, Captain?«

»Ich bin sehr beeindruckt, Majestät. Ich hatte keine Ahnung, dass es so etwas gibt.«

Der König lächelte. »Es gehört nicht zu den Dingen, für die wir Reklame machen. Nun, Sie baten um ein Gespräch. Ich denke mir, Sie sind besorgt wegen des jüngsten Besuchs unserer Zentauroidengegner.«

»Ja, Sir. Sehr besorgt. Ich habe zwei Schiffe in der Umlaufbahn, und meine Leute sind über die halbe Hauptstadt verstreut. Es wäre mir mehr als unangenehm, in der Umlaufbahn angegriffen zu werden, ohne Manövrierraum zu haben.«

»Da besteht keine Gefahr, Captain«, erwiderte John-Phillip mit einer Handbewegung zur Lageprojektion. »Die Darstellung wird Ihnen unsere Situation verdeutlichen.«

Die Projektion war von einem Typ, der sich nicht allzu sehr von dem unterschied, den die altanischen Raumstreitkräfte verwendeten. Der Faltpunkt Hellsgate-Aezer war als ein roter Ellipsoid wiedergegeben, um den sechzig goldene Funken in einer kugelförmigen Formation angeordnet waren; sieben der Funken waren durch rote Kreuze gekennzeichnet, um Positionen der zerstörten Stationen zu markieren. Grüne Beschriftungen neben anderen Markierungen zeigten eingetretene Schäden an. Vom Faltpunkt ausgehend und in alle Richtungen auseinander strebend, waren zwölf rote Pfeile dargestellt. Jeder dieser Pfeile war mit ein paar Schriftzeilen versehen, die Geschwindigkeit und Beschleunigungsvektoren angaben. Mehrere grüne Pfeile verfolgten ihre roten Gegenstücke. Ein Blick auf die Vektoren verriet Drake, dass es eine lange Verfolgungsjagd geben würde.

»Ungefähr fünfzig Ryall-Schiffe kamen vergangene Nacht durch den Faltpunkt«, begann John-Phillip. »Sie wurden automatisch identifiziert und augenblicklich von unseren gepanzerten Gefechtsstationen angegriffen. Alles in allem leisteten wir gute Arbeit. Wir zerstörten achtzehn Angreifer sofort und zwangen weitere zwanzig zum Rückzug nach Aezer. Die verbliebenen zwölf konzentrierten ihr Feuer jedoch auf einen Abschnitt unserer Abwehrsphäre und stießen durch. Was Sie sehen, sind die überlebenden Ryall-Schiffe, die unserer Verfolgung zu entgehen versuchen. Natürlich bleibt ihnen keine Hoffnung. Sobald wir die Dritte Flotte hinausbringen, werden sie sich einer überwältigenden Streitmacht gegenübersehen.«

»Sie entsenden eine Ihrer Flotten, Majestät?«, fragte Drake. »Ist die Lage so ernst?«

»Sie ist ernst, bis der letzte von diesen Marodeuren vernichtet ist! Das ist allerdings nicht der Hauptgrund für die Entsendung der Flotte. Wir haben die Ryall seit einem Jahrhundert bekämpft, Captain. Wir haben ihre Gewohnheiten in dieser Zeit kennen gelernt. So rechnen wir in den nächsten Wochen mit wiederholten Sondierungsangriffen auf den Faltpunkt, mit denen sie feststellen wollen, wie schwer wir getroffen wurden. Die Verstärkung unserer Verteidigungslinie durch die Dritte Flotte wird sie überzeugen, dass ihr Angriff fehlgeschlagen ist.«

»Wann wird dies alles geschehen?«

»Die Flotte startet in zwölf Stunden. Ich selbst reise in sechs Stunden zu meinem Flaggschiff ab.«

»Sie wollen teilnehmen, Sir? Ist das weise?«

»Es wird für mich nicht gefährlicher sein als für Zehntausende von Dienstgraden. Sie würden doch nicht wollen, dass ich mich in einem Loch verkrieche, während andere in meinem Namen ihr Leben riskieren, oder?«

»Äh – nein, Sir!«

»Sehen Sie? Nun sollten wir diskutieren, was während dieser Notsituation mit Ihnen und Ihren Leuten geschehen soll.«

»Ich bedanke mich für die Gastfreundschaft, Majestät«, sagte Drake, »aber ich glaube, für mich ist die Zeit zur Rückkehr in die Heimat gekommen.«

»Das können Sie nicht! Die Gespräche zwischen Ihren Botschaftern und Ihren politischen Beratern sind in einem kritischen Stadium. Eine Menge Arbeit wird umsonst getan sein, wenn Sie jetzt abreisen.«

Drake zog die Stirn in Falten. »Ich weiß Ihre Sorge zu schätzen, Majestät, doch habe ich meine Pflicht zu erfüllen. Wir haben auf dieser Reise viele Daten gewonnen, mehr als wir erwarteten. Ich kann mir schwerlich leisten, in Gefahr zu bringen, was wir erkundet haben, sollten die Ryall Ihre Verteidigungslinien durchbrechen.«

»Nein, natürlich nicht«, sagte der König. »Aber vielleicht gibt es einen Kompromiss. Darf ich einen Gegenvorschlag machen?«

»Gern.«

»Ich stimme zu, dass Sie Ihre Leute zusammenholen und an Bord Ihrer Schiffe bringen sollten«, begann John-Phillip. »Das ist nur gesunder Menschenverstand. Tatsächlich werden wir unser eigenes nichtkriegswichtiges Personal auffordern, ihre Nächte in den Bunkern zu verbringen, bis das letzte Ryall-Schiff zerstört ist. Sobald Sie aber Ihre Schiffe startbereit gemacht haben, ist Ihr Verbleiben in der Umlaufbahn ohne Risiko, bis der Kampf beendet ist. Sollte einer der Eindringlinge durchkommen, werden Sie reichlich Zeit haben, um Ihre Schiffe in Sicherheit zu bringen. In der Zwischenzeit können Sie Informationen über unsere Verteidigungsstrategien sammeln – wir werden Ihnen sogar Aufzeichnungen des gestrigen Gefechts geben –, und Ihre beiden Botschafter können ihre Gespräche mit meinem politischen Beraterstab über eine Konferenzschaltung beenden.«

Drake überdachte seine Optionen, dann nickte er. »Einverstanden. Wir werden in der Umlaufbahn bleiben, bis die gegenwärtige Krise überstanden ist. Danach werden wir weitersehen.«

John-Phillip lächelte müde. »Das ist alles, was ich verlange.«

Zu Drakes Überraschung verursachte der Befehl an das gesamte Personal der Einsatzgruppe 001, an Bord der Schiffe zurückzukehren, überraschend wenig Murren und Klagen von den Angehörigen der gelandeten Gruppen. Abgesehen von gelegentlichen halbherzigen Bemerkungen, man sei doch gerade erst angekommen, und den normalen Meckereien, die unvermeidlich sind, wenn Pläne über den Haufen geworfen werden, waren die Reisenden, die sich am Nachmittag in der Abfertigungshalle des Raumhafens einfanden, unnatürlich ruhig. Nachrichten von der Schlacht am Faltpunkt Hellsgate-Aezer hatten selbst die extremsten Elfenbeinturmtypen unter den Wissenschaftlern ernüchtert und den Wirtschaftsfachleuten zu der schockartigen Erkenntnis verholfen, dass Krieg weit mehr als eine Gelegenheit ist, Gewinn zu machen. Der Anblick der *Discovery* löste unter mehreren Passagieren des Landungsbootes sogar spontane Beifallsrufe aus, als sie sich ihrem Ziel näherten.

Wie John-Phillip vorausgesagt hatte, verließ die Dritte Flotte Sandar innerhalb von zwölf Stunden nach Drakes Audienz im Lageraum. Drake eilte von der Andockbucht zur Brücke, um von dort die Abreise der Flotte zu beobachten. Es war ein eindrucksvoller Anblick in den Teleskopen und auf den Radarschirmen des Kreuzers. Eine nach der anderen starteten vier Flottillen vom Planeten. Jede bestand aus einem Schlachtschiff, zwanzig bewaffneten Begleitschiffen und der dreifachen Zahl an Unterstützungsfahrzeugen. Drake erkannte schwere und leichte Kreuzer, Zerstörer, sogar relativ winzige Langstreckenaufklärer. Die Unterstützungsfahrzeuge schlossen alle Arten von Tankern, Frachtern und Munitionsschiffen mit ein. Als er den Start der Flotte verfolgte, kam ihm in den Sinn, was einer seiner Professoren an der altanischen Akademie der Raumstreitkräfte einmal gesagt hatte: »Vergessen Sie niemals, meine Herren, dass ein Krieg im Weltraum zehn Prozent Offensive und neunzig Prozent Logistik ist!«

Anderthalb Tage nach dem Start der Flotte war der Plasmaausstoß der sandarischen Schiffe in den Teleskopen der *Discovery* sichtbar. Ihre Formation gemahnte an einen Kugelsternhaufen, der zur Gänze aus weißlich violetten Sternen verschiedener Leuchtkraft bestand. Die Masse der Flotte beschleunigte vierzig Stunden mit zwei *g*, bevor sie wendete und die gleiche Zeit verlangsamte, um dann Wachpositionen zwischen den überlebenden Gefechtsstationen um den Hellsgate-Aezer-Faltpunkt einzunehmen.

Aber nicht alle Schiffe der Dritten Flotte steuerten dieses Ziel an. Mehrere kleine Gruppen zweigten ab, um die durchgebrochenen Ryall-Schiffe abzufangen, von denen zwei bereits in den Feuerbereich ihrer Verfolger geraten und zerstört worden waren. Am fünften Tag nach dem Start der Flotte war es klar, dass die Sandarer die Situation unter Kontrolle hatten. Annähernd fünfzig Kriegsschiffe hatten sich zu einer gleichen Zahl überlebender Gefechtsstationen um den Faltpunkt gesellt, und die Ryall-Schiffe waren ungeordnet über den Himmel verstreut und von dreißig sandarischen Schiffen verfolgt.

Trotzdem fiel es Richard Drake schwer, sein Unbehagen abzuschütteln, als er die sandarischen Formationen beobachtete.

»Was hast du?«, fragte Bethany, als sie ihm sein Mittagessen zur Brücke brachte. »Du machst ein Gesicht, als hättest du gerade in etwas Ranziges gebissen!«

Er lächelte, lehnte sich zurück und reckte die Arme, um die Schmerzen zu langen Sitzens in derselben Haltung zu lindern. Der Zustand annähernder Schwerelosigkeit konnte die durch Spannung erzeugten

Schmerzen nicht verhindern. »Wahrscheinlich mache ich mir zu viele Sorgen.«

»Wieso?« Bethany gab ihm sein Tablett. Er legte es auf seine Konsole, während sie ihres auf den Beobachterplatz neben ihm manövrierte. Das gemeinsame Mittagessen am Arbeitsplatz war ihnen seit ihrer Rückkehr an Bord des Schiffes zur Gewohnheit geworden.

Drake schob das Tablett beiseite und drückte eine Taste, die Bethanys Bildschirm auf einen der seinen schaltete. »Hier, ich möchte dir etwas zeigen.«

Zwei weitere Kommandos an den Computer der *Discovery* ließen die sandarische Aufzeichnung der Schlacht am Faltpunkt anlaufen. Drake hatte die Aufzeichnung seit fünf Tagen studiert, da er hoffte, daraus etwas über die Taktiken zu erfahren, die von den Ryall eingesetzt worden waren. Und je mehr er lernte, desto stärker wurde seine Beunruhigung.

Die Aufzeichnung begann mit der Nahaufnahme einer der gepanzerten Gefechtsstationen um den Faltpunkt; die Sandarer hatten offenbar den altanischen Betrachtern zuliebe erläuterndes Bildmaterial in die Aufzeichnung eingearbeitet. Das Bild zeigte eine mächtige Kugelgestalt, der die dunklen Mündungen mehrerer hundert Laserkanonen und eine vergleichbare Zahl von Raketenabschussrampen entragten. Unter den weiteren sichtbaren Merkmalen befanden sich dicke Panzerungen, die Abgasöffnungen der Kraftwerksanlage und große Rippenkühlanlagen zur Ableitung der inneren Wärme. Im Vordergrund des Bildes zog ein Zerstörer an der Gefechtsstation vorüber und vermittelte einen Eindruck von den Größenverhältnissen. Die Gefechtsstation war so groß wie ein kleiner Asteroid, eine Zusammenballung zerstörerischer Kraft.

»Du lieber Himmel, was für eine Festung!«, staunte Bethany.

Drake nickte. »Es ist noch eindrucksvoller, wenn du dir vor Augen führst, wie viel Schiffsvolumen normalerweise von Faltraumgeneratoren und Photonentriebwerken eingenommen wird. Dieses Monster wurde für den stationären Kampf konstruiert, ohne Rücksicht auf Manövrierfähigkeit. Ich schätze seine Kampfkraft auf die von fünf Schlachtschiffen, vielleicht sogar mehr!«

»Wenn eine Gefechtsstation so stark ist, wie konnte es den Ryall dann gelingen, aus einem Faltpunkt auszubrechen, der von sechzig dieser Stationen bewacht wurde?«

»Pass auf, wie es weitergeht, und du wirst es sehen.« Drake ließ die Aufzeichnung weiterlaufen, und ein Bildschnitt zeigte den Blick in ein Sternenfeld. Die Hintergrundsterne tanzten hinreichend, um zu zeigen, dass die Szene durch ein Teleskop hoher Auflösung aufgenommen worden war. Als Bethanys Augen das Bild nach Besonderheiten absuchten, erschien in der Mitte des Bildschirms plötzlich ein zylindrisches Schiff. Im nächsten Augenblick wurde die stumpfgraue Oberfläche des neu eingetroffenen Raumschiffes in grell sprühende Helligkeit verwandelt. Ein Filter wurde vorgeschaltet und dämpfte die blendende Helligkeit, bis die Umrisse des Schiffes wieder sichtbar wurden. Glühende weißlich violette Lichtpunkte trafen das glücklose Schiff an Dutzenden von Stellen. Unter dem zusammengefassten Feuer so vieler Laserkanonen hatte das Ryall-Schiff keine Chance.

Doch irgendwie überlebte es.

Aus jedem der Strahlungspunkte stoben weiß glühende Fahnen verdampften Materials. Sekundenlang sah das Ryall-Schiff wie ein vielschwänziger Komet aus. Das Schiff wehrte sich nach Kräften; eigene Laserstrahlen durchstießen den leuchtenden Dunst, der seine Umrisse verschwimmen ließ. Weißlich violette Flecken markierten den Plasmaausstoß von Raketen, die zu ihrem Ziel unterwegs waren. Das Raumschiff schien vielleicht zehn Sekunden bewegungslos zu schweben, bis die beutegierigen Laserstrahlen sich schließlich durchfraßen und die empfindlichen inneren Systeme trafen. Dann explodierte das Schiff in einem blendenden Lichtblitz und begann in einer abkühlenden Plasmawolke zu expandieren. Die entfernte teleskopische Kamera reduzierte ihre Vergrößerung, um den Feuerball im Gesichtsfeld zu halten, bis er zu völliger Dunkelheit verblasste.

»Das war einer der ersten Angreifer durch den Faltpunkt.«

»Wie konnte er so lange überleben?«, fragte Bethany.

»Die aus seinen Flanken sprühenden Lichterscheinungen waren eine Antilaserabschirmung, die verdampft wurde. Diese Abschirmung besteht aus Milliarden winziger Glasprismen in jedem Kubikzentimeter. Laserstrahlen werden darin gebrochen, und es dauert lange, ein Loch durch diese Abschirmung und damit ins Schiff zu bohren.«

Ein Bildschnitt führte zu einem weiteren Ausschnitt aus dem Sternenmeer. Diesmal erschienen fünfzig Ryall-Raumschiffe innerhalb des Faltpunktes. Sie waren weit genug entfernt, um sichtbar zu sein, doch wurden ihre Positionen durch elektronische Symbole markiert. Wieder flammten die Ryall-Schiffe grell im Kreuzfeuer der Gefechtsstationen auf. Die meisten Abschirmungen der Angreifer versagten innerhalb von Sekunden, aber nicht bevor die Schiffe ihrerseits Schwärme von Raketengeschossen auf einen Abschnitt der Verteidigungssphäre gestartet hatten. Das Innere dieser Hohlkugel aus Gefechtsstationen füllte sich mit den Lichtblitzen von Fusionswaffen. Die meisten wurden im Raum abgefangen und zur Detonation gebracht, aber einige kamen in beide Richtungen durch. Und Antilaserabschirmungen vermochten wenig gegen die Gewalt einer nahen Nuklearexplosion. Drake und Bethany sahen, wie eine der sandarischen Gefechtsstationen explodierte. Kurz darauf ereilte mehrere andere das gleiche Schicksal.

»Es erforderte ungefähr zwölf Sekunden, bis die Gefechtsstationen die Abschirmungen jedes Ryall-Schiffes überwanden«, erklärte Drake. »Das gab vielen der Ryall-Schiffe Zeit, ihre Geschosse gegen einen Abschnitt der Verteidigungssphäre zu schießen und dann in die Sicherheit des Aezer-Systems zurückzuspringen: Es gelang ihnen, eine Öffnung in die Hohlkugel der Abwehr zu reißen, und anschließend schlüpfte ein Dutzend Angreifer durch diese Lücke.«

»Es hat ihnen nichts genützt«, sagte Bethany. »Die sandarische Flotte ist ihnen an Zahl und Feuerkraft weit überlegen. Mr. Cristobal sagt, die letzten würden in weiteren hundert Stunden zur Strecke gebracht sein.«

»Trotzdem«, erwiderte Drake, »frage ich mich, ob der Umstand, dass sie überhaupt durchbrechen konnten, nicht auf eine Schwäche der sandarischen Abwehr hinweist.«

»Was für eine Schwäche?«

»Schau dir an, wie nahe diese Stationen dem Faltpunkt sind«, sagte er und zeigte auf die von sandarischen Schiffen und Gefechtsstationen umringte Ellipse. »Sie gehen so nah heran, um ihre Feuerkraft zu konzentrieren, aber diese Formation lässt ihnen nicht viel Abwehrkraft in der Tiefe. Sobald die Ryall durchbrachen, gab es zwischen ihnen und Sandar nichts außer vierhundert Millionen Kilometer Vakuum. Deshalb musste man in aller Eile die Dritte Flotte mobilisieren.

Nun, wenn ich hier das Sagen hätte, würde ich eine zweite Verteidigungslinie ungefähr hier stationieren.« Er zeigte auf einen Punkt auf halbem Weg zwischen dem Faltpunkt und Sandar. »Das würde der Verteidigung viel mehr Tiefe geben und die Reaktionszeit verkürzen, sollte den Ryall ein Durchbruch gelingen. Auf diese Weise könnten die Sandarer einen Angreifer bis zum Planeten mit Flankenfeuer belegen und dann die restlichen von den planetarischen Verteidigungszentren erledigen lassen.«

»Du machst dir zu viele Sorgen, Richard«, sagte Bethany und biss erneut in ihr Sandwich. »Die Sandarer kämpfen seit mehr als einem Jahrhundert gegen die Ryall. Sie müssen wissen, was sie tun!«

»Ich hoffe, du hast Recht.«

23

Das akustische Signal der Bordsprechanlage brachte Drake augenblicklich zu sich. Er setzte sich im Bett auf und schaltete das Gerät auf dem Nachttisch neben sich ein. Der kleine Bildschirm leuchtete auf und zeigte Karl Slater, der als Wachoffizier Dienst tat.

»Was gibt es, Mr. Slater?«, murrte Drake nach einem Blick auf die Uhr: 3 Uhr 28.

»Sie sollten auf die Brücke kommen, Captain. Im Faltpunkt ist der Teufel los!«

»Ich bin gleich oben.«

Drake schlüpfte in einen Overall und ein Paar Bordschuhe, dann eilte er im Laufschritt zur Brücke. Als er anlangte, war die übrige Mannschaft bereits an ihren Stationen. »Melden Sie!«

»Ja, Sir«, sagte Karl Slater. »Wir haben befehlsgemäß den Faltpunkt Hellsgate-Aezer auf Anzeichen von Aktivität überwacht. Bis auf den normalen sandarischen Funkverkehr war bis vor drei Minuten alles ruhig. Dann beobachteten wir eine enorme Explosion innerhalb des Faltpunktes.«

»Wie stark?«

»Um mehrere Größenordnungen stärker als das, was wir vor sechs Tagen während der Schlacht beobachteten, Sir. Seit der Explosion haben wir auch Entladungen von Fusionssprengköpfen und eine große Zahl von Laserfeuer beobachtet.«

»Haben Sie eine Aufzeichnung?«

»Ja, Sir.«

Wie Slater gemeldet hatte, hatte die zweite Schlacht um den Hellsgate-Aezer-Faltpunkt mit einer titanischen Explosion aus dem Innern des Faltpunkts begonnen. Drake sah, wie die ewige Nacht des Raums plötzlich in Tag verwandelt wurde. Zuerst gab es nur einen einzigen Lichtpunkt in der Mitte eines kleinen Sternenfelds. Der Punkt wurde heller und wuchs, bis er eine winzige Scheibe von der Farbe eines Schweißbrenners war. Die Scheibe expandierte rasch und veränderte dabei die Farbe. Das aktinische Bläulichweiß ging langsam in Grün und dann in Gelb über. Orangefarbene Flecken erschienen, und die Kugel wurde vollständig orange, bevor sie in Rot überging. So blieb sie lange Sekunden, bis sie schließlich verschwand.

Inzwischen waren weitere Lichter erschienen. Dies waren die vertrauten weißen Blitze, wie sie von den Detonationen nuklearer Sprengköpfe ausgelöst wurden, und die hellvioletten Funken von militärischen Hochenergielasern in Aktion.

Drake spielte die Aufzeichnung noch einmal ab. Als er das Geschehen zweimal beobachtet hatte, wandte er sich an seinen Nachrichtenoffizier. »Ich möchte wetten, dass alle sandarischen Schiffe und Gefechtsstationen in der Nähe des Faltpunkts gerade die Hälfte ihrer Sensoren durch Ausbrennen verloren haben! Mr. Cristobal!«

»Ja, Captain?«

»Was haben Sie festgestellt?«

»Ich habe Schwierigkeiten, die Energie dieses ersten großen Knalls zu extrapolieren, Sir. Das Spektrum deutet darauf hin, dass es eine Materie-Antimaterie-Vernichtungsreaktion war, doch wo jemand so viel Antimaterie finden sollte, übersteigt mein Vorstellungsvermögen.«

»Sie brauchten das Zeug nicht zu finden, Mr. Cristobal. Sie stellten es her.«

»Ein paar hundert Kilogramm? Das würde doch Jahre erfordern!«

Drake nickte. »Und für alle Beteiligten äußerst gefährlich sein. Meine Herren, ich glaube, unsere sandarischen Vettern sind gerade Hals über Kopf in eine Falle der Ryall gelaufen.«

»Das verstehe ich nicht, Captain.«

»Stellen Sie sich vor, dass Sie der Ryall-Kommandeur sind, Mr. Slater. Sie sind beauftragt, dieses System anzugreifen. Was ist Ihre größte Schwierigkeit?«

»Den Verteidigungsring um den Faltpunkt zu durchbrechen.«

»Keineswegs. Sie bewiesen schon vor sechs Tagen, dass sie das konnten. Nein, die Hauptschwierigkeit besteht darin, die Aufstellung der Verteidiger im Voraus zu wissen. Bedenken Sie, Sie haben keine Aufklärungsmöglichkeit. Dennoch müssen Sie wissen, wo die sandarische Flotte ist, wenn Sie eine Chance haben wollen.

Das war der Zweck des ersten Angriffs. Die Ryall setzten ihre übliche Angriffstaktik ein. Sie verleiteten die Sandarer, mit weiteren, ähnlichen Angriffen gegen den Verteidigungsring um den Faltpunkt zu rechnen. Die Sandarer reagierten, wie sie es normalerweise tun würden, indem sie den Faltpunkt massiv verstärkten. Damit konzentrierten sie einen bedeutenden Teil ihrer Streitkräfte an einem einzigen Punkt. Und vergessen wir nicht, dass einige der angreifenden Ryall die Verteidigung durchbrachen. Was taten sie darauf? Sie verstreuten sich sofort über den halben Himmel, zwangen die Sandarer zur Verfolgung und verringerten ihre einsatzbereiten Streitkräfte damit weiter.

Sechs Tage später können Sie als Kommandeur der Streitkräfte der Ryall-Hegemonie mit einiger Zuversicht voraussagen, wo Sie einen großen Teil der sandarischen Flotte antreffen werden. Zur rechten Zeit schicken Sie Ihre Höllenmaschine durch den Faltpunkt und bringen sie zur Explosion. Die Verteidiger werden vorübergehend geblendet, und da es sich um eine Antimateriereaktion handelt, werden nur Hochenergiephotonen freigesetzt. Mit anderen Worten, die Explosion erzeugt eine hohle Strahlungsschale, die sich mit Lichtgeschwindigkeit ausdehnt und keinen unangenehmen Feuerball elektrisch aufgeladenen Plasmas zurückläßt! Eine Sekunde nach der Explosion vollzieht Ihre Invasionsflotte den Übergang durch einen Faltpunkt, der frei von Energierückständen ist, und durchbricht sofort die umschließende Kugelstellung menschlicher Kriegsschiffe und Gefechtsstationen. Es wird gar nicht entscheidend sein, wie viele menschliche Schiffe Ihren Angriff überleben. Wenn Sie eine halbe Stunde vor ihnen nach Sandar gelangen können, ist Ihre Mission ein voller Erfolg. In gewisser Weise ist es eine Ironie.«

»Was meinen Sie, Captain?«

»Wir sagen uns immer wieder, dass hundert Jahre Kriegführung die Sandarer alles über die Ryall gelehrt haben sollten, was es zu lernen gibt. Es kam uns nie in den Sinn, dass umgekehrt das Gleiche gelten muss!«

Drake starrte auf den großen Projektionsschirm, wo das Funkeln von Glühwürmchen weiter vom Tod vieler Menschen kündete. Nach längerem Schweigen wandte er sich zu Slater. »Verschaffen Sie mir eine Verbindung mit der Befehlszentrale unten, Mr. Slater, und verbinden Sie mich mit dem kommandierenden Offizier.«

»Jawohl, Sir!«

Kaum zwei Minuten später blickte Drake in das Gesicht eines Mannes mit den Kragenspiegeln eines Admirals der sandarischen Raumstreitkräfte.

»Es tut mir Leid, Sie zu stören, Admiral«, begann Drake, »aber wir haben die Ereignisse im Faltpunkt beobachtet und einiges daraus gefolgert, was wir Ihnen nicht vorenthalten möchten.«

»Sprechen Sie.«

Drake erläuterte seine Befürchtungen in bezug auf die Möglichkeit, dass die Dritte Flotte durch eine List des Feindes verleitet worden sei, die Gefechtsstationen um den Faltpunkt zu verstärken. Als er geendet hatte, nickte der sandarische Admiral reumütig.

»Wir sind hier zu der gleichen Schlussfolgerung gekommen.«

»Ich an Ihrer Stelle«, sagte Drake, »würde die Erste und die Zweite Flotte gefechtsbereit machen.«

»Danke für Ihren Rat, Captain Drake. Wenn Sie mich nun entschuldigen wollen, ich habe Vorbereitungen zu treffen.«

Sobald die Verbindung unterbrochen war, wandte Drake sich an Slater. »Wir werden die weitere Entwicklung bis zum Morgen überwachen. Bis dahin sollten wir wissen, ob mein Verdacht gerechtfertigt ist.«

»Jawohl, Sir.«

Drei Stunden später schien der Kampf um den Faltpunkt beendet zu sein. Wo er getobt hatte, beobachteten Teleskope und Sensoren der *Discovery* die expandierenden Plasmastreifen zahlreicher Schiffe. Alle beschleunigten zum Planeten. Die enormen Distanzen machten eine Identifikation unmöglich, aber Drake bezweifelte sehr, dass er die siegreiche Dritte Flotte auf dem Heimflug sah – nicht mit fünf *g* Beschleunigung!

»Haben Sie einen Vorschlag, Mr. Marston?«, fragte Drake seinen Ersten Offizier. Marston war an seinem Platz in der Feuerleitzentrale.

»Nur einen, Sir. Ich schlage vor, dass wir uns schleunigst aus dem Staub machen!«

Drake nickte. »Ganz meiner Meinung. Geben Sie allgemeinen Bereitschaftsalarm, Nummer Eins. Es sind alle Startvorbereitungen zu treffen.«

»Ja, Sir.«

Das Läuten der Alarmglocken hallte durch das Schiff und erzeugte hektische Aktivität. Drake bemerkte nicht ohne Stolz, dass seine Konsole nach weniger als einer Viertelstunde die Startbereitschaft meldete. Offensichtlich hatten viele Besatzungsmitglieder des Kreuzers von der Schlacht gehört und in Erwartung des Befehls ihre Stationen aufgesucht.

»Verständigen Sie Captain Fallan an Bord der *City of Alexandria*, Mr. Slater.«

»Ja, Sir.«

Dreißig Sekunden später blickte Fallans Gesicht aus Drakes Bildschirm. »Wir sind jederzeit startbereit, Captain. Aber es tut mir Leid, die Sandarer in der Klemme zurückzulassen.«

»Sie sind große Jungen, Kenil. Sie haben den Rest ihrer Flotte, um die Ryall abzuwehren. Unser Datenmaterial ist zu wichtig, um zu riskieren, dass wir ins Kreuzfeuer geraten. Außerdem werden ihnen ein weiterer Kreuzer und ein unbewaffnetes Passagierschiff keine große Hilfe sein.«

»Ja, Sir. *Alexandria* Ende.«

»*Discovery* Ende.« Drake räumte seinen Bildschirm leer und drückte die Nummer des Maschinenraums. »Chefingenieur Arnam, bitte.«

»Hier, Sir.«

»Sie können die Rotation anhalten, Gavin.«

»Wird gemacht, Captain. In zehn Minuten werden wir Schwerelosigkeit haben.«

»Gut. Mr. Cristobal, legen Sie einen Kurs zum Hellsgate-Napier-Faltpunkt fest.«

»Schon programmiert, Captain.«

»Mr. Slater, verständigen Sie bitte die sandarische Raumüberwachung, dass wir bereit sind, die Umlaufbahn zu verlassen. Empfehlen Sie eine Startzeit in …« Drake blickte auf das Chronometer – »sagen wir, fünfzehn Minuten.«

»Zu Befehl, Sir.«

Nachdem er seine Befehle erteilt hatte, wandte Drake sich wieder den Informationen zu, die von den Langstreckensensoren eingingen.

Die Zahl der Schiffe, deren Kurs eindeutig auf Sandar gerichtet war, wuchs weiter an. Drake hoffte, dass die Sandarer ihre Sperrriegel rechtzeitig in Position bringen würden. Wenn nicht, stand ihrer Welt Schlimmes bevor.

Fünf Minuten vergingen. Nachrichtenoffizier Slater meldete sich.

»Was gibt es, Lieutenant?«

»Sir, die Verkehrskontrolle verweigert uns die Starterlaubnis.«

»Was?«

»Sie weigert sich, uns aus der Umlaufbahn starten zu lassen, Captain.«

»Haben Sie den Leuten gesagt, dass unsere Anfrage nur eine Höflichkeit war, und dass wir jederzeit starten werden, wenn wir bereit sind und es für richtig halten?«

»Ja, Sir. Der Leiter sagt, er verstehe vollkommen, aber die Erlaubnis werde trotzdem verweigert. Warten Sie einen Moment, Captain. Eine neue Botschaft geht ein – sie ist für Sie. Commodore Bardak.«

»Stellen Sie ihn durch.«

Drakes Bildschirm wurde leer geräumt, dann erschienen Bardaks inzwischen vertraute Züge. »Ihre Leute haben mir gesagt, dass ich die Umlaufbahn nicht verlassen kann, Commodore.«

»Sie taten es auf meinen Befehl, Fleet Captain«, antwortete Bardak. »Ich ersuche Sie, Ihre Abreise um weitere vier Stunden zu verschieben. Nach Ablauf dieser Zeit werden Sie starten können.«

»Warum vier Stunden?«

»Weil ich so lange benötigen werde, um Ihr Schiff zu erreichen. Ich muss Sie in einer Angelegenheit sprechen, die über eine offene Radioverbindung nicht praktiziert werden kann.«

Drake nickte nach kurzem Zögern. »Gut, Sie haben also vier Stunden. Nach Ablauf dieser Frist werden wir die Heimreise antreten, ob wir Ihre Erlaubnis haben oder nicht.«

»Sie werden nicht nur meine Erlaubnis haben, Captain Drake. Sie werden meinen Segen haben.«

Drake wartete, als Bardak aus der Luftschleuse der Hangarbucht kam. Der Sandarer schüttelte ihm die Hand. Sein Gesichtsausdruck war ernst. »Ich danke Ihnen, dass Sie Ihre Abreise aufgeschoben haben, Captain.«

»Gern geschehen, denke ich. Haben Sie Nachricht vom Faltpunkt?«

Bardak klopfte mit den Fingerspitzen auf die Brusttaschen seines Uniformrocks. »Kurz bevor ich die Hauptstadt verließ, erhielten wir einen Bericht von der Dritten Flotte. Können wir irgendwo sprechen? Ich werde ein Lesegerät brauchen.«

»Wir werden in der Offiziersmesse zusammenkommen. Stan Barrett, Alicia Delevan und Bethany Lindquist haben darum gebeten, dass ihnen die Teilnahme erlaubt wird. Mehrere meiner Offiziere werden auch dort sein. Gibt es Einwände?«

»Nein, keine, Captain. Die Zeit für politische Manöver ist vorbei. Je mehr Leute meine Geschichte hören, desto besser.«

»Politische Manöver?«

»Ich werde es später erklären. Darf ich Sie bitten, dass wir uns jetzt beeilen? Meine Zeit an Bord Ihres Schiffes ist knapp bemessen. Es gibt viel zu tun und wenig Zeit, die dafür zur Verfügung steht.«

»Selbstverständlich, kommen Sie mit.«

Drake zog sich Hand über Hand die Führungsleinen entlang durch die Schwerelosigkeit des Schiffes, Bardak folgte ihm in der gleichen Weise. Außer den erwähnten Personen waren Bela Marston und Argos Cristobal in die Offiziersmesse gekommen. Bardak zog sich zu einem Stuhl und schnallte sich an. Dann griff er in die Brusttasche, zog eine Speichertafel hervor und reichte sie Drake.

Drake steckte sie in ein Lesegerät, das für den Anlass am Tisch der Offiziersmesse befestigt worden war. Der Bildschirm an der Stirnwand des Raums leuchtete auf und zeigte eine schematische Darstellung des Hellsgate-Systems. Sie ähnelte jener, die John-Phillip seinem Besucher in der Befehlszentrale unter dem Schloss gezeigt hatte. Mit Hilfe der Fernbedienung aktivierte Bardak einen kleinen goldenen Cursor, der auf dem Bildschirm die Position des Faltpunktes anzeigte.

»Vor einigen Stunden, Captain Drake, unterrichteten Sie einen Dienst habenden Offizier im Hauptquartier von Ihrem Verdacht, dass wir einer Kriegslist der Ryall zum Opfer fielen und in eine Falle tappten. Es schmerzt mich sagen zu müssen, dass ich Ihnen zustimme. Offenbar kennen die Ryall uns weit besser, als wir ahnten. Aus Gründen, die ich Ihnen gleich erklären werde, war die Zeitwahl ihres Angriffs und seine Ausführung ein Meisterstück.

Der Angriff begann mit der Detonation einer sehr großen Antimateriebombe. Zwei von unseren Schiffen, die zu dem Zeitpunkt innerhalb des Faltpunktes patrouillierten, wurden sofort vernichtet. Der Rest unserer Flotte einschließlich der Gefechtsstationen wurden von der Explosion geblendet. Etwa die Hälfte unserer Sensoren und siebzig Prozent unserer Nachrichtenverbindungen wurden durch die Druckwelle der Explosion vorübergehend außer Betrieb gesetzt.

Eine halbe Sekunde nach der Antimaterie-Explosion erschienen fünfundsechzig Kriegsschiffe der Ryall im Faltpunkt. Unsere Streitkräfte begannen sofort, sie mit Laserkanonen, Antimaterieprojektoren und Raketen ins Kreuzfeuer zu nehmen. Wir erzielten viele Treffer, doch waren die Verluste des Feindes nicht annähernd so hoch, wie sie es gewesen wären, wenn wir unsere Verteidigung besser hätten koordinieren können. Die Ryall setzten die gleiche Taktik ein, die sie vor sechs Tagen verfolgten. Sie konzentrierten ihr Feuer auf einen Abschnitt der Abwehrsphäre, und es gelang ihnen, eine Bresche freizuschießen, durch die sie eindringen konnten. Das letzte Ryall-Schiff durchbrach die Absperrung um den Faltpunkt acht Minuten und siebzehn Sekunden nach der anfänglichen Explosion.«

»Was ist mit dem König?«, fragte Stan Barrett. »Ist er in Sicherheit?«

Bardak nickte. »Durch Gottes Gnade war sein Flaggschiff auf der entgegengesetzten Seite der Abwehrsphäre, als der Durchbruch erfolgte.« Er wandte sich zum Bildschirm und bewegte den Cursor, um die Ryall-Schiffe zu markieren. »Von fünfundsechzig Feindschiffen durchbrachen sechsunddreißig unsere Abwehr um den Faltpunkt. Sie formierten sich in guter Ordnung und begannen sofort gegen Sandar zu beschleunigen. Die Dritte Flotte verfolgt sie und verfügt tatsächlich über die größere Zahl und höhere Feuerkraft. Unglücklicherweise hat sich die Ryall-Flotte aber in den letzten paar Stunden in zwei verschiedene Gruppen aufgeteilt.«

»Warum ›unglücklicherweise‹?«, fragte Barrett. »Ich denke, es würde Ihnen lieber sein, sie in kleinen Gruppen anzugreifen.«

»Unglücklicherweise, weil wir ihre Strategie zu verstehen beginnen. Eine Vorausabteilung von acht Schiffen hat die Masse der Angreifer hinter sich gelassen. Sie beschleunigt weiter mit fünf Komma zwei *g*. Die übrigen achtundzwanzig Schiffe haben ihre Beschleunigung auf vier Komma fünf *g* reduziert. Die größere Gruppe fungiert offensichtlich als Rückendeckung, um die Vorausabteilung gegen die Dritte Flotte abzuschirmen. Wir werden jedes der Schiffe der Hauptabteilung bezwingen müssen, bevor wir die Vorausabteilung einholen können. Eine andere Vorgehensweise würde die Dritte Flotte in ein gefährliches Kreuzfeuer bringen.«

»Wie können sie die Beschleunigung von fünf *g* aufrechterhalten?«, fragte Bela Marston. »Ihre Treibstofftanks werden trocken sein, bevor sie Sandar erreichen.«

»Oder kurz danach«, sagte Bardak.

»Aber sie werden nicht verlangsamen können. Sobald ihr Treibstoff verbraucht ist, sind sie ohne Rückfahrkarte auf einer Reise in die Unendlichkeit.«

»Die Ryall sind entschlossen, einen von Menschen bewohnten Planeten zu zerstören, Commander Marston. Für ihre Begriffe ist der Tausch von fünfundsechzig Schiffen gegen Sandar ein gutes Geschäft.«

»Haben Sie eine Vorstellung, welche Schiffe in der Vorausabteilung sind?«, fragte Drake.

Bardak manipulierte wieder die Fernbedienung, und die Szene wurde herangeholt, bis die Vorausabteilung der Ryall zu sehen war. Die Markierungen von drei Schiffen in der Mitte der Abteilung begannen zu blinken. »Diese drei bereiten uns die größte Sorge. Sie sind die eigentliche Kampfgruppe. Die anderen Schiffe sind hauptsächlich bewaffnete Begleiter.«

»Kennen Sie den Typ?«

»Wir halten sie für Angriffsträger.«

Es wurde plötzlich still im Raum. Nur die beiden Botschafter blickten verwirrt.

»Können Sie mir verraten, was ein Angriffsträger ist?«, fragte Alicia Delevan.

Richard Drake wandte den Kopf und sagte: »Ein Angriffsträger ist ein großer umgebauter Frachter, der bis zu den Platten der Rumpfverkleidung mit Raketen und Nuklearsprengköpfen vollgestopft ist. In Anbetracht der Zahl und Feuerkraft der planetarischen Verteidigungszentren Sandars würden die Ryall bei einem konventionellen Angriff, wie sie ihn am Faltpunkt führten, mit hoher Wahrscheinlichkeit vernichtet, bevor sie in Schussweite kommen könnten.

Hier kommen die Angriffsträger ins Spiel. Weil eine Rakete klein ist, bleibt ihre Reichweite begrenzt. Andererseits ist es möglich, sehr viele Raketen in einem Angriffsträger zu transportieren. Die Ryall-Träger werden ihre Raketen wahrscheinlich abfeuern, kurz bevor sie in Reichweite der Planetarischen Verteidigungszentren kommen. Jede einzelne dieser Raketen bedeutet mindestens eine ausgelöschte andarische Stadt, so dass die Verteidigungszentren sie nicht werden ignorieren können. Statt auf acht Ziele zu feuern, werden sie es mit dreihunderttausend zu tun haben! Das Ziel der Ryall ist die Lähmung des Computernetzes der PVZs durch Überladung.«

»An Ihrer Stelle, Admiral«, sagte Alicia Delevan, »würde ich die Erste und die Zweite Flotte auf den Weg bringen, um diese Angriffsträger abzufangen!«

Bardak machte ein schmerzliches Gesicht und seufzte. »Das ist ein ausgezeichneter Rat, Mrs. Delevan. Ich wünschte, ich könnte ihn befolgen. Unglücklicherweise besitzen wir keine anderen Flotten. Mit Ausnahme meines eigenen Geschwaders von Abfangjägern und ein paar Dutzend Schiffen hohen Alters und zweifelhaften Gefechtswerts gibt es in der Umlaufbahn um Sandar keine Kriegsschiffe mehr.«

Lange Sekunden blieb es still in der Offiziersmesse. Die Altaner starrten Bardak an.

»Ich verstehe das nicht«, sagte Drake. »Sie entsandten Ihre gesamten Raumstreitkräfte, um den Faltpunkt zu bewachen?«

»Bedauerlicherweise ist genau das der Fall, Captain.«

»Aber wie konnte das geschehen«, fragte Stan Barrett. »Man sagte uns, Ihre Raumstreitkräfte verfügten über fünfhundert Schiffe!«

»Ich fürchte, wir sind nicht ganz aufrichtig zu Ihnen gewesen, Botschafter. Wir fürchteten, dass Sie eine Allianz mit uns vermeiden würden, wenn Sie den wahren Zustand unserer Streitkräfte entdeckten. Als die Ryall den Faltpunkt angriffen und wir gezwungen waren, unsere gesamte Flotte zur Stärkung der Verteidigung zu entsenden, nannten wir sie die Dritte Flotte in der Hoffnung, dass Sie daraus die Folgerung ziehen würden, es gäbe weitere.«

»Aber Botschafter Cartier bestätigte mir gegenüber Ihre Stärke«, warf Bethany ein.

»Er ist kein Botschafter, Miss Lindquist. Ambrose Cartier wanderte vor etwa dreißig Jahren von der Erde ein. Wir wählten ihn aus, die Rolle des Botschafters der Erde zu spielen, als Sie um eine Audienz nachsuchten.

Die Wahrheit ist, dass wir von der Erde abgeschnitten sind, seit die Ryall vor fünfzehn Jahren mit starken Streitkräften ins Aezer-System vordrangen. Seit jener Zeit haben wir dreimal Versuche unternommen, uns zum Aezer-Hermes-Faltpunkt durchzukämpfen und zur Erde durchzubrechen. Die letzte derartige Anstrengung fand vor sechs Monaten statt. Sie kostete uns dreiundachtzig Schiffe und zwölftausend gute Männer. Das ist der Grund, weshalb wir gegenwärtig so schwach sind. Und zweifellos war es ein Faktor in den Überlegungen der Ryall, diesen Zeitpunkt für ihren Großangriff zu wählen.«

»Und Sie glauben nicht, dass Sie diese Angriffsträger aufhalten können, bevor sie in Schussweite kommen?«, fragte Drake.

»Ich glaube es nicht«, antwortete Bardak. »Realistisch gesehen ist unsere Chance, alle drei zu vernichten, weniger als eins zu zehn.«

»Das ist eine pessimistische Einschätzung«, sagte Barrett.

»Nicht pessimistisch, Botschafter. Realistisch. Sie ist auch der Grund dafür, weshalb ich Captain Drake bat, seine Reise aufzuschieben. Wir haben eine Gefälligkeit von Ihnen zu erbitten.«

»Was für eine Gefälligkeit?«, fragte Drake.

»Königin Felicia, Kronprinz Phillip und beide Prinzessinnen sind an Bord meiner Fähre. Ich werde ewig in Ihrer Schuld stehen, wenn Sie die Güte haben, sie mit sich nach Alta zu nehmen.«

»Selbstverständlich«, erwiderte Drake. »Sie können in der *City of Alexandria* unterkommen.«

Bardak machte ein unglückliches Gesicht. Sorgfältig wählte er seine nächsten Worte. »Ich danke Ihnen, Captain, wäre aber sehr viel glücklicher, wenn sie an Bord der *Discovery* reisen könnten. Der Kreuzer ist besser imstande, sich im Falle von Schwierigkeiten zu verteidigen.«

Drake schüttelte den Kopf. »Ich fürchte, das wird nicht möglich sein.«

»Aber warum nicht? Welchen möglichen Unterschied kann es machen?«

»Einen großen«, sagte Drake. »Die *Discovery* wird nicht die Heimreise antreten. Sobald wir die Umlaufbahn verlassen, wird es geschehen, um die Angriffsträger der Ryall an Ihrer Seite abzuwehren.«

»Was?«

Der Ausruf kam von beiden Botschaftern gleichzeitig. Stan Barrett sah aus, als hätte er einen Herzanfall, und Alicia Delevan sperrte Mund und Augen auf.

»Das können Sie nicht machen, Captain!«, sagte Barrett, als er sich wieder gefasst hatte. »Sie sind der Regierung und dem Parlament verantwortlich, dass diese Expedition sicher heimkehrt. Die Expedition hat ihren Auftrag erfüllt. Jetzt unsere Schiffe zu riskieren, ist mit unserem Auftrag nicht zu vereinbaren.«

»Ich muss dem zustimmen, Captain Drake«, sagte Bardak. »So sehr wir die Hilfe benötigen, ein weiteres Schiff wird sehr wenig bewirken können. Es mag durchaus ein hoffnungsloses Unterfangen sein.«

»Hoffnungslos oder nicht, wir müssen es versuchen, verdammt noch mal!«, rief Drake aus. »Ihre Welt ist in Gefahr, pulverisiert zu werden, Mann! Hunderte von Millionen werden sterben.«

»Auf die Gefahr hin, hartherzig zu scheinen«, sagte Barrett, »die Menschen werden sterben, ob Sie diese ritterliche Geste machen oder nicht. Wir haben eine Fürsorgepflicht gegen unsere eigenen Leute. Wir brauchen Sie, um uns sicher aus dem System zu bringen. Alta muss vor der Bedrohung gewarnt werden!«

»Ich denke an unsere Leute, Mr. Barrett. Diese Ryall-Flotte wird unsere Schiffe ausmachen, wenn sie Sandar über den Hellsgate-Napier-Faltpunkt verlassen. Sicherlich wissen sie, dass Napier eine Sackgasse ist. Ist es nicht wahrscheinlich, dass sie nachforschen werden, wohin wir gegangen sind?«

»Ich sage, dass sie es nicht tun werden. Wir sind nur drei kleine Schiffe, und sie haben Wichtigeres im Sinn.«

»Dann bedenken Sie, was geschieht, wenn Sandar zerstört wird! Ein Teil der sandarischen Flotte wird überleben, ebenso wie einige Millionen Menschen an der Oberfläche. Wohin, meinen Sie, werden diese Flüchtlinge gehen? Wie viele Schiffe werden die Ryall im Hellsgate-Napier-Faltpunkt verschwinden sehen, bevor sie misstrauisch werden?

Nein, Mr. Barrett. Wenn die Sandarer diese Schlacht verlieren, werden die Ryall bald den Weg nach Alta finden. Wollen wir unser Geheimnis bewahren, müssen wir sie hier und jetzt besiegen.«

Drake sah Barretts Zügen an, wie die Erkenntnis dämmerte. Der zornige Ausdruck des Botschafters verlor sich in Verwirrung, und wenige Augenblicke später blieb von dieser nur quälende Sorge übrig. Er hob den Blick zu Drake und sagte so leise, dass seine Stimme beinahe tonlos war: »Gut, Sie haben mich überzeugt! Wir müssen sie jetzt aufhalten, wenn wir vermeiden wollen, die Ryall auf uns selbst zu ziehen.«

Drake wandte sich an Alicia. »Mrs. Delevan?«

Sie starrte mit hartem Blick zurück. »Ich würde sagen, dass Sie unseren Missionsbefehl eben über Bord geworfen haben, Captain.«

Er zuckte die Achseln. »Ich sehe keinen anderen Ausweg.«

»Ich auch nicht. Aber ich sage auch, dass es Zeit ist, Paragraph sieben ebenso zu vergessen.«

Nach einem verständnislosen Blick begriff Drake, nickte und wandte sich wieder an Bardak. »Sie sagten vorhin, dass die Zeit für politische Manöver vorbei sei, Commodore. In diesem Fall möchten wir Ihnen eine Frage stellen ...« Darauf schilderte er die Ereignisse, die auf die Ankunft der *Conqueror* im System Valeria gefolgt waren. Als er geendet hatte, war es an Bardak, ein schockiertes Gesicht zu machen.

»Und Sie dachten, dieses Wrack sei aus unserem System gekommen?«

»Woher sonst? Von New Providence kam es sicherlich nicht.«

»Captain Drake, seit mehr als fünfzehn Jahren ist kein Schiff von der Erde in diesem System gewesen. Glauben Sie mir, wir hätten es bemerkt!«

24

»Achtung, Zivilpersonal! Melden Sie sich sofort bei der Hangarbucht! Ich wiederhole, alles Zivilpersonal zu den Booten. Sie haben zehn Minuten!«

Richard Drake blickte auf, als die letzten Echos der Durchsage verhallten. Überall um ihn her herrschte hektische Aktivität. Sämtliche Besatzungsmitglieder überprüften die Systeme, für die sie verantwortlich waren. Instandhaltungstechniker ersetzten jedes Modul, das in den Tests Schwächen zeigte. Überall im Schiff wurden Checklisten abgehakt, Raketen mit Gefechtsköpfen versehen und zu den Abschussrampen geschafft und die Dienstanweisungen für das Verhalten im Gefecht studiert. Zum ersten Mal in den 150 Jahren seit seiner Indienststellung wurde der Kreuzer auf seinen ersten Kriegseinsatz vorbereitet.

»In Ordnung«, befahl Drake der Brückenmannschaft. »Machen wir Schluss mit den Überprüfungen. Es wird Zeit, dass wir wegkommen!«

Sein Befehl löste eine neue Welle von Betriebsamkeit aus, als die Wartungungstechniker abgenommene Verkleidungen wieder anschraubten und an den Konsolen ihre Systeme online brachten.

»Mr. Slater.«

»Ja, Captain?«

»Geben Sie Befehl, die Instandhaltungsprüfungen zu beenden und Startvorbereitungen zu treffen.«

»Ja, Sir.«

Bethany Lindquist saß an ihrem gewohnten Beobachterplatz neben Drake. Mit halbem Ohr lauschte er Slaters Durchsage, als er seine Bemühungen fortsetzte, sie zu überzeugen, dass sie zu den anderen Zivilisten an Bord der *Alexandria* gehen sollte.

»Du hast nicht mehr viel Zeit«, sagte er.

Sie schüttelte störrisch den Kopf und sprach durch zusammengebissene Zähne. »Tut mir Leid, Richard, aber ich gehe nicht. Ich gehöre zu dieser Besatzung, und wenn die *Discovery* ins Gefecht geht, werde ich an meinem Platz sein.«

»Wir brauchen dich nicht an deinem Platz. Wir werden nicht in die Nähe eines Faltpunktes kommen. Du bist bei diesem Einsatz als entbehrliches Personal eingestuft.«

»So?«, fragte sie. »Warum sehe ich dann nicht, dass du das andere entbehrliche Personal zur *Alexandria* schickst?«

»Würdest du gehen, wenn ich es täte?«

»Nein, Richard, ich würde nicht gehen.«

»Ich könnte dich von ein paar Marinesoldaten zum Boot bringen lassen, weißt du.«

»Du könntest, aber du würdest nicht!« Nach kurzem Zögern ergänzte sie in sanfterem Ton: »Sieh mal, Liebling, nachdem wir geheiratet haben, werde ich eine gute Frau sein. Ich werde dich lieben, ehren und dir im Allgemeinen folgen. Aber in diesem Augenblick bin ich eine freie Bürgerin und treffe meine eigenen Entscheidungen. Ich bin auch ein Mitglied dieser Besatzung und lasse mich nicht diskriminieren, nur weil die *Discovery* einen gefährlichen Einsatz hat. Ich weiß deine Sorge um mein Wohlergehen zu schätzen, wirklich, aber ich denke mir, der Captain eines Schiffes, das ins Gefecht zieht, würde Besseres mit seiner Zeit anzufangen haben als mit mir zu streiten.«

Drake hob die Hände und ließ sie wieder fallen. »Dann melde dich bei deiner Dienststation«, knurrte er.

»Zu Befehl, Sir!«

Drake sah zu, wie Bethany sich losschnallte, aus dem Beobachtersitz glitt und geschmeidig durch die Luft zu ihrer Konsole schwamm, und musste sich ein Lächeln verbeißen. Trotz des unguten Gefühls bei dem Gedanken, dass Bethany in Gefahr sein würde, war er froh, dass sie mitkam.

»Captain«, meldete sich Lieutenant Slater, »Carl Aster möchte Sie sprechen.«

»Stellen Sie ihn durch.«

Asters Gesicht erschien in Drakes Bildschirm.

»Ja, Mr. Aster?«

»Ich hörte eben von Mrs. Delevan, dass Bethany an Bord bleiben will, Captain.«

Drake nickte. »Ich habe es ihr ausreden wollen, aber sie will nicht auf mich hören.«

»Das überrascht mich nicht«, erwiderte Aster. »Ich würde auch gern bleiben.«

Drakes Brauen hoben sich in unausgesprochener Frage.

»Es ist nicht, was Sie denken. Ich tue dies nicht, um irgendetwas zu beweisen. Jedenfalls ist das nicht mein Hauptgrund. Ich habe es satt, ein bloßer Manipulator von Leuten zu sein, Captain. Ich möchte zur Abwechslung etwas Wichtiges tun. Die Zerstörung dieser Angriffsträger ist wichtig.«

»Ich fürchte, es gibt an Bord keine Jobs, für die Sie ausgebildet sind.«

»Ich kann bei der Schadenskontrolle helfen oder als Bote dienen, oder in der Krankenstation helfen. Irgendwas, Captain!«

»Wir sind für hohe Beschleunigung programmiert.«

»Ich werde es überleben.«

»In Ordnung. Fragen Sie den Schiffsarzt, ob er Hilfe brauchen kann. Wenn er ja sagt, melden Sie sich beim Quartiermeister, dass er Ihnen eine Unterkunft zuweist.«

»Danke. Und, Captain …«

»Ja?«

»Ich hoffe, Sie und Bethany sind sehr glücklich zusammen. Ich meine das aufrichtig.«

Drake zögerte einen Moment, wusste nicht recht, wie er reagieren sollte. Schließlich sagte er: »Nun, danke, Carl. Ich hoffe, es gibt keine bleibende Verstimmung.«

Aster hob die Schultern. »Ich werde darüber hinwegkommen.«

»Melden Sie sich in der Krankenstation. Sie haben …« – Drake blickte zur Uhr – »weniger als vier Minuten, das Boot zu erreichen, falls Dr. Parsil Sie nicht will.«

»In Ordnung, Sir.«

Drake saß still und lauschte den halblauten Gesprächen, die über die Bordsprechanlage gingen. In den Stimmen einzelner Besatzungsmitglieder bemerkte er eine auffallende Veränderung. Nach der ersten Ankündigung, dass sie gegen die Ryall kämpfen würden, hatte die Stimmung zwischen Nervosität und Galgenhumor geschwankt. In dem Maße, wie der Start näher rückte, schienen aber nun Erwartung und Erregung in den Vordergrund zu treten.

Über das Videosystem der *Discovery* verfolgte er die Räumung des Schiffes von Nichtkämpfern. Er sah Stan Barrett und Alicia Delevan zusammen mit der sandarischen Königsfamilie und ihrem Gefolge an Bord der *Molière* gehen. Eine Anzahl Wissenschaftler bestieg ein zweites Boot, dann wurde die Luft aus der Hangarbucht gepumpt, das Tor geöffnet, und die Boote verschwanden in der Dunkelheit des Raumes.

Fünfzehn Minuten später erhielt er Nachricht von Captain Fallan, dass alle Passagiere an Bord gekommen seien und die *Alexandria* startbereit sei.

»Haben Sie die Freigabe von der sandarischen Raumüberwachung?«

»Alles klar, Sir.«

»Dann können Sie starten, sobald Sie bereit sind. Viel Glück. Wenn Sie zum Faltpunkt kommen, verständigen Sie Captain Lee, dass ich ihn und seine Besatzung für ihre Gewissenhaftigkeit empfehle.«

»Wird gemacht, Sir. Auch Ihnen viel Glück.«

»Danke, Kenil.«

Drake ließ eine Teleaufnahme des Passagierschiffes auf den großen Projektionsschirm bringen. An dem massigen zylindrischen Rumpf entlang gingen die Funken der Steuerungsdüsen an und aus, und das Schiff begann sich langsam zu drehen und die Nase zum Startvektor zu erheben. Nach einer längeren Wartezeit ging der Photonenantrieb mit minimaler Energie an, und die *City of Alexandria* begann sich zu entfernen. Zwei Minuten später leuchtete der schwindende Lichtpunkt, der die *Alexandria* war, noch einmal hell auf, als Fallan die volle Schubkraft der Triebwerke einsetzen ließ. Kurz danach war das Schiff nicht mehr als ein heller kleiner Stern, der tief über der Eiskappe des Planeten schwebte.

Drake tastete die Nummer seines Ersten Offiziers ein. »Sind die Gefechtsstationen startbereit, Mr. Marston?«

»Alles startbereit, Captain.«

»Chefingenieur?«

»Startbereit, Sir.«

»Mr. Cristobal?«

»Kurs ist festgelegt und programmiert, Captain. Ich korrigiere alle zwei Minuten, um den Kurs Commodore Bardaks Geschwader anzugleichen.«

»Gut. Halten Sie sich bereit. Mr. Slater, allgemeine Durchsage.«

»Sofort, Sir.«

»Achtung, Achtung! Hier spricht der Captain. Wir sind im Begriff zu starten und uns Commodore Bardaks Geschwader anzuschließen. Es wird mit hoher Beschleunigung dem Feind entgegengehen, um ihn so weit wie möglich von Sandar entfernt abzufangen und zum Kampf zu stellen.

Dies wird ein Kampfeinsatz sein, keine leichte Reise. Wir werden es mit einer Übermacht zu tun bekommen. Aber unsere Sache ist weit entfernt, hoffnungslos zu sein. Das Gefecht wird aus einem einzigen Vorbeiflug mit hoher Geschwindigkeit bestehen. Es wird die Art von Gefecht sein, die einer kleinen, disziplinierten Streitmacht eine gute Gelegenheit bietet, einen überlegenen Gegner zu schlagen, wenn jeder Einzelne von Ihnen seine Pflicht erfüllt und seine Arbeit tut. Ich weiß, dass ich mich auf jeden von Ihnen verlassen kann. Nun halten Sie sich bereit für hohe Beschleunigung. Ende der Durchsage.«

Dreiundzwanzig Stunden nach dem Start ging Bardaks Kampfgruppe von drei *g* Beschleunigung auf ein *g* herunter, um den Besatzungen eine Stunde Ruhe zu gönnen, bevor sie auf die Angriffsspitze der Ryall traf.

Die Kampfgruppe bestand aus zwanzig Einheiten: sechs Langstrecken-Abfangjägern, dem Schlachtkreuzer *Discovery* und einer Kollektion von alten Zerstörern, Langstreckenaufklärern und zwei Frachtern. Die Frachter waren hastig zu Kriegsschiffen umgerüstet worden, indem man Gefechtsstände und Feuerleitsysteme eingebaut und die Laderäume mit Schiff-Schiff-Raketen gefüllt hatte. Außerdem hatten die *Discovery* und Bardaks Frachter genug bewaffnete Hilfsfahrzeuge an Bord, um die zahlenmäßige Größe der Kampfgruppe annähernd zu verdoppeln. So war Sandar dem Angreifer wenn nicht an Feuerkraft, so doch zahlenmäßig überlegen.

Inzwischen hatte die Fernaufklärung festgestellt, dass die Angriffsträger von zwei Schlachtschiffen, zwei schweren Kreuzern und einem leichten Kreuzer begleitet wurden. Theoretisch besaß jedes der Schlachtschiffe mehr Feuerkraft als Bardaks gesamte Kampfgruppe. In der Praxis aber würde das Gefecht, wie Drake seiner Besatzung gesagt hatte, weit ausgeglichener sein, als die enorme Ungleichheit in der Megatonnen-Pro-Sekunde-Statistik der beiden Flotten vermuten lassen würde.

In einem klassischen Gefecht treffen die gegnerischen Flotten auf einem annähernd parallelen, aber etwas schrägen Kurs aufeinander. Jede Seite eröffnet das Feuer mit ihren Fernwaffen, sobald der Gegner in Reichweite ist, und feuert weiter, bis die Flugbahnen beide Gegner wieder außer Reichweite gebracht haben. In solch einem Gefecht, das die Feuerkraft in den Vordergrund stellte, hätten die schweren Kampfschiffe der Ryall kurzen Prozess mit den schwächeren sandarischen Schiffen gemacht. Selbst die *Discovery* konnte im Vernichtungsfeuer eines Schlachtschiffes nicht lange überleben. Glücklicherweise sollte sich das bevorstehende Gefecht nicht nach klassischem Muster entwickeln.

Wenn beide Kampfgruppen etwa in der Mitte zwischen Sandar und dem Faltpunkt aufeinandertrafen, würden sie mit einer relativen Geschwindigkeit von mehr als achttausend Kilometern pro Sekunde in entgegengesetzten Richtungen fliegen. Bei einer Annäherungsrate, die 2,6 Prozent der Lichtgeschwindigkeit entsprach, würden die normalen Probleme der Gefechtsführung auf beiden Seiten tausendfach multipliziert. Zwischen maximaler Reichweite und nächster Annäherung würden nur fünfundzwanzig Sekunden liegen. Sobald die Kampfgruppen einander passierten, würde nochmals ein gleicher Zeitraum zur Verfügung stehen, in welchem gerichtete Energiewaffen auf den sich rasch entfernenden Feind feuern konnten. Dann würden die überlebenden Schiffe beider Flotten außer Reichweite kommen, und das Gefecht wäre vorbei.

Das sandarische Oberkommando hoffte, dass Bardaks zusammengewürfelte Kampfgruppe alle drei Träger in einem einzigen Vorbeigang vernichten würde. Wenn dies mißlang, würde Sandars Planetarisches Verteidigungssystem mit hoher Wahrscheinlichkeit überwältigt, und Milliarden Menschen würden sterben.

»Allgemeine Durchsage, Mr. Slater.«

»Sofort, Sir.«

Drake schaltete sich in die Bordsprechanlage ein. »Achtung! Hier spricht der Captain. Alle legen ihre Vakuumanzüge an und besetzen die Gefechtsstationen.«

Zehn Minuten nach diesem Befehl hob Drake den Helm über seinen Kopf und drehte ihn in den Bajonettverschluss. Er prüfte die Sprechverbindung und hörte den hohlen Klang seiner Stimme im Helm, dann ließ er sich die teleskopische Aufzeichnung der Ereignisse übertragen, die jenseits der angreifenden feindlichen Kampfgruppe stattfanden.

40 Millionen Kilometer hinter der Trägergruppe der Ryall tobte ein weiteres Gefecht. Die sandarische Dritte Flotte hatte den Sperrverband der Ryall eingeholt und lag im Gefecht mit ihm. Da beide Seiten den gleichen Kurs verfolgten und annähernd gleiche Geschwindigkeit hatten, dauerte der Kampf seit Stunden ununterbrochen an. In dieser Zeit war die Stärke des Ryall-Sperrverbandes von achtundzwanzig auf sechzehn Schiffe reduziert worden. Die verfolgende Dritte Flotte hatte acht Schiffe verloren. Es war jedoch noch keinem sandarischen Schiff gelungen, den Sperrverband zu durchbrechen und von rückwärts bis in Schussweite an die Angriffsträger heranzukommen.

»Alle Anzüge druckfest?«, fragte Drake die Brückenmannschaft. Er wartete, bis alle bestätigt hatten, dann sagte er: »Geben Sie mir Verbindung mit den Aufklärern, Mr. Slater.«

»Zu Befehl, Sir.«

Lieutenant Halls Gesicht erschien auf dem Arbeitsschirm.

»Es geht wieder los, Lieutenant.«

»Ja, Sir«, antwortete der Führer der Aufklärer. »Wir sind bewaffnet, aufgetankt und in Gefechtsbereitschaft!«

»Sehr gut, Lieutenant. Starten Sie und nehmen Sie Ihre Positionen in der Formation ein.«

»Wir starten jetzt, Captain.«

Drake sah die Aufklärungsboote eines nach dem anderen durch die Toröffnung aus der Hangarbucht schweben.

»Aufklärer melden erfolgten Start, Captain!«

»Verstanden. Sind Sie in der Feuerleitzentrale, Nummer Eins?«

»Hier, Captain«, meldete sich Commander Marston.

»Sind alle Stationen in Gefechtsbereitschaft?«

»Ja, Sir.«

»Sehr gut. Alle druckdichten Türen werden versiegelt, alle Waffen scharfgemacht, der Gefechtscomputer auf Programm geschaltet. Wir greifen an!«

»Zwei Minuten zum ersten Kontakt!«

Commodore Bardaks Ankündigung klang so entspannt, als ob er an einem Übungsmanöver teilnähme. Aber sein Flaggschiff, die *Vindicator*, bildete den Mittelpunkt der ersten Staffel. Der große Projektionsschirm der Brücke zeigte den grünen Stern der *Vindicator* umgeben von den Symbolen, welche die anderen Schiffe der ersten Staffel darstellten. Die grünen Zeichen näherten sich rasch einer ähnlichen Gruppe roter Symbole.

»Erste Staffel. Raketen, Feuer frei!«

Die kastenförmigen Zeichen, welche die beiden umgebauten Frachter verkörperten, waren plötzlich umgeben von einer Wolke roter Funken. Die Ryall-Kampfgruppe war noch fast eine Million Kilometer voraus und somit weit außerhalb wirkungsvollen Raketenfeuers. Bardaks Befehl verfolgte den Zweck, alle mit Nuklearsprengköpfen versehenen Raketen der ersten Staffel in den Raumsektor zu schießen, wo die Kampfgruppe der Ryall in die Reichweite der eigenen Waffen kommen würde. Es war im Wesentlichen die gleiche Taktik, welche die Ryall mit ihren Angriffsträgern für Sandar planten. Selbst wenn die Raketen keine Ziele fanden, würden sie die Gefechtsstationen der Ryall zwingen, Waffen zur Abwehr einzusetzen, die andernfalls auf sandarische Schiffe gerichtet würden.

Die acht roten Zeichen in der Projektion waren rasch von eigenen Raketenmarkierungen umgeben. Drake befragte den Computer und war nicht überrascht zu erfahren, dass alle Raketen der Ryall von den beiden Schlachtschiffen gekommen waren. Die Hoffnung, dass der Feind die Waffen der Angriffsträger gegen Bardaks Staffel einsetzen würde, hatte sich nicht erfüllt.

»Dreißig Sekunden«, sagte Bardak über die Kommandoschaltung der Flotte. »Höchste Alarmbereitschaft für alle Schiffe. Zwanzig Sekunden … zehn … fünf, vier, drei, zwei, eins. Feuer frei!«

Einer der Hilfsbildschirme der Brücke, der den über Bildfunk empfangenen Gefechtsverlauf der ersten Staffel mit nur geringer Verzögerung in Echtzeit übertrug, leuchtete plötzlich mit den weißlich violetten Lichtblitzen feindlicher Laser und den weißen Ausbrüchen von Fusionssprengköpfen auf. Drake ignorierte die Ablenkung. Wenn er das Gefecht überlebte, konnte er das Feuerwerk im Playbackverfahren beobachten. Ein Gefecht im Raum lässt sich am besten in schematischer Form verstehen. Die tödlichen Lichtentladungen sind hübsch anzusehen, aber weitgehend irrelevant, wenn man nicht zwischen ihnen steckt. Wenn das Bild Zeit hat, von den Augen zum Gehirn zu gelangen, hat die Waffe ihr Ziel verfehlt.

Der große Projektionsschirm war durchzogen von Linien, die beide Kampfgruppen und ihre Flugbahnen darstellten. Vor Drakes Augen ging ein Symbol, das einen sandarischen Abfangjäger darstellte, plötzlich aus. Beinahe genauso schnell wurde einer der umgebauten Frachter zerstört. Einen Augenblick später folgte ihm der zweite. Plötzlich verschwand eines der Ryall-Symbole aus der Projektion; ein feindlicher schwerer Kreuzer war vernichtet.

Wieder verschwand ein sandarischer Abfangjäger. Sekunden später folgten zwei bewaffnete Aufklärer. Dann war die erste Staffel zwischen den Ryall, und das Unmögliche geschah. Der Angriffsträger auf der rechten Flanke der Ryall explodierte.

»Mein Gott!«, schrie eine nicht identifizierte Stimme über die Bordsprechanlage. »Einer der Aufklärer hat das Ding gerammt!«

»Ruhe da!«, befahl Drake.

Ein Abfangjäger und zwei Aufklärer nahmen die Ryall-Kampfgruppe mit wenig wirksamen Lasern und Antimaterieprojektoren unter Feuer. Bardaks *Vindicator* hatte das Gefecht bisher überlebt.

Die Stimme des Kommandeurs der zweiten Staffel brach aus den Kopfhörern: »Zweite Staffel, Raketen Feuer frei!«

Wieder schoss ein tödlicher Schwarm winziger gelber Funken hinaus, und wieder sprang ihm ein antwortender Schwarm von den Ryall-Begleitschiffen entgegen. Dieselben Symbole von Kampf und Tod erschienen in der Projektion. Die drei Abfangjäger der zweiten Staffel konzentrierten ihr Feuer auf einen der Angriffsträger und setzten jede Waffe ein, über die sie verfügten. Ihre Begleiter konzentrierten sich in gleicher Weise auf den zweiten Angriffsträger.

Diesmal begannen die kleineren Schiffe zuerst zu erlöschen. Der Verlust eines Angriffsträgers hatte die Ryall offenbar gelehrt, ihre winzigen Gegner zu respektieren. Einer, zwei, dann drei waren innerhalb eines Augenblicks verschwunden. Einer der alten Zerstörer explodierte. Das Markierungssymbol eines anderen begann zu blinken, um anzuzeigen, dass das Schiff kampfunfähig geschossen war. Zwei Sekunden später verschwand es aus der Projektion.

Abfangjäger setzten ihren Angriff fort. Die Laser blitzten hellviolett, während unsichtbare Strahlen Antimaterie mit annähernd Lichtgeschwindigkeit durch den Raum schossen. Millionen von Metallstückchen wurden aus elektromagnetischen Linearbeschleunigern geschleudert und verteilten sich wolkenartig über die Flugbahnen der nahenden Ryall. Ihre Bemühungen blieben ohne Erfolg. Als der Augenblick kam, da die zweite Staffel sandarischer Schiffe die Kampfgruppe der Ryall durchdrang, waren keine Überlebenden mehr vorhanden, den Befehl auszuführen. Vierzehn Schiffe und Hilfsfahrzeuge und mehr als fünfhundert Mann Besatzung waren in expandierende Plasmawolken verwandelt worden.

Als das letzte Schiff der zweiten Staffel verdampft wurde, tastete Drake die Schiff-zu-Schiff-Verbindung ein. »Dritte Staffel in Angriffsformation. Alle Kapitäne, Bestätigung!«

Es folgte ein kurzes Durcheinander von Stimmen, als die Staffel um die *Discovery* die programmierten Positionen bestätigten. Als Letzter bestätigte Lieutenant Hall die Position der *Catherine.*

»Passen Sie auf sich auf, Phillip.«

»Wird gemacht, Captain. Geben Sie ihnen Saures!«

Drake befeuchtete sich die trockenen Lippen, während er die Annäherung der Ryall-Kampfgruppe an seine Staffel beobachtete. Kurz bevor sie in Reichweite kam, ließ er die Raketen starten. Die *Discovery* erzitterte, als eine Salve nach der anderen den Ryall entgegenjagte. Ein paar Sekunden später sagte Bela Marston über die Bordsprechanlage:

»Alle Raketen gestartet, Captain.«

»Sie sind dran, Mr. Marston«, erwiderte Drake. »Hauen Sie ihnen die Schnauze voll!«

»Jawohl, Sir.«

In Wahrheit war es der Feuerleitcomputer der *Discovery*, der das Gefecht bestimmte. Kein Mensch konnte auch nur ein Tausendstel so schnell reagieren, wie verlangt wurde. Aber Menschen konnten Entwicklungen beobachten und die Strategie ändern, und das taten Marston und seine Spezialisten in der Feuerleitzentrale.

Drake beobachtete die Projektion, als der Kampf sich ohne sein Zutun entwickelte. Für ihn war es, als hätte sich die Zeit verlangsamt. Wo es vorher ein Konflikt von blitzartigen Vorstößen und Gegenstößen gewesen war, schien das Gefecht jetzt in Zeitlupe abzulaufen. Die *Discovery* eröffnete automatisch das Feuer, während rote und grüne Symbole in der Projektion aufeinander zuglitten. Ein Verteidiger der dritten Staffel verschwand. Es war eines der bewaffneten Boote der *Discovery*, und der Verlust gab Drake einen Stich. Als nächstes Schiff explodierte ein sandarischer Langstreckenaufklärer. Ein Fusionssprengkopf detonierte nahe genug querab, dass die Sensoren auf der getroffenen Seite ausfielen und das Schnattern des Strahlungsmessers zu einem Brüllen wurde. Dann blies sich Drakes Schutzanzug plötzlich um ihn auf.

»Wir sind bei Schott Sechzehn durchlöchert. Schadenskontrolle eingeschaltet. Sanitäter sofort zu Abteilung Alpha-Zwölf«, sagte eine emotionslose Stimme über die Bordsprechanlage. Drake blickte auf seine Instrumente. Rote Lichter blinkten. Im selben Augenblick schrie ihm eine andere Stimme in die Ohren: »Wir haben einen! Wir haben einen!«

Drake blickte zur Projektion auf. Die Markierung eines der Angriffsträger verblasste rasch. Drake unterdrückte aufbrandende Freude und befahl die Konzentration der gesamten Feuerkraft auf den einzigen verbleibenden Angriffsträger.

Er hatte den Befehl kaum ausgesprochen, als ihm klar wurde, dass er zu spät kam. Die Formationen der Dritten Staffel und der Ryall-Kampfgruppe waren einander schon zu nahe. Die Formationen durchdrangen einander in der Projektion, und der dritte Angriffsträger war noch unbeschädigt!

Dann geschah das Unglaubliche. Gerade als die *Discovery* auf gleicher Höhe mit den Angreifern war, explodierte der letzte Angriffsträger in einer Plasmawolke. Zwei überlebende Schlachtschiffe und zwei Kreuzer der Ryall schossen vorüber und waren fort – als hätte es sie nie gegeben.

25

»Verflucht sei, der zuerst den Krieg erfand.«

– CHRISTOPHER MARLOWE,
Tamerlan der Große, 1590

»Zuversichtlich hoffen wir, inbrünstig beten wir, dass diese furchtbare Geißel des Krieges rasch vorübergehen möge.«

– ABRAHAM LINCOLN,
Präsident der USA, 1865

»Welche Seite sich auch zum Sieger erklären mag, in einem Krieg gibt es keine Gewinner, sondern alle sind Verlierer.«

– NEVILLE CHAMBERLAIN,
Britischer Premierminister, 1938

»Wenn jeder den Krieg so sehr verabscheut, wie kommt es dann, dass wir ständig so verdammt viele führen?«

– JOHN SEMPER FIFE,
Philosoph, 2016

Während er beobachtete, wie die Symbole der überlebenden Ryall-Kampfgruppe sich von denen der *Discovery* und ihrer Begleiter entfernten, glaubte Richard Drake zum erstenmal den Reiz, den der Kampf auf Angehörige seiner Spezies ausübte, wirklich zu verstehen. Die dreißig Sekunden, in denen die *Discovery* mit den Eindringlingen Schläge ausgetauscht hatte, waren die beängstigendsten – und die aufregendsten – seines Lebens gewesen.

Das seine Adern durchströmende Adrenalin hatte seine Sinne geschärft und den Ablauf der Zeit verlangsamt. Die Farben der Warnleuchten und des Projektionsschirmes waren auf einmal leuchtender und deutlicher; die Meldungen, die ihn über die Kopfhörer erreichten, lauter und aufgeregter. Sein Herz schlug einen Staccatorhythmus von den Schläfen bis zu den Zehen, und der Geruch ungewaschener Socken in seinem Vakuumanzug war überlagert vom Schweißgeruch seiner eigenen Angst.

So rasch, wie sie gekommen war, hatte sich diese Angst in Euphorie verwandelt, als er erkannt hatte, dass er, sein Schiff und seine Besatzung das Gefecht überlebt hatten. Er unterdrückte einen Drang, vor Freude laut loszubrüllen, und als er sich dieser Anstrengung unterzog, fiel ihm etwas ein, das einer seiner Professoren an der Kriegsakademie über die Nachwirkungen des Kampfes gesagt hatte: »Meine Herren, ein großer und weiser Staatsmann bemerkte einmal, dass nichts im Leben so fröhlich stimmt wie ohne Ergebnis beschossen zu werden.«

Drake unterdrückte seine Gefühlsregungen und überblickte die Brücke. Zuerst ging sein Blick zu Bethany, dann zu den anderen Besatzungsmitgliedern. Er tastete die Anweisung NUR BRÜCKE ein und fragte: »Sind alle unverletzt?«

Ein Chor von Bestätigungen ertönte. Dann schaltete er auf die Gegensprechanlage um und wählte die Feuerleitzentrale. »Sind Sie noch da, Nummer Eins?«

»Hier, Sir«, meldete sich Commander Marston.

»Wie sind Ihre Leute durchgekommen?«

»Alle unverletzt, Captain. Aber wir haben *Drunkard* und *Gossamer Gnat* verloren.«

»Ich weiß«, sagte Drake. Er hatte beide Aufklärer auf dem Höhepunkt des Gefechts aus der Projektion verschwinden sehen. Acht gute Männer waren an Bord dieser Boote gewesen, darunter die Piloten Marman und Garth. »Das Gefecht war eine hervorragende Leistung, Mr. Marston. Geben Sie das Kompliment an Ihre Leute weiter.«

»Danke, Sir.«

Als Nächstes rief Drake den Chefingenieur. »Hier, Sir«, meldete sich die vertraute dünne Stimme.

»Wir sind hier auf der Brücke zum Vakuum offen, Mr. Arnam. Was können Sie dagegen tun?«

»Wir haben im Brückenbereich einen langen Riss im Rumpf, Captain. Ich habe Schadenskontrolltrupps draußen, die ihn flicken. Ich denke, dass wir Sie in ein paar Minuten wieder unter Druck setzen können.«

»Haben Sie eine Übersicht über weitere Schäden?«

»Unsere Cryogentanks sind zerfetzt, Sir. Ich habe veranlasst, dass alle Restvorräte aus den zerstörten Tanks in vier und sechs umgepumpt werden.«

»Wie viel Treibstoff haben wir verloren?«

»So weit ungefähr die Hälfte. Bis alles umgepumpt ist, werden wir weitere fünf Prozent verlieren.«

»Probleme mit dem Antrieb?«

»Keine, Sir. Wir haben volle Kraft, wenn Sie sie brauchen.«

»Gut. Lassen Sie Ihre Leute mit Hochdruck an der Schadensbehebung arbeiten. Es kann jederzeit sein, dass wir auf hohe Beschleunigung gehen müssen.«

»Zu Befehl, Sir.«

»Mr. Slater.«

»Ja, Captain.«

»Verbinden Sie mich mit Commodore Bardak.«

»Wird gemacht, Captain.«

Der Arbeitsschirm leuchtete auf, und die Züge des sandarischen Adligen kamen ins Bild. Bardaks Gesicht steckte wie Drakes in einem Helm, und sein aufgeblasener Anzug verriet, dass auch er im Vakuum saß.

»Wir haben es geschafft, Commodore«, meldete Drake.

»Erzählen Sie mir davon, Captain. Eines dieser Schlachtschiffe harkte uns im Vorbeiflug einiges ab. Sensoren nach achtern sind hinüber. Ich bin hinten blind.«

Drake meldete mit knappen Worten die Resultate der zweiten und dritten Staffel gegen die angreifenden Ryall einschließlich der Vernichtung der Angriffsträger und des Verlusts von 80 Prozent der eigenen Kampfgruppe. Bardak nahm die Nachricht mit unbewegter Miene auf.

Als Drake geendet hatte, nickte Bardak und sagte: »Haben Sie irgendwelche Vorschläge, bevor wir mit dem Sperrverband der Ryall zusammenstoßen?«

Drake blickte zum Projektionsschirm auf. Dort war zu sehen, dass die Angriffsformation der Ryall sich weiter von der *Discovery* und *Vindicator* entfernte, doch die zweite Gruppe von Ryall-Schiffen näherte sich rasch auf Kollisionskurs. Sie und der Rest von Bardaks Kampfgruppe würden den Abstand von vierzig Millionen Kilometern in weniger als einer Stunde schließen.

»Die *Discovery* ist nicht in der Lage, einen weiteren Angriff durchzuführen, Admiral. Meine Raketen sind verschossen, und das Schiff ist an mehr Stellen durchlöchert, als ich zählen kann.«

»*Vindicator* sieht nicht besser aus«, erwiderte Bardak. »Ich schlage vor, dass wir ihnen ausweichen.«

»Ja, Sir.«

»Gut, nehmen Sie Kurs auf den galaktischen Norden und beschleunigen Sie …« – Bardak wandte sich von der Kamera weg und führte eine Überschlagsrechnung aus – »vierzig Minuten mit zwei *g*. Das sollte uns aus dem Weg bringen.«

»Ja, Sir.«

»*Vindicator*, Ende.«

»*Discovery*, Ende.«

Drake unterrichtete den Navigator von ihrem neuen Plan. »Haben wir genug Treibstoff, um den Ryall auszuweichen und dann mit eigener Kraft nach Sandar zurückzukehren?«

Cristobal rechnete eine Weile, dann schüttelte er den Kopf. »Nein, Sir. Wir haben zu viel verloren.«

»Was ist das Beste, das wir erreichen können?«

Cristobal wandte sich wieder seiner Konsole zu und gab die Daten ein. Nach einer Weile schwang er mit seinem Sitz herum und sagte: »Wir haben genug Treibstoff, um nach Sandar zurückzukehren, wenn wir in eine Transferumlaufbahn gehen.«

»Wenn wir das Manöver ohne Antrieb fahren, wird es eine Weile dauern. Von wie viel Wochen sprechen Sie?«

»Von sechs Monaten, Captain.«

»Zu lang«, sagte Drake.

»Es gibt eine Alternative, Sir. Wir halten jetzt Kurs auf den Faltpunkt. Dort könnten wir ein Rendezvous mit den Gefechtsstationen planen.«

»Das ist eine gute Idee, Mr. Cristobal. Ich hätte selbst darauf kommen sollen. Nun, dann drehen Sie das Schiff auf galaktischen Nordkurs und gehen auf zwei *g* Beschleunigung.«

»Zu Befehl, Sir.«

Sechzig Minuten später sah Drake den Sperrverband der Ryall in sicherer Entfernung an der *Discovery* vorbeijagen. Er wurde noch immer von der Dritten Flotte verfolgt. Als sie vorbei waren, ließ Drake das Schiff wenden und entlang dem Kurs verlangsamen, der sie zum Rendezvous mit den Gefechtsstationen um den Faltraum bringen würde.

Zwei Stunden später saß er noch immer an seinem Platz auf der Brücke. Seine von Schlaflosigkeit und Anspannung rot geränderten

Augen waren auf den Projektionsschirm konzentriert. Statt einer taktischen Darstellung zeigte dieser jetzt eine durch das Teleskop aufgenommene Ansicht von Sandar, das wie eine weiße Billardkugel mit einem breiten grünen und blauen Streifen in der Mitte aussah. Drake beobachtete abwechselnd den Planeten und das Brückenchronometer, während sich in ihm die nun schon vertraute Spannung aufbaute.

Die vier überlebenden Schiffe des Angriffsverbandes der Ryall hatten ihren Vorstoß gegen Sandar fortgesetzt und nur drei Stunden benötigt, um die gleiche Entfernung zurückzulegen, für die der kleine sandarische Flottenverband auf der Ausreise vierundzwanzig Stunden gebraucht hatte.

»Wie beurteilen Sie ihre Chancen, Mr. Marston?«, fragte Drake.

»Ungünstig«, sagte die Stimme des Ersten Offiziers in seinem Helm. »Die PVZs sollten imstande sein, alles aufzuhalten, was noch übrig ist. Natürlich könnten die Ryall mit Glück noch zu einem Erfolg kommen – so wie wir gegen die beiden Angriffsträger.«

Drake nickte wortlos. In etwa dreißig Sekunden mussten die Ryall in Reichweite des Planeten kommen. Er befeuchtete sich die Lippen und wartete angespannt.

Nach schier endloser Zeit explodierte in Richtung Sandar ein Feuersturm weißlich violetten Lichts.

Richard Drake saß in seiner Kajüte, betrachtete die Gefechtsstation, die in der Mitte seines Bildschirms schwamm, und überdachte die Ereignisse der letzten Wochen. Der gewaltige Kugelkörper der Station war weitaus stärker als das größte jemals gebaute Raumschiff und nahm es an Feuerkraft mit zehn Schlachtschiffen auf. In seinen Tiefen beherbergte er ein Vernichtungspotenzial, das frühere Generationen für unvorstellbar gehalten hätten. Doch so mächtig sie war, die Gefechtsstation und ihre mehr als fünfzig Schwesterstationen waren nicht imstande gewesen, den Durchbruch der Ryall zu verhindern. Sie hatten ihren Teil getan, nicht anders als viele Schiffe und ihre tapferen Besatzungen. Gleichwohl hatte es der militärischen Macht eines ganzen Planeten bedurft, um die Gefahr endlich abzuwenden.

Die überlebenden Ryall-Schiffe hatten tapfer angegriffen, doch ohne ihre Angriffsträger, die das Abwehrsystem mit den Massen ihrer Raketen hätten lähmen können, waren sie hoffnungslos unterlegen gewesen. Eines nach dem anderen waren sie im zusammengefassten Laserfeuer der Planetarischen Verteidigungszentren rot aufgeglüht und zu schmelzender Schlacke zusammengesunken, als ihre Antilaserpanzerung und die darunterliegenden Stahldecks durchgebrannt waren. Das Gefecht zwischen den Verteidigungszentren und den Kriegsschiffen war ein ungleicher Kampf gewesen, der dreißig Sekunden nach seinem Beginn geendet hatte.

Eine Stunde später waren die übrig gebliebenen Schiffe des Ryall-Sperrverbandes auf dem Schauplatz erschienen. Ihre Zahl betrug nur noch zehn, als sie in die planetarische Verteidigungszone eindrangen. Wieder schien Sandar in hellviolettem Licht zu explodieren, als die PVZs mit ihren schweren, fest installierten Laserkanonen das Feuer eröffneten. Und wieder schalteten sich Verteidigungssatelliten und Gefechtsstationen auf Sandars Monden mit plasmatischen Antimateriestrahlen ins Gefecht ein. Abermals wurden die Reste der Ryall-Flotte in weniger als einer Minute überwältigt und vernichtet.

Nach dem Kampf hatte John-Phillip Walkirk VI. allen Schiffen seine Glückwünsche übermittelt und Drake eine persönliche Botschaft gesandt, in der er ihm für den Einsatz der *Discovery* gedankt hatte. Mit der Botschaft war eine Einladung an die Altaner gekommen, nach Sandar zurückzukehren, um die diplomatischen Gespräche fortzusetzen. Drake hatte abgelehnt, so höflich er konnte, und den König davon unterrichtet, dass sein Schiff die Heimreise antreten werde, sobald die ärgsten Schäden repariert wären.

Zehn Tage später unterrichtete Chefingenieur Arnam den Captain, dass die *Discovery* einsatzbereit sei. Drake verlor keine Zeit und bat um die Erlaubnis, die Verteidigungssphäre um den Faltpunkt zu verlassen und sich den wartenden Schiffen *City of Alexandria* und *Sultana* anzuschließen. Wie er es schon einmal getan hatte, bat Commodore Bardak Drake, seine Abreise ein paar Stunden aufzuschieben, um an Bord des Kreuzers zu einem Gespräch über ›wichtige Angelegenheiten‹ zusammenzutreffen.

Der Summer an der Tür der Kajüte unterbrach Drakes Betrachtung. Er rief seine Erlaubnis zum Eintreten. Die Tür öffnete sich, und Bethany Lindquist stieg über den hohen Süll.

»Herzog Bardaks Schiff ist da und wird gleich ein Boot entsenden, Richard. Du wolltest verständigt werden.«

»Ich frage mich, warum er uns diesmal aufhält«, überlegte er laut.

»Er wird es uns bestimmt sagen«, versetzte sie.

Als sie in der Hangarbucht eintrafen, hatte das Boot von der *Vindicator* bereits festgemacht, und es herrschte normaler Luftdruck. Eine Doppelreihe Marinesoldaten war zum Empfang angetreten.

»Willkommen … Admiral!«, sagte Drake, dem die glänzenden neuen Kometen auf den Kragenspiegeln seines Besuchers nicht entgangen waren.

Bardak ergriff Drakes dargebotene Hand. Ein breites Grinsen zeigte sich auf seinem Gesicht. Das Licht der Bogenlampen spiegelte sich auf seinem kahlen Schädel. »Anscheinend ist es mein Schicksal, immer wieder Ihre Heimreise zu verzögern, Captain.«

»Ich hoffe, diese Verzögerung wird nicht so aufregend sein wie die letzte.«

»Das kann ich Ihnen versichern.« Bardak wandte sich an Bethany. »Haben Sie schon ein Datum für Ihre Hochzeit festgesetzt, Milady?«

Bethany errötete ein wenig, als sie den Kopf schüttelte. »Ich habe noch immer meine Verpflichtung meinem Onkel gegenüber. Die Hochzeit wird warten müssen.«

»Warten Sie nicht zu lange damit«, sagte Bardak. »Wenn wir Sandarer aus unseren Kriegen etwas gelernt haben, dann ist es, dass man sein Glück ergreifen soll, solange man es kann.«

Bethany schob ihren Arm in Drakes und schmiegte sich an ihn. »Danke für den Rat, Admiral. Wir werden versuchen, ihn zu befolgen.«

»Gut für Sie!« Bardak wandte sich mit einer leichten Verbeugung zu Drake und sagte förmlich: »Ich komme als offizieller Emissär meiner Regierung, Fleet Captain. Wo können wir uns besprechen?«

»In der Offiziersmesse?«

»Ausgezeichnet.«

Als die drei in der Offiziersmesse Platz genommen und sich angeschnallt hatten, öffnete Bardak den mitgebrachten Aktenkoffer und nahm eine Anzahl offiziell aussehender Papiere heraus. »Dies sind Kopien, versteht sich. Die Originale werden mit dem Schiff, das entsandt worden ist, die königliche Familie zurückzuholen, zur *Alexandria* gebracht. Sie werden einen Vertragsentwurf zur Zusammenarbeit zwischen unseren Systemen finden, mehrere Protokolle über Handelsvereinbarungen und eine persönliche Botschaft meines Königs an Ihre Regierung und Parlament.

Ferner befindet sich bei diesen Unterlagen eine zusammenfassende Aufzeichnung von allem, was wir in einem Jahrhundert der Kriege über die Ryall in Erfahrung gebracht haben. Sie werden auch gebeten, Ihre Regierung zu verständigen, dass sie innerhalb von hundert Tagen nach Ihrer Rückkehr mit der Ankunft einer diplomatischen Delegation im System Valeria rechnen kann. Wir werden ein Schiff entsenden, sobald wir die größten Schäden an unseren Verteidigungsanlagen repariert haben, die durch diesen letzten Angriff entstanden sind.«

Drake nahm die Papiere und die Aufzeichnungstafeln entgegen. »Wir werden Sie erwarten.«

»Viel Glück für Ihre Heimreise. Ich wünschte nur, ich hätte Ihnen bei Ihrer Mission so helfen können, wie Sie mir bei meiner halfen.«

»Wie bitte?«, fragte Drake.

»Ich beziehe mich auf die Angelegenheit dieses Schiffswracks von der Erde«, erläuterte Bardak. »Ich wünschte, wir hätten Ihnen sagen können, wie es in unser System geraten ist.«

»Machen Sie sich darüber keine Gedanken«, sagte Drake. »Die *Conqueror* musste von irgendwo kommen. Wir brauchen bloß herauszubringen, woher ...« Er brach plötzlich ab und fasste sich unwillkürlich an den Kopf.

»Was ist los, Richard?«, fragte Bethany.

»Ich hatte gerade den seltsamsten Gedanken«, sagte er. »Es könnte sein, dass in der Frage der Herkunft der *Conqueror* des Rätsels Lösung liegt!«

»Woher sollte sie gekommen sein?«

»Augenblick«, sagte Drake. Er stand auf, ging zum holographischen Projektionsschirm an der Stirnwand des Raumes und rief ein Faltraumdiagramm ab. Nachdem er verschiedene Darstellungen projiziert hatte, fand er diejenige, die er gesucht hatte. Es war eine dreidimensionale Karte der Faltraumverbindungen zwischen den Systemen Valeria, Napier, Hellsgate und Antares.

Das System Valeria war leicht zu identifizieren, weil es das einzige mit nur einem Faltpunkt (Valeria-Napier) war. Hellsgate war das nächste, mit zwei Faltpunkten (Hellsgate-Aezer, Hellsgate-Napier), gefolgt von Napier mit seinen drei Faltpunkten (Napier-Antares, Napier-Hellsgate und Napier-Valeria). Und zuletzt kam Antares mit seinen vor dem Novaausbruch bestehenden sechs Faltpunkten. Drake betrachtete das Diagramm, bevor er fortfuhr:

»Mir wurde eben klar, dass wir auf New Providence etwas übersahen. Wir wissen, dass die *Conqueror* das System Valeria vom System Napier her erreicht hatte. Als wir New Providence verlassen vorfanden, folgerten wir natürlich, dass die *Conqueror* von Hellsgate ins System Napier gekommen sei. Sie aber, Admiral Bardak, sagen, es sei nicht so gewesen.«

»Richtig«, bestätigte Bardak.

»Ich glaube Ihnen«, sagte Drake und streckte die Hand zum Diagramm aus. »Sehen Sie unseren Fehler?«

»Offen gestanden, nein«, erwiderte Bardak.

»Ich auch nicht«, sagte Bethany. »Wir haben alle Faltpunkte im Napier-System als Kandidaten eliminiert.«

»Nicht alle«, sagte Drake. Er zeigte auf den Faltpunkt, der die Inschrift NAPIER-ANTARES trug.

»Aber das ist unmöglich!«, rief Bethany aus.

»Weshalb?«

»Weil dieser Faltpunkt ins Herz der Supernova führt!«

»Das trifft zu.«

»Ich erinnere mich, dass jemand mir Vorhaltungen machte, weil ich auf New Providence so unvorsichtig war, mich vom Antaresaufgang überraschen zu lassen, Richard.«

Er lachte. »Ich glaube mich an etwas Ähnliches zu erinnern.«

»Wenn die Strahlung auf New Providence so gefährlich war, fünfzehn Lichtjahre von der Gasblase entfernt, wie muss sie dann in ihrem Innern sein?«

»Es ist schwer vorstellbar«, räumte Drake ein, »aber die *Conqueror* passierte nichtsdestoweniger die Antares-Verbindung auf ihrem Weg zu unserem System. Ich kann es beweisen.«

»Wie?«

»Erstens durch den Zustand der Leichen, die wir fanden. Mehrere lagen in Abteilungen, die noch unter Druck standen und Sauerstoff enthielten, doch gab es keine Anzeichen von Verwesung. Das Schiff war durch harte Strahlung sterilisiert worden. Außerdem fanden wir, dass die Computer allesamt durch die Strahlung ausgefallen waren, alle bis auf jene, die durch ihre Konstruktion spezifisch strahlungsresistent waren. Doch selbst diese hatten gelitten. Wir dachten damals, es handle sich um Hinweise darauf, dass die *Conqueror* den Nahtreffer einer Nuklearwaffe erhalten habe. Wir irrten uns. Was wir sahen, war das Ergebnis eines Kurses, der das Schlachtschiff durch die Gasblase der Antares-Nova führte.«

Bardak runzelte die Stirn. »Wenn Sie Recht haben, Captain, ist es völlig nutzlos, die Route der *Conqueror* zum System Valeria zu kennen. Es ist ein Weg, der nur von einem beschädigten Schiff und einer toten Besatzung begangen werden kann.«

»Nicht unbedingt. Wir haben Abschirmungsfelder gegen harte Strahlung. Theoretisch ließen sich diese bis zu dem Punkt verbessern, wo sie Schiff und Besatzung im Innern der Gasblase schützen würden.«

»Darauf würde ich mein Leben nicht setzen wollen«, meinte Bardak.

»Wie oft haben Sie versucht, die Blockade der Ryall im Aezer-System zu durchbrechen?«, fragte Drake.

»Dreimal.«

»Und wie erfolgreich waren Sie?«

»Sie wissen recht gut, wie erfolgreich wir waren«, knurrte Bardak.

»Sandar und Alta sind vom Rest des menschlich besiedelten Raumes abgeschnitten«, sagte Drake. »Wie lange, meinen Sie, können zwei abgelegene Kolonien allein der Macht der Ryall-Hegemonie standhalten?«

»Wenn wir nicht Hilfe bekommen, werden wir im Laufe der nächsten fünfzig Jahre überrannt«, sagte Bardak. »Worauf wollen Sie hinaus?«

»Wir *müssen* Hilfe von der Erde kriegen. Es liegt auf der Hand, dass wir entweder das feindbesetzte Aezer-System durchbrechen oder die Antares-Gaswolke durchstoßen müssen. Wenn es eine dritte Möglichkeit gibt, sehe ich sie zumindest nicht.«

Die *Discovery* durchschnitt das Napier-System mit einem Abgasstrahl glühenden Plasmas. Ihr folgten dichtauf *City of Alexandria* und *Sultana*, als die Expedition das System von einem Faltpunkt zum anderen durchkreuzte. Napier-Hellsgate lag zwei Tagesreisen hinter ihnen, während Napier-Valeria noch acht Tage voraus lag. Als die drei Schiffe in einer flachen hyperbolischen Bahn das System durcheilten, beschäftigten sich die Wissenschaftler und Bordoffiziere mit der Sammlung aller Daten, die über die Gaswolke des Antares verfügbar waren.

Drake saß an seinem Platz auf der Brücke der *Discovery* und beobachtete die Darstellung der Gaswolke auf dem Projektionsschirm. Er hatte die Nachtwache übernommen, und die Deckenbeleuchtung war auf ein trübes Blau reduziert. Nachdenklich betrachtete er den gewaltigen Ball aus Licht, der sich vom höllisch blendenden Stern im Zentrum noch immer in alle Richtungen ausbreitete. Auf den ersten Blick schien die milchig weiße Wolke bis auf die allgemeine Helligkeitsabnahme vom Mittelpunkt zum Rand ohne besondere Merkmale. Aber Stunden, die in sorgfältiger Beobachtung an astronomischen Fernrohren mit geeigneten Filtern vorgenommen worden waren, hatten Wirbel und Strömungen von erhitzten Gasen gezeigt. Mit einiger Übung und etwas Phantasie war es möglich, die Wolke als ein dreidimensionales Phantom wahrzunehmen, das in der ewigen Nacht des Raumes schwebte.

»Schön, nicht wahr?«

Beim Klang der Stimme wandte Drake den Kopf und sah Bethany neben sich stehen. »Was treibt dich zu dieser Nachtstunde um?«

»Ich konnte nicht schlafen«, sagte sie. »Da dachte ich mir, dass ich die Wolke beobachten könnte. Was ist dein Vorwand?«

»Der gleiche«, sagte er. »Ich habe Wachdienst und sonst nichts zu tun.« Sein Blick ging wieder zur Projektion, und ein Schauer überlief ihn. »Ich habe es mir anders überlegt.«

»Was?«

»In dieses verdammte Ding einzutauchen! Ich hatte vergessen, wie groß es ist! Ich muss einen Anfall von Größenwahn gehabt haben, um auch nur daran zu denken.«

»Eher einen Anfall von Inspiration.«

»Dann glaubst du, dass wir es machen können?«

»Ich muss es glauben«, erwiderte sie. »Jenseits von Antares ist die Erde, und ich habe meinem Onkel versprochen, dass ich seine Depeschen dorthin bringen werde.«

Er hob die Hand und streichelte ihre Wange. »Bist du immer so hartnäckig?«

»Immer!«

»Ich sehe schon, dass ich mich auf etwas gefasst machen muss, wenn wir verheiratet sind.«

Sie lachte. »Nicht, wenn du mir meinen Willen lässt.«

»Ich habe mir überlegt, was das Parlament tun wird, wenn ich sage, dass wir uns nur vor den Ryall retten können, wenn wir eine

Anzahl von Schiffen bauen, die in die Überreste eines explodierten Sterns eintauchen können.«

»Die Abgeordneten werden tun, was sie in einer Krise immer tun«, meinte Bethany. »Zuerst werden sie schreien, protestieren, der Frage ausweichen und sich tausend Gründe ausdenken, die ihnen erlauben, das Problem auf die lange Bank zu schieben. Wenn darüber ein, zwei Jahre vergangen sind, werden sie sich beruhigen, die Herausforderung annehmen und tun, was getan werden muss. Das ist die Art von uns Menschen.«

»Hoffentlich hast du Recht.«

»Natürlich habe ich Recht«, sagte sie und setzte sich auf den Beobachterplatz neben ihn. Zu zweit betrachteten sie lange die Projektion, ohne etwas zu sagen. Endlich brach Drake das Schweigen. »Erinnerst du dich, wie aufgeregt du warst, als du erfuhrst, dass der Faltpunkt wieder offen war?«

Sie nickte. »Ich hörte es eines Tages in den Nachrichten, als ich von der Arbeit nach Hause kam. Und ich dachte, wie aufregend es sein würde, wieder hinauszukommen und Menschen anderer Welten zu sehen.«

»Würdest du genauso gedacht haben, wenn du von den Ryall gewusst hättest? Ich meine, würdest du dann den Faltpunkt offen oder geschlossen wünschen, wenn du die Wahl hättest?«

»Offen, natürlich.«

»Warum?«

»Weil ich glaube, dass es für uns Menschen unerträglich ist, in einem einzigen Sternsystem gefangen zu sein. Wenn die Öffnung des Faltpunktes uns die Ryall beschert hat, so hat sie uns auch die Freiheit gegeben, wieder zur Erde zu gelangen. Wir werden die Ryall schlagen, Richard. Entweder wir oder unsere Kinder. Wir haben gar keine andere Wahl.«

»Mit anderen Worten«, sagte Drake lächelnd, »ich sollte aufhören, mich zu sorgen, und stattdessen Überlegungen anstellen, wie ich eine Flotte durch die Antares-Gaswolke bringen kann.«

»Genau! Seit wann hat sich *Homo sapiens* von einer Kleinigkeit wie einer Supernova den Weg versperren lassen?«

TEIL 2

Antares: Passage

26

Um die Mittagszeit landete der Raumtransporter in Homeport. Sogar am hellen Tag war der Ringnebel von Antares klar am tiefblauen Himmel Altas zu sehen, wenn man wusste, wo man ihn suchen musste. Drei Jahre waren seit dem Ausbruch der Supernova vergangen, und wenn Antares auch nicht mehr wie einst einen blendenden Lichtfunken bildete, sorgte die Energie der Supernova und ihre relative Nähe doch dafür, dass sie noch mehrere Jahre am hellen Tag sichtbar bleiben würde.

Fleet Captain Richard Arthur Drake schnallte sich los und stand auf, um seine Tasche aus dem Gepäckabteil über seinem Sitz zu nehmen. Vier Dutzend Passagiere um ihn her taten das Gleiche. Dann drängten sie alle in den Mittelgang des Raumtransporters und warteten geduldig, bis die Fluggastbrücke an die Luftschleuse heranmanövriert und der Ausstieg freigegeben wurde.

Drake war mittelgroß, von schlanker, muskulöser Gestalt. Sein dunkles Haar, das er im kurzen militärischen Schnitt trug, zeigte bereits einen Anflug von Grau an den Schläfen. Sorgenfalten hatten sich in seine Stirn gegraben, und von den Winkeln seiner graugrünen Augen gingen feine Krähenfüße aus. Eine weißliche Narbe teilte eine Augenbraue in zwei ungleiche Abschnitte. Während er sich langsam mit der Schlange durch den Mittelgang zum Ausstieg schob, hätte er wieder einmal Anlass gehabt, sich über die unbeholfene Umständlichkeit zu ärgern, mit der die Passagiere beiderlei Geschlechts ihr Handgepäck aus den Ablagefächern zu beiden Seiten zogen und dabei den Mittelgang blockierten. Heute nahm er die Verzögerung mit Gelassenheit hin. Nach sechs Monaten des Einatmens wiederaufbereiteter Ausdünstungen, die an Bord eines Raumschiffes für Atemluft gehalten wurden, war er überglücklich, einfach dazustehen und die frische Luft zu inhalieren, die zur offenen Luftschleuse hereinwehte.

Endlich gelangte er durch die Fluggastbrücke ins Abfertigungsgebäude. Er schlängelte sich durch die wartende Menge und war im Begriff, einen Rollsteig zum Haupteingang zu nehmen, als eine vertraute Stimme seinen Namen rief.

Drake wandte sich um und war geradezu überwältigt von dem duftenden Ausbund von Weiblichkeit, der in seine Umarmung flog. Arme umschlangen seinen Hals und warme Lippen drückten sich auf seinen Mund. Er zahlte mit gleicher Münze zurück, und lange Sekunden vergingen, bevor er sich lächelnd von seiner Angreiferin losmachte.

»Entschuldigen Sie, Miss, aber kenne ich Sie?«

»Das sollten Sie wohl«, erwiderte Bethany Lindquist mit gespielter Strenge. »Wir haben eine Verabredung am Altar, falls Sie es vergessen haben sollten.«

»Tatsächlich?«, fragte er. »Als ich dich letztes Mal fragte, sagtest du, dass du kein Datum festsetzen wolltest, weil …«

»Du weißt, was ich meinte! Nun hör auf, mich aufzuziehen, bevor ich vergesse, dass du um meine Hand angehalten hast.«

»Ja, gut, aber ich habe es so im Gedächtnis, dass du um meine Hand anhieltest.«

»Dann ist dein Gedächtnis fehlerhaft, mein Lieber. Nun, freust du dich nicht, mich zu sehen?«

»Du weißt, wie ich mich freue, Beth. Lass dich erst einmal anschauen!« Das schulterlange kastanienbraune Haar umrahmte ihr herzförmiges Gesicht mit den hohen Backenknochen; ihr breites Lächeln erzeugte Grübchen in den Wangen. Nach einer ganzen Weile zog er sie wieder an sich und seufzte. »Mein Gott, du bist noch schöner, als ich dich in Erinnerung hatte!«

»Danke, gütiger Herr. Darf ich das Gleiche über dich sagen?«

»Du darfst. Wie, zum Teufel, hast du erfahren, dass ich komme?«

»Ich habe meine Spione.«

»Das kann ich mir denken. Aber im Ernst, woher wusstest du es? Bis vor ein paar Stunden, als ich den Stützpunkt Felicity verließ, konnte ich selbst noch nicht sagen, welchen Transporter ich bekommen würde.«

»Morgen soll in der Admiralität eine parlamentarische Anhörung über das Projekt Helldiver erfolgen. Ich wusste, dass du teilnehmen würdest.«

»Das ist angeblich geheim.«

»Nicht für mich. Ich bin eine eingeladene Teilnehmerin.«

»Wirklich?«

Sie nickte. »Als offizielle Vertreterin des Botschafters der Erde, wie du wissen solltest.«

»Ach ja. Jetzt fällt mir ein, warum wir nicht heiraten können. Es hat mit deiner Pflicht gegenüber deinem Onkel zu tun …«

»Hmm. Höre ich da einen Anflug von Verärgerung heraus, mein Lieber?«

»Mehr als einen Anflug«, murmelte er.

»Wie süß!«

»Bleib beim Thema. Woher wusstest du, dass ich mit diesem Flug eintreffen würde?«

»Mein Onkel sagte es mir.«

»Und woher wusste er es?«

»Er hat ein Büro in der Nachbarschaft des Parlaments. Da hört er so manches.«

»Er hätte sich irren können, weißt du. Was hättest du getan, wenn ich nicht gerade durch die Kontrolle gekommen wäre?«

Bethany zuckte die Achseln. »Dann hätte ich, wenn nötig, einen Monat lang jeden Flug von Felicity abgepasst.« Sie schmiegte sich an ihn und küsste ihn wieder. »Ach, Richard! Es ist so schön, dich wiederzuhaben.«

»Gut, zu Hause zu sein«, murmelte er, die Nase in ihrem duftenden Haar. Nach einer Weile ließen sie einander los, und Drake seufzte tief. »Gut, lass uns den Rest meines Gepäcks holen.«

Sie kamen zum Ende der Halle und bogen nach links zur Gepäckausgabe. An dem Punkt, wo drei Rollsteige die Passagiere in die höhlenartige, weitläufige Gepäckausgabe entließen, stand ein großer, würfelförmiger Holographieprojektor. Er enthielt die Projektion eines Wesens aus einem Albtraum …

Die Grundlage für interstellare Reisen wurde 2078 von Baschi-Ben Suleiman geschaffen, einem Astronomen, der an der Sternwarte auf der erdabgewandten Seite des Mondes arbeitete. Sein Lebenswerk waren die genauen Positions- und Bewegungsberechnungen von mehreren tausend Sternen. Nach zwei Jahrzehnten unermüdlicher Arbeit gelangte er zögernd zu der Schlussfolgerung, dass die Stellung zahlreicher Sterne innerhalb des galaktischen Spiralarms, zu dem auch die Sonne gehört, durch das klassische Gravitationsgesetz nicht hinreichend erklärt werden konnte. Suleiman kam zu der Überzeugung, dass der Raum nicht nur lokal um planetarische und stellare Massen gekrümmt ist, wie Einstein behauptet hatte, sondern dass er auch in langen Linien, die sich über Tausende von Lichtjahren erstrecken, in sich gefaltet sei. Nach seiner Theorie gingen diese Faltlinien von dem massiven Schwarzen Loch aus, das den Mittelpunkt der Galaxis einnimmt, und führten in komplizierten Verflechtungen durch die Spiralarme auswärts. Wann immer solch eine Faltlinie auf einen Stern treffe, besagte seine Theorie weiter, werde sie wie ein Lichtstrahl durch eine Linse gebrochen und gebündelt, und wenn ihr Brennpunkt scharf genug sei, erscheine eine Schwachstelle, ein so genannter Faltpunkt, im Raumzeitkontinuum.

Zwanzig Jahre nach Suleimans Tod brachten Wissenschaftler ein Raumschiff innerhalb eines der beiden im Sonnensystem bekannten Faltpunkte in Position und setzten große Energiemengen in einem genau kontrollierten Muster frei, um den Raumkrümmungseffekt zu verstärken. Die Energiefreisetzung bewirkte, dass das Schiff augenblicklich entlang der Faltlinie zum nächsten Faltpunkt transportiert wurde, Luytens Stern, der etwa 12,5 Lichtjahre von der Sonne entfernt ist. Danach gab es kein Halten mehr. Im Lauf der nächsten Jahrhunderte wurde das Abwandern von Bevölkerungsteilen in den Raum zu einer wahren Flut. Verteilung und Form der Auswanderung waren beinahe ausschließlich vorgegeben von den bestehenden Faltlinien und ihren Faltpunkten. Während manche Sterne nur einen einzigen Faltpunkt besaßen, andere überhaupt keinen, gab es im Umkreis mancher Sterne zwei, drei oder noch mehr. Die größten und massereichsten Sterne erwiesen sich als besonders fruchtbare Zentren der Entstehung von Faltpunkten; daher wurden die Systeme dieser Sterne zu den Knotenpunkten des interstellaren Verkehrs. Der rote Überriese Antares nahm im gesamten, dem Menschen zugänglichen Raum eine herausragende Stellung ein. Antares hatte sechs Faltpunkte, die ihn zum Mittelpunkt eines Netzwerks von Sternsystemen machte, welches allgemein als der Faltraum Antares-Haufen bezeichnet wurde.

Als Antares am 3. August 2512 explodierte, waren die unmittelbaren Auswirkungen weit jenseits des Antaressystems spürbar. Die Freisetzung so gewaltiger Energiemengen in einem relativ eng begrenzten Raum erschütterte das Raumzeitkontinuum und mit ihm die Struktur des Faltraumes über Hunderte von Lichtjahren in jeder Richtung. In einigen Systemen kam es zu Positionsänderungen von Faltpunkten, während in an-

deren neue Faltpunkte erschienen, wo bis dahin keine existiert hatten. Und schließlich gab es Sternsysteme, deren Faltpunkte spurlos verschwanden.

Der als Valeria bekannte Zwergstern der Klasse F8 war in zweifacher Hinsicht unglücklich. 125 Lichtjahre von Antares entfernt, war Valeria, was Faltraumastronomen ein Sackgassensystem nannten, ein Stern mit einem einzigen Faltpunkt. Als Antares explodierte, verschwand Valerias Faltpunkt, und die menschliche Kolonie auf Valeria IV, von ihren Bewohnern Alta genannt, war für mehr als ein Jahrhundert vom Rest der Menschheit isoliert geblieben. Dann, im Frühjahr 2637 nach dem Universalkalender, war Antares am Himmel Altas hell aufgeflammt und hatte die Ankunft der Druckwelle des Supernovaausbruches angezeigt. Gleichzeitig mit dem Durchgang der Druckwelle war Valerias Faltpunkt hoch in der nördlichen Hemisphäre des Systems wieder erschienen …

»Was soll das sein?«, fragte Drake mit einer Kopfbewegung zu der Darstellung.

»Es gehört zur Propagandakampagne der Regierung ›Kenne deinen Feind‹«, antwortete Bethany. »Solche Darstellungen finden sich an vielen öffentlichen Orten. Wenn du auf den Knopf dort drückst, wirst du über alle möglichen interessanten Tatsachen aufgeklärt. Hier, pass auf.« Sie trat näher und drückte auf einen Knopf am Sockel der holographischen Darstellung. Sofort wurde diese lebendig, und das seltsame Ungeheuer schien sie von oben herab ins Auge zu fassen. Gleichzeitig begann eine sonore Stimme zu sprechen.

»Das Lebewesen, welches Sie vor sich sehen, ist ein Ryall, der Todfeind der Menschheit …«

Die holographische Wiedergabe zeigte ein fremdartiges Wesen, das einem sechsbeinigen, zweiarmigen Zentauren ähnelte. Die Beine waren stämmig und kurz, weniger als einen halben Meter lang, und endeten in breiten, weich aussehenden Füßen. Die Kürze der Beine wurde durch den Oberkörper ausgeglichen, einen vertikalen Rumpf mit einem langen und biegsamen Hals, der den Kopf in Mannshöhe trug. Dieser Kopf war im hinteren Bereich breit, zeigte eine beträchtliche Wölbung der Schädelkappe und verjüngte sich nach vorn zum fünfzehn Zentimeter vorgebauten, schnauzenartigen Gesichtsteil. Die Augen saßen seitlich unter dicken Knochenwülsten und lagen so weit auseinander, dass der Ryall Schwierigkeiten hatte, wenn er nach vorn blicken wollte. Im Hologramm war der Kopf auf eine Seite geneigt, wie um die Gesichter der Passanten zu beobachten. Der schnauzenartige Mund war halb geöffnet und zeigte zwei Reihen gefährlich aussehender konischer Zähne sowie eine dreifach gegabelte Zunge. Die Ohren waren Löcher im oberen Teil des Schädels, um welche beweglich aussehende Hautlappen an einem Rahmenwerk kleiner Stacheln aufgespannt waren. Von Nasenlöchern oder dergleichen war nichts zu sehen.

Der aufrechte Oberkörper trug zwei muskulöse Arme in der Höhe des Halsansatzes. Die Hände bestanden aus vier schmalen Fingern, die von zwei gegenständigen Daumen flankiert waren. Dem hinteren Ende des Rumpfes entwuchs ein meterlanger, am Boden nachschleifender Schwanz. Die Haut des Ryall war leicht geschuppt, am Rücken graugrün und gelblichbraun am Bauch.

Die vortragende Stimme fuhr fort: »… Obwohl die Ryall eine gewisse Ähnlichkeit mit irdischen und altanischen Reptilien aufweisen, lassen sie sich nicht in unsere eingeführten taxonomischen Kategorien einordnen. Sie sind Warmblüter, und die weiblichen Exemplare säugen ihre Jungen, allerdings mit einer Mischung von Blut und Nährstoffen, statt mit Milch. Trotz dieser an Säugetiere erinnernden Merkmale legen sie auch Eier. Beachten Sie die rudimentären Schwimmhäute zwischen den Fingern der Hände und den kurzen Zehen der Füße. Die Ryall entwickelten sich als Wasserbewohner und wurden erst relativ spät in ihrer Entwicklungsgeschichte zu Landbewohnern. Nach Aussagen gefangener Ryall wurden sie erst in geschichtlicher Zeit von einer anderen intelligenten Art auf ihrer Heimatwelt aus den Gewässern vertrieben. Die Ryall nennen diese Art die Schnellen Esser. Wir vermuten, dass ihr stark ausgeprägter Territorialinstinkt, der sie veranlasste, uns anzugreifen, auf dieses traumatische Ereignis in ihrer Stammesgeschichte zurückzuführen ist. Unter diesen Umständen bleibt uns nichts anderes übrig als …«

Drake konnte sich denken, welche Folgerungen der Erzähler ziehen würde, und stieß Bethany an. »Komm mit, wir haben Besseres zu tun, als uns diesen Vortrag anzuhören.«

Sie warf ihm einen Seitenblick zu und lächelte. »Vielleicht können wir den Taxifahrer bitten, dass er uns ohne Umwege in die Stadt bringt.«

Ein tiefes Heulen von irgendwo draußen riss Richard Drake aus dem Schlaf. Sein erster Gedanke war, dass es der Ruf eines nachtaktiven Calu sei, der auf Beutezug war. Dann wurde er wacher und besann sich darauf, dass man in Homeport seit mehr als hundert Jahren keinen Calu mehr gesehen hatte.

»Was ist das?«, fragte er leise, in die Dunkelheit lauschend.

Bethany regte sich neben ihm, streckte sich und gähnte. Nach einer kleinen Weile murmelte sie: »Ich habe geschlafen. Wie spät ist es?«

Drake blickte zu den roten Leuchtziffern auf dem Nachttisch. »Kurz vor zwei. Was für ein Geräusch ist das dort draußen?«

Bethany stützte sich auf die Ellbogen und lauschte. »Ach, das ist bloß die Luftschutzsirene. In den Nachrichten heute früh wurde eine Übung angekündigt.«

»Und die muss mitten in der Nacht stattfinden? Woher weißt du, dass es kein wirklicher Angriff ist?«

»Hmm.« Sie überlegte. »Du meinst doch nicht, die Ryall würden so geschmacklos sein, während der angesetzten Übung einen Angriff durchzuführen?«

Er lachte. »Bestimmt würden sie es tun, wenn sie könnten. Aber zuerst müssten sie an den Sandarern vorbeikommen. Da wir nichts von größeren Erfolgen der Ryall im Hellsgatesystem gehört haben, dürften wir einstweilen sicher sein.«

»Entpolarisiere das Fenster, Richard. Ich möchte die Nacht einlassen.«

»Wo ist die Steuerung?«

»Auf dem Nachttisch, neben der Uhr. Der große runde Knopf neben dem Lichtschalter.«

Drake tastete danach, fand ihn und drehte ihn im Uhrzeigersinn. Eine ganze Wand des Schlafzimmers schien zu verschwinden, als das vom Boden bis zur Decke reichende Fenster durchsichtig wurde. Die Nacht jenseits des Fensters war sternklar und windstill. Vom anderen Ufer des Tigris funkelten die Lichter Homeports herüber, während Antares tief am Westhimmel stand. Die Supernova verbreitete Licht von der Farbe einer Quecksilberdampflampe und tauchte das Land in einen blassen, silbrigen Schimmer. Dieser Schimmer wurde von der Wasseroberfläche des Flusses in einem breiten silbrigen Streifen reflektiert, durch den ein kleines Vergnügungsboot lautlos flussaufwärts glitt.

Bethany wälzte sich auf die Seite und stützte den Kopf in die Hand, um besser hinauszusehen. »Ist die Nacht nicht wunderschön? Sieh nur, wie das Licht den Fluss verzaubert!«

Drake streckte die Hand aus und fuhr mit den Fingerspitzen die Krümmung ihres Rückgrats nach. »Du bist diejenige, die wunderschön ist.«

Das ferne Heulen der Luftschutzsirene sank endlich zur Grenze der Hörbarkeit ab.

»Das wird die Übung gewesen sein«, meinte sie. »Ich frage mich, warum sie solche Übungen nicht am Tag veranstalten. Und werden sie im Falle eines wirklichen Angriffs überhaupt nützen?«

»Nicht viel«, erwiderte er. »Die Übungen haben hauptsächlich den Zweck, die Leute psychologisch einzustimmen. Wenn du mitten in der Nacht von einer Alarmsirene aus dem Bett gerissen wirst, um in einem Bunker Zuflucht zu suchen, bist du auch bereit, die Unannehmlichkeiten auf dich zu nehmen, die mit einer Kriegswirtschaft verbunden sind.«

»Das dachte ich mir auch immer. Nicht um das Thema wechseln zu wollen, aber bist du hungrig?«

»Ich sterbe vor Hunger«, erwiderte er.

»Dann dunkle das Fenster wieder ab und schalte das Licht ein. Ich werde uns einen Imbiß machen. Wir können draußen auf dem Balkon essen und den Novauntergang beobachten.«

»Wenn das dein Wunsch ist, gern.«

»Es ist. Mach schnell, in einer Stunde wird es Tag.«

Sie kleideten sich rasch an. Bethany machte sich in der Küche zu schaffen, während Drake den Tisch auf dem Balkon deckte. Fünfzehn Minuten später genossen sie einen Imbiss aus Roastbeefscheiben, Gewürzgurken und Vollkornbrot. Dazu tranken sie altanischen Kaffee. Während der Mahlzeit sahen sie Antares zum westlichen Horizont sinken.

27

Nur steht der Wind jetzt, wie nie er stund,
Ein übler Wind, tut nichts Gutes kund.

THOMAS TUSSER, engl. Dichter des 16. Jhdts.

Clarence Whitlow stand hinter seinem überdimensionierten Schreibtisch mit der Onyxplatte und blickte zum Fenster hinaus, das eine Wand seines Büros einnahm. Whitlow war ein gebrechlicher, weißhaariger Mann von gebeugter Haltung. Die Krümmung seines Rückens betrachtete er als das Ergebnis einer fortschreitenden Knochenerkrankung, die von den Ärzten zum Stillstand gebracht worden war, aber nicht geheilt werden konnte. Seine greisenhaft gebeugte Haltung und seine weichen Züge hatten in den vergangenen Jahren viele Gegner zu dem Fehler verleitet, ihn zu unterschätzen. Sie alle hatten die Erfahrung machen müssen, dass in dem gebrechlichen Körper ein eiserner Wille wohnte.

Sein Blick wanderte über einen breiten, beiderseits von Bäumen gesäumten Boulevard zu der schwarzen Glasfassade eines würfelförmigen Gebäudes, das Sitz des Altanischen Industriellenverbandes war. Gleich daneben, in einem ebenso aufwendigen und phantasielosen Gebäude, residierte der Dachverband der Gewerkschaften. Zu beiden Seiten des Boulevards standen weitere Repräsentationsbauten von Interessenverbänden, die sich seit den Tagen Babylons um Regierungssitze versammelt hatten. Wenn Whitlow über die Dächer dieser Gebäude hinausblickte, konnte er die oberen Geschosse der hässlichen Anhäufung von Beton ausmachen, die Altas Parlament beherbergte.

An diesem Morgen aber galt sein Interesse nicht den mehr oder minder gleichförmigen Details hauptstädtischer Repräsentationsarchitektur. Sein Blick erhob sich über Beton und Marmor des Regierungsviertels, über das Panorama von Homeport selbst und suchte die azurblaue Bergkette, die in der Ferne aufragte. In Whitlows Augen war das Colgategebirge die schönste Gegend des Hauptkontinents. Dies und ihre relative Nähe und Zugänglichkeit von der Hauptstadt hatten ihn bewogen, sich in den Vorbergen niederzulassen. Oft hatte er in den vergangenen drei Jahren gewünscht, er wäre daheim in den Bergen und könnte sich mit der Pflege seiner Rosen beschäftigen.

Das Schnarren der Gegensprechanlage auf seinem Schreibtisch riss Clarence Whitlow aus seinen Betrachtungen. Er strich sich über das dünne weiße Haar, kehrte zu seinem Sessel zurück und schaltete das Gerät ein.

»Ja, Miss Preston?«

»Ihre Nichte ist hier, Exzellenz.«

»Sie soll hereinkommen!«

Gleich darauf ging die Tür auf, und Bethany trat ein. Dem breiten Lächeln in ihren Zügen sah er an, dass ihre Mission, die sie am vergangenen Tag zum Raumhafen geführt hatte, erfolgreich verlaufen war.

»Ich sehe, dass du deinen jungen Mann gefunden hast«, sagte er.

»Ja, Richard kam mit der Mittagsmaschine.«

»Wie ich dir sagte.«

»Woher wusstest du es?«, fragte Bethany.

Whitlow zuckte die Achseln. »Ich halte Augen und Ohren offen und sehe und höre so manches.«

»Hast du auch von der heutigen Konferenz gehört?«

»Angeblich soll es eine nichtöffentliche Sitzung zur Einführung der neu gewählten Parlamentsabgeordneten sein.«

»Was heißt ›angeblich‹?«

»Ich bemerke nur, dass eine ähnliche parlamentarische Sitzung bereits stattgefunden hat, und dass meines Wissens weder der Ministerpräsident noch Jonathan Carstairs oder Richard Drake anwesend sind.«

»Du meinst, es steckt mehr dahinter?«

»Ich höre Gerüchte.«

»Was für Gerüchte?«

»Dass die Entscheidung über einen Starttermin fallen soll. Wurde auch Zeit!«

Bethany nickte. »Ich hörte, dass Jonathan Carstairs schon wegen der bisher angefallenen Kosten des Projekts Helldiver nervöse Muskelzuckungen entwickelt hat. Es wäre peinlich, den Steuerzahlern zu erklären, wie viel Geld die Marine in das Projekt investiert hat, wenn sie dann keine Starterlaubnis bekäme.«

»Ich hoffe, du hast Recht, Bethany. Je eher die Expedition auf den Weg gebracht wird, desto früher werden meine gesammelten Berichte und Depeschen einem autorisierten Vertreter des Interstellaren Rates auf der Erde ausgehändigt.«

»Hast du darüber nachgedacht, was dann geschehen wird?«, fragte Bethany.

»Ich denke, ich werde in den Ruhestand gehen. Warum fragst du?«

»Ich weiß nicht«, erwiderte sie. »Es ist bloß, dass wir so lange auf dieses Ziel hingearbeitet haben und ich mich immer wieder frage, was aus uns werden soll, wenn wir endlich Erfolg haben. Meinst du, der Interstellare Rat wird dich als Botschafter bestätigen, sobald wir Verbindung hergestellt haben?«

Whitlows Miene drückte widersprüchliche Empfindungen aus, bevor er sich zu einer Antwort aufraffte. »Natürlich nicht! Was für eine dumme Frage.«

»Ich finde es nicht so abwegig«, sagte seine Nichte. »Du hast ihnen all diese Jahre treu gedient. Warum sollten sie dich nicht in Amt und Würden lassen?«

»Weil wir beide wissen, mein liebes Kind, dass ich in diesen vergangenen dreißig Jahren nur eine Rolle gespielt habe. Ich habe versucht, das Ideal der Erde zu schützen, nicht die Realität. Dieses Ideal ist uns wichtig gewesen. Es hat unseren Leuten während der langen Jahre der Isolation geholfen und einen mäßigenden Einfluss auf unsere Regierung ausgeübt. Solange der Ministerpräsident und das Parlament daran erinnert werden, dass sie sich eines Tages vor einer höheren Autorität werden verantworten müssen, werden sie an Unbesonnenheiten und extremen Maßnahmen gehindert, zu denen sich andere Regierungen im Laufe der Geschichte immer wieder haben hinreißen lassen.

Aber lass uns nicht den Fehler begehen, meine Schauspielerei für Realität zu nehmen, Bethany. Ich mag den Titel eines Botschafters haben, aber ich kann niemals der wahre Repräsentant der Erde sein. Ich bin im Herzen ebenso ein Kolonist wie du. Wenn die Erde mit den Ryall im Krieg liegt, werden wir einen Abgesandten ihrer Regierung hier in Homeport brauchen, der ihre wahren Interessen kennt und vertritt. Du solltest dich darüber keinen Illusionen hingeben. Sie werden mich im Nu aufs Altenteil setzen.«

»Warum sollten wir ihnen dann loyal dienen?«

»Weil ich meinem Vater auf seinem Sterbebett mein Wort gab. Ich versprach ihm, dass ich mein Bestes für die Erde tun würde. Dieses

Versprechen habe ich dreißig Jahre lang gehalten und denke nicht daran, es jetzt zu brechen.« Whitlow sah den missmutigen Ausdruck seiner Nichte und fügte hinzu: »Außerdem freue ich mich auf den Ruhestand. Er wird mir Gelegenheit geben, mich um meine Rosen zu kümmern. Aber genug davon. Was habt ihr unternommen, nachdem ihr euch am Raumhafen in die Arme gefallen seid?«

Bethanys Miene hellte sich auf. »Zuerst nahmen wir ein Taxi zur Admiralität, wo Richard sich beim Ersten Admiral zurückmeldete. Danach aßen wir im Mandarin unten am Fluss zu Abend.«

»Wie war das Essen?«

»Vorzüglich! Die Bambussprossen waren genau so zubereitet, wie du sie magst. Du solltest es wirklich auch mal versuchen.«

»Vielleicht würdest du geruhen, mich eines Tages zu begleiten, wenn du nicht zu beschäftigt bist.«

»Natürlich.«

»Und das war alles?«

Bethany fühlte sich erröten. Sie und Richard waren vom Restaurant direkt in ihre Wohnung gefahren. Dass sie nach sechs Monaten der Trennung mit ihrem Verlobten intim sein würde, sollte niemanden überraschen. Trotzdem war es nicht die Art ihres Onkels, solch eine Frage zu stellen. »Richard machte mir wieder einen Heiratsantrag«, sagte sie anstelle einer direkten Antwort.

»Ich denke, einmal sollte genügen.«

»Wir beschlossen, auf der Erde zu heiraten«, erzählte Bethany und lächelte. »In einer Kathedrale, wenn es sich einrichten lässt.«

Ihr Onkel reagierte nicht so, wie Bethany erwartet hatte. Statt sie zu beglückwünschen, sagte er: »Das bringt mich auf einen Punkt, den ich mit dir besprechen wollte. Ich habe daran gedacht, jemand anderen zu finden, der mich auf der Helldiver-Expedition vertritt.«

»Was?«

»Ich habe sogar daran gedacht, selbst mitzugehen.«

»Das kannst du nicht, Onkel! Dein Herz würde die Beschleunigung niemals aushalten. Außerdem, was gibt es daran auszusetzen, dass ich dich vertrete? Ich habe es früher schon getan, und du schienst nicht unzufrieden mit mir. Jedenfalls hörte ich keine Beanstandungen.«

»Früher warst du nicht mit Captain Drake verlobt.«

»Was hat das damit zu tun?«

»Sehr viel, Bethany. Versteh mich nicht falsch. Niemand war glücklicher als ich, als du von Sandar zurückkamst und deine Verlobung mit Richard Drake verkündetest. Er ist, wenn du mir die Bemerkung vergeben willst, eine entschiedene Verbesserung gegenüber deinem letzten Verlobten. Er ist aber auch der Kommandeur des altanischen Kontingents der Helldiver-Flotte. Das heißt, er vertritt die Interessen der altanischen Regierung. Wenn du als meine Vertreterin an der Expedition teilnimmst, musst du die Erde vertreten. Daran darf es keinen Zweifel geben. Deine vornehmste Pflicht wird es sein, dem Interstellaren Rat zu dienen.«

»Das verstehe ich vollkommen.«

»Ich frage mich, ob du es wirklich verstehst«, sagte Whitlow. »Hast du daran gedacht, dass eine Situation entstehen kann, in der du dich gegen deinen zukünftigen Mann stellen musst?«

»Ich meine, Onkel, dass die Interessen von Alta und Erde angesichts der Bedrohung durch die Ryall die gleichen sind.«

»Wahrscheinlich sind sie es. Du weichst aber der Frage aus, dass die Interessen nicht zwangsläufig die gleichen sein müssen. Ich muss wissen, dass du an erster Stelle der Erde dienen wirst, und Richard Drake erst an zweiter Stelle. Entweder das, oder ich werde eine andere Person suchen, die mich vertritt. Kannst du mir die Versicherung geben, dass du meine ehrliche, aufrichtige Advokatin sein wirst?«

Bethany zögerte eine unbehaglich lange Zeit. Für Whitlow, der sie aufgezogen hatte, war ihr innerer Kampf offensichtlich. Endlich antwortete sie: »Ich denke, ich kann es dir versichern, Onkel. Ich hoffe inständig, dass die Situation niemals entstehen wird, sollte es aber geschehen, so glaube ich, dass ich hinreichend objektiv sein kann, um zuerst an die Interessen der Erde zu denken.«

Whitlow nickte. »Das genügt mir einstweilen. Sollte die heutige Konferenz aber grünes Licht für Helldiver bringen, werde ich ein Gelöbnis absoluter Loyalität von dir erwarten. Bekomme ich es nicht, werde ich an deiner Stelle reisen, Herzschwäche hin oder her.«

Das Admiralitätsgebäude stammte aus den frühesten Tagen der Kolonie Alta. Ursprünglich als Regierungsgebäude und Residenz des Gouverneurs konzipiert, war es von Granville Whitlow, dem Botschafter der Erde beim Ausbruch der Supernova, mit dem zugehörigen Gelände und den an der Heimreise gehinderten Schlachtkreuzern der Kolonialregierung übergeben worden. Seit mehr als einem Jahrhundert beherbergte das Gebäude die Führung der altanischen Marine.

Richard Drake stieg aus dem Taxi, das ihn von Bethanys Wohnung gebracht hatte. Er eilte die Stufen hinauf, passierte die uniformierten Posten zu beiden Seiten des Haupteingangs, durchschritt die drei Meter hohen bronzenen Flügeltüren, überquerte den Marmorboden mit der in Einlegearbeit ausgeführten Darstellung der Erde, und legte seinen Dienstausweis dem Marineunteroffizier vor, der in einem Glaskäfig vor den Aufzügen saß. Als der Zentralcomputer im Keller bestätigte, dass er derjenige war, als der er sich ausgab, gab der Sergeant ihm den Ausweis zurück und deutete mit einem Nicken zu den Aufzügen.

»Fleet Captain Drake!«

Drake wandte sich um und sah Commodore Douglas Wilson auf sich zukommen. Wilson war der Adjutant des Admirals und sein Stabschef. »Guten Morgen, Sir.«

»Morgen«, sagte Wilson. »Bereit für den großen Tag?«

Drake nickte. »Wenn er es denn wirklich ist.«

»Er sollte es sein«, meinte Wilson. »Der Ministerpräsident nimmt an der Konferenz teil, und Sie können wetten, dass er seine Zeit nicht vergeuden würde, wenn er nicht bereit wäre, uns grünes Licht zu geben.«

»Was ist mit der Konservativen Allianz? Ist sie bereit, uns ihren Segen zu geben?«

Wilson nickte. »Die Führung steht hinter dem Projekt. Einige der neu gewählten Hinterbänkler haben kritische Töne von sich gegeben, um sich wichtig zu machen, aber wir werden sie unterrichten. Sie haben bisher nur Gerüchte über Helldiver gehört und fühlen sich vernachlässigt.«

»Glauben Sie, dass sie das Projekt unterstützen werden, sobald sie die Fakten kennen?«

Wilson hob die Schultern. »Wer kann das bei Politikern voraussagen? Aber genug von diesem politischen Zeug. Wie sieht es am Stützpunkt Felicity aus?«

»Alles in ziemlich guter Verfassung. *Discovery* ist in der Endabnahme, *Dagger* liegt nicht weit zurück, und *City of Alexandria* soll morgen mit den Integrationsprüfungen der Systeme beginnen.«

»Und wie steht es mit den Tankern?«

»Sie sind ungefähr so weit wie die *Alexandria.* Alle Testläufe der neuen Generatoren sollten innerhalb von zehn Tagen abgeschlossen sein. Wir könnten dreißig Tage danach starten.«

»Hmm. Ich frage mich, wie weit die Sandarer sind.«

»Nach allem, was ich hörte«, sagte Drake, »sind sie uns voraus.«

Sie bestiegen einen Aufzug und ließen sich zum sechsten Stock hinauftragen, wo sich der Konferenzsaal der Admiralität befand. Er maß ungefähr hundert Quadratmeter, und in seiner Mitte stand eine rechteckige Anordnung weiß gedeckter Tische. Der Raum war fensterlos. Um diesen Mangel auszugleichen, war an jeder Wand eine große holographische Projektionseinrichtung angebracht. Jeder Platz an den Tischen war mit einem Namensschild, einem Wasserglas, drei Schreibstiften und einem Block gelben Schreibpapiers versehen; in Abständen waren Wasserkaraffen aufgestellt. An Elektronik waren nur die Bedienungsgeräte zum Betrieb der holographischen Projektionen zu sehen.

Drake fand sein Namensschild zur Linken von Admiral Dardan. Für Commodore Wilson war der Platz zur Rechten seines Vorgesetzten reserviert. Bethany und ihr Onkel hatten bereits auf der anderen Seite des Tisches Platz genommen. Drake lächelte seiner Braut zu und musste selbst mit der flüchtigsten Andeutung eines Lächelns vorliebnehmen. Er vergegenwärtigte sich ihr Gespräch beim Frühstück und überlegte, was er gesagt oder getan haben mochte, das ihr Missfallen erregt hatte. Sie war guter Dinge gewesen, als sie nach dem Frühstück zu ihrem Onkel gefahren war. Als er keine Ursache für ihren scheinbaren Stimmungsumschwung finden konnte, ließ er die Frage auf sich beruhen. Wenn er etwas getan hatte, was ihren Unwillen erregt haben konnte, würde sie es ihm früh genug zu verstehen geben.

Er ließ seinen Blick in die Runde gehen. Ihm gegenüber saßen mehrere Parlamentsabgeordnete, die ihm unbekannt waren – was bedeutete, dass sie in den letzten vier Jahren gewählt worden waren, denn davor hatte er als parlamentarischer Verbindungsoffizier der Marine gedient. Auf seiner Seite saßen mehrere Berater des Ministerpräsidenten, darunter auch Stanislaw Barrett; außerdem waren einige Leute von der Universität Homeport unter den Anwesenden.

Er hatte seinen flüchtigen Rundblick kaum beendet, als hinter ihm eine Stimme sagte: »Alle Anwesenden erheben sich zu Ehren von Gareth Reynolds, dem Ministerpräsidenten der Republik Alta, dem ehrenwerten Jonathan Carstairs, Sprecher der Opposition, und Admiral Luis Dardan, dem Oberkommandierenden der Marinestreitkräfte.«

Die drei Männer betraten den Konferenzsaal im Gänsemarsch, dann steuerten sie ihre Plätze an. Die übrigen Anwesenden blieben respektvoll stehen, bis der Ministerpräsident Platz genommen hatte. Als sie sich mit beträchtlichem Scharren von Stühlen und Füßen setzten, wartete der Ministerpräsident, bis die Unruhe sich gelegt hatte, dann nahm er einen hölzernen Hammer auf und schlug auf den Tisch. Es wurde still.

»Guten Morgen, meine Damen und Herren«, begann Gareth Reynolds. »Wir sind heute hier, weil mehrere Parlamentsabgeordnete Aufklärung über das Programm verlangt haben, das wir alle unter der Codebezeichnung ›Projekt Helldiver‹ kennen. Die Antragsteller sind der Meinung, dass wir vor zwei Jahren, als wir das Abkommen mit Sandar unterzeichneten, mit unserer Zustimmung zu diesem Projekt voreilig handelten. Da die erste Phase des Projekts nahezu abgeschlossen ist, schlage ich vor, dass wir über die Frage der grundsätzlichen Politik hinausgehen und eine offene Diskussion über alle Fragen führen, die besprochen werden müssen, um zu bestimmen, ob wir das Projekt planmäßig verwirklichen, verschieben oder ganz aufgeben.

Wir werden mit mehreren Darlegungen beginnen. Ich erwarte nicht, dass jeder von Ihnen mit allem übereinstimmt, was er hört, noch verlange ich, dass er oder sie auf das Recht verzichtet, Einwände zu erheben. Ich muss Sie aber bitten, sich mit allen derartigen Bemerkungen zurückzuhalten, bis die Sprecher geendet haben. Wenn Sie sich dann zu Wort melden, bitte ich Sie, Ihren Namen und Ihre Funktion für das Protokoll anzugeben. Und schließlich möchte ich Sie daran erinnern, dass alles, was heute hier diskutiert wird, als Staatsgeheimnis eingestuft ist. Was Sie hier hören, bleibt hier!

Hat jemand irgendwelche Fragen? – Wenn nicht, werden wir mit Dr. Nathaniel Gordon beginnen, der unsere Situation im Hinblick auf die gegenwärtige Struktur des Faltraums erläutern wird. Dr. Gordon, Sie haben das Wort!«

28

Nathaniel Gordon – ein Mann von niedrigem Wuchs, mit nervösen Händen und einer Neigung zur Pedanterie – stand auf und verneigte sich zum Ministerpräsidenten hin. »Dr. Nathaniel Gordon, Universität Homeport, Abteilung für Faltraumastronornie und -physik«, sagte er. »Darf ich bitten, dass die Beleuchtung gedämpft wird?«

Als der Konferenzsaal im Halbdunkel versank, wurden die holographischen Projektionen an den vier Wänden eingeschaltet und zeigten ein kompliziertes dreidimensionales Diagramm. Es bestand aus einer ellipsenartigen Form, die aus zweihundert kleinen weißen Kugeln zusammengesetzt war. Diese waren untereinander ziemlich willkürlich durch eine Anzahl mehrfach gekrümmter roter Linien verbunden. Das Ganze ähnelte einem komplizierten organischen Molekularmodell. In unmittelbarer Nachbarschaft der kleinen Kugeln waren winzige goldene Dreieckmarkierungen. Bei näherer Betrachtung wurde deutlich, dass die roten Verbindungslinien nicht die Kugeln berührten, sondern in allen Fällen bei den goldenen Markierungen endeten.

»Bevor man würdigen kann, was das Projekt Helldiver zu bewirken versucht«, begann Gordon, »ist es notwendig, die Auswirkungen zu verstehen, welche die Antares-Supernova auf die Struktur des Faltraums gehabt hat. Die Darstellung auf den Bildschirmen ist vielen von Ihnen zweifellos vertraut; sie ist ein stilisiertes Diagramm der größeren Faltpunktverbindungen innerhalb der Hegemonie der Menschheit – was wir Astronomen eine Topologiekarte des Faltraums nennen. Die Darstellung, die Sie hier sehen, zeigt die Situation bis zum Ausbruch der Antares-Supernova von 2512. Die kleinen weißen Kugeln sind Sterne, die roten Verbindungslinien aktive Faltpunktverbindungen, und bei den goldenen Dreiecksmarkierungen handelt es sich um kartierte Faltpunkte.

Das Erste, was einem an dieser Karte auffällt, ist, dass weniger als fünf Prozent aller Sterne im Raum unserer Hegemonie kartiert sind. Dies liegt daran, dass die Anzahl der Sterne, die Faltpunkte besitzen, weniger als eins zu zwanzig beträgt. Ferner ist zu beachten, dass das Muster der Faltpunktverbindungen zwischen den Sternen von Bedeutung ist, nicht ihre tatsächlichen Positionen im Raum.

Das ist ein bisweilen schwieriges Konzept, also vergeben Sie mir, wenn ich ein wenig dabei verweile. Nehmen wir zum Beispiel unseren nächsten Nachbarn, den M2-Zwergstern Reglati-Sera. Obwohl Reglati nur drei Lichtjahre von uns entfernt ist, war noch nie ein Mensch dort. Der Grund dafür liegt darin, dass Reglati-Sera zu den fünfundneunzig Prozent der Sterne gehört, die keine Faltpunkte besitzen. Daraus ergibt sich, dass Valerias nächster Nachbar in einem sehr realen Sinne nicht Reglati-Sera ist, sondern vielmehr Napier, von wo unsere Vorfahren kamen. Die beiden Systeme sind im normalen Raum durch 110 Lichtjahre voneinander getrennt, über Faltpunktverbindungen aber nur durch ein paar Milliarden Kilometer.«

Gordon betätigte das Steuergerät in seiner Hand, und das Diagramm wurde durch ein anderes, sehr viel weniger kompliziertes ersetzt. Die Sterne standen weniger dicht gedrängt, und der Maßstab war so, dass man jetzt die Namen der einzelnen Gestirne lesen konnte. In der Mitte der Darstellung befand sich ein Stern, um den sich sechs kleine goldene Dreiecksmarkierungen drängten. Daneben stand in grünen Leuchtbuchstaben ›Antares‹.

»Es ist nicht meine Absicht, heute Morgen ein Seminar in Faltraumastronomie zu halten«, versicherte Dr. Gordon seinen allmählich unruhig werdenden Zuhörern. »Darum wollen wir uns auf die lokale Situation konzentrieren. Wir sehen hier wie gesagt eine Topologiekarte des Faltraumes unserer lokalen Region, nämlich den Napier-Sektor des Antares-Faltraumhaufens. Bitte verwechseln Sie den Begriff ›Faltraumhaufen‹ nicht mit dem gebräuchlicheren des ›Sternhaufens‹. Ein Sternhaufen ist eine mitunter recht zahlreiche Gruppe durch Gravitation gebundener Sterne, während ein Faltraumhaufen eine Gruppe von Sternen bezeichnet, die durch Faltlinien eng miteinander verbunden sind. Die einzelnen Sterne eines Faltraumhaufens müssen nicht nahe beisammenstehen; dies dürfte sogar recht selten der Fall sein.

Es ist eine Binsenweisheit, dass die Struktur des Faltraums die Wirtschaftlichkeit aller Aktivitäten bestimmt, die von interstellarem Verkehr abhängen. Angenommen, ein Schiffskapitän ist mit einer Ladung für die Erde vor dem Novaausbruch von Alta abgereist. Da Valeria ein Sackgassensystem ist, hat unser Captain keine Wahl, was den ersten Faltpunkt auf seiner Reise betrifft. Sein nächstes Ziel muss in jedem Falle Napier sein.« Dr. Gordon bediente sein Steuergerät, und die schwache rote Faltpunktverbindung zwischen Valeria und Napier wurde hellrot. »Im System Napier angekommen, hatte der Schiffskapitän vor dem Novaausbruch verschiedene Möglichkeiten, seine Reise zur Erde fortzusetzen. Zum Beispiel konnte er die Route Hellsgate-Aezer nehmen, die von Napier über Hellsgate, Aezer, Hermes, Sacata, Carswell, Vega und Luytens Stern führt, bevor sie endlich unser Sonnensystem erreicht.«

Die Linien zwischen den Faltpunkten der betreffenden Systeme leuchteten auf, als Gordon die Namen aufzählte. »Das sind insgesamt acht Faltraumübergänge mit Manövrierzeiten in jedem der berührten Sternsysteme. Oder der Schiffskapitän hätte, was vernünftiger gewesen wäre, eine der Antaresrouten von Napier zur Erde wählen können. In diesem Falle hätte er lediglich von Napier über Antares und Goddard direkt das Sonnensystem erreichen können, also mit insgesamt drei Faltpunktübergängen. Es liegt auf der Hand, dass die letztere Route erheblich wirtschaftlicher ist.

Betrachten wir nun die Situation nach dem Novaausbruch.« Dr. Gordon betätigte wieder die Fernbedienung. Die kleine weiße Kugel, welche Antares darstellte, blähte sich plötzlich zum Zehnfachen ihrer früheren Größe auf und verschlang die rundum angebrachten Faltpunktmarkierungen. Gleichzeitig verblassten sechs rot getönte Faltlinien fast bis zur Unsichtbarkeit, so dass die ganze Mitte des Diagramms verblich.

»Der Wert eines Faltraumhaufens liegt nicht in der Zahl der Faltpunkte, die er besitzt, sondern vielmehr in den verbesserten Verbindungen, die dieser Haufen dem Faltraum unserer Hegemonie insgesamt bietet. Mit anderen Worten, die Supernova hat uns nicht nur dieser sechs Handelsrouten beraubt, sondern auch der Flexibilität und Ausweichmöglichkeiten, die sie unseren Schiffen boten.« Dr. Gordon drückte auf seine Fernbedienung, und eine dritte Topologiekarte erschien. Er holte einen Abschnitt der Karte heran und wies auf eine Reihe von vier Sternen, die wie der lose Strang einer Perlenkette aus dem Bereich der Hegemonie hing. Die Namen neben den Markierungen waren ›Aezer‹, ›Hellsgate‹, ›Napier‹ und ›Valeria‹.

»Hier sehen Sie«, sagte Nathaniel Gordon, »was Antares uns antat. Wo unserem Schiffskapitän vorher ein halbes Dutzend Routen zwischen Alta und den anderen Systemen der Hegemonie zur Wahl stand, ist nur noch eine geblieben. Dadurch sind wir eindeutig ärmer und verwundbarer geworden.«

Als Professor Gordon geendet hatte, blickte der Ministerpräsident den Tisch entlang zu Drake und nickte ihm zu. »Ich glaube, Sie sind als Nächster an der Reihe, Captain.«

»Ja, Sir.« Drake stand auf und blickte in die Runde. »Mein Name ist Richard Drake. Ich befehlige den Schlachtkreuzer *Discovery*. Ich war militärischer Kommandeur der Interstellaren Expedition Eins und werde in gleicher Funktion für das altanische Kontingent an der Helldiver-Expedition teilnehmen. Ich bin gebeten worden, auf einige der Ereignisse einzugehen, die zu der Entscheidung führten, das Helldiver-Projekt in Angriff zu nehmen. Ich werde versuchen, mich kurz zu fassen.«

Er hielt inne und blickte in die Gesichter seiner Zuhörer. Mit Ausnahme des knappen Dutzends neu gewählter Parlamentsabgeordneter sahen die meisten bereits etwas gelangweilt aus. Die Stimmungslage der frisch gebackenen Parlamentarier war weniger leicht zu deuten. Drake hatte den Eindruck, dass sie Mühe hatten, ihre Ungeduld zu verbergen, als ob sie sich bereits eine Meinung gebildet hätten und nicht sonderlich interessiert wären, sie durch neue Argumente und Gesichtspunkte in Frage stellen zu lassen. Nicht zum ersten Mal ging ihm die Überlegung durch den Kopf, ob die Entscheidung über das Schicksal des Helldiver-Projekts nicht schon längst zwischen den Führern der Parlamentsfraktionen ausgehandelt worden sei. Er verscheuchte den Gedanken und konzentrierte sich auf seinen vorbereiteten Redetext.

»Vor zwei Jahren, meine Damen und Herren, hatten wir noch keine Vorstellung davon, welche Bedingungen jenseits unseres Faltpunktes herrschten. Wir wussten nur, dass irgendwo ein Krieg toben musste, seit uns das treibende Wrack eines einst mächtigen Kriegsschiffes in die Hände gefallen war. Da dieses eine Schiff mit Leichtigkeit unsere ganze Marine hätte bezwingen können, waren wir natürlich besorgt. Aus diesem Grund rüsteten wir die Expedition nach New Providence und Sandar aus.

Wie Sie alle wissen, fanden wir New Providence bei unserer Ankunft unbewohnt vor und stellten fest, dass die Welt durch ein schweres nukleares Bombardement zerstört worden war, bevor sie

2527 gänzlich verlassen wurde. Wir erfuhren auch von der Existenz der Ryall. Nach diesen Erfahrungen beschloss ich zum Hellsgatesystem weiterzufliegen, um die Lage dort zu erkunden. Wir nahmen Verbindung mit den Sandarern auf, die uns umfangreiche und wertvolle Informationen über den Krieg zwischen der Menschheit und den Ryall gaben.

Doch als wir die Sandarer nach dem Wrack der *Conqueror* fragten, leugneten sie, es je gesehen zu haben. Das erschien uns paradox, da das Wrack der *Conqueror*, wie Sie auf den Bildschirmen sehen können, nur auf der Route über Hellsgate von der Erde gekommen sein konnte. Wenn *Conqueror* aber nicht über die Hellsgate-Route zu uns gekommen war, konnte es nur eine mögliche Route genommen haben.« Richard zeigte zum zentralen Stern des Diagramms. »Es musste direkt durch den Ringnebel der implodierten Supernova gekommen sein.«

»Wie ist das möglich, Captain Drake?«, fragte eine Stimme von der Mitte des Tisches. Drake wandte sich dem Fragesteller zu. »Entschuldigen Sie, Sir. Sie sind ...?«

»Mein Name ist Jason Pettigrew. Ich bin der neu gewählte Abgeordnete des Bezirks New Chalmers. Ich habe die Nova mit eigenen Augen gesehen und finde Ihre Folgerung grotesk. Wie könnte ein Schiff im Nahbereich der Supernova überlebt haben, ohne auszuglühen oder gar verdampft zu werden?«

Drake zuckte die Achseln. »Das wäre freilich unmöglich, Mr. Pettigrew, vorausgesetzt, das Bild des kosmischen Scheiterhaufens, wie wir es jede Nacht am Himmel sehen, wäre ein wahres Bild der Nova. Aber vergessen Sie nicht, dass dieses Licht seit mehr als einem Jahrhundert unterwegs ist. Was wir sehen, ist die Supernova im Zustand voller Entfaltung. Antares ist in hundertsiebenundzwanzig Jahren beträchtlich gealtert.« Während Drake sprach, blendete er per Fernbedienung eine vom Computer aufbereitete Aufnahme ein. Das Faltraumdiagramm verschwand und wurde ersetzt durch eine farbige Holographie.

Sie zeigte eine Ansicht des Antares-Ringnebels, wie er von New Providence aus im Fernrohr zu sehen war. Mehr als ein Jahrhundert explosionsartiger Ausdehnung hatte den strahlenden Lichtpunkt in einen geisterhaften ringförmigen Nebel verwandelt. Dieser hatte inzwischen einen Durchmesser von annähernd sechs Lichtjahren erreicht und bedeckte, aus der relativen Nähe des Napiersystems durch ein gewöhnliches Fernrohr gesehen, fast 22,5 Grad Bogenlänge am Himmel. Das ließ ihn viermal größer erscheinen als den Mond, von der Erde gesehen. Im Zentrum des Nebels brannte ein schwacher Überrest dessen, was einst der zweitgrößte Stern im Hegemonieraum der Menschheit gewesen war, während Antares' kleinerer A3-Begleiter zu einem matt leuchtenden sternähnlichen Objekt in der Nähe geworden war.

»So sieht die Nova heute aus. Die Bedingungen im Inneren sind für menschliche Verhältnisse noch immer höllisch, aber verglichen mit der unvorstellbaren Glut des Ausbruchs ist Antares praktisch kalt.«

Pettigrew rückte unbehaglich auf seinem Platz hin und her. »Dann sind die Informationen, die uns zugegangen sind, zutreffend! Der Zweck des Helldiver-Projekts …«

Drake unterbrach ihn mit einem Kopfnicken. »Ist, den Nebel zu durchdringen, die Route der *Conqueror* rückwärts zu verfolgen und zur Erde zu gelangen.«

Es blieb lange still. Schließlich meldete sich ein anderer Abgeordneter zu Wort. »Ohne Zweifel kann das nicht Ihr Ernst sein!«

»Warum nicht?«, fragte Drake.

»Nun, wir alle haben Aufnahmen der *Conqueror* gesehen. Der Bugteil war praktisch abgeschmolzen. Sind Sie der Meinung, das sei nicht das Werk der Nova gewesen?«

Drake schüttelte den Kopf. »Ich bin der Meinung, dass dieser Schaden durch die Gluthitze der Nova herbeigeführt wurde. Der Autopilot der *Conqueror* war beschädigt, bewahrte aber genug Vernunft, um die Masse des Schlachtschiffes als Strahlungsschild für sich selbst, die Triebwerke und die Treibstofftanks einzusetzen.«

»Und Sie wollen unsere Schiffe in dieselbe Hölle schicken?«, fragte Jason Pettigrew.

»Nicht ohne Schutz, Sir. Seit zwei Jahren hat sich eine Gruppe von altanischen und sandarischen Wissenschaftlern um die Entwicklung eines Feldes völlig neuer Konzeption zur Strahlungsabwehr bemüht. Es sollte imstande sein, ein Schiff im Innern des Ringnebels ausreichend zu schützen.«

»Dann sind all die bewilligten Geldmittel für das Projekt in diese Entwicklung geflossen?,« fragte Pettigrew.

Drake nickte. »Zum großen Teil. Wir haben verschiedene Schiffe auch mit Strahlenschutzgeneratoren ausgerüstet und andere allgemeine Verbesserungen vorgenommen.«

»Welche Schiffe?«

»*Discovery*, *Dagger*, *City of Alexandria*, einige Tanker und Versorgungsschiffe.«

»Mein Gott, Sie sprechen von der Hälfte unserer Flotte!«

»Es ist nicht ganz die Hälfte, Mr. Pettigrew«, sagte der Ministerpräsident. »Nicht, wenn Sie unser neues Programm zur Verstärkung der Flotte und Faltpunktverteidigung mit dazurechnen.«

»Wenn Sie *Dagger* und *Discovery* mit dieser Expedition auf den Weg schicken«, erwiderte Pettigrew, »bleibt uns zur Verteidigung Altas nur *Dreadnought*.«

»Das ist richtig, zumindest bis die ersten der neuen Kreuzer in Dienst gestellt werden«, antwortete Gareth Reynolds.

»Sind Sie von allen guten Geistern verlassen, so viel von unserer Verteidigungskraft in dieses unüberlegte Projekt zu stecken?«, fragte Pettigrew.

»Wir hatten unsere Gründe«, sagte der Ministerpräsident steif. »Admiral Dardan!«

Admiral Luis Dardan, Oberbefehlshaber der altanischen Marine, erhob sich von seinem Platz und schritt hinüber zu Drake. Er nickte seinem Untergebenen zu, und Drake kehrte an seinen Platz zurück. Dardan wartete, bis die Versammlung zur Ruhe gekommen war, bevor er das Wort ergriff.

»Meine Herren, mit der Rückkehr der Interstellaren Expedition Eins sahen wir Altaner uns zum ersten Mal seit der Gründung unserer Kolonie einer äußeren Bedrohung ausgesetzt. Es war Aufgabe der Marine, zu bestimmen, wie der Herausforderung durch die Ryall am besten zu begegnen sei, und so untersuchten wir zwei grundsätzliche Optionen. Diese waren, Sandar bei der Verteidigung des Hellsgate-Aezer-Faltpunktes gegen Ryallangriffe zu helfen, also eine defensive Strategie zu wählen, oder den Versuch zu machen, die Ryall aus dem Aezersystem zu vertreiben, also eine offensive Strategie. Ich möchte zuerst auf die letztere Option eingehen.

Die bei weitem beste Lösung unseres Problems würde in der Vertreibung der Ryall aus dem Aezersystem liegen. Nicht nur würde dies mehr Distanz zwischen uns und dem Feind schaffen, es würde auch die Wiederaufnahme des Handels zwischen Alta und dem Rest der Menschheitshegemonie gestatten. Unglücklicherweise sind die militärischen Aussichten für diese Option nicht gut. Der Grund dafür liegt in der Natur der Faltpunkte. Ein Faltpunkt ist ein Nadelöhr, ein begrenztes Raumvolumen, durch welches alle angreifenden Streitkräfte eingefädelt werden müssen. Da ein Verteidiger genau weiß, wo der Angriff erfolgen wird, braucht er seine Kräfte nicht mit Patrouillen in anderen Sektoren zu verzetteln. Jedes Schiff, jede Orbitalfestung, jede Waffe, über die er verfügt, kann in und um den Faltpunkt konzentriert werden. So wird der Umkreis eines Faltpunktes zu einer begrenzten Kampfzone, wo die Schlacht in dem Augenblick beginnt, wenn ein Angreifer durch den Faltpunkt in Erscheinung tritt. Verfügt die Verteidigung über eine hinreichende Konzentration von Feuerkraft, kann sie praktisch jede angreifende Streitmacht, sei sie noch so groß, vernichten, bevor der Aggressor Gelegenheit findet, in den freien Raum des Systems durchzubrechen. Die Sandarer haben in den vergangenen siebzehn Jahren dreimal versucht, den Faltpunkt Aezer-Hellsgate zu durchbrechen. Jeder Versuch endete mit einem blutigen und verlustreichen Fehlschlag. Im Licht dieser Erfahrungen folgerten wir, dass ein Flottenunternehmen unsererseits zur Vertreibung der Ryall von Aezer in absehbarer Zeit wenig Aussicht auf Erfolg bietet.

Die andere Option war die Unterstützung der Sandarer bei der Verteidigung des Hellsgate-Aezer-Faltpunktes. Nicht nur wird diese defensive Strategie Sandar vor der möglichen Vernichtung bewahren, sie wird auch Alta mit drei separaten Verteidigungslinien ausstatten.« Dardan wandte sich der Topologiekarte des Faltraums zu. »Die Ryall sind hier im Aezersystem. Indem wir die Zugänge zu den Systemen Hellsgate, Napier und Valeria befestigen, können wir sie zwingen, um jedes Sternsystem auf ihrem Weg zu kämpfen. Mit solch einer tief gestaffelten Verteidigung haben wir sehr gute Aussichten, jeden wahrscheinlichen Ryallangriff in absehbarer Zukunft zurückzuschlagen. Tatsächlich ist diese tief gestaffelte Verteidigung unsere primäre Strategie und zugleich der Grund, warum wir unser massives Schiffbauprogramm eingeleitet haben.«

»Das erklärt nicht, warum Sie entschieden haben, so viele Ressourcen in das Helldiver-Projekt zu stecken«, entgegnete Pettigrew. Was für ein hartnäckiger Bursche!

»Nein, Sir, das erklärt es nicht. Normalerweise würde ich Ihnen zustimmen, dass es nicht ratsam sei, einen so großen Teil unserer Streitkräfte zu diesem Zeitpunkt für andere Zwecke abzuziehen. Ich würde argumentieren, dass wir warten sollten, bis wir größere Reserven aufgebaut haben, bevor wir diese Expedition aussenden. Unglücklicherweise hat das Institut für Ryallforschung an der Universität von Homeport einen Faktor aufgedeckt, der sowohl uns wie auch die sandarische Regierung überzeugte, dass Abwarten nicht in unserem wohlverstandenen Interesse liegt.«

»Wollen Sie uns verraten, was für ein Faktor das ist, Admiral?«

»Im Verlauf seiner Studien stellte sich das Institut die Frage, welches die langfristigen Auswirkungen unserer Isolation vom Rest der Menschheit sein würden. Nun, wir wissen von unseren Untersuchungen der *Conqueror* und der Daten, die wir von den Sandarern erhielten, dass Alta während der langen Isolation in der technischen Entwicklung deutlich zurückgeblieben ist. Das Institut folgerte daraus, dass wir noch weiter zurückfallen werden, wenn unsere Isolation andauert, und dass die Gefahr, die Ryall könnten Waffen und Techniken entwickeln, die in der Lage sind, unsere Verteidigung zu überwinden, im Laufe der Zeit zunehmen wird.

Welche Form solche Entwicklungen annehmen mögen, können wir nicht voraussagen. Sie brauchen sich aber nur einige der fortgeschrittenen Geräte und Vorrichtungen anzusehen, die wir an Bord der *Conqueror* entdeckten, um zu verstehen, dass die Sorge nicht unberechtigt ist. Durch Fortschreibung der bekannten Rate, mit der wir technisch in Rückstand geraten sind, berechnete das Institut, dass wir mit einer Überwindung der Hellsgate-Aezer-Faltpunktverteidigung durch die Ryall innerhalb der nächsten zehn bis fünfundzwanzig Jahre rechnen müssen. Sollte aber Sandar fallen, können wir Altaner uns darauf gefasst machen, in weniger als einer Dekade überrannt zu werden.

Wenn wir nicht in kürzester Zeit die Verbindung mit der Erde wiederherstellen, hat unsere Welt weniger als fünfunddreißig Jahre zu leben. Das ist die Motivation hinter dem Helldiver-Projekt und der Grund, dass es zum frühest möglichen Zeitpunkt verwirklicht werden muss.«

29

Eilig schritt Bethany Lindquist durch die Abfertigungshalle des Raumhafens von Homeport. Sie umrundete langsamere Gruppen von Reisenden und wich Entgegenkommenden aus, ohne ihren Schritt zu verlangsamen und andere anzurempeln. Ihren Koffer zog sie wie einen Hund an der Leine hinter sich her, hatte eine Reisetasche über die Schulter gehängt und drückte mit der freien Hand eine kleine Handtasche an sich.

In dieser zivilen Umgebung kam es ihr doppelt seltsam vor, dass das Helldiver-Projekt hier vom Raumhafen Homeport seinen Ausgang nehmen sollte. Von Rechts wegen sollte sie sich jetzt durch die unterirdischen Gänge eines geheimen Militärstützpunktes bewegen, vorbei an stoisch blickenden Wachtposten mit Lasergewehren und aufgepflanzten Bajonetten. Statt dessen arbeitete sie sich durch die hin und her flutende Menge, an Müttern vorbei, die weinende Kleinkinder mit sich zogen, und Gruppen von Geschäftsleuten mit ihren allgegenwärtigen Kombinationen von Aktenkoffern und Computern. Auch militärisches Personal war zu sehen. Diese Männer waren wie Bethany unterwegs zu Zielen jenseits der Atmosphäre. Abgesehen von anerkennenden Blicken im Vorübergehen zeigten sie wenig Interesse an ihr.

Das Problem bestand darin, sagte sie sich, dass die Altaner nie ein kriegsfreudiges Volk gewesen waren – ein Umstand, der freilich mehr an mangelnder Gelegenheit lag als an einer angeborenen Friedfertigkeit. In den frühen Tagen der Kolonie hatte die Große Flotte den Schutz der Kolonie übernommen, und Alta hatte keine Notwendigkeit gesehen, sich mit dem Instrumentarium des Krieges zu befassen. Später, als die Lange Isolation einsetzte, hatte es keinen äußeren Feind gegeben, der zu fürchten oder zu bekämpfen war. Sogar der Aufbau der altanischen Marinestreitkräfte war größtenteils der Initiative ihres Vorfahren Granville Whitlow zu verdanken, der nach Mitteln und Wegen gesucht hatte, die drei Schlachtkreuzer der Großen Flotte einsatzfähig zu erhalten, bis interstellare Reisen wieder möglich würden. In den 127 Jahren, die der Faltpunkt verschlossen gewesen war, hatte die Marine mehr den Charakter einer Polizeitruppe gehabt, die in den weniger besuchten Winkeln des Valeriasystems nach dem Rechten sah.

Alles das hatte sich natürlich mit der Rückkehr der Interstellaren Expedition Eins von Sandar geändert. Aber ungeachtet dessen, was opportunistische Journalisten ›die größte militärische Rüstungsanstrengung in der Geschichte Altas‹ nannten, waren zwei Jahre nicht annähernd genug gewesen, um das Gerüst einer wirklichen militärischen Macht aufzubauen. Bisher hatten die Anstrengungen zur Befestigung der verschiedenen Faltpunkte um Hellsgate den Vorrang gegenüber der Schaffung eines neuen militärischen Raumhafens gehabt. So kam es, dass das Projekt Helldiver als das bestgehütete Geheimnis in der Geschichte der Kolonie an einem geschäftigen Werktag vom größten öffentlichen Flug- und Raumhafen des Planeten seinen Ausgang nahm.

Bethany erreichte den Platz, wo sie vor drei Wochen auf Richards Ankunft gewartet hatte. Ohne in ihrem raschen Schritt zu verhalten, erinnerte sie sich des Glücksgefühls und der Freude ihres Wiedersehens und der bittersüßen Traurigkeit ihres Abschieds vierzig Stunden später. Sie hatten die Zeit vor dem Start im Warteraum des Abfertigungsgebäudes verbracht. Es war Bethany gelungen, die Tränen bis zu dem Augenblick zurückzuhalten, als die Lautsprecher Richard und seine Mitreisenden zum Flugsteig gerufen hatten.

»Lass das!«, hatte er gesagt, nachdem er sie auf beide Augenlider geküsst hatte. »Wir werden bald wieder zusammen sein.«

»Es wird nicht dasselbe sein«, hatte sie erwidert. »Wenn wir uns wiedersehen, wirst du deine Arbeit zu tun haben und ich die meine. Wir werden kaum einen Moment allein zusammen haben, bis wir …« Sie hatte den Rest ungesagt gelassen, um zu vermeiden, dass jemand das Wort ›Erde‹ als Reiseziel mithören würde.

Er hatte geschmunzelt. »Du warst diejenige, die entschieden hat, dass wir heiraten sollten, weißt du.«

»Ich weiß.«

Eine zweite Lautsprecherdurchsage hatte ihn sich in Bewegung setzen lassen. »Ich muss gehen, Beth. Wir sehen uns in drei Wochen. Vergiss nicht, dein Brautkleid einzupacken.«

»Ich werde daran denken.«

Wo die Menge der Reisenden sich dem Ende der langen Abfertigungshalle zu allmählich verlief, beschleunigte Bethany ihren Schritt. Sie hängte sich die Reisetasche über die andere Schulter und hörte das Rascheln des hundert Jahre alten Gewebes. Sie hatte getan, wie

Richard gesagt hatte: In der Reisetasche war das Brautkleid, in welchem vier Generationen von Whitlow-Frauen geheiratet hatten.

Am Ende der Abfertigungshalle zweigten zwei Korridore ab. Der größere führte nach links zu den Hangars der Privatmaschinen, während ein schmaler Seitengang nach rechts führte. In diesen bog Bethany ohne zu zögern ein. Nach einer Strecke mit leichtem Gefälle gelangte sie in einen hell beleuchteten unterirdischen Korridor, der nach weiteren hundert Metern wieder an die Oberfläche kam. Zwei bewaffnete Marinesoldaten hielten am Ausgang Wache.

»Können wir Ihnen helfen, Madam?«

»Mein Name ist Lindquist. Ich bin unterwegs zur *Discovery.*« Sie zog einen Marschbefehl aus der Handtasche und hielt ihn einem der Posten hin. Unter dem Briefkopf der Marine enthielt er die Aufforderung, sich am 16. Taurus 2639 um 10:40 Uhr am Flugsteig 27C, Raumhafen Homeport einzufinden, um zur AN *Discovery* transportiert zu werden. Der Marschbefehl war von Admiral Dardan unterzeichnet.

Der Posten nahm ihr den Marschbefehl aus der Hand, gab einen Code in den Computeranschluss in seiner Hand ein und wartete, bis die Maschine einen leisen Signalton von sich gab. Dann nickte er und gab Bethany den Marschbefehl zurück. »Gut, Sie an Bord zu haben, Miss Lindquist. Sie können zum Flugsteig weitergehen. In ungefähr fünfzehn Minuten werden Sie dort mit dem Bus abgeholt.«

»Danke sehr.«

»Nichts zu danken, Madam.«

Richard Drake saß an seinem Platz auf der Brücke der *Discovery* und beobachtete eine Erscheinung am Bildschirm vor sich. Der Bildschirm zeigte die blaue und weiße Krümmung von Altas Oberfläche unter der schwarzen Unendlichkeit des Raums. Valeria war eine blendend helle Scheibe am oberen Rand des Bildschirms, während die Atmosphäre des Planeten als ein beunruhigend schmales dunstiges Band über dem Horizont der Welt lag. Und knapp über der Atmosphäre hob sich etwas blau und schwarz vor dem sterngesprenkelten Hintergrund des offenen Raumes ab, eine Luftspiegelung, die sich von einer Sekunde zur nächsten veränderte, ein schimmerndes, geisterhaftes Etwas. Der Anblick weckte Erinnerungen an alte Legenden von Geisterschiffen, die in den Faltraum eingetreten und nie wieder gesehen worden waren.

Drake blickte weg und tadelte sich, dass er einer allzu regen Phantasie erlaubt hatte, ihn zum Besten zu halten. Tatsächlich gab es eine ganz prosaische Erklärung für die Erscheinung auf dem Bildschirm. Das ›Geisterschiff‹ war eine optische Täuschung, ein Effekt, der zustande kam, wenn der Rumpf eines Schiffes zu einem annähernd vollkommenen Reflektor für elektromagnetische Strahlung wurde. Drake lauschte einer emotionslosen Stimme, die über die Gegensprechanlage der *Discovery* die Startzählung durchgab: »Fünf … vier … drei … zwei … eins … null.«

Bei ›null‹ veränderte die Erscheinung plötzlich ihr Aussehen. Der spiegelnde Schimmer verschwand, und ein Rumpf aus Panzerstahl nahm seine Stelle ein; das so enthüllte Schiff war ein Schwesterschiff der *Discovery.* Der zentrale zylindrische Rumpf lag in der Mitte eines Ringes, der den Lebensraum der Besatzung enthielt. Insgesamt zwölf Speichen verbanden den zentralen Zylinder mit dem Ring. Dem Heck des Zylinders entragte ein Einstellmechanismus für die fusionsbetriebenen Photonentriebwerke des Schiffes, während die Mündungen von Laserkanonen, Partikelstrahlbeschleunigern und Antimaterieprojektoren an verschiedenen strategischen Stellen des Rumpfes aus den gepanzerten Kampfständen lugten. Die Umrisse von breiten Toren markierten die Positionen von Laderäumen und Hangars, in denen Hilfsfahrzeuge untergebracht waren.

Der schwere Schlachtkreuzer der Derringer-Klasse war von einer Bauart, die annähernd zwei Jahrhunderte zurückging. Für hohe Geschwindigkeit und gute Manövrierfähigkeit entworfen, stellte die Konstruktion von Ring und Zylinder einen Kompromiss dar zwischen einem günstigen Verhältnis von Schubkraft zu Masse auf der einen Seite, und der Möglichkeit, auch bei niedriger Rotationsrate ausreichende Schwerkraft zu gewährleisten. Die Konstruktion war keineswegs elegant und sah zerbrechlich aus, hatte sich aber im Gefecht bewährt. Ein Vorteil dieser aus einem Zylinder und einem äußeren Ring bestehenden Schiffe gegenüber rein zylindrischen Konstruktionen war der, dass der Ring mit den Quartieren der Besatzung bei schwerer Beschädigung und Manövrierunfähigkeit des Schiffes ganz oder in sechs Teilen abgesprengt werden konnte.

»*Dagger* meldet Abschluss der Erprobung des Strahlenschutzschildes, Captain.«

»Gut«, sagte Drake. »Stellen Sie eine Verbindung mit Captain Marston her.«

»Jawohl, Sir.«

Bela Marston war während der Interstellaren Expedition Eins Drakes Stellvertreter gewesen. Seither war ihm das Kommando eines der beiden für Projekt Helldiver vorgesehenen Schlachtkreuzer anvertraut. Marstons Bild nahm auf Drakes Arbeitsschirm Gestalt an.

»Wie sieht es bei Ihnen aus, Bela?«

»Alle Systeme arbeiten vorschriftsmäßig, Captain. Beide Hilfssysteme funktionierten einwandfrei, als wir sie manuell einschalteten.«

»Also keine Probleme?«

»Nein, Sir. Wir sind jederzeit startbereit.«

»In Ordnung. Dann können Sie mit den Vorbereitungen zur Aufnahme von Passagieren beginnen.«

»Wir werden bereit sein, Captain.«

»Vergewissern Sie sich, dass alles reibungslos verläuft. Wir sind hinter dem Zeitplan zurück und müssen Zeit gutmachen. Sonst noch etwas?«

»Nein, Sir.«

»Flaggschiff Ende.«

»*Dagger* Ende.«

Drake wandte sich einem Mann der Brückenbesatzung zu. »Finley, haben Sie Schwachstellen in *Daggers* Abschirmungsfeld festgestellt, solange es eingeschaltet war?«

»Nein, Sir. Es flackerte nicht einmal, als von den Primärgeneratoren umgeschaltet wurde. Ich würde Captain Marston zustimmen. Die sind startbereit.«

Drake nickte und entließ *Dagger* aus seiner Aufmerksamkeit. Noch hundert andere Einzelheiten gab es zu klären, bevor die Helldiver-Flotte ihre Umlaufbahn verlassen und Kurs auf den Faltpunkt nehmen konnte.

Der Aufstieg in die Umlaufbahn verlief ohne besondere Ereignisse. Bethany saß neben Calvan Cooper, einem der politischen Assistenten Stan Barretts. Barrett selbst sollte bei der bevorstehenden Expedition Alta vertreten, wie er es schon bei der Interstellaren Expedition Eins getan hatte. Cooper war seinem Stab als politischer Verbindungsmann zu den Sandarern zugeordnet und als Assistent bei den Verhandlungen vorgesehen, die nach der Wiederherstellung der Kontakte mit dem Rest der Menschheit stattfinden würden. Die nervösen Blicke, die Cooper beim Start des Raumtransporters um sich geworfen hatte, waren für Bethany ein sicheres Zeichen gewesen, dass ihr Sitznachbar unter Flugangst litt. Sie hatte ihr Möglichstes getan, um ihn durch Geplauder über die bevorstehende Reise abzulenken, als die Triebwerke der Maschine sie in den dunkelblauen Himmel Altas katapultiert hatten. Als der erste der mächtigen, sphärischen Cryogentanker der Flotte in Sicht kam, hatte Cooper sich deutlich entspannt.

»Da, schauen Sie«, sagte Bethany und zeigte hinaus zum Liegeplatz des Tankers.

Cooper beugte sich zum kleinen Fenster. Sein Blick folgte ihrem ausgestreckten Finger. »Wo?«

»Dort, bei diesem bläulichen Stern. Sehen Sie ihn?«

»Dieses winzige Ding?«

»Nicht so winzig. Was Sie sehen, sind eine Million Kubikmeter Cryogen. Ohne es würden wir vielleicht die Rückkehr nicht schaffen.«

»Ich hatte immer den Eindruck, dass die Sprünge zwischen den Sternen nicht viel Treibstoff erforderten«, sagte Cooper. »Wozu all die Tanker?«

»Es hängt davon ab, was Sie unter ›nicht viel‹ verstehen«, erwiderte Bethany. »Ein Faltraumübergang verzehrt zehn Prozent des gesamten Treibstoffvorrats, den ein Schiff mit sich führt.«

»Dann sollten wir für zehn Übergänge gerüstet sein«, meinte Cooper. »Mehr als genug, nicht wahr?«

Bethany schaute verdutzt drein, dann lächelte sie über sein Missverständnis. »Sie vergessen die Manövrierzeiten zwischen den Faltpunkten. Ein Faltpunkt kann überall in einem Sternsystem auftreten, und bei mehreren Faltpunkten ist es nicht selten so, dass sie sich an entgegengesetzten Enden eines Systems befinden. Von einem zum anderen zu gelangen, kostet eine Menge Treibstoff. Da wir nicht genau wissen, wie viele Übergänge erforderlich sein werden, bevor wir die Erde erreichen, müssen wir einen reichlichen Vorrat mitnehmen.«

»Wie kommt es, dass Sie so viel darüber wissen? Sie sind doch kein Schiffsoffizier, nicht wahr?«

Bethany lächelte. Frauen waren in den Streitkräften tatsächlich eine Seltenheit, und an Bord der Kampfeinheiten der Marine gab es überhaupt keine. Diese Haltung war ein Überbleibsel aus der Frühzeit der Kolonisation, als man Frauen von jedem als gefährlich betrachteten Beruf ausgeschlossen hatte, um das vordringliche Ziel der Besiedelung ihrer neuen Welt nicht zu gefährden. Immerhin hatte ein halbes Dutzend Frauen – vorwiegend Wissenschaftlerinnen – an der Interstellaren Expedition Eins teilgenommen, und die Teilnehmerliste der bevorstehenden Expedition wies das Dreifache dieser Zahl auf. Demgegenüber bestand die sandarische Marine zu annähernd zwanzig Prozent aus Frauen, eine Folge der hohen Verluste in dem mehr als hundert Jahre währenden Krieg gegen die Ryall.

Bethany lächelte. »Ich weiß so viel darüber, weil ich während der Interstellaren Expedition Eins an Bord der *Discovery* war.«

»Richtig!«, sagte Cooper. »Jetzt fällt es mir wieder ein! Sie sind die erbliche Botschafterin der Erde auf Alta, nicht wahr?«

Sie schüttelte den Kopf. »Mein Onkel ist erblicher Botschafter. Ich bin seine offizielle Vertreterin und von Beruf Historikerin. Aber in den vergangen zwei Jahren habe ich auch einiges über die Ryall gelernt. Ich hoffe, meine Kenntnisse zu erweitern, wenn wir zur Erde kommen.«

»Es war nicht meine Absicht, Sie mit meiner Bemerkung zu kränken«, sagte Cooper.

»Das habe ich nicht als Kränkung aufgefasst.«

Der erste Cryogentanker war hinter ihnen zurückgeblieben. Bald darauf kam der nächste in Sicht, dann noch zwei weitere. Schließlich, als das letzte der großen Schiffe hinter ihnen zurückgeblieben war, kam ein großer zylindrischer Rumpf in Sicht.

Seine wahren Ausmaße wurden erst allmählich erkennbar, als der Raumtransporter langsam näher kam. Drei Frachter schwebten in der Nachbarschaft des stationären Schiffes, und kleine Fahrzeuge glitten zwischen ihnen und dem Koloss hin und her. Dann ertönte der Beschleunigungsalarm, und Bethany und Cooper wurden vorwärts gegen ihre Gurte gepresst, als der Transporter das Annäherungsmanöver einleitete.

Wie die meisten Handelsschiffe, so war auch *City of Alexandria* als zylindrischer Körper konstruiert, der um seine Achse rotieren und dadurch künstliche Schwerkraft erzeugen konnte, wenn die Triebwerke ausgeschaltet waren. Drei Tage zuvor war die Rotation zum Stillstand gebracht worden, um die Übernahme von Personal und Versorgungsgütern zu erleichtern, so dass das ganze Schiff sich im Zustand der Schwerelosigkeit befand.

Wenige Operationen erschienen dem unerfahrenen Betrachter verwirrender als das Verladen von Frachtgut in Schwerelosigkeit. Als Bethany das Passagierschiff betrat, bot sich ihr als Erstes der Anblick von Hunderten von Packkisten und Verschlägen, die zwischen dem Deck und der nächsthöheren Ebene schwebten. Da es unmöglich war, in Schwerelosigkeit Kisten zu stapeln, waren die meisten der verschieden großen Lattenverschläge, Kisten und Fässer durch große Netze gesichert, bis die Stauer sie in den Laderäumen unterbringen konnten. Einige der farbcodierten Packstücke waren jedoch den Netzen entgangen und trieben frei in der Verladehalle. Andere Behälter wurden von den Stauern zu verschiedenen offenen Ladeluken bugsiert.

In dieses verwirrende, gleichwohl planvolle Durcheinander tröpfelten die Passagiere von Homeport. Die meisten von ihnen hatten wenig oder keine Erfahrung mit der Schwerelosigkeit. In ihrer Verwirrung klammerten sie sich an das Führungsseil und starrten mit weit geöffneten Augen umher. Behütet wurden sie von mehreren Besatzungsmitgliedern der *City of Alexandria.* Dies waren die ›Aufpasser‹, die das Pech gehabt hatten, zur Betreuung der Passagiere abgeordnet zu werden. Sie waren durch rote Armbinden an ihren Uniformen gekennzeichnet.

Als er Bethany aus der offenen Luftschleuse kommen sah, stieß sich einer dieser Aufpasser ab und glitt zu der Stelle, wo sie am Führungsseil hing. »Kann ich Ihnen helfen, Madam?«

Bethany nickte. »Sie können mir sagen, wo ich das Boot zur *Discovery* erreichen kann.«

»Das ist in Hangar Sechs, auf der Backbordseite. Wenn Sie zum Gamma-Deck kommen, brauchen Sie nur dem Hauptkorridor zu folgen.«

»Gamma-Deck, Hangar Sechs, Backbord«, wiederholte sie.

»Ich begleite Sie gern«, sagte der Mann.

»Nein, danke. Sehr freundlich von Ihnen, aber ich bin früher schon an Bord gewesen und finde mich zurecht.«

»Wie Sie wünschen, Madam.«

Bethany zog sich weiter und kam an Calvan Coopers Seite. Sein Gesicht zeigte einen verkniffenen, blassen Ausdruck, als hätte er unter Übelkeit zu leiden.

»Ist Ihnen nicht gut, Mr. Cooper?«, fragte Bethany.

Er lächelte matt. »Ich hoffe, ich werde es überleben. Wohin jetzt?«

»Wir müssen hinüber zur anderen Seite, um das Boot zur *Discovery* zu bekommen.«

»Sie meinen, dies ist nicht die *Discovery*?«, fragte er verwirrt.

»Nein, natürlich nicht. Dies ist die *City of Alexandria*, ein umgebautes Passagierschiff.«

»Hmm. Ich dachte mir schon, dass es für ein Kriegsschiff mächtig groß aussah«, meinte er.

»Kommen Sie. Bleiben Sie bei mir.«

Sie führte ihn durch die Verladehalle zu einer Luke mit einer Sicherheitsschleuse. Bethany ergriff eines der beiden Führungsseile, die durch den Korridor gezogen waren, stieß sich leicht ab und suchte die Abzweigung zum Gamma-Deck. Sie fanden es zwei Ebenen tiefer und wimmelnd von Geschäftigkeit. Es schien, als wäre jeder Winkel und jede Nische voll gestopft mit Vorräten und Versorgungsgütern dieser oder jener Art. Besonders auffällig waren die blau gekennzeichneten Lebensmittelkisten. Aus ihrer früheren Erfahrung wusste sie, dass es für die Passagiere und Besatzungsmitglieder der *City of Alexandria* keine Duschen geben würde, bis sie die in den Duschräumen gelagerten Vorräte aufgegessen haben würden. Sie kamen an einem Saal vorbei, der in den Tagen der Passagierschiffahrt als Ballsaal gedient hatte. Dieser weitläufige Raum war bis zur Decke angefüllt mit Behältern, deren Markierungen und Aufschriften den jeweiligen Inhalt kennzeichneten.

In einer weiteren Abteilung saßen Besatzungsmitglieder angeschnallt vor elektronischen Konsolen.

»Nachrichtenzentrale?«, fragte Cooper, als sie hineinschauten.

»Kann sein. Oder es ist die Feuerleitzentrale.«

»Sie wissen es nicht?«

Sie schüttelte den Kopf. »Es muss eine Ergänzung sein, die während der Überholung hinzugekommen ist. *City of Alexandria* war früher unbewaffnet. Ich habe keine Ahnung, was man inzwischen hineingesteckt hat.«

Sie setzten ihren Weg zur Backbordseite fort und erreichten Hangar Sechs weiter achtern. Bethany führte Cooper durch eine Personenschleuse in eine große Halle, in der eine Anzahl kleiner Raumfahrzeuge festgemacht war. Sie identifizierte mehrere bewaffnete Aufklärer zwischen einer Ansammlung von Beibooten und Reparaturplattformen.

Ein Besatzungsmitglied kam zwischen den Fahrzeugen zum Vorschein und auf sie zu.

»Ah, Miss Lindquist! Wir haben Sie erwartet!«

Sie hielt sich in der Schleusenöffnung fest und musterte ihn. Er kam ihr irgendwie bekannt vor.

»Chefingenieur Nelson, Madam. Ich diente voriges Mal an Bord der *Discovery.*«

»Jetzt erinnere ich mich!«, antwortete Bethany. »Freut mich, Sie wiederzusehen.«

»Auch wir freuen uns, Sie zu sehen, Madam.«

»Wer ist ›wir‹, Mr. Nelson?«

»Praktisch alle Besatzungsmitglieder, Madam. Der Captain hat uns in den letzten drei Wochen kaum zur Ruhe kommen lassen. Wir dachten, dass der Alte nun, wo Sie hier sind, ein bisschen nachlassen würde.«

Bethany errötete über die Implikationen der Bemerkung. »Wo ist das Boot?«, fragte sie.

»Wir haben bei der nächsten Personalschleuse achtern festgemacht. Wir erwarten noch einen Passagier. Sobald er eintrifft, können wir starten.«

»Ich glaube, dieser Herr ist Ihr anderer Passagier.«

»Mr. Cooper, Sir?«

Der Angeredete nickte. Er sah nicht mehr ganz so elend aus, schien aber noch unschlüssig, ob er der Schwerelosigkeit opfern sollte oder nicht.

Der Chefingenieur grinste ungeniert, als er den Ausdruck von Unbehagen im Gesicht seines Schützlings las. »Dann folgen Sie mir bitte, damit wir zum Flaggschiff starten können.«

»Achtung, alle Schiffe. Es ist jetzt Startzeit minus zehn Minuten, und Zählung beginnt!«

Richard Drake saß an seinem Platz auf der Brücke der *Discovery* und lauschte der Durchsage auf der Frequenz des Flottenkommandos. Die Brückenmannschaft um ihn her war mit den ungezählten Details beschäftigt, die in den letzten Minuten vor einem Start geregelt werden müssen. Er beobachtete ihre beruhigende Sicherheit und dachte an ähnliche Bilder an Bord der sieben anderen Schiffe der Helldiver-Flotte. Zwei Minuten nach der Durchsage begannen die Deckoffiziere dem Ersten Offizier ihre Statusmeldungen durchzugeben. Drake hörte auf der Kommandofrequenz mit, stolz auf das Kaliber der Männer, auf die er sich stützen konnte.

Als alle Meldungen eingegangen waren, rief Commander Rorqual Marchant, sein Erster Offizier, ihn über ihre abhörsichere private Leitung an.

»Alle Deckoffiziere und Abteilungen melden Startbereitschaft, Captain.«

»Sehr gut. Sagen Sie dem Chefingenieur, dass er anfangen kann, den Reaktor auf Manövrierfähigkeit hochzufahren.«

»In Ordnung, Sir.«

Drake holte sich die Ablesungen des Fusionsreaktors auf seinen Bildschirm. Die Kurve zeigte eine Leistung, die ein gutes Stück über der Ebene lag, die zum Halten der Position erforderlich war. Er wartete, bis die Energieabgabe des Reaktors sich im mittleren Bereich stabilisierte, bevor er den Chef der Nachrichtenzentrale rief.

»Schalten Sie mich auf die Kommandofrequenz der Flotte, Mr. Haydn.«

»Jawohl, Sir.«

»Meine Herren, ich erwarte Ihre Statusmeldungen«, informierte Drake die anderen Kapitäne der Flotte.

»*Dagger* startbereit, Captain«, meldete sich Bela Marston.

»*City of Alexandria* startbereit, Sir«, meldete Rolf Bustamente, der Captain des umgebauten Passagierschiffes.

»*Phoenix* ist bereit, Sir.«

»*Tharsis* desgleichen, Captain.«

»*Vellos*?«, fragte Drake.

»Wir sind bereit, Sir«, sagte der kommandierende Offizier des größten Cryogentankers der Flotte.

»*Alcor V* ist bereit, Captain.«

»*Summa Warrior* zerrt an der Leine, Sir«, meldete der Captain des letzten Schiffes.

»In Ordnung. Jeder von Ihnen kennt den Flugplan. *Discovery* übernimmt die Führung und startet um Punkt 12:00 Uhr. Die anderen Schiffe folgen nach Plan im Abstand von jeweils einer Minute. Sobald Sie die Ekliptik verlassen haben, nehmen Sie Ihre festgelegten Positionen im Flottenverband ein. Wir haben für Flottenmanöver nicht so viel Zeit gehabt, wie ich es gern gesehen hätte, also werden wir auf der Ausreise die Gelegenheit zu Übungen nutzen. Gibt es irgendwelche Fragen?« Es gab keine. »Ihnen allen viel Glück.«

Sobald seine Bildschirme frei waren, signalisierte Drake dem Navigator der *Discovery.* »Mr. Cristobal, Sie haben das Kommando.«

»Jawohl, Sir.«

Nachdem er die Schiffsleitung vorübergehend abgegeben hatte, zog Drake die Gurte fest, die ihn daran hinderten, von seinem klappbaren Beschleunigungssitz fortzuschweben, und legte sich zurück, den Start am Bildschirm zu verfolgen. Ein Diagramm zeigte die vorberechnete Orbitalbahn der *Discovery.*

Da Valerias Faltpunkt sich hoch in der nördlichen Hemisphäre des Systems befand, hatte der Orbitalkurs der Flotte die Form eines Angelhakens. Zur festgesetzten Zeit würde das Schiff sich in einer genau berechneten Bahn auf der ekliptischen Ebene von Alta entfernen. Nach dem Verlassen der Orbitalzone mit ihren zahlreichen Satelliten und Rauminstallationen beschrieb die Flugroute einen weiten Bogen aufwärts zum Faltpunkt hoch über der Ekliptik.

Der Navigator beschäftigte sich an seiner Konsole, dann löste er das raue Schnarren des Beschleunigungsalarms aus.

»Achtung, an alle. Startzeit minus eine Minute! Erste Warnung. Halten Sie sich bereit für eine längere Beschleunigungsphase. Halbe Fallbeschleunigung in einer Minute.«

Eine erwartungsvolle Stille breitete sich im Schiff aus, als die Stimmen in der Gegensprechanlage verstummten.

»Letzte Warnung! Halbe Fallbeschleunigung in dreißig Sekunden. Ich wiederhole. Fünf Meter pro Sekunde hoch zwei in dreißig Sekunden.

Fünfzehn ... zehn ... fünf, vier, drei, zwei, eins. Start!«

30

Admiral Sergei Fallon Gower, Siebter Viscount von Hallen Hall, Befehlshaber der königlich sandarischen Marine und durch Ernennung Seiner Majestät John-Phillip Walkirk VI. Oberkommandierender der Streitkräfte Seiner Majestät mit dem Auftrag, den Antares-Ringnebel zu durchstoßen, saß in seiner Kajüte an Bord des Flaggschiffes und blickte mit finsterer Miene auf den Bildschirm vor sich. Dieser zeigte eine Ansicht von New Providence, übertragen von den automatischen Kameras eines unbemannten Aufklärers, der in dreihundert Metern Höhe die Ruinen der einstigen Hauptstadt dieses Planeten überflog. Der Anblick war deprimierend: Hier zeigte ein verbogenes, rostiges Stahlskelett, wo einmal ein Hochhaus aus Glas und Stahl gestanden hatte, dort waren Schutthaufen, aus denen Mauerstümpfe ragten, alles, was von einem Regierungsgebäude geblieben war; anderswo reckten die geschwärzten Baumskelette einer verschwundenen Parkanlage anklagend ihre Äste. Es fehlte das Grün lebendigen Chlorophylls oder irgendeine andere Farbe, die von Leben kündete.

Mehr als ein Jahrhundert nach dem letzten katastrophalen Angriff der Ryall auf New Providence war die Oberfläche des Planeten noch immer eine öde Wüstenei. Soweit das Auge der Kamera reichte, wuchs auf den Landmassen der Welt nicht ein einziger Grashalm, noch gab es Hinweise auf Leben in den Ozeanen des Planeten, obwohl die sandarischen Wissenschaftler bei ihren Untersuchungen keine Möglichkeit gehabt hatten, die Tiefseeregionen zu erforschen, wo verschiedene spezialisierte Lebensformen überdauert haben mochten.

Für die umfassenden Zerstörungen waren die Angriffe der Ryall auf New Providence verantwortlich. Sie hatten vierzig Millionen Menschen getötet und mehr als tausend Großstädte im allen Teilen der Welt vernichtet. Aber nicht einmal diese Art kriegerischer Zentauroiden konnte Zerstörungen eines Umfangs angerichtet haben, die jedes Leben auslöschten. Als die schwarzen Schiffe der Ryall die Verteidigung von New Providence durchbrochen hatten, hatten sie Feuer und Verderben auf eine bereits zum Untergang verurteilte Welt regnen lassen. Denn der wahre Mörder von New Providence und allem übrigen Leben im Napiersystem war die Antares-Supernova gewesen.

Die Bewohner von New Providence hatten erkannt, dass etwas nicht in Ordnung war, als sie im August des Jahres 2512 die Verbindung mit ihrer Kolonie im Valeriasystem verloren hatten. Ihre Sorge verstärkte sich, als mehrere Schiffe, die im Transit das Antaressystem berühren sollten, nicht planmäßig eintrafen, und sie wandelte sich zu beklommener Furcht, als die zur Suche nach den Schiffen ausgesandten Raumfahrzeuge ihrerseits nicht zur festgesetzten Zeit zurückkehrten.

Die wahren Ausmaße der Katastrophe waren jedoch erst deutlich geworden, als die Astronomen auf New Providence berechneten, dass nur eine nahe Supernova von beispielloser Energie erklären konnte, was aus ihrer Region des Universums geworden war. Und mit der Erkenntnis, dass es der Überriese Antares war, den die Sternexplosion zerrissen hatte, kam das Wissen, dass New Providence eine dem Untergang geweihte Welt war. Während der gesamten Geschichte der Kolonie war Antares der bei weitem hellste Stern am Himmel gewesen. In den Nächten, wo der Riesenstern am Himmel stand, war sein gelblicher Schein beinahe hell genug, dass man in seinem Licht lesen konnte. Der Umstand, dass ihr System dem Riesenstern relativ nahe war, hatte die Bewohner von New Providence immer mit einem gewissen Stolz erfüllt. Nun aber, als die Astrophysiker die Strahlungsmenge berechneten, die bald wie eine Flutwelle durch das Napiersystem fegen würde, wurde die Nähe des Überriesen zu einer Quelle der Verzweiflung.

Da die menschliche Natur ist, wie sie ist, hatten die Bewohner sich anfangs geweigert, zu glauben, dass sie bald zum Verlassen ihrer Wohnungen gezwungen sein würden. Erst nach einiger Zeit begann ihnen die unabwendbare Realität ihrer Zwangslage bewusst zu werden. Ein Evakuierungsprogramm wurde ausgearbeitet. Am Ende des ersten Jahres war der gesamte industrielle Sektor auf die Aufgabe konzentriert, drei Milliarden Menschen in ein anderes Sternsystem zu verpflanzen. Die Werften arbeiteten rund um die Uhr am Bau der Evakuierungsflotte, während die Bauindustrie und Pioniereinheiten auf Sandarsons Welt an der Errichtung neuer Siedlungen für New Providences Volksmassen arbeiteten.

Unterdessen hatten Wissenschaftler die Veränderungen untersucht, welche die Supernova in der Struktur des Faltraumes bewirkt hatte. Die Untersuchung begann mit einer Vermessung der Gravitationsgradienten im gesamten Napiersystem. Die Analyse ergab zur allgemeinen Überraschung, dass ein Faltpunkt vorhanden war, wo bis dahin keiner bestanden hatte. Weitere Untersuchungen ergaben, dass der Faltpunkt ein vorübergehendes Phänomen sein musste, das Ergebnis der weit wirkenden Bündelung einer Faltlinie durch die expandierende Druckwelle der Supernova. Sobald die Wellenfront Napier erreichte, würde der neue Faltpunkt verschwinden.

Einflussreiche Wissenschaftler sprachen sich für die sofortige Erforschung des neuen Faltpunktes aus. Andere, deren Aufgabe die Verpflanzung der Bevölkerung in ein anderes Sternsystem war, erhoben Einwände gegen alles, was wertvolle Hilfsmittel von den Evakuierungsanstrengungen abziehen würde. Die Wissenschaftler ließen nicht locker und erhielten schließlich Erlaubnis, den Faltpunkt mit drei Schiffen zu erforschen.

Zwei dieser Schiffe machten unverzüglich den Sprung zu dem System jenseits des Faltpunktes, während das dritte zurückblieb, um genaue Messungen des Gravitationsgradienten vorzunehmen. Zwölf Tage später meldete das zurückgebliebene Vermessungsschiff, dass ein Dutzend Raumschiffe unbekannten Typs im nahen Faltpunkt aufgetaucht seien. Die Meldung brach ab, als die Eindringlinge das Vermessungsschiff zerstörten und sich dann gegen New Providence wandten.

In New Providence lag eine Flottille von Kriegs- und Versorgungsschiffen des Interstellaren Rates. Diese Schiffe waren entsandt worden, um bei Evakuierung der Bevölkerung zu helfen. Die Flottille startete aus ihrer Umlaufbahn, um die Eindringlinge abzufangen, und es kam zu einem Kampf, in welchem die Streitkräfte des interstellaren Rates weitgehend erfolgreich waren. Dennoch gelang es einem der angreifenden Schiffe, vor seiner Vernichtung eine Salve von sechs Raketen auf New Providence abzufeuern. Sechs Geschosse, sechs Städte, und zehn Millionen Tote in den Ruinen.

Achtzehn Monate später erfolgte ein zweiter Angriff. Diesmal waren die Verteidiger vorbereitet, und die eindringenden Schiffe der Ryall wurden zerstört, bevor sie sich diesseits des Faltpunktes versammeln konnten.

Darauf folgte eine längere Periode des Friedens im Napiersystem. Die Jahre, in denen kein Ryallschiff im neuen Faltpunkt erschien, ließ in den Regierungskreisen von New Providence ein falsches Sicherheitsgefühl entstehen, während sie mit den Problemen der Evakuierung rangen. Zwölf Jahre nach dem Ausbruch der Supernova war es gelungen, achtzig Prozent der Bevölkerung zu verpflanzen.

Umso überraschender kam das Ende des De-facto-Waffenstillstands mit den Ryall, als drei Dutzend Schiffe im Faltpunkt erschienen. Sie vernichteten die wenigen Bewachungseinheiten und griffen New Providence an. Die Verteidiger reagierten schwerfällig. Trotzdem gelang es ihnen, den Angreifern eine ansehnliche Zahl von Schiffen entgegenzuwerfen. Das Gefecht war kurz und erbittert, und an seinem Ende waren zehn der angreifenden Ryall noch in der Lage, ihre tödliche Fracht auf New Providence abzuladen. Was folgte, wurde als ›Der Große Weltbrand‹ bekannt.

Sergei Gower überblickte die Ruinenfelder und erinnerte sich der furchtbaren Geschichten, die sein Urgroßvater ihm von diesem letzten verzweifelten Kampf um eine zum Untergang verurteilte Welt erzählt hatte. Die Katastrophe hatte nicht das Ende der Kämpfe bedeutet. In dem Jahrhundert, seit die Menschheit New Providence aufgegeben hatte, waren Millionen gewaltsam umgekommen. Gower dachte an seinen Vater, der während des ersten Unternehmens mit dem Ziel, den Zentauroiden das Aezersystem zu entreißen, an Bord seines Schiffes gefallen war, an seinen jüngeren Bruder, der vor einem Jahrzehnt mit der zweiten Aezer-Armada umgekommen war, und an seinen Sohn, der erst vor zwei Jahren in der Schlacht bei Sandar gefallen war. Er dachte an alle, die er an die Ryall verloren hatte, und legte beim Anblick der Ruinen einer einst blühenden Welt ein stilles Gelübde ab.

Diesmal würde es anders ausgehen!

Das aus sechzehn Schiffen bestehende sandarische Kontingent der Helldiver-Flotte hatte vor mehr als einem Monat die Parkumlaufbahn verlassen. Angeführt wurde es vom Schlachtschiff *Royal Avenger*, einem Veteran von hundert langen Patrouillen und zwei großen Schlachten. Mit einer Besatzung von sechshundert Mann zählte die *Royal Avenger* zu den stärksten Kampfschiffen; in ihren Hangars führte sie verschiedene bewaffnete Hilfsfahrzeuge mit.

Neben dem Flaggschiff bestand die sandarische Flotte aus den schweren Schlachtkreuzern *Terra* und *Victory* und den Zerstörern *Arrow*, *Mace* und *Scimitar*. Der bewaffnete Truppentransporter *Sas-*

katoon vervollständigte die Streitmacht. An Bord befand sich das voll ausgerüstete zweite Bataillon des 33. Regiments des königlich sandarischen Marinekorps. Hinzu kamen neun Versorgungsschiffe der Flotte – drei Frachter, fünf Cryogentanker und ein Mutterschiff für Relaismaschinen. Dies waren kleine Schiffe mit besonders geräumigen Treibstofftanks, die in jedem Faltpunkt entlang der Expeditionsroute zurückblieben. Sie hatten die Aufgabe, Radiobotschaften zwischen der Helldiver-Flotte und Sandar weiterzuleiten. Zu diesem Zweck wechselten sie in einem festgelegten Rhythmus zwischen den beiden Eingängen jedes aktiven Faltpunktes hin und her. Die gesammelten Botschaften gaben sie dann dem jeweils nächsten Relaisschiff weiter. Alle Schiffe und Hilfsfahrzeuge waren mit dem neuen Strahlenschutzfeld ausgerüstet und für eine lange Reise verproviantiert.

Die Ausreise von Sandar zum Hellsgate-Napier-Faltpunkt hatte zehn Tage gedauert. Die Flotte traf am Faltpunkt ein und vollzog den Faltraumübergang ohne Zwischenfälle. In den kommenden zwei Wochen überwanden die sandarischen Schiffe die sechs Milliarden Kilometer Vakuum zwischen dem Faltpunkt und New Providence. Nach ihrer Ankunft beim früheren Hauptplaneten des Napiersystems erwarteten sie in einer Parkumlaufbahn die Ankunft des altanischen Kontingents.

Am sechsten Tag nach Ankunft der Flotte über New Providence saß Admiral Gower in seinem Allerheiligsten hinter der Feuerleitzentrale der *Royal Avenger*. Sein Büro und Gefechtsstand war eine verglaste Kabine mit Panoramablick in die Feuerleitzentrale mit ihren zwei Dutzend Steuerungskonsolen und ihrem Bedienungspersonal. Am Schott gegenüber waren mehrere übergroße Bildschirme angebracht, auf denen sämtliche Aspekte der Flottenoperationen dargestellt werden konnten. Sergei Gower saß an seinem Schreibtisch und betrachtete nachdenklich die Aktivitäten in der Abteilung vor sich.

Einer der großen Bildschirme zeigte eine Ansicht von New Providence, wie der Planet sich vor einer der Außenkameras des Schlachtschiffes ausnahm. Weiße Wolkenwirbel reflektierten das Licht Napiers und verliehen der Welt das blauweiß marmorierte Aussehen einer terrestrischen Welt. Ein benachbarter Bildschirm zeigte die entsprechende elektronische Karte des Planeten. Eine Serie grüner Funken zog über die Oberfläche des Planeten. Sie kennzeichneten den

Bereich, wo die Marinesoldaten der *Saskatoon* ein Landungsmanöver gegen einen simulierten Ryallstützpunkt durchführten. Sekundenlang betrachtete er die Darstellung, bevor er die Nachrichtenzentrale der *Avenger* anrief.

»Verbinden Sie mich mit Colonel Valdis an Bord der *Saskatoon.*«

»Das wird ein paar Augenblicke dauern, Admiral. Colonel Valdis gibt gegenwärtig Operationsbefehle an eine seiner Luftlandeeinheiten aus.«

»Verbinden Sie mich, sobald er frei ist.«

»Jawohl, Sir.«

Nichts in den Befehlen des sandarischen Oberkommandos verlangte den Einsatz von Bodentruppen vor oder nach dem Durchdringen des Antaresnebels, aber Gower hatte sein Leben lang gegen die Zentauroiden gekämpft, und die Erfahrung hatte ihn Vorsicht gelehrt, und so hatte er darauf bestanden, dass die Expedition Bodentruppen erhalten sollte. Nachdem man ihm ein Bataillon zugestanden hatte, war er entschlossen, jede Gelegenheit zur Erhöhung ihrer Einsatzbereitschaft zu nutzen.

»Sie wollten mich sprechen, Admiral?«, fragte ein robust aussehender Mann auf Gowers Bildschirm.

»Wie läuft Ihre Übung, Colonel?«

»Alle Transporter sind ohne Zwischenfall gelandet. Die beiden Stoßtrupps nähern sich aus zwei Richtungen dem Ziel. Sie werden sich ...« – die Augen des Obersten blickten zu etwas außerhalb des Aufnahmebereichs der Kamera – »in genau siebzehn Minuten vereinigen.«

»Halten Sie Ihren Einsatzplan ein?«

»Ja, Sir. Wir sind dem geplanten Zeitrahmen sogar ein wenig voraus. Das Manöver sollte mindestens eine Stunde vor dem örtlichen Nebelaufgang beendet und die Männer wieder unter Strahlungsschutz sein.«

Gower nickte. »Sorgen Sie dafür. Ich möchte den Namen, die Dienstnummer und die Dosimeterablesung des Mannes mit der höchsten Strahlenbelastung direkt an mich, sobald Sie die Werte bekommen.«

»Wird gemacht, Admiral.«

Gower unterbrach die Verbindung und wandte sich anderen Problemen zu. Er überflog seinen Arbeitsschirm und ließ sich eine Verbindung mit dem Captain eines der Cryogentanker herstellen. Der Anruf des Admirals schien den guten Mann zu überraschen.

»Was kann ich für Sie tun, Sir?«

»Ihre Morgenmeldung zeigt, dass Sie ein Leck im ersten Treibstofftank ausgemacht haben, Captain. Was haben Sie in der Sache unternommen?«

»Äh … wir haben Männer in Schutzanzügen draußen, die den Rumpf überprüfen, Sir.«

»Wie ist Ihre Schätzung der Reparaturzeit?«

»Höchstens zwei Stunden, Admiral.«

»Sehr gut. Ich möchte in nicht mehr als drei Stunden hören, dass Sie das Leck gefunden und versiegelt haben. Wenn Sie mir nicht zusichern können, dass Ihr Schiff bis dahin druckdicht ist, werde ich eine Reparaturmannschaft hinüberschicken, um Ihnen zu helfen. Ist das klar?«

»Ja, Sir.«

Der Bildschirm wurde frei, und Gower war im Begriff, zum nächsten Problempunkt auf seiner Liste überzugehen, als der Bildschirm wieder aufleuchtete und einen ernst blickenden jungen Fähnrich im Korridor vor Gowers Büro zeigte. Die verdrießliche Miene des Admirals hellte sich auf, als er das angenehme junge Gesicht betrachtete. Die hohen Backenknochen, die aristokratische Nase und das kantige Kinn waren eine jüngere Version der Züge Seiner Majestät, John-Phillip Walkirk VI, dessen Porträt das Schott über Gowers Schreibtisch und Datenanschluss schmückte.

»Fähnrich Phillip Walkirk meldet sich zur planmäßigen Instruktion, Sir!«, sagte der junge Mann, als Gower sich einschaltete.

»Gut, Fähnrich«, antwortete er förmlich. »Sie haben meine Erlaubnis, einzutreten.«

Die Stahltür wurde geöffnet, der Kronprinz von Sandar kam herein und nahm vor dem Schreibtisch des Admirals Haltung an.

»Bitte nehmen Sie Platz, Hoheit.«

»Danke, Sir«, sagte der Prinz.

»Soll ich Erfrischungen bringen lassen?«

»Nein danke, Sir. Ich komme gerade aus der Offiziersmesse.«

»Sehr gut. Was haben Sie seit unserem letzten Gespräch gelernt, Hoheit?«

»Unter anderem, Sir, dass mir nicht danach ist, herumzusitzen und zu warten, wann wir etwas Nützliches tun könnten.«

»So?«, fragte Gower und zog die rechte Braue in einer Geste hoch, die jedem anderen Untergebenen zu kaltem Schweiß verholfen hätte. »Haben Sie Kritik an der Art und Weise vorzubringen, wie ich diese Flotte befehlige?«

»Solche Kritik wollte ich nicht andeuten, Admiral.«

»Was wollten Sie dann damit sagen, Fähnrich?«

Der Kronprinz zögerte und schien nach der höflichsten Form zu suchen, wie er sein Anliegen erklären könnte. Gower gab ihm keine Gelegenheit.

»Kommen Sie, Hoheit. Ein Offizier muss schnell auf den Füßen und in jeder Lage geistesgegenwärtig sein, und ein zukünftiger König noch mehr. Sie haben erklärt, dass Sie mit der Art und Weise, wie diese Expedition geführt wird, unglücklich sind. Verteidigen Sie Ihre Position, und zwar schnell!«

»Ja, Sir. In der Offiziersmesse wird viel darüber geredet, wie wir Zeit verlieren. Wir könnten draußen am Napier-Antares-Faltpunkt sein und den Ringnebel kartieren, statt hier in einer Umlaufbahn zu parken und auf die Ankunft der Altaner zu warten.«

»Ja, das könnten wir«, stimmte Gower hinzu.

»Warum umkreisen wir dann diese tote Welt?«

»Sagen Sie es mir«, erwiderte der Admiral.

»Weil unsere Befehle so lauten«, antwortete der Prinz.

»Richtig! Und jeder Soldat gehorcht immer seinen Befehlen, Hoheit.«

Gower bemerkte den gewollten Ausdruck von Irritation, der sich rasch wieder aus den Zügen des jungen Mannes verlor. Er lehnte sich in seinem Sessel zurück und betrachtete den Kronprinzen mit etwas wie onkelhaftem Stolz. Die meiste Zeit war Phillip Walkirk einer der Fähnriche an Bord der *Avenger* und wurde nicht anders behandelt als die übrigen Offiziersanwärter seines Ranges, außer dass er stets mit seinem königlichen Ehrentitel angeredet wurde. Und in der sandarischen Marine wurde der größte Teil des Tageslaufs von Aufgaben in Anspruch genommen, die in einer Marineakademie nicht gelehrt werden können. Solche Aufgaben wurden am besten von den unmittelbaren Vorgesetzten nahe gebracht. Einmal in der Woche aber nahm der Admiral es auf sich, den Thronerben mit Überlegungen und Fakten vertraut zu machen, die ihm in seiner späteren Regierungszeit von Nutzen sein würden.

»Außerdem«, fuhr er in weniger militärischem Ton fort, »verstehen Sie genug von den politischen Realitäten, dass Sie selbst in der Lage sein sollten, den Grund unserer Befehle zu verstehen.«

»Nun«, begann der Prinz, »ich nehme an, dass unsere altanischen Partner es übel nehmen könnten, wenn sie von dieser Erkundung ausgeschlossen bleiben würden.«

Gower nickte. »Es würde schwerlich zur Vertrauensbildung zwischen unseren Systemen beitragen, wenn wir ihnen zu verstehen gäben, dass wir sie nicht brauchen.«

»Aber Tatsache ist, dass wir sie nicht brauchen!«, erwiderte Phillip Walkirk.

»In diesem Punkt irren Sie sich, Hoheit. Wir brauchen sie dringend.«

»Aber warum? Nach mehr als einem Jahrhundert in Isolation haben sie kaum genug Schiffe, um ihr eigenes System zu bewachen, geschweige denn einen Angriff gegen die Ryall zu führen.«

»Richtig«, räumte der Admiral ein. »Und aus dem gleichen Grund sind sie nicht so schwer zur Ader gelassen worden wie wir. Sie haben ihre Reserven an Menschen und Material nicht in vergeblichen Anstrengungen erschöpfen müssen, die Ryall-Blockade von Aezer zu durchbrechen. Sie haben ihre Heimatwelt nicht gegen Angriffe verteidigen müssen. Ihre Bevölkerung ist nicht erschöpft und kriegsmüde.

Die Wahrheit ist, Hoheit, dass wir von Sandar uns mit knapper Not gegen die Ryall behaupten und dass wir den Tag unseres Untergangs voraussehen können, wenn wir nicht Hilfe von außen erhalten. Schlimmer noch ist, dass unsere Feinde diesen Tag ebenfalls voraussehen können. Warum sonst, meinen Sie, führten die Ryall den Angriff, der zu der Schlacht um Sandar führte?«

Vor zwei Jahren, als Altas Interstellare Expedition Eins das Hellsgate-System erreicht hatte, war Sandar von einer großen und schwer bewaffneten Flotte von Ryall-Kriegsschiffen angegriffen worden. Die sandarische Marine, dezimiert durch drei Versuche, die Blockade von Aezer zu durchbrechen, war außerstande gewesen, den Durchbruch des Gegners aus dem befestigten Hellsgate-Aezer-Faltpunkt zu verhindern. Es war zu einer Schlacht gekommen, an welcher der altanische Schlachtkreuzer *Discovery* teilgenommen hatte. Die Menschheit hatte den Kampf an diesem Tag für sich entschieden, aber nur knapp. Es überlief Gower noch immer kalt, wenn er darüber nachdachte, wie gefährlich nahe sie einer Niederlage gewesen waren.

»Es ist offensichtlich, Sir«, erwiderte der Prinz, »dass wir Verbündete brauchen. Aber sobald wir den Ringnebel durchstoßen, werden wir Zugang zur Erde und allen anderen Welten der menschlichen Hegemonie haben. Wir werden die Altaner nicht benötigen.«

»Wir werden jeden Verbündeten benötigen, den wir bekommen können, Hoheit. Schließlich ist die Erde weit entfernt und wird auch von den Außerirdischen bedrängt. Wir werden eine große Produktionskapazität brauchen, um die Waffen und Ausrüstungen zu beschaffen, die wir brauchen. Alta hat diese Kapazität. Unseren Vettern die kalte Schulter zu zeigen würde kriminell fahrlässig und unverzeihlich einfältig sein. Wie Sie wohl wissen, ist Ihr Vater weder das eine noch das andere. Darum warten wir, bis die Altaner eintreffen. Erst nachdem wir ihre Streitkräfte integriert haben, werden wir unsere Mission in Angriff nehmen.«

»Aber wo sind sie?«

Der Admiral hob die Schultern. »Nach unseren letzten Informationen bereiteten sie den Start vor. Es ist nicht unvorstellbar, dass sie aufgehalten worden sind. Wir werden auf sie warten.«

»Wie lange warten wir, Sir?«

»Bis sie eintreffen oder bis ich zu der Überzeugung gelange, dass sie nicht kommen«, antwortete Gower.

Beide schraken momentan zusammen, als eine Alarmsirene aufheulte. Gower blickte auf und sah, dass in der Feuerleitzentrale hektische Aktivität ausgebrochen war. Er wählte die Nummer des Dienst habenden Offiziers. »Was hat der Alarm zu bedeuten, Commander Massey?«

»*Terra* hat eine große Zahl von Schiffen geortet, Sir.«

»Wo?«

»Im Napier-Valeria-Faltpunkt, Sir.«

»Wie viele?«

»Insgesamt acht.«

»Identifikation?«

»Bleiben Sie einen Moment an der Leitung, Admiral. Unser Computer verarbeitet die Daten gerade … Ja, Sir. Wir haben positive Identifikation von zwei der Fahrzeuge. Es sind *Discovery* und *City of Alexandria.* Neutrino- und Infrarotsignaturen entsprechen den Ablesungen, die wir machten, als die beiden Schiffe Sandar besuchten. Ein drittes Schiff scheint ein schwerer Kreuzer der *Discovery*-Klasse zu sein.«

Gower nickte. »Das wird *Dagger* sein. Was ist mit den anderen fünf?«

»Noch keine Identifikation möglich, Sir. Sie sind jedoch eindeutig von menschlicher Konstruktion.«

»Dann ist weitere Identifikation überflüssig«, entschied Gower. »Bitte setzten Sie eine Botschaft ab, Commander. Begrüßen Sie unsere Verbündeten im Napiersystem und drücken Sie die Hoffnung aus, dass sie bald zu uns stoßen werden.« Gower blickte zum Kronprinzen, der den Wortwechsel mit wachem Interesse verfolgt hatte. »Sagen Sie ihnen, dass wir junge Offiziere an Bord haben, die gern mit der Erforschung des Ringnebels beginnen würden.«

31

Richard Drake saß an seinem Platz auf der Brücke und beobachtete, wie der Navigator die *Discovery* zum Faltpunkt Valeria-Napier manövrierte. Der Faltpunkt war auf dem großen Bildschirm als rot schattierte Ellipse kenntlich. Knapp jenseits der Grenze zum interstellaren Tor bewegten sich acht winzige goldgelbe Funken vorsichtig näher. Während Drake den Vorgang beobachtete, überquerte der erste Funke den Rand der Ellipse und begann in rascher Folge zu blinken. Innerhalb von Sekunden taten die anderen es ihm nach. Dann war auch das letzte der Schiffe unter seinem Befehl innerhalb der Grenzen des Faltpunktes.

»Mr. Cristobal«, sagte Drake.

»Ja, Sir?«

»Wann werden Sie sprungbereit sein?«

»Jederzeit, Captain. Wir haben die Übergangszone hinter uns und sind im eigentlichen Faltraum. Durch Warten haben wir nichts zu gewinnen.«

»Sehr gut«, erwiderte Drake. »Dann nehmen Sie die ausgearbeitete Sprungsequenz ins Programm.«

»Schon geschehen, Captain.«

Drake forderte die Kapitäne der anderen Schiffe über die allgemeine Flottenfrequenz zu einer Ringschaltung auf. Die Bildschirme leuchteten auf und zeigten die Gesichter seiner sieben Schiffsführer. Alle waren bereit für den bevorstehenden Sprung. Die meisten von ihnen waren nie außerhalb des Valeriasystems gewesen, und der Eifer, mit dem sie bei der Sache waren, erinnerte Drake an seinen ersten interstellaren Sprung. Als alle ihre Bereitschaft gemeldet hatten, nickte er.

»In Ordnung. Sie kennen den Plan. *Discovery* wird zuerst durchgehen, gefolgt von *Dagger*, *City of Alexandria* und den Cryogentankern in Abständen von dreißig Sekunden. Sobald Sie auf der anderen Seite herauskommen, melden Sie sofort Status und Position und formieren sich hinter dem Flaggschiff. Irgendwelche Fragen?« Es gab keine. »Gut. Schließen Sie sich uns in der genannten Reihenfolge an.«

Sobald seine Bildschirme frei waren, wandte Drake sich wieder dem Navigator zu. »Sie können anfangen, Mr. Cristobal.«

»In Ordnung, Sir. Eine Minute bis zum Übergang. Generatoren einschalten!«

In allen Räumen des Schiffes ertönte das Alarmsignal, gefolgt von Argos Cristobals Stimme über die Lautsprecheranlage: »Achtung, alle Abteilungen! Hier spricht der Navigator. Halten Sie sich bereit für Faltraumübergang. Sie haben dreißig Sekunden. Übergang minus dreißig Sekunden, Zählung läuft!«

»Alle Abteilungen Statusmeldung!«, befahl Drake.

Wieder gab es einen Appell, diesmal für die Abteilungsleiter an Bord der *Discovery*. Alle meldeten ihre Bereitschaft für den Faltraumübergang.

»Zehn Sekunden, Captain«, meldete Cristobal.

»Nur zu, Lieutenant.«

»Jawohl, Sir. Fünf … vier … drei … zwei … eins … los!«

Keine körperlich spürbare Veränderung begleitete den Faltraumübergang, was nicht überraschend war, da das Schiff theoretisch keine Ortsveränderung vorgenommen hatte. Nur einen Augenblick lang fühlte Drake eine Anwandlung von Furcht, dass etwas schief gegangen sei, dass vielleicht die Faltraumgeneratoren eine Fehlfunktion gehabt hätten und die *Discovery* noch immer hoch über Valeria kreiste. Dann blickte er zum Bildschirm und spürte die einem erfolgreichen Sprung folgende Erleichterung, denn das Objekt auf dem Bildschirm hatte keine Ähnlichkeit mit dem bläulich weißen Lichtpunkt, der noch vor ein paar Sekunden dagewesen war.

In einem Augenblick war Antares von einem hellen Stern zu einem riesigen, geisterhaft leuchtenden Ringnebel geworden, der die Hälfte des Himmels einnahm. In seiner Mitte war zu sehen, was von dem mächtigen Überriesen geblieben war. Der mörderisch strahlende Himmelskörper, der Antares gewesen war, zeigte sich als ein Ball weiß glühenden Plasmas, der die Größe eines durchschnittlichen Sterns besaß. Aber unter dieser glühenden Gashülle, die von einer nur sehr geringen Dichte war, befand sich ein unsichtbarer, rasch rotierender Neutronenstern. Sein Magnetfeld peitschte die umgebende Plasmawolke und erzeugte intensive Synchrotronstrahlung und beträchtliche Radioenergie. Der schnelle, ›flatternde‹ Ruf des Antares-Pulsars war auf einem breiten Band der Kommunikationsfrequenzen deutlich hörbar.

Der äußere Ringnebel, bestehend aus der in der Supernovaexplosion abgestoßenen Gashülle des zerstörten Sterns, entfernte sich noch immer mit Explosionsgeschwindigkeit von seinem Zentrum und war durchscheinend, so dass man mehrere Sterne im Hintergrund durch das leuchtende Gas erkennen konnte. In der Nähe der zentralen Masse des ungeheuer verdichteten Neutronensterns befanden sich auch die Überreste des A3-Gefährten aus dem einstigen Doppelsternsystem. Die Gase des Ringnebels leuchteten in Spektralfarben; die inneren Bereiche glühten rötlich, dann wurde das Rot allmählich zu Orange, dieses zu Gelb, und das Gelb wiederum zu Grün. Zum äußeren Rand hin verdichtete sich das Gas des Ringnebels und leuchtete bläulich weiß. Drakes Inspektion nahm nur Sekunden in Anspruch; während er die geisterhafte Erscheinung betrachtete, hörte er Lieutenant Cristobals Stimme durch die Lautsprecheranlage dröhnen: »Faltraumübergang erfolgreich abgeschlossen!«

Drake forderte Statusmeldungen aller Abteilungen an und befahl dem Nachrichtenoffizier, ihm die Ankunft der anderen Schiffe zu melden; daraufhin schaltete er seinen persönlichen Bildschirm auf eine Ansicht des Napiersystems. Das Zentralgestirn des Systems war merklich gelber als Valeria. Während Altas Sonne ein Zwerg der Spektralklasse F8 war – gelblich weiß von Farbe und etwas heißer als die Sonne –, war Napier ein G8-Riese, kühler und viel größer als der Heimatstern der Menschheit. Seine Größe ermöglichte eine viel größere gemäßigte Zone, als es in Systemen mit erdähnlichen Welten normalerweise der Fall ist. So war New Providence der siebte Planet im Napiersystem. Napiers Größe hatte auch zur Folge, dass die Faltpunkte sich viel weiter vom Zentralgestirn bildeten, als es bei einem Zwergstern der Fall gewesen wäre.

Drake orientierte sich rasch und begann Leitsterne auszuwählen. Der Planet New Providence war auf dem Bildschirm nicht zu sehen – was seiner Erwartung entsprach. Die Entfernung zwischen dem Faltpunkt und der einst bedeutendsten Welt des Napiersystems war so groß, dass New Providence nur durch ein starkes Teleskop sichtbar gewesen wäre.

»*Dagger* ist soeben eingetroffen, Captain«, meldete der Nachrichtenoffizier über die Direktleitung. »Der Ausbruchspunkt ist dreitausend Kilometer von uns entfernt.«

»Verstanden«, sagte Drake. Im Laufe der nächsten vier Minuten erschien der Rest seiner Flotte ringsum in der Übergangszone des Faltpunkts. Alle meldeten sich unmittelbar nach der Ankunft; insgesamt hatten sie den Sprung ohne Schwierigkeiten vollzogen.

»Alle Schiffe nehmen wieder Formation ein«, befahl Drake, als der letzte Cryogentanker eingetroffen war. Weil nicht vorauszusehen war, wo jedes einzelne Schiff in einem Faltpunkt erscheinen würde, war es notwendig, die Flottenformation nach einem Übergang wiederherzustellen. »Jemand soll ein Teleskop auf New Providence ausrichten.«

»Gemacht, Captain«, sagte einer der Brückentechniker nach wenigen Sekunden. »Kanal sechzehn.«

Drake wählte den Kanal, und sein Bildschirm zeigte die vom Teleskop herangeholte Ansicht. New Providence war als Halbmondform zu sehen, noch immer sehr klein, weil die Entfernung fünf Milliarden Kilometer betrug. »Irgendwelche Zeichen von unseren sandarischen Verbündeten?«

»Wir analysieren noch, Captain. Keine durchgehende Strahlung wie von einem Nachrichtenlaser, Sir. Aber ein Signal benötigt bei der Entfernung eine Weile, bis es hier ankommt.«

Drake wartete ab, während die Nachrichtentechniker ihre Arbeit taten. Die Flotte war im Begriff, ihre frühere Formation wieder einzunehmen, als die Meldung kam. »Wir haben sie, Sir! Mehrere Schiffe sind in einer Umlaufbahn um New Providence. Mindestens ein Dutzend, vielleicht mehr. Eines davon ist groß, wahrscheinlich ein Schlachtschiff. Soll ich signalisieren?«

»Wie ist bei dieser Distanz die Verzögerung im Funkverkehr?«

»Viereinhalb Stunden in jeder Richtung, Sir.«

»Gut, senden Sie folgende Botschaft: ›Sind in guter Ordnung eingetroffen. Werden Treffpunkt ansteuern, sobald Flottenformation wiederhergestellt. Hoffen auf raschen Beginn der Forschungsexpedition. Drake, Fleet Captain.‹«

»Verstanden, Sir. Alle Schiffe haben Ihren Befehl zur Neuformation bestätigt. *Alexandria* ist am weitesten draußen. Captain Marston meldet, er werde in zwei Stunden hier sein.«

»Verstanden. Danke.« Drake warf einen letzten Blick zur Halbmondform von New Providence, die winzig im schwarzen Raum trieb, dann wählte er die Verbindung zu Bethanys Kabine. Als sie sah, wer es war, lächelte sie zur Kamera auf.

»Nun«, sagte er, »wir sind da.«

»Ja. Der Nebel ist schöner, als ich ihn in Erinnerung habe.«

Er nickte. »Ich hoffe, wir werden noch genauso denken, wenn wir drinnen sind.«

Das Beiboot kam hinter der Rumpfkrümmung der *City of Alexandria* zum Vorschein und glänzte hell im Licht des Zentralgestirns; ein silberner Glanz entlang der östlichen Krümmung des Planeten verriet die Ankunft des neuen Tages.

»Hallo, *Royal Avenger*, hier *Molière*. Wir haben *City of Alexandria* verlassen und halten auf Ihre Position zu.«

»Ich habe Sie auf meinem Bildschirm, *Molière*. Sie haben Andockerlaubnis für Landebucht Sieben. Bitte melden Sie sich bei der Außenmarkierung.«

»Wird gemacht, *Avenger*. *Molière* Ende.«

»*Avenger* Ende.«

Fähnrich Grant Nals, Pilot der *Molière*, wandte sich an Richard Drake. »Wir sind im Leitstrahl, Captain. Ich schätze Ankunft in zehn Minuten.«

»Und danach bis zum Andocken?«, fragte Drake.

»Weitere fünf bis zehn Minuten, Sir. Wir haben Landeerlaubnis in der Hangarbucht der Zentralachse. Das wird die Sache beschleunigen.«

»Ausgezeichnet. Welchen Sicherheitsspielraum haben Sie in unseren Kurs programmiert?«

»Hundert Meter, Captain, wenn das Ihre Zustimmung findet.«

»Sie sind der verantwortliche Pilot, mein Junge«, sagte Drake. »Sie brauchen meine Zustimmung nicht, wenn Sie Ihr Schiff steuern. Nun, wenn Sie aber meinen Rat hören wollen ...«

»Ja, Sir.«

»Dann würde ich sagen, dass ein Sicherheitsspielraum von hundert Metern völlig ausreichend ist. Nahe genug, um die Leute an Bord mit Ihrer Fähigkeit als Pilot zu beeindrucken, aber weit genug, um sicherzugehen, dass wir nicht wie ein Ei am Rumpf der *Avenger* zerplatzen. Unnötig zu sagen, dass ein Zusammenprall mit dem Flaggschiff uns bei unserem neuen Chef nicht übermäßig beliebt machen würde.«

»Nein, Sir«, erwiderte Nals. »Sicherlich würde Commander Marchant ebenfalls etwas darüber zu sagen haben.«

Drake nickte. »Das denke ich auch. Bitte geben Sie der Passagierkabine ein Signal, sobald Sie sich bei der Außenmarkierung melden.«

»Ja, Sir.«

Drake wandte sich um, schwebte zur Luke, verankerte sich gegen die Schwerelosigkeit im Boot und öffnete die Luke. Das gleichmäßige Schnattern der äußeren Strahlungsmessgeräte – im Cockpit das einzige Hintergrundgeräusch – ging plötzlich im Stimmengewirr der Passagiere unter. Er zog sich durch die Luke und schloss sie hinter sich, bevor er sich seinen Mitpassagieren zuwandte. Außer ihm waren Stan Barrett, Bethany Lindquist, Captain Bela Marston von der *Dagger*, Captain Rolf Bustamente von der *Alexandria* und mehrere Wissenschaftler der Expedition an Bord der *Molière*.

Drake zog sich zum freien Liegesitz neben Bethany, machte sich fest und lächelte ihr zu. »Habe ich dir schon ein Kompliment gemacht, wie schön du heute bist?«

Sie zeigte ihm zwei Grübchen. »Ich glaube, du erwähntest es einoder zweimal.« Sie trug einen rauchblauen Hosenanzug, schwarze Stiefel und die scharlachrote Schärpe, die traditionell vom Diplomatischen Korps der Erde getragen wurde. Um der Schwerelosigkeit zu begegnen, hatte sie ihr Haar aufgesteckt. Drake fand die Wirkung umwerfend. »Erwähnte der Pilot, wie lange es noch dauern würde, bis wir ankommen?«

»Nicht lange«, sagte er. »*Avenger* ist in der Umlaufbahn nur ungefähr dreißig Kilometer vor uns. Wir sollten innerhalb von zwanzig Minuten an Bord sein.«

»Werden wir *Avenger* während der Annäherung sehen können?«

»Vielleicht besser als es dir gefallen wird. Wir kommen von achtern und werden in hundert Metern Distanz die gesamte Länge passieren, bevor wir die Geschwindigkeit angleichen.«

Sie schob ihre Hand in Drakes. »Bist du nervös?«

Er lächelte vage. »Ein wenig.«

Sie drückte aufmunternd seine Hand. »Keine Ursache. Du wirst deine Sache gut machen.«

»Ich hoffe es«, erwiderte er. »Andernfalls darf ich anschließend als Deckarbeiter bei der sandarischen Marine den Besen schwingen ...«

Die Altaner hatten zwei Wochen benötigt, um vom Napier-Valeria-Faltpunkt nach New Providence zu kommen. Einen großen Teil dieser Zeit hatte Drake im entfernungsbedingt von langen Intervallen unterbrochenem Gespräch mit Admiral Gower verbracht. Gegenstand ihres Meinungsaustausches war die Frage gewesen, wie beide Flotten zu einem gut funktionierenden Ganzen integriert werden konnten.

In großen Zügen war die Organisationstruktur der Expedition bereits zwei Jahre vorher im altanisch-sardanischen Verteidigungsabkommen festgelegt worden. Zu den Vertragsbedingungen gehörte, dass der militärische Kommandeur der Expedition ein Sandarer sein müsse, während der Posten seines Stellvertreters einem Altaner zufallen sollte. Das Abkommen übertrug dem militärischen Kommandeur die gesamte Verantwortung für die Sicherheit der Schiffe und des ihm unterstellten Personals. Sie legten außerdem fest, dass er auf die Ratschläge eines Triumvirats von zivilen wissenschaftlichen Beratern hören musste.

Drake kannte niemanden, der mit den im Vertrag ausgehandelten Bedingungen ganz glücklich gewesen wäre. Das Parlament hatte keine Freude an der Bedingung gehabt, einen Sandarer als Führer der Expedition akzeptieren zu müssen, und die beteiligten Militärs waren missgelaunt über das Mitspracherecht ziviler Wissenschaftler. Ungeachtet der Unzufriedenheiten hatten beide Regierungen jedoch an den Vertragsbedingungen festgehalten. Trotz aller Vorausplanung hatten Drake und Gower zahlreiche organisatorische Details entdeckt, die ihrer persönlichen Aufmerksamkeit bedurften. Als die altanische Flotte die Distanz so weit verringert hatte, dass audiovisuelle Kommunikation möglich wurde, hatte Drake beträchtlichen Respekt vor seinem neuen Vorgesetzten bekommen. Er hoffte, dass der Eindruck beiderseitig sei.

Zehn Minuten nach dem Start von der *City of Alexandria* glitt das Landungsboot *Molière* längsseits an die *Royal Avenger*. Der Blick durch die Bullaugen steuerbords war überaus eindrucksvoll: Am Heck des Schlachtschiffes befanden sich die Fokussierringe und Feldgeneratoren von drei großen Photonentriebwerken. Selbst im abgeschalteten Zustand vermittelten die Motoren des Schlachtschiffes den Eindruck unbegrenzter Energie. Vor den Austrittsöffnungen der Triebwerke waren die Kühlaggregate und Rohrleitungen der vier massiven Fusionsgeneratoren des Schiffes, vor diesen die schwer gepanzerten und isolierten Treibstofftanks, in denen der mit Deuterium angereicherte Wasserstoff so nahe wie möglich am absoluten Nullpunkt gehalten wurde.

Drake ließ den Blick die Schiffsflanke entlang nach vorn gehen. Der zylindrische Rumpf war an mehreren Stellen von großen Hangartoren durchbrochen, durch die bewaffnete Hilfsschiffe gestartet werden konnten, um in den Kampf einzugreifen. Vor diesen Toren ragten die Mündungen eines Dutzends Antimaterieprojektoren und anderer Waffensysteme aus den Panzerplatten des Rumpfes. Zwischen den verschiedenen Gefechtsständen waren die Sende- und Empfangsanlagen aller Arten von Sensoren und Kommunikationseinrichtungen installiert.

Als das Landungsboot an dem Koloss vorüberglitt, boten sich den Insassen ständig wechselnde Anblicke, da das Schiff mit mehreren Umdrehungen pro Minute um seine Achse rotierte. So nahe war das Landungsboot dem Schlachtschiff, dass der Eindruck entstehen konnte, man fliege in einem kleinen Flugzeug über eine weite Ebene. Die optische Täuschung endete abrupt, als das Landungsboot den Bug des Schlachtschiffes passierte.

Wie bei den meisten Raumschiffen, hatte man sich bei der Konstruktion der *Avenger* wenig oder keine Gedanken über eine stromlinienförmige, ästhetisch ansprechende Gestaltung gemacht. Tatsächlich war der Bug leicht konkav, seine Oberfläche bedeckt von elektronischen und elektromagnetischen Sensoranlagen. Ein Hangartor, das äußerlich jenen glich, die in die Flanken des Schlachtschiffes eingebaut waren, befand sich in der Rotationsachse des Riesenschiffes.

Sobald dieses Bugportal in Sicht kam, zündete der Pilot der *Molière* die Bremsraketen, um die Vorwärtsbewegung des Landungsbootes abzubremsen. Sobald das Boot zum relativen Stillstand gekommen war, begann er die seitlichen Steuerraketen zu zünden, um das Boot auf das zentrale Portal auszurichten. Bei jeder Zündung hallte ein Geräusch wie das Entkorken einer Sektflasche durch den Passagierraum. Als die Ausrichtung stimmte, feuerten die Raketen noch zweimal, um das Boot der Rotation des Flaggschiffes anzupassen. Das Hangartor öffnete sich, und *Molières* Pilot lenkte sein Boot vorsichtig in die beleuchtete Öffnung. Innerhalb weniger Sekunden befand es sich in einer geräumigen Halle, die vom grellen Schein lichtstarker Bogenlampen erhellt wurde. Es folgte eine Anzahl stoßender und kratzender Geräusche und ein Gefühl sanfter Verlangsamung, als die Vorwärtsbewegung des Landungsbootes zum Stillstand kam. Danach herrschte eine Weile vollkommene Stille, bis von draußen das laute Zischen eindringender Luft hörbar wurde.

Sie waren angekommen.

32

Als Erster verließ Richard Drake die Enge des Landungsboots und trat über den Süllrand der Luftschleuse hinaus auf eine Plattform, die etwas mehr als zwei Meter über dem Boden der hell beleuchteten stählernen Halle des Hangars lag. Die Leichtigkeit seines Schrittes ließ vermuten, dass das lokale Schwerefeld ungefähr ein Drittel Standard war, was zu der Rotationsrate der *Avenger* und seinem Aufenthaltsort in bezug auf die Zentralachse des Schlachtschiffes passte. Sein Atem dampfte, als er die kalte Luft tief einsog. Sie hatte einen trockenen, metallischen Geschmack und entsprach damit der üblichen Luft, wie sie aus den Wiederaufbereitungsanlagen von Raumfahrzeugen kam. Dieser charakteristische Geruch wurde besonders intensiv empfunden, kurz nachdem ein dem Vakuum ausgesetzter

Raum wieder unter Druck gesetzt wurde. Drake fand die Kombination von geringer Schwerkraft und kalter Luft erfrischend. Er ließ seinen Blick durch das Innere des Hangars schweifen.

Der Bughangar von *Royal Avenger* war eine zylindrische Halle von etwa dreißig Metern Durchmesser und dreißig Metern Länge. Das vordere Tor wies einen komplizierten Mechanismus auf, der die beiden halb runden Flügel zurückklappte. Achtern schloss ein Schott mit einem weiteren Tor von zehn Metern Durchmesser den Hangar ab. Gegenwärtig war dieses luftdicht verschließbare Tor, das in die inneren Räume des Schiffes führte, geschlossen. Wäre der Hangar leer gewesen, so hätten seine zwanzigtausend Kubikmeter umschlossenen Raumes beängstigend wirken können. Gegenwärtig aber war auf dem zylindrischen Deck kaum genug Raum für die *Molière*.

Drakes Blick überflog das gute Dutzend Hilfsfahrzeuge, die im Hangar untergebracht waren. Direkt über ihm befanden sich vier kleine bewaffnete Aufklärer, deren Bauart jenen ähnelte, die an Bord der *Discovery* mitgeführt wurden. Das Fehlen aerodynamischer Konfigurationen kennzeichnete sie als Fahrzeuge, die für Operationen im Vakuum gebaut waren. Neben ihnen waren zwei gedrungene Rümpfe mit kurzen Tragflächen und Leitwerken, Raumtransporter, die Menschen und Material zur Oberfläche einer terrestrischen Welt und zurück befördern konnten. Neben *Molières* Tragflächenenden lagen mehrere Orbital-Arbeitsfahrzeuge für zwei und vier Mann Besatzung festgezurrt an Deck. Einige Liegeplätze waren leer; ob die Fahrzeuge im Bereich der Flotte Arbeiten verrichteten oder nur verlegt worden waren, um Raum für das altanische Landungsboot zu schaffen, war für Drake nicht festzustellen. Beeindruckt von der Zahl und Verschiedenartigkeit der sandarischen Ausrüstungen, wandte Drake seine Aufmerksamkeit den Sandarern selbst zu.

Zum Empfang war am Fuß der Treppe, die von der Rollplattform hinabführte, eine Ehrenformation angetreten, bestehend aus einer Doppelreihe von Marineoffizieren und einem zivilen Würdenträger. Drake erkannte Admiral Gower in der ersten Reihe. Zwei Plätze neben dem Admiral stand ein junger Mann in der Uniform eines Fähnrichs. Drake hatte Phillip Walkirk ja vor zwei Jahren während seines Besuches in Sandar kennen gelernt. Aber selbst wenn er den Kronprinzen nicht wiedererkannt hätte, wäre die Aufnahme des jungen Mannes in die erste Reihe der Ehrenformation Hinweis genug gewesen. Hinter den hochrangigen Offizieren stand eine zweite Reihe von Offizieren mittlerer Rangstufen. Den Offizieren gegenüber hatte eine Abteilung sandarischer Marinesoldaten Aufstellung genommen. Ihre scharlachroten Uniformen, spiegelblanken Helme und glänzenden Stiefel funkelten im Licht der Bogenlampen. Die Soldaten standen stramm und präsentierten ihre elektromagnetischen Gewehre.

Drake stieg vorsichtig die Stufen hinunter auf das Deck und schritt auf Admiral Gower zu. Zwei Schritte vor dem Admiral nahm er Haltung an und salutierte.

»Fleet Captain Richard Arthur Drake, altanische Raumstreitkräfte, meldet sich zum Dienst, Sir!«

Gower erwiderte die Ehrenbezeigung mit millimetergenauer Präzision, dann streckte er Drake die Hand hin.

»Ich habe mich darauf gefreut, den Helden der Schlacht um Sandar persönlich kennen zu lernen, Fleet Captain«, sagte Gower. »Mein König bat mich, seinen ewigen Dank für Ihren Beitrag zur Abwehr des Ryallangriffs auf unsere Welt auszusprechen.«

»Viele Männer waren damals Helden, Admiral«, antwortete Drake. »Der Sieg gehörte ihnen allen, besonders jenen, die während des Abwehrkampfes ihr Leben gaben.«

Gower nickte. »Uns sind die Opfer, die Alta unseretwegen brachte, wohl bewusst. Ich kann Ihnen versichern, dass die Namen all Ihrer Gefallenen in die Liste unserer geehrten Toten mit aufgenommen worden sind.«

Drake lächelte. »Mit Ihrer Erlaubnis, Sir, werde ich in unseren Schiffen eine Bekanntmachung dieses Inhalts anschlagen lassen.«

»Erlaubnis gewährt«, erwiderte der Admiral. »Aber genug von der Vergangenheit. Die Zeit ist gekommen, da wir unseren Verpflichtungen nachkommen müssen. Sind Ihre Leute bereit, in den Nebel vorzudringen?«

»Mit Feuereifer, Sir. Sie brauchen nur den Befehl zu geben.«

»Das werde ich tun, aber erst nachdem ich mich vergewissert habe, dass unsere zwei Flotten reibungslos zusammenarbeiten können. Zu diesem Zweck werden wir morgen um acht Uhr ein zweiwöchiges Flottenmanöver beginnen.«

»Wir werden bereit sein, Sir.«

»Einstweilen habe ich ein kleines Bankett für unsere Stabsoffiziere vorgesehen. Ich fürchte, die Küche ist nicht sehr verfeinert, aber der

Mangel an Delikatessen sollte durch die Kameradschaft mehr als ausgeglichen werden.«

»Ich bin überzeugt, dass das Essen vorzüglich sein wird, Admiral.«

Gower wandte sich an den Offizier neben sich. »Fleet Captain Drake, ich habe die Ehre, Sie mit Commodore Valor Rossmore bekannt zu machen, Ritter von Rossmore und mein Stabschef.«

»Commodore.«

»Fleet Captain.«

Gower nahm Drake beim Ellbogen und führte ihn die Reihe der angetretenen Offiziere entlang. »Seine königliche Hoheit, Fähnrich Phillip Walkirk, Kronprinz von Sandar, Herzog von Cragston und erblicher Wildhüter des Schutzgebietes Alsenan.«

»Königliche Hoheit«, sagte Drake und verbeugte sich knapp.

»Zu Ihren Diensten, Sir«, erwiderte Fähnrich Walkirk.

»Graf Victor Husanic, Vorsitzender des Stabes königlicher Berater und der persönliche Vertreter Seiner Majestät auf dieser Expedition.«

Graf Husanic war ein hoch gewachsener weißhaariger Mann mit faltigem Gesicht und von gebeugter Haltung. Drake schätzte sein Alter auf mindestens sechzig Standardjahre, und er war überrascht, dass die Sandarer einen solchen Mann den extremen Belastungen aussetzten, denen Kriegsschiffbesatzungen bisweilen zwangsläufig unterworfen waren. Er nickte dem Adligen zu. »Graf Husanic.«

»Fleet Captain Drake«, erwiderte der andere, »auch ich möchte Ihnen meine Anerkennung dafür aussprechen, was Sie während der Schlacht um Sandar taten. Sie haben meiner Welt zuliebe ein erhebliches Risiko auf sich genommen, dem Sie sich mit Leichtigkeit hätten entziehen können.«

»Es schien, dass wir damals keine andere Wahl hatten, Sir.«

Admiral Gower räusperte sich gedämpft, und Drake warf ihm einen Blick zu.

»Graf Husanics Sohn nahm unter Commodore Bardak an der Schlacht teil, Captain«, sagte der Admiral leise.

»So?«, fragte Drake. »In welchem Schiff?«

»*Warwind*, zweite Welle«, antwortete Husanic.

Drake nickte ernst, als er begriff. Die Streitkräfte, welche den eindringenden Ryall entgegengeworfen wurden, bestanden aus drei Angriffswellen. Die erste und dritte Welle hatte während der Schlacht schwere Verluste erlitten. Die zweite Welle war bis zum letzten Schiff vernichtet worden.

»Mein Beileid zu Ihrem Verlust«, sagte Drake mit gedämpfter Stimme.

Husanic nickte ernst. »Ich danke für Ihr Mitgefühl, Captain. Ich fürchte, das vergangene Jahrhundert hat Sandar allzu viele Verluste abverlangt. Vielleicht wird diese Expedition das ändern.«

»Ich hoffe es, Sir.«

»Nun, Captain Drake«, sagte Admiral Gower, »ich denke, es ist Zeit, dass wir Ihre Leute kennen lernen.«

Die Vorstellung seiner Mannschaft nahm weitere zehn Minuten in Anspruch. Nachdem Bethany Lindquist und Stan Barrett dem Admiral, dem Kronprinzen und Graf Husanic vorgestellt worden waren, wurden die weiteren Vorstellungen eine Art Ritual. Die altanischen Offiziere schritten die Stufen von der Plattform herab und begrüßten der Reihe nach ihre angetretenen sandarischen Offizierskameraden. Jedem Ankömmling wurde dann ein sandarischer Offizier zugeordnet, der Gelegenheit erhielt, ein paar Höflichkeiten mit ihm auszutauschen, bevor der Admiral anregte, dass die sandarischen Offiziere ihre Gäste durch das Schiff führten. Darauf verließen sie den Hangar zu zweit oder zu viert durch die luftdichte Tür im Schott, und als die letzten seiner Leute das Ritual hinter sich gebracht hatten, entdeckte Drake, dass seine Gruppe auf drei Personen zusammengeschmolzen war: ihn selbst, Bethany und Stan Barrett. Bis auf die steif und starr ihre Gewehre im Präsentiergriff haltende Abteilung der Marinesoldaten war auch die Zahl der Sandarer geschrumpft. Admiral Gowers Gruppe bestand aus ihm selbst, dem Kronprinzen und Graf Husanic.

»Ich dachte, wir sechs würden einen Rundgang zur Brücke machen, Captain«, verkündete Gower, »worauf wir uns für ein paar Gläser in meine Kajüte begeben werden, bevor das Abendessen serviert wird. Seine Majestät war so gütig, *Royal Avenger* mit Wein aus seinen privaten Kellern zu bevorraten. Ich denke, Sie werden ihn recht gut finden.«

»Ich bin bereit, die beiden Botschafter zu unterhalten, wenn Sie und Captain Drake über politische und taktische Fragen sprechen möchten, Sergei«, erbot sich Graf Husanic.

»Dafür wird später noch genug Zeit sein, Victor«, erwiderte der Admiral. »Außerdem sind Sie, Miss Lindquist und Mr. Barrett die eigentliche Macht hinter den Kulissen dieser Expedition, nicht wahr?«

»Manchmal frage ich mich, ob es wirklich so ist«, erwiderte der ältere Mann. »Nach meiner Erfahrung ist es den Militärs am liebsten, wenn wir Zivilisten unsere Meinungen für uns behalten.«

»Bitte, Victor, Sie schockieren unsere Gäste mit solchem Zynismus. Ich bin sicher, dass Captain Drake kein Befürworter militärischer Vorherrschaft ist.«

»Nein, Sir. Wir Altaner sind von Kindheit auf in der alten Tradition ziviler Kontrolle über das Militär erzogen worden.«

»Tatsächlich?«, fragte Husanic mit leichtem Lächeln. »Sie würden sich wundern, wenn Sie wüssten, wie jung die Entwicklung dieser Tradition ist.«

»Sie sprechen wie ein Historiker, Graf«, sagte Bethany.

»In einer bescheidenen Weise bin ich es, Milady.«

»Ich auch!«

»Wirklich?« Die Augen des alten Grafen leuchteten erfreut auf. »Welches ist Ihr Spezialgebiet?«

»Die neuere Geschichte der Erde, Sir.«

»Ausgezeichnet! Das ist auch mein Laster, obwohl ich bekennen muss, dass ich heutzutage allzu wenig Zeit habe, ihm zu frönen. Würden Sie einem alten Mann gefällig sein und beim Bankett heute Abend neben mir sitzen? Es kommt nicht oft vor, dass ich Gelegenheit finde, mit einem Berufshistoriker über meine Liebhaberei zu sprechen.«

»Es ist mir eine Ehre, Sir.«

Der Graf bot Bethany den Arm und führte sie durch die Tür ins Innere des Schiffs. Die übrigen vier schlossen sich ihnen an. Drake ging an Admiral Gowers Seite, während Stan Barrett dem Kronprinzen Gesellschaft leistete.

Sobald sie die bewohnten Bereiche des Schlachtschiffes betraten, fand Richard Drake Grund zur Beunruhigung. Rasche Blicke in einige der Abteilungen, die vom Korridor ausgingen, bestärkten ihn in seiner Überzeugung, dass die *Royal Avenger* ein älteres Schiff war, als er gedacht hatte. Wohin er auch sah, überall gab es Zeichen umfangreicher und neuerer Veränderungen und Umbauten, Spuren alter Anlagen, die herausgerissen worden waren, um neuen Platz zu machen. Der Gesamteindruck war der eines Schiffes, das schon bessere Zeiten gesehen hatte.

Nicht, dass die *Avenger* unsauber oder vernachlässigt gewesen wäre. Das Schiff war sauber genug, um von den Decks zu essen. Jede Oberfläche schien erst kürzlich gestrichen, alle Armaturen waren poliert und glänzten, und sogar die Luftfilter der Ventilatoren waren frei von verräterischen Staubansammlungen. Aber die Ausrüstung war alt, und vieles schien fehl am Platz. An manchen Stellen waren die Narben von Schweißnähten noch unter der frischen Farbe sichtbar. Selbst die stählernen Decks trugen die Spuren jahrzehntelanger Benutzung.

»Wie alt ist die *Royal Avenger*, Admiral?«, fragte Drake, als sie einen langen Korridor durchschritten, der alle zehn Meter von der luftdichten Tür eines Schotts unterbrochen wurde.

»Das Schiff wurde vor fünfundsechzig Standardjahren in Dienst gestellt«, antwortete Gower. »In den letzten dreißig Jahren war es eingemottet in einer Umlaufbahn. Wir stellten es eigens für diese Expedition wieder in Dienst. Keine Sorge, Captain. Die *Royal Avenger* ist alt, aber sie kann noch kämpfen.«

»Ja, Sir«, sagte Drake. Er war überrascht, welche Bestürzung er über die Bestätigung seines Verdachts empfand. Schließlich konnte sein eigenes Schiff auf eine stolze Geschichte zurückblicken, die annähernd 150 Jahre umspannte. Mit welchem Recht kritisierte er ein Schiff, das während des vergangenen Jahrhunderts gebaut worden war? Dennoch sorgte er sich, weil die Sandarer offenbar so knapp an Schiffen waren, dass sie sich gezwungen sahen, dieses Relikt wiederzubeleben.

Die Feuerleitzentrale des Schiffes war eine Abteilung, die keine Anzeichen von Alter erkennen ließ. Alle Geräte und Anlagen schienen nagelneu zu sein. Die meisten waren moderner als alles, was Alta besaß, ein sichtbarer Hinweis auf den technischen Rückstand, den Alta während der langen Isolation erlitten hatte. Drake überblickte die Reihen der Arbeitsstationen aus dem glasverkleideten Befehlsstand des Admirals und beobachtete mit Interesse die Aktivitäten der Leute an den Konsolen. Gleichzeitig lauschte er mit halbem Ohr den Erläuterungen, die Admiral Gower Bethany und Stan Barrett gab.

»Nun, die Feuerleitzentrale überwacht jeden Aspekt eines Gefechts. Die Konsolen stehen in Verbindung mit sechs großen Rechnern. Sie werten die Daten der Sensoren aus, verfolgen die Bewegungen des Gegners und liefern ständig aktualisierte Prognosen seiner wahrscheinlichen Strategie. Diese Prognosen und die übrigen Daten wie Entfernung, Geschwindigkeit und so weiter werden koordiniert und steuern den Waffeneinsatz. Ich verfolge den Gefechtsverlauf hier ...« Er zeigte zu einem würfelförmigen Hologramm, das eine Seitenlänge von zwei Metern aufwies. »Wenn ich es für erforderlich halte, kann ich Korrekturen der Taktik anordnen, die dann von den Computern zur Grundlage der weiteren Berechnungen und Entscheidungen gemacht werden.

Übrigens, Drake, ich brauche sechs Ihrer besten Offiziere zur Einarbeitung in Positionen meines Gefechtsstabes.«

»Ich werde die Dienstpläne durchgehen und Ihnen morgen um diese Zeit die Namen mitteilen.«

»Ausgezeichnet! Selbstverständlich werde ich Ihnen sechs meiner Offiziere überstellen, auf dass sie an ihre Stelle treten.«

»Admiral«, sagte Stan Barrett, »Sie sprechen, als erwarteten Sie irgendwann im Laufe dieser Expedition einen Angriff der Ryall.«

»Nein, Mr. Barrett, das ist nicht der Fall. Ich bin jedoch der Meinung, wir sind für den Fall, dass solch ein Angriff erfolgen sollte, vorbereitet.«

»Aber sicherlich werden wir ungefährdet sein, sobald wir in den Ringnebel eintreten.«

»Warum sagen Sie das?«

»Es versteht sich von selbst«, sagte der altanische Botschafter. »Nur durch einen unwahrscheinlich glücklichen Zufall entdeckten wir, dass der Ringnebel befahrbar ist. Solange die Ryall nicht ihre eigene Version des *Conqueror*-Zwischenfalls haben, sollten sie ein solches Unternehmen für unmöglich halten.«

»Haben Sie schon daran gedacht, dass die Ryall möglicherweise Zeugen waren, wie *Conqueror* in den Ringnebel vorstieß?«

»Dann werden sie glauben, dass das Schiff vernichtet wurde.«

»Angenommen, ein Schiffskapitän oder Navigator der Ryall würde sich für den Fall interessieren und ein paar Berechnungen anstellen, um zu sehen, was mit einem Schiff geschieht, das in den Nebel vordringt?«

»Nun«, meinte Barrett, »ich denke, er würde erkennen, dass ein verbessertes Feld zur Strahlenabschirmung einem Schiff das Überleben im Innern des Ringnebels ermöglichen würde.«

»Richtig«, antwortete Gower. »Und für diesen Fall werden wir uns bereithalten.«

Das Begrüßungsbankett fand in der Offiziersmesse auf dem äußeren Deck statt. Die Rotationsrate der *Royal Avenger* war so, dass die Gravitation im Bereich der äußeren Hülle 0,95 Prozent der Erdschwere betrug – das war der genaue Wert für Sandars Oberfläche. Wie alle bewohnten Räume an Bord des zylindrischen Schiffes war die Offiziersmesse für einen häufigen Wechsel zwischen der ›außen ist unten‹ - Orientierung der Rotation mit der ›achtern ist unten‹ - Orientierung des Fluges mit arbeitenden Triebwerken eingerichtet. Zwei lange Metalltische waren auf das leicht gekrümmte Deck geschraubt und standen parallel zueinander. Beschläge am rückwärtigen Schott zeigten, wo sie verschraubt wurden, wenn das Schiff mit arbeitenden Triebwerken beschleunigte.

Admiral Gower und seine Gruppe trafen zwei Minuten vor 20:00 Uhr in der Offiziersmesse ein. Der Raum war bereits voll mit altanischen und sandarischen Offizieren, von denen viele in angeregter Unterhaltung miteinander waren. Einige der sandarischen Offiziere waren Frauen, und diese waren ausnahmslos Mittelpunkte der größten Gruppierungen. Als Drake seinen Platz in der Mitte des Tisches ansteuerte, fing er Gesprächsfetzen auf und war erfreut, wie gut die beiden Nationalitäten miteinander auszukommen schienen. Mit dem Eintreffen des Admirals legte sich das Stimmengewirr, die versammelten Offiziere suchten die ihnen zugewiesenen Plätze an den beiden Tischen auf und setzten sich. Marinesoldaten, die als Stewards dienten und weiße Jacken trugen, bewegten sich die Tische entlang, füllten Weingläser und stellten Teller mit Appetithappen auf die weißgedeckten Tische. Nach einigen Minuten erhob Admiral Gower sich von seinem Platz und klopfte mit einem Löffel an sein Weinglas.

»Darf ich um Ihre Aufmerksamkeit bitten.« Sofort wurde es still, als Gower die Gesichter seiner Zuhörer überflog. Dann nickte er zufrieden und fuhr fort: »Meine Damen und Herren. Jenen unter Ihnen, die von Alta gekommen sind, entbiete ich unser Willkommen. Ich hoffe, dass Sie seit Ihrer Ankunft etwas vom Flaggschiff gesehen haben und dass Sie mehr sehen werden, bevor Sie zu Ihren eigenen Schiffen zurückkehren. Wenn Sie Fragen haben, zögern Sie bitte nicht, sie zu stellen. Das ist der einzige Weg, wie Sie mehr über uns erfahren können.

Zunächst eine allgemeine Bemerkung. Jeder von Ihnen verdient beglückwünscht zu werden. Sie haben Ihren Platz in dieser Expedition verdient, weil Sie die Besten sind, die unsere Völker und Welten aufzubieten haben. Und Sie müssen die Besten sein, weil wir eine übermenschliche Aufgabe vor uns haben. Diese Aufgabe wird vielerlei Aspekte offenbaren und unser aller vollen Einsatz erfordern.

Unsere vordringliche Aufgabe wird es sein, unsere verschiedenen Flotten zu einem einzigen Instrument zusammenzuschweißen. Das sollte nicht schwierig sein, schließlich stammen unsere Völker beide vom guten alten Schlag von New Providence ab. Wir haben eine gemeinsame Herkunft, Geschichte und Tradition. Und wir haben noch etwas gemeinsam: Wir bekämpfen denselben unerbittlichen Feind. Geteilte Gefahr hat sich immer als ein mächtiges Bindemittel erwiesen, und ich erwarte, dass es auch diesmal nicht anders sein wird.

Es wäre jedoch töricht, wenn wir unsere Augen vor der Tatsache verschließen würden, dass unsere Völker sich in den vergangenen annähernd hundertdreißig Jahren auseinander entwickelt haben. Wir Sandarer sind im Krieg gehärtete Monarchisten, und ihr Altaner werdet uns wahrscheinlich für zu autoritär, gefühllos und zynisch halten. Wenn Sie den Schlüssel zu unseren Persönlichkeiten finden wollen, müssen Sie sich vergegenwärtigen, dass kein heute lebender Sandarer jemals etwas anderes als Krieg und Kampf gekannt hat. Ihr Altaner seid parlamentarische Demokraten, die niemals mit den Notwendigkeiten und Folgen der Kriegführung konfrontiert worden sind. Es ist anzunehmen, dass wir in Ihnen gewisse Dinge vermissen werden, die wir als militärische Tugenden betrachten.

Dass es Reibungen zwischen uns geben wird, ist unvermeidlich. Wenn es geschieht, bitte ich Sie, dass jeder von Ihnen dem anderen etwas zugute halten und sich um Verständnis bemühen wird. Vergegenwärtigen wir uns stets, dass unsere einzige Sicherheit in guter Zusammenarbeit miteinander liegt.« Gower legte eine Pause ein, um seine Worte ins Bewusstsein der Zuhörer dringen zu lassen. »Nun, ich glaube, Ihr Vizekommandeur hat Ihnen noch etwas zu sagen.«

Drake stand auf und sprach von der Erde und den starken Flotten, die der Interstellare Rat aussenden würde, um den beiden Kolonien zu helfen, sobald die Verbindung wiederhergestellt wäre. Er sprach von der endgültigen Vertreibung der Ryall aus dem Aezersystem und dem Raum der Menschheitshegemonie. »Uns, die wir hier versammelt sind, ist die Aufgabe zugefallen, die Menschheit wieder zu vereinigen«, schloss er. »Lassen wir uns kein Versäumnis unserer Pflichterfüllung zuschulden kommen.«

Admiral Gower hob sein Weinglas und bedeutete den anderen, es ihm gleichzutun. »Meine Damen und Herren, auf Seine Majestät den König und Seine Exzellenz, den Ministerpräsidenten. Möge Gott ihnen Weisheit, ein langes Leben und den Sieg gewähren!«

Als der erste Toast ausgebracht war, hob Drake sein Glas und sagte: »Auf die Erde!« Die Wände dröhnten, als zwei Dutzend Stimmen seine Worte wiederholten.

33

Zweiundzwanzig Schiffe schwebten bewegungslos im unendlichen Vakuum des Raums. Das gedämpfte gelbe Licht eines geschrumpften Napier und der matte bläulich weiße Schein des Antares-Ringnebels schimmerten auf den Rümpfen, wo das Wechselspiel von Licht und Schatten Wirkungen erzeugte, die außerhalb eines surrealistischen Gemäldes selten gesehen wurden. Den dreitausend Raumfahrern, Wissenschaftlern und Politikern an Bord der Schiffe blieben sie weitgehend verborgen, denn dem unbewaffneten Auge schien es, als schwebte jedes Schiff allein in einem nur von den fernen Sternen bevölkerten Universum. Selbst *Royal Avenger*, das größte Schiff der Flotte, war von seinen nächsten Nachbarn zu weit entfernt, um sichtbar zu sein. Der Eindruck von Isolation war jedoch irreführend. Jedes Schiff verfügte über Sensoren und Ortungsgeräte, die weitaus empfindlicher und genauer als das menschliche Auge waren. Denjenigen, welche ständig Bildschirme zu überwachen hatten, auf denen die Eingangsdaten dieser Geräte bildlich dargestellt wurden, war die wahre Größe und Verteilung der Helldiver-Flotte stets gegenwärtig.

Die Bildschirme zeigten zweiundzwanzig golden glänzende Funken, die in einer weit auseinander gezogenen sphärischen Anordnung um die blasse, undeutliche Ellipse formiert waren, welche den Napier-Antares-Faltpunkt bezeichnete. Manchmal kam Bewegung in die Darstellungen, wenn Hilfsfahrzeuge Personal, Ersatzteile und Vorräte von einem Schiff zum anderen transportierten. In weit größeren Intervallen sah man Schiffe zumeist paarweise die Formation verlassen, in den Faltpunkt eindringen und verschwinden. Es war nicht ungewöhnlich, dass Alarmsignale ertönten, nachdem Schiffe vom Napier-Antares-Faltpunkt ins Herz des Ringnebels sprangen. Solche Alarmsignale wurden von den Ortungsgeräten ausgelöst, sobald andere Schiffe aus dem Nebel zurückkehrten. Sie leuchteten jedesmal mit der bläulich weißen Intensität eines elektrischen Funkens. Diese Lichterscheinungen verblassten sehr rasch, wenn die strahlungsabschirmenden Felder absorbierte Energie in den umgebenden Raum abstrahlten, aber solange sie andauerten, machten sie die zurückkehrenden Schiffe zu auffallenden Objekten.

Drei Monate waren vergangen, seit die altanische und die sandarische Flotte sich vereinigt hatten. Einer dieser Monate war Flottenmanövern gewidmet gewesen, die von Gefechtssimulationen bis zu Übungen der disziplinierten Aufgabe havarierter Schiffe reichten. Im Integrationsprozess der beiden Flotten hatte Richard Drake gelernt, dass Admiral Gower ein Offizier war, der sich selbst und seinen Untergebenen das Äußerste abverlangte. Auch wenn man ihn als strengen Vorgesetzten einstufen musste, so gelang es dem Admiral doch, die Rolle eines Zuchtmeisters zu vermeiden und in der gesamten Flotte einen Korpsgeist zu formen. Es war eine Schaustellung fachlicher Qualifikation, die Drake mit Interesse studierte.

Nach einem Monat ausdauernder Anstrengungen räumte der Admiral widerwillig ein, dass die Flotte hinreichend integriert sei, um ihre Mission in Angriff zu nehmen. Bevor er Befehl gab, den Napier-Antares-Faltpunkt anzusteuern, musste Gower allerdings noch eine letzte Neuerung einführen. Er befahl den Austausch je eines Offiziers zwischen den altanischen und sandarischen Schiffen. Zweck des Befehls war die Fortführung der Bemühungen, die durch ein Jahrhundert in der Isolation und Trennung errichteten Barrieren abzubauen. Es war ein Plan, den Drake von Herzen begrüßte – bis zu dem Augenblick, als er die Identität des sandarischen Offiziers erfuhr, den der Admiral seiner *Discovery* zugewiesen hatte.

»Ihr Austauschoffizier wird Fähnrich Phillip Walkirk sein, Captain«, hatte Gower ein paar Tage vor dem Start zum Faltpunkt auf Drakes Bildschirm erklärt, ohne eine Miene zu verziehen.

»Der Kronprinz, Sir? Sie müssen scherzen!«

»Ich scherze nie, wenn ich Befehle gebe, Captain. Haben Sie eine persönliche Abneigung gegen diesen Offizier? Wünschen Sie nicht, dass er unter Ihnen dient?«

»Sie wissen recht gut, was mein Einwand ist, Sir«, hatte Drake erwidert. »Ich kann die Verantwortung nicht übernehmen. Teufel noch mal, er ist der sandarische Thronerbe! Angenommen, er würde verletzt oder getötet, während er an Bord eines altanischen Schiffes dient?«

»Er ist an Bord der *Discovery* so sicher wie hier bei mir, Captain.«

»Aber wenn ihm etwas zustoßen sollte, könnte es die internationalen Beziehungen zwischen uns für Jahrzehnte belasten!«

»Ich glaube nicht, dass Sie uns sehr gut kennen«, hatte der Admiral darauf erwidert. »Wir sind ein Volk von Kriegern. Unser König ist ein Kriegerkönig. Jedes sandarische Elternteil weiß, dass seine oder ihre Kinder eines Tages zum Militärdienst aufgerufen werden. John-Phillip Walkirk ist in dieser Hinsicht nicht anders als jeder Sandarer. Würde er versuchen, seinen eigenen Sprößling vor Gefahr zu schützen, während er von uns anderen verlangt, dass wir unsere Kinder riskieren, würde er nicht sehr lange unser Monarch bleiben. Nein, der Kronprinz muss wie jeder andere sein Risiko auf sich nehmen.«

»Nun gut, aber die Störung des alltäglichen Dienstablaufs! Die meisten meiner Leute fühlen sich unbehaglich im Umgang mit Angehörigen einer königlichen Familie. Sie wissen sich nicht richtig zu benehmen und sind Verbeugungen und Kratzfüße nicht gewohnt.«

»Sie haben Fähnrich Walkirk genauso zu behandeln, wie Sie jeden anderen Offizier vergleichbaren Ranges behandeln würden. Und da sie nicht seine Untertanen sind, ist es nicht erforderlich, dass sie ihn als ›Euer Königliche Hoheit‹ anreden.«

»Es gefällt mir trotzdem nicht«, sagte Drake in einem letzten Versuch, den Befehl abzuwenden. »Wessen brillante Idee war es eigentlich?«

»Seine Hoheit selbst machte ursprünglich den Vorschlag«, sagte Gower. »Nach eingehender Überlegung stimmte ich ihm zu. Es wird eine wertvolle Erfahrung für einen zukünftigen König von Sandar sein, unter anderen als seinen eigenen Leuten zu leben und zu arbeiten. Irgendwelche weiteren Einwände, Captain Drake?«

»Nein, Sir.« Fünfzehn Jahre beim Militär hatten Drake die Vergeblichkeit des Argumentierens gelehrt, wenn ein Vorgesetzter sich auf etwas kaprizierte. »Wir werden ihn mit offenen Armen willkommen heißen.«

»Ausgezeichnet, Captain. Seine Hoheit wird erfreut sein!«

Fähnrich Walkirk war noch in derselben Wache an Bord gekommen. Sollte er von Drakes Gespräch mit Admiral Gower gewusst haben, so ließ er sich zumindest nichts davon anmerken. Mit demselben Boot, das Phillip Walkirk gebracht hatte, waren Stan Barrett und Calvan Cooper zum Flaggschiff zurückgekehrt, wo sie die Expedition mit ihren sandarischen Partnern besser koordinieren konnten.

Zwei Tage später hatte die Flotte New Providence verlassen und den Napier-Antares-Faltpunkt angesteuert.

Drei Wochen dauerte der Flug bei mittlerer Beschleunigung, bis die Helldiver-Flotte den Faltpunkt hoch im Nordhimmel erreichte. Eine Woche lang kartierten die Wissenschaftler an Bord der *City of Alexandria* mit peinlicher Genauigkeit Struktur und Position des Portals. Sobald diese Arbeit getan war, kam die Zeit zur Erprobung der neuen strahlungsabweisenden Felder unter realistischen Bedingungen. Zu diesem Zweck musste ein Schiff in die Strahlungszone des Ringnebels eindringen.

Seit sie von New Providence gestartet waren, hatten mehrere Captains in freundschaftlichem Wettbewerb miteinander gestanden, wer als Erster in den Nebel vorstoßen würde. Admiral Gower hatte dem Wettkampf ein Ende gemacht, indem er Seiner Majestät Zerstörer *Scimitar* ausgewählt hatte. Nahezu jeder in der Flotte, der Freiwache hatte, fand Gelegenheit, vor einem Bildschirm zu sein, als der Zerstörer aus der Formation ausscherte und das Innere des Faltpunktes ansteuerte. Nachdem der Captain der *Scimitar* das Schiff in die Mitte des Faltpunktes manövriert und die Vorwärtsbewegung zum Stillstand gebracht hatte, ließ er die Bordsysteme ein letztes Mal überprüfen, bevor er das strahlungsabweisende Feld aktivierte. Kurz nachdem der Schiffsrumpf vollständig reflektierend geworden war, glitt der Zerstörer in das Herz der kosmischen Katastrophe, die Napiers nördliches Firmament beherrschte.

In der nächsten halben Stunde stieg die Spannung an Bord der Schiffe, während die Chronometer langsam die Minuten heruntertickten. Die Spannung erreichte ihren Höhepunkt, als der für das Wiedererscheinen der *Scimitar* festgesetzte Zeitpunkt heranrückte, und manch einer hielt den Atem an, als der Sekundenzeiger die Zwölf überschritt, um ihn dann mit den anderen in einem kollektiven Seufzer der Erleichterung auszustoßen, als der Zerstörer wieder auf den Bildschirmen erschien. *Scimitars* Captain meldete, dass das strahlungsabweisende Feld einwandfrei gearbeitet habe. Im Übrigen seien die Bedingungen im Inneren des Ringnebels seiner Ansicht nach weniger kritisch, als die Astronomen und Ingenieure vorausgesagt hatten.

Als nächste Schiffe gingen *Mace* und *Victory* in den Nebel. Ihnen war die Aufgabe zugefallen, das Antaresende der Faltpunktverbindung zu kartieren. Das war eine Aufgabe, die selbst unter den besten Bedingungen nicht besonders leicht war, und die Verhältnisse im Innern des Ringnebels erwiesen sich für Vermessungszwecke als denkbar schlecht. Der gesamte Bereich bis über den Ringnebel hinaus war voll von elektrostatischen Aufladungen, starken Radioimpulsen, mächtigen und veränderlichen Magnetfeldern. Verglichen mit diesen Hintergrundbedingungen waren die subtilen Variationen der Gravitationskonstante, an denen Faltpunkte identifiziert werden konnten, beinahe nicht mehr wahrnehmbar.

Anfangs verzagten die altanischen und sandarischen Wissenschaftler fast angesichts des Problems der Kartierung des Faltpunktes. Nur die Tatsache, dass es einer schwer beschädigten *Conqueror* irgendwie gelungen war, den Weg durch den Ringnebel zu finden, ließ sie weiter nach Lösungen suchen. Schließlich kamen sie auf eine viel versprechende Idee und bauten eine Anzahl Sonden als Instrumententräger. Der einzige Nachteil war, dass sie keine Gelegenheit hatten, die Sonden vor dem Einsatz im Laboratorium zu testen. Ob die Bauart erfolgreich war, ließ sich erst feststellen, wenn die *Victory* versuchte, die Raumkrümmung um den Antares-Napier-Faltpunkt zu messen.

In einem Zeitraum von zehn Tagen suchten die beiden Schiffe das Raumvolumen um ihren Ausgangspunkt systematisch ab. Allmählich gelang es den Wissenschaftlern an Bord des sandarischen Kreuzers, die ärgsten Geräusche herauszufiltern und was an Signalen übrig blieb, durch Computer zu verstärken, um die resultierenden Daten dann einer Batterie ausgeklügelter Algorithmen zu unterziehen, deren Zweck es war, einem Meer von weißem Rauschen die wesentlichen Gravitationsdaten zu entziehen. Zu ihrer großen Erleichterung fanden sie, dass bei der Verarbeitung aller aufgefangenen Signale ein kleiner Kern von Information übrig blieb. Durch die Integration aller kleinen Bruchstücke mühsam gewonnener Daten entwarfen sie eine dreidimensionale Karte der lokalen Struktur des Faltraums. Am fünften Tag wurde die Zusammenballung von Isogravitationslinien, die einen Faltpunkt kennzeichnet, deutlich sichtbar. Am zehnten Tag hatten die Wissenschaftler genug Daten gesammelt, um die Grenzen des Faltpunkts mit einiger Zuversicht bestimmen zu können. Der Captain der *Victory* nutzte diese Information, um Funkfeuer um den Faltpunkt zu platzieren. Nach beendeter Mission kehrte er mit seiner Gruppe zum Napiersystem zurück.

Die nächsten Schiffe, die in den Ringnebel eindrangen, waren die *Dagger* und die *Terra*. An Bord befanden sich praktisch alle an der Expedition teilnehmenden Faltraumastronomen und Astrophysiker. Ihre Mission war ähnlich jener, die *Victory* und *Mace* absolviert hatten, aber mit einem bedeutsamen Unterschied. Waren diese in der Nähe des Antares-Napier-Ausbruchspunkts geblieben, hatten *Dagger* und *Terra* Befehl, tiefer in den Ringnebel einzudringen. Ihr Ziel war es, Gravitationsdaten aus einem möglichst weiten Bereich zu gewinnen. Damit hofften die Wissenschaftler Einblick in die Positionen anderer Faltpunkte innerhalb des Ringnebels zu gewinnen.

Richard Drake saß an seinem Platz auf der Brücke der *Discovery* und blickte auf den Chronometer vor sich. »Sie haben sich verspätet!«

»Bis jetzt nur um ein paar Minuten«, sagte Bethany vom Platz des Beobachters neben ihm. »Und als *Mace* letzte Woche Verbindung mit ihnen hatte, verlief alles programmgemäß.«

Drake nickte. Die Regeln der Helldiver-Mission verlangten, dass die Zahl der Schiffe im Innern des Ringnebels während der Vermessungsphase möglichst niedrig gehalten wurde. Später, wenn die dort anzutreffenden Gefahren besser bekannt und verstanden wären, würde die gesamte Flotte eindringen. Um Verbindung mit den beiden Kreuzern zu halten, hatten die drei sandarischen Zerstörer den Auftrag erhalten, in Abständen durch den Faltpunkt zu gehen und eine Kommunikationsverbindung herzustellen. Diese erfolgte über Laserstrahl, da alle anderen Formen von Langstreckenkommunikation durch den Antares-Neutronenstern gestört waren. Sobald der Kontakt beendet war, kehrte der Zerstörer durch den Faltpunkt zurück und übermittelte die Meldungen der beiden Kreuzer dem Admiral.

Plötzlich begannen überall an Bord die Alarmsirenen zu heulen.

»Ausbruch!«, rief einer der Techniker für Raumüberwachung der Feuerleitzentrale. »Wir haben zwei Ziele. Das erste in achttausend, das zweite in fünftausend Kilometern Entfernung.«

»Identifikation?«, fragte Drake.

»Es sind die unsrigen, Captain«, antwortete der Techniker. »Jedenfalls senden sie das heutige Losungswort.«

»Mr. Haydn! Bitte setzen Sie ein Signal an Captain Marston an Bord der *Dagger* ab. Sagen Sie ihm ›Willkommen daheim!‹ und bitten Sie ihn, möglichst bald Meldung zu machen.«

»Jawohl, Sir.«

Schon eine halbe Minute später leuchtete Drakes Bildschirm auf und zeigte Bela Marstons breites Gesicht. Der Captain der *Dagger* lächelte, als er Drakes ansichtig wurde.

»Die Kartierungsexpedition ist zurückgekehrt, Sir. Erbitte Erlaubnis, wieder zur Flotte zu stoßen.«

»Erlaubnis erteilt, Captain«, erwiderte Drake förmlich. »Haben Sie etwas zu melden?«

»Ja, Sir«, antwortete Marston. »Gemäß unseren Befehlen gingen mein Schiff und der sandarische Kreuzer *Terra* in den Antares-Ringnebel. Wir kartierten die Gravitationskonstante in einem so weiten Raumvolumen, wie wir es erreichen konnten, ohne die vorgegebene Zeitspanne zu überschreiten. Wir beobachteten auch die Struktur des Nebels und den Antares-Pulsar.«

»Also konnten Sie die gesamten Verhältnisse des Faltraumes innerhalb des Ringnebels klären?«

»Ja, Sir«, antwortete Marston mit selbstzufriedenem Grinsen. »Auch glaube ich, Sir, einen zweiten Faltpunkt entdeckt zu haben.«

Bethany Lindquist streckte sich schläfrig und wälzte sich herum. Dabei kam ihr Kopf mit etwas Hartem und Scharfem in Berührung, und mit einem Wehlaut wurde sie vollends wach. Trotzdem dauerte es ein paar Augenblicke, bevor ihr einfiel, wo sie sich befand und wie sie in die fremde Schlafkoje gekommen war.

Nachdem *Dagger* und *Terra* von ihrer Vermessungsexpedition zurückgekehrt waren, hatten sich in der Flotte Gerüchte wie ein Lauffeuer verbreitet. Die meisten hatten ihren Ursprung in den Fakten von Captain Marstons offiziellem Bericht, nämlich, dass die Wissenschaftler im Zuge ihrer Vermessungen einen zweiten Faltpunkt innerhalb des Ringnebels gefunden hätten. Das Interessante daran war, dass in so kurzer Zeit so viele Variationen desselben Themas erfunden werden konnten. Ein Gerücht besagte, dass der Faltpunkt verschwunden sei, gerade als die Wissenschaftler seine Existenz bestätigt hatten. Ein anderes behauptete, die Erde selbst liege direkt hinter jenem Faltpunkt, und den Leitern der Expedition seien Bedenken gekommen, ob sie Verbindung aufnehmen sollten.

Die Entdeckung bewirkte auch eine offizielle Reaktion. Admiral Gower hatte die sofortige Analyse aller Daten im Hinblick auf die Neuentdeckung angeordnet. Für die kommende Woche setzte er eine Konferenz zur Erörterung der Möglichkeiten und Auswirkungen an. Als sie den Termin erfuhren, erhoben die Wissenschaftler Einspruch. Insbesondere die Astronomen hielten nicht mit sarkastischen Kommentaren zurück. Sie wiesen darauf hin, dass es Jahre erfordern würde, um das gesamte Datenmaterial zu analysieren. Außerdem, so argumentierten sie, gebe es nur eine Handvoll Spezialisten mit den notwendigen Fähigkeiten und Erfahrungen, und auch sie müßten manchmal schlafen. In Anbetracht der verfügbaren Hilfsmittel, erläuterte der leitende Astronom, würde selbst ein vorläufiger Bericht einen Monat angestrengter Arbeit deuten.

Der Admiral hatte wenig Verständnis gezeigt und Dr. Grayson, den Leiter der sandarischen Wissenschaftler, informiert, dass der König davon hören würde, wenn er nicht innerhalb von sieben Tagen einen vorläufigen Bericht vorlegte. Um seinen guten Willen zu zeigen, stellte Gower vorübergehend jedes Expeditionsmitglied, das in den erforderlichen Computer-Korrelationstechniken bewandert war, der Astronomieabteilung zur Verfügung. Als gelernte Historikerin – ein Beruf, der sich im weitesten Sinne der Computerkorrelation bediente – war Bethany vorübergehend zur *City of Alexandria* versetzt worden.

»Guten Morgen«, sagte Bethanys Zimmergenossin von der anderen Seite der kleinen Kabine. Sara Crofton war eine Frau von ungefähr dreißig Jahren, eine Sachverständige für Novaphänomene und eine von vielleicht zwanzig altanischen Frauen, die an der Expedition teilnahmen. Sie war an Bord die einzige Frau mit einer Einzelkabine gewesen, als Bethany gekommen war, und hatte sich sofort bereit erklärt, ihr Quartier für die Dauer des Aufenthalts mit Bethany zu teilen.

»Morgen«, murmelte Bethany und rieb sich den Kopf, wo sie ihn sich angeschlagen hatte. »Bereit für die große Konferenz?«

»Wenn Sie meinen, ob ich ausgeschlafen bin, dann ist die Antwort nein! Wenn diese Vierundzwanzigstundentage um sind, werde ich den Göttern ein Dankopfer bringen!«

»Ich auch«, sagte Bethany. Sie schwang die Beine über den Rand ihrer Koje. Die vergangenen sechs Tage waren hektisch gewesen. Die Wissenschaftler hatten rund um die Uhr gearbeitet, um innerhalb der vom Admiral gesetzten Frist aus den Daten herauszuquetschen, was sie konnten. Auch waren die Anstrengungen nicht auf die Fachgebiete mehrdimensionaler Physik und Faltraumastronomie beschränkt geblieben. Andere Astronomen und Physiker konzentrierten sich genauso angestrengt auf die gesammelten Daten.

Bethany wusch sich das Gesicht im Waschbecken der Kabine, während Sara Crofton die winzige Toilette benutzte. Dann tauschten sie die Plätze. Als Bethany zurückkam, fand sie ihre Zimmergenossin beim Bettenmachen.

»Das brauchen Sie nicht zu tun«, sagte sie. »Ich kann mein Bett selbst machen.«

Die rothaarige Astronomin blickte lächelnd auf. »Es macht mir nichts aus. Ziehen Sie sich an, dann gehen wir zum Frühstück hinunter.«

»Danke. Aber morgen werde ich für Sie das Gleiche tun.« Bethany schlüpfte in einen sauberen Bordanzug, kämmte sich, legte ein Minimum an Make-up auf und zog schließlich ein winziges Parfumfläschchen aus ihrem Kulturbeutel. Sie tupfte je einen Tropfen hinters Ohr.

Sara zog die Brauen in unausgesprochener Frage hoch. In der knappen Woche ihrer Gemeinsamkeit war es das erste Mal, dass sie Bethany Parfum benutzen sah.

Bethany sah den fragenden Ausdruck ihrer Zimmergenossin im Spiegel und lächelte. »Richard wird heute an der Konferenz teilnehmen. Er soll sehen, dass ich mich auch unter schwierigen Umständen nicht gehen lasse.«

34

Die Konferenz fand im einstigen Ballsaal der *City of Alexandria* statt. Er lag auf dem äußeren Deck und war groß genug, dass der Boden unter den Füßen eine merkliche Krümmung zeigte. Drei Seiten des rechteckigen Saals wurden von Tischen eingenommen, während die offene Seite eine niedrige Plattform, ein Vortragspult und einen holographischen Projektionsraum enthielt.

Bethany kam frühzeitig, um beim Aufbau zu helfen. Die ersten Konferenzteilnehmer erschienen fünfzehn Minuten vor der festgesetzten Zeit, und danach füllte sich der Saal rasch mit Leuten. Als Bethany endlich ihren Platz am Tisch einnahm, fand sie Stan Barrett und Calvan Cooper zu ihrer Rechten und Graf Husanic und Phillip Walkirk zu ihrer Linken.

»Ich begrüße Sie, Miss Lindquist«, sagte Husanic und beugte sich über ihre Hand. »Ich hörte, dass Sie viel mit dem zu tun haben, was wir heute hören werden.«

»Ich verrichtete bloß die langweilige Hilfsarbeit, damit die wichtigen Leute sich auf die Denkarbeit konzentrieren konnten.« Ein plötzliches Geräusch von scharrenden Füßen und Stühlen schnitt Bethany das Wort ab. Sie wandte den Kopf und sah Admiral Gower eintreten, gefolgt von Richard Drake. Eilig erhob sie sich mit den anderen. Alle Gespräche waren verstummt. Der Admiral und Drake schritten durch den Saal, erstiegen die Plattform und setzten sich in die Mitte des Tisches vor dem holographischen Projektionsraum. Sobald er sich gesetzt hatte, schweifte Drakes Blick durch den Saal, bis er Bethany fand. Sie beantwortete sein Augenzwinkern mit einem strahlenden Lächeln.

»Guten Tag, meine Damen und Herren«, sagte Admiral Gower, nachdem er ein paar Sekunden gewartet hatte, bis das Stühlerücken und Füßescharren zur Ruhe gekommen war. »Die letzten sechs Wochen sind für uns alle eine arbeitsreiche Zeit gewesen. Ich dachte, es sei angebracht, dass wir Rückschau darauf halten, was wir gelernt haben, seit unsere Schiffe in den Ringnebel eingedrungen sind. Da dies in erster Linie eine wissenschaftliche Konferenz ist, übergebe ich die Leitung an Dr. Fel Grayson, Professor für Astrophysik.«

Grayson, ein langer, knochiger Sandarer, stand auf und trat hinter das Vortragspult. »Meine Damen und Herren, was Sie heute hören werden, sind vorläufige Ergebnisse. In dem Maße, wie wir mehr in Erfahrung bringen, werden wir unsere Ansichten zweifellos modifizieren. Darum möchte ich Ihnen empfehlen, die wöchentlichen Berichte zu lesen, die wir über die Datenbasis der Flotte jedem zugänglich machen. Besonders wichtig ist es für jene unter Ihnen, die in der Verantwortung stehen und Kommandos inne haben, sich über die letzten wissenschaftlichen Erkenntnisse auf dem Laufenden zu halten, da Sie auf der Grundlage dieser Erkenntnisse Entscheidungen treffen werden. Nach diesen einführenden Bemerkungen bitte ich jetzt Dr. Sara Crofton ans Rednerpult. Dr. Crofton arbeitet an der astronomischen Fakultät der Universität Homeport und wird die Arbeitsergebnisse der Gruppe Stellarastronomie zusammenfassen.«

Sara Crofton erstieg die Plattform mit einem Bündel Notizen in einer Hand und einer Fernbedienung in der anderen. Sie nahm Dr. Graysons Platz am Rednerpult ein und legte sich ihre Notizen zurecht, bevor sie mit ihrem Vortrag begann.

»Meine Damen und Herren, werte Kollegen. Aufgabe der Gruppe Stellarastronomie war das Studium des Antares-Ringnebels. Darin hatten wir einen entschiedenen Vorteil gegenüber unseren Kollegen von der mehrdimensionalen Astrophysik. Der Gegenstand unseres Interesses ist, wenn wir aus dem Fenster blicken, deutlich vor aller Augen. Es war nicht erforderlich, dass wir in den Nebel selbst vordringen, um seine Struktur zu untersuchen.«

Die Lichter wurden gedämpft, und der Projektionsraum leuchtete auf und zeigte eine alte zweidimensionale Farbaufnahme. Auf dieser war ein Doppelsternsystem zu sehen, das von einer beide Sterne umschließenden Wolke schwach leuchtender Gase umgeben war. Der hellere der beiden Sterne glühte rotorange, während sein kleinerer Begleiter von grünlich weißer Farbe war.

»Dies ist eine Aufnahme vom Antaressystem, die im späten zwanzigsten Jahrhundert von der Sternwarte Mount Palomar auf der Erde gemacht wurde. Damals war Antares ein roter Überriese mit dem Sechzehnfachen der Sonnenmasse und einem vierhundertmal größeren Durchmesser. Der Stern war etwas variabel und wie alle Sterne der M-Klasse reich an Schwermetallen, besonders an Titan. Der andere Stern in der Aufnahme ist Antares' viel kleinerer A3-Begleiter.«

Sie betätigte die Fernbedienung, und das Bild änderte sich. Den Mittelpunkt der Projektion beherrschte jetzt ein einziger Punkt bläulich weißen Lichts, so hell, dass jeder andere Stern im Bild überstrahlt wurde. »Dies ist Antares, wie er in den ersten Minuten des Novaausbruchs aussah. Die Aufnahme wurde von einem der letzten Schiffe gemacht, die das Napiersystem verließen, und wurde uns dankenswerterweise vom Königlich Sandarischen Archiv zur Verfügung gestellt.«

Wieder wechselte das Bild. Der explodierende Stern war wie eine große, blasenartige Glutwolke, deren Helligkeit womöglich noch zugenommen hatte. Ein weiterer Wechsel zeigte das Bild der Supernova, die in der Explosion ihre äußere Hülle hinausgeschleudert hatte. Diese bildete jetzt einen leuchtenden Ringnebel in der Ekliptik. In ihrem Mittelpunkt brannte ein einzelnes sternartiges Objekt mit dem Licht eines elektrischen Funkens. »Dies ist, wie Sie sehen, Antares in seinem heutigen Zustand. Einhundertsiebenundzwanzig Jahre nach der ersten Explosion hat der Ringnebel einen Durchmesser von sechs Lichtjahren erreicht, ist entsprechend abgekühlt und verdünnt. Trotzdem sind die Verhältnisse im Innern für Raumschiffe noch immer sehr gefährlich.«

Ein weiterer Bildwechsel zeigte eine Nahaufnahme des Zentralgestirns. »Was Sie jetzt sehen, ist der Überrest in der Mitte des Ringnebels. Als Antares zur Supernova wurde, sprengte die Explosion die gesamte äußere Hülle, die so genannte Sternatmosphäre in den Raum hinaus und ließ den Kern zurück. Der Explosionsdruck führte zum Zusammenbruch der inneren Schichten. Das Ergebnis ist ein Neutronenstern im Innern der Postnova. Da die Drehbewegung während des Zusammenbruchs beibehalten wurde, rotiert der Neutronenstern mit einer Geschwindigkeit von sechshundert Umdrehungen pro Sekunde. Diese Rotation setzt enorme Energien frei und stellt zusammen mit der harten Strahlung die größte Gefahr für unsere Schiffe dar.

Als Antares' Kern zusammenbrach und den hochverdichteten Neutronenstern bildete, fiel sein Magnetfeld mit ihm zusammen. Das Feld ist jetzt mehrere Milliarden Male so konzentriert wie vor der Explosion. Es rotiert synchron mit dem Neutronenstern. Auf diese Weise verwandelt das rotierende Magnetfeld Antares in einen gigantischen Teilchenbeschleuniger. Die Rotation des Feldes setzt das elektrisch geladene Plasma in Bewegung und beschleunigt es, bis einzelne

Ionen annähernd Lichtgeschwindigkeit erreichen. Dieses weiß glühende Plasma gibt ein höllisch starkes Spektrum von Emissionen ab, von Synchrotronstrahlung über harte und weiche Röntgenstrahlung und Gammastrahlen bis zu hochbeschleunigten aufgeladenen Partikeln. Damit nicht genug, treffen diese energiereichen Strahlungen beim Durchdringen des Ringnebels auf Gaspartikel und erzeugen alle Arten von sekundären Strahlungsphänomenen.«

Sara Crofton betätigte erneut die Fernbedienung, und ein schematisches Diagramm erschien in der Projektion; dieses Diagramm teilte den Ringnebel in eine Serie konzentrischer Schichten. Jede Schicht war mit einem Risikofaktor etikettiert.

»Sie werden dieses Diagramm in unserem Bericht wiederfinden. Es führt Ihnen das Ausmaß der Risiken vor Augen, mit dem wir es an jedem Punkt innerhalb des Nebels zu tun haben. Es liegt auf der Hand, dass die Bedingungen sich verschlechtern, je näher man dem Zentralgestirn kommt, auch wenn der Ringnebel bereits hinter einem liegt. Wie aus dem Diagramm zu ersehen ist, wird jedes Schiff, das sich dem Neutronenstern auf weniger als vierhundert Millionen Kilometer nähert, wahrscheinlich eine Überlastung der strahlungsabweisenden Felder davontragen. Das Risiko ist zwischen vierhundert und achthundert Millionen Kilometern kurzzeitig zu vertreten. Jenseits von achthundert Millionen Kilometern sollten die strahlungsabweisenden Felder in der Lage sein, dem Beschuss unbegrenzt standzuhalten. Unser nächster Sprecher, Loren St. Cyr, wird auf diese Gefahrenzonen und die Faltpunktpositionen innerhalb des Nebels eingehen.«

Loren St. Cyr war ein Astrophysiker und Spezialist für mehrdimensionale Astronomie, der die Kartierungsarbeiten des Faltraums geleitet hatte. St. Cyr war ein dicklicher Mann Ende vierzig, den sein tief gefurchtes Gesicht und die frühzeitig weiß gewordenen Haare älter erscheinen ließen. Er trat ans Rednerpult, blickte von der Projektion zu seinem Taschencomputer/Notizbuch und begann mit dem Nachdruck und der Gestik eines Mannes zu sprechen, der sich irrtümlich für einen begnadeten Redner hält.

»Faltpunktverbindungen!«, rief er in den Saal. »Praktisch alles hängt ab von Faltpunktverbindungen. Aber wie viele Leute verstehen wirklich, was eine Faltlinie ist oder wie so etwas von der Antares-Supernova beeinflusst werden konnte? Da vieles von dem, was ich zu sagen habe, von einem solchen Verständnis abhängt, werde ich mit einer Abschweifung beginnen.«

Das Diagramm des Antaresnebels verschwand aus der Projektion, und an seiner Stelle erschien eine abstrakte Gestalt, bestehend aus Tausenden von verschiedenen Liniensegmenten, die zu einer Doppelspirale angeordnet waren. »Astronomen wissen seit langem, dass ein massives Schwarzes Loch den Mittelpunkt unserer Galaxis einnimmt, und dass Milliarden und Abermilliarden Faltlinien von dort ausgehen. Diese Faltlinien ziehen sich in einem komplexen, verflochtenen Muster entlang den Spiralarmen der Galaxis nach außen. Wann immer eine Faltlinie auf einen Stern trifft, wird sie von dessen Masse etwa so gebündelt wie ein Lichtstrahl von einer optischen Linse. Ist der Brennpunkt scharf genug, entwickelt sich im Gewebe des Raumzeitkontinuums eine schwache Stelle, die wir Faltpunkt nennen.

Es ist seit langem bekannt, dass ein großer, massereicher Stern eher eine Faltlinie anziehen und dadurch einen Faltpunkt bilden wird, als dies bei einem kleineren Stern der Fall ist. Da Antares vor dem Novaausbruch einer der größten Sterne im Raum der Menschheitshegemonie war, kam es für die frühen Erforscher nicht überraschend, als sie entdeckten, dass dieses Doppelsternsystem sechs Faltpunkte besaß, die größte Zahl, die bisher in einem einzelnen System angetroffen wurde.«

Die Doppelspirale verschwand, und die Fernbedienung brachte die stilisierte Ansicht des Antaressystems vor dem Jahr 2512 ins Bild. Den Mittelpunkt der Projektion bildete der rote Überriese Antares und sein grünlicher Zwergbegleiter. Außer den beiden waren Antares' zwölf Planeten und die goldgelben Symbole zu sehen, die alle sechs Faltpunkte des Systems darstellten.

»Die Größe und Masse eines Sterns sind also in erster Linie bestimmende Faktoren für die Zahl und Verteilung von Faltpunkten innerhalb eines Systems. Wie Dr. Crofton bereits erwähnte, entsprach Antares' ursprüngliche Masse sechzehn Sonnenmassen. Der Durchmesser aber betrug das Vierhundertfache der Sonne und sorgte für eine sehr geringe Dichte des Sterns. Tatsächlich besaß Antares vor dem Novaausbruch innerhalb der Grenzen seiner Photosphäre zwei bestimmte Regionen. Das Innere war beherrscht von einem stark verdichteten Kernbereich, während die äußere Region eine relativ diffuse Sternatmosphäre war. Diese unterschiedliche Dichte führte zu zwei verschiedenen Arten von Faltpunkten, die im Antaressystem vor dem Ausbruch gebildet wurden.

Sie sehen, dass vier Faltpunkte vom Zentralgestirn des Systems relativ weit entfernt sind. Diese vier, die zu Napier, Grundle, Faraway und Saracen führen, liegen acht bis zwölf Milliarden Kilometer entfernt von Antares. Diese Faltpunkte von ›langer Brennweite‹ sind das Ergebnis einer Bündelung durch die Sternatmosphäre. Zwei weitere Faltpunkte, die zu den Systemen Goddard und Braxton führen, sind solche von ›kurzer Brennweite‹ und das Ergebnis der Bündelung durch den Kern des Sterns. Diese beiden waren 900 Millionen bzw. 1,8 Milliarden Kilometer entfernt.«

Professor St. Cyr handhabte die Fernbedienung, um das schematische Diagramm durch ein anderes zu ersetzten, das dem ähnelte, welches Sara Crofton verwendet hatte. »Es ist offensichtlich, dass Antares' physikalische Eigenschaften drastischen Veränderungen unterworfen wurden, als der Supernovaausbruch erfolgte. Was einmal die Sternatmosphäre war, ist jetzt eine Gaswolke von sechs Lichtjahren Durchmesser. Obwohl die Masse noch vorhanden ist, hat die Dichte so abgenommen, dass sie viel zu gering ist, um Faltlinien zu fokussieren. Das bedeutet, dass diese vier äußeren Faltpunkte schlechterdings nicht dort sein können, wo sie vor dem Novaausbruch waren. In ähnlicher Weise hat der Einsturz des Antareskerns zu einem Neutronenstern die Fokussierungskraft des Kerns verändert und damit auch die Lage der Faltpunkte kurzer Brennweite. Die Faltpunktverbindungen sind noch da, aber ihre Positionen haben sich in einer Art und Weise verändert, die wir noch nicht voraussagen können.

Mit Sicherheit wissen wir, dass einer der Faltpunkte langer Brennweite überlebt hat. Das ist der Antares-Napier-Faltpunkt, durch den unsere Schiffe in den Nebel eindringen können. Antares-Napier ist jetzt dreihundert Millionen Kilometer von seiner Pränovaposition entfernt. Vermutlich haben die anderen Faltpunkte vergleichbare Verlagerungen. Aufgrund dieser Annahmen machten wir uns daran, Vermessungen innerhalb des Nebels durchzuführen Es ist ein großes Sternsystem, dessen Bedingungen es schwierig machen, die Daten zu gewinnen, die wir zur Isolierung von Faltpunktpositionen benötigen. Tatsächlich könnten wir unser Leben damit verbringen, den Ringnebel in allen Richtungen zu durchkreuzen, ohne jemals einen weiteren

Faltpunkt zu finden. Die Götter scheinen uns jedoch gnädig zu sein. Während der Vermessungsreise durch das System machte *Dagger* eine Zusammenballung von Isogravitationslinien aus, die einen zweiten Faltpunkt innerhalb des Nebels markiert.«

Professor St. Cyr zeigte auf das zweite der beiden Faltpunktsymbole in der Darstellung. »Der neue Faltpunkt ist ungefähr hier, etwa achthundert Millionen Kilometer von Antares und bloße zweihundert Millionen Kilometer vom Antares-Napier-Faltpunkt entfernt. Wir haben noch nicht genug Daten, um ihn genau zu bestimmen, aber wir wissen, dass er existiert, und in welchem Bereich. Vorläufig gibt es noch keine hinreichende Korrelation zwischen der Position dieses neuen Faltpunktes und dem eines anderen Pränova-Faltpunktes, aus der wir folgern könnten, wohin das Portal führt. Nichtsdestoweniger ist es ein Faltpunkt und verdient als solcher erforscht zu werden!«

Im Anschluss an St. Cyrs Vortrag entwickelte sich rasch eine allgemeine Diskussion, wie die Neuentdeckung am besten auszuwerten sei. Das Hin und Her der Argumente dauerte an, bis Admiral Gower die Sitzung beendete, um allen Teilnehmern Gelegenheit zu geben, über die gewonnenen Erkenntnisse nachzudenken und Vorschläge zu erarbeiten.

Die Konferenz nahm am nächsten Morgen ohne die Anwesenheit des Admirals und seines Stellvertreters ihren Fortgang. Statt den endlosen Haarspaltereien zu lauschen, die das Wesen des wissenschaftlichen Diskurses ausmachen, kamen Drake und Gower zusammen und besprachen Flottenoperationen. Nach einer Besprechung der letzten Expeditionen in den Nebel wechselte der Admiral das Thema zum allgemeinen Bereitschaftszustand der Flotte.

»Seit unserer letzten allgemeinen Inspektion sind sechs Wochen vergangen, Drake. Zeit, dass wir feststellen, wer in seiner Bereitschaft nachgelassen hat, meinen Sie nicht?«

»Die Meldungen, die mich erreichen, deuten darauf hin, dass alles noch relativ auf der Höhe ist, Admiral.«

»Meldungen können trügen, Captain. Ich habe es früher im Orbitaldienst erlebt. Immer wenn die Haupttriebwerke nicht arbeiten, scheinen die Besatzungen zu glauben, Wachsamkeit sei unnötig. Nein, ich denke, wir sollten ein paar unangemeldete Überraschungsinspektionen vornehmen.«

»Ich werde den Befehl sofort allen kommandierenden Offizieren durchgeben.«

»Befehlen Sie nicht, Captain. Tun Sie es!«

»Wie bitte, Sir?«

»Ich möchte, dass Sie die Inspektionen persönlich durchführen. Die Kapitäne werden sich umso mehr bemühen, wenn der stellvertretende Flottenkommandeur Missstände oder Probleme findet, die sie selbst hätten wahrnehmen sollen. Auch werden Sie sehen wollen, wie Kapitäne und Besatzungen reagieren, wenn Sie und Ihre Begleiter unangemeldet erscheinen. Machen Sie keine Ankündigungen.«

»Ich werde mich sogleich darum kümmern.«

»Gut. Versuchen Sie, im Laufe der nächsten zweiundsiebzig Stunden mindestens vier Kampfschiffe zu inspizieren. Das sollte ausreichen, um zu beurteilen, wie die Besatzungen sich halten. Danach wird die Nachricht sowieso die ganze Flotte erreicht haben, und das Überraschungselement wird verloren sein.«

»Und wenn ich diese Inspektionen vorgenommen habe, Admiral?«

»Machen Sie mir an Bord des Flaggschiffes Meldung.«

»Wie vereinbaren Sie die Inspektionen mit den Empfehlungen der Konferenz im Hinblick auf diesen neuen Faltpunkt, Sir?«

»Nach meiner Einschätzung werden sie noch tagelang darüber diskutieren. Wir können nicht gut zulassen, dass unsere Streitmacht auseinanderfällt, während die Wissenschaftler sich die Köpfe heißreden, nicht wahr?«

»Nein, Sir.«

Wie befohlen, verbrachte Drake die nächsten drei Tage damit, dass er von Schiff zu Schiff zog und mit Hilfe von sechs vertrauenswürdigen Untergebenen überraschende Inspektionen durchführte. Am dritten Tag nahm er ein Landungsboot zur *Royal Avenger*, um dem Admiral die Ergebnisse zu melden.

»Willkommen«, sagte Gower. »Sie sehen abgespannt aus.«

»Mir fehlt nichts, was zwölf Stunden Schlaf nicht heilen würden, Sir.«

»Wie sieht es aus?«

»Im Großen und Ganzen sehr gut. Wir besuchten *Dagger*, *Terra*, *Victory*, *Saskatoon* und *Mace*. Wir fanden ein paar Dinge, die nicht ganz in Ordnung waren, aber keine größeren Mängel. Sie werden morgen früh meinen Bericht haben.«

»Welche Schiffe sind bereit für Operationen innerhalb des Nebels?«

»Alle, Sir.«

Gower nickte. »In Ordnung. Ich habe mich entschlossen, eine Expedition zur Erkundung dieses neuen Faltpunktes auszusenden. Hätten Sie Lust, sie zu führen?«

»Jawohl, Sir!«

»Dann sollen Sie den Auftrag haben. Der Stab hat das Problem untersucht und einige Empfehlungen im Hinblick auf die Zusammensetzung der Expedition.« Gower blickte auf einen Computerausdruck vor sich auf dem Schreibtisch. »Der Stab schlägt *Discovery, Terra,* die drei Zerstörer und *Saskatoon* vor.«

»Den Truppentransporter, Sir? Ich würde lieber *City of Alexandria* nehmen. Wir werden eher Wissenschaftler als Marineinfanteristen brauchen.«

»Sie werden Wissenschaftler an Bord der *Discovery* und *Terra* haben. Da wir nicht wissen, was auf der anderen Seite dieses Faltpunktes ist, wissen wir auch nicht, was Sie an Streitkräften benötigen werden. Betrachten Sie die Marinesoldaten als eine Versicherungspolice.«

»Was ist mit Tankern?«

»Sie werden drei in den Nebel mitnehmen. Dort werden diese dann bleiben. Nachdem Sie Ihre Schiffe aufgetankt haben, werden die Tanker als Relaisstationen für Kommunikation dienen. Noch weitere Fragen?«

»Nein, Sir.«

»Sehr gut. Sie können mit den Vorbereitungen beginnen. Viel Glück.«

»Danke, Sir.«

35

Richard Drake saß an seinem Platz auf der Brücke der *Discovery* und betrachtete die Wiedergabe des Antares-Pulsars, wie sie sich im großen Bordteleskop ausnahm. Außer dem Vergrößerungseffekt war das Bild elektronisch verstärkt, um Oberflächenstrukturen des Sterns und die umgebende – und normalerweise unsichtbare – Korona zu zeigen. Ungefähr einmal in der Minute ging eine dunkel getönte

Welle über Antares' Gesicht, beinahe zu schnell, um gesehen zu werden. Bei jedem Durchgang wurde der Stern von einer heftigen Explosion erschüttert, und weiß glühendes Plasma wurde hoch hinausgeschleudert. Bevor sie die typischen langen Flammenzungen von Protuberanzen ausbilden konnten, wurden sie zu breiten, glühenden Flüssen umgebogen, die in ständiger spiraliger Bewegung von der Sternoberfläche fortstrebten, stummes Zeugnis der widerstreitenden Energien von Gravitation und Fliehkraft und des rasch rotierenden Magnetfeldes.

Ein anderer Bildschirm zeigte dieselbe Ansicht in geringerer Vergrößerung. Hier war der Reststern der Supernova ein winziger Ball pulsierenden Feuers, umgeben von fluoreszierenden gasförmigen Rückständen der hinausgeschleuderten Sternatmosphäre.

»Captain, *Phoenix* meldet, dass sie uns in Sicht haben«, sagte der Nachrichtenoffizier der *Discovery*.

Die Meldung lenkte Drakes Aufmerksamkeit wieder auf die unmittelbaren Aufgaben. Ein Monat war vergangen, seit die *Discovery* in den Bereich des Ringnebels eingetreten war, und die Treibstoffvorräte des Kreuzers hatten den kritischen Punkt erreicht. Es war Zeit, die schwierige Arbeit des Auftankens unter den Bedingungen des Strahlungssturms im Innern des Ringnebels in Angriff zu nehmen, eine Operation, die für beide beteiligten Schiffe gefährlich war.

»In Ordnung. Sagen Sie ihnen, dass sie das Annäherungsmanöver fahren können, und sagen Sie dem Chefingenieur, dass er anfangen kann, die Rotation anzuhalten.«

»Ja, Sir.«

Eine halbe Minute später drang die Stimme des Chefingenieurs aus den Bordlautsprechern: »Achtung, an alle! Wir beginnen mit den Vorbereitungen zum Auftanken. Die Rotationsverlangsamung beginnt jetzt, in fünf Minuten ist Schwerelosigkeit. Ich wiederhole, das Schiff wird in fünf Minuten in Schwerelosigkeit sein. Sichern Sie alle losen Gegenstände und ergreifen Sie alle notwendigen Vorsichtsmaßnahmen.«

Noch während der Durchsage ließ Drake den großen Bildschirm auf eine der Außenkameras schalten, die das Annäherungsmanöver des Cryogentankers im Aufnahmewinkel hatte. Der rosig leuchtende Ringnebel nahm jetzt den Bildhintergrund ein. Drake suchte annähernd eine Minute vergeblich nach dem winzigen Umriss des Cryogentankers, bevor er auf einen einzelnen weißen Funken aufmerksam wurde. Dieser wuchs und wurde rasch zu einer kleinen Perle, die wie von einem inneren weißen Licht erfüllt war. Vor den rötlichen Tönen des Nebels war die Erscheinung von einer fast übernatürlichen Schönheit. In Wirklichkeit gab es natürlich eine viel prosaischere Erklärung für das Phänomen.

Vor dem Sprung von Napier nach Antares hatte jeder Captain die Strahlungsabschirmung seines Schiffes aktivieren lassen. Darauf hatten die acht Schiffsrümpfe einen spiegelähnlichen Glanz angenommen. Aber Napier war nicht Antares, und die strahlungsabweisenden Felder waren nicht vollkommen. Ein paar Milliarden Kilometer von Napier war die Energiemenge, die das Feld durchdrang, bedeutungslos. In einer vergleichbaren Entfernung vom Neutronenstern würden schon einige Zehntelprozent durchdringender Außenstrahlung binnen kurzem tödlich sein. Die Wissenschaftler und Ingenieure, die das strahlungsabweisende Feld entwickelten, hatten dies gewusst und Vorkehrungen getroffen, eindringende Energie in sichtbares Licht umzuwandeln, das dann in den Raum zurückgestrahlt wurde. Das Ergebnis war, dass jedes der Schiffe in weißem Licht leuchtete.

Bald nahm das Bild des Tankers den ganzen Bildschirm ein. In einigen hundert Metern Entfernung stoppte *Phoenix* die Annäherung. Fast gleichzeitig verlangsamte die Rotationsrate des Kreuzers zum Stillstand. Es folgten mehrere Minuten sorgfältiger Datenabstimmung, bevor der Tanker seine Steuertriebwerke zündete und sich langsam zwischen die *Discovery* und den Antares-Pulsar schob. Zweck des Manövers war nicht die Abschirmung des Kreuzers, sondern der Treibstoffleitung, die zwischen den beiden Schiffen verlaufen sollte. Sogar bei ihrer gegenwärtigen Entfernung vom Zentralgestirn war die energiereiche Strahlung so stark, dass selbst eine gut isolierte Treibstoffleitung innerhalb von Minuten schmelzen würde, wenn sie die Strahlungsabschirmung der *Phoenix* verließe.

Plötzlich erschien die ferngesteuerte Treibstoffleitung aus der einförmig perlweißen Oberfläche des Tankers und kam zielstrebig auf den Schlachtkreuzer zu. Rasch bewegte sie sich aus dem Aufnahmebereich der Außenkamera und verschwand unter dem Rand des Habitatringes. Dreißig Sekunden später hallte das Schiff von der Durchsage des Ersten Ingenieurs wider, dass die Treibstoffübernahme beginnen könne. Auf dem Bildschirm versteifte sich die Leitung, als der mit Deuterium angereicherte flüssige Wasserstoff in die Tanks der *Discovery* zu fließen begann.

An diesem Tag nahm Bethany Lindquist ein verspätetes Frühstück in der Offiziersmesse ein. Sie hatte lange geschlafen, nachdem sie am Vorabend bis zum Beginn der Frühwache am Computer gesessen und für die Astronomen Daten abgeglichen hatte. Als die Warnung vor der erwarteten Schwerelosigkeit kam, hatte sie gerade die Hälfte einer tropischen Frucht verzehrt. Seufzend legte sie den Löffel aus der Hand und griff nach den Haltegurten ihres Stuhls. In diesem Augenblick schob jemand ein zugedecktes Tablett in die Halteklammern des Tisches ihr gegenüber.

»Macht es Ihnen etwas aus, wenn ich hier für eine Weile Anker werfe, Miss Lindquist?«

Sie blickte auf und sah in Phillip Walkirks lächelndes Gesicht. »Es wäre mir ein Vergnügen, Hoheit.«

Walkirk verzog das Gesicht. »Bitte, ich versuche mich hier als guter Republikaner zu tarnen. An Bord dieses Schiffes bin ich bloß Fähnrich Walkirk oder einfach Phillip, für meine Freunde.«

»In diesem Fall wird es mir eine Ehre sein, wenn Sie sich zu mir setzen … Phillip.«

Der Kronprinz schnallte sich an und nahm vorsichtig den Deckel von seinem Tablett. Unangenehme Empfindungen im Innenohr verrieten Bethany, dass die Rotationsverlangsamung eingesetzt hatte.

»Sie haben gestern Abend lange gearbeitet?«, fragte Phillip.

Bethany nickte und erzählte von ihrem nächtlichen Ringen mit dem Computer. Zwei Wochen waren vergangen, seit die *Discovery* mit den übrigen Schiffen der Expedition die Region erreicht hatte, wo *Dagger* eine deutliche Zusammenballung der Isogravitationslinien festgestellt hatte. Während dieser Zeit hatten sie die Region systematisch abgesucht und die Daten gesammelt, um die genaue Position des neuen Faltpunktes zu bestimmen. Die Datenmenge hatte sich für das halbe Dutzend Astronomen an Bord als zu groß erwiesen, und Bethany hatte sich freiwillig gemeldet, um bei der Analyse und Abgleichung der Daten zu helfen.

Sie aßen schweigend, während die Schwerkraft langsam verschwand. Schließlich erkundigte sich Bethany nach seiner Schwester Lara, die ihr auf Sandar Gesellschaft geleistet und Sehenswürdigkeiten gezeigt hatte.

»Ich denke, sie ist sehr beschäftigt«, antwortete Phillip. »Hochzeitsvorbereitungen, wissen Sie.«

»Welche Hochzeit?«

»Lara wird bei der nächsten Gletscherschmelze verheiratet.«

»Wirklich? Seit wann ist sie denn verlobt?«

»Ach, seit ungefähr fünfzehn Jahren«, erwiderte Phillip.

»Sie scherzen!«

»Keineswegs. Lara wurde mit sechs Jahren versprochen. Hat sie es Ihnen nicht erzählt?«

»Ich glaube, das Thema kam nicht zur Sprache.«

»Das überrascht mich. Das offizielle Heiratsdatum wurde vor fünf Jahren von meinem Vater und den Eltern des Bräutigams im Rahmen einer Ratssitzung festgelegt.«

»Hatte Lara nicht darüber zu befinden?«

»Nein, natürlich nicht. Warum sollte sie?«

»Die zukünftigen Ehepartner sollten in solchen Angelegenheiten doch das letzte Wort haben.«

»Nicht, wenn die Braut eine sandarische Prinzessin ist, Bethany. Solche Eheschließungen sind eine Frage der Staatspolitik.«

»Wer ist der Glückliche?«

»Hauptfreier ist der Graf von Claremore.«

»Hauptfreier?«

Phillip überlegte, wie er die heimischen Heiratsbräuche am besten erklären konnte. Dann sagte er: »Es gibt viele Gründe, königliche Eheschließungen ein Jahrzehnt oder länger im Voraus zu planen. Solch ein Bund ist immer Gegenstand schwieriger politischer Verhandlungen, deshalb ist es zweckmäßig, sie frühzeitig abzuschließen. Auch besteht die Notwendigkeit, der Bevölkerung ein Gefühl von Stabilität zu geben. Sie muss sich an die Vorstellung gewöhnen und verstehen, dass die Kontinuität gewahrt bleibt. Vor allem aber ist es wichtig, dass die künftige Braut oder der künftige Bräutigam über eine längere Zeitspanne geprüft und gewertet wird, um Gewissheit zu erhalten, dass er oder sie für die hohe Stellung geeignet ist.«

Bethany nickte. »In den verschiedenen Kulturkreisen der Erde wurden aus den gleichen oder ähnlichen Gründen Kinderehen geschlossen.«

»Wir Sandarer haben jedoch ein ziemlich einzigartiges Problem«, fuhr Phillip fort. »Während der gesamten Dauer unserer Geschichte haben wir im Kriegszustand mit den Ryall gelebt, und es ist bei uns der Brauch, auch die Kinder unserer herrschenden Kreise zum Kriegsdienst zu erziehen und in der Flotte dienen zu lassen. Daraus ergibt sich eine nicht zu vernachlässigende Wahrscheinlichkeit, dass ein in Aussicht genommener Bräutigam oder die Braut im Kampf fallen. Das würde die Stabilität und Kontinuität, nach denen wir streben, zunichte machen. Um solche Störungen zu vermeiden, benennen wir einen Hauptfreier für eine königliche Prinzessin, und mindestens einen Reservefreier. Laras Reservefreier ist der Herzog von Rodeston. Sollte Claremore etwas zustoßen, wird Rodeston Lara heiraten.«

Bethany fragte sich, wie ihr zumute sein würde, wenn sie wie eine preisgekrönte Kuh an den Meistbietenden versteigert würde. Sie erschauerte bei dem Gedanken, dann kam ihr ein anderer in den Sinn. Sie hob den Blick zu Phillip, der gerade seinen Kaffee aus der Tasse mit Schraubverschluss saugte, und sagte: »Gerade ist mir eingefallen Phillip, dass auch Sie verlobt sein müssen!«

Er nickte. »Seit meinem dritten Lebensjahr. Möchten Sie ihr Bild sehen?«

»Sehr gern.«

Der Prinz zog eine kleine Holographie aus der Tasche und reichte sie ihr über den Tisch. Bethany betrachtete sie eingehend. Eine blonde junge Frau schnitt der Kamera ein Gesicht. Trotzdem war die Schönheit der Frau offensichtlich. »Donna Elisabeth Cerendale, meine zukünftige Königin. Ich machte diese Aufnahme vor drei Jahren bei einem Picknick. Sie sagt immer wieder, ich solle das Bild vernichten, aber ich finde es wirklichkeitsnäher als alle offiziellen Porträts, die von ihr gemacht worden sind.«

»Sie ist reizend«, sagte Bethany. »Ich nehme an, dass auch sie eine Ersatzperson hat.«

»Zwei«, erwiderte Phillip mit einem Lächeln. »Allerdings bezweifle ich, dass ich sie brauchen werde.«

»Wann ist der große Tag?«

»Irgendwann nach unserer Rückkehr von dieser Expedition. Würden Sie gern zu der Hochzeit kommen?«

Bethany lächelte. »Es würde mir eine Ehre sein, Phillip.«

»In diesem Fall betrachten Sie sich als eingeladen.«

»Vielleicht werden Sie mir dann ihrerseits die Ehre erweisen«, sagte Bethany. Und sie erzählte ihm von ihren und Richard Drakes Plänen, auf der Erde zu heiraten.

»Das ist wunderbar«, meinte Phillip. »Wie kommt es, dass ich noch nicht davon gehört hatte?«

»Wir wollten nicht, dass es allgemein bekannt wird«, sagte sie. »Es ist uns unangenehm, wenn die Leute unseretwegen ein Aufhebens machen.«

»Nun, von mir werden sie nichts darüber hören«, meinte er. Er hob die Hand und machte ein Zeichen mit den Fingern, das Bethany nicht erkannte. »Wie ich höre, haben Sie sich seit Ihrem Aufenthalt auf Sandar sehr eingehend mit unseren Feinden beschäftigt.«

Bethany nickte. »Alta benötigte Xenologen mit genaueren Kenntnissen über die Ryall, und mir schien es eine naheliegende Ergänzung zu meinem Fachgebiet als vergleichende Historikerin zu sein.«

»Haben Sie Buckmans *Sozialverhalten der Ryall* und Adamsons *Sitten und Bräuche bei den Ryall* gelesen?«

Bethany nickte. »Allerdings bin ich nicht sicher, dass ich Buckmans Überlegungen folgen kann. Meine eigenen Studien haben mich vielmehr in der Auffassung bestärkt, dass wir die Ryall möglicherweise nicht so gut verstehen, wie wir es uns einbilden.«

»Mit diesem Gefühl stehen Sie nicht allein da«, erwiderte Phillip. »Ich kenne Männer, die Jahrzehnte mit dem Studium der Zentauroiden verbracht haben und sich die gleiche Frage stellen.«

»Besonders merkwürdig mutet die Mythologie der Ryall im Zusammenhang mit Novae an. In jeder anderen Hinsicht scheinen sie völlig rational zu denken, aber sobald es um Sternexplosionen geht, sind sie so abergläubisch wie die Zigeuner der alten Tage.«

»Wenn man ihre Geschichte betrachtet«, erwiderte Phillip, »kann man es ihnen nachempfinden.«

In dem kriegerischen Jahrhundert, seit die Flüchtlinge von New Providence Sandar besiedelt hatten, war es zu Dutzenden Feldzügen und Hunderten von Schlachten und Zusammenstößen mit den Ryall gekommen. Wurde ein Schiff im Verlauf eines solchen Kampfes getroffen, musste es in den meisten Fällen als Totalverlust abgeschrieben werden. Gelegentlich kam es jedoch vor, dass Schiffe der Zerstörung entgingen, aber so stark beschädigt wurden, dass sie aus eigener Kraft nicht zu ihrem Stützpunkt zurückkehren konnten. In solchen Fällen nahmen beide Seiten erhebliche Mühen auf sich, um die überlebende Mannschaft zu retten. Denn in einem Krieg zwischen fremden Spezies waren Gefangene ihr Gewicht in Gold wert.

Im Laufe der Jahre war es den Sandarern gelungen, auf diese Art und Weise ein paar hundert Gefangene zu machen. Sie hatten auch die Leichen Gefallener aus den Wracks zerstörter Schiffe geborgen. Die Autopsien der Toten hatten ihnen zu eingehender Kenntnis der Ryallphysiologie verholfen. Durch Verhöre und die Beobachtung der Gefangenen hatten sie versucht, auch in die Psyche der Ryall einzudringen, doch mit sehr viel weniger Erfolg.

Eine der ersten Entdeckungen der Sandarer war der Umstand, dass die Ryall wie die Menschen eine rassisch und kulturell vielgestaltige Art waren. Weltanschauung und Lebenseinstellung jedes einzelnen Ryall waren weitgehend abhängig von Herkunft und Umfeld. So konnte es geschehen, dass Gefangene der Rasse von Avadon, wie die Menschen eine der bedeutenden Welten der Ryall-Hegemonie nannten, das Fleisch bestimmter Tierarten aus Gründen der Religion und des Brauchtums verschmähten, während die in Belaston ansässigen Stammesgruppen anderer Rassen gerade diese Tiere als Fleischlieferanten bevorzugten. Gefangene aus Caarel bauten Schilfhütten, wenn ihnen nichts Besseres gegeben wurde, während jene aus Darthan unterirdische Höhlen und Gänge gruben. Aber allen Ryall war ungeachtet ihrer Herkunft die Legende von den Schnellen Essern gemeinsam.

Vor ungefähr dreißigtausend Jahren hatten Menschen und Ryall sich ungefähr im kulturellen Gleichstand befunden. In einer Zeit, als die Menschen in kleinen Sippenverbänden lebten und als Jäger und Sammler ihren Lebensunterhalt fanden, hatten auch die Ryall in kleinen Familienverbänden gelebt. Ihre Siedlungen hatten sie an den Ufern seichter Seen und Flüsse angelegt. Sie waren einfache Fischer, die einen guten Teil ihrer Zeit mit dem Fang aquatischer Lebensformen in und auf dem Wasser verbrachten. Die Flüsse und Seen ihrer Heimatwelt boten so reiche Ausbeute, dass kein Fischer Hunger leiden musste. Und wenn es bisweilen auch wegen der Ausbeutung besonders reicher Fischgründe zu kriegerischen Auseinandersetzungen zwischen verschiedenen Dörfern kam, waren die Ryall insgesamt doch von friedlicher und glücklicher Wesensart.

Diese ruhige Lebensweise hatte ungefähr zur gleichen Zeit ein abruptes Ende gefunden, als die Menschen anfingen, Werkzeuge und Waffen aus Stein und Elfenbein herzustellen, noch lange bevor auf Erden die Ära des Ackerbaus und der Sesshaftwerdung begann. Ursache der Veränderung war ein einzelner Stern gewesen, der plötzlich hell am Himmel der Heimatwelt brannte. Die primitiven Ryall hatten nicht gewusst, was sie von dem neuen Stern halten sollten, der hell genug war, um sogar bei Tageslicht gesehen zu werden. Wie die meisten primitiven Völker, betrachteten sie jede Veränderung am Himmel als ein schlechtes Omen und wandten sich an ihre Zauberärzte und Schamanen um Rat. Diese Würdenträger rieten ihnen, sich nicht unnötig im Freien aufzuhalten und nach Möglichkeit in ihren unterirdischen Höhlen zu bleiben, bis der Stern verschwinden würde. Und tatsächlich verschwand er nach ein paar Jahren, verblasste wieder zu der kaum sichtbaren Bedeutungslosigkeit, aus der er gekommen war. Wahrscheinlich wäre er bald ganz in Vergessenheit geraten, hätte das tägliche Leben der Ryall nicht gerade in der Zeit, als der neue Stern verschwand, eine unerwartete und tief greifende Veränderung erfahren.

Wie die Antares-Supernova dreißigtausend Jahre später, hatte die nahe Nova die Heimatwelt der Ryall mit harter Strahlung überschüttet. Die Intensität war nicht hoch genug, um die Ryall-Welten zu sterilisieren, aber sie war schlimm genug. Der Regen von primärer und sekundärer Strahlung hatte die genetischen Lebensreserven völlig durcheinandergebracht und die Mutationsrate steil ansteigen lassen. Mit jeder neuen Generation waren groteske neue Formen und Wesenszüge zum Vorschein gekommen. Die meisten waren schädlich gewesen und hatten zum Tode ihrer Träger noch im Ei geführt. Andere waren von begrenzter Brauchbarkeit und wurden entweder durch natürliche Selektion oder die Stammesältesten rasch ausgesondert und beseitigt. Einige Mutationen aber erwiesen sich als vorteilhaft und wurden in die rasche stammesgeschichtliche Entwicklung der Art integriert.

Die Ryall waren nicht die einzige Art, deren Entwicklung beschleunigt wurde. Etwa fünftausend Jahre nach dem ersten Aufleuchten der Nova am Himmel trat auf der Heimatwelt der Ryall eine weitere intelligente Art in Erscheinung. Die gefangenen Ryall hatten verschiedene Namen für diese Wesen, aber in den meisten Fällen ließen sie sich als »Schnelle Esser« übersetzen.

Die Schnellen Esser waren Amphibien und stammten von einem nicht intelligenten räuberischen Meeresbewohner der Ryall-Welt ab. Sie waren schnell, wie der Name sagte, schlau und gefräßig. Sie griffen die Brutgebiete der Ryall an und mästeten sich mit Ryalleiern. Infolgedessen ging die Ryallpopulation rapide zurück. Es kam eine Zeit, als die Schnellen Esser sogar den Fortbestand der älteren Art bedrohten.

Nach generationenlangen Versuchen hatten die Ryall endlich eine erfolgreiche Abwehr gegen die verheerenden Angriffe der Schnellen Esser entwickelt. Sie zogen sich ganz vom Wasser zurück und wurden zu Landbewohnern, deren Sippen weit genug von der Küste entfernt lebten, um vor Angriffen sicher zu sein. Ihre Eier legten sie in künstlichen, von Bächen und Flüssen genährten Teichen ab und lernten andere Landtiere zu jagen und zu zähmen. Sie entwickelten eine Landwirtschaft, um Futter für ihre Herden anzubauen, lernten den Gebrauch von Feuer und die Herstellung von Metallen. Schließlich entwickelten sie Städte und eine echte Zivilisation. Während ihrer Bronzezeit entwickelten sie auch wirksame Methoden zur Jagd auf die Schnellen Esser. Es begann ein Ausrottungskampf, der sich über fünfzehntausend Jahre hinzog. Generation folgte auf Generation, und der Hass auf die Schnellen Esser wurde zu einem ausgeprägten Wesenszug der Ryall, einem Instinkt.

Als der Kampf endlich entschieden und die Jagd beendet war, hatten die Ryall eine wichtige Lektion gelernt. Die Geschichte hatte sie gelehrt, dass es auf das Auftreten einer anderen, potenziell rivalisierenden Art nur eine mögliche Antwort gab: die Ausrottung. Und als knapp jenseits der Hegemonie der Ryall eine neue Nova aufflammte, entdeckten die Ryall eine noch tödlichere Bedrohung ihrer Art. Sie ging von warmblütigen Zweifüßlern aus, die in mehreren, durch ihre Farbe unterscheidbaren Rassen vorkamen. Sie waren Raumfahrer, deren Schiffe eine gewisse Vorliebe für die technischen Künste zeigten. Soweit es die Ryall betraf, würde kein Junges sicher sein, solange auch nur ein einziges Mitglied dieser seltsamen neuen Art irgendwo in der Galaxis am Leben blieb!

Bethany saugte Kaffee aus ihrer der Schwerelosigkeit angepassten Deckeltasse und dachte über Phillip Walkirks Darstellung der Stammesgeschichte der Ryall nach. Oder vielmehr, was Menschen sich unter der Geschichte der Ryall vorstellten.

»Ich habe mich oft gefragt, ob die Geschichte von den Schnellen Essern mündlich überlieferte Wahrheit oder bloß eine Legende ist«, sagte Bethany. »Glauben Sie, dass es die Schnellen Esser wirklich gegeben hat?«

Phillip zuckte die Achseln. »Ich weiß nicht, ob wir für diese oder jene Auslegung handfeste Beweise haben. Es hat aber tatsächlich nichts zu sagen. Solange die Ryall an die Schnellen Esser glauben und nach diesem Glauben handeln, ist die Frage müßig.«

»Sind Sie sicher, dass sie wirklich daran glauben?«

»Ohne Zweifel! Das ist der Hauptgrund für den fremdenfeindlichen Zug in der Psyche der Ryall. Solange sie uns vernichten wollen, sind ihre Beweggründe nebensächlich.«

»Wenn sie uns aber vernichten wollen, können wir überhaupt mit Aussicht auf Erfolg Friedensverhandlungen führen?«

Phillip Walkirk blickte überrascht auf. Er überlegte eine Weile, als fiele es ihm schwer, die Bedeutung der Worte zu erkennen. Endlich sagte er: »Es kann niemals Frieden zwischen uns geben, bis wir sie zu ihren Heimatwelten zurücktreiben. Und was Verhandlungen angeht, wie verhandelt man mit einem tollwütigen Hund?«

»Ich bin nicht sicher, ob ich bereit bin, tollwütige Hunde in ihnen zu sehen, Phillip.«

»Das steht Ihnen frei. Wir Sandarer haben ein Jahrhundert Zeit gehabt, unsere Gegner zu studieren. So können wir kaum erwarten, dass Sie in nur zwei Jahren unsere Betrachtungsweise übernehmen.«

Bethany spürte die Spannung hinter Phillips Worten und beschloß, das Thema zu wechseln. Sie gingen dazu über, einander Geschichten über ihre jeweilige Heimat zu erzählen und ihre Steckenpferde zu vergleichen, als ein Deckenlautsprecher die Nachricht ausgab, dass die Treibstoffübernahme beendet und die rotationsbedingte Schwerkraft in fünf Minuten wiederhergestellt sein würde.

Kurz nach der Durchsage kam Commander Marchant, der Erste Offizier, in die Offiziersmesse. »Ah, da sind Sie ja!«, rief er aus.

Phillip Walkirk blickte auf. »Haben Sie uns gesucht, Sir?«

Marchant nickte. »Der Captain hat eine Besprechung aller Offiziere anberaumt. Sie sollen auch kommen, Miss Lindquist.«

»Was gibt es denn?«, fragte Bethany.

»Professor St. Cyr hat soeben gemeldet, dass sie den Faltpunkt geortet haben!«, erwiderte Marchant. »Der Kapitän hat Befehl gegeben, das Schiff für den Faltraumübergang bereit zu machen. Wie es aussieht, werden wir bald den Sprung machen.«

36

Bethany Lindquist saß auf dem Platz des Adjutanten neben Richard Drakes Befehlsstand auf der Brücke der *Discovery*. Ringsum war man damit beschäftigt, den Kreuzer gefechtsklar zu machen, aber auch die Möglichkeit sofortiger Flucht mit einzubeziehen, was immer sich in den kommenden Stunden als zweckmäßiger erweisen würde. Der große Bildschirm, den Bethany in den vergangenen zwanzig Minuten immer wieder kontrolliert hatte, war in zwei Wiedergaben aufgeteilt. Die linke Hälfte zeigte fünf seltsam geformte Blasen glänzend weißen Lichts, die in Kürze das System jenseits des Faltpunktes besuchen würden. Die rechte Hälfte zeigte drei ebenso glänzend weiße sphärische Körper vor dem Hintergrund des matt leuchtenden Ringnebels. Es waren die Cryogentanker der Expedition, die zurückbleiben würden, um als Relaisstationen zur *Royal Avenger* und danach dem Rest der Flotte zu dienen.

»Kann es sein, dass wir beim ersten Versuch auf die Erde stoßen werden, Richard?«, fragte sie.

»Wir wissen, dass die Hälfte der ursprünglichen Faltpunkte des Antares zum Sonnensystem führten«, antwortete er. »Gut möglich, dass dies einer von denen ist.«

»Und wenn nicht?«

»Dann versuchen wir es wieder.«

Drake legte seine Hand mit sanftem Druck auf Bethanys, dann wählte er die Nummer des Dienst tuenden Nachrichtenoffiziers. »Stellen Sie eine Ringverbindung mit den anderen Schiffsführern her, Mr. Haydn. Captainsbesprechung.«

»Ja, Sir.«

Eine Minute später sah Drake in die Gesichter der fünf Kapitäne unter seinem Kommando. Nachdem er ihnen zugenickt hatte, konzentrierte er sich auf das runde Gesicht des Captain Lieutenant Harl Quaid vom Zerstörer *Mace* und das schnurrbärtige Antlitz von Sir Carter Ashton Rostock vom Schwesterschiff *Arrow*.

»Meine Herren, sind Ihre Schiffe einsatzbereit?«

Beide bestätigten es. »Sehr gut. Captain Quaid, Sie werden den Befehl übernehmen und sofort nach dem Ausbruch eine passive sensorische Orientierung durchführen, um festzustellen, wo Sie herausgekommen sind. Halten Sie besonders Ausschau nach Hinweisen auf bewohnte Planeten, militärische Installationen oder Raumverkehr. Finden Sie solche Hinweise, werden beide Schiffe augenblicklich zurückkehren. Andernfalls bleibt *Mace* zur Bewachung des Faltpunktes zurück, während *Arrow* hierher zurückspringt, um Meldung zu machen. Verstanden?«

»Ja, Sir. Und wenn wir angegriffen werden?«

»Dann wird es Ihre vornehmste Pflicht sein, lange genug auszuhalten, bis ein Schiff zurückkehren und Meldung machen kann.«

Drakes Blick ging zu Quaids Nebenmann. »Wie sieht es bei *Terra* aus, Captain Dreyer?«

»Alle Mann sind auf Gefechtsstationen, Sir«, antwortete der sandarische Captain.

»Captain Stiles?«

»*Scimitar* ist bereit.«

»Captain Eberhart?«

»Alles auf Gefechtsstationen, Sir. Wir erwarten Ihre Befehle.«

»In Ordnung. *Mace* und *Arrow* werden die Vorbereitungen für den Faltraumübergang treffen. Captain Lieutenant Rostock, ich erwarte Ihre Vollzugsmeldung.«

Er signalisierte das Ende der Besprechung, und die Gesichter verschwanden von den Bildschirmen. An ihrer Stelle meldete sich Commander Marchant, der Erste Offizier der *Discovery.* »Alle Beobachtungs- und Gefechtsstationen besetzt und in Alarmbereitschaft, Captain. Volle Feuerkraft bis 100.000 Kilometer.«

»In Ordnung«, erwiderte Drake. »Halten Sie Ausschau nach unfreundlichen Besuchern.«

Es folgten fünf Minuten zunehmender Spannung, als die Zerstörerkapitäne die Bereitschaft ihrer Schiffe überprüften. Trotz der ruhigen Stimmen, die über die Konferenzschaltung zu hören waren, wussten Drake und jeder an Bord der beiden Zerstörer, dass der erste Ausbruch durch einen unbekannten Faltpunkt immer gefährlich war.

Bis zur Antares-Supernova hatte es niemals einen bestätigten Fall von einer aktiven Faltpunktverbindung gegeben, die im Innern eines

Sterns endete. Sollte sich dies aber geändert haben und der Faltpunkt am anderen Ende dieser Verbindung tief im Innern eines Sterns liegen, dann würden die Besatzungen von *Arrow* und *Mace* es nie erfahren. Und wenn keiner der beiden Zerstörer überlebte, um zurückzukehren und Meldung zu machen, würde Drake nicht die Möglichkeit haben, sie zu suchen. Der Verlust beider Zerstörer wäre ein Beweis, dass die Bedingungen auf der anderen Seite des Faltpunktes tödlich waren. Es würde schwierig sein, ein anderes Schiff und seine Besatzung in den annähernd gewissen Tod zu schicken, nur weil vielleicht eine geringe Chance bestand, dass das, was immer *Arrow* und *Mace* vernichtet hatte, sie verschonen würde.

Wahrscheinlicher als die Möglichkeit, im Innern eines Sterns herauszukommen, war die Aussicht, dass die beiden Zerstörer in einem verteidigten Faltpunkt ausbrechen würden. In diesem Fall würde das plötzliche Auftreten von zwei leuchtenden Erscheinungen unbekannten Ursprungs die Verteidiger mit Sicherheit veranlassen, das Feuer zu eröffnen. Dabei war die Frage, ob die Verteidiger Ryall oder Menschen waren, von untergeordneter Bedeutung.

»Erbitte Erlaubnis, mit Startzählung zu beginnen, Sir«, sagte der Captain der *Mace* über die Befehlsschaltung.

»Erlaubnis gewährt«, antwortete Drake.

»Achtung, an alle Schiffe! Faltraumübergang in sechzig Sekunden. Ich wiederhole, Faltraumübergang in sechzig Sekunden!«

Auf den offenen Frequenzen zwischen den Schiffen herrschte plötzlich rege Betriebsamkeit von Glückwünschen und Grußbotschaften, dann trat völlige Stille ein, unterbrochen nur von der Stimme des Navigators der *Mace*, welche die letzten zwanzig Sekunden herunterzählte. Drake blickte zum großen Bildschirm auf und suchte ihn nach den beiden winzigen Rümpfen der sandarischen Zerstörer ab.

»Zehn … neun … acht …«

Er vergrößerte den Bildausschnitt zur maximalen Leistung, und die beiden winzigen Reiskörner wurden deutlicher sichtbar. Einzelheiten aber blieben wegen der umgebenden strahlungsabweisenden Felder unsichtbar.

»Fünf … vier … drei …«

Drake merkte, dass seine Finger krampfhaft die Armlehnen seines Sitzes umklammerten und dass er den Atem anhielt.

»Zwei … eins … los!«

Die beiden zylindrischen Lichterscheinungen auf dem Bildschirm erloschen gleichzeitig. *Mace* und *Arrow* waren fort.

Eine Stunde später hatte sich auf der Brücke der *Discovery* kaum etwas geändert. Drake saß an seinem Platz und behielt die Bildschirme im Blickfeld. Bethany nagte in merklicher Nervosität an ihrer Unterlippe. Überall in der Feuerleitzentrale herrschte angespannte Ruhe; jeder war an seinem Platz und bereit zu sofortigem Eingreifen.

Drake sah zum wiederholten Mal auf die Uhr. Weniger als drei Minuten fehlten zur vollen Stunde.

Plötzlich tauchte ein blitzender Lichtpunkt fünftausend Kilometer vor der *Discovery* auf, und überall an Bord ertönten die Alarmsignale. Koordinaten gingen an die Gefechtsstationen, und innerhalb von Sekunden hatten die schweren Laserkanonen und Antimaterieprojektoren den Eindringling im Visier. Beinahe gleichzeitig kamen Meldungen von *Terra* und *Scimitar*. Auch sie hatten den Neuankömmling im Fadenkreuz.

»Es ist *Arrow*, Captain«, meldete der Erkennungsdienst. »Scheint unbeschädigt.«

Drake seufzte leise und bemühte sich bewusst um den Abbau der Spannungen, die sich in der vergangenen Stunde aufgebaut hatten. »Geben Sie mir Captain Rostock, dann unterrichten Sie *Terra* und *Scimitar*.«

»Captain Rostock ist auf Ihrem Schirm Nummer drei, Sir.«

Einer von Drakes Kontrollbildschirmen wurde geräumt, und es erschien Captain Rostock von der *Arrow*.

»Was haben Sie zu melden, Mr. Rostock?«

»Mission erfolgreich durchgeführt, Sir. Das System jenseits des Faltpunktes befindet sich ungefähr zweihundert Lichtjahre von hier, etwa auf halbem Weg zwischen Antares und Spica. Zentralgestirn des Systems ist ein G7-Zwerg mit mindestens fünf Planeten. Zwei davon sind typische Welten des inneren Systems. Einer hat eine Sauerstoffatmosphäre und zeigt deutliche Spuren von Chlorophyll. Der andere ist ein Treibhausplanet, ungeeignet für menschliche Besiedlung. Die restlichen drei Welten, die wir ausgemacht haben, waren allesamt Gasriesen des äußeren Systems.«

»Zeichen von Zivilisation?«

Rostock schüttelte den Kopf. »Wir durchsuchten alles, von elektromagnetischen Hochfrequenzwellen bis zu Schwerewellen niedriger Frequenz. Soweit ohne Ergebnis, Sir.«

Drake zog die Stirn in Falten. Ein unbekannter G7-Stern in der Richtung von Spica war nicht, wonach sie Ausschau gehalten hatten. Nach Drakes Kenntnisstand war die gesamte Region um Spica nie erforscht worden. Es war ein Sektor der Galaxis, welcher der Menschheit wegen fehlender Faltpunktverbindungen verschlossen geblieben war. Der Umstand, dass *Mace* und *Arrow* zweihundert Lichtjahre in dieser Richtung vorgedrungen waren, bewies abermals, dass die lokale Faltraumstruktur durch die Antares-Supernova drastisch verändert worden war. Drake machte eine Bemerkung in diesem Sinne.

»Ja, Sir. Das war die Folgerung, zu der Captain Quaid und ich gelangten.«

»Gibt es noch etwas, das ich wissen sollte, Captain?«

»Wir haben spektrographische Untersuchungen des Sterns und andere aufgezeichnete Daten. Sie könnten für die Wissenschaftler von Wert sein.«

»Richtig. Geben Sie durch, was Sie haben, auch an die Cryogentanker zur Weiterleitung an Admiral Gower. Dann warten Sie dort, während wir den Faltraumübergang vorbereiten.«

»Ja, Sir.«

Drake winkte dem Nachrichtenoffizier. »Schalten Sie mich auf Durchsage für alle Schiffe, Mr. Haydn.«

»Gemacht, Sir.«

»Achtung, alle Schiffe und Besatzungen. Hier spricht der Kommandeur der Expedition. Ich habe soeben eine Meldung der *Arrow* über das System auf der anderen Seite dieses Faltpunktes erhalten. Es scheint unbewohnt und bisher nicht erforscht zu sein. Wir werden deshalb in das System eintreten und es auf der Suche nach zusätzlichen Faltpunkten kartieren.«

Eine halbe Stunde später hatte die kleine Flotte sich in ungefähr sphärischer Formation in der Mitte des Faltpunktes formiert. Drake beobachtete die Vorbereitungen auf den Sprung an seinen Kontrollschirmen. Tatsächlich waren die Schiffe bereit, seit *Arrow* und *Mace* im Vakuum verschwunden waren, doch konnte es nie schaden, die erforderlichen Kontrollen doppelt vorzunehmen, und die Besatzungen taten es mit einer leidenschaftslosen Sorgfalt, die aus dem Wissen kam, dass ihr Leben davon abhing.

Die Startzählung war innerhalb von fünf Minuten, als Drake sagte: »Mr. Haydn, geben Sie mir den Chefingenieur, bitte.«

»Ja, Sir.«

Gavin Arnam, Chefingenieur der *Discovery*, schaute aus Drakes Bildschirm. »Sind wir bereit, Chef?«

»Bereit, Captain. Die Massekonverter sind stabil, desgleichen die strahlungsabweisenden Felder. Alle Bordsysteme und Rechenanlagen eingeschaltet und einsatzbereit. Rotation normal, Gravitation null Komma fünf.«

»Sehr gut, Chef. Halten Sie alles noch ein paar Minuten zusammen, dann werden wir diese Plasmasuppe hinter uns haben. Commander Marchant?«

Arnams Gesicht wurde von dem des Ersten Offiziers abgelöst.

»Status, bitte!«

»Feuerleitzentrale ist auf alles vorbereitet, Sir. Alle Gefechtsstationen besetzt, alle Offensivwaffen in Bereitschaft.«

»Mr. Cristobal?«

»Faltraumgeneratoren eingeschaltet und in Betrieb, Captain. Ich bestätige die Meldung des Chefingenieurs, dass die Bordrechner eingeschaltet und betriebsbereit sind.«

»Sehr gut. Alles bleibt in Bereitschaft.«

Drake ließ sich von seinen Kapitänen die Bereitschaft ihrer Schiffe bestätigen, dann gab er ihnen ihre Befehle. Die *Discovery* würde zuerst ausbrechen, in Intervallen von zehn Sekunden gefolgt von *Terra*, *Arrow* und *Scimitar*. *Saskatoon* sollte die Nachhut bilden. Damit war diese Pflicht erfüllt, und Drake lehnte sich in seinem Sitz zurück und beobachtete die roten Ziffern des Startzählungschronometers, wie sie unaufhaltsam auf 00:00:00 zumarschierten.

Als Navigator zählte Argos Cristobal die Sekunden an seinem Platz auf der Brücke laut mit. Drake hörte ihn nur mit halbem Ohr. Sein Blick hing wie gebannt auf dem rötlichen Dunst, der den Bildschirm füllte. Plötzlich rief Cristobals helle Stimme: »Null!« Der Dunst war verschwunden, von einem Augenblick zum anderen ersetzt durch ein Sternenmeer unbekannter Konstellationen vor schwarzem Himmel.

»Können Sie mir eine Ansicht von Antares geben, Mr. Cristobal?«

»Kein Problem, Sir.«

Das Sternenmeer verschwand, und an seiner Stelle erschien ein heller rötlicher Stern mit einem schwächeren weißen Gefährten in der Nähe. Der Anblick weckte in Drakes Bewusstsein Erinnerungen an längst vergangene Zeiten, als er mit seinem Vater winterliche Campingfahrten unternommen hatte. Was immer dies für ein Sternensystem war, das Novaereignis würde hier erst in siebzig Jahren zu sehen sein.

Plötzlich einsetzender gellender Alarm riss ihn aus seinen Betrachtungen. Nach einigen Sekunden brach der Lärm ab, und die Stimme des Ersten Offiziers Marchant drang aus einem Deckenlautsprecher. »Captain! Die *Mace* hat Fahrt aufgenommen, den Faltpunkt verlassen und beschleunigt mit sechs *g* in die Richtung des inneren Systems. Entfernung beträgt 50.000 Kilometer.«

»Was, zum Teufel, ist mit Quaid los? Wohin will er?«

»Unbekannt, Captain. Bleiben Sie auf Empfang. Sensoren haben eben ein anderes Schiff geortet!«

»Wo, Nummer Eins?«

»Es scheint gerade den zweiten Planeten zu verlassen, Sir. *Mace* hat die Verfolgung aufgenommen.«

»Sehen Sie zu, dass Sie dieses zweite Fahrzeug identifizieren können!«, befahl Drake.

Minuten vergingen in angespannter Stille, dann kam die Antwort: »Triebwerksspektrum deutet darauf hin, dass das andere Schiff ein Ryall ist, Captain. Ja, es ist offensichtlich ein Ryall!«

Auf Marchants Bestimmung des unbekannten Flugobjekts folgten mehrere Ereignisse gleichzeitig. Während der Nachrichtenoffizier die *Mace* anfunkte, meldete einer der Beobachter an den Sensoren, dass die *Terra* eingetroffen sei. Für ein paar Sekunden herrschte Verwirrung. Drake befahl, jedes neu eingetroffene Schiff über die Entwicklung zu unterrichten. Als er damit fertig war, hatte der Nachrichtenoffizier die Verbindung mit Captain Lieutenant Harl Quaid hergestellt. Die Züge des sandarischen Adligen waren in der leichenhaften Grimasse, die das Kennzeichen hoher Beschleunigung ist, über seinen Schädel gespannt.

»Was gibt es?«, fragte Drake.

Mühsam formte Quaid die Worte gegen ein Schwerefeld, das dem Sechsfachen des Normalen entsprach. »Unsere Sensoren meldeten den Plasmaausstoß eines Triebwerks beim zweiten Planeten, kurz nachdem die *Arrow* das System verlassen hatte, Sir.«

»Wie konnten Sie es bei ihrer ersten Inspektion übersehen haben?«, fragte Drake.

»Das Schiff muss sich in einer niedrigen Umlaufbahn befunden und zu wenig Energie abgegeben haben, um erkannt zu werden. Die Lichtgeschwindigkeit zwischen hier und dem zweiten Planeten bedingt eine Verzögerung von zwanzig Minuten. Sie müssen unsere Ankunft festgestellt, einige Zeit mit Überlegungen verbracht haben, was mit uns geschehen sollte, und dann geflohen sein. Das Licht vom Plasmaausstoß erreichte uns zwanzig Minuten später. Wir verfolgten es lange genug, um sicher zu sein, dass kein Instrumentenfehler vorlag. Dann ordnete ich die Verfolgung an.«

Drake nickte. »Guter Mann! Wir dürfen nicht zulassen, dass sie aus dem System verschwinden. Sie müssen wissen, dass wir aus dem Ringnebel gekommen sind.«

»Das war auch mein Gedanke, Sir.«

»Schonen Sie Ihre Kräfte, Captain«, sagte Drake. »Ich werde mich wieder melden, sobald wir hier formiert sind.«

Drake schaltete aus und verwünschte das Pech, das ein Ryall-Schiff zum Zeugen ihrer Ankunft gemacht hatte. Doch sofort schlug er sich solche Gedanken aus dem Sinn. Jetzt kam es darauf an, dieses Schiff am Verlassen des Systems zu hindern.

Drake überlegte einen Moment lang, ob der Flüchtige ein Kriegsschiff sei, und wenn ja, wie stark. Die *Mace* war möglicherweise zu schwach bewaffnet und gepanzert, um das fliehende Schiff mit Erfolg anzugreifen. Ein Sieg der Ryall über den sandarischen Zerstörer würde dem fremden Schiff die Möglichkeit geben, den Alarm über die gesamte Ryall-Hegemonie zu verbreiten. Was hatte ein einzelnes Schiff in einer Umlaufbahn über einer unbewohnten Welt getan? War es überhaupt ein einzelnes Schiff? Konnte es nicht sein, dass hinter der zweiten Welt dieses G7-Sterns eine ganze Schlachtflotte der Ryall lauerte?

Und was gab es auf der Welt selbst? Auch wenn es keine Flotte gab, musste mit der Tatsache gerechnet werden, dass der Planet entgegen dem ersten Anschein bewohnt war. Wenn dies eine Kolonie der Ryall war, dann hatte es nicht viel zu sagen, dass weder die *Arrow* noch die *Mace* Energieemissionen ausgemacht hatten. Die ersten Schiffe der

Expedition waren vor kaum neunzig Minuten in das System ausgebrochen. Das war zu wenig Zeit, um eine ganze Welt zu analysieren. Die Ryall konnten ausgedehnte militärische Installationen auf der anderen Seite haben, sogar Städte, deren Emissionen durch die Masse des Planeten verborgen waren.

Ein leises Grauen stieg in ihm auf. Er hatte eine unangenehme Vision von einer Million oder mehr Zentauren, die aufmerksam der Nachricht lauschten, dass menschliche Schiffe aus dem Ringnebel des Antares gekommen waren. Es gehörte zu den wichtigsten Grundsätzen der Helldiver-Expedition, dass kein Ryall jemals von der Passierbarkeit des Ringnebels erfahren durfte. Denn sobald die Ryall sahen, dass der Ringnebel befahrbar war, würden sie dieses Wissen nutzen, um den Raum der Menschheitshegemonie anzugreifen. Für jede Form von Unachtsamkeit, die den Zentauren zu solchem Wissen verhelfen würde, waren drakonische Strafen vorgesehen.

Drake blickte auf und sah Bethany in die Augen. Sie las seinen Gesichtsausdruck, und ein jäher Schrecken schien ihre feinen Züge zu verdunkeln.

»Mein Gott, Richard! Du würdest doch nicht eine ganze Welt vernichten, um unser Geheimnis zu wahren!«

»Könnte sein, dass mir nichts anderes übrig bleibt«, erwiderte er barsch.

»Aber das wäre Völkermord!«

Er antwortete nicht und drückte ärgerlich Haydns Taste. »Kapitänsbesprechung!«, befahl er.

Während Drake seine Gedanken geordnet hatte, waren die drei restlichen Schiffe der Expedition eingetroffen, und nun erschienen innerhalb von Sekunden die Gesichter seiner Schiffskapitäne auf den Bildschirmen. Mit knappen Worten fasste er seine Analyse der Situation zusammen.

»In Anbetracht aller Faktoren, die uns unbekannt sind, habe ich beschlossen, die Streitmacht aufzuteilen. Ich werde mit der *Discovery* unserem Zerstörer folgen, um das Ryall-Schiff aufzubringen oder zu zerstören. Captain Dreyer, Sie werden die *Terra*, die *Arrow* und die *Saskatoon* zum Planeten führen und feststellen, womit wir es zu tun haben. Captain Stiles, die *Scimitar* wird in den Ringnebel zurückkehren und unsere Erkenntnisse an Admiral Gower weiterleiten. Sobald Sie mit dem Rest der Flotte Verbindung aufgenommen haben, werden Sie hierher zurückkehren und im Faltpunkt Posten beziehen. Irgendwelche Fragen?« Es gab keine. »In diesem Falle wünsche ich Ihnen allen Glück.«

Drake schaltete ab und wandte sich seinem Navigator zu. »Mr. Cristobal, berechnen Sie einen Abfangkurs für dieses Ryall-Schiff.«

»Schon geschehen und veranlasst, Captain.«

»Sehr gut. Mr. Haydn, bitte Schaltung für allgemeine Durchsage.«

»Sofort, Sir.«

Drake überlegte kurz, befeuchtete sich die Lippen und begann zu sprechen: »Achtung, an alle! Halten Sie sich bereit für längere und starke Beschleunigung …«

37

Varlan aus der Sippe der Duftenden Wasser lag auf einer gegerbten Herboshaut vor ihrem Datenanschluss und beobachtete die Punkte, welche von rechts nach links über den Bildschirm zogen und die Produktion des laufenden Zeitabschnitts darstellten. Gelegentlich ließ sie ihre fingerähnlichen Greiforgane über die zehn Zentimeter breite Steuerkugel wandern, worauf dann andere Punktmuster auf dem Bildschirm erschienen. Während der Ablesung hob und senkte sie abwechselnd ihre Schlappohren in ungeduldiger Reizbarkeit.

Das Bergwerk und die angeschlossene Erzverhüttung auf Corlis war seit einer ganzen Zwölferperiode in Betrieb, aber noch immer lag die Erzeugung weit unter den Computerprojektionen. In früheren Perioden, als es ihnen kaum gelungen war, die Erzfrachter zu füllen, die in unregelmäßigen Abständen die Grenzwelt aufsuchten, war es schlimm genug gewesen. Nun kreiste *Raumschwimmer* über ihnen um die Welt, und es lagerte gerade so viel Erz in den Behältern, dass sieben Zwölftel der geräumigen Laderäume des Erzfrachters gefüllt werden konnten. Die ständigen Fehlmengen in Abbau und Verhüttung ließen sich nicht länger verbergen. Varlan wusste, dass sie in ihrem Verantwortungsbereich versagt hatte, und das erbitterte sie. Was die Sache doppelt ärgerlich machte, war der Umstand, dass es nicht allein ihre Schuld war. Vielmehr hatte es unerwartete Stillstandszeiten durch den Ausfall von Abbaumaschinen und Förderanlagen gegeben, und zu allem Überfluss hatte ein schwerer Sturm eine Anzahl Strommasten umgeworfen. Die Rohrleitung, die Wasser vom Staudamm flussaufwärts herbeiführte, um die Bohrmaschinen zu kühlen und den Staub zu binden, war auch zu spät fertig geworden. Ohne eine ausreichende Versorgung mit Kühlwasser hatten die Bohrmaschinen nur mit halber Kraft eingesetzt werden können. Und als ob das noch nicht genug wäre, gab es hohe Arbeitsausfälle, weil die Arbeiter die ganze Zeit an Leiden erkrankten, die den Philosophen unbekannt waren. Bei alledem hing die Sicherheit des Volkes von einem gleich bleibenden Nachschub an Energiemetallen ab, und Varlan wusste, dass die Regierenden ihren Erklärungen und Entschuldigungen kaum Beachtung schenken würden.

»Mögen die Arbeiter mir zum Bösen Stern vorausgehen!«, fluchte Varlan, als sie den Produktionsbericht fertig hatte und überlegte, wie lange es noch dauern würde, bis die Betriebsleiterkaste jemand anders finden würde, um die Anlagen auf Corlis zu leiten.

Die sechseckigen Wände ihrer Zelle hallten vom leise heulenden Ruf eines Windschnüfflers wider. Varlan wandte ihren langen, biegsamen Hals zum verhängten Eingang und forderte die unbekannte Person, die das Signal ausgelöst hatte, zum Eintreten auf. Wie sie beinahe erwartet hatte, war der Besucher Salfador, der Oberphilosoph und Priester des Corlis-Komplexes. Varlan sah ihn anmutig über den Bodenbelag aus frisch gemähten Binsen näher schreiten und vor ihr stehen bleiben. Salfador war ein kräftiger Mann, dessen Schuppen von einem gesunden Graugrün waren, dessen sechs Beine von Muskeln strotzten und dessen Greiffinger die Geschicklichkeit eines erstklassigen Chirurgen besaßen. Varlan hatte lange daran gedacht, ihn zu fragen, ob er während der nächsten Paarungszeit ihr Partner sein wolle, das Thema aber noch nicht zur Sprache gebracht, weil sie befürchtete, dass es ihrer Autorität über ihn abträglich sein würde.

»Grüße, Salfador vom Ewigen Feuer!«, sagte sie und beugte den Hals, wie der Brauch es verlangte.

»Grüße auch dir, Varlan von den Duftenden Wassern«, antwortete er, bevor er im Gesprächston fortfuhr: »Ich sehe, dass du deine Buchhaltung machst. Bin ich zur Unzeit gekommen?«

»Es gibt keine guten Zeiten, wenn wir nicht einmal die Laderäume eines alten Erzfrachters füllen können«, erwiderte sie. »Ich fürchte, dass du bald einen neuen Betriebsleiter wirst beraten müssen, Salfador. Ich erwarte, dass man mich zurückrufen wird, bevor die nächste Periode um ist.«

»Du bist zu unnachgiebig gegen dich selbst, Varlan«, sagte er. Es gelang ihm mühelos, in seine Rolle als Seelsorger zu schlüpfen. »Du hast deine Sache so gut gemacht, wie jeder andere es an deiner Stelle hätte tun können, zieht man die Schwierigkeiten in Betracht, unter denen zu arbeiten du gezwungen bist. Woher solltest du wissen, dass die lokalen Mikroorganismen Ryallfleisch schmackhaft finden würden, so dass die Hälfte deiner Belegschaft ständig unter meiner Obhut sein muss?«

»Die Regierenden hören nicht auf Entschuldigungen«, erwiderte Varlan in Wiederholung der Warnung, die sie sich selbst erst vor einem paar Dutzend Herzschlägen gegeben hatte.

»Sie entfernen keine Betriebsleiter, die unter den gegebenen Bedingungen das bestmögliche Betriebsergebnis erreichen. Außerdem werden wir durch das Abteufen des Schachtes Nummer Sechs unsere künftige Produktion steigern. Alles wird vergeben und vergessen sein, wenn du in der nächsten Periode gute Ergebnisse vorweisen kannst.«

»Ich hoffe es«, sagte Varlan. »Was kann ich für dich tun, ehrwürdiges Gefäß des Geistes?«

Salfador öffnete den Mund, und zwischen zwei Reihen konischer Zähne kam seine Zunge zum Vorschein. »Ich hatte gehofft, deine Bürde der Verantwortung zu erleichtern, indem ich dich einlade, mit mir zu baden.«

Varlan sog mit pfeifendem Geräusch Luft zwischen ihre kaum geöffneten Zähne ein, was für die Ryall einem Seufzen gleichkam. »Das würde mir sehr gefallen. Unglücklicherweise habe ich mich um die Beladung der *Raumschwimmer* zu sorgen und Briefe abzusenden.«

»Lass es deine Untergebenen tun.«

Varlan zischte ärgerlich. »Niemand soll sagen können, dass ein Mitglied der Sippe der Duftenden Wasser andere tun ließ, was ihre Pflicht war!«

Salfador hob die Arme. »Wie du willst, Varlan. Ich gehe jetzt.«

Der Priester hatte sich eben zum Eingang umgewandt, als das Kommunikationsgerät am Datenanschluss der Betriebsleiterin zu quäken begann. Er wandte den Kopf und blickte zurück, während Varlan den Anruf beantwortete.

»Frachtführer Ossfil von *Raumschwimmer*«, zischte es aus dem Lautsprecher. »Sei gegrüßt, Varlan von den Duftenden Wassern.«

»Sei gegrüßt, Ossfil von *Raumschwimmer*. Sprich.«

»Wir haben zwei Fahrzeuge unbekannten Typs ausgemacht, die im Tor vom Bösen Stern erschienen sind.«

Varlan ließ die Nickhäute über die Augen gleiten, öffnete sie dann wieder, um ihr Erstaunen anzudeuten. »Ist kein Irrtum möglich?«

Ossfil wedelte abwehrend mit dem Arm. »Keinerlei Zweifel. Ich habe die Aufzeichnungen wiederholt geprüft. Sie erschienen zusammen vor etwa zwölf Herzschlägen in der dritten Potenz. Sie waren sehr hell und lenkten sofort die Aufmerksamkeit unserer automatischen Wächter auf sich. Dann verblassten sie in einem Zeitraum mehrerer Herzschläge, bis sie nicht mehr sichtbar waren.«

»Aber wie könnte ein Fahrzeug im Bösen Stern überleben?«

»Ich weiß es nicht«, antwortete Ossfil.

»Was kann ihr Ursprung sein? Könnten sie zu den unsrigen gehören?«

Ossfils Antwort war eine knappe verneinende Fingerbewegung. »Unwahrscheinlich. Wenn sie zu den unsrigen gehörten, wären sie durch das normale Tor gekommen, nicht so.«

»Richtig«, sagte Varlan. »Das bedeutet, dass es Schiffe der zweibeinigen Ungeheuer sein müssen!«

»Es scheint logisch«, erwiderte der Schiffsführer. »Ich erwarte deine Anweisungen, Varlan von den Duftenden Wassern.«

Ossfils letzte Bemerkung gab Varlan zu denken. Gewiss, sie war Betriebsleiterin des Bergwerks- und Verhüttungskomplexes auf Corlis, und als solche stand sie im Rang um einige Stufen höher als ein bloßer Schiffsmeister oder Frachtführer. Trotzdem, was wusste sie vom Kampf gegen die Ungeheuer? Das war etwas für die Kriegerkasten. Solche aber gab es auf Corlis nicht. Niemand hatte sie so tief im Innern der Hegemonie für notwendig gehalten. Was war zu tun? Obschon in militärischen Dingen nicht bewandert, begriff Varlan, dass die Ankunft von Raumfahrzeugen der Ungeheuer durch das Tor vom Bösen Stern eine Frage von überragender Bedeutung war. Es bedeutete, dass die zweibeinigen Bestien eine neue Fähigkeit entwickelt hatten, die den Regierenden unbekannt sein mochte. Sie überdachte ihre Prioritäten und folgerte, dass die Unterrichtung der Hegemonie Vorrang vor den reibungslosen Arbeitsabläufen in Bergwerk und Verhüttung des Corlis-Komplexes genießen müsse. Es war eine Entscheidung, die für jedes Mitglied der Betriebsleiterkaste der Ryall schwierig gewesen wäre.

»Du musst die Nachricht der Hegemonie überbringen«, sagte Varlan zu Ossfil.

»Dein Befehl soll befolgt werden«, erwiderte der Frachtführer. »Was ist mit euch auf der Oberfläche?«

»Wir werden uns verteidigen, so gut wir können. Starte den *Raumschwimmer,* sobald du deine Ladung abgeworfen hast.«

»Die Energiemetalle werden aber dringend benötigt«, erwiderte Ossfil.

»Es ist wichtiger, dass dein Fahrzeug seine maximale Beschleunigung erreicht. Wenn dies wirklich Kriegsschiffe der Ungeheuer sind, werden sie zweifellos ein viel günstigeres Verhältnis zwischen Gewicht und Antriebskraft haben als dein *Raumschwimmer.* Die Fracht kann in der Umlaufbahn bleiben, bis du mit Kriegern zurückkehrst.«

Ossfil neigte den Kopf. »Deine Worte sollen befolgt werden.«

»Möge der Große Jäger dich beschützen …«, sagte Varlan.

»… und die Schnellen Esser erschlagen werden«, beendete Ossfil die alte Formel.

Richard Drakes Gesichtszüge waren unter dem hohen Beschleunigungsdruck verzerrt. Seit mehr als achtzig Stunden stand die *Discovery* nun schon unter diesem Beschleunigungsdruck, und ihre Beute war beinahe in Reichweite. Als er das Symbol beobachtete, welches auf seinem Bildschirm das Ryall-Schiff darstellte, ließ er die Ereignisse der vergangenen drei Tage Revue passieren und überlegte, welche Fehler er gemacht hatte.

Während der ersten zwanzig Stunden der Verfolgungsjagd hatten die Sensoren der *Discovery* einige Eigentümlichkeiten im Verhalten des Ryall-Raumschiffes beobachtet. Die wichtigste war das gemächliche Tempo, mit dem es sich vom zweiten Planeten entfernt hatte. Ein misstrauischer Beobachter hätte geglaubt, dass das Ryall-Schiff eine List sei, ein Lockvogel. Aber ob List oder nicht, die *Discovery* und die *Mace* mussten den Köder annehmen. Wenn sie auf Verfolgung verzichteten, würden sie den Ryall entkommen und die Meldung von ihrer Anwesenheit in einem System der Ryall verbreiten.

Stunde um Stunde verging, und Richard begann die Möglichkeit, dass er Hals über Kopf in eine Falle jagte, außer Acht zu lassen. Unter anderen ermutigenden Zeichen hatten die Sensoren festgestellt, dass die Beschleunigungsrate des fremden Schiffes im Laufe von vierzig Stunden langsam von 0,75 auf 0,93 *g* angestiegen war. Solch eine Zunahme war von einem Schiff zu erwarten, das alle Möglichkeiten ausschöpfte, um seinen Verfolgern zu entkommen. In dem Maße, wie es Treibstoff verbrauchte, nahm das Verhältnis von Antriebskraft zu Gewicht allmählich zu, und damit die Beschleunigungsrate. Andererseits würde ein Kriegsschiff, das sie absichtlich in eine Falle lockte, eher eine konstante Beschleunigungsrate beibehalten, bis es sich seinen Verfolgern stellte.

Nachdem er zu dem Schluss gelangt war, dass es sich um ein Handels-Raumfahrzeug handeln müsse, nahm Drake Verbindung mit Captain Quaid an Bord der *Mace* auf. »Unsere Beute verhält sich nicht wie ein Kriegsschiff.«

Quaids unter dem Beschleunigungsdruck an einen Totenschädel gemahnender Kopf nickte. »Das denke ich auch, Sir. Und ich habe manches interplanetarische Frachtschiff gesehen, das besser zu Fuß war.«

»Sie haben Erfahrung mit Ryall-Schiffen, Mr. Quaid. Welche Art von Bewaffnung würden sie einem Handelsschiff mitgeben?«

»Nur Kurzstreckenzeug, Sir. Sie haben keinen Grund, größere Waffensysteme einzubauen, die nur auf Kosten ihrer Ladefähigkeit gehen würden. Vergessen wir nicht, dass die Ryall den gleichen Gesetzen der Wirtschaftlichkeit unterworfen sind wie wir.«

Drake nickte. »Das dachte ich mir. Ich glaube, eine Änderung der Strategie ist angebracht.«

»Woran denken Sie, Sir?«

»Statt das Schiff in Fetzen zu schießen, Captain, werden wir versuchen, es zu kapern.«

Der sandarische Adlige sagte nichts, aber seine Miene erinnerte Drake an jemanden, der gerade in eine unreife saure Frucht gebissen hat.

»Sie halten nichts davon?«

»Sicherlich sind Sie sich der Schwierigkeiten bewusst, an Bord eines feindlichen Raumfahrzeugs zu gehen, Sir – besonders eines, das in der Beschleunigungsphase ist.«

»Mir ist auch bewusst, dass die *Terra* einen Angriff auf den zweiten Planeten vorbereitet, und dass wir keine Ahnung haben, was uns dort erwartet. Wir benötigen genauere Informationen über die planetarischen Verteidigungsanlagen. Zu diesem Zweck brauchen wir Gefangene.«

»Ja, Sir.«

»Verbinden Sie mich mit Fähnrich Walkirk an Bord der *Barracuda*«, befahl Drake. Während er wartete, beobachtete er den unscharfen Lichtpunkt in der Mitte des Bildschirms. Dieser Fleck war der Triebwerksausstoß des Ryall-Schiffes, einige 100.000 Kilometer vor der *Discovery*. Der Schlachtkreuzer hatte vor zwei Stunden die Geschwindigkeit angeglichen und beschattete das feindliche Schiff. 100.000 Kilometer jenseits des Zieles hatte auch die *Mace* die Geschwindigkeit angepasst, so dass der Ryall-Transporter von seinen Verfolgern praktisch eingeschlossen war.

»Fähnrich Walkirk auf Bildschirm vier, Captain.« Drake wandte den Kopf und sah den sandarischen Kronprinzen auf seinem Schirm.

»Sie wollten mich sprechen, Captain?«

»Sind Ihre Leute bereit, Mr. Walkirk?«

»Ja, Sir. Die erste Gruppe ist hier an Bord der *Barracuda*, die zweite an Bord der *Malachi*. Wir sind bereit und brennen darauf, in den Kampf zu ziehen.«

»Ich will kein Draufgängertum, Fähnrich. Sie haben unnötige Risiken zu vermeiden. Wenn Sie feststellen, dass dieses Schiff eine starke, bewaffnete Mannschaft hat, die zu allem entschlossen ist, ziehen Sie sich sofort zurück. Dann werden wir sie mit unseren Batterien erledigen.«

»Verstanden, Sir. Wir werden vorsichtig wie die Schneehühner sein.«

»Das rate ich Ihnen! Sollte Ihnen etwas zustoßen …«

Der Prinz lächelte durch die Visierscheibe seines Helms. »Seien Sie unbesorgt, Sir. Wir Walkirks haben immer Glück gehabt.«

Drake nickte ihm zu, schaltete aus und verbrachte die nächsten zehn oder fünfzehn Sekunden damit, den Tag zu verwünschen, an dem er versucht hatte, den sandarischen Kronprinzen aus der Schusslinie zu bringen, indem er ihn zum Zugführer in der Kompanie Marinesoldaten an Bord der *Discovery* ernannt hatte. Seinerzeit war es ihm vernünftig vorgekommen, doch hätte er vorausgesehen, dass er

Marinesoldaten würde aussenden müssen, um ein Schiff mit feindlichen Außerirdischen zu entern, so würde er lieber jeden anderen Offizier an Bord beauftragt haben, um nicht Phillip Walkirks Leben in Gefahr zu bringen. Er hatte daran gedacht, einen anderen Offizier mit dem Enterkommando zu beauftragen, war aber schnell wieder davon abgekommen. Es wäre eine grobe Beleidigung des Prinzen, seines Vaters und jedes lebenden Sandarers gewesen. Also hatte nun der sandarische Kronprinz den Auftrag, das Feindschiff zu entern und die Besatzung gefangen zu nehmen, und Drake hoffte inständig, dass der junge Mann unversehrt bleiben würde.

Mit finster gerunzelter Stirn starrte Drake vor sich hin, schob die Sorgen mit einer bewussten Anstrengung von sich und gab Befehl, die Landungsboote der *Discovery* zu starten. Sekunden später kamen vier geflügelte Maschinen vom Habitatring des Kreuzers frei und bildeten eine Kette für den Zielanflug. Einer von Drakes Bildschirmen übertrug die von einer Außenkamera der *Mace* aufgenommenen Bilder. Kurze Zeit waren darauf die beiden anderen Maschinen zu sehen, wie sie davonjagten und in der Schwärze des Raumes verschwanden.

»Er weicht aus, Sir!«, meldete einer der Beobachter an den Sensoren.

Drake blickte zum großen Bildschirm auf. Nachdem er bemerkt hatte, dass seine Verfolger Hilfsmaschinen gestartet hatten, begann der Ryall-Captain mit Ausweichmanövern.

»Starten Sie Kamerasonde!«

Ein gedrungenes zylindrisches Gerät verließ den Habitatring und sauste mit einer Beschleunigung, die kein bemanntes Fahrzeug erreichen konnte, auf das Ryall-Schiff zu.

Während der nächsten drei Stunden verfolgte Drake das Ballett der Lichtpunkte auf den taktischen Diagrammen. Das Ryall-Schiff war ein blutroter Rubin, dessen Daten verrieten, dass er rechtwinklig zu seinem Geschwindigkeitsvektor beschleunigte. Sechs bernsteingelbe Pfeile näherten sich gleichmäßig dem Ziel und passten sich mühelos seinen vergeblichen Ausweichmanövern an. Dem Ryall-Schiff viel näher war ein gelbgrüner Stern, der die Kamerasonde darstellte. Auch sie passte sich den Bewegungen des Zieles an, als sie zu einem schnellen Vorbeiflug ansetzte.

»Bringen Sie das Bild von der Kamerasonde auf den oberen Bildschirm«, befahl Drake dem Nachrichtenoffizier, als das gelbgrüne Symbol beinahe mit dem Rubin verschmolz.

»Einen Moment, Sir.«

Gleich darauf sah Drake einen Sternhimmel, in dessen Mitte sich ein kleiner, undeutlicher Fleck bläulich weißen Lichtes abzeichnete. Dieser schwoll rasch zu halber Bildschirmgröße an, als die Kamerasonde dem Ziel näher kam. Dann war das Ryall-Schiff als Silhouette im bläulich weißen Licht seines eigenen Triebwerksausstoßes zu erkennen. Drake sah auf den ersten Blick, dass es kein Kriegsschiff war, sondern eine Art Massengutfrachter mit breitem Rumpf, sehr großen Ladeluken und einem Antriebssystem, das für seine Größe recht unzulänglich schien. Die Sonde erreichte die vorgesehene Distanz, und das Schiff nahm die gesamte Fläche des Bildschirms ein. Es folgte ein Augenblick der Unschärfe, dann war die Sonde am Ziel vorbei und flog in die Schwärze des Raumes. Drake signalisierte seinem Ersten Offizier.

»Konnten Sie die Klasse identifizieren, Mr. Marchant?«

»Nein, Sir. Der Computer scheint sie nicht im Programm zu haben.«

»Wurde ein Versuch unternommen, die Sonde anzugreifen?«

»Keiner, den wir feststellen konnten, Captain. Vielleicht hat der Feind sich zurückgehalten, um die Landungsboote mit einem Feuerschlag zu empfangen, sobald sie in Reichweite kommen.«

Drake schüttelte den Kopf. »Die Sonde sieht einer Rakete so ähnlich, dass er versucht hätte, sie zu zerstören, wenn er die Möglichkeit gehabt hätte. Dass er es nicht tat, bedeutet wahrscheinlich, dass er keine Bewaffnung an Bord hat.«

»Ja, Sir.«

»Senden Sie Kopien dieser Bilder zu den Landungsbooten und lassen Sie computerverstärkte Wiedergaben folgen, sobald sie welche haben.«

»Wird sofort erledigt, Captain.«

»Sehr gut, Mr. Haydn. Und senden Sie Fähnrich Walkirk an Bord von *Barracuda* die folgende Botschaft: ›Angriff freigegeben!‹«

Varlan von den Duftenden Wassern stand auf der Kuppe des Hügels und blickte wehmütig über das Tal hinaus, wo Bergwerk und Verhüttungsanlage des Corliskomplexes lagen. Sie stieg oft auf diesen Hügel, wenn sie mit einem Problem zu ringen hatte, oder um die Fortschritte eines Bauprojekts zu betrachten, oder nur um ungestört nachzudenken. In der Vergangenheit waren ihre Betrachtungen meistens mit ein wenig Stolz auf die Errungenschaften ihrer Spezies verbunden gewesen.

Als die ersten Schiffsladungen mit Arbeitskräften auf Corlis eingetroffen waren, hatten sie das mineralreiche Tal von bläulich grüner Vegetation überwachsen und von ein paar seltsam aussehenden vierbeinigen Tieren bevölkert angetroffen. Verschwunden waren die üppigen heimischen Gewächse, gerodet und verbrannt, als das Tal seines Bodens beraubt worden war, um den anstehenden Felsuntergrund freizulegen. Fort waren die einheimischen Tiere, vertrieben von den automatisierten Schwermaschinen. Verschwunden war der Bach, der das Tal eingeschnitten hatte, weiter aufwärts hinter einem Damm gestaut, um Kühlwasser für die Bohrmaschinen zu liefern.

Das Tal hatte nichts von seiner natürlichen Gestalt bewahrt. Riesige Abraumhalden, Förderanlagen, die Langhäuser der Bergarbeiter und die großen Schuppen der Schmelzen und Verhüttungsanlagen nahmen den größten Teil des Talbodens ein. Zehnmal war Corlis um sein Zentralgestirn gewandert, bevor dieses Tal zu einem funktionierenden Bergbau- und Verhüttungskomplex geworden war. Und nun wollten die zweibeinigen Ungeheuer alle Früchte langer und angestrengter Arbeit in weniger Zeit als man brauchte, um die Nickhäute über die Augen gleiten zu lassen, in radioaktiven Staub verwandeln.

Varlan erschauerte und lenkte ihre Aufmerksamkeit auf den eigentlichen Grund, der sie zum Ersteigen des Hügels veranlasst hatte. Drunten im Tal schnitten gigantische Felsbrecher Gräben ins Gestein und warfen den Schutt nach außen. Varlan hatte in militärischen Angelegenheiten weder Erfahrung noch Ausbildung, doch schien es ihr, dass das Anlegen solcher Gräben Bodenangriffe der Ungeheuer abwehren oder verhindern könnte. Das Problem war, dass der Corlis-Komplex weitgehend automatisiert war und mit einer Gesamtzahl von zwölf Zwölfern, einem Zwölfer Technikern und Ingenieuren und einem weiteren Zwölfer Verwaltungspersonal auskommen musste. Außerdem gab es keine richtigen Waffen. Sie hatten nichts, womit sie kämpfen konnten, und ihr Personal verstand von militärischen Dingen so wenig wie sie.

Salfador hatte das Problem der fehlenden Waffen auf seine Art gelöst. Der Philosoph und Priester hatte vorgeschlagen, Bergbaumaschinen als Waffen einzusetzen, besonders die schweren Laserbohrer.

Zwar hatte Varlan wenig Hoffnung, dass so etwas möglich sei, war aber darauf eingegangen und hatte die Ingenieure und Techniker darauf angesetzt, um die Moral zu stärken. Zu ihrer Überraschung ergaben die beweglicher gemachten Bohrer ziemlich effiziente militärische Laser. Jetzt arbeiteten die Leute daran, Erztransporter zu Kampfmaschinen umzubauen. Auch dieses Projekt machte Fortschritte, war jedoch nicht geeignet, Varlan von ihren Sorgen zu befreien, als sie zu den Bauarbeiten an den Befestigungen hinabblickte. Man brauchte nicht aus der Brut der Kriegerkaste zu kommen, um zu sehen, dass der äußere Umfang der Anlagen zu groß war und nicht genug Arbeiter zu einer Erfolg versprechenden Verteidigung vorhanden waren.

Varlan grübelte über ihr Dilemma nach, als ihr Kommunikationsgerät zu blinken begann. Sie schaltete es ein und sah das Gesicht des Nachrichtentechnikers in dem winzigen Bildschirm.

Er machte eine respektvolle Gebärde und sagte: »Ich habe eine Botschaft von Ossfil vom *Raumschwimmer*.«

»Wie lautet die Botschaft?«

»›Die Ungeheuer haben mich umzingelt, und ich bin unfähig, das Tor zu erreichen. Ich ergreife Maßnahmen, werde aber nicht entkommen können. Erbitte Anweisungen. Ossfil, Frachtführer *Raumschwimmer*.‹«

Varlan murmelte ein paar tief empfundene und dem bösen Stern gewidmete Verwünschungen, bevor sie antwortete. »Sende die folgende Botschaft: ›Von Varlan von den Duftenden Wassern an Ossfil vom *Raumschwimmer*. In jedem Fall wirst du den Navigationscomputer zerstören und die Amnesie deines Navigators auslösen. Wenn das getan ist, magst du nach deinem eigenen Dafürhalten handeln.‹«

Als der Nachrichtentechniker die Botschaft bestätigt hatte, kehrte Varlan zu ihren persönlichen Gedanken zurück, niedergeschlagener als je zuvor. *Raumschwimmer* war ihre einzige Hoffnung gewesen. Hätte der Transporter das Tor nach Carratyl erreicht, wären Schiffe der Kriegerkaste innerhalb weniger tausend Herzschläge zu Hilfe geeilt. Wie die Dinge jetzt lagen, würde niemand in der Hegemonie für mindestens ein weiteres halbes planetarisches Jahr von dem Schicksal erfahren, das den Corlis-Komplex betroffen hatte. Dann erst würde der nächste planmäßige Erztransporter eintreffen, um eine Ladung zu übernehmen. Nein, berichtigte sie sich, ganz so war es nicht. Man würde *Raumschwimmer* vermissen. Sicherlich würde die Hegemonie ein Fahrzeug aussenden, um nach dem Erztransporter zu suchen, wenn er das Verarbeitungszentrum auf Pasotil nicht erreichte. Die Hilfe konnte durchaus innerhalb der Spanne einer einzigen Produktionsperiode eintreffen.

Das verschaffte ihr neuen Auftrieb. Sie machte kehrt und schlenderte im gemütlichen Passgang den Hang hinab. Im Gehen begann sie die Töne eines lederflügeligen Sasbo nachzuahmen, um ihre neue Zuversicht kundzutun. Was machte es schon aus, wenn vier Schiffsladungen Ungeheuer unterwegs waren, um über sie herzufallen? Ihre Spezies hatte in der Vergangenheit immer gesiegt und würde es auch in Zukunft tun. Einstweilen musste sie bloß die Verteidigungsanlagen vorbereiten und Ungeheuer erschlagen!

38

Fähnrich Phillip Walkirk, Herzog von Cragston, Verteidiger der Faltpunkte, Abkömmling der Kriegerkönige und künftiger Bezwinger der Ryall, lag im Schutzanzug auf seinem zurückgeklappten Sitz und atmete den Gestank seiner eigenen Angst ein. Ringsum lagen ähnlich luftdicht gepanzerte Angehörige des altanischen Marinekorps angeschnallt und erwarteten ihren Einsatz.

»Noch zehn Minuten, Fähnrich«, sagte die barsche Stimme des Unteroffiziers Willem Berthol in Phillips Kopfhörern. »Wir sollten uns zum Aussteigen bereitmachen.«

»Richtig«, sagte der Prinz und löste seinen Gurt.

Der Plan war einfach, wenn auch nicht ohne Gefahr für jene, die ihn auszuführen hatten. Die Kamerasonde hatte genaue Aufnahmen vom Äußeren des Transporters gemacht, und diese Aufnahmen hatten bestätigt, dass offenbar keine schweren Waffen an Bord waren. Die nächsten Maschinen, die sich dem Massenguttransporter näherten, würden die Aufklärer *Questor* und *Calico* sein. Ihre Aufgabe war es, die Triebwerke des Transporters funktionsunfähig zu machen und alle an der Außenhülle angebrachten sensorischen Aufnahmegeräte zu zerstören. Sobald die Beute bewegungsunfähig und geblendet war, sollten die Landungsboote *Barracuda* und *Horned Devil* bis auf zehn Meter heranmanövrieren und das Enterkommando von fünfundzwanzig Mann absetzen. Die beiden Aufklärer und die Landungsboote würden dann den Ryall-Transporter einschließen und Feuerschutz geben, während die Marinesoldaten an zwei verschiedenen Punkten Sprengladungen ansetzten und ins Innere eindrangen. Dann würde es ihre Aufgabe sein, die Besatzung gefangen zu nehmen.

»Wir sind einsatzbereit«, meldete Phillip Walkirk dem Piloten des Aufklärers.

»Warten Sie, Fähnrich«, kam die Antwort. »In zehn Sekunden werden wir den Antrieb ausschalten.«

Phillip beobachtete den winzigen Zeitmesser in seinem Helm. Tatsächlich verschwand der Druck auf seine Brust zehn Sekunden später. Gleichzeitig war die Stimme des Piloten über die Bordsprechanlage zu vernehmen: »Achtung, Enterkommando! Wir werden acht Minuten in Schwerelosigkeit bleiben und dann mit zwei *g* beschleunigen. Wer dann noch an Bord ist, muss sich vorher gut verankern! Viel Glück, Enterkommando!«

Da der Transporter noch immer zu einem Faltpunkt beschleunigte, den er nie erreichen würde, brauchte die *Barracuda* keine neue Geschwindigkeitsangleichung vorzunehmen. Langsam glitt die Maschine näher an den massigen Rumpf heran.

»Achtung!«, rief Phillip Walkirk in sein Kehlkopfmikrofon. »Die ungeraden Nummern machen sich der Reihe nach zum Aussteigen bereit.«

Sechs Marinesoldaten erhoben sich von ihren Plätzen und stellten sich im engen Mittelgang des Landungsbootes hintereinander auf. Sie bewegten sich unbeholfen durch die enge Kabine zur vorderen Luftschleuse. Sobald wieder Platz war, befahl Phillip Walkirk den geraden Nummern, sich ihren Kameraden anzuschließen. An der Luftschleuse stand der Copilot des Landungsbootes im Schutzanzug bereit, eine Hand auf dem Ventil, das die Luft aus der Kabine ins Freie strömen ließ.

»Wir können aufmachen, wenn Sie so weit sind, Fähnrich«, sagte er.

Phillip Walkirk ließ die Anzüge überprüfen. Es folgten zwei Minuten gegenseitiger Inspektion und eine kurze, präzise Bereitschaftsmeldung der Soldaten mit Namen und Nummern.

»Festhalten, Soldaten! Wir lassen die Luft ab.«

Ein plötzlicher Wind zupfte an den Schutzanzügen, und die Luft entwich mit leisem Seufzen aus der kleinen Kabine. Das Geräusch erstarb sehr schnell, als alle Luft in den Raum abgeströmt war. Gleichzeitig mit der jähen Stille des Vakuums blähte sich Walkirks Schutzanzug auf und versteifte sich an den Gelenken. So rasch wie die Luft abgeströmt war, öffnete der Copilot beide Schleusentüren und gab den Blick auf die unendliche Schwärze draußen frei.

»Folgen Sie mir!«, befahl er.

Ein Landungsboot war ein kleines, bewaffnetes Hilfsfahrzeug, das im interplanetarischen Nahbereich eingesetzt werden konnte, wegen des begrenzten Treibstoffvorrats aber nicht für interstellare Aufgaben geeignet war. Neben seiner Funktion als Landungsboot, die gute Flugeigenschaften in der Atmosphäre erforderte, gehörte es zu den Aufgaben solcher Hilfsfahrzeuge, Störangriffe gegen den Feind zu fliegen, wenn dieser im Gefecht mit dem Mutterschiff stand. Sie waren indessen nicht dafür gemacht, Bodentruppen ins Gefecht zu bringen.

Aus diesem Grund hatten Ingenieure an Bord des altanischen Kreuzers improvisieren müssen und ein Geländer auf die Oberflächen der kurzen Tragflächen geschweißt. Der Plan sah vor, dass die Marinesoldaten des Enterkommandos sich nach dem Verlassen der Kabine an den Geländern die Flügel entlangzogen und sich für das eigentliche Entermanöver verankerten. Von der Tragfläche aus ließ sich der Angriff rascher durchführen, obwohl er das Enterkommando der Gefahr durch eine möglicherweise nicht erkannte Abwehrbewaffnung aussetzte.

Walkirk hakte den Karabiner am Ende der Sicherheitsleine in das Geländer, das zur Backbordseite führte, und zog sich Hand über Hand an der Tragfläche hinaus. An ihrem Ende tauschte er die Sicherheitsleine gegen eine von mehreren anderen, die dort festgemacht waren. An dem Punkt, wo sie an Phillips Schutzanzug festgemacht wurde, hatte die Leine eine kleine Explosivladung, die ihn von der Leine befreite, sobald er das feindliche Schiff geentert hatte und die Ladung aktivierte. Einstweilen sorgte die Vierpunktbefestigung dafür, dass er nicht den Halt verlieren und abgetrieben werden konnte, wenn das Landungsboot während der Annäherung zu plötzlichen Manövern gezwungen war.

Er sah sich zur Luftschleuse um. Seine sechs Kameraden lagen hinter ihm auf der Tragfläche in Bereitschaft, weitere Gestalten verließen die Luftschleuse. Sergeant Berthol führte diese Gruppe über den Rumpf der Maschine zu den Befestigungspunkten an der Steuerbordtragfläche. Phillip sah sie außer Sicht kommen, dann schrak er zusammen, als unvermittelt helle Lichtblitze in rascher Folge die Schwärze erhellten.

»Was, zum Teufel, war das?«, fragte eine Stimme in seinem Kopfhörer. Er erkannte den schwerzüngigen Akzent von Altas westlichem Kontinent und identifizierte die Stimme als die des Gefreiten Kevin Sayers, der unmittelbar neben ihm auf der Tragfläche kauerte.

»Das werden die *Questor* und die *Calico* sein, die seine Sensoren ausbrennen und die Triebwerke stilllegen«, sagte Phillip.

»Ich hoffe, die Zentauren kommen nicht auf den Gedanken, Selbstmord zu begehen, während wir ihnen im Nacken sitzen«, murmelte der Gefreite.

Das hoffe ich auch, dachte Phillip bei sich. Laut sagte er: »Wenn sie sich in die Luft sprengen wollten, hätten sie es schon getan.«

Das Ryall-Schiff wuchs rasch, als der Pilot das Landungsboot ins Ziel brachte. »Achtung!«, kam seine Stimme durch die Kopfhörer. »Festhalten da draußen. Wir sind noch ein gutes Stück zu schnell!«

Unter Phillip Walkirks Füßen leuchtete es violett auf. Gleichzeitig presste ihn ein plötzlicher Beschleunigungsdruck in die Stiefel. Er rutschte in seinem Schutzanzug abwärts und kam mit einem hörbaren Schnaufen unten an, als der Pilot des Landungsbootes die zu hohe Annäherungsgeschwindigkeit herabdrückte. Aus den Augenwinkeln sah Phillip eine andere, ähnliche Lichterscheinung am Himmel jenseits des Ryall-Schiffes. Das musste die *Horned Devil* sein, die die andere Hälfte des Enterkommandos brachte.

Dann war der Druck weg, und das Landungsboot hing bewegungslos zehn Meter von der mächtig gewölbten Bordwand entfernt.

»Leinen los und Manövriereinheiten einschalten!«, befahl Phillip. Er drückte den Schalter, der die Absprengladung zur Detonation brachte. Es gab ein kaum hörbares dumpfes Geräusch, und er war frei. »Fertig zum Sprung!«

Varlan von den Duftenden Wassern lag vor einem großen Holotank und verfolgte den Angriff der Ungeheuer auf *Raumschwimmer*. Der Tank, normalerweise zur Kartierung von Verwerfungen und Faltungen unterirdischer Gesteinsschichten benutzt, war von den Technikern hergerichtet worden, um die Situation im Raum darzustellen, wie sie von den Rechnern ermittelt wurde. In der Tiefe des Tanks war

Corlis' gelbes Zentralgestirn, Eulysta, ein kleines, leuchtendes Juwel. Hoch darüber, unweit vom oberen Rand der Darstellung, lag das Tor zum Bösen Stern. Das Tor zu Carratyl war viel tiefer, ungefähr auf einer Ebene mit dem blaugrünen Lichtpunkt, der Corlis selbst kennzeichnete. Drei andere nahe Planeten waren ebenfalls zu sehen, und der Rechner gab sogar ihre Umlaufbahnen an.

Es gab weitere schwache Lichtlinien im Holotank, die nahezu rechtwinklig zu den konzentrischen Kreisen verliefen, welche die Ebene von Eulystas Ekliptik kennzeichnete. Die Flugbahnen der Fahrzeuge, die die *Raumschwimmer* verfolgten, waren in leicht smaragdgrünen Linien angezeigt. Neben ihnen legten mehrere Notierungen der Zeit und der Vektoren stummes Zeugnis für die Geschwindigkeit ab, mit der die zweibeinigen Teufel das System in ihrer Jagd nach dem flüchtenden Erzfrachter durchquert hatten.

Varlans Blick wurde zu einer zweiten Gruppe fremder Kriegsschiffe gelenkt. Auch diese zogen matt beleuchtete grüne Fäden nach sich, sie nahmen jedoch nicht an der Verfolgung des Transporters teil. Diese Feinde hielten vielmehr Kurs auf Corlis und würden in nur drei Umdrehungen des Planeten eintreffen. Varlan grämte sich, dass nicht mehr Zeit sein würde, die Verteidigungsanlagen zu vervollkommnen, obwohl ihr objektiv klar war, dass auch tausend Jahre unzureichend sein würden, wenn die Ungeheuer es wirklich auf den Corlis-Komplex abgesehen hatten.

Wichtiger aber war im Moment das Schicksal der *Raumschwimmer.* Sie passte die Tonlage ihrer Stimme dem Frequenzbereich der Rechenanlage an, die den Holotank betrieb, und sagte: »Brennpunkt auf die *Raumschwimmer* verlegen. Vergrößerung auf Maximum verstärken.«

Die Gesamtansicht des Eulystasystems verblasste und wurde von einer anderen Darstellung ersetzt. Ein Schwarm von Schiffen nahm jetzt den mittleren Bereich des Holotanks ein. Im Mittelpunkt befand sich der rosa Punkt des *Raumschwimmers.* Er wurde umschwärmt von purpurgrünen feindlichen Fahrzeugen. Aus jedem Lichtpunkt kamen kleine violette Kennzeichnungen hervor, die Geschwindigkeit und Beschleunigungsvektoren des betreffenden Fahrzeuges wiedergaben. Varlan war keine Sachverständige in diesen Dingen, aber der Umstand, dass die nächsten Schiffe der Ungeheuer Geschwindigkeiten und Beschleunigungen aufwiesen, die mit denen des Erztransporters nahezu identisch waren, zeigte an, dass für Ossfil und den *Raumschwimmer* das Ende nahe war.

»Welches ist die Grundlage für diese Darstellung?«, fragte Varlan.

»Die Information ist die wahrscheinlichste Projektion der Beobachtungen, die die *Raumschwimmer* in letzten Meldungen übermittelte«, antwortete der Rechner.

»Wann ist die letzte Meldung eingegangen?«

»Die Zeitspanne beträgt zwölf Herzschläge in der dritten Potenz.«

Varlan war erfreut über die relative Aktualität der Information. Es hatte eine Zeit gegeben, als sie einen ununterbrochenen Informationsfluss im Hinblick auf das bevorstehende Gefecht für selbstverständlich gehalten hatte. Die letzten Tage hatten sie in solchen Dingen wesentlich bescheidener gemacht.

»Varlan von den Duftenden Wassern!«

Ihre Konzentration auf das holographische Diagramm war so vollkommen, dass sie das Rascheln der getrockneten Binsen hinter sich überhört hatte. Erschrocken drehte sie den Hals um hundertachtzig Grad und sah Salfador hinter sich stehen. Der mit minimaler Lautstärke abgegebene Ruf des Priesterphilosophen kam ihr im ersten Schreck wie Gebrüll vor.

»Du solltest Salfador der Stille genannt werden, Philosoph!«, sagte sie lachend, als sie sich vom Schreck erholt hatte.

»Mein Bedauern, wenn ich dich geängstigt habe, Varlan. Die Aufgaben, die du mir zugewiesen hast, sind erfüllt. Die medizinische Einrichtung ist in Schacht Eins verlegt worden und bereitet sich für die Aufnahme Verwundeter vor. Auch habe ich zwei deiner Arbeiter in der Bedienung mehrerer Heilungsmaschinen unterwiesen.«

Varlan signalisierte ihre Anerkennung, dann drehte sie den Kopf und blickte mit einem Auge aufmerksam in die niedergeschlagenen Züge des Priesterphilosophen.

»Was fehlt dir, Salfador?«

Der Priester deutete zum Holotank. »Wie verläuft der Kampf für *Raumschwimmer*?«

Varlans Reaktion hatte kein Äquivalent unter den Menschen. Am ehesten ließe sich das Geräusch als ein geringschätziges Schnauben verdeutlichen, verbunden mit zynischem Auflachen. »Der Kampf ist mehr ein Fischzug als ein Wettkampf zwischen Kriegern. Ich fürchte, die Ungeheuer werden Ossfil in ein paar hundert Herzschlägen in ihrer Gewalt haben.«

»Werden sie ihn nicht einfach töten?«

»Es sieht nicht so aus. Ich bin in Fragen der Navigation nicht sachverständig, doch scheint es, dass weder das größere noch das kleinere Kampfschiff der Ungeheuer darauf aus sind. Sie hätten längst Gelegenheit dazu gehabt. Stattdessen, meldet Ossfil, haben sie kleine Hilfsfahrzeuge gestartet und werden wahrscheinlich versuchen, die *Raumschwimmer* einzufangen.«

»Wie steht es mit den astronomischen Daten in seinem Bordrechner?«

»Ich habe Befehl gegeben, dass er seinen Bordrechner zerstört und die Amnesie seines Navigators auslöst. Gelingt ihm dies nicht, so wird er sein Schiff natürlich zerstören.«

Der normalerweise ebenso gewandte wie umgängliche Priesterphilosoph ließ seine dreifach gespaltene Zunge zwischen den Zähnen vorzucken, während er ungewöhnlich lange zögerte. Als er endlich wieder das Wort ergriff, geschah es in einem fast unhörbaren Ton. Varlan stellte ihre Schlappohren an, um ihn besser zu verstehen.

»Ich bin zu dir gekommen, Varlan, weil ich den Rat eines Klügeren brauche.«

»Sicherlich gibt es hier keine solche Person, Salfador.«

»Du unterschätzt dich, Varlan von den Duftenden Wassern. Und in jedem Fall ist der ein schlechter Arzt, der seine eigene Krankheit diagnostiziert.«

»Dann fahre fort.«

»Ich habe dir niemals die Geschichte meiner Jugend erzählt, und wie ich ein Heiler wurde.«

»Das ist wahr«, sagte Varlan. »Es ist niemals ein Gegenstand der Sorge zwischen uns gewesen.«

»Wir haben noch nie eine Invasion von Ungeheuern erlitten.«

»Richtig.«

»Heilen und Priestertum waren nicht meine ursprüngliche Berufung. Ich war ein begabter Schüler, und meine Lehrer hielten mich für fähig, Naturphilosophie zu studieren. Ich machte eine Ausbildung als Sucher nach astronomischem Verständnis, als Sterngucker, wenn du so willst.«

»Ich weiß von deinem Interesse an solchen Dingen und dachte mir, dass es für einen Heiler ungewöhnlich sei«, erwiderte Varlan.

Salfador lächelte ironisch. »Da gebe ich dir Recht. Meine Kollegen sind nicht dafür bekannt, dass sie viel für galaktische Struktur oder die Unterschiede zwischen den großen Sternen übrig haben. Du tust gut daran, sie anzuhalten, dass sie bei Nacht zum Himmel aufblicken.«

»Worauf willst du hinaus?«

»Unglücklicherweise entdeckte ich, dass ich nicht die Fähigkeit besaß, die meine Lehrer in mir sahen. Ich hätte ein guter Naturphilosoph sein können, aber kein großer. Darum entschied ich mich für einen anderen Lebensweg und habe keine Ursache gehabt, diese Wahl zu bedauern … das heißt, bis jetzt.«

»Ich verstehe nicht.«

»Es ist bedauerlich, Varlan von den Duftenden Wassern, aber ich habe in meinem Gehirn noch immer eine große Menge astronomischer Daten, einschließlich meiner Kenntnis der Positionen vieler Tore innerhalb der Hegemonie.«

Varlan reagierte mit Entsetzen auf Salfadors Geständnis. Wie alle Ryall, so war auch sie stolz auf die Leistungen ihrer Spezies. Sie war kaum aus dem Ei geschlüpft, als sie schon die Namen der Welten gelernt hatte, die von ihrer Spezies beherrscht wurden, und nur wenig älter, als sie die Geschichte jeder dieser Welten bis ins Detail kannte. Aber was sie nicht gelernt hatte, war die Methode, mittels derer Raumfahrzeuge von einer Welt zur anderen reisten. Solche Daten waren die Domäne von Astronomen und Navigatoren und wurden von den durchschnittlichen Ryall nicht benötigt. Tatsächlich hatte sie das Geheimnis der Tore zwischen den Sternen erst erfahren, als sie zur Betriebsleiterin des Corlis-Komplexes aufgestiegen war.

»Du musst mit einem Amnesiebann ausgestattet worden sein. Gib mir den Auslösercode, und ich werde das Wissen aus deinem Gehirn löschen«, sagte sie.

Salfadors jämmerliche Miene war Antwort genug. »Ich fürchte, dass ich niemals mit solch einem Bann ausgestattet wurde. Ich war nicht ausersehen, Navigator eines Raumfahrzeugs zu werden, und deshalb bestand kein Bedürfnis.«

Varlan starrte ihren vertrauten Berater an und überlegte, ob es einen Ausweg aus der misslichen Lage gebe. Sie dachte daran, ihn anzuweisen, dass er sich in den Dschungel zurückziehe und versteckt halte, bis die Ungeheuer Corlis wieder verlassen hätten, dann verwarf sie die Idee aus dem gleichen Grund, der sie bewogen hatte, das leitende Personal des Komplexes nicht auf die gleiche Art und Weise in Sicherheit zu bringen. Die einheimische Biochemie war den Ryall-Normen so nahe, dass sie Krankheit verursachen konnte, aber es fehlten ihr mehrere wichtige Bestandteile. Einen Priesterphilosophen aufzufordern, wie ein Tier in den Wäldern zu hausen, war undenkbar. Noch undenkbarer allerdings war, dass sie Salfador den Klauen der Ungeheuer ausliefern würde.

»Du weißt natürlich, was du tun musst«, sagte sie schließlich.

Salfador machte eine zustimmende Geste. »Ich habe es bereits getan. In den medizinischen Vorräten sind viele Gifte. Ich injizierte mir eines davon, bevor ich hierher kam. Sei unbesorgt, mein Tod wird ganz schmerzlos sein.«

»Dann bist du zu dem Zweck gekommen …«

»… meinen Abschied von dir zu nehmen. Ich bitte, dass du meine Sippe von meinem Tod unterrichtest, solltest du eines Tages in die Hegemonie zurückkehren.«

»Das werde ich tun. Wie lange wird es dauern, bis das Gift Wirkung zeigt?«

»Mein Sehvermögen ist bereits beeinträchtigt. Das ist das erste Symptom. Nach weiteren tausend Herzschlägen werde ich tot sein.«

Varlan bewegte sich zu ihm und umarmte Salfador in einer Geste tiefer Zuneigung. »Dann geh in Frieden, Salfador vom Ewigen Feuer. Ich werde dich vermissen.«

»Und ich dich, Varlan von den Duftenden Wassern.«

Phillip Walkirk stieß sich ab und landete sicher zwischen zwei der großen Ladeluken auf der gekrümmten Rumpfoberfläche des Erztransporters. Kaum waren ihm die ersten seiner Gruppe gefolgt, begannen in Schiffsmitte Steuerungsraketen zu feuern. Zuerst dachte er, der Ryall-Captain setze sie in der Hoffnung ein, Mitglieder des Enterkommandos mit den glühenden Abgasstrahlen zu treffen. Als die Raketen jedoch weiterfeuerten, erriet Phillip ihren wahren Zweck. »Festhalten und verankern!«, befahl er. »Schnell! Sie lassen das Schiff rotieren, um uns abzuwerfen.«

Hastig machten die Marinesoldaten sich mit magnetischen Klampen am Rumpf fest. Die Stelle, wo das Enterkommando gelandet war, befand sich in der Mitte des Rumpfes, die einsetzende Rotationsbewegung beeinträchtigte sie also nicht sonderlich. Phillip fühlte einen leichten Zug an den Füßen, als sein Körper von der Fliehkraft gestreckt wurde. Die Marinesoldaten ringsum klebten wie Spinnen an der rostfleckigen Oberfläche. Die einzige Gestalt, die nicht am Schiffsrumpf verankert war, war Gefreiter Sayers, der mit den Manövrierdüsen seines Raumanzuges die Fliehkraft des langsam rotierenden Schiffskörpers kompensierte. Sayers war der Pionier der Gruppe und trug eine große Haftladung umgeschnallt. Bald geriet er hinter der Krümmung des Schiffsrumpfes außer Sicht. Eine halbe Minute später kam er zurück und steuerte mit den Manövrierdüsen Phillips Position an. Mit einem gekonnten Wendemanöver neutralisierte er die Vorwärtsbewegung und landete sicher neben dem Prinzen. Sie brauchten nicht lange zu warten, dann ging eine Erschütterung durch den Rumpf unter ihren Stiefeln. Etwas Großes und Flaches kam hinter der Krümmung in Sicht und segelte kreiselnd davon.

»Ich habe die Ladung an einer der mittelgroßen Luken angebracht, ungefähr ein Viertel des Umfangs von hier entfernt.«

Phillip Walkirk nickte und vergaß in seiner Erregung, dass niemand die Bewegung sehen konnte. Er schnallte seine Waffe los, eine Art Sturmgewehr, das Projektile verfeuerte, in diesem Fall aber mit Anästhesiepfeilen geladen war. Diese waren schwer genug, um das zähe Material eines Schutzanzugs zu durchschlagen, und enthielten eine Dosis, die einen Ryall innerhalb von Sekunden umwerfen musste. Er machte seine magnetischen Klampen los und winkte den anderen. »Alles folgt mit schussbereiten Waffen Gefreiter Sayers. Aber vergesst nicht, wir haben es auf Gefangene abgesehen!«

Durch schieres Glück hatte Sayers eine Luke gefunden, die unmittelbar in die Mannschaftsquartiere führte statt in die geräumigen Ladebunker. Nach der Sprengung hatte die explosionsartig ins Vakuum austretende Luft die aus den Angeln gerissene Tür in den Raum hinausgeschleudert. Phillip drang durch die Öffnung ins dunkle Innere vor und ging hinter einem Haufen durcheinandergeworfener Geräteschränke in Deckung. Einer nach dem anderen, kamen die übrigen Mitglieder der Gruppe von der hell angestrahlten Rumpfoberfläche in die Dunkelheit herein.

»Hoffentlich hatten die Zentauren so viel Verstand, dass sie Schutzanzüge anlegten, bevor wir ihnen die Eierschale aufpickten«, bemerkte einer der Marinesoldaten. Phillip hoffte das Gleiche, da ihre Sprengung den Innendruck des Schiffes aufgehoben hatte und die Luft ins Vakuum entwichen war. Sie würden auch weitere luftdichte Türen sprengen, die sie in ihrem Vordringen antrafen. Wenn die Ryall nicht durch Vakuumanzüge geschützt waren, würde die ganze Mission vergeblich sein.

Ein weiterer jäher Hammerschlag erschütterte das Deck. »Das wird die Gruppe von der *Horned Devil* sein«, sagte Phillip. »Es wird nur nach eindeutiger Zielansprache geschossen! Sergeant Berthol übernimmt die Führung.«

Eine große Gestalt mit Rangabzeichen am Schutzanzug glitt in der beinahe vollkommenen Schwerelosigkeit des Korridors zu einer Kreuzung weiter voraus. Er blickte zuerst in die eine, dann in die andere Richtung, bevor er an der Kreuzung in Deckung ging und den anderen winkte, ihm zu folgen. So arbeiteten sie sich zehn Minuten weiter durch das Schiff, ohne auf Widerstand zu stoßen.

Phillip Walkirk begann sich zu fragen, ob es überhaupt noch lebende Ryall an Bord gab, als ein Marinesoldat namens Traconen einen Durchstieg in einem Schott aufstieß und plötzlich in einem Schauer kleiner Explosionen rückwärts durch den Gang geschleudert wurde. Er prallte gegen eine Seitenwand, und sein durchlöcherter Anzug versprühte roten Nebel, dann segelte er, sich langsam überschlagend, durch den Korridor davon.

»Carter, Sie bergen Traconen!«, befahl Phillip. »Zwei Mann geben Feuerschutz und halten in die Öffnung.«

Nicht alle Mitglieder des Enterkommandos waren mit Anästhesieprojektilen ausgerüstet. Einige hatten Sturmgewehre mit Explosivgeschossen und Maschinenpistolen. Zwei von diesen suchten gegen den Rückstoß ihrer Waffen Halt und eröffneten das Feuer auf den Durchstieg. Die Waffen feuerten in unheimlicher Stille, und die Explosionsgase aus ihren Mündungen expandierten im Vakuum und erzeugten einen leichten Wind im Korridor. Sergeant Berthol bewegte sich unter dem Feuer seiner Kameraden geduckt auf die Öffnung zu und löste eine Handgranate vom Gürtel.

»Feuer einstellen und in Deckung!«, befahl er. Die beiden Marinesoldaten, die Feuerschutz gegeben hatten, zogen sich zurück. Berthol zog die Handgranate ab und warf sie mit der unbeholfenen, seitwärts ausholenden Armbewegung eines Mannes in steifer Schutzausrüstung durch die Öffnung, dann zog er sich eilig zurück.

Die folgende Explosion blieb zwar lautlos, aber ihre Druckwelle stieß Phillip Walkirk gegen die Wand, so dass seine Zähne im Helm aufeinanderschlugen. Einen Augenblick später prallte ein Splitter mit hellem Klang vom Visier ab, wo er einen kleinen, sternförmigen Sprung vor dem linken Auge hinterließ. Phillip schluckte, dann schickte er einen Erkundungstrupp von zwei Mann in den Raum, aus dem heraus Traconen beschossen worden war. Dreißig Sekunden nachdem sie durch die tödliche Öffnung geschlüpft waren, meldeten die Kundschafter, dass alles frei sei.

Phillip stieß sich zur Öffnung ab und folgte Berthol hinein, um die Verteidiger mit eigenen Augen zu sehen. Was er sah, war geeignet, ihm den Magen umzudrehen. Zwei Ryall in Vakuumanzügen hatten hinter einer Barrikade aus Einrichtungsgegenständen auf der Lauer gelegen und auf das erste menschliche Gesicht gefeuert, das durch die Tür hereinspähte. Zu Phillip Walkirks Überraschung waren ihre Schusswaffen primitive Feuerrohre, die offenbar in der Bordwerkstatt angefertigt worden waren.

Phillip verließ den Raum und kehrte zurück in den Korridor, wo Sergeant Berthol und der Marinesoldat Carter über ihren Kameraden Traconen gebeugt standen.

»Lebt er noch?«

»Ich fürchte, er ist tot, Sir.«

»Dann lassen wir ihn hier zurück und nehmen ihn mit, nachdem wir das Schiff unter Kontrolle gebracht haben.«

»Ja, Sir.«

Der Rest der Aktion verlief ohne größere Zwischenfälle. Nach zehn Minuten hatte Phillip Walkirks Gruppe sich mit der zweiten Abteilung des Enterkommandos vereinigt, und gemeinsam durchkämmten sie systematisch das Schiff und machten Gefangene. Es waren insgesamt acht. Sieben der Zentauren ergaben sich, indem sie die Arme ausbreiteten. Einer versuchte Widerstand zu leisten.

Eine halbe Stunde nach ihrem Eindringen in den Erztransporter kehrte Gefreiter Sayers mit einem bewusstlosen Ryall im Schlepptau zum Versammlungspunkt zurück.

»Was ist mit dir?«, fragte Sergeant Berthol den Gefreiten, als er sah, wie vorsichtig der andere sich bewegte.

»Der verdammte Zentaur brach mir beinahe den Arm mit einer großen Brechstange, Willem.«

Berthol betrachtete den leblos wirkenden Außerirdischen, den Sayers hinter sich herzog. »Hast du ihn getötet?«

»Nein. Verpasste ihm einen Pfeil. Der wird schon wieder, aber ich glaube, er hat einen Sprung in der Schüssel.«

»Wieso?«

»Ich fand ihn mittschiffs in einer Art Kontrollraum. Er hatte diese große Brechstange und schlug damit auf etwas wie eine Instrumententafel mit Datenanschluss ein. Sah aus, als wollte er ein Loch hineinschlagen, um an die Maschinerie dahinter heranzukommen. Wie dem auch sei, ich leuchtete ihm mit meiner Lampe ins Gesicht. Im Nu warf er sich herum und griff mich mit diesem verdammten Ding an.« Sayers hielt die Brechstange in die Höhe. »Ich war so überrascht, dass ich nur noch dazu kam, den Arm hochzureißen, um den Schlag abzuwehren. Als er zum nächsten Schlag ausholte, schoss ich ihm einen Pfeil in den Pelz. Er konnte noch zweimal zuschlagen, bevor er umkippte.«

Berthol stieß den erschlafften Ryall mit der Stiefelspitze an. Das transparente Material des Schutzanzugs gab unter dem Druck nach, sprang dann elastisch zurück. »Wenn er aufwacht, werden wir erfahren, was es mit alledem auf sich hatte.«

Phillip Walkirk, der das Gespräch über sein integriertes Funksprechgerät mitgehört hatte, ging zu den beiden hinüber. In diesem Teil des Schiffes gab es durch die Rotation gerade genug Schwerkraft, dass seine Stiefel auf dem Deck gehalten wurden. »Was sagten Sie gerade, Gefreiter?«, fragte er.

»Ich sagte, dass dieser Verrückte sich mit einer Brechstange auf mich stürzte, Sir.«

»Nein, Sie erwähnten, er habe versucht, eine Maschine oder Anlage zu zerschlagen. Was war es?«

»Ich fürchte, ich kenne mich mit diesen fremdartigen Maschinerien nicht allzu gut aus, Sir.«

»Führen Sie mich hin.«

Sayers ging voraus, gefolgt von Phillip Walkirk und Sergeant Berthol. Sie bewegten sich durch düstere Korridore, bis sie einen relativ kleinen Raum beinahe im Mittelpunkt des Schiffskörpers erreichten.

»Da drüben, Sir!«, sagte Sayers und richtete den Lichtkegel seines Handscheinwerfers auf eine eingebeulte, beschädigte Instrumententafel. Phillip besah sie aus der Nähe und ließ ein leises Pfeifen hören.

»Ist das Ding wichtig, Sir?«, fragte Berthol.

»Kann man wohl sagen«, erwiderte Phillip. »Was Gefreiter Sayers für eine Maschinenanlage hielt, ist offenbar der Navigationsrechner. Der Umstand, dass der Ryall versuchte, ihn mit einer Brechstange zu zertrümmern, könnte bedeuten, dass der normale eingebaute Selbstzerstörungsmechanismus nicht funktionierte.«

»Gut für uns, nicht wahr, Sir?«

Phillip Walkirk erschreckte die beiden mit einem plötzlichen Auflachen. »In diesem Rechner, Sergeant, könnten Informationen enthalten sein, die für die Kriegführung von größter Bedeutung sind.«

»An welche Informationen denken Sie, Sir?«

»Wenn wir sehr, sehr viel Glück haben, könnte es gelingen, diesem Rechner ein Diagramm der Faltraumtopologie der gesamten Ryall-Hegemonie zu entlocken!«

39

Die Strahlen der namenlosen gelben Sonne ergossen sich über die kleine Flotte und ließen die Schiffe in dem surrealistischen harten Helldunkel leuchten, das für den Raum charakteristisch ist. In der Mitte der Flotte schwebte eine fleckige, beschädigte Kugelgestalt von beträchtlicher Größe. Auf einer Seite markierte eine Serie abgeschnittener Masten die Positionen, wo einmal Sensoren und Radioanlagen für den Fernbereich montiert gewesen waren. Auf der gegenüberliegenden Hälfte waren die Triebwerke, die das Schiff einmal zwischen Faltpunkten und Planeten hin und her befördert hatten, durch einen einzigen Angriffsschlag zu Schrott verwandelt worden. Zwischen beiden waren die gesprengten Öffnungen zu sehen, durch welche die zwei Gruppen des Enterkommandos sich gewaltsam Zugang ins Innere verschafft hatten, stumme Zeugen des an Bord geführten Kampfes.

Die *Discovery* und die *Mace* hingen weniger als einen Kilometer vom Erztransporter im Raum. Landungsboote und Raumtransporter bewegten sich zwischen den drei Fahrzeugen hin und her. Die Aufklärer, welche an der Aufbringung des Ryall-Schiffes beteiligt gewesen waren, hielten sich außerhalb der Flotte, um gegen andere Fahrzeuge der Ryall Wache zu halten, die durch den örtlichen und bisher nicht identifizierten Faltpunkt in das System eindringen konnten.

»Techniker Scarlotti auf Kanal Sechs, Captain«, meldete Nachrichtenoffizier Haydn.

Richard Drake hatte den Vormittag mit seinem Ersten Offizier über Inventurmeldungen verbracht und war froh über die Unterbrechung. Er aktivierte den Kanal. »Drake hier. Melden Sie.«

Scarlotti, der erfahrenste EDV-Spezialist der Expedition, blickte mit ausdrucksloser Miene aus dem Bildschirm.

»Ich habe die Untersuchung des Ryall-Bordrechners beendet, Captain.«

»Und?«

»Die Schläge mit der Brechstange haben die Anlage unbrauchbar gemacht. Die Hälfte der Schaltkreise für Eingabe und Ausgabe ist irreparabel zerstört.«

»Und die Datenspeicher?«

»Scheinen unbeschädigt zu sein, Sir. Was dieser Rechner vor dem Angriff wusste, weiß er noch immer. Wäre aber ein Schlag zwei Zentimeter weiter rechts gefallen, würde es jetzt anders aussehen.«

»Und der Mechanismus zur Selbstzerstörung? Warum ging er nicht los?«

Scarlotti hielt einen sechseckigen Kasten fremdartiger Konstruktion vor die Kamera. Ein dickes Kabel ragte heraus. »Das Ding ist korrodiert, Sir. Als sie den Mechanismus aktivierten, gab es einen Kurzschluss in der Leitung. Der Mechanismus wurde anscheinend vor vielen Jahren eingebaut und blieb dann sich selbst überlassen. Im Laufe der Zeit verrotteten die Isolierungen, und als sie ihn einschalteten, kam es zu besagtem Kurzschluss.«

Drake nickte. Die Nachricht überraschte ihn nicht sonderlich. Der Erztransporter hatte etwas von einem vernachlässigten alten Trampschiff. »Können Sie die gespeicherten Daten aus dem Rechner herausholen?«

»Ist bereits geschehen, Sir. Ich tat es, bevor ich anfing, im Innern des Rechners herumzustochern. Wollte keine automatische Datenlöschung auslösen.«

»Konnten Sie alles herausholen?«

»Ich denke schon, Sir. Beim Abruf gebrauchte ich drei verschiedene Techniken, dann verglich ich jeden Datensatz mit den beiden anderen. Alle drei sind bis zum letzten Bit identisch. Wenn in dem Rechner noch etwas gespeichert ist, dann ist es zu gut versteckt, als dass ich es ohne Kenntnis der Ryalltechnik finden könnte.«

»Können Sie die Daten lesen?«

»Nein, Sir. Ich kenne mich einigermaßen mit Ryall-Hardware aus, aber um das Zeug zu interpretieren, werden Sie einen sehr, sehr guten Softwaretechniker brauchen. Offen gesagt, ich kenne diesseits der Hauptflotte keinen, der so gut ist.«

»Wie viel Datenmaterial haben Sie?«

Scarlotti blickte auf einen Computerausdruck und las die Zahl ab. »Ungefähr zwei Billionen Bytes, Captain.«

»Wie lange würde es dauern, das Material zur *Arrow* im Antares-Faltpunkt zu senden?«

»Das gesamte Material, Sir?«

Drake nickte. »Es sei denn, Sie kennen eine Methode, nur die Daten herauszuziehen, an denen wir interessiert sind.«

Der Techniker blieb eine Weile still. Seine Lippen bewegten sich, als er im Kopf eine Überschlagsrechnung durchführte. »Ich würde sagen, anderthalb Tage für die reine Übermittlung, gefolgt von zwei Tagen zur Überprüfung auf Sendefehler und Unklarheiten.«

»Sehr gut, Mr. Scarlotti«, sagte Drake. »Kopieren Sie Ihre Aufzeichnungen. Bringen sie eine Kopie hierher zur *Discovery* und senden Sie die andere an die *Mace*. Sobald Sie an Bord sind, bereiten Sie das Datenmaterial dann für die Sendung an die *Arrow* vor.«

»Wird gemacht, Captain.«

Der Datentechniker schaltete ab, und Drake wandte sich an Commander Marchant. »Das ist eine gute Nachricht. Drücken wir die Daumen, dass die Navigationsdaten noch intakt sind.«

Der Erste Offizier nickte. »Es wäre eine arge Enttäuschung, wenn sich herausstellte, dass wir nichts als die Wäschereiliste des Ryallkapitäns erbeutet haben.«

»Ich kann mir nicht denken, dass er mit der Brechstange seine Wäschereiliste auslöschen wollte.«

»Nein, Sir. Das glaube ich auch nicht.«

»Bleibt er bei seiner Geschichte?«

Marchant nickte. »Er sagt, die Präsenz der Ryall auf dem zweiten Planeten sei auf einen Bergbau- und Verhüttungskomplex beschränkt. Sein Schiff sei ein Erzfrachter, der die Produktion abtransportiere. Er befahre die Route regelmäßig.«

»Wann ist nach seiner Auskunft das nächste Schiff fällig?«

»Frühestens in sechs Monaten, Sir. Vielleicht noch später.«

»Wohin wollte er, als wir ihn abfingen?«

»Er weiß es nicht, Sir.«

»Sie meinen, er will es nicht sagen.«

»Nein, Sir. Ich meine, dass er es nicht weiß. Bei der Vernehmung hatten sie ihn an eine ganze Batterie von Sensoren gehängt. Er zeigte keinerlei physiologische Veränderungen, als er nach seinem Reiseziel gefragt wurde. Etwas oder jemand hat alle Navigationsdaten aus seinem Gedächtnis gelöscht. Er ist sogar ahnungslos, wenn Sie mit ihm über Faltpunkte sprechen wollen.«

»Und der Navigator?«

»Ich fürchte, Captain, dass der Navigator einer der beiden Zentauren war, die im Gefecht getötet wurden.«

»Na gut. Geben Sie Colonel Valdis an Bord der *Saskatoon* eine Zusammenfassung von allem, was wir über die Verteidigungsanlagen des Planeten erfahren haben. Vielleicht kann es ihm bei der Angriffsplanung nützen.«

»Ja, Sir. Was machen wir mit dem Erztransporter?«

»Wir werden der Bergungsmannschaft weitere drei Tage Zeit lassen, bevor wir ihn zerstören. Danach werden wir sehen, ob wir diesen geheimnisvollen Faltpunkt finden können, an den dieser Ossfil sich nicht erinnern kann.«

Der Angriff auf den Planeten fand achtundvierzig Stunden später statt. Drake verbrachte drei Wachen ohne Unterbrechung auf der Brücke und koordinierte die Aktion über taktische Computerdiagramme und Meldungen. Er hätte sich die Mühe ersparen können. Die Ryall-Verteidiger hatten den sandarischen Marinesoldaten nicht viel entgegenzusetzen.

Die Landungsboote der *Saskatoon* waren über der dem Corlis-Komplex entgegengesetzten Hemisphäre des Planeten in die Atmosphäre eingetreten. Von dort flogen sie in relativ niedriger Höhe um den Globus und landeten außer Sichtweite der Ryall-Installationen. Zweihundert Soldaten des sandarischen Marinekorps in voller Kampfausrüstung gingen von Bord und nahmen ihre Ausgangspositionen für den auf die frühen Morgenstunden angesetzten Angriff ein. Die Verteidiger des Bergwerkskomplexes wehrten sich tapfer, aber taktisch ungeschickt. Viele eröffneten beim ersten Zeichen eines Angriffs ein wildes, schlecht gezieltes Abwehrfeuer aus ihren behelfsmäßigen Waffen und hatten ihre Munition bald verschossen. Manche verteidigten Positionen, die sie besser geräumt hätten, während andere in guten Stellungen überrannt wurden, als verstünden sie nicht, was sie tun sollten. Nicht wenige wollten sich keinesfalls ergeben; sie mussten niedergeschossen werden.

Der schwierigste Teil des Angriffs war die Einnahme der kilometertiefen Bergwerksschächte, von denen mehrere in aller Eile für die Verteidigung hergerichtet worden waren. Eine Zeit lang sah es so aus, als müßten die Schächte durch Abschalten der Pumpen unter Wasser gesetzt oder, was schneller gegangen wäre, durch Sprengungen verschlossen werden. Die Pattsituation wurde jedoch aufgelöst, als ein Stoßtrupp des Marinekorps bei der Durchsuchung des Außenbereichs einen aufgelassenen Förderstollen fand, über Leitern zur ersten Ebene abstieg und durch Abbaustollen hinter die Positionen der Verteidiger gelangte. Als diese erkannten, dass sie den Feind im Rücken hatten, ergaben sie sich rasch.

Ehe noch der letzte Stollen durchsucht war, hatte sich die Masse der Marinesoldaten über das Gelände des Bergwerkskomplexes verteilt, um alle Schlupfwinkel der Ryall auszuräuchern. Am Ende der Aktion waren sie im Besitz von zwanzig lebenden Gefangenen und achtzehn gefallenen Feinden. Die eigenen Verluste betrugen sieben Tote und zwölf Verwundete.

Nachdem die Eroberung von Corlis abgeschlossen war, befahl Drake die Einstellung der Bergungsarbeiten an Bord des Erztransporters. Der letzte Arbeitstrupp, der von Bord ging, ließ dort einen nuklearen Sprengsatz zurück. Als die Schiffe der Expedition sich in sichere Entfernung zurückgezogen hatten, ließ Drake die Sprengladung zünden. Der Glutball der Explosion war auf den Bildschirmen länger als zehn Minuten sichtbar, und die Instrumente registrierten ihn noch nach Stunden.

Nach der Vernichtung des Frachters verlegte die kleine Armada ihre Operationen in den Raum, der offenbar das Ziel des Ryall-Schiffes gewesen war. Die *Discovery* startete eine Serie von Sonden, um die örtliche Gravitationskonstante zu messen, und nach einer Woche sorgfältiger Berechnungen und Messungen bestätigte sich das Vorhandensein eines Faltpunktes in der Nähe. Die *Mace* bezog Position im neu entdeckten Faltpunkt, um ihn gegen das Eindringen von Ryall-Schiffen zu bewachen. Nachdem Drake so seine Flanke gesichert hatte, ließ er die *Discovery* wieder Kurs auf Corlis nehmen.

Mit einem Geraschel blauer Seide und in einer Duftwolke von Parfum schritt Bethany Lindquist durch den Korridor. Sie trug ein Abendkleid im modischen Stil und hatte ihr kastanienbraunes Haar aufgesteckt; ihr Make-up war subtil schattiert, um die hohen Backenknochen hervorzuheben. Eine goldene Halskette vervollständigte das Bild. Die Reaktionen der wenigen grinsenden Besatzungsmitglieder, denen sie begegnete, verrieten ihr, dass die Zeit, die sie vor dem Spiegel verbracht hatte, nicht vergeudet war.

Vor Richard Drakes Kabine klopfte sie leicht und wartete, bis die Tür sich öffnete. Richard strahlte in der vollen Pracht seiner Ausgehuniform. Er streckte die Hand aus und zog sie über die Schwelle.

»Wie schön du bist!«, rief er bewundernd aus.

»Danke, gnädiger Herr«, sagte sie und deutete einen Knicks an. »Die Einladung sprach von einem Diner, nicht wahr?«

»So ist es.«

Bethany ließ ihren Blick durch den Raum schweifen und war nicht überrascht, nur zwei Gedecke auf dem Tisch zu sehen.

»Befürchtest du nicht, dass die Besatzung dich für extravagant und hochmütig halten wird?«, fragte sie.

»Lass sie. Es ist mir unangenehm, nicht in der Lage zu sein, mich deiner so anzunehmen, wie du es verdienst. Übrigens, wenn du morgen nach Corlis hinuntergehst, kann dies für einige Zeit unsere letzte Gelegenheit zu einem gemeinsamen Abendessen sein.«

Bethany lachte. »Wenn ich gewusst hätte, dass die Annahme von Professor Alvarez' Angebot diese Reaktion hervorrufen würde, hätte ich ihn eher mit dir zusammengebracht.«

»Ich bin froh, dass du es überhaupt getan hast«, erwiderte Drake.

Am Vortag hatte Bethany in der Offiziersmesse der *Discovery* zu Mittag gegessen, als Professor Alvarez, Mitglied der Königlich Sandarischen Akademie, sich zu ihr gesetzt und ein Gespräch angefangen hatte.

Nach einer Viertelstunde, in der offenkundig geworden war, dass er mehr im Sinn hatte als bloß ein unterhaltendes Geplauder mit der einzigen Frau an Bord, hatte Bethany ihn gefragt: »Kann ich Ihnen mit etwas helfen, Professor?«

»Nun … äh … nun ja, da Sie es schon erwähnen, Miss Lindquist, Sie können. Ich würde gern über eine Angelegenheit von Bedeutung mit Ihnen sprechen.«

»Ich höre.«

»Sicherlich ist Ihnen bekannt, dass ich das Studium der Ryalltechnik zu meiner Spezialität gemacht habe, insbesondere Informationssysteme, nicht wahr?«

»Ich weiß, dass Sie in dieser Hinsicht der einzige Fachmann sind, den wir an Bord haben, Professor.«

»Dann werden Sie auch gehört haben, dass die Marinesoldaten unten im Bergwerkskomplex eine große Rechenanlage erobert haben?«

Bethany hatte genickt. »Wie ich hörte, will man auch ihre Datenspeicher aussaugen.«

»Meiner Ansicht nach würde das kontraproduktiv sein, Miss Lindquist.«

»Wieso?«

»Sehen Sie«, sagte Alvarez mit plötzlicher Lebhaftigkeit, »wir haben dem Bordrechner des Erzfrachters eine Menge Informationen abgewonnen, doch fehlt uns die Möglichkeit, das Material zu entziffern. Wie wir speichern die Zentauren Daten in einer Form, die auf ihre Rechenanlagen zugeschnitten ist, aber nicht unbedingt auf sie selbst. Was wir haben, besteht aus allen Arten von Programmen, vermischt mit unterstützenden Daten. Selbst wenn es uns möglich wäre, die Programme von den Daten zu trennen, würden wir die Operationsweise der Programme verstehen müssen, um die Daten zu lesen. Verstehen Sie, was ich sagen will?«

Bethany nickte. »Niemand sagte, dass es einfach sein würde.«

»Richtig. Aber das sollte für uns kein Grund sein, es schwieriger zu machen, als es sein muss.«

»Was wollen Sie damit sagen, Professor?«

Alvarez stemmte die Ellbogen auf den Tisch und beugte sich näher. »Ich habe mir gedacht, dass wir die gespeicherten Daten des

Erzfrachters dem Rechner eingeben sollten, den die Marinesoldaten im Bergwerkskomplex gefunden haben, um auf diese Weise die Programme zum Laufen zu bringen. Alle Ryall-Rechenanlagen verwenden das gleiche Operationssystem, müssen Sie wissen.«

»Was versprechen Sie sich davon?«

»Wenn wir die Programme zum Laufen bringen«, erklärte Alvarez, »wird es nicht erforderlich sein, die ganze Masse von Informationen zu entziffern, um die Daten herauszuholen, die uns interessieren. Vielmehr brauchen wir den Rechner nur noch zu fragen, was wir wissen wollen. Wenn wir unsere Sache richtig machen, wird er es uns sagen!«

Bethany dachte darüber nach. »Haben Sie schon mit Captain Drake darüber gesprochen?«

Alvarez schüttelte den Kopf. »Nein. Ich fürchte, mir fehlt die Gabe, komplizierte Sachverhalte für Nichtfachleute leicht verständlich darzustellen. Sie wissen einiges über Informationssysteme der Ryall, deshalb können Sie mir helfen, ihm das Konzept zu erklären. Danach werde ich auch eine Assistentin unten im Bergwerk brauchen.«

»Heißt das, dass Sie mir den Posten anbieten, Professor?«

»Ja, wenn Sie ihn wollen.«

»Einverstanden. Erklären Sie mir, was wir im Einzelnen tun müssen, und dann sehen wir zu, dass wir einen Gesprächstermin beim Captain bekommen.«

Drake war sofort auf Alvarez' Vorschlag eingegangen, und zu dritt hatten sie in einstündiger Beratung die Voraussetzungen für das Projekt durchgesprochen; danach waren Bethany und Alvarez gegangen, um die nötigen Vorbereitungen zu treffen. Dreißig Minuten später war Bethany von einem Besatzungsmitglied unterbrochen worden, das ihr einen versiegelten Umschlag übergeben hatte. Beim Öffnen hatte sie Richards Einladung zum Diner gefunden.

Drake nahm Bethany das Schultertuch ab und führte sie zum Ledersofa. Ein Steward in weißer Jacke, der sich sonst im Hintergrund hielt, servierte Aperitifs. Sie sprachen über Alvarez' Plan und über verschiedene andere, weniger wichtige Dinge, bis das Essen serviert wurde. Drake führte Bethany zum Tisch und hielt ihr den Stuhl, als sie sich setzte, dann nahm er den Platz ihr gegenüber ein. Zuvor hatte der Steward in der Mitte des Tisches drei Kerzen angezündet. Sobald sie sich gesetzt hatten, dämpfte er die Deckenbeleuchtung auf ihre Nachteinstellung. Bethany fand es schwierig, sich vorzustellen, dass dieser Steward mit seinen vollkommenen Manieren die übrige Zeit im Gefechtsstand einer Laserbatterie diente.

Schließlich wurde die Nachspeise gereicht, und Drake entließ den Steward, der wortlos einen mit dem besten Silberservice des Schiffes hoch beladenen Geschirrwagen hinausschob. Bethany verspeiste das letzte Stück Kuchen mit Eis, dann hob sie die Kaffeetasse an die Lippen, blickte ihn über den Rand hinweg an und sagte: »Das hättest du nicht tun müssen, weißt du.«

»Was hätte ich nicht tun müssen?«

»Dieses Festessen für mich auffahren lassen. Ich wäre auch so zu dir ins Bett gekrochen, und nicht erst heute. Ein belegtes Brot mit kaltem Fleisch und Salat von heute Mittag wären mehr als ausreichend gewesen.«

»Aber dies ist viel romantischer«, sagte er mit einer weit ausholenden Armbewegung. »Außerdem fürchte ich, dass ich Hintergedanken hatte, als ich dieses Diner plante.«

»So?«

»Das heißt, ich hätte sagen sollen, dass ich einen weiteren Hintergedanken hatte. Erinnerst du dich an ein Gespräch, das wir kurz nach der Rückkehr aus Sandar führten? Du zeigtest dich besorgt, dass die Gefangenen, mit denen wir sprachen, uns vielleicht nur sagten, was die Sandarer uns hören lassen wollten.«

Sie nickte. »Ich dachte, man hätte sie vielleicht gezwungen, sandarische Propaganda nachzuplappern.«

»Denkst du noch immer so?«

Sie schüttelte den Kopf. »Nein. Inzwischen habe ich genug gelernt, um zu wissen, dass die Aussagen von Gefangenen in Vernehmungsprotokollen genau kontrolliert werden. Ich frage mich allerdings, ob solche Aussagen nicht bisweilen zu Fehldeutungen führen.«

»Wieso?«

»Da die meisten Gefangenen der Militärkaste der Ryall angehören, liegt es auf der Hand, dass unsere Einschätzung der Ryall als Spezies stark von der Betrachtungsweise der Militärkaste beeinflusst ist. Wie sollten wir auch wissen, ob diese Betrachtungsweise von der Kaste der Wirtschaftsführer geteilt wird, die diesen Bereich der Hegemonie beherrschen, oder von den anderen Kasten?«

»Möchtest du das gern in Erfahrung bringen?«

»Wie?«

»Wir fingen die Betriebsleiterin der Bergbau- und Verhüttungsanlage Corlis zusammen mit anderen neunzehn Ryall. Wenn du unten bist, wäre es mir lieb, wenn du sie für uns verhören würdest.«

»Warum ich, Richard?«

»Weil die Sandarer konditioniert sind, die Ryall als den unerbittlichen Feind der Menschheit zu sehen. Wenn wir uns allein auf Colonel Valdis' Vernehmungsspezialisten verlassen, wird alles, was wir erfahren, durch diese Einstellung gefärbt sein. Du jedoch bist relativ unvoreingenommen, wenn es um unser Verhältnis zu den Ryall geht. Du weißt einiges über ihre Psychologie und Physiologie. Du hast die Zentauren lange genug studiert, um ein Gefühl dafür zu bekommen, ob sie dir die Wahrheit sagen. Kurzum, du bist für den Job ideal geeignet. Was meinst du dazu?«

Statt ihm direkt zu antworten, sagte Bethany: »Weißt du, Richard, dass mein Onkel sich beinahe geweigert hätte, mich an dieser Expedition teilnehmen zu lassen?«

»Warum, in Gottes Namen?«

»Er machte sich Sorgen, meine Liebe zu dir würde mich für die Tatsache blind machen, dass meine erste Pflicht der Erde gilt.«

»Was hat das mit unserem Thema zu tun?«

Bethany zuckte die Achseln. »Vielleicht nichts. Trotzdem, wir wissen beide, dass die Aussagen von Gefangenen normalerweise als vertraulich und manchmal sogar als streng geheim eingestuft werden. Es ist auch wohl bekannt, dass Vernehmungspersonal nicht über seine Arbeit sprechen soll.«

»Das heißt?«

»Das heißt, ich möchte von vornherein klarmachen, dass es mir freisteht, alles, was ich erfahre, dem Interstellaren Rat mitzuteilen, sobald wir die Erde erreichen.«

»Darin sehe ich kein Problem, Bethany.«

Sie lächelte. »In diesem Fall betrachte ich es als eine Ehre, diese Gefangene zu verhören, Richard. Um ehrlich zu sein, ich hätte es dir nie verziehen, wenn du den Auftrag jemand anderem gegeben hättest. Seit ich weiß, dass es so etwas gibt, habe ich davon geträumt, mit einem Mitglied der Wirtschaftsführerkaste zu sprechen. Ich habe ein paar Theorien, die ich gern erprobt hätte.«

»Gut! Nachdem das geregelt ist, lass uns über etwas anderes sprechen«, sagte er und ergriff sie bei den Händen. »Du siehst heute Abend besonders bezaubernd aus, mein Liebes …«

40

Die Bogenlampen im großen Hangar der *Discovery* übergossen das Landungsboot *Molière* mit einem grellen, bläulich weißen Glanz, als Professor Alvarez und Bethany Lindquist am nächsten Morgen für den anderthalbstündigen Flug hinunter nach Corlis an Bord gingen. Bethany war ein wenig verkatert und müde, aber ansonsten zufrieden; sie hatte Drake erst in den frühen Morgenstunden verlassen. Gähnend folgte sie Professor Alvarez an Bord des Landungsbootes. Kaum hatte sie sich in einem der Liegesitze angeschnallt und ausgestreckt, als sie auch schon einschlief.

Einige Zeit später erwachte sie von heftigen Stößen und dem schrillen Pfeifen der am Rumpf vorbeisausenden Luft. Sie sperrte erschrocken die Augen auf und wandte sich an Alvarez, der zum Fenster hinausschaute und das Spiel der Plasmaströme um die Tragfläche beobachtete.

»Wie lange habe ich geschlafen?«, fragte sie.

»Vierzig Minuten«, antwortete er. »Wir sind gerade in die Atmosphäre eingetreten.«

Sie überlegte, ob sie weiterschlafen sollte, besann sich dann eines Besseren und sah schweigend zu, wie das Landungsboot hundert Kilometer über der Oberfläche des jungfräulichen Planeten die Nacht durchschnitt. Mit Ausnahme einiger Buschfeuer, die in der Ferne brannten, und den Funken von Blitzentladungen war die Nachthälfte des Planeten schwarz. Eine halbe Stunde später überquerten sie den Terminator, und die Landschaft nahm eine bräunliche und gelbliche Tönung an.

»Eine ziemlich große Wüste«, bemerkte Alvarez.

Bethany nickte. Ihre Geschwindigkeit war so hoch, dass die Wüste rasch zurückblieb und von einem weiten Ozean abgelöst wurde. Zehn Minuten lang überflogen sie das Azurblau tiefen Wassers, bevor wieder eine Landmasse in Sicht kam. Diese war bedeckt von dichten Wäldern mit blaugrüner Vegetation. Fasziniert beobachtete Bethany, wie unter ihnen immer mehr Einzelheiten erkennbar wurden, während die Maschine rasch tiefer ging.

Sie durchstießen dünne Wolkenschleier und gelangten schließlich zu ihrem Ziel. Bethany konnte nur einen flüchtigen Blick auf die Ryall-Installation werfen, bevor das Landungsboot in einen niedrigen Schwebeflug überging und die Vertikaldüsen gewaltige Staubwolken aufwirbelten, die alles jenseits der Fenster einhüllten. Der kurze Blick auf die Anlage hatte nur einen unbestimmten Eindruck von barackenartigen Langhäusern, Fördertürmen und kastenartigen Fabrikgebäuden hinterlassen, durch deren halboffene Seitenwände aus Rahmenwerk diverse Maschinerien zu sehen waren.

Das Boot hatte kaum aufgesetzt, als das Dutzend Passagiere sich losschnallte und begann, das Gepäck aus den Fächern über den Sitzreihen zu ziehen. Bethany stand auf und schob sich zwischen Professor Alvarez und den breiten Rücken eines Gefreiten vom sandarischen Marinekorps. Während sie warteten, dass der Ausstieg geöffnet wurde, sah sie durch die Fenster lebhafte Aktivität auf der anderen Seite des Landeplatzes.

»Was geht vor?«, fragte sie laut. »Wozu all die Landungsboote und Raumtransporter?«

Der Gefreite bückte sich und spähte zu den Fenstern hinaus. »Das sind Boote der *Saskatoon*, Madam. Wir haben Befehl, unsere Panzerfahrzeuge und schweren Waffen so rasch wie möglich wieder an Bord zu bringen. Es heißt, dass wir bereit sein müssen, diese Welt Hals über Kopf zu verlassen, falls ein Ryall-Kriegsschiff durch den zweiten Faltpunkt kommt.«

»Das leuchtet ein«, meinte Bethany. Ihre Frage war mehr rhetorisch gewesen. Hätte sie darüber nachgedacht, so hätte sie selbst darauf kommen müssen, dass die Boote der *Saskatoon* um diese Zeit mit dem Rücktransport von Waffen und Mannschaften beginnen würden. Sie war dabei gewesen, als Richard Drake dem Captain der *Saskatoon* befohlen hatte, die schwere Ausrüstung der Marinesoldaten zu verladen und zurückzubringen.

»Ja, *das* leuchtet ein, Madam. Aber die anderen Befehle ...«

Sie unterdrückte mit nur teilweisem Erfolg ein Gähnen. »Welche anderen Befehle?«

»Die Befehle, hier aufzuräumen, Madam. Der größte Unsinn, den ich je gehört habe. Wir sollen alles einsammeln, was wir mitgebracht haben, wirklich alles! Abfälle, leere Konserven, Munitionskästen, verschossene Patronenhülsen, aufgebrauchte Batterien. Es sind sogar Aufräumungstrupps draußen, die unsere Fahrzeugspuren und Fußabdrücke im Busch verwischen! Man könnte meinen, der König selbst käme zum Sonntagmorgenappell! Können Sie sich einen Reim darauf machen?«

»So ist es eben beim Militär«, erwiderte Bethany. »Ich habe mir sagen lassen, dass man meistens nicht weiß, warum man dies oder das tun soll.«

»Verdammt richtig! So ist es.«

Tatsächlich hatte der Aufräumungsbefehl seinen Ursprung in derselben Zusammenkunft, wo entschieden worden war, mit der Wiedereinschiffung zu beginnen. Die Hoffnung an Bord der *Discovery* war, dass sie alle Spuren menschlicher Anwesenheit auslöschen könnten. Gelang ihnen dies, und konnte die Flotte anschließend das System verlassen, bevor das nächste Ryall-Schiff eintraf, würden die Zentauren ein Rätsel zu lösen, aber keine schlüssigen Beweise haben, dass Menschen so tief in ihre Hegemonie eingedrungen waren.

In Bethanys Ohren knackte es, als der Innendruck des Landungsbootes dem der äußeren Atmosphäre angeglichen wurde. Am vorderen Ende der Passagierkabine wurde die Tür zur Luftschleuse langsam nach innen geöffnet, und eine Wolke staubbeladener Luft drang ein.

Draußen wurden Bethany und Professor Alvarez von einem sandarischen Lieutenant erwartet, der sie zum Hauptquartier der Marinesoldaten führte. Sie gingen einen aus dem anstehenden Fels geschnittenen Weg entlang auf ein großes Gebäude mit einem Kuppeldach zu. Der Lieutenant führte sie durch einen Säuleneingang zu einer mit einem Fell verhängten Türöffnung. Daneben war ein handgeschriebenes Schild angebracht:

COLONEL O. C. VALDIS, KOS, OBV

KOMMANDIERENDER OFFIZIER
33. REGIMENT, 6. DIVISION
KÖNIGLICH SANDARISCHES MARINEKORPS

VOR DEM EINTRETEN BITTE KLOPFEN!

Der Lieutenant klopfte zweimal an den Türrahmen, wartete, bis die Aufforderung kam, und hob dann das Tierfell, um die Besucher einzulassen.

Colonel Valdis war ein hoch gewachsener grauhaariger Mann mit dem schlanken, trainierten Körper eines Berufssoldaten und einer eindrucksvollen Serie von Gesichtsnarben. Er erhob sich von dem behelfsmäßigen Schreibtisch, auf dem er einen tragbaren Datenanschluss installiert hatte, und schritt auf Bethany und Professor Alvarez zu.

Er beugte sich über Bethanys ausgestreckte Hand. »Es freut mich, Sie bei uns zu haben, Miss Lindquist.«

»Und ich freue mich, hier zu sein, Colonel. Ich hatte die Hoffnung, meine Füße wieder auf festen Boden setzen zu können, schon beinahe aufgegeben.«

Der Colonel lachte. »Sie sprechen mir aus dem Herzen! Ich hoffe, wir können Ihren Aufenthalt hier zu einem unvergesslichen Erlebnis machen.« Darauf wandte er sich an Professor Alvarez und salutierte. »Willkommen, Professor. Wenn es etwas gibt, das ich für Sie tun kann, zögern Sie bitte nicht, mich zu fragen.«

»Ich brauche nur jemanden, der mir diese Rechenanlage zeigt, Colonel, die Sie erbeutet haben.«

»Und Sie, Miss Lindquist?«, fragte Valdis.

»Hat Captain Drake Sie verständigt, dass ich eine der Gefangenen vernehmen soll?«

»Ja, Madam, obwohl mir nicht ganz klar ist, warum Sie das auf sich nehmen wollen.«

»Seit wir von der Existenz der Ryall erfuhren«, sagte Bethany, »habe ich sie zum Gegenstand meiner Studien gemacht. Leider war es mir bisher verwehrt, persönlich mit einem lebenden Ryall zusammenzukommen.«

»Es wird einige Zeit dauern, das Zusammentreffen zu arrangieren, Miss Lindquist. Meine eigenen Vernehmungsspezialisten benutzen die Geräte gegenwärtig, und es ist wichtig, dass wir die einzelnen Aussagen aufzeichnen, bevor die Gefangenen Zeit haben, sich auf eine erfundene Version zu einigen.«

»Ich habe es nicht eilig, Colonel. Einfach irgendwann, bevor wir an Bord zurückkehren müssen.«

»Verstehe. Lieutenant Harreck!«

Der Lieutenant, der sie vom Landeplatz hergeführt hatte, kam herein.

»Bitte zeigen Sie unseren Gästen ihren Arbeitsbereich und erläutern Sie ihnen die Bestimmungen, denen unsere Besetzung unterliegt.«

»Ja, Sir.«

»Es hat mich gefreut, Sie kennen zu lernen, Miss Lindquist. Auch Sie, Professor Alvarez. Lieutenant Harreck wird Ihnen Ihren Arbeitsbereich zeigen und Quartiere für Sie bereitstellen.«

»Sehr freundlich von Ihnen, Colonel.«

»Es ist mir ein Vergnügen. Wenn Sie mich nun entschuldigen wollen, ich muss die Evakuierung leiten.«

Die erbeutete Rechenanlage erwies sich als ein ziemlich typisches Beispiel für die informationsverarbeitende Technik der Zentauren. Aber auch so, und trotz Professor Alvarez' Annahme, dass die Verarbeitung der Navigationsdaten relativ einfach zu bewerkstelligen sei, tauchten beinahe sofort Schwierigkeiten auf. Das erste Problem betraf die Inkompatibilität der Speichereinheiten. Das Datenmaterial, das dem Rechner des Erzfrachters entnommen worden war, war in holographischen Datenwürfeln aufgezeichnet worden, während der Rechner des Corlis-Komplexes mit dünnen, durchscheinenden Streifen arbeitete. Zu der Anlage gehörten auch mehrere Bildlesegeräte, die jedoch nicht für holographische Würfel eingerichtet waren.

Alvarez arbeitete annähernd dreißig Stunden ohne Unterbrechung an der Aufgabe, das Würfel-Lesegerät eines Feuerleitcomputers der Marinesoldaten anzupassen, damit eine Schnittstelle mit der Ryall-Anlage geschaffen werden konnte. Dann schliefen er und Bethany sechs Stunden, bevor ein weiterer überlanger Arbeitstag der Aufgabe galt, die gespeicherten Daten des Erztransporters der erbeuteten Rechenanlage einzugeben.

Darauf ergab sich das Problem, die verschiedenen Programme zu aktivieren. Zu Bethanys Überraschung erwies sich Professor Alvarez als ein geschickter und erfahrener Übersetzer der Punktmuster, aus denen die Schrift der Ryall bestand. Zwei Tage lang arbeitete er das Operationshandbuch der Rechenanlage durch und übersetzte diejenigen Abschnitte, welche er für nützlich hielt. Bethany hatte mit der Datenübertragung und ihrer Abspeicherung in leicht abrufbarer Form alle Hände voll zu tun.

Als Alvarez sich endlich so weit mit der Systematik vertraut gemacht hatte, dass er anfangen konnte, die Rechenanlage direkt zu manipulieren, setzte er sich vor den Ableseschirm und ließ die Finger über die etwas schlüpfrige Oberfläche des Eingabe/Ausgabe-Segments gleiten. Die Anlage antwortete mit der Niederschrift eines Punktmusters, das von rechts nach links über den Bildschirm lief.

»Sieht so aus, als wüssten Sie, was Sie tun«, sagte Bethany bewundernd, als ihr die Leichtigkeit auffiel, mit der er das fremdartige Gerät bediente.

Alvarez nickte, offensichtlich erfreut über das Kompliment. »Ich könnte es um einiges besser machen, wenn ich wie die Ryall einen zusätzlichen Daumen hätte. Dennoch ist es nicht schwierig, wenn man erst einmal den Bogen heraushat.«

»Soll ich die Aufzeichnung vorbereiten?«

»Ja. Wir sollten bald so weit sein, dass wir anfangen können, unsere Datenbasis zu erforschen.«

»Ich fange gleich an. Immerhin ist der schwierigste Teil getan!«

Alvarez sah sie mit dem nachsichtigen Wohlwollen an, das ein Erwachsener einem Kind zuwendet. »Die Vorbereitungen sind abgeschlossen, Miss Lindquist. Der schwierige Teil beginnt erst!«

Ein frischer, kühler Wind blies durch das Tal und wehte Bethany das Haar in die Augen, als sie aus dem Schutz des Gebäudes trat. Sie blieb stehen und reckte die Arme, rollte die Schultern, um die Verspannungen zu lockern, die sich nach allzu vielen Stunden vor einem Computerbildschirm eingestellt hatten. Tief sog sie die klare Luft von Corlis in die Lungen und bemerkte, dass der normale Duft nach Zimt und Orangenblüten durch den Geruch von Regen ergänzt worden war. Die dahineilenden weißen Wolken des späten Vormittags hatten den mächtig ragenden Türmen von Kumuluswolken Platz gemacht, deren Unterseiten sich zusehends verdüsterten. Der Wolkenschirm eines aufziehenden Gewitters bedeckte ein Drittel des Himmels. Es war alles so, wie die Meteorologen vorausgesagt hatten. Bethany machte es nichts aus. Nach Monaten in der Enge der *Discovery* und ihrer hundertmal wiederaufbereiteten Atemluft war Wetter gleich welcher Art eine willkommene Abwechslung, mochte es sich auch gewalttätig darstellen.

Nachdem sie ihren Muskeln ein wenig Erleichterung verschafft hatte, entfernte sie sich rasch von dem überkuppelten Gebäude des Hauptquartiers, sorgsam darauf bedacht, auf der harten Oberfläche des Weges zu bleiben. Ihr Ziel war das barackenähnliche Langhaus, wo die gefangenen Ryall untergebracht waren. Unterwegs wurde ihr

Blick zu den Hügeln gelenkt, die das Tal zu beiden Seiten begrenzten, und zu der Linie bläulich grüner Vegetation, die das Ende des gerodeten Bergwerkskomplexes kennzeichnete. Aus der Ferne ähnelte das Bild täuschend einem Wald des altanischen Hochlandes, obwohl die Bäume knorriger und verkrümmter schienen als jene daheim.

Ihr Blick folgte dem Waldrand zu dem großen, aus Erde aufgeschütteten Staudamm, den die Ryall talaufwärts von ihrem Komplex errichtet hatten. Marinesoldaten, die bis dorthin vorgedrungen waren, meldeten einen großen Stausee hinter dem Damm. Am Fuß dieses Dammes befand sich ein weißes, rechteckiges Bauwerk, von dem ein Dutzend Rohrleitungen von beträchtlichem Durchmesser ausging. Unterhalb dieses Gebäudes, das offenbar Ablassventile enthielt, teilten sich die Rohrleitungen in zwei Gruppen und verliefen parallel zueinander zehn Kilometer entlang den Talseiten bis zum Verhüttungskomplex.

In der Ferne erhoben sich jenseits des Dammes mehrere hohe, schneebedeckte Berge. Der Gebirgszug erinnerte Bethany an das Colgategebirge östlich von Homeport, und es machte sie ein wenig traurig, dass sie diese schöne Welt bald würde verlassen müssen.

Sie blickte in die Ferne und dachte darüber nach, was die Menschheit mit einer Welt wie Corlis anfangen könnte, als sie vor der Gefangenenbaracke anlangte. Sie wies sich bei dem Wachtposten am Eingang eines hastig errichteten elektrischen Zaunes aus, wartete eine Weile und wurde dann von einem zweiten Soldaten in ein Vernehmungszimmer geführt. Das Mobiliar bestand aus einem metallenen Klappstuhl, einem passenden Tisch und einem Übersetzungscomputer. Die Mikrofone waren an den Wänden und der Decke angebracht. Der Raum hatte massive, verstärkte Türen.

»Varlan wird gleich zu Ihnen gebracht, Madam«, sagte der Sergeant, der sie von der Wache herbegleitet hatte.

Bethany dankte ihm und wandte sich der dem Eingang gegenüberliegenden Tür zu. Weniger als eine Minute später wurde die Tür geöffnet, und zwei mit Maschinenpistolen bewaffnete Marinesoldaten führten einen Ryall herein.

Der Ryall war oben graugrün und unten gelbbraun. Die Schädelwölbung war auffallend, aber das schnauzenartig vorgebaute Gesicht schien kürzer als auf den Fotografien, die Bethany gesehen hatte. Der Körper war auch schlanker als die Kriegertypen, aus denen die Masse der Gefangenen bestand. Der Schwanz war länger, und die Pfoten größer. Der Kopf drehte sich langsam auf dem langen Hals, als der Ryall seine Umgebung betrachtete.

»Miss Bethany Lindquist«, sagte der Sergeant, »darf ich Ihnen Varlan von den Duftenden Wassern vorstellen, Betriebsleiterin des Corlis-Komplexes. Varlan, ich habe die Ehre, Ihnen Bethany Lindquist vorzustellen, eine bedeutende Persönlichkeit unseres Volkes.«

Ein schwarzes Auge wie aus Obsidian musterte Bethany. Varlans Mund war offen und zeigte eine Doppelreihe konischer, rasiermesserscharfer Zähne, zwischen denen eine dreifach gespaltene Zunge hin und her glitt. Aus ihren Studien wusste Bethany, dass die Ryall durch den Mund atmeten, was die Ähnlichkeit mit einem hechelnden Hund erklärte.

»Hallo, Varlan«, sagte Bethany.

Es folgte ein Geräusch wie der Klang einer Flöte, dann übersetzte der Computer durch den Lautsprecher auf dem Tisch: »Grüße, Bethany von den Lindquists. Wie kann diese hier Ihnen behilflich sein?«

Bethany blickte zu den drei Marinesoldaten auf, die an den Wänden Aufstellung genommen hatten und ihre Maschinenpistolen schussbereit hielten. »Danke, Sergeant. Würden Sie und Ihre Männer bitte draußen warten?«

»Davon würde ich Ihnen abraten, Madam. Diese Zähne sind scharf, und einen Schlag mit dem Schwanz vergisst man nie mehr. Einer der Verteidiger hätte mir mit einem Schwanzschlag beinahe den Kopf abgerissen, obwohl ich einen gepanzerten Kampfanzug mit Helm trug.«

»Ich bin sicher, dass mir nichts geschehen wird, Serge. Varlan wird mir keinen Schaden zufügen, da sie weiß, dass Sie draußen sind.«

»Wie Sie wollen, Madam. Es ist Ihr Begräbnis.«

Die Gefangene neigte den Kopf zur Seite und verfolgte den Abgang der Marinesoldaten mit dem rechten Auge, während sie Bethany mit dem linken im Blickfeld behielt. Als die Tür geschlossen wurde, schenkte sie Bethany ihre ganze Aufmerksamkeit.

»Ich hörte, dass Sie weiblichen Geschlechts sind, Varlan von den Duftenden Wassern«, begann Bethany.

»So ist es.«

»Ich bin es auch«, sagte Bethany. »Und ich bin neugierig, ob wir Frauen gleich denken.«

»Wie könnten wir?«, fragte Varlan. »Wir sind von verschiedener Art.«

»Aber es muss Ähnlichkeiten geben. Wir sind das Geschlecht, das neues Leben hervorbringt, nicht wahr?«

»So ist es.«

»Dann müssen sich unsere Ansichten auf manchen Gebieten decken.«

»Was für ein seltsamer Gedanke.«

»Wollen wir dann versuchen, eine gemeinsame Grundlage für unsere Diskussionen zu finden?«

Varlan machte eine unverständliche Gebärde, stellte die Segelohren auf und stieß ein zischendes Geräusch aus. »Unter meinesgleichen würden wir sagen: ›Wollen wir versuchen, im Fluss der Einigkeit zu schwimmen?‹«

»Wollen wir?«

»Eine Gefangene tut gut daran, auf ihre Wärter einzugehen«, erwiderte Varlan. »Auch ist das Konzept interessant.«

Bethany begann das Gespräch mit einer Beschreibung des menschlichen Fortpflanzungszyklus und des Umstandes, dass menschliche Junge lebendig geboren werden. Sie erläuterte dann die Wirkung dieser einfachen natürlichen Tatsache auf die Einstellung der Menschen. Die Ryall, erfuhr sie bald, hatten ziemlich analoge Einstellungen, obwohl ihre Zuneigung und Fürsorge für die Jungen mehr allgemeiner Natur waren, da sie nicht wissen konnten, welche Jungen ihre eigenen waren. Dies wiederum erleichterte den Ryall die Entwicklung eines an der Gemeinschaft orientierten Bewusstseins und der Loyalität zu Sippe und Stamm und darüber hinaus zur ganzen Art.

»Sehen Sie«, sagte Bethany, nachdem sie mehr als eine Stunde lang diskutiert hatten, »es scheint keinen Grund zu geben, warum unsere beiden Arten nicht rational miteinander umgehen könnten.«

»Das scheint wahr zu sein.«

»Wie ist es dann zu erklären, dass ihr Ryall uns so hasst und fürchtet?«

»Wir hassen euch nicht, Bethany von den Lindquists. Noch fürchten wir euch.«

»Aber Ihre Schiffe griffen uns ohne Provokation an, und unsere Versuche, ein Ende dieses Krieges durch Verhandlungen zu erreichen, blieben ergebnislos.«

»Ihre bloße Existenz ist Provokation genug«, erklärte Varlan.

»Das ist keine Antwort. Sicherlich ist das Universum groß genug für beide Arten. Warum müssen wir einander bekämpfen, wenn es so viele Welten gibt, die der Besiedelung offen stehen?«

Varlan wandte den Kopf und blickte zum einzigen Fenster des Raums. »Schauen Sie hinaus, Bethany von den Lindquists«, sagte sie und hob eine sechsfingrige Hand. »Was sehen Sie?«

Bethanys Blick folgte der Geste. »Ich sehe die andere Seite des Tales, den Wald und die Berge dahinter.«

»Finden Sie diese Szene anziehend?«

Bethany nickte. »Ja, gewiß. Dies ist eine wunderschöne Welt. Sie erinnert mich an meine Heimat.«

»Dann stimmen wir auch darin überein«, erwiderte Varlan. »Auch ich kann die Berge in der Ferne betrachten und an meine Heimat denken.«

»Ein Grund mehr, dass wir Freunde sein sollten.«

Die Ryall zischte: »Ein Grund mehr, dass wir Feinde sein müssen! Die Geschichte lehrt, dass zwei intelligente Arten kein einzelnes Habitat miteinander teilen können. Beide müssen ihren Lebensraum erweitern, bis sie eines Tages in Konflikt miteinander geraten.«

»Selbst wenn das wahr wäre«, entgegnete Bethany, »wird es Tausende von Jahren dauern, bevor auf den Welten, die wir jetzt bewohnen, der Lebensraum knapp wird. Warum jetzt kämpfen?«

»Würden Sie es verantwortungsvoll finden, wenn wir die Bürde, das Universum von euch Menschen zu befreien, künftigen Generationen überließen?«

»Ich würde versuchen, den Kampf ganz zu vermeiden«, antwortete Bethany seufzend. »Ich anerkenne jedoch Ihre Aufrichtigkeit. Ein Mensch in Ihrer Lage würde mir wahrscheinlich gesagt haben, was ich seiner Meinung nach gern hören würde.«

»Zu welchem Zweck?«, fragte Varlan. »Wenn die Logik einer Situation klar vor aller Augen liegt, kann es nicht von Wert sein, sich täuschen zu lassen oder sich als Lügner zu erweisen.«

41

»Dekontamination abgeschlossen. Sie können in die Nebenkabine treten und sich ankleiden.«

Bethany sah den Rest der übelriechenden Desinfektionsflüssigkeit in den Ablauf zu ihren Füßen gurgeln, dann blickte sie zu dem Deckenlautsprecher auf, aus dem die Stimme einer unbekannten männlichen Bedienungskraft gedrungen war. Und sie fragte sich, ob er sie sehen könne.

»Was ist mit meinen Kleidern?«, fragte sie fröstelnd in der kalten Zugluft der Duschkabine.

»Ihre Kleidung wird zur Desinfektion begast. Sie werden in der Ankleidekabine einen neuen Bordanzug finden.«

»Danke.«

»Gern geschehen.«

Bethany drückte den Hebel, der die luftdichte Tür von der Desinfektionskabine zur Umkleidekabine öffnete. Wie die Stimme gesagt hatte, war der Plastikbeutel, in den sie die auf Corlis getragene Kleidung getan hatte, verschwunden. An seiner Stelle lag säuberlich zusammengelegte Ersatzkleidung. Sie trocknete sich ab, schlüpfte dann in neue Unterwäsche, einen neuen Bordanzug und weiche Stiefel. Sie kämmte ihr Haar mit einer Bürste aus der winzigen Tasche mit persönlichen Mitteln zur Körperpflege, die mit der Bordkleidung bereitgelegt worden war, dann betrachtete sie das Ergebnis in dem Spiegel an der Innenseite der Tür. Bis auf den Umstand, dass sie wie ein ertrunkenes Nagetier aussah und nach Desinfektionsmittel roch, fand sie sich einigermaßen passabel. Sie steckte die persönlichen Gegenstände in eine Tasche des Bordanzugs, öffnete die Tür und trat in den Korridor hinaus.

»Willkommen an Bord der *Terra*«, sagte eine Stimme irgendwo hinter ihr.

Sie wandte sich um und sah Captain Reinhart Dreyer, den Captain des sandarischen Kreuzers, der auf sie gewartet hatte. Er war ein hoch gewachsener, schlanker Mann mit kurz geschnittenem blondem Haar und blassblauen Augen; er trug die Ausgehuniform der königlich sandarischen Marine.

»Captain Dreyer! Es war nicht nötig, dass Sie eigens heruntergekommen sind, mich zu begrüßen.«

Der Captain schmunzelte. »Und ob es nötig war! Captain Drake würde mir gehörig den Kopf waschen, wenn Sie während Ihres Aufenthalts an Bord meines Schiffes nicht angemessen behandelt würden. Es tut mir Leid, dass Sie nicht direkt zur *Discovery* geleitet werden konnten, aber die Bestimmungen über Dekontamination nach einem Besuch in einer fremden Biosphäre sind äußerst streng.«

»Was auch richtig ist«, erwiderte Bethany. »Ich hörte von Varlan, dass bei den Ryall eine Anzahl der auf Corlis beschäftigten Arbeiter Probleme mit unbekannten Krankheiten haben. Ich bin keine Sachverständige, aber mir scheint, dass jeder Mikroorganismus, der in der Biochemie der Ryall einen Nährboden findet, dies auch beim Menschen kann.«

»Varlan?« Der sandarische Captain sah einen Moment ratlos aus, dann nickte er. Er bemühte sich, einen Unterton von Missbilligung aus seiner Stimme herauszuhalten, aber es gelang ihm nicht vollständig. »Ach ja, das ist eine der gefangenen Ryall, nicht wahr? Colonel Valdis meldete, dass Sie während Ihres Aufenthalts auf Corlis zahlreiche Gespräche mit den Gefangenen führten.«

»Ich sprach dreimal mit Varlan, der Betriebsleiterin des Bergwerkskomplexes, und zweimal mit anderen Gefangenen. Nachdem ich die Ryall anhand von Büchern und gespeicherten Daten zwei Jahre studiert hatte, fand ich es erfrischend und belehrend, lebendigen Vertretern dieser Art zu begegnen.«

»Und entsprachen sie Ihren Erwartungen?«

»Ja, die Gespräche mit Varlan waren außerordentlich lehrreich für mich. Haben Sie schon einmal mit gefangenen Ryall gesprochen?«

Der Sandarer schüttelte den Kopf. »In meinem Beruf, Milady, kommen wir dem Feind selten nahe genug, um ein Gespräch zu führen. Nein, unsere ›Kommunikation‹ geschieht mit Raketen, Laserkanonen und Antimaterie-Projektoren. Und was die Vernehmungen von Gefangenen betrifft, so überlasse ich sie den Spezialisten.«

»Sie tun wahrscheinlich gut daran. Die Ryall scheinen ihre eigene Logik der Weltbetrachtung zu haben.«

Dreyer nickte. »Seit annähernd einem Jahrhundert hat mein Volk sich bemüht, die Zentauren zu verstehen, doch ohne Erfolg.«

»Nun, da ich mit Ryall gesprochen habe, glaube ich das Problem besser zu verstehen.«

»Wo ist Professor Alvarez, Milady?«

»Er blieb zurück, um sein Material zu sammeln und zu ordnen. Meines Wissens soll er mit dem Raumtransporter am Morgen heraufkommen.«

»Apropos Raumtransporter«, sagte Dreyer. »Ich fürchte, Sie haben das planmäßige Boot zur *Discovery* knapp verpasst. Soll ich eine Sonderfahrt arrangieren?«

»Danke, das wird nicht nötig sein. Ich kann auf die planmäßige Fahrt am Morgen warten.«

Dreyer lächelte. »Ich hoffte, dass Sie das sagen würden, und habe mir die Freiheit genommen, Ihr Gepäck zu Kabine 173 auf dem G-Deck zu schicken. Es wäre mir eine Ehre, Sie heute Abend beim Essen als meinen Gast begrüßen zu dürfen.«

»Danke, Captain. Ich nehme Ihre Einladung gerne an.«

»Ausgezeichnet! Das Abendessen ist um zwanzig Uhr.«

Nach einem langen Abend sandarischer Gastfreundschaft stand Bethany frühzeitig auf, um die Orbitalfähre zur *Discovery* zu nehmen. Da vier Schiffe in einer Umlaufbahn um Corlis lagen, hatte die Expedition ihren eigenen Fahrplan mit zwei täglichen Verbindungen zwischen den Schiffen eingeführt. Die Reise von der *Terra* zur *Discovery* dauerte nur zwanzig Minuten. Bethany verbrachte sie, indem sie die Nase ans Fenster drückte und die Schönheit der Welt unter sich vorbeiziehen sah.

Richard Drake erwartete sie im Hangar der *Discovery*. Als sie ihn am Fuß der Treppe stehen sah, flog Bethany ihm in der minimalen Schwere des Hangars buchstäblich in die Arme. Hätte er sich nicht im letzten Augenblick geistesgegenwärtig mit einer Hand an das Geländer geklammert, wäre er von ihr zu Boden gerissen worden.

»Willkommen daheim«, murmelte er in ihr Haar, als er sie an sich drückte. Sie küssten und umarmten sich, ohne auf die Besatzungsmitglieder zu achten, die entweder grinsten oder sie geflissentlich ignorierten.

»Es ist gut, wieder daheim zu sein, Richard«, sagte sie, noch außer Atem, als sie sich von ihm gelöst hatte. Sie blickte im Hangar umher. »Nichts hat sich geändert, wie ich sehe.«

Er folgte ihrem Blick und bemerkte die plötzliche Zunahme an Aktivität unter den Besatzungsmitgliedern, die Fracht vom Raumtransporter entluden. »Du warst nur zehn Tage fort. Hier, das ist für dich.« Sie trat zurück und entdeckte einen Strauß roter und weißer Rosen in der Hand, mit der er sich festgehalten hatte.

»Wie schön!«

»Nicht annähernd so schön wie du.«

»Du schmeichelst mir … aber es gefällt mir.«

»Es ist einfach die Wahrheit. Wie war die Reise?«

»Interessant und lehrreich. Und wie war es hier während meiner Abwesenheit?«

»Nervenzermürbend«, sagte er. »Jeden Tag rechnete ich mit der Meldung, dass ein fremdes Schiff aus dem zweiten Faltpunkt gekommen ist. Wie ich hörte, habt ihr das große Los gezogen.«

Bethany nickte. »Professor Alvarez ist ein Virtuose im Umgang mit den Eingabe/Ausgabe-Kugeln der Ryall, Richard. Du hättest ihn sehen sollen. Es war unheimlich.«

»So? Er hat beantragt, dass ich eine Konferenz einberufe, die sich mit den Ergebnissen eurer Arbeit beschäftigen soll.«

»Hast du schon einen Termin angesetzt?«

Er nickte. »Für heute Nachmittag. Kannst du mir eine Vorschau geben?«

»Professor Alvarez bat mich, keine Vorabinterviews zu geben. Ich hoffe, es macht dir nichts aus, Richard. Er leistete die eigentliche Arbeit, also ist es nur fair, dass ich seinem Rechenschaftsbericht nicht vorgreife.«

Drake zuckte die Achseln. »Na, dann warte ich eben.«

»Deshalb liebe ich dich so, Richard. Du bist der verständnisvollste Befehlshaber, den ich kenne.«

Sie verließen den Hangar und zogen sich Hand über Hand durch den peripheren Korridor des Alpha-Decks. Drake führte sie zu seiner Kajüte, die zwei Decks höher und ein Viertel des Weges um den Habitatring war. Als sie dort anlangten, ließ er Bethany im Besuchersessel vor seinem Schreibtisch Platz nehmen.

»Wann wird die Schwerkraft wiederhergestellt?«, fragte sie beim Anlegen des Gurtes.

Er blickte zum Chronometer an der rückwärtigen Schottenwand. »In zehn Minuten. Sobald der Transporter wieder startet, werden sie für Rotation sorgen. Möchtest du mir von deinen Diskussionen mit der Betriebsleiterin der Ryall berichten?«

»Ja, solange mir Zeit bleibt, mich vor der Konferenz ein wenig frisch zu machen. Mein Haar und meine Haut riechen noch immer nach diesem verdammten Desinfektionsmittel.«

»An dir riecht sogar Desinfektionsmittel gut.«

Sie lachte. »Liebe macht nicht nur blind, sie betäubt auch den Geruchssinn!«

Drake beugte sich zum Schreibtisch und schaltete sein Aufnahmegerät ein. Er sprach mehr als eine Minute lang und erläuterte die Umstände, unter denen Bethany nach Corlis gegangen war und welche Aufgaben sie dort erfüllt hatte. Nach einem letzten Blick auf die Lautstärkeablesung nickte er Bethany zu. »Bitte erstatten Sie Ihren Bericht, Miss Lindquist.«

Bethany begann mit einer Beschreibung ihrer ersten Begegnung mit Colonel Valdis.

»Wie war Colonel Valdis' Reaktion auf Ihre Bitte, die Gefangene zu verhören?«

Bethany hob die Schultern. »Er war höflich und zuvorkommend, obwohl ich das Gefühl hatte, dass er von meinem Anliegen nichts hielt. Er verbarg es gut, aber ich gewann den Eindruck, dass es ihm lieber gewesen wäre, wenn ich ihn nicht damit belästigt hätte.«

»Gab es Schwierigkeiten mit der Planung des Interviews?«

»Es dauerte ein paar Tage, bis ich die Gelegenheit erhielt, aber wir waren mit der Entschlüsselung der Daten vollauf beschäftigt. Eines Morgens bekam ich Nachricht, dass Varlan am Nachmittag für ein Gespräch zur Verfügung stehe. Alles war für mich bereit, als ich zur Gefangenenbaracke kam.«

»Wie behandelten Sie die Frage eines Verhandlungsfriedens?«

»Ich erinnere mich nicht genau an den Wortlaut, aber die Fragestellung an sich schien mir ganz natürlich.«

»Und Varlans Reaktion«?

Bethany seufzte. »Sie entsprach den Aussagen aller anderen gefangenen Ryall, die mir zu Ohren gekommen sind. Soweit es sie betrifft, gibt es im Universum nicht genug Raum für unsere beiden Arten.«

»Wie war ihre Stimmung, als sie das sagte? Zornig, nervös, verstört?«

»Nichts von alledem. Das ist, was es so entmutigend macht. Sie hätte genauso gut über das erste Gesetz der Thermodynamik sprechen können. Für die Ryall scheint die Ausrottung einer intelligenten

Art durch eine andere bloß ein lästiger, aber durchaus natürlicher Aspekt des Lebens zu sein.«

Drake lehnte sich zurück und blickte Bethany über die zusammengelegten Fingerspitzen an. »Das ist im Wesentlichen die gleiche Reaktion, die wir von diesem Ossfil und seiner Besatzung kennen. Wenn hochgestellte Ryall der Wirtschaftskaste und Handelsschiffkapitäne nicht imstande sind, die Unsinnigkeit der Fortsetzung dieses Krieges zu sehen, dann gibt es wahrscheinlich keinen einzigen Ryall, der es kann. Die verdammten Schnellen Esser!«

»Varlan und ich«, fuhr Bethany fort, »sprachen unter anderem auch über die Legende von den Schnellen Essern.«

»Und mit welchem Ergebnis?«

»Dass sie keine Legende sind. Die Ryall haben Skelette von ihnen in ihren Museen. Sie gebrauchen sie, um ihre Jungen zu indoktrinieren.«

»Das würde die Auffassung der Sandarer bestätigen, nicht wahr? Das einzige Mittel, diesen Krieg zu gewinnen, ist die Zerschlagung der Macht der Ryall, die auf ihre Heimatwelten zurückgeworfen werden müssen.«

»Das möchte ich so nicht sagen«, erwiderte Bethany mit nachdenklich gerunzelter Stirn. »Ich denke, dass wir und die Sandarer vielleicht zu rasch aufgeben. Schließlich habe ich insgesamt nur acht oder neun Stunden Zeit gehabt, mit Varlan über Dinge zu sprechen, die ihr sehr fremd vorkommen müssen.«

»Was schlagen Sie also vor?«

»Dass Varlan zur *Discovery* gebracht wird, wo ich weiter mit ihr arbeiten kann. Vielleicht kann ich sie zu unserer Denkweise bekehren. Gelingt es mir, ist wenigstens der Beweis erbracht, dass sie durch Logik überzeugt werden können.«

»Und wenn es nicht gelingt?«

Bethany zuckte die Achseln. »Dann werden wir wohl anderen antun, was sie uns antun wollen. Nur werden wir schneller sein müssen.«

Drake begleitete Bethany zur Konferenz. »Ich sehe, du hattest ausreichend Zeit, dich zurechtzumachen«, sagte er, als sie ihm die Kabinentür öffnete.

»Gefällt es dir?«, sagte sie und drehte ihm zuliebe eine Pirouette. Der Bordanzug und die einfache Frisur des Morgens waren verschwunden. Stattdessen trug sie einen Hosenanzug mit einem leicht ausgeschnittenem Mieder und eine asymmetrische Frisur. »Ich dachte mir, dass ich mich ein wenig herausputzen sollte. Schließlich ist es ein wichtiger Anlass.«

Die Offiziersmesse war bis zum letzten Platz besetzt, als sie eintrafen. Bethany und Drake schlängelten sich durch die Menge nach vorn, wo ein Vortragspult und ein holographischer Projektionswürfel aufgebaut waren. Ihr Ziel war die kleine Gruppe von Wissenschaftlern und sandarischen Offizieren, die sich um Professor Alvarez versammelt hatte. Drake streckte ihm die Hand hin.

»Freut mich, dass Sie wieder unter uns sind, Professor.«

»Danke, Captain«, sagte Alvarez. Er hatte dunkle Ringe unter den Augen, und seine Wangen wirkten eingefallen. Dennoch strahlten seine Augen in einem unnatürlichen Glanz, und sein Händedruck war fest und energisch.

In den nächsten Minuten suchten alle, die noch keinen Platz gefunden hatten, eine Sitzgelegenheit, und Alvarez beriet sich im Flüsterton mit Bethany. Schließlich setzte sie sich neben Drake und legte ihre Hand in die seine. Professor Alvarez trat ans Vortragspult und dämpfte die Beleuchtung.

»Ich begrüße Captain Drake, Captain Dreyer, die Offiziere von der *Discovery* und der *Terra*, und meine verehrten Kollegen«, begann der Professor mit gut verständlicher, kräftiger Stimme. »Wie sie wissen, reisten Miss Lindquist und ich vor zehn Tagen hinunter nach Corlis. Unsere Aufgabe dort war schwierig. Wir wollten versuchen, die Navigationsdaten, die wir vom Erzfrachter der Ryall erbeutet hatten, aus der Masse der übrigen gespeicherten Daten zu extrahieren. Ich freue mich, Ihnen mitteilen zu können, dass es uns gelang, die Aufgabe mit Erfolg zu lösen.«

Alvarez betätigte die Fernbedienung, und die holographische Projektion leuchtete auf. Nahe dem Boden des dreidimensionalen Raums waren zwei Sternsymbole. Das größere trug die Aufschrift ANTARES-RINGNEBEL, das kleinere EULYSTA/CORLIS. Zwischen beiden Symbolen war die punktierte Linie, die eine aktive Faltpunktverbindung markierte.

»Hier haben wir den Weg, auf dem wir dieses System erreicht haben. Die Verbindung zwischen Antares und Eulysta ist ganz jung. Sie bildete sich erst bei dem Novaausbruch des Antares. Weil die Faltpunktverbindung direkt in den Ringnebel und die Nachbarschaft des Neutronensterns führt, betrachten die Ryall sie offenbar als unpassierbar.«

Alvarez berührte die Fernbedienung, und in der Tiefe der Darstellung erschien ein drittes Sternsymbol. »Dies ist Carratyl, das von Eulysta nächste erreichbare System.« Alvarez blickte von seinen Notizen auf. »Ich hoffe, allen ist bewusst, dass diese Namen Übersetzungen von Originalbezeichnungen der Ryall sind. Das Original von ›Carratyl‹ hört sich wie ein Räuspern an.

Der Erzfrachter wollte die Faltpunktverbindung nach Carratyl erreichen, als wir ihn aufbrachten. Im Gegensatz zu Eulysta, das praktisch unbewohnt ist, handelt es sich bei Carratyl um ein System der Ryall-Hegemonie. Es besitzt eine einzige bewohnte Welt, Kalatin, dessen Bevölkerung auf ungefähr eine Milliarde geschätzt wird. Kalatin ist eine landwirtschaftlich geprägte Welt. Die Unterlagen des Captains, denen wir diese Daten entnommen haben, enthalten den Hinweis, dass es auf dem größten der drei Monde einen Marinestützpunkt gibt.

Das führt uns zum nächsten interessanten System«, sagte Alvarez, als er ein viertes Sternsymbol in der Projektion erscheinen ließ. »Ich werde Sie nicht mit dem Namen behelligen, den die Ryall ihm gegeben haben, denn wir Menschen kennen diesen Stern seit alten Zeiten. Es ist Spica.«

Alvarez machte eine Kunstpause, und in der Offiziersmesse herrschte verblüffte Stille, gefolgt von einem leisen Gemurmel unter den anwesenden Astronomen. Drake blickte bestürzt auf die Symbole, die wie aus dem Nichts um Spica erschienen. Jemand in seiner Nähe murmelte etwas, dann rief jemand: »Mein Gott, das sind sechs … sieben … acht Faltpunkte!«

Professor Alvarez genoss offensichtlich die allgemeine Verblüffung angesichts seiner plötzlichen Enthüllung. Er lächelte. »Wie Sie bereits bemerkt haben, besitzt Spica insgesamt acht Faltpunkte. Das macht dieses System zum Zentrum des größten Faltraum-Sternhaufens, der je entdeckt wurde. Noch bedeutsamer aber ist, dass wir in Spica das Hauptsystem der Ryall-Hegemonie vor uns haben, wie Sie gleich sehen werden.«

Alvarez manipulierte die Fernbedienung, und die anderen Sterne der Ryall-Hegemonie erschienen. Noch ehe das Diagramm vollständig war, offenbarte sich denjenigen, die eine Topologiekarte des Faltraumes zu lesen wussten, das gesamte Muster. Drake beobachtete es in ungläubigem Staunen. Die einzelnen Sternsysteme der Ryall-Hegemonie waren miteinander durch kurze Verbindungen und Verzweigungen von Faltpunkten verbunden. Hier waren drei Sterne miteinander verbunden, dort zweigten zwei weitere von einer dritten Verbindung ab. In einem anderen Fall hingen vier Sterne in einem seltenen, geschlossenen Ringmuster von Faltpunktverbindungen zusammen. Drake konnte in dem Diagramm jedoch keine Faltpunktverbindung finden, die zwei oder mehr der kleineren Gruppierungen miteinander verbanden, außer durch das zentrale System Spica. Alvarez bestätigte diese Beobachtung ein paar Sekunden später.

»Die Ryall-Hegemonie besteht aus zweiundzwanzig separaten Systemen. Jedes davon gehört zum Faltraumhaufen Spica.«

42

An alle Schiffskapitäne und Kommandeure der Bodentruppen.

Von: Drake, R. A. Kommandeur der Einsatzgruppe

Datum: 11. September 2639

Zeit: 20:00 Uhr

Befehl

1. Letzte Vorbereitungen für die Räumung von Corlis werden unverzüglich eingeleitet. Alles Personal hat sich an den folgenden Zeitplan zu halten:
   1.1 Der Abtransport der Gefangenen zur Umlaufbahn beginnt am 12. September 2639 um 9:00 Uhr.
   1.2 Letzte Inspektionen des Bergbaukomplexes auf Corlis werden bis zum 13. September 2639, 9:00 Uhr abgeschlossen.
   1.3 Das letzte Landungsboot wird am 13. September 2639 nicht später als 18:00 Uhr von Corlis starten.
2. Die Flotte wird ihre Umlaufbahn um Corlis am 13. September 2639 um 24:00 Uhr verlassen und am 18. September 2639 um 12:00 Uhr am Eulysta-Antares-Faltpunkt eintreffen.

3. Der Zerstörer *Mace* der sandarischen Marine wird seine Abreise vom Eulysta-Carratyl-Faltpunkt so koordinieren, dass er gleichzeitig mit dem Rest der Flotte am Eulysta-Antares-Faltpunkt eintrifft.

Richard Drake
Fleet Captain

Drake saß an seinem Platz auf der Brücke und sah das Landungsboot *Molière* im Hangar der *Discovery* verschwinden.

Sobald die Maschine hinter der Krümmung des Rumpfes verschwunden war, meldete sich der Dienst habende Bordingenieur über die Gegensprechanlage.

»Landungsboot an Bord genommen, Captain.«

»Sehr gut, Mr. Salmonson«, erwiderte Drake. »Sichern Sie es in der Landebucht.«

»Wird durchgeführt.«

»Das war es, Sir«, meldete einer der Brückentechniker. »Alle Boote sind wieder an Bord und in ihren Halterungen.«

»Haben Sie eine Bestätigung von der Passagierliste der *Molière*?«

»Ja, Sir. Volle Übereinstimmung.«

»Und die Gefangenen?«

»Alle unter Kontrolle, Captain.«

»Ausgezeichnet, Mr. Davis. Mr. Marchant!«

»Ich bin eingeschaltet, Sir«, sagte Drakes Erster Offizier von seinem Platz in der Feuerleitzentrale.

»Wie liegen wir im Zeitplan?«

»Der Bergbaukomplex sollte in ungefähr zwei Minuten über den Horizont kommen, Captain. Alle telemetrischen Signale kommen klar und deutlich.«

»Erwarten Sie meinen Befehl für die Fernzündung, Commander.«

»Ja, Sir.«

»Mr. Haydn, bringen Sie den Planeten bitte auf den großen Bildschirm.«

»Wird gemacht, Sir.«

Die blaue und weiße Krümmung des Planeten, wie sie sich in einem der Teleskope ausnahm, die am zentralen Zylinder der *Discovery* angebracht waren, erschien im Bildschirm. Die Ansicht wanderte nach rechts und rückte rasch näher, als die Vergrößerung des Teleskops verstärkt wurde.

Drake sah die Landschaft über den Bildschirm ziehen, als die Orbitalgeschwindigkeit das Schiff dem Zielgebiet entgegentrug. Eine Minute später kam der Bergbau- und Verhüttungskomplex der Ryall in Sicht. Das Tal, wo die Zentauren ihren Komplex errichtet hatten, war ein im Grün der umliegenden Wälder deutlich sichtbarer gelbbrauner Streifen. Ein großer dunkelblauer Fleck kennzeichnete die Lage des Stausees, der die Anlage mit Wasser versorgt hatte. Die Bergwerks- und Verhüttungsgebäude warfen deutlich sichtbare Schatten.

»Stärkere Vergrößerung, wenn es geht, Mr. Haydn.«

»Gehen auf maximale Vergrößerung, Captain.«

Die Anlage rückte nochmals näher, und die seitlichen Talhänge verschwanden am Rand des Bildschirms.

»Nicht ganz so viel«, befahl Drake. Das Bild wich wieder zurück, bis das Tal in seiner Ausdehnung zu sehen war.

»Sind Sie bereit, Mr. Marchant?«

»Bereit, Captain.«

»Zünden!«

Zuerst schien nichts zu geschehen. Dann erblühten um den weißen Würfel am Fuß des Staudamms und darüber orangegelbe Rauchwolken. Das Gebäude, wo die Rohrleitungen zusammenliefen und die Wasserzufuhr über Ventile gesteuert wurde, brach auseinander und verschwand, als ein dunkler Fleck sich im Tal unterhalb des Staudammes auszubreiten begann. Der Staudamm selbst begann in der Mitte einzubrechen, und der dunkle Fleck bildete einen weißen Schaumrand, der sich mit erstaunlicher Geschwindigkeit durch das Tal bewegte. Der aufgeschüttete Damm brach völlig in sich zusammen und wurde von den Wassermassen fortgerissen. Eine Flutwelle raste talabwärts und überholte den ersten, schäumenden Wasserschwall.

Das Wasser riss die Rohrleitungen zu beiden Seiten des Tales ein und überflutete sie, und drei Minuten später brach die Flutwelle über die Gebäude des Bergwerkskomplexes herein. Die hölzernen Baracken zerplatzten wie unter Explosionen, und ihre Trümmer wurden fortgerissen. Die Flutwelle warf Fördertürme um, zerbrach und verwüstete die Bergwerks- und Verhüttungsgebäude, zermalmte alles unter den mitgeführten Massen von Gestein und Sand. Bald war die gesamte Anlage vollständig verschwunden. Die aus zweihundert Kilometern Höhe das Zerstörungswerk beobachtenden Teleskope und Kameras zeigten keine Einzelheiten mehr.

»Das also war dein Plan!«, murmelte eine Stimme neben Drake. »Den Staudamm sprengen und alle Hinweise auf unsere Anwesenheit unter einer Schlammschicht begraben!«

Drake wandte den Blick vom Bildschirm und sah Bethany an. »Das war es. Wenn die Ryall auf der Suche nach ihrem vermissten Schiff hierherkommen, werden sie finden, dass ihre Siedlung von einer Naturkatastrophe heimgesucht und vernichtet worden ist.«

»Sicherlich werden sie mit Überlebenden rechnen!«

»Nicht unbedingt. Sie könnten alle im Bergwerk oder während des Nachtschlafs von der Flutwelle des Dammbruches überrascht worden sein.« Drake zeigte zum Bildschirm, wo sich große Strudel in den dahinschießenden Wassermassen entwickelt hatten. »Die Förderschächte und Stollen werden völlig überschwemmt und zugeschüttet. Und selbst wenn es Überlebende gegeben haben sollte, werden sie in der Wildnis umgekommen oder vom Erzfrachter evakuiert worden sein.«

»Und gingen dann mit dem Schiff verloren?«

Drake nickte.

»Meinst du, dass sie es glauben werden?«

»Es spielt keine Rolle, ob sie die Katastrophengeschichte glauben oder nicht, solange sie das Unglück nicht mit uns in Verbindung bringen.«

Varlan von den Duftenden Wassern war am Vortag früh geweckt und mit den anderen Gefangenen in einen Raum getrieben worden, wo man ihr Fußfesseln angelegt hatte. Sie und ihre Mitgefangenen waren dann auf ein Fahrzeug geladen und zu dem Punkt gefahren worden, den die Menschen als Landefeld benutzten. Dort waren sie zu fünft in einen Käfig gesteckt, in den Laderaum eines Landungsbootes geschoben und in eine Umlaufbahn befördert worden. Aufgrund ihrer Stellung hatte Varlan den Winkel des Käfigs beansprucht, der einem Bullauge am nächsten war. So konnte sie beobachten, wie der Planet unter ihnen zurückblieb und der blaue Himmel langsam dunkler und schließlich schwarz wurde.

Die anderen vier Gefangenen in ihrem Käfig waren Arbeiter. Sie hatten in Angst und Hoffnungslosigkeit laut gejammert, als die Maschine von Corlis abgehoben hatte. Nur Varlans Bewusstsein ihrer Würde hinderte sie daran, in ihre Schreie einzustimmen. Denn solange sie im Corlis-Komplex Gefangene gewesen waren, hatte noch die Möglichkeit einer Hoffnung bestanden, dass die Regierenden von ihrem Schicksal erfahren und Krieger zu ihrer Befreiung schicken würden. Einmal an Bord der menschlichen Schiffe, konnte es keine Möglichkeit der Rettung mehr geben. Das Beste, was sie sich erhoffen konnten, war ein rascher Tod, wenn Krieger ihrer eigenen Art die Eindringlinge stellten und vernichteten.

Varlan und ihre Schicksalsgefährten wurden in der Umlaufbahn zu einem mächtigen zylindrischen Kriegsschiff gebracht und mit einer übelriechenden Flüssigkeit besprüht. Zuerst schien es, als wollten die Menschen sie mit dieser schrecklichen Dusche vergiften, aber Varlans Urteilsvermögen überwand rasch ihr anfängliches Entsetzen. Hätten die Menschen ihre Gefangenen töten wollen, überlegte sie, würden sie nicht die Mühe auf sich genommen haben, sie zu ihren wartenden Schiffen zu befördern. Die Untat hätte leicht in der Enge der Gefängnisbaracke verübt werden können. Nein, entschied Varlan, die Menschen besprühten sie nicht mit Gift, sondern mit einem Desinfektionsmittel, ähnlich wie die Heiler es taten, wenn sie jemanden behandelten, der unter Parasiten litt.

Im Anschluss an die giftige Dusche trieb man Varlan und ihre vier Gefährten in ein geschlossenes Abteil. Bis auf die sanitären Einrichtungen – schlechte Kopien von Bodeninstallationen, statt der Schwerelosigkeit angepasste Einrichtungen, wie sie in den Schiffen der Ryall verwendet wurden – und einer Anzahl von Gurten zum Festschnallen war das Abteil unmöbliert. Varlan und ihre Begleiter ließen sich nieder und warteten die weitere Entwicklung ab. Nach tausend Herzschlägen in ihrem neuen Gefängnis kam eine zweite Gruppe von fünf Gefangenen zu ihnen. Das Gleiche geschah noch zweimal, bis alle auf Corlis in Gefangenschaft geratenen Zentauren wieder zusammen waren.

Soweit Varlan es beurteilen konnte, geschah einen ganzen Tag lang nichts von Bedeutung. Sie wurden regelmäßig mit Nahrung und frischem Trinkwasser versorgt. Während ihres Aufenthalts ertönten mehrere Male Alarmsirenen, und Deckenlautsprecher warnten, dass binnen kurzem Schwerelosigkeit eintreten würde. Dann schnallten die Ryall sich mit den am Boden befestigten Gurten an. Eine Anzahl

Arbeiter verlor während dieser Perioden ihren Mageninhalt, was für alle Beteiligten beträchtliche Unannehmlichkeiten mit sich brachte.

Nach einer Schlafperiode, in der Varlan nur unruhig und mit Unterbrechungen ein wenig schlummern konnte, wurde die einzige Luke geöffnet, und einer der Menschen, der eine Dolmetschermaschine bei sich hatte, rief ihren Namen. Sie erwog, keine Antwort zu geben, entschied sich aber dagegen. Misshandlungen durfte man nicht ohne Zweck oder Hoffnung auf künftigen Vorteil auf sich ziehen. Zudem würden die Menschen es nicht schwierig finden, sie aus den anderen Gefangenen herauszusuchen, wenn sie wirklich etwas von ihr wollten.

Langsam bewegte sie sich zum Ausgang und ließ sich von den Menschen wieder Fesseln anlegen. Sie führten sie zu dem großen Hangar, durch den sie das Kriegsschiff betreten hatten, und brachten sie an Bord eines der geflügelten Landungsfahrzeuge und verlegten sie zu einem zweiten Schiff, wo man sie wieder in ein Gefängnisabteil führte. Hier begegnete sie Ossfil und den sieben überlebenden Besatzungsmitgliedern der *Raumschwimmer*.

»Sei gegrüßt, Varlan von den Duftenden Wassern«, sagte Ossfil mit einer respektvollen Geste.

»Sei gegrüßt, Ossfil, vormals von der *Raumschwimmer*. Wie ergeht es euch in den Händen unserer Wärter?«

»Nicht übel. Sie füttern uns regelmäßig von den Vorräten unseres eigenen Schiffes. Die Kost ist einförmig, aber sättigend. Wie ist es bei dir und dem Corlis-Komplex?«

Varlan berichtete von dem Versuch, Mine und Hüttenwerk zu verteidigen, und von ihrer Gefangennahme durch die menschlichen Krieger. Kurz nachdem sie geendet hatte, drang eine menschliche Stimme aus einem Deckenlautsprecher und machte eine Art Durchsage.

»Was nun?«, fragte Varlan.

»Sie fordern alle auf, sich anzuschnallen. Sie sind im Begriff, die Triebwerke des Schiffes zu zünden«, sagte Ossfil.

»Sprichst du die Sprache, Ossfil?«

Ossfil machte das Zeichen, das eine geringfügige Leistung bedeutet. »Nur ein paar Worte. Diese langen Geräuschmuster, die wie ein Gurgeln klingen, lassen sich am besten als ›Beschleunigung‹ übersetzten.«

»Hast du eine Vorstellung, wohin sie uns bringen?«

Als die Antwort kam, war sie beinahe unhörbar. »Ich fürchte, wir sind auf dem Weg zum Bösen Stern.«

Varlan versteifte sich unwillkürlich. Wie die meisten gebildeten Ryall der oberen Kasten hatte sie genug Astronomie gelernt, um zu wissen, was eine Supernova war und wie sie ausgelöst wurde. Solche Ereignisse waren dennoch während der gesamten Geschichte ihrer Art als böse Omen angesehen worden. Die Vorstellung, dass sie an Bord eines Schiffes war, das unterwegs zum Schauplatz solch einer kosmischen Katastrophe war, weckte die Ängste und Befürchtungen von tausend Generationen in ihr.

»Wie ist das möglich? Das Eindringen in den Wirkungsbereich des Bösen Sterns bedeutet die augenblickliche Vernichtung!«

»Sollte man meinen«, erwiderte Ossfil. »Ich selbst habe hingegen gesehen, wie ihre Schiffe in dem Portal erschienen, das vom Bösen Stern herausführt. Man muss dem eigenen Augenschein glauben. Darum müssen wir annehmen, dass die Ungeheuer Kenntnisse besitzen, die wir nicht haben.«

Varlan bemerkte Ossfils Gebrauch der Bezeichnung ›Ungeheuer‹ und war überrascht, dass sie selbst die Menschen nicht mehr so sah. Stattdessen hatte sie begonnen, ihnen in Gedanken den Namen zu geben, den sie selbst gebrauchten. Es war eine merkwürdige Wandlung in der Einstellung, die eingehender zu studieren sie sich vornahm, sobald sie Zeit dafür hätte. Jetzt war es vordringlich, von Ossfil alles über seine Gefangenschaft zu erfahren.

»Wurdest du verhört, als sie dich gefangen nahmen?«

Ossfil machte das Zeichen der Bejahung. »Mich und all diese Überlebenden meiner Besatzung. Sie fragten nach dem Corlis-Komplex und ob wir von anderen Schiffen im System Eulysta wüssten.

Vor der Vernehmung brachten sie an verschiedenen Teilen meines Körpers Sensoren an und verbanden sie mit einer Art Kasten. Nach jeder Frage überprüften sie die Ablesungen. Es war, als wüssten sie, was ich sagen würde, bevor ich sprach.«

Varlan nickte. Auch sie war beim Verhör einer ähnlichen Prozedur unterzogen worden. Sie hatten sich hauptsächlich für den Dienstplan der Arbeiter auf Corlis interessiert, und ob welche entkommen waren.

»Wenigstens unsere Ehre ist unangetastet, Ossfil«, sagte sie in freundlichem Ton. »Wir können nicht beeinflussen, was ihre fremdartigen Geräte ihnen sagen.«

Es trat eine lange Pause ein, bevor der Captain wieder das Wort ergriff. »Ich fürchte, dass meine Ehre nicht intakt ist, Varlan von den Duftenden Wassern.«

»Wieso, Ossfil, vormals von der *Raumschwimmer*?«

Ossfil legte die Ohren auf dem Kopf zusammen und zog den Schwanz zwischen die beiden hinteren Beinpaare ein. Es war die Geste eines Ryall in äußerster Scham.

»Der Selbstzerstörungsmechanismus der Rechenanlage der *Raumschwimmer* funktionierte nicht. Ich fürchte, die Ungeheuer haben erfahren, wo sich unsere Heimatsterne befinden.«

Varlans Psyche hatte in den letzten Tagen schwere Schläge hinnehmen müssen. Zuerst den Schock der Gefangenschaft, dann das Zunichtewerden aller Hoffnung, als sie erkannt hatte, dass sie von Corlis abtransportiert werden sollten. Und nun die Nachricht, dass die Information, die zu schützen Salfador von der Ewigen Flamme gestorben war, im Besitz der Menschen sein mochte. Das Klagegeheul, das Varlan ausstieß, hatte Obertöne im Überschallbereich. Es war ein Aufschrei absoluter und völliger Verzweiflung.

ALPHA VIRGINIS (SPICA)

Position: 132511.5 RA, –f 110900 DEC, 274 L-Y

BESCHREIBUNG DES BINÄREN SYSTEMS:

Von der Erde gesehen, ist Alpha Virginis ein bedeckungsveränderliches binäres System (0,91–1,01 absolute Helligkeit) mit einer Periode von vier Tagen. Die beiden Sterne sind sehr eng gekoppelt und lassen sich von Teleskopen an der Erdoberfläche nicht voneinander trennen. Die Doppelsternnatur des Systems Alpha Virginis wurde ursprünglich mit Hilfe spektrographischer Techniken entdeckt.

Alpha Virginis-A ist ein Riesenstern der Spektralklasse B 1,5, Helligkeitsklasse V. Durchmesser 6,2 Sol. Masse 16,0 Sol.

Alpha Virginis-B ist ein Zwergstern der Spektralklasse B 3,0, Helligkeitsklasse V. Durchmesser und Masse sind nicht eindeutig bestimmt.

BEMERKUNGEN:

Das System Alpha Virginis ist niemals besucht worden, da bisher keine Faltpunktverbindung entdeckt worden ist, die zu ihm führt. Astronomen des mehrdimensionalen Raums betrachten diesen Umstand als ungewöhnlich, da der größere der beiden Sterne hinreichend Masse besitzt, um optimale Bedingungen für die Bildung von Faltpunkten zu bieten. Viele Astronomen haben vorausgesagt, dass in absehbarer Zeit eine Faltraum-Übergangssequenz gefunden werden kann, die zu dem System führt.

Alpha Virginis ist der hellste Stern im Sternbild der Jungfrau und einer der fünfzehn hellsten Sterne am irdischen Himmel. Der Name ›Spica‹ ist lateinisch und bedeutet ›Ähre‹.

– Auszug aus dem Pilotenalmanach, Ausgabe 2510.

In seiner Kajüte saß Richard Drake vor dem zweidimensionalen Bildschirm und betrachtete die Aufnahme eines hell strahlenden, bläulich weißen Sterns vor schwarzem Hintergrund. Dazu las er den begleitenden Text aus dem Almanach und fragte sich, was der längst verstorbene Autor des Textes gesagt haben würde, hätte er gewusst, dass Spica schon damals das Zentralgestirn einer außerirdischen Zivilisation war.

Nach langen, in nachdenklicher Betrachtung des Sterns verbrachten Minuten räumte Drake den Bildschirm und rief eine andere Ansicht ab. Diesmal füllten mehr als hundert Sterne den Bildschirm. Als sich herausgestellt hatte, dass er nach einem langen und ereignisreichen Tag, der die Abreise der Expeditionsflotte von Corlis gebracht hatte, nicht schlafen konnte, hatte er aus der Not eine Tugend gemacht und die Positionen der zweiundzwanzig Sternsysteme kartiert, die Professor Alvarez als Teile der Ryall-Hegemonie identifiziert hatte. Überdies hatte er sie zur leichteren Auffindung karmesinrot farbcodiert.

Als er sich Umfang und Ausdehnung der Ryall-Hegemonie eingeprägt hatte, rief er vom Navigationscomputer der *Discovery* die Daten der annähernd achtzig bewohnten Systeme ab, die den von Menschen besiedelten Raum ausmachten. Er versah sie mit grüner Farbcodierung und brachte sie zusammen mit den Sternen der Ryall-Hegemonie ins Bild. Dazu musste er den Maßstab so stark reduzieren, dass beide Bereiche mit einem Blick erfasst werden konnten.

Seit fünfhundert Jahren hatte sich die Menschheit entlang den Faltpunktverbindungen ausgebreitet und schließlich eine ellipsenförmige Region besetzt, die etwa fünfhundert Lichtjahre lang war und einen Durchmesser von zweihundert Lichtjahren hatte. Auch die Ryall hatten expandiert und besetzten ihre eigene Region der Galaxis, die ungefähr ein Drittel des Volumens menschlicher Besiedelung erreichte und eine nahezu vollkommene Kugelgestalt hatte. Beide Bereiche grenzten aneinander und überlappten in der Region um Antares. Betrachtete man beide Bereiche auf demselben Bildschirm, war es offensichtlich, warum die Menschheit in ihrem Krieg gegen die Zentauren allmählich ins Hintertreffen geriet.

Die lange Geschichte der Kriegführung auf der Erde hatte Generationen von Heerführern und Strategen den Wert günstiger Geländeverhältnisse für die Wahl eines Schlachtfeldes gelehrt. In vielen Schlachten verdankten die Sieger ihren Erfolg mehr dem für sie günstigen Terrain als ihrer militärischen Überlegenheit über die Besiegten. Die Sternkarte bewies Drake, dass die gleichen Regeln wahrscheinlich für den Krieg der Menschheit gegen die Ryall galt.

Die um Spica gruppierte Ryall-Hegemonie genoss den Vorteil kurzer innerer Verbindungs- und Kommunikationslinien. Kein System in der Hegemonie war von irgendeinem anderen System weiter als sechs Faltpunktübergänge entfernt. Demgegenüber dehnte sich der von Menschen besiedelte Raum entlang der Achse des galaktischen Spiralarms aus, und die Distanz zwischen den am weitesten voneinander entfernten Systemen betrug fünfzehn Faltpunktübergänge.

Der taktische und strategische Wert ihres kompakten Verbreitungsgebiets für die Ryall war erheblich. Im Falle eines Angriffs konnten sie viel rascher Alarm geben und Verstärkungen heranholen, als es die Menschen unter ähnlichen Umständen konnten. Zudem konnten ihre Streitkräfte rasch von einem Brennpunkt zum anderen verlegt werden, so dass jedes ihrer Raumfahrzeuge wesentlich rationeller eingesetzt werden und zwei bis drei Schiffe der Menschheit aufwiegen konnte.

Lange betrachtete Drake die Sternkarte und überdachte die Folgerungen, die sich daraus ergaben. Er war noch immer in seine Überlegungen vertieft, als sein Datenanschluss einen Anruf signalisierte. Er streckte die Hand aus und nahm ihn entgegen.

»Es tut mir Leid, Sie so spät zu stören, Captain«, sagte Phillip Walkirk. Der sandarische Kronprinz hatte als Deckoffizier Nachtdienst.

»Kein Problem, Mr. Walkirk. Ich hatte am Computer herumgespielt. Was gibt es?«

»Die Sensoren haben soeben ein Schiff im Eulysta-Antares-Faltpunkt ausgemacht, Sir. Es wird vermutet, dass es die *Arrow* ist.«

»Lassen Sie den Nachrichtenoffizier die Identifikation bestätigen und melden Sie Captain Rostock, dass wir unterwegs zum Faltpunkt sind. Er soll dort bleiben, bis wir eintreffen.«

»Ja, Sir.«

Phillip Walkirk schaltete sich aus, und Drake kehrte zurück zu seinen Überlegungen. Fünfzehn Minuten später meldete sich der sandarische Kronprinz abermals.

»Nachrichtenverbindung ist hergestellt, Sir. Die *Arrow* übermittelt eine Botschaft von Admiral Gower.«

»Was sagt sie?«

»Admiral Gower befiehlt uns, dieses System zu verlassen und augenblicklich zum Antares-Faltpunkt zurückzukehren, Sir.«

»Gibt er einen Grund an?«

»Ja, Sir. Die Flotte hat einen weiteren Faltpunkt im Umkreis von Antares lokalisiert. Der Admiral wünscht, dass wir uns der Expeditionsstreitmacht anschließen, bevor sie jemanden aussendet, um festzustellen, was auf der anderen Seite ist.«

43

Während Richard Drakes Expedition das Eulysta-System erkundete, hatten die Wissenschaftler an Bord der *City of Alexandria* rund um die Uhr gearbeitet, um ihr mathematisches Modell der Faltraumstruktur innerhalb des Antares-Ringnebels zu aktualisieren. Dies erwies sich als unerwartet schwierig. Da Faltpunktverbindungen von Schwerefeldern fokussiert wurden, war Quantität und Anordnung von Materie in einem System der wesentlichste Faktor zur Bildung eines Faltpunktes. In den meisten Sternsystemen befand sich die überwältigende Massekonzentration in den Sternen selbst. Dieser Umstand machte es relativ einfach, Faltpunktbildungen vorauszusagen, sobald die Verbindungslinie identifiziert war.

Das System Antares war nach der Novaexplosion allerdings weitaus komplizierter als ein durchschnittliches Sternsystem. Das zentrale Element, das Faltlinien fokussierte, war der Neutronenstern im Herzen des Pulsars. Die hohe Rotationsgeschwindigkeit und enorme

Masse bei winziger Größe führten zu Verzerrungen der Verbindungslinien, die durch das Massezentrum führten.

Andere Faltpunktverbindungen gerieten nicht oder nur bedingt unter den Einfluss des Neutronensterns. Ihn umgab eine mehrere tausend Kilometer dicke Schicht aufgeladenen Plasmas. Energie, die vom rapide rotierenden Magnetfeld des Sterns ausging, hielt das Plasma unter Aufladung und sorgte für gleichmäßige Dichte. Diese relativ homogene Plasmaschicht um den Neutronenstern hatte starken Einfluss auf die Faltlinien, welche innerhalb des verbliebenen Antares-Systems verliefen.

Jenseits der zentralen Masse lag der durch die Explosion der Supernova hinausgeschleuderte Ringnebel. So diffus, dass er annähernd ein Vakuum darstellte, enthielt er gleichwohl volle dreißig Prozent der ursprünglichen Masse des Riesensterns. Faltpunktverbindungen, die diesen Ringnebel von sechs Lichtjahren Durchmesser kreuzten, blieben natürlich nicht unbeeinflusst. Und jenseits dieses Nebels aus Gas und Staub lag die Schockwelle der Explosion, inzwischen 127 Lichtjahre vom Neutronenstern entfernt. Diese Schockwelle hatte Altas lange Isolation verursacht, und ihr Durchgang jenseits des Systems Valeria hatte sie beendet. Infolgedessen konnte kein Modell, das die Faltpunktbildung innerhalb des Ringnebels zu berechnen suchte, die Auswirkungen dieser entfernten Diskontinuität im interstellaren Medium ignorieren.

Es war die Aufgabe der Astronomen an Bord der *City of Alexandria*, jeden dieser Faktoren gebührend zu berücksichtigen, in eine Serie von Simultangleichungen einzubeziehen und den Einfluss jedes fokussierenden Elements zu bestimmen, das an jedem Punkt innerhalb des Ringnebels wirksam wurde. Die Arbeit war mühsam und konnte einen zur Verzweiflung bringen, doch schließlich entwickelten die Wissenschaftler eine Karte des Faltraums, der die nach Eulysta und Napier führenden Faltpunkte darstellte. Und nachdem die bekannten Faltpunkte endlich am rechten Platz waren, konnte anhand dieses Modells gefolgert werden, wo sonst im System ähnliche interstellare Tore gefunden werden könnten. Die Computeranalyse prophezeite zusätzliche Faltpunkte in vier neuen Positionen und ordnete jeder dieser Berechnungen eine mehr oder minder hohe Wahrscheinlichkeit zu.

Während er auf die Rückkehr der Expedition wartete, ließ Admiral Gower die beiden wahrscheinlichsten Positionen neuer Faltpunkte untersuchen. Die erste Expedition zur Kartierung wurde vom sandarischen Kreuzer *Victory* durchgeführt und galt einer Position im Raum, die mehr als eine Milliarde Kilometer vom Eulysta-Faltpunkt entfernt war. Die zweite Expedition unternahm der altanische Kreuzer *Dagger*, der in eine zwei Milliarden Kilometer entfernte Zone gesandt wurde. Die *Victory* erreichte ihr Zielgebiet zuerst und durchkämmte es, ohne aber den vermuteten Faltpunkt zu finden. Dagegen gelang es der Expedition der *Dagger* schon nach kurzer Zeit, die charakteristische Zusammenballung von Isogravitationslinien festzustellen.

Daggers Meldung und die Navigationsdaten der *Arrow* hatten Gower veranlasst, die von Drake geleitete Expedition zur Rückkehr aufzufordern.

»Ehrenformation, Achtung!«

Die Doppelreihe der altanischen Marinesoldaten, in der vollen Pracht ihrer schwarzen und silbernen Uniformen, nahm auf Phillip Walkirks Befehl Haltung an. Ihre Stiefel steckten in Klampen, die auf dem Deck befestigt waren, um zu verhindern, dass sie in der Schwerelosigkeit des Hangars davonschwebten. Vor ihnen hatte ein Landungsboot des Schlachtschiffs *Royal Avenger* festgemacht. Die Luftschleuse öffnete sich, und eine einzelne Gestalt schwebte heraus.

»Ehrenformation, präsentiert das Gewehr!«

Zwölf Sturmgewehre wurden hochgerissen und im Präsentiergriff gehalten, als Admiral Gower sich die herangeschobene Treppe vom Ausstieg herabmanövrierte, wo Richard Drake und Phillip Walkirk ihn erwarteten. Wie die Marinesoldaten hatten auch sie ihre Stiefel in Klampen gesteckt, um beide Hände frei zu haben. Sie salutierten, als der Admiral den Fuß der Treppe erreichte. Gower, eine Hand an der Sicherungsleine, erwiderte die Ehrenbezeigung.

»Gut, Sie wieder bei uns zu haben, Fleet Captain«, sagte der Admiral.

»Ganz meinerseits, Sir.«

Gower wandte sich dem Kronprinzen zu. »Ich habe gerade den Bericht über Ihre Aktion gegen den Erzfrachter gelesen, Hoheit. Der König wird erfreut sein, wenn er davon hört.«

»Ich hatte eine gute Truppe bei mir, Sir. Die Ehrenformation besteht ganz aus Veteranen des Enterkommandos.«

Der Admiral wandte sich um und ließ seinen Blick über die angetretene Truppe wandern.

»Soldaten, ich danke Ihnen im Namen Seiner Majestät, John-Phillip Walkirk und des ganzen sandarischen Volkes für Ihren Einsatz. Und ich persönlich danke Ihnen, dass Sie unseren Prinzen geschützt haben.«

Ein Dutzend Stimmen rief wie aus einem Mund: »Keine Ursache, Sir!«

Gower wandte sich zu Drake. »Nun, Captain, wenn Sie mich zu Ihrer Kajüte führen, können wir uns über den Grund meines Besuches unterhalten.«

»Jawohl, Sir. Bitte folgen Sie mir.«

Drake übernahm die Führung, und als sie vor seiner Captainskajüte anlangten, erzeugte die wiedereingeleitete Rotation des Schiffes genug Schwerkraft, dass sie sich nicht mehr festhalten mussten.

»Darf ich Ihnen etwas anbieten, Admiral?«, fragte Drake, sobald Gower es sich auf dem Ledersofa gemütlich gemacht hatte.

»Danke, Captain. Ein Glas von diesem wunderbaren Branntwein, den Mr. Barrett mitbrachte, als er an Bord der *Avenger* kam, würde willkommen sein.«

»Ja, Sir.« Drake schob die hölzerne Wandverkleidung zurück, wo sie eine kleine, aber gut ausgestattete Hausbar verbarg, und nahm eine Flasche und Gläser heraus. Er schenkte ein und reichte ein Glas dem Admiral.

Gower nahm einen kleinen Schluck, dann schob er den Fuß des Glases in eine Halterung am Tisch. »Habe Ihren Bericht über die Corlis-Operation gelesen, Captain. Mein Kompliment.«

»Danke, Sir.«

»Allein die Navigationsdaten sind ein Dutzend Schlachtschiffe wert!«

»Haben Ihre Fachleute Fortschritte bei der Entzifferung der von der *Arrow* übermittelten Computerdaten gemacht?«, fragte Drake.

Gower schüttelte den Kopf. »Für Resultate ist es noch viel zu früh.«

»Wenigstens haben wir Professor Alvarez' Daten.«

»Ich wünschte nur, es wäre nicht so betrüblich, Drake.« Gower hatte nicht lange gebraucht, um die Probleme zu erkennen, die mit der Bekämpfung eines Feindes verbunden waren, dessen Territorium in einem Faltraumhaufen mit kurzen Verbindungen lag. »Mein Stab schätzt die Multiplikatorwirkung der inneren Linien auf mindestens zwei, möglicherweise bis drei.«

»Ja, Sir. Das war auch meine Folgerung.«

»Kein Wunder, dass wir sie all diese Jahre kaum in Schach halten konnten. Gott sei uns gnädig, wenn sie erst lernen, den Ringnebel zu durchdringen. Was uns zu meiner nächsten Frage bringt. Welche Gewissheit haben Sie, dass Sie Eulysta unbemerkt verlassen haben?«

»Jede Gewissheit, Sir«, antwortete Drake. »Die *Mace* bewachte den zweiten Faltpunkt während der ganzen Dauer unseres Aufenthalts. Und selbst nachdem Captain Quaid seine Position räumte, um sich wieder der Flotte anzuschließen, hielten wir den Carratyl-Faltpunkt bis zu unserer Abreise unter Beobachtung. Nichts drang in das System ein oder verließ es, während wir den Faltpunkt unter Beobachtung hielten.«

»Und wie steht es mit Corlis?«

»Wir scheuten keine Mühe, um jede Spur menschlicher Aktivität auszulöschen, Sir. Sollten wir dennoch etwas übersehen haben, muss es von der Flutwelle ausgelöscht worden sein.«

»Wie beurteilen Sie die Möglichkeit, dass es unter den Ryall Überlebende gab, von denen Sie nichts wissen? Flüchtlinge, die sich in die Wälder retteten?«

»Unsere Vernehmungsspezialisten befragten die Gefangenen gerade in diesem Punkt sehr ausführlich, Sir. Wie es scheint, ist der Verbleib jedes Einzelnen geklärt.«

»Wo sind die Gefangenen jetzt?«

»Die Überlebenden des Erzfrachters und die Betriebsleiterin des Corlis-Bergwerks sind auf dem G-Deck untergebracht, Sir. Die anderen Überlebenden von Corlis sind an Bord der *Terra.*«

»Wie sind die Haftbedingungen in den Zellen?«

»Es ist sehr eng, Sir. Ich fürchte, wir konnten nicht viel Raum für die Unterbringung erübrigen.«

»An Bord der *Avenger* haben wir Raum und Einrichtungen. Ich werde dafür sorgen, dass die Gefangenen Ihnen abgenommen werden, sobald ich wieder an Bord meines Schiffes bin.«

»Mit Ihrer Erlaubnis, Sir, hätte ich die Betriebsleiterin des Corlis-Bergwerks gern hier behalten.«

»Warum, Captain?«

»Diese Gefangene wird gegenwärtig von Miss Lindquist beobachtet, Sir.«

»Was hofft sie daraus zu lernen, Drake?«

»Sie versucht die Unterschiede zwischen der Wirtschafts- und der Kriegerkaste in bezug auf ihre Einstellung zu uns Menschen zu ermitteln.«

»Was bringt sie auf den Gedanken, dass es da Unterschiede gibt?«

»Sie weiß es nicht, Admiral. Das ist der Grund ihrer Untersuchung.«

Admiral Gower schürzte die Lippen, dann nickte er. »Nun, meinetwegen. Es ist wahr, dass wir im Laufe der Jahre kaum Angehörige der Wirtschaftskaste als Studienobjekte hatten. Aber sagen Sie Miss Lindquist, dass ich wöchentliche Meldungen über ihre Fortschritte sehen möchte.«

»Ja, Sir.«

Gower hob sein Glas und nahm mit offensichtlichem Genuss einen Schluck vom Branntwein. Sorgfältig steckte er das Glas wieder in die Halterung, dann hob er den Blick und musterte Drake mit aufmerksamer Intensität.

»Ihre Arbeit im Eulysta-System hat mir gefallen, Drake. Sie gingen hinein, gewannen wertvolle Information, verwischten Ihre Fährte und kamen heraus, ohne sich erwischen zu lassen.«

»Ich weiß Ihr Vertrauen zu schätzen, Admiral.«

»Sie haben es verdient. Nun, wie würde es Ihnen gefallen, die Expedition zur Erforschung des neuen Faltpunktes zu leiten?«

»Werde ich Ihre Erlaubnis haben, meine Schiffe selbst auszuwählen?«

»Was ist los? Gefiel Ihnen die Flotte nicht, die ich Ihnen für Eulysta zur Verfügung stellte?«

»Sie war mehr als ausreichend, Sir. Es gibt jedoch ein paar Änderungen, die ich gern vornehmen würde.«

»Meinetwegen. Wann können Sie startbereit sein?«

»Werden zweiundsiebzig Stunden frühzeitig genug sein?«

»Das wird vollkommen ausreichen, Captain.«

Bethany sorgte dafür, dass Varlan eine eigene Kabine erhielt, als die anderen Gefangenen zum Flaggschiff überführt wurden. Die Kabine wurde so hergerichtet, dass sie dem Wohnquartier ähnelte, das sie auf Corlis vorgefunden hatten. Sie war auch mit einem Bildschirmgerät zur Unterhaltung und einem reichlichen Vorrat von Filmen ausgestattet. Um Varlans innere Spannung weiter abzubauen und sie für Überredung empfänglicher zu machen, wurden die Sicherheitsvorkehrungen so diskret wie möglich gehandhabt. Sie bestanden aus einem Videoüberwachungssystem, einer Tür, die sich nur von außen öffnen ließ und einem bewaffneten Marinesoldaten draußen im Korridor.

»Was halten Sie von Ihrem Quartier?«, fragte Bethany die Ryall am Tag nach der Verlegung.

Varlan bog ihren langen Nacken in einer Nachahmung menschlichen Nickens. »Es entspricht meinem Rang sehr viel besser als das letzte. Ich muss allerdings bekennen, dass ich nicht verstehe, warum Sie dies getan haben.« Ihre Worte drangen aus dem tragbaren Übersetzungsgerät, das sie an einer Kette um den Hals trug.

»Meine Absicht ist dieselbe wie auf Corlis«, erwiderte Bethany. »Dass Ihre Spezies und die meine Konkurrenten sind, ist kein Grund, warum wir zwei Feindinnen sein müssen.«

Varlan dachte über Bethanys Bemerkung nach, bevor sie antwortete. »Wären Sie eine Ryall, würde ich denken, dies sei ein Versuch, mich zum Verrat an meiner Kaste und meiner Sippe zu verleiten.«

»Ich verlange nicht, dass Sie Ihre Art verraten, Varlan. Ich möchte nur, dass Sie versuchen, meine zu verstehen.«

»Zu welchem Zweck?«

»In der Hoffnung, dass wir eine für beide Seiten annehmbare Lösung zur Beendigung dieses Krieges finden können.«

»Diese eigenartige schwache Stelle in Ihrem Charakter ist mir schon vorher aufgefallen, Bethany von den Lindquists. Warum sind Sie unfähig, sich der Tatsache zu stellen, dass wir Konkurrenten sind und es bleiben müssen? Wie können Sie an der Täuschung festhalten, alle intelligenten Wesen seien Brutgefährten, wenn es offensichtlich nicht so ist? Ist dies eine Haltung, die Ihrer Art eigen ist, oder nur eine persönliche Besonderheit?«

»Ich überlasse das Ihrem Urteil, Varlan, wenn Sie uns besser kennen.«

»Gut«, antwortete Varlan. »Ich werde Sie studieren, während Sie mich studieren. Es kann nicht schaden und wird meine Gefangenschaft kurzweiliger machen.«

Nach Admiral Gowers Ankündigung, dass Richard Drake die Expedition zur Erforschung des neuen Faltpunktes leiten würde, war

Letzterer ein gefragter Mann. Die Bekanntmachung war noch keine zwei Stunden alt, da hatte er schon mit den kommandierenden Offizieren jedes Zerstörers und Kreuzers der Flotte gesprochen. Dabei hatte er jedem Bittsteller versichert, dass taktische Überlegungen der einzige bestimmende Faktor bei der Auswahl der Schiffe sein würden, die an der neuen Expedition teilnehmen sollten. Ein besonders beharrlicher Offizier war Bela Marston, der Kommandant der *Dagger*, die gerade erst von ihrer Erkundungsreise zurückgekehrt war.

»Sie müssen einfach die *Dagger* mitnehmen, Richard«, sagte Marston. »Schließlich haben wir das verdammte Ding gefunden!«

Drake nickte. »Ich gebe zu, dass Sie einen besonderen Anspruch haben, Bela, aber zuerst muss ich sehen, was ich brauchen werde. Wenn Ihr Schiff in den Plan passt, sind Sie dabei. Wenn nicht, dann kann ich Sie nicht gebrauchen.«

»Verdammt, Richard. Meine Besatzung ist noch immer verschnupft, dass sie bei der Eulysta-Expedition nicht dabei sein durfte.«

»Wie ich sagte, Captain«, erwiderte Drake und betonte Marstons Titel, um ihm zu verstehen zu geben, dass er der Grenze zwischen Pflicht und Freundschaft zu nahe kam, »ich werde Ihnen Nachricht geben.«

Marstons Züge gefroren in einer ausdruckslosen Maske. »Ja, Sir. Ich bedanke mich, dass Sie uns in Betracht ziehen. Habe ich Ihre Erlaubnis, die Frequenz zu verlassen?«

Drake seufzte. »Gehen Sie nicht im Zorn. Verdammt noch mal, ich werde versuchen, Sie mit einzubauen, wenn es taktisch irgendeinen Sinn ergibt.«

»Danke, Sir!«

Drake machte sich sofort an die Planung des Unternehmens bewaffneter Aufklärung. Wie zuvor sollte der erste Eintritt durch zwei der sandarischen Zerstörer erfolgen, und aus dem gleichen Grund. Selbst wenn sie unmittelbar nach dem Ausbruch angegriffen wurden, bestanden gute Aussichten, dass beiden oder zumindest einem die Rückkehr gelingen würde, um Meldung zu machen. Wenn andererseits niemand auf der Lauer lag, um eindringende Schiffe aus dem Bereich des Faltpunktes zu vernichten, würde ein Zerstörer zur Bewachung im Faltpunkt zurückbleiben, während der andere zur Flotte zurückkehrte.

Drakes erste Entscheidung über die Zusammensetzung der Expedition war relativ einfach. Aufgrund der Überlegung, dass eine örtliche Überlegenheit der schiffsgestützten Waffen von größerem unmittelbarem Wert sein würde als eine Landstreitmacht, beschloss er die *Saskatoon* zurückzulassen. Bot sich ein Bodenziel, wie es auf Corlis der Fall gewesen war, würde noch genug Zeit sein, die Marinesoldaten herbeizurufen, sobald feindliche Raumstreitkräfte geschlagen wären.

Nach einer langen, vor dem Datenanschluss verbrachten Nacht wählte Drake seine Expedition aus. Die Aufklärungsgruppe blieb im Wesentlichen die gleiche, die das System Eulysta erforscht hatte, mit der einzigen Ausnahme, dass *Dagger* für *Saskatoon* einspringen würde. Mit dem Gefühl einer gewissen Befriedigung übermittelte Drake seine Auswahl dem Admiral.

Erbitte Zuweisung der Kreuzer *Discovery*, *Terra*, *Dagger*, der Zerstörer *Arrow*, *Mace* und *Scimitar*, sowie von drei Cryogentankern Ihrer Wahl, um Faltpunkt Nr. 3 zu erforschen.

Drake, Fleet Captain

Mit noch größerer Befriedigung erhielt er eine Stunde später die offizielle Antwort des Admirals:

Zuweisungen gebilligt. Die Tanker *Phoenix*, *Tharsis* und *Sandarian Soldier* sind Ihrer Kräftegruppe zugewiesen. Start nach Feststellung der Bereitschaft.

Gower, Admiral

Nach seiner Ankunft in der Nachbarschaft des neu entdeckten Faltpunktes ließ Drake alle Schiffe von den Cryogentankern mit Treibstoff versorgen, woraufhin er die Tanker in sichere Distanz zurückzog. Dann ließ er die drei Kreuzer und den Zerstörer *Mace* in Abwehrformation ausfächern und befahl *Arrow* und *Scimitar* alle Vorbereitungen für den Faltraumübergang zu treffen.

Wie beim Durchbruch nach Eulysta, so lauschte er auch jetzt den letzten Überprüfungen der Bordsysteme durch die Kapitäne, bevor die Startzählung begann; spürte dann, wie seine Spannung mit jeder Sekunde zunahm; und beobachtete schließlich zwei leuchtende, Strahlung abwehrende Felder bis zu ihrem Verschwinden vom Bildschirm der *Discovery.* Wie voriges Mal zog sich die Zeit endlos hin, während Drake auf das Wiedererscheinen eines der Zerstörer wartete.

»Wir haben einen Ausbruch, Captain!«, kam der willkommene Ausruf vom Nachrichtenoffizier der Feuerleitzentrale, als eine nervenzermürbende halbe Stunde vergangen war.

»Welches Schiff?«

»*Arrow*, Sir.«

»Geben Sie mir eine Verbindung mit Captain Rostock.«

»Ja, Sir.«

Es dauerte weitere dreißig Sekunden, bis Carter Rostocks gerötetes Gesicht auf Drakes Bildschirm erschien.

»Melden Sie, Mr. Rostock«, befahl er.

»Alles klar auf der anderen Seite, Captain.«

»Konnten Sie das System identifizieren?«

»Ja, Sir. Es ist Goddard!«

»Gibt es keinen Zweifel daran?«

»Keinerlei Zweifel, Sir.«

Ein Gefühl leichter Benommenheit überkam Drake. Goddard war eines der ersten von Menschen kolonisierten Systeme. Und jenseits von Goddard lag die Sonne!

44

GODDARD-STERN

POSITION: 1627.1 RA, –2207.4 DEC, 114 L-Y

Zahl der Faltpunkte: 3 Faltraumübergänge:
Primär: Sol, Goddard
Sekundär: Antares, Goddard
Tertiär: Wega, Ziolkowski, Goddard

BESCHREIBUNG DES SYSTEMS:

Das System besitzt 12 Planeten, 62 Monde und eine größere Anzahl kleiner Asteroiden. Planet IV, Goddard, und Planet V, Felicity, sind Welten vom Erdentyp mit heimischen Lebensformen. Die Planeten, in der Reihenfolge ihrer Entfernung vom Zentralgestirn, tragen folgende Namen ...

GESCHICHTE:
Im Jahre 2130 durch Schiffe der Ersten Faltraumvermessung erforscht, wurde das System nach Robert H. Goddard benannt, einem Pionier der Raketenentwicklung. Der vierte Planet ist über weite Teile seiner Landoberfläche bewohnbar, obwohl die Temperaturen in den Äquatorregionen während des Sommers 70°C überschreiten. Auch der fünfte Planet ist bewohnt. Dort sinken die Temperaturen während des Winters in den höchsten Breiten bis zum Gefrierpunkt von Kohlendioxid. (Siehe separaten Eintrag Goddard-Planet und Felicity.) Die Kolonie auf Goddard IV wurde im Jahre 2135 gegründet, jene auf Goddard V 2148. Beide Kolonien wurden von den Vereinten Nationen verwaltet, die das System bis zur Unabhängigkeit im Jahre 2208 kontrollierten.

BEVÖLKERUNG:
Die Bevölkerung des Systems Goddard betrug nach der Volkszählung von 2500 insgesamt 4,5 Milliarden. Bedingt durch die unterschiedliche Herkunft der ursprünglichen Kolonisten gibt es zahlreiche separate ethnische Gruppen mit eigenen Sprachen. Die wichtigsten Verkehrssprachen sind ...

Aus Führer durch den besiedelten Raum, 97. Auflage,
Copyright 2510, Hallan-Verlagsgesellschaft, New York

»Faltraumübergang abgeschlossen! Alle Abteilungen melden Schäden oder Verletzungen! Ergebnisse sensorischer Raumüberwachung melden!«

Richard Drake schaltete das Mikrofon aus und wandte sich dem Navigator der *Discovery* zu. »Bringen Sie Goddard auf den Schirm, Mr. Cristobal.«

»Jawohl, Sir.«

Der große Bildschirm wurde freigemacht und zeigte einen schwarzen Sternhimmel mit einem alles überstrahlenden gelblich weißen Lichtpunkt in der Mitte. Der Anblick weckte in Drake einen plötzlichen Anflug von Heimweh. Goddard hätte Valerias Zwilling sein können. Er suchte die Umgebung des Sterns nach den winzigen Lichtpunkten planetarischer Körper ab, doch wenn es solche gab, konnte er sie nicht ausmachen.

»Gibt es Funkverkehr, Mr. Slater?«

»Ja, Sir«, meldete der Nachrichtenoffizier. »Ich empfange Emissionen von beiden bewohnten Welten, dazu eine große Zahl schwacher, über den Raum verstreuter Quellen, also starker Schiffsverkehr.«

»Von den unsrigen, hoffe ich.«

»Ja, Sir.«

»Zeichnen Sie den Empfang auf?«

»Selbstverständlich, Captain.«

»Mr. Cristobal, zeigen Sie uns Antares!« sagte Drake. Die Aufforderung war an Bord der *Discovery* zur Tradition geworden. Mehr als alles andere waren die Verwandlungen des Antares vom roten Riesenstern zur gleißenden Supernova und zum fernen Ringnebel geeignet, dem menschlichen Bewusstsein deutlich zu machen, dass mit jedem Faltraumübergang eine unvorstellbar weite Kluft interstellaren Raumes überwunden wurde.

In der Mitte des Bildschirms war Antares wieder der rötliche Riesenstern, der den Himmel Altas seit Menschengedenken geziert hatte. Das Goddardsystem war so weit entfernt, dass die Novaexplosion des Antares erst in einem weiteren Jahrhundert als Himmelserscheinung sichtbar würde.

»Und nun zeigen Sie uns bitte die Sonne, Mr. Cristobal.«

»Ja, Sir.«

Diesmal kam ein matter gelblicher Stern auf den Bildschirm. Er wäre unter den ungezählten Sternen kaum auszumachen gewesen, hätte man ihn nicht durch ein elektronisches Fadenkreuz markiert.

»Ist sie das?«, fragte Bethany von ihrem gewohnten Platz neben Drake.

»Das ist sie.«

»Sie ist nicht sehr eindrucksvoll.«

»Die Sonne zeichnet sich nicht durch besondere Größe oder Helligkeit aus. Aus dieser Entfernung ist sie für das unbewaffnete Auge kaum noch sichtbar. Man braucht schon ein größeres Teleskop und einige Kenntnis der Astronomie, wenn man sie ins Bild bekommen will.«

Bethany nickte. »Mein Onkel nahm mich einmal mit ins Colgategebirge, als ich ein Kind war, und versuchte sie mir zu zeigen. Er probierte stundenlang mit einem geliehenen Teleskop herum und war doch nicht sicher, welcher Stern die Sonne war.«

Nachdem er das blasse Licht auf dem Bildschirm eine Minute lang betrachtet hatte, signalisierte Drake seinem Ersten Offizier. »Wie steht es mit dem Rest der Flotte, Mr. Marchant?«

»Alle scheinen sicher angekommen zu sein, Captain. Die *Dagger* ist zehntausend Kilometer querab, die *Terra* fünftausend achtern. Die Zerstörer sind in ähnlichen Entfernungen um uns zerstreut.«

»Lassen Sie den Rest der Flotte aufschließen. Mr. Slater, bringen Sie ein Diagramm der Radioquellen auf den Bildschirm.«

»Ja, Sir.«

Kurz darauf erschien ein schematisches Diagramm des Systems Goddard auf dem Bildschirm. Symbole kennzeichneten die Quellen künstlicher elektromagnetischer Strahlen, die bisher festgestellt worden waren.

Die beiden stärksten Radioquellen waren naturgemäß die beiden bewohnten Planeten des Systems. Goddard, die innere Welt, umkreiste das Zentralgestirn in der warmen, gemäßigten Zone, während Felicity, die äußere Welt subarktisches bis arktisches Klima aufwies. Ein unregelmäßiges Gesprenkel schwacher Radioquellen kennzeichnete die Positionen von zahlreichen Schiffen, die im System unterwegs waren. Die meisten konzentrierten sich in einem breiten Streifen zwischen den beiden anderen Faltpunkten des Systems. Auch die Route zwischen den Planeten IV und V war stark befahren.

Eine halbe Stunde später war die Zahl der Radioquellen, die als Schiffe oder Orbitalinstallationen identifiziert waren, auf mehr als eintausend angewachsen. Bei dem Versuch, durch die Sensoren weitere Daten von den zwei bewohnten Welten zu gewinnen, wurden die Instrumente durch einen Hochenergieimpuls blockiert, der vom inneren System ausging.

»Wir sind soeben von einer Art Hochenergie-Suchradar erfasst worden«, meldete der Nachrichtenoffizier.

»Sie brauchten nicht lange, um uns auszumachen«, bemerkte der Erste Offizier.

Drake zuckte die Achseln. »Nicht überraschend, wenn man in Betracht zieht, wie viel Energie unsere strahlungsabweisenden Felder beim Ausbruch abgeben.«

»Sollen wir ihnen sagen, wer wir sind?«, fragte der Erste Offizier.

»Noch nicht gleich«, sagte Drake. »Wir wollen sehen, wie sie zuerst auf uns reagieren.«

Eine Stunde später orteten die Sensoren mehrere Schiffe mit Kurs auf die Expedition.

»Wie viele, Mr. Marchant?«

»Nach unseren Ablesungen ein rundes Dutzend, Captain«, antwortete Marchant. »Nein, ein weiteres ist eben gestartet, und zwei scheinen die Triebwerke anzuwärmen. Fünfzehn, Sir. Der Computer identifiziert drei davon vorläufig als Großkampfschiffe.«

»Sie schicken uns die ganze Flotte auf den Hals!«

»Können Sie es ihnen verdenken, Captain?«

»Ich kann sie sogar sehr gut verstehen, Mr. Marchant. Ich hoffe bloß, wir können sie von unserer Identität überzeugen, bevor sie auf Schussweite herankommen.«

Der Erste Sekretär der irdischen Botschaft auf Goddard, Gregory Oldfield, stieg aus den Tiefen des Schlafes langsam zum Bewusstsein empor, als das raue Lärmen auf seinem Nachttisch kein Ende nehmen wollte. Er wälzte sich herum, tastete schlaftrunken nach dem Telefon, um den schrillen Alarmton zum Schweigen zu bringen, bevor er die junge Frau neben sich weckte. Seine Finger ertasteten das rundliche grüne Gehäuse und dann den Hörer. Er zog ihn ans Ohr und ächzte: »Was gibt es?«

»Sind Sie es, Mr. Oldfield?«, fragte Byron Caldwell, der Nachtdienstbeamte der Botschaft. »Warum kann ich Sie nicht sehen?«

»Weil ich die Bildaufzeichnung abgeschaltet habe«, murrte Oldfield. Er öffnete ein Auge und sah die flaumigen Wangen des stellvertretenden dritten Sekretärs in der weichen Fluoreszenz des kleinen Bildschirms. »Was wollen Sie, Caldwell?«

»Der Chef sagt, Sie sollen sofort hereinkommen, Mr. Oldfield!«

Plötzlich war Oldfield hellwach. Er hob den Kopf und reckte den Hals seitwärts, um die Uhr auf dem Nachttisch zu sehen. Die grünen Digitalziffern zeigten 03:16. »Es ist drei Uhr früh, Caldwell. Wollen Sie mir erzählen, dass der Botschafter im Amt ist?«

Das Gesicht nickte. »Ja, Sir, er ist da. Vor zwanzig Minuten kam er ganz aufgeregt herein. Sagt, Admiral Ryerson hätte ihn aus dem Bett geholt.«

»Ryerson? Wann ist der zurückgekommen?«

»Woher zurückgekommen, Sir?«

»Als ich zuletzt von ihm hörte, war er draußen bei der Flotte.«

»Ah, ja, Sir. Dort ist er auch. Er rief den Botschafter von Bord aus an. Anscheinend sind Meldungen eingegangen, nach denen eine Anzahl nicht identifizierter Schiffe im System aufgetaucht ist.«

Oldfield setzte sich im Bett auf und schloss für einen Moment die Augen, als der bohrende Kopfschmerz einsetzte, der ihm von der Party des Vorabends geblieben war. »Ist das sicher?«

»Nein, Sir«, sagte der stellvertretende Dritte Sekretär. »Deshalb brauchen wir Sie hier.«

»Ich bin unterwegs!«

Oldfield schaltete die Beleuchtung ein, und die schöne junge Frau auf der anderen Seite des Bettes regte sich und beschirmte die Augen mit einem Unterarm gegen die plötzliche Helligkeit.

»Was ist los, Greggy?«

»In der Botschaft hat sich was ergeben. Ich muss hin und die Sache in Ordnung bringen. Schlaf weiter. Wenn ich bis morgen früh nicht zurück sein sollte, mach dir Frühstück und ruf ein Taxi.«

»Musst du gehen?«

»Die Pflicht ruft, Liebes.« Er beugte sich über sie, küsste sie auf die Stirn. Sie lächelte, drehte sich um und schlief wieder ein. Fünf Minuten später schaltete Oldfield die Beleuchtung aus und eilte zur Tür. Erst als er in der Tiefgarage war, wo sein Sportwagen stand, fiel ihm ein, dass er sich nicht an den Namen dieses Mädchens erinnern konnte.

Die Botschaft war hell erleuchtet, als Oldfield auf den Parkplatz fuhr. Er griff sich die Aktentasche vom Rücksitz, eilte zum Eingang, sprang die Stufen hinauf und lief durch die Halle zum Aufzug, der ihn ins oberste Stockwerk tragen sollte. Er fand Botschafter Elliot an seinem Schreibtisch, wo er Meldungen las.

»Was gibt es, Sir?«, fragte er, als er sich ohne Umstände in den großen Sessel fallen ließ, den der Botschafter für wichtige Besucher bereitstehen hatte. Botschafter Elliot blickte auf. Das Licht seiner Arbeitslampe spiegelte sich in seinen altmodischen Brillengläsern.

»Wo haben Sie gesteckt?«

»Ich war zu Haus im Bett, Sir. Ich kam hierher, so schnell ich konnte. Was gibt es?«

Elliot gab ihm den Ausdruck, in dem er gelesen hatte. Oldfield begann den Text zu überfliegen, stutzte und fing noch einmal langsam an zu lesen, Zeile für Zeile. Je mehr er las, desto ungläubiger wurde sein Staunen.

STRENG GEHEIM – STRENG GEHEIM

Datum: 17. Oktober 2639
16:22:48,8
Von: Ryerson, B. T., Admiral
TSNS Teddy Roosevelt
An: (1) Alle Schiffe und Flottenstationen, Goddard
(2) Botschafter Elliot, Botschaft Erde, Goddard
(2) Weiterleitung durch Eilkurier an Heimatflotte, Solsys

Betrifft: Kontakt im Goddard/Antares-Faltpunkt

1. Um 15:12:15 Uhr Standard, am 17. Oktober 2639 wurden zwei Objekte im Goddard-Antares-Faltpunkt festgestellt. Unmittelbar nach dem Ausbruch leuchteten Objekte in multispektralem Licht hell auf. Dieser Lichtschein verblasste nach fünfzehn Sekunden, bis die Objekte nicht mehr sichtbar waren.
2. Um 15:50:33 Uhr Standard, am 17. Oktober 2639 wurden weitere fünf Objekte im Goddard-Antares-Faltpunkt festgestellt. Kurzlebiges Aufleuchten wurde auch hier beobachtet.
3. Unterschiedliche Positionen der Objekte sind typisch für Standardausbruch von Schiffen, die in einem Faltpunkt eintreffen.
4. Bei den Objekten handelt es sich vermutlich um nicht identifizierte Flotte aus dem Bereich des Antares-Ringnebels.
5. Alle verfügbaren Streitkräfte sind zum Faltpunkt befohlen, um Objekte abzufangen bzw. Identität festzustellen.

R. T. Ryerson, Admiral
Kommandeur Geschwader 1712 TSN

Gregg Oldfield blickte auf. »Ist das echt?«

Der Botschafter nickte. »Vor nicht mehr als einer Stunde von Admiral Ryerson mir gegenüber persönlich bestätigt.«

»Sind es Ryall?«

»Das ist der Verdacht. Ich weiß nicht, wie es ihnen gelungen ist, aber die Zentauren müssen den Ringnebel der Supernova durchdrungen haben. Das wird noch viel Ärger geben.« Elliot wollte weitersprechen, wurde aber vom ruhigen Summton seines Telefons unterbrochen. Er nahm den Hörer ab und lauschte aufmerksam. Oldfield konnte die Worte nicht hören, aber die Stimme am anderen Ende sprach sehr schnell und aufgeregt, und er folgerte, dass eine Neuentwicklung eingetreten sei. Der Botschafter hörte schweigend zu, dann sagte er: »Danke«, und legte auf.

»Was ist los?«, fragte Gregg Oldfield, als er den benommenen Ausdruck seines Chefs sah.

»Das war eine von der Nachrichtenabteilung der Flotte übermittelte Botschaft. Ryerson läßt in diesen Minuten eine weitere allgemeine Bekanntmachung absetzen. Anscheinend hat er mit den geheimnisvollen Schiffen Verbindung aufgenommen.«

»Und?«, fragte der Erste Sekretär.

»Sie behaupten, Kolonisten von den Systemen Valeria und Hellsgate zu sein!«

Oldfield zog die Stirn in Falten. »Von Hellsgate habe ich natürlich gehört. Das war das System, das abgeschnitten wurde, als die Ryall vor fünfzehn, nein, siebzehn Jahren Aezer besetzten. Aber was ist Valeria?«

»Gute Frage.« Der Botschafter schaltete den Datenanschluss auf seinem Schreibtisch ein und hatte gleich darauf Zeilen bernsteinfarbener Schrift, die in schneller Lesegeschwindigkeit über den Bildschirm wanderten. Er überflog die Information. »Hier heißt es, das Valeria-System sei eine der kleineren Kolonien im Antares-Haufen. Alle Verbindungen zwischen Valeria und dem Rest unserer Hegemonie wurden unterbrochen, als Antares explodierte.«

»Ein verschwundener Faltpunkt?«, fragte Oldfield.

»Offenbar.« Der Botschafter las stirnrunzelnd weiter. Eine Minute später machte er den Bildschirm frei und lehnte sich zurück. »Nun, das wirft ein anderes Licht auf die Ereignisse, nicht wahr?«

»Wieso?«, fragte Oldfield.

»Haben Sie nicht gehört? Es sind keine Zentauren. Damit wird es von einem militärischen zu einem diplomatischen Problem. Und da wir die Diplomaten an Ort und Stelle sind, werden wir die Sache in die Hände nehmen müssen.«

»Ja, gut, aber wie?«

Ein breites Grinsen verzog Elliots Gesicht. »Ich nehme an, dass einer für uns hingehen und die Verhandlungen führen muss.«

»Was für Verhandlungen?«

»Sie überraschen mich, Oldfield. Sie sind lange genug Karrierediplomat, um zu wissen, dass es immer Verhandlungen gibt.«

»Ich nehme an, Sie werden diese Verhandlungen selbst führen wollen, Sir?«

»Das würde ich gern tun, Oldfield. Aber ich kann mich jetzt nicht freimachen. Der Gründertag von Goddard steht bevor, wie Sie wissen. Sie werden an meiner Stelle gehen müssen.«

Oldfield stöhnte. »Irgendwie dachte ich mir, dass Sie darauf hinaus wollten.«

Eine Woche nach ihrer Ankunft im System Goddard stand Richard Drake in der kleinen Kabine des leitenden Ingenieurs, die einen Ausblick über den Hangar der *Discovery* gewährte, und beobachtete das Andockmanöver eines kleinen Landungsbootes, das durch die offenen Hangartore und über den Computer zu seinem Liegeplatz dirigiert wurde. Das Boot trug die Markierungen der Großen Flotte der Erde und den Namen seines Mutterschiffes TSNS *Teddy Roosevelt* am Bug. Der leitende Ingenieur schaltete die Hydraulik zum Schließen der Tore. Als dies geschehen war, öffnete er die elektronisch gesteuerten Einlassventile für den Druckausgleich. Eine Minute lang vibrierte das gedämpfte Brausen der einströmenden Luft durch das Panzerglasfenster der Kabine, und ein Sturm von Expansionsnebel hüllte das neu eingetroffene Landungsboot in wirbelnde Schwaden.

Der Ingenieur beobachtete seine Instrumente, dann nickte er Drake zu. »Sie können jetzt hineingehen, Sir.«

»Danke, Ingenieur. Das war ein gutes, flottes Annäherungs- und Eindockmanöver. Mein Kompliment.«

»Danke, Sir.«

Drake zog sich Hand über Hand zur Luftschleuse und betrat den Hangar. Um den hallenartigen Raum zu durchqueren, wo der Rest der Begrüßungsabordnung sich bereits versammelt hatte, machte er Gebrauch von einem Führungsseil. Bethany Lindquist, Phillip Walkirk und sechs Marinesoldaten hatten sich mit Klampen am Deck verankert. Drake gesellte sich zu ihnen und stieß seine Stiefelspitzen in die Halterungen.

»Ist es nicht aufregend, Richard? Endlich begegnen wir Lebewesen von der Erde!«, rief Bethany.

»Und die beiden Lieutenants, die uns gestern in Augenschein nahmen?«

»Die zählen nicht, weil du mir nicht erlaubt hast, ihnen Fragen zu stellen.«

Drake hob die Schultern. »Sie hatten anderes zu tun.«

Die ihnen entgegengesandte Flotte war zwanzig Stunden zuvor eingetroffen. Nach einer ersten Konferenz, die an Bord von Landungsbooten abgehalten worden war, hatte Admiral Ryerson zwei Offiziere an Bord der Expeditionsschiffe geschickt, um sich durch eigenen Augenschein zu überzeugen, dass sie die waren, als die sie sich ausgaben. Die beiden hatten die Räumlichkeiten der *Discovery* inspiziert und waren dann zu den anderen fünf Schiffen der Flotte weitergefahren. Die Inspektion hatte acht Stunden gedauert, und am Ende hatten die beiden irdischen Flottenoffiziere sich mit dem Ergebnis zufrieden gezeigt.

Eine plötzliche Bewegung der äußeren Luftschleuse des Landungsbootes ließ Drake aufmerken. Phillip Walkirk rief Befehle, und seine Marinesoldaten nahmen Haltung an und präsentierten die Sturmgewehre, als ein hoch gewachsener Mann in schwarz-goldener Uniform auf die Plattform der Fahrtreppe trat. Aus den Lautsprechern ertönte ›Ad Astra‹, die inoffizielle Hymne der Menschheitshegemonie. Der Admiral blieb stehen und hielt sich am Geländer fest, bis die Hymne verklungen war, dann zog er sich die Stufen hinunter und am Führungsseil zu den wartenden Kolonisten. Mehrere andere folgten ihm aus der Luftschleuse. Der zweite Mann trug die Galauniform eines Diplomaten, während die übrigen Marineuniformen trugen. Der Admiral machte Halt, als er Drake erreichte.

»Captain Drake? Ich bin Admiral Ryerson.«

»Es freut mich, Ihre Bekanntschaft zu machen, Admiral«, erwiderte Drake, nachdem er salutiert hatte.

Ryerson erwiderte die Ehrenbezeigung und wandte sich an seinen diplomatischen Begleiter. »Darf ich Ihnen den Ersten Sekretär Gregory Oldfield von der Botschaft auf Goddard vorstellen?«

»Willkommen an Bord, Mr. Oldfield«, sagte Drake und schüttelte dem Diplomaten die Hand. Er stellte Phillip Walkirk und Bethany Lindquist vor. Der Admiral machte sie seinerseits mit den Offizieren seines Stabes bekannt. Im Anschluss an die Förmlichkeiten sah er sich um und ließ seinen Blick durch den Hangar gehen.

»Dies ist ein schwerer Schlachtkreuzer der alten Drachenklasse, nicht wahr?«

»Ja, Sir. Wir erbten drei von der Großen Flotte, als die Nova unseren Faltpunkt zerstörte.«

»Sieht gut gepflegt aus, das Schiff.«

»Wir haben unser Möglichstes getan, Admiral.«

Drake machte eine einladende Geste zur Luftschleuse, die zum Habitatring des Schiffes führte. »Wenn Sie mir folgen wollen, werden wir Ihnen etwas mehr Bequemlichkeit bieten, als es uns hier möglich ist, und versuchen, das Schiff wieder in Rotation zu versetzten.«

Drake führte die Besucher zur Offiziersmesse. Die Gruppe wurde in ihrem Vorankommen mehrmals aufgehalten, als die Besucher Fragen über das Schiff und seine Geschichte stellten. Wie schon der Admiral, so äußerten auch sie ihre Überraschung angesichts des guten Zustand des hundertfünfzig Jahre alten Kreuzers. Als sie ihr Ziel erreichten, war die normale Schwerkraft annähernd wieder hergestellt.

In der Offiziersmesse machte Drake die Besucher mit dem Ersten Offizier Marchant, den Professoren Alvarez und St. Cyr und sechs anderen leitenden Wissenschaftlern bekannt. Sobald die Förmlichkeiten beendet waren, setzte man sich um den großen Tisch, und der Erste Botschaftssekretär Oldfield begann das Gespräch. »Ich kann nicht umhin, zu bemerken, dass keine politischen Persönlichkeiten hier sind, Captain Drake«, bemerkte er. »Warum ist das so?«

»Die offiziellen Vertreter sowohl der altanischen als auch der sandarischen Regierung sind an Bord unseres Flaggschiffes, das sich noch im Innern des Ringnebels befindet, Mr. Oldfield. Was Sie hier sehen, ist nur eine Expedition zur Erkundung.«

»Eine ansehnliche Expedition«, sagte Ryerson, der seinen Platz neben Oldfield eingenommen hatte. »Drei Kreuzer und drei Zerstörer! Was erwarteten Sie auf dieser Seite des Faltpunktes?«

»Wir wussten nicht, was uns erwartete, Admiral. Darum entschieden wir uns für bewaffnete Aufklärung.«

»Entschuldigen Sie, Admiral«, sagte Bethany. »Ist die Erde schon von unserer Anwesenheit verständigt worden?«

Ryerson nickte. »Ein Eilkurier wurde entsandt, kaum dass wir von Ihrer Identität erfahren hatten.«

»Und wann können wir eine Antwort erwarten?«

»Jederzeit jetzt«, sagte Ryerson, bevor er sich wieder Drake zuwandte. »Captain, dies ist Ihre Sitzung, und Sie können sie leiten, wie Sie wünschen. Es wäre jedoch nützlich, wenn Sie erklären würden, wie Sie in dieses System gelangt sind. Die Nachricht, dass Schiffe aus dem Ringnebel der Supernova kamen, erregte beträchtliches Aufsehen.«

»Das kann ich mir denken, Admiral«, sagte Drake lachend. »In meiner Heimat hatten wir vor ein paar Jahren ein ähnliches Erlebnis.« Drake skizzierte mit knappen Worten die Geschichte der Kolonie Alta vom Zeitpunkt des Supernovaausbruchs durch die Generationen der Langen Isolation bis zu dem Augenblick, als die *Conqueror* plötzlich in ihrem System erschienen war.

»Welches Schiff war das, sagten Sie?«, fragte Ryerson.

»TSNS *Conqueror*, Admiral.«

Der Admiral und seine Stabsoffiziere tauschten wissende Blicke, und Ryerson nickte nachdenklich. »*Conqueror* ging vor drei Jahren in der zweiten Schlacht von Klamath verloren, Captain. Ich weiß es, weil ich dabei war.«

»Wir haben oft spekuliert, was damals geschah, Admiral«, sagte Bethany. »Würde es Ihnen etwas ausmachen, uns über die Umstände aufzuklären?«

»Keineswegs, Miss Lindquist. Das strategische Ziel war, die Ryall aus dem System Klamath zu vertreiben, das, wie Sie vielleicht wissen, eines von dreien ist, wo unsere Hegemonie mit jener der Ryall zusammentrifft. Für die Operation versammelten wir mehr als hundert Schiffe. Admiral Carnaby hatte den Oberbefehl; die *Conqueror* war sein Flaggschiff. Ich führte von Bord der *Teddy Roosevelt* eine der Kampfgruppen.

Die Schlacht begann für uns sehr gut. Wir überraschten eine kleine Ryall-Flotte knapp außerhalb der Umlaufbahn von Klamath III und verwickelten sie in ein Gefecht. Es waren weniger als zwanzig Schiffe, während wir mehr als hundert waren, und so blieb ihnen nichts übrig, als sich zum Planeten zurückzuziehen, um ihn als Deckung zu benutzen. Natürlich drängten wir nach. Bald fand das Kampfgeschehen im Randbereich des Atmosphäre von Klamath III statt und ging in einigen Fällen sogar tiefer in die Stratosphäre.

Bei diesem Stand der Dinge merkten wir, dass wir in eine Falle der Ryall gelockt worden waren. Tatsächlich hatte sich die gesamte Ryall-

Flotte um Klamath III versammelt. Bis auf die zwanzig Schiffe, die als Köder gedient hatten, schwebten sie auf der abgewandten Seite des Planeten in den höheren Schichten der Atmosphäre, außerhalb des Wahrnehmungsbereichs unserer Sensoren. Eben noch waren wir im Begriff, einen weit unterlegenen Feind auszulöschen, und plötzlich war der Himmel voll von Kriegsschiffen der Zentauren. Sie überraschten uns mit einem Flankenangriff.

Zu Admiral Carnabys Ehre sei gesagt, dass er die Gefahr sofort erkannte und den Abbruch des Gefechts befahl, bevor der Gegner uns in die Flanke und den Rücken kommen konnte. Während wir alle mit acht *g* beschleunigten, um der Umklammerung zu entkommen, ließ Carnaby die *Conqueror* einen Entlastungsangriff gegen die Ryall-Flotte führen. Es war eine großartige Geste, aber natürlich hatte er keine Chance gegen die vereinigte Feuerkraft von achtzig Ryall-Schiffen. Die *Conqueror* wurde schonungslos zusammengeschossen, feuerte aber weiter, bis der Rest der Flotte der drohenden Einschließung entkommen war. Dann erst gab Admiral Carnaby Befehl, das Schiff zu verlassen.

Ich fürchte, wir werden nie Gewissheit darüber erhalten, was anschließend geschah, weil Carnaby nicht unter denen war, die wir nach der Schlacht bergen konnten. Wir vermuten aber, dass er dem intakten Autopiloten des Schiffes Anweisung gab, den nächsten Faltpunkt anzusteuern, um den Feind abzulenken und seinen Rettungsbooten das Entkommen zu sichern. Unsere Sensoren verfolgten den Kurs der *Conqueror*, bis sie den Klamath-Antares-Faltpunkt erreichte und verschwand. Wir haben immer angenommen, dass sie in den Anziehungsbereich des Neutronensterns geriet und vernichtet wurde.« Ryerson blickte in die Runde der versammelten Kolonisten. »Offensichtlich traf unsere Vermutung nicht zu.«

»Auch wir konnten kaum glauben«, sagte Drake, »dass ein Schiff den Strahlungsbereich des Neutronensterns innerhalb des Ringnebels durchdringen könnte. Tatsächlich, Admiral, fanden wir den Gedanken so abwegig, dass wir die Möglichkeit erst in Betracht zogen, als alle anderen Möglichkeiten erschöpft waren.«

»Wie gelingt es Ihren Schiffen, im Innern des Ringnebels zu überleben, Captain?«, fragte einer von Ryersons Stabsoffizieren.

»Strahlungsabweisende Felder«, antwortete Drake.

»Ist die Technik dieser Abschirmung verkäuflich?«, fragte Ryerson.

»Wir sind bereit, Ihnen die Unterlagen zur Verfügung zu stellen, Admiral«, erwiderte Drake.

»Als Gegenleistung wofür?«, fragte Botschaftssekretär Oldfield.

»Ihre Hilfe bei der Vertreibung der Ryall aus dem System Aezer«, antwortete Phillip Walkirk.

»Ich hoffe, Sie verstehen, Hoheit, dass diese Frage der Zentralregierung auf der Erde zur Entscheidung vorgelegt werden muss. Ich fürchte, uns armen Provinzdiplomaten fehlt die Macht, über die Große Flotte zu verfügen.«

»Wann können wir zur Erde weiterreisen, Mr. Oldfield?«, fragte Bethany.

»Sehr bald, Miss Lindquist. Admiral Ryerson wird Ihnen eine angemessene Eskorte zur Verfügung stellen, sobald Sie entscheiden, mit welchem Schiff Sie die Reise machen wollen.«

»Ich verstehe nicht«, sagte Drake. »Die gesamte Expedition wird die Reise machen.«

Oldfield blickte überrascht, dann lächelte er verlegen. »Einfältig von mir, Captain. Sie sind fremd hier, also können Sie natürlich nicht mit den Bestimmungen vertraut sein.«

»Welchen Bestimmungen?«

»Nun, den Bestimmungen, die den Aufenthalt von Kriegsschiffen im Sonnensystem regeln. Da moderne Kriegsschiffe imstande sind, eine ganze Welt unbewohnbar zu machen, sind wir sehr empfindlich in der Frage, wer Erlaubnis erhält, der Heimatwelt nahezukommen. Sicherlich können Sie unsere Vorsicht verstehen. Sie werden Erlaubnis erhalten, ein Schiff für die Reise zur Erde zu benutzen, und dieses Schiff wird von mindestens einem der unsrigen eskortiert sein müssen.«

»Und der Rest der Expeditionsflotte?«

»Wird zwangsläufig hier im Goddardsystem bleiben müssen, bis Sie zurückkehren.«

45

»Was soll das heißen, sie wollen der *Royal Avenger* nicht erlauben, zur Erde zu reisen?« Admiral Gowers zornige Züge funkelten aus Drakes Bildschirm. Zwei Wochen waren seit dem ersten Treffen an Bord der *Discovery* zwischen den Kolonisten und Vertretern der Zentralregierung vergangen, und kaum eine Stunde, seit die *Royal Avenger* den Goddard-Antares-Faltpunkt hinter sich gelassen hatte.

»Sie erlauben es nicht, Sir«, antwortete Drake. »Sie berufen sich auf Bestimmungen, nach denen Kriegsschiffen in Anbetracht ihres Zerstörungspotenzials der Aufenthalt im Sonnensystem nur unter bestimmten Bedingungen erlaubt wird. Die *Avenger* ist ein im Ausland gebautes Großkampfschiff, dessen Potenzial unbekannt ist. Deshalb muss der *Avenger* das innere Sonnensystem verschlossen bleiben.«

Die Antwort war eine Kette von Flüchen und Verwünschungen. »Und so wählten sie die *Discovery*?«

»Ja, Sir. Sie kennen den Typ gut und glauben nicht, dass wir die Erde in Gefahr bringen könnten, bevor die orbitalen Verteidigungsstationen uns zerstören würden. Man gab mir die Wahl zwischen *Discovery* oder *Dagger* für unsere Mission. Ich entschied mich für *Discovery*.«

»Und wie wollen Sie unsere gesamte Mission in einen einzigen Kreuzer quetschen?«

»Das habe ich nicht vor, Admiral. Die Bestimmungen gelten nicht für unbewaffnete Transporter. Sobald ich das erfuhr, habe ich angeboten, das Feuerleitsystem der *City of Alexandria* funktionsunfähig zu machen und ihre Antimaterieprojektoren auszubauen. Admiral Ryerson stimmte meinem Vorschlag zu.«

»Mich wundert, weshalb er nicht darauf bestand, dass ein unbewaffneter Transporter allein die Reise machen sollte.«

»Er schlug es vor, Sir. Ich sagte ihm, dass wir nicht völlig hilflos in ein fremdes System reisen würden.«

»Und was sagte er darauf?«

»Er sagte, dass er es verstehe.«

Eine lange Pause folgte, als Admiral Gower Drakes Auskünfte verdaute. Am Ende seiner Überlegungen faltete eine Mischung aus Zorn und Sorge seine Stirn. »Ist diese Verbindung sicher, Captain?«

Drake rief die Ablesung ab, die ihm Aufschluss über die Frequenz des Funkverkehrs zwischen der *Discovery* und der *Royal Avenger* gab. Die leuchtenden Ziffern bestätigten, dass die Richtfunkverbindung scharf gebündelt und durch Zerhacker abhörsicher war. »Absolut sicher, Sir.«

»Welchen Eindruck haben Sie von diesen Leuten?«

»Wie bitte?«

»Sind Sie freundlich?«

»Sie sind freundlich, Admiral, wenn auch ein wenig distanziert.«

»In welcher Weise?«

»Wir erklären ihnen unsere Schwierigkeiten, sie hören höflich zu, legen sich aber nicht fest. Es geschah zum ersten Mal, als wir ihnen die strahlungsabwehrende Technik im Austausch gegen ihre Hilfe bei der Vertreibung der Ryall aus dem System Aezer anboten. Sie sagten uns, wir würden das mit der Zentralregierung aushandeln müssen. Ähnliches ist seitdem zwei- oder dreimal vorgekommen. Ich glaube, Oldfield hat Anweisungen, keine Versprechungen zu machen, die sich später als lästig erweisen könnten. Admiral Ryerson andererseits scheint an der Technik des strahlungsabwehrenden Feldes sehr stark interessiert zu sein.«

»Vertrauen Sie nicht zu sehr darauf, Captain«, meinte Gower. »Nun, da sie wissen, dass das Feld erprobt ist, sollte es ihnen keine Schwierigkeiten machen, es selbst zu entwickeln. Nein, wenn wir einen geeigneten Ansatzpunkt für Verhandlungen brauchen, müssen wir etwas Stärkeres haben.«

»Was sonst haben wir, Sir?«

»Eine ganze Menge, vielleicht. Haben Sie oder hat sonst jemand diesen Leuten von Eulysta und den Ereignissen dort erzählt?«

»Nein, Sir.«

»Sind Sie sicher?«

»Ganz sicher, Admiral. Wir haben es nicht so direkt gesagt, vermittelten ihnen aber den Eindruck, dass wir direkt von Napier gekommen sind.«

»Ausgezeichnet! Geben Sie das als Befehl weiter. Das Thema Eulysta ist geheim, und ich werde jeden, der auch nur eine Andeutung über die Navigationsdaten der Ryall macht, über Bord gehen lassen.« Er hielt inne. »Was ist los, Captain? Sie machen ein Gesicht, als hätten Sie gerade in eine Zitrone gebissen.«

Drake verzog das Gesicht. »Äh, da könnte es ein Problem geben, Sir.«

»Problem, Drake?«

»Miss Lindquist, Sir. Sie könnte mit dem Geheimhaltungsbefehl nicht einverstanden sein.«

»Warum sollten wir ihre Zustimmung brauchen?«

»Sie ist die Bevollmächtigte des Botschafters der Erde auf Alta, Admiral.«

»Das hatte ich vergessen«, sagte Gower. »Besteht die Möglichkeit, dass Sie sie überzeugen, nichts davon verlauten zu lassen?«

»Ich werde es natürlich versuchen.«

»Vielleicht sollte ich mit ihr reden, Captain. Sie sind dem Problem vielleicht ein bisschen zu nahe.«

»Das wird nicht nötig sein, Sir. Ich werde das in die Hand nehmen.«

»Ich denke nicht, Captain. Bitte ersuchen Sie Miss Lindquist, sich morgen hier an Bord der *Royal Avenger* bei mir zu melden. Ich brauche sowieso ihren Rat in verschiedenen Fragen, die mit der Erde in Zusammenhang stehen, und wir werden die Gelegenheit nutzen, auch diese andere Sache zu regeln.«

»Ja, Sir. Ich werde Ihre Botschaft sofort überbringen.«

Bethany Lindquist hatte sich bis dahin erst einmal an Bord des Flaggschiffs aufgehalten. Bei der Gelegenheit war sie von der Größe der Kabinen und den scheinbar endlosen Korridoren beeindruckt gewesen. Auch war die Größe des Flaggschiffes nicht der einzige Unterschied zwischen ihm und den altanischen Kreuzern, die sie gewohnt war. Wenn sie an Bord der *Discovery* Besatzungsmitgliedern begegnete, quittierten diese ihre Gegenwart unweigerlich mit einem Lächeln oder einem kurzen Gruß. Das war an Bord der *Royal Avenger* anders. Die sandarischen Besatzungsmitglieder beiderlei Geschlechts, mit denen sie zusammentraf, hatten es immer eilig. Bethany fand ihre gewollte Humorlosigkeit irritierend.

»Wir sind da, Milady«, sagte ihr Führer, ein Fähnrich mit flaumigen Wangen, in seinem singenden sandarischen Tonfall.

»Wo ist ›da‹, Fähnrich?«

»Die Admiralskajüte, Milady.« Der Fähnrich tippte einen Code in ein Schlüsselfeld am Schott. Ein paar Sekunden vergingen, bevor die druckdichte Tür zurückglitt. Bethany stieg über den Süllrand, und die Tür schloss sich lautlos hinter ihr.

Admiral Gower saß hinter einem gewaltigen Schreibtisch und hatte den Finger noch auf dem Türöffner. Er stand auf und kam auf Bethany zu. »Guten Morgen, Miss Lindquist. Wie war der Flug?«

»Angenehm«, antwortete Bethany. »Es war wirklich nicht nötig, eine Sondermaschine zu schicken. Ich hätte auf den planmäßigen Transporter warten können.«

»Unsinn. Wenn ich schon Ihre Tagesplanung durcheinander bringe, kann ich wenigstens dafür sorgen, dass Sie unnötige Wartezeiten vermeiden. Möchten Sie etwas trinken?«

»Ja, danke.«

»Wie wäre es mit sandarischem Wodka?«

»Ich fürchte, dass ich damit nicht vertraut bin, Admiral.«

Gower zog überrascht die Brauen hoch. »Wirklich? Sicherlich haben wir Sie mit unserem Nationalgetränk vertraut gemacht, als Sie auf Sandar waren.«

»Nicht, dass ich mich erinnern könnte.«

»Nun, dann müssen Sie ihn versuchen«, erklärte er, ging zu einer kleinen Bar, die an einem Schott festgeschraubt war, und öffnete die Türen.

Während er einschenkte, ließ Bethany ihren Blick durch den Raum schweifen. Als erstes fiel ihr das lebensgroße Porträt von John-Phillip Walkirk VI. auf, das hinter Gowers Schreibtisch hing. Der Monarch trug die Uniform eines Generaladmirals der sandarischen Streitkräfte und schien sie direkt anzusehen. Außer dem Porträt des Königs gab es nur einen Wandschmuck: eine große sandarische Flagge, zerfetzt und angesengt, die in einer Glasvitrine an der Wand gegenüber dem Königsporträt hing. Gower bemerkte Bethanys Interesse, als er mit den gefüllten Gläsern zu ihr kam.

»Diese Flagge kam vom Zerstörer meines Vaters. Sein Schiff wurde während eines Gefechts mit den Ryall durchlöchert. Ein Mann der Besatzung riskierte sein Leben, um diese Flagge zu retten und meiner Mutter zu übergeben.«

»Wie alt waren Sie damals?«

»Sechzehn Standardjahre. Es war mein viertes Jahr in der Marineakademie.«

»Beginnen alle sandarischen Kinder ihre militärische Ausbildung so früh?«

Gower nickte. »Diejenigen, die eine Eignung dafür zeigen.«

»Welch ein Jammer, dass Zwölfjährige zum Militärdienst eingezogen werden müssen!«

Gower zuckte die Achseln. »Das ist bei uns schon so lange der Brauch, dass es uns natürlich vorkommt.«

Es folgte ein unbehagliches Schweigen. Gower nippte an seinem Wodka, und Bethany tat es ihm nach. Dann verzog sie leicht das Gesicht, als der Alkohol ihr auf der Zunge und in der Kehle brannte.

Der Admiral sah es und fragte: »Darf ich Ihnen etwas anderes anbieten?«

Bethany schluckte. »Nein danke, es ist schon gut so. Ich hatte nur nicht erwartet, dass der Wodka derart stark sein würde.«

»Wir kommen von einer kalten Welt, Miss Lindquist. Dies«, sagte er und hob sein Glas, »ist ein Getränk für kalte Welten. Es wärmt das Blut und lässt den Biss des kalten Windes vergessen.«

Bethany nahm vorsichtig einen weiteren Schluck. Das Brennen schien diesmal weniger intensiv, als wäre ihre Mundhöhle einer Lokalanästhesie unterzogen worden.

»Ich hörte, dass Sie Historikerin sind und sich auf die Geschichte der Erde spezialisiert haben.«

Bethany nickte. »Ich bin vergleichende Historikerin, Admiral.«

»Was ist das?«

»Wir halten beim Studium der Geschichte Ausschau nach Situationen, die einem gegenwärtigen Problem analog sind, dann untersuchen wir, wie unsere Vorfahren die ähnliche Situation bereinigten oder nicht bereinigen konnten, und nutzen dieses Wissen, um die altanische Regierung zu beraten.«

»Haben Sie den Krieg zwischen Menschen und Ryall studiert? Gibt es einen ähnlichen Zeitabschnitt in der Geschichte der Menschheit auf Erden?«

»Wenn Sie meinen, ob es jemals einen Krieg gegeben hat, in dem unsere Feinde intelligente Außerirdische waren, offensichtlich nicht. Aber wenn Sie die starre Haltung der Zentauren im Hinblick auf unser Daseinsrecht betrachten, können Sie Analogien in zahlreichen Religionskriegen finden, die im Laufe der Geschichte ausgefochten wurden. ›Christus und kein Pardon!‹ würde für einen Ryall kein unverständliches Konzept sein.«

»Und wie wurden diese Religionskriege entschieden?«

Bethany zuckte die Achseln. »Meistens endeten sie erst, wenn eine Partei die andere ausgerottet hatte, oder wenn beide Seiten bis zur Erschöpfung gekämpft hatten.«

»Wird das Ihrer Ansicht nach auch unser Schicksal sein?«

»Ich hoffe nicht. Das ist einer der Gründe, weshalb ich Varlan studiere.«

»Ach ja, die gefangene Bergwerksleiterin. Wie kommen Sie mit Ihren Studien voran?«

»Es ist noch zu früh, um ein Urteil abzugeben, Admiral. Ich habe versucht, sie zu überzeugen, dass unsere Arten manche Gemeinsamkeit haben und es daher töricht ist, wenn wir einander bekämpfen. Manchmal scheint sie für solche Gedanken empfänglich, manchmal nicht.«

»Das entnahm ich Ihren Berichten. Wie lange werden Sie das Studium fortsetzen, bevor Sie sich mit dem Gedanken abfinden, dass Ihre Bemühungen aussichtslos sind?«

»Wenn ich alles versucht habe, was mir einfällt, nehme ich an.«

Gower lachte. »Eine gute Antwort, die mich überzeugt, dass ich Recht hatte, Sie hierher zu bitten.«

»Ich verstehe nicht, Admiral.«

»Ihnen ist sicherlich bekannt, dass die *Royal Avenger* keine Erlaubnis erhalten wird, die Reise zur Erde zu machen.«

Bethany nickte. »Die Bestimmungen lassen es nicht zu.«

»Das ist unglücklicherweise wahr. Ich werde meine Flagge deshalb auf die *Discovery* übertragen.«

»Sie entheben Captain Drake seines Kommandos?«

»Keineswegs. Er befehligt den Kreuzer, ich befehlige die Expedition. Der einzige Unterschied liegt in dem Fahrzeug, von dem aus die Befehlsgewalt ausgeübt wird. Die Übertragung meiner Flagge auf die *Discovery* stellt mich allerdings vor ein Problem. Wie Sie zweifellos wissen, besteht mein Stab größtenteils aus Offizieren der *Royal Avenger*. Würde ich sie mitnehmen, wäre dieses Schiff im Ernstfall unfähig, sich zu verteidigen. Das ist selbstverständlich undenkbar. Darum habe ich entschieden, die Zahl meiner Stabsoffiziere zu begrenzen.

Unter denen, die ich zurücklassen werde, sind zwei Offiziere, die in der Geschichte der Menschheit auf Erden außerordentlich beschlagen sind. Offiziere, deren Wissen und deren Rat ich während der bevorstehenden Verhandlungen mit dem Interstellaren Rat benötigen werde. Da ist mir der Gedanke gekommen, dass Sie die Rolle dieser Offiziere übernehmen könnten.«

»Bieten Sie mir einen Beraterposten an, Admiral Gower?«

»So könnte man es nennen.«

Bethany zögerte. »Ich fühle mich sehr geschmeichelt, fürchte aber, dass es mir nicht möglich sein wird, Ihren Erwartungen gerecht zu werden.«

»Warum nicht, Miss Lindquist?«

»Ich habe einen Eid geleistet, den besten Interessen der Erde zu dienen. Das ist kaum mit einer Beratertätigkeit für Sie zu vereinbaren.«

Gower betrachtete sie mit schmalen Augen, dann seufzte er. »Wenn es etwas gibt, was ein Offizier des Königs versteht, Miss Lindquist, dann ist es die Bedeutung eines Eides. Ich hatte gehofft, Sie würden Ihre Pflicht der Erde gegenüber nicht im Widerspruch zu Ihrer Pflicht dieser Expedition gegenüber sehen. Aber ich werde nicht versuchen, Sie umzustimmen.«

»Dafür bin ich Ihnen dankbar, Sir. Ist das der Grund, weshalb Sie mich heute hierher gebeten haben?«

»Das und noch etwas«, erwiderte Gower. Er nahm einen Computerausdruck vom Schreibtisch und hielt ihn ihr hin. »Heute Morgen habe ich den Flottenbefehl 703 ausgegeben. Ich möchte Sie bitten, ihn zu lesen und abzuzeichnen, bevor Sie gehen.«

FLOTTENBEFEHL 703 VOM 8. NOVEMBER 2639

An: Alle Teilnehmer der Helldiver-Expedition
Klassifikation: Streng geheim
Von: Gower, S. F., kommandierender Admiral
Betrifft: Unternehmen Eulysta

1. Kein Teilnehmer an dieser Expedition hat Informationen über Eulysta, Corlis oder die dort durchgeführte Aktion an Außenstehende weiterzugeben.

2. Jeder Verstoß gegen diesen Befehl wird als Hochverrat behandelt und nach den Bestimmungen des Kriegsrechts bestraft.

S. F. Gower, Admiral
Königlich sandarische Marine

»Was hat das zu bedeuten?«, fragte Bethany, nachdem sie den Befehl gelesen hatte.

»Nur was dort steht, nicht mehr und nicht weniger, Miss Lindquist. Ein Geheimbefehl, der das Unternehmen gegen Eulysta betrifft. Er soll insbesondere sicherstellen, dass die Vertreter der Zentralregierung nichts über die Navigationsdaten erfahren, die wir dort gewonnen haben.«

»Aber ohne Zweifel werden solche Daten für unsere Gastgeber Schnee von gestern sein, Admiral. Warum sie geheim halten?«

»Weil ich glaube, Miss Lindquist, dass die Zentralregierung noch nichts von der Verteilung der Sterne innerhalb der Ryall-Hegemonie weiß. Wenn diese meine Überzeugung zutrifft, irren Sie sich, und dieses Datenmaterial stellt unseren wertvollsten Handelsartikel dar. Die Zentralregierung mag bereit sein, eine ansehnliche Summe dafür zu bezahlen, was wir in unseren Datenspeichern haben. Auf jeden Fall hoffen wir, dass die Navigationsdaten der Ryall uns ein Mittel in die Hand geben werden, Hilfe bei der Vertreibung der Ryall aus dem System Aezer zu erhalten.«

»Wenn wahr ist, was Sie vermuten, Admiral, ist es ein Grund mehr, dass ich diesen Befehl nicht befolgen kann. Es ist meine Pflicht, die Information so rasch wie möglich dem Interstellaren Rat zugänglich zu machen.«

Gower nickte. »Captain Drake sagte mir, dass dies Ihre Haltung sein könnte.«

»Richard wusste, dass Sie mich auffordern würden, dies abzuzeichnen?«, fragte Bethany.

»Er wusste, dass ich mit Ihnen darüber sprechen würde.«

»Aber das …«

»Bitte, Miss Lindquist«, sagte Gower und schnitt ihr das Wort ab, bevor sie ihrer Empörung Luft machen konnte. »Es ist nicht so, als ob wir von Ihnen verlangten, dass Sie immerwährendes Stillschweigen bewahren. Nur lange genug, damit wir die Gelegenheit erhalten, dieses Wissen zu nutzen, das wir mit zahlreichen Menschenleben bezahlt haben.«

»Tut mir Leid, Admiral Gower, aber ich bin ungeachtet meiner persönlichen Gefühle in dieser Angelegenheit verpflichtet, den Interessen der Erde zu dienen. Ich werde diesen Befehl nicht abzeichnen.«

Gower lehnte sich in seinem Sessel zurück und betrachtete sie mit ernster Miene. Als er endlich sprach, war sein Tonfall mehr bekümmert als zornig. »In diesem Fall, Miss Lindquist, kann ich Ihnen nicht erlauben, dieses Schiff zu verlassen. Sie werden hier bleiben – wenn nötig, im Bunker –, bis die *Discovery* und die *City of Alexandria* zum Faltpunkt Goddard-Sol abgereist sind.«

»Sie würden nicht wagen, mich einzusperren!«

Gowers eisige Ruhe stand in scharfem Gegensatz zu Bethanys Wut. »Ich würde es wagen. Ich habe meine Pflicht zu erfüllen, und das werde ich tun, selbst wenn ich mich nach meiner Rückkehr vor Gericht verantworten müsste.«

»Richard wird sich dies nicht bieten lassen. Mein Onkel hat einen Vertrag mit dem Parlament von Alta! Außerdem gab er mir sein Wort, dass man mir keinen Maulkorb anlegen würde.«

»Ich bin dem Parlament von Alta nicht verantwortlich, Miss Lindquist. Davon abgesehen glaube ich nicht, dass Captain Drake sich mir in dieser Sache widersetzen wird. Auch er hat seine Pflicht zu erfüllen, die im Moment verlangt, dass er meinen Befehlen gehorcht. Sollte er dies verweigern, würde er sich der Meuterei schuldig machen und als Meuterer behandelt. Der Anlass würde das schwerlich lohnend erscheinen lassen, zieht man in Betracht, dass unser Streit lediglich den Zeitpunkt betrifft, zu dem unsere Informationen der Zentralregierung zugänglich gemacht werden.«

»Sie sagen, dass Sie das Datenmaterial der Zentralregierung zugänglich machen werden?«, fragte Bethany.

»Ich gebe Ihnen mein Wort – was auch immer davon zu halten sein mag. Wenn wir erhalten haben, was wir anstreben, oder wenn klar wird, dass es nicht möglich ist, werde ich die Navigationsdaten persönlich übergeben.«

Sekundenlang starrte sie ihn in finsterem Trotz an, ehe sie hervorstieß: »Wozu soll ich mich also bereit erklären?«

»Lediglich dazu, dass Sie unser Geheimnis nicht ohne meine oder Captain Drakes Erlaubnis an Außenstehende weitergeben. Sind Sie dazu bereit?«

»Ich erkläre mich unter Protest dazu bereit. Aber nach unserer Rückkehr werde ich einen formellen Protest beim Parlament hinterlegen.«

»Ich verstehe vollkommen«, sagte Gower und nickte. Er zog einen Schreibstift aus dem Halter auf seinem Schreibtisch und reichte ihn Bethany. »Bitte unterzeichnen Sie an der angegebenen Stelle.«

Der große Bildschirm in der Feuerleitzentrale der *Discovery* zeigte drei goldgelbe Schiffssymbole und die unscharfe rote Ellipse, die den Goddard-Sol-Faltpunkt markierte. Die goldgelben Symbole waren in Kiellinie dargestellt, und kleine leuchtende Bildlegenden neben jedem gaben Geschwindigkeit und Beschleunigungsvektoren an, ferner die vorgesehene Ankunftszeit an der Faltpunktgrenze. Andere Symbole, die um den Faltpunkt angeordnet waren, verdeutlichten die Positionen der zwei Dutzend stationären Festungen, die das Tor zur Erde bewachten.

»Sind die erforderlich?«, fragte Drake mit einer Kopfbewegung zu den violetten Symbolen.

»Wir hoffen, nicht«, antwortete Gregory Oldfield vom Platz des Beobachters neben Drake. Normalerweise würde Bethany diesen Platz besetzt halten, aber seit ihrer Rückkehr von der *Royal Avenger* vor mehr als einer Woche hatte sie kein Wort mit Drake gesprochen. Nachdem er Admiral Gowers Bericht über die Zusammenkunft gehört hatte, wunderte er sich nicht mehr.

Das erste der goldenen Symbole kreuzte die Grenze zum Faltpunkt und begann rasch zu blinken.

»Mr. Haydn, stellen Sie bitte eine Funkverbindung mit Admiral Ryerson an Bord von *Teddy Roosevelt* her.«

»Sofort, Sir.«

Kurz darauf erschien Ryersons Gesicht in einem der sekundären Bildschirme. »Wie wünschen Sie den Übergang zu bewerkstelligen, Admiral?«

»Genau wie geplant, Captain. Wir werden zuerst durchgehen, um die Verteidigungsanlagen auf der anderen Seite zu verständigen. Geben Sie uns fünf Minuten, bevor Sie mit der *Discovery* folgen. Und fünf Minuten danach kann die *City of Alexandria* durchkommen. Vergessen Sie nicht, schon vor dem Sprung mit dem Losungswort und der Identitätsangabe auf Sendung zu gehen. Das Losungswort ist das einzige Mittel, das Sie vor den automatischen Abwehrsystemen schützt.«

»Identität und Losungswort. Wird gemacht, Sir.«

Sobald Ryerson die Verbindung unterbrach, wandte sich Drake wieder an seinen Nachrichtenoffizier. »Statusüberprüfung aller Abteilungen, Mr. Haydn.«

»Ja, Sir.«

Augenblicke später begann der eingespielte Routineappell der Gefechtsstationen und Schiffsabteilungen. Admiral Gower wohnte dem Manöver in der Feuerleitzentrale bei – für alle Fälle. Nach einer halben Minute hatten alle Abteilungen ihre Bereitschaft gemeldet.

»Das Schiff ist zugeknöpft und sprungbereit, Captain«, meldete der Erste Offizier.

»Sehr gut, Mr. Marchant.«

»Captain, Sensoren! *Teddy Roosevelts* Übergangsfeld wird aufgebaut.«

»Schalten Sie auf Außenkameras um, Mr. Haydn.«

»Ja, Sir.«

Das schematische Diagramm auf dem großen Bildschirm verblasste und wurde von einem schwarzen Sternhimmel ersetzt. Als Drake hinsah, wurde die Vergrößerung verstärkt, und die Sterne bewegten sich radial aus dem Zentrum des Bildschirms. Ein winziger verkürzter Zylinder erschien dort und wuchs rasch, bis er den Bildschirm nahezu füllte. Drake sah die verräterische Unschärfe, die an Hitzewellen aufsteigender Luft erinnerte und ein voll aufgeladenes Übergangsfeld kennzeichnete. Das Großkampfschiff verschwamm beinahe bis zur Unkenntlichkeit, dann war es von einem Augenblick zum anderen fort. Nur ein paar blasse Sterne waren zu sehen, wo der Behemoth eben noch gewesen war.

»*Teddy Roosevelt* ist durchgegangen, Captain.«

»Danke, Mr. Haydn. Mr. Cristobal, schalten Sie die Startzählungsuhr ein. Wir springen in fünf Minuten.«

»Jawohl, Sir. Die Uhr ist eingeschaltet.«

»Sind die Aufzeichnungen sendefertig, Nachrichtenoffizier?«

»Fertig, Sir.«

»Beginnen Sie schon jetzt mit der Aussendung und überwachen Sie kontinuierlich die Sendestärke. Verständigen Sie mich sofort, wenn es zu irgendeiner Störung kommt.«

»Ja, Sir.«

Drake sah die roten Ziffern der Startzählungsuhr langsam ablaufen. Als noch zwei Minuten fehlten, wählte er Bethanys Kabine. Sie meldete sich nach dem zweiten Signalton.

»Sieht so aus, als wäre es so weit«, sagte er.

»Mag schon sein«, erwiderte sie steif.

»Hast du deinen Bildschirm eingeschaltet?«

Sie nickte.

»Dann geh bitte auf Kanal Zwei. Ich lasse die Sonne ins Bild bringen, sobald wir auf der anderen Seite ankommen.«

»Danke für deine Aufmerksamkeit, Richard«, sagte sie und unterbrach dann die Verbindung.

Drake wandte sich wieder den Digitalziffern zu. Es fehlte weniger als eine Minute.

»Sie können anfangen, Mr. Cristobal.«

»Danke, Captain. Generatoren sind auf voller Leistung, und das Übergangsfeld bildet sich. Noch dreißig Sekunden. Alles in Bereitschaft. Fünfzehn ... zehn ... fünf ... vier ... drei ... zwei ... eins ... los!«

46

»Bringen Sie das Zentralgestirn auf den Bildschirm, Mr. Cristobal!«

»Kommt gleich, Captain.«

Ein paar Sekunden vergingen, bevor der Bildschirm wieder aufleuchtete und eine gelblich weiße Scheibe ins Bild kam. Die einzigen Merkmale an der Oberfläche des Sternes waren ein halbes Dutzend Sonnenflecken, die in unregelmäßiger Anordnung über die glühende Plasmasee verstreut waren. Wenn sie auch groß genug waren, um hundert Planeten von der Größe Altas zu verschlucken, stellten die Flecken nur geringfügige Unreinheiten im Antlitz des Sterns dar.

»Wir warten auf Bestätigung, Mr. Cristobal«, sagte Drake nach einer Weile.

»Äh, tut mir Leid, Sir. Der Datenabgleich dauerte etwas länger. Es ist Sol, kein Zweifel. Das Spektrum zeigt völlige Übereinstimmung.«

»Danke. Mr. Haydn, schalten Sie diese Ansicht auf Kanal Zwei und bringen Sie das taktische Diagramm auf den großen Bildschirm.«

»Ja, Sir.«

Das Bild wechselte wieder, diesmal zu einer computergenerierten schematischen Darstellung des Raums in der Nachbarschaft des Sol-Goddard-Faltpunkts. Das Bild füllte sich rasch mit Symbolen, die einen Eindruck von der räumlichen Verteilung der Verteidigungsanlagen um den Faltpunkt vermittelten. Auf der Brücke der *Discovery* wurden mehrere leise Pfiffe hörbar, als das ganze Ausmaß der Sicherungen deutlich wurde.

Radar und Infrarotsensoren hatten rasch Tausende von Objekten geortet, die im Raum um den Faltpunkt verstreut waren. Jedes hatte die Größe eines kleinen Landungsbootes und bestand aus offenem Gitterwerk, Treibstofftanks und einem starken Photonenantrieb. Das nächste derartige Objekt war weniger als tausend Kilometer von der *Discovery* entfernt und wurde durch Instrumente und Teleskopbeobachtung vorläufig als eine selbststeuernde Orbitalmine mit hohem Beschleunigungsvermögen identifiziert.

Jenseits der Peripherie des Faltpunktes waren in einem weiten Bogen annähernd zweihundert Orbitalfestungen stationiert. Die Beobachtung der nächsten durch das Teleskop zeigte, dass sie von Laserkanonen, Antimaterieprojektoren, Raketenabschussanlagen und Antennen aller Art starrten. Außerdem schien es mehrere Pforten zu geben, durch die bemannte Abfangmaschinen gestartet werden konnten. Nach der Energiemenge zu urteilen, die in solch einer Orbitalfestung schlummerte, war sie jeder normalen Kriegsflotte gewachsen.

Als ob die Reihe der Orbitalfestungen noch nicht genug wäre, machte das Langstreckenradar der *Discovery* drei Formationen Kriegsschiffe aus, die in verschiedenen Entfernungen vom Faltpunkt so stationiert waren, dass sie die direkte Route zur Erde sperrten. Jede der drei Formationen schien hauptsächlich aus Großkampfschiffen und schweren Kreuzern zu bestehen.

Drake rief die Strahlungsmessstation der Feuerleitzentrale. »Wie ist das elektromagnetische Spektrum, Mr. Benson?«

Das gefurchte Gesicht des Technikers lächelte. »Fehlt nicht viel, und Sie könnten auf unserem Rumpf Spiegeleier braten, Captain, so dick kommt die Strahlung herein! Ich habe 1312 verschiedene Quellen von elektromagnetischer Strahlung in der weiteren Nachbarschaft identifiziert – alles ist vertreten, von Such- und Feuerleitradar bis zu Richtfunk und Lasern zur Entfernungsmessung.«

»Lassen Sie mich wissen, wenn es sich ändert.«

»Jawohl, Sir.«

»Mr. Cristobal, wo ist die *Teddy Roosevelt*?«

»Zehntausend Kilometer querab auf backbord, Sir. Beinahe genau im galaktischen Norden. Sie beschleunigt und scheint Treffpunkt anzusteuern.«

»Wann kommt die *Alexandria* durch?«

»In zwei Minuten und zwölf Sekunden, Sir.«

»Alle Sensoren eingeschaltet?«

»Ja, Sir. Aufzeichnung läuft.«

»Sehr gut. Melden Sie mir ihre Ankunft.«

Als die Zeit abgelaufen war, erschien plötzlich der umgebaute Transporter sechstausend Kilometer vor der *Discovery*.

»Botschaft von der *Teddy Roosevelt*, Captain«, sagte der Nachrichtenoffizier.

»Verbinden Sie mich, Mr. Haydn.«

»Kanal Drei, Sir.«

Drake wandte sich dem genannten Bildschirm zu, wo Admiral Ryersons Züge erschienen. »Ja, Sir?«

»Sie sind abgefertigt und haben Erlaubnis, ins Sonnensystem einzutreten, Captain. Bitte steuern Sie Ihre Schiffe zum Hauptverkehrskorridor, wie zuvor instruiert.«

»Jawohl, Sir.«

Ryerson blickte zur Seite, dann wieder in die Aufnahmekamera. »Wir berechnen Rendezvous in vierzig Minuten. Also bis dann. Und, Drake …«

»Ja, Sir?«

»Willkommen daheim!«

Varlan von den Duftenden Wassern lag in ihrer Kabine vor dem Bildschirm und betrachtete die leuchtende Doppelwelt in seiner Mitte. Beide zeigten die kleinen Halbmondformen, was bedeutete, dass sie dem Zentralgestirn näher waren als das Kriegsschiff, wo Varlan gefangen gehalten wurde. Die größere der beiden Welten war von einem leuchtenden Blau und Weiß, während der kleinere Begleiter von einem stumpfen Gelblichgrau zu sein schien. Varlan betrachtete die beiden Welten ohne besonderes Interesse, denn ihre Gedanken beschäftigten sich mit den jüngsten Ereignissen.

Als Bethany von den Lindquists mit ihren täglichen Interviews angefangen hatte, hatte Varlan darin eine Möglichkeit gesehen, die Langeweile der Gefangenschaft abzuwenden. Die Gespräche waren intellektuelle Übungen gewesen, in denen sie versucht hatte, das Geheimnis zu ergründen, warum Menschen so handelten, wie sie es taten. Und da Bethany von den Lindquists tatsächlich der einzige Mensch war, den Varlan je zu sehen bekam, beschränkten sich die Übungen bald auf den Versuch, zu verstehen, warum Bethany sich so verhielt, wie sie es tat.

Das erste unter den vielen Rätseln, vor die Bethany sie stellte, war ihre standhafte Weigerung, das logische Paradoxon in ihrer Idee zu sehen, dass Zusammenarbeit zwischen intelligenten Spezies nicht nur möglich, sondern wünschenswert sei. Zuerst hatte Varlan daran gedacht, Bethany über diesen offensichtlich schwachen Punkt aufzuklären. Sie hatte es getan, indem sie von den vielen bitteren Lektionen erzählt hatte, die ihre Spezies während des langen Konkurrenzkampfes mit den Schnellen Essern hatte lernen müssen. Bethany aber war von ihrem Optimismus nicht abzubringen. Varlan wiederum, besorgt, dass Bethany zornig reagieren könnte, wenn ihre so sorgsam gehegte Selbsttäuschung allzu direkt herausgefordert würde, hatte ihre verbale Opposition gemäßigt. Sie hatte sogar eingeräumt, dass eine Zusammenarbeit zwischen verschiedenen Spezies theoretisch möglich, wenn auch in der Praxis äußerst unwahrscheinlich sei.

Als die Flotte endlich den Bereich des Bösen Sterns verlassen hatte, hatte sich auch Varlans Stimmung eindeutig gebessert. Mit der Rückkehr in den normalen Raum hatte sie den schwarzen Himmel viele hundert Herzschläge lang abgesucht. Obwohl ihre Kenntnisse der Astronomie nicht besser als die eines durchschnittlichen Ryall waren, hoffte sie herauszubringen, ob das Schiff in die Hegemonie zurückgekehrt war. Unglücklicherweise schienen die wenigen Sternbilder, die sie identifizieren konnte, erheblich verschoben, ein Hinweis, dass sie weit von einem der Systeme entfernt waren, die sie kannte.

In dieser Zeit war Bethany von den Lindquists während ihrer täglichen Gespräche besonders guter Dinge gewesen. Auf Varlans Frage nach dem Grund ihrer Hochstimmung hatte Bethany geantwortet, dass das Schiff das Sternsystem Goddard erreicht habe. Der Name, hatte Bethany ihr mitgeteilt, sei der eines berühmten Priesterphilosophen der Vergangenheit.

Es folgten viele Tage, in denen interessante Ereignisse stattfanden, darunter die Ankunft mehrerer sehr großer Kriegsschiffe. In ihrem isolierten Gefängnis im Habitatring der *Discovery* überwachte Varlan das Kommen und Gehen, indem sie zählte, wie oft durch Anhalten der Rotation Schwerelosigkeit erzeugt wurde. Auch beurteilte sie den Gang der Ereignisse anhand der Veränderungen in Bethanys Stimmung. Gegen Ende der Periode schien sie besorgt und geistesabwesend und ungewöhnlich schweigsam.

»Ist etwas nicht in Ordnung, Bethany von den Lindquists?«, fragte Varlan.

»Es hat nichts zu sagen«, erwiderte Bethany. »Ich ärgere mich über Admiral Gower und Richard. Aber ich werde darüber hinwegkommen.«

Auf Varlans Drängen erklärte Bethany, dass Gower sie aufgefordert hatte, etwas zu tun, was der Sippe der Lindquists Unehre machte. Bethany hatte unter Druck eingewilligt und war jetzt unglücklich darüber. Varlan wurde neugierig und fragte sie nach der Natur der Unehre, doch verweigerte Bethany nähere Auskünfte. Warum ihre Verärgerung über Gower sich auch auf Bethanys künftigen Partner erstreckte, war für Varlan nicht zu ergründen, und Bethany schien außerstande, es zu erklären.

Nachdem sie zehn Minuten lang versucht hatte, die Zusammenhänge zu verstehen, sagte Varlan: »Ich fürchte, dass ich das Paarungsverhalten von Säugern nicht gut genug verstehe, um etwas dazu zu sagen, Bethany. Ich muss aber bemerken, dass Eierlegen eine viel einfachere Fortpflanzungsmethode ist.«

Bethany machte die Lippenbewegung, die Varlan inzwischen als ein Lächeln kannte. »Da mögen Sie Recht haben.«

Es folgte eine längere Zeit, in welcher das rückwärtige Schott anstelle der leicht gekrümmten Außenwand die Funktion des Decks übernahm. Dies bedeutete, dass das Schiff beschleunigte. Varlan verbrachte die Zeit mit der Betrachtung von Filmen aus dem Unterhaltungsarchiv der Menschen und dachte darüber nach, was sie gelernt hatte. Nach mehreren Tagen folgte eine Serie von Beschleunigungsveränderungen, dann ein Sprung zu einem weiteren Sternsystem.

Während des Gesprächs, das auf diesen letzten Sprung folgte, zeigte Bethany wieder alle Symptome freudiger Erregtheit. Sie sprach schnell und lebhaft, begleitete ihre Rede mit kurzen, ruckartigen Handbewegungen, und stand zwischendurch immer wieder auf, um hin und her zu gehen.

»Was ist geschehen?«, fragte Varlan. »Haben Sie und Richard Ihre Feindseligkeiten beendet?«

Bethany schüttelte den Kopf. »Ich zeige ihm noch immer die kalte Schulter.« Das elektronische Übersetzungsgerät hatte die beiden letzten Worte nicht im Programm und konnte sie nicht interpretieren. »Aber es fällt mir immer schwerer. Er hat mir jeden Tag Blumen geschickt und mich zweimal zum Abendessen in seine Kajüte eingeladen. Ich nehme an, dass ich ihm früher oder später vergeben muss.«

»Sie scheinen nicht unglücklich zu sein.«

Bethany lachte. »Weit davon entfernt! Heute sah ich durch das große Teleskop die Erde.«

»Die Erde?«

»Unser Ziel. Der Ort, den wir erreichen wollten, als wir diese Expedition begannen.«

»Ist diese Erde ein berühmter Mensch wie Goddard gewesen?«

Bethany lachte wieder. »Nein, natürlich nicht. Die Erde ist die Zentralwelt des von Menschen bewohnten Raums.«

»Der Sitz Ihrer Regierung?«

Bethany nickte.

»Sie muss schon sehr lange kolonisiert sein, um solche Macht zu erlangen«, meinte Varlan.

»Sie verstehen nicht«, sagte Bethany mit fröhlichem Lachen. »Die Erde ist keine Kolonie. Sie ist die Heimatwelt, wo die Menschheit sich entwickelte.«

Bald danach ging Bethany. Varlan konnte in Ruhe die Implikationen dieser neuen Information durchdenken. Von allen Lektionen, welche die Ryall während ihres langen Konkurrenzkampfes mit den Schnellen Essern gelernt hatten, war die wichtigste, dass es notwendig war, die Brutstätten zu suchen und zu vernichten. Seit sechzig Umkreisungen der Heimatwelt der Ryall um ihr Zentralgestirn hatten Krieger der Hegemonie genau das getan. Ihre Bemühungen waren gescheitert. Und doch lag die lang gesuchte Heimatwelt der Menschen bloße zwei interstellare Sprünge jenseits des Bösen Sterns – in bequemer Reichweite einer starken Kriegsflotte!

Plötzlich wusste Varlan, welche Aufgabe ihr das Schicksal zugedacht hatte. Sie musste diese entscheidende Information auf irgendeinem Weg den Regierenden zuleiten. Sie beobachtete den weißblauen Planeten und seinen gelbgrauen Begleiter und überlegte, wie solch eine Aufgabe gelöst werden konnte.

Bethany Lindquist wälzte sich in ihrer Koje herum, stützte sich auf einen Ellbogen und brachte ihr Kissen zum sechsten Mal in Ordnung. Dann legte sie sich auf den Bauch und versuchte die durcheinander schießenden Gedanken aus ihrem Bewusstsein zu verbannen. Nach etlichen langen Minuten, in denen sie sich mit einer Willensanstrengung zwingen wollte, nicht zu denken – und infolgedessen nur noch aktiver dachte –, hob sie den Kopf und öffnete die Augen, um auf die Uhr auf dem Nachttisch zu sehen. Die roten Digitalziffern glommen sie unfreundlich an. 01:37. Seufzend setzte sie sich auf, schwang die bloßen Füße auf den Teppichboden und stand auf. Im Dunkeln tastete sie nach ihrem Morgenmantel, schlüpfte in seine seidige Umarmung und zog den Gürtel zu. Sie bewegte sich zur Tür und öffnete sie. Ein Rechteck blauer Nachtbeleuchtung vom Korridor lag vor ihr. Sie trat hinaus, schloss die Tür hinter sich und tappte in die Richtung der Offiziersmesse. Während sie durch das menschenleere Schiff ging, dachte sie über die möglichen Gründe ihrer Schlaflosigkeit nach.

Der erste war natürlich der Umstand, dass sie am folgenden Tag die Parkumlaufbahn um die Erde erreichen würden. Während der Reise vom Sol-Goddard-Faltpunkt hatte sie Stunden damit verbracht, die wachsende Erde auf dem Bildschirm zu betrachten. Wie sie von einer undeutlichen kleinen Scheibe zu einer lebendigen Welt geworden war. Die Ähnlichkeit der Erde mit Alta war ihr aufgefallen, aber die Korrelation, sagte sie sich, war natürlich andersherum.

Sie hatte die unmöglich dünne Linie der Erdatmosphäre beobachtet und an die vielen tausend Generationen gedacht, die unter ihrer schützenden Lufthülle gelebt hatten. Sie hatte die Weiten der Ozeane unter den weißen Wolkenwirbeln betrachtet und sich aller Bilder erinnert, die sie von Korallenriffen, Segelschiffen, Wracks und Eisbergen gesehen hatte. Staunend hatte sie die vertrauten Umrisse von Kontinenten angestarrt, die mit eigenen Augen zu sehen sie nie erwartet hatte. In Anbetracht der Begeisterung über ihre Ankunft am Ziel der Reise war es kein Wunder, dass sie Schlafstörungen hatte.

Die zweite Angelegenheit, die Bethany wachhielt, war der Durchbruch, den sie an diesem Tag in ihren Gesprächen mit Varlan erzielt hatte. Das Gespräch hatte wie manche anderen damit begonnen, dass Varlan über die Philosophie und Weltanschauung der Ryall gesprochen hatte. Dann hatten sie darüber diskutiert und waren auf ihr erstes Gespräch auf Corlis zu sprechen gekommen, als sie die Einstellungen von Menschen und Ryall zu ihren Sprösslingen verglichen hatten. Bethany hatte von der Liebe menschlicher Eltern zu ihren Kindern gesprochen, und Varlan hatte bekräftigt, dass die Ryall für ihre Sprösslinge ähnlich empfanden.

»Aber Sie können nicht wissen, wer Ihre Kinder sind!«, hatte Bethany gesagt.

»Natürlich nicht. Wenn die Zeit zum Eierlegen kommt, weiß ich instinktiv, was zu tun ist, auch wenn es für mich das erste Mal ist. Ich grabe ein Loch in warmen Sand, lege die Eier ab und bedecke sie mit dem Sand. Hinterher habe ich kaum eine Erinnerung an den Vorgang. Wenn ich meine eigenen Jungen zu kennen wünschte – ein Verlangen, das von meinem Volk als krankhaft betrachtet würde –, müßte ich jemanden bitten, mein Nest zu markieren und zu bewachen, bis die Eier ausgebrütet sein würden. Aber in der Ryallgesellschaft ist es nicht notwendig, die eigenen Eltern zu kennen. Die Jungen werden kollektiv aufgezogen und genauso geliebt und umhegt wie Ihre menschlichen Sprößlinge.«

»Sehen Sie, unsere zwei Arten haben doch etwas gemeinsam«, erwiderte Bethany.

Varlan dachte lange darüber nach. Zuletzt sagte sie langsam und bedacht: »Vielleicht haben Sie Recht, Bethany von den Lindquists. Vielleicht sind wir einander ähnlicher, als ich zuerst glaubte.«

Darauf folgte eine lange Diskussion, in deren Verlauf Varlan einräumte, dass sie sich über die Unausweichlichkeit eines Konflikts zwischen den Arten geirrt haben könnte. Bald danach hatte Bethany das Gespräch beendet, um dem fremdartigen Konzept Zeit zu geben, in Varlans Bewusstsein zu reifen.

Bethany dachte noch immer an Varlan, als sie in die kleine Kombüse neben der Offiziersmesse kam, deren Kühlschrank für die Offiziere der Wache reichhaltig bestückt war. Sie hatte sich vorgenommen, etwas Milch zu wärmen und in ihre Kabine zu tragen. Da sie nicht erwartet hatte, um diese Zeit jemanden anzutreffen, war sie überrascht, Gregg Oldfield vor einem Teller mit Aufschnitt und Käse neben der kleinen Anrichte sitzen zu sehen.

»'n Abend, Miss Lindquist«, sagte der Erste Sekretär und schnitt sich ein Stück Käse ab.

»Guten Morgen, Mr. Oldfield!«

»Ja, richtig. Aber bitte, sagen Sie ruhig Gregg zu mir.«

»Und Sie dürfen Bethany zu mir sagen, Gregg.«

»Nehmen Sie einen Imbiss mit mir, Bethany?«

»Nein danke. Ich bin bloß gekommen, mir ein Glas Milch zu holen.«

»Klingt gut. Schenken Sie mir auch eins ein?«

»Warm oder kalt?«

»Kalt, bitte.«

Bethany trat an den Kühlschrank, nahm zwei Trinkbeutel heraus und schob einen in den Wärmer. Eine Minute später saß sie mit Oldfield an der Anrichte.

»Konnten Sie nicht schlafen?«, fragte der Diplomat.

»Nein. Ich bin einfach zu aufgeregt über den morgigen Tag.«

»Das wird ein großer Tag für Sie, denke ich mir.«

»Auf das, was morgen stattfinden wird, hat meine Familie sechs Generationen lang gewartet«, sagte Bethany. »Ja, unter diesem Aspekt wird es ein großer Tag!«

»Ich wollte Sie schon danach fragen«, sagte Oldfield. »Macht es Ihnen etwas aus, mir zu sagen, wie es dazu gekommen ist, dass Sie die Vertreterin des Botschafters der Erde auf Alta sind?«

Bethany erzählte die Geschichte von Granville Whitlow und seinem zwanghaften Pflichtgefühl, nach dem Verschwinden des Faltpunktes eine irdische Präsenz auf Alta zu erhalten. Sie berichtete von dem Abkommen, das Whitlow geschlossen hatte, um die Nutzung der drei Schlachtkreuzer der Großen Flotte durch die neu gebildete Marine der Kolonie zu ermöglichen, von den Generationen der Whitlows, die den Traum mehr als ein Jahrhundert lang am Leben erhalten hatten. Als sie geendet hatte, musterte der Erste Sekretär sie mit neuem Respekt.

»Davon hatte ich keine Ahnung. Ich werde diese Angelegenheit meinen Vorgesetzten zur Kenntnis bringen müssen, wenn wir landen. Solche Loyalität sollte belohnt werden.«

»Ich möchte nur die Berichte und Papiere meines Onkels in die richtigen Hände übergeben.«

»Wenn ich etwas zu sagen habe, dann werden Sie die Unterlagen dem Koordinator persönlich überreichen.«

Die Brücke der *Discovery* war überfüllt. Außer Richard Drake und dem Stammpersonal waren Admiral Gower, seine Stabsoffiziere, der Erste Botschaftssekretär Oldfield und Bethany Lindquist anwesend. Drake hatte in aller Eile zusätzliche Beschleunigungssitze herbeischaffen und verankern lassen. Sie erschwerten das Durchkommen im Brückenraum und beeinträchtigten Drakes Gesichtsfeld, aber er nahm diese Unbequemlichkeiten mit Freuden auf sich, denn auf diese Weise konnte Bethany den Platz des Beobachters einnehmen, den sie so lange gemieden hatte.

»Ich kann die Annäherung in meiner Kabine verfolgen«, hatte sie auf seine Einladung, das Geschehen auf der Brücke zu beobachten, geantwortet.

»Du wirst nichts dergleichen tun. Wir haben diese Reise zusammen angetreten, und wir werden sie genauso beenden!«

»Meinetwegen«, hatte sie eingelenkt. Später, als sie auf die Brücke gekommen war, waren ihre noch vorhandenen gekränkten Gefühle rasch in der Erregung des Anlasses untergegangen. Sie hatte es sogar fertiggebracht, zu Admiral Gower höflich zu sein, als er mit seinem Stab eingetroffen war.

Der große Bildschirm stand seit mehreren Stunden im Zeichen der anschwellenden Erde. Nur einmal war das Bild ausgewechselt worden, als der Kreuzer an der Mondumlaufbahn vorüberglitt. Der Mond war nahe genug, um im Augenblick der nächsten Annäherung größer als die Erde zu erscheinen. Die Sonne stand tief hinter dem Mond, so dass dessen zugewandte Seite im Schatten der Nacht lag. Ein winziges, kaum sichtbares Glimmen von Lichtern blinzelte verloren aus der Weite tiefer Nacht, wo die unterirdischen Städte des Satelliten lagen.

Die Flotte blieb auf ihrem Annäherungskurs. Die Schiffe verringerten ihre hyperbolische Geschwindigkeit, indem sie Photonen in

Flugrichtung ausstießen. So schienen sie auf Lichtkegeln zu balancieren, während sie konstant verlangsamten, die *Teddy Roosevelt* an der Spitze, gefolgt von der *Discovery* und der *City of Alexandria.*

In dem Maß, wie die *Discovery* tiefer in den erdnahen Raum eindrang, empfingen die Sensoren immer häufiger Warnungen vor drohenden Begegnungen mit Objekten in Umlaufbahnen. Nach nervenzehrenden Sekunden stellte sich jedesmal heraus, dass es einen nahen Vorbeiflug anstelle einer möglichen Kollision geben würde, und Drake konnte den angehaltenen Atem ausstoßen. Ein Funksignal der *Teddy Roosevelt* verkündete das letzte Bremsmanöver zur Annäherung.

»Alles in Bereitschaft für den Übergang zu voller Kraft«, sagte Argos Cristobal nach Empfang der Meldung.

»Sie haben die Bordsprechanlage, Mr. Cristobal«, sagte Drake.

»Danke, Sir. Achtung, an alle. In fünfzehn Sekunden Triebwerke auf volle Leistung. Zehn … fünf … drei … zwei … eins. Los!«

Drake fühlte sich von einer übermächtigen Kraft derart in den Sitz gedrückt, dass er kaum einen Finger heben konnte. Nach mehreren Minuten errechnete der Bordcomputer, dass die Bedingungen für eine kreisförmige Umlaufbahn in tausend Kilometern Höhe erreicht waren. Elektronische Befehle gingen von der Brücke zu den Maschinenräumen im Zentralzylinder des Kreuzers, und die Energiezufuhr an die Photonentriebwerke wurde unterbrochen.

Schlagartig verschwand alles Schweregefühl. Die Federung des Beschleunigungssitzes stieß Drake vorwärts in die Gurte, wo er Sekunden später zur Ruhe kam. Stille folgte, die schließlich von Gregory Oldfields munterer Stimme durchbrochen wurde.

»Willkommen auf Erden, Leute! Willkommen in der Heimat!«

47

Für uns Menschen wird die Erde, gesehen aus niedriger Umlaufbahn, wahrscheinlich zu den schönsten und bewegendsten Bildern zählen, die es im Universum gibt. Sicherlich existieren Planeten, die bei weitem größer und farbenfroher sind, und andere, die eindrucksvolle Ringstrukturen oder zahlreiche Monde ihr Eigen nennen können. Es gibt sogar Welten in der terrestrischen Klassifikation, die ein leuchtenderes Blau, ein satteres Grün und ein Weiß wie von frisch gefallenem Schnee vorweisen können. Trotzdem ist die Erde für menschliche Augen noch immer die schönste aller Welten. Denn nirgendwo sonst kann man auf die Wiege der Menschheit hinabblicken. Nirgendwo sonst läßt die Grenze von Tag und Nacht die Umrisse sechstausend Jahre alter Pyramiden und die Schlangenlinie einer tausend Kilometer langen Steinmauer hervortreten. Auf keiner anderen Welt kann der Reisende die primitiven Konstruktionen aus Beton und Stahl sehen, von denen seine Vorfahren die ersten Flüge in den Weltraum unternahmen.

Besonders für die Altaner brachte die Betrachtung der Welt ihrer Vorväter aus der Höhe ein Gefühl von Verehrung und stiller Freude mit sich. Dennoch hatte sich der größte Teil der Besatzung am Ende des zweiten Tages in der Umlaufbahn am Anblick der Erde satt gesehen. Sie konnten es nicht erwarten, wieder auf festem Boden zu stehen, Luft einzuatmen, die frei vom metallischen, antiseptischen Geruch der Wiederaufbereitungsanlagen war, an der einzigen natürlichen Umgebung im Universum teilzuhaben, der die Menschheit von Natur aus angepasst ist.

Die *Discovery* und die *City of Alexandria* waren mehr als vierzig Stunden in der Umlaufbahn, als Gregory Oldfield endlich bekanntgab, dass ein Raumtransporter unterwegs sei, um die offizielle Verhandlungsdelegation am folgenden Tag zur Erdoberfläche zu bringen.

Als er nach den Gründen der Verzögerung gefragt wurde, nannte er Schwierigkeiten bei der Vorbereitung einer angemessenen Begrüßungsfeier. Admiral Gower scheute sich indessen nicht, den Verdacht auszusprechen, ob der Grund nicht viel mehr in den Schwierigkeiten der Zentralregierung zu suchen sei, sich auf eine Politik gegenüber ihren neu entdeckten Kolonien festzulegen.

Die Liste derjenigen, die der ersten Reisegruppe angehören sollten, war schon vorbereitet worden, als die verkleinerte Expeditionsflotte Goddard verlassen hatte. Die Verhandlungsdelegation würde aus Admiral Gower, Richard Drake, Phillip Walkirk und einem halben Dutzend Stabsoffizieren und Beratern bestehen. Richard Drakes Berater war Argos Cristobal, der Navigator der *Discovery*. Cristobal hatte die erbeuteten Navigationsdaten der Ryall gründlich studiert und würde ein wertvoller Sachkenner sein, wenn mit dem Interstellaren Rat ein Vertrag ausgehandelt wurde. Von der *City of Alexandria* nahmen Stanislaw Barrett, Graf Husanic, ihre beiden Berater, sechs Wissenschaftler und zwei Wirtschaftsfachleute teil. Auch Bethany Lindquist wurde der Delegation als Repräsentantin ihres Onkels beigeordnet, und Botschaftssekretär Oldfield übernahm die Rolle ihres irdischen Verbindungsoffiziers.

Als sie am nächsten Tag den Raumtransporter bestiegen, sorgte Richard Drake dafür, dass er und Bethany benachbarte Sitze erhielten. Sie sprachen sehr wenig während des Fluges zur *City of Alexandria*, wo ein Zwischenaufenthalt eingelegt und die restlichen Delegationsmitglieder an Bord genommen wurden. Schließlich, als sie vom Schiff abgelegt hatten und den langen Abstieg zur Erde begannen, wandte Drake sich an Bethany und sagte: »Sollten wir nicht für die Dauer unseres Aufenthalts einen Waffenstillstand schließen?«

»Ich weiß nicht, wovon du redest, Richard«, erwiderte sie steif.

»Du weißt verdammt gut, wovon ich rede, meine Liebe. Du bist immer noch wütend, weil Admiral Gower drohte, dich in den Bunker zu werfen.«

»Habe ich nicht ein Recht, zornig zu sein?«

»Damals hattest du es«, erwiderte er, »aber das war vor zehn Tagen. Gower tat, was er tun musste, und du machtest dabei das denkbar beste Geschäft. Inzwischen solltest du damit fertig geworden sein. Dieses Schmollen ist kindisch.«

Er bemerkte die Anzeichen einer drohenden Explosion und war überrascht, als sie nicht kam. Stattdessen lehnte Bethany sich zurück und betrachtete ihn mit mehr Ruhe und Gelassenheit, als sie es seit Tagen getan hatte. »Ich bin Admiral Gower nicht mehr böse. Wie du sagst, er tat, was er tun musste.«

»Wem bist du dann böse?«

»Dir.«

»Mir? Was habe ich getan?«

»Du schicktest mich hinüber, ohne auch nur anzudeuten, was Gower vorhatte.«

Drakes Blick suchte Gregory Oldfield. Der Erste Sekretär saß drei Reihen vor ihnen auf der anderen Seite des Mittelganges. Er war in ein angeregtes Gespräch mit seinem Sitznachbarn vertieft und schien nicht zu bemerken, was sonst noch um ihn herum vorging. Trotzdem dämpfte Drake seine Stimme zum Flüsterton, der vom Pfeifen der hohen Atmosphäre außerhalb des Rumpfes fast ausgelöscht wurde.

»Verdammt noch mal, ich konnte dich nicht warnen. Ich hatte meine Befehle. Außerdem war Gower absolut korrekt in seinem Verhalten dir gegenüber. Dieses Datenmaterial gehört uns. Wenn wir es der Zentralregierung überlassen, haben wir das Recht, einen fairen Preis dafür zu verlangen.«

»Was bringt dich auf den Gedanken, dass ihr diese Daten als Handelsware brauchen werdet?«, flüsterte Bethany zurück. »Woher weißt du, dass die Zentralregierung euch nicht alles geben wird, was ihr erbittet? Vielleicht gibt es keine Notwendigkeit, die Daten gegen Lösegeld zurückzuhalten.«

Drake zuckte die Achseln. »In diesem Fall werden wir das Material ohne Zögern der Zentralregierung aushändigen.«

»Und wenn über einen Plan, die Ryall aus dem Aezer-System zu vertreiben, keine Einigkeit gefunden werden kann?«

»Dann werden wir uns etwas anderes ausdenken. Niemand von uns hält dieses Datenmaterial für so wichtig, dass wir es länger als notwendig geheim halten müssten.«

Sie sah ihn scharf von der Seite an. »Ist das wirklich dein Ernst, Richard?«

»Selbstverständlich.«

Sie lächelte. »In diesem Fall sei dir vergeben.«

»Wollen wir das mit einem Kuss besiegeln?«

Ihr Lächeln gewann an Wärme. »Wenn es das richtige Protokoll ist …«

»Glaub mir, es ist das einzig richtige.«

Sie umarmten einander lange Sekunden, ohne auf die Mitpassagiere zu achten. Dann lehnten sie sich zurück und sahen, wie Mutter Erde sich unter ihnen ausbreitete. Vor dem Fenster tanzte der geisterhafte Schein erhitzter Gase, als der Raumtransporter wie ein Meteor durch die obere Atmosphäre raste. Tief unten lagen die menschenleeren Weiten der innerasiatischen Steppen und Wüsten in tiefer Dunkelheit. Da und dort nur verriet der matte Schimmer winziger Ansammlungen von Lichtern die Lage einer Stadt. Der Raumtransporter kreuzte den Terminator, rasch stieg die Sonne im Osten auf, und schon leuchtete unter weißen Wolkenwirbeln das Blau des Stillen Ozeans. Eine Inselkette zeigte sich in der ozeanischen Leere, und östlich davon markierten winzige Gevierte helleren grünblauen Wassers die Position schwimmender Meeresfarmen.

Der Raumtransporter verlor stetig an Höhe, und bald schob sich eine lange Küstenlinie aus dem Dunst voraus auf sie zu. Drake hatte die Flugroute des Raumtransporters studiert und wusste, dass er die Westküste des nordamerikanischen Kontinents vor sich hatte. Über einer weiten Bucht, um die sich krakenartig ein riesiger städtischer Ballungsraum ausbreitete, kreuzten sie die Küstenlinie.

Der Raumtransporter legte sich in eine Rechtskurve und hielt auf einen entfernten hellbraunen Schmutzflecken am Horizont zu. Zehn Minuten später war dieser zu einem Wüstengebiet angewachsen, in dessen Mitte sich die weitläufigen Anlagen eines Raumhafens erstreckten. Die Maschine ging in weiten Spiralen nieder, und der Boden näherte sich mit beängstigender Schnelligkeit. Dann wurde das Braun der Wüste zum schmutzigen Schwarz der Landebahn, und der Raumtransporter setzte mit dem Quietschen und Rumpeln von Niederdruckreifen auf, das seit einem halben Jahrtausend die Rückkehr zur Erde begleitete.

Sobald der Raumtransporter so weit verlangsamt hatte, dass er von der Landebahn abbiegen konnte, stand Gregory Oldfield auf und ging nach vorn, bevor er sich zu den anderen Fluggästen umwandte. »Willkommen im Mojave-Raumhafen. Im Abfertigungsgebäude wird es eine kurze Zeremonie geben. Danach werden wir eine Maschine nach Mexico City besteigen. Einstweilen bitte ich Sie, sitzen zu bleiben. Wir werden in ein paar Minuten vor dem Abfertigungsgebäude halten.«

Ciudad de México war die größte Metropole, die Bethany Lindquist je gesehen hatte. Von ihrem Zimmer in einem der Hochhäuser, die das Bild der inneren Stadt beherrschten, konnte sie über die uferlose Stadtlandschaft zu den Vulkanen Istacihuatl und Popocatepetl sehen. Viel näher und dadurch ähnlich eindrucksvoll, ragte das von Menschen errichtete Gebirge aus Beton und Glas, welches das Wirtschaftsministerium mit der internationalen Handelskammer und dem Rat für Interstellare Wirtschaftsbeziehungen und Zusammenarbeit beherbergte.

Mit einem Lächeln erinnerte sich Bethany, wie ihr ein ehrfurchtsvoller Schauer über den Rücken gegangen war, als sie zuerst diese archaischen, in den Marmor über dem Haupteingang gemeißelten Worte gelesen hatte. Hier schlug das eigentliche Herz des ganzen, von Menschen bewohnten Raums. Sie hatte immer gewusst, dass die Zentralregierung aus einer Handelsvereinigung hervorgegangen war. Die Ereignisse, durch welche diese Organisation den Rang einer internationalen Körperschaft und schließlich den einer souveränen Regierung erlangt hatte, waren Legende. An Ort und Stelle aber nahm sich alles ganz anders aus und prägte sich dem Gedächtnis nachhaltiger ein, als wenn man an einem Computerbildschirm darüber las.

Bethany blieb drei Tage in Mexico City. Der erste Tag brachte einen Auftritt vor dem Rat für Interstellare Wirtschaftsbeziehungen. Sie und die anderen Kolonisten saßen in der zentralen Rotunde des Rates, während ein Redner nach dem anderen die Besucher aus den verlorenen Systemen des Antares-Haufens begrüßte und pries. Doch spätestens nach einer halben Stunde fiel Bethany auf, dass die Reden voll von wohltönenden Phrasen und unverbindlichen Absichtserklärungen waren, aber bar aller konkreten Vorschläge oder Angebote.

Nach der allgemeinen Sitzung wurden die leitenden Persönlichkeiten der Helldiver-Expedition zu einem Regierungsempfang gebeten. Bethany versuchte in die Gruppe miteinbezogen zu werden, aber Admiral Gower weigerte sich mit dem nicht unfreundlich vorgebrachten Hinweis, dass sie nach eigenem Bekenntnis eine Interessenvertreterin der anderen Seite sei.

Während die Militärs, Wissenschaftler und Wirtschaftsexperten sich aufmachten, mit den jeweils zuständigen Ministern und ihren Beratern zusammenzutreffen, suchte Bethany die Bibliothek der *Universidad de México* auf, wo sie Zusammenfassungen des Geschichtsablaufs seit der Eroberung Aezers durch die Ryall abrief. Einigermaßen entmutigt musste sie feststellen, dass sich nicht viel geändert hatte, seit die Sandarer vom Rest der Menschheitshegemonie abgeschnitten worden waren. Der Krieg gegen die Ryall nahm seinen Fortgang, ohne dass ein Ende in Sicht wäre, und die militärische Lage hatte sich merklich verschlechtert.

Das war nicht ihre einzige beunruhigende Entdeckung. Zwei Stunden lang hatte sie Verlautbarungen der amtlichen Nachrichtenagentur überflogen, die bis in die Tage der Antares-Supernova zurückreichten. Dabei war sie auf eine beklagenswerte Tendenz gestoßen, die dem Laien leicht entgehen konnte, nicht aber dem geschärften Blick des Historikers. Als die ersten Nachrichten von Angriffen und Verwüstungen durch die Ryall die Erde erreicht hatten, war ein gewaltiges Kriegsfieber ausgebrochen. Enorme Geldsummen waren ausgegeben worden, um die Offensivkraft und die Verteidigungsbereitschaft zu verbessern. In weniger als einem Jahrzehnt war der von Menschen besiedelte Raum zu einem reibungslos funktionierendem Mechanismus zur Führung eines interstellaren Krieges organisiert worden. In dieser Periode waren die Faltpunkt-Verteidigungsanlagen des Sonnensystems konstruiert worden. Nahezu alle Systeme, die weniger als vier Faltpunktübergänge von der Ryall-Hegemonie entfernt waren, hatte man mit ähnlichen Verteidigungsanlagen versehen. Und drei Generationen lang hatte die Menschheit unermüdlich gearbeitet, um die Ryall zu bezwingen.

Dann, vor vierzig Jahren, hatte die Entschlossenheit der Menschheit erste Sprünge bekommen. Andeutungen nachlassenden Willens waren erkennbar geworden, als die Presse aufgehört hatte, vom Sieg zu sprechen und stattdessen in einer Art stillschweigender Gleichschaltung die Wendung ›Eindämmung der Zentauren‹ zu gebrauchen begann. Im Laufe der nächsten zwanzig Jahre kamen die Angriffsoperationen praktisch zum Stillstand, und noch mehr Mittel flossen in den Bau von Faltpunkt-Verteidigungsanlagen. Gegen Ende dieses Zeitabschnitts wurde es schon schwierig, Mittel für die defensive Kriegführung bewilligt zu bekommen.

Ungefähr zu der Zeit, als die Ryall das System Aezer eroberten, wurden defätistische Stimmen laut, und größere Gruppen, die sich zunächst als ›Friedensfreunde‹ tarnten, versuchten in den Entscheidungsgremien Fuß zu fassen und weitere Mittel für die Kriegführung zu blockieren. Das erste System, welches sich in einer kriegswichtigen Frage offen gegen die Zentralregierung stellte, war Scuylers Stern gewesen. Die Scuylerier erklärten sich für neutral und weigerten sich, ihre Quote an Schiffen und Personal für die jährliche Flottenaushebung zur Verfügung zu stellen. Die Rebellion war von der Großen Flotte, die Scuyler in einer unblutigen Operation besetzt hatte, niedergeschlagen worden, aber das Beispiel war von starker Wirkung auf andere Pazifisten.

Die Friedensbewegung ging nun in den Untergrund. Dabei war es nicht überraschend, dass die Erde selbst eines der stärksten Zentren der Bewegung war, hatte die Bevölkerung doch bis dahin die Hauptlast der Kriegsanstrengungen getragen. Hinzu kam, dass der Krieg für den durchschnittlichen Erdenbewohner weit entfernt war. Um das Sonnensystem zu erreichen, würden die Zentauren vier Faltpunktübergänge hinter sich bringen und ein Dutzend Flotten und vier Serien von Faltpunktverteidigungen überwinden müssen. Hinter dieser sicheren Barriere mehrfacher Verteidigungslinien sah der durchschnittliche Erdenbewohner nicht ein, warum er bis ans Ende seiner Tage eine erdrückende Steuer- und Abgabenlast tragen sollte, um »ein paar Kolonialwelten zu schützen, die selbst mehr zu ihrem Schutz beitragen sollten«. Diese Einstellung gewann immer mehr Anhänger, besonders in einigen größeren Nationalstaaten, die hartnäckig daran festhielten, dass sie de jure dem Interstellaren Rat gleichgestellt und je nach ihrer Bedeutung an der Zentralregierung beteiligt waren. Im Laufe der letzten zehn Jahre hatten die meisten Regierungen der Nationalstaaten unter dem Druck der allgemeinen Stimmung Resolutionen verabschiedet, die eine Verringerung der Kriegslasten verlangten.

Leicht deprimiert kehrte Bethany in ihr Hotel zurück. Es war eine vertraute Stimmung, hervorgerufen von einer allzu konzentrierten Dosis Geschichte, die sie sich in zu kurzer Zeit verabreicht hatte. Denn ebenso wie die Tagesnachrichten sich überwiegend aus schlechten Meldungen zusammensetzten, bestand die Geschichte aus Ereignissen und Entwicklungen, die sich in der Rückschau zumeist negativ ausnahmen. Bethany hatte die Weisheit jener alten chinesischen Verwünschung: »Mögest du in interessanten Zeiten leben!« schon während ihres ersten Studienjahres gelernt. Oft hatte sie gedacht, dass nur ein Historiker die subtile Tiefe dieser Erkenntnis wahrhaft würdigen konnte.

Als sie in ihr Zimmer kam, fand sie dort eine Botschaft vor, nach der sie zu einer Stadtbesichtigung von Ciudad de México eingeladen sei, und wenn sie daran interessiert sei, werde sie ein Fremdenführer am folgenden Morgen um sieben in der Hotelhalle erwarten.

Der Fremdenführer war eine selbstbewusste Blondine namens Ryssa Blenham, die nicht ganz zufällig auch die Tochter des Zweiten Koordinators für den Interstellaren Rat war. Beim Frühstück erfuhr Bethany, dass Ryssa von Galleria stammte, aber schon seit vielen Jahren in Mexico City lebte. Die beiden verbrachten den Vormittag mit dem Besuch von Museen, Kirchen des 16. Jahrhunderts im spanischen Kolonialstil und verschiedenen Bauwerken aus der Vergangenheit der Stadt. Mittags führte Ryssa sie zu einem der Straßencafés, die beide Seiten eines breiten Boulevards schmückten. Die beiden Frauen aßen ein leichtes Mittagessen aus Gazpacho und Salat und erzählten einander von ihrer Kindheit. Dann wandte sich die Unterhaltung unausweichlich Bethanys Stellung in der Helldiver-Expedition zu.

»Ich hörte, dass Sie Diplomatin sind«, sagte Ryssa. Bethany stellte das Weinglas auf den Tisch zurück und lachte. »Nur im weitesten Sinne.« Sie erklärte Ryssa die Geschichte ihrer Familie, aus der sich ihre Ernennung zur offiziellen Vertreterin des irdischen Botschafters auf Alta ergab. Sie habe, erläuterte sie, an der Expedition nur teilgenommen, um die angesammelten Depeschen und Berichte der Botschaft der zuständigen Persönlichkeit im Außenministerium zu übergeben.

»Aber diese Depeschen und Berichte sind über ein Jahrhundert alt, nicht wahr?«, fragte Ryssa.

Bethany nickte. »Einige davon.«

»Dann müssen sie viele Geheimnisse enthalten, um nach all dieser Zeit noch wichtig zu sein.«

»Im Gegenteil, die meisten betreffen alltägliche Angelegenheiten. Die Jahresabrechnungen irdischer Liegenschaften auf Alta, Berichte über politische Aktivitäten der Botschaft, Listen von Passerneuerungen, Berichtigungen von Einwanderungspapieren, standesamtliche Urkunden, solche Dinge.«

»Aber sicherlich werden Sie all diese Mühe nicht bloß auf sich genommen haben, um Akten des routinemäßigen Geschäftsgangs abzuliefern? Wenn es ist, wie Sie sagen, wer wird das Zeug lesen wollen?«

Bethany zuckte die Achseln. »Ich bezweifle, dass jemand sich die Mühe machen wird. Bis auf den Begleitbrief meines Onkels ist alles ziemlich trockene Materie.«

Ryssa schüttelte den Kopf. »Dann scheint mir, dass Sie einen langen Weg umsonst gemacht haben.«

Bethany lehnte sich in ihrem Stuhl zurück und betrachtete ihre Begleiterin aus schmalen Augen. Etwas an der Frage verursachte ihr Unbehagen, und sie suchte nach den rechten Worten, um Ryssa den tieferen Sinn zu erklären.

»Nicht der Inhalt der Depeschen und Berichte meines Onkels ist wichtig, Ryssa. Wichtig ist vielmehr das Prinzip, das sie verkörpern.

Granville Whitlow leistete einen Eid, mit dem er sich verpflichtete, die Interessen der Erde auf Alta wahrzunehmen. Er verbrachte sein Leben damit, diesem Eid gerecht zu werden. Seine Nachkommen haben über sechs Generationen das Gleiche getan. Die Berichte und Papiere, die ich bei mir habe, sind das Produkt dieser sechs Lebensspannen. Wenn ich sie den zuständigen Autoritäten übergebe, werde ich sagen können, dass diese sechs Leben etwas zählten.«

»Es hört sich so an, als wäre es Ihnen sehr wichtig.«

»So ist es. *Sehr* wichtig.«

»In diesem Fall kann ich vielleicht mit meinem Vater darüber sprechen.«

Am nächsten Morgen erhielt Bethany einen Anruf von einer freundlichen jungen Frau mit spanischem Akzent, die ihr mitteilte, dass sie um zehn Uhr im Ministerium für Auswärtige Angelegenheiten erwartet werde, und ob das der Señorita Lindquist angenehm sein würde. Nachdem sie der Anruferin versichert hatte, dass sie kommen würde, verbrachte Bethany den Rest des Morgens mit Vorbereitungen auf die Audienz.

Sir Joshua Blenham, Staatssekretär im Außenministerium und Delegierter beim Interstellaren Rat, war ein schwerer, massiger Mann mit bedächtigen Bewegungen, einem buschigen Schnurrbart und Runzeln um die Augen. Seine Stimme neigte zum Dröhnen, wenn er sprach, aber Bethany fühlte sich in seiner Gegenwart sofort entspannt. Mit Blenham waren drei weitere Männer im getäfelten Büro. Zwei von ihnen erkannte sie als Beamte, die Richard Drake und die anderen leitenden Mitglieder der Helldiver-Expedition nach dem Empfang am ersten Tag weggeführt hatten. Der dritte Mann war ihr unbekannt.

»Miss Bethany Lindquist, darf ich Ihnen Raoul Letterier, Alphonse Grast und Kelton Dalwood vorstellen?«, sagte Blenham und wies nacheinander auf die drei Anwesenden. »Ich werde Sie nicht mit ihren überlangen Titeln und Geschäftsbereichen langweilen. Sagen wir nur, dass sie die für Ihre Kolonie und die der Sandarer zuständigen Ressortleiter sind. Meine Herren, Miss Lindquist ist eine Loyalistin, die manchem zum Vorbild gereichen kann.«

»Das entnahm ich dem Bericht des Ersten Botschaftssekretärs Oldfield«, sagte Letterier. »Offen gesagt, Miss Lindquist, ich bin erstaunt, dass es auf Alta noch Menschen wie Sie und Ihren Onkel gibt.«

»Wieso, Mr. Letterier?«

»Seit dem Ausbruch der Antares-Supernova ist viel Zeit vergangen. Um ehrlich zu sein, wir hatten Sie beinahe vergessen. Und wir hatten angenommen, dass Sie auch uns vergessen haben. Kolonisten zu finden, die nach all dieser Zeit der alten Heimat und der Zentralregierung in Treue verbunden sind, ist erstaunlich.«

»Vielleicht missverstehen Sie«, erwiderte Bethany. »Mein Onkel ist dieser gegenwärtigen Zentralregierung und dem derzeitigen Interstellaren Rat nicht treuer verbunden als Sie der Regierung, die in der Zeit herrschte, als Granville Whitlow die Erde verließ, um seinen Dienst in Alta anzutreten. Mein Onkel ist der Erde als Heimat und verbindendem Element aller Menschen loyal, als dem ideellen und kulturellen Mittelpunkt der Menschheit, ohne den der Zusammenhalt verloren gehen würde.«

»Sie haben Recht, Miss Lindquist. Ich hatte das wohl nicht richtig verstanden.«

»Auf Alta, meine Herren, ist die Erde wie eine Legende. Sie ist wie ein Märchenland, wo die Städte mit Gold gepflastert sind und die Gerechtigkeit immer triumphiert. Ihre Führer sind die weisesten, ihre Gerichtshöfe die gerechtesten, ihre Freiheiten die größten. Sie ist ein Idealbild, dem alle anderen nachstreben müssen. Das ist die Erde, deren loyaler Diener mein Onkel ist.«

»Sie scheinen andeuten zu wollen, dass wir hinter dem Idealbild zurückbleiben«, meinte Blenham.

»Vorgestern verbrachte ich einige Zeit in der Universitätsbibliothek. Nach dem, was ich dort feststellte, habe ich allerdings meine Zweifel.«

»Sicherlich erwarteten Sie nicht, dass diese Welt das legendäre Märchenland sein würde, das Sie beschrieben haben«, sagte Letterier.

»Nein, gewiss nicht«, erwiderte Bethany. »Aber ich erwartete nicht, eine Welt zu finden, die der Bedrohung durch die Ryall in Resignation und Apathie gegenübersteht.«

»Und das glauben Sie festgestellt zu haben?«

»Nach meinem – zugegebenermaßen flüchtigen – Studium der Ereignisse und Entwicklungen der vergangenen hundert Jahre gewann ich diesen Eindruck.«

»Nun, dann können wir Sie vielleicht vom Gegenteil überzeugen«, sagte Blenham. »Kehren wir einstweilen zum Nächstliegenden zurück. Ich hörte, Sie haben diplomatische Depeschen und Berichte für mich. Haben Sie das Material bei sich?«

»Ja, Sir«, sagte Bethany. Sie griff in ihre Handtasche und nahm die Datentafel heraus, auf der die administrativen Einzelheiten von 127 Jahren Botschaftstätigkeit festgehalten waren. Sie übergab sie Blenham.

Sir Joshua hielt die Tafel zwischen Daumen und Zeigefinger und betrachtete das Farbenspiel der holographischen Interferenzmuster, bevor er sie auf den Schreibtisch legte. Auf ein Zeichen von ihm standen die drei anderen mit ihm auf. Ratlos tat Bethany es ihnen nach.

Blenham kam mit einem kleinen Etui in den Händen um den Schreibtisch. Er machte vor Bethany halt und nahm etwas aus dem Etui. Dann räusperte er sich und sagte in förmlichem Ton: »Bethany Lindquist, kraft meines Amtes und im Namen des Ministers für Auswärtige Angelegenheiten verleihe ich Ihnen für Botschafter Clarence Whitlow, Chef der Mission auf Valeria IV, den Verdienstorden Erster Klasse des diplomatischen Dienstes, mit allen Rechten und Privilegien, die dazugehören. Des Weiteren danke ich Ihnen im Namen meiner Regierung und des Interstellaren Rates für Ihre und Ihrer Familie Loyalität während der vielen Jahre unbelohnten und aufopfernden Dienstes.«

Bethany traten Tränen in die Augen, als Blenham die goldene Medaille an ihrem regenbogenfarbenen Seidenband über ihren Kopf hob und ihr um den Hals hängte. Dann küsste er sie auf beide Wangen, und die drei anderen schüttelten ihr feierlich die Hand.

»Was, nichts zu sagen?«, fragte Blenham nach der Zeremonie.

»Ich danke Ihnen im Namen meines Onkels«, sagte Bethany und schniefte verhalten. »Diese Auszeichnung wird meinen Onkel all die Jahre des Gespötts vergessen machen.«

Letterier lächelte. »Sie mögen es nicht wissen, Miss Lindquist, aber mit dieser Auszeichnung ist eine Ehrenrente von jährlich einhunderttausend Stellaren verbunden. Ihr Onkel ist ein reicher Mann.«

»Können wir weitermachen, Sir Joshua?«, fragte der Mann, der als Alphonse Grast vorgestellt worden war.

»Sie sind so ungeduldig, Alphonse.« Blenham seufzte. »Aber es lässt sich leider nicht leugnen, dass wir einen vollen Terminplan haben. Miss Lindquist, wenn es Ihnen recht ist, würde Mr. Grast Ihnen gern ein paar Fragen stellen.«

»Welche Fragen?«, fragte Bethany, als sie wieder an den Stuhl trat, wo sie gesessen hatte.

»Ich bin Mitglied des Admiralsstabs der Großen Flotte, Miss Lindquist. Ich stehe im Rang eines Fregattenkapitäns bzw. Commanders und bin dem militärischen Nachrichtendienst zugeordnet. Ich würde es zu schätzen wissen, wenn Sie mir einige Fragen beantworten könnten.«

»Natürlich, wenn es mir möglich ist.«

Grast blickte ihr fest in die Augen. »Bitte sagen Sie uns, wie es kommt, dass Sie einen gefangenen Ryall an Bord Ihres Schiffes haben.«

»Sie lügt!«

Sir Joshua Blenham, der eben Bethany Lindquist zur Tür begleitet und seinen Sekretär angewiesen hatte, sie aus dem Gebäude zu geleiten, wandte sich um und musterte Commander Grast mit einem Ausdruck äußersten Missvergnügens. »Müssen Sie immer so direkt in Ihren Behauptungen sein, Alphonse? Kaum ist unser Gast gegangen, da ziehen Sie ihren Charakter schon in den Schmutz.«

»Ich stelle bloß eine Tatsache fest, Sir Joshua. Sie belügen uns alle. Wir brauchen keinen Fachmann in Stressanalyse, um das zu erkennen. Haben Sie gesehen, wie ihr ganzer Körper sich anspannte, als wir den gefangenen Ryall an Bord ihres Flaggschiffes erwähnten? Sie zuckte zusammen, als hätte ich sie mit einer Nadel gestochen.«

»Ich muss zustimmen, Sir Joshua«, sagte Raoul Letterier. »Ich beobachtete die junge Dame sehr genau. Es ging wie ein elektrischer Schlag durch ihren Körper, als Alphonse sie nach dem Ryall fragte.«

»Vielleicht hing es mit dieser Forschung zusammen, die sie angeblich betreibt«, meinte Blenham. »Was halten Sie davon, Mr. Dalwood?«

Der Mann, der als Kelton Dalwood vorgestellt worden war, war in Wirklichkeit ein Techniker und Spezialist für die Analyse von Stressfaktoren in der Stimme und ihrer Ausdeutung. Während die drei anderen mit Bethany gesprochen hatten, hatte er heimlich ihre Stimme aufgezeichnet. Nun studierte er die Aufzeichnung. Blenhams Frage ließ ihn aufblicken.

»Verzeihen Sie, Sir Joshua, was sagten Sie eben?«

»Die Frage ist, Mr. Dalwood, ob Miss Lindquist überempfindlich auf Fragen nach dieser Forschung reagiert, die sie an dem Ryall an Bord ihres Schiffes durchführt.«

»Nein, Sir. Ihr Stressniveau war während der Zeit, als sie ihre Forschung erläuterte, relativ niedrig. Es scheint mehr die Tatsache zu sein, dass wir von diesem bestimmten Ryall wissen, die sie verschreckt hat.«

»Können Sie den Grund daraus folgern, Mr. Dalwood?«, fragte Grast.

»Nein, Sir. Es wurden nicht genug Fragen gestellt, um das zu bestimmen.«

»Beschränken wir unsere Diskussion nicht auf diese Frau, meine Herren«, sagte Letterier. »Haben Sie eine Erklärung für diese anomalen Ablesungen, die wir bei allen Kolonisten zu bekommen scheinen, Mr. Dalwood?«

»Nein, Sir. Ich kann nur sagen, dass die Spannungsebene dieser Leute steil über die Skala hinaus ansteigt, wenn wir sie entweder nach ihrem Flug durch den Ringnebel oder nach den Ryall fragen.«

»Mein Gott! Könnte es sein, dass die Ryall auch herausgebracht haben, wie sie unbeschadet durch die Reststrahlung der Novaexplosion fliegen können?«, fragte Letterier.

»Unwahrscheinlich«, sagte Commander Grast. »In diesem Fall wären wir schon in mindestens einem halben Dutzend Systemen angegriffen worden.«

»Könnte es diese strahlungsabweisende Technik sein, deren Geheimnis sie zu schützen suchen?«

Der Stress-Spezialist schüttelte den Kopf. »Wir haben inzwischen ein knappes Dutzend getestet, und sie zeigen alle eine sehr freimütige Reaktion, wenn jemand Fragen nach ihrer strahlungsabweisenden Technik stellt. Sie erklären dem Fragesteller, dass sie uns diese Technik herzlich gern zur Verfügung stellen würden, zuvor aber ein förmliches Abkommen unterzeichnet werden müsse. Ihre Reaktion ist die eines aufgeklärten Eigeninteresses, nicht eines sublimen Schuldgefühls, das zuerst den Verdacht in uns weckte, dass sie etwas vor uns verbergen.«

»Nun, meine Herren, wir werden der Sache nicht näher kommen, wenn wir in diesem Büro beisammensitzen«, erklärte Blenham. »Ich schlage vor, wir hören uns weiterhin an, was sie uns sagen, und halten Augen und Ohren offen. Inzwischen wird Miss Lindquist vielleicht auf unser Angebot eingehen, ihr bei der Ryall-Forschung zu helfen.«

Grast nickte befriedigt. »Wenn es uns gelingt, die Bestie in unsere Vernehmungsräume zu bekommen, werden wir alles erfahren können, was sie weiß.«

»Einstweilen wollen wir unsere Gäste weiterhin als Gäste behandeln. Vielleicht werden sie uns ihr Geheimnis schließlich aus eigenem Antrieb verraten.«

»Und wenn nicht?«, fragte Raoul Letterier.

»Dann werden wir einen anderen Weg finden müssen, nicht wahr?«

48

Richard Drake war seit zwei Tagen in Mexico City und hatte bisher wenig mehr gesehen als das Innere von Konferenzräumen. Die Verhandlungsdelegation hatte sich im Anschluss an ihren Empfang durch die Regierung und die Repräsentanten des Interstellaren Rates in einzelne Arbeitsgruppen aufgelöst. Die diplomatisch-politische Arbeitsgruppe bestand aus Stan Barrett, Graf Husanic und ihren beiden Beratern. Die vier Diplomaten begleiteten den Ersten Botschaftssekretär Oldfield zur zuständigen Abteilung des Außenamtes, wo über die Einzelheiten der Wiedererrichtung diplomatischer Beziehungen verhandelt wurde. Es ging dabei um Fragen wie die diplomatische Anerkennung, Reisedokumente, Quarantänebestimmungen und die Ausarbeitung von Wunschlisten für Handelsabkommen.

Die Wissenschaftler hatten allein oder in Begleitung einheimischer Fachkollegen die lokalen wissenschaftlichen Institutionen aufgesucht, um sich mit den technischen Entwicklungen vertraut zu machen, die eingeführt worden waren, seit Sandar vom Rest der menschlichen Hegemonie isoliert worden war. Wichtigstes Hilfsmittel waren dabei die verschiedenen Fachbibliotheken in der Stadt und in ihrem Umkreis. Professor Alvarez, dessen Aufgabe die Bestimmung der Fortschritte war, die man in der Entschlüsselung erbeuteter Ryalltechnik gemacht hatte, gehörte zu jenen, die in der Bibliothek der *Universidad de México* ihren Nachforschungen nachgingen. Nach einer Unterweisung durch Bibliothekare der Universität über die Verfahrensweise beim Abruf von Informationen hatte Alvarez sich zu einem der geräumigen Studienbereiche führen lassen. Als er an einer Reihe von Datenanschlüssen vorbeiging, fand er Bethany Lindquist an einem der Arbeitsplätze.

Er blieb neben ihr stehen. »Ich sehe, dass wir wieder Forschungspartner sind.«

Erschrocken blickte Bethany auf, sah, wer es war, und lächelte. »Hallo, Professor. Was bringt Sie hierher?«

»Ich versuche gerade, in meinem Fachbereich den Anschluss zu finden«, antwortete er. »Und Sie?«

»Das Gleiche. Ich studiere die Geschichte der letzten hundert Jahre aus dem irdischen Blickwinkel.«

»Das kann sehr zeitaufwändig sein.«

»Nicht bei der Rate, in der ich das Material überfliege. Um einen ersten Überblick zu bekommen, habe ich mir für jede Dekade ein Zeitlimit von zehn Minuten gesetzt.«

»Können Sie dabei was lernen?«

»Etwas natürlich. Es ist aber noch zu früh, um Genaueres zu sagen. Komplexere Sachverhalte muss ich mir nachher gesondert vornehmen.«

»Nun, ich muss weiter. Gute Jagd.«

»Ihnen auch, Professor!«

Wie die Zivilisten, hatten die altanischen und sandarischen Marineoffiziere eine Arbeitsgruppe mit ihren Kameraden von der Erde gebildet. Während die diplomatisch-politische Arbeitsgruppe im Regierungsgebäude beriet, wurden die Militärs quer durch die Stadt zu den Vorbergen der Serrania del Ajusco transportiert. Dort befand sich das Hauptquartier der Großen Flotte, ein glasverkleideter Wolkenkratzer, dessen Proportionen den Bergen im Hintergrund Konkurrenz machten.

Die erste Zusammenkunft war der beiderseitigen Orientierung gewidmet. Auf der Seite der Kolonisten gaben Drake und Gower Einblicke in die militärische Stärke ihrer jeweiligen Systeme. Darüber hinaus hielt Admiral Gower einen detaillierten Vortrag über die sandarischen Flottenoperationen gegen die Ryall, verbunden mit einer freimütigen und objektiven Einschätzung der Schlacht von Sandar, welche die Kolonisten beinahe verloren hätten. Fragen von Admiral

Ryerson und Großadmiral Belton, dem Stabschef der Großen Flotte, verzögerten das Ende der Sitzung bis weit über die normale Mittagszeit hinaus.

Nach einem Imbiss im Speisezimmer des Admiralstabs fiel den Gastgebern die Aufgabe zu, ihrerseits die Altaner und Sandarer über die Lage zu orientieren. Die Aufgabe fiel einem Commander Muñoz zu, einem drahtigen kleinen Mann mit einem harten kastilischen Akzent. Muñoz begann seinen Überblick über die militärische Lage in der Menschheitshegemonie mit einer Darstellung der relativen Stärken, Gefechtstaktiken und Strategien, die von den Flotten beider Kriegsparteien während des vergangenen Jahrhunderts eingesetzt wurden. Dann begann er mit einer detaillierten Analyse der Flottenoperationen während der siebzehn Jahre seit dem Fall von Aezer.

Vier Stunden später glaubte Drake, der Kopf müsse ihm zerplatzen, so umfangreich war die Masse der Informationen. Trotz dieser enormen Materialfülle aber schälte sich ein düsterer Gesamteindruck heraus. *Homo sapiens* und *Centaurus sapiens* hatten sich in einem Kampf auf Leben und Tod ineinander verbissen, einem Ringen, das die Zentauren gewannen.

Als Antares explodierte, hatte er die von Menschen und Ryall beherrschten Räume durch drei Sternsysteme – Aezer, Constantine und Klamath – miteinander verbunden. In einem weiteren System, Napier, hatte die Druckwelle der Explosion vorübergehend eine vierte Faltpunktverbindung zwischen den beiden Bereichen geschaffen. Zum Unglück für alle Beteiligten hatte der zeitweilige Faltpunkt im Napier-System lange genug Bestand, dass beide Arten von der Existenz der jeweils anderen erfahren hatten, und dass die Ryall ihre ersten Angriffe gegen New Providence hatten führen können.

Die beiden folgenden Jahrzehnte hatten ein stetiges Anwachsen der Zahl und Heftigkeit der Angriffe gegen den von Menschen besiedelten Raum gesehen. Diese Angriffe hatten zu einer massiven Verteidigungsanstrengung geführt. Man hatte Faltpunkte befestigt, eine große Zahl von Kriegsschiffen gebaut und die Industrie auf die Bedürfnisse der Kriegswirtschaft umgestellt. Diese frühen Jahre hatten auch eine Anzahl weiträumiger Angriffsoperationen gegen die Zentauren mit sich gebracht. Allerdings war es der großen Flotte und ihrer Hilfskräfte trotz einiger Anfangserfolge nicht gelungen, das Vordringen der Ryall in eigenes Territorium aufzuhalten. Trotz aller Anstrengungen konnten sie das Vorrücken der Zentauren lediglich verlangsamen.

Constantine war als erstes System verloren gegangen, und mit ihm eine wertvolle Welt, die erst dreißig Jahre zuvor besiedelt worden war. Die Überlebenden waren zum benachbarten System Hallowell geflohen. Dort hatte die Große Flotte einen entschlossenen Vorstoß der Ryall gegen den Faltpunkt Hallowell-Constantine abgewehrt. Danach hatten beide Parteien ihre jeweiligen Seiten der Faltpunktverbindung befestigt. Der natürliche Vorteil, den jeder Faltpunkt einem Verteidiger verschaffte, führte zu einer Pattsituation, die mehr als fünfzig Jahre angedauert hatte.

Das zweite an die Ryall verloren gegangene System war Aezer. Dieser Verlust hatte die Isolation Sandars mit sich gebracht und fünf verlustreiche Versuche zur Wiedergewinnung des Systems ausgelöst.

Drake brauchte nicht nach den Kämpfen um das dritte System, Klamath, zu fragen; er hatte einen stummen Zeugen des Ausgangs gesehen, als das Wrack der *Conqueror* durch den Valeria-Faltpunkt getrieben war.

Als Drake der Litanei der Niederlagen und Fehlschläge lauschte, zu denen Commander Muñoz die bestmögliche Miene zu machen bestrebt war, wurde ihm plötzlich klar, dass hier die Bestätigung war: Auf der Erde wusste man nichts von der wahren Natur der Ryall-Hegemonie. Hätten sie gewusst, dass diese einen einzigen kompakten Faltraumhaufen umfasste, wäre es nicht notwendig gewesen, von einer Streitmacht der Ryall auszugehen, deren Stärke nach Drakes Meinung um 300 Prozent zu hoch gegriffen war.

Auch waren nicht alle Rückschläge auf dem Schlachtfeld gekommen. Es war unvermeidlich, dass der lange, erfolglose Krieg auch an der Heimatfront seinen Tribut fordern würde. Außerstande, den Feind aus einem der Zugangssysteme zur Ryall-Hegemonie zu werfen, und unter dem Druck zunehmender Kriegsmüdigkeit, die zur Erosion öffentlicher Unterstützung für die kräftezehrenden und kostspieligen Kriegsanstrengungen geführt hatte, war die Große Flotte zu einer Strategie der Defensive übergegangen. Sie begann die verfügbaren Mittel mehr und mehr für Anlagen zur Faltpunktverteidigung auszugeben, statt den Kampf zu den Ryall zu tragen.

Es war eine wortkarge und niedergeschlagene Gruppe altanischer und sandarischer Offiziere, die an diesem Abend zu ihrem Hotel zurückkehrte. Denn im Gegensatz zu den Erdbewohnern, welche die Gesamtlage wie eine natürliche, lebenslange Entwicklung sahen, war sie für die Altaner schlagartig gekommen, während die Sandarer, auf sich selbst gestellt, seit Generationen einen Überlebenskampf führten. Aber sie wussten, dass der tiefere Grund für die Schwierigkeiten der Menschheit in der scheinbaren Fähigkeit der Ryall lag, überall gleichzeitig zu sein. Und im Gegensatz zu ihren Gesprächspartnern auf Erden erkannten sie die Gefahr, die von dieser Fähigkeit für die künftige Existenz der Menschheit ausging.

Die nächste Zusammenkunft fand am nächsten Vormittag im selben Konferenzraum statt, aber mit einer größeren Zahl von Teilnehmern. Nachdem die Anwesenden miteinander bekannt gemacht worden waren, überließ Admiral Belton das Rednerpult Admiral Gower, der erläuterte, dass altanische und sandarische Strategen einen Plan zum Aufbrechen des Systems Aezer ausgearbeitet hätten. Er schloss mit den Worten: »Mit Ihrer Erlaubnis, Admiral Belton, werde ich das Wort nun an meinen Chefstrategen, Konteradmiral Sir Garrett Foster weitergeben. Er wird im Einzelnen erklären, was wir uns vorgenommen haben.«

Foster war ein typisches Produkt der sandarischen Marineakademie, ein schweigsamer Mann mit strengen Zügen und einer unaufdringlichen Stimme, die sich nichtsdestoweniger Geltung zu verschaffen wusste. Er schritt ans Rednerpult neben dem holographischen Projektionsraum und wandte sich seinen Zuhörern zu.

»Guten Tag, meine Herren. Ich möchte heute mit einer Betrachtung der gegenwärtigen Situation im Antareshaufen beginnen. Darf ich bitten, die Beleuchtung zu dämpfen?« Die Lampen wurden zu mattem Dämmerlicht gedimmt, und die Projektion leuchtete auf. Eine Karte der Faltraumtopologie zeigte die gesamte Struktur des Antareshaufens. »Sie sehen, dass es zwischen Hellsgate und dem von uns beherrschten Raum nach der Nova nur eine einzige konventionelle Sequenz von Faltraumübergängen gibt. Wer von Sandar aus die Erde erreichen möchte, muss zuvor die Übergänge zwischen den Systemen Hellsgate, Aezer, Hermes, Sacata, Carswell und Vera benutzen.

Unglücklicherweise durchtrennten die Ryall vor siebzehn Jahren die Verbindung zwischen Sandar und dem Rest unseres Herrschaftsbereiches, indem sie das System Aezer unter ihre Kontrolle brachten. Seit jener Zeit haben unsere Streitkräfte von beiden Seiten versucht, die Blockade zu durchbrechen, doch ohne Erfolg.« Foster wandte sich von der Darstellung ab und überblickte sein Publikum. »Was, meinen Sie, wäre geschehen, wenn wir imstande gewesen wären, diese Angriffe zu koordinieren?«

»Das ist kaum relevant, Sir Garrett«, erwiderte Admiral Ryerson. »Nachdem die einzige Verbindung zwischen uns durchtrennt war, hatten wir keinerlei Möglichkeit, Ihnen unsere Pläne mitzuteilen.«

»Sehr richtig, Admiral«, sagte Foster und wandte sich wieder der Projektion zu. »Es ist eines der Grundprinzipien des Universums, dass alle Kommunikationen bis auf jene, die über Faltpunktverbindungen laufen, an die Lichtgeschwindigkeit gebunden sind. Hätten wir Ihnen eine Radiobotschaft geschickt und darin unsere Pläne zur Wiedergewinnung Aezers dargelegt, so würde diese Botschaft noch in hundert Jahren unterwegs sein, bevor sie hier einträfe. Das Gleiche wäre der Fall, wenn Sie uns eine ähnliche Botschaft gesendet hätten. Ohne Kommunikation gibt es keine Koordination; ohne Koordination keine Hoffnung auf Sieg.

Das war das Ergebnis des Verlustes dieser Schlüsselposition. Indem sie unsere Fähigkeit zu gemeinsamem Handeln zerstörten, sicherten die Ryall die Aezer-Faltpunkte gegen gleichzeitige Angriffe. Dies gibt ihnen die Möglichkeit, ihre gesamten Streitkräfte dort zu konzentrieren, wo ein Faltpunkt angegriffen wird, und sie notfalls rasch auf die andere Seite des Systems zu verlegen. Bisher war die Gefahr, dass beide Faltpunkte gleichzeitig angegriffen würden, allerdings so gering, dass sie sich darum nicht zu sorgen brauchten.«

Foster überblickte sein Publikum und gab seinen Worten Zeit, ihre Wirkung zu entfalten. Als er fortfuhr, hatte er ein grimmiges kleines Lächeln im Gesicht. »Ich bin hier, um Ihnen zu sagen, dass die Lage sich geändert hat, meine Herren. Ganz offensichtlich, sonst würde ich nicht hier stehen.

Was sich geändert hat, ist im Wesentlichen die Tatsache, dass wir und die Altaner ein strahlungsabweisendes Feld entwickelt haben, welches unseren Schiffen erlaubt, den Antares-Ringnebel in der Nachbarschaft des Neutronensterns zu durchdringen. Damit haben wir die Blockade Aezers durch die Ryall umgangen und die Verbindung mit dem Rest unseres Herrschaftsbereichs wiederhergestellt.

Damit haben wir aber auch ein Mittel geschaffen, die Ryall aus dem System Aezer zu vertreiben. Diesmal können wir den Zeitpunkt unserer Angriffe koordinieren.«

»Schlagen Sie einen gleichzeitigen Angriff zu beiden Seiten des Systems vor?«, fragte Admiral Ryerson.

»Nein, Sir«, antwortete Foster. »Ein gleichzeitiger Angriff würde bedeuten, dass wir unsere beiden Streitkräfte gegen Faltpunktverteidigungen voller Abwehrkraft einsetzen müssten. Nein, wir haben uns eine subtilere Strategie ausgedacht. Sehen Sie, die Ryall wissen, dass sie Sandar schwer getroffen haben. Jeder unserer Gegenangriffe auf Aezer wurde verlustreich abgeschlagen, und in der Schlacht um Sandar erlitten wir abermals schwere Verluste. Unser Admiralstab ist der Auffassung, dass der Ryall-Kommandeur im System Aezer uns als ernsthafte Bedrohung abgeschrieben hat. Es schmerzt mich, Ihnen zu sagen, dass er in dieser Einschätzung der Realität nahe kommt.

Deshalb geht unser Vorschlag dahin, dass die Große Flotte eine Kampfgruppe durch den Antares-Ringnebel nach Hellsgate entsendet. Dort wird sie durch altanische und sandarische Streitkräfte verstärkt. Zu einem vorher festgelegten Zeitpunkt wird eine zweite Kampfgruppe vom System Hermes einen Ablenkungsangriff gegen Aezer führen. Dieser Angriff wird das Ziel haben, feindliche Streitkräfte vom Faltpunkt Aezer-Hellsgate abzuziehen und nach Aezer-Hermes zu verlegen. Dann, wenn ihre Verteidigung nach unserem Urteil geschwächt ist, wird die Kampfgruppe im System Hellsgate den Faltpunkt nach Aezer angreifen und die verbliebenen Verteidigungskräfte vernichten.

Sobald unserer Kampfgruppe der Ausbruch aus dem Faltpunkt gelungen ist, wird sie sich in zwei Gruppen teilen. Die erste wird den dritten Faltpunkt des Systems besetzen, der in den vom Feind beherrschten Raum führt. Dort wird sie sich bereithalten, alle eindringenden Verstärkungen der Ryall zu vernichten. Die zweite Gruppe wird das System durchqueren und die Aezer-Hermes-Verteidigung von hinten angreifen und den Faltpunkt so für die Kampfgruppe Hermes freimachen. Sobald wir Aezer mit starken Streitkräften besetzt haben, sollte es uns möglich sein, das System gegen jeden Angriff der Zentauren zu halten.«

»Ein interessanter Plan«, sagte Admiral Ryerson. »Haben Sie ihn analytisch durchgearbeitet?«

»Wir haben«, erwiderte Foster. »Wir erwarten eine fünfundachtzigprozentige Erfolgschance, wenn wir zwei Kampfgruppen einsetzen, und sogar eine siebenundneunzigprozentige, wenn wir drei Kampfgruppen verwenden.«

»Wir werden Ihre Daten überprüfen müssen.«

»Selbstverständlich«, antwortete Admiral Gower von seinem Platz neben Drake.

Während der nächsten sechs Stunden diskutierten die Konferenzteilnehmer über eine Unzahl von Einzelheiten, die berücksichtigt werden mussten, um den geplanten Angriff erfolgreich durchzuführen. Zwei Kampfgruppen mussten mit strahlungsabweisenden Feldern ausgerüstet werden, und ein erhebliches Potenzial an Hilfsschiffen wurde für einen so starken Flottenverband benötigt. Schließlich setzte die Operation voraus, dass die Präsenz der Großen Flotte in anderen Bereichen der Hegemonie vermindert werden musste. Und schließlich waren die Kosten des Unternehmens zu bedenken. Als die Sonne hinter den nahen Bergen unterging und azurblaue Schatten sich über das Hauptquartier legten, beendete Admiral Belton die Diskussionen. »Wir haben für heute genug getan, meine Herren. Major Krael, wie lange werden Sie brauchen, um diese Vorschläge in ein Computerprogramm umzusetzen und eine Durchführbarkeitsstudie anzufertigen?«

»Bis sechzehn Stunden, Sir«, sagte Beltons Chefanalytiker. »Vorläufige Resultate sollten übermorgen zur Verfügung stehen.«

»Dann schlage ich vor, dass wir uns zu diesem Zeitpunkt wieder zusammenfinden. Ist Ihnen das recht, Admiral Gower?«

»Einverstanden.«

»Sehr gut. Ich erkläre diese Konferenz hiermit für vertagt.«

49

Richard Drakes dritter Tag auf der Erde begann mit einem Treffen der verschiedenen Helldiver-Arbeitsgruppen, um die bisherigen Ergebnisse und Feststellungen ihrer Zusammenarbeit mit Angehörigen des Interstellaren Rates und Regierungsbeauftragten zu erörtern. Das Treffen fand im Ballsaal des Hotels statt, wo die Delegation abgestiegen war. Man hatte davon gesprochen, einen anderen Versammlungsort zu wählen, um elektronische Abhörmaßnahmen zu erschweren, doch war der Stand der Technik so, dass Gegenmaßnahmen dieser Art sich weitgehend als unwirksam erwiesen. Und da ihnen die Ausrüstung fehlte, um den Versammlungsraum wirklich ›wanzenfrei‹ zu machen, sah Admiral Gower keinen Grund, auf die Bequemlichkeit zu verzichten.

Im Großen und Ganzen waren die Berichte ermutigend. Graf Husanic, der für die diplomatisch-politische Arbeitsgruppe sprach, erklärte, dass die führenden Persönlichkeiten des Rates und das Außenministerium starkes Interesse an der Wiederaufnahme der Beziehungen zu den verlorenen Kolonien Alta und Sandar hätten. Wenn es für die Sache der Wiedervereinigung Probleme gebe, so seien sie wahrscheinlich eher vom altanischen Parlament und dem Königlichen Rat Sandars zu erwarten, denn in den Jahren, die seit Sandars Isolation vergangen waren, hatte der Interstellare Rat die Kosten der Mitgliedschaft in der Gemeinschaft der Welten drastisch erhöht. Hinzu kämen die Kriegssteuern, die gegenwärtig volle zehn Prozent des jeweiligen Bruttowirtschaftsprodukts betrugen. Damit nicht genug, werde von jeder Welt die Aufstellung und Unterhaltung eines kompletten Schiffsgeschwaders für die Eingliederung in die Große Flotte verlangt.

Eines der von den Diplomaten diskutierten Abkommen war ein Protokoll über den Technologieaustausch. Die andere Seite hatte gleich eingangs hervorgehoben, dass die Unterzeichnung eines entsprechenden Abkommens die sofortige Übergabe aller relevanten Daten für das strahlungsabweisende Feld erfordern würde. Die Zentralregierung würde sich ihrerseits verpflichten, Alta und Sandar ungehinderten Zugang zu allen als geheim eingestuften militärischen Daten zu gewähren.

In einem weiteren Teilabkommen sollten sich die Oberkommandos von Alta und Sandar verpflichten, alle nachrichtendienstlichen Informationen über die Ryall der Großen Flotte zugänglich zu machen. Als er davon hörte, fragte sich Admiral Gower laut, ob die andere Seite dabei an bestimmtes Material denke. Er sprach es nicht direkt aus, aber sein Ton machte deutlich, dass seine eigentliche Frage war, ob sie von den erbeuteten Navigationsdaten der Ryall wussten. Graf Husanic versicherte ihm, dass der Austausch nachrichtendienstlicher Erkenntnisse nur eine von vielen Grundvoraussetzungen zum Abschluss eines Abkommens sei.

Im Anschluss an Graf Husanics Bericht gab Richard Drake einen Überblick über die Fortschritte der militärischen Arbeitsgruppe und hob hervor, dass ihr Plan zur Rückeroberung des Aezer-Systems derzeit von den Fachleuten der Großen Flotte geprüft werde. Schließlich fassten mehrere Wissenschaftler die Ergebnisse ihrer Studien und Fachgespräche zusammen. Keiner war auf entscheidende oder beunruhigende Neuentwicklungen gestoßen, aber es herrschte einhellige Beunruhigung über die Bevorzugung defensiver Waffensysteme in der militärischen Forschung ihrer irdischen Kollegen, bei gleichzeitiger Vernachlässigung der Forschung und Entwicklung offensiver Systeme. »Wenn Sie mich fragen«, sagte einer, »versuchen sie sich hinter Minenfeldern und Stacheldrahtverhauen einzugraben.«

Kurz nach Mittag war die Sitzung beendet. Richard Drake hatte einen freien Nachmittag vor sich und beschloss, dass es Zeit sei, die Sehenswürdigkeiten der Stadt zu besichtigen. Er ging in den Geschenkeladen des Hotels, der beinahe so groß wie ein Kaufhaus in Homeport war, und erstand, was die Verkäuferin ihm als Freizeitkleidung im Stil der herrschenden Mode anpries. Dann zog er sich um, vergewisserte sich, dass er genug Geld bei sich hatte, und nahm den Aufzug zur Hotelhalle. Dort traf er Bethany, die vor den Aufzügen wartete und hinauf wollte.

»Hallo, schöne Frau!«

Bethany warf dem einheimisch aussehenden Typ in dem hellgrünen Hemd einen Blick zu, schaute weg und sah wieder hin, als sie das vertraute Gesicht erkannte. »Richard!«, rief sie mit großen Augen. »Ich begann mich schon zu fragen, ob du irgendwo in einen Abgrund gestürzt bist. Wo hast du die Sachen her? Eine bestickte Hose mit Silberknöpfen! Und das Hemd!«

»Gefällt's dir?«, fragte er leicht verunsichert und posierte, um zu zeigen, was zumindest für altanische Augen ein ziemlich absurder Aufzug war. »Die Dame versicherte mir, dass ich mich damit gut ins Straßenbild einfügen würde.«

»In den Neondschungel vielleicht«, erwiderte sie lachend. »Hast du schon gegessen?«

»Ist das eine Einladung, meine Liebe?«

»Gewiss.«

»Dann nehme ich sie an.«

»Fein. Dann lass uns hinaufgehen, damit ich mich umziehen kann.«

»Ich folge dir auf den Fersen.«

Drake wartete in Bethanys Zimmer, während sie anlegte, was er seinerseits als ›Eingeborenenkostüm‹ betrachtete – einen halblangen malvenfarbigen Rock, eine Bluse mit gestickten Applikationen, dunkelpurpurnen Stiefeln und einer passenden Schultertasche.

»Ich sehe, wir kaufen im selben Geschäft ein«, sagte sie, als er den Arm um sie legte.

»Und lassen uns von derselben Verkäuferin beraten«, sagte er, bevor er sie küsste. Er nickte zum Doppelbett. »Wollen wir das Mittagessen verschieben?«

»Es ist verlockend«, antwortete sie, »aber ich hatte einen geschäftigen Vormittag und bin ausgehungert.«

»Dann also los. Kennst du außer dem Hotelrestaurant ein Lokal, wo wir essen können?«

»Yes, Sir. Komm mit, wir nehmen ein Taxi.«

Das Restaurant war im Dachgeschoss eines der Hochhäuser im Stadtzentrum. Es war so gestaltet, dass man glaubte, in einer Waldlichtung zu sein. Die Tische standen zwischen hohen Bäumen, und ein kleiner, murmelnder Bach floss durch die Lichtung. Eine kleine hölzerne Brücke überquerte ihn und bot Zugang zu den Tischen auf der anderen Seite.

»Sehr hübsch«, sagte Drake umherblickend. »Man möchte es kaum glauben. Woher kennst du dieses Lokal?«

»Ryssa hat es mir empfohlen.«

»Wer ist Ryssa?«

»Meine Fremdenführerin. Sie ist auch die Tochter des Zweiten Koordinators.«

»Hört sich an, als bekämst du die Prominentenbehandlung.«

Sie nickte. In diesem Augenblick erschien ein Kellner, übergab ihnen zwei verzierte Speisekarten mit Goldrand und nahm ihre Getränkebestellungen entgegen.

»Erzähl mir, wie du den Vormittag verbracht hast«, sagte Drake.

»Wie bitte?«, murmelte Bethany abwesend, vollauf in Anspruch genommen von der Aufgabe, die Speisekarte zu entziffern.

»Du sagtest, dich würde ein wichtiger Anlass erwarten. Erzähl mir davon.«

»Da gibt es nicht viel zu erzählen, Richard. Ich wurde ins Außenministerium bestellt, und ein Staatssekretär übergab mir dies.« Sie suchte in ihrer Umhängetasche, zog ein rechteckiges Etui heraus, öffnete es und gab es Drake. Darin lag auf einem Samtpolster eine goldene Medaille an einem vielfarbigen Seidenband.

»Schön. Was ist das?«

»Bloß ein Orden. Die höchste Auszeichnung, die man im diplomatischen Dienst erhalten kann. Man übergab sie mir, damit ich sie Onkel Clarence geben kann.«

»Du hast deine Depeschen und Akten abgeliefert?«

Bethany nickte.

»Na, darauf müssen wir anstoßen.« Drake signalisierte dem Kellner und änderte ihre Getränkebestellung auf Champagner ab. Als der Sektkühler und die Gläser gebracht wurden, ließen sie sich einschenken und prosteten einander zu. »Auf erfüllte Pflichten und noch zu haltende Versprechen«, sagte Drake.

Bethany stellte ihr Glas auf das weiße Tischtuch. »Das war sehr poetisch, Richard. Was bedeutet es?«

»Du erinnerst dich nicht?«

»Woran sollte ich mich erinnern?«

»An einen gewissen Abend vor zwei Jahren. Wir gingen in den Gärten des sandarischen Königspalastes spazieren und betrachteten die Blumen …«

»Natürlich erinnere ich mich! Das war der Abend, als du mir den Heiratsantrag machtest.«

»Und du sagtest?«

»Ich sagte ja.«

»Du musst bitte differenzieren, Liebes. Du sagtest: ›Ja, sobald ich die Unterlagen meines Onkels zur Erde gebracht habe.‹ Erinnerst du dich?«

»Natürlich.«

»Du hast deine Unterlagen abgeliefert. Nun, wie ist es?«

»Du willst heiraten? Jetzt?«

»Warum nicht jetzt?«

»Wenn ich's mir überlege«, antwortete Bethany nach kurzer Pause, »fällt mir kein Grund ein, warum wir nicht sollten.«

»Gut! Dann lass uns jemanden suchen, der uns über die lokalen Bräuche und Bestimmungen aufklären kann. An wen sollte man sich wohl am besten wenden?«

»Ist nicht nötig«, sagte Bethany. »Ich habe Ryssa bereits gestern nach den hiesigen Heiratsbräuchen gefragt.«

Drake zog die Brauen hoch. »Oh.«

Bethany errötete. »Ich weiß nicht, wie wir auf das Thema kamen. Es ergab sich einfach. Und ohne dass ich sie direkt danach gefragt hätte, sprach Ryssa davon, was notwendig ist, um in Mexiko zu heiraten.«

»Ich kritisiere nichts. Ich bin bloß neugierig, was sie dir erzählt hat.«

»Wir müssen zum Standesamt gehen und einen Antrag stellen. Das Ehefähigkeitszeugnis kostet hundert Pesos. Natürlich müssen wir nachweisen, dass wir nicht schon anderweitig verheiratet sind. Liegen die Ehefähigkeitszeugnisse vor, wird ein amtlicher Aushang gemacht. Nach einer Wartezeit von mindestens drei Tagen können wir dann entweder eine Ziviltrauung oder eine kirchliche Trauung haben.«

»Du möchtest doch in einer Kathedrale heiraten. Gibt es hier eine geeignete?«

»Ryssa sagte, sie sei gern bereit, mit den Priestern der *Catedral Metropolitana* zu sprechen und Einzelheiten zu vereinbaren. Die Kathedrale wird heute hauptsächlich als kirchliches Museum genutzt, aber gelegentlich finden dort auch Trauungen statt. Da Ryssas Vater Einfluss und Verbindungen hat, meint sie, wird es nicht allzu schwierig sein, eine Trauung in der Kathedrale zu bekommen.«

»Ich sehe, du bist sehr beschäftigt gewesen«, sagte er. Als sie wieder errötete, streckte er die Hand aus und tätschelte die ihre. »Hier ist unser Fahrplan für den Nachmittag: Wir essen in Ruhe, dann gehen wir zum Standesamt, zahlen unsere hundert Pesos, legen unsere Pässe vor und beantragen die Ehefähigkeitszeugnisse. Danach gehen wir ins Hotel. Einverstanden.«

»Wie du meinst, mein Lieber.«

Am Abend ließ Bethany den Kopf auf Drakes Brust ruhen, während er ihr den Rücken streichelte. »Ich kann es kaum glauben! Noch drei Tage und wir werden Mann und Frau sein.«

»Möchtest du die Urkunde noch einmal sehen?«

»Nicht nötig, Richard. Du weißt, ich kann sie sowieso nicht lesen.«

Am Nachmittag hatten sie ihre Papiere zusammengesucht und waren zum Standesamt gegangen, wo sie ihren Wunsch zu Protokoll gaben, eine Heiratserlaubnis zu erhalten. Darauf hatten sie ungezählte Formulare ausfüllen und eine Anzahl Fragen beantworten müssen, die ihnen von einem selbstgefälligen Beamten gestellt worden waren. Als er sich endlich überzeugt hatte, dass alles in Ordnung und die Gebühren bezahlt waren, hatten sie tatsächlich innerhalb einer Stunde Ehefähigkeitszeugnisse und Heiratserlaubnis erhalten, alles auf Spanisch, vom Computer ausgedruckt.

Noch im Rathaus, wo das Standesamt sich befand, hatte Bethany Ryssa Blenham angerufen und sich für ihre Mithilfe bedankt. Ryssa hatte sofort gebeten, den Auserwählten zu sehen und zu sprechen. Drake war ins Aufnahmefeld der Telefonkamera getreten und hatte sich vorgestellt.

»Sie sind ein Glückspilz, Captain Drake. Ich hoffe, Sie wissen das.«

»Ich bin mir dessen wohl bewusst, Miss Blenham.«

»Für meine Freunde bin ich Ryssa, Captain.«

»Und ich Richard für meine, Ryssa.«

»Ich hoffe, wir sehen uns bald persönlich, Richard. Ich werde gleich bei der Kirchenverwaltung anrufen und sehen, dass ich einen Termin bekomme. Wünschen Sie einen besonderen Termin?«

»Nach Ablauf der dreitägigen Frist ist es uns jederzeit recht«, sagte er.

»Also ist die Wartezeit am Freitagnachmittag abgelaufen. Wäre Samstagvormittag als frühester Termin recht?«

»Mehr als recht.«

»Dann werde ich sehen, dass es dabei bleibt. Wenn es Schwierigkeiten gibt, werde ich versuchen, einen Termin für Sonntagnachmittag zwischen Gottesdiensten zu bekommen.«

»Gut«, sagte Bethany.

»Haben Sie schon Einkäufe für die Aussteuer gemacht?«, fragte Ryssa.

Bethany lachte. »Wann hätte ich das tun sollen? Wir kommen gerade vom Standesamt.«

»Wie wär's, wenn ich morgen früh zum Hotel käme und wir würden zusammen die Stadt leer kaufen?«

»Ich möchte Ihnen nicht lästig sein, Ryssa.«

»Lästig? Du meine Güte, dies ist das aufregendste Erlebnis, das ich dieses Jahr hatte! Es ist eine Märchengeschichte im richtigen Leben. Warten Sie nur, bis die Medien von der Geschichte erfahren!«

»Äh, wir hofften, diese Sache aus der Presse herauszuhalten zu können, Ryssa«, sagte Drake. In den wenigen Mußestunden, die ihm seit seiner Ankunft geblieben waren, hatte er ferngesehen und in den Zeitungen geblättert, und was er gesehen hatte, war nicht nach seinem Geschmack gewesen.

»Das wird kaum möglich sein«, erwiderte Ryssa. »Ihre Namen sind im Heiratsregister und kommen in den Aushang, nicht wahr?«

»Ja.«

»Dann ist es schon zu spät. Die Medien haben freien Zugriff auf die Daten, solange diese nicht von Amts wegen gesperrt sind. Wahrscheinlich sind schon ein paar Reporter beauftragt, der Geschichte nachzugehen. Glauben Sie mir, da ist kaum etwas zu machen.«

»Das wussten wir nicht!«, sagte Bethany. »Gibt es keine Möglichkeit, unbehelligt zu bleiben?«

Ryssa überlegte. »Sie könnten mich allenfalls als ihre Agentin einschalten. Das wird die Reporter zwingen, sich mit Interviewwünschen an mich zu wenden. Das Gesetz über die Respektierung der Privatsphäre wird eingehalten, weil es hohe Schadenersatzzahlungen vorsieht.«

»Wie fangen wir das an?«

»Ganz einfach.« Ryssa blickte zur Seite und bediente eine Tastatur neben dem Telefonanschluss. »Übertragen Sie, Richard Drake und Bethany Lindquist, mit legalem Wohnsitz auf Alta, Valeria IV, Ryssa Blenham das alleinige Recht, als Ihre persönliche Agentin für Ihre bevorstehende Hochzeit zu handeln?«

»Wir übertragen Ihnen das Recht«, antwortete Drake.

»Bethany muss es auch sagen.«

»Wir übertragen es Ihnen«, sagte Bethany.

»Dann ist das erledigt. Ich werde die Vollmacht beim Standesamt und beim Bezirksgericht eintragen lassen, und Sie werden vor zudringlichen Reportern sicher sein.«

»Herzlichen Dank, Ryssa.«

»Gern geschehen, Bethany. Ihnen beiden viel Glück! Ich werde morgen früh zum Hotel kommen, um Ihnen bei den Einkäufen zu helfen. Bis bald, Captain Drake.«

»Bis bald, Ryssa.«

Nach diesem Gespräch hatten sie ein Taxi zurück zum Hotel genommen. Die Sonne begann den Westhimmel rot zu färben, als

Bethany etwas einfiel, das sie ihm hatte sagen wollen, dann aber in der Aufregung um die Hochzeitsvorbereitungen vergessen hatte.

»Richard?«

»Ja, Liebes?«, fragte er schläfrig.

»Macht es dir etwas aus, über Geschäftliches zu sprechen?«

Er gähnte. »Wenn es sein muss.«

Sie nahm den Kopf von seiner Brust und stützte sich auf einen Ellbogen. »Bei der Ordensverleihung heute geschah etwas, wovon du wissen solltest.«

Er wandte den Kopf, dann stützte auch er sich auf einen Ellbogen. »Was?«

»Ein Geheimdienstoffizier im Gefolge des Staatssekretärs Blenham fragte mich, warum wir einen gefangenen Ryall an Bord der *Discovery* haben.«

Drake runzelte die Stirn und setzte sich auf. Mit einem Schlag war er hellwach. »Was hast du ihm gesagt?«

»Dass ich mich mit Ryallpsychologie beschäftige, dass Varlan Gegenstand meiner Forschungen ist, und dass er entweder mit dir oder mit Admiral Gower würde sprechen müssen, wenn er weitere Details wolle.«

»Verhielt er sich so, als wüsste er über bestimmte Dinge Bescheid?«

»Ich glaube es nicht, Richard, aber Gewissheit gibt es keine. Ich vermute, dass er bloß Gregory Oldfields Bericht über einen Ryall an Bord unseres Schiffes bestätigt haben wollte. Als ich erklärte, dass mein psychologisches Forschungsvorhaben bis zum Abschluss geheim bleiben müsse, erzählte er mir von verschiedenen Psychodrogen, die sie für die Verwendung bei gefangenen Ryall entwickelt haben. Er bot mir die Unterstützung durch Spezialisten an, falls ich von ihnen Gebrauch machen wollte.«

»Du kannst sein Angebot wohl kaum annehmen.«

»Warum nicht?«

»Weil Varlan viel zu viel weiß, um eine Vernehmung unter Drogen zu riskieren. Ich frage mich, ob das Angebot nicht ein Manöver des Staatssekretärs war.«

»Dann glaubst du, dass er und seine Leute etwas vermuten?«

Drake berichtete ihr von dem geplanten Abkommen, das von den Kolonisten verlangte, alle Geheiminformationen herauszugeben, und von Graf Husanics Theorie, dass es eine bloße Formalität sei. »Ursprünglich dachte ich auch so. Aber nun, nach deiner Neuigkeit, bin ich nicht so sicher.«

»Aber wie könnten sie davon erfahren haben?«

»Das frage ich mich auch.«

Im Laufe des Abends erhielt jeder Delegierte der Helldiver-Expedition eine Botschaft in seinem oder ihrem Hotelzimmer, dass die verschiedenen, für den folgenden Tag angesetzten Arbeitsgruppengespräche abgesagt seien. An ihrer Stelle solle um zehn Uhr im Saal des Ministerrates eine Konferenz stattfinden.

»Was geht vor?«, fragte Bethany, als Drake ihr die Botschaft zeigte.

»Ich denke mir, Admiral Beltons Strategen haben ihre Analyse unseres Planes zur Rückgewinnung Aezers fertig gestellt.«

»Ist es ein gutes oder ein schlechtes Zeichen?«

Er zog die Schultern hoch. »Keine Ahnung.«

»Meinst du, Admiral Gower würde Anstoß daran nehmen, wenn ich mitkäme?«, fragte Bethany.

»Ich dachte, du wolltest mit Ryssa einkaufen gehen.«

»Ich werde sie anrufen und absagen. Die Sache hier ist wichtiger.«

»In dem Fall bist du eingeladen, ob es Admiral Gower etwas ausmacht oder nicht. Dies betrifft uns alle.«

Wenn Gower überrascht war, als Bethany an Drakes Arm im Saal des Ministerrates auftauchte, ließ er es sich nicht anmerken. Der Saal war ein großer, elliptischer Raum, der von einem einzigen Konferenztisch beherrscht wurde. Livrierte Saaldiener führten jeden Neuankömmling zu dem für ihn bestimmen Platz. Drake nickte den Admirälen Belton und Ryerson zu, als er seinen Platz einnahm. Beide erwiderten seinen Gruß, aber so knapp, dass es ihm unmöglich war, den Ausgang der bevorstehenden Konferenz einzuschätzen. Zwei Plätze neben Belton saß ein Zivilist, dessen Züge eine starke Ähnlichkeit mit denen Ryssa Blenhams zeigten. Drake war nicht überrascht, als einer der Saaldiener den Mann mit ›Koordinator Blenham‹ anredete.

Durch eine Tür gegenüber der, durch welche die Kolonisten eingetreten waren, kam kurz darauf der Erste Koordinator herein. Drake erkannte ihn nach seinem offiziellen Porträt, das in der Eingangshalle des Marinehauptquartiers hing. Der Erste Koordinator sprach kurz mit Blenham und Admiral Belton, dann nahm er seinen Platz ein und klopfte auf den Tisch. Sobald es still geworden war, fasste er Stan Barrett und Graf Husanic ins Auge.

»Wer wird für Ihre Seite sprechen? Sie, Mr. Barrett?«

»Ich lasse Graf Husanic den Vortritt, Koordinator. Er wird als Sprecher der Expeditionsgruppe auftreten.«

»Sehr gut. Weil dies das erste Mal ist, da wir alle an einem Ort versammelt sind, schlage ich vor, dass wir uns vorstellen. Für diejenigen, die mich nicht kennen: Ich bin Erster Koordinator Dolph Gellard, Vertreter des Vereinten Europa beim Rat.« Nach ihm nannten alle Anwesenden nacheinander ihren Namen und ihre Funktion. Als alle sich vorgestellt hatten, kam Gellard auf den Zweck der Konferenz zu sprechen.

»Am vergangenen Dienstag legten Admiral Gower und sein Stab im Hauptquartier der Großen Flotte einen Plan zur Vertreibung der Ryall aus dem System Aezer vor. Großadmiral Beltons Stab hat diesen Vorschlag in den vergangenen zwei Tagen untersucht, und der Großadmiral teilte mir mit, dass das Ergebnis der Prüfung jetzt vorliege. Admiral Belton, Sie haben das Wort.«

Belton sprach ein paar Worte zu einem Adjutanten, und die Wandteppiche, welche die Wände zu beiden Seiten des Tisches bedeckten, glitten hoch und gaben ein paar holographische Projektionsräume frei, die so angeordnet waren, dass alle Anwesenden einen freien Blick auf die Darstellungen hatten. Beide Projektionen leuchteten auf und zeigten die gleiche Topologiekarte des Faltraums, die Commander Foster während seines Vortrags gebraucht hatte. Belton erläuterte mit knappen Worten, wie Foster die Rückeroberung des Systems Aezer ins Werk setzten wollte.

»Nun«, sagte er nach seiner Zusammenfassung, »mein Stab hat diesen Plan analysiert, und wir sind bereit, dem Rat und der Regierung unsere Empfehlungen zu geben. Zuvor aber möchte ich die Gelegenheit nutzen und in diesem Kreis einige der Faktoren erläutern, die auf unsere Ergebnisse Einfluss haben. Wir arbeiteten grundsätzlich mit den gleichen Ansätzen wie Commander Foster aus Admiral Gowers Stab, mit drei Ausnahmen:

Erstens ist unserer Meinung nach Fosters Einschätzung der Stärke feindlicher Streitkräfte im Aezer-System viel zu niedrig. Auf der Grundlage der Stärke, die von den Ryall bei der Schlacht von Sandar eingesetzt wurde, glauben wir, dass die Ryall-Flotte mindestens um fünfzig Prozent mehr Schiffe im System unterhält, als die altanisch-sandarischen Ansätze ihnen zugestehen wollen. Deshalb brachten wir für Aezer doppelt so viele feindliche Schiffe in Ansatz wie Commander Foster.

Zweitens glauben wir, dass die Zusammensetzung der verfügbaren Streitkräfte auf unserer Seite, wie sie in Fosters Analyse erscheint, insofern nicht realistisch ist, als er die Zahl verfügbarer Großkampfschiffe sowohl für den Ablenkungsangriff als auch für die Hauptmacht unterschätzte. Dies berichtigten wir in unserer eigenen Analyse.

Und schließlich bewerteten wir Fosters Ansätze in Bezug auf die Zahl der feindlichen Kriegsschiffe, die durch einen Scheinangriff auf den Aezer-Hermes-Faltpunkt abgezogen werden, und die Zeit, die sie zur Verstärkung dieses Faltpunktes brauchen würden. In beiden Fällen führten wir geringfügige Anpassungen der Daten durch, bevor wir unsere Analysen durchspielten.

Bei diesen Analysen gingen wir von der jeweils ungünstigsten Konstellation des altanisch-sandarischen Planes aus. Wir freuen uns, Ihnen mitteilen zu können, dass unter Berücksichtigung unserer Annahmen und der erwähnten Modifikationen ein koordinierter Angriff unserer Streitkräfte eine mehr als achtzigprozentige Erfolgschance hat. Im Licht dieses Ergebnisses ist die Große Flotte bereit, der Regierung und dem Interstellaren Rat die Annahme des Planes zu empfehlen.«

»Danke, Großadmiral«, sagte Gellard. »Und Ihnen meine Glückwünsche, Admiral Gower, für die ausgezeichnete Arbeit Ihres Stabes.«

»Bedeutet das, dass der Rat die Operation gutheißen und der Regierung die Durchführung empfehlen wird, Koordinator?«

»Es bedeutet, Admiral, dass Ihr Plan die erste Hürde genommen hat. Es gibt jedoch noch mehrere andere Gesichtspunkte, die in Betracht gezogen werden müssen, bevor wir überstürzt einen Sprung ins Ungewisse tun.«

»Wie etwa?«

»Insbesondere geht es um die Frage der altanischen und sandarischen Vertretung im Interstellaren Rat. Graf Husanic, ist Ihre Regierung bereit, die mit der Mitgliedschaft verbundenen Lasten zu übernehmen?«

»Sie ist dazu bereit, Koordinator.«

»Und Sie, Mr. Barrett? Werden Regierung und Parlament Altas die Beitrittsbedingungen annehmen?«

»Ich glaube nicht, dass wir in der Angelegenheit eine Wahl haben, Koordinator.«

»In diesem Fall scheint es, dass wir auch die zweite Hürde genommen haben. Wollen wir uns gleich an die dritte heranwagen? Was sagt der Vertreter des Wirtschaftsministeriums zur Wiederaufnahme dieser beiden Welten in die Gemeinschaft?«

Ein kleiner, gebeugter Mann erhob sich von seinem Platz. »Koordinator, das Wirtschaftsministerium erhebt keine Einwände gegen die Reintegration dieser beiden Systeme. Alle wirtschaftlichen Ungleichgewichte und Störungen, die sich aus dem Anschluss ergeben, werden vorübergehender Natur und durch Ausgleichsmaßnahmen leicht zu bewältigen sein. Es werden allenfalls befristete Handelsbeschränkungen in besonders sensiblen Bereichen erforderlich sein.«

Der Erste Koordinator befragte weitere Fachleute aus den verschiedenen Ressorts der Regierung, doch gewann Drake den Eindruck, dass es mehr eine Formsache war. Alle gaben ihm grünes Licht für die Aufnahme Altas und Sandars in die politische Gemeinschaft des Interstellaren Rates. Während der Vertreter des Arbeitsministeriums sein Gutachten abgab, wandte Gellard sich um und flüsterte mit einem Berater. Dieser nickte, bückte sich und zog ein Bündel Papiere aus einem Aktenkoffer unter dem Tisch. Er reichte sie dem Ersten Koordinator, der sie aufmerksam durchsah. Von seinem Platz aus konnte Drake ein großes, verziertes Siegel sehen, mit dem das erste Blatt versehen war.

»Meine Damen und Herren«, sagte der Koordinator, als der Vertreter des Arbeitsministeriums geendet hatte, »ich habe hier die offiziellen Mitgliedsanträge von Alta, Valeria IV und Sandar, Hellsgate IV an den Interstellaren Rat. Diese Anträge bedürfen nur meiner Unterschrift und der des Zweiten Koordinators Blenham, bevor sie dem Rat zur Abstimmung vorgelegt werden. Bevor wir unterschreiben, ist jedoch noch eine zusätzliche Frage zu klären. Commander Grast, wollen Sie bitte hereinkommen?«

Letzteres war scheinbar in die Luft gesprochen, doch einen Augenblick später wurde die Tür hinter ihm geöffnet, und ein Drake unbekannter Offizier betrat den Saal. Bethany sog hörbar die Luft ein.

»Was ist?«, murmelte Drake.

»Das ist der Mann, der mich über Varlan befragte«, flüsterte sie.

Der Offizier musterte die Reihe der Kolonisten mit einem kalten Blick, bevor er sprach. »Guten Morgen, meine Damen und Herren. Mein Name ist Alphonse Grast. Ich arbeite für den militärischen Nachrichtendienst. Obwohl wir einander nie begegnet sind – mit der einzigen Ausnahme von Miss Lindquist –, habe ich das Gefühl, dass ich die meisten von Ihnen persönlich kenne. Sehen Sie, ich bin beauftragt, ein Geheimnis aufzuklären, das zuerst unsere Aufmerksamkeit erregte, als wir bestimmte Aufzeichnungen überprüften, die der Erste Botschaftssekretär Oldfield gemacht hatte, während Ihr Schiff sich noch im Goddard-System aufhielt.

Während der routinemäßigen Stressanalyse der Stimmen von Captain Drake, Admiral Gower, Stanislaw Barrett, Graf Husanic und anderen wurden wir darauf aufmerksam, dass Sie Symptome zeigen, die gemeinhin andeuten, dass Sie uns nicht die Wahrheit sagen. Diese Symptome sind äußerst subtil, aber im Laufe der Jahre haben wir eine Wissenschaft aus ihrer Ermittlung und Einordnung gemacht – eine sehr exakte Wissenschaft, wie ich hinzufügen möchte.

Obwohl unsere Neugierde geweckt war, machten wir uns zunächst keine Sorgen. Schließlich war es zu erwarten, dass Sie die Wahrheit ein wenig retuschieren würden, um Ihre Verhandlungsposition zu stärken. Als wir Sie jedoch eingehender studierten, begann das Muster der Ausflüchte zunehmend beunruhigende Obertöne anzunehmen. Um es ganz unverblümt zu sagen: Wann immer jemand Sie nach Ihrer Reise durch den Ringnebel fragte, oder wann immer das Thema der Ryall zur Sprache kam, legten die Stress-Signale Ihrer Stimmen nahe, dass wir nicht glauben sollten, was Sie uns erzählten. Trotz unserer Bemühungen ist es uns jedoch nicht gelungen, den Grund für dieses Verhalten festzustellen. Darum frage ich Sie jetzt. Was versuchen Sie zu verbergen?«

Husanic sah Barrett an, der zu Gower und Drake blickte. Nach einer halben Minute peinlicher Stille räusperte sich Graf Husanic. »Eine nützliche Technik, diese Stimmen-Stressanalyse. Ich wünschte, wir hätten früher davon erfahren.«

»Es hätte Ihnen nicht genützt, Sir«, erwiderte Grast eisig. »Die physiologischen Reaktionen, die so gemessen werden, sind völlig unwillkürlich. Man kann sie teilweise maskieren, wenn man die Prinzipien versteht, aber niemand ist ein so guter Schauspieler, dass er sie vollständig eliminieren kann.«

Husanic seufzte und blickte den Koordinator an. »Wie Commander Grast vermutet hat, wissen wir tatsächlich etwas, das wir Ihnen vorenthalten haben. Insbesondere befinden wir uns im Besitz von Daten, die wesentlich für die Kriegsführung sind.«

»Was für Daten, Sir?«

»Außerordentlich wertvolle Daten, Mr. Gellard. Bevor wir jedoch preisgeben, was wir wissen, müssen wir Ihre Zusicherung haben, dass Sie uns gegen die Ryall helfen werden.«

»Sie haben Ihre Anträge zur Mitgliedschaft im Interstellaren Rat vor sich liegen, Sir«, erwiderte Gellard. »Eine umfassendere Zusicherung als diese können wir Ihnen nicht geben. Noch können wir auf Ihren Antrag hin handeln, solange wir nicht wissen, welche Kenntnisse Sie uns vorenthalten.«

»Nun gut, Mr. Gellard, ich werde Sie beim Wort nehmen.« Graf Husanic wandte sich an Admiral Gower. »Der Ball scheint jetzt bei Ihnen zu liegen, Admiral.« Gower nickte bedächtig. »Ich denke, wir haben bekommen, was wir brauchen. Meine Damen und Herren, unsere Reise hierher war nicht ganz so geradlinig, wie wir Sie glauben machten. Tatsächlich machten wir einen kleinen Umweg …«

50

Der Samstagmorgen war frisch und klar, der goldene Sonnenball eingerahmt von den dunkelblaugrauen Flanken des Istacihuatl und Popocatepetl. Ein sanfter Südostwind trug den Duft von Kiefern und das Versprechen kühlen Wetters mit sich. Richard Drake stand auf dem Balkon des Hotelzimmers, überblickte die Stadt und atmete tief die frische Morgenluft. Im Norden spiegelten sich die Sonnenstrahlen in den Fenstern der neoaztekischen Megastrukturen, die einen großen Teil der Stadtbevölkerung beherbergten. Die Ostseiten der riesigen Pyramiden waren wie mit orangefarbenem Feuer übergossen, während an den Westhängen noch die Leuchtbalken der Flugsicherung im Sekundenabstand blinkten. Direkt unter Drakes Aussichtspunkt fächerten die Arbeitstrupps der Stadtgärtnerei mit ihren

Pflegemaschinen über eine der vielen Grünanlagen aus. Auf halber Strecke zum Horizont begann sich ein Verkehrskreisel mit Fahrzeugen zu füllen, als Frühaufsteher ihren Samstagmorgengeschäften nachgingen. Als er zusah, wie Mexico City an dem Tag erwachte, der sein Hochzeitstag sein sollte, wurde Richard Drake bewusst, wie viel sich in achtundvierzig Stunden ändern kann.

Der Katalysator war natürlich Admiral Gowers Enthüllung gewesen, dass die Helldiver-Expedition Navigationsdaten für die Ryall-Hegemonie besaß. Im Anschluss an diese Eröffnung hatte sich die Stimmung im Kabinettsaal rasch gewandelt. Hatte sich vorher eine Atmosphäre von Argwohn und Misstrauen ausgebreitet, so erzeugte die unerwartete Aussicht auf Erkenntnisse über die Topologie der feindlichen Region einen völligen Umschwung. Admiral Gower hatte seine Erklärung kaum beendet, da wurde er schon mit Fragen über das Datenmaterial bestürmt. Als er sich weigerte, mehr zu sagen, schlug Koordinator Gellard vor, dass sie die Verhandlungen über die Vertragsbedingungen zum Abschluss bringen sollten, unter denen Alta und Sandar ihre rechtmäßigen Plätze im Interstellaren Rat einnehmen würden.

In weniger als einer Stunde hatten beide Seiten eine vorläufige Übereinkunft erzielt. Das Oberkommando der Großen Flotte erklärte sich bereit, vorbehaltlich der Zustimmung der Regierung mit den Planungen und Vorbereitungen für den Feldzug gegen Aezer zu beginnen. Die Kolonisten wiederum versprachen, dass ihr erster offizieller Akt als Mitglieder im Interstellaren Rat die Übergabe aller erbeuteten Daten an die Große Flotte sein würde.

Am Nachmittag desselben Tages fand die offizielle Aufnahme in den Interstellaren Rat statt. Damit waren Alta und Sandar wieder in die politische Organisation der Menschen-Hegemonie eingebunden. In Anwesenheit der übrigen Expeditionsmitglieder erhielten Graf Husanic und Stan Barrett ihre Urkunden, wurden von den Koordinatoren formell im Interstellaren Rat willkommen geheißen und unter stehenden Ovationen der eilig zusammengerufenen Vertreter aller Ratsmitglieder zu ihren Plätzen im Plenarsaal geführt. Am Ende der Zeremonie, die weniger als zwanzig Minuten in Anspruch nahm, vertagte sich der Rat durch Akklamation.

Eine halbe Stunde später waren die Kolonisten an der Reihe, ihren Teil der Vereinbarung zu erfüllen. In einem Hörsaal der Universität erläuterte Argos Cristobal vor einem Publikum von Regierungsvertretern, Marineoffizieren und Astronomen anhand von Topologiekarten des Faltraums, was die Helldiver-Expedition über die Ryall-Hegemonie in Erfahrung gebracht hatte, vor allem aber den Umstand, dass die Hegemonie einen einzigen, eng verbundenen Faltraumhaufen umfasste. Der Vortrag dauerte länger als eine Stunde und wurde von zahlreichen Fragen unterbrochen. Er endete schließlich mit der Verteilung von Speichertafeln mit Kopien der erbeuteten Ryalldaten.

Am Abend veranstaltete der Interstellare Rat einen Empfang zu Ehren der beiden neuen Mitglieder. Bei dieser Gelegenheit überraschte der Erste Koordinator alle Gäste mit der Nachricht von der bevorstehenden Eheschließung Richard Drakes und Bethany Lindquists. Im Nu sah sich das Brautpaar von Gratulanten umdrängt, und Drake war genötigt, eine kurze Dankesansprache zu halten, in der er alle Anwesenden einlud, an der Trauungszeremonie in der Kathedrale teilzunehmen.

Die beiden folgenden Tage waren für Richard und Bethany anstrengend und lang. Drake teilte seine Zeit zwischen Sitzungen mit dem Planungsstab der Marine und der Abwehr von Blumenhändlern und Festveranstaltern, die »zum Selbstkostenpreis« Blumenschmuck, Ausstattung und Hochzeitsmahl zu organisieren anboten. Bethany und Ryssa Blenham verbrachten den ganzen Donnerstag mit Einkäufen für Bethanys Aussteuer, den Freitag mit dem Anpassen des Hochzeitskleides und einem mehrstündigen Besuch im Schönheitssalon. Infolge ihrer verschiedenen Zeiteinteilungen sahen Braut und Bräutigam einander erst am Freitagabend wieder. Der Anlass, der sie zusammenführte, war die Probe der Trauungszeremonie.

Wie die meisten spanischen Kolonialkirchen, hatte die *Catedral Metropolitana* zwei Glockentürme und war im Großen und Ganzen vom spanischen Barock geprägt, obwohl dreihundert Jahre der Aus- und Umbauten Beispiele späterer Architekturstile hinzugefügt hatten. Die Hochzeitsgesellschaft versammelte sich vor dem reich verzierten *Altar del Rey*, dem Altar des Königs, um Instruktionen für die Zeremonie des folgenden Tages zu erhalten. Admiral Gower sollte die Braut in die Kirche führen, während Phillip Walkirk als Drakes Trauzeuge diente. Die Unterweisungen gab ein junger Priester, der Assistent des Erzbischofs von Mexico City war. Eine Schwierigkeit entstand, als der Assistent des Erzbischofs entdeckte, dass die Heiratskandidaten Mitglieder der Kirche von Alta waren. Erst als ein Vergleich der Lehrsätze ergab, dass es in entscheidenden Bereichen keine abweichenden Glaubensinhalte gab, und nachdem Ryssa Blenham ihn beiseite genommen hatte, um die politische Bedeutung gerade dieser Hochzeit zu erklären, willigte er ein, die Trauung vorzunehmen. Darauf verlief die Probe ohne Probleme.

»Was hat das zu bedeuten?«, fragte Drake, als sie beim Verlassen der Kathedrale an einem Gerüst vorbeikamen, das mit mehreren Holokameras und Mikrofonen ausgestattet war.

»Ich sagte Ihnen, dass die Leute sich für Ihre Hochzeit interessieren würden«, sagte Ryssa. »Sie werden die Zeremonie über einen der Unterhaltungskanäle ausstrahlen und rechnen für morgen mit einer Einschaltquote von einer Million – das ist keine große Zahl, verglichen mit den beliebtesten Sendungen, aber für eine einfache Hochzeit nicht schlecht.«

»Nicht erst seit heute frage ich mich, wie einfach diese Hochzeit sein wird«, erwiderte Drake.

Ryssa lachte. »Niemand soll uns nachsagen, dass wir uns nicht um unsere Besucher kümmern!«

Der Rest des Freitagabends wurde mit Planungen für die Hochzeitsparty, der Überprüfung der Gästeliste und der Vorstellung des Menüs verbracht. Als Drake endlich in sein Hotel zurückkehrte, war Mitternacht längst vorüber. Eine Stunde vor Sonnenaufgang wachte er auf, duschte und rasierte sich und trat auf den Balkon hinaus, um den beginnenden Tag zu begrüßen.

»Lampenfieber?«, fragte Phillip Walkirk in einem gut hörbaren Flüsterton. Er und Drake standen vor dem vergoldeten *Altar del Rey* und blickten über die Reihen der besetzten Kirchenbänke hin. »In Todesangst«, flüsterte Drake zurück.

Die Geräusche von Hunderten gedämpfter Gespräche erfüllten das Kirchenschiff mit summendem Gemurmel. Die vorderen Bankreihen waren für Freunde der Braut und des Bräutigams reserviert – zumindest Leuten, die sie persönlich kannten. Vertreter des Interstellaren Rates und der Regierung kamen als Nächste, gefolgt von Offizieren der Großen Flotte und einem Vertreter der Stadtverwaltung. Die übrigen Plätze waren für die Öffentlichkeit frei und nach dem

Prinzip »Wer zuerst kommt, mahlt zuerst« besetzt worden. In der rückwärtigen Hälfte der Kathedrale verloren sich die Kirchenbänke im Halbdunkel. Für die Medienvertreter waren keine Plätze reserviert; mit ihren Kameras durchstreiften sie die Kirchenschiffe auf der Suche nach prominenten Gesichtern und günstigen Blickwinkeln. Immerhin trugen sie aus Respekt vor der Feierlichkeit des Anlasses die gleiche förmlich-korrekte Kleidung wie die geladenen Gäste.

Drake trug seine beste Ausgehuniform mit dem Orden von Sandar auf der Brust. Auch Phillip Walkirk war in Galauniform, und weitere altanische und sandarische Uniformen waren da und dort in den vorderen Bankreihen zu sehen.

Plötzlich verstummte die große Orgel. Sie hatte leise eine Anzahl ineinander übergehender Melodien gespielt, die Drake nicht erkannt hatte. Erwartungsvolle Unruhe ging durch die Menge, als Hälse gereckt und Köpfe gedreht wurden, um den Einzug der Braut zu sehen. Bei den großen Torflügeln des Portals entstand Bewegung, und der Priester, der am Vorabend die Probe geleitet hatte, schritt zielbewußt durch das rechte Kirchenschiff. Er blieb vor einem Steuerungskasten stehen, der unauffällig in einer Nische untergebracht war. Die Kronleuchter wurden langsam gedimmt, und eine Reihe von Punktlichtlampen hoch oben auf den Säulenkapitellen leuchtete auf. Staubpartikel schwebten in den gebündelten Lichtkegeln, welche den Mittelgang in strahlend weißes Licht tauchten.

Die Orgel setzte mit voller Kraft ein und dröhnte mit allen Registern durch den weiten Kirchenraum. Gleichzeitig entstand ein gewaltiges Scharren und Rascheln, als fünfhundert Besucher von ihren Sitzen aufstanden und sich zum Portal wandten. Zwei Blumenmädchen schritten langsam durch die geöffneten Flügel des Portals und verstreuten die Blütenblätter von Rosen. Ihnen folgte ein Dutzend Ehrenjungfrauen in identischen Organdykleidern. Dann wurde im rückwärtigen Teil der Kathedrale ein bewunderndes Gemurmel laut, überlagert von vereinzelten Zurufen, die dem Brautpaar ein langes Leben wünschten, und die Braut kam in Sicht.

Bethanys Brautkleid war aus weißer, irisierender Seide. Der weiße Spitzenschleier wurde von einer Mantilla im spanischen Stil gehalten, und die Falten des bodenlangen Kleides funkelten mit tausend winzigen Sternen. Eine vier Meter lange Schleppe vervollständigte das Bild, als Bethany langsam an Admiral Gowers Arm durch den Mittelgang schritt. Drake bemerkte seinen Vorgesetzten kaum. Wie alle anderen, so hatte auch er nur Augen für die Braut.

Der Gottesdienst wurde in spanischer Sprache gehalten, da der Erzbischof von Mexico City auf seine Würde hielt. Nachdem er Gottes Segen auf die Gemeinde herabgerufen hatte, verlas er die Worte der Trauungszeremonie auf Spanisch und machte eine Pause, um dem jüngeren Priester die Möglichkeit zum Dolmetschen zu geben. Drake fand, dass die so entstehenden feierlichen Pausen nichts Peinliches hatten, sondern die Feierlichkeit des Anlasses noch mehr betonten.

»Versprechen Sie, Richard Arthur Drake, Ihre Frau zu lieben, zu ehren und ... in guten wie in schlechten Zeiten ... bis dass der Tod euch scheidet?«

»Ich verspreche es.«

»Versprechen Sie, Bethany Patricia Lindquist, Ihren Mann zu lieben, zu ehren und ... in guten wie in schlechten Zeiten ... bis dass der Tod euch scheidet?«

»Ich verspreche es.«

»Kraft der Autorität, die mir von Seiner Heiligkeit, von den Behörden der Stadt und den Estados Unidos Mexicanos verliehen ist ... und im Namen des Vaters, des Sohnes und des Heiligen Geistes ... erkläre ich Sie hiermit für Mann und Frau.

Sie dürfen die Braut küssen.«

»Ich wünschte, es könnte immer so bleiben!« Bethany lag neben Drake am Strand von Acapulco und ließ sich von den Strahlen einer Sonne bräunen, die zu sehen sie nie im Leben wirklich erwartet hatte. Trotz der späten Jahreszeit und der kühlen Lufttemperatur wärmten die Strahlen ihr den Rücken und durchdrangen sie mit einem Gefühl vollkommenen Wohlbefindens.

»Ich auch«, sagte ihr frisch gebackener Ehemann, als er sie mit Sonnenschutzmittel einrieb. Ihre Hochzeitsreise ließ nichts zu wünschen übrig. Das Hotelzimmer mit Seeblick beschenkte sie jeden Abend mit prächtigen Sonnenuntergängen, und die Tage verbrachten sie am Strand und im kühlen Wasser der Bucht von Acapulco. Einen Tag tauchten sie vor der felsigen Küste, und am nächsten mieteten sie ein Segelboot und fuhren hinaus. Und an manchen Tagen begnügten sie sich mit Schwimmen und lagen im Sand. Abends konnten sie unter den Attraktionen des Nachtlebens einer Stadt wählen, die seit fast siebenhundert Jahren ein Anziehungspunkt für Touristen war.

Eine ganze Woche lang waren sie zwei sorglose junge Leute, die sich selbst genug waren. Sie aßen zusammen, schliefen zusammen, duschten zusammen und widmeten sich zusammen ihren Tagesaktivitäten. Es war, als sei der Rest des Universums zu Unwirklichkeit verblasst, und nur das Hier und Jetzt ihrer unbeschwerten Tage hatte reale Bedeutung.

Als Drake am siebten Tag wieder am Strand saß und seiner Frau den Rücken mit Sonnenmilch einrieb, durchlöcherte er nach langer Überlegung den Kokon, mit dem sie sich umgeben hatten. »Weißt du, wir sollten an unsere Rückkehr nach Mexico City denken.«

»Müssen wir, Richard?«, fragte sie träge.

»Ich fürchte, wir müssen. Admiral Gower wird mich nicht ewig am Strand faulenzen lassen. Nicht, solange er die ganze Planungs- und Koordinationsarbeit mit dem Admiralstab der Großen Flotte leisten muss.«

»Ich denke, ein wenig Arbeit würde ihm nur gut tun.«

Drake lachte. »Das ist nicht die richtige Einstellung für eine Offiziersgattin, meine Liebe. Admiräle arbeiten nicht. Sie haben Leute, die das für sie tun.«

Sie schwieg so lange, dass er dachte, sie könnte eingeschlafen sein. Endlich sagte sie: »Wann willst du zurück, Richard?«

»Montag früh«, antwortete er. »Damit werden wir acht volle Urlaubstage haben.«

Sie seufzte. »Das ist mehr, als viele Leute in ihrem ganzen Leben bekommen. Aber ich hatte gehofft, wir würden mehr von der Erde sehen.«

»Ich denke, es wird sich später noch Gelegenheit für eine oder zwei Reisen ergeben«, erwiderte er. »Ich rechne damit, dass es mindestens drei Monate dauern wird, um die Einzelheiten des Angriffs auf Aezer auszuarbeiten.«

Bethany seufzte. »Immer wird es Planungen für einen Angriff geben, nicht wahr, Richard? Unserem Leben ist es beschieden, von Schlachten ausgefüllt zu sein – Vorbereitungen darauf, das Ausfechten und die Erholung davon.«

»Ich weiß nicht, ob es so ist«, widersprach er. »Sobald wir den Zentauren Aezer wieder abgenommen haben, sollte Alta ziemlich sicher sein. Und ich werde nicht ewig bei den kämpfenden Einheiten bleiben, weißt du. Eines Tages werden die Ärzte mich wegen mangelnder Beschleunigungstoleranz herabstufen. Nach ein paar Jahren hinter einem Schreibtisch werde ich dann in Pension gehen.«

Bethany schnaubte. »Was wirst du im Ruhestand tun?«

»Wir könnten uns auf dem Westkontinent niederlassen und eine Farm betreiben.«

Lange blieb das Rauschen der Brandung das einzige Geräusch. Endlich sagte Bethany: »Weißt du, woran ich manchmal denke, Richard?«

»An deinen Ergebenen, hoffe ich.«

Sie lachte. »Daran auch. Aber manchmal denke ich daran, wie schön es auf Corlis war. Dieses Tal, wo die Ryall ihr Bergwerk und die Verhüttungsanlage hatten, muss sehenswert gewesen sein, bevor sie die Vegetation abholzten. Wenn ich aufs Land ziehen würde, wäre eine solche Gegend das Richtige für mich.«

»Schade, dass Corlis zur Ryall-Hegemonie gehört.«

»Ja, schade«, sagte sie. »Ist es sicher, dass wir am Montag nach Mexico City zurückfliegen?«

Er nickte. »Ich glaube, es ist das Beste.«

»In diesem Fall möchte ich nach unserer Rückkehr mit Koordinator Blenham sprechen.«

»Worüber?«

»Er bot mir an, dass er mir einen Vernehmungsbeamten für Varlan leihen würde. Nun, da das Geheimnis gelüftet ist, werde ich ihn beim Wort nehmen.«

»Warum, in Gottes Namen?«

»Weil ich denke, dass ich auf unsere Reise von Goddard hierher Fortschritte mit ihr gemacht habe, aber meiner Sache nicht sicher bin. Ich möchte ihr einen Schuß von der Wahrheitsdroge geben, die sie hier entwickelt haben, um zu erfahren, was sie wirklich denkt.«

»Und wenn sie sich zu deiner Denkweise bekehrt hat?«

»Dann besteht Hoffnung, dass dieser Krieg irgendwann beendet werden kann«, antwortete Bethany. »Wer weiß, vielleicht können wir tatsächlich Frieden mit den Zentauren schließen.«

»Und wenn nicht?«

»Dann werden wir sie alle umbringen müssen, fürchte ich.«

Sie wanderten am Strand entlang und redeten, bis die Sonne untergegangen war, und kehrten erst in ihr Hotel zurück, als die Luft unangenehm kühl wurde. Drake sah zuerst die Botschaft mit dem roten Stempelaufdruck ›dringend‹ im Drahtkorb neben dem Telefon.

»Was ist es?«, fragte Bethany, als Drake den Umschlag aufriß und die Botschaft herausnahm. Er entfaltete und überflog sie.

»Von Admiral Gower. Tut mir Leid, Liebes, aber wir müssen heute Abend noch abreisen.«

»Warum? Was ist geschehen?«

»Gower sieht Schwierigkeiten bei den Verhandlungen. Seine Verhandlungspartner haben sich in den letzten paar Tagen unverbindlich verhalten. Ein Gerücht in der Hauptstadt besagt, dass der Interstellare Rat den Plan zur Wiedergewinnung Aezers mit Mehrheit ablehnen könnte!«

51

In Mexico City wurden die Jungvermählten am Flughafen von Phillip Walkirk erwartet. Es ging auf Mitternacht, und bis auf die Reisenden vereinzelter Nachtflüge war der weitläufige Abfertigungskomplex menschenleer.

»Was ist passiert?«, fragte Drake, sobald er und Bethany von Bord der Maschine gegangen waren, die sie von Acapulco hergebracht hatte.

»Wir können es nicht mit Gewissheit sagen, Captain. Bis letzten Mittwoch ging alles gut. Wir hatten tägliche Besprechungen mit dem Stab der Großen Flotte und machten gute Fortschritte in der Planung des Aezer-Unternehmens. Dann wurde ich mit einigen Wissenschaftlern und Technikern nach Washington geschickt, um Schwierigkeiten beim Nachbau von Generatoren für die strahlungsabweisenden Felder zu beheben. Als wir gestern zurückkehrten, fand ich unsere gesamte Delegation in Sorge, dass unsere einheimischen Verhandlungspartner nicht mehr an unserem Problem interessiert seien. Es ist nichts Greifbares, nur ein Nachlassen der anfänglichen Begeisterung für die gemeinsame Strategie. Auch haben bei den letzten Sitzungen der Planungsgruppe mehrere der führenden Leute gefehlt.«

»Das scheint kaum die Annahme zu rechtfertigen, dass sie ihr Wort nicht halten werden«, meinte Drake.

»Richtig. Genau das sagte ich auch. Aber es gibt noch weitere Hinweise auf Schwierigkeiten. Stan Barrett und Graf Husanic haben in den Wandelgängen des Interstellaren Rates Gespräche mitgehört.«

»Welcher Art?«

»Unbestimmte, aber vage beunruhigende Bemerkungen über Alta und Sandar. Wann immer Barrett oder Husanic jemanden danach fragen, um Genaueres zu erfahren, reagieren die Betreffenden ausweichend. Auch haben sie das Gefühl, von den anderen Abgeordneten im Rat seltsam angesehen zu werden.«

»Angesehen?«

»Graf Husanic sagt, es wäre ungefähr so, als würde man an einer unheilbaren Krankheit leiden und alle wüssten davon, nur man selbst nicht.«

»Kann Husanic das nicht mit Koordinator Gellard klären?«, fragte Bethany.

»Er hat seit zwei Tagen versucht, eine Verabredung mit dem Ersten Koordinator zu treffen«, antwortete der Prinz. »Bisher lautet die offizielle Auskunft, dass Gellards Terminplan bis Ende nächster Woche voll ist.«

»Und Großadmiral Belton?«, fragte Drake.

»Unerreichbar.«

»Wie ist es mit Admiral Ryerson?«

»Er ist wieder an Bord der *Teddy Roosevelt*. Ich habe vorgeschlagen, dass Captain Marston mit einem Landungsboot hinüberfährt, um ihn zu sprechen – die beiden Schiffe sind in der Umlaufbahn nur ein paar hundert Kilometer voneinander entfernt –, aber Marston bekommt keine Erlaubnis, an Bord des Großkampfschiffes zu gehen. Angeblich hat man dort Wartungsprobleme. Außerdem ist Ryerson zu beschäftigt, um für fernmündliche Kontakte zur Verfügung zu stehen.«

Drake überlegte, nickte dann. »Das hört sich allerdings so an, als hätte jemand die Parole ausgegeben, uns auf die Liste der Unberührbaren zu setzen.«

»Ja, Sir. Das ist auch Admiral Gowers Meinung. Er glaubt, dass etwas geschehen sei, was unsere Vertragspartner veranlasst hat, unseren Vorschlag für die gemeinsame Strategie zu überdenken, und dass sie untereinander noch uneinig sind. Deshalb, meint er, wollen sie nicht mit uns sprechen, bis sie ihre Politik formuliert haben.«

»Was ist mit dem Zweiten Koordinator?«, fragte Bethany.

Phillip Walkirk zuckte die Achseln. »Blenham? Ich glaube nicht, dass jemand versucht hat, ihn darauf anzusprechen, und ich glaube auch nicht, dass es nützen würde. Da alle leitenden Persönlichkeiten ›unerreichbar‹ sind, wird er kaum riskieren, aus der Reihe zu tanzen.«

»Vielleicht sollte ich es versuchen«, überlegte Bethany. »Ich habe noch sein Angebot, mir bei den Vernehmungen Varlans zu helfen. Das kann ich als Vorwand gebrauchen, um ihn zu sprechen. Und dann könnte ich versuchen, ihm Informationen zu entlocken.«

»Das würdest du tun?«, fragte Drake. »Schließlich bist du offiziell nach wie vor auf ihrer Seite, weißt du.«

Sie schüttelte den Kopf. »Nicht, seit ich Mrs. Drake geworden bin und die altanische Staatsbürgerschaft habe.«

»Dann werden wir diesen Weg versuchen«, sagte Drake. Sie gingen zur Gepäckausgabe und von dort zum Taxistand vor dem Abfertigungsgebäude. Zwanzig Minuten später waren sie wieder im Hotel der Delegation.

»Mrs. Drake ist da, Sie zu sprechen, Koordinator. Ich sagte ihr, dass sie während der regulären Arbeitswoche einen Termin brauche, aber sie ist sehr hartnäckig.«

Sir Joshua Blenham blickte von dem Bericht auf, in dem er las, und runzelte die Stirn in Richtung seines Sekretärs. Es war Sonntagmorgen, und vor Blenhams Panoramafenster lag die mexikanische Hauptstadt in feiertäglicher Ruhe. Später würde es geschäftiger zugehen, wenn Wochenendtouristen und Kauflustige die großen Einkaufsstraßen der Innenstadt bevölkerten.

»Mrs. Drake? Tut mir Leid, ich kenne keine Mrs. Drake.«

»Haben Sie vergessen, dass Sie letzte Woche an ihrer Hochzeit teilgenommen haben?«

»Ach ja, Bethany Lindquist Drake! Warum haben Sie es nicht gleich gesagt?«

»Ich glaube, das ist genau, was ich sagte, Koordinator.«

»In Ordnung. Bitte schicken Sie sie herein.«

Eine Minute später betrat Bethany das Büro des Zweiten Koordinators. Blenham erhob sich und kam mit langen Schritten auf sie zu.

»Guten Morgen, meine Liebe. Was führt Sie an einem Sonntagmorgen zu mir?«

»Ich rief bei Ihnen daheim an, Koordinator. Ryssa sagte mir, dass Sie heute arbeiten.«

»Unglücklicherweise, ja. Ich hatte den Papierkram die ganze Woche vor mir hergeschoben, nun nütze ich die Ruhe, um Ordnung hineinzubringen. Aber vergeben Sie mir meine Manieren und nehmen Sie Platz! Ich werde sehen, ob ich irgendwo Kaffee auftreiben kann.«

Bethany setzte sich auf die Couch, die Blenham ihr als Sitzgelegenheit angeboten hatte, lehnte aber das Angebot einer Tasse Kaffee ab. Sie hatte den hier üblichen Kaffee nach ihrer Ankunft gekostet und keinen Gefallen an dem bitteren Gebräu gefunden. Der Nachgeschmack war so, dass sie sich wunderte, was Altas Gründerväter an dem Zeug gefunden haben mochten.

»Sie sehen gut aus«, sagte Blenham, nachdem auch er sich gesetzt hatte. »Ich wage die Behauptung, dass Ihnen das Eheleben bekommt.«

»Es bekommt mir sehr gut, Koordinator. Ich wünschte nur, wir hätten wenigstens noch eine Woche am Strand bleiben können. Zwei wären noch besser gewesen.«

»Warum taten Sie es nicht?«

Bethany erzählte ihm von der Botschaft, die Richard in Acapulco erhalten hatte, und von Phillip Walkirks Bemerkungen, als er sie am vergangenen Abend am Flughafen abgeholt hatte. »Die ganze Helldiver-Delegation ist sehr in Sorge, Sir. Wir alle hoffen, dass jemand von Rang und Namen erklären kann, was geschieht.«

Blenham schaute unbehaglich drein. »Ich wünschte, ich könnte helfen, Bethany, aber gegenwärtig steht es mir nicht frei, Ihnen mehr zu sagen, als Sie bereits wissen. Wie Sie vermutet haben, sind wir auf ein Problem gestoßen. Unsere Fachleute versuchen es zu lösen oder zu umgehen. Sobald das geschehen ist, werden Sie verständigt.«

»Warum sagen Sie es uns nicht jetzt? Vielleicht können wir helfen.«

»Tut mir Leid, ich habe meine Anweisungen. Ich kann weiter nichts sagen.«

»Ich verstehe, Koordinator.«

Blenham lächelte vage. »Das bezweifle ich, Mrs. Drake, aber ich bewundere Ihre Diplomatie, dass Sie es sagen. Kann ich sonst etwas für Sie tun?«

»Ja, Sir. Ich würde gern Ihr Angebot annehmen, mir bei der Vernehmung Varlans zu helfen, wenn es noch gilt.«

»Selbstverständlich! Was möchten Sie gern?«

»Könnten Sie mir einen Ihrer Vernehmungsspezialisten leihen? Ich möchte Varlan testen, um zu sehen, wie aufrichtig sie in letzter Zeit ist.«

»Wo wird diese Vernehmung stattfinden?«

»An Bord der *Discovery*, wenn es Ihnen recht ist.«

»Das ist mir sehr recht. Wann möchten Sie die Vernehmung durchführen?«

»So bald wie möglich.«

»Wie wäre es mit übermorgen?«

»Damit bin ich gern einverstanden.«

»Sehr gut, ich werde das Nötige veranlassen. Und, Bethany ...«

»Ja, Sir?«

»Versuchen Sie, sich nicht zu sorgen. Bald wird sich alles von selbst erledigen.«

Drei Tage nach Drakes Rückkehr wurde das Informationsembargo plötzlich aufgehoben, als Admiral Gower, Stan Barrett, Graf Husanic und Drake zu einem Treffen mit dem Ersten Koordinator gebeten wurden.

»Was bedeutet das nach Ihrer Meinung?«, fragte Drake, als der Admiral ihm die Einladung zeigte.

»Ich weiß es nicht«, erwiderte Gower. »Mit Ausnahme der Auskunft, die Ihre Frau vom Zweiten Koordinator mitbrachte, tappen wir vollständig im Dunkeln.«

Die Erwähnung seiner Frau machte Drake bewusst, dass er sich einsam fühlte. Bethanys Abreise zur *Discovery* am vergangenen Abend war ihre erste Trennung seit der Hochzeit.

Zur festgesetzten Stunde erschienen die vier Geladenen im Amtszimmer des Ersten Koordinators im obersten Geschoss des Ratsgebäudes. Dort erwarteten sie der Erste Koordinator, sein Stellvertreter Blenham, zwei Ministerialbeamte, Großadmiral Belton und Admiral Ryerson. Es gab ein allgemeines Händeschütteln, dann setzten sich die zehn um einen kleinen Konferenztisch. Koordinator Gellard eröffnete die Begegnung mit einem Dank für ihr promptes Kommen.

»Sie müssen zugeben, Koordinator, dass Sie eine Begabung haben, Neugierde zu wecken«, erwiderte Husanic.

»Ich muss unser jüngstes Verhalten erklären, Graf Husanic. Vor ungefähr einer Woche stießen Admiral Beltons Sachverständige auf etwas mit potenziell weit reichenden Folgen. Wir brauchten Zeit, um die Implikationen zu untersuchen, bevor wir Ihnen direkt gegenübertreten konnten. Ich fürchte, unsere Ungeschicklichkeit in der Behandlung der Angelegenheit wurde durch unbedachte Äußerungen im Plenarsaal des Interstellaren Rates verursacht. Unglücklicherweise ist der Mann, der die Gerüchte in Umlauf brachte, ein Mitglied des Rates, so dass wir sehr wenig gegen seine Übertretung unternehmen können. Immerhin hat er Ihnen erhebliche Beunruhigung und Sorgen bereitet, und dafür entschuldige ich mich im Namen von uns allen. Wir hätten anders handeln sollen.«

»Entschuldigung angenommen«, sagte Husanic. »Nun, Sir, können wir darauf zu sprechen kommen, was Ihnen zu schaffen macht?«

»Sollt' es getan sein … dann sollt' es besser rasch geschehen!«, zitierte der Zweite Koordinator.

»Admiral Belton«, sagte Gellard, »würden Sie unseren Gästen dies bitte näher erklären?«

»Ja, Sir«, sagte Belton. Er stand auf und ging zu einem Bücherschrank, der eine ganze Wand des Amtszimmers einnahm. Dort bediente er eine Steuerung, und mehrere Dinge geschahen gleichzeitig. Das Fenster hinter dem Schreibtisch des Koordinators wurde undurchsichtig, ein Abschnitt des Bücherschranks schwenkte nach vorn und gab einen an der Wand befestigten Projektionstank frei. Dieser leuchtete auf und zeigte eine holographische Faltraumkarte der Ryall-Hegemonie. Die Karte war farbcodiert, um die verschiedenen Verbindungslinien zwischen den Systemen zu zeigen.

»Die Daten, die Sie uns zur Verfügung stellten, sind ein wahres Gottesgeschenk«, begann der Admiral mit einer Handbewegung zur Topologiekarte. »In den knappen zwei Wochen, seit wir diese neue Information erhielten, haben unsere Analytiker rund um die Uhr gearbeitet, um sie in unsere strategischen und taktischen Doktrinen einzubeziehen. Um dies zu bewerkstelligen, haben wir praktisch jedes Gefecht, das wir jemals gegen die Ryall geführt haben, neu analysiert. Dabei sind uns Zusammenhänge klar geworden, die uns seit bald einem Jahrhundert Kopfzerbrechen bereitet haben. Kurzum, wir haben gelernt, welche Vorteile der Spica-Faltraumhaufen den Ryall bietet.

Der wichtigste Vorteil, den unsere Feinde aus der Gruppierung ihrer Systeme ziehen, ergibt sich aus der ungewöhnlich hohen Zahl der Verbindungen. Dieser Vorteil kurzer Verbindungen manifestiert sich in verschiedenen Formen, die für uns zumeist ungünstig sind. Wie von Captain Drake und anderen bereits festgestellt worden ist, ermöglicht der Spica-Haufen den Ryall einen viel wirkungsvolleren Einsatz ihrer Kräfte, als es uns möglich ist. Mit anderen Worten, sie können mit viel weniger Schiffen das Gleiche leisten.«

»Haben Sie quantitative Zahlen darüber?«, fragte Gower.

Belton nickte. »Wir glauben, dass der Faktor bei ungefähr zwei Komma sieben liegt. Für die militärisch nicht so Versierten unter uns: Das bedeutet, dass hundert Schiffe der Ryall zweihundertsiebzig der unsrigen aufwiegen können.«

Ein leises Pfeifen ertönte links von Drake. Er war nicht sicher, dachte aber, dass es von Stan Barrett gekommen sei.

Belton fuhr fort: »Effektiverer Einsatz der vorhandenen Kräfte ist nicht der einzige Vorteil der inneren Linie mit ihren besseren Verbindungen. Denn mit ihren kurzen Reisezeiten haben die Ryall es nicht nötig, ihren Raum durch eine tief gestaffelte Verteidigung zu schützen. Sie können ihre Kräfte dort konzentrieren, wo sie im Kampf mit uns stehen. Sollten wir anderswo eine neue Front eröffnen, ist es relativ einfach für sie, in kurzer Zeit Streitkräfte zu dem neuen Kampfraum zu bringen.

Schließlich dürfen wir den Vorteil nicht übersehen, den ihr eng verbundener Faltraumhaufen ihrer Industrie bietet. Die kurzen Distanzen und Reisezeiten, dazu die zahlreichen Transitgelegenheiten erlauben ihnen eine Integration der planetarischen Wirtschaften, während unsere Welten wirtschaftlich nur lose miteinander verbunden sind. Durch ihre niedrigen Transportkosten können die Welten der Ryall sich Spezialisierungen leisten.

Wir sehen dies im System Carratyl, dessen wichtigster Wirtschaftsfaktor die Landwirtschaft ist, die den Rest der Hegemonie mit ihren Erzeugnissen beliefert. Möglicherweise gibt es dort Welten, die sich auf den Schiffbau spezialisiert haben, und wieder andere, deren Schwerpunkt die Verbrauchsgüterindustrie ist oder die Standort der Grundstoffindustrien sind.«

»Bisher, Admiral«, sagte Drake, »haben Sie noch nichts gesagt, was wir nicht bereits wussten.«

»Ganz recht, Captain. Ich habe die strategischen Konsequenzen der Tatsache besprochen, dass die Ryall-Hegemonie den Faltraumhaufen Spica beherrscht. Dies ist jedem, der sich damit beschäftigt, ziemlich offensichtlich. Nun wollen wir uns den taktischen Vorteilen zuwenden, die nicht so leicht zu bestimmen sind.«

Belton nahm eine Fernbedienung zur Hand und drückte eine Taste. Die Topologiekarte des Spica-Faltraums verschwand und wurde ersetzt durch eine andere, die eine Übersicht der Systeme Hellsgate, Aezer und Hermes zeigte, einschließlich der zugehörigen Faltpunkte.

»Betrachten wir unseren Plan zur Rückgewinnung Aezers«, fuhr er fort. »Eine Kampfgruppe der Großen Flotte wird einen Ablenkungsangriff gegen den Aezer-Hermes-Faltpunkt führen. Dies mit der Hoffnung, dass der Kommandeur der Ryallstreitkräfte die Aezer-Hellsgate-Verteidigung entblößen wird, um Verstärkungen zu entsenden. Etwa vierzig Stunden später wird unsere Hauptstreitmacht einen Entscheidungsangriff gegen den geschwächten Aezer-Hellsgate-Faltpunkt führen. Sobald dieser freigekämpft ist, werden unsere Schiffe mit höchster Beschleunigung das Aezersystem durchqueren und den Faltpunkt blockieren, der entgegengesetzt in die Ryall-Hegemonie führt, um feindlichen Verstärkungen den Zugang abzuschneiden und die Aezer-Hermes-Verteidigung im Rücken anzugreifen.«

Belton wandte sich an Gower und Drake. »Es ist ein guter Plan, meine Herren. Er hat die Eleganz der Einfachheit und trägt die Handschrift eines Genius. Unglücklicherweise hat er einen kleinen Fehler. Er wird nicht funktionieren!«

Gower und Drake sahen einander an, dann blickten beide zu ihren diplomatischen Repräsentanten. Als die Pause sich in die Länge zog, räusperte sich Gower und sagte: »Ich kann keinen Fehler in unseren Überlegungen sehen, Admiral Belton.«

»Der Fehler«, erwiderte Belton, »liegt in der Annahme, dass die Ryall die Aezer-Hellsgate-Verteidigung entblößen werden, um der Bedrohung des Aezer-Hermes-Faltpunktes zu begegnen. Das schien vor zwei Wochen, als Sie Ihren Plan zuerst erläuterten, eine logische Annahme. Jetzt aber, da wir die Topologie der Ryall-Hegemonie verstehen, glauben wir nicht mehr, dass die Ryall aus dem Innern des Aezer-Systems Verstärkungen heranholen werden.

Wir glauben vielmehr, dass der feindliche Kommandeur Verstärkungen von den Heimatwelten anfordern wird, was bedeutet, dass unsere von Hellsgate angreifende Streitmacht gegen Faltpunktverteidigungen von voller Stärke geworfen wird.«

»Die Ryall werden nicht genug Zeit haben, Schiffe aus anderen Teilen ihrer Hegemonie heranzuführen«, sagte Admiral Gower.

»Ich wünschte, das träfe zu«, sagte Belton. »Aber wir haben die Situation hundertmal simuliert, jedesmal mit einem anderen Szenarium. Wie wir selbst, verwenden auch die Ryall Kommunikationsrelais zwischen ihren Frontlinien und den Heimatwelten. Es wird sie weniger als acht Stunden kosten, Nachricht vom ersten Angriff in das Zentrum ihrer Hegemonie zu senden. Selbst wenn wir gleichzeitige Angriffe gegen beide Faltpunkte führten und ohne nennenswerte Verluste durchstoßen könnten, würden wir den dritten Faltpunkt nicht eher erreichen, als bis er von feindlichen Verstärkungen wimmelt.«

Diesmal zog sich die Stille noch länger hin. Als Koordinator Gellard endlich das Wort ergriff, war Trauer in seiner Stimme. »Es tut mir Leid, meine Herren, aber unter diesen Umständen werden wir dem Plan zum Angriff auf Aezer unsere Unterstützung entziehen müssen.«

»Sie lassen uns im Stich?«

»Wir lassen Sie nicht im Stich, Captain Drake. Ihre Welten sind Mitglieder des Interstellaren Rates, und wir werden sie als solche behandeln. Wir können unsere Streitkräfte jedoch nicht für einen Angriff zur Verfügung stellen, der nach unserem Dafürhalten scheitern wird. Tut mir Leid.«

»Vergeben Sie mir, wenn ich verwirrt scheine, Koordinator«, sagte Admiral Gower in eisigem Ton. »Sie werden nicht helfen, die Ryall aus dem System Aezer zu vertreiben, aber Sie lassen uns nicht im Stich. Was genau bedeutet das?«

»Wir schlagen vor«, sagte Gellard, »dass Sie sich der Realität stellen. Die Wahrheit ist, dass sowohl Alta wie auch Sandar in einer unhaltbaren Lage sind und keine weiteren zwanzig Jahre Blockade überleben werden.«

»Welche andere Wahl haben wir?«

»Wir schlagen vor, dass Sie die Möglichkeit der Evakuierung Ihrer Welten in Betracht ziehen. Wir werden natürlich helfen, Ihre Bevölkerungen zu anderen Welten in unserer Hegemonie zu transportieren.«

52

Bethany Drake lag im zurückgeklappten Beschleunigungssitz und sah die *Discovery* in dem am Schott angebrachten Bildschirm allmählich größer werden. Sie und die Psychotechnikerin Kirsten Moldare auf dem Nebensitz waren die einzigen Passagiere an Bord des kleinen Landungsbootes, das eine Stunde zuvor vom Raumhafen Mojave gestartet war.

»In dem Ding sind Sie durch einen explodierten Stern gekommen?«, fragte Kirsten mit einer Handbewegung zum Bildschirm, wo der altanische Schlachtkreuzer im Sonnenschein vor dem schwarzen Hintergrund schimmerte.

Bethany nickte. »Mehr als einmal.«

»Meine Güte, das Ding muss mindestens hundert Jahre alt sein!«

»Eher hundertfünfzig. Aber die *Discovery* ist immer gut gepflegt und instand gehalten worden, also werden Sie ein gesundes Schiff vorfinden, denke ich.« Sie gab vor, nichts zu bemerken, als ihre Begleiterin unübersehbar schluckte. Offensichtlich hatte Kirsten sich gerade erinnert, dass sie bald an Bord dieser Antiquität in der Mitte des Bildschirms gehen würde.

Koordinator Blenham war Bethanys Bitte um einen ausgebildeten Vernehmungsspezialisten unverzüglich nachgekommen. Ein Anruf im Hauptquartier der Großen Flotte hatte dazu geführt, dass Lieutenant Kirsten Moldare, Doktor der Psychologie, beauftragt worden war, Varlans Motive und ihre wahre Einstellung ans Licht zu bringen.

Annäherung und Andockmanöver im Hangar des Schlachtkreuzers wurden ohne Schwierigkeit bewerkstelligt. Der übliche Zustrom kalter Luft und wirbelnder Expansionsnebel kündete von ihrer sicheren Ankunft. Rorqual Marchant begrüßte die beiden Frauen, als sie die Luftschleuse verließen.

»Willkommen an Bord, Mrs. Drake. Und meine Glückwünsche zu Ihrer Hochzeit! Der Captain hätte keine bessere Wahl treffen können.«

»Hatten Sie Gelegenheit, die Zeremonie zu sehen, Mr. Marchant?«, fragte Bethany.

»Alle an Bord sahen sie, und inzwischen haben sie die Aufnahme mindestens zweimal wiederholt. Auch die Besatzung der *City of Alexandria* hat sie gesehen.«

»Bitte danken Sie der Besatzung in meinem Namen für ihr wunderschönes Hochzeitsgeschenk.« Ryssa Blenham hatte für die Besatzung der *Discovery* eine Statuette der aztekischen Fruchtbarkeitsgöttin besorgt und sie Richard und Bethany beim Empfang nach der Trauung überreicht.

»Sie können den Leuten selbst danken. Ich habe mir die Freiheit genommen, das Mittagessen in der Mannschaftsmesse zu bestellen. Hoffentlich macht es Ihnen nichts aus.«

»Ich fühle mich geehrt!« Bethany wandte sich an ihre Begleiterin. »Commander Marchant, ich möchte Ihnen Lieutenant Kirsten Moldare von der Großen Flotte vorstellen. Kirsten, Commander Marchant, Erster Offizier der *Discovery*.«

»Willkommen an Bord, Lieutenant.«

»Danke, Captain.«

»Kann ich Ihnen in irgendeiner Weise behilflich sein, während Sie an Bord der *Discovery* sind?«

»Sie können so rasch wie möglich die Schwerkraft wiederherstellen, Captain. Ich bin Psychologin, kein Bordoffizier, und seit wir in die Umlaufbahn gekommen sind, versucht mein Magen am Rückgrat hinaufzukriechen.«

»In ungefähr fünfzehn Minuten werden Sie sich besser fühlen«, versprach Marchant.

Bethany half Kirsten zu Drakes Kajüte, wo sie die Rückkehr der Schwerkraft abwarteten und die Zeit nutzten, um die bevorstehende Vernehmung zu besprechen.

»Ihre Technik wird Varlan nicht verletzen, nicht wahr?«, fragte Bethany.

Kirsten schüttelte den Kopf. »Die Suppressivdroge, die ich verwende, ist als pharmakologisch unbedenklich für die Biochemie der Ryall eingestuft. Was die Möglichkeit betrifft, dass die Versuchsperson sich selbst verletzt, so werde ich sie vorsichtshalber ruhig stellen.«

»Rechnen Sie damit, dass sie gewalttätig wird?«

»Solche Reaktionen sind recht häufig, Mrs. Drake. Sie müssen wissen, dass die Droge ihre höheren Hirnfunktionen unterdrückt, ohne ihre Emotionen zu beeinflussen. Sobald sie unter dem Einfluss der Droge steht, wird Varlan sich wie ein menschliches Wesen unter der Wirkung einer starken Psychodroge verhalten. Ließe man sie in ihren Bewegungen unbehindert, könnte sie sehr leicht sich selbst oder uns verletzen.«

»Und wenn sie sich weigert, auf unser Vorhaben einzugehen? Sie ist stark wie zwei Männer, müssen Sie wissen.«

»Ich denke, das wird kein Problem sein. Die Ryall sind ziemlich stoische Geschöpfe, wenn sie erst einmal wissen, dass etwas unvermeidlich ist.« Kirsten verzog das Gesicht und hob eine Hand an den Magen. »Endlich! Ich würde sagen, Commander Marchant ist dabei, sein Wort einzulösen. Die Schwerkraft scheint zurückzukehren.«

Bethany nickte. »Ich spüre es auch; ungefähr ein Zehntel Standard. Sie wird jetzt ziemlich rasch zunehmen.«

»Schon jetzt reicht sie aus, um meinen Magen daran zu hindern, dass er Purzelbäume schlägt. Wollen wir unsere Versuchsperson aufsuchen?«

Bethany führte Kirsten zu Varlans Kabine. Sie nickte dem Dienst tuenden Marinesoldaten im Korridor zu und trat ein.

»Ich begrüße Sie, Bethany von den Lindquists!«, rief Varlans pfeifende hohe Stimme, als sie ihre Besucherinnen erblickte.

»Hallo, Varlan. Haben Sie mich vermisst?«

»Sehr. Ich beobachtete Ihr Paarungsritual auf meinem Unterhaltungsbildschirm. Der Symbolismus scheint recht komplex. Ich würde später einmal gern mit Ihnen darüber sprechen.«

»Dazu bin ich jederzeit gern bereit, Varlan. Hat die Besatzung Sie gut behandelt?«

»Sie füttert mich regelmäßig, aber ich vermisse unsere täglichen Diskussionen.«

Bethany nickte. »Darin stehen Sie nicht allein. Varlan, ich möchte Sie mit Kirsten Moldare bekannt machen. Sie arbeitet für die Herrschenden auf der Erde. Kirsten, ich habe die Ehre, Ihnen Varlan von den Duftenden Wassern vorzustellen, Betriebsleiterin des Corlis-Bergbaukomplexes und meine Freundin.«

»Ich begrüße Sie, Varlan«, sagte die Psychologin und imitierte die Ryallgeste der Ehrerbietung. »Es ist mir eine Ehre, eine so vollendete Vertreterin Ihrer Art kennen zu lernen.«

Varlan stellte ihre Schlappohren auf und musterte diesen neuen Menschen mit einem obsidianschwarzen Auge. »Ich grüße Sie, Kirsten von den Moldares. Auch ich bin geehrt, dass Sie sich die Zeit nehmen, mich zu begrüßen. Darf ich fragen, zu welchem Zweck es geschieht?«

»Bethany hat mir von Ihren Gesprächen mit ihr erzählt. Ich habe mit verschiedenen Ihrer Artgenossen gesprochen und keinen gefunden, der Ihrer großen Weisheit gleichkäme.«

»Es ist wahr, dass Bethany mich veranlasst hat, tief in meine eigene Seele zu blicken.«

»Es ist immer schwierig, Konzepte zu begreifen, die normalen Denkmustern fremd sind«, sagte Kirsten. »Dass es Ihnen gelungen ist, macht der Sippe von den Duftenden Wassern Ehre.«

»Ich danke der Tochter von den Moldares für ihre freundlichen Worte.«

»Ich möchte Sie um einen Gefallen bitten, Varlan.«

»Von welcher Art?«

»Ich studiere Ihre bewundernswerte Art von Berufs wegen.«

»Sie sind eine Vernehmerin von Gefangenen?«

»Ja«, antwortete Kirsten mit mehr Aufrichtigkeit, als sie einem Menschen gegenüber gezeigt hätte.

»Und Sie wünschen mich zu vernehmen?«

»Ich möchte die Weisheit eingehender studieren, die Sie zu Ihrer neuen Einsicht führte. Ich habe eine Droge, die mir bei der Untersuchung helfen wird.«

»Droge?« Das Übersetzungsgerät signalisierte den plötzlichen Schrecken, den die Ryall empfand, indem es die Lautstärke erhöhte.

»Es wird Ihre Gliedmaßen schwer machen und vielleicht verursachen, dass Ihre Augen sich heiß fühlen. Aber Sie werden in keiner Weise Schaden davontragen.«

Varlan legte die Ohren an und wandte sich an Bethany. »Ist dies Ihr Wunsch, Bethany von den Lindquists?«

»Es würde sehr hilfreich sein, Varlan.«

Die Ryall zögerte lange Sekunden, dann machte sie eine Geste, die widerwillige Akzeptanz einer Situation signalisierte.

»Bitte nehmen Sie Ruhestellung ein«, sagte Kirsten.

Varlan zog die sechs Beine unter den Rumpf und legte den Schwanz um sich, dann ließ sie den Kopf auf den Teppichboden niedersinken. Kirsten zog eine Injektionspistole aus ihrer Arzttasche und trat näher.

Sie kniete nieder und fuhr mit den Fingerspitzen über Varlans Rücken, um nach einem bestimmten Wirbel zu suchen. Als sie ihn fand, hielt sie die Mündung der Pistole an das Gelenk und injizierte eine Dosis der Droge.

»Das Mittel wird erst nach einigen Augenblicken wirksam, Varlan. Ängstigen Sie sich nicht über die begleitenden Empfindungen. Es ist harmlos.«

Die beiden Frauen beobachteten aufmerksam, wie Varlan sich langsam entspannte. Weniger als eine Minute nach der Injektion lag sie ausgestreckt wie ein schlafender Drache. Nur die Augen zeigten, dass sie wach und bei Besinnung war.

»Wie fühlen Sie sich?«, fragte Kirsten aus ihrer knienden Haltung neben dem Zentauren.

»Schläfrig, aber nicht schläfrig«, antwortete das Übersetzungsgerät am Hals der Ryall. Die Diktion des Computers war unverändert klar, aber Bethany glaubte eine Ungenauigkeit in der Sprechweise der Ryall auszumachen. Sie sagte es Kirsten.

»Das ist normal«, meinte die Psychologin. Sie machte sich daran, Varlans Herzschlag, Temperatur und Atmung mit Hilfe eines komplizierten Geräts zu kontrollieren, dann nickte sie befriedigt. »Sie ist unzweifelhaft in Narkose. Fangen Sie einfach an, wie wir besprochen haben.«

Bethany ließ sich neben der liegenden Gestalt nieder, dass Varlan sie besser sehen konnte. »Wie ist Ihr voller Name, bitte?«

»Ich bin Varlan von der Sippe der Duftenden Wasser.«

»Und Ihre Heimatwelt?«

»Das schöne Darthan!«

»Und welche Position bekleideten Sie auf Corlis?«

»Ich war die Betriebsleiterin der Mineralgewinnungsanlage.«

»Wissen Sie, wer ich bin?«

»Sie sind Bethany von den Lindquists, Mensch und meine Gefängniswärterin.«

»Bedeute ich Ihnen sonst nichts?«

»Sie erleichtern mir die Langeweile und belehren mich über Ihre Art, die von meinesgleichen ›Ungeheuer‹ genannt wird.«

»Sicherlich denken Sie nicht, dass ich ein Ungeheuer bin, Varlan.«

Die Ryall antwortete nicht. Kirsten bedeutete Bethany, dass sie die Frage wiederholen solle, was diese tat. Es folgte eine weitere Verzögerung, und Bethany bemerkte, dass Varlans Atmung von einem langsam rhythmischen Ruhezustand zu einem kurzen, schnellen Keuchen beschleunigte. Die Herrschaft der Droge über sie war offensichtlich nicht vollständig. Irgendwo unter dieser graugrünen Haut, die sich über den birnenförmigen Schädel spannte, tobte ein Kampf. Dann, ganz plötzlich, als hätte irgendwo im Bewusstsein der Ryall eine Barriere nachgegeben, stieß Varlan eine Reihe von quietschenden Lauten aus, beinahe zu schnell, als dass das Übersetzungsgerät ihr folgen konnte.

»Du bist schlimmer als ein Ungeheuer! Deine Gattung ist die Brut des Bösen Sterns, und ihr würdet euch an unseren Jungen mästen, wenn wir euch die Gelegenheit gäben. Ihr seid Geschöpfe, die vernichtet werden müssen, selbst wenn eure Vernichtung das Werk von tausend Generationen sein sollte!«

Etwa sechzehn Stunden später entließ die Maschine vom Raumhafen Mojave eine zutiefst niedergeschlagene und entmutigte Bethany Drake in die Arme ihres wartenden Gemahls.

»Wie ist es gegangen?«, fragte er nach einem Begrüßungskuss. Die Frage war rein rhetorisch. Er sah ihrem Gesichtsausdruck an, wie es gegangen war.

»Ach, Richard, es war furchtbar!«, schluchzte sie. »Du kannst dir nicht vorstellen, wie sehr Varlan uns hasst.«

»Und ihre Bekehrung zu unserer Sicht?«

»Alles Heuchelei und Verstellung. Sie hatte einen unausgegorenen Plan, dem Oberkommando der Ryall die Position der Erde mitzuteilen. Während ich glaubte, wirklich voranzukommen, plante sie die ganze Zeit einen Angriff auf die Erde.«

Drake zog seine Frau in die Arme und hielt sie umfangen. So standen sie lange Minuten, ohne auf die Blicke Vorübergehender zu achten. Schließlich schnupfte Bethany, nahm den Kopf von seiner Schulter und zwang sich zu einem Lächeln. »Und wie war dein Tag, Liebster?«

»Verglichen mit deinem?«, fragte er. »Nicht gut. Ich werde dir davon erzählen, wenn wir zum Hotel kommen.«

Später, in der Zurückgezogenheit ihres Zimmers, berichtete er von der Sitzung im Amtszimmer des Ersten Koordinators. Sie lauschte mit wachsendem Entsetzen, als er auf die Schlussfolgerung ihrer irdischen Gastgeber zu sprechen kam.

»Evakuierung? Das kann nicht ihr Ernst sein!«

»Ich fürchte, sie meinen es verdammt ernst«, versetzte Drake. »Sie haben Valeria und Hellsgate abgeschrieben. Ihre Computersimulationen geben uns keine strategische Chance, die Ryall von Aezer zu vertreiben.«

»Dann werden wir die Verbindung durch den Ringnebel aufrechterhalten.«

Drake schüttelte den Kopf. »Auch das haben sie überprüft. Die Anstrengungen, die nötig wären, den Verkehr mit unseren Welten aufrecht und die Ryall in Schach zu halten, würde zu viele Kräfte binden und Ressourcen beanspruchen, die anderswo fehlen würden. Die Zentralregierung und der Interstellare Rat würden die Verantwortung nicht auf sich nehmen.«

»Und doch sind sie bereit, die weitaus umfangreichere Aufgabe zu übernehmen, die Bewohner zweier Welten durch den Ringnebel zu evakuieren. Woher wollen sie die dazu benötigten Schiffe nehmen?«

»Man braucht nicht allzu viele, mein Liebes. Ich habe ihre Berechnungen gesehen.«

»Es geht um sechs Milliarden Menschen, Richard, vier Milliarden Sandarer und zwei Milliarden der unsrigen. Wenn wir unsere Habseligkeiten dazurechnen, würde jedes Schiff im Bereich der menschlichen Hegemonie herangezogen werden müssen.«

»Von Habseligkeiten ist nicht die Rede. Sie wollen die Leute in Kältetiefschlaf versetzen und wie Brennholz stapeln. In einen der großen Frachter gehen viele hinein, wenn man sich nicht um Kleinigkeiten wie Essen, Ellbogenraum und andere Bedürfnisse sorgen muss.«

»Sicherlich werden sie uns nicht zwingen, alles aufzugeben, Richard. So grausam können sie nicht sein.«

»Das Angebot lautet, die Bevölkerung zu evakuieren, Punktum! Keine Hunde, keine Katzen, keine Topfpflanzen, keine Gemälde, keine Besitztümer irgendwelcher Art. Wenn man bedenkt, dass du nackt in einen Kälteschlaftank kommst, werden wir vielleicht nicht mal unsere Kleider haben, wenn wir dort ankommen, wo immer sie uns wieder ansiedeln wollen. Das ist der andere Teil der guten Nachricht. Wir werden nicht zu einer einzigen Welt geschickt, sondern sie wollen uns über den ganzen von Menschen bewohnten Raum verteilen.«

»Du sagtest ihnen natürlich nein.«

Er grinste. »Wir sagten ihnen: ›Zum Teufel, nein!‹«

»Gut. Was sagten sie darauf?«

»Sie legten uns nahe, dass wir übereilte Entschlüsse vermeiden und eine Weile darüber nachdenken sollten. Sie erinnerten uns, dass wir entweder jetzt evakuieren oder bereit sein müssen, irgendwann in den nächsten zwanzig Jahren von den Ryall überrannt zu werden.«

»Es muss doch eine andere Wahl geben!«, sagte Bethany.

»Wenn es eine gibt, ist sie mir noch nicht eingefallen.«

Sie schob ihre Hand in die seine, und sie saßen lange Minuten still, während sie versuchte, diesen neuen Schock zu verarbeiten. Endlich wandte sie sich wieder an Drake. »Was werden wir tun, Richard?«

Er zeigte ihr das hilflose Lächeln eines Mannes, der sich überfordert sieht. »Ich weiß nicht, wie es mit dir ist, aber ich glaube, ich werde mich betrinken! Machst du mit?«

Sie zuckte die Achseln. »Warum nicht? Dadurch kann es auch nicht schlimmer werden, als es ohnehin schon ist!«

Das Besäufnis erwies sich als eine Fehlentscheidung. Drake hatte ein Glas getrunken und mit dem zweiten angefangen, als er zu der Einsicht kam, dass Alkohol keine Lösung war. Er blickte auf und sah, dass Bethany ihr erstes Glas noch nicht geleert hatte. In beiderseitigem Einvernehmen gingen sie auf den Balkon und setzten sich nebeneinander auf die Bank und blickten über die Stadt hin.

Die Sonne war längst untergegangen und hatte das Feld den Lichtern von Mexico City überlassen, die sich als ein Teppich glitzernder Juwelen weit über das trockengelegte Bett des früheren Sees erstreckten, wo vor mehr als elfhundert Jahren Hernán Cortés den aztekischen Priesterkönig Montezuma II. besiegt hatte. Am Himmel waren nur die hellsten Sterne sichtbar; alle anderen wurden vom Lichterglanz der Stadt überstrahlt. Dennoch versuchte Drake die Sternbilder zu identifizieren und spähte zum Südhimmel, um vielleicht einen rötlichen Funken am Himmel zu sehen. Nach einer Weile beteiligte sich Bethany an der Suche.

»Ist er das?«, fragte sie und zeigte zu einem Stern über dem Horizont, wo die Berge der Sierra Nevada einen schwarzen Wall bildeten.

Drake schüttelte den Kopf. »Die Richtung stimmt nicht. Das ist Osten. Was du siehst, ist wahrscheinlich der Mars. Ich bin nicht sicher, ob Antares zu dieser Jahreszeit am nördlichen Sternhimmel der Erde sichtbar ist.«

Bethany schmiegte sich an ihn. »Macht nichts. Wir könnten die Heimat sowieso nicht sehen.«

Drake steckte die Nase in ihr duftendes Haar und lächelte. »Erinnerst du dich, wie wir uns das erste Mal begegneten?«

»Bei Mrs. Mortridges Abendempfang? Wie könnte ich es vergessen? Du erzähltest allen von der *Conqueror*-Mission, und jemand machte die alberne Bemerkung, wie überraschend es sei, dass einige der toten Besatzungsmitglieder Frauen waren …«

»Worauf du dich energisch einmischtest und ihn über die Geschichte weiblicher Raumfahrer aufklärtest.«

Sie lächelte. »Onkel Clarence sagt immer, dass ich eine Neigung zum Predigerhaften hätte. Warst du böse auf mich, weil ich deine Geschichte unterbrach?«

»Ganz im Gegenteil. Ich hatte dieselbe Geschichte schon ein Dutzend Male erzählt. Du warst sozusagen ein frischer Lufthauch. Außerdem warst du die schönste Frau, die ich je gesehen hatte.«

Bethany seufzte. »Und ich fand dich in deiner Uniform besonders schneidig. Ich fühlte mich geschmeichelt, dass du dir überhaupt die Mühe machtest, mit mir zu sprechen.«

Wieder schwiegen sie lange Minuten. Schließlich sagte Bethany: »Weißt du, was ich am meisten vermissen werde, wenn wir uns evakuieren lassen müssen, Richard?«

»Das werden wir nicht.«

»Ich weiß«, antwortete sie. »Aber wenn wir unsere Heimat verlassen müssten, weißt du, was mir am meisten fehlen würde?«

»Was?«

»Der Geruch in der Luft nach einem Frühlingsregen im Hochland, wenn die Xanthrobüsche alle gleichzeitig aufblühen.«

Drake nickte. Der Duft der Xanthrosamen wurde auf Alta zu einem beliebten Parfum verarbeitet. Vor dem Novaausbruch war Xanthroextrakt ein wichtiger Exportartikel gewesen.

»Ich glaube, ich würde den Aufstieg zur Clearetherspitze am meisten vermissen«, sagte er. »Es ist anstrengend und mühsam, bis zum Gipfel aufzusteigen, aber wenn du oben bist, kannst du bei klarem Wetter dreihundert Kilometer in jeder Richtung sehen.«

»Das hört sich gut an.«

»Nächstes Mal werde ich dich mitnehmen.« Verspätet fiel ihm ein, dass die Gelegenheit dazu sich vielleicht nie mehr bieten würde.

Bethany schien seine Gedanken zu erraten. Tränen traten ihr in die Augen.

»Verdammt, Richard, es ist einfach nicht gerecht!«

»Was ist nicht gerecht?«

»Diese ganze Situation. Wir sollen unsere Heimat an die Ryall verlieren, und warum? Sind wir weniger intelligent als sie? Sind sie bessere Krieger? Bauen sie bessere Schiffe? Nichts davon! Wir verlieren diesen Krieg, weil der falsche Stern zur falschen Zeit sein Leben beendete. Warum konnte nicht Spica zur Nova geworden sein? Wo wären die Ryall dann?« Bethany fühlte, wie sein Körper sich plötzlich spannte. Sie wandte den Kopf und sah an seinem Ausdruck, dass er tief in Gedanken war. »Richard, was hast du?«

»Nichts«, antwortete er und stand auf. »Ich hatte gerade einen unheimlichen Gedanken.«

»Was?«

»Es ist besser, ich mache dir jetzt noch keine Hoffnungen«, sagte er, dann ging er mit langen Schritten hinein zum Telefon.

Bethany folgte ihm neugierig. »Wen willst du anrufen?«

»Das Hauptquartier der Großen Flotte.«

»Warum?«

»Ich brauche Zugang zu ihren taktischen Computerprogrammen. Es ist zweifelhaft, ob meine Idee einer Analyse standhalten wird. Und selbst wenn sie sich als theoretisch möglich erweisen sollte, könnte sie praktisch ungeeignet sein.«

»Ich verstehe nicht, Richard.«

Er sah sie an und lächelte breit. »Ich auch noch nicht. Aber wenn ich es richtig sehe, könnten wir finden, dass die Ryall in einer nicht annähernd so unverwundbaren Position sind, wie wir denken. Tatsächlich könnte die Antares-Supernova das Schlimmste sein, was ihnen je geschehen ist!«

53

Zwei Tage später fand beim Ersten Koordinator eine weitere Besprechung statt. Wie zuvor, wurde der Interstellare Rat von den Koordinatoren Gellard und Blenham vertreten, die Regierung von zwei Ministerialbeamten, die Große Flotte von den Admirälen Belton und Ryerson. Für die Kolonisten waren Admiral Gower, Stan Barrett und Graf Husanic gekommen. Auch Bethany Drake, die jetzt nur sich selbst vertrat, war anwesend; dagegen fehlte Richard Drake, auf dessen Betreiben die Zusammenkunft stattfand.

»Wo ist der gute Captain, Mrs. Drake?«, fragte Koordinator Blenham, nachdem er auf die Armbanduhr gesehen hatte. Es war bereits fünf Minuten nach dem vereinbarten Beginn der Besprechung, und Blenham wollte bis zu seinem nächsten Termin um 14:00 Uhr fertig sein.

»Er wird bald hier sein«, sagte Bethany. »Er kommt vom Hauptquartier der Großen Flotte und könnte im Verkehr stecken geblieben sein.«

Gellard wandte sich an den Großadmiral. »Was tut Captain Drake in Ihrem Hauptquartier, Admiral?«

»Vorgestern Abend gewährten wir ihm Zugang zu unseren Computerprogrammen, nachdem er uns gebeten hatte, einige strategische Simulationen durchführen zu dürfen. Seitdem beschäftigt er sich mit theoretischen Untersuchungen.«

»Kennen Sie den Grund dieser Untersuchungen, Admiral?«

»Nein, Sir. Drake hat alles unter einem persönlichen Sicherheitscode, der anderen keinen Zugang zu seinem Projekt gewährt. Was er tut, kostet erhebliche Computerzeit, und andere Nutzer haben sich bereits beklagt.«

Gellard wandte sich an Gower. »Was wissen Sie darüber, Admiral?«

»Nichts«, sagte Gower. »Seit unserer letzten Sitzung in diesem Büro habe ich Captain Drake nicht mehr gesprochen. Wie Sie sich denken können, ist in letzter Zeit keinem von uns nach geselligem Umgang zumute.«

»Mrs. Drake?«

Bethany schüttelte den Kopf. »Tut mir Leid, Koordinator. Ich weiß nur, dass wir vorgestern Abend auf unserem Balkon saßen, als er aufsprang, ein Taxi bestellte und zum Hauptquartier der Großen Flotte fuhr, obwohl es spät am Abend war. Außer einem Anruf, mit dem er mich bat, diese Gesprächsrunde zusammenzurufen, habe ich ihn seitdem weder gesehen noch gesprochen.«

Gellard öffnete den Mund, um etwas zu sagen, als die Gegensprechanlage auf seinem Schreibtisch summte. Er beugte sich vor und schaltete sie durch Knopfdruck ein. »Ja?«

»Captain Drake ist hier und möchte Sie sprechen, Koordinator.«

»Schicken Sie ihn herein.«

Einen Augenblick später wurde die Tür geöffnet, und Richard Drake trat ein. Zwei Tage angestrengter Arbeit, unterbrochen nur von kurzen Ruhepausen und hastig verzehrten Imbissen hatten ihn verwandelt. Seine Augen waren gerötet. Dunkle Schatten lagen darunter. Die Wangen waren eingesunken, und seine sonst so makellose Uniform sah aus, als hätte er darin geschlafen. Trotz seiner offensichtlichen Übermüdung schritt er entschlossen zum Konferenztisch und begrüßte die Anwesenden mit einer leichten Verbeugung. »Verzeihen Sie meine Verspätung, Koordinator.«

Gellard blickte zu ihm auf. »Als Ihre Frau stellvertretend für Sie um diesen Termin bat, Captain, ging ich darauf ein, weil ich dachte, Sie wären in dieser Aezer-Angelegenheit zur Vernunft gekommen. Nun stellt sich heraus, dass Sie teure Computerzeit im Hauptquartier der Großen Flotte für ein Projekt verwendet haben, von dem nicht einmal Ihr kommandierender Offizier weiß. Was geht hier vor?«

»Ich werde diese Frage gern beantworten, Koordinator, wenn Sie mir gestatten, Ihren Holoschirm zu benutzen.«

Gellard nickte. »Bitte.«

Drake ging zum Bücherschrank und bediente dieselbe Steuerung, die Admiral Ryerson vor drei Tagen betätigt hatte. Wieder schwang ein Teil des Bücherschranks von der Wand und gab den holographischen Projektionstank frei. Aus der Brusttasche seiner Uniform zog Drake eine Datentafel, die er in einen Schlitz neben dem Projektionsraum steckte. Dann wandte er sich zu den Anwesenden um.

»Meine Herren, vor drei Tagen präsentierten Sie die Ergebnisse einer Analyse des altanisch-sandarischen Planes, die Ryall aus dem System Aezer zu vertreiben. Sie wiesen darauf hin, dass die Grundvoraussetzung des Planes, nämlich, dass die Ryall den Faltpunkt Aezer-Hellsgate von Abwehrkräften entblößen würden, um Aezer-

Hermes zu verstärken, unrichtig sei. Unter Verwendung der Navigationsdaten, die wir zur Verfügung stellten, bewiesen Sie, dass die kurzen Kommunikationswege und Reisezeiten innerhalb der Hegemonie Folgendes wahrscheinlich machten: Die Zentauren würden direkt von ihren Heimatsternen aus Verstärkungen entsenden. Da solche Verstärkungen einen Ablenkungsangriff nutzlos machen, empfahlen Sie, dass der Angriff nicht wie geplant ausgeführt werden sollte.

Nun, die offensichtliche Lösung für eine so missliche Lage wären gleichzeitige Großangriffe auf beide Faltpunkte. Unglücklicherweise bewies Ihre Analyse auch hier wieder, dass eine solche Strategie geringe Erfolgsaussichten haben würde. Das Problem besteht darin, dass wir nicht imstande sein würden, das System schnell genug zu besetzen, um die Verstärkungen der Ryall am Eindringen zu hindern. In einer derartigen Situation würde die überlegene Beweglichkeit die Ryall wahrscheinlich in die Lage versetzen, jedes unserer Schiffe zu überwältigen, das den ersten Angriff überlebt.

Schließlich empfahlen Sie, dass wir die Hoffnungslosigkeit unserer Lage akzeptieren und unsere Heimat aufgeben, solange noch Zeit ist.«

»Jeder in diesem Raum ist mit den jüngsten Ereignissen vertraut, Captain Drake. Worauf wollen Sie hinaus?«

»Ich erinnere nur daran, Koordinator, dass nach dem Stand der Dinge kein Weg geeignet erscheint, den Würgegriff der Ryall aufzubrechen und das Aezer-System zu befreien. Ich schlage vor, dass wir diese unerfreuliche Tatsache akzeptieren und die Lösung unseres Dilemmas anderswo suchen. Wenn ein Problem zu lösen ist, empfiehlt es sich immer, ein paar Schritte zurückzutreten, um das Gesamtbild ins Blickfeld zu bekommen.

Vor mehreren Wochen saß ich im Hauptquartier der Großen Flotte und hörte einen Vortrag, der die offensichtliche Tatsache, dass die Menschheit während des vergangenen Jahrhunderts Boden an die Ryall verloren hat, verklärte. Ich hörte, dass die Ryall mehr Schiffe und eine größere Versorgungsbasis hätten als wir. Die erbeuteten Daten zeigen jedoch, dass dies nicht zutrifft. Die Ryall-Flotte ist nicht größer als unsere, ihre Schiffe sind nicht besser ausgerüstet, und die Ryall-Hegemonie ist insgesamt kleiner als unsere. Schließlich sind die Ryallkrieger weder klüger noch zäher oder tapferer als unsere.« Drake machte eine Pause und blickte in die Runde seiner Zuhörer. »Warum also verlieren wir trotzdem diesen Krieg?«

»Sie haben Spica«, sagte Koordinator Blenham.

»Richtig! Der Fehler, könnte man sagen, liegt nicht in uns, sondern in unserem Unstern. Die Ryall sind Nutznießer eines einfachen Zufalls der Natur. Sie bewohnen den Spica-Faltraumhaufen.«

Drake wandte sich um und schaltete die Projektion ein. In ihrer Tiefe war ein Diagramm sehr ähnlich dem, das Drake an jenem ersten Abend abgerufen hatte, als er das Geheimnis der Ryall aufgedeckt hatte. In der Schwärze des Raums lagen alle Sterne der Ryall-Hegemonie und des menschlichen Herrschaftsbereichs. Jeder Stern war farbcodiert und durch winzige dünne Linien mit seinem Nachbarn verbunden.

»Hier sehen wir das Problem in einer Form dargestellt, die relativ leicht zu verstehen ist. Während wir entlang dem Spiralarm ausgebreitet sind, in einer Ansammlung von Sternen, die nur lose miteinander in Verbindung stehen, bewohnen die Ryall einen kompakten Bereich, dessen Sterne durch Faltpunktverbindungen eng mit Spica zusammengeschlossen sind. Wie Admiral Belton in unserem letzten Gespräch feststellte, sind die Vorteile dieser Anordnung wesentlich kürzere Reisezeiten zwischen den Systemen, bessere Kommunikationsmöglichkeiten, eine effizientere Nutzung natürlicher Bodenschätze und ein Maß an industrieller Integration, von dem unsere Welt nur träumen könne. Zwar ist keiner dieser Faktoren für sich genommen entscheidend, aber gemeinsam verschaffen sie den Ryall einen Vorteil, den zu überwinden wir nahezu unmöglich finden.«

Drake zeigte mit dem Finger auf den Stern, der Mittelpunkt der roten Verbindungslinien der Ryall-Hegemonie war. »Wenn wir diesen Krieg jemals gewinnen wollen, werden wir die Vorteile ausgleichen müssen, die den Ryall aus ihrem Faltraumhaufen erwachsen.«

»Und wie wollen Sie das bewerkstelligen, Captain?«, fragte Blenham.

Drake lächelte. »Ganz einfach, Koordinator. Wir brauchen nichts weiter zu tun, als Spica zu erobern und zu halten!«

Keiner sagte etwas. Sogar Bethany war sprachlos. Endlich wurde Großadmiral Belton lebendig. Er blickte von der Projektion zu Drake und wieder zurück.

»Captain, ich hoffe, Sie werden meine nächste Bemerkung nicht als kränkend empfinden, aber ob Sie es tun oder nicht, ich muss Sie fragen: Sind Sie betrunken oder haben Sie den Verstand verloren?«

»Nichts von beidem, Admiral. Es ist zu machen. Ich weiß es, weil ich die letzten zwei Tage alle Aspekte untersucht habe und beweisen kann, dass es zu machen ist.«

»Wenn Sie die Ryall nicht aus dem Aezer-System vertreiben können, wie wollen Sie dann das Zentralgestirn ihrer ganzen Hegemonie erobern? Und wie wollen Sie Spica überhaupt erreichen?«

»Durch die Hintertür, Admiral. Genauer gesagt, die Übergangssequenz wird Antares, Eulysta, Carratyl, Spica sein.«

»Die Ryall werden Sie abschlachten, bevor Sie die Hälfte des Weges hinter sich gebracht haben.«

»Keineswegs, Sir. Vergessen Sie nicht, dass die gesamte Ryall-Flotte in den Systemen Aezer, Constantine und Klamath konzentriert ist. Eulysta als einer ihrer inneren Sterne ist praktisch unbewohnt. Selbst wenn sie den Corlis-Komplex wiederaufbauen, werden nicht mehr als ein halbes Dutzend Frachtschiffe in dem System sein. Was Carratyl betrifft, so ist es eine abgelegene landwirtschaftlich geprägte Welt mit einem einzigen Marinestützpunkt und überhaupt keinen Faltpunktverteidigungen. Wenn wir zum Carratyl-Spica-Faltpunkt gelangen, bevor die ganze Hegemonie alarmiert wird, werden wir mit einer überwältigenden Streitmacht in Spica einfallen, ehe die Ryall auf den Angriff reagieren können.«

»Nehmen wir an, es gelingt uns, Spica im Handstreich zu nehmen«, sagte Belton. »Was sollte die Streitkräfte der Ryall daran hindern, unmittelbar danach aus allen Richtungen über uns herzufallen?«

»Nichts, Admiral. Tatsächlich können Sie damit rechnen, dass genau das geschehen wird. Aber denken Sie an unsere Probleme bei dem Versuch, die Blockade Aezers zu durchbrechen. Durch die Einnahme Spicas sorgen wir für die Umkehrung der bestehenden taktischen Gleichung. Diesmal werden wir im Besitz der inneren Linien von Kommunikation, Beweglichkeit und Koordination sein. Demgegenüber werden die Ryall blind kämpfen müssen. Sie werden gezwungen sein, ihre Flotten stückweise durch die verschiedenen Faltpunkte einzufädeln, und wir werden sie vernichten, wie sie hereinkommen.«

»Wie lange können wir nach Ihrer Meinung acht verschiedene Faltpunkte gegen entschlossene Angriffe halten?«, fragte Ryerson.

»So lange wie nötig, Sir. Unsere Kampfgruppen werden nur so lange halten müssen, bis wir Orbitalfestungen heranschaffen. Diese werden wir bekommen, indem wir einige der Faltpunktverteidigungen hier in unserem Raum entblößen. Sind die Festungen an Ort und Stelle, werden wir Spica ebenso halten können wie unsere eigenen Systeme.«

»Für wie lange?«

»Bis die Ryall entweder klein beigeben oder ihnen die Schiffe ausgehen.«

»Das könnte mehrere hundert Jahre dauern!«

»Genau das glaube ich nicht, Sir. Sehen Sie, der große Vorteil der Zentauren ist zugleich ihre Achillesferse. Die Hegemonie ist abhängig von schnellen, kostengünstigen Verbindungen zwischen ihren Systemen. Ihre industrielle Basis ist hochintegriert, das heißt, dass jede Welt darauf spezialisiert ist, was sie am günstigsten produzieren kann. In dem Augenblick, da es uns gelingt, den Mittelpunkt ihres Faltraumhaufens zu blockieren, beginnt ihre industrielle Maschine zu zerfallen. Wenn wir unseren Würgegriff lange genug halten, wird die Hegemonie einen katastrophalen wirtschaftlichen Zusammenbruch erleiden. Sobald das geschieht, wird ihre Fähigkeit zur Kriegsführung nicht mehr gegeben sein. Wir können dann ihre Heimatsysteme eines nach dem anderen erobern. Wir werden sie auf ihren Heimatwelten isolieren, bis sie lernen, unser Lebensrecht anzuerkennen.«

Koordinator Gellard wandte sich an Gower. »Sie sind sehr still geblieben, Admiral. Was halten Sie von diesem skurrilen Plan?«

»Ich bin nicht sicher, was ich davon halten soll, Koordinator«, antwortete Gower. »Er hat zweifellos den Vorzug der Originalität. Auch finde ich, dass er mir viel besser gefällt als Ihr Vorschlag, Alta und Sandar den Ryall zu überlassen. Dennoch, es ist ein großer Schritt.«

»Ein zu großer Schritt, fürchte ich«, erklärte Gellard. »Die Vollversammlung des Rates wird sich niemals auf ein solches Glücksspiel einlassen.«

Drake, der seit zwei Tagen von Anregungsmitteln gelebt hatte, unterdrückte aufsteigenden Zorn über die anmaßende Zurückweisung seines Planes.

»Der Rat hat in dieser Angelegenheit keine Wahl.« Drake wandte sich an seine Frau. »Erzähl ihm, was Varlan dir gesagt hat!«

Bethany berichtete von ihrer Vernehmung der gefangenen Ryall und ihrer Enttäuschung angesichts der Erkenntnis, dass Varlans scheinbare Bekehrung Heuchelei gewesen war. Auch ließ sie Varlans Hoffnung nicht unerwähnt, dass es ihr irgendwann gelingen würde, dem Oberkommando der Ryall Angaben über die Position der Erde zu machen.

»Sehen Sie?«, fragte Drake, als Bethany geendet hatte. »Sollten die Ryall jemals die Position der Erde ausfindig machen, sind sie zu ihrer Zerstörung entschlossen! Das ist die Wahl, vor der Rat und Zentralregierung stehen. Entweder wir stoßen jetzt, da wir ihr Geheimnis kennen, auf Spica vor, oder sie fallen über die Erde her, sobald sie unser Geheimnis erfahren. Was wird es sein?«

Der Koordinator schwieg lange. Bethanys Enthüllung hatte ihn offensichtlich nicht unbeeindruckt gelassen. Fast eine Minute verging, bevor er mit einer Miene, in der sich Zweifel und Besorgnis widerspiegelten, zu Drake blickte. »Ich werde dafür sorgen, dass Ihr Plan der Vollversammlung des Rates vorgelegt wird. Wie sie sich dazu stellen wird, kann ich nicht voraussagen.« …

54

Richard Drake arbeitete an seinem Schreibtisch an Bord des neuesten altanischen Großkampfschiffes *Conqueror II*, als sein Telekommunikationsgerät einen Anruf anzeigte. Er schaltete ein und sah sich dem Nachrichtenoffizier gegenüber.

»Was gibt es, Mr. Haydn?«

»Wir haben soeben über Relais einen Tagesbefehl von der Erde erhalten, Admiral. Er ist verschlüsselt und an alle Schiffe und Kommandozentralen gerichtet.«

»Bringen Sie Ihn auf meinen Bildschirm.«

Einen Augenblick später begannen willkürliche Alphanumerische Gruppen über Drakes Bildschirm zu wandern. Er gab den Code seiner persönlichen Autorisierung ein, und die Gruppierungen wurden augenblicklich in Sätze umgewandelt. Mit wachsender Spannung überflog er den Tagesbefehl.

STRENG GEHEIM ... STRENG GEHEIM ... STRENG GEHEIM

TAGESBEFEHL VOM 17. JULI 2642

Von: Belton, G. T.,
Kommandierender Admiral Kampfgruppe Spica

An: alle kommandierenden Offiziere,
Schiffe und Kommandostellen

Betrifft: Einsatzbefehl

1. Um 13:14 Uhr Standard meldete Faltpunktwache Antares den Ausbruch eines einzelnen Ryallschiffes von Eulysta in den Ringnebel.
2. Das feindliche Schiff wurde vernichtet, bevor es zu seinem Stützpunkt zurückkehren konnte.
3. Gemäß den für den Fall eines Eindringens der Ryall in den Ringnebel bestehenden Befehlen werden alle Schiffe sofort ihre Absprungpositionen einnehmen.
4. Die Flotte sammelt sich im Antares-Eulysta-Faltpunkt um 01:00 Uhr am 25. August 2642.
5. Angriff Eulysta beginnt um 09:00 Uhr, 25. August 2642.
6. Ich erwarte von allen Offizieren und Mannschaften vollen Einsatz und unbedingte Pflichterfüllung. Viel Erfolg und glückliche Reise!

Belton, G. T., Kommandierender Admiral,
Kampfgruppe Spica

Drake löschte den Tagesbefehl vom Bildschirm, wo wieder Moriet Haydns Gesicht erschien. »Mr. Haydn, verständigen Sie alle Kapitäne, Ersten Offiziere und Navigatoren, dass in zwei Stunden Befehlsausgabe an Bord des Flaggschiffes sein wird. Dann verbinden Sie mich mit meiner Frau. Sie sollte in der Universität sein, wenn nicht, versuchen Sie es zu Hause.«

»Ja, Sir«, antwortete der Nachrichtenoffizier. »Geht es los, Admiral?«

Drake nickte. »Es geht los!«

Während er wartete, lehnte Drake sich in seinem Stuhl zurück und dachte an alles, was noch zu tun war, bevor die drei Dutzend Schiffe des altanischen Kontingents gefechtsbereit sein würden. Nach der bisherigen Planung hätte die Flotte erst in sechs Wochen starten sollen. Der vorgezogene Starttermin schuf eine Menge Probleme, von denen die zahlreichen Instandhaltungsarbeiten, welche nun unter Beschleunigung ausgeführt werden mussten, nicht die geringsten waren. Trotzdem, es hätte weit schlimmer sein können. Hätten die Zentauren den Ringnebel ein Jahr früher durchstoßen, hätten sie die Menschheit schlecht vorbereitet gefunden.

»Ihre Frau ist in der Leitung, Admiral.«

»Danke, Mr. Haydn. Sichern Sie diesen Kanal bitte.«

»Sofort, Sir.«

Drake spürte ein Ziehen in der Herzgegend, als Bethanys Züge auf dem Bildschirm erschienen. Zwei Monate waren vergangen, seit er zuletzt daheim gewesen war, und selbst das Übermaß an Arbeit, das er sich auferlegte, konnte seine Einsamkeit nicht vollständig aus seinen Gedanken verdrängen.

»Was ist los, Richard?«, fragte Bethany. Ihre Stimme und ihr Ausdruck zeigten, dass der unerwartete Anruf sie in ängstliche Anspannung versetzt hatte.

»Wir haben gerade Nachricht bekommen, dass die Ryall durch den Ringnebel ausgebrochen sind.«

Bethany erschrak. »Wie viele Schiffe?«

»Nur eins. Die Faltpunktüberwachung hat es ausgeschaltet.«

»Wie werden sie darauf gekommen sein?«

Er zuckte die Achseln. »Schwer zu sagen. Vielleicht haben wir damals auf Corlis unsere Fährte nicht gut genug verwischt. Oder vielleicht stellte sich ein Ryallgenius die gleichen Fragen wie wir, als wir begriffen, dass die *Conqueror* durch den Ringnebel gekommen war. Es wird ihnen aber nichts nützen. Sie haben dieses Schiff verloren und werden sich fragen, ob sie in ihren Berechnungen eine Dezimalstelle falsch gesetzt haben. Bis sie für einen neuen Versuch bereit sind, werden wir über ihnen sein.«

»Wann startet ihr?«

»Die ersten Einheiten verlassen in sechs Stunden die Parkumlaufbahn.«

»Ich wünschte, du müsstest nicht so bald starten«, sagte sie mit plötzlich versagender Stimme.

»Ich bin froh, dass die Zeit endlich gekommen ist«, erwiderte er. »Wir haben den Einsatz schon zu lange hinausgeschoben. Wir hätten vor sechs Monaten starten sollen. Es tut mir nur Leid, dass ich zur Geburt unseres Sohnes nicht hier sein werde.«

»Dieses eine Mal vergebe ich es dir«, sagte sie mit gezwungenem Lachen. »Was du tust, ist schließlich wichtiger als das, was ich tun werde.«

Er schüttelte den Kopf. »Niemals wichtiger, mein Liebes, bloß dringender. Jedenfalls werde ich vor seinem ersten Geburtstag zurück sein.«

»Versprichst du es mir?«

»Ich verspreche es.«

Es gab eine längere Pause, in der Drake Tränen in Bethanys Augen erscheinen sah. Auch in seinen Augen glänzte verräterische Nässe. Schließlich flüsterte sie mit halb erstickter Stimme: »Ich liebe dich, Richard.«

Drake streckte die Hand aus und berührte das Gesicht im Bildschirm, wie um ihre Wange zu streicheln. »Ich liebe dich auch, mein Schatz. Es tut mir Leid, aber ich muss gehen. Ich habe eine Stabsbesprechung, die vorbereitet werden muss. Morgen um diese Zeit werde ich dich wieder anrufen, und danach jeden Tag, bis wir den Übergang nach Napier machen.«

»Ich werde warten«, sagte sie.

Er warf ihre eine Kusshand zu, dann unterbrach er die Verbindung. Nach einer Minute rief er eine Außenansicht ab und beobachtete die Reihe der Schiffe, die hinter *Conqueror II* in Kiellinie lagen. Zuerst kam die *Discovery*, jetzt unter Rorqual Marchants Kommando. Hinter dem Schlachtkreuzer lagen ihre Schwesterschiffe *Dagger* und *Dreadnought*, und hinter diesen folgten die neueren Schiffe in einer langen Reihe, die sich bis außer Sichtweite erstreckte. Die zwei Jahre seit der Rückkehr der Helldiver-Expedition von der Erde waren für Altas Schiffswerften die arbeitsreichsten seit ihrem Bestehen gewesen.

Als er seine Armada überblickte, wurde er auf einen besonders hellen Lichtfunken im oberen Bereich seines Bildschirms aufmerksam. Er brauchte nicht in seinem astronomischen Almanach nachzuschlagen, um zu wissen, welcher Stern es war. Obwohl die Antares-Supernova zunehmend schwächer geworden war, als das expandierende Licht weiter hinaus in den Raum ging, war die Nova am Himmel Altas noch immer der hellste Stern, während sie an Ort und Stelle längst zum Neutronenstern erloschen war.

Bald würden zwei mächtige Flotten jenseits dieses fernen Leuchtfeuers um die Herrschaft über diesen Teil der Galaxis ringen. Ein erbitterter Kampf auf Leben und Tod stand bevor, und sein Ausgang war keineswegs sicher.

Niemand kannte besser als Drake die Risiken, die der Vorstoß auf Spica für die Zukunft der Menschheit darstellte. Es war ein Würfelspiel, das nur einen Wurf kannte, und wie die Würfel fielen, bestimmte Überleben und Untergang von zwei intelligenten Arten.

Trotz der ungeheuren Tragweite der Entscheidung gab es für die Menschheit jedoch keine vernünftige Alternative. Seit rund einem Jahrhundert hatten die Ryall ihren Zermürbungskrieg gegen die Welten der Menschheit vorgetragen und mehr und mehr die Oberhand gewonnen. Wenn die Geographie des Faltraumes nicht in naher Zukunft verändert werden konnte, musste der Krieg früher oder später mit der Niederlage der Menschheit und der Vernichtung der Erde enden.

Der Angriff auf Spica würde der Menschheit eine Gelegenheit geben, den Schaden wieder gutzumachen, der durch den Novaausbruch entstanden war – eine Gelegenheit freilich, die errungen werden musste. Das war seit Urzeiten alles, was Menschen je verlangt hatten, alles, was sie je gebraucht hatten.

TEIL 3

Antares: Sieg

55

Arthur Richard Drake – aufgrund seiner Verdienste zum Admiral befördert – lag angeschnallt in seinem zurückgeklappten Sitz an Bord des Raumtransporters und blickte auf die leuchtende Erscheinung, die den ebenholzschwarzen Himmel voraus zur Hälfte ausfüllte. Hier im System Napier erschien der Antaresnebel hundertmal größer als am heimatlichen Nachthimmel.

Der Nebel war ein schimmernder, durchscheinender Ball aus erhitztem Gas und Staub – und ebenso schön wie tödlich. Sein fein strukturiertes, wirbelartiges Geflecht glich einem hauchdünnen Spinnennetz, das in der Schale eines schimmernden kosmischen Eis schwebte. Mit Ausnahme seines scheinbar festen Kerns waren die feinen Fasern des Geflechts annähernd transparent, bis sie sich der äußeren Schale näherten, wo sie wieder die Tönung einer fluoreszierenden Leuchtstoffröhre annahmen. Die Erscheinung verkörperte die Erinnerung an den gewaltigen grausamen Streich, den Gott – oder Mutter Natur oder der heilige Petrus oder sonst jemand – Drake, seiner Frau, der Menschheit und sogar den Ryall gespielt hatte.

Sechs Jahre zuvor hatte Antares als der hellste Stern den Nachthimmel von Drakes Heimatwelt Alta geschmückt. Seit Kolonisten zum ersten Mal den Fuß auf die blauweiße Welt gesetzt hatten, die so sehr der Mutter Erde ähnelte, hatte der unheilvolle rote Stern den Winterhimmel beherrscht. Vierhundertdreißig Winter lang war Antares die lebenswirkliche Version der roten Sterne gewesen, mit denen die Kinder von Alta zur Weihnachtszeit ihre Falasträucher verzierten, ein ockerfarbenes Leuchtfeuer, das jeden Abend nach Sonnenuntergang über der Kette der Colgateberge schwebte. Dann, am Abend des 16. Aquarius 2637 hatte der rubinrote Stern um 17:30 Uhr eine atemberaubende Verwandlung durchgemacht. Innerhalb von Minuten blähte er sich gewaltig auf und wurde zum hellsten Stern in der gesamten Galaxis.

Jenen, die den neu entstandenen elektrischen Funken hoch über der Stadt Homeport beobachteten, war das Geschehen kein Geheimnis. Die Ursache der Verwandlung war offensichtlich.

Antares war in der Sternentwicklung weit fortgeschritten, lange bevor Menschen in den Weltraum vordrangen. Seit Jahrtausenden hatte der rote Riesenstern Unmengen von Wasserstoff verbrannt, einen Kernbrennstoff, der früher oder später unausweichlich zur Neige gehen musste. Dies geschah im Jahre 2512 nach dem Standardkalender. Mit dem Ende des Wasserstoffzyklus' geriet die Fusionsreaktion im Sterninneren ins Stocken und hörte auf. Da nun im Sterninneren keine Hitze mehr erzeugt wurde, die der Schwerkraft entgegenwirkte, kollabierte der Kern des Roten Riesen. Gigatonnen von Sternmaterie verloren ihre Stabilität und fielen unter dem Zug der Schwerkraft in sich zusammen. Dadurch stieg die Temperatur im Sterninneren in einem Augenblick explosionsartig um mehr als eine Milliarde Grad an. Die Freisetzung von so viel Energie in derart kurzer Zeit löste eine neue Fusion aus, die noch mehr Energie erzeugte. Die durchgegangene Reaktion war nicht aufzuhalten.

Antares explodierte zu der größten Supernova, die je von Menschen beobachtet worden war.

Die Wissenschaftler wussten seit langem, dass der verheerende Explosionsblitz, der eine Supernova kennzeichnet, lediglich eine weniger bedeutende Nebenwirkung dessen ist, was tatsächlich stattfindet. Eine Supernova überstrahlt in ihrem Ausbruch nicht nur alle anderen Sterne in der Galaxis, sondern erzeugt zugleich einen gewaltigen Partikelsturm im gesamten subatomaren Spektrum. Während diese und viele andere Auswirkungen nur für Astronomen von Interesse sind, hatte die Explosion des Riesensterns etwas mit sich gebracht, was das Leben aller Menschen auf Alta beeinflusste …

Unsichtbare Bahnen zwischen den Sternen sind das Ergebnis langer Linien gefalteten Raumes, die, Verwerfungen ähnlich, von dem riesenhaften Schwarzen Loch im Zentrum der Milchstraße – und aller anderen spiralförmigen Galaxien – ausgehen. Diese »Faltlinien« bilden komplizierte Vernetzungen gefalteten Raumes, die sich durch die Spiralarme der Galaxien erstrecken und manche Sternsysteme durchkreuzen, während andere unberührt bleiben. Wo eine Faltlinie einen Stern schneidet, gerät sie in den Wirkungsbereich seines Schwerefeldes, und es entsteht eine Schwachstelle im Vakuum des Raumes. Solche

Schwachstellen werden als »Faltpunkte« bezeichnet und erreichen Ausmaße vom Volumen eines Planeten. Innerhalb eines Faltpunktes ist es möglich, im Raumzeitkontinuum ein Loch zu erzeugen. Positioniert sich ein Schiff innerhalb eines Faltpunktes und erzeugt ein genau bemessenes Energiefeld, so fällt es aus dem Kontinuum und wird die Faltlinie entlang zur nächsten Schwachstelle katapultiert, wo es ins normale Raumzeitkontinuum zurückkehrt, ohne die zwischen beiden Faltpunkten liegende Entfernung durchqueren zu müssen.

Ein halbes Jahrtausend lang hatten Schiffe der Menschheit Faltlinien genutzt, um Einsteins universale Geschwindigkeitsbegrenzung zu unterlaufen. Faltlinien waren die Schnellstraße zu den Sternen, von denen die meisten wenigstens zwei Faltpunkte besaßen, manchmal sogar bis zu vier. In den Tagen vor seinem Novaausbruch war der Riesenstern Antares der größte Faltpunkterzeuger im menschlichen Hegemonialbereich gewesen. Er besaß sechs dieser Tore und machte sich damit zur größten interstellaren Drehscheibe in dem Sektor, der seinen Namen trug.

Valeria, das Zentralgestirn Altas, besaß nur einen einzigen Faltpunkt, ein Mangel, der dieses System zu einer interstellaren Sackgasse machte. Notgedrungen ging der gesamte Verkehr von und nach Valeria durch das System Napier, von dem aus Alta zuerst besiedelt worden war; das war zumindest die Lage vor dem Novaausbruch des Antares gewesen. Die titanartige Explosion hatte die durch das System Valeria verlaufende Faltlinie unterbrochen und Altas einzigen Faltpunkt zum Verschwinden gebracht.

Der Verlust ihres einzigen Tores zu den Sternen hatte die Kolonie Alta in ein Jahrhundert der Isolation gestürzt. Niemand unter den altanischen Wissenschaftlern erwartete, dass sich nach dem plötzlichen Erblühen der Supernova in ihrem Himmel, das zum Verschwinden der Faltlinie geführt hatte, noch einmal eine Veränderung der Lage ergeben würde. Darin sollten sie sich täuschen, denn als die im Ausbruch der Supernova abgestoßene äußere Gashülle des Antares mit ihrer Druckwelle durch den umgebenden Raum expandierte und schließlich Valeria erreichte, kam es zu einer dramatischen Veränderung des Faltraumes. Nach dem Passieren des Systems Valeria schnitt die Druckwelle nicht mehr die zwischen den beiden Sternen verlaufende Faltlinie und Altas Faltpunkt bildete sich hoch über dem Zentralgestirn des Systems von neuem.

Die Tatsache, dass Valeria wieder mit dem Rest des von Menschen besiedelten Raumes verbunden war, wäre vielleicht jahrelang unbemerkt geblieben, hätte nicht wenige Wochen nach dem Durchgang der von einem gewaltigen Sturm ionisierter Partikelstrahlung begleiteten Druckwelle ein ungewöhnliches Ereignis stattgefunden. Ein auf Antares gerichtetes Orbitalteleskop ortete in der Nachbarschaft des seit langem verschwundenen Faltpunktes über Valeria ein geheimnisvolles Schiff. Vor den Augen der verblüfften Astronomen nahm das nicht identifizierte Schiff Kurs auf die Tiefen des Weltraums und begann unerklärlicherweise auch noch zu beschleunigen.

Drake war damals Captain der altanischen Kriegsmarine gewesen und hatte die *ASNS Discovery* befehligt, einen der drei alten interstellaren Kreuzer, die im System Alta gestrandet waren, als Antares explodierte. Kurz nach dem Erscheinen des mysteriösen Schiffes erhielt Drake von der Admiralität Befehl, den Eindringling abzufangen.

Die Jagd erwies sich als schwierig, da sie vom Anfang bis zum Ende hohe Beschleunigungswerte erforderte. Als sie den Eindringling endlich überholten, fanden sie ein Geisterschiff. *TSNS Conqueror*, eines der stärksten Schlachtschiffe der terranischen Marine, war nur noch ein Wrack mit auf halber Kraft laufendem Triebwerk, mit einer toten Besatzung an Bord und ohne einen Hinweis darauf, was oder wer sie getötet hatte.

Die Entdeckung stellte die altanische Regierung vor ein Problem. Einerseits bezeugte die Ankunft der *Conqueror*, dass der Weg zu den Sternen wieder offen war. Andererseits legte ihr Zustand ein stummes Zeugnis für gefährliche Umstände ab, die irgendwo jenseits ihres lokalen Bereiches herrschten. Wenn ein Schiff wie die *Conqueror*, das imstande war, die gesamte altanische Flotte relativ mühelos zu vernichten, von einem unbekannten Feind zu Schrott zerschossen worden war, stellte sich die Frage, wer dieser Feind war. Hatte Alta ihn zu fürchten?

Die Regierung beschloss, Richard Drake zur Erkundung auszusenden …

»Kampfgruppe kommt in Sicht, Admiral«, sagte der Pilot des Raumtransporters neben Drake.

Der schüttelte die Gedanken ab, in die er sich verloren hatte. Es war eine dumme Gewohnheit von ihm, wann immer er den Antaresnebel betrachtete, zweifellos ausgelöst von dem Umstand, dass sein eigenes Leben unentwirrbar mit dem Nebel verknüpft gewesen war, seit die Supernova in Altas Nachthimmel aufgeflammt war.

Alta war jetzt weit entfernt, ebenso wie Bethany, seine schwangere Frau. Er vermisste sie, hatte er sie doch in diesen letzten drei Jahren nicht mehr als ein paar Monate gesehen. Der Aufbau der größten Invasionsflotte in der Geschichte interstellarer Kriege hatte seine Aufmerksamkeit vollkommen in Anspruch genommen und ihm nur für ein paar kurze Heimatbesuche Gelegenheit gelassen. Die einzige Ausnahme war ein herrlicher Urlaub gewesen, der eine ganze Woche gedauert hatte. Wenigstens war Bethany meistens in Reichweite der Kommunikationssysteme, und die beiden hatten in den ruhigen Nachtstunden über dem Bildschirm viele erfreuliche Stunden im Gespräch von Angesicht zu Angesicht verbracht. Jetzt trennten sie mehr als einhundert Lichtjahre Vakuum, eine Entfernung, die nur wachsen konnte, wenn die Menschheit sich anschickte, alle Kräfte zu vereinen, um einen unerbittlichen außerirdischen Feind niederzuringen.

Mit Hilfe einer fixierten Halteleine zog Drake sich an Bord des Schlachtschiffes *Victory*. Innerhalb der Hauptluftschleuse erwartete ihn eine Ehrenwache von Marinesoldaten unter der Führung eines jungen Commanders der königlich sandarischen Marine. Die *Victory* befand sich im Zustand minimaler Schwerkraft, um das Anlegen von Landungsfahrzeugen der anderen Schiffe des Flottenverbandes zu erleichtern. Der Commander schwebte frei und hielt sich mit einer Hand an der Führungsleine fest.

Nach dem Verlassen der Luftschleuse hielt Drake inne, als Marschmusik aus den Bordlautsprechern schmetterte. Es war ein Stück, das er schon einmal auf der Erde gehört hatte, aber der Titel war ihm unbekannt. Der ungewohnte musikalische Stil ließ darauf schließen, dass der Marsch in den hundert Jahren der Isolation Altas vom Rest des menschlichen Herrschaftsbereiches entstanden sein musste.

Als der Marsch geendet hatte, rissen die salutierenden Marinesoldaten gleichzeitig die Arme herunter und standen stramm. Drake zog sich die Führungsleine entlang zu dem Offizier, den er wiedererkannte.

»Admiral Drake, wie schön, Sie zu sehen«, rief Phillip Walkirk und streckte ihm die Rechte hin, während er sich mit der Linken an der Führungsleine festhielt.

»Auch ich freue mich über dieses Wiedersehen, Hoheit«, erwiderte Drake, als er Walkirks Hand ergriff. »Ich sehe, Sie sind in der Welt vorangekommen. Ich erinnere mich an Sie als einen bescheidenen Fähnrich.«

Walkirk lächelte.

»Es könnte sein, dass ich Verbindungen am Hof habe.«

Das, wusste Drake, war eine Untertreibung. Vier Jahre zuvor war Phillip Walkirk als Austauschoffizier an Bord der *Discovery* gekommen. Drake hatte gegen die Abkommandierung Einspruch erhoben, als er zuerst davon gehört hatte, obwohl er nichts Persönliches gegen den jungen Offizier hatte. Das Problem war, dass Phillip Walkirk nicht bloß irgendein Mitglied der sandarischen Marine war. Sein Vater war John-Phillip Walkirk VI., König und Herrscher von Sandar, und Phillip würde ihm eines Tages auf den Thron folgen. Der Gedanke, dass der Kronprinz während seines Dienstes an Bord eines altanischen Kreuzers verletzt oder sogar getötet werden könnte, hatte Drake seinerzeit schlaflose Nächte bereitet.

An Bord der *Discovery* hatte sich Walkirk bewährt, auch als Führer des Prisenkommandos, das den Frachter *Raumschwimmer* der Ryall kaperte, eine Tat, die sich als ein Wendepunkt in den Kriegsanstrengungen der Menschheit erweisen sollte. Er hatte mit der *Discovery* die Erde besucht, wo Vorbereitungen getroffen wurden, die zu der gegenwärtigen Versammlung der Flotte führten.

Alle für die bevorstehende Invasion des von den Ryall beherrschten Raumes erforderlichen Einzelheiten mussten ausgearbeitet werden; gleichwohl hatte in dieser Angelegenheit Drake diese Aufgabe nicht allein zu bewältigen. Tausende von Spezialisten im gesamten menschlichen Hegemonialbereich hatten den umfassenden Plan ausgearbeitet, von dessen Gelingen oder Misserfolg das Schicksal der Menschheit abhängen würde. Aber Drake hatte ein besonderes Interesse daran, war doch das ganze Unternehmen ursprünglich seine Idee gewesen.

Für den aktiven Borddienst galt er mit Anfang vierzig bereits als »alter Mann«, und der Umstand, dass er gezwungen gewesen war, seine schwangere Frau einen Monat vor der Geburt ihres ersten Sohnes zu verlassen, war nicht geeignet, seine Stimmung zu bessern.

»Wie viele sind an Bord?«

»Alle, Admiral. Sie sind der Letzte. Ich bin hier, um Sie zur Einsatzbesprechung zu geleiten.«

»Dann gehen Sie voran.«

Der junge Prinz machte kehrt und zog sich die Führungsleine entlang zur Luke, die aus dem Hangar führte. Drake folgte ihm. Im Gegensatz zu Drakes erstem Kommando, dessen Konstruktion im Wesentlichen aus einem Ring und einem Zylinder bestand, war die *Victory* ein überdimensionaler Zylinder, der eine bessere Nutzung des inneren Volumens mit der Möglichkeit verband, das Schiff zur Erzeugung künstlicher Schwerkraft in Rotation zu versetzen. Zur Bauweise dieses Typs gehörten zwei Ausleger mit Gondeln, in denen viele seiner Waffen und Instrumente untergebracht waren und die stationär gehalten wurden, während der zentrale Schiffsrumpf rotierte, ähnlich wie es bei Drakes neuem Flaggschiff, der *Conqueror II*, der Fall war. Während er Phillip Walkirk durch endlose Korridore und Gänge folgte, fragte er sich, wie der Prinz sich in der kurzen Zeit, die er an Bord war, die Route eingeprägt haben konnte.

Nachdem sie, wie es schien, die gesamte Länge des großen Schiffes durchmessen hatten, führte Phillip ihn in einen saalartigen Raum, wo sich dreihundert Marineoffiziere drängten und die Umwälzsysteme für Klimatisierung und Lufterneuerung auf eine schwere Belastungsprobe stellten. Diese Männer waren die Kapitäne und leitenden Offiziere der Schiffe, die sich in Vorbereitung auf den Eintritt in den Antaresnebel im System Napier versammelt hatten. Sie stellten jedoch nicht die ganze Invasionsflotte dar, nicht einmal ihren größten Teil. Die Kampfgruppe Spica sollte aus acht größeren Komponenten bestehen, von denen nur zwei an Bord der *Victory* vertreten waren. Die Flotten, die den Rest der Invasionsstreitmacht ausmachten, versammelten sich in einem halben Dutzend Sternsystemen im gesamten menschlichen Herrschaftsbereich. Sie würden sich zu gegebener Zeit mit den Flotten von Alta und Sandar und dem starken Kontingent der terranischen Marine vereinigen, das zu ihrer Verstärkung entsandt worden war, sobald sie alle im Inneren des Nebels wären.

Die meisten der Anwesenden saßen angeschnallt auf Stühlen, die auf das gekrümmte Deck genietet waren, während mehrere Gruppen von Offizieren frei schwebten, um miteinander zu beraten. Als Drake hereinkam, kündigte ein akustisches Alarmsignal die bevorstehende Beschleunigung an, und eine körperlose Stimme verkündete die Rückkehr zur Schwerkraft durch Rotation. Schnell ergriff Drake eine der entlang der Decke verlaufenden Haltestangen, um seinen Platz am Tisch zu erreichen, der im vorderen Teil des Raumes aufgebaut worden war.

Dort traf er Großadmiral George Terence Belton, der bereits angeschnallt auf seinem Platz saß. Der Admiral sah gerade seine Notizen durch, doch als Drake zu ihm kam, blickte er auf und nickte ernst.

»Willkommen, Drake. Wie war die Reise von Alta?«

»Überstürzt, Sir. Ich wünschte, die Echsenleute hätten uns einen weiteren Monat für Vorbereitungen gelassen.«

»Ha, warum verlangen Sie nicht ein weiteres Jahr?«

»Es hat keinen Sinn, das Schicksal herauszufordern, Sir. Ein Monat wäre ausreichend gewesen.«

Belton rieb sich das Kinn und nickte. »Da könnten Sie Recht haben. Auch ich wäre auf diesen bevorstehenden Kampf besser vorbereitet gewesen. Aber wenn wir schon beim Wunschdenken sind, könnten wir auf den Gedanken kommen, weitere hundert Orbitalfestungen zu verlangen.«

»Hauptsache, wir bekommen diejenigen, die wir bereits haben, rechtzeitig für den Einsatz, Sir.«

G.T. Belton war Oberbefehlshaber der Spica-Operation und Drakes Vorgesetzter. »Alles bereit, den Echsenleuten einen kräftigen Tritt in den Hintern zu verpassen?«, fragte er, als er sich anschnallte.

»Ja, Sir«, erwiderte Drake. »Und danke für das Vertrauen, das Sie zeigten, indem Sie meine Beauftragung mit diesem Kommando unterstützten.«

»Vielleicht werden Sie sich das mit dem Dank noch einmal überlegen, wenn Sie die ersten Gefechte hinter sich haben. Am spitzen Ende des Speers zu sein kann eine undankbare Aufgabe sein, besonders wenn man sich mit Etappenhengsten herumschlagen muss.«

»Etappenhengsten, Sir?«

»Eine alte Bezeichnung aus dem Jargon der Frontsoldaten, Drake. Gemeint war damit das militärische Personal der Stäbe und Versorgungseinheiten im Hinterland, das mit den an der Front benötigten Nachschubgütern knauserte und nichts herausrückte, solange die Anforderung nicht in dreifacher Ausfertigung und mit der Unterschrift des Regimentskommandeurs der betreffenden Fronteinheit vorgelegt wurde. Sie können übrigens sicher sein, dass es ein Minimum von dieser Art Bürokratie geben wird, solange ich den Oberbefehl habe.«

»Ich weiß das, Sir. Ich weiß auch, wie viele dienstältere Offiziere bei der Ernennung übergangen wurden, und welches Gewicht Ihre Meinung in der Entscheidungsfindung hatte.«

Belton dämpfte die Stimme, bis nur Drake ihn vor dem Hintergrundgeräusch hören konnte. »Dann wissen Sie auch, Admiral, dass es tausend Augenpaare geben wird, die jede Ihrer Handlungen beobachten und darauf warten werden, dass Sie etwas vermurksen.«

»Ja, Sir.«

»Möchten Sie gern wissen, was die Entscheidung zu Ihren Gunsten bewirkte?«

»Wenn es Ihnen nichts ausmacht …«

»Weil diese Invasion Ihr Werk war, Drake. Ihre Altaner überbrachten uns auf der Erde eine Karte des feindlichen Faltraumes, etwas, was niemand sonst in mehr als einem Jahrhundert Krieg hatte beschaffen können. Und obwohl Sie uns den Schlüssel zum Sieg auf einem silbernen Tablett präsentierten, erkannte keiner von uns die Implikationen, bis Sie uns darauf stießen. Das beweist eine Unabhängigkeit des Denkens, die im bevorstehenden Feldzug dringend benötigt wird.«

Belton sprach Standard mit einem seltsamen, aber verständlichen Akzent. Er hatte in der legendären Stadt Rom das Licht der Welt erblickt, einem sagenhaften Ort, über den die altanischen Kinder in der Schule lernten, den nach Drakes Kenntnis jedoch kein Altaner jemals mit eigenen Augen gesehen hatte. Ihr erster kurzer Besuch auf der Erde war zu hektisch verlaufen, um die Ewige Stadt zu besuchen, und seine seither unternommenen zwei Reisen hatten allein der Invasionsplanung gedient.

»Gleichwohl weiß ich die Chance zu schätzen, die Sie mir geben, Sir. Ich werde Sie nicht enttäuschen.«

»Zur Kenntnis genommen«, sagte Belton, dann hob er die Stimme zu einem heiseren Grollen, das sein normaler Gesprächston war. Damit erzeugte er eine Vorstellung, die sich nicht recht mit seiner kleinen Statur und dem spärlichen Haar vertrug. »Nun, Admiral Drake, können wir anfangen?«

»Ja, Sir.«

»Geben wir den Ingenieuren fünf Minuten, um diesen alten Eimer in Drehung zu versetzen, und dann eröffnen wir die Einsatzbesprechung. Ich werde mich kurz fassen, um Ihnen mehr Zeit für Ihre Ausführungen zu geben.«

»Sehr gut, Sir.«

Während Drake die Kampfgruppen der Flotte in das Herz des feindlichen Herrschaftsbereichs führte, würde Großadmiral Belton für die Errichtung der Stützpunkte und Infrastrukturen sorgen, die zum Unterhalt der Angriffsstreitkräfte benötigt wurden.

»Offiziere der verbündeten Streitkräfte, willkommen!«, röhrte Admiral Belton ins Mikrofon, als ein paar Zehntel der normalen Schwerkraft erreicht waren. Während er sprach, ließ er den Blick über seine Zuhörer schweifen. Sie trugen die schwarzen und silbernen Uniformen der terrestrischen Marine, die schwarzen und grünen Farben der Sandarer, und die unauffälligen graublauen Uniformen der Altaner.

»Sie alle sind über den bevorstehenden Einsatz und Ihre Aufgaben darin unterrichtet, also werde ich Sie nicht mit Wiederholungen langweilen. Vielmehr haben Admiral Drake und ich Sie hierher eingeladen, weil dies unsere letzte Gelegenheit sein wird, persönlich zusammenzutreffen. In nächster Zeit werden wir uns wahrscheinlich nicht innerhalb von einigen Millionen Kilometern voneinander wiederfinden, und selbst wenn die Dinge sich so gut entwickeln, wie sie geplant wurden, werden viele von uns für mehrere Jahre nicht in unseren Hegemonialbereich zurückkehren … und lassen Sie uns ehrlich sein, einige von uns werden überhaupt nicht zurückkehren. Das ist das Wesen des Krieges, eine Notwendigkeit, die wir Krieger als den Preis akzeptieren, den der Dienst an der Menschheit uns abverlangt.

Die Ereignisse werden sich überstürzen, sobald wir in den Nebel eintreten, und es wird wenig Zeit für Konsultationen geben. Deshalb ist es wichtig, dass jeder Flotten- und Kampfgruppenkommandeur, jeder Schiffskapitän, jeder Erste Offizier, jeder Mann an seinem Platz unsere Gesamtstrategie versteht. Gestatten Sie deshalb, dass ich sie Ihnen ohne den üblichen diplomatischen Schnickschnack erläutere.

Wir werden überraschend angreifen, hart und rasch zuschlagen, wir werden den Feind bei jeder Gelegenheit angreifen, wir werden ihm keine Atempause gönnen. Wenn wir kühn und zupackend handeln, werden wir das Überraschungsmoment auf unserer Seite haben. Wir müssen es haben, denn ohne Überraschung werden wir den bevorstehenden Feldzug verlieren. Sie alle haben die Liste der Schiffe gesehen, die an dieser Operation teilnehmen, und wissen, was es uns gekostet hat, so viele Kampfeinheiten so fern der Heimat zu versammeln. Verlieren wir, wird die Menschheit auf Jahre hinaus in der Defensive sein, bis unsere Welten unter schweren Opfern das Verlorene ersetzt haben werden.

Der Einsatz ist hoch, meine Herren, aber der Lohn ist es wert. Nach allzu vielen Jahrzehnten hinhaltender Abwehrkämpfe stoßen wir in das Herz der Domäne unserer Feinde vor. Dort werden wir an Zahl und Feuerkraft unterlegen sein. Wir können kein Pardon geben, noch können wir es erwarten. Unsere Gegner sind Xenophoben, denen der bloße Gedanke, dass wir existieren, zuwider ist. Sie können nicht anders, denn diese Reaktion ist genetisch fixiert. Aus diesem Grund können wir ihnen keine Atempause gewähren. Wenn dies schon ein Vernichtungskrieg sein muss, ist es unsere Aufgabe, das Äußerste zu tun, damit die andere Seite den Kürzeren zieht.

Bevor wir in den Kampf gehen, möchte ich Ihnen den folgenden Gedanken mitgeben: Wir setzen diese Flotte nicht ein, um einen knappen taktischen Vorteil zu gewinnen. Wir suchen keinen langfristigen strategischen Vorteil. Unser Ziel ist diesmal nichts Geringeres als der totale Sieg.«

Der Admiral ließ ein paar Sekunden verstreichen, um seinen Worten Nachdruck zu verleihen. Zu seiner Befriedigung sah er weder unechte Bravour noch hirnloses Lächeln über die Aussicht auf einen Kampf um Sein oder Nichtsein. Die Stimmung der versammelten Offiziere schien geprägt von grimmiger Entschlossenheit. Er billigte ihre Haltung. Die kommenden Tage und Wochen würden hart und bitter sein und alle Entschlossenheit erfordern, die ein Mensch aufbieten konnte. Er beendete seinen Rundblick über die Zuhörer mit einem Kopfnicken zu Drake hin.

»Ich werde diese Einsatzbesprechung jetzt dem Mann überlassen, dessen abenteuerliche Idee diese Operation ursprünglich war. Da keine gute Tat jemals unbestraft bleibt, wird er das Kommando über alle Kampfgruppen der Flotte haben, die an der ersten Angriffsoperation teilnehmen.

Meine Herren, ich übergebe das Wort an Admiral Richard Drake von der altanischen Marine.«

Drake erhob sich so vorsichtig, wie es unter minimalen Schwereverhältnissen angebracht war. Wäre er zu schnell aufgesprungen, hätte der Schwung ihn ein paar Meter in die Luft katapultiert, möglicherweise mit dem Kopf gegen die nackten Rohrleitungen, die unter der Decke verliefen, auf jeden Fall aber hätte er ein lächerliches Schauspiel geboten, bis er wieder herabgeschwebt wäre. Als er aufrecht stand, schob er sich ebenso vorsichtig mehr gleitend als schreitend zum Podium.

Es dauerte ein paar Augenblicke, bis er sein Material geordnet und die Reihenfolge seiner Darstellung überprüft hatte, die bereits in den Computer der *Victory* übertragen war. Dann blickte er auf in die erwartungsvollen Gesichter seines Publikums, holte tief Luft und begann den Plan zu erläutern, den er und ein paar tausend andere im Laufe der letzten drei Jahre vervollkommnet hatten.

»Als Kommandeur der Kampfgruppe *Spica* heiße ich Sie willkommen an Bord der *Victory*. Wie Ihnen allen bekannt ist, hat die Antares-Supernova des Jahres 2512 diesen Raumabschnitt gründlich in Unordnung gebracht.«

Während er sprach, leuchtete die holographische Raumdarstellung auf und zeigte den explodierenden Stern in ihrer Mitte. Rings herum war die Darstellung durchzogen von den dünnen, in trübem Rot leuchtenden und nicht ganz geraden Bahnen der Faltlinien des Antares-Haufens. »Als Antares explodierte, veränderte sich der Brennpunkt der Faltlinien im gesamten Haufen und ließ hier im System Napier einen neuen Faltpunkt entstehen. Dieser Faltpunkt führt direkt ins Herz der Ryall-Hegemonie.

Sie wissen, wie ihre Flotte durch den Faltpunkt vorstieß und New Providence, dessen Bevölkerung gerade evakuiert wurde, um der Strahlung der Supernova zu entgehen, unprovoziert mit nuklearem Feuer überschüttete. Erst durch diesen Angriff erfuhren wir von den Ryall und ihrer Xenophobie.

Seit jenem ersten Zusammenstoß ist mehr als ein Jahrhundert vergangen, und während dieser gesamten Zeitspanne ist die Menschheit in der Defensive gewesen. Obwohl wir ihnen wissenschaftlich, industriell und waffentechnisch mehr als gewachsen scheinen, haben wir in diesem Krieg seit jetzt zwölf Jahrzehnten regelmäßig Niederlagen eingesteckt. Vor vier Jahren entdeckten wir die Ursache.«

Drake drückte einen Knopf am Podium, und ein Diagramm erschien. Die trübe glimmenden Faltlinien um Antares glichen den Fäden eines Spinnennetzes. Einer dieser Fäden endete im System Napier, wo der Krieg begonnen hatte. Ein weiterer hatte seinen Ursprung innerhalb des Antares-Nebels und zog sich weit durch die Darstellung bis zu einem Stern mit dem seltsamen Namen Eulysta. Im System Eulysta hatten Drake und die gemeinsame Militärexpedition von Alta und Sandar die Bergbaukolonie der Ryall auf Corlis entdeckt, einer sonst unbewohnten Welt. Dort hatten sie das feindliche Schiff *Raumschwimmer* mit intaktem Astrogationscomputer erbeutet. Dieser hatte der Menschheit zum ersten Mal einen umfassenden Einblick in die Geometrie des Herrschaftsbereiches der Ryall gegeben. Jenseits von Eulysta lag Carratyl, das Heimatsystem einer der landwirtschaftlichen Welten der Ryall. Und jenseits von Carratyl lag Spica, das Herz der Ryall-Hegemonie.

»Hier haben wir die Erklärung, warum die Ryall uns seit mehr als einem Jahrhundert in die Defensive drängen konnten. Spica ist größer als Antares und besitzt acht Faltpunkte. So wie Antares eine bedeutende Drehscheibe für unseren Handel war, bevor er explodierte, ist Spica eine bedeutende Drehscheibe für den interstellaren Handel der Ryall. Tatsächlich ist Spica sogar ihre einzige derartige Drehscheibe; doch mit weniger Sprüngen zwischen den Sternen können sie immer schneller auf unsere Angriffe reagieren als wir auf ihre.

Spica aber ist nicht nur ihre Stärke, sondern ihre Achillesferse. Die Leichtigkeit, mit der sie Waren von Stern zu Stern transportieren können, hat zu einer stark differenzierten Wirtschaftsstruktur geführt. Die Welten der Ryall-Hegemonie werden je nach ihren natürlichen Bedingungen wie Klima und Rohstoffvorkommen überwiegend spezialisiert genutzt. Einige dienen dem Schiffbau, der Schwerindustrie und der Waffenherstellung, andere der Leichtindustrie und dem Bau elektronischer Systeme, und wieder andere der Erzeugung landwirtschaftlicher Produkte. Diese Verteilung ist durchaus sinnvoll in einem Faltraumhaufen, wo die Sterne nur ein paar Sprünge auseinander sind. Es macht sie jedoch abhängig von ihrem interstellaren Handelsverkehr. Während unser Warenverkehr größtenteils aus Luxusgütern sowie Maschinen und Anlagen besteht, die unsere Kolonien von Importen unabhängig machen sollen, befördert ihrer jede Art von alltäglichem Bedarf. Ihre Welten sind so spezialisiert, dass der Warenverkehr für die Ryall lebensnotwendig ist.

Das ist der Punkt, wo wir sie treffen werden. Solange die Ryall Spica beherrschen, können sie ihre Angriffe besser koordinieren, als wir uns gegen sie verteidigen können. Unsere Verteidigungslinien sind zu ausgedehnt, unsere Reaktionszeiten dementsprechend zu lang. Auf der anderen Seite können die Ryall innerhalb von Wochen ihre gesamte Flotte auf ein bestimmtes Ziel konzentrieren.

Wenn wir jedoch Spica blockieren, werden wir eine Brechstange in das Getriebe ihrer gut geölten Maschine stoßen. Verwehren wir ihnen den Transit durch Spica, werden wir die Hegemonie in Faltraumketten von jeweils nur zwei oder drei Sternen zerbrechen. Sie werden nicht imstande sein, miteinander zu kommunizieren, es sei denn, sie wählen den langen Umweg um die wenigen Serien von Faltraumübergängen, die Spica umgehen.

Statt der gut koordinierten, massiven Angriffe, die sie in der Vergangenheit geführt haben, werden isolierte Systeme gezwungen sein, unkoordinierte Angriffe durch Faltpunkte zu führen, wo wir bereitstehen, sie zu vernichten, sobald sie dort erscheinen. Diesmal werden wir die inneren Kommunikationslinien und den Vorteil kurzer Nachschubwege haben. Statt die gesamte Ryall-Flotte auf einmal vor uns zu sehen, werden wir jeden einzelnen unkoordinierten Angriff von Kampfgruppen zerschlagen können.«

Drake ließ einen Blick über die Gesichter seiner Zuhörer gehen.

»Täuschen wir uns nicht, meine Herren. Es wird ein langer Krieg sein. Doch wenn wir lange genug durchhalten können, wird die Wirtschaft der Ryall unter den durch unsere Blockade verursachten Störungen zusammenbrechen. Es wird unsere Aufgabe sein, durchzuhalten, bis das geschieht.«

56

Varlan von den Duftenden Wassern lag inmitten des unvertrauten Grüns fremdartiger Pflanzen, atmete die seltsamen, aber nicht unangenehmen Gerüche von ihnen und ließ ihre graugrüne Flanken und den Schwanz von einer Sonne wärmen, die nicht ihre eigene war. Sie fühlte sich körperlich wohl, hatte ihre sechs kurzen Beine angezogen und den langen Hals auf dem grünen Teppich kleiner Pflanzen ausgestreckt, die sie an die Visolethfelder der Heimat erinnerten. Ihr körperliches Wohlbefinden an diesem warmen, sonnendurchfluteten Tag befand sich allerdings in krassem Gegensatz zu ihrer psychischen

Verfassung. Ihre Augen waren von den Blinzhäuten bedeckt, aber sie hatte die langen, beweglichen Ohren aufgestellt, während sie über die seltsame Wendung nachsann, die ihr Leben seit ihrer Gefangennahme durch die zweibeinigen Ungeheuer genommen hatte. Sie war mit ihrer Existenz als Leiterin der Erzaufbereitungsanlage auf Corlis vollkommen glücklich gewesen. Nur zu gern gab sie sich – wieder einmal – den Erinnerungen an das Glück vergangener Tage hin …

»Da bist du ja, Varlan!«, rief plötzlich eine vertraute Stimme. Varlan hob den Kopf und drehte den geschmeidigen Hals nach hinten, bis ihre Schnauze in einer Linie mit dem ausgestreckten Schwanz war. Dort sah sie Bethany, früher von den Lindquists, jetzt von den Drakes, die sich auf dem grünen Teppich näherte.

Bethany war einer der verwirrendsten Aspekte von Varlans Gefangenschaft. Sie war ein zweibeiniges Ungeheuer, gewiss; dennoch betrachtete sie sich als Varlans Freundin. Noch überraschender war, dass Varlan trotz ihres angeborenen Entsetzens über die Vorstellung von einem Universum, das von zwei Arten intelligenter Wesen bewohnt war, nicht umhin konnte, freundliche Gefühle für Bethany zu empfinden. Ihre Sympathie ging so weit, dass sie sich tatsächlich um Bethanys Wohlbefinden sorgte, besonders jetzt.

Sämtliche zweibeinigen Ungeheuer kamen Varlan sonderbar vor, als ob ein Teil von ihnen fehlte. Immerhin konnte sie nach einiger Gewöhnung sehen, dass die scheinbar instabile zweibeinige Form ihre eigene funktionale Eleganz hatte. Als sie Bethany zuerst begegnet war, hatte diese eine schnittige Form gehabt, gut geeignet zum Durchschneiden des Wassers. Sogar die verschiedenen Anschwellungen, die, wie Varlan gelernt hatte, mit Bethanys Geschlecht zusammenhingen, waren von einer gewissen fremdartigen Anmut. Das war vorbei.

Im Laufe der letzten beiden Zyklen war der Bauch von Varlans Gefährtin-Feindin-Freundin unförmig angeschwollen, und ihr Gleichgewichtssinn, in Varlans Augen schon von Natur aus gefährdet, war noch weniger verlässlich geworden als sonst. Ihr Gang, der einst etwas Fließendes gehabt hatte, wenn sie von einer der langen Stelzen, die sie als Beine gebrauchte, zur anderen tappte, war nun unsicher und zögernd. Diese neue Gangart zeigte ein deutliches Unbehagen, so sehr, dass die Ungeheuer sogar ein passendes Wort dafür hatten, das Varlan erst kürzlich gelernt hatte. Bethany ging nicht mehr, sie watschelte.

»Hallo, Bethany von den Drakes. Ich dachte, es ist ein Tag, mich zu sonnen«, sagte Varlan, als Bethany zu ihrem Liegeplatz ›gewatschelt‹ war. »Ich hoffe, meine Abwesenheit hat dir keine Sorgen gemacht.«

»Nein, natürlich nicht«, erwiderte Bethany, als sie neben Varlans hingestreckter Gestalt stand. Sie sah angestrengt aus, aber ihr gegenwärtiger körperlicher Zustand erlaubte ihr nicht, sich auf dem Rasen niederzulassen, um auszuruhen. Hätte sie es getan, wäre sie wahrscheinlich nicht wieder auf die Beine gekommen.

»Fühlst du dich unwohl?«, fragte Varlan.

»Nicht mehr als jede andere schwangere Frau«, antwortete Bethany lachend, »was so viel wie ›ja‹ bedeutet.«

»Mir scheint, dass Eier legen praktischer ist«, meinte Varlan nachdenklich. Sie konnte das beurteilen, denn so pflanzte sich schließlich ihre eigene Art fort.

»Das will ich nicht bestreiten. Ich fürchte aber, dass ich deine Ruhe stören muss. Wir haben eine Gruppe Xenologen von der Erde, die dich gern kennen lernen möchten. Anscheinend hat es bei der Planung eine Verwechslung oder ein Missverständnis gegeben. Sie sind jetzt hier.«

Varlan ächzte nicht. Das war nicht die Art, wie sie und ihresgleichen Ärger und Überdruss ausdrückten. Stattdessen legte sie die Ohren flach an den elliptischen Schädel, und ihre Schnauze sank ein Stück abwärts, beides Gesten, die zu lesen Bethany längst gelernt hatte.

»Ich weiß. Auch ich würde lieber auf eine weitere Serie dummer Fragen verzichten. Denk einfach an das Sprichwort: Was nicht zu heilen ist …«

»… muss ertragen werden«, beendete Varlan den überraschend Ryall-ähnlichen Gedanken. Sie erhob sich und streckte den Schwanz zu seiner vollen Länge aus. »Gehen wir also zu den freundlichen Wissenschaftlern von der Erde.«

»Du liebe Zeit, wann ist es fällig?«, fragte die weißhaarige Frau, die allein im Konferenzraum war, als sie eintraten. Außer einem langen Tisch und Stühlen, die alle auf einer Seite aufgereiht waren, enthielt der Raum ein Podium, auf dem man für Varlan Schilfmatten ausgebreitet hatte.

»Irgendwann zwischen ›jetzt gleich‹ und ›gestern in drei Wochen‹.«

»Ich hoffe sehr, dass wir unser Geschäft erledigen können, bevor der Krankenwagen Sie abholt. Junge oder Mädchen?«

»Junge. Wie es scheint, hat er seines Vaters Haare und meine Augen und wird ein richtiger kleiner Wildfang, wenn die Genetiker wissen, wovon sie reden.«

»Vor langer Zeit hatte ich einen kleinen Jungen«, sagte die Frau zögernd. »Sie werden ein paar Jahre alle Hände voll zu tun haben.«

»Wie alt ist ihr Sohn jetzt?«, fragte Bethany.

»Er würde in diesem Monat dreiundvierzig. Er fiel in der Schlacht von Achernar.«

»Ach, das tut mir Leid.«

»Nicht nötig. Es ist mehr als zehn Jahre her, seit sein Schiff von einem Torpedo der Ryall getroffen wurde, und ich bin bei weitem nicht die einzige Mutter, die in diesem Krieg einen Sohn verloren hat. Übrigens, ich bin Dr. Olivia Southington, vom Fachbereich Xenologie an der Universität von Buenos Aires.«

Bethany nahm ihre ausgestreckte Hand und drückte sie. »Ich bin Bethany Drake, und dies ist Varlan von den Duftenden Wassern.«

»Ja. Varlan ist die erste Ryall, die ich aus der Nähe gesehen habe – lebendig. Wir haben zu Studienzwecken ein paar Leichen, natürlich. Oh, ich bitte um Verzeihung. Diese Bemerkung muss unglaublich herzlos wirken.«

Varlan, die das Gespräch zwischen den beiden weiblichen Ungeheuern aufmerksam verfolgt hatte … den menschlichen Frauen, berichtigte sie sich …, warf dieser letzten in einer langen Reihe von Vernehmern einen verwunderten Blick zu.

»Ich verstehe nicht, Dr. Southington«, sagte sie in fast fehlerlosem Standard. Ihr einziger Akzent war ein durch den Stimmapparat bedingter zischelnder Unterton.

»Ich vergaß einen Moment, dass ich mich in der Gegenwart einer Vertreterin Ihrer Art befinde, Varlan. Es war unhöflich von mir, so herzlos von Ihren Toten zu sprechen.«

»Wir messen den Toten nicht so viel Gewicht bei, wie Sie es tun, Dr. Southington«, erwiderte Varlan. »Wir interessieren uns mehr für die Lebenden und besonders die Jungen.«

»Ja, ich habe es gelesen. Das ist übrigens einer der Gründe, die mich bewogen haben, diese lange Reise zu unternehmen. Ich würde gern mehr über die Überzeugungen, Sitten und Gebräuche Ihrer Art erfahren, besonders unter dem Gesichtswinkel einer Angehörigen der Führungsschicht.«

»Ich stehe Ihnen natürlich zu Diensten«, erwiderte Varlan. Seit ihrer Gefangennahme hatte sie gelernt, die Redeweise von Menschen zu imitieren, selbst wenn sie die Redensarten nicht immer verstand.

»Belegen Sie das arme Wesen nicht zu sehr mit Beschlag, Olivia«, sagte eine männliche Stimme hinter ihnen. Varlan wandte den Kopf und sah, dass ein kleiner, dunkelhaariger Mann den Raum betreten hatte, gefolgt von einer jüngeren Frau – wahrscheinlich einer Verwaltungsassistentin, nach der Art und Weise zu urteilen, wie sie dem Neuankömmling in den Raum folgte.

»Bethany Drake. Varlan von den Duftenden Wassern. Darf ich Sie mit Jorge Santiago bekannt machen, meinem Kollegen, und Señorita Consuela Aragon, unserer Assistentin.«

»Sehr angenehm, Señor Santiago, Señorita Aragon«, sagte Bethany. Sie reichte ihre Hand zuerst dem Mann, der sich darüber beugte, und dann der jungen Frau, die sie in der üblichen Weise schüttelte.

»Guten Tag, Señor Santiago, Señorita Aragon«, sagte Varlan.

Der Mann stemmte die Hände in die Hüften und starrte sie erstaunt an. »Meine Güte, Sie sind aber eine Höfliche. Wie lange ist es her, seit Sie gefangen wurden?«

»Vier von Ihren Jahren.«

»Wie gefällt es Ihnen hier?«

»Wie würde es Ihnen gefallen, von Ihren Feinden gefangen gehalten zu werden?«, versetzte Varlan.

»Was …?« Santiago suchte nach Worten, dann lachte er. »Na, ich denke, es würde mir überhaupt nicht gefallen.«

»Dann sind wir uns einig.«

»Entschuldigen Sie«, sagte Bethany, »aber was können wir für Sie tun, Señor Santiago, Dr. Southington?«

»Wir sind gekommen, Ihre Gefangene zu befragen.«

»Meinen Gast«, korrigierte Bethany ihn mit einiger Schärfe.

»Gut, Ihren Gast. Wir verstehen, dass Sie mit Varlan weitergekommen sind als die professionellen Verhörspezialisten mit den Gefangenen der Kriegerkaste, die sie in Gewahrsam halten.«

»Das hängt davon ab, was Sie unter ›weiter‹ verstehen. Tatsache ist, dass Varlan und ich ein gegenseitiges Verstehen haben, wie die meisten Leute es zwischen intelligenten Wesen unterschiedlicher Arten nicht für möglich halten würden. Ist das nicht so, Varlan?«

»Ja, Bethany. Wir haben ein Einvernehmen, das auch ich nicht für möglich gehalten hätte, bevor wir einander trafen.« Da sie Bethanys Verärgerung über die brüske Art des Mannes spürte, sagte Varlan absichtlich nicht ›bevor ich gefangen genommen wurde‹.

»Das ist ausgezeichnet«, erklärte Olivia Southington. Auch sie spürte die Spannung und griff entschlossen ein, um sie aufzulösen. »Jorge und ich haben Wert darauf gelegt, die Mythen der Ryall zu studieren, weil wir darin einen Weg zum besseren Verständnis sahen. Ich fürchte jedoch, dass die bloße Auswertung von Vernehmungsprotokollen dazu nicht ausreichen kann. Wir müssen mit jemandem sprechen, der mit diesen Mythen wirklich vertraut ist, jemandem, der an sie glaubt und ihren kulturellen Zusammenhang kennt. Und weil eine große Zahl von Versorgungsschiffen zur Unterstützung der Invasion in diesen Bereich gekommen ist, dachten wir uns, die Gelegenheit sei günstig, Ihnen einen Besuch abzustatten und Varlan persönlich kennen zu lernen.«

»Wir werden natürlich alles in unserer Macht Stehende tun, um Ihnen zu helfen. Gibt es einen besonderen Mythos, den Sie erforschen möchten?«

»Ja, den gibt es in der Tat. Wir würden gern zu einem besseren Verständnis des Sagenkreises gelangen, der um die Schnellen Esser entstanden ist.«

Einhundertfünfzig Lichtjahre von Alta, wo der Böse Stern eine leuchtende Gaswolke am Himmel war, erlebte ein anderer Ryall eine Enttäuschung. Periskay, ein Angehöriger der Sippe von den Fernen Bergen im Nebel, war kein Gefangener, es sei denn seiner Pflicht. Er war ein ehemaliger Student Dolkis, des Meisters der Ingenieur-Philosophen der Ryall, und hatte den Auftrag erhalten, die Zerstörung der Erzaufbereitungsanlage auf Corlis zu untersuchen. Was auf den ersten Blick wie eine Naturkatastrophe ausgesehen hatte, begann bei genauerer Prüfung alle mystischen Eigenschaften anzunehmen, welche die Legenden aus den dunklen Tagen vor der geschriebenen Geschichte auszeichneten. Obwohl die Anlage offensichtlich von einer Flutwelle fortgerissen und zerstört worden war, hätte es Hinweise auf die Ursache der Katastrophe geben müssen.

Aber Periskay sah sich einem Mangel an brauchbaren Informationen gegenüber.

Das Geheimnis hatte in einer ganz gewöhnlichen Art und Weise seinen Anfang genommen. Jene, deren Aufgabe es war, die Pläne für den regelmäßigen Schiffsverkehr auszuarbeiten und für ihre Einhaltung zu sorgen, meldeten, dass ein Erzfrachter namens *Raumschwimmer* überfällig war. Da Eulysta ein Sackgassensystem war, gab es nur einen Ort, den ein Schiff anlaufen konnte, nämlich die landwirtschaftlich geprägte Welt, die um das Zentralgestirn Carratyl kreiste.

Ein Schiff, das zur Suche nach dem überfälligen *Raumschwimmer* ausgesandt worden war, hatte den Frachter nicht im System Carratyl gefunden und war nach Eulysta weitergereist, um zu sehen, ob es noch in der Umlaufbahn um Corlis zu finden sei. Dort hatte man die Erzaufbereitungsanlage in Ruinen vorgefunden, die Arbeitskräfte waren nicht auffindbar, und vom Erzfrachter gab es keine Spur.

So schlimm die Zerstörung von Industrieanlagen war – sie stellte in der Geschichte der Ryall nichts Einmaliges dar. Deshalb hatten die Herrschenden zur Feststellung der Ursache eine Expedition nach Corlis entsandt. Periskay, obschon noch jung und in seinem Beruf relativ neu, wurde zum Leiter der Untersuchung bestimmt.

Die Expedition war bereit gewesen, von Darthan abzureisen, als die Nachricht kam, dass eine Gruppe von Naturphilosophen die Expedition begleiten würde. Diese Denker waren nicht an der Zerstörung einer abgelegenen Industrieanlage interessiert. Sie wollten nach Eulysta, um ein kleines Forschungsschiff in den leuchtenden Nebel um den Reststern der Supernova zu entsenden.

Da er von einer mehr praktischen Denkart als die Philosophen war, konnte Periskay nicht sehen, welchem Zweck ihre Expedition diente. Immerhin stellten die Denker die Hälfte des Treibstoffs zur Verfügung, den sein Schiff während der Reise verbrauchen würde, und das gab ihm einen Anreiz, den Philosophen bei ihrem Vorhaben zu helfen.

Als er in Corlis eintraf, lud Periskay die Philosophen in der Umlaufbahn ab und landete sein Schiff in der Nähe der zerstörten Erzaufbereitungsanlage. Er und seine Mitarbeiter begannen die Stätte der Verwüstung zu untersuchen und hielten Ausschau nach Hinweisen auf die Ursache der Zerstörung.

Trotz ihrer umfangreichen Ausgrabungen fanden sie keine Toten. Vermutlich war die Leiterin der Anlage, eine gewisse Varlan, mit all ihren Arbeitern in der Flut umgekommen. Doch wenn es sich so verhielt, wo waren ihre Leichen? Als der Staudamm flussaufwärts brach, mussten die Angehörigen der im Bergwerk arbeitenden Schicht in den Stollen gewesen sein. Folglich mussten sie noch dort sein, doch nachdem sie die Bergwerksstollen vom eingedrungenen Wasser leer gepumpt hatten, fanden Periskays Arbeiter dort keinen einzigen von ihnen.

Er fragte sich, ob die vermissten Bergarbeiter an Bord des gleichfalls vermissten Erzfrachters sein mochten. Vielleicht hatte der die Überlebenden der Katastrophe gerettet und war dann unterwegs zu den Heimatsternen verloren gegangen.

Während Periskay über sein Problem nachdachte, beendeten die zum Studium des Bösen Sterns entsandten Philosophen ihre Vorbereitungen und stießen durch das Sterntor in den Nebel vor. Periskay empfing ihre Botschaft, die ihre Abreise meldete, und dachte nicht wieder an sie, bis ihm auffiel, dass sie, wie der Erzfrachter, überfällig waren.

57

Der Bildschirm an Bord des Schlachtschiffes *Conqueror II* der altanischen Marine leuchtete von geisterhaftem Feuer; seine Ursache waren energiereiche Partikel, die auf den Strahlenschutz prallten. Die Abschirmung absorbierte sowohl aufgeladene Partikel als auch hochenergetische elektromagnetische Strahlung, die vom Röntgen- bis in den Gammabereich ging und in tödlichen Dosen vom rasend schnell rotierenden Neutronenstern im Mittelpunkt des Nebels ausgestoßen wurden. Die von der Abschirmung absorbierte Strahlung wurde im sichtbaren Spektrum zurückgestrahlt und bildete wie ein permanentes Nordlicht schimmernde und sprühende Flächen multichromatischer Lumineszenz. Innerhalb der mit Energie aufgeladenen Umgebung des Antaresnebels leuchtete die Flotte wie eine Kette winziger schillernder Seifenblasen in einem höllischen Ozean.

Eine spannungsreiche Woche war verstrichen, seit *Conqueror II* und ihre Begleitschiffe in den Nebel eingetreten waren. Einen Augenblick schwebten sie in der Schwärze des Weltraums, tief unter sich die gelblich weiße Kugel Napiers, im nächsten waren sie tief im leuchtenden Gas und Staub des Nebels, in dessen Zentrum der winzige Dynamo des Neutronensterns Antares ein ferner blendend weißer Punkt war. In den Teleskopen konnte man beobachten, dass der Reststern beinahe jede Minute von gewaltigen Explosionen heimgesucht wurde. Weiß glühendes Plasma wurde in den Himmel hinausgeschleudert, nur um auf die glühende Oberfläche zurückgerissen zu werden, bevor die Geysire aus Feuer Gelegenheit gehabt hatten, sich voll zu entwickeln. Das rapide rotierende Magnetfeld des Sterns riss sie wieder herunter.

Der Antares/Napier-Faltpunkt lag nahe seiner Praenova-Position hoch über dem Neutronenstern. Ziel war der Faltpunkt Antares/Eulysta, nur 200 Millionen Kilometer entfernt. In jedem normalen System hätten sie in eine flache, hyperbolische Umlaufbahn beschleunigt und gerade darauf zugehalten. Unglücklicherweise war in dieser Hölle von Strahlungen, die das Innere des Nebels ausmachte, nichts so einfach wie es schien. Der Neutronenstern strahlte jede Sekunde viele Gigawatt Energie ab, deshalb war es gefährlich, eine Annäherung von weniger als 700 Millionen Kilometern zu riskieren. Trotz der Tatsache, dass sie unsichtbar war, war sich jeder Bordastrogator der imaginären gekrümmten Oberfläche bewusst, welche die äußere Grenze der »Todeszone« markierte, jenes Raumvolumens um den Neutronenstern, innerhalb dessen ihr Strahlenschutz nicht mehr Sicherheit bieten würde als ein Blatt Seidenpapier.

Deshalb führten *Conqueror* und der Rest der ersten Welle ein Manöver aus, das einer großen Schleife um die Peripherie des Nebels glich, als sie ihren Absprungpunkt ansteuerten. Dass dieses Manöver notwendig war, um am Leben zu bleiben, vermochte Richard Drakes Nerven nicht zu beruhigen. Er war ein Neuling im Flottenkommando und erfüllte seine Aufgabe mit gemischten Gefühlen. *Conqueror II* war das Flaggschiff der Invasionsflotte. Wie jedes Flaggschiff seit jener fernen Zeit, als die Griechen die Perser bei Salamis schlugen, beherbergte es zwei getrennte Kommandostrukturen. Ein Kapitän Erster Klasse namens Pelham Carter befehligte die *Conqueror II*. Er und Drake hatten früher schon zusammen gedient – einmal an Bord der *Discovery*, wo Carter Zweiter Offizier unter Drake gewesen war, und davor an Bord des Zerstörers *Parthenon*, wo sie beide zusammen Lieutenants gewesen waren.

Carters Aufgabe war es, das Schlachtschiff zu fliegen und im Kampf zu befehligen, während der strategische und taktische Einsatz der Kampfgruppen dem Admiral und seinem Stab vorbehalten blieb. Um die Invasion als Ganzes zu überblicken und zu jeder Zeit über die Positionen und Fortschritte der einzelnen Kampfgruppen im Bilde zu sein, wurde Drake von annähernd hundert Stabsoffizieren und Helfern unterstützt. Diese bildeten die Flotteneinsatzleitung FEL und lieferten dem Admiral die Informationen, die er benötigte, um jederzeit über die Gesamtentwicklung der Schlacht im Bilde zu sein. Die FEL hätte an Bord eines jeden Schlachtschiffs der Flotte sein können und konnte tatsächlich im Notfall innerhalb kurzer Zeit auf ein anderes Schiff verlegt werden. Soweit es Drake betraf, war die *Conqueror* nur ein farbig leuchtendes Symbol unter vielen in seiner holographischen Lagedarstellung und konnte wie die anderen Einheiten überall dort eingesetzt werden, wo sie im Verlauf der Operation benötigt wurde.

Sein Problem als Admiral bestand darin, dass seine Untergebenen zu tüchtig waren. Sie verrichteten ihre Arbeit ohne Anleitung und überließen sehr wenig seiner Entscheidung. Zwar wusste er, dass sich das nach dem ersten Kontakt mit den Ryall ändern würde, aber einstweilen lief alles an ihm vorbei und er hatte kaum etwas zu tun. Nach 160 Stunden im Antaresnebel war er drauf und dran, die Wände hochzugehen. Weil das für einen Admiral ungebührlich wäre, gab er sich notgedrungen damit zufrieden, an seinem Platz zu sitzen und gelangweilt dreinzuschauen.

»Gibt es schon etwas, Carey?«, fragte er den Nachrichtenoffizier, der zu seiner Rechten an der Konsole saß. Zu den Vorrechten des Flottenbefehlshabers gehörte der Adlerhorst, ein privater Arbeitsplatz unter einer Panzerglaskuppel, hoch über der Flotteneinsatzleitung, wo er ungestört und in Ruhe seine Entscheidungen treffen und Befehle erteilen konnte. Drake schauderte bei dem Gedanken. Er bevorzugte das geschäftige Hauptdeck der Flotteneinsatzleitung, wo er von seinem Stab umgeben war. Die Konsole, an der er saß, war normalerweise der Platz seines Stabschefs, aber Commander Parkinson war zur Zeit für die mittlere Wache eingeteilt und gab seinem Admiral die willkommene Gelegenheit, inmitten des Geschehens zu sein.

»Nein, Sir. Kein Kontakt mit Gruppe Antares. Die Entfernung ist noch etwas zu weit für unsere Laser. In dieser Suppe ist ihre Reichweite erheblich reduziert. Zweifellos wird sich die Gruppe Antares bei uns melden, sobald sie Kontakt herstellen kann.«

»Danke«, sagte Drake. Er hätte gern mehr gesagt, hielt sich aber zurück, um seine Ungeduld zu verbergen. Stattdessen sah er sich im Zentralraum der Einsatzleitung um. Die Veränderung in nur acht Wochen war auffallend. Als sie Alta verlassen hatten, war ein volles Viertel der Datenanschlüsse außer Betrieb gewesen, bei vielen hatten Bündel von Kabeln aus den abgenommenen Verkleidungen gehangen, und die Bildschirme anderer hatten nichts als vielfarbig flimmernde Störungsbilder gezeigt. Die vorzeitige Abreise hatte bedeutet, dass eine Menge Arbeit unterwegs erledigt werden musste, aber endlich hatten sie den großen Zylinder mit seinen großen Auslegergondeln einsatzbereit gemacht.

Conqueror II und ihre Begleitschiffe, die hundert Jahre alten Schlachtkreuzer *Discovery, Dagger* und *Dreadnought* zusammen mit Dutzenden neuerer Schiffe, die im Laufe der letzten drei Jahre aus den orbitalen Werften gekommen waren, hatten Alta unmittelbar nach Eingang der Meldung verlassen, dass die Ryall in den Nebel eingedrungen waren.

Und sie waren nicht allein.

Überall im Hegemonialbereich der Menschen hatte die Meldung, dass die Ryall in den Nebel eingedrungen waren, fieberhafte Aktivität ausgelöst. Mehr als tausend Schiffe hatten in aller Eile Personal, Munition und Konsumgüter an Bord genommen und aus ihren Umlaufbahnen den jeweils nächsten Faltpunkt angesteuert. Schlachtschiffe, Kreuzer, Zerstörer, Fregatten, Hochgeschwindigkeitsaufklärer und Dutzende von spezialisierten Versorgungsschiffen waren zu den Systemen um Antares geströmt. Die Schiffe von der Erde und den Welten am östlichen Rand des von Menschen besiedelten Raumes versammelten sich im System Goddard, während die Koloniewelten Alta und Sandar ihre Flotten über Napier und New Providence schickten. Andere Flotten versammelten sich in den Systemen Klamath, Braxton und Grundel. Alle Flotten würden über einen der Faltpunkte in den Nebel eintreten, die schon vor dem Novaausbruch existiert hatten und im Inneren des Nebels noch offen waren. Dann würden sie sich am siebten Faltpunkt um Antares versammeln, dem neuen, der durch die Hintertür in die Ryall-Hegemonie führte.

Im Gefolge der Kampfschiffe waren die noch zahlreicheren Hilfsschiffe wie Tanker, Frachter, Reparaturschiffe und Leichter. Wäre jemand imstande gewesen, die Bewegungen so vieler Schiffe zu verfolgen, so hätte er bald entdeckt, dass der Antaresnebel rasch zum Mittelpunkt militärischer Macht wurde. Die Einsatzplanung sah vor, dass aus der Flottenversammlung acht Kampfgruppen gebildet wurden, die an der Invasion teilnehmen sollten.

Und das war noch nicht alles, was auf dem Weg nach Spica den Nebel passieren würde.

Nach den Kampfschiffen und ihren Versorgern kamen die größten mobilen Waffen, die je von Menschen konstruiert worden waren. Überall im menschlich besiedelten Raum verließen schwere Orbitalfestungen ihre Wachstationen und begannen ihren manövrierfähigeren Brüdern zu folgen. Die schwerfälligen Festungen würden Monate benötigen, um Spica zu erreichen, doch wenn sie dort anlangten, würde das Kräftegleichgewicht innerhalb der Ryall-Hegemonie sich auf die Seite der Menschheit verlagern. Das zumindest war der Plan. Die Wirklichkeit mochte zu völlig anderen Plänen zwingen, aber das war die Natur des Krieges.

»Meldung kommt durch, Admiral«, sagte Nachrichtenoffizier Carey. »Es ist eine Datensendung, ohne Stimme. ›Von Captain Virgil Tennyson, Kommandeur Gruppe *Antares*, an Flottenadmiral Richard Drake. Botschaft beginnt: Willkommen in der Hölle, Admiral. Gut zu sehen, dass Sie so viele Freunde mitgebracht haben. Botschaft Ende. Tennyson.‹«

»Schicken Sie folgende Antwort, Carey: ›Erfreut, mit Ihnen in der Hölle zu sein, Captain. Sie haben nicht zufällig hier irgendwo einen Faltpunkt gesehen?‹«

»Gut, dass wir uns persönlich sprechen können, Admiral«, sagte Captain Tennyson zwei Stunden später aus einem von Drakes Bildschirmen. Das Bild war gesprenkelt infolge vielfarbiger Interferenzen, und der Ton war alle paar Sekunden kurzzeitig weg, aber die Stimme klang erleichtert. Der Commander der terranischen Marine war ein noch junger Mann von ungefähr dreißig Standardjahren. Nur seine Augen waren alt, eine verbreitete Krankheit unter jenen, die zu viel vom Krieg gesehen hatten.

»Sehr erfreut, Captain. Wie ist die Lage?«

»Ruhig, Sir. Im Faltpunkt ist nichts erschienen, seit wir im unteren Bereich unseren Eindringling erledigten. Wir glauben, es könnte ein Forschungsschiff gewesen sein.«

»Warum glauben Sie das?«

»Es war klein und unbewaffnet, Sir. Wir hatten nicht den Eindruck, dass sie uns oder unseren Torpedo sahen, bevor wir sie töteten.«

»Wissen Sie etwas über die Anwesenheit von Ryall auf der anderen Seite des Faltpunktes?«

»Nichts, Sir. Wir nahmen an, dass sie die andere Seite beobachten, entweder auf das Wiedererscheinen ihres vermissten Schiffes warten oder aber zu bestimmen suchen, was schief ging. Hätten wir einen Aufklärer durchgeschickt, so würden wir wahrscheinlich entdeckt worden sein und hätten den Vorteil der Überraschung verloren.«

»Ich bin froh, dass Sie einen Kopf auf den Schultern haben, Captain.« Bei ihrem ersten Besuch des Nebels waren sie blindlings nach Eulysta vorgestoßen, während sie eine alternative Route zum menschlichen Herrschaftsbereich gesucht hatten. Um ihre Anwesenheit geheim zu halten, hatten sie die Erzaufbereitungsanlage auf Corlis zuerst erobert und dann zerstört.

Was Drake keine Ruhe ließ, war die Möglichkeit, dass sie etwas übersehen hatten. Ein paar der Bergleute konnten entkommen sein. Oder sie hatten bei der abschließenden Aufräumaktion verräterische Spuren hinterlassen, Fußabdrücke vielleicht, oder eine leere Proviantverpackung. Es genügte die Entdeckung eines einzigen Gegenstandes von nachweislich menschlichem Ursprung auf Corlis, und das Oberkommando der Ryall würde das System Eulysta mit Kriegsschiffen aufrüsten. Schon jetzt konnte der Faltpunkt Eulysta/Antares im Zentrum einer Flotte von Schlachtschiffen liegen, alle bereit, das erste Schiff der Menschen, das im interstellaren Tor erschien, zu verdampfen.

Wenn das der Fall war, dann würde die »Überraschung«, auf die sie zählten, auf deren Seite sein.

Wie Admiral Belton während einer ihrer Sitzungen in der Planungsphase bemerkt hatte, war die Mission der Kampfgruppe Spica eine interstellare Version der alten Triple Crown beim Pferderennen. Eulysta war der erste Preis. Die Eroberung würde den Erfolg der Invasion zwar nicht garantieren, aber ein Misslingen würde ihre Pläne zunichte machen. Sicherlich hatte Eulysta für sich genommen strategischen Wert. Der Besitz des Systems und seiner zwei Faltpunkte würde die Ryall um ein weiteres System der Menschen-Hegemonie zurückdrängen. Er würde auch die Kriegsanstrengungen der Ryall völlig durcheinander bringen, bis es ihnen gelänge, Carratyl zu befestigen, das nächste System von Eulysta einwärts.

Dennoch wäre die Einnahme eines einzigen entlegenen Sternsystems ein armseliger Trostpreis, wenn sie nicht mehr erreichten.

»Haben Ihre Sensoren etwas von unseren nachfolgenden Streitkräften ausgemacht, Tennyson?«

»Ja, Sir. Außer Ihrer eigenen Kampfgruppe verfolgen unsere Sensoren dreihundertsieben andere Schiffe innerhalb des Nebels. Die meisten sind auf der langen Umlaufbahn von den Faltpunkten der anderen Seite, und dort erscheinen jeden Tag weitere. Bis Sie Eulysta kontrollieren, wird es hier einen Verkehrsstau geben.«

»Das höre ich gern. Wir werden die Gesellschaft dann brauchen. Lieutenant, wie ist unsere Eintrittszeit?«

Die Frage war an Lieutenant Olivia Parker gerichtet, deren Konsole an den Navigationsrechner auf der Brücke des Schiffes angeschlossen war. Frauen an Bord von Kriegsschiffen waren in der altanischen Marine noch selten, obwohl ihre Zahl mit jeder neuen Absolventenklasse der Militärakademien wuchs. Der Krieg gegen die Ryall hatte Alta wie die übrigen Welten des menschlichen Hegemonialbereichs gezwungen, alle Kräfte und Hilfsquellen zu mobilisieren, trotz der langen Tradition der Koloniewelten, die den Einsatz von Frauen in Kampfeinheiten verurteilte. Auch Drake war ein Anhänger dieser Tradition, obwohl er die Zeichen der Zeit erkannte und sich den bitteren Notwendigkeiten eines langwierigen und verlustreichen Krieges nicht verschließen konnte.

»Die Flotte wird die Grenze zum Faltpunkt in 47 Minuten überqueren, Sir.«

»Sehr gut. Wir werden die Stunde null auf 13:00 ansetzen. Tennyson, geben Sie das weiter. Wir gehen in ...«, Drake blickte auf die Chronometerdarstellung in der unteren rechten Ecke seines Bildschirms, »... 218 Minuten von jetzt hinein.«

»Jawohl, Sir! Ich wünschte, ich könnte mit Ihnen gehen.«

»Ich hätte Sie gern bei uns, Captain. Doch wie auch immer, Ihre Aufgabe ist hier. Wenn etwas schief geht, werden wir Ihre Gruppe benötigen, um jeden Gegenangriff durch den Faltpunkt aufzuhalten.«

»Verstanden, Sir. Auch diejenigen dienen, die nur dasitzen und warten und Daumen drehen …«

Drake lächelte. Er verstand die wehmütige Stimmung des anderen. Nach mehr als einem Jahrhundert Krieg sollte dies die letzte große Offensive sein. Trotz der erwarteten Gefahren hatte es unter den Flottenoffizieren heftigen Wettbewerb um die Teilnahme an der Operation gegeben.

»Das ist richtig, Captain. Aber keine Sorge, bevor dies vorbei ist, wird es für jeden von uns mehr als genug Kampfeinsätze geben.«

»Auch wahr, Admiral. Wie ich sagte, willkommen in der Hölle. Ich werde Ihre Befehle an den Rest der Flotte weitergeben. Sie wird bereit sein. Wachgruppe *Antares*, Ende.«

»Kampfgruppe *Spica*, Ende.«

»An alle. Achtung. Klarmachen zum Faltraumübergang. Alle Abteilungen melden Bereitschaft.«

Das Echo der Durchsage war kaum verhallt, als aus allen Abteilungen des Schiffes Bereitschaftsmeldungen eingingen. Drake war nicht überrascht. Pelham Carter führte ein straffes Regiment an Bord; seine Abteilungsleiter hatten schon vor drei Tagen ihre Bereitschaft zum Transit gemeldet.

Zuversichtlich, dass die *Conqueror* einsatzbereit war, lauschte er über die Kanäle des Flottenkommandos den Einheiten der terranischen Marine, die ihn von Napier begleitet hatten. Admiral Beltons Leute bereiteten den Transit mit einer professionellen Selbstverständlichkeit vor, die jahrzehntelange Kriegserfahrung verriet. Der Funkverkehr zeichnete sich durch Kürze aus. Nicht, dass keine Kommunikation stattfände; jede Sekunde gingen zwischen den Bordcomputern vielfache Gigabytes hin und her, als sie sich für den Kampf bereit machten.

Während des Kampfgeschehens würden die Computer der *Conqueror II* die Offensivbewaffnung des Schiffes weitgehend beherrschen. Künstliche Gehirne würden Feindbewegungen berechnen, Waffen auf die jeweiligen Ziele richten, in geeignetem Moment feuern und den unvermeidlichen feindlichen Torpedos und Raketen ausweichen. Computer würden Trefferschäden bewerten, luftdichte

Türen und Luken kontrollieren und Reparaturtrupps zu den am schwersten getroffenen Partien des Schiffes dirigieren. Sie würden mit den anderen Schiffen der Flotte über gesicherte Verbindungen kommunizieren und die taktischen Manöver der *Conqueror* mit denen der anderen Schiffe in der Kampfgruppe koordinieren.

Würde ein Schiff durchlöchert und die Besatzung getötet, würden die Computer und Feuerleitsysteme weiterkämpfen, solange ihre Energiezufuhr es zuließ. So war es dem namensgleichen Vorgängerschiff der *Conqueror* in der zweiten Schlacht von Klamath ergangen. Selbst nachdem zahlreiche Treffer einen großen Teil der Besatzung getötet und die Überlebenden in Rettungskapseln gezwungen hatten, hatte *TSNS Conqueror I* weitergekämpft.

»Zwei Minuten zum Transitsprung. Alle Schiffe melden Status.«

Der traditionelle Befehl war überflüssig. Drake konnte den Status der zehn kleinen Schiffe, aus denen die Vorhut bestand, auf seinem Bildschirm sehen. Umgeben waren die grünen Echozeichen von weiteren 120 gelben Echozeichen, welche die Schiffe darstellten, die den Transitsprung in den Herrschaftsbereich der Ryall machen würden, sobald sie den Startbefehl empfingen. Das Ganze war umgeben von den trübroten Umrissen des Faltpunktes und den zwölf purpurroten Echozeichen, welche die Schiffe der Wachgruppe *Antares* zeigten.

Zur Vorhut der Kampfgruppe zählten die zehn stark bewaffneten und hoch beschleunigenden Schiffe des Alpha-Geschwaders. Sie würden als Erste in geschlossener Formation den Sprung ins Unbekannte auf der anderen Seite des Faltpunktes vornehmen. Fanden sie den Faltpunkt unbewacht, würden neun der zehn Schiffe sofort zu Eulystas zweitem Faltpunkt beschleunigen, der zum System Carratyl führte. Das zehnte Schiff des Geschwaders würde in den Nebel zurückkehren, um der Flotte Meldung zu machen, bevor es nach Eulysta zurückkehrte und versuchen würde, in einer langen Aufholjagd den Anschluss an das Geschwader wiederzufinden.

Die Besatzungen des Alpha-Geschwaders waren für diesen Einsatz eigens ausgewählt und trainiert worden. Das Durchschnittsalter betrug 22 Jahre, und jeder der Piloten war in hervorragender körperlicher Verfassung. Das war notwendig, denn der größte Teil ihrer Reise würde unter Beschleunigungen bis zu zehnfacher Erdschwere stattfinden.

»Eine Minute bis Transit.«

»Sind Ihre Leute bereit, Captain Parsons?«, fragte Drake das allzu junge Gesicht in einem seiner Bildschirme.

Lieutenant und stellvertretender Kapitän Victor Parsons blickte ihn an und nickte. Seine Lippen bewegten sich nicht. Dass jede Höhlung in seinem Körper mit sauerstoffhaltiger Flüssigkeit gefüllt war, um ihm das Ertragen des bevorstehenden Beschleunigungsdrucks möglich zu machen, ließ sprachliche Verständigung nicht zu. Nichtsdestoweniger antwortete eine computergenerierte Stimme: »Bereit, einem Ryall auf den Schwanz zu treten, Sir.«

»Das überlassen Sie Ihren Kameraden. Kehren Sie sofort hierher zurück, sobald Ihre Maschinen aufgeladen sind. Es macht mir keinen Spaß, hier im Dunkeln zu sitzen, ohne zu wissen, was mir bevorsteht. Je eher wir Klarheit haben, desto besser.«

»Verstanden, Admiral.«

»Viel Glück, Captain. Machen wir ihnen die Hölle heiß!«

»Jawohl, Sir. *Asgard* Ende.«

»Flotteneinsatzleitung Ende.«

»Zehn ... neun ... acht ...« Das altbekannte Frösteln überlief Drakes Rücken, als die Startzählung der Computerstimme ertönte. Er merkte, dass er instinktiv den Atem anhielt, und zwang sich tief durchzuatmen, als die Zahlen die letzten paar Sekunden anzeigten. »... drei ... zwei ... eins ... los!«

Auf dem Bildschirm der Lagedarstellung verschwanden zehn kleine grüne Echozeichen und mehr als hundert gelbe wechselten zu grün.

»Schalten Sie die Zwei-Minuten-Uhr ein, Mr. Carey. Befehl an die Kampfgruppe *Spica.* Alle Schiffe bereit zum Faltraum-Übergang.«

58

Bethany Drake machte sich Sorgen. Das war zu erwarten in einer Zeit, da ihr Mann und nahezu die Hälfte der männlichen Bevölkerung von Alta in den Krieg gezogen waren, ein feindliches Reich anzugreifen. Nicht einmal das Wissen, dass die kommende Schlacht der künftigen Sicherheit der Menschheit dienen würde, konnte ihre Befürchtungen aus der Welt schaffen. Und dass sie schwanger war, das machte es auch nicht leichter. In ihrem gegenwärtigen Zustand war die natürliche Sorge in einem Maße verstärkt, dass sie beinahe jeden anderen Gedanken ausschloss. Sie konnte von Glück sagen, wenn es ihr gelang, sich zehn Minuten auf ihre Arbeit zu konzentrieren, bevor der kalte Nebel der Furcht wieder aus den Tiefen stieg und ihr Bewusstsein wie eine feuchtkalte Hand umschloss. Wenn sie sich nicht um Richard sorgte, dann grämte sie sich darüber, wie ihre Gemütsverfassung sich auf das Ungeborene auswirken mochte.

»Unsinn«, sagte Dr. Fontain, die alte Ärztin, die über ihre Schwangerschaft wachte, als Bethany ihre Sorgen erwähnte. »Glauben Sie, dass Sie die erste besorgte Mutter in der Geschichte der Menschheit sind? Das meiste von dem, was Sie empfinden, ist ein Nebenprodukt hormoneller Freisetzungen, die so natürlich sind wie das Atmen. Wenn Ungeborene sensitiv für die Stimmungsschwankungen ihrer Mutter wären, dann wäre unsere Art schon vor Jahrtausenden ausgestorben. Nach unserer letzten Untersuchung ist der Entwicklungsstand ihres Kindes optimal. Wenn sich überhaupt etwas sagen lässt, dann nur so viel, dass der Kleine in der Entwicklung weiter ist als die meisten anderen in diesem Stadium.«

Die Worte der Ärztin hatten Bethany für ungefähr fünfzehn Minuten Mut gemacht, bevor sie wieder grüblerisch wurde. Schließlich waren ihre persönlichen Probleme nicht alles, worüber sie zu grübeln hatte.

Die drei Jahre seit ihrer und Richards Rückkehr von der Erde waren hektisch gewesen. Sie hatte erwartet, dass ihr Mann von seinem Kommando in Anspruch genommen würde, aber nicht geahnt, wie sehr. Oft arbeitete er in der Admiralität vierzig Stunden durch und war, wenn er nach Haus kam, zu müde, um irgendetwas anderes zu tun als noch in Uniform aufs Bett zu fallen. Dann gab es die Reisen in die Umlaufbahn, die manchmal Wochen dauerten, und die Fernreisen durch den Nebel zu anderen Sternsystemen, um Einzelheiten der Invasion zu koordinieren. Sie hatten sehr wenig voneinander gehabt, obwohl ihr Zusammensein die langen Perioden der Trennung wert gewesen war. Ein solches Zusammensein war der Grund, warum sie jetzt die ganze Zeit diese Rückenschmerzen hatte.

Sie war selbst nicht untätig gewesen und hatte ihren Teil getan, um der Menschheit gegen den fremden Feind zu helfen. Allerdings fiel es ihr schwer, die Ryall als »den Feind« zu sehen. Sie sah in ihnen Varlans Vettern und hoffte, dass sie sie eines Tages gut genug verstehen würde, um diesem einfältigen Krieg ein Ende zu machen.

Konnten die Ryall ihre Instinkte beherrschen? Das war es, was Bethany durch das Studium von Varlans Verhaltensweisen primär zu bestimmen hoffte. Bisher waren ihre Resultate uneinheitlich gewesen. Wann immer sie versuchte, Varlan zu Überlegungen zu animieren, wie ihre beiden Arten zusammenarbeiten könnten, hatte die Ryall sich die Vorstellung einen oder zwei Tage durch den Kopf gehen lassen und war dann zu ihrer doktrinären Haltung zurückgekehrt, dass alle denkenden Wesen aus Notwendigkeit Feinde sein müssten.

Es musste einen besseren Weg geben, und Bethany Drake war trotz ihres schmerzenden Rückens und aller anderen Sorgen entschlossen, ihn zu finden.

Wenn nur ihre unkontrollierbaren Stimmungsschwankungen aufhören und ihr Zeit zum Nachdenken lassen würden …

»Ich hätte nie gedacht, dass Ihre Leute in Städten leben«, sagte Consuela Aragon zu Varlan von den Duftenden Wassern. Varlan, Jorge Santiago, Olivia Southington, Consuela und Bethany waren alle in dem Raum versammelt, wo sie sich das erste Mal getroffen hatten. Varlan lag auf dem Bett aus Schilfmatten, und die vier Menschen hatten ihre Stühle in einem Halbkreis um sie aufgestellt. Jorge Santiago hatte Varlan zwei Stunden lang über Sitten und Bräuche der Ryall ausgefragt, und als Consuela gespürt hatte, dass Varlan ärgerlich wurde, hatte sie eine von Varlans müßigen Bemerkungen benutzt, um das Thema zu wechseln.

»Warum nicht?«, fragte Varlan. »Wir bauen Raumschiffe, warum nicht Städte?«

»Nun, Sie sind Wasserechsen. Wozu benötigen Sie Häuser und kommunale Strukturen, wenn Sie Ihre Lagunen haben, in denen Sie sich tummeln können? Sicherlich haben Sie kein Interesse daran, sich vor dem Regen zu schützen.«

»Wie viele Lagunen gibt es auf irgendeiner gegebenen Welt?«

»Wahrscheinlich nicht genug.«

»Nicht annähernd genug. Gewiss, wir ziehen es vor, in der Nähe des Wassers zu wohnen, und zu unseren Wohnstätten gehören Elemente von Wasser, anders als jene, die Sie bauen – ausgenommen gewisse Siedlungen im Hügelland«, sagte Varlan. »Wenn Wasser in der Nähe ist, verwenden wir Kanäle anstelle von Straßen. Wenn nicht, bauen wir Straßen wie Sie. Was die Notwendigkeit von Dächern angeht, so haben sie mehr den Zweck, vor der Sonne zu schützen als vor dem Regen. Zu den größten Genüssen meiner Art gehört es, im Regen zu liegen und die Zungen herauszustrecken. Die Regentropfen sind von Sauerstoff durchsetzt und haben einen besonders süßen Geschmack.«

Bethany, der endlosen, in leierndem Tonfall vorgebrachten Fragen Jorge Santiagos überdrüssig und müde vom Sitzen auf dem harten Stuhl, erhob sich unsicher, um die Blutzirkulation in den Beinen wieder in Gang zu bringen. Als sie stand, verspürte sie einen vertrauten Schmerz im Unterleib. Sie keuchte und griff Halt suchend nach der Stuhllehne.

»Fehlt Ihnen etwas, Señora Drake?«, fragte Consuela Aragon.

Bethany beugte sich über die Stuhllehne und verzog das Gesicht. »Es fehlt mir nichts. Es war nur eine kleine Kontraktion. Seit ein paar Tagen wiederholen sie sich sporadisch.«

»Vielleicht sollten Sie sich setzen.«

»Das Sitzen ermüdet mich. Ich stehe lieber eine Weile.«

»Dann halten Sie sich an der Stuhllehne fest«, meinte Olivia Southington. »In Ihrem Zustand zu fallen könnte sehr unangenehme Folgen haben. Glauben Sie mir, ich weiß es.«

»Um zum Thema zurückzukehren«, unterbrach Santiago und nahm sein Verhör wieder auf, das Varlan zuvor Anzeichen von Unwillen entlockt hatte. »Ich verstehe nicht, warum Sie glauben, die Geschichte von den Schnellen Essern sei mehr als eine Fabel.«

»Die Schnellen Esser gab es wirklich«, erwiderte Varlan. »Wir haben ihre Skelette in unseren Museen.«

»Daran zweifle ich nicht«, sagte Santiago. »Dennoch leuchtete die zugrunde liegende Geschichte nicht ein. Da ist beispielsweise der Zeitfaktor.«

»Erklären Sie«, konterte Varlan.

»Ich kann Ihnen die Geschichte nur so wiedergeben, wie Angehörige Ihrer militärischen Kaste sie gewöhnlich erzählen. Ist das in Ordnung?«

Varlan bewegte ihren langen Hals auf und ab und erzeugte so eine passable Nachahmung menschlichen Nickens.

»Die Geschichte, wie sie den Jungen erzählt wird, ist die: Einst waren die Ryall ein Volk glücklicher Fischer, die in den Flussmündungen und Lagunen Darthans lebten, der Heimatwelt. Nach vielen Generationen idyllischen Lebens erschien ein neuer Stern am Himmel. Dieser Stern wurde rasch heller, bis er die drei Monde überstrahlte, wenn sie voll waren. Es heißt, dass man im Licht dieses Sterns bei Nacht fischen konnte, weil es die kleinen Tiere zur Wasseroberfläche lockte.

Kurz nachdem der Böse Stern erschien, wurde unsere Rasse von einer schweren Seuche heimgesucht. Viele wurden krank und starben. Ihre Schuppen verfärbten sich gelb, sie erbrachen das Gegessene und bald legten sie sich nieder und hörten auf zu atmen. Die Jungen des betreffenden Jahres waren nicht immun gegen die Seuche. Viele Eier konnten nicht ausgebrütet werden, und aus den anderen schlüpften grotesk missgestaltete Junge. Dies dauerte viele tausend Jahre unverändert an, und jede Generation von Ryall wurde von Mutationen geplagt. Auch waren die Geburtsfehler nicht der einzige Nachteil für die Rasse, denn der Böse Stern brachte auch die Schnellen Esser.

Sie waren hirnlose Räuber, welche die tieferen Wasser des Weltmeeres bewohnten. Kurz nachdem der Böse Stern am Himmel erschien, begannen die Räuber über die Fischerdörfer der Ryall und die Brutplätze herzufallen. Sie waren schnell und bösartig und entwickelten im Laufe der Generationen genügend Schläue, dass sie die Ryall aus der See verdrängten. Die Ryall zogen sich ins Innere von Inseln und die Küsten von Kontinenten zurück, wo sie Dörfer auf dem Land bauten.

Im Lauf von Jahrtausenden entwickelte sich die Intelligenz der Ryall weiter. Genauso aber verhielt es sich mit den Schnellen Essern. Die Zunahme der Intelligenz half den Ryall, Methoden zu entwickeln, die sie zur Jagd auf die Schnellen Esser befähigten. Zuerst hatten die Jäger nur die Absicht, die schnellen Esser von den Brutplätzen und den Flussmündungen zu verjagen, wo noch immer die kleinen Wasserbewohner gefangen wurden. Die Schnellen Esser wurden im Flachwasser der Küsten gejagt, und nach und nach, weil sie selbst Intelligenz entwickelten, lernten sie die Gegenden meiden, wo Ryall lebten. Dann, nach einem Kampf, der generationenlang geführt wurde, begann man die Schnellen Esser auch im tiefen Wasser zu jagen.

Die Ryall gaben sich nicht mehr damit zufrieden, die gelegentlich auftretenden Räuber zu vertreiben. Nun suchten die Jäger deren Brutplätze auf. Man entdeckte die Stellen, wo sie ihre Eier ablegten, und zerstörte diese systematisch. Im weiteren Verlauf verseuchten die Ryall die tieferen Küstengewässer, wo die schnellen Esser sich aufhielten, mit organischen Giften, so dass die Schnellen Esser krank wurden und starben. Die Ryall studierten biologische Zusammenhänge und züchteten einen Parasiten, der nur von den Schnellen Essern lebte.

So gewannen sie schließlich ihren Kampf mit den Ungeheuern der Tiefe. Eines Tages gab es sie nicht mehr. Trotz einer ausgedehnten Suche konnten die siegreichen Jäger keine Schnellen Esser finden. Die Art der Ryall, durch die Rivalität in ihrer Intelligenz bedeutend gestärkt, beherrschte fortan die Heimatwelt Darthan.

Doch auch das Volk der Ryall hatte sich verändert. Es war kein einfaches Fischervolk mehr. Nun waren viele Ryall Landwirte und Bergleute und Metallbearbeiter und Handwerker geworden – alles Gewerbe der Dörfer auf dem Land. Das Volk der Ryall vermehrte sich, entwickelte die Landwirtschaft und baute Städte. Dann, als die Zeit kam, blickte es zu den Sternen und verließ das übervölkerte Darthan, um andere Welten zu kolonisieren.

Aber trotz aller Verfeinerungen vergaßen die Ryall niemals die Lektion von den Schnellen Essern. Man hatte daraus gelernt, dass eine einzige Welt für zwei intelligente Arten zu klein ist. Wenn zwei intelligente Arten dasselbe Territorium besetzen, müssen sie schließlich in einen Existenzkampf eintreten, bis eine Art unterliegt und ausstirbt. Es ist eine Lektion, welche die Ryall gut gelernt hatten und die sie zu den Sternen exportierte. Es ist die Lektion, die ihnen Anlass gab, instinktiv zu reagieren und das erste menschliche Raumschiff, das ihnen begegnete, zu zerstören. Diese Lektion ist die Triebkraft hinter diesem hundertjährigen Krieg unserer Arten. Die Ryall glauben, dass dieser Krieg nicht enden kann, bis eine unserer Arten ausgerottet ist. Sie glauben es nicht, weil man es sie gelehrt hat, sondern vielmehr, weil es in der grundlegenden genetischen Verschlüsselung ist, mit der sie aus dem Ei schlüpfen.

Es wird ein Krieg auf Leben und Tod zwischen beiden Arten sein, weil es das Gesetz des Universums ist.«

Jorge Santiago blickte in die Obsidianaugen, die ihn musterten. »Das ist die Legende von den Schnellen Essern, nicht wahr?«

»Sie ist es«, sagte Varlan. »Es ist Ihnen überraschend gut gelungen, die lyrische Poesie des Epos einzufangen.«

»Für einen Fremden, meinen Sie.«

»Ja, für einen Fremden.«

Santiago lächelte, ehrlich erfreut. »Ich danke Ihnen für das Kompliment. Ich habe diese Geschichte in Ihrer eigenen Sprache studiert, und obwohl das poetische Gefühl meiner Art nicht das gleiche ist wie Ihres, glaube ich, dass mir viele der Nuancen bewusst sind, die in den Wörtern liegen. Diese Legende der Ryall ist es, die Olivia, Consuela und mich zu diesem Besuch bei Ihnen veranlasst hat, und sie ist es auch, über die ich gern einige Bemerkungen machen möchte.«

»Bitte tun Sie es.«

»Sind Sie sicher, dass ich Sie nicht kränken werde? Ich versichere Ihnen, dass es nicht meine Absicht ist. Unter Menschen ist es jedoch so, dass Fragen über tief empfundene Glaubensfragen oft eine heftige Reaktion auslösen. Ich habe nicht den Wunsch, Ihnen das anzutun.«

Varlan dachte lange darüber nach, dann nickte sie mit dem langen Hals. »Ich verstehe den Begriff. Da ich unter den Menschen gelebt habe, musste ich meinen eigenen Standpunkt in vielen Dingen erweitern. Stellen Sie Ihre Fragen. Ich werde nicht Anstoß daran nehmen.«

»Danke. Meine erste Frage ist dann, wie Sie die Wahrheit dieser Geschichte behaupten, obwohl sie voll innerer Ungereimtheiten ist?«

»Ich verstehe nicht.«

»Betrachten Sie es einfach logisch. Wie können Sie glauben, dass wirklich geschah, was ich gerade erzählt habe?«

Varlans Zunge schnellte in einer Schaustellung fremdartiger Gemütsbewegung hervor, dann wandte sie den Kopf seitwärts, um den Mann mit einem Obsidianauge zu fixieren und fragte: »Sind Sie religiös, Señor Santiago?«

»Gewiss.«

»Gehören Sie der Sekte an, die ›katholisch‹ genannt wird?«

»Ja.«

»Dann muss ich Sie fragen, wie Sie an Ihre Religion glauben können, obwohl sie so viele offensichtliche logische Widersprüche enthält. Nehmen Sie zum Beispiel die Sache mit der Jungfrau. War der

Ehemann dieser Frau so naiv, dass er glaubte, sie werde gebären, ohne zuvor geschwängert zu sein?«

Bethany, die Varlan vor mehreren Monaten die religiösen Überzeugungen der Menschen erklärt hatte, erstickte beinahe, als sie ein Lachen unterdrückte. Anscheinend hatte Varlans Entgegnung ins Schwarze getroffen, denn Jorge Santiago lief rot an. Aber er bewahrte die Beherrschung.

»Treffer!«, sagte er. »Vielleicht können wir das Wunder von der jungfräulichen Geburt ein andermal diskutieren. Wie auch immer, unser Thema war Zeitabfolge der Legende von den Schnellen Essern.«

»Wie meinen Sie das?«

»Ihre Geschichte sagt, dass die Ryall an Strahlungskrankheit zu sterben begannen und über Tausende von Jahren eine hohe Mutationsrate erleiden mussten, als eine nahe Supernova zum Ausbruch kam, der so genannte Böse Stern.«

»Ja.«

»Und dass diese Strahlungen die Entwicklung Ihrer Art enorm beschleunigte und auch die Evolution eines hirnlosen Meeresräubers, die Schnellen Esser genannt, forcierte, bis auch sie zu intelligenten Wesen wurden.«

»Ja, Señor Santiago. Das ist wahr.«

»Aber die Zeitskala, Varlan. Wie können Sie die Zeitabläufe erklären?«

»Ich verstehe noch immer nicht.«

»Ausbrüche von Supernovae dauern höchstens ein paar Monate oder Jahre. Danach mögen sie ein benachbartes Sternsystem ein paar Jahrhunderte lang mit Strahlung überfluten. Das ist nicht genug, um die Auswirkungen zu erzeugen, die von der Legende damit in Verbindung gebracht werden. Selbst wenn es so wäre: Wie stellten die frühen Ryall den Zusammenhang zwischen dem kurzzeitigen neuen Licht am Himmel und der Strahlenkrankheit mit ihren Mutationen her? Diese können ja erst Jahre nach dem Verblassen des Himmelslichts aufgetreten sein. Ohne ein wissenschaftliches Verständnis des Phänomens ist es mehr wahrscheinlich, dass die frühen Ryall die beiden Ereignisse als unabhängig voneinander gesehen haben würden.«

Bethany, deren Füße inzwischen schmerzten, erinnerte sich der Nacht damals in Homeport, als das Licht des Antares zum ersten Mal das Land beschienen hatte. Es war wie das Licht eines elektrischen Funkens gewesen, ein sengender bläulich weißer Punkt am Himmel, der die Wälder illuminierte und lange tintige Schatten warf. Es war ein surrealistisches Bild gewesen, so sehr, dass sie und ihr Onkel aufgeblieben waren, bis Antares gegen Morgen unterging. Sie hatten die Veränderung in Altas Himmel bestaunt, ohne zu wissen, was sie hervorgerufen hatte.

Sie erinnerte sich, dass sie damals gedacht hatte, das Licht am Himmel sei ein Omen, das auf künftige Ereignisse voraus weise. Und die Ahnung hatte sich bewahrheitet. Wegen jenes elektrischen Funkens am Himmel hatte sie ihren zukünftigen Mann kennengelernt, und das Leben auf Alta, das bis dahin verhältnismäßig friedlich geblieben war, wurde in der folgenden Zeit mehr und mehr vom immerwährenden Krieg beherrscht.

»So ist es geschehen, Señor Santiago«, erwiderte Varlan, ein wenig störrisch, wie Bethany fand.

»Ich zweifle nicht an Ihrer Aufrichtigkeit, Varlan, nur an der Logik Ihrer Geschichte. Es erfordert Zeit, bis eine neue Spezies entsteht, selbst mit einer durch hohe Mutationsraten forcierten Evolution. Es muss mindestens tausend Generationen gedauert haben, bevor der Intelligenzquotient Ihrer Art deutlich anzusteigen begann.

Was die Schnellen Esser angeht, so waren sie Bewohner der tieferen Gewässer, was bedeutet, dass sie gegen die Strahlungen vom Himmel gut abgeschirmt waren. Sicherlich legten sie ihre Eier im Flachwasser ab, wo sie zum Ausbrüten Sonnenlicht bekamen. Dennoch können Strahlungen nicht die auslösende Ursache ihrer plötzlichen Zunahme an Intelligenz gewesen sein.«

»Was war es dann?«

»Nun, ich glaube, es muss ihr Wettbewerb mit euch Ryall gewesen sein.«

»Das sollten Sie genauer erklären, Jorge«, sagte Olivia Southington. Während der ganzen vorausgegangenen Erörterung hatte sie Varlan aufmerksam beobachtet.

»Es ist ein ziemlich verbreitetes Entwicklungsmuster im Wettbewerb der Arten. Raubtier und Beutetier liefern sich eine Art evolutionäres Wettrennen. Das geschah zum Beispiel unter den Raubkatzen und den Pferden auf der Erde. Wenn wir deren naturgeschichtliche Entwicklung studieren, finden wir, dass beide Arten ursprünglich klein begannen – das Pferd etwa hatte die Größe eines mittleren Hundes. Sie verstehen diese Hinweise, nicht wahr?«

Varlan nickte. »Ich hatte viel Zeit, die Menschen und ihre Kultur zu studieren, Señor Santiago. Ich habe Bilder von all den Tieren gesehen, die sie erwähnen, und mehrere Hunde kennen gelernt. Etwas an meinem Geruch missfällt ihnen.«

»Gut. Im Laufe vieler Jahrtausende begannen sowohl Raubkatzen wie auch Pferde längere Beine zu entwickeln. Zeitweilig mochten die Pferde im Vorteil gewesen sein, und die kurzbeinigen Raubkatzen litten Hunger. Ein andermal gelang es gewissen Raubkatzen, die Pferde einzuholen, und die langsameren Pferde mit kürzeren Beinen wurden gefressen.

So ähnlich stelle ich mir vor, was mit Ihnen und den Schnellen Essern geschah. Ihre Zahl wuchs bis zu dem Punkt, wo der Bevölkerungsdruck sie zwang, in Ihren Lebensbereich vorzudringen. Sie fanden, dass die Ryall der Vorzeit gut zu essen waren, und der Wettbewerb zwischen Ihnen bewirkte, dass beide Seiten statt längerer Beine größere Gehirne entwickelten.«

»Und die Geschichte von missgestaltet geschlüpften Jungen?«

»Vielleicht ist sie übertrieben. Es wird in jeder Generation einige Mutationen und Erbschäden geben. Nach Ihrer Geschichte vom Bösen Stern wurden Ihre Häuptlinge sehr empfindlich dagegen und töteten die frisch geschlüpften Jungen, die erbgeschädigt schienen. Auf diese Weise züchteten sie Ihre Art zu erhöhter Intelligenz.«

»Worauf wollen Sie hinaus?«, fragte Varlan nach einer Denkpause.

»Nur darauf, dass Ihre Erzählung von einem durch die Supernova ausgelösten Vernichtungskrieg mit den Schnellen Essern eine übermäßige Vereinfachung dessen sein mag, was wirklich geschah. Wenn wir die Zusammenhänge des wahren Geschehens finden können, gelingt es uns vielleicht auch, Ihre Leute davon zu überzeugen, dass Krieg bis zum Tod nicht immer die Antwort sein muss, wenn zwei intelligente Arten aufeinander stoßen.«

Varlan war im Begriff zu antworten, als Bethany die Hand hob. »Wenn es Ihnen nichts ausmacht, ich bin sehr ermüdet. Können wir dieses Gespräch morgen fortsetzen?«

»Selbstverständlich, Señora. Meine Entschuldigung, dass ich so viel Zeit beansprucht habe.«

»Danke, Señor Santiago.«

In diesem Augenblick läutete Bethanys Mobiltelefon. Sie zog es aus der Tasche und schaltete ein.

»Ja?«

Die anderen sahen, wie ihr Gesicht einen angespannten Ausdruck annahm. Sie lauschte eine Weile, dann steckte sie das Mobiltelefon wieder ein. Ihre Sorgenfalten waren nicht zu übersehen, als sie sich zu den Besuchern umwandte.

»Was ist geschehen, Bethany?«, fragte Varlan. In den letzten drei Jahren hatte sie gelernt, ihrer Freundin die Stimmungen vom Gesicht abzulesen, und diese Stimmung war eine von schmerzlicher Ungewissheit.

»Das war meine Assistentin. Gerade ist Nachricht von der Flotte eingegangen.«

Drei menschliche Stimmen fragten gleichzeitig: »Was für Nachrichten?«

»Nichts Eindeutiges. Richards Kampfgruppe hat vor zwei Tagen den Transit nach Eulysta vollzogen und ist noch nicht zurückgekehrt. Anscheinend ist die Schlacht im Gange.«

Sie wandte sich zum Gehen. Ihr Bett, wo sie liegen und die Füße hochlegen konnte, war in den vergangenen zwei Stunden zunehmend Gegenstand ihrer Sehnsucht geworden. Sie tat einen Schritt und blieb schwankend stehen, tastete nach der Lehne von Olivia Southingtons Stuhl, verfehlte sie und fühlte sofort eine stützende Hand an ihrem Arm. Jorge Santiago war geistesgegenwärtig aufgesprungen, um einen Sturz zu verhindern.

»Was ist los?«

Bethany hielt sich mit beiden Händen den Bauch und verzog vor Schmerzen das Gesicht. Nach einem Dutzend Atemzügen, in denen sie nicht sprechen konnte, richtete sie sich auf und seufzte. »Das war die bisher schlimmste Kontraktion.«

Olivia Southington, die Bethanys Rückseite sah, räusperte sich und sagte: »Das war mehr als eine Kontraktion, Bethany. Es ist das Fruchtwasser.«

Auch Varlan hatte den Fleck gesehen und legte als Ausdruck ihrer Sorge die Ohren an. »Ist etwas nicht in Ordnung?«

Olivia wandte sich mit einem Lächeln zu ihr um. »Kein Grund zur Sorge, Varlan. Bethany bekommt jetzt ihr Kind!«

59

Periskay von den Fernen Bergen im Nebel hatte Angst – nicht um sich selbst, aber um Die Rasse. Das Geheimnis um die Zerstörung der Erzaufbereitungsanlage auf Corlis war aufgeklärt, und wie bei so manchem Geheimnis weckte die Aufklärung den Wunsch, dass sie ausgeblieben wäre.

Fünf planetarische Umdrehungen früher war sein junger Assistent in seine Schlafkammer geplatzt und hatte das schrille Warnsignal vor Gefahr ausgestoßen. Als Periskay zu sich kam, war er schon auf sechs Beinen und hatte Rumpf und Kopf in der Abwehrhaltung, den Schwanz ausgestreckt, um ihn als Keule zu gebrauchen, die Arme in der Höhe, um ungesehene Schläge abzuwehren. Seine Ohren waren flach an den Schädel gelegt und die Zähne entblößt, bereit zu zerfleischen, wen oder was ihn bedrohte. Doch statt der verhassten angestammten Feinde sah er Dillatan von den Geschmeidigen Schwimmern in vorsichtigem Abstand und außer Reichweite von seinem Gemach stehen.

»Was gibt es?«, fragte er den Jungen, dessen Schuppen noch ihre erwachsene Färbung entwickelten. Die Verärgerung über die Störung mit dem Alarmsignal war in seinem Tonfall nicht zu überhören.

»Das Schiff meldet vielfache Kontakte im Tor zum Bösen Stern.«

»Ist die Expedition zurückgekehrt?«, fragte Periskay.

»Wenn sie es ist, wird sie von der gesamten Flotte der Ungeheuer gejagt. Die spektrographische Analyse hat die Raumfahrzeuge positiv als Kriegsschiffe der Zweibeiner identifiziert. Eine Flottille scheint sich mit hoher Geschwindigkeit vom Tor fortzubewegen.«

»Kommt sie hierher?«

Dillatan signalisierte Verneinung. »Nein, Storislan vom *Sternwanderer* meldet, dass sie mit hoher Beschleunigung Kurs auf das Tor nach Carratyl genommen hat. Er bittet um deine Anweisungen.«

»Eine Invasion?«, fragte Periskay ungläubig.

»Es sieht so aus.«

Obwohl er ein Ingenieur-Philosoph und kein Krieger war, zögerte Periskay keinen Augenblick. Diese Lage bedrohte das Überleben Der Rasse.

»Sag Storislan, er soll nach Carratyl schwimmen, so schnell er kann. Er ist autorisiert, die Maschinen seines Schiffes auszubrennen, wenn nötig. Er muss durch das Sterntor und den Alarm verbreiten, dass die Ungeheuer in unseren Raum eingedrungen sind!«

»Ja, Philosoph!«

Dillatan von den Geschmeidigen Schwimmern bewies, wie seine Sippe zu ihrem Namen gekommen war. Er vollführte ein Manöver, das sonst nur im Wasser ausgeführt wurde und »Rolle rückwärts« genannt worden wäre. Aber Dillatan schaffte es auch in der Luft mit einiger Eleganz und verschwand. Periskay lockerte die angespannten Muskeln seines Rumpfes und folgte dem jungen Assistenten in gemächlicherem Schritt, wie es seinem Rang geziemte. Der Befehl, den er soeben erteilt hatte, würde sie wahrscheinlich das Leben kosten. Er benötigte Zeit, um die Implikationen zu durchdenken.

Der Befehl an das Schiff, die Umlaufbahn zu verlassen und mit höchster Kraftanstrengung zu den Heimatsternen durchzustoßen, war die einzig mögliche Entscheidung, wenn eine feindliche Kriegsflotte im System Eulysta erschienen war. Er brauchte die Geschwindigkeitsberechnungen nicht zu sehen, um zu wissen, dass die Ungeheuer in einem Umfassungsangriff versuchen würden, das Tor nach Carratyl zu gewinnen. Jeder logische Verstand, der eine Invasion plante, würde es genauso machen. Was er nicht wissen konnte, war, ob er Storislan gerade zum Tod verurteilt hatte. Ob *Sternwanderer* das Portal vor den Zweibeinern erreichte, würde weitgehend von den relativen Positionen der beiden Portale im Himmel abhängen. Unglücklicherweise war Himmelsmechanik nicht eine seiner Spezialitäten, also hatte er keine Möglichkeit, den wahrscheinlichen Ausgang zu beurteilen.

In einer plötzlichen Eingebung begriff Periskay, dass dem vermissten *Raumschwimmer* etwas Ähnliches zugestoßen sein musste. Die Ungeheuer waren aus dem Bösen Stern erschienen und hatten den Erzfrachter abgefangen, bevor er Carratyl erreichen konnte. Kapitän Ossfil und seine Besatzung waren unzweifelhaft tapfer gefallen, als ihr Schiff getroffen wurde. *Sternwanderer* würde wahrscheinlich das gleiche Schicksal erleiden, wenn er das Rennen zum Sterntor verlor.

Nachdem er alles getan hatte, was er konnte, wandte Periskay sich dem Problem der Sicherheit seiner Leute zu. Was konnten sie gegen eine Flotte von Ungeheuern tun, gefangen in der Falle dieser fremden Welt?

Wieder hatte er eine Intuition, dass er nicht der erste seiner Kaste sei, der sich diesem Problem gegenübersah. Die Leiterin der hiesigen Anlage, Varlan, musste vor dem gleichen Dilemma gestanden haben. Offensichtlich hatte sie versucht, das Bergwerk zu befestigen und in den Stollen gegen die Eindringlinge Widerstand geleistet. Der Zustand des gesamten Komplexes zeigte, dass diese Entscheidung falsch gewesen war.

Nein, wenn die Ungeheuer es der Mühe wert fanden, überhaupt zu landen, lag Sicherheit in den weglosen Wäldern und Sümpfen. Die einheimische Fauna und Flora war allerdings ein Gegenstand, den zu studieren er sich nicht die Mühe gemacht hatte. Welche gefräßigen Räuber warteten in diesen Wäldern, um die Unachtsamen zu verschlingen? Welche Pflanzen waren für den Stoffwechsel Der Rasse giftig, welche waren nahrhaft? Welche Nahrungsergänzungen würden sie benötigen, um aus dem Land zu leben?

Im Gehen versuchte Periskay sich auf alles zu besinnen, was er über Corlis und Eulysta wusste. Seine Unwissenheit der lokalen Verhältnisse war groß, doch unwissend oder nicht, er hatte keine Wahl. Die früheren Bewohner hatten durch ihr Schicksal bewiesen, was geschehen würde, sollten sie versuchen, die Trümmer der Erzaufbereitungsanlage zu verteidigen. Er hatte kein Verlangen, eine Wiederholung der Geschichte zu sehen, wenigstens nicht in dieser Weise.

Nein, ihre einzige Chance bestand darin, dass sie sich in die Wildnis zerstreuten, und sie würden nicht einmal imstande sein, sich sehr weit zu zerstreuen. Die einzigen Fahrzeuge, die sie besaßen, waren schwere Erdbewegungsmaschinen, die eine Spur durch die Wildnis legen würden, der ein Blinder folgen konnte. Eine Hoffnung auf Entkommen gab es nur zu Fuß, und während Die Rasse für das Leben in ihren Sümpfen und Gewässern hervorragend ausgestattet war, hatten ihre kurzen Beine den Nachteil, dass sie sich nicht für lange Märsche über Land eigneten.

Als er das Zelt erreichte, wo sie ihre Mahlzeiten einnahmen, fand er die Hälfte seiner Untergebenen vor einem Kommunikationsgerät. Thossital, der Vorarbeiter, sprach mit dem Schiff.

»Das ist Philosoph Periskays Befehl«, sagte er gerade. »So schnell ihr könnt …«

Storislan starrte sie aus den Tiefen des Bildschirms an. Er war dem Aufnahmegerät zu nahe, wodurch seine Schnauze komisch verlängert wirkte. »Ich kann euch im zehnten Teil einer Umdrehung einen Lander schicken und heraufholen.«

Periskay drängte sich in die Menge. Als er die Zone erreichte, wo Storislan ihn sehen konnte, hatten seine Leute ihm eine Gasse freigemacht.

Der Schiffskapitän sah ihn. »Ah, Philosoph. Ich habe deinen Arbeitern gesagt, dass ich ein Boot hinabschicken werde, euch zu evakuieren.«

»Nein. Schwimmt zum Carratyl-Portal. Ihr müsst es vor den Ungeheuern erreichen.«

»Du verstehst nicht. Wir haben eine zweite Gruppe von Schiffen geortet, die das Portal vom Bösen Stern verlassen. Sie scheinen hierher zu kommen.«

»Wir sind nicht wichtig. Du musst Denen Die Herrschen Nachricht von dieser Invasion bringen.«

»Ich gehorche deinem Befehl, Philosoph«, erwiderte Storislan. »Ein Dutzend Herzschläge, und *Sternwanderer* wird auf und davon sein.«

Damit verließ der Schiffskapitän die Frequenz.

Periskay wandte sich zu seinen Leuten um. Zwei Dutzend Köpfe bewegten sich kaum merklich, um ihn ins Auge zu fassen.

»Was sollen wir tun, Philosoph?«

»Bereitet unsere Vorräte für den Transport vor. Wir werden uns in den Busch zerstreuen.«

»Zu Fuß? Was wissen wir von den Gefahren im Wald?«

»Wir wissen nichts von den Gefahren dieser Welt«, erwiderte Periskay und blickte zu dem blauen Zeltstoff über ihm auf. »Aber wir wissen, welche Gefahren im Himmel lauern. Wir werden eine planetarische Umdrehung warten, um zu beobachten und Vorbereitungen zu treffen. Dann werden wir wie Tiere in den Wäldern verschwinden. Unsere Aufgabe ist es, weit zerstreut in der Wildnis zu sein, wenn die Ungeheuer hierher kommen.«

So machten sie es. Nach der nächsten planetarischen Umdrehung empfingen sie Nachricht vom *Sternwanderer*, die sie über die Entwicklung informierte. Wie Periskay befürchtet hatte, war *Sternwanderer* den Kriegsschiffen, die auf das Tor nach *Carratyl* zujagten, nicht gewachsen. Angesichts dieser Lage musste er an einen Schwarm Schneller Esser denken, die einer schwerfälligen Mutter auf dem Weg zur Eiablage in den Sümpfen nachstellten. Der Ausgang schien unzweifelhaft, und er war nicht gut für Die Rasse.

Noch nie war Periskay so schwer ums Herz gewesen wie jetzt, als er das Kommunikationsgerät ausschaltete und sich mit fünf seiner Untergebenen in die Wildnis aufmachte. Zwei Umdrehungen später erschrak er über den Donner eines Überschallknalls. Er blickte auf und sah gerade noch eine kleine fremde Flugmaschine sehr schnell in niedriger Höhe über den Baumwipfeln. Sie blieb nur für einen Herzschlag in Sicht, aber für Periskay lange genug, um zu sehen, dass sie nicht von Der Rasse hergestellt war.

Der Anblick dieser einzelnen Flugmaschine hatte einen kalten Stachel in Periskays Gehirn getrieben. Wenn *Sternwanderer* nicht hatte entkommen können und die Ungeheuer Eulysta besetzten, war Die Rasse wahrhaftig in ernster Gefahr.

Sergeant Matt Cunningham vom königlich sandarischen Marinekorps schritt durch die gelbgrüne Vegetation und lauschte durch das auf maximalen Empfang eingestellte Horchgerät seines Helms dem Summen von Insekten. Mit einem Teil seiner Aufmerksamkeit verglich er die eigene Position auf dem Orientierungsfeld im oberen Visierbereich mit dem, was seine Augen ihm zeigten, und verglich das mit den Positionen der anderen Männer seiner Gruppe. Die taktische Situation war nicht anders, als sie in den letzten zwei Tagen gewesen war – frustrierend!

Der Angriff der Marinesoldaten des Truppentransporters *TSNS Mozart* auf Corlis im System Eulysta hatte im Morgengrauen einige vierzig Stunden früher begonnen. Nach einer Annäherung unter hohem Bremsdruck war der Angriff wie nach dem Lehrbuch abgelaufen. Cunninghams Kompanie war mit ihren Raumtransportern in die Atmosphäre eingetreten, noch ehe die *Mozart* ihre erste Umlaufbahn vollendet hatte. Sie stießen hinab auf den Schlammstrom, wo das Bergwerk der Ryall gewesen war, und hatten das Gelände in einer klassischen vertikalen Einschließung genommen. Doch was vom Bergwerk und der Erzaufbereitungsanlage übrig geblieben war, lag verlassen. Nur einige blaue Zelte verrieten, dass vor kurzem noch jemand dagewesen war.

Die Zeichen waren eindeutig. Die Echsenleute hatten nach der Zerstörung der Anlage durch die Flutwelle den Schlamm aufgegraben und nach Hinweisen darauf gesucht, was hier geschehen war. Das Ausmaß der Grabungsarbeiten ließ auf eine große Zahl von Arbeitern schließen. Einige Männer in seiner Kompanie spekulierten, dass sie zu ihrem Schiff evakuiert worden waren, sobald die Flotte im Faltpunkt erschienen war. Dies bezweifelte Cunningham allerdings. Seine Intuition, unterstützt durch taktische Analyse, ging dahin, dass die Zeit zu einer Flucht mit dem Schiff nicht ausgereicht hatte. Das Schiff der Ryall hatte die Umlaufbahn nach dem Ausbruch der Flotte aus dem Faltpunkt zu kurzfristig verlassen, als dass die Ausgrabungsmannschaft an Bord sein konnte.

Wenn die Ryall aber nicht mit dem Schiff entkommen waren, dann mussten sie sich in die Büsche geschlagen haben, denn in den zumeist abgesoffenen Bergwerksstollen waren sie nicht versteckt. Cunningham und zwei Kompanien Marinesoldaten hatten Auftrag erhalten, die Umgebung nach Flüchtlingen zu durchkämmen. In den vergangenen zwei Tagen hatten sie ein knappes Dutzend Echsenleute gefangen genommen und zusammengetrieben.

Keiner der bisher gefangenen Ryall war von der Kriegerkaste. Das hatte sie nicht daran gehindert, sich energisch zur Wehr zu setzen. Glücklicherweise waren die schussfesten Kampfanzüge auch gegen Zähne unempfindlich, obwohl ein kräftiger Gefangener im Handgemenge einem Marinesoldaten den Arm gebrochen hatte.

Es wäre leichter gewesen, sie zu erschießen, aber sie hatten Befehl, so viele Gefangene wie möglich zu machen, um sie zu vernehmen. Und obwohl das anstrengende Stapfen durch diesen weglosen fremden Urwald schweißtreibende, unangenehme Arbeit war, zog Cunningham sie noch immer dem an die Nieren gehenden Bremsdruck vor, den sie während der Annäherung an Corlis hatten ertragen müssen.

»Sergeant!«, erklang die bekannte Stimme in seinen Kopfhörern und übertönte momentan das Hintergrundgeräusch der Insekten.

»Ja, Suharo?«

»Ich glaube, ich sehe einen.«

»Wo?«

»Ungefähr fünfzig Meter voraus. Die Analyse brachte eben eine Zielfigur in mein Orientierungsfeld.«

»Das kann alles sein, Suharo. Du weißt, wie schlecht die Analytik auf einer fremden Welt ist. Sie hatte noch nicht Zeit zu lernen, was sie wissen muss.«

»Soll ich es ignorieren?«

»Nein. Geh vorsichtig näher und nimm dich in Acht. Dass die anderen unbewaffnet waren, bedeutet nicht, dass dieser es auch ist.«

»Verstanden, Sergeant. Ich arbeite mich jetzt näher heran.«

»Murphy und Gleason, ihr gebt Suharo Flankenschutz und Unterstützung.«

»Verstanden, Sergeant. Wird gemacht.«

Cunningham spitzte die Lippen und begann tonlos zu pfeifen. Die Dinge entwickelten sich nicht schlecht, wie es schien.

Lieutenant Mirabel Fortura lag angeschnallt im zurückgeklappten Sitz und ließ ihren Blick über die Bildschirme gleiten. Bis auf die Begleitung ihres Schiffes und eine expandierende Wolke von Plasma fünfzigtausend Kilometer entfernt war nichts zu sehen. Das goldene Symbol, das die *Javelin* darstellte, ihren schnellen bewaffneten Aufklärer, lag genau jenseits des blassroten Ovals, das den Faltpunkt zum nächsten System der Ryall verkörperte. Um das Oval formierten sich die übrigen bewaffneten Aufklärer der *Merkur*-Klasse. Die starke und anhaltende Beschleunigung hatte ihre Triebwerke überbeansprucht, und man würde sie zu einer Reparaturwerft im System Eulysta schleppen müssen, sobald eine errichtet werden konnte, aber ihre Mission war ein Erfolg gewesen, zumindest bisher.

Das *Merkur*-Geschwader hatte das Rennen um die erste Ankunft am Faltpunkt gewonnen, wenn auch nur knapp. Trotz hoffnungsloser Unterlegenheit hatten die Ryall nicht aufgegeben und aus ihrem schwerfälligen Frachter herausgeholt, was die Triebwerke hergaben, als sie alle am Faltpunkt zusammenkamen. Es war ein leichtes Manöver gewesen, den großen Ryall-Frachter kurz vor dem Ziel mit einer Rakete abzuschießen. Nun brauchten sie nur noch die nächsten vier Tage auszuhalten, während der Rest der Flotte vom Faltpunkt Eulysta/Antares nachfolgte. Der militärische Geheimdienst hatte das Handstreichunternehmen der Vorhut als »wahrscheinlich ohne Feindberührung« eingestuft – eine gute Einschätzung, da die Ryall dieses System für eine Sackgasse hielten. Mirabel hoffte, dass es sich so verhielt. So oder so, ihr Auftrag lautete, den Faltpunkt zu halten und alles zu zerstören, was von der anderen Seite durchkam, bis das Gros der Flotte den Faltpunkt erreichte. Diese Befehle galten uneingeschränkt, ob der Eindringling das Ryall-Äquivalent einer Jacht oder das größte

Schlachtschiff ihrer Flotte war. Im letzteren Fall würde das *Merkur*-Geschwader wie ein Rudel Hunde sein, die nach den Fersen eines Bären schnappten. Ganz gleich, wie viele Angehörige des Geschwaders im Kampf fielen, wie viele Schiffe verloren gingen, kein Eindringling durfte entkommen und die Nachricht von der Invasion zurück nach Carratyl tragen.

Mirabel hustete noch immer den Geschmack nach gebrauchtem Turnschuh, den die Ausgleichsflüssigkeit für hohe Beschleunigungen in ihren Lungen hinterlassen hatte. Dieses Zeug zu inhalieren war eine unangenehme Begleiterscheinung, doch der Erfolg rechtfertigte sie. Die Eroberung des Systems Eulysta war eine Operation wie aus dem Lehrbuch gewesen. Wenn nur der Rest der Invasion genauso gut verliefe.

Was hatten sie den Offiziersanwärtern an der Akademie beigebracht? Kein Plan überlebt den Feindkontakt. So weit hatte dieser Plan alle Erwartungen erfüllt, was nach den Gesetzmäßigkeiten von militärischen Operationen der Zeitpunkt war, wo man sich die größten Sorgen machen musste …

Richard Drake saß an seiner Konsole an Bord der *Conqueror II* und machte sich Sorgen. Das schien in diesen Tagen seine normale Geistesverfassung zu sein. Nicht nur lastete die Verantwortung für das Gelingen der Invasion auf seinen Schultern, was mehr als genug Sorgen für einen einzelnen Mann mit sich brachte, sondern es gab noch eine andere Sorge. Das vorausberechnete Datum von Bethanys Niederkunft war verstrichen, während die Flotte ihren Überraschungsangriff durch das System Eulysta geflogen hatte. Wahrscheinlich war er inzwischen stolzer Vater eines gesunden kleinen Jungen. Wahrscheinlich war alles für Mutter und Kind gut gegangen. *WAHRSCHEINLICH* sollte er überglücklich sein.

Warum also fühlte er sich nicht überglücklich?

Trotz runder tausend Jahre wissenschaftlicher Obstetrik gab es keine Garantien, wenn es um Geburten ging. Selbst wenn Bethany die Geburt gut überstanden hatte, wie sah es mit dem Kind aus? Gewiss, die Aufnahmen und genetischen Tests hatten gezeigt, dass alles in Ordnung war, als er Alta verlassen hatte, aber was wussten die Genetiker wirklich? Konnten sie sagen, ob ein Kind im Alter von zwei Jahren ein quengelnder Plagegeist sein würde, oder wie es in der

Schule zurechtkommen würde, oder ob der Junge als Heranwachsender schüchtern und linkisch im Umgang mit Mädchen sein würde? Wenn man die Komplexität des menschlichen Genoms betrachtete, war es ein Wunder, dass sie überhaupt irgendwelche Eigenschaften des ungeborenen Kindes glaubten voraussagen zu können.

Und was war mit Krankheiten?

Mit einer bewussten Anstrengung unterdrückte Drake seine Nervosität über die Unwägbarkeiten dessen, was daheim geschah, und konzentrierte sich stattdessen auf die Unwägbarkeiten des Geschehens um ihn.

Tatsächlich ließ die Invasion sich gut an, und das bereitete ihm ebenfalls Sorgen. Wie erwartet, hatte es eine geringe Ryall-Aktivität um Corlis gegeben, als die Flotte aus dem Nebel im System Eulysta aufgetaucht war. Die Ryall hatten sie ziemlich rasch ausgemacht, nach der Schnelligkeit zu urteilen, mit der ein Schiff die Umlaufbahn um Corlis verlassen hatte. Die zwei darauf folgenden Stunden waren die längsten in Drakes Leben gewesen. Er erinnerte sich der Erleichterung, als endlich Vektor und Richtung des Flüchtlings festgestellt waren. Wenn das Ryall-Schiff nicht mit unbekannten Besonderheiten aufwartete, würden die schnellen bewaffneten Aufklärer des *Merkur*-Geschwaders ihn vor dem Faltpunkt abfangen.

Ging alles gut, würden die ersten Einheiten der Flotte das Tor zum System Carratyl acht Tage nach dem Verlassen des Nebels erreichen. In zwei weiteren Tagen würde die Flotte den Faltpunkt einschließen, während Nachzügler das Gros einholten, und dann würde der Prozess noch einmal von vorn beginnen.

Carratyl war kein bloßer Vorposten der Ryall-Hegemonie. Es war eine landwirtschaftlich geprägte Welt mit einem Faltpunkt, der direkt nach Spica führte. Auf einem der Monde hatten die Echsenleute einen Militärstützpunkt, und zwischen dem Planeten und dem Faltpunkt herrschte reger Verkehr.

Das nächste Mal, wenn eine menschliche Flotte aus dem Faltraum hervorbrach, würde sie eine Streitmacht der Ryall vorfinden, die imstande wäre, ihr weiteres Vordringen zu verhindern. Es würde notwendig sein, sich zum Faltpunkt Carratyl/Spica durchzukämpfen und ihn einzuschließen. Mit etwas Glück könnten sie dorthin gelangen, bevor ein Raumfahrzeug der Ryall den Transit durch den Faltpunkt nach Spica bewerkstelligte. Wenn nicht, würden sie den Vorteil der Überraschung verlieren, und die Invasion würde sich in ein interstellares Gemetzel verwandeln.

Drake verzog schmerzlich das Gesicht, als er sich vorstellte, wie seine Flotte aussehen würde, nachdem sie Spica einer voll mobilisierten Ryall-Hegemonie entrissen haben würde. Selbst wenn sie das Überraschungsmoment ein zweites Mal mit Erfolg einsetzten, würden die Verluste hoch sein, sobald sie das Zentralsystem des Machtbereiches der Ryall erreichten. Es war einfach nicht möglich, im Voraus eine Schätzung abzugeben, die als realistische Grundlage für die richtige Kräfteverteilung dienen konnte. Er hatte den Ausdruck »Krieg im Nebel«, gehört, aber nie wirklich verstanden, was damit gemeint war … bis jetzt. Die einzige Gewissheit, mit der er rechnen konnte, war die, dass es ihm beschieden war, für den Rest der Reise von Kaffee und Magensäure zu leben.

Während er nachdachte, überflog er den täglichen Lagebericht. Das System Eulysta war gegenwärtig der einzige Lichtblick in seinem Leben. Das System war fest in menschlicher Hand, und schon jetzt hatte Großadmiral Belton mit den Vorbereitungen zum Bau einer militärischen Basis begonnen, die bald die größte außerhalb des Sonnensystems sein würde. Auf Corlis sollten beschädigte Schiffe repariert und Vorratslager von allen Verbrauchsgütern angelegt werden, die von einer Flotte im Krieg benötigt wurden. Eins war jedenfalls gewiss: Spica würde nicht der rechte Ort sein, um an Munitionsmangel zu leiden.

60

Varlan von den Duftenden Wassern dachte über das Leben nach, als sie vor dem breiten Fenster stand und die sich windende Masse von rosigem Protoplasma in dem sterilen Raum jenseits des Fensters betrachtete. Richard Clarence Drake war ein großes Kind (hatte man ihr erzählt), das bei der Geburt über vier Kilogramm wog. Bethany hatte Varlan erlaubt, den gesamten zehnstündigen Prozess zu beobachten, der im Eintritt des kleinen Richard in die Welt gipfelte, und Varlan konnte nicht entscheiden, ob sie mehr verwirrt oder angewidert war.

Die Menschen nannten Varlan und ihresgleichen »Echsen«, nach einer Gattung von Tieren auf ihrer Heimatwelt, die eine oberflächliche Ähnlichkeit mit den Angehörigen Der Rasse hatten. In Wirklichkeit war das natürlich alles, worin die Ähnlichkeit bestand – oberflächlich. Denn wie sowohl Exobiologen der Menschen wie auch solche der Ryall entdeckt hatten, nachdem sie auf die erste Welt mit fremdem intelligentem Leben gestoßen waren, führten verschiedene Biosphären oft zu radikal verschiedenen Lösungen. So hatte Varlan in ihrem Studium der Erde gelernt, dass verschiedene Spezies dort »Affen« genannt wurden. Diese Verwandten der Menschen hatten ihre Aufmerksamkeit gefunden, weil ihre den Menschen ähnliche Gestalt zu der Folgerung geführt hatte, dass sie Erkenntnisse über die Menschen gewinnen könnte, indem sie ihre nahen Verwandten studiere.

Es stellte sich heraus, dass nur einige der Affen eng mit den Menschen verwandt waren. Das war die Gruppe, die »Altweltaffen« genannt wurde. Diese Affen teilten einen gemeinsamen Vorfahren mit den Menschen, nämlich ein lemurenartiges kleines Tier. Die andere Gruppe, die »Neuweltaffen« – die Unterscheidung zwischen »alt« und »neu« in diesem Zusammenhang entging Varlan vollkommen –, stammte von einem ganz anderen Vorfahren ab, der Spezies der Tarsier. Die Ähnlichkeit zwischen den beiden Arten von Affen war zufällig, ein Resultat ähnlicher Umweltfaktoren, die ähnliche Anordnungen von Form und Funktion erzeugt hatten.

So war es mit Varlan und den Echsen der Erde. Beide besaßen schuppige Haut und ähnliche Färbung, aber die Unterschiede überwogen bei weitem die Ähnlichkeiten. So war Varlan warmblütig und ein Sechsfüßler. Ihre Art hatte halb aquatisch gelebt und erst in einem späten Entwicklungsstadium festes Land bewohnt – wie das irdische Krokodil, das Varlan an ihre eigenen fernen Vorfahren erinnerte.

Die andere Ähnlichkeit zwischen Der Rasse und den Echsen rührte naturgemäß von der Tatsache her, dass beide Eier legten, um sich fortzupflanzen, und das Ausbrüten der Sonnenwärme überließen. Die Menschen hatten Varlan erklärt, dass Säugetiere, eine Gattung, die auf Darthan und den meisten Welten der Hegemonie unbekannt war, ein – manchmal auch zwei oder noch mehr – lebendes Junges zur Welt brachten, und das die Mutter mit den großen Brustdrüsen säugte (eine widerliche Vorstellung), die so stark zur weiblichen Gestalt beitrugen. Eine Beschreibung des Vorganges zu hören und ihn selbst zu beobachten, war jedoch zweierlei.

Zwar fand Varlan den Anblick des schleimigen kleinen Kopfes, der am Ausgang des Geburtskanals erschien, ziemlich abstoßend, doch konnte sie wenigstens intellektuell verstehen, warum der Reproduktionsprozess auf die Menschen eine so tiefe Wirkung hatte. Verstand man, was die Lebendgeburt bei Säugetieren für diese bedeutete, so konnte man viele ihrer Grundeinstellungen verstehen.

An erster Stelle war ihre Sozialstruktur zu nennen, die auf der untersten Ebene von einem Brutpaar und ihren Sprösslingen gebildet wurde. Die menschliche Familie war eine kleinere Einheit als die Sippen Der Rasse. Unter Varlans Artgenossen bestanden die Sippen aus jeweils mehreren Dutzend Individuen, die untereinander blutsverwandt waren, für die solche Verwandtschaftsbeziehungen jedoch weit weniger klar waren als unter Menschen. Das lag daran, dass die weiblichen Ryall ihre Eier ablegten und dann von der Sonnenwärme ausbrüten ließen. Die ausgeschlüpften Jungen wurden gemeinschaftlich erzogen, da es unmöglich zu unterscheiden war, welches das Kind welcher Eltern war. Gewiss, manche Jungen hatten bestimmte Zeichnungen oder besonders lange Schnauzen oder Schwänze, die dem einen oder dem anderen Erwachsenen ähnlich waren. Die tatsächliche Vaterschaft oder Mutterschaft zu beanspruchen, kam unter den Mitgliedern Der Rasse allerdings selten vor. Wenn eine Mutter sich darauf versteifte, herauszufinden, welche von den neu geschlüpften Jungen ihre eigenen waren, gaben die Sippenältesten ihr einen Namen … und es war kein besonders höflicher Name.

Das menschliche Reproduktionssystem bedeutete, dass Mütter nicht umhin konnten, zu wissen, wer ihre Sprösslinge waren. Zum einen waren sie immer anwesend, wenn das Junge »schlüpfte«, zum anderen war es noch für lange Zeit völlig abhängig von seiner Mutter, was bedeutete, dass die Bindung zwischen Mutter und Kind stark sein musste.

Das Ergebnis dieser ganzen Säugetierbiologie war, dass Menschen in kleineren Verbänden lebten als Ryall. Diese »Familienorientierung« führte sie zu einer mehr individualistischen Lebenseinstellung und mehr Unzufriedenheit mit ihrem Los im Leben. Varlan war Mitglied der Verwalterkaste und wünschte es sich nicht anders. Sie litt weder unter dem Gefühl, dass ihr Leben irgendwie unerfüllt sei, noch unter dem Verlangen zu sein, was sie nicht war. Ihre Beobachtungen der Menschen in ihrem Umkreis hatten sie überzeugt, dass beide Zustände in der menschlichen Psyche weit verbreitet waren.

»Ist er nicht reizend?«, fragte eine Stimme neben ihr.

Varlan war so tief in Gedanken versunken, dass sie Dr. Olivia Southington nicht bemerkt hatte. Sie wandte den Kopf und erwiderte: »Ich werde mich auf Ihr Wort verlassen. Schließlich ist dies der erste menschliche Säugling, den ich je gesehen habe. Er ähnelt einigen älteren Männern, denen ich begegnet bin.«

Olivia Southington lachte. »Ich weiß, was Sie meinen. Ohne Haar und mit diesen zerknautschten Gesichtern sehen Neugeborene wie verdrießliche alte Männer aus. Trotzdem finden wir sie hinreißend. Ich nehme an, dass es mit Ihren Kindern genauso ist.«

»Ja. Die frisch ausgeschlüpften Jungen werden sehr … ich werde das Menschenwort ›geliebt‹ gebrauchen, obwohl die Bedeutung etwas anders ist.«

»Vielleicht ist ›gehegt‹ das Wort, nach dem Sie suchen.«

»Ja, gehegt kommt den wahren Empfindungen, die wir für sie haben, wahrscheinlich näher.«

»Es ist eine Schande, dass die gerade geschlüpften Jungen durch diesen Krieg gefährdet werden.«

Varlan starrte die Exobiologin an. Sie hatte lange genug unter den Menschen gelebt, um den Übergang von höflicher Unterhaltung zur geschäftlichen Angelegenheit zu erkennen, selbst wenn es im leichten Gesprächston geschah.

»Sie möchten unsere Haltung zu diesem Krieg erforschen, Dr. Southington?«

Die Frau lachte. »Ist es so offenkundig?«

»Ihre Absicht ist nicht schwer zu erkennen, selbst für eine Fremde.«

»Gut. Wenn Sie Ihre frisch geschlüpften Jungen so hegen, warum riskieren Sie ihr Leben in der Weise, wie Sie es tun?«

»Sie verstehen das falsch. Wir kämpfen diesen Krieg, weil unsere Erfahrung ist, dass wir sie andernfalls noch mehr in Gefahr bringen würden.«

Olivia Southington nickte. »Die Legende von den Schnellen Essern.«

»Ungeachtet dessen, was Jorge Santiago glaubt, sind die Schnellen Esser keine Legende. Sie existierten und löschten Die Rasse beinahe aus. Wir bekämpften sie eine sehr lange Zeit. Ich bin nicht sicher, dass Sie als Mensch verstehen, wie lange unser Krieg mit den Schnellen Essern dauerte.«

»Generationen.«

»Tausende von Generationen, Dr. Southington. Sie haben keine vergleichbare Erfahrung. Ich habe Ihre gelehrte Literatur über das Thema gelesen und beginne zu verstehen, wie Sie denken. Ihre Soziologen haben diesen immerwährenden Streit über Natur gegen Erziehung, ob genetische Prägung oder äußere Einflüsse die Entwicklung Ihrer Jungen stärker beeinflussen. Glauben Sie mir, Dr. Southington: Über lange Zeiträume betrachtet, entsteht genetische Prägung durch äußere Einflüsse der Lebenswirklichkeit und wird schließlich bestimmend. Aber am Maßstab Der Rasse gemessen, seid ihr Menschen ganz von äußeren Einflüssen bestimmt – außengesteuert, sagt man, glaube ich. Genetisch seid ihr unbeschriebene Blätter? …«

»Unbeschriebenes Blatt ist der richtige Ausdruck.«

»Der Mensch wird als ein unbeschriebenes Blatt geboren, und seine Eltern und andere Erwachsene programmieren in frühem Alter alles in ihn hinein, was er weiß. Wir auf der anderen Seite kämpften so lange gegen die Schnellen Esser, und mit einer so hohen Mutationsrate, dass wir einen Instinkt entwickelten, sie zu töten. Wir brauchen nicht lernen, sie zu hassen, die Kodierung ist bereits in uns. Sicherlich kennen Sie einzelne Menschen, die sich beim bloßen Anblick eines Tieres fürchten.«

»Ich mag keine Ratten, und sehr viele Menschen haben eine Abneigung gegen Schlangen.«

»Ich habe einen Instinkt, Schnelle Esser zu hassen, und sie sind seit mehr als vier Dutzend Generationen ausgestorben. Es ist Teil meiner Psyche, und ich kann nichts daran ändern.«

»Müssen Sie es an uns Menschen auslassen?«

»Unsere Erfahrung mit den Schnellen Essern lehrte uns die Gefahr, zwei intelligente Arten zu haben, die einander dasselbe Territorium streitig machen. Konflikt ist unausweichlich. Im Gegensatz zu Ihrer Art hypnotisiert Die Rasse sich nicht selbst, um unangenehmen Tatsachen aus dem Weg zu gehen. Auch überlassen wir die Lösung bekannter Probleme nicht der nächsten Generation.«

»Aber Sie bringen diese Generation in wirkliche Gefahr, um ein hypothetisches Risiko in der Zukunft zu vermeiden.«

»Wir glauben nicht, dass das Risiko in der Zukunft hypothetisch sein wird.«

»Nehmen wir einmal theoretisch an, dass Ihre Position zutreffend ist. Warum griffen Sie uns in dem Augenblick an, als Sie sich unserer Existenz bewusst wurden? Warum warteten Sie nicht, bis Sie alles über uns in Erfahrung gebracht hatten, was Ihnen zugänglich war? Dann hätten Sie doch noch genug Zeit gehabt, sich auf den Krieg vorzubereiten, nicht wahr?«

»Varlan hatte über diesen Punkt seit ihrer Gefangennahme oft nachgedacht. Wäre es nicht besser gewesen, die Stärke des Feindes auszuspähen, bevor man den Kampf gegen ihn aufnahm?

Vielleicht wäre es besser gewesen, Freundschaft vorzugeben, bis wir mehr über Sie gelernt hätten, um Sie umso sicherer zu besiegen. Unglücklicherweise sind Sie die erste intelligente Art, der wir begegneten, seit wir der Bedrohung durch die schnellen Esser ein Ende machten, also fehlte uns die Erfahrung in diesen Dingen.«

»Damit sagen Sie, dass der Angriff auf die Flüchtlinge von New Providence ein Fehler war?«

»Es war … eine instinktive Reaktion. Ob sie ein Fehler war, wird durch das Schicksal Ihrer Invasionsflotte bestimmt.«

»Ich weiß es zu würdigen, dass Sie so aufrichtig zu mir sind.«

»Meine Art sieht keine Notwendigkeit, sich vor unangenehmen Wahrheiten zu verstecken, Dr. Southington. Wir täuschen uns nicht selbst.«

»Unsere beiden Arten haben Fehler, Varlan. Aber wir haben auch Intelligenz. Diese Intelligenz gibt uns Menschen die Fähigkeit, unsere Reaktionen auf Herausforderungen zu modifizieren. Bethany meint, das Gleiche gelte für Ryall.«

»Ja, Bethany hat oft mit mir über diese Vorstellung gesprochen.«

»Besitzen Sie die Fähigkeit, Ihrer Intelligenz Vorrang vor Ihrem Instinkt zu geben?«

»Das zu bestimmen sind Sie hier, nicht wahr, Dr. Southington?«

»Ja, das ist richtig.«

Lieutenant Sean Parker schwamm in einem Behälter mit sauerstoffangereicherter Flüssigkeit und starrte auf die Instrumente im Inneren seines Tanks. Neben ihm strömte blau gefärbtes Blut durch eine farblose Nabelschnur aus seinem Kampfanzug, während hellrotes Blut durch die zweite Schlauchleitung zurückströmte. Beide Leitungen waren an einem Anschluss über seiner linken Hüfte fest gemacht und durch diesen mit seinem Blutkreislauf verbunden. Parker atmete nicht. Er konnte nicht. Seine Lungen enthielten die gleiche schwere Flüssigkeit, in der er untergetaucht war. Tatsächlich waren alle Hohlräume seines Körpers angefüllt von mit Sauerstoff angereicherter Flüssigkeit.

»Gruppe *Merkur*. Lagemeldungen.«

Die Worte in seinen Ohren wurden in dem klaren Kontraalt gesprochen, der die Stimme, die sie sprach, als Computer synthetisiert kennzeichnete. Wie Parker lag die Sprecherin, sein Geschwader-Commodore, untergetaucht in einem Beschleunigungstank, die Lungen voll von mit Sauerstoff angereichertem Fluorokarbon und unfähig, ein Geräusch hervorzubringen. Ihre Worte wurden von dem kleinen induktiven Aufnahmegerät erzeugt, das hinter ihrem rechten Ohr angebracht war. Es steuerte und verarbeitete die Energieabgabe zahlreicher Elektroden, die unter ihrer Schädeldecke inmitten der Furchen ihres zerebralen Kortex sorgfältig implantiert waren.

Es waren die mikrochirurgisch implantierten Verstärkungen gemeinsam mit dem langen Training zu ihrem richtigen Gebrauch, welche die Elitebesatzungen der Geschwader der Gruppe *Merkur* auszeichneten, deren Hochleistungsschiffe die Aufgabe der Vorhut übernommen hatten: bewaffnete Aufklärung und handstreichartige Besetzung feindlicher Faltpunkte, bevor die Ryall den Alarm verbreiten konnten.

»*Climber* sprungbereit«, meldete Parker. Er benutzte seine eigenen Implantate, um aus den aufgezeichneten Antworten die jeweils passende herauszusuchen. Seine persönliche simulierte Stimme hatte er auf einen tiefen Bariton eingestellt, um sie von denen seiner drei Besatzungsmitglieder zu unterscheiden.

Er hörte die Bereitschaftsmeldungen der übrigen zehn Schiffe seines Geschwaders, dann die Meldungen aller drei Geschwader der Gruppe *Merkur* an die Flotte. Nach dem Transit von Antares nach Eulysta war nur ein Geschwader zur Sicherung des feindlichen Faltpunktes erforderlich gewesen. Eulysta war ein Vorpostensystem, und das Oberkommando hatte entschieden, seine Kräfte nicht zu verzetteln. Das *Alpha*-Geschwader hatte bei der Invasion von Eulysta die Vorhut gebildet, würde aber diesmal zurückbleiben. Der mit höchster Beschleunigung geführte Vorstoß durch das System hatte ihre Maschinen abgenutzt, und bis zur nächsten Überholung taugten die Schiffe nur noch für Sicherungsaufgaben innerhalb des Systems.

Diesmal fielen die Pflicht und die Ehre den restlichen drei Schwadronen der Gruppe *Merkur* zu. Die Schwadronen *Beta*, *Gamma* und *Delta* hatten nach der beschleunigten Durchquerung des Systems Carratyl den Faltpunkt Carratyl/Spica zu besetzen und zu sichern. Diesmal aber bestand die Vorhut nicht nur aus schnellen bewaffneten Aufklärern. Das Geschwader *Gamma* verfügte über drei Zerstörer, die für hohe Beschleunigungen umgerüstet waren. Neben verstärkten Maschinen und zusätzlichen Tanks für die vierfache Menge an Reaktionstreibstoff waren die Schiffe der Gruppe Merkur für ihre Klasse ungewöhnlich schwer bewaffnet – ein Beweis, dass Ingenieure Wunder tun können, wenn an die Lebensdauer ihrer Konstruktionen keine allzu hohen Anforderungen gestellt werden.

»Gruppe *Merkur* an Flotte. Geschwader *Beta, Gamma, Delta* einsatzbereit«, kam die Meldung von Captain Danvers an Bord der *Rocket*.«

»Verstanden, Gruppe *Merkur*. Vorausabteilung kann Generatoren aufladen.«

»Geschwader *Beta*, Generatoren aufladen.«

Die Geschwaderführung bestätigte den Befehl und gab ihn an die Schiffsbesatzungen weiter. Parker aktivierte die Bordsprechanlage und sagte: »Es ist so weit. Schnallt euch an, ab jetzt kann es holprig werden.«

Der Scherz wurde mit dem angemessenen (und synthetisierten) Schmunzeln quittiert. Da sie in ihren Beschleunigungstanks schwammen, Lunge und Eingeweide voll übel riechender, scheußlich schmeckender Flüssigkeit, brauchten sie sich nicht anzuschnallen. Die *Climber* könnte mit Flugzeuggeschwindigkeit auf einen kleinen Himmelskörper prallen, und Parker mit seiner Besatzung würde überleben, vorausgesetzt, die Tanks blieben intakt. Das dämpfende Volumen der Beschleunigungsflüssigkeit würde seine inneren Organe vor Beschleunigungen bis zum Fünfzigfachen der Erdschwere schützen. Bei einem Aufprall konnte sie noch größere Kräfte abfedern.

Er wünschte sich bloß, dass es nicht so unbequem wäre. Schlimmer als die chirurgischen Eingriffe und die endlosen Stunden, die er für Übungen benötigt hatte, um seinen Körper an den Umgang mit den Implantaten zu gewöhnen, war das ständige Gefühl zu ertrinken. Unerfreulich war auch der Ausblick auf die Hustenanfälle, mit denen sich Lunge und Bronchien von der Flüssigkeit reinigen würden, sobald das Geschwader den Faltpunkt gesichert hatte und sie die Beschleunigungstanks verlassen konnten.

»Generatoren aufgeladen«, meldete Parker fast zeitgleich mit den anderen Besatzungen.

»Sie haben Starterlaubnis für den Faltraumtransit«, sendete Captain Danvers.

»Verstanden. Faltraumtransit in zehn … neun … fünf … vier … drei … zwei … eins … null!«

Drake sah die zehn Echozeichen aus seiner Lagedarstellung verschwinden und wartete mit der gleichen inneren Anspannung, wie er sie beim Verlassen des Nebels gefühlt hatte.

»Zwei Minuten, Admiral.«

»Sehr gut, Nachrichtenoffizier. Bringen Sie die Flotte in Position. Der Rest der Gruppe *Merkur* wird zuerst den Sprung machen, gefolgt von den anderen Gruppen in der festgelegten Reihenfolge. Alles beschleunigt sofort nach dem Durchbruch. Die Formationen können sich dann unterwegs neu ordnen. Geben Sie diese Befehle zusammen mit dem allgemeinen Signal zur Einsatzbereitschaft durch.«

»Jawohl, Sir.«

Der Chronometer fuhr fort, die kürzeste Zeitspanne abzuzählen, die benötigt wurde, bevor einer der Aufklärer aus dem Faltpunkt zurückkehrte, um Entwarnung und freien Transit für die Flotte zu melden. Wie bei Eulysta, so sorgte sich Drake auch jetzt, was er tun würde, wenn die zwei Minuten verstrichen und keine Nachricht von den Verhältnissen jenseits des Faltpunktes käme. Um sich zu beschäftigen, zählte er seine Herde, die beträchtlich angewachsen war, seit sie den Nebel verlassen hatten.

Mehr als einhundert Schiffe hatten am Durchbruch von Antares nach Eulysta teilgenommen. Von diesen war ein Dutzend abgezweigt, um den Planeten Corlis zu besetzen. Angeführt von Admiral Beltons *Victory* nahmen seine alten Bekannten *Dagger* und *Dreadnought* an dieser Aktion teil. Sie waren noch dort und unterstützten Maßnahmen zur Einrichtung eines vorgeschobenen Stützpunktes und Nachschublagers für die Invasionsflotte auf der unbewohnten Welt. Nach der Planung sollten sie sich erst einen Monat später wieder der Flotte anschließen. Drake hoffte, dass die *Victory* ohne den Admiral schon früher zur Flotte stoßen würde, weil sie die Feuerkraft des großen Schlachtschiffes brauchte.

Um sie zu ersetzen, war die Dritte Terranische Flotte mit vier Schlachtschiffen größer als *Conqueror II* zu ihm gestoßen. Neben Admiral Sergei Gower von der sandarischen Marine hatte er nun drei Flaggoffiziere unter seinem Kommando, die ihn allesamt an Dienstalter und Rang übertrafen. Zwei von ihnen – Kreuchner und Wu – würden zweifellos glücklich sein, an seine Stelle zu treten, sollte seine Führung nicht den hochgesteckten Erwartungen entsprechen. Der Stress, den das für ihn mit sich brachte, war ihm lästig, aber er hielt ihn in Trab. Seit er Alta verlassen hatte, war sein Leben eine fortgesetzte Gedächtnisübung zur Beantwortung der Frage, was er vergessen haben mochte.

Mit den neuen Ersatzeinheiten zählte Drakes Invasionsflotte annähernd vierhundert Kampfschiffe und bewaffnete Hilfsschiffe. Die dreifache Zahl würde schließlich zur Eroberung Spicas benötigt.

Zusätzlich zu den Kampfgruppen gehörten zur Flotte etwa achtzig große Tanker. Sie waren die vergangenen 24 Stunden vollauf beschäftigt gewesen, ein längsseits gehendes Kriegsschiff nach dem anderen zu betanken, denn alle hatten ihren Treibstoff während der forcierten Durchquerung des Systems Eulysta größtenteils verbraucht. Die dritte Kampfgruppe war nur sechs Stunden früher eingetroffen; nach dem Hochgeschwindigkeitsflug durch das System waren ihre Tanks nahezu trocken.

Drake sah den Chronometer gegen null weisen. Gerade als er diese magische Nummer berührte, gab es die Meldung eines Ausbruchs.

»Welches Schiff?«

»*Climber* von der Gruppe *Merkur*, Admiral.«

»Stellen Sie mich durch.«

»Jawohl, Sir.«

»Lieutenant Parker, *Climber*, Admiral«, sagte eine synthetisierte Stimme nach ein paar Sekunden.

»Melden Sie, Lieutenant.«

»Der Faltpunkt ist frei von feindlichen Streitkräften, Sir. Die Flotte kann mit dem Faltraumtransit beginnen, sobald sie bereit ist.«

»Was ist mit dem Feind?«

»Unsere Sensoren nahmen in der kurzen Zeit, die wir hatten, um uns umzusehen, eine Menge Verkehr auf. Der größte Teil davon scheint auf den Planeten konzentriert zu sein. Einige Schiffe befinden sich offenbar im Transit zwischen dem Planeten und dem Faltpunkt Carratyl/Spica, Sir. Wir konnten aber nicht feststellen, ob sie kamen oder gingen.«

»Verstanden«, sagte Drake. Wahrscheinlich würde es mehrerer Stunden genauer Beobachtung bedürfen, um die Schiffe, die unterwegs zum Planeten waren, von jenen zu unterscheiden, die zum Carratyl/Spica-Faltpunkt unterwegs waren. Letztere konnten sie getrost ignorieren. Ihre Geschwindigkeit würde ihnen eine Umkehr außerordentlich erschweren. Wenn einige unterwegs zum Faltpunkt waren, würde die Gruppe *Merkur* jedoch ein weiteres Wettrennen zu bestehen haben. »Gibt es Erkenntnisse über den Planeten?«

»Nichts als allgemeine Energieabstrahlungen, Admiral. Der Planet ist auf der gegenüberliegenden Seite des Systems, von diesem Faltpunkt aus gesehen, also war eine genauere Beobachtung nicht möglich. Es ist ziemlich sicher, dass sie Zeit haben werden, sich auf den Angriff der Schiffe vorzubereiten, die Auftrag haben, die Marinebasis dort zu neutralisieren.«

Drake nickte. Sie hatten gewusst, dass Carratyls landwirtschaftlich geprägte Welt auf der gegenüberliegenden Seite des Zentralgestirns sein würde, wenn der Durchbruch aus dem Faltpunkt gelang. Tatsächlich hatten sie es als Vorteil in die Rechnung einbezogen, weil die Konstellation ihnen Gelegenheit geben würde, das System einzuschließen, bevor der Alarm verbreitet werden konnte. Andererseits würden die mit der Zerstörung der Marinebasis der Ryall beauftragten Schiffe es mit einem Feind zu tun bekommen, der reichlich Zeit zur Vorbereitung seiner Verteidigung hatte.

»Gibt es sonst etwas zu melden, Lieutenant?«

»Nein, Sir.«

»Sind Ihre Generatoren aufgeladen?«

»Sie werden es in 73 Sekunden sein, Sir.«

»Sehr gut. Das wird dann unser Ausgangspunkt sein. Nachrichtenoffizier, melden Sie der Flotte, dass der Rest der Gruppe *Merkur* und die Kampfgruppen *Darthan* und *Carratyl* mit *Climber* –« Drake blickte auf den Chronometer – »um 10:27:16 Uhr den Faltpunkt durchstoßen werden. Der Rest der Flotte wird in der vorbestimmten

Reihenfolge in einminütigen Intervallen folgen. Alle Schiffe in Bereitschaft für den Faltraumtransit.«

Er hörte zu, wie Nachrichtenoffizier Carey den Befehl ausgab. Von allen Teilen der Flotte kamen knappe Bestätigungen und nichts weiter, doch konnte er die Spannung beinahe fühlen, die sich mit den Faltraumübergangsfeldern aufbaute. Ganze Geschwader bereiteten sich in kompakten Formationen auf den Durchbruch in feindlichen Raum vor. Mit der Ankunft dort würden sie willkürlich über den Faltpunkt verstreut sein, Opfer unberechenbarer Quanteneffekte. Es würde einige Zeit dauern, bis die Geschwader und Kampfgruppen sich wieder formierten.

»Zehn Sekunden, Admiral.«

Wieder echote die computererzeugte Startzählung durch das Schiff. »Zehn … neun … acht … sieben … sechs … fünf … vier … drei … zwei … eins … null!«

61

Einen Augenblick lang schien nichts zu geschehen. Die Schwärze im großen Bildschirm schien unverändert, desgleichen die Sterne, die das Firmament sprenkelten. Sogar das Zentralgestirn des Systems sah gleich aus. Es war ein besonders heller Stern in einem Meer von Diamanten, die über einen schwarzen Hintergrund verstreut waren. Lange Sekunden war es im Brückenraum still; nur das Summen der Ventilatoren und das Hintergrundgeräusch mächtiger Maschinen, die tief im Inneren des Rumpfes zum Leben erwachten, spürten diese Stille.

Nach kurzer Pause gingen von allen Teilen des Schiffes Meldungen ein. Zuerst meldeten die verschiedenen Abteilungen, dass sie den Transit ohne ungünstige Wirkungen überstanden hatten. Dann überfluteten Meldungen über die Auswertung der Sensorenergebnisse die Bordsprechanlage. Wo immer sie war, die *TSNS Conqueror II* war nicht mehr hoch über dem gelblichweißen Stern, der den Menschen als Eulysta bekannt war.

»Admiral, wir haben den Planeten ausgemacht. Alles scheint normal … Admiral, überall um uns erscheinen Schiffe aus dem Faltraum. Das nächste ist die *ASNS Discovery* …« Drake lächelte angesichts der Tatsache, dass sein altes Schiff aus dem Faltraum seinem neuen Kommando jetzt so nahe war. Er dachte daran, Rorqual Marchant, der jetzt die *Discovery* befehligte, eine persönliche Botschaft zu senden, entschied sich aber dagegen. Marchant hatte seine eigenen Probleme, und er gleichfalls. »Gruppe *Merkur* verlässt den Faltpunkt mit zehn *g* Beschleunigung. Sie nimmt Kurs auf den Faltpunkt Carratyl-Spica … Nun haben wir den sandarischen Tanker *Sansibar* nahe über uns. Er kam eben weniger als zehntausend Kilometer entfernt zum Vorschein …«

Gleichgültig wie präzise eine Flottenformation ist, wenn sie in einen Faltpunkt eintritt – ihre einzelnen Bestandteile verlassen ihn willkürlich verstreut. Dieses Phänomen hatte Angreifer (sowohl Ryall als auch Menschen) mehr als eine Schlacht gekostet, da es unmöglich war, nach einem Durchbruch eine zusammenhängende Formation aufrechtzuerhalten. Es war, als würde die Schicksalsgöttin es jedesmal auswürfeln, sobald ein Schiffskapitän den Befehl zum Transit gab.

Der Sprung nach Carratyl war keine Ausnahme. Schiffe, die im System Eulysta Zehntausende von Kilometern voneinander entfernt waren, konnten beinahe Seite an Seite im Faltpunkt hoch über Carratyl zum Vorschein kommen. Glücklicherweise enthielten Faltpunkte Millionen von Kubikkilometern leeren Raumes, und es hatte nie einen überlieferten Fall von zwei Schiffen gegeben, die am Ende eines Durchbruchs kollidiert wären. Drake hatte keine Lust, der erste Flottenbefehlshaber zu sein, dem dies widerfuhr, deshalb gab er, sobald der Schwall von Durchbruchsmeldungen nachließ, den Flottenbefehl an alle Schiffe, sich jenseits des Faltpunktes zu zerstreuen.

Es dauerte mehrere Sekunden, bis die Computer synchronisiert waren und Daten über die neuen Koordinaten der Kampfgruppe mit ihren mehr als hundert Mitgliedern austauschen konnten. Denn obwohl die Gefahr einer Kollision im Augenblick des Durchbruchs aus einem Faltpunkt sehr gering war, nahm sie dramatisch zu, sobald diese Schiffe sich in Bewegung setzten. Hundert Einheiten, die sich im begrenzten Raum eines Faltpunktes gleichzeitig unkoordiniert in Bewegung setzten, waren wie der Albtraum eines Verkehrspolizisten, allerdings in drei Dimensionen. Hinzu kam naturgemäß der Umstand, dass eine Minute nach ihrer Ankunft im Faltraum die achtundachtzig Schiffe der Kampfgruppe *Avador* ebenso unkoordiniert und willkürlich unter ihnen erscheinen würden. Ihnen würde weitere sechzig Sekunden später die Kampfgruppe *Rylmar* folgen. Sehr bald würde der Faltpunkt ein Gewimmel von beschleunigenden Kriegsschiffen und Tankern sein.

Als er beobachtete, dass die farbigen Echozeichen sich zielbewusst durch den dreidimensionalen Raum seiner Lagedarstellung bewegten, begann Drakes geübter Blick eine gewisse Ordnung im Chaos zu erkennen. Eine Minderheit der Echozeichen bewegte sich in Richtung Carratyl, während die meisten anderen in eine Bahn zu beschleunigen schienen, die rechtwinklig zum Zentralgestirn verlief. Die Ersteren waren die Kampfgruppe *Carratyl*, bestehend aus schweren und kampfstarken Einheiten unter Führung des Schlachtschiffes *TSNS Achernar*. Diese Kampfgruppe hatte den Auftrag, die auf einem Mond ausgebaute Festung der Ryall zu vernichten und den planetarischen Marinestützpunkt auszuschalten. Die übrigen Kampfgruppen der Flotte unter der Führung von *Conqueror II* umfassten die Hauptmacht der Flotte und folgten der bereits weit vorausgeeilten Gruppe *Merkur*.

»Admiral, alle Schiffe haben den Transit beendet. Alle melden Einsatzbereitschaft und formieren sich auf dem Weg zu ihren Zielen. Befehle, Sir?«

»Sagen Sie den Geschwadern der Kampfgruppe, dass sie sich um ihre Führung formieren und weiter nach Plan vorgehen. Gegenwärtig keine zusätzlichen Befehle.«

»Verstanden, Sir. Geschwader formieren sich um ihre Führer und gehen planmäßig vor. Gehe jetzt auf Sendung.«

Einstweilen seiner Pflichten ledig, beobachtete Drake seine Lagedarstellung und die Bildschirme nach Anzeichen der Kampfgruppe *Avador* und Hinweisen, dass der Feind ihren Durchbruch möglicherweise erkannt hatte. Natürlich gab es von solchen Hinweisen noch nichts zu sehen. Es würde zwanzig Lichtminuten erfordern, bis ihre Ankunft auf dem Planeten bekannt werden konnte. Zwanzig Minuten, bis die Photonen und Schwerewellen den Planeten erreichten, und zwanzig Minuten, bevor die Photonen, die Reaktionen der Ryall melden konnten, zurückkehren würden.

Vierzig Minuten, dann würde im System Carratyl die Hölle los sein. Drake beschloss die Zeit produktiv zu nutzen. Wohl zum tausendsten Mal seit dem Eintritt der Flotte in den Antaresnebel überlegte er, was er vergessen haben könnte.

»Wir haben ein Problem, Lieutenant«, sagte die synthetisierte Stimme in Sean Parkers Kopfhörer.

»Was ist, Starky?«

»Bogey Sieben Delta wird vor uns den Faltpunkt erreichen.«

»Ich dachte, den hätten wir geschlagen.«

»So war es, Sir. Aber er hielt sich nicht an die übliche Methode. Er beschleunigt noch immer. Das bedeutet, dass er genug Treibstoff gespart hat, um am Faltpunkt die Notbremse zu ziehen. Wenn er nicht in sieben Minuten verlangsamt, wird er vor uns dort ankommen.«

Sean Parker nickte in seinem Beschleunigungstank. Es war ungefähr das Einzige, was die vielen Schläuche, an denen er hing, ihm erlaubten.

»Was sagt der Bordrechner über die maximale Beschleunigungsleistung des Bogey?«

»Er weiß es nicht genau, schätzt sie aber auf nicht mehr als fünf *g*. Das ist eine Schätzung, wie gesagt, da wir noch nicht feststellen konnten, was das verdammte Ding ist.«

»Gut. Wir werden von einem Bremsmanöver von fünf *g* ausgehen. Wie lang wird die Beschleunigung noch dauern?«

»Die Vermutung liegt bei weiteren zwei oder drei Stunden, Lieutenant. Dann wird der Bogey abschalten und sechs weitere Stunden und ohne Antrieb mit gleich bleibender Geschwindigkeit weiterfliegen, worauf die Gewaltbremsung folgt. Nach der Projektion des Rechners wird der Bogey den Faltpunkt eine volle Stunde vor uns erreichen.«

»Dann werden wir das verhindern müssen, nicht wahr?«

Die meisten Leute glauben, Krieg im Weltraum sei lediglich eine Erweiterung des Luftkrieges, wie er von Generationen von Jagdfliegern und Bomberpiloten praktiziert wurde. Nichts könnte irriger sein. Luftkrieg ist eine Sache von Aerodynamik, von Luft, die mit Überschallgeschwindigkeit an schnittigen Rümpfen und Flügeloberflächen vorbeirauscht, und vor allem davon, dass man »das spitze Ende am Wind hält.« Krieg im Weltraum ist eine Sache von Vektoren. Der Beschleunigungsvektor wird über Zeit integriert, um Geschwindigkeit zu erzeugen, die wiederum integriert wird, Position zu entwickeln. Die Orientierung der Kampfeinheit ist unabhängig von ihrer Flugbahn. Bei eingeschaltetem Antrieb ist die Kampfeinheit des Vakuums mit dem Beschleunigungsvektor ausgerichtet, und oft fliegt sie seitwärts oder sogar rückwärts, um einen Vorteil über einen Gegner zu gewinnen. Eine Jagd in der Atmosphäre ist im allgemeinen eine Sache von Jäger und Gejagtem, die beide mit Höchstgeschwindigkeit fliegen und dann sehen, wer der Schnellere ist. Im Raum liegen die Dinge komplizierter.

Raumschiffe sind imstande, ohne Zeitverlust Lichtjahre zu überspringen, aber wenn sie im Transit zwischen Faltpunkten sind, gelten die zuerst von Isaac Newton postulierten Bewegungsgesetze. Eine typische Reise hat drei Teile: die Beschleunigung, das Dahintreiben und die Verlangsamung.

Bogey Sieben Delta hatte die landwirtschaftliche Welt der Ryall vor mehr als einer Woche verlassen. Er beschleunigte zum Dreifachen der lokalen Fluchtgeschwindigkeit und schaltete dann die Triebwerke aus, um Treibstoff zu sparen. Vermutlich würde er in einer weiteren Woche abermals die Triebwerke einschalten und mit der gleichen Rate verlangsamen, mit der er zuerst beschleunigt hatte. Mit diesem Manöver würde das Ryallschiff innerhalb des Faltpunktes beinahe zum Stillstand kommen, worauf es den Transit vom System Carratyl zu dem großen Stern ausführen würde, der das Zentrum der Ryall-Hegemonie war.

Die Ankunft menschlicher Kriegsschiffe im Faltpunkt Eulysta/Carratyl änderte die Pläne von Bogey Sieben Delta, wie sie die Pläne von Dutzenden anderer Schiffe geändert hatte, die unterwegs von und nach Spica waren. Innerhalb weniger Minuten nach dem Erscheinen der Invasionsflotte reagierte jedes Schiff im Transitverkehr wie ein ängstliches Huhn im Visier eines Habichts. Die vom Faltpunkt ins Innere des Systems strebenden Schiffe beschleunigten zum Planeten, so schnell ihr Treibstoffvorrat es gestattete. Die meisten Schiffe, die den Planeten verlassen hatten, um Spica anzusteuern, machten kehrt und flohen zurück, ein Manöver, das ihre Treibstofftanks bei der Ankunft völlig entleert haben würde. Nur die wenigen, die dem Faltpunkt nahe genug waren, hatten eine Chance, den Eindringlingen zu entkommen und das System zu verlassen.

Zu ihrem Unglück hatten die Schiffmeister der Ryall nicht mit der enormen Geschwindigkeit der Gruppe *Merkur* gerechnet. Die meisten würden den Faltpunkt Stunden oder Tage zu spät erreichen. Und wenn Bogey Sieben Delta seinen Vorsprung nicht durch eine genau überlegte Taktik halten konnte, würde die Invasionsflotte auch dieses Wettrennen für sich entscheiden und jedes Entkommen aus dem System Carratyl verhindern.

Vorläufig aber war die Partie noch nicht gewonnen. Mochte der Ryall den Faltpunkt auch mit trockenen Tanks erreichen, würde er gleichwohl in der Lage sein, nach Spica durchzustoßen, wo er einen allgemeinen Alarm auslösen konnte. Es sei denn, Sean Parker tat etwas, um ihn aufzuhalten.

»Also gut, ich brauche jetzt die Frequenz der Gruppe *Merkur.*«

»Sie sind zu allen Schiffen der Gruppe durchgestellt, Lieutenant.«

»Hier spricht Parker an Bord der *Climber* …«, begann er und erläuterte das Dilemma. Als er es getan hatte, sagte er: »Geschwader *Beta*, bitte Treibstofflage melden. Wer hat am meisten im Tank?«

Als die Meldungen vorlagen, verglich er die Zahlen und traf eine Entscheidung. »*Diablo*, Sie werden unser Jagdhund sein. *Fox* und *Evelyn*, Sie treffen mit *Diablo* zusammen und geben je ein Viertel Ihres Treibstoffs ab. Behalten Sie gerade genug, um den Faltpunkt zu erreichen. *Diablo*, Sie werden Kurs halten und weiter beschleunigen, nachdem der Rest des Geschwaders drei Stunden ohne Antrieb treiben und dann verlangsamen wird. Sorgen Sie sich nicht wegen eines Halts im Faltpunkt, Elisa. Schießen Sie den Ryall im Flug ab, und sollten Sie während der Jagd allen Treibstoff verbrauchen, werden wir einen Tanker schicken, um Sie zu bergen.«

»Verstanden, Sir«, sagte Elisa Esperanza aus ihrem Beschleunigungsbehälter an Bord der *Diablo*. Ihre vom Computer simulierte Stimme war beinahe so musikalisch wie ihre echte. »Nun zum Rendezvous. *Fox* und *Evelyn*, steuern Sie *Diablo* an und koordinieren Sie Maschinenstopp, damit die Treibstoffübernahme mit dem geringsten Zeitverlust durchgeführt werden kann. Ich brauche jede Minute, die ich noch habe, um Bogey Sieben Delta vor dem Faltpunkt abzufangen.«

Parker beobachtete das komplizierte Manöver und sah mit Befriedigung, wie die drei Schiffe eine enge Formation bildeten und dann im gleichen Augenblick die Maschinen stoppten. Er konnte zwar nicht mehr sehen, als dass drei Echozeichen plötzlich ihre violetten Beschleunigungsvektoren verloren, und das Diagramm über seinem

Helmvisier konnte nicht die ständigen Korrekturen der Steuerungstriebwerke zeigen, als die beiden Schwesterschiffe nacheinander an Elisa Esperanzas *Diablo* andockten, noch konnte er die Pumpengeräusche hören, als der verflüssigte Wasserstoff von einem Schiff zum anderen strömte, aber er konnte nicht ganz ohne Stolz feststellen, dass sein Plan in der ersten Phase seiner Ausführung funktionierte.

Während das Auftanken der *Diablo* andauerte, begann der Rest der Gruppe *Merkur* zu verlangsamen. Die drei mit unverminderter Geschwindigkeit treibenden Schiffe ließen das Gros der Gruppe rasch hinter sich zurück. Dann trennten sich die drei Echozeichen, und zwei von ihnen begannen gleichzeitig zu verlangsamen. Nur *Diablo* setzte den Flug mit weiter erhöhter Beschleunigung fort.

»Viel Glück, Elisa.«

»Danke, Sir. Wir werden den Faltpunkt für eure Ankunft sauber ausfegen.«

Lieutenant Elisa Esperanza war besorgt, aber nicht ängstlich. Was immer Bogey Sieben Delta war, es manövrierte wie ein Kriegsschiff. Das machte die Aufgabe nur interessanter. Später, nach getaner Arbeit, würde sie es mit der Angst bekommen.

Diablo war dem Rest des Geschwaders ein gutes Stück voraus, weil das Schiff stundenlang unter Beschleunigung flog, während das restliche Geschwader mit der ganzen Gruppe *Merkur* für den Faltpunkt verlangsamte. Die bewaffneten Aufklärer und Zerstörer waren nur noch eine kaum erkennbare Formation von Lichtpunkten im rückwärtigen Bildschirm, als *Diablo* ihr halsbrecherisches Rennen durch das System fortsetzte. Voraus und rasch anwachsend war die Beute auf dem Radarschirm, jetzt schon etwas mehr als ein bloßes Echozeichen. Das Schiff hatte seinen Kurs weit länger beibehalten als ursprünglich berechnet und gerade begonnen, mit sechs *g* für den Faltpunkt zu verlangsamen.

Maschinen mit dieser Leistung trieben normalerweise keine Erzfrachter oder Getreideschiffe an. Solche Manöver bedeuteten im Allgemeinen, dass das Schiff vor ihnen ein Kriegsschiff war.

»Was wird es sein, Cas?«

Sie konnte beinahe hören, wie Cas, der laufend die Eingaben der Sensoren kontrollierte, in seinem Tank die Achseln zuckte. »Könnte von einem Kurier bis zum Schlachtschiff alles Mögliche sein, obwohl ich nach dem Spektrum des Verbrennungsausstoßes nicht glaube, dass wir es mit etwas Größerem als einem Zerstörer zu tun haben.«

»Fein. Dann ist er nur viermal so groß wie wir, statt vierzigmal! Wenigstens werden wir eine Überlebenschance haben, wenn wir auf Schussweite herankommen.«

»Wenn wir das schaffen, Elisa. Die Zeit wird knapp.«

Auf ihrem Bildschirm tickte ein Chronometer die Sekunden bis zu dem Augenblick herunter, wenn es an ihnen sein würde, mit der Verlangsamung zu beginnen. Elisa freute sich nicht darauf. Um den Bogey abzufangen, würden sie mit zwanzig *g* hineingehen und selbst dann nicht zur Fluchtgeschwindigkeit verlangsamen, bevor sie den Faltpunkt erreichten. Es würde auf einen schnellen Schuss und dann einen langen Flug in die Unendlichkeit hinauslaufen, es sei denn, ein Tanker holte sie ein.

Die Flüssigkeit, in der sie schwamm, würde ihr theoretisch Schutz bis zum Hundertfachen der Erdschwere bieten, doch hatte die Technologie noch nicht ganz die Wissenschaft eingeholt. In Wahrheit war die Leistungsfähigkeit der Maschinen von zwanzig *g* auch die physiologische Grenze der Besatzung und vielleicht sogar etwas mehr. Zwanzig *g* würden Schäden hinterlassen und zu vorzeitigen Alterserscheinungen führen – wie viel, konnte sie nicht erraten. Elisa fürchtete den Tod nicht. Ihre Schreckensvorstellungen kamen, wenn sie sich als eine gebrochene alte Frau von achtundzwanzig Jahren sah.

Doch Elisa dachte an den Ausspruch, den vor Zeiten ein Philosoph getan hatte: »Ohne Schneid kein Ruhm«, und so stählte sie ihren Mut für den bevorstehenden Einsatz und sagte: »Also zieht eure Socken hoch, Leute. Es geht los!«

Damit gab sie volle Kraft voraus. Innerhalb von Sekunden wurde ihr ganzer Körper wie in einem Schraubstock zusammengedrückt. Ihr Blickfeld wurde grau, dann wieder klar, als die Pumpen den Innendruck im Tank erhöhten, um Druckausgleich zu erzeugen. Doch blieb eine Verschwommenheit ihrer peripheren Sicht, die ihr verriet, dass dieser Zustand nicht gut für sie war.

Auf dem Bildschirm begann die Geschwindigkeitsanzeige sich mit alarmierender Schnelligkeit zu verändern, und die Distanz zum Ziel verringerte sich deutlich. Sie verlangsamte in der letzten möglichen Sekunde. Schon kam am Rand des Bildschirms das verschwommene rote Oval in Sicht, das den Umfang des Faltpunktes markierte. Am anderen Rand war das Echozeichen, das ihren Feind darstellte. Auch er näherte sich dem Faltpunkt.

Es würde knapp ausgehen.

»Verdammt, er hat Raketen abgefeuert!«

»Abwehrwaffen einpeilen und Feuer frei«, erwiderte sie sofort. Der Verfolgte war identifiziert. Sie hatten es mit einem Kriegsschiff zu tun. »Vermutungen, Cas?«

»Mit Sicherheit ein Zerstörer. Hat sechs Raketen auf uns abgefeuert. Ein kleineres Schiff würde kaum halb so viele in der ersten Salve auf uns feuern können.«

»Vielleicht ein Kreuzer, der eben beschloss, die lästige Mücke zu erschlagen?«

»Glaube ich nicht. Nicht wenn wir den Einsatz bedenken, für den wir hier kämpfen. Wer immer er ist, er hat gerade eine maximale Salve ausgespuckt.«

Sie bedachte es und musste ihm zustimmen. Dies war keine Zeit für halbe Maßnahmen. Das Schicksal zweier intelligenter Arten konnte vom Ausgang dieses Wettrennens abhängen.

»Feuer erwidern, volle Salve. Geben wir ihm was zum Zähneausbeißen.«

Sechsmal ging ein kurzer Ruck durch die *Diablo*, als Langstreckenraketen aus ihren Magazinen jagten und die im Verhältnis zur Größe des Schiffes Achtung gebietende Bewaffnung demonstrierten, die Standard für die schnellen bewaffneten Aufklärer der Gruppe *Merkur* war.

Die Echozeichen auf dem Radarschirm zeigten die zwei Trauben der zwischen den Schiffen rasenden Raketengeschosse. Bei der gegenwärtigen Entfernung würden sie etwa eine Minute benötigen, um die Distanz zwischen den Gegnern zu überwinden. Als die Hälfte dieser Zeit verstrichen war, ließ Elisa den Feuerleitrechner eine weitere Salve abfeuern und war keineswegs überrascht, als der Ryall das Feuer erwiderte. Die zweite Traube von Raketengeschossen würde die Arbeit der Abwehrrechner beträchtlich erschweren. Sie würden aus der Zerstörung der ersten Salve lernen und die Verteidigungsmittel entsprechend anpassen. *Diablo* begann unregelmäßig zu beschleunigen, als der Abwehrrechner die Verteidigung des Schiffes übernahm.

»Dritte Salve Feuer frei«, befahl sie dem Feuerleitrechner, als die Raketen beider Seiten verschwanden, bevor sie ihre Ziele erreichen konnten. Die Distanz zwischen beiden Schiffen hatte sich nun auf 45 Sekunden Flugzeit verringert.

»Elisa! Im Faltpunkt erscheint ein Schiff!«

»Korrektur! Dritte Salve auf neu erfasstes Ziel. Feuer frei.«

Wieder gingen leichte Stöße durch den Schiffsrumpf, als die Raketen auf den neu erkannten Feind gefeuert wurden. Als die dritte Salve draußen war, befahl Elisa: »Dauerfeuer auf Bogey Sieben Delta. Wir müssen ihn überschwemmen, bevor er uns überschwemmt.«

Diesmal wurde aus den kurzen Serien leichter Stöße eine anhaltende Erschütterung, als die *Diablo* ihre Magazine entleerte. Auch das Ryall-Schiff begann mit Dauerfeuer. Bald wurde offensichtlich, dass die Magazine des Zerstörers größer waren als *Diablos*.

»Ausweichmanöver. Wie lange bis zum anderen Ziel?«

»Sie sollten jede Sekunde dort an …« Auf dem Bildschirm explodierte das neu im Faltpunkt eingetroffene Schiff. Da es blind in ein Gefecht durchgestoßen war, hatte niemand an Bord wissen können, was sie traf.

Elisa wandte sich wieder dem Hauptproblem zu. Der Raum zwischen ihnen und Bogey Sieben Delta war voll von Geschossen, und der Abwehrcomputer der *Diablo* feuerte mit den Lasern, so rasch sie sich wieder aufluden. Auch das Ziel feuerte Laser und schlug Haken. Die gute Nachricht war, dass ihr Abwehrrechner langsamer als *Diablos* war. Die schlechte Nachricht war, dass sie mehr Laser zur Verfügung hatten.

Plötzlich blitzten hundert Sonnen grell im Raum zwischen den beiden Schiffen und blendeten sie. »Vorzeitige Explosion, wahrscheinlich beabsichtigt«, meldete Lubo Casimir. »Sie versuchen uns zu blenden.«

»Gelingt ihnen gut«, meinte Elisa. »Wie viel Strahlungseinfall?«

»Wir werden es überleben«, meldete Bill Ames, der Bordingenieur, »wenn wir schnell genug Hilfe bekommen.«

»Zehn Sekunden, bis Sensoren wieder einsatzbereit. Gut, ich kann durch den Feuerball sehen. Feindschiff ist zerstört. Ich wiederhole, Feind ist zerstört!«

»Was ist passiert?«

»Anscheinend ist eine unserer Raketen durchgekommen. Ich kann nur eine expandierende Plasmawolke ausmachen.«

»Dann nichts wie weg von hier! Triebwerke volle …«

Elisa Esperanzas Befehl wurde mitten im Satz abgeschnitten, als der nuklear bestückte Gefechtskopf der Ryall-Rakete, die von der Explosion im freien Raum abgeschirmt war, *Diablo* traf. In einem Dutzend Nanosekunden, viel zu schnell, um von menschlichen Sinnesorganen wahrgenommen zu werden, hörten *Diablo* und vier Menschen auf zu existieren. Die Ryall hatten ihren ersten Treffer gelandet.

Doch gemessen an den Auswirkungen auf den weiteren Verlauf der Invasion musste das Gefecht als ein entscheidender menschlicher Sieg beurteilt werden.

62

Konteradmiral Achille Poledoris von der Terranischen Marine betrachtete die Bildschirmwiedergabe des Planeten und verspürte einen Anflug von Heimweh. Weiße Wolkenstreifen gürteten eine blaue, von grünbraunen Landmassen gefleckte Kugel. Die Ozeane von Carratyl I waren seichter als jene der Erde und von einem schönen Aquamarin um den größeren Kontinent, das am Schelfrand plötzlich in Azurblau überging. Die Ozeane sahen gesprenkelt aus wegen einer großen Anzahl von Inselketten, die vulkanischen Ursprung verrieten, und von mehreren aktiven Inselvulkanen gingen feine gerade Rauchfahnen aus, die vom Wind weit übers Meer getragen wurden. Aus dem Raum gesehen bot die landwirtschaftliche Welt der Ryall einen lieblichen Anblick, doch galt dies auch für die meisten Welten der Menschen.

Poledoris' Problem war, dass der Anblick aus dem Weltraum nicht mehr lange lieblich sein würde. Die bedauernswerte Welt Carratyl I würde infolge der bevorstehenden Flottenaktion in den nächsten paar Stunden wahrscheinlich beträchtliche Kollateralschäden erleiden. Der große, dem Erdmond ähnliche Trabant des Planeten würde Mittelpunkt der Aktion sein, doch mussten natürlich auch alle planetarischen Abwehreinrichtungen neutralisiert werden.

Schon jetzt konnte er auf seinen taktischen Bildschirmen sehen, wie die Abwehr der Ryall einsatzbereit gemacht wurde. Viele Megawatt Energie strömten vom Planeten und vom Mond himmelwärts, um die nahenden menschlichen Schiffe zu erfassen und ihre Zusammensetzung zu bestimmen. Zweifellos wurden auch große, lichtverstärkte Teleskope auf die Flotte gerichtet und verfolgten ihren Weg, der scheinbar direkt aus dem Zentralgestirn Carratyl zu kommen schien. Trotz dieser Erschwernis würden die Ryall durch Beobachtung des Spektrums der Photonenantriebe versuchen, die Antriebskräfte und danach die Größe der Schiffe zu analysieren.

Poledoris' Leute taten genau das Gleiche, um die Verteidigungsstellungen und ihre Stärken zu ermitteln. Starke Teleskope untersucht den Mond und versuchten die Geheimnisse der dort stationierten Marinebasis zu ergründen. Die Erkenntnisse geheimdienstlicher Aufklärung hatten die Basis als relativ schwach eingestuft, aber mit hinreichenden Mitteln, um Angriffe gegen Versorgungskonvois auf dem Weg nach Spica zu führen. Das bedeutete, dass die Basis in der verhüllenden Sprache der Militärs »neutralisiert« werden musste. Ob auch der Planet Carratyl I würde besetzt werden müssen, war eine der Entscheidungen, für die Poledoris verantwortlich war.

Um ihn waren die Zwölf der Terrestrischen Marine, die seinem Kommando unterstanden. Zusätzlich zum Schlachtschiff *Achernar* befehligte er die Kreuzer *Saratoga* und *Brindisi*, die Zerstörer *Achmed Khan*, *Irving Kirschner*, *General Murphy* und *Tagaki*, sowie vier Tanker. Das zwölfte Schiff in seiner Flotte war ein umgebauter Frachter, die *Max Planck*, zugleich das gefährlichste Schiff der Formation, denn an Bord der *Max Planck* war eine Ladung von mehr als fünfzigtausend Langstreckenraketen und anderen Waffen.

Die *Max Planck* war ein Mehrzweckschiff. Hauptfunktion war der Nachschub an Waffen und Munition für Kriegsschiffe, die sich verschossen hatten, aber sie besaß auch eigene Abschussanlagen für Raketen und konnte als Angriffsträger fungieren. Ein Angriffsträger war das einzige Schiff, das selbst die stärkste planetarische Abwehr überwinden konnte. Es bewerkstelligte dies, indem es den Luftraum des Feindes mit genug Geschossen füllte, um jede Abwehr unter dem Hagel der Explosionen zu begraben.

Die Ryall hatten eine ähnliche Taktik in der Schlacht um Sandar angewandt, wo eine gemischte Streitmacht der sandarischen und altanischen Marine den Angriff mit knapper Not abgewehrt hatte. Poledoris hatte das Geschehen dieser Schlacht studiert und wusste, wie viel Glück die Verteidiger damals gehabt hatten. Es war ihnen gelungen, die Angriffsträger der Ryall auszuschalten, bevor diese ihre Raketen hatten abschießen können. Hätten diese Schiffe den Raum mit ihren Todesschwärmen angefüllt, wären die Sandarer heute wahrscheinlich nicht Teil der Invasionsflotte. Zur Abwehr von Angriffsträgern waren die beiden Faltpunkte im Sonnensystem auf diese Weise stark verteidigt. Gelänge es einem dieser Ungeheuer, zur Erde durchzustoßen, könnte das Ergebnis schrecklicher sein als alles, was die Fantasie sich auszumalen vermochte.

»Admiral, *Achmed Khan* meldet, dass der Mond weitere Abfangjäger startet. Diese scheinen einsitzige Orbitaljäger zu sein.«

»Wie viele?«

»Zwei Dutzend, Sir.«

»Gibt es Aktion vom Planeten?«

»Nein, Sir. Dort herrscht Ruhe. Sie haben uns geortet und verfolgen unseren Kurs, sind aber nicht offensiv geworden.«

»Sie werden, nur keine Sorge. Diese Sensorabstrahlungen deuten auf eine aktive planetarische Abwehr hin. Sagen Sie allen Kapitänen, sie sollen nach schweren Lasern und anderen Nahverteidigungsmitteln Ausschau halten. Volle Gegenmaßnahmen, sobald sie eröffnen. Unser Feuer bleibt auf Abwehrstellungen und Stützpunkte beschränkt. Wir wollen keine Ländereien in Staub verwandeln, die wir vielleicht besetzen werden.«

»Jawohl, Sir. Ich habe eine Meldung, die vom Flottenkommando eingegangen ist, Sir. Es ist ein Gefechtsbericht vom Faltpunkt.«

»Lesen Sie vor.«

»Die Meldung sagt, dass Gruppe *Merkur* den Faltpunkt gesichert hat. Ein bewaffneter Aufklärer ging verloren.«

Poledoris biss die Zähne zusammen. Dass die Nachricht unvermeidlich gewesen war, vermochte ihre Wirkung dennoch nicht zu mildern.

Auf dem Lagebildschirm war die Flotte eine kompakte Gruppe smaragdgrüner Echozeichen, die sich dem Punkt der geringsten Entfernung vom Planeten näherte. Wenn die Ryall von Carratyl I ihnen Schwierigkeiten machen wollten, wäre dies der geeignete Zeitpunkt.

Poledoris hielt unwillkürlich den Atem an, als sie auf ihrem hyperbolischen Angriffskurs am Perigäum vorbeiflogen und sich vom Planeten zu entfernen begannen. Die Anzeige der Zielentfernungsmessung hörte auf zu fallen und stieg wieder an. Vom Planeten gab es keine weitere Reaktion.

»Das scheint es gewesen zu sein«, bemerkte der Erste Offizier, nachdem die Entfernung fünf Minuten zugenommen hatte, ohne dass etwas geschah.

»Was ist mit der anderen planetarischen Verteidigungsstellung?«

»Sie ist noch unter dem Horizont, Admiral.«

»Sicherlich haben sie Nachrichtensatelliten in Umlaufbahnen.«

»Es sind keine festzustellen, Sir.«

Der Admiral nickte. Eine abgelegene Provinzwelt, kein Zweifel. Es ergab wenig Sinn, eine Verteidigungsstellung am Boden zu bauen, die nur auf Objekte über ihrem eigenen Horizont schießen konnte. Ein Tiefangriff am Rand der Atmosphäre würde ein Schiff bis auf fünfhundert Kilometer an ein Bodenziel heranbringen, bevor es über dem lokalen Horizont dieses Ziels erschien, und zu diesem Zeitpunkt würde es viel zu spät sein, um etwas gegen den Angreifer zu unternehmen. Um wirklich brauchbar zu sein, benötigte eine planetarische Verteidigungsstellung am Boden ständige Verbindung mit Satelliten in Umlaufbahnen.

Wo die Satelliten von Carratyl I waren, wenn es sie gab, wusste er nicht, war aber froh über ihre Abwesenheit. Wäre er sicher, dass die Ryall sich nicht tot stellten, könnte er die Flotte manövrieren lassen, statt bewegungslos in ihren Abschirmungswolken zu sitzen, bis sie außer Reichweite der planetarischen Abwehr wäre.

»Wir haben zahlreiche Raketenstarts vom Planeten, Admiral.«

»Zu wenig und zu spät«, erwiderte er. Er konnte die goldenen Funken in den Raum steigen sehen. Da die Flotte sich auf ihrem Angriffskurs rasch vom Planeten entfernte, würde ein dort startender Abfangjäger keine Chance haben, sie in einer Verfolgungsjagd einzuholen.

»Wir haben Raketenstarts vom Mond«, meldete der Erste Offizier.

»Welche Klasse?«

»Sie sehen nach Bravo-Sechs aus, Sir.«

Admiral Poledoris nickte. »Veraltetes Zeug. Genau das, was man von einem provinziellen Militärstützpunkt erwarten würde.«

»Abfangjäger verlassen Mondumlaufbahn und nehmen Kurs auf uns.«

»Zerstörer zur Abwehr. Lassen Sie *Max Planck* mit der Beschießung beginnen.«

Der Admiral beobachtete, wie seine Streitkräfte reibungslos funktionierten, um seine Befehle auszuführen, und verspürte eine leichte Verringerung der Last, die seit dem Beginn der Aktion auf seinen Schultern ruhte. Das System Carratyl entsprach den Erwartungen des Marinegeheimdienstes – eine angenehme Überraschung. Wenn die Echsenleute nicht noch in letzter Minute ein Ass ausspielten, war der Mondstützpunkt so gut wie neutralisiert. Das Einzige, was dann noch zu tun blieb, war die Feststellung der Feindverluste und des eigenen Munitionsverbrauchs.

63

Richard Drake lag in seinem zurückgeklappten Sitz und lauschte dem angestrengten Pochen des Pulsschlags in seinen Schläfen sowie all den anderen Geräuschen, die sich an Bord eines Schiffes bei hoher Beschleunigung einstellen. Irgendwo tief im zylindrischen Kern der *Conqueror II* lieferten massive Pumpenanlagen flüssigen Wasserstoff an die Triebwerke, wo er in einen grellen Strahl reinen Lichts verwandelt wurde, der das Schlachtschiff seinem Ziel entgegentrieb.

Der Photonenantrieb ist das wirksamste Antriebsmittel, um ein Schiff durch den Raum zu befördern. Tatsächlich ist er der effizienteste Antrieb, der theoretisch möglich ist. Die Effizienz des Antriebs, gemessen in Begriffen seines spezifischen Impulses, rührt von der Tatsache her, dass die »Masse« von Photonen ein Maß ihres Energiegehalts ist, und nicht ihre »Restmasse«, von der es keine gibt. *Conqueror II* und ihre Begleiter bewegten sich mit Lichtstrahlen vorwärts, die fünfzigtausendmal wirkungsvoller waren als die Raketentriebwerke der ersten Raumtransporter. Trotz ihrer Effizienz waren Photonenantriebe allerdings nicht ohne ihre Probleme.

Das Hauptproblem war die Schubkraft. Die ersten wirklich tauglichen Raumtriebwerke hatten mit Ionenstrahlen gearbeitet, die durch elektrische Felder zu annähernder Lichtgeschwindigkeit beschleunigt wurden. Und während diese »Ionenantriebe« mehrere hundert Male effizienter als chemische Raketen waren, machte ihre Schubkraft niemals mehr als ein paar Tausend *dyn* aus. Photonentriebwerke waren noch wesentlich effizienter als Ionentriebwerke und arbeiteten mit entsprechend geringer Schubkraft. Um diesen Nachteil auszugleichen, mussten die Triebwerke der *Conqueror II* jede Nanosekunde Trillionen von Photonen ausspucken, und selbst dann machte die maximale Schubkraft kaum ein *g* aus. Für hohe Geschwindigkeiten wurde ein Sturm von hoch erhitzten Wasserstoff-Ionen in den Lichtstrahl der Photonen eingeführt, um die Schubkraft des Schiffes zu verstärken. Infolgedessen schluckte das massive Schlachtross Wasserstoff in einer Rate, die sich jener der frühen chemischen Raketen annäherte. Glücklicherweise ist Wasserstoff eines der Elemente, mit denen das Universum im Überfluss gesegnet ist, und die Angriffsgruppe Spica war begleitet von mehreren Dutzend Tankern mit flüssigem Wasserstoff.

Seit mehr als einer Woche waren sie nun im System Carratyl, die meiste Zeit davon unter hoher Beschleunigung zwischen Faltpunkten. In dieser Zeit hatte Drake nicht viel mehr tun können als in seinem zurückgeklappten Sitz zu liegen und seiner Phantasie freien Lauf zu lassen.

Hinter *Conqueror II* war der Himmel belebt von menschlichen Schiffen, und mit jeder Stunde trafen mehr ein. Wenn sich diese ganze Expidition als eine Falle erweisen sollte, dann würde die Menschheit teuer dafür bezahlen, dass sie hineingetappt war. Sobald die Zeit käme, den Sprung nach Spica zu wagen, würde die Hälfte der vereinigten Flotte in diesem einen abgelegenen System konzentriert sein. Ein unerwarteter Überfall der Ryall mit starken Kräften konnte die Invasionsflotte rasch in eine verzweifelte Lage bringen.

Und die Zerstörung eines großen Teils der menschlichen Flotte hier im Herrschaftsbereich der Ryall war noch nicht das Schlimmste, was geschehen konnte. Der Albtraum wäre erst vollkommen, wenn die Ryall, ohne ihre eigene Gefahr zu erkennen, diesen Zeitpunkt wählen würden, um einen groß angelegten Stoß in den Herrschaftsbereich der Menschheit zu führen. Dass beide Seiten in einem hundertjährigen Krieg zu genau gleicher Zeit einen handstreichartigen Überfall versuchen würden, war zwar unwahrscheinlich, aber nicht ausgeschlossen. Die Geschichte der Kriegführung kannte nicht wenige Fälle, wo der Sieg dem zugefallen war, der seinem Gegner um ein paar Stunden zuvorgekommen war. Die Schlacht von Gettysburg im amerikanischen Bürgerkrieg war nur ein Beispiel.

Sollte das Undenkbare geschehen, würden beide Invasionsstreitkräfte Abwehrpositionen überwältigen, die durch die laufenden Angriffsoperationen von Waffen und ausgebildetem Personal entblößt waren. Beide Vorstöße würden wahrscheinlich tief in die Kerngebiete des jeweiligen Feindes eindringen und Tod und Zerstörung über die Zivilbevölkerungen bringen. Solch beiderseitige Vernichtung würde kaum bezifferbare Verluste von Leben, Gütern und Ressourcen mit sich bringen und beide Seiten vor ein schweres Problem stellen. Was tut man, wenn die Nachricht eintrifft, dass die Heimatwelt angegriffen wird? Zieht man die Flotte zurück und eilt zur Verteidigung, oder verstärkt man den Angriff in der Hoffnung, dass die andere Seite ihre Operationen zuerst abbrechen und der Heimat zu Hilfe eilen wird? Wie, wenn keine Seite ihre Strategie änderte?

Ferner bestand die Möglichkeit, dass ein Stoß der Ryall in die geschwächte Abwehr der Menschen-Hegemonie zu schnell kommen würde, um eine Reaktion zuzulassen. Drake stellte sich vor, wie seine Schiffe nach erfolgreicher Operation in die Heimat zurückkehrten, um dort nichts als radioaktive Ruinen vorzufinden. Damit verbunden war die Zwangsvorstellung von Bethany und dem kleinen Richard, die verkohlt im Schutt von Homeport lagen, während er dabei war, die Heimatwelten der Ryall ähnlich zu verwüsten …

Bethany Drake erwachte mitten in der Nacht. Ihr Schlafzimmer war dunkel und sie brauchte einen Augenblick, um sich zu orientieren. Dann brachten die kalte Feuchtigkeit der Laken und das unangenehme Gefühl an ihrer Haut sie in die Wirklichkeit zurück. Fröstelnd und mit Herzklopfen lag sie da und fragte sich, was sie aus dem Schlaf gerissen hatte. Sie horchte nach dem dünnen Schrei des kleinen Ritchie, der noch immer getreulich meldete, wenn es drei Uhr früh und Zeit für die Fütterung war. Statt der leisen, stotternden Laute des Unbehagens, die dem anhaltenden, vernehmlichen Winseln vorausgingen, hörte sie nur die Nachtgeräusche der Stadt. Einen Moment lauschte sie dem hohlen Pfeifen eines *Bilrobin*, eines bunten, doppelt geflügelten Tieres, das in den Zweigen der *Tontinbäume* vor dem Haus wohnte. Die Bäume waren anlässlich ihrer Hochzeit mit Richard von Clarence Whitlow gepflanzt worden, ihrem Onkel, der in den vergangenen sechs Jahren ungezählte Stunden damit verbracht hatte, die Gewächse am Leben zu erhalten. Die einheimischen

Pflanzen von Alta gediehen im Allgemeinen schlecht, wenn sie mit den importierten Formen von der Erde, die von den frühesten Siedlern mitgebracht worden waren, vermischt wurden.

Auch im Haus waren keine anderen Geräusche als ihr eigenes Atmen und das dumpfe Pochen des Herzschlags in den Schläfen zu hören. Schweißbedeckt und schwer atmend überlegte sie, ob sie wieder einen ihrer häufigen Albträume gehabt hatte, obwohl die Erinnerung daran gewöhnlich scharf und klar war, wenn sie erwachte.

Die Grundzüge der Albträume waren immer die gleichen, nur die Einzelheiten änderten sich von Fall zu Fall. Sie sah ihren Mann auf der Brücke seines Schiffes, wie sie ihn auf ihren früheren gemeinsamen Expeditionen nach New Providence und dann durch den Nebel zur Erde so oft gesehen hatte. In ihren Träumen war er die starke, gebieterische Erscheinung, in die sie sich verliebt hatte.

Dann wurde das Schiff ohne Warnung von einem Ryalltorpedo getroffen. Das Schiff schien sein altes Kommando zu sein, der altanische Kreuzer *Discovery* und nicht das neue Flaggschiff. In ihrem Traum sah sie den nuklearen Gefechtskopf durch die papierdünne Schiffswandung stoßen und in einem Feuerball eruptieren. Die Hitze von Millionen Grad, die in Wirklichkeit nur eine Mikrosekunde benötigen würde, um alles einzuhüllen und zu verdampfen, eruptierte in ihrem Traum in Zeitlupe. Richard stand erstarrt da, den Mund geöffnet, um einen Befehl zu geben, als das nukleare Feuer durch das Schott hervorbrach und als feurige Wand unerbittlich auf ihn zukam. In ihrem Traum hatte er noch Zeit, sich umzudrehen und das Nahen des Todes zu sehen, und die Entschlossenheit in seinen Augen wurde zu Furcht, dann zu Zorn, als hätte das Schicksal ihn im Augenblick seines größten Erfolges seiner Bestimmung beraubt.

Der Traum endete immer gleich. Richard riss den Mund auf und schrie, als die Glut ihn erreichte und sein Fleisch zu verbrennen begann. Das war jedesmal der Augenblick, wenn Bethany erwachte.

Die weibliche Vorahnung oder Telepathie vom Tod des Partners war seit Jahrhunderten ein beliebtes Thema für Holovision und schlechte Liebesromane. In einem Universum, wo Nachrichten auf die Lichtgeschwindigkeit begrenzt waren – es sei denn, sie gingen durch die Faltpunkte – und wo die Relativität die Gesetze der Gleichzeitigkeit aufgehoben hatte, hatten solche Vorahnungen oder telepathischen Visionen keine mögliche Basis in der Realität. Es gab für sie keine Möglichkeit, den Todeszeitpunkt ihres Mannes zu kennen, ganz gleich, wie sehr sie einander liebten.

Dass sie sich diesmal nicht des Schreckens erinnern konnte, verursachte ihr noch mehr Unbehagen als sonst. War ihre Angst so groß, dass ihr Bewusstsein die Erinnerung nicht länger bewahren konnte? Als ihr klar wurde, dass der Schlaf auf sich warten ließe und der Säugling innerhalb der nächsten Stunde genährt werden musste, stand sie auf und schlüpfte in ihren Morgenmantel, bevor sie durch die Tür ihres Schlafzimmers in den Innenhof trat.

Das Haus, das Richard und sie gebaut hatten, stand auf einem der Hügel über Homeport. Von hier aus konnten sie die Lichter der Stadt sehen, zweigeteilt vom breiten Band des Flusses Tigris. Antares stand am Himmel, und wenn er auch bei weitem nicht mehr die Leuchtkraft hatte, die in den frühen Tagen nach dem Novaausbruch alle anderen Lichter am Nachthimmel überstrahlt hatte, war er noch hell genug, um dem größeren von Altas Monden Konkurrenz zu machen. Die doppelte Illumination übergoss den Fluss mit silbrigem Funkeln, ganz so wie es in jener Nacht vor vielen Jahren gewesen war, als sie und Richard einen Nachtspaziergang gemacht und über ihre gemeinsame Zukunft gesprochen hatten. In jener Nacht hatte sie ihm von ihrem Wunsch erzählt, auf der Erde zu heiraten, obwohl sie damals nicht gewusst hatten, ob sie jemals den Weg dorthin finden würden.

Sie hatten ihn gefunden, und statt die Lösung ihrer Probleme zu sein, hatte es ihnen nur Jahre harter Arbeit und Gefahr gebracht. Sie wusste nicht, ob sie sich jemals wieder sicher fühlen würde.

Die Schwierigkeit war, dass zwei verschiedene Instinkte in ihr miteinander rangen. Einer sehnte das Ende der Kämpfe herbei ... nicht nächstes Jahr oder nächsten Monat oder nächste Woche. Sie wollte das Ende sofort! Auch stand sie mit diesem Wunsch nicht allein. Wenn ein Ende der Feindseligkeiten lediglich kraft ihrer Wünsche erreicht werden könnte, würde der Krieg in der nächsten Sekunde ein Ende haben.

Der zweite Instinkt hatte mehr mit dem Verstand zu tun. Der erste Impuls war der eines ängstlichen kleinen Mädchens in ihr, das bloß schrie: »Papa, mach, dass es aufhört!« Die erwachsene Bethany Drake, neue Mutter, liebende Frau und Historikerin, wusste einiges über die Tendenzen ihrer Art, wenn deren Überleben bedroht war.

Sie fürchtete nicht nur für die Menschheit, sondern auch für ihre Feinde.

Phillip Walkirk, Thronfolger des sandarischen Königs, lag in seinem zurückgeklappten Sitz und grübelte über seine eigenen Probleme. Die lange Geschichte von seines Volkes Kampf mit den Ryall hatte den Sandarern einen Ehrenplatz in der Schlachtordnung verschafft. Das sandarische Flaggschiff *Royal Avenger* würde ihre Kampfgruppe in der ersten Welle durch den Faltpunkt Carratyl/Spica führen und von dort sofort zum Faltpunkt Spica/Darthan durchstoßen, dem Tor zur Hauptwelt der Ryall-Hegemonie.

Als taktischem Offizier der Kampfgruppe fiel Phillip Walkirk die Aufgabe zu, die durch den Faltpunkt ins System Spica durchstoßenden Verbände zu ordnen und den Faltpunkt für den Feind zu sperren. Er sah die Aufgabe als seine Bestimmung und zugleich als eine Sache der persönlichen Ehre. Den Faltpunkt zu gewinnen und zu halten, hatten er und seine Schiffskameraden gelobt, selbst auf Kosten ihres eigenen Lebens.

»*Royal Avenger* an *Conqueror II*«, sagte Phillip. »Wir sind in Position und bereit zum Sprung.« Seine Stimme klang im Helm seines Druckanzugs seltsam tot. Er und die gesamte Besatzung des sandarischen Flaggschiffs waren auf Gefechtsstationen, hatten die Druckanzüge versiegelt und die Waffen feuerbereit.

»Gut, das zu hören, Commander«, erwiderte Richard Drake aus der Flotteneinsatzleitung. »Warten Sie ein paar Minuten, während wir die zweite Welle fertig auftanken.«

Wie Phillip, steckte auch der Admiral in einem Druckanzug mit Helm, so dass nur das Namensschild über dem Visier ihn identifizierte.

»Verstanden, Admiral.«

Es war nicht üblich, dass der Flottenadmiral und der sandarische Thronfolger direkt Nachrichten austauschten, aber der Anlass war ein besonderer. Um Phillip Walkirk war ein guter Teil der Flottenstreitmacht versammelt. In wenigen Minuten würden sie ins Herz feindlichen Territoriums vorstoßen, und das Überraschungsmoment, vorausgesetzt, dass sie es noch hatten, würde für immer verloren sein. Was auch geschehen mochte, nachdem sie von diesem Punkt verschwanden und an einem anderen, annähernd hundert Lichtjahre entfernt, wieder zum Vorschein kamen, es würde kein Zurück geben. Der Rubikon, den zu überschreiten sie im Begriff waren, war von kosmischen Dimensionen, sowohl in der Entfernung wie auch in den Auswirkungen.

Eine barsche Stimme aus den Kopfhörern seines Schutzanzuges unterbrach Phillip Walkirks Betrachtungen. »Bitte Meldung, Commander.«

»Wir wurden aufgefordert, noch zu warten, Admiral. Das Auftanken der zweiten Welle ist noch im Gange.«

»Wie lange ist dieser Aufenthalt?«

»Nur ein paar Minuten, Sir.«

»Dann also Beeilung, wenn ich bitten darf. Falls die Ryall wissen, dass wir hier sind, könnte jede Sekunde wichtig sein.«

»Ja, Sir.«

Die Verbindung war so schnell beendet, wie sie angefangen hatte. Admiral Sergei Fullon Gower, Siebter Viscount von Hallen Hall, befehligte die Kampfgruppe *Darthan* von seinem Flaggschiff *RSNS Royal Avenger*. Phillip war froh, unter ihm zu dienen. Seiner Einschätzung nach war Gower der beste Admiral der sandarischen Marine.

Die Sekunden wurden langsam zu Minuten, bis Drakes Stimme auf der allgemeinen Bordfrequenz ertönte. »Achtung, alle Schiffe. Auftanken ist beendet. Geplante Operation kann beginnen.«

Phillip schaltete mit dem Kinn seine Kommandofrequenz ein und sagte: »Wir sind klar zum Manöver, Admiral.«

»Sehr gut. Startvorbereitung abschließen.«

»Kampfgruppe *Darthan*. Alle Schiffe melden Einsatzbereitschaft.«

Außer der *Royal Avenger* und einem Dutzend Kreuzern und Zerstörern der königlich sandarischen Marine gehörten der Kampfgruppe *Darthan* Schiffe von vier anderen Systemen an. Zu diesen zählte der Kreuzer *Discovery*, das Schlachtschiff *King Christian* der Terranischen Marine mit einigen leichteren Einheiten, und diversen Schiffen von anderen Welten. Insgesamt belief sich die Stärke der Kampfgruppe auf 60 Kriegsschiffe und zwanzig Hilfsschiffe – Frachter, Tanker und Versorgungsschiffe –, die sie begleiteten. Selbst in dieser Stärke waren sie nur die erste Welle der Streitmacht, die um den Faltpunkt Spica/Darthan aufgebaut werden sollte.

Als alle Schiffe die Einsatzbereitschaft gemeldet hatten, gab Phillip Befehl, ihre Bordrechner für den Transit an jenen der *Royal Avenger* zu koppeln. Er überprüfte ihre Verteilung auf seiner Lagedarstellung, wo achtzig goldene Echozeichen in einem unregelmäßigen Oval aus rotem Dunst schwebten, umgeben von etwa dreihundert zusätzlichen Echozeichen jenseits der Faltpunktgrenze.

»Kampfgruppe *Darthan* einsatzbereit, Admiral«, sagte er. Sofort kam der Befehl zurück. »Kampfgruppe *Darthan* zum Transit freigegeben.«

Phillip gab das Signal, das die Bordrechner aller Schiffe frei gab, und seine Stimme wurde von einer computergenerierten ersetzt.

»Alle Schiffe bereit zum Sprung. Zwei Minuten vor Warnung!«

Phillip griff nach seinen Gurten und zog sie fest; die Offiziere und Techniker in der Befehlszentrale taten es ihm gleich. Der Flug konnte unruhig werden, und niemand wollte unfreiwillig seinen Posten verlassen und hilflos herumschweben, sollte das Schiff plötzlich von Schwerelosigkeit in die verschiedenen Beschleunigungen von Gefechtsmanövern übergehen.

»Eine Minute Vorwarnung. Achtung alle Schiffe, eine Minute zum Sprung!«

Phillip fühlte, wie sich Schweißperlen auf seiner Stirn bildeten. In der Beinahe-Schwerelosigkeit haftete der Schweiß an der Haut und breitete sich durch die Oberflächenspannung aus, bis er zu einem dünnen, glänzenden Film über dem ganzen Gesicht wurde. Dann, wenn das Schiff wieder beschleunigte, hatte dieser Film die unangenehme Tendenz, sich in die Augen auszubreiten, wo der Schweiß brannte und blendete.

»Dreißig Sekunden … zwanzig … zehn …«

Admiral Gowers dröhnende Stimme unterbrach die automatische Startzählung. »Achtung alle Besatzungen. Seine Majestät erwartet Sieg. Vorwärts!«

»Fünf … vier … drei … zwei … eins … null!«

64

Galatan vom *Fernsucher* lag in seiner Kontrollstation und nahm auf, was um ihn vorging. Das entfernte Summen der Maschinen, das ruhige Schnurren der Ventilatoren und leisen, zischenden Stimmen der Besatzungsmitglieder ließen seine Trommelfelle vibrieren. Die langsam ziehende Luft trug den Duft von Binsen und den durchdringenderen Geruch von Pigmenten mit sich, die am Schott der Zentrale noch nicht ganz getrocknet waren. Sein Blick ging über die impressionistischen Darstellungen, die ihm von der Gesundheit seines Schiffes berichteten, wo leuchtendes Gelb die matteren Farben des hohen Infrarot überwog. Galatan beobachtete, lauschte und ließ die Moleküle des Lebens seine kombinierte Wahrnehmung von Geschmack und Geruch kitzeln. Er beobachtete und empfand zum ersten Mal in der jüngsten Erinnerung Zufriedenheit. Es war gut, wieder im Raum zu sein, nachdem er eine Ewigkeit zuerst im Lazarett und dann mit seinem Schiff im Orbitaldock von Paraster zugebracht hatte. Er und *Fernsucher* waren wieder ganz und gesund und bereit, sich der Jagd auf zweibeinige Ungeheuer anzuschließen.

Das Leben hätte nicht besser sein können.

Auf seinem letzten Patrouillenflug war *Fernsucher* durch das System der orangeroten Sonne gekommen, wo Wächter den Alarm verbreiteten, dass Ungeheuer in großer Zahl durch das Sterntor quollen. Viele tapfere Krieger waren an jenem Tag zum Ei der Ahnen zurückgekehrt, aber ihr Opfer war nicht vergeblich gewesen. Die Schiffe Der Rasse, die nicht auf Wachdienst gewesen waren, hatten den bedrängten Verteidigern Hilfe geleistet. Der Gegenangriff war stark gewesen, und die Ungeheuer, am Rand eines Durchbruchs, wurden zurückgedrängt – mit knapper Not. Am Ende waren die beiden Flotten beinahe in Sichtweite gewesen, als sie einander mit Zerstörung überschüttet hatten. Langsam wurden die Ungeheuer zurückgedrängt. Eine Nachhut hatte rücksichtslos gekämpft, während ein Schiff nach dem anderen durch das Sterntor zurück verschwunden war. Gegen Ende des Kampfes, als der Sieg gesichert schien, war ein feindlicher Torpedo unweit vom Rumpf des *Fernsucher* detoniert.

Der nukleare Sprengsatz war nahe genug gewesen, um zähe Platten der Rumpfverkleidung zu knittern, als wären sie von der Sommerhitze getrocknete Eierschalen. Zwölf hoch drei Schwanzlängen näher, und die Waffe hätte *Fernsucher* verdampft. Auch so waren zwei Drittel der Besatzung entweder getötet worden oder hatten Verletzungen erlitten, die von gebrochenen Skelettelementen bis zur Strahlenvergiftung reichten. Von den letzteren Opfern hatten viele ihre Verletzungen nicht überlebt.

Galatan selbst hatte fünf Zyklen in einem Lazarett verbracht, um sich von Verbrennungen und dem Verlust grauer Korpuskeln in seinem Blut zu erholen. Der erzwungene Müßiggang, als er auf dem

Bauch lag und Beine, Hals und Schwanz unbeweglich waren, hatte ihm Zeit gegeben, zwischen den Anfällen von Übelkeit nachzudenken. Einige dieser Gedanken waren für einen von der Kriegerkaste nicht passend gewesen. Tatsächlich waren sie eines Mitglieds Der Rasse nicht würdig gewesen. Dieser Umstand hatte sie aber nicht daran gehindert, einfach aus dem Teil seines Gehirns herauszuschweben, das aus der Zeit vor intelligentem Denken stammte.

Diese Gedanken an Sterblichkeit und was hätte sein können, waren eines Angehörigen von Galatans Beruf unwürdig. Ein Krieger hatte dem Tod gerade in die Schnauze zu blicken, unerschütterlich und kühl berechnend. Er sollte nicht starr vor Furcht liegen wie eine Made, die sich vor einem Schnellen Esser verbirgt. Doch genau so hatte Galatan mit seiner verletzten Schuppenhaut in einem Regenerationstank gelegen. Die Angst war über ihn gekommen wie Schichten von Schlamm, die aufwärts quollen, ihn zu ersticken. Die medizinischen Techniker hatten ihm versichert, dass die Reaktion normal sei, eine Folge davon, dass viel von seiner Zirkulationsflüssigkeit durch Strahlenvergiftung geschädigt war.

Galatan hatte gewusst, dass sie die Wahrheit sprachen, zumindest auf der Ebene, wo sein Bewusstsein lag. Es war jener Teil von ihm unter der Ebene autonomer Kontrolle, der sich weigerte, auf die Vernunft zu hören. Ein Krieger, hatte sein inneres Selbst proklamiert, muss furchtlos sein. Anders als die Ungeheuer waren die Krieger Der Rasse nicht ausgebildet. Sie waren ausgebrütet.

Diejenigen, welche über die Eier wachten, hatten einige Hundert Herzschläge, nachdem die weibliche Person, deren Ei er war, ihn im warmen, nassen Sand abgelegt hatte, entschieden, dass er ein Krieger sein würde. Die Nachfrage nach Kriegern war unersättlich gewesen, seit die ersten Schiffe der Ungeheuer am Himmel erschienen waren. Spezielle Hormone wurden im Eidotter injiziert, Hormone, die gewisse physiologische Veränderungen in dem neu gelegten, noch unentwickelten Jungen auslösten. Sie verbesserten seine Sinne, verliehen ihm schnellere Reaktionszeiten und verstärkten seine natürliche Aggression. Wie es im Leben meistens der Fall ist, wurden diese Verbesserungen jedoch mit einem Preis bezahlt. Die frisch geschlüpften Jungen der Kriegerkaste reiften um dreißig Prozent schneller heran als ihre Geschwister von der Arbeiterkaste, und ihre Lebensspanne war um einen vergleichbaren Faktor verkürzt. Auch waren die meisten Krieger durch die beschleunigte Reifung geistig weniger fähig als die Verwalterkaste.

Galatan war einer der wenigen Krieger, deren Gehirnentwicklung normal verlaufen war, eine Tatsache, die jene, welche die Jungen aufzogen, kurz nach dem Schlüpfen aus seinem Ei festgestellt hatten. Nachdem seine geistige Regsamkeit und schnelle Auffassungsgabe durch Versuche bestätigt worden waren, wurde er einem beschleunigten Ausbildungsplan zugewiesen. Während seine Eikameraden lernten, wo ihr Platz in einer Kampfeinheit war, lernte er die Kunst des Befehlens. Oft lag er während dieses rigorosen Ausbildungsprogramms bei Nacht auf seinem Schilfbett und fragte sich, wie es sein würde, ein einfacher Krieger zu sein, ohne andere Verantwortlichkeiten als seinen Pflichten und ohne die Last des Befehls auf dem Rücken.

Es war ein Traum, der oft wiederkehrte und ihn verfolgte, während er auf die Heilung seines Körpers wartete, und später, als er die Reparaturen seines beschädigten Schiffes überwacht hatte. Es war ein Traum, der noch jetzt unter der Ebene des Denkens lauerte.

»Schiffmeister.«

»Ja, Pelamau?«

»Ich habe ungewöhnliche Ablesungen vom Sterntor.«

»Welchem?«

»Dem Carratyl-Tor, Schiffmeister.«

»Was siehst du?«

»Es gibt mehrere Schiffe im Tor, und mit jedem Herzschlag erscheinen mehr.«

»Wie viele Schiffe?«

»Zwei Zwölfer, und während wir sprechen, werden es mehr.«

Galatan drückte lange Finger auf Tasten und brachte die Darstellung auf seinen Bildschirm. Pelamau hatte Recht. Zahlreiche Schiffe erschienen im Sterntor. Ständig tauchten neue auf, und es schien kein Ende zu nehmen. Verkehr von einer landwirtschaftlichen Welt sollte nicht so stark sein, es sei denn, dies war eine planmäßige Getreidesendung. Warum so viele Schiffe auf einmal? Es erinnerte ihn an die Konvois, die sie im System der orangeroten Sonne gebildet hatten, um die Ungeheuer daran zu hindern, ihre Versorgungsschiffe zu überfallen …

Bei dem Gedanken an Ungeheuer zuckte Galatan nervös mit dem Schwanz und begann seinen Bildschirm für die Spektralanalyse einzurichten. Es erforderte nur ein Dutzend Herzschläge, um seinen schrecklichen Verdacht zu bestätigen. Ein anderer Finger drückte auf eine Taste, und plötzlich hallte der Todesschrei eines Zahnfisches durch das Schiff und katapultierte jedes Mitglied seiner Besatzung automatisch in Jagdstimmung. Um ihn her streckten sich Schwänze, drehten sich Hälse, um die Schnauzen in seine Richtung zu schwenken.

Er schaltete den Befehlskreis ein, sobald der Alarm verklungen war. »Krieger des *Fernsucher*. Auf eure Posten. Seid bereit für die Jagd.«

»Was ist geschehen?«, fragte Essenau, ein Eigefährte Pelamaus und sein Stellvertreter aus einem kleinen Bildschirm vor ihm.

»Ungeheuer! Wir haben Ungeheuer im Sterntor Carratyl. Sie strömen in mehr als Flottenstärke heraus! Die Rasse ist in Todesgefahr! Auf eure Posten. Wir haben einen Kampf zu führen!«

»Durchbruch beendet, Admiral.«

»Gut, Lieutenant. Geben Sie mir eine Lagedarstellung über die Verteilung der Flotte.«

Lieutenant Enid Powell, eine der ersten Frauen, die an der neu errichteten Marineakademie in Homeport graduiert war, blieb einen Moment still, während Radarsignale von ihren langen Reisen durch den umgebenden Raum zurückkehrten.

»Wir haben zweihundertacht Schiffe im Faltpunkt, Sir. Die Sandarer scheinen sich zu formieren und nehmen Kurs in Richtung auf den Faltpunkt Spica/Darthan, beschleunigen mit drei *g*. Die zweite Welle ist noch nicht formiert, keine gemeinsamen Bewegungen.«

»Senden Sie einen Befehl, dass sie sich beeilen sollen!«

»Jawohl, Sir.«

»Was ist mit der Opposition?«

»Kein Feindschiff im Faltpunkt, Sir. Die Computerauswertung der Sensoren hat sechsundfünfzig Ryall-Schiffe im Wahrnehmungsbereich identifiziert. Die meisten befinden sich offenbar auf den regulären Schifffahrtswegen. Keines ist uns nahe.«

»Gut. Zeigen Sie mir Spica!«

Spica, das Zentralgestirn der Ryall-Hegemonie, war tatsächlich ein Doppelstern. Der größere war ein bläulich weißer Unterriese von der Spektralklasse B 1 von etwa siebenfachem Sonnendurchmesser und elffacher Masse. Sein Begleiter, Alpha Virginis-B, war ein Zwerg der Spektralklasse B 2 mit einer Masse von sieben Sonnen. Die beiden Sterne waren einander nahe genug, dass sie für eine vollständige Umkreisung ihres gemeinsamen Gravitationszentrums nur vier Tage benötigten. Die beiden umarmten einander mit langen spiralartigen Bändern aus Sternmaterial, die zwei individuelle Fusionsbrennöfen in ein komplexes Paar aus glühendem Plasma machte; der kleinere der beiden Sterne war infolge der Gezeitenwirkung merklich eiförmig.

Das ultraviolett geladene Sonnenlicht, die durch das Pulsieren des größeren Sterns bedingten Helligkeitsschwankungen und die Variationen der Partikelstrahlung – bedingt durch die viertägige Orbitalperiode des Doppelsterns – wirkten alle zusammen, um jeden Planeten des Systems aller Hoffnung auf Leben zu berauben. Damit nicht genug, hatte der verschwenderische, bläulichweiße Doppelstern Spica eine Lebenszeit, die in Millionen Jahren statt in Milliarden gemessen wurde – eine unzureichende Zeitspanne, um selbst unter günstigsten Bedingungen die Entwicklung von Leben zu ermöglichen.

Spicas Wert lag nicht in lebenspendenden Eigenschaften. Was immer an Planeten den Doppelstern umkreiste, hatte Umweltbedingungen, die mit Sicherheit tödlich für ungeschützte Menschen und Ryall waren. Die Konzentration von 18 Sonnenmassen, verbunden mit der Verzerrung der Raumzeit durch die hohe Rotationsgeschwindigkeit, waren jedoch nahezu ideal für die Ausbildung von Faltpunkten. Wo Antares, ein sehr viel größerer, aber mehr diffuser Stern vor dem Supernovaausbruch nur ein halbes Dutzend Faltpunkte besessen hatte, besaß Spica deren acht. Und es gab nicht nur mehr Faltpunkte, sondern sie waren dem zentralen Doppelgestirn viel näher, was die Transitzeiten zwischen den Faltpunkten beträchtlich kürzer machte, als dies im menschlichen Herrschaftsbereich als normal angesehen wurde.

Dieser letztere Umstand, nämlich dass Schiffe im Transit nur Tage von einem Faltpunkt zu einem anderen benötigten, statt die Wochen, die in den meisten von Menschen besiedelten Systemen erforderlich waren, hatte lange Zeit den Kriegsanstrengungen der Ryall genützt. Gelang es der Invasionsflotte, alle acht Faltpunkte unter Kontrolle zu bringen, würde dieser Vorteil der Menschheit zufallen.

In diesem Fall würden die Ryall gezwungen sein, die weiten Umwege zu machen, um ihre Angriffe durchzuführen. Die Menschheit hingegen wäre in der Lage, ihre Streitkräfte durch den Vorteil der inneren Linien nach den jeweiligen Notwendigkeiten rasch von einem Schwerpunkt zum anderen zu verlagern.

»Schön«, sagte jemand, als der Doppelstern auf dem Bildschirm erschien. Die Gasausbrüche von Protuberanzen waren zahlreich und strömten sichtbar entlang Linien magnetischer Kraft. Gigatonnen von Plasma in turbulenter Bewegung erzeugten ein ständiges tosendes Hintergrundrauschen auf den meisten Radiofrequenzen, das jede Kommunikation in diesen Bereichen unmöglich machte. Glücklicherweise benötigte die Flottenkommunikation nicht diese Frequenzen – das war eines der ungezählten Details, die in die Vorbereitungen für diese größte Entscheidungsschlacht eingegangen waren.

In der Betrachtung der mächtigen Himmelskörper in ihrem immerwährenden Reigen erinnerte sich Drake seiner Überraschung, als man zuerst entdeckt hatte, dass Spica das Kernstück des feindlichen Machtbereiches war. Denn wie alle Sterne mit alten Namen war Spica einer der hellsten am Erdenhimmel – Nummer 17, um genau zu sein. Seit Jahrtausenden hatten seine Vorfahren zu Spica aufgeblickt, wenn der Stern tief am sommerlichen Nachthimmel stand, und sich gefragt, welche Geheimnisse er barg. Hätten sie es gewusst, wären ihre Empfindungen wohl weniger schwärmerisch gewesen.

Die ständig wechselnden Formen der Plasmaeruptionen um das Sternpaar wirkten hypnotisch. Gedankenverloren starrte Drake hinein, als wären es die flackernden Flammen eines Lagerfeuers. Es bedurfte einer bewussten Anstrengung, um die Aufmerksamkeit wieder seinen Aufgaben zuzuwenden.

»Liegen Meldungen vor, Commander?«

»Die zweite Welle verlässt den Faltpunkt, Admiral«, sagte sein taktischer Berater, Commander Jerome Considine. »Die dritte Welle trifft eben ein.«

»Gibt es Erkenntnisse über feindliche Schiffsbewegungen?«

»Wir haben drei Bogeys, die militärisch sein können. Einer davon wahrscheinlich, zwei möglicherweise.«

»Was tun sie?«

»Angriffsabsichten sind nicht zu erkennen, Sir. Vielleicht versuchen sie herauszufinden, wer wir sind.«

»Die wissen, wer wir sind, Commander. Die Glut aus unseren Triebwerken hat unsere Identität verraten, sowie wir beschleunigten.«

»Ja, Sir. Dann würde ich sagen, dass sie den Alarm verbreiten.«

»Das würde ich auch sagen. Sehen wir, ob wir etwas dagegen tun können. Meine Empfehlung an den Kapitän. Sagen Sie ihm, er soll diesen Eimer in Bewegung setzen.«

»Selbstverständlich, Sir.«

Eine Minute später setzte das tiefe Vibrieren der Maschinen wieder ein, und mit ihm hörte die Schwerelosigkeit auf. Es war eine sanfte Hand, die ihn in die weiche Umarmung seines Liegesitzes drückte, und er genoss den Augenblick. Allerdings würde diese sanfte Hand sich bald in die Backen eines stählernen Schraubstocks verwandeln, der ihn zu erdrücken suchte.

»Welche Schiffe haben wir im System, Falada?«

»Wir haben drei Zwölfer Frachter, einen Zwölfer Personaltransport, einige verschiedene Fahrzeuge und zwei andere Jagdschiffe, Schiffmeister.«

»Welche Jagdschiffe?«

»*Weitreicher* und *Heimatsee.*«

»Beide vom dritten Rang. Nicht viel, womit wir angesichts der gesamten Flotte der Ungeheuer arbeiten können. Zeig mir die Verteilung all unserer Schiffe.«

Der Bildschirm vor Galatans Liegeplatz leuchtete auf und zeigte ein schematisches Diagramm der Zwillingssonnen. Um die Inselsymbole, die Sterntore waren, lag ein Gesprenkel von Echozeichen.

»Welches Schiff ist das?«, fragte Galatan und wies auf einen kleinen leuchtenden Punkt nahe dem Sterntor nach Darthan.

»Das ist *Bewahrer des Kelp*, ein Maschinentransporter auf dem Weg von Darthan nach Cor. Er kam vor einem halben Halbzyklus durch das Sterntor.«

»Wie hoch ist seine Geschwindigkeit?«

Der für die Überwachung der Sensoren zuständige Krieger-Techniker las den Wert ab.

»Zu hoch. Er wird niemals rechtzeitig umkehren können. Was ist mit diesem anderen?«

Das zweite Echozeichen gehörte einem Erztransporter, der unterwegs zum Heimatsystem war. Er war doppelt so weit von Cor entfernt wie der Maschinentransporter, aber wenigstens bewegte er sich in die passende Richtung.

»Gib *Morgennebel* Befehl, dass er seine Ladung abwerfen und mit Höchstgeschwindigkeit das Sterntor ansteuern soll. Mach ihm deutlich, dass dies ein Kriegerbefehl ist und das Schicksal Der Rasse auf dem Spiel steht.«

»Ja, Schiffmeister.«

Galatan studierte die taktische Lage und wählte nacheinander Schiffe aus, die den Alarm durch die Sterntore zu den Welten jenseits davon tragen sollten. In drei Fällen wählte er zwei Schiffe aus. Unterdessen entging ihm nicht, dass die Flotte der Ungeheuer sich aufteilte. Er war nicht überrascht, als sich abzeichnete, dass sie acht Gruppen zu bilden schienen – sieben zur Einnahme der sieben Sterntore außer dem Carratyl-Tor, und einen großen Verband, der kein bestimmtes Ziel zu haben schien. Dies, so viel war ihm klar, würde die Reserve sein. Sie würde in einem zentralen Bereich Position beziehen, wo sie jedes der angegriffenen Sterntore unterstützen konnte, wenn der unvermeidliche Gegenangriff begann.

Während er die Echozeichen der feindlichen Flotte verfolgte, wurde ihm bewusst, dass er die Bedeutung der Zwillingssonnen für die Zivilisation niemals realistisch eingeschätzt hatte. Dieses eine System war der Mittelpunkt, durch den praktisch der gesamte Handelsverkehr zwischen den Heimatwelten lief. Und hier war er, hatte die volle Macht der feindlichen Flotte vor sich, und nur drei Kampfschiffe standen zur Verfügung, um das wichtigste Stück Vakuum im Universum zu verteidigen. Wenigstens hätten die Herrschenden jedes Sterntor mit einem Dutzend schwerer Festungen umgeben sollen.

»Schiffmeister. Malan vom *Weitreicher* signalisiert.«

»Schick sein Signal zu meiner Station.«

Ein Bildschirm leuchtete auf und zeigte eine vertraute, ergraute Schnauze. »Galatan, alter Freund. Du hast sie gesehen, natürlich.«

»Ich habe, Malan.« Darauf erklärte Galatan die Botschaften, die er ausgesandt hatte, um jenen Schiffen, die den Sterntoren am nächsten waren, die Verbreitung des Alarms zu befehlen.

Malan spreizte die Ohren in einem Ausdruck unausgesprochener Zustimmung. »Ich erfuhr das, als ich zum Schiffmeister des *Morgennebel* durchkam. Er war zornig über den Verlust seiner Ladung.«

»Ich nehme an, du hast ihm die Bedeutung klar gemacht.«

Sein Schiffmeisterkollege stieß ein belustigtes Gurgeln aus. »Als ich mit ihm fertig war, versuchte er in das Ei zurückzukriechen.«

»Gut.«

»Wie erreichten die Ungeheuer Carratyl?«

»Ich weiß es nicht«, antwortete Galatan. »Meines Wissens gibt es kein Sterntor zwischen diesem System und dem Raum der Ungeheuer.«

»Es muss ein neues Tor gewesen sein, das von diesem verfluchten Bösen Stern in ihrer Region geschaffen wurde.«

Galatan signalisierte seine Zustimmung. Obwohl das Licht der Supernova in der Region der Ungeheuer noch kein von Der Rasse bewohntes System erreicht hatte – es war noch nicht genug Zeit vergangen –, hatten Jene Die Den Himmel Beobachten längst davon gewusst. Sie hatten die These aufgestellt, dass ein explodierender Stern verantwortlich sei, als fremde Sternschiffe erstmals im Heimatraum erschienen. Gefangene Zweibeiner hatten die Vermutung bestätigt. Es war leicht, sich den Tod des Sterns als ein lange vergangenes Ereignis vorzustellen. Es war leicht, aber falsch. Die expandierende Druckwelle der Nova richtete noch in der gesamten Region Verwüstungen an und würde es noch lange tun, nachdem Galatan zum Großen Ei zurückgekehrt war, selbst wenn er es am Ende eines langen Lebens tat – was sehr unwahrscheinlich schien.

»Was werden wir tun, alter Freund?«, fragte Malan.

»Tun?«

»Wo wird unser Leben am besten geopfert, um diese Invasion zu verzögern?«

Das war eine Frage, die Galatan sich bereits vorgelegt hatte. Als Krieger hatte er geschworen, Die Rasse mit seinem Leben zu verteidigen. Das war der Grund, Sinn und Zweck seiner Existenz. Als Abkömmling Tausender Generationen von Jägern, darunter solchen, die den Schnellen Essern in ihre Schlupfwinkel gefolgt waren, konnte er nicht weniger tun. Doch seine Zyklen im Streckverband, während sein von Strahlung verbrannter Körper heilte, hatten ihn grüblerisch gemacht. Vielleicht war es bloße Feigheit, aber er konnte nicht sehen, welchen Nutzen Die Rasse davon haben würde, wenn er in der gegenwärtigen Situation sein Leben und das seines Schiffes opferte.

»Wie ist dein Treibstoffvorrat?«, fragte er.

Malan sagte es ihm.

»Nicht sehr viel.«

»Wir sind auf der Heimreise zur Überholung und Neuausstattung. Du?«

»Frisch aus dem Dock, auslaufend.«

»Dann solltest du den Angriff auf die nächste Gruppe führen. Wir werden dich unterstützen. Vielleicht können wir *Heimatsee* bewegen, sich uns anzuschließen.«

»Ich werde nicht angreifen.«

Der Schock in den Augen seines alten Freundes war offensichtlich.

»Wir müssen!«, erwiderte Malan. »Die Rasse hängt von uns ab.«

»Zu welchem Zweck? Können wir auch nur einen Herzschlag gegen irgendeine der Gruppen überleben, die jetzt im Begriff sind, die Sterntore zu besetzen?«

»Schlägst du vor, dass wir die Flucht ergreifen und in Sicherheit schwimmen?«

»Nein, alter Freund. Ich schlage vor, dass wir unseren Treibstoff verbrauchen, um Geschwindigkeit in Richtung des Himmelsdrachens zu gewinnen«, sagte er mit Bezug auf das auffallendste Sternbild am Himmel von Darthan, das sogar hier im Bereich der Zwillingssonnen noch zu erkennen war.

»Das ist fort vom Feind.«

»So ist es, und wenn wir genug Geschwindigkeit gewinnen, werden sie kaum die Energie verausgaben wollen, um uns zu verfolgen.«

»Du willst davonlaufen?«

»Ich möchte am Leben bleiben, um Jenen Die Herrschen zu dienen, sobald der Feind durch die Sterntore vorbricht. Die daheim werden nicht wissen, was sie erwartet. Indem wir unsere Schiffe nicht wegwerfen, können wir ihnen wichtige taktische Information geben, wenn die Zeit kommt. Es kann der Unterschied zwischen Sieg und Niederlage sein.«

»Ich denke, du suchst eine Scheinbegründung für deine Feigheit, mein Freund.«

»Gebrauche dein Gehirn, Malan. Wir können jetzt angreifen und zerstört werden, oder wir können uns zurückziehen, den rechten Augenblick abwarten und von Nutzen sein, wenn Jene Die Herrschen unsere Flotte zusammenrufen und die Blockade durchbrechen. Wenigstens können wir unsere Schiffe für diesen Kampf retten. Willst du, dass unsere Flotte blind angreift?«

»Sie wird blind angreifen, ob wir hier sind oder nicht.«

»Aber wir werden imstande sein, ihnen zu signalisieren, sobald wir durch das Tor kommen. Wir können sie auf die Verteilung und die Stärke der Ungeheuer aufmerksam machen. Allein diese Information würde das Opfer einer kleinen Flotte wert sein.«

»Deine Verletzungen haben dir den Verstand benebelt. Ich schlage vor, dass du das Kommando über dein Schiff deinem Zweiten Schiffmeister übergibst und dich wieder ins Einweichbecken legst.«

Galatan unterdrückte den Zorn – und die Scham –, die Malans Worte erzeugten. »Tue, was du für richtig hältst, alter Freund. Mein Schiff wird sofort beginnen, in die Richtung des Himmelsdrachens zu beschleunigen.«

»Lebe wohl, Schiffmeister Galatan«, sagte Malan förmlich und zeigte damit seine Missbilligung. »Mein Schiff und ich werden dem Feind entgegenschwimmen.«

Die Plötzlichkeit, mit der das Signal endete, war genauso ein Tadel, wie wenn Malan ihn angezischt hätte. Galatan empfand tiefe Traurigkeit bei dem Gedanken, dass sein Freund in den Tod ging und schlecht von ihm dachte. Jeder Instinkt drängte ihn, sich zusammen mit Malan in einem todesverachtenden Angriff auf die Gruppe zu werfen, die Kurs auf das Tor nach Darthan genommen hatte. Nur sein Intellekt sagte ihm, dass es falsch sein würde. Ein letztes Mal überlegte er, was er tun sollte, dann berührte er den Schalter, der seine Stimme zu allen Mitgliedern seiner Besatzung tragen würde. Er öffnete den Mund, um zu sprechen, und fand, dass kein Ton herauskommen wollte. Er versuchte es wieder …

Der Befehl, den er schließlich gab, war der schwierigste seines ganzen Lebens.

65

Das Schlachtschiff *Royal Avenger* schwebte bewegungslos im Raum. Alle Sensoren waren aktiviert, alle Waffen feuerbereit. Dutzende von anderen Schiffen im Umkreis machten es genauso. Die wilde Jagd durch das System war seit mehr als drei Tagen vorbei, als sie den Faltpunkt Spica/Darthan erreicht hatten. Nun konnten sie nichts tun als beobachten und abwarten, die Schwärze mit Augen und Sensoren durchdringen und der ersten Anzeichen eines Feindes zu harren, der mit Sicherheit kommen musste.

Plötzlich blitzte in der Ferne ein Stecknadelkopf aktinischen Lichts in der Schwärze auf. Sensoren reagierten und lösten akustische Warnungen aus, die schnell wieder verstummten. Die Spannung im Lageraum war spürbar, bis eine ruhige Stimme meldete: »Korrekturtriebwerk!« Der Lageraum war zu groß, als dass die kollektiven Seufzer der Dienst tuenden Besatzung hörbar werden konnten, aber dass die Spannung sich schlagartig löste, verrieten die zusammensinkenden Schultern, als mehr als ein Dutzend Männer den angehaltenen Atem ausströmen ließen.

Irgendwo vor ihnen hatte ein anderes Mitglied ihrer Flottille gerade ein Korrekturtriebwerk gefeuert, um die Position einzuhalten und die langsame Abdrift auszugleichen, die durch die Anziehungskraft des Doppelsternsystems verursacht wurde, obwohl dies eine Milliarde Kilometer entfernt war. Dass der kurze Ausbruch von weiß glühendem Plasma überhaupt gesehen wurde, war ein Hinweis auf die Empfindlichkeit der Sensoren. Und dass sie solch eine Reaktion erzeugt hatte, war ein Hinweis auf die allgemeine Nervenanspannung.

»Warum kommen sie nicht, verdammt?«

»Geduld«, riet Phillip Walkirk seinem nervösen Offiziersburschen. Der Junge hatte gerade erst das Ausbildungslager hinter sich und noch keinen Kampfeinsatz mitgemacht. »Sie werden früh genug hier sein.«

»Aber was zum Teufel hält sie auf? … Äh, Entschuldigung, Sir.«

Phillip unterdrückte ein Lächeln. Es war eine Reaktion, mit der er allzu vertraut war. Der Umstand, dass ihr militärischer Vorgesetzter zugleich Thronfolger war, erzeugte in den Leuten unweigerlich eine Befangenheit im direkten Umgang, die sie zumeist erst nach Wochen oder Monaten ablegen konnten. Es war an der Zeit, dass er etwas tat, um die Normalität des Dienstverhältnisses zu fördern, nicht nur um seinem Burschen den Umgang mit ihm zu erleichtern, sondern auch mehreren anderen in Hörweite, unter denen es einige Veteranen gab, die es eigentlich besser wissen müssten.

»Sie werden früh genug hier sein, Simon«, antwortete er lauter als nötig und gebrauchte Simon Cadwalladers Vornamen, um ihm die Befangenheit zu nehmen, so weit es möglich war. »Wir dürfen nicht vergessen, dass das Sternsystem jenseits des Faltpunktes so groß wie unser eigenes ist und eine noch größere Sammlung von Planeten besitzt. Zunächst müssen sie die Warnungen empfangen, dann haben sie zu entscheiden, wie der Bedrohung zu begegnen ist; auch müssen sie die Schiffe versammeln, möglicherweise Verstärkungen von den anderen zwei Systemen an dieser Faltraumkette herbeirufen. Das erfordert Zeit. Selbst wenn sie die Schiffe voll ausgerüstet zur Verfügung haben, ist der Spica/Darthan-Faltpunkt ein paar Milliarden Kilometer über ihrem Stern. Er ist nicht einfach zu erreichen. Auch das erfordert Zeit.«

Phillip machte eine Pause und bemerkte, dass mehrere Gesichter sich von den Computerstationen ab und ihm zugewandt hatten. Gut. Nichts beruhigte die Ängste der Leute besser als eine Aufzählung der Probleme, mit denen der Feind zu ringen hatte. »Offen gesagt, ich hoffe, Sie werden sich so viel Zeit nehmen, wie sie brauchen. Es würde mir nichts ausmachen, wenn sie warteten, bis unsere Orbitalfestungen heraufkommen. Sie müssen es inzwischen durch den Nebel geschafft haben und auf halbem Weg durch das System Eulysta sein.«

Allgemeines Kopfnicken. Jeder wusste, dass die Invasionsflotte, deren Teil sie waren, eine der mächtigsten war, die von der Menschheit jemals versammelt worden war, aber die sechshundert bereits versammelten Schiffe und die gleiche Zahl, die noch unterwegs war, würden Schwierigkeiten haben, den Durchbruch durch einen Faltpunkt zu erzwingen, der von Orbitalfestungen bewacht wurde. Einige dieser großen metallenen Planetoiden verfügten über Waffenvorräte, die sonst nur in planetarischen Arsenalen zu finden waren.

Es gab niemanden in der Flotte, der die Orbitalfestungen nicht gern in ihrer Vorhut gesehen hätte, wenn sie Spica angriffen. Der schnelle Vorstoß durch drei Sternsysteme der Ryall hatte es jedoch unmöglich gemacht. Die meisten Festungen brachten es auf Beschleunigungen bis zu einem Viertel *g*, und ihre Manövrierfähigkeit konnte man nur als schwerfällig bezeichnen. Jede Flotte, die auf sie wartete, würde bei ihrem Eintreffen die Ryall alarmiert und in voller Gefechtsstärke vorfinden.

Bisher war die Invasion besser verlaufen, als man geplant hatte. Nur zwei Ryallschiffe hatten die Invasionsflotte unterwegs angegriffen, und keines der beiden war auf Gefechtsentfernung herangekommen, bevor es zerstört worden war. Ein drittes, mit einiger Sicherheit als militärisch identifiziertes Schiff hatte ganz uncharakteristisch Fersengeld gegeben. Jetzt bewegte es sich mit einer Geschwindigkeit fort, die eine Verfolgung schwierig machen würde. Zahlreiche andere Fahrzeuge, die als Frachter eingeschätzt wurden, zogen sich gleichfalls vom Schauplatz der bevorstehenden Auseinandersetzung zurück, wenn auch in viel langsamerem Tempo. Sie alle würden schließlich eingefangen werden müssen, aber diese Aufgabe stand auf der gegenwärtigen Prioritätenliste weit unten.

Sechs andere Kampfgruppen hatten die restlichen Faltpunkte um Spica erreicht und eingeschlossen, die letzte erst vor zwölf Stunden. Die Entfaltung der Kampfgruppe *Ssoltas* war von der plötzlichen Ankunft von drei Ryall-Schiffen im Faltpunkt Spica/Ssoltas unterbrochen worden. Die Zeit hatte nicht gereicht, um festzustellen, ob die drei Kriegsschiffe oder bloß Transporter waren. Alle drei verglühten innerhalb von Sekunden nach ihrer Ankunft.

Nach Phillips Meinung war es bisher zu einfach gewesen. Obgleich er Anhänger der sandarischen Staatsreligion war – als das nächste Oberhaupt der Sandarischen Hochkirche musste er es sein –, hatte er wie die meisten Krieger zu allen Zeiten seine eigenen abergläubischen Vorstellungen. Er war davon überzeugt, dass die Kriegsgötter schließlich für einen Ausgleich sorgen würden, und dass die Leichtigkeit, mit der sie Spica erobert hatten, nur das Vorzeichen einer Serie furchtbarer Schlachten in der nahen Zukunft sein würde.

Noch als er versuchte, Simon Cadwalladers Nervosität zu beruhigen, fragte ein ängstlicher kleiner Junge in ihm: »*Wann werden sie kommen?*«

»Ich löse Sie ab, Hoheit.«

Phillip blickte von der Meldung auf, die er für das Flottenkommando absetzte, erschrocken über die plötzliche Stimme an seinem Ohr. Er sah Commander Salton Connors, der kommandierender Offizier der nächsten Wache war. Ein Blick auf seinen Chronometer zeigte ihm, dass Connors fünfzehn Minuten zu früh war.

»Sie sind zu früh dran, Sal. Was ist los? Ist die Klimaanlage in Ihrer Kabine defekt geworden und Sie konnten nicht schlafen?«

»Admiral Gower möchte Sie sprechen.«

»Jetzt gleich?«

»Jetzt gleich.«

»Sagte er, worum es sich handelt?«

»Nun, Hoheit«, begann Connors, »ich glaube nicht, dass es meine Sache ist, den Admiral zu befragen, wenn er sagt, dass er die etwas vorzeitige Ablösung eines Offiziers wünscht und diesen Offizier zur Admiralskajüte befiehlt. Dieses Privileg überlasse ich Höhergestellten.«

»Sehr gut, Commander Connors«, sagte Phillip mit gespielter Förmlichkeit. »Ich betrachte mich als abgelöst.«

Connors sah, wie Phillip auf den Sendeknopf drückte. »Gibt es etwas für mich, bevor Sie gehen?«

»Nichts. Der Antimaterieprojektor Nummer Drei zeigte eine Fehlerwarnung an, als ich den Dienst antrat. Die Besatzung überprüft den Fall. Davon abgesehen ist alles in Bereitschaft.«

»Das will ich hoffen.«

Phillip benutzte denselben Niedergang, über den Connors den Lageraum erreicht hatte, und zog sich an einer Serie von Haltestangen weiter zu Admiral Gowers Kajüte. Auf sein Klopfen antwortete Gowers dröhnende Stimme mit der Aufforderung einzutreten.

»Hoheit, gut, dass Sie gekommen sind. Wie ist die Besatzung?«

»Nervös, Sir. Die Leute wünschen sich Aktion.«

»Ich auch. Dieses Sitzen und Warten kann einem auf die Nerven gehen. Trotzdem, wenn es dann wirklich losgeht, werden wir alle wünschen, dass die Echsenleute noch einen oder drei Monate gewartet hätten.«

»Sie wollten mich sprechen, Sir?«

»Wie würde Ihnen ein eigenes Kommando gefallen, Hoheit?«

»Kommando, Sir?«

»Das sagte ich.«

»Ein Kriegsschiff?«

»Der leichte Kreuzer *Queen Julia*. Der Kapitän erkrankte während des Hochgeschwindigkeitsfluges und ließ sich gerade jetzt auf die Krankenliste setzen und ins Lazarett bringen. Verdammt schlechte Zeit, um krank zu werden, wenn Sie mich fragen. Sein Erster Offizier ist zu unerfahren, um im Falle eines Gefechts das Schiff zu führen.«

»Meinen Sie, ich sei bereit für ein Kommando, Sir?«

»Mehr als die meisten Offiziere Ihres Alters, Hoheit. Außerdem werden Sie eines Tages uns alle kommandieren, wenn Sie am Leben bleiben, und es gibt keine bessere Zeit als die Gegenwart, um Erfahrung zu sammeln.«

»Dann nehme ich an, Sir. Ich fühle mich geschmeichelt und bin dankbar für Ihr Vertrauen.«

»Sorgen Sie dafür, dass das Schiff in Gefechtsbereitschaft ist, und mein Vertrauen wird sich als wohl begründet erweisen.«

»Wann soll ich das Kommando übernehmen, Sir?«

»Wie bald können Sie zu Boot Nummer Drei kommen?«

»In zehn Minuten, nach einem Besuch in meiner Kabine.«

»Nicht nötig. Ich habe all Ihre Habseligkeiten einpacken lassen. Sie sind in dem Boot, das auf Sie wartet. Niemand kann voraussagen, wann die Ryall durch den Faltpunkt kommen werden. Ich möchte, dass Sie an Bord sind und das Schiff im Griff haben, wenn es dazu kommt.«

»Ja, Sir. Danke, Sir.«

Walkirk hielt sich mit einer Hand an einer unter der Decke verlaufenden Stange fest und salutierte zackig.

Admiral Gower, der angeschnallt an seinem Arbeitsplatz saß, erwiderte den militärischen Gruß genauso zackig. Die Augen des alten Mannes blickten dabei fest in die seines jungen Schützlings.

»Geben Sie auf sich Acht, Phillip. Nachdem dieser Krieg vorbei ist, werden wir einen König brauchen, und ich möchte nicht derjenige sein, der Ihrem Vater sagen muss, dass Sie nicht heimkommen werden.«

»Sie auch, Admiral. Wir brauchen Männer wie Sie, um die Ryall in Schach zu halten.«

Richard Drake war ebenfalls nervös, wenn auch in einem größerem Maßstab. Wie praktisch jeder andere Flottenoffizier konnte er nicht glauben, wie gut die Operation bisher verlaufen war. Tatsächlich war alles so gut gegangen, dass er sich fragte, ob er etwas übersehen haben könnte.

Sie hatten getan, was sie konnten, um die Verteidigung zu stärken. Sie hatten sieben Faltpunkte mit 70.000 Antimaterieminen verseucht. Sieben Kampfgruppen hatten sich um die sieben Faltpunkte versammelt, bereit, jede Streitmacht, die auf ihre Seite der Faltpunkte durchbrechen würde, mit dem Feuer von Lasern, Raketen und Antimaterieprojektoren zu überschütten. Die Stärke der jeweiligen Kampfgruppen beruhte auf Erkenntnissen und Vermutungen des militärischen Nachrichtendienstes über die militärische Stärke und Bedeutung der Sternsysteme hinter den betreffenden Faltpunkten. Die stärkste Kampfgruppe war Admiral Sergei Gower und seiner sandarischen Kampfgruppe zugeteilt worden, die den Faltpunkt Spica/Darthan einschloss. Die zweitstärkste Kampfgruppe konzentrierte sich auf den Faltpunkt Spica/Talintan, und so weiter. *Conqueror II* hatte 80 Schiffe um sich, einschließlich der Tanker und Versorgungsschiffe. Dies war die Reserve, bereit, jede der Kampfgruppen nach Bedarf zu unterstützen.

Es sollte alles klappen. Tatsächlich garantierten die Berechnungen der Computer, dass es klappen würde – vorausgesetzt, die Ryall spielten ihre Rolle so, wie es erwartet wurde. Als er dasaß und über die Verteilung der Streitkräfte grübelte, konnte Richard Drake die lautlose Stimme eines seiner früheren Ausbilder, eines Admirals, sagen hören: »Es sollte klappen, wenn die Amerikaner die ihnen zugedachte Rolle spielen.«

»Ach-tung!«

Als Phillip Walkirk zu der Luftschleuse kam, die zum Liegeplatz von Boot Nummer Drei führte, nahm eine Ehrenwache von Marinesoldaten in Kampfanzügen ohne Helme Haltung an. Ihre Stiefelsohlen waren mit Haken am Metallgitter des Bodens festgemacht, um zu verhindern, dass sie davonschwebten. Phillip blieb stehen und erwiderte ihren militärischen Gruß, unbeholfener als in Admiral Gowers Büro. Ein Dutzend behandschuhter Hände flogen an die Hosennähte, als der Sergeant der Marinesoldaten die Hand vom Mützenschirm nahm.

»Danke für die Ehrenbezeigung, Sergeant. Verabschieden Sie alle Offiziere in dieser Weise, wenn sie abkommandiert werden?«

»Nein, Sir. Wir hörten, dass Sie von Bord gehen würden, und organisierten dies spontan.«

»Ich danke Ihnen, glaube aber nicht, dass jetzt der beste Zeitpunkt ist, Ihre Gefechtstationen zu verlassen.«

»Kein Problem, Sir. Wir sind die zur Schadenkontrolle dieser Abteilung bestimmte Gruppe. Unser Posten ist hier. Deshalb sind wir alle in Kampfausrüstung.«

»Verstehe. Sehr gut. Sind meine Piloten schon da?«

»Jawohl, Sir. Sie sind an Bord des Bootes und gehen die Checkliste durch. Auch Ihre Sachen sind an Bord.«

»Danke. Weitermachen.«

Die Marinesoldaten sahen ihm neugierig nach, als er durch die Luftschleuse und an Bord des Kurierbootes ging. Seine Reisetasche und sein Raumanzug waren an Bord, der Anzug auf einen Sitz geschnallt, als wäre er ein Mitpassagier. Dann ging er nach vorn zur Pilotenkanzel; einer der Piloten war ein Lieutenant, der andere eine junge blonde Frau, ein Fähnrich. Beide kamen ihm sehr jung vor.

»Ihr Passagier ist eingetroffen. Sie können starten, sobald Sie bereit sind«, sagte er, als er sich auf dem Klappsitz zwischen ihnen anschnallte.

»Wäre es nicht bequemer in der Kabine, Hoheit?«, fragte der Lieutenant höflich.

»Es ist mir lieber, wenn ich hinausschauen kann«, erwiderte Phillip.

»Befehl, Sir. Passagiere müssen in der Kabine reisen.«

»Sie … können für Ihren zukünftigen König keine Ausnahme machen?«

Die beiden wechselten einen Blick, den Phillip inzwischen hinlänglich kannte.

»Selbstverständlich, Hoheit. Dann können wir jetzt starten.«

Zwei Minuten später verließ das Kurierboot den Liegeplatz an Bord der *Royal Avenger* und flog in den freien Raum hinaus.

Während sie einen weiten Bogen um das Schiff zogen, betrachtete Phillip das alte Schlachtschiff voll Zuneigung. Mit Unterbrechungen war es fünf Jahre lang seine Heimat gewesen, und es jetzt am Vorabend der Schlacht zu verlassen, erzeugte gemischte Gefühle in ihm. Andererseits hatte er seit dem Eintritt in die Marine von einem eigenen Kommando geträumt, und wenn die Umstände auch nicht so waren, wie er es sich vorgestellt hatte, wäre ihm nicht im Traum eingefallen, das Kommando über ein eigenes Schiff abzulehnen. Wenn er die richtigen Entscheidungen traf, im Kampf seinen Mann stand und Glück hatte, ging er siegreich daraus hervor. Selbst wenn er nicht überlebte, würden jene, deren Aufgabe es war, den Ablauf von Schlachten zu studieren, nach der Analyse des Schlachtgeschehens wissen, ob er seine Pflicht getan hatte. Wenn seine Entscheidungen töricht waren, oder wenn er in der Menschenführung, als Taktiker und Schiffsführer ungeschickt war, würden sie es auch wissen.

Als jemand, der seit frühester Jugend auf seine künftige Führungsrolle vorbereitet worden war, ergriff Phillip begierig die Gelegenheit, sich an einem Standard zu messen, der nicht manipuliert werden konnte, um den Thronfolger in ein günstiges Licht zu rücken. »Sollen wir die direkte Route zu *Queen Julia* nehmen, Sir?«, fragte die blonde Kopilotin. Ihre Stimme hatte einen Unterton, der ihm verriet, dass sie scherzte. Sein neues Kommando war auf der anderen Seite vom Faltpunkt, und jeder Versuch, direkt hinüberzuqueren, würde unzweifelhaft die Aufmerksamkeit einer Antimateriemine auf sich ziehen.

»Der Umweg außen herum wird gut sein, Fähnrich.«

»Ja, Hoheit.«

Das Triebwerk lief an, beschleunigte das Boot für ein Dutzend Sekunden – und der narbenbedeckte Rumpf der *Royal Avenger* blieb achtern zurück. Im Laufe der nächsten halben Stunde wurden mehrmals die Korrekturtriebwerke gezündet, damit sie die zu einem weiten Kreis auseinander gezogene Formation der Flotte umrundeten, stets darauf bedacht, außerhalb der unsichtbaren Grenze zu bleiben, entlang der die Kampfgruppe angeordnet war. Alle Waffen der Kampfgruppe waren einwärts auf das leere Raumvolumen gerichtet, das den Faltpunkt darstellte. Dort würde kein Platz für ein Kurierboot sein, falls während ihrer Passage die Schlacht losging.

Trotz seiner erwartungsvollen Erregung fand Phillip die Reise bald eintönig und schlief ein. Zwar blieb er selbst auf dem Klappsitz angeschnallt, aber seine Arme schwebten frei in der leicht angewinkelten Position, die ein menschlicher Arm annimmt, wenn er in Schwerelosigkeit entspannt ist. Auf eine Geste seiner Kopilotin hin wandte der Lieutenant den Kopf, um den leise schnarchenden zukünftigen König anzusehen, dann tauschte er ein wissendes Lächeln mit ihr. Danach beschränkten sie ihre Gespräche auf ein Minimum.

Eine halbe Stunde später sagte die Kopilotin mit leicht erhobener Stimme: »Hoheit, wachen Sie auf!«

Phillip ließ ein kurzes schnaubendes Geräusch hören und richtete sich auf.

»Wir sind da, Sir. Dort ist *Queen Julia*«, sagte sie und zeigte hinaus.

Durch das Panzerglas war ein Spielzeugschiff zu sehen, eine zylindrische Konstruktion mit Serien kleinerer zylindrischer Treibstofftanks um die Mitte. Vorn befanden sich diverse Buckel und Öffnungen, hinter denen sich die Partikelstrahler, Laser und Raketenabschussrampen verbargen. Zwei große Parabolantennen waren auf die Mitte des Faltpunktes gerichtet, desgleichen eine Anzahl anderer Antennen und Sensoren.

»Ein schönes Schiff ...«, sagte Phillip, dann brach er ab und starrte mit offenem Mund. Weit entfernt in der Schwärze war etwas in einem Punkt violettweißer Strahlung explodiert. Eine Sekunde, und ein weiteres halbes Dutzend Blitze folgte der ersten Explosion. Plötzlich schien das leere Vakuum so voll von Leuchtkäfern wie ein Sommerabend im königlichen Baumgarten.

Die beiden Piloten saßen wie erstarrt da, als ständig weitere Explosionen den schwarzen Himmel vor ihnen erhellten. »Was ist das?«, fragte die Kopilotin.

»Antimaterieminen! Im Faltpunkt sind Schiffe. Der Angriff der Ryall hat begonnen!«

Phillip öffnete den Mund, um ihnen zu befehlen, dass sie ihn rasch zu seinem Schiff bringen sollten, als ihr Universum von einer Explosion grellweißen Lichts ausgelöscht wurde.

66

Richard Drake hatte gerade seinen Dienst beendet und stand unter der Dusche, als an Bord der *Conqueror II* die Alarmsignale ertönten. Fluchend fuhr er mit den noch nassen Beinen in seine Borduniform und fummelte hastig an den Verschlüssen; dann die Stiefel an die Füße und aus der Kajüte in den Gang und Hand über Hand zur Flotteneinsatzleitung.

»Lagemeldung!«, befahl er, noch während er sich anschnallte. Der Platz des Admirals mit seinen Bildschirmen und Kommunikationsanschlüssen wurde einfach nur »Der Tank« genannt; von hier aus konnte er direkt mit jedem Schiff im Kommunikationsbereich Verbindung aufnehmen.

»Die Ryall sondieren den Faltpunkt Darthan«, meldete Lieutenant Commander Parkinson, sein Stabschef, über die Befehlsschaltung. »Wir haben mehrere Dutzend Fahrzeuge gleichzeitig registriert, die nach dem Durchbruch sofort Raketengeschosse in alle Richtungen spuckten. Die Minen brachten ihnen einige Verluste bei, und wir erwiderten das Feuer. Darauf verschwanden die Überlebenden wieder.«

Drake nickte. »Ein Aufklärungsunternehmen. Haben Sie Schäden angerichtet?«

»Sie landeten einen Zufallstreffer. Der sandarische leichte Kreuzer *Queen Julia* wurde getroffen. Verlustmeldungen liegen noch nicht vor.«

»Verdammt!«

»Es hat begonnen, Admiral.«

»Sieht so aus. Unterrichten Sie alle Schiffe und alle Kampfgruppen von der Aktion. Sagen Sie ihnen, sie sollen nach Anzeichen koordinierter Angriffe Ausschau halten. Die Ryall könnten ein Kommunikationssystem haben, von dem wir nichts wissen. Verbinden Sie mich mit Admiral Gower. Wie ist die Zeitverzögerung zwischen hier und dem Faltpunkt Darthan?«

»Zwanzig Sekunden in jeder Richtung, Sir.«

»Das ist langsam, aber zu ertragen. Lassen Sie mich wissen, wenn Sie ihn haben. Verwenden sie den Antwortcode ›Wenn taktische Situation es erlaubt‹. Wir wollen ihm nicht in einem kritischen Moment einen Rippenstoß versetzen.«

»Ja, Sir.«

Es dauerte zwei Minuten, aber schließlich blickte das Gesicht des sandarischen Admirals aus einem Bildschirm.

»Was gibt es, Sergei? Melden Sie.«

»Nun, achtundvierzig Raumfahrzeuge erschienen im Faltpunkt, Admiral. Wir zerstörten siebenunddreißig, bevor sie ihre Generatoren aufluden und die Flucht ergriffen. Sie spuckten Geschosse und Laserfeuer in alle Richtungen, solange sie Gelegenheit dazu hatten. Einer unserer Kreuzer wurde getroffen. Das Schiff sendet nicht mehr, also haben wir keine Information über Schäden. Radar und visuelle Sensoren zeigen an, dass *Queen Julia* noch da ist, aber ziemlich übel zugerichtet.«

Als Gower schwieg, sagte Drake: »Tut mir Leid, das zu hören, Sergei. Trotzdem, es war unvermeidlich, dass wir Verluste würden hinnehmen müssen. Warum das lange Gesicht?«

Pause. Als der sandarische Admiral sich abermals meldete, sah Drake ihm an, dass ihn etwas quälte. »Der Kapitän der *Queen Julia* erkrankte. Ich habe das Kommando dem Kronprinzen übergeben. Er verließ uns hier eine Stunde vor dem Angriff und sollte ungefähr zu der Zeit, als es *Queen Julia* erwischt hat, an Bord eintreffen.«

Drake hatte Mühe, seine Reaktion unter Kontrolle zu halten. Der Gedanke an Phillip Walkirk machte ihn frösteln. Aber er hatte keine Zeit, sich zu grämen. Dringendere Angelegenheiten verlangten nach seiner Aufmerksamkeit. »Tun Sie für dieses Schiff, was Sie können, Sergei, aber verstärken Sie zuerst Ihre Abwehrkräfte. Wenn das ein Aufklärungsvorstoß war, wird wahrscheinlich ein Großangriff folgen.«

»Jawohl, Sir.«

Der Bildschirm wurde dunkel, und Drake wandte sich wieder seiner Hauptaufgabe zu, nämlich sich Sorgen zu machen. Da der meiste Widerstand am Faltpunkt Darthan zu erwarten war, hatte er die Reserve näher an diesem Faltpunkt als an den anderen stationiert. Trotzdem dauerte es bei einer Entfernung von sechs Millionen Kilometern zu lange, um auf Veränderungen der taktischen Lage zu reagieren. Wenn er Gower verstärken musste, würde die Reserve zwei Tage benötigen, um an Ort und Stelle zu gelangen, und es war genauso gut möglich, dass sie anderswo würde eingesetzt werden müssen.

Deshalb mussten die siebzig Schiffe der Kampfgruppe *Darthan* abwehren, was immer die Ryall ihnen entgegenwerfen würden. Die Reserve konnte vorerst nicht mehr tun, als Feindschiffe abzufangen, denen es gelang, die Sperre am Faltpunkt zu durchbrechen.

Das Kurierboot bekam einen Stoß wie von einer Sturmbö und legte sich nach Backbord über. Ein Hagelschlag von Splittern oder Trümmerstücken prasselte gegen den Rumpf, und die Korrekturtriebwerke schalteten sich selbsttätig ein, um die plötzlich ausgelöste Rotation um die Schiffsachse zum Stillstand zu bringen. In der Pilotenkanzel bemühten sich drei von der plötzlichen Explosion geblendete Augenpaare, etwas zu sehen.

Was immer es gewesen war, es hatte nicht viel gefehlt. Zum Glück hatte die Strahlung reflektierende Beschichtung der Panzerglasscheibe ihre Funktion erfüllt. Innerhalb von Tausendstel Sekunden war die vollkommen klare Windschutzscheibe fast undurchsichtig geworden. So schnell sie reagiert hatte, die plötzliche Änderung war nicht schnell genug gewesen, um einen stechenden Schmerz in ihren Sehnerven zu verhindern.

»Das wäre fast ins Auge gegangen«, meinte der Pilot kaltblütig. »Was ist passiert?«

»*Queen Julia* wurde getroffen«, antwortete Phillip. Er zwinkerte heftig, um die Augen klar zu bekommen. Große Tränen bildeten sich in den Augenwinkeln, was die Sehfähigkeit nicht verbesserte. »Entweder das, oder knapp daneben. Gehen Sie auf Sendung und erkundigen Sie sich, wie schlimm es ist.«

Die Kopilotin drückte Knöpfe an der Sendeanlage und suchte die Flottenfrequenzen ab, soweit sie nicht vom Rauschen des Doppelsterns eine halbe Milliarde Kilometer unter ihnen überlagert waren.

»Nichts, Hoheit. Befehle von der Flotte, den Verteidigungsring um den Faltraum einzuengen, aber nichts von *Queen Julia*.«

»Verstehe … wie heißen Sie?«

»Ich bin Lieutenant Osmond Delson, Sir. Dies ist Fähnrich Tamara Mason.«

»Also, Delson, halten Sie das Boot ruhig und bleiben Sie auf Kurs. Mason und ich werden unsere Anzüge anlegen. Wenn wir fertig sind, wird Fähnrich Mason Sie ablösen, damit Sie in Ihren Anzug steigen können. Ich möchte, dass wir in drei Minuten fertig und vakuumdicht sind. Danach werden wir an mein Schiff herangehen und nach Überlebenden suchen. Fragen?«

Es gab keine. Phillips Befehlston sorgte dafür, dass es keine geben würde. Es war ein Tonfall, den er von seinem Vater gelernt hatte und der durch lange Dienstjahre in der Marine noch verstärkt worden war. Wenn ringsum alles brennt, ist es wichtig, dass der Dienst habende Offizier sich anhört, als wüsste er, was er tut. Wenn er auch *weiß*, was er tut, umso besser!

Phillip und Fähnrich Mason zogen sich durch die rückwärtige Luke, Phillip zu dem Platz, wo sein Schutzanzug wie ein zahlender Passagier angeschnallt lag, unbekümmert um die jüngste Aufregung. Er löste die Schnallen, öffnete den Anzug, um hineinzusteigen, doch der Anzug schwebte in seinen Händen aufwärts, so dass er mit dem Fuß nicht hineinsteigen konnte.

Einen Vakuum-Schutzanzug in Schwerelosigkeit anzulegen ist fast unmöglich, wenn der Anzug nicht festgehalten wird. Trotzdem rang er damit, war aber noch nicht zum Ziel gekommen, als Fähnrich Mason, schon in ihrem Schutzanzug, von hinten kam und den Anzug hielt, während er die Füße in die metallenen Gelenkbeine steckte. Als er den Anzug geschlossen und Druckausgleich hergestellt hatte, schaltete er mit dem Kinn den Helmlautsprecher ein und sagte: »Danke.«

»Nicht der Rede wert, Hoheit.« Sie glitt an ihm vorbei und verschwand in der Pilotenkanzel. Ein paar Sekunden später erschien Lieutenant Delson und sauste zum Kleiderspind des Kurierbootes. Bereits eine Minute später war er wieder da, komplett in Schutzanzug und Helm.

»Was nun, Sir?«

»Wir gehen ganz langsam näher, für den Fall, dass die Abwehr noch intakt sein sollte. Die Leute dort müssen einen ziemlichen Schrecken bekommen haben, und wir wissen nicht, wie sie eingestellt sind.«

»Richtig.«

Delson verschwand nach vorn und ließ Phillip im Passagierabteil. Er wäre dem Piloten gern gefolgt, aber dies war ein Zeitpunkt, wo die Bestimmungen beachtet werden mussten. Die Pilotenkanzel war zu klein für drei Personen in Schutzanzügen, und es wäre nicht hilfreich, wenn er seine Chauffeure während der Annäherung behinderte.

Vor allem wollte er zu seinem Schiff, vorausgesetzt, dass er noch eins hatte. Kaum eine Stunde hatte er sein eigenes Kommando, und schon war es abgeschossen. »Kein gutes Omen«, würde seine Mutter sagen.

Masons Stimme drang aus seinen Kopfhörern. »Keine Anzeichen, dass die Verteidigung aktiv ist, Hoheit.«

»Dann bringen Sie uns längsseits. Wie sieht das Schiff aus?«, fragte er. Das Passagierabteil war fensterlos, und der ins vordere Schott eingelassene Bildschirm brachte das Schiff nicht ins Bild, als er ihn aktivierte.

»Schlecht, Sir. Der Bug ist eingedrückt. Wir können große Risse in der Außenverkleidung sehen. Einige Tote treiben frei im Raum.«

»In Schutzanzügen?«

»Nein, Sir.«

Er nickte. Da niemand wusste, wie lange sie auf das Erscheinen der Ryall würden warten müssen, hatte die Kampfgruppe bald nach der Einschließung des Faltpunktes die Alarmstufe auf Gelb zurückgestuft. Das bedeutete, dass die Leute nicht in den unbequemen, unförmigen Schutzanzügen stecken mussten. Es bedeutete allerdings auch, dass es höhere Verluste geben würde, wenn der Angriff überraschend erfolgte. Diese Besatzungsmitglieder der *Queen Julia*, die nun tot im Vakuum trieben, würden wahrscheinlich die Unbequemlichkeit vorgezogen haben.

Das einzig Gute an dieser Situation war, dass gegenwärtig kaum noch jemand in der Kampfgruppe es sich in Hemdsärmeln gemütlich machen würde.

Irgendwo über seinem Kopf gab es eine Serie von Rülpsern der Korrekturtriebwerke, ein leichtes Ziehen künstlicher Schwerkraft, dann verkündete Delson: »Wir sind längsseits, Sir.«

»Wo längsseits?«

»Ladeluke Sechs. Sie sah am wenigsten beschädigt aus.«

»Sehr gut, machen Sie das Boot an der *Queen Julia* fest, und dann kommen Sie beide zurück hierher, um mich zu unterstützen. Wo sind die Ausrüstungen für Erste Hilfe?«

»Im zweiten Wandschrank achtern von der Luftschleuse, Sir.«

»Gut. Dann also los.«

Die enge Luftschleuse des Kurierbootes öffnete sich lautlos, sobald sie die Luft hineingelassen hatten. Zu dritt hatten sie kaum genug Platz, und noch weniger, wenn ihre Anzüge sich mit dem Absinken des Luftdrucks aufblähten. Sobald die Tür sich öffnete, wurde Phillips Visierscheibe automatisch dunkel.

Das Sonnenlicht im Doppelsternsystem Spica hatte eine auffallende Ähnlichkeit mit dem eines Lichtbogenschweißgeräts. Es schmerzte in den Augen, obwohl sie durch Lichtfilter geschützt waren. Einen Meter vor ihm war die Ladeluke, umgeben von den gelben und schwarzen Streifen, die ihre Funktion verdeutlichten. Mit einem flauen Gefühl im Magen und dem Geschmack von Galle im Mund streckte Phillip seinen geschützten Arm aus und drückte das Schalterfeld rechts von der Tür. Zu seiner Überraschung wechselte die Farbe von Grün auf Bernsteingelb und zeigte an, dass das Schloss funktionierte.

»Ein gutes Zeichen. Es ist in Ordnung.«

Eine Minute später schwang die äußere Tür der Ladeluke auf und gab den Blick auf das Innere der großen Luftschleuse frei. Auch hier sah alles normal aus.

»Kommen Sie, gehen wir hinein«, sagte Phillip. Er und seine zwei Begleiter schwebten aus der Schleuse des Kurierbootes in die größere des Kreuzers. Lieutenant Delson drückte die Innensteuerung, und die Tür schloss sich so leise, wie sie sich geöffnet hatte. Alles geschah in völliger Stille, bis ein plötzlicher Luftzug ihre Anzüge traf und das Anzeigelicht von Bernsteingelb wieder zu Grün wechselte. Die innere Luftschleusentür öffnete sich von selbst.

Im Schiff war Luft. Das war offensichtlich, als sie sich von dichtem rauchigen Dunst umgeben sahen. In Schwerelosigkeit erfüllt Rauch das gesamte ihm zugängliche Volumen. Der Rauch zeigte keine Tendenz, eine Schicht zu bilden. Innerhalb der Luftschleuse trieben zwei Gestalten, die offenbar tot waren. Ein Dritter wand sich in Schmerzen. Über dem blutigen Knie seines Bordanzugs hatte sich das gezackte weiße Ende seines gebrochenen Oberschenkelknochens durch den Stoff gebohrt.

»Mason, geben Sie ihm Beruhigungsmittel!«

»Ja, Hoheit.«

»Delson, Sie kommen mit.«

Die beiden zogen sich weiter zu dem Durchgang, der von vorn nach achtern das Schiff durchzog. Sie kamen nicht sehr weit nach vorn, bevor sie auf eine geschlossene Stahltür im Querschott stießen. Eine Überprüfung der Anzeige ergab, dass auf der anderen Seite keine Luft war.

»Was nun, Sir?«

»Wir gehen nach achtern, um zu sehen, ob wir Überlebende finden. Dann sehen wir, was wir tun können, um dieses Schiff aus der Gefechtslinie zu ziehen. Wir würden eine gute Zielscheibe abgeben, wenn die Ryall erneut angreifen.«

»Was ist mit der Notzentrale achtern? Die könnte in Ordnung sein.«

»Gehen Sie voraus.«

Phillip folgte dem Piloten durch den nur von Notbeleuchtung erhellten Gang. Da und dort sahen sie Gestalten, die sich durch den Dunst abzweigender Gänge bewegten. Als sie an der breiten Schiebetür zu den Maschinenanlagen vorbeikamen, steckte Phillip den Kopf hinein. Im Maschinenraum standen kleine Gruppen von Männern in Schutzanzügen, deren Helme an Sicherungsschnüren baumelten. Sie arbeiteten an den Maschinen, versuchten sie wieder betriebsbereit zu machen.

Endlich erreichten sie die Notzentrale achtern. Dort trafen sie ein halbes Dutzend Besatzungsmitglieder. Ein paar überwachten die Aufzeichnungen der Sensoren, die übrigen arbeiteten fieberhaft an anderen Geräten, die anscheinend ausgefallen waren.

»Wer hat hier den Befehl?«, fragte er über den Helmlautsprecher.

Ein müde aussehender Lieutenant richtete sich auf, wandte den Kopf und sagte: »Ich. Wer sind Sie?«

»Commander Phillip Walkirk, neu ernannter Kommandant.«

»Oh, entschuldigen Sie, Hoheit. Ich erkannte Sie nicht in dem Anzug. Ich bin Harvey Weintraub, Zweiter Offizier und bis zu Ihrer Ankunft vorübergehend kommandierender Offizier.«

»Was ist hier passiert?«

»Wir bekamen einen Treffer, Sir. Gerade noch schossen wir Ryall-Schiffe in unserem Verantwortungssektor ab, und einen Augenblick später kam das Deck hoch und schlug mir ins Gesicht. Ich fürchte, danach dauerte es eine Weile, bis ich wieder zu mir kam.«

»Was machten Sie hier in der Notzentrale?«

»Der Captain verließ die Krankenstation, sobald der Alarm losging, Sir. Er schickte mich hierher und übernahm selbst die Kampfführung an Bord, bis … bis …«

»Schon gut.« Es war offensichtlich, dass der Lieutenant den Schock noch nicht ganz überwunden hatte. In Anbetracht dessen, was er durchgemacht und wie viele Freunde er gerade verloren hatte, konnte Phillip es ihm nicht zum Vorwurf machen. »Wie viele Überlebende?«

»Ich – ich weiß es nicht genau, Sir.«

»Meinen Sie nicht, dass wir es feststellen müssen?«

»Äh, ja, Sir. Ich hatte nur noch nicht die Zeit. Ich dachte, es sei wichtig, dass wir wieder auf Sendung gehen und das Flottenkommando verständigen können. Sie verstehen, Sir.«

»Ich verstehe vollkommen. Welche von diesen Männern sind am ehesten abkömmlich?«

»Garnet und Aviola, Sir.«

»Gut. Garnet, Aviola, Sie gehen mit Lieutenant Delson und suchen Fähnrich Mason, die wir in der Luftschleuse von Ladeluke Sechs zurückgelassen haben. Zu viert durchkämmen Sie dann jeden Teil dieses Schiffes, der Luft enthält. Sagen Sie allen, die Sie finden, dass sie sich hier bei uns in der Notzentrale melden sollen. Dann stellt einer von Ihnen fest, wie viele Leute in den Maschinenräumen sind. Sie scheinen dort drinnen organisiert zu sein.«

»Ja, Sir.«

»Gut. Wegtreten. Lieutenant Weintraub, wir werden zusehen, dass wir den Sender wieder betriebsbereit machen. Admiral Gower muss wissen, dass wir hier nicht alle tot sind.«

»Commander Walkirk von *Queen Julia* für Sie, Admiral.«

»Stellen Sie ihn durch!«

Sergei Gower schickte ein kurzes Dankgebet zu den Göttern, die über die Schlachtfelder des Raumes herrschten. Er verstand die Notwendigkeit, dass der Thronfolger sein Leben wie jeder andere Angehörige der Marine riskieren musste, aber er war eben nicht irgendeiner. Gower fürchtete nichts mehr als eine Trauernachricht an Seine Majestät abfassen zu müssen, nicht einmal die Ryall-Flotte, die sich bald auf sie stürzen würde.

»Hoheit, Sie sind am Leben!«, platzte er heraus, als Phillips von Empfangsstörungen gesprenkeltes Gesicht auf seinem Bildschirm erschien.

»Ja, Sir. Wir näherten uns dem Schiff, als es getroffen wurde. Abgesehen von ein paar hartnäckigen Punkten, die mir vor den Augen tanzten, blieb ich unverletzt.«

»Nicht einmal eine Überdosis Strahlung?«

»Nein, Sir. Wir haben unsere persönlichen Ablesungen überprüft. Sie sind innerhalb des Sicherheitsbereichs. Ich brauchte heute nicht einmal meine Bleiunterwäsche zu tragen.«

»Wie sieht es mit dem Schiff aus?«

»Schlecht, Sir. Es ist vorwärts von Schott 15 ohne Luft und dem Raum ausgesetzt. Kapitän und Brückenmannschaft sind alle tot. Wir haben 65 Überlebende, von denen 40 noch einsatzfähig sind. Die anderen leiden unter Verbrennungen, Knochenbrüchen und Gehirnerschütterungen. Der Bordarzt, der glücklicherweise zu den Überlebenden zählt, äußerte mir gegenüber, dass die meisten von ihnen überleben können. Der Zweite Offizier ist gleichfalls am Leben und hilft mir jetzt, die Lage unter Kontrolle zu bringen.«

»Können Sie kämpfen?«

»Nein, Sir. Die Feuerleitzentrale ist zerstört. Die meisten unserer Raketenabschussanlagen sind durch Treffereinwirkung verzogen und nicht mehr ausgerichtet, und wir haben nur noch zwei funktionsfähige Laser. Maschinen und Triebwerke sind größtenteils wieder betriebsfähig, und wir können mit vielleicht einem Viertel *g* manövrieren. Erbitte Erlaubnis, dieses Wrack aus der Gefechtslinie zu ziehen, da es ein Navigationshindernis ist.«

»Erlaubnis gewährt, Commander. Benötigen Sie Hilfe vom Rest der Flotte?«

»Gegenwärtig nicht, Sir. Wir werden das Reparaturschiff *Brandywine* ansteuern und sehen, ob man uns dort so weit zusammenflicken kann, dass wir wieder operationsfähig werden. Sobald wir den Rumpf abdichten können, sollte es möglich sein, eine nützliche Aufgabe zu übernehmen, zum Beispiel die Postbeförderung ... jedenfalls die leichteren Pakete.«

»In Ordnung, Commander. Ziehen Sie sich von der Verteidigungslinie um den Faltpunkt ein gutes Stück zurück. Wir wollen nicht irrtümlich Raketen auf Sie verschwenden. Sie kosten Geld, wissen Sie. Viel Glück, und melden Sie sich periodisch. Denken Sie auch daran, dass ich Seiner Majestät noch immer für Ihre Sicherheit persönlich verantwortlich bin.«

»Jawohl, Sir.«

Der Bildschirm wurde dunkel, und Gower drückte eine Verbindung mit seinem Nachrichtenoffizier. »Senden Sie eine Blitzmeldung zu den beiden Schiffen, die *Queen Julia* flankieren. Sie zieht sich zurück und hinterlässt eine Lücke in der Verteidigung. Die beiden sollen die Lücke schließen und den Quadranten zusätzlich übernehmen.«

»Jawohl, Sir, verstanden.«

Gower ließ sich zurücksinken und atmete erleichtert auf. Eine drückende Sorge weniger! Den beschädigten Kreuzer wieder in den Dienst zu stellen konnte Wochen dauern, selbst mit der Hilfe eines Reparaturschiffes. Es war gut für den jungen Prinzen, lehrte ihn den Wert harter Arbeit und hielt ihn vor allem einstweilen vom Kampfgeschehen fern.

Gower wandte sich wieder der Analyse des Ryall-Angriffs zu. Er hoffte, dass er durch das Studium der feindlichen Taktik imstande sein könnte, ihren nächsten Versuch vorauszusagen.

Erst als eine Antimateriemine im Zentrum des Faltpunktes detoniert war, hatte die versammelte Kampfgruppe bemerkt, dass der Feind sich in ihrer Mitte befand. Anscheinend war eines der feindlichen Schiffe beim Durchbruch beinahe unmittelbar auf die Mine gestoßen und hatte die Explosion schneller ausgelöst, als die Radarsignale von den Zielen zurückkehren konnten, die eine Hundertstelsekunde vorher noch nicht da gewesen waren.

Vier Dutzend Kampfschiffe der Ryall waren gleichzeitig im Faltpunkt erschienen und hatten sofort in alle Richtungen das Feuer eröffnet. Sie hatten Raketengeschosse so schnell abgefeuert, dass sie, wie Gower vermutete, nicht einmal für ein Ziel vorprogrammiert worden waren. Sie hatten das Volumen des Faltpunktes einfach mit Feuer eindecken wollen, bevor die Waffenträger zerstört werden konnten, und sich auf die Zielsuchfähigkeit der Raketengeschosse verlassen, menschliche Schiffe anzusteuern und zu vernichten. In einem Fall hatte diese Taktik gewirkt.

Wie die Wiedergabe des kurzen einseitigen Gefechts erkennen ließ, waren die Eindringlinge keine großen Schiffe gewesen. Gower schätzte, dass sie alle ungefähr von der Größe seiner Zerstörer oder kleiner gewesen waren. Wie er zur Zeit des Geschehens diagnostiziert hatte, hatte es sich nicht um einen ernsthaften Versuch gehandelt, den Faltpunkt zu durchbrechen. Nein, dies war bewaffnete Aufklärung gewesen, ein Versuch, festzustellen, in welchem Umfang die menschliche Flotte den Faltpunkt befestigt hatte.

Sie hatten ihre Antwort zum Preis von drei Vierteln der eingesetzten Kräfte bekommen, dabei aber eine Menge gelernt. Vermutlich waren die Überlebenden in der Lage, die Zahl der Blockadeschiffe festzustellen und ihre Typen einzuschätzen. Sie wussten von den Antimaterieminen und konnten vielleicht eine Gegenmaßnahme ergreifen. Vor allem aber wussten sie jetzt, dass die Berichte über eine menschliche Invasion des Spica-Systems zutreffend waren. Nun konnten sie nicht mehr die Augen vor der tödlichen Gefahr verschließen, die ihrer Zivilisation durch die Besetzung des Systems Spica drohte. Das Wissen, dass sie nur begrenzte Zeit hatten, Spica zurückzugewinnen, würde ihnen Anlass geben, ihre Anstrengungen und Angriffe zu verdoppeln. Sie mussten Gowers Kampfgruppe aus dem Faltpunkt werfen, bevor die Menschheit Zeit hatte, Verstärkungen heranzuführen, was bedeutete, dass der Hauptangriff nicht lange auf sich warten lassen würde.

Und so war es. Noch als die Überlegung ihm durch den Kopf ging, meldete sich sein Nachrichtenoffizier mit einer dringenden Warnung. »Etwas geschieht im Faltpunkt, Admiral.«

»Was?«

»Wir haben einen einzigen Bogey. Groß. Er erschien gerade eben. Zwei Minen haben ihn angegriffen und wurden zerstört.«

»Benachrichtigen Sie alle Schiffe! Sie sollen den Faltpunkt unter Feuer nehmen. Raketen mit Zielsuchköpfen. Strahlungswaffen in Feuerbereitschaft. Und bringen Sie den Bogey auf den großen Bildschirm.«

Die Ansicht, die gleich darauf erschien, zeigte nur Schwärze. Gower konnte nichts sehen. Dann erschien ein heller Lichtpunkt an der Stelle, wo der Bogey vom Radar erfasst worden war. Das Licht explodierte zu einer sphärischen Schale von reinem Sonnenlicht. Es weitete sich immer mehr aus, bis es eine unmögliche Größe erreichte. Die Zeit verlangsamte beinahe zum Stillstand, als Gower beobachtete, wie die Druckwelle auf seine Schiffe zuraste. In einem Augenblick, der wie eine Ewigkeit schien, verblasste die strahlende Sphäre und löste sich auf, bevor sie die Schiffe der Kampfgruppe erreichte.

Gower hatte diese Taktik schon früher gesehen. Er wusste, was als Nächstes kam!

67

»Antimateriebombe!«

Die Ryall hatten die Schlacht von Sandar mit der gleichen Taktik eröffnet. Die Bombe arbeitete nicht mit den wenigen Milligramm Antimaterie, die in den Minen enthalten waren, mit denen die Spica-Kampfgruppe den Faltpunkt verseucht hatte. Innerhalb ihres Magnetfeldes war eine Tonne oder mehr von der flüchtigen Substanz gespeichert.

Die Antimateriebombe, welche die Schlacht von Sandar eröffnet hatte, war von verheerender Wirkung gewesen. Sie hatte mehrere Schiffe zerstört, die den Faltpunkt bewacht hatten, und alle Sensoren geblendet, die diese Detonation registriert hatten. Die Blendungstaktik hatte es den Ryall ermöglicht, die Abwehr um den Faltpunkt zu durchbrechen und weiter gegen Sandar vorzustoßen. Der Angriff hatte Sandar beinahe seine Existenz gekostet.

Wie damals, sollte auch jetzt die Bombe in der Mitte des Faltpunktes Spica/Darthan die Flotte blenden und den Durchbruch der

Ryall erleichtern. In der Zwischenzeit aber hatten die Ingenieure auf Sandar und anderswo nicht geschlafen. Schon vor den Vorbereitungen auf die Invasion war eines der Projekte mit der höchsten Prioritätsstufe die Entwicklung von Sensoren gewesen, die der Strahlung einer großen Antimateriebombe widerstehen konnten. Statt dauerhaft unbrauchbar zu sein, waren die Sensoren der Blockadeflotte wieder einsatzbereit, als die Explosionswolke sich aufgelöst hatte.

Mit dem sekundären Zweck ihrer Aktion waren die Ryall erfolgreicher. In einem enormen Raumvolumen verdampfte die Druckwelle von energiereichen Gammastrahlen alles vom Staubpartikel bis zu den Antimaterieminen, die den Faltpunkt sicherten. Das Ergebnis war ein freier Raum, in den die eintreffenden Ryall-Schiffe in relativer Sicherheit eindringen konnten.

Als die Sensoren der Kampfgruppe nach der Explosion wieder einsatzbereit waren, entdeckten sie, dass der Faltpunkt von Ryall-Schiffen wimmelte.

»An alle! Feuer frei. Die Näheren zuerst. Die in der Mitte werden ein paar Minuten brauchen, um den Faltpunkt zu verlassen.«

Schlagartig war der schwarze Raum erfüllt von sandarischen Glühwürmchen. Fünf Jahre Vorbereitung hatten der Flotte eine Offensivkraft verliehen, die in keinem Verhältnis zur Größe oder Zahl ihrer Schiffe stand. Laserstrahlen schossen unsichtbar durch das Vakuum auf die Rümpfe gegnerischer Schiffe. Fontänen überhitzten Plasmas sprangen in den breit gestreuten Fächern auf, die für Explosionen im Vakuum charakteristisch sind. Die meisten dieser weiß glühenden Fontänen entstanden, wenn die Panzerung aufgeschmolzen und zum Kochen gebracht wurde. Mikroskopische Glaskristalle in der Panzerung zerlegten den Laserstrahl und verringerten vorübergehend die Durchdringungskraft. Sobald der Laserstrahl jedoch die Stahlhülle unter der Panzerung durchstieß, verzeichnete die Spektralanalyse das plötzliche Auftreten von Eisen im weiß glühenden Fächer, gefolgt von Sauerstoff und Wasserdampf.

Aber die Schiffe der Ryall waren keineswegs passive Ziele in einem kosmischen Schießstand. Laser feuerten in beide Richtungen, und andere Löcher wurden in die Panzer von menschlichen Schiffen gestanzt, und weißglühende Fontänen eruptierten auch hier aus dem Inneren. Und hier wie dort gab es andere Moleküle im überhitzten

Plasma, Moleküle, die noch Augenblicke vorher atmendes, denkendes Leben gewesen waren.

Auf beiden Seiten sandten Antimaterieprojektoren ihre Partikelstrahlen mit Lichtgeschwindigkeit aus. Elektrisch neutrale Atome von Antimaterie-Wasserstoff rasten aus den glühenden Mündungen von Projektoren und bohrten Löcher in den Raum, bis sie auf den Rumpf eines Schiffes stießen. Wenn es dazu kam, konnte nicht einmal die Strahlungsabschirmung, die der Flotte das Durchqueren des Antaresnebels erlaubt hatte, Schutz bieten. Antiprotonen stießen auf normale Protonen, und Gammastrahlen zerstörten, was ihnen in den Weg kam. Jedes Lebewesen starb, das in diese tödliche Zone unsichtbarer Strahlung kam. Computern erging es nicht viel besser. Ganz gleich, wie gut sie abgeschirmt waren, die mörderische Strahlung zerstörte die empfindlichen Speicherkreise, wie sie es mit ihren organischen Gegenstücken taten.

Dann gab es die Waffen brachialer Gewalt – mit nuklearen Gefechtsköpfen ausgerüstete Raketen. Die glühenden Verbrennungsgase der kontinuierlich abgeschossenen Raketen tauchten die Schiffsrümpfe in feurigen Schein, bevor sie wie Leuchtspurgeschosse durch die Schwärze dem Feind entgegenjagten. Die meisten von ihnen wurden noch im Flug von Abwehrraketen getroffen und zerstört. Trotzdem kamen auf beiden Seiten einige durch und fanden ihre Ziele.

Obschon zahlenmäßig unterlegen, gelang es den Schiffen der Kampfgruppe, sich gegen die Eindringlinge zu behaupten. In einem Faltpunkt hat der Verteidiger gewisse inhärente Vorteile. Einer von ihnen ist, dass man Zeit hat, sich auf den Kampf vorzubereiten und Positionen zu beziehen, die gegenseitige Unterstützung ermöglichen.

Wer einen verteidigten Faltraum zu durchbrechen versucht, ist immer im Nachteil. Gleichgültig, wie taktisch geschickt er seine Flotte vor dem Durchbruch verteilt, nach dem Transit finden sich die einzelnen Einheiten wahllos durch das Volumen des Faltraumes verstreut. Es kostet Schiffsführer und Flottenbefehlshaber kostbare Sekunden, die neuen Positionen zu bestimmen, und lange Minuten, um sich wieder zu formieren und die feindliche Todeszone innerhalb des Faltpunktes zu durchstoßen, Minuten, in denen ein großer Teil der Flotte vernichtet werden kann.

Der für die Eindringlinge ungünstige Gefechtsverlauf war noch aus einem anderen Grund einseitig, einem Grund, den Gower verspätet erkannte. Einige der Feindschiffe verhielten sich seltsam untätig. Zwar beschleunigten sie mit den anderen zu den Grenzen des Faltraumes, erwiderten aber nicht das Feuer der Verteidiger. Zuerst dachte der Admiral, sie hielten sich zurück, bis sie die Distanz zu seiner Flotte verringert hätten, aber selbst jene, die in bequemer Reichweite sämtlicher Waffensysteme waren, schienen sonderbar friedfertig.

Die Erleuchtung traf Gower wie ein Blitzschlag.

»An alle. Achtung! Wir haben es hier mit Lockvögeln zu tun. Ich wiederhole, einige der Schiffe sind Lockvögel, die unser Feuer auf sich ziehen sollen. Es wird auf alles gefeuert, was auf uns schießt. Auf die anderen nur, wenn nichts von höherer Priorität in Reichweite ist.«

Zweihundert Schiffe sind nicht gerade leicht in weniger als einer Woche zusammenzukratzen. Doch wenn die Kontrolle über einen Faltpunkt verloren gegangen ist, muss die Rückgewinnung Vorrang genießen. Denn ein Feind im Besitz einer dieser Schlüsselstellen im All kann nur stärker werden. Wer auf der höheren Kommandoebene der Ryall auch immer seine Flotte aufgeboten hatte, um Gowers Kampfgruppe anzugreifen und den Faltpunkt zurückzugewinnen, hatte angesichts der schwierigen Lage zu einer List gegriffen. Er hatte alle Kriegsschiffe in Reichweite zusammengerafft und ihre Zahl durch unbewaffnete Hilfsschiffe ergänzt, um Gowers Kampfgruppe zu einer weiten Streuung ihres Abwehrfeuers zu zwingen. Während die Kampfgruppe sich mit den unbewaffneten Schiffen beschäftigte, konnten die Kriegsschiffe der Ryall sich auf die Vernichtung von Blockadeschiffen und den Ausbruch in den offenen Raum konzentrieren, wo sie manövrieren konnten.

Trotz ihrer günstigen Ausgangsposition als Verteidiger verlief die Schlacht für Gowers Kampfgruppe nicht ohne empfindliche Verluste. Wenige Sekunden nach der Detonation der Antimateriebombe explodierte einer der Verteidiger an der gegenüberliegenden Seite des Faltpunktes. Kurz darauf ein zweiter, ein dritter und dann zwei weitere. Die Kampfgruppe vernichtete weit mehr Ryall-Schiffe, als sie selbst verlor, aber sie zahlte einen Preis für ihren Sieg. Dieser Preis war hoch genug, dass in ihrer Abwehrfront eine Lücke klaffte.

»Wir haben Ausbrüche, Admiral!«, meldete der Offizier an der holographischen Lagedarstellung.

»Ja, ich sehe es. Sagen Sie der Flotte, sie soll sich auf die Schiffe konzentrieren, die noch im Faltpunkt sind. Die anderen werden wir später zur Strecke bringen.«

So plötzlich, wie die Schlacht begonnen hatte, war sie zu Ende. Im Faltpunkt gab es keine Ryall-Schiffe mehr, zumindest keine, die noch kampf- und manövrierfähig waren. In der allgemeinen Verwirrung waren ein paar Dutzend durchgebrochen, wo der schwere Kreuzer *Neverwhen* der terranischen Marine und der neue sandarische Kreuzer *Bardak* den Faltpunkt blockiert hatten. Jetzt waren diese beiden Schiffe expandierende Plasmawolken, und mit ihnen tausend tapfere Männer und Frauen. Nach Feststellungen der Sensoren waren einige der Ryall-Schiffe umgekehrt und hatten den Transit zurück in ihr eigenes System bewerkstelligt. Vermutlich waren es größtenteils unbewaffnete Hilfsschiffe gewesen, deren Kommandanten ihre Schiffe und Besatzungen riskiert hatten, um Verwirrung zu säen, und nun versuchten, sie zu retten.

Während das Adrenalin noch seine Adern durchpulste, überblickte Sergei Gower die holographische Lagedarstellung und entschied, dass er den Sieg für sich reklamieren konnte ... diesmal.

Gower war nicht der Einzige, der das Geschehen mit Interesse verfolgt hatte. Hoch über Spica beobachtete ein anderes Augenpaar den weißen Blitz einer Antimateriebombe im Sterntor nach Darthan und die folgenden Blitzentladungen des tödlichen Konflikts, der dort ausgebrochen war. Galatan an Bord des *Fernsuchers* verfolgte mit wachsender Erregung den erhofften Gegenangriff Der Rasse. Die wenigen Minuten titanischer Gewalt im Sterntor waren die einzigen hoffnungsvollen Augenblicke, die er seit vielen Zyklen erlebt hatte.

Galatan hatte nicht gut geschlafen und auch kaum etwas gegessen. Jede Faser seines Körpers hatte gegen die Entscheidung rebelliert, die Schlacht mit den Ungeheuern zu vermeiden. Es lag nicht in der Natur eines Ryall-Kriegers, vor der Schlacht zu fliehen. Tatsächlich war das die schlimmste Unanständigkeit, die er sich vorstellen konnte. War Matanar geflohen, als seine Sippe von Rudeln der Schnellen Esser angegriffen worden war? Hatte Borada das Feld geräumt, als die gefräßigen Ungeheuer in die Brutgebiete eingedrungen waren? Keiner dieser legendären Vorfahren war vor dem Kampf zurückgeschreckt. Sie hatten angegriffen ohne zu zögern und trotz schwerer Wunden die Erbfeinde Der Rasse zurückgeschlagen.

Was würden zukünftige Generationen von Jungen über Galatan lernen? Dass er angesichts einer überwältigenden Streitmacht der zweibeinigen Ungeheuer das Weite gesucht hatte und davongeschwommen war? Die Schande würde ewig sein. Sein Name würde als ein abschreckendes Beispiel gelten, solange Die Rasse lebte, während Matanar und Borada noch tausend Generationen nach ihrem heroischen Tod im Kampf als leuchtende Vorbilder verehrt wurden.

Abgestoßen von seiner Handlungsweise, hatte sogar sein Körper rebelliert. Der obere Magensack wollte die Nahrung nicht bei sich behalten, und seine aufgestörten Hormone ließen ihn nicht schlafen. Die Folge davon war, dass sein Schuppenkleid eine tödliche Blässe angenommen hatte, und seine Augen, einst von einem gesunden Obsidianschwarz, waren grau geworden. Sogar seine Gelenke schmerzten, als ob er ein Alter wäre, der nichts tun konnte als im heißen Sand zu liegen und von den Eroberungen seiner Jugend zu träumen.

Die Erinnerung daran, was er getan hatte, versengte schier sein Gehirn. Beim Anblick so zahlreicher Feinde im zentralen System seiner Art hatte er sich auf den Feind stürzen wollen, um so viele seiner Schiffe zu vernichten, wie er konnte, bevor sein *Fernsucher* mit ihm und der Besatzung aus dem Himmel gefegt wurde.

So hatte es Malan vom *Weitreicher* gemacht. Es war glorreich und ehrenvoll gewesen. Unbekümmert um seine oder seines Schiffes Sicherheit hatte Malan den *Weitreicher* durch eine weite Schleife gezogen und Kurs auf die Gruppe von Kampfschiffen der Ungeheuer genommen, die dem Sterntor nach Darthan zustrebten.

Doch so mutig und glorreich das Manöver gewesen war, es hatte nichts genützt. Bevor *Weitreicher* auf sichere Schussweite herangekommen war, hatte er sich lautlos in einer grellen Blitzentladung aufgelöst, als gelte es die Sinnlosigkeit von allem zu unterstreichen.

Trotz seines fehlenden Appetits, seiner ungesunden Farbe und seiner Schlaflosigkeit sagte Galatans Gehirn ihm immer wieder, dass er richtig gehandelt habe. Als *Fernsucher* hoch über Spicas Ekliptik stieg, waren Galatans Sensoren nicht untätig geblieben. Seine Krieger zeichneten von den Streitkräften der Ungeheuer auf, was sie konnten, und stellten bekümmert fest, dass die Eindringlinge offenbar sieben der acht Sterntore des Systems beherrschten – und das achte war das

Tor, durch welches die Ungeheuer eingetroffen waren. Vermutlich benötigte das Tor nach Carratyl keine Bewachung, da die Ungeheuer das System jenseits davon besetzt hatten. Diese Annahme fand ihre Bestätigung, als mehr und mehr feindliche Schiffe von dort eindrangen, um die schon eingedrungenen Streitkräfte zu verstärken.

Nachdem er diese Schiffe der Ungeheuer gezählt und nach Typen eingeteilt hatte, war Galatan bestrebt, diese Information den Herrschenden zukommen zu lassen. Er wusste nicht, wie er dies bewerkstelligen würde, und auch das belastete sein Gemüt. Immerhin besaß er Informationen, die lebenswichtig für die Verteidigung Der Rasse waren, und er konnte sie nicht jenen zukommen lassen, denen er diente! Doch waren diese Informationen wirklich so wichtig, wie er dachte? Vielleicht rechtfertigte er bloß seine Entscheidung, zu fliehen. Waren seine gegenwärtigen Gedankengänge das Ergebnis von Weisheit, oder sprach nur seine eigene Feigheit aus ihnen?

Seine Gefühle hatten einen Tiefpunkt erreicht, als im Sterntor nach Darthan Kämpfe ausbrachen.

Die Zentrale widerhallte vom aufgeregten Geschrei der Krieger und Jäger, als einige der angreifenden Kriegsschiffe die Blockade der Ungeheuer durchbrachen. Es war schwierig zu beurteilen, weil das Kampfgeschehen rasch unübersichtlich wurde, doch schien es, dass zwölf oder mehr Schiffe Der Rasse durchgekommen waren.

Erleichtert signalisierte Galatan dem Dienst habenden Krieger in der Zentrale.

»Ja, Schiffmeister?«

»Hast du das Gefecht beobachtet?«

»Ja, Schiffmeister.«

»Berechne einen Kurs, der uns erlaubt, mit einem Minimum an Treibstoffverbrauch Anschluss an unsere Flotte zu finden. Wir werden Jenen Die Befehlen unsere Informationen senden und uns dann unseren kämpfenden Brüdern anschließen.«

»Ja, Schiffmeister. Es wird getan!«

»Ein Offizier für Sie, Admiral!«

Drake blickte von seinem Bildschirm auf. Neben der Tür zu seiner Kajüte befand sich eine kleine Mattscheibe. Sie zeigte schräg von hinten den Kopf des Marinesoldaten, der seine Tür bewachte und unwillkommene Besucher fern hielt. Etwas in der Haltung des Soldaten verriet, dass er auch diesen Besucher abgewiesen haben würde, wenn er keinen triftigen Grund für seinen Besuch angeben konnte.

»Welcher Offizier, Yablonski?«

»Commander Walkirk von der sandarischen Marine, Sir.«

»Schicken Sie ihn herein!«

Die Tür glitt fast unhörbar zurück und gab den Blick auf Gefreiter Lubo Yablonski frei, der in einem Schutzanzug steckte. Helm und Handfeuerwaffe schwebten an kurzen Halteleinen griffbereit vor ihm. Hinter seiner Gestalt schwebte Phillip Walkirk. Sein Aussehen war weit weniger adrett als bei ihrem letzten Zusammentreffen. Die Uniform des Prinzen war fleckig und zerknautscht, er war unrasiert und seine Augen wirkten eingesunken und hatten dunkle Tränensäcke.

Trotz seiner wenig ansprechenden Erscheinung vollführte der sandarische Thronfolger einen unter den Bedingungen der Schwerelosigkeit makellosen Eintritt in das Arbeitszimmer eines Vorgesetzten. Er zog sich an den Handgriffen unter der Decke entlang, dann drehte er seinen Körper mit Hilfe der Arme in eine aufrechte Position und brachte sogar eine militärische Ehrenbezeigung zustande, indem er sich zwischen Decke und Boden stemmte.

Drake, der angeschnallt an seinem Schreibtisch saß, erwiderte die Ehrenbezeigung, obwohl das in der altanischen Marine nicht üblich war.

»Setzen Sie sich, Hoheit. Sie sehen aus, als hätten Sie lange keinen Schlaf gefunden.«

»Danke, Sir. So ist es.«

»Ich höre, Sie haben jetzt Ihr eigenes Schiff. Meinen Glückwunsch!«

»Danke, Admiral. Es ist ein feines Schiff bis auf den Umstand, dass vom Schott fünfzehn vorwärts beinahe alles zerstört ist.«

»Und Ihre Besatzung?«

»Die meisten stehen nach dem Verlust von Freunden und Kameraden noch unter Schock. Die gute Nachricht ist, dass sie nicht vor sich hin brüten. Dafür haben sie keine Zeit. Alle arbeiten achtzehn Stunden am Tag, um die notwendigsten Funktionen wiederherzustellen. Nun, da wir die Dienste eines Reparaturschiffes haben, um die Flugtauglichkeit so weit wiederherstellen zu können, hoffen wir, dass wir zu einer richtigen Orbitalwerft humpeln können.«

»Dann wollen Sie die *Queen Julia* nach Corlis bringen?«

»Es ist das Einzige, was ich tun kann, Admiral.«

Eine von Admiral Beltons höchsten Prioritäten war die Überführung mehrerer großer Orbitaldocks nach Corlis, um dort Gefechtsschäden reparieren und die Schiffe wieder einsatzbereit machen zu können. In seiner Antwort auf Drakes letzte Lagemeldung hatte der Admiral berichtet, dass das erste Dock in Kürze bereit sei, Kunden aufzunehmen.

»Es ist nicht das Einzige, was Sie tun können. Sicherlich wird Sergei Gower einen anderen Kapitän beauftragen, wenn Sie ihn deshalb ersuchen.«

»Nicht im Leben, Admiral. Ich habe mein eigenes Schiff, und das möchte ich behalten.«

»Sicherlich kann der Thronfolger erwarten, dass er relativ früh in seiner Laufbahn ein Kommando erhält.«

»Natürlich. Und Sie wissen, was für ein Schiff es sein wird. Nichts zu Kleines oder zu Großes, eine Korvette oder ein Zerstörer, vielleicht. Die Besatzung wird von der Admiralität handverlesen, was bedeutet, von meinem Vater. Sie wird aus lauter ausnehmend kompetenten Burschen bestehen, und jeder einzelne von ihnen wird direkt den Ministern meines Vaters Bericht erstatten. Sollte ich in der Zentrale einen fahren lassen, wird der Ministerrat wissen, wie es riecht, bevor die Luftreinigungsanlage ihre Arbeit tun kann.

Nein, ich habe ein Schiff – ein richtiges Schiff mit einer richtigen Besatzung, die mich braucht. Zwar mag es beschädigt sein, aber ich würde es nicht mit dem größten Schlachtschiff der Flotte tauschen. Und die Besatzung beginnt bereits zu vergessen, dass ich Kronprinz bin. Wenn man neben den Leuten bis zum Umfallen arbeitet, ergibt sich das von selbst, wissen Sie.«

Drake nickte. Er erinnerte sich einiger Erlebnisse, die ähnlich gewesen waren.

»Sie jagten mir und Admiral Gower Angst ein, als die Meldung eintraf, dass *Queen Julia* beschädigt wurde. Wie nahe waren Sie dem Schiff, als die Rakete explodierte?«

»Nicht nahe genug, um dem Bordarzt Anlass zu geben, sich um die künftige Qualität des königlichen Spermas zu sorgen, Sir. Aber näher, als ich wieder einer Atomexplosion sein möchte. Es ist fast eine Woche her, und ich sehe noch immer die glühenden Lichteffekte auf der Netzhaut, wenn ich die Augen schließe.«

»Dann sollten Sie Ihr Sehvermögen untersuchen lassen.«

»Das ist schon geschehen, Admiral. Alles in Ordnung. Das Nachwirken scheint sich ganz in meinem Kopf abzuspielen. Ich fürchte, es wird nie wieder verschwinden.«

»Schon möglich.« Drake ließ das Lächeln von den Lippen gleiten und zeigte an, dass der geschäftliche Teil des Gesprächs beginnen sollte. Im Grunde hätte er gern einen ganzen Abend im Gespräch mit dem Prinzen verbracht, zwanglos in einer Nische der Offiziersmesse. Aber alles an Bord eines Schiffes im Vakuum ist rationiert, sogar die Zeit des Flottenadmirals.

»Was kann ich für Sie tun, Hoheit?«

»Auf der Herreise hatten wir kaum Kontakt, Admiral. Unter den Dingen, die meinem Schiff am meisten fehlen, steht der größte Teil der Kommunikationsanlage an erster Stelle. Ich überlegte, ob Sie mir vielleicht sagen könnten, wie es während des zweiten Angriffs am Faltpunkt gegangen ist.«

Drake lehnte sich zurück und legte die Fingerspitzen aneinander. Es war eine unbewusste Geste, die er kaum wahrnahm.

»In taktischer Hinsicht war es ein voller Sieg. Ihre Kampfgruppe nahm es mit einem Feind auf, der beinahe dreimal so stark war wie sie – nun, zweimal, wenn man die Lockvögel abzieht, die mit den eigentlichen Kriegsschiffen vermischt waren –, und schlugen ihn entscheidend. Ungefähr ein Dutzend kam durch den Faltpunkt und wird jetzt verfolgt. Sie werden es nicht lange machen, es sei denn, sie nehmen Kurs auf die äußeren Bereiche des Systems und folgen denen, die in der Endphase der Schlacht geflohen sind. Aber unser Sieg bedeutet«, fuhr Drake ohne Pause fort, »dass im Laufe der nächsten Wochen 1.200 Familien Briefe bekommen und 1.200 gute Männer und Frauen die Heimat nicht wieder sehen werden.«

»Ja, Sir«, sagte der Prinz ernst. »Haben Sie eine Kopie der Verlustliste?«

Drake griff in seinen Schreibtisch. »Hier. Ich nehme an, Sie kannten einige von ihnen.«

»Ja, Sir. Das vermute ich.«

68

Silbriges Licht lag auf der altanischen Landschaft, als der Wagen über eine Anhöhe und aus dem Schatten der steilen Böschung kam.

»Ich kann mich nie daran gewöhnen, wie hell es ist«, sagte Olivia Southington zu Bethany Drake. Der Wagen hatte den Wald verlassen und fuhr langsam die gewundene Straße den Hügel hinauf, wo die Elite von Homeport ihre Villen hatte. »Wie war es in den Tagen, nachdem die Druckwelle der Nova über Alta hinwegging?«

»Es sah aus, als wäre am Himmel ein elektrisches Bogenschweißgerät aufgegangen. Es war schwer, die Kinder zu Bett zu bringen, während die Nova am Himmel war. Glücklicherweise sind Kinder sehr anpassungsfähig. Nach einer Weile nahmen sie es als ein weiteres Detail ihres täglichen Lebens.«

»Ja«, erwiderte Olivia, »Kinder machen das Leben lebenswert. Wie geht es dem kleinen Ritchie? Schläft er jetzt die Nacht durch?«

»Ja, Gott sei Dank! Was ich vermisse, wenn Richard fort ist, das ist die Möglichkeit, ihn um drei Uhr früh aus dem warmen Bett zu stoßen, damit er den Kleinen versorgt.«

»Nur das?«, fragte eine männliche Stimme vom Rücksitz.

Bethany fühlte ihre Ohren warm werden und war froh, dass die einzige Beleuchtung vom Armaturenbrett des Wagens kam. »Das Eheleben hat noch andere Kompensationen, die ich ebenso vermisse, Señor Santiago.«

Jorge Santiago hatte von Zeit zu Zeit angedeutet, dass er bereit sei, ihre Gedanken von ihren Sorgen abzulenken, wenn sie sich nachts einsam fühlte. Bisher war es ihr gelungen, so zu tun, als entgingen ihr die Implikationen seiner Bemerkungen, obwohl sie wusste, dass er wusste, dass sie wusste … Es gehörte halt zu den Dingen, die es interessant machten, einer Spezies mit zwei Geschlechtern anzugehören. Außerdem hatte er, wenn das Gerücht zutraf, mit Consuela Aragon, die als vierte Passagierin im Wagen saß, alle Hände voll zu tun.

»Wer ist diese Frau, zu deren Empfang wir heute Abend fahren?«, fuhr Santiago fort, unbekümmert um die plötzliche Stille, die im Wagen entstanden war.

»Evelyn Mortridge ist eine der wichtigsten Damen der Gesellschaft von Homeport. Wenn jemand auf Alta eine Rolle spielt, wird er oder sie früher oder später zu einer von Mrs. Mortridge Soireen erscheinen. Übrigens lernte ich Richard auf einer ihrer Gesellschaften kennen.«

»Und wer wird heute Abend dort sein?«, fragte Olivia.

»Die üblichen Leute aus Politik und Wirtschaft, natürlich. Sie werden darüber reden, wie hoch die Kriegssteuern sind. Vielleicht hat man die Kapitäne von ein paar Schiffen der Terranischen Marine eingeladen, dazu ihre jungen Offiziere, um die einheimischen Mädchen glücklich zu machen. Ein paar Universitätsprofessoren und andere Prominente, einige von Evelyns Oberklassenclique.«

»Mich interessiert nur, ob es was zu trinken gibt«, murmelte Santiago in Bethanys Ohr. Sie roch den Avarato, den er am Nachmittag gehabt hatte, in seinem warmen Atem, der an ihr rechtes Ohr wehte.

»Ganz bestimmt wird es was zu trinken geben.«

Das Gespräch hörte abrupt auf, als der große Wagen die Höhe des breit hingelagerten Hügels erreichte. Dreihundert Meter voraus und zur Linken stand ein hell beleuchtetes Haus. Bethany verlangsamte und bog in die Zufahrt.

Zwei livrierte Diener öffneten alle vier Türen des Wagens; Bethany schwang ihre in schimmernde Seide gehüllten Beine aus dem Wagen und drückte den Schalter, der das Fahrzeug selbsttätig zum Parkplatz fahren würde, bevor sie mit Hilfe eines Dieners ausstieg.

Am Fuß der Freitreppe blieb sie stehen und zupfte ihr Schultertuch zurecht. Nach einer Pause von 125 Jahren hatte die Mode auf Alta den Anschluss an jene der Erde wiedergefunden, und Bethany konnte sich nicht recht mit dem gegenwärtigen Trend zu bloßen Schultern anfreunden, schon gar nicht an einem Abend, der den baldigen Winteranfang ankündigte.

Sie stieg die Stufen zum beleuchteten Säulenvorbau hinauf. Olivia folgte ihr auf den Fersen, während Jorge Santiago seiner Assistentin den Arm bot und in gemächlicherem Schritt folgte. Evelyn Mortridge erwartete sie unter dem Portikus.

»Bethany, wie schön, dass Sie gekommen sind! Wie geht es dem Kleinen?«

»Ein kleiner Racker, Evelyn.«

»Wie alt ist er jetzt?«

»Nächste Woche werden es drei Monate.«

»Wenn ich nächstes Mal in die Stadt hinunterkomme, werde ich den kleinen Liebling sehen müssen.«

»Er ist die meisten Tage mit mir im Institut. Kommen Sie irgendwann vorbei, ich werde zusehen, dass Sie das volle Programm bekommen.«

»Ist das klug, meine Liebe?«

»Ist was klug?«

»Das Kind diesem Ding auszusetzen? Der Himmel allein weiß, was für Krankheitserreger es mit sich trägt.«

»Varlan ist kein Ding, Evelyn, und auch kein Es. Sie ist eine Ryall, und wir wissen eine ganze Menge über die Krankheitserreger, die sie trägt. Keiner von ihren Mikroorganismen kann von menschlicher Biochemie leben. Wenn überhaupt, ist Ritchie bei ihr sicherer als beim menschlichen Personal.«

»Sie lassen ihn in denselben Raum mit … ihr?«

»Klar. Sie hält ihn sogar und gibt ihm manchmal seine Flasche, obwohl sie es nicht mag, wenn er sie besabbert. Der Geruch von Milch verursacht ihr Übelkeit, wissen Sie. Wenn ich es recht bedenke, mag ich ihn auch nicht.«

Ihre zwei Jahrzehnte als Gastgeberin hatten Evelyn Mortridge gelehrt, wie und wann das Thema zu wechseln war. Statt Bethany in ihrer Verteidigung dieses … dieses *Krokodils* zu bestärken, wandte sie sich Bethanys Begleitern zu.

»Und wen haben wir hier, meine Liebe?«

»Mrs. Mortridge, ich möchte Ihnen drei Kollegen von mir vorstellen, alle von der Universität Buenos Aires. Dr. Olivia Southington, Dr. Jorge Santiago, Señorita Consuela Aragon. Sie sind eine Gruppe von Xenologen, die gekommen sind, Varlan zu studieren.«

»Buenas noches, meine Freunde«, sagte Evelyn Mortridge und ergriff Olivia Southingtons Hand.

Olivia lächelte. »Ich arbeite bloß für die Universität, Mrs. Mortridge. Ich bin selbst nicht spanischer Abstammung.«

»Buenas noches«, sagte Jorge Santiago, als er an der Reihe war, die Gastgeberin zu begrüßen. »Ihr Willkommen ist sehr liebenswürdig.« Er nahm ihre Hand und beugte sich darüber, sie zu küssen, was die Dame des Hauses hinreißend fand.

»Sprechen Sie in Ihrem Heimatland immer noch Spanisch, Señior Santiago?«

Er nickte. »Im Privatleben. An der Universität und im Geschäftsleben sprechen wir natürlich Standard, genau wie alle anderen.«

»Wie bezaubernd! Auf Alta haben wir nichts dergleichen. Ich habe immer die Erde besuchen wollen, um die verschiedenen Kulturen zu erleben. Es wird so langweilig, wenn alle genauso sind wie man selbst, finden Sie nicht auch? Die Erde ist schon lange ein Hobby von mir gewesen, das heißt, Bücher darüber zu lesen. Ich dachte nie, dass ich einmal imstande sein würde, die Reise dorthin zu machen.

Nun, ich will meine bezaubernden Besucher nicht mit Beschlag belegen. Meine Gäste drinnen werden mir nicht verzeihen, wenn ich Sie länger aufhalte. Bitte machen Sie es sich bequem. Mi casa es su casa, heißt es, glaube ich.«

»Ich danke Ihnen, verehrte Dame«, schnurrte Jorge Santiago. »Ich hätte es nicht besser sagen können, und Ihre Aussprache ist nahezu perfekt.«

Sie gingen hinein, als draußen ein weiterer Wagen vorfuhr und von den Dienern in Empfang genommen wurde. Bethany war beeindruckt von der reibungslosen Organisation.

»Sie weiß einiges«, bemerkte Consuela. »Warum sollte jemand hier auf Alta Spanisch lernen, wenn es nicht gesprochen wird?«

»Ich gab Ihre Namen heute Vormittag durch, als ich die Einladung beantwortete. Offensichtlich hat Evelyn daraufhin einige Zeit am Computer verbracht.«

»Sie ist eine versierte Gastgeberin. Würde bei uns zu Haus gut in eine Teegesellschaft der Fakultät passen.«

»Wird bei den Teegesellschaften der Fakultät auch geklatscht?«

Olivia lachte. »Und ob, meine Liebe. Sie tun kaum etwas anderes!«

In der Eingangshalle waren eine Menge Leute. Aus anderen Räumen im Inneren des Hauses drangen die Klänge einer Melodie, die Bethany nicht kannte, doch sie wusste, dass die Musik von einem echten Ensemble gespielt wurde. Bei Evelyn Mortridges Gesellschaften wurden niemals Tonaufzeichnungen verwendet.

Jorge Santiago legte einen Arm um Consuelas Taille und machte sich auf die Suche nach der Bar. Bethany winkte Olivia, ihr zu folgen, und führte sie in den Ballsaal, wo kleine Gruppen von Leuten herumstanden, Gläser mit Getränken in den Händen, und miteinander redeten, wie es seit undenklichen Zeiten bei Gesellschaftsempfängen üblich war.

Sie erspähte eine vertraute weißhaarige Gestalt und zog Olivia mit sich. »Da ist jemand, mit dem ich Sie bekannt machen möchte. Olivia, dies ist mein Onkel Clarence. Er war nach dem Tode meiner Eltern für meine Erziehung verantwortlich.«

»Onkel Clarence«, sagte Olivia und gab ihm die Hand.

»Ach, Verzeihung«, sagte Bethany hastig. »Olivia Southington, Clarence Whitlow, erblicher terranischer Botschafter auf Alta und von Gottes Gnaden und aus eigenem Verdienst der gegenwärtige Botschafter emeritus.«

»Ein wirklich wichtiger Mann«, sagte Olivia.

»Kaum. Bei offiziellen Anlässen lassen sie mich die Schärpe tragen, aber mein Erster Botschaftssekretär tut alle wirkliche Arbeit.«

»Komm schon, Onkel. Du weißt, dass du der beste Mann für den Posten bist.«

Er nickte. »In Anbetracht dessen, dass die Arbeit in der Koordinierung unserer Kriegsanstrengungen besteht und des Umstandes, dass ich ein Einheimischer bin und weiß, wo all die Leichen verscharrt sind, mag das so sein. Wenn dies ein normaler diplomatischer Posten wäre, hätten sie einen alten Ochsen wie mich auf die Weide geschickt, sobald ein echter Berufsdiplomat dem ersten Schiff von der Erde entstiegen wäre. Immerhin hat der Posten seine Privilegien, einschließlich der Einladungen zu Evelyn Mortridges Gesellschaften. Sie lud mich nie ein, als ich bloß ein Mitleid erregender alter Mann war, der sich weigerte zu glauben, dass Alta für immer von der Mutterwelt abgeschnitten sei.«

»Niemand hat dich je für einen Mitleid erregenden alten Mann gehalten, Onkel.«

»Offensichtlich verkehrst du nicht in den gleichen Kreisen wie ich, junge Dame.«

»Was tust du heute Abend überhaupt hier? Ich weiß, dass du diese Empfänge nicht magst.«

»Ich tue meine Pflicht, wie gewöhnlich. Im Parlament gibt es gewisse Intrigen, und ich bin hier, um sie auszuschnüffeln. Tatsächlich kennst du den Oberintriganten.«

»Hallo, Bethany«, sagte eine bekannte Stimme hinter ihr. Sie wandte sich um und sah in dasselbe Grinsen, das sie einmal so anziehend gefunden hatte.

»Hallo, Carl.«

69

Evelyn Mortridges Villa war wie die meisten der Herrenhäuser auf den Hügeln um Homeport in einem Stil erbaut, der auf der Erde dreihundert Jahre früher beliebt gewesen war. Durch Klatsch hatte Bethany erfahren, dass ein Besucher von Terra das Haus während einer von Evelyns wöchentlichen Soireen »anheimelnd altmodisch« genannt und die Gastgeberin damit so aus der Fassung gebracht habe, dass der Schleier ihrer Gastfreundschaft beinahe ein Loch bekommen hätte. Bethany, die selbst auf Alta geboren war, konnte Evelyns Verstimmung verstehen.

Neben der Bibliothek befand sich der große Salon mit seinem mächtigen Kamin. Ein offener Kamin war auf Alta eine Extravaganz, und einer, in dem echtes Holz verbrannt werden konnte, in noch höherem Maße. Das war natürlich der Grund, warum Evelyn Mortridge einen offenen Kamin hatte. Wie sonst könnte sie sich von den gewöhnlichen Leuten unterscheiden, wenn nicht durch die auffallende Zurschaustellung von Reichtum?

Vor dem Kamin stand eine Gruppe von Gästen, die Bethany von früher bekannt waren, als sie Carl zu Veranstaltungen der Konservativen Partei begleitet hatte. Die ziemlich lebhafte Konversation verstummte, als sie, Carl und Olivia Southington hinzukamen. Carl machte sie miteinander bekannt; danach ergriff Galston Highe, ein Parlamentsabgeordneter mit schnarrender Stimme, als Erster das Wort.

»Bethany Drake? Die Gemahlin von Admiral Drake?«

»Ja, Sir.«

»Ihr Ehemann machte uns alle stolz, als ihm das operative Flottenkommando übergeben wurde.«

»Dafür können Sie Großadmiral Belton danken. Er hält viel von Richard.«

»Wir fühlen uns geehrt, dass Sie sich unserem kleinen Forum angeschlossen haben.«

»Ist das hier ein Forum?«, fragte sie in einer gelungenen Imitation staunender Naivität.

»Wann immer zwei Politiker zusammenkommen, um die gesetzgeberische Tagesordnung zu besprechen, ist es ein Forum.«

»Solange keine Fäuste fliegen«, bemerkte eine weibliche Abgeordnete vom kleineren Kontinent. »In diesem Fall ist es eine Schlägerei.«

»Oder ein Aufruhr«, warf ein weiteres Mitglied der Gruppe ein.

Highe ging nicht auf den heiteren Spott ein. »Ihr Gemahl und all die jungen Leute unserer Flotte haben sich in diesen letzten Monaten ausgezeichnet bewährt.«

Von mehreren Seiten kam zustimmendes Gemurmel.

»Ich danke Ihnen für die Unterstützung, die Sie meinem Mann und den Besatzungen unter seinem Kommando gewähren. Ich werde das in meinem nächsten Brief erwähnen.«

»Das würden wir zu schätzen wissen, Mrs. Drake«, sagte Highe glatt. »Vielleicht können Sie auch unsere Hoffnung zum Ausdruck bringen, dass dieser Krieg zu einem raschen und erfolgreichen Abschluss gebracht werden kann.«

»In diesem Punkt braucht er keine Instruktion, Sir«, erwiderte Bethany etwas frostig.

»Keine Kränkung war beabsichtigt, das versichere ich Ihnen«, fuhr der Abgeordnete fort. »Es hat lediglich mit dem Umstand zu tun, dass wir gerade … sagen wir, diskutierten … wie die Feindseligkeiten am besten zu beenden wären. Wir haben uns gefragt, ob es für diese unsere Invasion ein Endziel gibt.«

»Das ›Endziel‹, wie Sie es nennen, war von Anfang an klar. Wir erobern Spica, lähmen die Wirtschaft der Ryall und warten auf den Zerfall ihrer Zivilisation.«

»Missverstehen Sie mich nicht, Mrs. Drake. Der Plan Ihres Ehemannes ist bisher sehr schön aufgegangen. Wir haben unseren Fuß im Nacken dieser schuppigen Bastarde, und solange wir ihn dort halten können, werden wir unser langfristiges Ziel erreichen. Die Frage ist, ob wir es uns leisten können, abzuwarten, bis die Natur ihren Gang genommen hat. Vielleicht sollten wir den Prozess durch eine aktivere Rolle fördern.«

»Aktivere Rolle?«, fragte Bethany. »Wir zerstören ihre Schiffe so rasch, wie sie aus den Faltpunkten kommen. Wie viel ›aktiver‹ kann man werden?«

»Angriff ist die beste Verteidigung. Dieser alte Grundsatz ist es, den wir nach meiner Auffassung beherzigen müssen.«

Galston Highes Stimme war lauter und sein Tonfall schärfer geworden, als er sich für das Thema erwärmte. So war es ein gewisser

Schock, als eine ruhige Stimme das momentane Schweigen brach. »Wie sind die derzeitigen Projektionen für einen wirtschaftlichen Zusammenbruch?«

Bethany wandte sich der grauhaarigen Frau zu, die neben ihr stand. Sie war als Garnet Price vorgestellt worden, Abgeordnete von Nova Haven.

»Optimistische Schätzungen besagen, dass es zwei Jahre dauern werde, bis eine Knappheit an wichtigen Rohstoffen und Materialien für ihre Kriegsmaschine spürbar wird. Pessimistische Schätzungen rechnen damit, dass sie noch ein Dutzend Jahre aushalten werden, wenn auch mit abnehmender Wirksamkeit.«

»Ein Dutzend Jahre«, sinnierte Price. »Und wir sind jetzt seit – wie viel, acht Wochen? – im Besitz der Kontrolle über Spica. Wie viele von unseren Leuten sind in dieser Zeit getötet worden?«

»Die letzte Verlustliste zählt 8.526 Gefallene. Das schließt alle Kampfhandlungen mit ein, nicht nur die Operation Spica.«

»Mehr als achttausend Tote in zwei Monaten. Verluste dieser Größenordnung können wir schwerlich zehn Jahre lang hinnehmen, nicht wahr?«

»Das können wir nicht. Es wird auch nicht bei diesen Zahlen bleiben«, erwiderte Bethany. »Unsere Strategen haben die Kampfkraft der Ryall analysiert und in Beziehung zu ihren Verlusten während unserer Invasion gesetzt. Die eigenen Verluste sollten mit der zunehmenden Schwächung der Ryall zurückgehen.«

»Ein paar ihrer letzten Gegenangriffe hätten beinahe Erfolg gehabt«, sagte Highe. »Nach den letzten Meldungen von Spica war der Kampf um den Faltpunkt Cor letzte Woche eine knappe Angelegenheit.«

»Ach, davon habe ich noch gar nicht gehört«, sagte Bethany. »Gibt es schon Verlustlisten?«

»Nein. Sie sollten mit dem nächsten planmäßigen Kurierschiff kommen. Ich fürchte, morgen um diese Zeit wird es mehr Mütter, Ehefrauen und Töchter geben, die um ihre gefallenen Angehörigen weinen.«

Bethany überlief es kalt. Die logische Hälfte ihres Gehirns sagte ihr, dass Richards Flaggschiff wahrscheinlich Millionen von Kilometern von den Kämpfen entfernt gewesen war. Die emotionale Hälfte, wo noch das kleine Mädchen wohnte, das Angst vor der Dunkelheit hatte, glaubte das Schlimmste, nämlich, dass das nächste Kurierboot, das im Faltpunkt Val/Napier erschien, eine Kondolenzbotschaft für sie und den kleinen Ritchie mitbringen würde.

»Wenn wir mit knapper Not imstande waren, diese Verzweiflungsangriffe abzuwehren, wie können wir einem massiven Angriff planmäßig zusammengefasster Kräfte standhalten?«, fragte ein Neuankömmling. Er war nicht vorgestellt worden, und Bethany kannte ihn nicht.

»Hoffentlich werden wir bis dahin die Orbitalfestungen in Position haben«, antwortete sie. »Mit ihrer Feuerkraft sollten wir in der Lage sein, jede Streitmacht zurückzuschlagen, die die Ryall aufbieten können.«

»Aber wir werden Verluste hinnehmen können«, beharrte Highe.

»Selbstverständlich. Verluste sind ein unvermeidlicher Teil des Krieges.«

»Und wenn sie nie aufhören, uns anzugreifen? Wenn wir ihre Fähigkeiten unterschätzt haben? Wenn sie mit einem Gegenangriff auf unseren brillanten Plan kontern und uns hier zu Haus an der Gurgel packen, während ein Großteil unserer Kräfte in der Operation Spica gebunden ist?«

»Ich nehme an«, sagte Bethany«, dass Sie eine Lösung für dieses Problem haben.«

»Die haben wir allerdings«, sagte der Abgeordnete. »Wir warten nicht, bis die Gesetze der Ökonomie ihnen den Rest geben. Sobald wir sie kampfunfähig haben, gehen wir mit überwältigender Macht in ihre Systeme und löschen sie einen nach dem anderen aus.«

»Löschen sie aus? Wie?«

»Indem wir tun, was sie getan haben und allzu vielen unserer Welten anzutun versuchten. Wir bombardieren sie mit jeder Nuklearwaffe, die wir zusammenkratzen können, und dann lassen wir Antimateriebomben auf sie regnen, bis ihre Heimatwelten nichts als weite, abkühlende Lavafelder sind.«

»Sie sprechen von Ausrottung«, erwiderte Bethany. Es fiel ihr schwer, die Beherrschung zu wahren.

»Ganz recht, davon spreche ich. Alle miteinander ausrotten, sage ich, bevor sie uns ausrotten.«

Der Kapitän des Ingenieurkorps, Mikhail Borisovich Andrejew, saß angeschnallt hinter seinem übergroßen Schreibtisch und versuchte noch ein paar Vorgänge zu erledigen, die auf seinem mehr als vollen Terminkalender für den Tag standen, bevor sein prominenter Besucher erschien. Jenseits seines Büros erstreckten sich in jeder Richtung die schiefergrauen Schotten und gewaltigen Maschinen der Orbitalwerft Delta Sieben, die vor kurzem aus ihrer Umlaufbahn um Halcyon IV abgezogen worden war und nun in einer Umlaufbahn um Eulysta II lag, ihren früheren Eigentümern als Corlis bekannt. Das war zumindest die menschliche Transliteration der unaussprechlichen Ryall-Phoneme, die den wahren Namen dieser Welt ausmachten.

Eine Orbitalwerft erfüllte die gleichen Funktionen wie ihre Gegenstücke am Boden, nur wurden alle Arbeiten unter Bedingungen minimaler Schwerkraft ausgeführt. Delta Sieben hatte die technischen Möglichkeiten, alles bis hin zu einem leichten Kreuzer von null an neu zu bauen, vorausgesetzt, die benötigten Materialien und Anlagen zum Einbau wurden angeliefert. Mit einigen Veränderungen an den Kokons aus Kohlenstofffasern, mit denen die verwundeten Patienten umgeben wurden, konnte die Reparaturwerft sogar größere Eingriffe an einem der großen Schlachtschiffe vornehmen.

Im Moment waren die großen Hangars der Reparaturwerft leer, und ihr erster Kunde sollte ein leichter Kreuzer sein, was die epische Reise durch den Nebel, die Andrejew und seine Männer gerade beendet hatten, kaum zu rechtfertigen schien.

Die Flotte, die gegenwärtig im Raum um Spica kämpfte, war lediglich die Lanzenspitze der Menschheit. Hinter dieser scharfen Spitze erstreckte sich eine logistische Kette, die bis zur Erde zurückreichte. So war es gekommen, dass Delta Sieben zum ersten Mal in fast einem Jahrzehnt seine Triebwerke in Gang gesetzt, seine neu installierte Strahlenabschirmung eingeschaltet und sich auf den Weg durch das Herz einer hundertjährigen Supernova zu diesem fremden Sternsystem gemacht hatte, das gegenwärtig zu einer Nachschubbasis und vorgeschobenen Bastion ausgebaut wurde.

Andrejews elektrische Anzeige piepte, und die Gefreite, die als seine Empfangsdame fungierte, kündigte die Ankunft seines erwarteten Besuchers an.

»Commander Walkirk von der *Queen Julia* für Sie, Sir.«

»Schicken Sie ihn herein«, befahl Andrejew.

Die Uniform des Offiziers, der durch die Türöffnung schwebte, war Kapitän Andrejew unbekannt, aber das war in dieser vereinigten

Flotte keineswegs ungewöhnlich. Die meisten provinziellen Marinen bewachten ihre Heimatsysteme und überließen Offensivoperationen weitgehend der Terranischen Marine.

»Commander Walkirk, königlich sandarische Marine, Kommandant der *Queen Julia*, wie angemeldet zur Stelle.«

»Willkommen an Bord, Walkirk. Was können wir für Sie tun? Sie sind unser erster Kunde, wissen Sie.«

»Ich werde nicht der letzte sein, Sir, nach den Verlusten, die wir erlitten haben.«

»Das hörte ich. Neuigkeiten von der Front?«

»Sie wissen wahrscheinlich mehr als ich, Sir. Wir haben einen ganzen Monat gebraucht, um die *Queen Julia* bis hierher zu bringen, und wir dachten schon, wir würden sie in Carratyl aufgeben müssen.«

»Nun, Sie haben es geschafft und sind in guten Händen. Was brauchen Sie?«

Phillip erklärte die Schäden, die sein Schiff davongetragen hatte, in wenigen, sorgfältig formulierten Sätzen. Kapitän Andrejew hörte ihn ruhig an, ohne zu unterbrechen, dann nickte er bedächtig.

»Ein leichter Kreuzer der *Illustrious*-Klasse, nicht wahr?«

»Ja, Sir. Erst letztes Jahr in Sandar nach den Spezifikationen der Terranischen Marine gebaut.«

»Gut, dann können Sie alle Standardmodule gebrauchen. Das heißt, dass wir schnell und schmutzig arbeiten können. Alles herausreißen, was nicht funktioniert, einen neuen Bugteil anschweißen und den Rumpf dann mit neuen Ausrüstungen voll stopfen, die noch in den Transportverschlägen von der Fabrik sind. Wir werden uns nicht mit der Reparatur Ihrer alten Ausrüstung abgeben, sondern einfach das, was noch brauchbar scheint, zurückschicken, um es bei den Herstellern aufarbeiten zu lassen. Wenn wir mit der *Queen Julia* fertig sind, wird sie wie neu sein.«

»Wie lange werden Sie brauchen?«, fragte Phillip.

»Einen Monat, maximal sechs Wochen. Vorausgesetzt, dass inzwischen nicht etwas mit höherer Priorität dazwischenkommt und Ihr Schiff aus dem Reparaturdock muss, bevor wir Zeit haben, die Arbeit zu beenden.«

»Kann meine Besatzung helfen?«

»Sicher. Wir können immer ausgebildete Leute brauchen, und auf diese Weise werden sie gleich mit dem neuen Zeug vertraut sein, wenn wir Ihr Schiff mit einer glänzenden neuen Farbschicht innen und außen zurück in den Raum schicken.«

»Danke, Captain. Sie wissen nicht, wie frustrierend es gewesen ist, dem Kampfgeschehen den Rücken zu kehren und hierher zu humpeln, während unsere Kameraden eingeheizt bekommen.«

»Commander Walkirk«, sagte Andrejew, »ich bin seit sechzehn Jahren Offizier im Ingenieurkorps und habe Schiffe und Männer gesehen, die aus dem Reparaturdock wieder in den Kampf hinausgingen, um nie mehr zurückzukehren. Ich weiß genau, wie frustrierend es ist …«

70

… Wie zahlreiche andere Aspekte ihrer Physiologie, ist der reproduktive Zyklus der Ryall an den Gang der Jahreszeiten auf der Heimatwelt Darthan der Spezies gebunden. Die Paarungszeit liegt gegen Ende des Winters, damit die befruchteten Eier im Frühling ausgebrütet werden können, was den ausgeschlüpften Jungen die günstigsten äußeren Entwicklungsbedingungen bietet, bevor sie die Härten des Winters auf sich selbst gestellt überstehen müssen.

Mit dem Beginn des kalten Wetters hier in Homeport zeigt Varlan die physiologischen und psychologischen Veränderungen, die den Beginn ihrer fruchtbaren Phase kennzeichnen. Ihre Körpertemperatur liegt gleichmäßig um 0,75 Grad über normal, und im Vorfeld der Paarungszeit hat ihr Appetit ebenso zugenommen wie ihr Gewicht, das fast 10 % über dem bisher gemessenen Wert liegt. Sie ist merklich reizbarer geworden, besonders auf Jorge Santiagos unaufhörliche Fragen über die Wurzeln der Mythen in der Kultur der Ryall. Ich kann es ihr nicht verdenken, da seine Art mir in letzter Zeit auch auf die Nerven geht.

Während ihrer Gefangenschaft ist sie zweimal in die Paarungszeit eingetreten, aber diesmal sind die Veränderungen stärker ausgeprägt als während der früheren Zyklen. Obwohl sie ungern über ihren gegenwärtigen Zustand und die damit verbundenen Stimmungen spricht, hat Varlan mir erklärt, dass diese Veränderungen das Ergebnis einer besonders starken Freisetzung von Hormonen in ihrem Körper sind, hervorgerufen durch ihre nun schon jahrelange Zeit eines erzwungenen

Zölibats. In ein paar Wochen wird sie unfruchtbare Eier legen, wie sie es in den zwei vergangenen Jahren getan hat, und wird danach nicht mehr unter den unangenehmen Begleiterscheinungen der Paarungszeit leiden.

Als ich vorschlug, dass ich ihr einen der von der Marine internierten Gefangenen zur Verfügung stellen könnte, wenn das ihr Leiden erleichtern würde, fauchte sie mich regelrecht an und erklärte, »nur Perverse würden erlauben, dass die Jungen in Gefangenschaft schlüpfen.«

Der Fortpflanzungstrieb in ihr ist stärker, als ich es je gesehen habe, doch lehnte sie mein Angebot mit einer Entschiedenheit ab, die mich überzeugt, dass die Reaktion echt war. Da allgemein betrachtet der Fortpflanzungstrieb in den Ryall genauso stark ist wie im Menschen, beweist diese negative Reaktion, dass die Ryall nicht an ihre Instinkte gekettet sind, und dass sie wie Menschen ihre Intelligenz gebrauchen, um ihre biologischen Impulse zu unterdrücken, wenn die Notwendigkeit es gebietet. Diese Beobachtung hat die tiefgreifendsten Implikationen für die Beziehungen zwischen Menschen und Ryall und bietet Hoffnung, dass sie sich der Vernunft nicht verschließen werden, sobald sie erkennen, dass wir aus dem System Spica nicht vertrieben werden können.

Bethany hielt im Diktat ihres Forschungstagebuches inne und überlegte die letzte Feststellung. Nachdem sie den Hinweis gefunden hatte, nach dem sie so lange gesucht hatte, sah sie sich jetzt dem Dilemma gegenüber, wie sie ihre Folgerung testen könnte. Wie viel von dem, was sie gerade diktiert hatte, beruhte auf objektiven Beweisen, und wie viel war ihr Wunschdenken?

Von allen Gebieten der Wissenschaft war die Exobiologie wahrscheinlich am meisten belastet durch psychologische Probleme, wenn Forscher von ihren eigenen unbewussten Annahmen irregeführt wurden. Das Problem war der Arbeitsweise des menschlichen Gehirns inhärent.

Zeigte man einem Menschen ein Muster von willkürlich gesetzten Punkten, so wird er innerhalb von Sekunden anfangen, Formen in dem Muster zu sehen. Deshalb sehen die Bewohner einer Welt mit einem größeren luftlosen Mond ein identifizierbares Gesicht in den Kratern und Ebenen, die ihren Satelliten sprenkeln, und deshalb ist die Beobachtung von Wolkenbildern ein beliebter sommerlicher Zeitvertreib unter jenen, die jung genug sind, Zeit dafür zu haben. In gleicher Weise verursacht die Fähigkeit des menschlichen Gehirns, Muster zu erkennen, dass Bilder von Jesus Christus und der Jungfrau Maria in Wasserflecken an Decken und Wänden gesehen werden, wenigstens in christlich geprägten Kulturen. Vermutlich werden in nichtchristlichen Kulturen andere Bilder in den Wasserflecken gesehen.

In der wissenschaftlichen Forschung verursacht dieser innewohnende Drang, dem Chaos einen Sinn zu geben, die Forscher, Fakten wie Perlen in einer Halskette aneinander zu reihen. Das Problem ist, dass diese Fakten bisweilen nicht wirklich zusammengehören, außer vielleicht im Bewusstsein des betreffenden Forschers.

Der gefährlichste Aspekt dieses Phänomens war für einen Exobiologen die Argumentation mittels Analogien. Wiederholt ertappten sich Forscher dabei, dass sie von einem fremden Organismus erwarteten, er müsse sich verhalten wie der terrestrische Organismus, dem er am meisten ähnelte. Dies war der Trugschluss des »Wenn es wie ein Hund aussieht, muss es sich wie ein Hund verhalten.«

Professoren der verschiedenen »Exo«-Wissenschaften pflegten ihre Studenten darauf hinzuweisen, dass vom Verhalten eines fremden Tieres erwartet werden könne, es müsse fremd sein. Nur weil es einer fetten alten Katze ähnelt, die man einmal als Hausgenossen hatte, kann man nicht erwarten, dass es sich im Schoß zusammenrollen und schnurren wird.

So fragte sich Bethany, ob sie Varlan nicht vielleicht unbewusst menschliche Reaktionsweisen und Eigenschaften zuordne, um dann auf dieser Basis Urteile abzugeben. War die Weigerung der Ryall, sich in Gefangenschaft fortzupflanzen, ein Fall von Varlans Intelligenz, die sich über ihren Instinkt hinwegsetzte? Oder war es ein anderer Instinkt, der in den Fortpflanzungstrieb eingriff? Es war bekannt, dass sich verschiedene Tierarten nicht fortpflanzten, wenn sie in der Gefangenschaft eines Zoos gehalten wurden. Vielleicht war Varlans Paarungsverweigerung lediglich die Rationalisierung eines Instinkts, der ihr sagte, sie müsse unbehindert durch ausgeschlüpfte Junge sein, um jede Gelegenheit zur Flucht besser nutzen zu können. In solch einem Fall würde der Fortpflanzungstrieb vom Selbsterhaltungstrieb unterdrückt, und Bethanys ganze These wäre ungültig.

So blieb die Frage, was sie immer gewesen war. Waren die Feinde Sklaven ihrer fremdenfeindlichen Instinkte, oder konnten sie sich über ihr natürliches Verlangen, menschliche Wesen abzuschlachten, hinwegsetzen, wenn sie eine passende Motivation erhielten – zum Beispiel bei Verhandlungen unter den Waffen einer Flottille menschlicher Schlachtschiffe?

In dem Monat, der seit jenem Abend bei Evelyn Mortridge vergangen war, hatte die Frage für Bethany eine erneute Dringlichkeit angenommen. Dass es Abgeordnete des altanischen Parlaments gab, die so beiläufig von der Auslöschung ganzer Welten sprachen, hatte sie tief erschrocken. Selbst wenn sie sich gegen Todfeinde der Menschheit richtete, störte und beunruhigte sie solche Gefühllosigkeit und hatte ihr einige schlaflose Nächte bereitet.

»So in Gedanken versunken?«, sagte hinter ihr eine Stimme.

Bethany schrak zusammen, und plötzlich wurde ihr bewusst, dass sie den Arbeitsbildschirm, auf dem ihr Forschungstagebuch dargestellt war, angestarrt hatte, ohne ihn zu sehen.

»Hallo, Olivia. Ich hörte Sie nicht hereinkommen.«

»Das denke ich mir. Sie schienen wie in Trance. Ich dachte daran, mich auf Zehenspitzen zurückzuziehen, aber dann fiel mir ein, dass es Sie noch mehr als meine Unterbrechung erschrecken könnte. Probleme?«

»Nein, nur etwas, was mich beschäftigt hat.«

»Kann ich vielleicht dabei helfen?«

»Ich habe darüber nachgedacht, was dieser Galston Highe sagte, als wir kürzlich bei Evelyn Mortridges Soiree waren.«

»Highe? Der Abgeordnete mit der schnarrenden Stimme?«

Bethany nickte.

»Ich erinnere mich nur an ein paar politische Dampfplauderer, die sich wichtig machten. Sicherlich haben Sie ihre Argumente nicht ernst genommen.«

»Wie können Sie jemanden nicht ernst nehmen, wenn er wie dieser Highe beiläufig davon spricht, ganze Welten zu sterilisieren?«

»Machen Sie sich seinetwegen keine Gedanken. Er ist verunsichert und frustriert. So reden die Leute, wenn sie fürchten, was die Zukunft bringen mag. Er möchte gern den starken Mann spielen, weil er im Parlament sitzt, aber es ist bloß heiße Luft.«

»Aber diese Tendenz scheint auch in der Öffentlichkeit Boden zu gewinnen. Mit jeder neuen Verlustmeldung, die uns erreicht, werden die Kommentatoren der Sender wütender in ihrem Hass.«

»Das ist eine gewöhnliche menschliche Reaktion.«

»Aber Völkermord! Man liest und hört über solche Ereignisse in der Geschichte, aber man erwartet nicht im wirklichen Leben darauf zu treffen.«

Olivia seufzte. »Sie waren hier lange Zeit isoliert, Bethany. Die Menschen der Erde haben keine Illusionen. Vielleicht kommt es von unserer viel längeren und blutigeren Geschichte.«

»Aber Ausrottung ist so endgültig.«

»Es ist, was die Echsenleute mit uns machen wollen, wenn sie gewinnen.«

»Das kann es nicht rechtfertigen.«

Olivia Southington wischte Bethanys Einwand mit einer Handbewegung beiseite. »Als Nächstes werden Sie mir sagen, dass es ›nicht fair‹ ist. Ich persönlich denke, dass diese Leute nur Dampf ablassen. Sie würden wahrscheinlich schockiert sein, wenn die Marine tatsächlich den blutigen Ausrottungsfeldzug durchführen würde, den sie jetzt befürworten. Dennoch müssen Sie sich auf die Tatsache vorbereiten, dass wir die Ereignisse dort draußen nicht unter Kontrolle haben. Sie wissen, was ein Tiger ist, nicht wahr?«

Bethany nickte.

»Nun, wir haben einen am Schwanz und reiten ihn. Sollte sich das Kriegsglück gegen uns wenden, oder die Ryall sich als flexibler und kampfkräftiger erweisen als unsere Computermodelle vorsehen, könnte es notwendig werden, ihre Heimatsysteme eins nach dem anderen anzugreifen und die Menschenleben zu opfern, die nötig sind, um ihre Verteidigung zu überwinden.«

»Aber man kann mit den Ryall vernünftig reden, Olivia. Ich denke, meine Arbeit mit Varlan beweist, dass sie ihre Instinkte überwinden können.«

»Das ist mir neu, und ich habe die Literatur über den Gegenstand sehr aufmerksam verfolgt. Die meisten Experten scheinen zu denken, dass ein Ryall ungefähr so programmiert ist wie ein Computer, und dass seine Reaktionen genauso automatisch sind.«

»Die so genannten Experten irren sich.«

»Dann ist es bedauerlich, dass sie bei den maßgeblichen Stellen Gehör finden, und Sie nicht.«

Bethany schwieg. Das war es, was ihr keine Ruhe ließ, seit Galston Highe an jenem Abend seinen schrecklichen Vorschlag gemacht hatte. Sie besaß Informationen, die wesentlich für die Kriegsanstrengungen waren, aber niemand hörte auf sie.

Allerdings gab es eine Person, die immer auf sie hören würde … Sie wusste nur nicht, was er tun konnte, um ihr zu helfen.

Clarence Whitlow war in seinem Garten und pflegte die Rosen, als seine Nichte zu Besuch kam. Seine Freude über ihren Besuch wurde gedämpft, als er ihren Gesichtsausdruck sah. Er zeigte an, dass sie nicht zu einem harmlosen Plauderstündchen gekommen war. Der alte Mann kannte diesen Ausdruck nur zu gut aus ihrer Jungmädchenzeit und wusste, dass er nichts als Schwierigkeiten bedeutete.

»Onkel«, sagte sie, als er, der auf den Knien seine preiswürdigen Pflanzen gemulcht hatte, mit steifen Bewegungen auf die Beine kam. Die Atmosphäre, in der sie sich umarmten, war heiß und feucht, der natürliche Zustand des Gewächshauses. Um sie her war das leise Summen importierter Bienen zu hören, die er beinahe so liebte wie seine Rosen und sonstigen Gewächse. Die Insekten hatten sich Altas natürlicher Umgebung nie gut anpassen können, und jede Biene seines mit Liebe und Umsicht gehegten Volkes war ihr Gewicht in Gold wert.

»Was führt dich her, Kind?«, fragte er, als sie endlich voneinander abließen – er widerwilliger als sie, wie er spürte.

»Ich habe etwas, das ich mit dir besprechen möchte, Onkel. Bin ich zur Unzeit gekommen?«

Er lächelte. »Ich sehe dich schon so zu selten, da können meine Rosen warten. Komm, gehen wir ins Haus und sprechen bei einer Tasse heißer Schokolade darüber. Ich scheine mich zu erinnern, dass es dein Lieblingsgetränk ist.«

Ihr Lachen klang gezwungen und kam eine Sekunde zu spät. »Das war es, bis ich anfing aufzugehen wie Hefeteig. Erinnerst du dich, wie ich weinte, als ich nicht in dieses schöne Ballkleid hineinkam, das du mir gekauft hattest?«

»Ich erinnere mich an einen Nottermin bei der Änderungsschneiderin, obwohl ich dachte, es passte gut, wie es war.«

Als erblicher Botschafter der Erde auf Alta hatte Whitlow das Studium der Geschichte zu seiner Lebensaufgabe gemacht – nicht der aufbereiteten Geschichte in Geschichtsbüchern, die Ereignisse und

Personen aus der oft verzerrten Perspektive späterer Generationen schilderten, sondern der zeitgenössischen Quellen, die enthüllten, wie die Menschen verschiedener Kulturen das Leben ihrer Zeit und die Welt um sie her betrachtet hatten. War das angesprochene Problem auch nicht Gegenstand seiner geschichtlichen Studien gewesen, so vermutete er doch mit einiger Bestimmtheit, dass junge Mädchen gleich welcher Kultur zu allen Zeiten befürchtet hatten, sie seien zu fett.

Arm in Arm gingen die beiden über die kleine, von Büschen gesäumte Rasenfläche zu dem niedrigen Bungalow hinüber. Das Erwärmen der Milch und die Zubereitung von zwei dampfenden Tassen Schokolade dauerte weitere zehn Minuten. Erst als sie bequem in seiner Essecke mit ihrem Ausblick auf das nahe Colgate-Gebirge saßen, brachte Whitlow das Thema von Bethanys unerwartetem Besuch zur Sprache.

»Was hast du auf dem Herzen, Kind? Du weißt, dass du nie sehr gut darin warst, mir etwas zu verheimlichen.«

Beinahe schluchzend schüttete Bethany ihm das Herz über die Frustrationen des vergangenen Monats aus, beginnend mit Galston Highes Äußerungen bei Evelyn Mortridges Abendgesellschaft bis zu ihrem Gespräch mit Olivia Southington an diesem Morgen. Whitlow hörte ruhig zu und versuchte den Schmerz hinter ihren Worten zu beurteilen. Er musste erheblich sein.

»Also glaubst du, dass du etwas Wichtiges entdeckt hast?«

Sie nickte mit niedergeschlagenem Blick.

»Und was willst du in der Sache unternehmen?«, fragte er freundlich.

»Ich weiß nicht, was ich tun soll, Onkel. Ich nehme an, ich sollte meine Ergebnisse aufschreiben und einer der wissenschaftlichen Fachzeitschriften schicken.«

Sein Schnauben bewirkte, dass sie den Kopf hob und ihn ängstlich forschend ansah. Sie war nicht sicher, ob er Atembeschwerden hatte oder lachte. Schließlich entschied sie, dass das Letztere der Fall war. »Was ist daran so lustig?«, fragte sie in verletztem Ton.

»Entschuldige«, sagte er und wischte mit dem schmierigen Ärmel seines Arbeitshemdes Schokolade von seinem Mund. »Ich dachte, dass ich dich gut kenne, Kind, aber das war das Letzte, was ich von dir zu hören erwartete.«

»Was sonst kann ich tun, Onkel? Niemand in der Regierung wird auf mich hören. Sie alle halten mich für eine Verrückte, die sich in ihr fremdes Schoßtier verliebt hat.«

Whitlow überdachte seine nächsten Worte sorgfältig. »Du glaubst also wirklich, dass mit den Ryall verhandelt werden kann, selbst wenn es am Ende eines Gigawatt-Lasers geschieht?«

»Das glaube ich.«

»Dann musst du etwas unternehmen.«

»Ich weiß das. Aber was?«

»Ich denke, du weißt die Antwort. Richard muss von deiner Theorie und den Folgerungen erfahren, die sich daraus ergeben.«

»Richard? Er kennt meine Ideen schon.«

»Weiß er von deinem neuen Ergebnis?«

»Nein«, sagte sie langsam, als wäre es eine seltsame neue Idee. »Ich nehme an, ich könnte ihm einen Brief schreiben und berichten, was ich gefunden habe.«

»Du meinst, das wird ausreichend sein?«

Sie schwieg einen Moment und sah den Menschen an, zu dem sie um Rat gekommen war, solange ihre Erinnerung zurückreichte – ganz sicher seit jener schrecklichen Nacht, als ihre Eltern bei dem Autounfall getötet worden waren.

»Was willst du damit sagen?«

»Du weißt, was ich meine.«

Bethany zog die Stirn in Falten, dann sah sie ihn mit großen Augen an, als das Verstehen in ihr Gehirn einsickerte. »Du meinst, ich soll ihm die Nachricht persönlich überbringen?«

Er nickte ernst.

»Aber ich kann nicht! Ich habe einen Säugling, um den ich mich kümmern muss.«

»Und du hast eine Information, die wesentlich für die Kriegsanstrengungen ist. Information, die nur persönlich überbracht werden kann … das heißt, wenn sie zur Grundlage von Entscheidungen und Handlungen gemacht werden soll.«

»Sicherlich erwartest du nicht, dass ich Ritchie mitnehme?«

»Nein, das schlage ich nicht vor.« Er blickte ihr unverwandt ins Auge, und seine Stimme war leise genug, sie zu ängstigen. »Ich verlange nur, was notwendig ist. Diese Information muss so schnell wie möglich überbracht werden, und du bist die Einzige, die sie überbringen kann.«

»Aber ich kann nicht!«

»Du musst.«

»Eine … eine Mutter verlässt ihr Baby nicht!«

Clarence Whitlow, der den Handrücken seiner Nichte sanft massiert hatte, richtete sich plötzlich auf und lehnte sich zurück. In seinen Augen war ein Ausdruck von Triumph.

»Da, du hast es selbst gesagt. Gut. Nun können wir zu dem springenden Punkt bei der Sache kommen.«

»Welchem springenden Punkt?«

»Du sagst, du hättest entdeckt, dass die Ryall ihre Instinkte überwinden können, aber du kannst nicht einmal deinen eigenen überwinden.«

»Das ist nicht das Gleiche«, antwortete sie störrisch.

»Es ist genau das Gleiche. Du hast einen überwältigenden Drang, den kleinen Ritchie zu beschützen. Das ist natürlich. Schließlich ist der mütterliche Instinkt das Ergebnis von Millionen Jahren menschlicher Evolution. Während ihrer ganzen Geschichte hat unsere Spezies zwei automatische Reaktionen auf drohende Gefahr gezeigt. Beim ersten Waffengeklirr raffen Frauen die Kinder an sich und rennen in die entgegengesetzte Richtung, während Männer zu ihren Speeren greifen und direkt dem Gefechtslärm entgegeneilen.

Dieser Instinkt ist so tief in unsere Gene eingebettet, wie die Fremdenfeindlichkeit der Ryall in ihre Gene eingeprägt ist. Die Frage ist, ob du deinen Instinkt überwinden kannst, um zu tun, was notwendig ist. Was sagt dir dein Herz?«

»Mein Herz sagt mir, dass ich Ritchie nehmen und vom Gefechtslärm davonlaufen soll. Ich möchte ins Bett steigen und mir die Decke über den Kopf ziehen, bis wir in einer vernünftigen Welt aufwachen, wo es keine feindlichen Echsen gibt.«

»Ja, das wäre fein, nicht wahr? Aber das ist natürlich nicht dein Ernst.«

»Nicht?«

»Nein. Was du herausgefunden hast, ist zu wichtig, als dass du dich deiner Pflicht entziehen könntest.«

»Die Pflicht einer Mutter ist, sich um ihr Kind zu kümmern.«

»Ja, das ist richtig. Nichtsdestoweniger ist das Nächstliegende nicht immer das Beste für unsere Kinder. Wenn es das wäre, hätte ich dir dieses Pferd gegeben, das du wolltest.«

»Aber was soll ich mit dem kleinen Ritchie tun, wenn ich in den Krieg ziehe? Wer wird sich um ihn kümmern?«

»Wer würde sich um ihn kümmern, wenn du bei einem Autounfall ums Leben kämst?«, fragte er.

»Du, Onkel? Aber er ist ein Säugling. Ich war zwölf, als ich zu dir kam.«

»Glaubst du, ein Säugling ist schwieriger als ein Jugendlicher?«

Bethany errötete, denn die Bemerkung ihres Onkels weckte Erinnerungen, an die sie lieber nicht denken wollte

»Die meisten Männer deines Alters werden nicht Väter, schon gar nicht allein erziehende Väter.«

»Ich werde schon zurecht kommen. Keine Sorge, seine körperlichen Bedürfnisse werden befriedigt. Ich werde eine Kinderschwester mieten, und vielleicht eine Haushälterin. Was Liebe angeht, so kann ich ihm alles geben, was er braucht.«

Bethany zwinkerte und bemerkte, dass das Bild des weißhaarigen alten Mannes verschwamm.

Whitlow schob seinen Sessel über die Dekorfliesen und legte dann beide Arme um die schluchzende Frau, wie er es in der Vergangenheit so viele Male getan hatte. Die Tränen, das wusste er, bedeuteten, dass Bethany ihre Entscheidung getroffen hatte. Es war eine Entscheidung, die ihm keine Freude machte und Bethany schmerzen musste. Es war jedoch die richtige Entscheidung.

Unter den Umständen war es sogar die einzige Entscheidung.

71

Phillip Walkirk, Kapitän des leichten Kreuzers *Queen Julia*, zog sich an den Armen aus der Luke, hinter der er die letzten vier Stunden verbracht hatte. Rings um ihn her war das millionenfache Funkeln im Inneren eines Photonenrechners, das an eine Ansammlung besonders dichter, mikroskopischer Sternhaufen gemahnte. Als er in den beleuchteten Axialgang Nr. 4 hinauskam, blinzelte er geblendet in das grelle Licht der Deckenbeleuchtung. Dann stieß er sich sanft mit den Händen ab und drehte sich zugleich in eine aufrechte Position. Das Manöver wurde mit der kaum bewussten Selbstverständlichkeit ausgeführt, die ein monatelanger Aufenthalt unter minimalen Schwereverhältnissen mit sich bringt.

Unter der hellen Korridorbeleuchtung glich Phillip weniger dem Thronfolger als einem jener Unglücklichen, die sich allabendlich in der Hauptstadt versammelten, um neben den warmen Abluftschächten des königlichen Terrariums zu schlafen. Seine Latzhose war nicht nur stark fleckig, sondern in mehreren Schichten dekoriert mit nicht identifizierbaren Substanzen, die seine Aktivitäten seit seiner letzten Gelegenheit, die Kleider zu wechseln, widerspiegelten.

Wenn auch für Phillips Ungeduld nicht schnell genug, waren die Reparaturarbeiten an der *Queen Julia* mit überraschender Schnelligkeit vorangekommen, nachdem die Schlepper den schwer beschädigten Kreuzer in den Kokon des großen Reparaturdocks manövriert hatten. Wie Kapitän Andrejew, der Leiter der Reparaturwerft, erwähnt hatte, erleichterte der Typ des Kreuzers, der baugleich mit den Kriegsschiffen der Klasse *Illustrious III* war, die Reparaturarbeiten, weil die beschädigten und zerstörten Teile durch Standardmodule ersetzt werden konnten.

Insgesamt verbrachte die *Queen Julia* 22 Tage in der Reparaturwerft, umgeben von Gerüsten, Kränen und beweglichen Montagebühnen. Am Ende dieser Zeit, als das Schiff wieder vakuumdicht war, ließ Kapitän Andrejew das Reparaturdock räumen, um die Arbeiten an einem weiteren Opfer des andauernden Kampfes um die Herrschaft über das System Spica zu beginnen. Phillip hatte Gelegenheit gehabt, von außen zu beobachten, wie die massiven Flügel des Tores sich öffneten und sein Schiff wieder von Eulystas wärmenden gelben Lichtstrahlen beschienen wurde.

Trotz zu langer Arbeitstage und zu kurzer Schlafperioden konnte Phillip sich rückblickend nicht an eine Zeit erinnern, in der er glücklicher gewesen wäre …

»Commander«, rief eine Stimme. Phillip drehte sich in der Luft um seine Achse und sah den Ersten Offizier, der Hand über Hand den Korridor entlang auf ihn zu hangelte.

»Was gibt es, Mr. Weintraub?«

»Kapitän Andrejew lässt Sie grüßen, Sir, und bittet Sie, sich um 16:00 Uhr in seinem Büro einzufinden.«

Phillip sah auf seinen Chronometer. »Das ist in zwanzig Minuten.«

»Ja, Sir. Ihr Anschluss war unbesetzt, also machte ich mich auf die Suche nach Ihnen. Sie haben kaum noch Zeit, sich umzuziehen, bevor Sie an der Luftschleuse sein müssen. Kaminski hat das Boot schon startbereit.«

Phillip befühlte schuldbewusst die Tasche seiner Latzhose. Ein Druck, und das vertraute Piepen zeigte, dass sein Anschluss funktionierte. Er hatte ihn ausgeschaltet, weil die Schaltungen des photonischen Rechners zwar immun gegen elektromagnetische Interferenzen waren, einige der Diagnosegeräte an seinem Werkzeuggürtel aber nicht.

»Sagte Kapitän Andrejew, was er will?«

»Nein, Sir. Nur dass Sie sich um 16:00 Uhr bei ihm einfinden möchten.«

»Gut. Melden Sie Kaminski, dass ich in sieben Minuten dort sein und in zehn unterwegs sein möchte.«

Damit stieß Phillip sich ab und glitt vorwärts zur Kreuzung, wo der Axialgang 4 auf den Umfangskorridor Beta stieß. Seine Kajüte war eine Vierteldrehung um das Schiff und zwei Decks vorwärts.

Wenn er seine Bartstoppeln abrasieren und sich kaltes Wasser ins Gesicht spritzen wollte, würde ihm nicht genug Zeit bleiben, seine Uniform anzuziehen. Er würde also seine saubere Uniform aus dem Spind nehmen und sich in der Enge des Bootes umziehen müssen.

Er vermutete, dass Gefreiter Kaminski, der eine Frau war, ihren Enkeln die Geschichte von dem Tag erzählen würde, als sie mit dem künftigen König von Sandar in einer kleinen Bootskabine in der Größe einer Telefonzelle zusammengepfercht war, und wie der Thronfolger sich in der Enge bis auf die Unterhosen ausgezogen hatte. Das setzte natürlich voraus, dass Gefreiter Kaminski lange genug lebte, um Enkelkinder zu haben, und er lange genug lebte, um König zu werden.

Die digitale Zeitanzeige in Kapitän Andrejews Büro stand auf 16:02:36 Uhr, als Phillip durch die Türöffnung schwebte. Der Marinesoldat im Vorzimmer blickte von seiner Arbeit auf und sagte: »Der Kapitän erwartet Sie, Commander. Ich werde Sie anmelden, und Sie können dann gleich hineingehen.«

Phillip zog sich zur inneren Tür, die halb offen stand, klopfte einmal, wie das Protokoll verlangte, und zog sich dann durch die Öffnung.

»Commander Phillip Walkirk, Kommandant *Queen Julia*, meldet sich zur Stelle, Sir«, sagte er. Andrejew, der mit einer Frau gesprochen hatte, die an einen der Besucherstühle vor seinem Schreibtisch angeschnallt saß, nickte ihm zu und sagte: »Danke, dass Sie gekommen sind, Commander. Ich glaube, Sie kennen meine Besucherin.«

Phillip wandte sich zur Seite und rief überrascht: »Bethany! Was tun Sie hier?«

»Hallo, Hoheit«, sagte sie, drehte sich auf ihrem Platz und streckte ihm die Hand hin, die er mit der freien Hand ergriff. »Wie ist es Ihnen ergangen?«

»Ich hatte eine Menge zu tun«, erwiderte er. Dann zog er sich zu dem Platz neben ihrem und schnallte sich an. Als er sicher saß, wandte er ihr das Gesicht zu und sagte: »Das beantwortet meine Frage nicht. Wie sind Sie hierher gekommen?«

»Mit Großadmiral Beltons freundlicher Unterstützung«, antwortete Andrejew. »Mrs. Drake ist, wie es scheint, auf einer Mission. Unglücklicherweise sehe ich nicht, wie sie erfolgreich sein kann, da sie keine Genehmigung hat, Ihre Reise über Eulysta hinaus fortzusetzen.«

»Mission?«, fragte Phillip.

Bethany nickte. »Ich habe Kapitän Andrejew mein Problem erläutert. Da er wusste, dass Sandar und Alta Schwesterkolonien sind, fragte er mich, ob ich Sie kenne.«

»… Und da Sie und Mrs. Drake alte Freunde sind, dachte ich, ich würde sie und ihr Problem an Sie weitergeben, Commander«, sagte Andrejew. »Sie mögen in einer günstigeren Position als ich sein, um Mrs. Drake zu helfen oder ihr wenigstens zu erklären, warum unmöglich ist, was sie wünscht.«

»Das klingt geheimnisvoll.«

»Überhaupt nicht«, antwortete Bethany. »Es dauert bloß zu lange, um es ausführlich zu erklären.«

»Sind Sie hungrig?«, fragte er.

Bethany nickte.

»Gut, dann können Sie es doch bei einem frühen Abendessen erklären … Wenn Ihnen das recht ist, Sir.«

Andrejew machte eine Geste wie jemand, der einen schweren Frachtbehälter von sich stößt, der sich irgendwie losgerissen hat und ziellos im Raum treibt. »Sie sind herzlich eingeladen, Commander. Ich fürchte nur, dass Mrs. Drakes Bedürfnisse jenseits meines Zuständigkeitsbereichs und meines Ranges sind.«

»Ich verstehe, Sir. Wir werden Sie nicht von Ihrer Arbeit abhalten. Bethany, wie wäre es mit einem kurzen Ausflug zur Offiziersmesse?«

»Danke sehr, Hoheit.«

»Bitte, mein Name ist Phillip. Ich versuche die Leute daran zu gewöhnen, dass sie in mir nichts weiter sehen als einen kolonialen Marineoffizier.«

»Funktioniert es … äh, Phillip?«

»Überraschend gut«, antwortete er. »Fragen Sie Kapitän Andrejew. Der Versorgungsoffizier der Werft scheint ein besonderes Vergnügen daran zu haben, meine Anforderungen mit dem Stempel ›abgelehnt‹ zurückzuschicken.«

Die Orbitalwerft Delta Sieben war mehr als ein kompakter Komplex von Werftanlagen, Docks, Werkstätten und Materiallagern. Zusätzlich zu ihrer Hauptfunktion verfügte sie über ein vollständig eingerichtetes Krankenhaus, wo Ärzte verletzte und kranke Besatzungsmitglieder behandelten, während das Werftpersonal mit der Reparatur ihrer Schiffe beschäftigt war.

Für jene, die den Kampf ohne körperliche Verletzungen überstanden hatten, gab es eine große Ruhe- und Entspannungszone, um psychische Verletzungen und Stresssymptome zu behandeln. Teil dieser Einrichtung war ein erstklassiges Restaurant, das Besatzungsmitgliedern, die der normalen Bordrationen überdrüssig waren, Delikatessen servierte. Tatsächlich hätte der Chefkoch des Restaurants ohne weiteres für die besten Restaurants in Paris kochen können, wäre er nicht ein Roboter gewesen.

Phillip schlürfte Wein aus einem Trinkballon, als er Bethany in einer kleinen Nische gegenüber saß. Eine gleichmäßige kühle Brise wehte über die beiden hin. Die Luft war von einem sich automatisch einschaltenden Ventilator in der Wandverkleidung der Nische in Bewegung gesetzt worden und vermittelte eine Illusion von Schwere.

»Die lange Reise scheint Sie nicht ermüdet zu haben, Bethany«, sagte er, nachdem er getrunken hatte. »Sie sehen schöner aus als je zuvor.«

Sie merkte, dass sie errötete, und dankte ihm für das Kompliment. »Ich nehme an, dass mein Mann unseren Sohn erwähnt hat?«

Phillip lachte. »Erwähnt? Ich glaube, er hat jedem Offizier der Flotte Bilder von seinem Sohn gezeigt! Danach würde ich vermuten, dass Ihr Sohn der berühmteste Säugling im ganzen System Spica ist.«

Bethany war momentan entsetzt. »Sie machen Witze!«

Phillip lächelte. »Na, vielleicht übertreibe ich ein bisschen. Aber er hat Richard den Zweiten auf einem Bildschirm seiner Befehlszentrale. Ich habe das Bild dort selbst gesehen. Und ich glaube, dass er jede Sendung, die er von Ihnen erhalten hat, abrufbereit eingespeichert hat.«

Mit Phillip zu sprechen, fiel ihr überraschend leicht, und bevor sie sich's versah, hatten sie ihre Trinkballons geleert und sich halbwegs durch zwei Salatteller gearbeitet. Dass die Kunst, zuhören zu können, ihm als König zustatten kommen würde und deshalb schon von Kindheit an systematisch eingeübt worden war, kam ihr nicht in den Sinn.

Als Bethany schließlich geendet hatte, bemerkte sie etwas erstaunt, dass sie während ihres Vortrags beinahe das ganze Hauptgericht Filet Mignon aufgegessen hatte.

»Ich verstehe«, sagte Phillip Walkirk. »Nachdem Sie entschieden hatten, dass mit den Ryall vernünftig geredet werden kann – oder wenigstens mit Varlan –, besorgten Sie sich eine Schiffspassage durch den Nebel nach Eulysta, um uns darüber zu informieren.«

»So ungefähr«, bestätigte Bethany. »Ich muss zu Richard und ihm erklären, was ich gefunden habe. Er ist der Einzige, den ich kenne, der mich wahrscheinlich ernst nehmen wird.«

»Und dies war Ihnen so wichtig, dass Sie Ihren kleinen Sohn zu Haus in der Obhut Ihres Onkels ließen und den Entschluss fassten, Ihr Leben zu riskieren, indem Sie Ihren Mann im Kriegsgebiet besuchten?«

Bethany dachte darüber nach und nickte. »Denken Sie, dass ich eine schlechte Mutter bin, weil ich ihn verlassen habe?«

»Nein. Wenn Ihnen die Sache so wichtig ist, und selbst wenn es nur eine winzige Chance gibt, diesen Krieg zu beenden, dann mussten Sie es tun. Was Ihre Theorie betrifft …«

»Sie halten sie für verrückt, nicht wahr?«

»Ich will Sie nicht belügen. Ihre Theorie steht im Widerspruch zu meiner Erfahrung und zu den Erfahrungen praktisch aller Leute, die ich kenne, und mein Volk hat von Anfang an gegen die Ryall gekämpft. Welche Beweise haben Sie?«

»Nur die Tatsache, dass Varlan mein Angebot ablehnte, ihr einen männlichen Gefangenen als Partner zu bringen, obwohl ihre Instinkte das Gegenteil verlangten.«

»Vielleicht hat sie gelernt, das zu sagen, was Sie gern hören möchten«, sagte Phillip in einem Versuch, sie von ihrem Vorhaben abzubringen.

Zu seiner Überraschung nickte Bethany und sagte: »Es ist möglich, nehme ich an. Trotzdem glaube ich, dass ich sie im Lauf der Zeit, die ich mit ihr verbrachte, gut genug kennen gelernt habe, um das auszuschließen.«

»Vielleicht haben Sie Recht«, meinte er. »Aber warum hat sonst niemand einen Gefangenen bekommen, mit dem vernünftig über das Thema menschlicher Existenz diskutiert werden kann? Wenn Varlan Sie nicht belügt, dann ist dies die erste Konversion eines gefangenen Ryall, von der ich bisher gehört habe.«

»Vielleicht liegt es daran, dass fast alle Gefangenen der militärischen Kaste angehören«, erwiderte Bethany. »Wir haben sehr wenige von den Kasten der Verwalter oder Wissenschaftler, nicht wahr?«

»Nun, das kann ich wahrscheinlich nachprüfen.« Phillip zog seinen mobilen Datenanschluss aus dem Futteral an seinem Gürtel und kritzelte eine Frage auf die Mattscheibe. Gleich darauf leuchtete sie auf, und er studierte die Ausgabe, dann pfiff er leise durch die Zähne.

»Was ist los?«

»Können Sie sich vorstellen, dass es mindestens einen weiteren gefangenen Ryall der Verwalterkaste gibt, und zwar hier auf Corlis?«

Bethany sah ihn verdutzt an, dann wandte sie sich um und starrte die weiße und blaue Welt an, die über dem nahen Fenster hing. »Corlis? Hier auf *unserem* Corlis?«

»Genau so. Ich entnehme Ihrem Gesichtsausdruck, dass diese Nachricht Ihr Interesse weckt.«

Bethany hörte ihn kaum. Ihr Verstand arbeitete fieberhaft. Endlich sah sie Phillip an und sagte: » Ich würde gern Ihre ehrliche Meinung hören. Bitte schonen Sie nicht meine Gefühle. Wenn Sie glauben, ich sei durchgedreht, sagen Sie es mir bitte.«

»Selbstverständlich.«

»Sie sind besorgt, dass Varlan mich für einen Einfaltspinsel hält, dem man jeden Bären aufbinden kann, richtig?«

»Ich würde es diplomatischer ausgedrückt haben, aber ja.«

»Sie stimmen der Ansicht zu, dass die Kaste der Wirtschaftsführer und Verwalter anders denkt als die Kaste der Militärs?«

Er nickte. »Das ist anzunehmen.«

»Wie wäre es dann, wenn ich meine Untersuchung auf einen zweiten Ryall ausdehnen würde? Wie, wenn ich diesen anderen Verwalter oder Wirtschaftsfachmann überzeugen kann, dass es unseren beiden Spezies möglich ist, in Frieden zu koexistieren?«

»Dann würde ich sagen, dass Sie ein zweifaches Wunder gewirkt haben.«

»Vielleicht kann ich Varlan bewegen, mir zu helfen«, überlegte Bethany.

»Wie meinen Sie das?«

»Ach, habe ich es Ihnen nicht gesagt? Varlan begleitet mich nach Spica. Das ist ein Grund, warum ich so viele Schwierigkeiten habe. Kein Kriegsschiff lässt einen Ryall an Bord.«

»Ach, da bin ich nicht so sicher. Ich kann mir eins vorstellen, das es tun würde, sobald wir es wieder zusammengebaut haben.«

»Welches Schiff?«

»*Queen Julia*. Wir werden in einem Monat in die Kampfzone zurückkehren und könnten Raum für eine kleine Menagerie frei machen.«

»Bedeutet das, dass Sie mir glauben?«

»Es bedeutet, dass genug auf dem Spiel steht, um Ihr abenteuerliches Projekt nicht von vornherein abzulehnen.«

72

Varlan von den Duftenden Wasser lag quer über zwei Sitzen mit zurückgeklappten Lehnen, hatte es sich auf diesem provisorischen Lager so bequem wie möglich gemacht und betrachtete durch das runde Fenster des Raumtransporters die vertraute Landschaft. In der Reihe hinter ihr tat Bethany das Gleiche, während die aquamarinblaue See, die bewaldeten Berge und die weiten Ebenen von Corlis zur Begleitmusik des schrill pfeifenden Windes außerhalb der Kabinenwand von Augenblick zu Augenblick größer wurden.

»Welch eine schöne Welt!«, sagte Bethany sinnend.

Varlan wandte den Kopf auf ihrem langen Hals zu Bethany zurück. »Ja, sie ist schön auch für die Augen der Ryall.«

Bethany seufzte. »Das ist wirklich das Problem zwischen uns, nicht wahr? Wir begehren beide die gleiche Art von Grundbesitz. Vielleicht wäre es besser gewesen, wenn eine unserer Spezies sich auf den gefrorenen Ebenen und Teichen aus flüssigem Helium an den äußeren Rändern unserer jeweiligen Sternsysteme entwickelt hätte.«

»Ein interessanter Gedanke«, sagte Varlan. Etwas, woran sie sich im Umgang mit Bethany gewöhnt hatte, war der ständige Strom von »interessanten Gedanken«. Diese Reise, zum Beispiel. Sie war einer von Bethanys beharrlichsten Verrücktheiten zuzuschreiben, nämlich der, dass zwei intelligente Arten friedlich in einem Universum koexistieren könnten, wo Aggression die einzige Überlebenstechnik ist.

Varlans Problem war, dass Bethanys Verrücktheiten ansteckend waren. Nach so vielen Zyklen ständiger Schmeichelei und Überredung seitens ihrer Wärterin/Freundin war Varlan sich ihrer eigenen Überzeugungen nicht mehr sicher. Mit der Zeit hatte die Idee friedlicher Koexistenz mit Menschen aufgehört, lächerlich zu sein und begann, wenn nicht vernünftig, so doch wenigstens als etwas zu erscheinen, das überlegenswert sein konnte. Bethany glaubte, Varlans Bereitwilligkeit, die Idee in Betracht zu ziehen, sei ein Beweis, dass Menschen und Die Rasse eines Tages friedlich nebeneinander leben könnten. Varlan wusste, dass es eine andere, wahrscheinlichere Erklärung gab.

Ihre neu gefundene geistige Beweglichkeit mochte durchaus ein Zeichen dafür sein, dass die lange Gefangenschaft sie aus dem seelischen Gleichgewicht gebracht hatte. So etwas war von Zeit zu Zeit in der langen Geschichte Der Rasse vorgekommen.

Der Gedanke, dass sie selbst den Verstand verlieren könnte, beunruhigte Varlan nicht sonderlich. Sie fragte sich, ob auch das womöglich ein Symptom von Geisteskrankheit sei. Auf der anderen Seite (ihr Gebrauch dieses menschlichen Ausdrucks, erkannte sie, war ein Hinweis auf ihren Geisteszustand) gab es vielleicht einen Kern von Wahrheit in Bethanys fremdartigen Einsichten.

Varlan hatte niemals einen Schnellen Esser gesehen, es sei denn in künstlerischen Darstellungen und Skeletten in Museen. Das bedeutete allerdings nicht, dass die Schnellen Esser lediglich eine fast versunkene Erinnerung aus prähistorischer Zeit waren. Sie brauchte nur die Blinzhäute über ihre Augen gleiten zu lassen und sich eine der Bestien vorzustellen, um ihren Körper in Kampfbereitschaft zu bringen.

Da die Schnellen Esser gefräßige Essmaschinen waren, hatte sich niemals die Frage von Verhandlungen mit ihnen gestellt. Varlans Vorfahren hatten keine Wahl gehabt: töten oder gefressen werden. Wie aber, wenn es anders gewesen wäre? Wäre vielleicht eine Zeit gekommen, wo es möglich war, vernünftig mit ihnen zu reden?

Periskay von den Fernen Bergen im Nebel langweilte sich. Seit der ersten Mahlzeit waren zwölf hoch drei Herzschläge vergangen, und bis zur zweiten Mahlzeit würde es noch dreimal so lang dauern. Seine Ausscheidungsaktivitäten für den Tag hatte er bereits hinter sich gebracht, und in seiner Zukunft gab es nichts auch nur entfernt Interessantes, bis Eulysta hinter den nahen Hügeln unterging und es wieder Zeit zum Schlafen sein würde. Mit anderen Worten, dieser Tag entwickelte sich zu einem Tag wie jeder andere seit seiner Gefangennahme durch die Ungeheuer.

Es wäre anders gewesen, wenn er jemanden von seiner eigenen Kaste als Gesprächspartner gehabt hatte, aber Ingenieur-Philosophen waren unter den Insassen des Gefangenenlagers von Corlis naturgemäß unterrepräsentiert. Mit anderen Worten, er war der Einzige.

Dillatan von den Flinken Schwimmern, sein Assistent, tat sein Bestes, um mit Periskay Konversation zu pflegen, doch nach so langer Gefangenschaft war ihnen der Gesprächsstoff weitgehend ausgegangen. Das heißt, Periskay hatte die Grenzen von Dillatans Gesprächskultur kennen gelernt, die für einen seines jugendlichen Alters typisch war.

Um den Verstand nicht zu verlieren und um aus der Not eine Tugend zu machen, hatte Periskay angefangen, ihre Gefangenenwärter zu studieren. Relativ frühzeitig hatte er gelernt, die feinen Unterschiede zwischen den Ungeheuern – oder Menschen, wie sie sich selbst nannten – zu erkennen und sie als Individuen wahrzunehmen.

Da war Sergeantsuharo mit seiner etwas anderen Pigmentierung und der verlängerten Form seiner Augendeckel. Er war es gewesen, der Periskay und einen halben Zwölfer seiner Arbeiter gefangen hatte, als sie sich durch den Busch gearbeitet hatten. Dann gab es Sergeantcunning-soundso mit dem unaussprechlichen Namen, dessen Status höher war als der von Sergeantsuharo. Nachdem er bemerkt hatte, dass viele menschliche Namen die ersten paar Silben gemeinsam hatten, hatte Periskay zuerst gedacht, sie seien Eigenossen. Später hatte er jedoch eine Tendenz der Menschen bemerkt, manchmal die mehr oder weniger überflüssigen Anfangssilben wegzulassen.

Sergeantsuharo war für seine Kantinengenossen Suharo, und Sergeantcunning-soundso war Cunning-soundso für jene, die seine Sergeant-Vorsilben teilten, außer wenn Suharo Yoshi war und Cunning-soundso Matt, was Periskay völlig verwirrte.

Er begann zu argwöhnen, dass Vorsilben wie Sergeant oder Soldat Ehrentitel irgendeiner Art waren, oder mögliche Statusbezeichnungen, eine Folgerung, zu der er gelangt war, nachdem Dillatan darauf hingewiesen hatte, dass alle »Soldaten« sich allen »Sergeants« zu beugen schienen, und beide Gruppen änderten ihr Verhalten in der Gegenwart von »Lieutenants« und »Captains«. Vielleicht war die menschliche Sozialstruktur selbst für einen Ingenieur-Philosophen Der Rasse einfach zu fremdartig, um sie zu begreifen. Oder vielleicht taten sie es bloß, um ihn zu verwirren?

Wenn die menschliche Sozialstruktur schwierig zu entziffern war, so schien ihre Sprache ebenso unverständlich. Sie war isolierend, wobei die Bedeutung von Silben von der Reihenfolge abhängig war, in der sie ausgesprochen wurden, obwohl diese Reihenfolge manchmal verändert werden konnte, ohne den Informationsgehalt zu ändern, während es in anderen Fällen nicht möglich war, die Reihenfolge zu verändern. Einige der menschlichen Äußerungen ergaben sich aus ihrem Zusammenhang. Das einsilbige »nein« war ein Negativ und bedeutete, dass die Gefangenen aufhören sollten, dies oder das zu tun. Das »ja« hingegen schien die entgegengesetzte Bedeutung zu haben, besagte aber nicht immer, dass die Gefangenen fortfahren sollten, die Arbeit zu verrichten, mit der sie gerade beschäftigt waren. Wenn das »ja« am Ende einer aufsteigenden Tonhöhe geäußert wurde, schien es eine Frage zu sein und wenig Zusammenhang mit demselben Geräusch zu haben, sofern es in gleichmäßigem Tonfall ausgesprochen wurde. Dann gab es die einsilbigen Worte, die die Wachen ausstießen, wenn sie überrascht, zornig oder frustriert waren. Die genaue Bedeutung von »fuck« entging Periskay, aber nach der Häufigkeit zu schließen, wie die Menschen es ausstießen, musste es eine verbale Formel mit mächtigen Assoziationen sein.

Periskays Überlegungen bezüglich der fremdartigen Natur von Fremden wurden unterbrochen von dem Erscheinen Sergeantsuharos. Wie Periskay, so hatte auch Suharo gelernt, die individuellen Mitglieder Der Rasse zu unterscheiden, soweit sie seiner Aufsicht unterstanden, und er steuerte direkt die Stelle an, wo der Ingenieur-Philosoph lag und sich sonnte. Seine Lippen bewegten sich, und die Ungeheuersprache kam in einer langen Schnellfeuerkette von Kauderwelsch hervor, die ungefähr so klang wie: *»Komm-schon-hoch-mit-dem-Arsch-Professor-die-hohen-Tiere-wollen-deinen-Kadaver-in-der-Kommandantur-sehen.«* Einen Herzschlag später sagte der Dolmetscherkasten am Gürtel des Kriegers: »Philosoph, Sie werden von denen, die über diese Einrichtung gebieten, sofort zum Versammlungsraum der Kommandantur befohlen.«

»Jaaah«, erwiderte Periskay und bewies damit seine Beherrschung der Feindsprache.

Sergeantsuharo ging voraus. Er bewegte sich unter den gefangenen Arbeitern und Kriegern ohne Waffen und ohne Furcht. Wenn die Gefangenen eine Neigung zur Rebellion hatten, wurden sie durch den Umstand davon abgebracht, dass sie auf einer fremden Welt in der Falle saßen, eine Kriegsflotte der Ungeheuer über den Köpfen hatten und die Heimat mindestens drei Sternportale durch feindbeherrschten Raum entfernt war. Außerdem hatte jeder Wächter ein Instrument am Gürtel hängen, das *Viehtreiberstock* genannt wurde und jedes Mitglied Der Rasse mit einer Berührung betäuben konnte. Die Schilderungen der wenigen, die davon berührt worden waren, brachten die anderen davon ab, diese Erfahrung zu riskieren.

Das Verwaltungsgebäude des Gefangenenlagers war ein typisches Beispiel für ein transportables menschliches Bauwerk, wenn die anderen dieser Art, die Periskay gesehen hatte, einen Hinweis boten. Es war überdacht mit einer weiten, aufblasbaren Kuppel und durch einen Tunnel mit zwei Türen zugänglich. Das Innere war zu kalt für Periskays Wohlbefinden und angefüllt mit den rechteckigen, kastenförmigen Abteilen, die von den Menschen so geschätzt wurden. Manche dienten offenbar als Wohnungen und Büros, andere als Lagerräume. Viele waren wohl aus Gründen der Platzersparnis aufeinander gestapelt. Selbst jene Räume, die an den kreisförmigen Umfang der Kuppel stießen, waren kastenförmig und von der gleichen Ausführung wie alle anderen.

Sergeantsuharo führte Periskay zu einem dieser Räume und bedeutete ihm, hineinzugehen. Drinnen war ein Mensch – ein weiblicher, nach den physiologischen Unterschieden von den Wächtern zu urteilen – und ein einzelnes Mitglied Der Rasse.

»Grüße«, sagte es in Der Einen Wahren Zunge. »Du bist Periskay von den Fernen Bergen im Nebel?«

»Dieser hier ist er. Wer bist du?«

»Ich bin Varlan von den Duftenden Wassern.«

Periskay spitzte die Ohren. »Die Verwalterin der Erzaufbereitungsanlage?«

Varlan machte die Geste der Zustimmung. »Ich nehme an, dass du auf der Suche nach mir warst, als *Raumschwimmer* überfällig war.«

»Ja. Ich wurde beauftragt, das Unheil zu untersuchen, das euch befiel. Unglücklicherweise erkannte ich erst, was geschehen war, als Kriegsschiffe der Ungeheuer aus dem Portal vom Bösen Stern kamen.«

»Und dein eigenes Schiff?«

»Ich schickte es auf ein Rennen zum Portal, um den Alarm zu verbreiten, aber die Ungeheuer waren schneller. Es wurde zerstört.«

»Gute Jagd für die Seelen, die an Bord waren«, sagte Varlan ehrerbietig.

Periskay machte das angemessene Zeichen und wartete die erforderlichen zwei Herzschläge ab, bevor er fragte: »Du bist eine Gefangene der Ungeheuer … der Menschen?«

»Ja, ich wurde gefangen, kurz nachdem sie den *Raumschwimmer* abfingen. Seit damals bin ich Gefangener. Meine Wärterin ist Bethany, einst von den Lindquists, jetzt von den Drakes. Das ist sie, die neben uns steht.«

»Sie scheint interessiert an unserem Gespräch. Versteht sie Die Eine Wahre Zunge?«

»Nicht so gut wie ich möchte«, sagte der weibliche Zweibeiner. Trotz des starken Akzents, der ihr von den Unzulänglichkeiten ihres Stimmapparates aufgezwungen war, hatte Periskay keine Schwierigkeiten, ihre Bedeutung zu verstehen. Er war so überrascht, dass ihm die Blinzhäute momentan über die Augen glitten. Als er die Reaktion überwunden hatte, wandte er sich wieder Varlan zu und verhielt sich so, als wäre der Mensch nicht anwesend. »Warum bist du hier? Ich merke, dass du schwanger bist. Soll ich dein Partner sein?«

»Ich bin schwanger«, bestätigte Varlan, »aber es wird keine Paarung geben. In der Gefangenschaft ein Junges schlüpfen zu lassen wäre amoralisch.«

»Dem stimme ich zu. Warum bin ich dann gerufen worden?«

»Bethany ist seit meiner Gefangennahme eine ständige Gefährtin. Sie studiert mich, wie ich sie studiere. Sie hat einige sonderbare Ideen, die sie mit einem anderen von unserer Art erörtern möchte.«

»Warum?«

»Ich glaube, dass meine lange Gefangenschaft in mir einen Realitätsverlust bewirkt haben könnte. Sie sucht einen anderen von unserer Art, einen, der alle geistigen Fähigkeiten behalten hat.«

»Warum bin ich ausgewählt worden?«, fragte Periskay.

»Weil du der einzige Ingenieur-Philosoph bist, der sich gegenwärtig in den Händen der Menschen befindet, oder zumindest der einzige in bequemer Reichweite. Die Menschen haben gefolgert – oder vielmehr Bethany hat gefolgert –, dass Die Rasse in ihren Ansichten und Einstellungen unterschiedlicher und vielfältiger sein mag, als an den Kriegern zu beobachten ist, welche die große Mehrheit der Gefangenen ausmachen. Du sollst diese Hypothese auf die Probe stellen.«

»Vielfältig? Unterschiedlich? Ich verstehe nicht.«

»Bethany glaubt, dass unsere beiden Spezies imstande sein könnten, einander zu behandeln, wie wir andere unserer eigenen Art behandeln, mit denen wir in Streit geraten sind. Sie bittet dich, ihren Vorschlag anzuhören und ihr deine Einschätzung zu geben.«

Periskay signalisierte seine Verärgerung. Er hatte gehofft, dass etwas geschehen möge, irgendetwas zum Verscheuchen der Langeweile, aber dies schien ihm zu ausgefallen, um als geeignete Ablenkung zu dienen. »Warum sollte ich diesem Menschen helfen?«

»Weil es eine Chance gibt, dass wir beide die Heimat wiedersehen können, wenn sie mit deiner Antwort zufrieden ist«, sagte Varlan langsam. »Aber wenn sie es nicht ist, kann es zur Auslöschung Der Rasse führen.«

Bethany lauschte dem schnellen Wortwechsel zwischen den beiden Ryall und war sich bewusst, dass ihre leisen, zischelnden Stimmen einen hohen emotionalen Gehalt hatten. Sie verstand vielleicht ein Viertel von dem, was gesagt wurde, obwohl der Zusammenhang, in dem die Worte gebraucht wurden, oft keinen Sinn zu ergeben schien. Nach einer Zeit, die ihr wie eine Stunde vorkam, wahrscheinlich aber weniger als fünf Minuten dauerte, wandte sich Varlan zu ihr und sagte: »Periskay wird sich deinen Vorschlag anhören und dir seine ehrliche Meinung dazu sagen.«

»Danke ihm für mich«, sagte Bethany, dann hielt sie schnell eine Hand hoch. »Lass gut sein, ich werde es selbst tun.«

Sie neigte den Kopf zur Seite und sprach mit sorgfältiger Betonung die anerkennende Redensart, die Varlan sie gelehrt hatte, und vergaß nicht, am Ende die Finger mit dem Handrücken nach oben zu spreizen. Sie wurde mit der beantwortenden Geste des Ryall belohnt, einer Bestätigung, dass er zwar Vorbehalte gegen ihre persönlichen Gewohnheiten und ihren Körpergeruch haben mochte, aber ihr Status wenigstens um einiges über einer »potenziellen Mahlzeit« war. Es war eine Bestätigung, dass er sie als ebenbürtig anerkannte, wenigstens für die Dauer ihres Gesprächs.

»Periskay«, begann sie, bevor ihr einfiel, den elektronischen Dolmetscher einzuschalten. Sie drückte auf den Schalter, der ihn aktivierte, und begann von neuem: »Verehrter! Wie Varlan dir gesagt hat, haben wir einander viele Zyklen studiert. Varlan hat versucht zu verstehen, wie wir Menschen das Universum sehen, während ich mich in gleicher Weise um ein Verstehen eurer Art bemüht habe. Wir sind Produkte verschiedener Welten, verschiedener Entwicklungsgeschichten und Biochemien. Doch als intelligente Wesen haben wir vieles gemeinsam. Wir sorgen uns beide um unsere Sprösslinge. Unsere Wissenschaften zeigen mehr Gemeinsamkeiten als Verschiedenheiten. Beide Arten reisen zwischen den Sternen und besiedeln die heimatähnlichen Welten, die wir finden.

Ich gebe dir zu bedenken, dass diese Ähnlichkeiten eine gewisse Gemeinsamkeit in unseren Gehirnstrukturen und Denkweisen verraten. Wären wir nicht so ähnlich, würde es keinen Grund zum Kämpfen geben. Ich schlage vor, dass wir unsere gemeinsame Intelligenz gebrauchen, um zu sehen, ob wir nicht auch eine gemeinsame Basis finden können – oder, wie ihr sagen würdet, ruhiges Wasser.«

»Zu welchem Zweck?«, fragte Periskay.

»Zu dem Zweck, diesem endlosen Töten ein Ende zu machen.«

»Wie ist so etwas möglich, wenn eine Rasse nicht die andere ausrottet?«

»Das ist die Frage, die zu erforschen wir hier sind. Ich glaube, dass die Gehirne unserer Arten ähnlich auf Logik reagieren. Deshalb habe ich dich ausgewählt. Ich brauche einen, der in den Gesetzen der Logik geschult ist, nicht in den Gesetzen des Krieges, dem ich meine

Ideen erklären kann. Ich brauche einen Ingenieur-Philosophen anstelle eines Kriegers.«

»Es ist wahr, dass Mitglieder meiner Kaste Problemlöser sind«, erwiderte Periskay. »Es ist jedoch schwierig ein Problem zu lösen, wenn man sich weigert, die Realität anzuerkennen. Wir überlassen es anderen, ihre Blinzhäute herabgleiten zu lassen, um den Kosmos in einem weichen weißen Licht zu sehen.«

»Ausgezeichnet. Dann würde ich gern eine Hypothese vorschlagen, die an der Realität erprobt werden kann.«

»Was für eine Hypothese?«

»Dass Intelligenz sich in denkenden Wesen über den Instinkt hinwegsetzt.«

»Wir von Der Rasse glauben, dass unsere Gehirne uns die Fähigkeit geben, unsere Instinkte zu modifizieren. Wie sonst wäre zu erklären, dass unsere Vorfahren die Schnellen Esser vernichteten? Diese alten Jäger suchten die Laichplätze der Schnellen Esser im tiefen Wasser auf, obwohl ihr Instinkt ihnen riet, sich am Land hinter dicken Palisaden zu schützen.«

Bethany überlegte. Es war ihr noch nie in den Sinn gekommen, die lange Jagd der Fähigkeit der Ryall zuzuschreiben, ihre Ängste zu überwinden. Immerhin hatte Periskay ihr etwas gegeben, womit sie arbeiten konnte. Als sie die Gelegenheit sah, nahm sie sie wahr.

»Ja, das ist ein Fall von Intelligenz, die sich über den Instinkt hinwegsetzte. Es muss schwierig für eure Jäger gewesen sein, sich nur mit Steinspeeren in die Meerestiefen zu stürzen. Ich würde dir zu bedenken geben, dass jetzt ein ähnliches Maß von Mut verlangt wird.«

»Ja«, sagte Periskay. »Seit eure Kriegsflotte so tief in unserem Raum ist, werden unsere Krieger Mut brauchen, um euch aus unserem Bereich zu verjagen.«

»Nein, Periskay. Der Mut eines Ryall-Kriegers ist gewissermaßen eingebaut, ebenso wie seine Aggressivität. Der Mut, von dem ich spreche, ist von anderer Art. Deine Spezies sieht sich der Vernichtung gegenüber. Hast du den Mut, gegen deine stärksten Instinkte anzugehen, um Die Rasse zu retten?«

Die Art und Weise, wie Periskay die Ohren anlegte und die Schnauze senkte, verriet ihr, dass die letzte Frage nicht wirkungslos geblieben war. Als er sprach, wirkte er vorsichtiger und wachsamer als bisher, vielleicht kam es ihr aber auch nur so vor.

»Du sprichst von Vernichtung. Ist das eine Prahlerei?«

»Keine Prahlerei. Wir sprechen über Wirklichkeit. Sicherlich weißt du genug über die wirtschaftlichen Verhältnisse deiner Art, um die langfristige Wirkung einer menschlichen Blockade eures wichtigsten Sternsystems zu erkennen. Schließlich wird die Hegemonie ihre Fähigkeit zur Kriegführung einbüßen, und wenn es dazu kommt, werden unsere Flotten eure Heimatwelten in glühende Schlacke verwandeln. Eure Bevölkerungen werden nacheinander auf ihren Heimatwelten vernichtet, bis zuletzt die einzigen noch lebenden ausgeschlüpften Jungen in menschlichen Zoos sein werden.«

»Wenn dies alles wahr ist, warum sprichst du dann zu mir?«

»Weil ich glaube, dass die Vernichtung der Ryall vermieden werden kann, wenn es gelingt, dies deinem Volk verständlich zu machen. Allerdings gibt es unter den Menschen, die unsere Kriegsanstrengungen befehligen, nicht wenige, die anders denken als ich. Sie glauben, ich hätte mich durch meine Freundschaft mit Varlan zu Selbsttäuschung verleiten lassen.

Haben meine Vorgesetzten Recht? Täusche ich mich selbst? Gibt es Hoffnung, dass wir in der Lage sein werden, mit Jenen Die Herrschen vernünftig zu verhandeln, oder müssen wir Die Rasse vernichten, um in Sicherheit zu leben?«

Bethany machte eine Pause und blickte in das eine obsidianschwarze Auge, das auf sie gerichtet war. »Das ist die entscheidende Frage. Ich brauche deine ehrliche Einschätzung. Wenn wir nach Lage der Dinge, wie ich sie beschrieben habe, Jene Die Herrschen überzeugen können, dass eure Art vor der sicheren Vernichtung steht, werden sie sich ergeben, um Die Rasse zu retten?«

Als sie geendet hatte, fühlte Bethany sich ausgelaugt und müde. Sie hatte in der vergangenen Nacht nicht gut geschlafen, hatte bei jedem Erwachen aus unruhigem Schlummer das Gesicht ihres kleinen Sohnes gesehen, der sie fragte, warum sie ihn verlassen habe. Es war eine wiederkehrende Zwangsvorstellung, die sich auch in ihre Träume einschlich und jenen anderen Traum zu überlagern begann, in dem Richard auf der Brücke seines Schiffes eingeäschert wurde. Nachdem sie alles gesagt hatte, was es zu sagen gab, wartete sie schweigend auf Periskays Antwort.

Der Ryall dachte lange nach. Die Stille erstreckte sich über Minuten. Endlich hob er den Kopf auf dem langen Hals und blickte sie durchdringend an. Die lange Schnauze öffnete sich und zeigte die doppelten Zahnreihen, und Periskay beantwortete ihre Frage.

Es war nicht die Antwort, die sie erwartet hatte.

73

»*Queen Julia* in Position und bereit zum Eintritt in den Faltpunkt«, sagte die Stimme über die Bordsprechanlage.

Phillip Walkirk lag auf seinem Sitz in der Mitte der Zentrale des Kreuzers, nur von seinem Hüftgurt gehalten. Die minimale Schwere war buchstäblich eine Erleichterung nach Tagen, die sie unterwegs zum Faltpunkt Eulysta/Carratyl in doppelter Erdschwere verbracht hatten. In der Zentrale war gerade Wachwechsel gewesen, und er beobachtete, wie die Leute ihren Pflichten nachgingen. Es war ermutigend, wie gut sie nach so kurzer Reisezeit zusammenarbeiteten. In der Woche, seit sie die Orbitalwerft Delta Sieben verlassen hatten, hatten sie die unvermeidliche Eingewöhnungsphase, die jede Besatzung am Beginn einer Reise durchmachen muss, besser als erwartet hinter sich gebracht.

Natürlich hatten die meisten Besatzungen nicht den zweifelhaften Vorteil, drei Monate lang täglich zwölf bis sechzehn Stunden bei der Reparatur und Neueinrichtung des Schiffes zusammenzuarbeiten. Während dieser Zeit waren alle an Bord mit den Eigenheiten, Schwächen und Vorlieben ihrer Kameraden und Offiziere gründlich vertraut worden. Die Folge davon war, dass sie imstande waren, sich mit einem Minimum an Leerlauf zu verständigen, während sie ihren Pflichten nachgingen. Lange bevor *Queen Julia* sich dem Faltpunkt näherte, hatte die Mischung von niedergeschmetterten Überlebenden und zusammengewürfeltem Ersatz sich zu dem Gehirn und dem Zentralnervensystem eines interstellaren Kriegsschiffes verwandelt.

»Halten Sie sich zur Verfügung, *Queen Julia*«, antwortete der Faltpunktkontrolleur auf ihr Ersuchen auf Einlass in den Faltpunkt. »Wir haben vorrangigen Verkehr vor Ihnen.«

»In Bereitschaft«, antwortete der Nachrichtenoffizier. Er wandte sich von seiner Station um und sagte: »Sieht so aus, als würden es ein paar Minuten, Commander.«

»Richtig«, erwiderte Phillip und zeigte auf die holographische Lagedarstellung am vorderen Schott der Zentrale. »Sehen Sie sich das an.«

Die Darstellung zeigte die gewohnte Schwärze des Raumes, gesprenkelt von einzelnen Sternen. Zusätzlich zu den dimensionslosen Lichtpunkten gab es eine kleine, von Menschen gemachte Kugelgestalt, halb im Licht, halb im Schatten. Die winzige Größe war irreführend. Tatsächlich hatte das Objekt einen Durchmesser von 250 Metern, und mit Ausnahme der Wasserstofftanker, die für den Treibstoff der Flotte sorgten, war es eines der größten beweglichen Objekte, die jemals von Menschen konstruiert worden waren. Vor ihnen bereitete sich eine der Orbitalfestungen, die bis vor kurzem die Zugänge zur Erde bewacht hatten, zum Sprung von Eulysta nach Carratyl vor.

Der Nachrichtenoffizier nickte. »Es ist ausreichend Platz, aber verständlich, dass sie uns warten lassen. Ich möchte nach dem Transit nicht in der Nähe dieses Ungeheuers herauskommen. Schwer zu sagen, wie sehr es unser Faltraumübergangsfeld stören würde, wenn wir zu nahe herauskämen.«

»Ich möchte auch vor dem Sprung nicht mit diesem Brocken kollidieren.«

Lange Minuten beobachtete Phillip die Festung. Dann wurden die Ränder der Wiedergabe plötzlich undeutlich, als sähe man sie durch turbulentes Wasser, bevor die kleine Halbmondgestalt völlig verschwand.

»Sie sind klariert für den Faltpunkttransit, *Queen Julia*«, sagte die Stimme des weit entfernten Kontrolleurs.

»Verstanden«, antwortete der Nachrichtenoffizier Falcone, bevor er sich an seinen Kapitän wandte. »Wir sind frei zum Manövrieren, Sir.«

»Sehr gut. Rudergänger, bringen Sie uns hinein.«

Phillip hörte ein Räuspern hinter sich, blickte über die Schulter und sah Bethany Drake. Sie hielt sich aufrecht mit den Händen an den Haltegriffen der Decke, die Füße unter seinen Sitz gehakt; sie trug einen schmucklosen blauen Bordanzug der sandarischen Marine. An ihr sah er gut aus.

»Bethany, wann sind Sie hereingekommen?«

»Vor ein paar Minuten, Commander. Ich wollte Sie nicht stören. Ich bitte um Erlaubnis, die Zentrale betreten zu dürfen, wenn Sie nicht zu sehr mit den Vorbereitungen auf den Transit beschäftigt sind.«

»Der Kapitän ist niemals zu sehr beschäftigt, wenn er eine gut ausgebildete Mannschaft hat. Erlaubnis erteilt. Schnallen Sie sich auf dem Beobachterplatz an, dann können Sie den Übergang beobachten.«

Sie zog sich auf den bezeichneten Sitz neben seinem, schnallte sich an und machte es sich bequem. »Wie lange noch bis zum Übergang?«

»Noch etwa zehn Minuten. Sind Ihre Passagiere vorbereitet?«

Sie nickte. »Beide sind in ihren Flüssigkeitsbecken und angeschnallt.«

»Wie halten sie sich unter hohen Beschleunigungswerten?«

»Sie mögen sie nicht, sind aber unverletzt. Varlan beklagt sich über ständige Müdigkeit, und Periskay verbringt den ganzen Tag schlafend in seiner Flüssigkeit, den Hals ausgestreckt und die Beine unter den Rumpf gefaltet. Er sagt, das sei die einzige Möglichkeit für ihn, beschwerdefrei zu atmen.«

»Ich glaube ihm. Zwei *g* für uns sind für die Ryall beinahe zweieinhalb.«

Sie nickte. »Ich weiß, dass Varlan sich des Öfteren über die Schwereverhältnisse auf Alta beklagte. Sie sagte, sie könne nicht begreifen, wie wir aufrecht stehen können, ohne die Hilfe von sechs Füßen unter uns.«

»Das habe ich mich manchmal selbst gefragt, wenn ich zu Hause die Gestalten sah, die nach durchzechter Nacht heimwärts wankten«, sagte Phillip.

»Was war das für ein Schiff, das vor uns durch den Faltpunkt ging?«

»Das war kein Schiff, sondern die Orbitalfestung Sieben Zwei Neun, die *Bunker Hill*. Sie hat das gleiche Ziel wie wir, aber wir werden Wochen vor ihr dort sein.«

»Glauben Sie, dass die Orbitalfestungen einen großen Unterschied machen werden?«

»Einen riesigen Unterschied. Diese eine Festung hat mehr Feuerkraft als eine unserer großen planetarischen Verteidigungsstützpunkte auf Sandar.«

»Und die Festungen werden den Schiffen Rückendeckung geben, wenn sie in die Ryall-Hegemonie einfallen?«

»Vorerst nicht. Die Ryall haben Zeit gehabt, eigene Festungen auf ihrer Seite des Faltpunktes zu stationieren. Das bedeutet, wir können den Durchbruch hinein nicht leichter erzwingen, als sie ihn heraus erzwingen können. Es wird eine Pattsituation geben, bis ihre Wirtschaft zu zerfallen beginnt.«

»Das habe ich Varlan und Periskay erklärt.«

»Und was sagen sie?«

»Sie schauen bloß verdrießlich und lassen die Köpfe hängen.«

»Wie viel Erfolg hatten Sie mit dem Versuch, Periskay zu Ihrer Denkart zu bekehren?«

»Nicht sehr viel«, antwortete sie. »Er hört sich meine Argumente geduldig an, aber ich bin nicht sicher, wie viel davon durchdringt.«

»Warum haben Sie ihn dann mitgebracht?«

»Weil ich bestimmen muss, ob mein Erfolg mit Varlan nur ein glücklicher Zufall war. Wenn ich Periskay davon überzeugen kann, die Möglichkeit friedlicher Koexistenz in Erwägung zu ziehen, dann werde ich demonstriert haben, dass alle Ryall die Fähigkeit haben, ihre Intelligenz zur Überwindung ihrer Instinkte zu gebrauchen. Kann ich es nicht, werde ich wohl zugeben müssen, dass Varlans Befürchtungen richtig sind.«

»Welche Befürchtungen?«, fragte Phillip.

»Sie macht sich Sorgen, dass ihre lange Gefangenschaft den Verlust ihrer geistigen Verankerung bewirkt hat; mit anderen Worten, dass sie den Verstand verloren hat.«

»Glauben Sie es?«

»Ich glaube, sie ist jetzt vernünftiger als bei unserem ersten Zusammentreffen; aber das ist natürlich der menschliche Gesichtspunkt. Periskay ist meine Kontrollperson. Wenn er auf mich hört, werden sie es alle tun.«

»Solange wir sie gefangen halten und zwingen, uns zuzuhören. Haben Sie darüber nachgedacht, wie Sie ihre Anführer benachrichtigen werden, dass wir verhandeln möchten?«

Bethany zog die Stirn in Falten und zögerte. Schließlich sagte sie: »Das ist ein Problem. Jedes unserer Schiffe, das auf der anderen Seite des Faltpunktes erscheint, wird wahrscheinlich atomisiert, bevor die Besatzung zwei Worte senden kann. Ich fürchte, dass ich nicht weiß, wie wir ihren automatischen Angriffsreflex kurzschließen können.«

»Ich bezweifle, dass irgendjemand es weiß«, meinte Phillip.

»Es muss eine Möglichkeit geben, ihre Aufmerksamkeit lange genug zu fesseln, damit wir unsere Botschaft zu ihrem Oberkommando durchbringen ...«

»Commander«, sagte der Rudergänger von seiner Konsole. »Entschuldigen Sie die Unterbrechung, aber wir sind sprungbereit.«

Phillip ließ seinen Blick über die Anzeigen der Instrumente gehen. Alles war so, wie es sein sollte. »In Ordnung, Ninkara. Leiten Sie den Transit ein.«

Gleich darauf hallte die Zwei-Minuten-Warnung durch das Schiff. Die üblichen Vorkehrungen waren rasch beendet, und in der Zentrale wurde es still, als die Generatoren aufgeladen wurden.

Dann, nach kurzer Startzählung, verschwand eine Sternkonstellation, und eine andere nahm ihren Platz ein. Sie waren ein Sternsystem näher beim Schauplatz des Kampfes, den sie vor Monaten schwer getroffen hatten räumen müssen.

Richard Drake saß in seiner Admiralskajüte und las die letzten Verlustmeldungen, eine Aufgabe, die er zu fürchten gelernt hatte. Als er daheim auf der Erde die ersten Invasionspläne ausgearbeitet hatte, hatte alles einfach und sauber ausgesehen. Sie würden überraschend ins System Spica durchstoßen, die inneren Versorgungs- und Kommunikationslinien des Feindes unterbrechen und dann die gewonnenen Faltpunkte mit aller Zähigkeit halten, bis die Wirtschaft der Ryall zusammenbrechen würde.

Es war das Halten, was sich als der schwierige Teil erwies. Ganz gleich, wie viele Ryall-Schiffe sie in den Faltpunkten zerstörten, immer schienen mehr in Reserve zu sein. Es war, als hätte der Feind unbegrenzte Streitkräfte zur Verfügung, um sie gegen die Verteidiger der Faltpunkte zu werfen.

Wie in allen Dingen, war die Illusion grenzenloser militärischer Macht jedoch eine Illusion. Es gibt eine Grenze, wie viele Ressourcen eine beliebige Gesellschaft für Kriegsanstrengungen aufbieten kann, und nach 125 Jahren kriegerischer Auseinandersetzungen hatten beide Parteien diese Grenze erreicht. Dass ihr Ringen seit sechs Generationen unentschieden verlaufen war, bewies die Ausgeglichenheit der industriellen und wirtschaftlichen Leistungsfähigkeit der Kontrahenten.

Nein, die Macht der Ryall hinter den Faltpunkten war gewaltig, aber nicht grenzenlos. Selbst eine Gesellschaft, deren Soldaten aus Eiern schlüpften, musste irgendwann ihren Vorrat erschöpfen, wenn sie allzu verschwenderisch geopfert wurden. Tatsächlich waren die wütenden Versuche zum Durchbrechen der Blockade im Interesse der Menschheit. So würden die Ryall ihre Schiffe und Krieger schneller verbrauchen als in einer vorsichtigeren militärischen Strategie. Dies würde den unausweichlichen Zusammenbruch beschleunigen.

Natürlich war das ein schwacher Trost für jene, die in der Abwehr dieser Angriffe umkamen, und dies galt erst recht für ihre Angehörigen. Wie erklärt man einer trauernden Mutter, dass ihr Sohn sein Leben gegeben hat, um »durchzuhalten«? Was sagt man zu der Witwe eines Mannes, dessen Atome im interstellaren Raum mit denen seines Schiffes vermischt sind? Können die Kinder eines Gefallenen Trost in der Tatsache finden, dass die Flotte dem Feind weit größere Verluste zugefügt hat, als sie selbst erleiden musste, besonders wenn ihr Vater einer der wenigen Unglücklichen ist?

Drake hatte sein Leben lang bei den Streitkräften gedient und war mit dem Tod vertraut. Dennoch fand er diesen langsamen, gleichmäßigen Trommelschlag der Verluste deprimierend. Es war nicht das Bewusstsein ständig neuer Trauerfälle, das auf seinem Gewissen lastete, vielmehr war es die Erkenntnis, dass Verluste zur Routine wurden, zu Selbstverständlichkeiten. Es bekümmerte ihn, dass die Gefallenen – gesunde, kräftige Menschen mit ihren Hoffnungen, Plänen und Gefühlen – allmählich und unausweichlich in trockene Statistiken verwandelt wurden, bloße Zahlen in einer Datenbank: *TSNS Tanganjika* verloren mit 724 Offizieren und Besatzungsmitgliedern; *RSNS Excalibur* beschädigt, 316 Tote und ein halbes Tausend Verletzte, die Hälfte davon lebensgefährlich; *ASNS Sonnenjäger* explodiert, keine Überlebenden …

Es war die entmenschlichende Wirkung dieser ständig einlaufenden Zahlen, die das kollektive Bewusstsein zu betäuben drohte. Vielleicht handelte es sich bei dieser Abstumpfung um eine unvermeidliche Begleiterscheinung jedes längeren Krieges. Drake erinnerte sich an Darstellungen des ersten globalen Konflikts auf der Erde, als im Stellungskrieg in Frankreich an Tagen, wenn auf dem Schlachtfeld relative Ruhe herrschte und nichts Besonderes passierte, durchschnittlich tausend Mann verloren gingen. Keine Angriffe, keine Rückzüge, nur das Streufeuer der Artillerie auf Gräben und Unterstände. Die Generäle der Zeit wurden so unempfindlich gegen die Verluste, dass sie sich angewöhnt hatten, dieses nicht weiter bemerkenswerte Gemetzel als »Versickerung« zu bezeichnen.

Wer würde in diesem Zermürbungskrieg zuerst zerbrechen? Die Ryall durch den Verlust ihrer Wirtschaftskraft oder die Menschen durch den Verlust ihrer Menschlichkeit?

Drake seufzte und setzte sich ein wenig aufrechter. Dies war nicht die geeignete Stimmung für einen Admiral auf Eroberungszug, dachte er. Besser, man konzentrierte sich auf die Gegenwart und überließ die Zukunft sich selbst.

Die Gegenwart brachte einige beunruhigende Anzeichen mit sich, dass der Feind klüger wurde. Noch immer warf er den Blockadestreitkräften immer neue Angriffswellen entgegen, aber die letzten Vorstöße waren besser koordiniert als die wilden Massenangriffe in den frühen Tagen der Blockade.

In der vergangenen Woche waren kleinere Kampfgruppen der Ryall gleichzeitig in drei verschiedenen Faltpunkten erschienen. Glücklicherweise hatten die Gefechte nur so lange gedauert, dass sie die Umgebung des Durchbruchsraumes sondieren konnten, um dann den Rückzug anzutreten. Es waren nur bewaffnete Aufklärungsvorstöße gewesen, aber nicht ihre Stärke gab Grund zur Sorge, sondern die Gleichzeitigkeit, mit der sie vorgetragen wurden.

Die taktische Analyse der Eroberung des Systems Spica zeigte, dass die Ryall-Hegemonie auf die menschliche Invasionsflotte in ihrem Raum genauso reagiert hatte, wie die Menschheit es im umgekehrten Falle getan haben würde. Als Erstes hatte jede bedrohte Welt mit allen Streitkräften, die sie schnell zusammenziehen konnte, einen wütenden Gegenangriff durch ihren lokalen Faltpunkt geführt.

Ihr Ziel war das Durchstoßen eines der Faltpunkte gewesen, bevor die Invasoren geeignete Sicherungen aufbauen konnten. Da die Invasionsflotte jedoch ihre inneren Kommunikationslinien unterbrochen hatte, war die Fähigkeit der Ryall, kurzfristig koordinierte Gegenstrategien zwischen ihren Welten zu entwickeln, entscheidend beeinträchtigt. Die Folge davon war, dass die schnellen Gegenangriffe unkoordiniert und relativ unwirksam waren. In jedem Fall war die Abwehrkraft der Kampfgruppen in den Faltpunkten zu stark gewesen, um den Angreifern einen durchschlagenden Erfolg zu ermöglichen.

Dass die letzten Vorstöße gleichzeitig gegen drei verschiedenen Faltpunkte geführt waren, ließ darauf schließen, dass die Ryall neue Kommunikationslinien aufgebaut und koordinierte Aktionen zwischen abgeschnittenen Sternsystemen einleiten konnten. Es gab andere, wenn auch weitere Routen zwischen ihren Heimatsystemen als diejenigen, die über Spica führten. Sie waren mit bis zu neun Faltraumübergängen verbunden und brachten teils erhebliche Verzögerungen mit sich, aber sie erlaubten den Austausch von Botschaften, Material und Streitkräften zwischen den Welten in verschiedenen Inseln des Faltraumes.

Mit der Wiederherstellung ihrer Kommunikationslinien konnten sie eine zusammenhängende Ausbruchsstrategie entwickeln, die Aussicht auf Erfolg haben mochte.

Plötzlich wurde ihm bewusst, dass er minutenlang die Verlustliste auf dem Bildschirm angestarrt hatte, ohne sie zu sehen. Er holte tief Atem, löschte die statistischen Zahlen der Toten, Verwundeten und Vermissten und holte die Namensliste der Gefallenen auf den Bildschirm. Dann überflog er die lange Reihe der über den Bildschirm wandernden Reihen, ohne einen von ihnen wiederzuerkennen. Er war erleichtert, dann schämte er sich. Waren die Leben von Fremden weniger wertvoll als jene von Menschen, die er kannte?

Er streckte die Hand aus und drückte die Taste, die seine digitale Signatur hinzufügen und die Liste zur Verschlüsselung der wöchentlichen Nachrichtenübersicht für Admiral Belton auf Corlis hinzufügen würde. Fast gleichzeitig erklang der Signalton der Gegensprechanlage auf seinem Schreibtisch.

Er drückte die Annahmetaste und sagte: »Ja?«

»Sir, ich habe eine eben eingegangene Botschaft für Sie«, sagte Archon Carey, der Dienst habende Nachrichtenoffizier. »Sie ist von Commander Walkirk von der *RSNS Queen Julia.*«

»Phillip ist zurück?«, fragte er, und mit seinem Interesse hob sich auch seine Stimmung. »Lesen Sie vor.«

»Der Text lautet wie folgt: ›*Von: Commander Phillip Walkirk, Kommandant* RSNS Queen Julia. *An Admiral Richard Drake, Kommandeur Angriffsgruppe Spica. Botschaft folgt. Werde eintreffen* Conqueror *16:22 Uhr. Wenn Sie nicht zu beschäftigt sind, erbitte ich, dass Sie uns an der Luftschleuse empfangen. Habe Prominenz an Bord und denke, es würde guten Eindruck machen. Walkirk Ende.*‹ Ende der Botschaft.«

»Prominente? Sagt er nicht, wer?«

»Nein, Sir. Das ist die ganze Botschaft.«

»Was für eine Botschaft soll das sein, um Himmels willen?«

»Soll ich ihn um Erläuterung bitten, Sir?«

»Nein, lassen Sie nur. Er muss seine Gründe haben, den Mund zu halten. Ich hoffe bloß, es bedeutet nicht, dass sein Vater an Bord ist.«

»Sein Vater, Sir?«

»Richtig, Carey. Sie kennen Commander Walkirk nicht, oder?«

»Nein, Sir.«

»Sein Vater ist König von Sandar. Lassen Sie auf alle Fälle die Ehrenwache antreten.«

»Sehr wohl, Sir.«

74

Der Kapellmeister, ein Feldwebel, zu dessen Hauptpflichten die Schiffssicherheit, das Zurückschlagen feindlicher Enterer oder in seltenen Fällen auch das Entern feindlicher Schiffe unter Feuer gehörten, hob den Taktstock und gab das Zeichen zum Einsatz, worauf die Männer eine passable Wiedergabe der sandarischen Nationalhymne zum Vortrag brachten.

Die innere Tür ging auf, und lange Sekunden gab es nichts zu sehen, bis eine bekannte Gestalt erschien. Phillip Walkirk blickte sich um, sah Drake und schritt mit einer militärischen Haltung, die seinen Vater stolz gemacht hätte, an der Kapelle vorbei auf den Admiral zu und vollführte eine soldatische Ehrenbezeigung.

»Commander Phillip Walkirk vom leichten Kreuzer *Queen Julia* meldet sich zum Dienst zurück, Sir«, sagte er mit erhobener Stimme, während die Nationalhymne den Hangar erfüllte.

»Willkommen zurück, Commander. Sie wurden vermisst. Nun, wer ist diese Prominenz, die Sie an Bord haben? In Ihrer Botschaft erwähnten Sie es nicht.«

Phillip lächelte. »Nein, Sir. Ich wollte die Überraschung nicht verderben.«

»Was für eine Überraschung …?«, begann Drake, als er eine zweite bekannte Gestalt erblickte, die aus der Luftschleuse kam. Seine Frage brach mit einem gurgelnden Geräusch ab. Er war sich des Schauspiels, das er bot, nicht bewusst. Schließlich kam es nicht alle Tage vor, dass die Leute unter seinem Befehl das Privileg hatten, den Admiral mit offenem Mund glotzen zu sehen. Schließlich, nach langen Sekunden, dachte er daran, weiter zu atmen und stieß mit überschnappender Stimme hervor: »Bethany!«

Sie hatte die letzten Stunden abwechselnd damit verbracht, eine von Anspannung und Nervosität herrührende Übelkeit zu überwinden und dafür zu sorgen, dass ihre äußere Erscheinung davon möglichst unbeeinträchtigt blieb. Nun lächelte sie breit und nickte, und ihre eingeübte Ansprache war vergessen.

Drake war nicht sicher, wer von ihnen sich zuerst in Bewegung setzte, konnte nicht einmal sagen, ob sie oder er sich überhaupt bewegt hatten, plötzlich lagen sie einander in den Armen, und er war eingehüllt in den Duft ihres Parfums, fühlte ihre Lippen und den weichen Körper an seinem …

Nach dem wahrscheinlich längsten Kuss in der Geschichte des Systems Spica gab Richard Drake sich mit dem Vergnügen zufrieden, seine Frau an sich zu drücken und die Nase in ihr Haar zu stecken. So standen sie lange, bevor er langsam in die Gegenwart zurückkehrte. Die Marinesoldaten der Kapelle, die irgendwann, während er anderswo gewesen war, die sandarische Nationalhymne beendet hatten, standen steif in Habachtstellung, die Augen geradeaus gerichtet, als würden sie ihren Flottenkommandeur und seine Frau nicht sehen. Aber er bemerkte mit Interesse, dass mehrere von ihnen große Mühe zu haben schienen, ein Grinsen zu unterdrücken. Aus irgendeinem Grund ärgerte es ihn nicht, wie es dies unter anderen Umständen getan haben würde.

Nein, nicht aus »irgendeinem« Grund – er hielt den Grund in den Armen.

Langsam machte er sich von Bethany los und hielt sie auf Armeslänge von sich, um sie besser betrachten zu können. Sein erster Eindruck war richtig gewesen. Sie war so schön, wie er sie in Erinnerung hatte; noch schöner sogar. Als er sie das letzte Mal gesehen hatte, hatte sie ausgesehen, als hätte sie einen Wasserball verschluckt. Jetzt war sie so schlank und geschmeidig wie an dem Tag, als er sie geheiratet hatte. Sie war nicht schöner; sie war anders schön. Drake überlegte, was alles er ihr erzählen wollte, was er sie fragen wollte, was er ihr anvertrauen wollte, fand aber keine Worte. Seine Gefühle waren zu sehr in Aufruhr, um die Herrschaft über seine Zunge zu erringen. Während er sich abmühte, sie unter Kontrolle zu bringen, stieg im kochenden Kessel seines Gehirns eine weitere Emotionsblase an die Oberfläche.

»Was in aller Welt tust du hier, Schatz?«, fragte er. »Und wo ist der Junge?«

»Ritchie ist bei meinem Onkel Clarence; er hat extra eine Kinderfrau eingestellt. Was ich vor Ort tue, ist eine zu lange Geschichte, um sie hier und jetzt vorzubringen. Kann das nicht noch ein wenig warten?«

Er überlegte, versuchte die Implikationen abzuschätzen und lächelte. »Ich denke schon, nun, da du es erwähnst!« Wieder zog er sie an sich, bis jemand in der Nähe sich räusperte. Widerwillig gab er seine Frau frei, richtete sich auf und wandte sich Phillip Walkirk zu, der ein wenig abseits stand und sich bemühte, die Begrüßung der Eheleute zu übersehen.

»Danke für Ihre ›Überraschung‹, Commander. Bethany war die letzte Person im Universum, die ich in dieser Luftschleuse erwartet hätte.«

»Gern geschehen, Sir. Ich hoffe, mein kleiner Theatercoup wird meine Aufstiegschancen nicht verschlechtern.«

Drake legte einen Arm um Bethany und machte ein grüblerisches Gesicht, als erwäge er Phillips Zukunft als Marineoffizier. »Ich weiß nicht, Kapitän. Gibt es in der sandarischen Marine einen Rang, der höher als ›König‹ ist?«

Phillip lachte. »Wenn ich es recht bedenke, Admiral, glaube ich es nicht. Nun, Sir, wenn ich wegtreten darf …«

»Sie dürfen, Kapitän«, sagte er, als er sich mit Bethany in Bewegung setzte und die Tür ansteuerte. Sie waren erst ein halbes Dutzend Schritte gegangen, als sie an seinem Arm zog und die beiden sich wieder zu Walkirk umwandten.

»Phillip, wollen Sie so gut sein und sich um … die Ladung kümmern?«

»Ihre Ladung? Selbstverständlich.«

»Ladung?«, fragte Drake. »Was für eine Ladung?«

»Später, Schatz«, antwortete sie. »Nun, wie weit ist es zu deiner Kajüte?«

Die Kajüte war dunkel bis auf die kleine blaue Nachtlampe, die nach den Bestimmungen brennen musste. Richard öffnete die Augen und konnte sich einen Moment nicht erinnern, wo er war. Die Kajüte war vertraut, aber jemand lag bei ihm im Feldbett. Dann fiel es ihm ein, und er lächelte. Letzte Nacht hatte er zum ersten Mal seit mehr als einem Jahr mit seiner Frau geschlafen, und es war wie das erste Mal überhaupt gewesen ...

Nach kurzem Schlummer waren sie erneut zusammengekommen, diesmal wie zwei Liebende, die etwas zeitweilig Vergessenes wiederentdecken, langsam und ohne Eile. Dies war am besten gewesen, und sie waren in enger Umschlingung geblieben, als der Schlaf sie wieder eingeholt hatte.

Als Richards Erinnerungen an die vergangene Nacht zurückfluteten, blickte er auf seine schlafende Frau. Das Haar lag wirr über ihrem Gesicht, und sie ließ leise schnarchende Geräusche hören. Sein linker Arm war eingeschlafen, wo sie ihn als Kissen benutzte.

Er ließ den Kopf auf sein Kissen zurücksinken und starrte zur Decke auf, die zum Schott würde, sobald die Triebwerke der *Conqueror* wieder zum Leben erwachten. Er wollte, der Augenblick könnte ewig währen.

Die Ewigkeit dauerte zwei Minuten, bis Bethany sich regte, streckte und die Augen öffnete. Sie blickte in der Kajüte umher, dann bemerkte sie, dass er sie anschaute, und lächelte. »Guten Morgen, Richard.«

»Guten Morgen, Bethany.«

»Wie spät ist es?«

»Es geht auf 7:00 Uhr. Zeit zum Frühstücken, wenn du hungrig bist.«

»Sehr«, erwiderte sie. »Normalerweise habe ich nicht so viel ... Bewegung.«

Er seufzte. »Ich auch nicht.«

Es hatte eine Zeit gegeben, als Wohnfläche an Bord eines Kriegsschiffes ein Privileg des Ranges war. Richard hatte einmal gelesen, dass Christoph Kolumbus' Kajüte die Hälfte der Wohnfläche an Bord der *Santa Maria* einnahm. Das war vorbei. Seine Admiralskajüte war nur wenig größer als die der anderen Offiziere und tatsächlich kleiner als die Kabinen der einfachen Besatzungsmitglieder, die dort allerdings zu viert untergebracht waren. Drakes Kajüte war geräumig genug, dass eine Person sich bequem darin aufhalten, waschen und ankleiden und sogar an einem kleinen Schreibsekretär arbeiten konnte. Zu zweit brauchten sie länger, als er für möglich gehalten hätte, um sich zu waschen, anzukleiden und zurechtzumachen. Natürlich wurde der Prozess öfters durch Küsse und Zärtlichkeiten unterbrochen.

Bethany beklagte den Umstand, dass sie am vergangenen Abend von ihrer Reisetasche getrennt worden war und daher nichts Neues anzuziehen hatte.

»Wir werden die Tasche finden«, meinte Richard. »Wahrscheinlich steht sie draußen im Korridor und wartet nur, dass wir die Tür öffnen.«

»Glaubst du? Schauen wir nach.«

Er ging zur Tür und öffnete sie gerade so weit, dass er den Korridor überblicken konnte. Eine Reisetasche war nicht zu sehen.

»Keine Sorge«, sagte er, als er den Misserfolg meldete. »Wir werden sie finden. Sie kann nicht verloren gegangen sein.«

»Aber all meine Aufzeichnungen und Bilder von unserem Kleinen sind in der Tasche. Ich wollte sie dir zeigen, während wir frühstücken.«

»Wir werden später genug Zeit haben, sie zu sehen. Einstweilen kannst du mir verraten, warum du unseren Sohn bei deinem Onkel zurückgelassen hast und hier herausgekommen bist, wo du dich um Kopf und Kragen bringen kannst.«

»Wirst du böse mit mir sein, Richard?«

»Nach dieser Nacht? Niemals. Trotzdem, es muss einen verdammt guten Grund gegeben haben.«

»Glaub mir, den gibt es.«

75

Der Korridor zwischen seiner Kajüte und der Offiziersmesse war belebter als sonst um diese Zeit. Jeder Offizier und jedes Besatzungsmitglied schien ein mühsam unterdrücktes Grinsen im Gesicht zu haben. Die weiblichen Besatzungsmitglieder waren am schlimmsten, weil Bethany den Eindruck gewann, dass sie sie mit unverhohlener Neugier betrachteten, die nicht frei von Neid war.

Nachdem sie es ein halbes Dutzend Male beobachtet hatte, sagte sie: »Was ist hier los, Richard? Bist du an Bord der allgemeine Frauenschwarm?«

»Wie bitte?«, fragte er zurück. »Das ist doch Unsinn.« Doch als sie weitergingen, bekam er zunehmend rote Ohren. Wenn dieser alberne Unsinn nicht aufhörte, würde er jemanden zum Rapport bestellen müssen.

»Die Frauen. Sie sehen mich alle an, als hätte ich dich ihnen gestohlen.«

»Auf keinen Fall«, versetzte er. »Wahrscheinlich denken Sie, dass wir uns einfach über die Bestimmungen hinweggesetzt haben.«

»Ein Mann kann an Bord dieses Schiffes nicht mal mit einer Frau schlafen?«, fragte sie.

Er lachte. »Offen gesagt, ich glaube nicht, dass das Thema jemals Gegenstand von Erörterungen gewesen ist.«

Wie in den meisten interstellaren Kolonien war auf Alta immer die Einstellung vorherrschend gewesen, dass man Frauen behüten müsse. Soziologen vertraten die Meinung, dass diese engstirnig wirkende Einstellung eine universale Reaktion menschlicher Gesellschaften sei, wenn es um die Besiedelung einer neuen Welt ging. Frauen waren zu wichtig für die gesunde Zukunft einer Gesellschaft, um sie unnötig zu gefährden. Erst als offensichtlich wurde, dass jede verfügbare menschliche Ressource benötigt würde, um die Ryall zu besiegen, hatte Alta begonnen, auch Frauen für die Marine zu rekrutieren. Allerdings hatte es noch lange Widerstand gegen die Öffnung eines so gefahrvollen Berufes für Frauen gegeben; während es anderswo seit Jahrhunderten gemischte Mannschaften gab, war die altanische Marine noch immer voller Vorbehalte gegen Frauen an Bord von Kriegsschiffen. Daher ließen sich die meisten Bestimmungen über außerdienstliche Kontakte zwischen den Geschlechtern in einem einzigen Wort zusammenfassen: NEIN!

Endlich erreichten sie die Offiziersmesse. Dort fanden sie Kapitän Carter und die meisten seiner Offiziere bereits an den verschiedenen Tischen, die auf das sanft gebogene Deck genietet waren. Auch Phillip Walkirk war anwesend. Er saß allein an einem Tisch im hintersten Winkel der Messe. Als Bethany eintrat, erhoben sich alle von ihren Plätzen.

»Captain Carter, ich möchte Sie gern mit meiner Frau Bethany bekannt machen«, sagte Drake zum kommandierenden Offizier des Schlachtschiffes. »Bethany, Kapitän Pelham Carter. Er befehligt die *Conqueror.* Es ist sein Schiff. Er lässt mich nur mitfahren, wenn ich keinen Ärger mache.«

»Hallo, Pelham«, sagte sie zu dem Kapitän zur Begrüßung und schüttelte ihm die Hand.

»Ihr zwei kennt einander?«

»Wir lernten uns auf einer von Mrs. Mortridges Gesellschaften kennen.«

»Sie haben ein ausgezeichnetes Gedächtnis, Mrs. Drake.«

Anschließend machte Drake sie mit den Offizieren der *Conqueror* und seines Stabes bekannt. Verschiedene von ihnen hatte sie schon bei Gesellschaften kennen gelernt, die sie selbst gegeben hatten, bevor die Flotte ausgelaufen war. Andere Offiziere waren ihr unbekannt, da sie ihren Borddienst erst vor kurzem angetreten hatten. Sie grüßte jeden einzelnen freundlich. Der jüngste von ihnen, ein Fähnrich, erkundigte sich höflich, ob Bethany gut geschlafen habe.

»Danke, sehr gut, Fähnrich«, antwortete sie und übersah sein plötzliches Erröten, als ihm verspätet die Implikationen der Frage bewusst wurden.

»Mabry, machen Sie Platz für den Admiral und seine Frau«, befahl Captain Carter.

»Bitte behalten Sie Ihren Platz, Mr. Mabry. Mein Mann und ich werden uns zu Commander Walkirk setzen, wenn es ihm nichts ausmacht. Ist es Ihnen recht, Phillip?«

»Es ist mir eine Ehre, Bethany.«

»Können wir, Richard?«, fragte Bethany. »Oder verlangt das Protokoll, dass du beim Kapitän und deinen Stabsoffizieren sitzt?«

»Einer der Vorteile, kommandierender Admiral an Bord eines Flaggschiffes zu sein, ist, dass ich sitzen kann, wo immer es mir gefällt. Außerdem haben wir Mr. Mabry heute Morgen genug Unannehmlichkeiten bereitet.«

Die Bemerkung verstärkte die Röte im Gesicht des Fähnrichs.

Sie gingen mit Phillip Walkirk an seinen Tisch, zogen Stühle heraus, die mit elastischen Kordeln am Tisch festgemacht waren, und setzten sich. Einen Augenblick später stand ein Steward in weißer Livree neben Richard. Wie die Mitglieder der Musikkapelle war auch er ein Marinesoldat. Sie gaben ihre Bestellungen auf, und er zog sich diskret zurück.

»Ich kann mich nicht erinnern, an Bord der *Discovery* solchen Luxus gesehen zu haben«, sagte Bethany. »Die Offiziersmesse wartete mit einem hundert Jahre alten Selbstbedienungsautomaten auf. Man musste tatsächlich aufstehen und sich das Essen selber holen.«

»Der Dienst an Bord eines Flaggschiffes hat seine Vorteile«, stimmte Phillip ihr zu. »Unser kleiner Kreuzer hat nicht mal einen Automaten.«

»Was mich auf eine Frage bringt«, sagte Drake, dem plötzlich bewusst wurde, dass der Prinz inzwischen wieder an Bord seines Schiffes sein sollte. »Warum sind Sie noch hier, Commander?«

»Ich bat ihn zu bleiben, Richard«, antwortete Bethany. »Denn: Ich wollte ihn dabei haben, wenn ich den Grund meines Kommens erkläre. Ich dachte mir, du würdest mich vielleicht nicht so laut anschreien, wenn es Zeugen gibt.«

Drake sah sich in der vollen Offiziersmesse um. »Warum denke ich, dass mir nicht gefallen wird, was als Nächstes kommt?«

»Wir können warten, wenn du möchtest.«

»Besser, wir bringen es hinter uns. Was tust du hier, Frau? Was war so wichtig, dass du das Kind verlassen musstest? Und was ist diese Ladung, um die Phillip sich gestern Abend kümmern sollte?«

»Die letzte Frage ist die leichteste. Die Ladung besteht aus zwei Ryall.«

»Zwei? Du hast Varlan mitgebracht?«

Sie nickte.

»Wer ist der andere?«

»Periskay. Wir nahmen ihn auf Corlis an Bord.«

»Was soll das? Willst du einen interstellaren Zoo einrichten?«

»Ich setze meine Studien fort«, erwiderte sie naserümpfend. Dann beugte sie sich näher und sagte in verschwörerischem Ton: »Richard, ich glaube, ich habe etwas entdeckt.«

»Was?«

»Ich glaube, ich weiß, wie dieser Krieg zu einem Ende gebracht werden kann, ohne die Ryall auszurotten.«

Drake lehnte sich zurück und betrachtete seine Frau mit schmalen Augen. Es war, als hätte sein Gehirn einen Schalter betätigt. Der liebende Ehemann war ersetzt durch den kühlen, berechnenden Admiral, der für das Leben von Hunderttausenden verantwortlich war, die unter ihm dienten. Er schwieg bedenklich lange, doch endlich kam er zu einer Entscheidung und sagte: »Vielleicht hattest du Recht, Schatz. Dies besprechen wir am besten in meiner Befehlszentrale, dort sind wir jetzt ungestört. Ich nehme an, Commander, dass Sie von der Entdeckung meiner Frau wissen?«

»Sie hat mich informiert, Admiral.«

»Dann kommen Sie am besten mit. Steward! Packen Sie unser Frühstück ein. Wir werden es später essen.«

Wenn Richard Drakes Kajüte sich nicht wesentlich von denen der anderen Offiziere unterschied, ließ seine Befehlszentrale keinen Zweifel daran, dass hier ein Admiral seinen Arbeitsplatz hatte. Seine persönliche Gefechtsstation, die er mit den engsten Mitarbeitern seines Stabes teilte, befand sich in einem Nebenraum der Flotteneinsatzleitung und war von diesem durch eine Glaswand getrennt. Von hier aus konnte er nicht nur die große holographische Darstellung der Flotteneinsatzleitung beobachten, die das gesamte System Spica mit allen Informationen über das gegenwärtige Kampfgeschehen zeigte, sondern auch eine Anzahl großer Bildschirme für Computerprojektionen, die von seinem Stab für strategische Planungen, den Einsatz von Kampfgruppen, die Logistik der Flottenversorgung und die taktische Verteilung der Streitkräfte auf die Faltpunkte gebraucht wurden. Wie die Zentrale, in der Captain Carter das Schiff manövrierte, war auch die Flotteneinsatzleitung in der Rotationsachse des Schiffes untergebracht, eingezwängt zwischen dem Hangar und den Maschinenräumen, was zur Folge hatte, dass die durch Rotation erzeugte Schwere praktisch nicht existierte. Drake zog sich Hand über Hand zu seinem Platz hinter dem halbkreisförmig gebogenen Arbeitstisch und bedeutete Bethany und Phillip, die beiden Sitze ihm gegenüber einzunehmen. In der Flotteneinsatzleitung hinter der Glaswand saßen mehrere Offiziere der Wache an Konsolen, die annähernd so komplex wie die des Admirals waren, und überwachten die Flotte und den Nachrichtenverkehr. Drake blickte auf die große Darstellung, die den Raum der Flotteneinsatzleitung beherrschte. Dort war ein winziger roter Stern von acht leuchtenden Faltpunktsymbolen umgeben. Über einen von diesen brauchte er sich keine Gedanken zu machen; das war der Faltpunkt Spica/Carratyl, durch den Verstärkungen und Nachschub strömten. Die Lagedarstellung zeigte zahlreiche matt leuchtende Linien, die Flugbahnen neu eingetroffener Schiffe markierten, die unterwegs zu ihren zugewiesenen Positionen in den sieben separaten Blockadestreitkräften waren. Eine leuchtende

Linie markierte den Transit der ersten der großen Orbitalfestungen, die bereits auf halbem Weg zum Faltpunkt Spica/Darthan war.

Die sieben Faltpunkte, die zur Ryall-Hegemonie führten, glommen smaragdgrün und zeigten an, dass die Lage dort einstweilen als ruhig eingestuft werden konnte.

Drake legte das Frühstückspaket auf die Arbeitsplatte und schaltete das Magnetfeld ein, das es am Davontreiben hindern würde. Bethany und Phillip taten es ihm nach. Als alle angeschnallt waren, sagte Drake: »Frühstücken wir, bevor es kalt wird. Zwischen den Bissen kannst du mir erzählen, was du entdeckt hast, Frau. Fang von vorn an, ich möchte nicht, dass mir etwas entgeht.«

Während das improvisierte Frühstück seinen Fortgang nahm, erzählte Bethany ihm von ihrer Forschungsarbeit, seit er Alta verlassen hatte, um das Kommando über die Invasionsflotte zu übernehmen, und von ihrer zunehmenden Einfühlung im Umgang mit Varlan, besonders nach der Geburt des kleinen Ritchie. Sie erzählte, wie sie an einer von Evelyn Mortridges Gesellschaften teilgenommen hatte und schockiert gewesen war, wie Parlamentsabgeordnete beiläufig über die Zerstörung der Heimatwelten der Ryall sprachen. Sie erwähnte den wachsenden Pessimismus in der Heimat, mit dem die Öffentlichkeit jede neue Verlustliste aufnahm, die zunehmende Kriegsmüdigkeit und das zunehmende Verlangen nach einem baldigen Ende des Krieges, der außer Verlusten nur Steuererhöhungen, Verschuldung und Teuerung mit sich gebracht habe, ohne dass ein Ende abzusehen sei.

Drake hatte schweigend zugehört, während er mit seinem Frühstück beschäftigt gewesen war, aber nun ging er auf den letzten Punkt ein. »Wir fühlen es hier draußen in der Flotte auch. Ehrlich gesagt war ich besorgt über die Strategie, den Ryall Spica wegzunehmen. Ich glaube, ich unterschätzte, wie schwierig es sein würde, nach Errichtung unserer Blockade auszuhalten. Verluste, die während einer Offensive gegen ein bestimmtes Ziel entstehen, werden leichter hingenommen als dieses fortgesetzte Bluten während der Blockade, wenn sonst nichts geschieht.«

»Willst du damit sagen, dass die Ryall gewinnen?«, fragte Bethany besorgt. Sie fragte sich plötzlich, ob sie sich für ein nutzloses Unternehmen vergeblich bemühte. Den Ryall Erbarmen zu zeigen war eine Sache, wenn sie wehrlos der Flotte ausgeliefert waren, doch wenn sie im Begriff waren, die Schlacht zu gewinnen, war es eine ganz andere. Tatsächlich war der Unterschied entscheidend für den Erfolg oder Misserfolg ihrer Pläne.

»Keineswegs. Für jedes Schiff, das wir verlieren, zerstören wir fünfzig von ihren Schiffen. Das Problem ist, dass sie mehr als zwanzig Welten hinter diesen sieben Faltpunkten haben. Eine Welt ist für sie wie für uns eine gewaltige Ressource, ein Reservoir an Kräften und Gütern. Wir hingegen befinden uns am Ende einer Nachschublinie, die sich über ein Dutzend Faltpunkte erstreckt. Wir sind in der Zahl der Schiffe, die wir in den Kampf führen können, beklagenswert unterlegen, während sie ihre Streitkräfte durch die Faltpunkte fädeln müssen, um an uns heranzukommen. Das gibt uns den Vorteil, solange wir genug Schiffe und Munition zur Aufrechterhaltung der Blockade haben. Gegenwärtig ist der Nachschub ausreichend. Geduld ist die Tugend, von der wir am wenigsten zu haben scheinen. Ich hoffe, wir können die Belastung und den Stress lange genug aushalten, dass ihnen die Reserven ausgehen.«

Bethany nickte. »Wie ich sagte, das ist das Problem daheim. Die Leute verlieren die Geduld mit dem Krieg. Sie glauben das Ende des Alptraums zu sehen, das Licht am Ende des Tunnels, und wünschen sich nichts mehr, als an einem friedlichen, sonnigen neuen Tag zu erwachen.«

»Tut mir Leid, dass ich dich unterbrochen habe, Schatz«, sagte Richard an einem Bissen vom warmen Toast vorbei. »Erzähl weiter.«

»Der Durchbruch kam, als Varlan wieder in einer ihrer fruchtbaren Phasen war. Die physiologischen Veränderungen waren dieses letzte Mal besonders stark, also bot ich ihr meine Hilfe an ...« Sie erzählte Richard von ihrer Idee, einen gefangenen Ryall zu beschaffen, der Varlans Eier befruchten und ihr Elend lindern könne. Sie schilderte ihre Überraschung und dann ihre wachsende Erregung, als Varlan das Angebot entschieden und beharrlich ablehnte. Darauf hielt sie inne, um die Wirkung zu steigern, bemerkte aber den Ausdruck von Verständnislosigkeit in Richards Augen.

»Siehst du nicht die Bedeutung, Richard? Ich bot ihr eine Option an, die einem ihrer Grundinstinkte Befriedigung verschafft hätte, doch sie verweigerte sich sehr energisch. Einen Augenblick dachte ich sogar, sie würde mich beißen.«

»Sagte sie, warum sie sich weigerte?«

»Sie sagte mir, dass es amoralisch wäre, wenn sie als eine Gefangene Junge in die Welt setzte.«

Er nickte. »Das ist zweifellos ein vernünftiges Argument. Wir würden wahrscheinlich genauso reagiert haben.«

»Sicherlich. Die Sublimierung des Geschlechtstriebes von Gefangenen in der Hand des Feindes ist unter Menschen eine durchaus vernunftgesteuerte Verhaltensweise. Für einen Ryall ist sie nicht vernünftig. Warum befinden wir uns im Krieg mit ihnen?«, fragte sie und merkte, dass schrille Obertöne in ihre Stimme kamen. »Sie griffen uns sofort und ohne Warnung an, weil es ihre Natur ist. Fremdenfeindlichkeit ist für sie keine Einstellung. Sie steckt ihnen in den Genen, ein Relikt aus ferner Urzeit, als sie mit den Schnellen Essern ums Überleben kämpften. Sie griffen uns an, weil ihr Instinkt es verlangte. Varlans Instinkt sagte ihr, dass es Zeit zur Paarung sei, doch ihre Intelligenz setzte sich darüber hinweg.«

»Was folgerst du daraus?«

»Einfach dies: Wenn die Ryall intelligent genug sind, in der Gefangenschaft keine Nachkommen zu zeugen, dann sind sie sicherlich intelligent genug, um zu wissen, dass wir sie ausrotten werden, wenn sie uns keine andere Wahl lassen.«

»Also?«

»Also brauchen wir nichts zu tun, als ihnen diese Gefahr mit hinreichendem Nachdruck klarzumachen, damit auch der Dümmste unter ihnen verstehen wird. Dann bieten wir ihnen eine annehmbarere Option an: Kapitulation.«

»In mehr als einem Jahrhundert Kriegführung hat es niemals den Fall gegeben, dass ein Ryall-Schiff kapituliert hätte, bevor wir es in Schrottmetall verwandeln konnten. Auch die Überlebenden kapitulierten nicht wirklich. Sie ließen sich einfach einsammeln, nachdem ihre Situation hoffnungslos geworden war.«

»Sie kapitulierten deshalb nicht, weil ein Kriegsschiff der Ryall im großen Plan der Dinge ohne Bedeutung ist, jedenfalls so wie sie es sehen. Aber die Verhältnisse haben sich geändert, Richard, du und diese Flotte haben sie verändert. Wir sind jetzt in der Lage, ihre gesamte Spezies auszulöschen. Solange sie sich als Gewinner fühlen konnten, waren ihre Instinkte und ihre Intelligenz im Einklang miteinander. Beides sagte ihnen, dass unsere Vernichtung der beste Weg sei, ihrer Brut und den ausgeschlüpften Jungen Sicherheit zu geben.

Nun, da wir rittlings auf ihren wichtigsten Verbindungslinien sitzen und nach und nach ihre Wirtschaft abwürgen, wissen sie, dass wir bald in der Lage sein werden, atomares Feuer auf ihre Köpfe regnen zu lassen und eine Heimatwelt nach der anderen zu vernichten.«

»Das ist der Grund, warum sie so angestrengt versuchen, die Blockade zu durchbrechen.«

Sie nickte. »Bedenke, wie es auf der anderen Seite des Faltpunktes sein muss. Plötzlich, nach mehr als einem Jahrhundert der Kämpfe, bereiten die gefürchteten zweibeinigen Ungeheuer einen tödlichen Schlag vor. Der Instinkt sagt den Ryall, dass sie kämpfen müssen, aber ihr Intellekt sagt ihnen, dass der Kampf wahrscheinlich vergeblich sein wird. Ihre Gehirne sind nicht mehr mit ihren Instinkten synchronisiert. Ein Kampf auf Leben und Tod ist viel attraktiver, wenn man erwartet, dass der andere sterben wird.

Die Invasion von Spica hat ihre Zuversicht und ihr Selbstvertrauen bis ins Innerste erschüttert, Richard, und wenn wir ihnen die geeigneten Anreize bieten, mögen die Echsenleute zum ersten Mal in mehr als einem Jahrhundert bereit sein, auf die Stimme der Vernunft zu hören.«

Drake öffnete den Mund zu einer Antwort, aber er konnte nichts mehr sagen. In diesem Augenblick begannen überall im Schiff Alarmsignale zu ertönen.

76

Admiral Sergei Gower war auf seinem Gefechtsstand, als der nahe Faltpunkt Spica/Darthan in photonischem Feuer explodierte. Sechs verschiedene Lichtpunkte erhellten die Schwärze des Raumes, bevor sie zu kochenden, strahlenden Nebeln wurden, die sich mit annähernder Lichtgeschwindigkeit ausweiteten.

»Meldung!«, befahl er.

»Es sind Antimateriebomben, Admiral. Geschätzte Masse je eine Tonne. Sechs Stück, Verteilung scheint willkürlich, wie am Ende eines Transitsprunges zu erwarten. Aber sie haben etwas Neues hinzugefügt. Diese Wolken bestehen aus ionisierten Atomen mit hohem Sauerstoffanteil. Es scheint, dass sie eigens zusammengebraut wurden, um unseren Sensoren das Durchdringen der Wolken zu erschweren.«

»Hauptsächlich ionisierter Sauerstoff?«, fragte er.

»Das sagt die Spektralanalyse, Admiral.«

»Verdammt. Sauerstoff wird die meisten unserer Sensorbeschichtungen korrodieren.«

»Ja, Sir. Ich vermute, sie wissen das.«

»Wie lange wird es dauern, bis die erste Wolke unsere dem Faltpunkt nächsten Einheiten erreicht?«

»Neunzig Sekunden, Sir.«

Gower schaltete mit finsterer Miene auf den offenen Kanal der Flottenkommunikation. »An alle Schiffe. Sie versuchen unsere Sensoren auszuschalten. Diese Wolke enthält hoch energetische Sauerstoffionen. Vor dem Eintreffen der Wolke sind alle für den Kampf benötigten Sensoren zu schließen, aber nicht früher als fünfzehn Sekunden vor dem Eintreffen der Wolke. Sensoren sind erst wieder zu öffnen, wenn die Konzentration auf sicheres Niveau sinkt. Fernaufklärung höchste Aufmerksamkeit und Weitergabe von Erkenntnissen an alle Schiffe. Sie werden in diesem Kampf unsere Augen sein.«

Gower verfolgte, wie die Bestätigungen seines Befehls einliefen. Die Fernaufklärung bestand aus einem halben Dutzend Raumfahrzeugen, die in weitem rückwärtigem Abstand vom Faltpunkt stationiert und mit weit reichenden Sensoren, optischen und Radioteleskopen beladen waren. Ihre Offensivkraft war null, aber sie hatten die besten Augen in der Flotte und, was im Moment wichtiger war, die am besten geschützten Augen. Das Problem war die Zeitverzögerung bei Sendungen und Empfang. Zwischen Beobachtung und Weitergabe würde annähernd eine halbe Sekunde Verzögerung auftreten, und in einem Gefecht, wo Hundertstel Sekunden zählten, war eine halbe Sekunde eine Ewigkeit.

»In Quadrant Sieben, Unterquadrant Beta, werden Zielattrappen zerstört, Admiral. Sie scheinen ihr Feuer dort zu konzentrieren.«

»Welche Kräfte sind durchgebrochen?«

»Noch keine Identifikation. Wir sollten sie in ein paar Sekunden haben. Die Wolken lösen sich rasch auf ... Jetzt kommen sie durch. Ich schätze zweihundert Schiffe, darunter drei schwere. Scheiße! Es sind Orbitalfestungen, Admiral. Sie feuern mit allem, was sie haben, in Sieben Beta!«

Gower schaltete wieder auf den Kanal der Flottenkommunikation. »An alle Schiffe. Dies ist ein größerer Vorstoß. Ihre Flotte führt drei Orbitalfestungen mit sich. Bei Zielerkennung maximale Feuerkraft. Auf die schweren Brocken konzentrieren. Ich wiederhole, Feuer auf die schweren Brocken.«

Er hatte den Befehl kaum ausgegeben, als Vibrationen durch den Rumpf der *Royal Avenger* gingen. Elektromagnetische Linearbeschleuniger starteten Raketen. Bei der gegenwärtigen Feuergeschwindigkeit würde das Schlachtschiff sich in weniger als fünfzehn Minuten verschossen haben. Es war zu hoffen, dass die Ryall nicht so lange bleiben würden.

»Meldung von *Constantine*, Admiral. *Farragut* ist eben explodiert. Nachrichtenabteilung meldet, dass *Constantine* Sendung mitten im Satz abgebrochen hat. *Rohatan* meldet schweren Treffer auf *Constantine*, ist aber noch im Radar. Fernaufklärung meldet allgemeine Bewegung sämtlicher Ryall in Richtung Sieben Beta. Erster Kontakt 35 Sekunden …«

Gower biss die Zähne zusammen und lauschte den fortgesetzten Schadensmeldungen auf der Kommandofrequenz. In rascher Folge verlor seine Flotte sechs Schiffe, darunter zwei schwere Kreuzer, von denen einer mit der gesamten Besatzung verdampfte.

Die gute Nachricht war, dass die Echsenleute ihre Kühnheit teuer bezahlten. So rasch wie die blauen Echozeichen der eigenen Schiffe von den Bildschirmen verschwanden – die roten Echozeichen der Feindschiffe verschwanden schneller. Kurz nachdem er Befehl gegeben hatte, das Feuer auf die Orbitalfestungen zu konzentrieren, flammte eines der großen, schwerfälligen Ziele in Weißglut auf. Wer oder was immer die Orbitalfestung erwischt hatte, Gower dankte ihm. Natürlich waren alle Waffen, die sie zwischen dem Durchbruch und der Zerstörung hatte abfeuern können, noch unterwegs und würden gefährlich bleiben, bis sie entweder von Abwehrwaffen zerstört wurden oder in einem Schiff der Flotte explodierten.

Die expandierenden Wolken ionisierten Plasmas von den Antimateriebomben erzeugten einen unerwarteten Effekt. Die Bomben hatten den Raum mit mehreren hundert ionisierten Atomen pro Kubikzentimeter verseucht. Das Ergebnis war, dass die starken Laser und Partikelstrahlen nicht mehr ihre unsichtbaren Löcher in den Raum bohrten. Der Durchgang jedes Energiestrahls hinterließ eine geisterhafte smaragdgrüne Spur von turbulentem Plasma.

Die Schlacht war zu einer surrealen Lichtschau mit Tausenden grün leuchtender Fäden verwandelt, die ihre tödlichen Netze durch das sauerstoffreiche Plasma webten. Man hätte dem Schauspiel die Schönheit nicht absprechen können, wäre es nicht so tödlich gewesen. Sergei Gowers Bewunderung für den Anblick wurde bald zu Schrecken, als er die taktischen Implikationen dieser geraden Linien durchsichtiger Strahlung durchdachte.

Seit dem Beginn des Krieges zwischen Ryall und Menschen war es eine militärische Tatsache gewesen, dass die Streitkräfte, welche eine Seite eines Faltpunktes verteidigten, einen nahezu unüberwindlichen taktischen Vorteil gegenüber einem Angreifer hatten. Nicht nur hatte der Verteidiger Zeit, seine Minen auszusäen und seine Schiffe vorteilhaft in Position zu bringen, er konnte sie auch zwischen Tausenden von optisch und elektromagnetisch erzeugter Attrappen verstecken. So konnte er seine Flotte im leeren Raum verbergen.

Mittlerweile hatten die sechs expandierenden Plasmawolken der Antimateriebomben die beiden kämpfenden Flotten weitgehend eingehüllt und waren in Begriff, zu einer einzigen großen Wolke zu verschmelzen. Die geisterhaften Spuren, die von Laser- und Partikelstrahlen hinterlassen wurden, hatten wenig Wirkung auf die taktische Lage der Ryall. Ihre Schiffe beschleunigten mit äußerster Kraft auf das sich entwickelnde Loch in der menschlichen Blockade, und die Glutstrahlen ihrer Triebwerke beendeten jede Hoffnung auf Tarnung ihrer Position, die sie gehabt haben mochten.

Auf der anderen Seite waren die Schiffe von Sergei Gowers Kampfgruppe mit der Sorgfalt eines Genetikers eingesetzt worden, der das Genom seines Erstgeborenen analysiert. Die sauerstoffreiche Plasmawolke machte seine sorgfältig ausgearbeiteten Pläne zur Verteidigung des Faltpunktes wirksam zunichte.

Wo Plasmaspuren zu jedem Schiff zurückführten, das entweder seine Laser- oder Partikelstrahlkanonen abgefeuert hatte, bedurfte es nicht allzu vieler Entladungen, bevor jedes Schiff der Kampfgruppe im Brennpunkt von Dutzenden Fäden feiner Strahlung aus eigener Erzeugung war. Die Ryall-Schiffe bemerkten, wo diese Fäden zusammenliefen, und brachten ihre Gegner ins Fadenkreuz ihrer Zielerkennung. Auf einmal wurde es leicht, die menschlichen Schiffe von ihren

Attrappen zu unterscheiden. Letztere waren die Echozeichen, die nicht auf sie feuerten.

Als im betroffenen Quadranten ein Schiff nach dem anderen von feindlichem Laserfeuer getroffen wurde, überlegte Gower, ob er das Feuer von Strahlenwaffen ganz einstellen sollte, verwarf den Gedanken aber rasch wieder. Laser waren in erster Linie Antiraketenwaffen, und während feindliche Langstreckenlaser Löcher in gepanzerte Rümpfe brennen konnten, waren sie letzten Endes weit weniger zerstörerisch als ein nuklearer Gefechtskopf.

»An alle Schiffe. Sie verfolgen unsere Strahlen durch die Suppe zurück. Ausweichmanöver Beta Drei.«

Während er das Kampfgeschehen beobachtete, verschwanden weitere rote Echozeichen von Ryall-Schiffen in rascher Folge. Was als eine Flotte von zweihundert den Durchbruch erzwungen hatte, war jetzt auf ungefähr achtzig geschrumpft und sank weiter.

Die gleiche Lagedarstellung, die ihm die zunehmenden Verluste der Ryall zeigte, gab auch die plötzlich gähnende Öffnung in der Blockadehalbkugel seiner Kampfgruppe zu erkennen. Die allgemeine Bewegung der Ryall-Schiffe ging in diese Richtung.

»Wir haben Durchbruch«, sagte eine ruhige Stimme in Gowers Ohr.

»Sieben Beta?«

»Ja, Sir. Wenigstens ein Dutzend Feindschiffe haben unsere Formation durchstoßen und beschleunigen mit hoher Geschwindigkeit.«

Gower nickte. Das war zu erwarten gewesen. Die erste Aufgabe jeder Durchbruchsstreitmacht würde darauf abzielen, seine taktische Lage zu komplizieren. In diesem Fall würde das wahrscheinlich ein mit höchster Geschwindigkeit auf Spica gerichteter Kurs sein, gefolgt von einem die Anziehungskraft des Doppelsterns ausnutzenden Umkreisungsmanöver und einer genauso schnellen Rückkehr, um rechtzeitig einzutreffen, um der nächsten Durchbruchswelle zu helfen, sobald sie im Faltpunkt erschien.

»Unterrichten sie die Flotte über den Durchbruch. Wir werden Unterstützung brauchen.«

»Ja, Sir.«

Fünf Minuten vergingen langsam. In dieser Zeit explodierte eine der überlebenden Orbitalfestungen, aber Gower war zu ausgelaugt, um Triumph zu empfinden. Nach dem Abschuss der zweiten Festung konzentrierte sich das Feuer auf die dritte, und Ryall-Schiffe begannen aus eigenem Antrieb zu verschwinden, als sie auf ihre Seite des Faltpunktes zurückkehrten. Mit dem erfolgreichen Durchbruch war die Notwendigkeit für mutiges Draufgängertum nicht mehr gegeben, und die Pflicht der Ryall-Kommandanten verlagerte sich auf die Rettung der Schiffe, die sie in Sicherheit bringen konnten.

Als Erste trat die überlebende Orbitalfestung den Rückzug an, aber sie kam nicht ungeschoren davon. Die Spektralanalyse zeigte, dass sie Sauerstoff und Wasserdampf leckte, bevor sie im Faltpunkt verschwand. Trotz der erkennbaren Schäden der Festung mussten ihre Generatoren zur Erzeugung des Faltraum-Übergangsfeldes intakt geblieben sein.

Die kleineren Überlebenden folgten rasch. In weniger als einer halben Minute war der Faltpunkt leer. Nur die Toten und die Sterbenden blieben zurück.

Die Stabsoffiziere der Flotteneinsatzleitung an Bord der *Conqueror II* hatten sich eines ruhigen Morgens erfreut. Ausnahmsweise gab es keine feindlichen Sondierungen in den Faltpunkten, und der Besitz des Systems Spica schien vorläufig unangefochten.

An Bord des Flaggschiffes wie auch aller übrigen Einheiten der Flotte nutzten erschöpfte Besatzungen die einwöchige Ruhepause zu Reparaturen, diagnostischen Untersuchungen ihrer Schiffe und Bewaffnung und zur Ergänzung von Vorräten.

In der Flotteneinsatzleitung blieb Zeit zum Abfassen überfälliger Meldungen und Spekulationen über Anwesenheit und Funktion der Frau, die der Admiral in seiner Befehlszentrale hatte. Zwar wäre es unangebracht und ein Zeichen schlechten Benehmens gewesen, offene Neugier zu zeigen; aber mehr als ein Offizier nutzte die Gelegenheit, wenn er seinen Platz verlassen musste, um beiläufig einen Blick durch die gläserne Trennscheibe zu werfen. Der Admiral hatte den Stab mit seiner Frau bekannt gemacht, aber niemand wusste, zu welchem Zweck sie hierher in den Frontbereich gekommen war, und so hatten hinter vorgehaltener Hand die verschiedensten Mutmaßungen Konjunktur.

Der erste Alarm veränderte schlagartig den ungezwungenen, beinahe gemütlichen Charakter der morgendlichen Aktivitäten. Die große holographische Lagedarstellung in der Flotteneinsatzleitung wurde zum Mittelpunkt der Aufmerksamkeit. Befehle und Fragen gingen hinaus zu den Kampfgruppen innerhalb der Faltpunkte. Etwas geschah, und es war Aufgabe der Flotteneinsatzleitung, festzustellen, was es war, und dann die Reaktion der Flotte zu koordinieren.

Individuelle Bildschirme und die große Lagedarstellung begannen Veränderungen zu zeigen, als aus allen Teilen des Systems Meldungen und Daten eingingen. Der Faltpunkt Spica/Darthan schaltete von Smaragdgrün auf Karmesinrot, beinahe sofort gefolgt von den Faltpunkten Spica/Rylmar und Spica/Tarnath. Berücksichtigte man die Kommunikationsverzögerung von jeder der drei umkämpften Zonen, war der – wahrscheinlich von den Sensoren der Fernaufklärung ausgegangene – Alarm so gleichzeitig erfolgt, wie es Einsteins Relativitätstheorie erlaubte.

»Was geht vor, Richard?«, fragte Bethany in das Geheul des Alarms.

»Etwas geschieht in mehreren der Faltpunkte«, erwiderte er. »Es sieht nach dem koordinierten Angriff aus, der uns Sorgen machte.«

Die holographische Lagedarstellung der Flotteneinsatzleitung vor ihnen zeigte immer neue Veränderungen.

»Dunbar!«

»Ja, Admiral«, antwortete einer seiner Stabsoffiziere.

»Sehen Sie zu, ob Sie direkte Lagemeldungen von den betroffenen Faltpunkten bekommen können.«

»Jawohl, Sir.«

»Toshida.«

»Sir?«

»Liegen schon Meldungen von den anderen vier Faltpunkten vor?«

»Noch nicht, allerdings sind zwei noch jenseits unseres Lichthorizontes.«

Damit war gemeint, dass die Kommunikationsverzögerung zwischen den Faltpunkten und der Flotte länger als die Zeit war, die seit dem Beginn der Kampfhandlungen verstrichen war. »In zehn Sekunden sollten wir mehr wissen …«

Die Sekunden vertickten wie Minuten. Am Ende dieser Zeitspanne waren keine weiteren Meldungen eingegangen. Drake begann wieder zu atmen.

»Feindaktivität in drei Faltpunkten, Admiral«, meldete Commander Dunbar. »Sieht nach Antimateriebomben mit einem neuen Kniff aus. Wir haben Wolken von ionisiertem Gas, die von den Explosionspunkten nach außen rasen. Unsere Sensoren können sie nicht durchdringen.«

Im Laufe der nächsten sieben Minuten beobachteten sie die Entfaltung der Schlacht nicht nur im Faltpunkt Spica/Darthan, sondern in allen dreien. Drakes Magen verkrampfte sich, als er erkannte, dass den Ryall ein Durchbruch im Faltpunkt von Darthan gelungen war. Dann gingen in rascher Folge Meldungen von den anderen zwei Faltpunkten ein, die von zusätzlichen Durchbrüchen sprachen.

»Wie viele Schiffe insgesamt?«, fragte er.

»Wir bekommen gerade die Information, Admiral. Ein Dutzend in Spica/Darthan, acht in Spica/Rylmar und zwanzig in Spica/Tarnath.«

»Welche Richtung haben sie?«

»Alle scheinen Kurs auf den Doppelstern zu halten, Sir.«

Er nickte. »Natürlich, sie nutzen das Schwerefeld zur Umkehr, um uns in den Rücken zu fallen. Besteht eine taktische Möglichkeit, dass sie versuchen könnten, sich zu vereinigen?«

»Es gibt noch keinen Hinweis, ob so oder so, Admiral. Es wäre klug, damit zu rechnen. Eine Umkreisung des Doppelsterns bietet sich zu einem hyperbolischen taktischen Rendezvous an.«

»Richtig«, erwiderte Drake. Wenn ein Schiff im Vakuum umkehren wollte, vertauschte es im Flug die Enden in einer Drehung um 180°. Im Vakuum war das Manöver einfach, doch barg es in der gegenwärtigen Situation die Gefahr, ein Raketengeschoss auf sich zu ziehen, besonders während jener Phase des Manövers, wenn die Geschwindigkeit des Schiffes umgelenkt wurde. Dabei hing das manövrierende Schiff einen Augenblick stationär im Raum und war ein perfektes Ziel für jeden Feind in Reichweite.

Der Doppelstern Spica in bequemer Nähe bot den Ryall eine Alternative und machte Drakes taktische Aufgabe bedeutend komplizierter. Statt von den Faltpunkten ihres Durchbruchs zu beschleunigen, dann zu verlangsamen und in die Gegenrichtung erneut zu beschleunigen, hatten die durchgebrochenen Streitkräfte der Ryall alle direkt auf das Zentralgestirns des Systems beschleunigt. Indem sie nahe an Spica vorbeijagten, konnten sie die gewaltige Anziehungskraft des Doppelsterns nutzen und sich in hoher Geschwindigkeit außerhalb der Chromosphäre des Sterns in eine hyperbolische Bahn herumziehen lassen, ohne die Geschwindigkeit zu verringern. Das Ergebnis würde eine enge Umlaufbahn um Spica sein, die in eine schnelle Hyperbel überging. Im Prinzip glich das Manöver einer Kometenbahn.

Wenn die drei durchgebrochenen Streitkräfte das Manöver zeitlich richtig abstimmten, konnten sie ihre Orbitalebenen während der Umkreisung des Zentralgestirns regulieren, sich vereinigen und wie ein wild gewordener Hornissenschwarm aus der blendenden Sonne herausschießen. Dann bekam es der Kommandeur der betroffenen Blockadekampfgruppe mit 40 zusätzlichen Kriegsschiffen des Feindes zu tun, während dieser den nächsten Durchbruch versuchte. Es war die kosmische Version eines klassischen Zangenmanövers, das mindestens bis zu den Sumerern zurückreichte.

»Natürlich können wir nicht voraussagen, welchen Faltpunkt sie ansteuern werden, nachdem sie den Stern umrundet haben«, sagte Drake zum Taktikoffizier seines Stabes.

»Das trifft unglücklicherweise zu, Admiral. Wenn wir feststellen, welches Ziel sie haben, wird es zu spät sein, eine nennenswerte Streitmacht an Ort und Stelle zu bringen, um sie aufzuhalten. Ein hübsches Manöver von der Seite unserer Ryall-Freunde.«

»Haben Sie eine Vermutung?«

»Darthan, Sir. Nach meiner Überzeugung sollten sie hinter diesem Faltpunkt mehr Streitkräfte versammelt haben als hinter einem der anderen.«

»Also schicken wir unsere Reserven als Verstärkung zu Sergei Gower?«

»Nein, Sir. Die Wahrscheinlichkeit spricht für Darthan, aber es könnte jeder Faltpunkt auf dieser Seite des Sterns sein. Wir werden warten müssen, bis wir ihren Ausgangsvektor von Spica sehen, bevor wir reagieren können.«

»Bis dahin wird es zu spät sein, sie von hier aus abzufangen.«

»Ja, Sir.«

Drake zog die Stirn in Falten. Wer immer diesen Angriff geplant hatte, musste ihn genauso gut durchdacht haben wie er selbst die Invasion von Spica. Bis die durchgebrochenen Ryall-Schiffe aus der Umkreisung Spicas herauskamen und ihr Ziel deutlich wurde, gab es keine Möglichkeit, vorauszusagen, wo sie angreifen wollten. Er teilte mit Commander Dunbar die Meinung, dass der Faltpunkt Darthan das logische Ziel sei, doch wie logisch es auch sein mochte, er konnte eine Entscheidung von dieser Tragweite nicht auf einer Vermutung gründen, schon gar nicht einer, die nur eine Möglichkeit unter sieben darstellte.

Der Durchbruch in drei Faltpunkten hatte die Ryall annähernd fünfhundert Schiffe gekostet, aber das Opfer mochte gerechtfertigt sein. Durch die Preisgabe dieser Schiffe war es ihnen gelungen, den Spieß umzudrehen und die Initiative an sich zu reißen. Im Anschluss an das erwartete Rendezvous würde ihre durchgebrochene Streitmacht sowohl in Position wie auch in Geschwindigkeit den Vorteil auf ihrer Seite haben, was im Raum etwa mit dem taktischen Vorteil der überhöhten Stellung im Infanteriekampf vergleichbar war. Nur wenn er seine Reservekampfgruppe sofort in Bewegung setzte, würde er imstande sein, ihnen den Weg zu versperren. Aber wohin sollte er sie schicken? Im Moment hatte er nichts als Vermutungen, welchen Kurs sie nehmen würden. Wenn er wartete, bis die Ryall ihre Schleife um Spica zogen, würde keine Zeit mehr sein, die Eindringlinge abzufangen, geschweige denn zu zerstören.

Er war in der Art von Raumzeit-Falle gefangen, in die jeder Kommandeur seinen Gegner zu manövrieren suchte. Die Frage war, wie er herauskommen konnte. Wenn er nicht wusste, welches Ziel sie hatten, wie sollte er sie rechtzeitig überholen, um wirksam eingreifen zu können?

Bei diesem Stand der Dinge bildete sich tief in seinem Gehirn ein Gedanke und schwebte zaghaft an die Oberfläche. Lange Sekunden wendete er ihn hin und her und überlegte, ob er zu offensichtlich sei, um brauchbar zu sein, oder bloß offensichtlich genug, um brillant zu sein.

Zwar konnte er nicht voraussagen, welchen Faltpunkt die Durchbruchsstreitmacht der Ryall angreifen würde, aber ihre Route war so offensichtlich wie der glühende Ball heißer Gase in der Lagedarstellung. Sie konnten unter Ausnutzung seiner Anziehungskraft das Zentralgestirn umrunden, um ihr Angriffsziel zu verschleiern, aber vorläufig war ihre Absicht klar: Sie hielten Kurs auf das Zentralgestirn. Sie würden den Stern mit hoher Geschwindigkeit in nächster Nähe knapp außerhalb der durch Gasausbrüche gefährdeten Zone umrunden und dann wie von einem Katapult geschossen in gerader Linie eine seiner Kampfgruppen angreifen, die die Faltpunkte blockierten. In der Nachbarschaft des Zentralgestirns würden sie jedoch einer Bahn folgen müssen, die schon vor tausend Jahren von Isaac Newton vorherbestimmt worden war. Jede Abweichung davon würde sie in die falsche Richtung davonfliegen lassen.

Während der letzten Annäherungsphase an Spica, wenn ihre Sensoren in der Plasmasuppe praktisch blind sein würden und ihre lebenserhaltenden Bordsysteme unter höchster Belastung arbeiten mussten, würden sie am verwundbarsten sein.

Richard Drake überlegte seine Wahlmöglichkeiten und ihre Risiken. Was er zu tun im Begriff war, bereitete ihm Magendrücken, aber die Entscheidung musste getroffen werden.

»Dunbar, veranlassen Sie die Vorbereitung der Flottenreserve auf einen Hochgeschwindigkeitseinsatz.«

»Jawohl, Sir. Wohin?«

»Spica. Wir werden ihnen in einer entgegengesetzten Umlaufbahn und niedriger Höhe entgegenkommen und sie packen, wenn sie am verwundbarsten sind – während sie den Stern auf einer Seite haben und nicht manövrieren können.«

»Jawohl, Sir. Verstehe.«

Drake beobachtete die Echozeichen der drei verschiedenen Durchbruchsgruppen und versuchte zu berechnen, wann alle drei hinter dem Stern durchkommen würden. Es konnte nur eine Schätzung sein, aber das machte nichts. Die Bordrechner würden es früh genug sagen.

Er wandte sich an Phillip Walkirk, der still neben ihm stand, um den Admiral nicht bei seiner Arbeit zu stören. »Commander, Sie sollten am besten an Bord ihres Schiffes zurückkehren. Innerhalb einer Stunde werden wir unter hoher Beschleunigung sein. Sie werden die Zeit für die Vorbereitung brauchen.«

»Bin schon unterwegs, Admiral.«

Phillip war so schnell zur Tür hinaus, dass Drake den Luftzug zu spüren glaubte. Er nickte seiner Frau zu und sagte: »Für dich brauchen wir jetzt einen Beschleunigungssitz zum Anschnallen.«

»Was geht vor da draußen?«, fragte sie. Ihre Stimme klang ängstlich.

»Wir werden es mit den Ryall austragen, wenn sie den Stern umrunden.«

»Was bedeutet das?«

»Es bedeutet, dass wir ein Gefecht in der Korona des Sterns führen werden.«

77

Seit der Ankunft der Flotte im System Spica hatte Richard Drake viele Stunden mit der Beobachtung der ständig wechselnden Lichtschau verbracht, die von Spica A und B ausging. Gewaltige solare Protuberanzen glühender Gasausbrüche explodierten alle paar Stunden von jedem der beiden Sterne himmelwärts, nur um von den vereinten Schwere- und Magnetfeldern zu anmutigen, spiraligen Feuerrädern verbogen zu werden. Die immerwährenden Pirouetten waren ungemein unterhaltend, und oft hatte er sich gefragt, wie die beiden Sterne aus der Nähe aussehen würden.

Diese Frage fand jetzt ihre Beantwortung.

Seine Flottenreserve von vierundzwanzig Schiffen näherte sich dem Doppelsternsystem auf eine Entfernung, wo die Klimaanlagen der Schiffe durch die Wärmestrahlung ihren Dienst zu versagen drohten. Die Flottenreserve Spica befand sich auf Gegenkurs zu der Durchbruchsgruppe der Ryall. Auch sie würde mit hoher Beschleunigung das Doppelsternsystem umrunden, um etwa in die Richtung, aus der sie gekommen waren, in den Raum davonzufliegen. Der einzige Unterschied war, dass die Flottenreserve das Doppelsternsystem in etwas größerer Höhe als die Ryall umrunden und den Feind für kurze Zeit zwischen sich und den Sternen haben würde.

Der Bildschirm zeigte Spica A als einen bläulich weißen Fußball, der seinen Gefährten teilweise verdeckte. Der bloße Anblick des Paares brachte Richard Drake ins Schwitzen. Selbst bei minimaler Vergrößerung und maximaler Filterung füllte das Doppelsterngebilde den Bildschirm und überflutete die Kommunikationsfrequenzen mit dem Rauschen statischer Elektrizität. Untergetaucht in elektrisch leitendem Plasma, waren Botschaften und Befehle zwischen den Schiffen der Flotte nur mit Hilfe von Kommunikationslasern möglich, die einen beschränkten Verkehr erlaubten. Das Plasma und die Hitze spielten auch den Sensoren übel mit; viele der empfindlichsten Instrumente waren eingezogen und unter Schutzklappen verborgen, um sie vor dem Ausbrennen oder Kurzschlüssen zu schützen. So war die Flotte halb blind, als sie nach Kontakt mit dem Feind umhertastete.

Drake lag in seinem zurückgeklappten Sitz und beobachtete seine Schirmbilddarstellungen, die gleichfalls massiv gestört waren, aber zumindest im Radarbereich noch funktionsfähig waren. Er wartete auf die ersten roten Echozeichen, um den Befehl zu geben, der zwei Dutzend Kriegsschiffe ins Gefecht führen würde. Er war nicht allein. Neben ihm war ein zweiter, neu installierter Sitz mit zurückgeklappter Lehne, in dessen Umarmung eine vertraute Gestalt im Schutzanzug angeschnallt lag. So wie sie es in der Schlacht um Sandar getan hatte, begleitete Bethany ihren Mann in die Gefahr. Und so wie damals wünschte Richard, sie wäre sicher zu Hause.

»Alles in Ordnung, Schatz?«, fragte er, nachdem er sich vergewissert hatte, dass seine Worte nicht über die Sprechanlage oder die Befehlsfrequenz hinausgehen würden.

»Es geht«, kam die knappe Antwort.

Mehr brauchte er nicht zu hören. Er hatte diese angespannte, wortkarge Antwort oft genug während ihres Ehelebens gehört, um zu wissen, dass sie sich ängstigte. Und sie hatte Grund dazu. Gefechte im Weltraum waren meist kurz und tödlich, und oft ereilte der Tod seine Opfer schneller, als menschliche Sinne es wahrnehmen konnten.

Das waren die glücklichen Toten.

Die unglücklichen Toten waren jene, die in hilflosen Wracks in der Unendlichkeit trieben, Männer und Frauen, deren Blutzellen von radioaktiver Strahlung zerstört waren, oder deren erschöpfter Sauerstoffvorrat sich durch Ohrenknacken in undichten Schutzanzügen bemerkbar machte. Dann gab es noch die wirklich unglücklichen Toten, die sich unverletzt und mit genug Atemluft, aber ohne Nahrung oder Wasser in einem unversehrt gebliebenen Raum eines treibenden Wracks befanden, ohne Aussicht auf Hilfe oder Rettung.

Drake hatte getan, was er konnte, um für das bevorstehende Gefecht bereit zu sein, und als die Vorbereitungen abgeschlossen waren, verdrängte er sie aus seinem Bewusstsein. Er lag in seinem Sitz und beobachtete seine Instrumente in einem Zustand stoischer Trance. Es war, als wüsste sein Körper instinktiv, wie er seinen begrenzten Vorrat von Adrenalin konservieren und die lebenswichtige Droge für den Augenblick in Reserve halten konnte, wenn er wirklich gebraucht wurde. Wie zehntausend Generationen menschlicher Krieger es vor ihm getan hatten, lag Drake still und besinnlich da und wartete geduldig darauf, was dieser Tag noch bringen würde.

Wie immer, wenn ein Kampf unmittelbar bevorstand, verspürte er keine Furcht. Das heißt, die Furcht war da, aber zeitweilig betäubt. Sie schlief unruhig dicht unter der Oberfläche seines Bewusstseins.

Im Kosmos verläuft das Kampfgeschehen schneller als die Reaktionszeiten von Synapsen und chemischen Rezeptoren. Daher kann ein Mensch durch eigenes Handeln wenig tun, um ein feindliches Schiff zu bekämpfen. Strahlenwaffen und Laser operieren mit Lichtgeschwindigkeit. Wenn das menschliche Auge auf den Blitz reagiert, hat das Ereignis bereits stattgefunden. Nur Computer können mit dem Stakkato eines Gefechts im Weltraum in Realzeit Schritt halten.

Das menschliche Gehirn ist überlegen, wenn es auf Nuancen ankommt. Das menschliche Auge kann Muster erkennen, die kybernetischen Wahrnehmungen bedeutungslos sind. Allein wegen dieser kognitiven Fähigkeiten und der aus ihnen folgenden Entscheidungsprozesse werden Menschen im Kampfgeschehen gebraucht. Gerade diese Fähigkeiten aber sind am verwundbarsten für Furcht und Zweifel. Um seine Effektivität zu steigern, erzeugt das menschliche Gehirn vor dem Kampf eine Art Selbsthypnose. Wider besseres Wissen hüllt es sich in einen Umhang ruhiger Zuversicht.

Dieses seltsame Gefühl von Ruhe, das über Drake gekommen war, würde den ersten Kontakt mit dem Feind nicht überdauern. Mit dem Beginn der Aktion würde er Erregung, Sorge, Anspannung, Enttäuschung und Erleichterung verspüren – oft innerhalb von wenigen Sekunden. Angst hingegen würde erst nach dem Kampf auftreten. Erst dann würde die Zeit da sein, die Verluste zu registrieren und die Toten zu betrauern, vorausgesetzt, er befand sich nicht unter ihnen. Nach dem Gefecht würde sein Verstand jede Phase rekapitulieren und überlegen, ob es eine Entscheidung gab, die er besser hätte treffen können.

»Wo sind sie?«, fragte Bethany. Sie beobachtete die Lagedarstellung mit der gleichen gespannten Aufmerksamkeit wie alle anderen in der Flotteneinsatzleitung.

»Geduld. Wenn sie das Annäherungsmanöver nicht abgebrochen haben, als sie uns ausmachten, sollten wir sie in den nächsten zwei Minuten sehen.«

Drake beneidete den Kommandeur der Ryall nicht um seine taktische Position im bevorstehenden Gefecht. Um den Doppelstern als Wendemarke zu gebrauchen, würde er eine sehr präzise Flugbahn einhalten müssen. Er würde keinen Raum für Ausweichmanöver haben, da jede Abweichung vom vorgegebenen Kurs die Streitmacht mit ihrer sehr hohen Geschwindigkeit beim Verlassen des Doppelsterns weit von ihrem Ziel abbringen würde.

Nach Beobachtungen, die gemacht wurden, bevor die Ryallschiffe hinter dem Doppelsternsystem verschwanden, schien es, dass ihr Ziel der Faltpunkt Spica/Darthan sein würde. Von dieser Vermutung ausgehend, ließ sich auf die genaue Zeit schließen, wann der nächste Durchbruchsversuch der Ryall zu erwarten war. Schon jetzt waren Schiffe zur Verstärkung der Blockadeflotte im Faltpunkt Spica/Darthan unterwegs, und einige von ihnen würden vielleicht noch rechtzeitig eintreffen, um ihre Kampfkraft in die Waagschale zu werfen.

Drake war bewusst, dass die ganze Sache möglicherweise eine List war. Die durchgebrochene Streitmacht konnte Kurs auf den Faltpunkt Spica/Darthan nehmen, um die Aufmerksamkeit von einem der anderen Faltpunkte abzulenken, wo der wirkliche Durchbruch stattfinden würde. In diesem Fall würde seine Entscheidung, Verstärkungen zum Faltpunkt Darthan zu schicken, dem Feind in die Hände arbeiten.

Plötzlich ertönten die Alarmsirenen, und in der holographischen Lagedarstellung erschienen neue rote Echozeichen. Ein Teleskop holte die Scheibe von Spica B heran, und dort war die Streitmacht der Ryall wie eine lineare Anordnung von winzigen Sonnenflecken.

»Achtung, an alle«, verkündete die Stimme von Commander Jerome Considine, des Dienst tuenden taktischen Offiziers, über die Befehlsfrequenz. »Feind in Sicht. Fertig machen zum Angriff!«

Essau von der Grasigen Ebene Unter den Blauen Bergen lag angeschnallt auf seinem Platz, der sich zwar äußerlich von einem menschlichen Modell unterschied, jedoch die gleiche Funktion erfüllte. Das dumpfe Grollen der mit voller Kraft laufenden Triebwerke war in seinen Ohren, als er den Kopf auf seinem langen, geschmeidigen Hals von einer Seite zur anderen bewegte und die weit auseinander liegenden Instrumentenablesungen überblickte, während sein aktives Gehirn nach Anzeichen der zweibeinigen Ungeheuer suchte, die irgendwo in der Nachbarschaft der solaren Gasausbrüche sein mussten.

Der nahe Vorbeiflug am Doppelstern hatte erforderlich gemacht, dass viele der empfindlichen Instrumente geschützt werden mussten, und das verschaffte ihm ein Gefühl, als wäre er ein halb blinder Ballonfisch, der in schlammigem Wasser schwamm. Irgendwo da draußen waren die Schiffe der Zweibeiner, und das Schicksal seiner Art konnte davon abhängen, dass er sie rechtzeitig aus maximaler Entfernung entdeckte.

Der Umstand, dass sie wahrscheinlich außerhalb seiner eigenen engen Umlaufbahn waren, erleichterte seine Aufgabe nicht. Seine Streitmacht würde vor der bläulich weißen Strahlung, welche die gepanzerten Hüllen seiner Schiffe zu schmelzen drohten, klar als Silhouetten hervortreten, während die Schiffe der zweibeinigen Ungeheuer schwarz vor schwarzem Himmel sein würden – zumindest auf den sichtbaren Wellenlängen. So nahe am Doppelstern würden sie natürlich auch in den infraroten Wellenlängen leuchten, und die suchten seine Sensortechniker ab.

»Flotte der Ungeheuer in Sicht. Ich zähle zwei mal zwölf, genau wie sie waren, als wir sie hinter den Sternen verloren«, meldete sein Cheftechniker.

»Wo, Vistar?«, fragte er.

Die Koordinaten, die er erhielt, bezeichneten die vor ihnen liegende Hemisphäre, halbwegs zum Zenit. Die Fernaufklärungsgeräte waren bereits auf diese Region eingestellt. Sie zeigten noch nichts.

»Wann werden wir in Reichweite sein?«

»Sechsmal zwölf Herzschläge, Essau.«

»Signalisiere den anderen Schiffen. Sie sollen aus maximaler Reichweite das Feuer eröffnen. Der Raum soll von unseren Geschossen wimmeln! Und denk daran, unsere Aufgabe ist es, mit möglichst geringen Verlusten an ihnen vorbeizukommen und uns nicht auf einen unnützen Kampf einzulassen.«

Während Vistar über die Kommunikationswellen Befehle ausgab, sorgte Essau dafür, dass jeder an Bord des *Schneller Esser* auf Gefechtsstation war und seine Pflicht kannte. Es war eine gute Besatzung. Ihre Geschicklichkeit – und das Glück des Schicksals – hatten sie bis hierher gebracht und würde ihnen im bevorstehenden Kampf helfen.

Essau dachte zurück an den letzten schrecklichen Kampf. Zwei Zwölfer der besten Schiffe Der Rasse waren in das Portal von Darthan vorgestoßen. Mehr als die Hälfte von ihnen war vernichtet worden, bevor sie hatten entkommen können. Essaus Eigefährten waren in großer Zahl mit ihren Schiffen gestorben, hatten sich bereitwillig geopfert, damit einige von ihnen die Falle der Ungeheuer durchbrechen könnten.

Schneller Esser war unter den glücklichen Überlebenden gewesen, die in die relative Sicherheit des offenen Raumes durchgebrochen waren, und da Essau der älteste Schiffmeister unter ihnen war, hatte er den Befehl übernommen. Später, als sie sich den Zwillingssternen genähert hatten, die das Zentralgestirn dieses Systems waren, hatten zwei weitere Flotten von Überlebenden ihre Geschwindigkeiten der seinigen angepasst und ihm etwas mehr als drei mal zwölf Kampfschiffe gegeben.

Die vereinigte Flotte war der Streitmacht, welche die Zweibeiner ausgesandt hatten, zahlenmäßig überlegen, aber dies würde ein Gefecht sein, wo Zahlen nicht viel ausmachten. Es würde Essau und Der Rasse nicht gut tun, sich mit ihren Feinden herumzuschlagen und ihnen für jeden eigenen Verlust ein Schiff zu zerstören. In diesem System hatten die Ungeheuer mehr Schiffe als Die Rasse, und wenn er das ändern wollte, musste er eine Verabredung am Sternportal einhalten.

Nein, er hätte es vorgezogen, einen Kampf zu vermeiden, aber es sollte nicht sein. Da waren sie, hell leuchtend in den Infrarotsensoren, und kamen seinen Schiffen mit der verdoppelten Geschwindigkeit gegenläufiger Umlaufbahnen entgegen.

»Feind in Reichweite. Wir eröffnen das Feuer«, kam die Meldung von seinem taktischen Techniker. *Schneller Esser* erzitterte, als tödliche, feuergeschwänzte Kugeln ihre Magazine verließen, um den Feind zu suchen. Plötzliche Dampfexplosionen verrieten, dass Strahlenwaffen hinausschossen, um feindliche Flugkörper abzufangen.

»Feindschiff zerstört«, kam ein Dutzend Herzschläge später die Meldung. »Ein Sucher der zweiten Ordnung, wie es scheint.«

Dieses Gefecht war anders als jenes im Sternportal. Dort hatte sein Schiff ausweichen und seine Beschleunigung ständig variieren können, um feindliche Rechner zu verwirren. Dieses Mal gab es keine andere Beschleunigung als den gleichmäßigen Schub, der sie um den Stern auf Kurs hielt. Auch darin waren die Ungeheuer im Vorteil. Essau konnte nicht den Kurs ändern, wenn er seine Mission erfüllten wollte. Seine Feinde waren frei von solchen Zwängen.

»*Ethedrel* explodiert. Auch *Viran.*«

»Weiterfeuern«, befahl Essau.

»Ein weiterer Feind zerstört!«

Während der nächsten zwölf Herzschläge liefen ständig Meldungen von sterbenden Schiffen ein. Die beiden Flotten waren einander auf die geringste Distanz näher gekommen, und Geschosse füllten den Raum zwischen ihnen. Wie im Sternportal gelang es den Ungeheuern, mehr von seinen Schiffen zu vernichten als er von ihren, aber die Verlustrate war nicht annähernd so hoch wie im Sternportal.

»Viele Pfeilgeschosse im Anflug«, meldete Vistar. »Wir zerstören sie mit Lichtstrahlen. Es scheint, dass wir sie ...«

Essau, Kommandeur der Durchbruchsstreitmacht der Ryall, hatte nicht mehr die Gelegenheit zu hören, was Vistar ihm zu sagen hatte. Er und sein Schiff wurden zu einer expandierenden Plasmawolke, bevor Vistar seine Meldung beenden konnte.

»Wir haben wieder einen!«, rief jemand auf der Befehlsfrequenz.

Drake hörte Pelham Carters Befehl, Disziplin zu wahren, achtete aber nicht weiter darauf. Carter war für den Kampfeinsatz der *Conqueror II* zuständig. Drakes Aufgabe war das gesamte Kampfgeschehen. Bisher hatten sie gewonnen, aber um einen hohen Preis.

Alle Hoffnung, dass die Ryall sie nicht ausmachen würden, war zerstoben, als der feindliche Verband aus maximaler Reichweite Geschosse ausgespien hatte, als ob ihre Magazine unerschöpflich wären.

Drakes Flotte hatte mit gleicher Münze eingezahlt und dann noch ein Übriges getan. Wieder hatten Laserkanonen und Partikelstrahlen ihren Weg durch die wasserstoffreiche Suppe gefunden, welche die Doppelsterne einhüllte. Die unsichtbaren Strahlen wurden von der Plasmaatmosphäre reflektiert und durchstießen den Raum mit einem tödlichen Geflecht. Raketenabschüsse tauchten den Rumpf der *Conqueror II* in feuriges Licht. Panzerplatten glühten momentan auf, als ferne Laser ihr Ziel fanden und Fontänen funkelnder Glutspritzer hinausschleuderten. Dann ließ das Feuer der Strahlenwaffen nach, als die eigenen Raketengeschosse auf den Feind zu jagten, und die Ryall ihre Strahlen vom Angriff auf die Verteidigung verlagerten.

Das Gefecht wurde zu einem verbissenen Kampf zwischen gefühllosen Automaten. Rechner kämpfte gegen Rechner, um zu sehen, welche Technologie einen Vorsprung in Geschwindigkeit und Programmierung hatte. Raketen jagten in rascher Folge in den Raum, und Drake begann sich zu sorgen, dass Captain Carter das Schlachtschiff leer schießen würde.

Die Ryall hatten den ersten Erfolg erzielt, indem sie *ASNS Victrix* in eine Glutwolke verwandelt hatten. Dann war ein Ryall-Schiff ausgelöscht worden, gefolgt von einem weiteren Schiff der eigenen Flotte. Drake hatte keine Zeit, nachzusehen, wen es erwischt hatte. Darauf waren drei weitere Ryall-Schiffe explodiert, gefolgt von zwei Minuten gleichmäßigen gegenseitigen Abschlachtens. Ein Dutzend Schiffe der eigenen Flotte war beschädigt oder zerstört, während sechzehn oder achtzehn Schiffe der Ryall das gleiche Schicksal erlitten. Dann ließ Drake das Feuer auf ein bestimmtes Schiff konzentrieren, das die Rechner als mögliches Flaggschiff der Ryall identifiziert hatten.

Ob Flaggschiff oder nicht, es wurde gut verteidigt. Eine Rakete nach der anderen verschwand in einer Dampfwolke, als Abwehrlaser sie wie lästige Insekten erledigten. Dann, als es den Anschein hatte, dass seine Abwehr unüberwindlich sei, flog das feindliche Flaggschiff lautlos auseinander. Im einen Augenblick versprühte es noch Geschosse und Laserstrahlen in ihre Richtung, im nächsten war es eine expandierende Wolke glühender Gase, deren Schicksal die Vermischung mit dem Plasma der nahen bläulich weißen Doppelsterne war.

Die überlebenden Schiffe von Drakes Flottenreserve feuerten, was hinausging, und füllten den Raum mit noch mehr tödlichen Geschossen als am Anfang des Gefechts. Bei dieser Feuergeschwindigkeit würden sie sich in weiteren zwei Minuten verschossen haben; allerdings würden sie auch außer Reichweite sein.

Ein kleiner Stahlsplitter, vielleicht Teil einer im Abwehrfeuer zerplatzten Rakete, traf die *Conqueror II* und durchschlug das gepanzerte Tor des Hangars. Eben noch war das Schiff unversehrt und einsatzbereit gewesen, nun schoss eine Plasmawolke durch den Hangar und tauchte das Innere in das grelle, kalte Licht einer Blitzentladung, bevor der Splitter sechs Decks durchschlug und eine trichterförmige Zone der Zerstörung zurückließ.

Alles geschah zu schnell, als dass sich ein Angstgefühl hätte einstellen können. Drake wusste nur, dass sich zwei Messer tief in seine Augen bohrten, als im Raum der Flotteneinsatzleitung der Blitz einschlug. Gleichzeitig flog die gläserne Trennscheibe heraus und schickte eine Wolke glitzernder Scherben durch die plötzlich entstandene Schwerelosigkeit. Der Schmerz in seinen geblendeten Augen hatte kaum eingesetzt, als sein Körper in die Haltegurte gepresst wurde und sein Schutzanzug, der bis dahin schlaff gewesen war, sich im Vakuum um seine Gliedmaßen aufblähte.

»Bethany!«, schrie er in sein Helmmikrofon.

Auf den Blitz folgten Dunkelheit und Stille. Diese Stille jagte Drake einen kalten Schauer über den Rücken. Seine schmerzenden Augen sahen nichts als flimmernde Nachreflexe der Blendung. In Panik krallte er nach den Gurten, die ihn auf dem Sitz fest hielten. Was immer dem Schiff zugestoßen sein mochte, war schlimm genug, aber das einzige Geräusch, das auf seinen Schrei antwortete, war sein eigenes angestrengtes Atmen. Unvermittelt sah er seine schlimmste Befürchtung eingetroffen.

78

»Das Flaggschiff ist getroffen!«

Phillip Walkirks Magen zog sich schmerzhaft zusammen, als die Meldung durchkam. Hastig überflog sein Blick die Bildschirme in der Zentrale, blieb an der taktischen Lagedarstellung hängen. Die Durchbruchsgruppe der Ryall, die seit ihrer ersten Ortung näher gekommen war, entfernte sich bereits. Die beiden Flotten hatten den Punkt nächster Annäherung überschritten, und die beiderseitige Zerstörungswut sollte nun rasch nachlassen. Die nächsten paar Sekunden würden noch gefährlich sein, danach aber wären beide Flotten wieder außer Reichweite.

»Wie schlimm?«, fragte er seinen Nachrichtenoffizier.

»Unbekannt, Commander. Die Triebwerke stehen, und das Schiff ist auf einer natürlichen hyperbolischen Umlaufbahn, obwohl der Rumpf intakt zu sein scheint.«

»Geschwindigkeit anpassen, schnellstens«, befahl er. »Abwehr ausweiten auf Feuerschutz für Flaggschiff.«

Kaum hatte er den Befehl erteilt, da wurde die gleichmäßige Beschleunigung, die *Queen Julia* während des Gefechts beibehalten hatte, plötzlich vervierfacht. Die Triebwerke brüllten, und der gleichmäßige Strom bläulich weißer Photonen, der das Schiff antrieb, wurde zu einem Sturm, der hell genug war, um es für kurze Zeit mit dem gleißenden Licht des Doppelsterns aufzunehmen.

Phillip und der Rest der Besatzung auf den Gefechtsstationen wurden in die Sitze gepresst, und sein unfreiwilliges Schnaufen war nicht das einzige, das aus der Bordsprechanlage drang. Zum Glück war die brutale Beschleunigung nur von kurzer Dauer. Sobald die *Queen Julia* an *Conqueror II* herangekommen war, schalteten die Triebwerke aus, um sich der Flugbahn des Flaggschiffs anzugleichen. Das jähe Gewicht verschwand so rasch, wie es gekommen war, und Phillip atmete tief durch und reckte die Arme.

»Verbinden Sie mich mit dem Admiral«, befahl er.

»Tut mir Leid, Sir. Keine Antwort auf der Laserfrequenz.«

»Versuchen Sie es über Radio.«

»Zu starke Interferenz von den Sternen, Commander.«

»Verdammt, Nachrichtenoffizier, wir sind praktisch Rumpf an Rumpf, nahe genug, um fiberoptische Kabel auszutauschen. Sicherlich können Sie aus dieser Entfernung ein Signal durch die Interferenz drücken.«

»Ich werd's versuchen, Commander.«

»Wo ist der Rest der Flotte?«

»Entfernt sich schnell, Commander. Die Ryall ebenfalls.«

Phillip begann sich zu entspannen. Da die beiden Flotten sich auf Gegenkurs zueinander befanden, kamen sie nun außer Reichweite. Das Gefecht war zu Ende. Zeit für beide Seiten, ihre Toten zu zählen und die Wunden zu lecken.

Verstreute Raketen würden für die nächsten Minuten eine Gefahr bleiben, aber jede Sekunde, die verging, verringerte auch diese Möglichkeit. So tödlich sie waren, die mit nuklearen Sprengköpfen ausgerüsteten Raketen waren optimiert für hohe Beschleunigung und relativ kurze Reichweite – jedenfalls nach dem Maßstab interplanetarischer Entfernungen.

Als das Flaggschiff getroffen und die Triebwerke der *Conqueror II* ausgefallen waren, verlief ihre weitere Umkreisung des Doppelsterns antriebslos, und sie blieb hinter den übrigen Schiffen der Flottenreserve zurück. Um ihre Geschwindigkeit dem Flaggschiff anzupassen, musste auch die *Queen Julia* ihre Geschwindigkeit drosseln.

Wenn aber beide Schiffe antriebslos blieben, würden sie die Umkreisung Spicas in einem Winkel verlassen, der um dreißig Grad von dem vorausberechneten Kurs abwich. Ihre Geschwindigkeit sorgte dafür, dass sie der Anziehungskraft des Doppelsternsystems entkommen und die klassische Reise in die Unendlichkeit antreten würden – der Schrecken aller Raumfahrer.

»Keine Antwort, Commander«, meldete der Nachrichtenoffizier.

»Versuchen Sie es weiter.«

»Jawohl, Sir.«

»Wann werden wir eine Rettungsmannschaft an Bord schicken können?«, fragte er seinen Ersten Offizier.

»Nicht eher als in vier Stunden, Commander. Unsere lebenserhaltenden Systeme können sich kaum der Hitze erwehren. Wollten wir jetzt Männer in Schutzanzügen hinausschicken, würden sie langsam im eigenen Saft gebraten.«

Phillip unterdrückte eine Verwünschung. Zwar waren sie inzwischen nicht mehr in Gefahr, von einem feindlichen Geschoss getroffen zu werden, doch gab es offensichtlich keine unmittelbare Möglichkeit, etwas für Drake und sein Schiff zu tun. Ob sie dort lebten oder starben, würde allein davon abhängen, wie stark das Flaggschiff beschädigt worden war. War zum Beispiel die Klimaanlage der *Conqueror II* ausgefallen, so würden sie an Überhitzung gestorben sein, bevor jemand zu ihnen vordringen konnte.

»Bethany!«, schrie Drake noch einmal, während er an den Gurten zerrte, die ihn gefangen hielten. Schreien war kein Zeichen militärischer Haltung, schon gar nicht für einen kommandierenden Admiral, aber Haltung und Würde kümmerten ihn jetzt nicht. Nur auf das Schicksal seiner Frau kam es jetzt an.

Die Bildschirme waren ebenso dunkel wie die Deckenbeleuchtung. Nur die Notbeleuchtung erhellte seine Befehlszentrale und den angeschlossenen Raum der Flotteneinsatzleitung. Da beide Räume ohne Luft waren, musste das Geschoss oder was immer das Schiff getroffen hatte, durch den Hangar gekommen sein. Das war so ziemlich der einzige Weg, den eine Waffe nehmen konnte, um das Gehirn der Flotte zu erreichen, ohne zuvor die *Conqueror* zu zerstören.

Nach unerträglichen fünfzehn Sekunden entdeckten Drakes behandschuhte Finger den Auslöser am Schnellverschluss seiner Gurte.

Nach einer Ewigkeit als Gefangener in seinem Liegesitz schwebte er plötzlich. Vorsichtig drehte er den Körper herum, bis er Bethany vor sich hatte. Mit Herzklopfen zog er sich näher und schaltete seine Helmlampe ein. Sie blinzelte in das helle Licht und hob einen ballonartig aufgeblasenen Arm, um die Augen zu beschirmen.

»Alles in Ordnung?«, rief er ihr zu.

Ihre Lippen bewegten sich, aber kein Ton kam heraus. Er beugte sich näher, drückte seinen Helm an ihren und wiederholte laut rufend seine Frage.

»Ja, alles in Ordnung«, kam die gedämpfte Antwort. »Was ist passiert?«

Statt zu versuchen, das Gespräch mit voller Lautstärke fortzusetzen, warf er einen Blick auf die Batterieanzeige ihres Anzugs. Die Antwort auf ihr Verständigungsproblem war dort in Gestalt einer bernsteingelben Kontrollleuchte. Ihr Funksprechgerät war umgeschaltet und funktionierte über ein fiberoptisches Kabel zur Konsole. Er schaltete das Gerät auf Batteriebetrieb um.

»Kannst du mich jetzt hören?«

»Laut und klar«, kam ihre ängstlich klingende Stimme aus seinem Helmlautsprecher. Aber es war auch ein Unterton von Erleichterung herauszuhören.

»Wir wurden getroffen«, sagte er in Beantwortung ihrer ersten Frage.

»Wie schlimm ist es?«

»Ich weiß es nicht. Alles scheint ausgefallen zu sein. Das könnte das ganze Schiff betreffen oder bloß einen Abschnitt. Ich mache dich jetzt los, und dann sehen wir, ob wir den Umfang des Schadens feststellen können.«

»Was ist mit den Ryall?«

Er blickte auf die Uhr. »Wir entfernen uns rasch von ihnen. Wahrscheinlich besteht keine Gefahr mehr. In rund einer Minute werden wir außer Reichweite verirrter Raketen sein.«

Tatsächlich war eine verirrte Rakete nach Drakes Einschätzung das geringste ihrer gegenwärtigen Probleme. In einem Feuerball atomisiert zu werden war ein weitaus schnellerer und sauberer Tod als eine der anderen Möglichkeiten, die ihnen drohten. Im Licht seiner Helmlampe untersuchte er die Kontrollanzeigen am Schutzanzug seiner Frau. Besondere Aufmerksamkeit schenkte er den rot glimmenden Zahlen, die den Druck im Inneren des Anzugs anzeigten. Er schien gleichmäßig, aber eingebaute Sensoren waren nicht immer zuverlässig.

»Wie sind deine Ohren?«

»Größer als gut für mich ist, sagte mir mein Onkel, als ich ein kleines Mädchen war.«

»Kein Knacken?«

»Nein, der Druck ist gleichmäßig. Und bei dir?«

»Genauso«, meldete er.

Erleichtert ließ er den Lichtkegel seiner Stirnlampe durch den Raum wandern. Der Grund, dass sie sich im Vakuum befanden, war offensichtlich. In der Trennwand zwischen dem Raum der Flotteneinsatzleitung und dem Hangar gähnte ein meterweites Loch. Er wandte sich um und sah ein passendes Loch auf der anderen Seite im Schott.

»Es kam durch den Hangar herein, flog durch den Raum und die Trennscheibe und dann nach achtern durch das Schott. Ich würde sagen, unser Kleiner hatte großes Glück, dass er heute nicht zum Waisenkind geworden ist.«

Sie wandte den Kopf zu dem Loch in der Wand hinter ihnen, und ihre Stimme war ein wenig zittrig, als sie sagte: »Es sieht so aus, als wäre es nur fünfzig Zentimeter über unsere Köpfe geflogen.«

»Eher dreißig«, erwiderte er.

Was immer es gewesen sein mochte, es war nicht groß und sehr schnell gewesen. In einer Hinsicht hatten sie Glück gehabt. Mit weniger Energie hätte es nicht beide Schotts sauber durchschlagen. Statt dessen wäre es abgeprallt und als Querschläger kreuz und quer im Raum herumgefetzt und hätte sie beide in Hackfleisch verwandelt.

»Sieh mal nach draußen, Richard!«

Drake wandte sich um und leuchtete mit seine Helmlampe durch die zerborstene Trennscheibe im Raum der Flotteneinsatzleitung umher. Einige seines Stabes hatten nicht sein Glück gehabt. Rote Tröpfchen gefriergetrockneten Blutes trieben überall, und wenigstens zwei der Schutzanzüge, die vor den Sensorkonsolen angeschnallt waren, hatten keine Helme – und Köpfe.

Drake biss die Zähne zusammen. Als sein Licht den roten Dunst durchdrang, bemerkte er mit Erleichterung, dass sich jemand bewegte.

»Wer ist das?«, fragte er.

»Admiral Drake?«, antwortete eine Stimme.

»Ja.«

»Stabschef Swithers, Sir.«

»Ist noch jemand bei Ihnen am Leben, Swithers?«

»Commander Considine, Sir.«

»Was ist mit Commodore Parkinson? Den Lieutenants Powell und Frank?«

»Tot, Sir.«

Drake wurde schwer ums Herz. Das Todesurteil über drei Mitglieder seines Stabes zu hören kam ihn fast noch härter an als der Anblick des Gemetzels. Seine erste Regung war, Swithers zu helfen, aber seine Pflicht lag anderswo.

»Wenn Sie Überlebende finden, helfen Sie ihnen zur Krankenstation. Meine Frau und ich werden sehen, ob wir einen Schadenbeseitigungstrupp finden können, der Ihnen hilft. Ich muss feststellen, was im Rest des Schiffes vorgeht.«

»Ja, Sir.«

»Wir gehen nach achtern. Nachdem Sie und Considine den Überlebenden geholfen haben, oder wenn es keine anderen Überlebenden gibt, gehen Sie bitte nach vorn, um dort mit Überlebenden Verbindung aufzunehmen. Haben Sie verstanden?«

»Ja, Sir.«

»Viel Glück!«

»Ihnen auch, Sir.«

Drake wandte sich an Bethany und nickte ihr zu. »Komm mit.«

»Sollten wir nicht versuchen, ihnen zu helfen?«

Er schüttelte den Kopf und vergaß wie zuvor, dass sie die Kopfbewegungen in seinem Helm nicht sehen konnte. »Das Wichtigste ist jetzt eine Bestandsaufnahme, damit wir wieder eine Ordnung in dieses Chaos bringen können. Jede Sekunde, die wir antriebslos treiben, entfernen wir uns weiter von unserem Kurs und dem Rest der Flottenreserve. Wir müssen die Maschinen und Triebwerke wieder in Gang bringen. Das hat Vorrang.«

Er führte sie durch eine Luke und in einen der Längskorridore des Schiffes. Schon nach einem Dutzend Metern kamen sie an eine geschlossene luftdichte Tür, die von einem gelben Blicklicht erhellt wurde. Die Anzeige über einem kleinen Fenster aus Panzerglas verriet Drake, dass auf der anderen Seite Druck herrschte.

Zwei Meter jenseits der geschlossenen Tür war eine weitere, gleichfalls mit einem gelben Blinklicht. Er griff nach dem Handrad des manuellen Ventils unter dem Fenster und forderte Bethany auf, sich festzuhalten. Als er das Handrad aufdrehte, wurde sein Anzug von einem Luftzug getroffen, der nach wenigen Sekunden wieder aufhörte.

»Was tust du?«, fragte Bethany.

»Ich lasse die Luft zwischen diesen zwei Türen ab, um eine Luftschleuse zu machen«, erwiderte er. Damit öffnete er die Schließhebel der luftdichten Tür und zog sie auf. Er winkte seiner Frau, in den kleinen Raum hinter der Tür zu treten, folgte ihr und wiederholte den Prozess in umgekehrter Reihenfolge. Als die Tür wieder dicht schloss, drehte er sich um und öffnete das Ventil auf der anderen Seite. Diesmal endete der momentane Luftzug damit, dass sein Schutzanzug um ihn erschlaffte. Daraufhin öffnete er die zweite Tür und entdeckte, dass der Korridor dahinter von dichtem rauchigem Dunst erfüllt war. Die warnenden roten Blinklichter im Korridor verliehen dem Dunst ein gespenstisches Aussehen, das an Dantes *Inferno* erinnerte.

Es passte vollkommen zur Gesamtlage.

Zwölf Stunden später hatte sich die Lage stabilisiert und der Zustand des Schiffes war statt verzweifelt nur noch kritisch.

Was immer das Trümmerstück gewesen war, es hatte das Tor zum Hangar ungefähr ein Dutzend Meter vom Rand des Rückenquadranten getroffen. Es war ein typischer Übergeschwindigkeitstreffer gewesen, was das saubere runde Loch von zehn Zentimetern Durchmesser im gepanzerten Tor des Hangars erklärte. Unglücklicherweise bestimmte die Physik von Kollisionen mit Übergeschwindigkeit, dass der Eintrittspunkt nur die Spitze eines langen Kegels von Zerstörung war. Die geschwindigkeitsbedingte Umwandlung in Plasma verringerte nämlich keineswegs die tödliche Energie des überschnellen Materiebrockens. Im Gegenteil, sie verstärkte die Zerstörung. Der hoch erhitzte Plasmastrahl blieb auf dem ursprünglichen Kurs, durchschnitt im Nu die Länge des Hangars und durchbohrte das gepanzerte Schott, hinter dem die Flotteneinsatzleitung und die Nachrichtenzentrale lagen. Die Verluste in beiden Abteilungen waren hoch, als der Plasmastrahl Menschen und Ausrüstungen verbrannte, die in seiner Bahn waren. Das Schrapnell, das Drake und seine Frau beinahe getötet hatte, war nicht Teil des Plasmakegels gewesen, sondern ein losgerissenes sekundäres Trümmerstück.

Nachdem der Plasmastrahl den Admiralstab dezimiert hatte, war er in die Maschinenräume gefahren. Dort hatte er seine Energie zwischen den Photonenresonatoren aufgezehrt, zwei davon zerstört und sechs beschädigt. Er hatte auch die Hälfte der Bordingenieure getötet, als ein kleines Stück vom gepanzerten Schott abgesplittert war und einige hundert Male im abgeschlossenen Raum der Maschinenzentrale herumfetzte, bis es schließlich im Computer der Antriebsanlage zur Ruhe kam.

Es hatte mehrere Stunden gedauert, bis die Schäden aufgenommen, die Toten zusammengetragen und die Verwundeten versorgt waren. Am Ende verzeichnete die Verlustliste einhundertsiebenundzwanzig Tote und sechzig Verwundete.

Vier Stunden nach dem Einschlag ging Phillip Walkirk an Bord des Schlachtschiffes. Unterdessen waren beide Schiffe eine Viertelmillion Kilometer über Spica. Noch immer waren sie dem Doppelsternsystem so nahe, dass optische Beschichtungen Blasen warfen, aber weit genug entfernt, dass die Klimaanlagen und lebenserhaltenden Systeme nicht mehr unter der Hitzebelastung zusammenzubrechen drohten. Drake beaufsichtigte die Reparaturen an den Maschinen, als der sandarische Kronprinz ihn fand.

»Wie schlimm ist es, Admiral?«

»Schlimm genug«, antwortete Drake. Er war froh, Walkirk zu sehen, aber zu müde, um viel Gefühl zu zeigen. »Haben Sie uns Hilfe gebracht?«

»*Queen Julia* hat an Ihrer Steuerbordluftschleuse angedockt. Alle, die abkömmlich waren, sind mit mir an Bord gekommen.«

»Gut. Wir können jeden gebrauchen. Wie Sie selbst sehen, hat es uns schwer getroffen. Und nach der Reparatur der *Queen Julia* haben Ihre Leute in der Schadensbehebung zehnmal mehr Erfahrung als meine.«

Phillip sah sich im kontrollierten Chaos um. »Ich kann nicht sagen, dass mir dieser Anblick unvertraut wäre, Admiral. Ich hatte nur gehofft, dass ich so etwas nie wieder sehen würde.«

»Das macht zwei von uns.«

»Wie geht es Bethany?«

»Glücklich, am Leben zu sein. Das Gleiche gilt für mich. Sie hilft in der Krankenstation.«

Das war vor acht Stunden gewesen. Danach hatte Drake den sandarischen Kronprinzen aus den Augen verloren. Seine Leute schienen überall zu sein. Die Hälfte der Reparaturtrupps, denen Drake begegnete, trugen die Uniform der königlich sandarischen Marine.

»Admiral, wir sind bereit, die Maschinen auszuprobieren«, meldete der amtierende Chefingenieur, ein junger Mann mit piepsiger Stimme, der sein Maschinenbaustudium noch nicht lange hinter sich hatte. Vor dem Gefecht war er Dritter Ingenieur gewesen, nun war er Leiter der Abteilung, und einer der Gründe, dass Drake die Maschinenreparaturen persönlich beaufsichtigte. Die meiste Zeit schwebte Drake nur in der Luft und überwachte die Arbeiten, was ihm zu viel Zeit zum Nachdenken gab. Trotz seiner Anstrengungen bestand sein Gehirn darauf, die wenigen turbulenten Minuten wieder und wieder abzuspulen, in denen er mehr als die Hälfte seiner Flottenreserve und beinahe sein Flaggschiff verloren hatte.

Im Zeitraum von fünf kurzen Minuten waren vierzehn seiner Schiffe beschädigt und zerstört worden. So schlimm das gewesen war, die Echsenleute hatten weit höhere Verluste hinnehmen müssen. Sie hatten dreißig Schiffe einschließlich des Flaggschiffes verloren, als die Lichter ausgingen. Zwei weitere waren zerstört worden, als die Flotten sich voneinander entfernt hatten. Damit blieben ihnen acht Überlebende, von denen mindestens eins beschädigt worden war. Die meisten Sensoren zur Fernaufklärung waren ausgefallen, aber die wenigen, die noch funktionierten, zeigten eine vakuumdünne Wolke von Sauerstoff und Wasserdampf um das fliehende Ryall-Geschwader. Sauerstoff und Wasserdampf waren sichere Zeichen eines Lecks, und vielleicht gab es davon sogar mehr als eins.

Die Geschichte, dachte er bei sich, würde das jüngste Gefecht bei Spica als einen taktischen Sieg der Menschheit verzeichnen. Schließlich hatten die Ryall Hunderte von Schiffen und Zehntausende von Kriegern geopfert, um einen Durchbruch zu erzielen, und nach ihrem Treffen mit Drakes Flottenreserve war die durchgebrochene Streitmacht auf acht Schiffe zusammengeschmolzen. Und auch diese Stärke würden sie nicht lange behalten. Admiral Gower hatte inzwischen sechs Kriegsschiffe entsandt, um diese Überlebenden abzufangen und zu vernichten.

Das einzige Problem war, dass der taktische Sieg einen schalen Geschmack hinterließ. Wie konnte etwas ein Sieg sein, das so viele Menschenleben gekostet hatte? Die plötzliche Rückkehr von Gewicht unter seinen Stiefeln unterbrach den Gedankengang. Langsam baute sich Schwerkraft auf und erreichte nach seinem Gefühl die Hälfte der Standardschwerkraft.

»Maschinen sind betriebsbereit, Admiral. Wir können wieder manövrieren«, meldete der junge Ingenieur.

»Ausgezeichnet, Mr. Achmed. Sagen Sie Captain Carter, dass er anfangen kann, unsere Bahn zurück zur Flotte zu berechnen.«

»Jawohl, Sir. Wo werden Sie sein, Admiral, falls er es wissen möchte?«

Drake, der sich zum Gehen gewandt hatte, machte noch einmal kehrt. »Sagen Sie dem Kapitän, dass ich in meiner Kajüte sein werde. Ich schlage vor, dass Sie einen Wachwechsel vornehmen und das Gleiche tun. Sie sehen aus, als würden Sie sich nicht mehr lange auf den Beinen halten können.«

»Mir fehlt nichts weiter, Sir.«

»Das ist ein Befehl, Lieutenant. Sie sind jetzt Chefingenieur. Lernen Sie Aufgaben zu delegieren.«

»Jawohl, Sir.«

Erschöpft tappte Drake zurück zu seiner Kajüte. Er dachte daran, Bethany zu suchen, entschied aber, dass er zu müde sei. Der Verlust der Hälfte seiner Streitmacht war schlimmer gewesen als der Verlust eines Armes oder eines Beines. Tatsächlich hätte er gern beides gegeben, um nur ein einziges Schiff zu retten. Als er die Admiralskajüte erreichte, legte er den Schutzanzug ab, den er fast einen Tag lang getragen hatte. Es gelang ihm gerade noch, die Sicherheitskontrolle einzuschalten, bevor er in einen traumlosen Schlaf fiel.

Die Hand seiner Frau an seiner Schulter weckte ihn. »Wach auf, Schatz.«

Drake schlug die Augen auf. Irgendwann während der Nacht hatte er sich auf den Rücken gewälzt. Er blinzelte, und einen Augenblick später stemmte er sich auf die Ellbogen und blickte umher. Maschinengeräusche durchdrangen die Schotte, und er fühlte sich von einer gleichmäßigen Beschleunigung auf das Feldbett gedrückt. Es dauerte einen Moment, bis er sich erinnern konnte, wo er war. Phillip Walkirk stand hinter Bethany und blickte auf Richard nieder.

»Wie lange habe ich geschlafen?«, fragte er.

»Beinahe zwanzig Stunden.«

»Was ist mit dem Schiff?«

»Der Kapitän sagt, er habe auf ein *g* beschleunigt, und wir wären auf Kurs zum Faltpunkt Darthan, um die Blockade zu verstärken.«

»Können wir dort ankommen, bevor sie wieder einen Durchbruch versuchen?«

»Nein, Richard«, antwortete Bethany. »Vor ungefähr einer Stunde unternahmen sie einen weiteren Versuch. Sergei Gower meldet, dass es eine große Kraftanstrengung war und dass wir den Durchbruch verhinderten. Die Ryall sollen annähernd zweihundert Schiffe verloren haben, bei nur zehn eigenen Verlusten.«

»Was?«, sagte er. »Das kann nicht sein.«

»Aber es ist so«, beharrte sie.

»Dann ist der Versuch zu früh gekommen. Die Durchbruchsstreitmacht kann erst in weiteren vierzig Stunden zum Faltpunkt zurückkehren. Die Ryall würden nichts versuchen, solange diese Streitmacht nicht in Position ist, sie zu unterstützen.«

»Aus irgendeinem Grund müssen sie den Operationsplan vorverlegt haben«, meinte Phillip. »Sie haben inzwischen Zeit gehabt, zur Kommunikation Relaisstationen zwischen ihren größeren Heimatsystemen einzurichten. Als sie die Zahl der Schiffe, die beim letzten Versuch durchbrachen, ermittelten, erkannten sie vielleicht, dass es nicht genug war. Vielleicht war der Durchbruch dieser relativ kleinen Streitmacht eine List, um uns zu verwirren. Oder sie drehten einfach durch. Was immer der Grund sein mag, sie unternahmen vor einer Stunde einen Hauptangriff zum Durchbrechen der Darthan-Blockade und mussten teuer dafür bezahlen.«

Drake überdachte, was er gehört hatte, kam etwas wankend auf die Beine und tappte zum kleinen Waschbecken der Kajüte. Kaltes Wasser half ihm, den Schlaf aus den Augen zu vertreiben.

Endlich gab er sich einen Ruck und blickte in den Spiegel. Das Gesicht, das ihm dort entgegenstarrte, war das eines Fremden, eines alten Mannes mit dicken Tränensäcken unter den blutunterlaufenen Augen.

»Wissen Sie, Phillip«, sagte er, »als ich damals den Angriff auf Spica plante, schien es eine einfache taktische Aufgabe. Wir würden mit starken Kräften in das System eindringen, den Feind überraschen und seine Faltpunkte blockieren, bis Wirtschaft und Verkehrswesen der Ryall zusammenbrechen würden. Danach würden wir die Invasion in ihren Bereich fortsetzen und den restlichen Widerstand in einem System nach dem anderen erledigen. Alles sauber, chirurgisch, elegant. Und jetzt sehen Sie uns an.«

»Wir schlugen sie zurück, Admiral, das ist die Hauptsache«, sagte Phillip.

Drake sah den Sandarer im Spiegel an. »Wirklich, Commander? Ist es die Hauptsache für all jene gewesen, die gestern so fern der Heimat gefallen sind? Es war leicht genug, die Beute zu ergreifen. Warum ist es so verdammt schwierig, sie festzuhalten?«

»Weil wir einen starken Feind haben, dessen Überleben davon abhängt, dass er die Beute unserem Griff entreißt«, erwiderte Walkirk. »Sie müssen uns besiegen. Sie haben keine andere Wahl. Genauso geht es uns. Wir müssen verhindern, dass wir besiegt werden. Auch wir haben keine andere Wahl. Wenn wir die Leben aller Menschen opfern müssen, die jetzt in diesem System sind, Admiral, wird es das Opfer wert sein – wenn wir uns denn behaupten können.«

»Wie, wenn unsere Bevölkerungen und nach ihnen die Entscheidungsträger die Geduld verlieren, wenn sie immer neue Verlustmeldungen erhalten?«, fragte Drake in einem Ton, der mehr wie ein Hilferuf denn wie eine Frage klang.

»Deshalb bin ich hier herausgekommen, Richard«, sagte Bethany. »Ich glaube, ich weiß, wie dieser verdammte Krieg beendet werden kann, bevor die eine oder die andere Seite ausgerottet wird.«

Drake verlagerte seinen Blick von Phillip zu seiner Frau, ohne sich vom Spiegel abzuwenden. Trotz ihres ungewaschenen Gesichts und der Haare, die allzu lange ungekämmt geblieben waren, und trotz des Overalls, der eine Menge besser unidentifizierter Flecken trug, war sie noch immer die schönste Frau, die er je gesehen hatte.

»Ich denke, ich bekehre mich zu deiner Ansicht, Frau! Wenn es noch viel länger so weiter geht, wird die Hälfte der Parlamente und Regierungen im menschlichen Raum nach einer ›Endlösung‹ des Ryall-Problems schreien. Sie werden uns die totale Vernichtung ihrer Welten befehlen, um endlich reinen Tisch zu machen. Aber nur der

Himmel weiß, wie viele gute Leute wir in einem Ausrottungskrieg ›verbrauchen‹ werden.«

»Oder ob wir es überhaupt schaffen könnten«, sagte Phillip. »Auf ihrer Seite der Faltpunkte sind sie so stark wie wir auf unserer.«

»Lasst uns wenigstens *versuchen*, dem Blutvergießen ein Ende zu machen«, bat Bethany. »Wenn Verhandlungen nicht zum Erfolg führen, bleibt noch immer die Option der Weltenvernichtung. Wir gehen hinein, wir sprechen zu ihnen, wir sagen ihnen, dass wir bereit sind, ihre Welten zu vernichten, und dann verlangen wir ihre Kapitulation. Wer weiß, vielleicht wird ihre Intelligenz imstande sein, wenigstens dieses eine Mal ihre Instinkte zu überstimmen.«

»Wie?«, fragte Phillip.

Bethany wandte sich ihm zu. »Was ›wie‹?«

»Wie sprechen wir mit ihnen? Das erste unserer Schiffe, das auf ihre Seite des Faltraumes erscheint, wird verdampft, bevor es eine Botschaft senden kann. Das ist eines der Probleme im Kampf mit Fremden. Es ist uns nicht möglich gewesen, die Regeln für einen Waffenstillstand auszuarbeiten.«

»Es muss aber einen Weg geben«, sagte Bethany hartnäckig.

Drake, der das Gespräch im Spiegel beobachtet hatte, wandte sich ihnen zu. Die Bewegung machte ihn schwindeln. Er betrachtete seine Frau und den sandarischen Prinzen, und zum ersten Mal seit seinem Erwachen sah Bethany etwas anderes als Niedergeschlagenheit in seinen Augen.

»Vielleicht weiß ich einen Weg«, sagte er, bevor er die Stirn runzelte und einen Ausdruck plötzlicher Konzentration annahm, den Bethany gut kannte. Genauso angespannt konzentriert hatte sie ihn gesehen, als er zuerst den Plan zur Invasion Spicas ausgebrütet hatte.

79

Galatan vom *Fernsucher* lag in einem Bett aus Binsen in seiner Kabine und dachte über den Schrecken nach, der vor kurzem seine Bildschirme angefüllt hatte. Zweimal in zwei Zwölferzyklen hatte er Schiffe Der Rasse gesehen, wie sie aus den Sterntoren geströmt waren und sich gegen die Blockadestreitkräfte geworfen hatten. Beide Male waren wütende Kämpfe ausgebrochen, und Hunderte von Schiffen und Besatzungen waren im atomaren Feuer untergegangen. Doch als die Strahlungen und Glutwolken der Schlacht sich aufgelöst hatten, waren die Ungeheuer nach wie vor Herren der lebenswichtigen Sterntore geblieben. Trotz der tollkühnen Tapferkeit und der verwegenen Taktik seiner Kriegerkameraden hatten die Ungeheuer abermals triumphiert.

Der erste Angriff hatte Galatan mit großen Hoffnungen erfüllt. Schiffe Der Rasse durchbrachen die Blockade und nahmen Kurs auf die Zwillingssterne. Von dort konnten sie einen Angriff auf eines der Sterntore vortragen und die Ungeheuer im Rücken packen. Seine Hoffnungen wurden getrübt, als er eine größere Flottenabteilung der Zweibeiner in Verfolgung ausgemacht hatte. Eine einzige Wache hatte seinen Taktikern genügt, um den Kurs der Ungeheuer als eine gegenläufige Umlaufbahn zu berechnen, die beide Flotten nahe den Zwillingssonnen ins Gefecht bringen würde.

Das Gefecht selbst war in der Strahlung der Zwillingssonnen verborgen. Galatan sah nur die Blitzentladungen aktinischen Lichtes, als Gefechtsköpfe tief in der doppelten Korona explodierten. Erst später war es möglich gewesen, den Ausgang zu bestimmen. Dies hatte er getan, indem er die Zahl der eigenen und der feindlichen Triebwerksfackeln gezählt hatte, die wieder erschienen, als die beiden Flotten ihre Umkreisungen der Zwillingssterne vollendet hatten und wieder in den Raum hinausstrebten. Beide Flotten waren erheblich kleiner, als sie zuvor gewesen waren, doch von den Schiffen Der Rasse zählte er nur acht.

Galatans Niedergeschlagenheit erfuhr eine kurze Unterbrechung, als seine Fernbeobachter eine neue Schlacht meldeten, die im Sterntor von Darthan tobte. Wieder warf sich eine ganze Flotte gegen die Verteidigung der Zweibeiner, und wieder wurden die Schiffe so schnell zerstört, wie sie im Durchbruchsraum erschienen. Die Katastrophe war so vollständig, dass es kaum noch Beachtung fand, als die Überlebenden des Gefechts bei den Zwillingssonnen in der Folge von einer kleinen Streitmacht der zweibeinigen Ungeheuer zerstört wurden.

Die Belastung, zusehen zu müssen, wie der Feind überall siegreich blieb, war für manche an Bord der *Fernsucher* zu viel gewesen. Am Morgen nach der zweiten Schlacht um die Sterntore meldeten seine

Unterkommandanten drei tote Besatzungsmitglieder in ihren Ruhekojen, Opfer von Depressionen und in großen Mengen eingenommenen medizinischen Lösungen. Die Drei brachten die Zahl von Galatans Besatzungsmitgliedern, die ihren Mangel an Vertrauen in ihn ausgedrückt hatten, indem sie freiwillig ins Große Ei zurückgekehrt waren, auf insgesamt zwölf. Wenn er nicht bald etwas gegen die Zweibeiner unternahm, würden andere ihrem Beispiel folgen, und er würde nicht mehr genug Mannschaft haben, um das Schiff kampffähig zu halten.

Das Problem war, dass die noch nie sehr zahlreichen Möglichkeiten zu wirkungsvollem Handeln auf eine einzige geschrumpft waren, und diese war jetzt nicht attraktiver, als sie es am ersten Tag der Invasion gewesen war.

Seit er dem ersten Ansturm der Ungeheuer entkommen und dadurch der Verachtung seiner Mannschaft anheimgefallen war, hatte er die Treibstoff- und Lebensmittelvorräte der *Fernsucher* nahezu erschöpft, während er auf seine Chance gewartet hatte, einen bedeutungsvollen Schlag gegen die Ungeheuer zu führen. Zweimal war er gezwungen gewesen, kleineren feindlichen Flottenverbänden auszuweichen, indem er sein Schiff noch höher über die Zwillingssonnen verlegt hatte, bis diese nur noch das hellste Licht am Himmel waren. Er hatte noch ausreichend Treibstoff, um einen guten Angriff zu führen, wenn er nur ein geeignetes Ziel finden konnte. Was die Lebensmittelvorräte betraf, so hatten er und seine Besatzung sich bis zu den Notrationen durchgegessen, und auch diese würden nicht viel länger reichen. Er hatte nicht mehr viel Zeit, etwas zu unternehmen, wenn er sich selbst und seine Besatzung nicht dem Hungertod preisgeben wollte. Galatan hatte nach einem Flottenverband der Ungeheuer gesucht, um überraschend in dessen Mitte hineinzustoßen und ein Höchstmaß an Zerstörung und Verwirrung unter den Feinden anzurichten. Bisher hatte er nicht gefunden, was er suchte.

Das Kommunikationssignal zerriss die Stille der Kabine und störte seine Gedanken. Ärgerlich rief er dem Bordrechner zu, er solle den Anrufer durchlassen.

»Schiffmeister.«

Es war die Stimme Sseltodars, eines Kriegers von mehreren, die direkt von der Ausbildung an Bord gekommen waren. Gegenwärtig tat er Dienst in der Fernbeobachtungsstation.

»Ich bin hier, Junge. Was willst du?«

»Wir haben ein Schiff der Ungeheuer ausgemacht, Galatan. Es scheint in unsere Richtung zu kommen.«

»Bewegt es sich aus der Handelsroute aufwärts?«

»So ist es. Der Flammenausstoß der Triebwerke ist kaum sichtbar, was darauf schließen lässt, dass das Schiff in diese Richtung beschleunigt. Der Kurs ist gleichmäßig, und die Lichtfrequenz etwas ins Blau verschoben.«

»Es ist nur das eine Schiff?«, fragte er.

»Bisher, Galatan.«

»Sind sie so zuversichtlich, dass sie denken, sie können ein Schiff der Dritten Ordnung mit nur einem eigenen nehmen?«

Er überdachte das Verhalten des Feindes und entschied, dass es eine Beleidigung sei. Vielleicht wussten sie nicht, wie mächtig ein Kriegsschiff von der Klasse der *Fernsucher* war, oder ihre jüngsten Siege hatten sie übermütig gemacht. Was immer der Fall sein mochte – sobald sie eintrafen, würde er ihnen zeigen, mit welcher Art von Kriegern sie es zu tun hatten.

»Wie lange haben wir, bevor sie uns erreichen?«

»Wenn sie Kurs und Geschwindigkeit beibehalten, sollten wir sie innerhalb von drei Zwölferzyklen sehen.«

»Sag dem Zweiten Schiffmeister und den Unterkommandanten, dass ich sie in meinem Quartier sehen will. Wenn die Zweibeiner denken, sie können uns ohne Kampf nehmen, werden wir ihnen zeigen, was für Krieger Die Rasse hervorbringt.«

Phillip Walkirk war irritiert. Seine Zentrale, die er zu einer gut geölten Maschinerie gemacht hatte, war überfüllt und in ihrer Funktion beeinträchtigt. Zusätzlich zu seinen Leuten, die jetzt Wache hatten, drängten sich vier Besucher in den engen, mit Bildschirmen und Konsolen angefüllten Raum. Einer der Besucher war ein Admiral, und obschon er ihn als einen Freund betrachtete, machte sein Status als Flottenbefehlshaber Phillip nervös. Es passte einfach nicht zusammen. Als Kronprinz von Sandar hatte er eine gesellschaftliche Stellung, die weit höher als die eines bloßen Admirals von einer anderen Koloniewelt war. Doch als Berufsoffizier, der unter Drake diente, war er bestrebt, einen guten Eindruck zu machen, und hatte eine Tendenz zu zögern, wenn er auch nur den einfachsten Befehl gab, weil er jedesmal überlegen musste, was Drake davon – und von ihm – halten würde.

Die zweite Besucherin war leichter zu nehmen. Bethany Drake saß auf demselben Beobachterplatz, den sie auf der Reise von Eulysta nach Spica eingenommen hatte. Sie war eine vertraute Gestalt, die den Routineablauf in der Zentrale kannte und daher beinahe als Besatzungsmitglied der *Queen Julia* gelten konnte.

Die Besucher drei und vier waren am irritierendsten. Nie im Leben hätte Phillip sich träumen lassen, dass er in der Zentrale seines Schiffes ein Paar Ryall beherbergen würde, noch dazu im Anflug auf einen gut bewaffneten Kreuzer der Ryall, mit dem es leicht zu einem tödlichen Gefecht kommen konnte. Varlan und Periskay kauerten zusammen vor dem großen Bildschirm in der Mitte. Beide waren mit stabilen Gurten zur Sicherung von Frachtgut auf dem Deck festgemacht, damit sie während Perioden wechselnder Beschleunigung nicht ins Rutschen kommen konnten.

Wie die Invasion des Systems Spica, war auch die Idee der gegenwärtigen Reise von Drake ausgegangen. Sein Plan, mit dem Oberkommando der Ryall Verbindung aufzunehmen, war zuerst nicht mehr als ein Gedanke gewesen, aber er und Bethany hatten die Idee mit der Hilfe des Bordrechners während der langen Reise der *Conqueror II* zum Faltpunkt Darthan ausgebaut und verfeinert. Als Captain Carter den Befehl zum Abschalten der Maschinen des Schlachtschiffes gegeben hatte, war Drake mit der Ausarbeitung der Einzelheiten fertig und mit seinem Werk zufrieden gewesen. Die wenigen Offiziere, die er ins Vertrauen gezogen hatte, fanden nichts, was er übersehen haben könnte, obwohl sie ihn wohl für übergeschnappt hielten, sich einen derart gefährlichen Unsinn auszudenken. Aber das sagte ihm natürlich keiner ins Gesicht.

Drakes Idee, mit dem Oberkommando der Ryall Verbindung aufzunehmen, verlangte, dass ein Ryall-Schiff durch den Faltpunkt nach Darthan geschickt würde, um Verhandlungen anzubieten. Mit etwas Glück würden die Faltpunktverteidiger nicht feuern, wenn sie eines ihrer eigenen Schiffe identifizierten, so dass das Schiff Zeit hätte, seine Botschaft zu senden. Dann, wenn das Oberkommando zustimmte, würde ein Schiff mit menschlichen Gesandten folgen.

»Woher willst du ein Ryall-Schiff kriegen?«, hatte Bethany gefragt, nachdem er ihr seinen Plan erläutert hatte.

»Ich dachte daran, den Ausreißer zu rekrutieren.«

Auf ihre konsternierten Blicke hatte er erklärt, dass die Ryall-Schiffe, die sich im Transit durch das System Spica befunden hatten, beim ersten Erscheinen der menschlichen Flotte aus dem Faltpunkt Carratyl auf dreierlei Weise reagiert hatten. Die Handelsschiffe hätten sofort die Sicherheit des nächstbesten Faltpunktes angelaufen oder sich in die entferntesten Winkel des Systems Spica zurückgezogen. Von den drei Kriegsschiffen hätten sich zwei mutig der Invasionsflotte entgegengeworfen, so vergeblich ihre Selbstaufopferung auch gewesen war. Das dritte – ein Schiff, das der Bordrechner als einen schweren Kreuzer identifiziert hatte – sei dem Kamikaze-Unternehmen fern geblieben. Sein Kommandant habe die Aussichtslosigkeit eines Angriffs auf die erdrückende Übermacht erkannt und sei geflohen, womit er sich den Namen »Ausreißer« verdient hatte. Er hielt sich noch immer hoch über den normalen Handelsrouten auf, nahe genug, um alles zu beobachten, aber weit genug entfernt, um vor Angriffen einigermaßen sicher zu sein.

Nach der Ankunft am Faltpunkt Darthan hatte Drake das Kommando über die Operation Admiral Sergei Gower übergeben und Phillip Walkirk gerufen.

»Ja, Sir?«, sagte Phillip, als er Drakes Gesicht auf seinem Bildschirm sah.

»Was halten Sie von meinem Plan?« Er hatte dem Kronprinzen eine Kopie seines Entwurfs geschickt, während sie ihre Vorräte ergänzt hatten.

»So könnte es gehen. Aber gefährlich.«

»Ist *Queen Julia* der Aufgabe gewachsen, den Ausreißer zu jagen?«

»Ja, Sir.«

»Wann können sie startbereit sein?«

»Zwei Tage brauchen wir noch, um Waffen und Treibstoff an Bord zu nehmen, Admiral.«

»Sehr gut. Ich werde morgen meine Flagge an Bord der *Queen Julia* bringen.«

»Sie gehen mit, Sir?«

»Haben Sie damit ein Problem, Kapitän?«, fragte Drake und ließ die Andeutung eines Befehlstons in das bisher freundschaftliche Gespräch einfließen.

»Überhaupt nicht. Es ist bloß so, dass keine Notwendigkeit für Sie besteht, persönlich teilzunehmen, Sir. Wir können sie hierher bringen, denke ich. Hier werden Sie mehr gebraucht.«

»Wozu? Ich nehme an, ich könnte einen Schraubenschlüssel drehen oder ein Schweißgerät bedienen, während die *Conqueror* wieder zusammengeflickt wird, aber ich würde nicht sehr gut darin sein. Nein, während der nächsten paar Monate wird der Schwerpunkt des Handelns anderswo liegen. Admiral Gower kann künftige Angriffe abwehren. Ich denke, ich kann meine Zeit am besten nutzen, wenn ich versuche, diesen Krieg zu beenden. Außerdem«, fuhr er lachend fort, »muss die Menagerie meiner Frau mitgehen, was bedeutet, dass auch Bethany darauf bestehen wird, was wiederum bedeutet, dass Sie sich mit mir werden abfinden müssen, Kapitän.«

»Ja, Sir. Wir werden sofort anfangen, ein paar Abteile für Sie freizumachen.«

Wie versprochen, waren der Admiral, seine Frau und ihre zwei Schützlinge am nächsten Tag mit einem Kurierboot des Schiffes eingetroffen, und weniger als vierundzwanzig Stunden später nahm *Queen Julia* ihre Maschinen in Betrieb.

Der Flug zu dem flüchtigen Ryall-Kreuzer war lang und ereignislos. Phillip verbrachte die Zeit damit, sein Schiff wieder in Gefechtsbereitschaft zu versetzen. Gewöhnlich nahm er die Mahlzeiten in seiner Kajüte ein. Nun aber ging er zum Abendessen in die Offiziersmesse, als sein Erster Offizier berichtete, dass die Ryall an diesem Abend mit ihnen essen würden.

Die acht Offiziere der *Queen Julia* saßen zu beiden Seiten des Esstisches, während Phillip, Drake und Bethany an beiden Enden saßen. Varlan lag zur Rechten von Bethany, Periskay neben ihr. Das Gespräch hatte sich naturgemäß dem bevorstehenden Unternehmen zugewandt, und Phillip nutzte die Gelegenheit, eine Frage zu stellen, die ihn beschäftigte.

»Periskay, Sie werden der Vermittler sein, nicht wahr?«

»So ist es«, bestätigte der männliche Ryall in stark akzentbehaftetem Standard. Anscheinend hatte Varlan ihre Stunden in Gefangenschaft damit verbracht, ihm die Sprache der Menschen beizubringen. »Ich werde Ihre Botschaft zu Jenen Die Herrschen tragen.«

»Stimmen Sie unserem Anliegen zu? Wünschen Sie Frieden zwischen unseren beiden Arten?«

Der Ryall schüttelte seinen Körper wie ein Hund, der sein Fell vom Nässe befreit, nur nicht ganz so heftig. »Ich bekenne, dass ich nicht verstehe, warum ihr Menschen glaubt, dass Friede möglich ist. Ich füge mich Varlans größerer Kenntnis menschlicher Psychologie.«

»Wenn Sie nicht an die Mission glauben, warum sind Sie dann bereit zu vermitteln?«

»Weil ich Varlan meinen Eid geleistet habe. Ich werde Ihre Botschaft zuverlässig überbringen. Außerdem ist es für mich eine Gelegenheit heimzugehen. Wenn es mir bestimmt ist, von den Händen Ihrer Krieger zu sterben, werde ich mit meiner Sippe sterben.«

Bethany erklärte den Begriff der Sippenehre bei den Ryall. Periskay hatte bei der Ehre seiner Sippe gelobt zu tun, was Varlan ihm aufgetragen hatte, und dieser Eid, sagte Bethany, sei unverbrüchlich. Das Gespräch wandte sich dann den Erwartungen zu, was geschehen würde, wenn sie das Ryall-Schiff erreichten. Mit etwas Glück würden sie Verbindung herstellen, den Ryall-Kapitän überzeugen, dass sie ihn nicht aus dem Himmel blasen wollten, ihn dann mit Periskay an Bord zum Faltpunkt Darlan eskortierten und ihn von dort in das Heimatsystem Darthan entlassen. Anschließend würde, wenn die Ryall sich zugänglich zeigten, ein Schiff mit menschlichen Gesandten auf Darthan Verhandlungen über die Kapitulation der Ryall beginnen.

Trotz seiner Bedenken hatte Phillip die *Queen Julia* als das Schiff angeboten, das die Gesandten ins System Darthan bringen würde. Es würde bedeuten, dass die Waffen an Bord entfernt oder unbrauchbar gemacht werden mussten, aber der Kreuzer würde für die Unterhändler dennoch weitaus bequemer sein als jedes Ryall-Schiff.

Freilich, all das *sollte* geschehen, wenn alles gut ging, sobald sie den schweren Kreuzer trafen. Wenn nicht, würde ihre Reise wahrscheinlich in einem schnell aufflammenden Gefecht und einer expandierenden Wolke glühenden Plasmas enden. Die einzige Frage war in diesem Fall, ob Mensch oder Ryall der Ursprung des Plasmas sein würde.

»Das feindliche Fahrzeug verlangsamt ungewöhnlich schnell«, meldete Pelanau, der Fernbeobachter.

»Was?«, fragte Galatan.

»Sie machten das Manöver zu früh und verlangsamen jetzt in einer Rate, die sie außerhalb unserer Reichweite zum Stillstand bringen wird.«

»Dann müssen wir uns auf sie zu bewegen, um ins Gefecht zu kommen.«

»Ist dies nicht eine seltsame Taktik?«

»Richtig. Was willst du damit sagen?«

»Dass die Ungeheuer besser beraten wären, uns zu treffen, während sie sich mit hoher Geschwindigkeit bewegen. Damit würden sie den Zeitraum, in dem wir ihnen Schaden zufügen könnten, verkürzen.«

»Auch richtig. Was schließt du daraus?«

»Vielleicht haben sie unseren Treibstoffvorrat berechnet und versuchen uns zu Manövern zu verleiten, die den Rest Treibstoff aus unseren Tanks pumpen werden.«

»Wie könnten sie das wissen?«

»Ich weiß es nicht, Schiffmeister. Es ist etwas, das wir erwägen sollten, nicht wahr?«

Galatan dachte darüber nach, während er beobachtete, wie das Echozeichen auf dem Bildschirm in doppelter Reichweite seiner Raketen zum Stillstand kam. Was Laser und Partikelstrahlen betraf, so waren diese Waffen nur auf kurze Entfernungen wirksam; aus dieser Entfernung würden sie die Temperatur der feindlichen Rumpfplatten nicht ansteigen lassen.

Als er weiterhin versuchte, die Taktik der Zweibeiner zu ergründen, berichtete sein Nachrichtenmelder: »Von den Ungeheuern kommt eine Botschaft herein, Schiffmeister.«

Der Kommandeur der *Fernsucher* ließ die Blinzhäute über seine Augen gleiten, ein Zeichen von Überraschung, bevor er antwortete: »Was für eine Botschaft?«

»Von einem Mitglied Der Rasse. Er sagt, er sei Periskay von den Fernen Bergen im Nebel. Er ist von der Philosophenkaste. Er wünscht mit dir zu sprechen.«

»Bring sein Bild auf meinen Schirm«, erwiderte Galatan schroff. Diese Begegnung mit den Ungeheuern entwickelte sich anders, als er sich vorgestellt hatte.

Einen Augenblick später erschien der Kopf des Philosophen auf Galatans Bildschirm.

»Ich bin Periskay von den Fernen Bergen im Nebel.«

»Ich bin Galatan von *Fernsucher*. Was willst du?«

»Ich bin ein Gefangener der Ungeheuer. Sie haben mich beauftragt, eine Botschaft zu überbringen.«

»Warum sollte sich ein Philosoph erniedrigen, für Bestien zu sprechen?«

»Ich spreche für eine Mitgefangene, Varlan von den Duftenden Wassern. Sie ist es, die sich für die Wichtigkeit der Botschaft verbürgt.«

»Warum spricht dann nicht diese Varlan?«

»Sie ist zu lange schon eine Gefangene von ihnen und fürchtet, dass du sie für verrückt halten wirst. Ich wurde gefangen, als die Ungeheuer zuerst in unseren Raum einfielen. Ich zweifle nicht an meiner geistigen Gesundheit.«

»Und wenn ich daran zweifle, Periskay?«

»Dann wirst du nicht darauf eingehen, was meine Fänger wollen, und sie werden dich zerstören und ein anderes Schiff Der Rasse suchen, um ihre Botschaft weiterzugeben.«

»Sag mir die Botschaft.«

»Die Ungeheuer, die sich selbst als Menschen bezeichnen, wünschen mit Denen Die Herrschen zu sprechen. Sie können nicht eines ihrer eigenen Schiffe durch das Sterntor schicken. Es würde zu schnell zerstört, um eine Botschaft auszusenden.«

»Wahr.«

»Da sie dies wissen, möchten sie, dass *Fernsucher* mich durch das Sterntor bringt, damit ich unmittelbar mit Denen Die Herrschen sprechen kann.«

»Sind sie wahnsinnig?«

»Nach unseren Begriffen sind sie es, glaube ich. Wie auch immer, dies ist, was ich dir sagen soll.«

»Es ist eine Falle! Sie wollen mein Schiff nahe genug zu ihrer Flotte ziehen, dass sie es zerstören können.«

»Sie behaupten bereit zu sein, es jetzt zu zerstören, wenn du nicht auf ihr Verlangen eingehst.«

»Sie werden finden, dass *Fernsucher* eine schwer verdauliche Mahlzeit ist.«

»Das mag sein«, erwiderte Periskay. »Ich bin kein Krieger, der sich in solchen Dingen auskennt. Ich habe aber gesehen, was das Schiff, in dem ich fahre, ausrichten kann. Ich war in dem Gefecht nahe der Zwillingssonne dabei und sah ein Schiff Der Rasse nach dem anderen in Feuer und Glut aufgehen. Man sagt mir, dass dieses Schiff für einen Teil jener Zerstörungen verantwortlich war.«

Galatan weigerte sich, seine Ohren in Bestürzung hängen zu lassen, obwohl das seine Empfindungen ausdrückte. »Was bieten sie?«

»Die Menschen nennen es ›freien Abzug‹. Sie werden uns zum Sterntor Darthan geleiten und uns den Transit zum Heimatsystem erlauben. Danach musst du zu diesem System zurückkehren, um die Antwort von Denen Die Herrschen zu überbringen. Sie verlangen in diesem Punkt, dass du entweder Varlan oder mir einen Eid leistest. Von welcher Art auch die Antwort von Denen Die Herrschen sein wird, du wirst unbehelligt nach Darthan zurückkehren können, nachdem du den Menschen ihre Antwort übergeben hast.«

»Eine seltsame Botschaft«, erwiderte Galatan.

»Die Seltsamste, die ich jemals gesprochen habe«, pflichtete ihm Periskay bei.

Nach einer langen Pause sagte Galatan: »Ich werde das überdenken müssen. Innerhalb von eintausend Herzschlägen werde ich wieder zu dir sprechen.«

»Ich werde warten, ebenso wie meine Fänger. Sie warnen aber, dass jeder Versuch, in dieser Zeit deine Maschinen in Gang zu setzen, als Angriff betrachtet wird.«

»Verstehe.«

Damit wurde der Bildschirm schwarz, und Galatan begann über seine Antwort auf eine Forderung nachzudenken, die ganz offensichtlich die Hervorbringung eines Irren war. Die einzige Frage war, ob Der Rasse besser gedient sein würde, wenn er vorgäbe, den Zweibeinern zu glauben, oder wenn er sie angriff? So oder so, es schien, dass sich *Fernsuchers* Geschick bald erfüllen würde.

80

Die Feuerleitzentrale der *Queen Julia* sah aus wie das Schaufenster eines Juwelierladens nach einer der großen Unruhen, die in der Mitte des 21. Jahrhunderts die Großstädte der Erde heimgesucht hatten – so stellte Richard Drake es sich jedenfalls vor. Die großen Bildschirme waren noch da, desgleichen die Plätze für ein Dutzend Bedienungsmannschaften. Alles andere war fort; nur gähnende Löcher und gekappte Kabel markierten, wo die optischen Geräte zur Zielerfassung, die Radaranlage und die Rechner der Sensorenauswertung und vieles andere mehr gestanden hatten.

Vor einer Woche war *Queen Julia* in Begleitung der *Fernsucher* in die Nachbarschaft des Faltpunktes Spica/Darthan zurückgekehrt. Beide Schiffe blieben stationär im Raum, eine Million Kilometer vom blockierten Faltpunkt entfernt, und begannen mit der Umrüstung von Kriegsschiffen zu Instrumenten der Diplomatie – für Galatan und seine Besatzung ein völlig fremdartiges Konzept. Was diese Umrüstung in der Praxis bedeutete, schien vielen Besatzungsmitgliedern des sandarischen Kreuzers nichts anderes als Vandalismus zu sein. Auch für Drake nahm es sich wie Vandalismus aus, und er war derjenige, der den Befehl dazu erteilt hatte.

Alle Offensivwaffen und die Systeme, die sie steuerten, mussten ausgebaut werden. Glücklicherweise war die modulare Bauweise für den Ausbau der verschiedenen Raketenwerfer, Laser und Antimaterieprojektoren nicht allzu schwierig.

Fernsucher war eine andere Sache. Galatan weigerte sich beharrlich, Menschen an Bord seines Schiffes zu lassen. Er zögerte sogar, Periskay aufzunehmen, weil er fürchtete, dass die zweibeinigen Ungeheuer ihn mit einer Art Biowaffe infiziert haben könnten. Der Schiffmeister der Ryall gab erst nach, als der Philosoph in Quarantäne vom automatischen Diagnosegerät untersucht und für gesund befunden worden war.

Verhandlungen über die Frage, wie sichergestellt werden könne, dass *Fernsucher* tatsächlich entwaffnet war, blieben fast einen Tag lang ergebnislos, bis Galatan eine Lösung vorschlug. Ganz gleich, welche Waffen der Ryall-Kreuzer an Bord hatte, sie waren von geringem Wert ohne die Fähigkeit, Ziele zu verfolgen. Ohne die Sensoren zur Zielerkennung und -verfolgung würde das Ryall-Schiff seiner Kampffähigkeit so gut wie beraubt sein.

Während Zweibeiner in Vakuumanzügen über den Rumpf der *Queen Julia* krochen und tödliche Geräte abmontierten, bewegten sich ähnlich ausgestattete Sechsfüßer mit überraschender Anmut über die glatte ebenholzschwarze Hülle ihres Schiffes, bauten verschiedene Antennen und andere Geräte aus, die Daten an die Feuerleitzentrale übermittelten. Ihre Einwände gegen das Ansinnen, Menschen in die Nähe ihres Schiffes zu lassen, wurden schließlich so weit gelockert, dass der Waffenoffizier der *Queen Julia* den Schiffsrumpf aus der Nähe inspizieren durfte. Er meldete nichts als nackte Außenfassungen, wo vorher empfindliche Instrumente den umgebenden Raum nach feindlichen Bewegungen durchforscht hatten.

Eine Woche harter Arbeit hatte beide Kriegsschiffe zu bloßen Beförderungsmitteln für Personal gemacht. Am Ende dieser Woche veranstalteten Drake, Phillip und Galatan eine Videokonferenz.

»Ist Ihr Schiff bereit, Schiffmeister?«, fragte Drake, und Varlan dolmetschte.

Nach einer kurzen Folge von Grunz- und Zischlauten, hohlen Pfiffen und knackenden Tönen meldete Varlan, dass der Ryall-Kapitän bereit sei.

»Commander Walkirk, bitte unterrichten Sie unseren Ryall-Gefährten über die bevorstehende Mission.«

»Ja, Admiral. Galatan, Sie haben Ihre Daten für freies Geleit erhalten?«

Der Ryallkopf auf dem Bildschirm legte sich in einer Geste von Zustimmung auf die Seite, als er seine Antwort gab, die Varlan sofort als »*Fernsucher* ist belehrt, welche Route zu schwimmen ist« übersetzte.

»*Queen Julia* wird *Fernsucher* durch die Blockade und in den Faltpunkt geleiten. Sobald wir den Übergangspunkt erreichen, wird es Ihnen frei stehen, die Generatoren aufzuladen. Sie können den Übergang vollziehen, wenn Sie dazu bereit sind. Das wird die Uhr in Gang setzen. Sie haben genau acht Stunden, um zurückzukehren, nicht mehr und nicht weniger. Wir werden die Faltpunktverteidigung genau acht Stunden, nachdem Sie uns verlassen, für eine Minute deaktivieren. Varlan, geben Sie Acht, dass er die richtige Umsetzung von menschlichen Zeiteinheiten in die der Ryall bekommt.«

»Er versteht«, erwiderte Varlan. »Bethany und ich übersetzten es, bevor die Daten gesendet wurden.«

»Galatan, verstehen Sie, dass die Faltpunktverteidigung, auch wenn sie deaktiviert wird, in einem Augenblick wiederhergestellt werden kann?«

»Ich verstehe.«

»Wenn auf dieser Seite des Faltpunktes mehr als ein Schiff erscheint, während die Abwehr deaktiviert ist, oder wenn dieses Schiff nicht die *Fernsucher* ist, werden wir das Feuer eröffnen. Ist das klar?«

»Ja«, kam die emotionslose Antwort.

»Ein letzter Punkt, Galatan. Sie verstehen, dass wir, wenn Sie nicht zurückkehren, um uns die Entscheidung von Denen Die Herrschen mitzuteilen, annehmen werden, dass die Antwort negativ ist.«

»Ich glaube, dass die Antwort in jedem Fall negativ sein wird, Admiral von den Drakes.«

»Sie sind dennoch durch Ihre Ehre gebunden, zurückzukommen und es uns zu sagen.«

»Ich habe deinen Gefangenen meinen Sippeneid geleistet, Mensch …« Drake argwöhnte, dass er mit einem anderen Namen genannt wurde und Varlan es in der Übersetzung bereinigt hatte. »Ich werde zurückkehren, um dir die Entscheidung von Denen Die Herrschen mitzuteilen. Wie diese Entscheidung auch ausfallen mag, ich werde sofort nach Darthan zurückkehren und beginnen, mein Schiff klar zum Gefecht zu machen, so dass, wenn wir einander wieder begegnen, es in der Schlacht sein wird.«

»Und wenn die Antwort nicht negativ ist?«

»Dann werde ich euch zur Heimatwelt geleiten, wo ihr die Sorge jener sein werdet, die höher gestellt sind, und ich werde trotzdem mein Schiff gefechtsklar machen.«

Drake nickte. »Das ist alles, was Sie versprachen, und auch alles, was wir verlangen. Commander Walkirk, sie können die Maschinen startklar machen, wenn Sie so weit sind.«

»Jawohl, Sir.«

Die Passage durch die Blockadezone verlief ohne Zwischenfall. Zu keiner Zeit machte *Queen Julia* irgendwelche Emanationen vom Ryall-Kreuzer aus, die darauf hindeuten könnten, dass Galatan ein paar aktive Sensoren in Reserve gehalten haben mochte. Passive Sensoren waren natürlich eine andere Sache. Zweifellos hatte Galatan seine Besatzung angewiesen, den Raum nach Sichtungen der Blockadekampfgruppe zu durchforschen. Teleskope aber haben ihre Begrenzungen, und bis auf die Möglichkeit, dass eines der Blockadeschiffe vielleicht einen Stern verdunkelte, war es zweifelhaft, ob die Ryall überhaupt etwas ausmachen konnten.

Als sie den vorprogrammierten Punkt innerhalb des Faltpunktes erreichten, wo *Fernsucher* den Transit ausführen sollte, ließ Phillip die *Queen Julia* als Vorsichtsmaßnahme in sicherer Entfernung. Bisher hatte Galatan seinen Teil der Vereinbarung peinlich genau eingehalten, aber Phillip wollte ihn nicht in Versuchung führen, im Augenblick seines Verschwindens in den Faltraum eine Raketensalve abzufeuern. Selbststeuernd oder nicht, eine Salve aus naher Entfernung würde wahrscheinlich ihr Ziel finden.

Die Sicherheitsvorkehrung erwies sich als unnötig. Nach wenigen Sekunden scheinbarer Inaktivität verschwand der Ryall-Kreuzer und kehrte heim zu einem ungewissen Willkommen.

Die folgenden Stunden waren für alle an Bord der *Queen Julia* nervenzermürbend. Was Drake betraf, so fragte er sich, ob die Spannung der letzten Monate seinem Urteilsvermögen abträglich gewesen sein mochte. Wie anders war die Situation zu erklären? Hier saß er und zählte sorgenvoll die Minuten, bis sein entwaffnetes Schiff in das Herz des feindlichen Machtbereiches katapultiert würde.

Auch der Vorstellung, mit Denen Die Herrschen zu verhandeln, konnte er nichts abgewinnen. Wie die meisten Berufssoldaten verachtete er Politiker und Diplomaten, eine Empfindung, die bisweilen schwierig zu verbergen war: ein Vermächtnis seiner Dienstzeit als Verbindungsoffizier der Marine beim altanischen Parlament.

Diese improvisierte diplomatische Mission war notwendig, weil es in der Flotte keine Berufsdiplomaten gab. Niemand hatte daran gedacht, sie in das Führungspersonal der Flotte einzugliedern. Schließlich war der Auftrag der Invasionsflotte die Niederwerfung der Ryall, nicht irgendwelche Verhandlungen mit ihnen. Der Fehler in dieser Denkart war natürlich, dass es keine Möglichkeit gab, den Krieg zu beenden, ohne mit dem Feind zu sprechen, und sei es nur zur Entgegennahme seiner Kapitulation.

Deshalb gab es anstelle eines diplomatisch geschulten Botschafters nur einen kolonialen Marineoffizier, der die Menschheit in dieser außerordentlich wichtigen Mission vertrat. Glücklicherweise war die Botschaft, die er zu überbringen hatte, eine, die selbst das fremdartige Denken der Ryall verstehen würde. Sie würde kurz, brutal und eindeutig sein:

Ergebt euch oder stellt euch der Ausrottung eurer gesamten Spezies!

Er hoffte nur, dass die Ryall intelligent genug waren, die Alternative vernünftig abzuwägen. Mehr als einmal in der Menschheitsgeschichte hatten Mitglieder seiner eigenen Spezies, die vor diese harte Wahl gestellt worden waren, die Ausrottung gewählt.

Die Pieptöne der Bordsprechanlage unterbrachen seine trüben Gedanken. Drake schaltete das Gerät ein.

»Admiral Gower für Sie, Admiral«, sagte der Wachoffizier der Nachrichtenabteilung.

»Stellen Sie ihn durch und sichern Sie die Verbindung.«

»Jawohl, Sir.«

Auf dem Bildschirm erschienen die Züge des bärbeißigen alten sandarischen Admirals. Wie gewöhnlich machte Gower ein finsteres Gesicht.

»Ja, Admiral?«, fragte Drake, als das Bild sich stabilisiert hatte.

»Uns bleiben noch dreißig Minuten bis zum Ablauf der Frist, Sir«, erwiderte Gower. Obwohl er jetzt die Operationen leitete, wahrte er den Respekt gegenüber Drake als Flottenbefehlshaber.

»Ja, ich weiß«, erwiderte Drake, »und Sie können mich beim Vornamen nennen. Im Augenblick bin ich bloß eine überflüssige Person an Bord eines leichten Kreuzers unter Ihrem Kommando.«

»Also gut, Richard.«

»Sind wir für den Fall vorbereitet, dass die Echsenleute einen Überraschungsangriff starten, Sergei?«

Gower zeigte ein seltenes Lächeln. »Wenn etwas anderes als der *Fernsucher* aus dem Faltpunkt kommt, werden wir mit einem Feuerschlag antworten. Und in jedem Fall werden die Minen überall außer in der Nachbarschaft des Schiffes sofort scharf gemacht, wenn *Fernsucher* erscheint.«

»Lassen Sie uns nur sichergehen, dass wir dabei keinen Fehler machen«, erwiderte Drake.

»Wenn jemand diesen Fehler macht, wird er sich auf immerwährender Patrouille in der Korona des Doppelsterns wiederfinden.«

Drake lachte. »Das ist eine Methode, sie im ›Höllenfeuer zu braten‹, Sergei. Nun, wie ich höre, sind Sie vorbereitet. Ich kann mir denken, dass Sie genauso glücklich sein werden, wenn sie nicht zurückkehren.«

Der sandarische Admiral sah ihn überrascht an. Auch das war bei Gower ein seltener Gesichtsausdruck, den schon einmal gesehen zu haben Richard sich nicht erinnern konnte.

»Warum sagen Sie das?«

»Ich weiß, dass es Ihnen lieber gewesen wäre, wenn wir ein anderes Schiff als *Queen Julia* für diese Mission eingesetzt hätten. Es wird hart sein, Seiner Majestät Phillips Verlust zu erklären, falls wir nicht zurückkommen.«

»Seine Majestät wird es verstehen. Prinz Phillip muss mit jedem anderen Angehörigen der Flotte das gleiche Risiko eingehen. Es ist meine Aufgabe, darauf zu achten, dass er sein Leben nicht unnötig riskiert. Wenn Ihre Mission diesen ewigen Krieg beendet, dann nenne ich es ein notwendiges Risiko. Schließlich riskieren auch Sie nicht nur Ihr eigenes Leben, Richard, sondern ebenfalls das Ihrer Frau.«

»Glauben Sie mir, wenn ich dächte, ich könnte mit Varlan zurechtkommen, hätte ich Bethany schon nach Hause geschickt.«

»Wenn ich mir einen einleuchtenden Vorwand ausdenken könnte, den Kronprinzen von dieser Mission abzuberufen, würde ich es auch tun. Aber der Thronerbe darf niemals wie ein Feigling aussehen.«

»Noblesse oblige, Sergei?«

»Praktische Hofpolitik. Wenn Ihnen dieses Vorhaben gelingt, wird Phillip eine lange und ruhige Regierungszeit haben. Wenn ich ihn von der Mission abziehe und auf einen ungefährdeten Posten versetzte, würde es immer Zweifel geben, und seine Militärzeit würde einen unerfreulichen Beigeschmack bekommen.«

»Und ich dachte, der Umgang mit einem Parlament sei schwierig.«

»Beide Systeme haben Vor- und Nachteile, Richard. Ich will Sie nicht länger aufhalten. Wollte Ihnen bloß Glück wünschen und Ihnen versichern, dass Sie, sollte es Verrat geben, gerächt werden.«

»Danke, Sergei. Ich weiß die Flotte in guten Händen.«

»Und ich weiß das Kompliment zu schätzen. Gower Ende.«

»Drake Ende.«

Der Bildschirm wurde schwarz, und Richard kehrte zurück zu seinen Gedanken und zu Bethany.

Als der Startzählungschronometer auf dem Bildschirm die 00:00 erreicht hatte, ertönten überall im Schiff die Alarmsirenen. Obwohl er damit gerechnet hatte, schrak Richard Drake auf und wäre in die Höhe geschwebt, wenn die Gurte ihn nicht zurückgehalten hätten. Bethany starrte auf den Bildschirm vor ihnen.

»Unbekanntes Schiff erscheint im Faltpunkt«, meldete eine Stimme aus der Aufklärungsabteilung. »Der Rechner sagt, dass das Schiff *Fernsucher* ist. Scheint allein zu sein.«

»Nachrichtenoffizier, stellen Sie eine Verbindung her«, befahl Drake. Er wandte den Kopf zu seiner Frau und sagte: »Bring Varlan herein.«

Es gab eine Pause von annähernd einer Minute Dauer, bevor der Bildschirm sich aufhellte, was Varlan die Gelegenheit gab, zur offenen Tür hereinzukommen und sich neben Richards Sitz anzuschnallen. Auf dem Bildschirm erschien ein Trio von Ryall vor einem Hintergrund, der die Zentrale der *Fernsucher* sein musste. Galatan war nicht in der Mitte der drei Gestalten, dem Ehrenplatz für Ryall wie für Menschen. Der Schiffmeister saß zur Linken eines älteren Ryall, den Drake nicht kannte. Sein Alter war an der stumpfen, ins Graue spielenden Farbe seiner Schuppenhaut und dem etwas milchigen Glanz seiner obsidianschwarzen Augen zu erkennen. Periskay saß zur Rechten dieses Würdenträgers und etwas hinter den beiden.

»Grüße, Galatan vom *Fernsucher*«, sagte Drake durch Varlan, sobald die drei auf dem Bildschirm erschienen.

»Grüße, Admiral von den Drakes«, dolmetschte Varlan die Antwort Galatans.

»Du bist so gut wie dein Wort.«

»Meine Verpflichtung diesem gegenüber ist erfüllt«, erwiderte Galatan mit einer Geste zu Periskay hinüber.

»So ist es«, sagte Drake. »Wer ist der, dem zu begegnen ich die Ehre habe?«

»Ich bringe mit mir Einen Der Herrscht. Er ist Tarsanau von den Inseln des Kleineren Meeres, einer, der ermächtigt ist, für die Herrschenden zu sprechen.«

Varlan dolmetschte die Einleitung, dann fuhr sie fort: »In menschlichen Begriffen würde man ihn den Ersten Berater der Herrscher der Hegemonie nennen.«

»Grüße, Tarsanau von den Inseln im Kleineren Meer«, antwortete Drake. »Ich bin erfreut, dass du unsere Einladung angenommen hast.«

»Es schien weise, das zu tun«, erwiderte der ältere Ryall. Irgendwie gelang es ihm, einen oberflächlichen, gleichmütigen Tonfall in die pfeifende Ryall-Sprache hineinzubringen. »Was willst du?«

»Wir möchten mit Denen Die Herrschen sprechen.«

»Wer spricht?«

»Ich bin Admiral Richard Drake. Ich befehlige die menschliche Flotte in diesem System.«

»Du bist der Zweibeiner, der an der Spitze dieses üblen Schwarmes schwimmt, der unsere Sterntore genommen hat?«

»Der bin ich.«

»Dann hast du einen ausreichend hohen Rang, um für deine Art zu sprechen?«

»Über den Verhandlungsgegenstand, ja. Es gibt Menschen höheren Ranges, als ich es bin, aber keinen in diesem Sternsystem.«

»Dann werde ich mit dir sprechen. Ich bin ermächtigt, in dieser Angelegenheit für Die Rasse zu sprechen. Worüber sollen wir sprechen?«

»Sicherlich hat Periskay erklärt, zu welchem Zweck wir diese Zusammenkunft anstreben.«

»Er hat deine Worte weitergegeben. Die Begriffe sind jedoch fremdartig. Es war keine Zeit, Jene Die Herrschen zu konsultieren, also kam ich mit Galatan, um deine Worte selbst zu hören.«

»Gut. Wir wünschen diesem endlosen Krieg ein Ende zu machen, bevor noch mehr Krieger unserer beiden Arten getötet werden.«

»In Der Rasse ist Krieg ein Wettkampf zwischen Sippen oder Bündnissen. Wenn es einen Streit gibt, dauert der Wettkampf an, bis die eine oder die andere Seite ihre Niederlage zugibt. Wenn dies geschieht, räumt die nachgebende Sippe die strittigen Fischgründe oder anerkennt das strittige Prinzip, oder schwört der überlegenen Sippe die Gefolgschaft«, erwiderte Tarsanau. »Aber keiner dieser Ausgänge ist möglich, wenn es sich um einen Streit zwischen konkurrierenden Arten handelt. Wir besitzen Land, das ihr eines Tages brauchen werdet, um eure Jungen aufzuziehen. Ebenso seid ihr im Besitz von Welten, die eines Tages unsere wachsende Bevölkerung von Schwimmern beherbergen werden. Wie können zwei solche Arten Frieden miteinander machen?«

»Wir wollen eure Welten nicht. Wir haben selbst mehr als genug.«

»Ihr müsst unausweichlich in unseren Bereich expandieren – oder wir in euren. Das ist die Art der Lebewesen.«

»Wir sind anderer Meinung. Der Raum ist groß und die Zahl geeigneter Welten beinahe unendlich. Wenn wir im Frieden leben, können wir alle Anstrengungen, die wir gegenwärtig für die Kriegführung aufbieten, neuen Entdeckungen und Forschungen zuwenden.«

»Die Bevölkerung muss unvermeidlich wachsen und den vorhandenen Lebensraum besetzen«, erwiderte Tarsanau. »Das ist das Gesetz des Lebens.«

»Das ist das Gesetz für stumme Tiere. Es ist nicht das Gesetz für intelligente Wesen. Wir können unsere Intelligenz gebrauchen, um unser Wachstum zu begrenzen. Das könnt auch ihr, wenn ihr wollt.«

Darauf folgte ein langes Stillschweigen, als hätte Drake eine besonders schwierige und verwickelte Sprache gebraucht und der Ryall hätte Schwierigkeiten, die Worte zu sortieren. Schließlich sagte er: »Ein fremdartiges Konzept, und ein interessantes. Wie schlägst du vor, dass wir diesen Kampf beenden, in den wir so lange verstrickt gewesen sind?«

»Ich schlage vor, dass ihr euch uns ergebt.«

Diesmal kam die Antwort sofort nach Varlans Übersetzung. »Ergeben? Du meinst, wir liefern uns auf Gedeih und Verderb Ungeheuern aus?«

»Ich meine genau das, Tarsanau. Wenn ihr euch ergebt, werden wir eure Art verschonen. Wenn nicht, werden wir eure Welten zerstören.«

»Hättet ihr diese Macht, so würdet ihr es bereits getan haben.«

»In der Vergangenheit unserer Entwicklung gab es die Schnellen Esser nicht. Daher betrachten wir den Krieg nicht auf diese Weise. Wir kämpfen nur um unser eigenes Überleben, nicht um euch zu vernichten. Sobald unser Überleben gesichert ist, haben wir kein Verlangen, eure Welten zu sterilisieren. Im Gegenteil, im Lauf der Zeit hoffen wir Güter und Ideen mit euch auszutauschen. Sicherlich habt ihr Einsichten in die Natur des Universums gefunden, die uns entgangen sind. Wir haben Philosophien, die ihr nützlich finden werdet. Es ist unsere Art, Güter und Ideen auszutauschen und dadurch zu erreichen, dass unsere beiden Arten voneinander abhängen.«

»Dann seid ihr wahnsinnig.«

Drake nickte. »Nach eurer Art der Weltbetrachtung magst du Recht haben. Aber stimmst du mir nicht zu, dass es eine schlechte Sache ist, wenn das Schicksal der Jungen in der Macht wahnsinniger Ungeheuer liegt?«

»So ist es«, erwiderte Tarsanau.

»Dann lass uns von diesem Unterschied in der Betrachtungsweise sprechen. Vielleicht können wir zu einer beiderseitigen Übereinkunft kommen, die das massive Bombardement eurer Heimatwelten verhindert.«

»Ihr werdet sie sowieso zerstören.«

»Vielleicht«, sagte Drake. »Aber ist es nicht wert, darüber zu sprechen, wenn auch aus keinem anderen Grund, als dass wir nicht bombardieren werden, solange wir sprechen?«

Der Ryall machte eine zustimmende Geste. »Es ist ein Vorteil für uns, den Augenblick aufzuschieben, wenn deine Schiffe durch die Sternportale kommen.«

Drake nickte. »Und für uns.«

»Wie schlägst du vor, diese unsinnige Übereinkunft zu erreichen?«

»Wir sind bereit, euch nach Darthan zu folgen, wo wir unsere Gedanken Denen Die Herrschen erklären werden. Wir versprechen, dass es keine Versuche geben wird, uns den Weg durch eure Verteidigung zu erkämpfen, solange wir verhandeln.«

»Was ist das Versprechen eines Tieres wert?«

»Vielleicht ist mein Wort nichts wert. Galatan hat jedoch gesehen, dass ich meine Versprechen einhalte. Außerdem, wie kann das Gespräch mit uns eure Situation schlimmer machen, als sie bereits ist?«

Wieder kam es zu einer langen Pause. Schließlich sagte Tarsanau: »Ich sehe nicht, wie das Gespräch mit dir die Große Jagd weder in ihrer Richtung noch in ihrer Erwünschtheit beeinflussen wird. Trotzdem werden wir mit dir sprechen.«

»Und ihr werdet einen Sippeneid leisten, um unsere Sicherheit zu garantieren? Ihr werdet uns freies Geleit zurück hierher auf unsere Seite des Sterntores geben, wenn wir unsere Gespräche beendet haben werden, ungeachtet ihres Ausganges?«

Darauf folgte ein langer Wortwechsel in der Sprache der Ryall, worauf Varlan sagte: »Er Der Herrscht hat mir seinen Sippeneid geleistet. Sie werden keinen Schaden erleiden.«

»Ist Tarsanau imstande, ein solches Versprechen zu machen?«

»Er spricht für Jene Die Herrschen. Sein Sippeneid ist für sie bindend.«

»Sehr gut. Sagen Sie ihm, dass *Fernsucher* uns durch das Sterntor führen kann.«

Tarsanau signalisierte sein Einverständnis, und Galatan sagte: »Wir werden eine menschliche Minute vor deiner Ankunft durch das Tor schwimmen, Admiral von den Drakes. Die Beschränkungen sind die gleichen, wie sie bei unserer Rückkehr für uns galten. Die Abwehr am Tor wird nur ein Schiff erwarten, nicht mehr.«

»Verstehe.«

»Sobald du in unserem Teich bist, werden wir Krieger schicken, die an Bord deines Schiffes gehen werden. Es wird ein Sachverständiger für Ungeheuertechnologie bei ihnen sein. Du wirst ihm alles zeigen und nichts verbergen.«

»Einverstanden.«

Tarsanau sagte: »Sobald wir wissen, dass dein Schiff nicht imstande ist, uns anzugreifen, wie Perisksay uns versichert hat, wirst du zu der Heimatwelt geleitet werden, wo du Denen Die Herrschen deine Häresien erklären wirst. Ist das vereinbart?«

»Es ist vereinbart.«

»Bereite den Schiff darauf vor, tief in die große unsichtbare See zwischen den Sternen zu tauchen. Benachrichtige Galatan, wenn du bereit bist.«

»Wir sind jetzt bereit.«

»Gut. Folgt uns in einer eurer geringeren Zeitperioden«, übersetzte Varlan buchstäblich.

»Eine Minute.«

Einen Moment später war der Ryall-Kreuzer verschwunden. Richard Drake erteilte den Befehl zur Startzählung und gab das Kommando an Phillip Walkirk zurück.

»Ich habe die Verbindung, Sir«, sagte der sandarische Prinz über die Sprechanlage. Während der nächsten Minute strömten Befehle durch die elektronischen Stromkreise der *Queen Julia.* Endlich war es Zeit. »Alles in Bereitschaft zum Faltraumübergang«, verkündete Phillip. »Transit in fünfzehn Sekunden …«

»Sind Sie fest angegurtet, Varlan?«

»Ja, Richard.«

»Was ist mir dir, Schatz?«

»So fest, dass ich fürchte, meinen Blutkreislauf zu unterbrechen.«

»Angst?«

»Mehr als irgendwann zuvor in meinem Leben«, erwiderte sie. »Ich liebe dich.«

»Ich liebe dich auch.«

»… drei … zwei … eins … los!«

81

»Faltraumtransit beendet!«, kam die Ankündigung über die Bordsprechanlage.

Varlan von den Duftenden Wassern hörte sie undeutlich, wie durch ein weites, tiefes Wasser; sie achtete kaum darauf. Wie gebannt blickte sie auf den Bildschirm am vorderen Schott der ausgeräumten Feuerleitzentrale der *Queen Julia*, ohne ihre Umgebung zu beachten. Es war, als hätten sich die zwei Menschen, die zu beiden Seiten in ihren Sitzen angeschnallt lagen, in einen jedes Geräusch verschluckenden Dunst aufgelöst, so sehr zog es Varlan mit allen Sinnen zum Bildschirm.

Dass dieser gegenwärtig nur ein Sternenmeer zeigte, das äußerlich nicht anders war als das, welches sie zuvor noch gesehen hatte, war unwichtig. Der Weltraum ist einförmig. Er sieht im Wesentlichen gleich aus, egal wo in der Galaxis der Betrachter sich aufhält. Solange nicht der Zentralstern des Systems in Sicht ist, gibt es nichts weiter zu sehen als eine schwarze Weite, gesprenkelt von willkürlich verstreuten strahlenden Punkten. Was diese schwarze Weite davon unterschied, war, dass dies nicht irgendwelche Sterne waren. Es waren die Sterne der Heimat, Sterne, die seit den Tagen der Großen Jagd den Nachthimmel von Darthan geschmückt hatten. Dieses Wissen erfüllte Varlan mit tiefer Sehnsucht. Zum ersten Mal, seit die zweibeinigen Ungeheuer Corlis überrannt hatten, war sie der Heimat nahe!

»Varlan …!«

»Ja?«

»Ich brauche eine Übersetzung.«

»Entschuldigung. Ich war überwältigt von dem Eindruck, wieder unter den Heimatsternen zu sein.«

Drake spielte die Aufzeichnung der Sendung ab, die vor Sekunden aufgefangen worden war.

»Die Krieger haben gebeten, dass Sie sich *Fernsucher* anschließen und ihm aus dem Faltpunkt folgen. Sie werden zu einem Schiff der ersten Klasse geführt, wo ein Kommando an Bord gehen und die *Queen Julia* durchsuchen wird. Sie werden gebeten zu bestätigen, dass Sie verstanden haben.«

»Sagen Sie ihnen, dass wir verstanden haben.«

Während Varlan die Botschaft weitergab, hörte sie Richard Drake mit der Zentrale sprechen. Sie hatte ihre Botschaft kaum beendet, als plötzlich Gewicht unter ihren Füßen war und sie sanft auf das Deck gedrückt wurde. Es war gut, wieder Schwere zu haben. Doch noch besser war es, daheim zu sein.

Queen Julia kam auf der anderen Seite des Faltpunkts hinaus und nahm Kurs auf *Fernsucher.* Dann verließen beide Schiffe langsam den Faltpunkt und passierten einen Verteidigungsring, der jenen, den sie gerade hinter sich gelassen hatten, in nichts nachstand. Es dauerte fast eine Stunde, um den Punkt im Raum zu erreichen, wo sie von einem großen Ryall-Schiff erwartet wurden. Dies war das »Schiff der ersten Klasse«, von dem Varlan gesprochen hatte. Dem Typ nach war es ein Kriegsschiff von der Größe eines Schlachtschiffes, ungefähr gleich stark wie Drakes *Conqueror II.*

Was nun?, fragte sich Phillip, als der *Fernsucher* bei dem größeren Schiff andockte. Bald darauf öffnete sich an Bord des Letzteren ein Hangartor, und drei kleine Kurierboote kamen heraus und nahmen Kurs auf *Queen Julia.*

Die drei Kurierboote waren kaum unterwegs, als Richard Drakes Stimme sich über die Sprechanlage bei Phillip meldete. »Kapitän, bitte kommen Sie mit uns zur Luftschleuse im Hangardeck.«

»Bin schon unterwegs, Admiral«, erwiderte Phillip. Er wollte die Zentrale nicht verlassen, solange sein Schiff in feindlichem Raum war, doch musste er sich eingestehen, dass er wenig tun konnte, falls die Ryall tatsächlich angreifen sollten.

Richard und Bethany Drake sowie Varlan erwarteten ihn an der inneren Schleusentür zum Hangardeck, dessen Tor geöffnet war und das Innere in natürliches Sonnenlicht tauchte. Phillip sah, dass Varlan sich eine Stelle gesucht hatte, wo die Strahlen ihrer Heimatsonne sie beschienen. Er erinnerte sich nicht, die Ryall jemals so entspannt gesehen zu haben, wie sie in diesem Augenblick zu sein schien.

Hand über Hand zog er sich zum Admiral und seiner Frau.

»Gut, dass Sie gekommen sind, Phillip«, sagte Richard. »Wo ist die Ehrenwache der Marine?«

»Auf dem Weg hierher, Sir.«

»Keine Seitengewehre oder Waffen, nicht wahr?«

»Selbstverständlich, Sir. Das sind die Befehle, die ich ausgab.«

»Gut.« Er wandte sich um, blickte zum Fenster hinaus und sah, dass eines der Kurierboote bereits das Hangartor des Kreuzers ansteuerte. Da die Luftschleusenkonstruktionen nicht kompatibel waren, konnte ein Transfer zwischen Ryall und menschlichen Schiffen nur in einem unter Druck stehenden Hangar erfolgen. Doch in mehr als einem Jahrhundert Krieg gab es nach Phillips Kenntnis keinen anderen Fall, dass ein Fahrzeug der Ryall von einem Schiff der Menschen aufgenommen worden wäre. Umgekehrt verhielt es sich genauso.

Als er Geräusche hinter sich hörte, drehte er sich um und sah Sergeant Singh und ein halbes Dutzend Soldaten des königlich sandarischen Marinekorps antreten. Nach einer knappen Ehrenbezeigung wandte er sich wieder dem Aussichtsfenster zu. Das Kurierboot der Ryall war neben den Booten der *Queen Julia* angekommen. Die zwei anderen folgten und landeten neben dem ersten. Es gab nur noch wenig freien Raum, aber das äußere Tor begann sich schwerfällig zu schließen.

Im Hangar leuchteten Flutlichtlampen auf, als das natürliche Sonnenlicht von dem sich schließenden Tor ausgesperrt wurde. Eine Minute später gab es gedämpfte metallische Geräusche, und das Abteil hinter dem Glas füllte sich mit Expansionsnebel. Er verschwand so rasch wie er gekommen war und zeigte damit an, dass der Luftdruck im Hangar sich dem im Rest des Schiffes angeglichen hatte. Einen Augenblick später schaltete die Leuchtanzeige der Luftschleuse von Rot auf Grün, und die doppelten Türen öffneten sich automatisch.

»Zeit für Ihre Show, Sergeant«, murmelte er Singh zu.

»Jawohl, Sir«, antwortete dieser und befahl seine Männer durch die Luftschleuse in den Hangar. Als sie durchgegangen waren, bedeutete Phillip dem Admiral und seiner Frau, ihnen zu folgen, dann Varlan. Er selbst bildete den Schluss. Im Hangar erforderte es einige Sekunden, aufrechte Haltung anzunehmen und die Stiefelschlösser in die sechseckigen Öffnungen des Metallrostes zu stecken, das in das Deck eingelassen war.

Als alle ihre Plätze eingenommen hatten, standen sie einander in zwei parallelen Reihen gegenüber – sieben Marinesoldaten auf einer Seite, der Admiral, Bethany, Varlan und Phillip Walkirk auf der anderen. Varlan verankerte sich mit vier ihrer sechs Beine am Gitterrost und teilte so mit den anderen die Illusion von Schwere.

Der schwarze Rumpf des nächsten Kurierbootes zeigte plötzlich einen gekrümmten Lichtstreif in der Oberfläche, der sich rasch verbreiterte, als eine Luke geöffnet wurde. Im Inneren konnte Phillip die Silhouetten sechsbeiniger Wesen mit langen Hälsen sehen, deren Ohren in höchster Aufmerksamkeit seitwärts nach vorn gestellt waren. Die Schnauzen schnüffelten die Luft wie Jagdhunde, die eine Witterung suchen. Vielleicht, dachte er, war ihnen der kalte metallische Geschmack von Luft vertraut, die lange in Druckluftspeichern aufbewahrt worden war. Oder vielleicht witterten sie den Geruch von zu vielen Menschen in zu großer Nähe. Die Ryall schienen sich unschlüssig in der offenen Luftschleuse hin und her zu bewegen, dann machten sie Platz, und eine einzelne Gestalt kam aus dem Boot und begann sich am Leitkabel entlang zu den Menschen zu ziehen.

Als die Gestalt näher kam, sah Phillip, dass es ein Ryall vorgerückten Alters war, und erkannte ihn als Tarsanau, den er in der Aufzeichnung seines Gesprächs mit Drake gesehen hatte. Damit war klar, warum *Fernsucher* an das Schlachtschiff angedockt hatte. Sie hatten den Unterhändler der Ryall zum Kurierboot gebracht, um ihn zur *Queen Julia* zu transportieren. Seine Begleiter mussten die Inspektoren sein.

»Tarsanau von den Inseln im Kleineren Meer«, rief Drake aus, als der Alte auf fünf Schritte herangekommen war. »Es ist gut, dass wir uns in natura begegnen.«

Varlan dolmetschte und bekam eine Antwort.

»Ich komme an Bord deines Schiffes, um mit dir zu sprechen«, dolmetschte Varlan, dann setzte sie hinzu: »Es ist eine formale Begrüßung. Der Berater wird uns nach Darthan begleiten.«

»Bitte drücken Sie Tarsanau meine Anerkennung dafür aus, dass er zugestimmt hat, mit uns zu sprechen, und sagen Sie ihm, wir seien geehrt, ihn in unserem Schiff bei uns zu haben.«

Varlan dolmetschte, worauf Tarsanau eine kurze Antwort gab, mit der er anscheinend gleich zur Sache kam.

»Es ist Zeit zur Inspektion«, sagte Varlan. Sie machte eine Handbewegung zu den anderen, die noch im Kurierboot warteten. »Dies sind Krieger-Spezialisten in fremder Technologie. Sie werden ihnen alles zeigen. Wenn Sie die Inspektoren nicht überzeugen können, dass dieses Schiff harmlos ist, wird es keine weitere Diskussionen geben.«

»Verstanden. Phillip, lassen Sie Ihre Begleiter so rasch wie möglich kommen, damit wir die Führung beginnen können.«

Phillip hob das Funksprechgerät an seinem Handgelenk an den Mund und gab einen Befehl. Dann lauschte er einen Moment und sagte: »Sie sind unterwegs hierher, Admiral.«

»Gut.« Drake wandte sich an Tarsanau. »Du magst jetzt deine Krieger herbeirufen, dann werden wir sie mit Führern versehen. Ich fürchte, wir sind knapp an Leuten, die Ryall sprechen, also wird Varlan über ein Funksprechgerät dolmetschen.«

»Dies sind die Führer?«, fragte Tarsanau und deutete auf die Marinesoldaten.

»Nein«, antwortete Drake. »Es sind die Marinesoldaten unseres Schiffes, Bodenkrieger, die angetreten sind, unsere Besucher zu ehren.«

»Sie scheinen bereit, deine Besucher zu fangen«, sagte der alte Ryall.

Phillip verbiss sich ein Lächeln und überlegte, ob der Brauch, wichtige Besucher mit einer Ehrenkompanie oder Abordnung zu begrüßen, seinen Ursprung in einer Schaustellung von Stärke haben mochte, um feindliche Unterhändler einzuschüchtern.

Eine überraschende Einsicht aus dem Mund eines Außerirdischen …

Die Ryall benötigten zwanzig Stunden, um zu der Schlussfolgerung zu gelangen, dass *Queen Julia* nichts weiter als ein unbewaffnetes Gesandtenschiff war. Selbst nachdem sie ihre Arbeit beendet hatten und *Queen Julia* ihre Triebwerke in Gang setzte, um dem fremden Schlachtschiff zur Heimatwelt der Ryall zu folgen, waren sie ständig auf der Hut, als erwarteten sie Verrat. Während der Inspektion hatte jedes Besatzungsmitglied an Bord reichlich Gelegenheit, Mitglieder der Kriegerkaste aus der Nähe zu betrachten, und die meisten waren von ihren Feinden stark beeindruckt.

Ihre harten Obsidianaugen sahen alles, und ihre steife, angespannte Haltung ließ sie bereit erscheinen, bei der geringsten Provokation anzugreifen. Sie glitten durch das Schiff, steckten ihre Schnauzen in alles und waren an jeder Aktivität der Menschen interessiert, einschließlich jener, die in den kleinen Abteilungen stattfanden, wo Wasserleitungen vorherrschten. Um den Ryall-Inspektoren zu zeigen, dass nichts Verstecktes geschah, wenn sie nicht hinschauten, hatte Drake angeordnet, alle Türen offen zu halten. Während der Reise sollten alle Abteilungen an Bord der *Queen Julia* frei zugänglich bleiben.

Nachdem sie den Kreuzer einer Inspektion unterzogen hatten, die den altanischen Generalinspekteur der Marine stolz gemacht hätte, bildeten die zwanzig Ryall-Krieger zwei Gruppen. Eine Gruppe hatte bestimmte Stationen, wo sie sich aufstellten und still wie Statuen verharrten, während sie die Aktivitäten im Umkreis beobachteten. Zu ihren Wachstationen gehörten die Zentrale, die Maschinenräume und aus einem unbekannten Grund die Kurierboote im Hangar. Jede Wache tat vierzehn Stunden Dienst und demonstrierte ein Durchhaltevermögen, das die Besatzungsmitglieder beeindruckte.

Die zweite Gruppe der Ryall-Wachen patrouillierte ständig durch das Schiff. Man konnte damit rechnen, dass ungefähr alle zwanzig Minuten ein Ryall den Kopf zur Tür hereinsteckte. Die Patrouillen gingen nicht schematisch vor, sondern schienen das Schiff wahllos zu durchstreifen. So konnte man nie wissen, wann und wo sie auftauchen würden. Die minimale Zeit zwischen Inspektionen lag unter neunzig Sekunden, während das Maximum 43 Minuten betrug.

Allmählich nahm das Leben an Bord der *Queen Julia* eine Art Routine an. Ryall-Inspektoren steckten ihre Schnauzen durch offene Kabinentüren, während die Mannschaft sich bemühte, nicht in die Wohnräume anderer zu blicken, wenn sie in den Korridoren ihren Pflichten nachgingen. Mensch und Ryall akzeptierten die Anwesenheit des jeweils anderen, wenn sie sich begegneten, aber es gab keine Wechselwirkung, kein aufeinander Einwirken. In den dienstfreien Stunden ihrer Freiwachen blieben beide Gruppen in ihren jeweiligen Teilen des Schiffes; der Teil der Ryall war der Frachtraum 2, den sie zum Wohnquartier umgewandelt hatten.

Nach einwöchigem Flug zum Zentralgestirn des Systems erschien auf den Bildschirmen der *Queen Julia* ein halb vom Sonnenlicht beschienener Globus. Wie alle erdähnlichen Welten war Darthan eine blaue Murmel von einem Planeten, wo Ozeane und Kontinente unter den Wirbeln von Wolkenformationen hervorlugten. Unter der menschlichen Besatzung gab es eine deutliche Zunahme von Erregung und Anspannung, als das Ziel in Sicht kam. Die größte Veränderung ging jedoch in Varlan vor. Sie nahm die Gewohnheit an, stundenlang in der ausgeräumten Feuerleitzentrale vor dem Bildschirm zu sitzen und mit zuckendem Schwanz die wechselnden Konfigurationen von weißen Wolken und blauen Ozeanen zu beobachten.

»Das also ist deine Heimatwelt«, sagte Bethany einen Tag nachdem Darthan auf dem Bildschirm erschienen war, als sie Varlan wie hypnotisiert sitzen sah. Keine Frage: Sie und Varlan hatten ausführlich über ihre Jugendzeit und das Heranwachsen auf Darthan gesprochen.

»Ja«, erwiderte Varlan. In einer Geste, die sie von den Menschen gelernt hatte, streckte sie einen Arm aus und zeigte mit dem Finger. »Dort auf dem größeren Kontinent, wo die weite Bucht in die Küste des Südens einschneidet. Siehst du sie?«

Bethany spähte mit zusammengekniffenen Augen auf das Bild und den Punkt, auf den Varlan zeigte, war aber nicht sicher, ob sie die erwähnten Kennzeichen ausmachen konnte.

»Das ist das Territorium der Sippe von den Duftenden Wassern, meine Heimat.«

Darthan war tatsächlich eine schöne Welt. Wie alle erdähnlichen Planeten hatte sie eine auffallende Ähnlichkeit sowohl mit Alta wie auch mit der Erde. Vielerorts waren die Ozeane mehr aquamarin als blau, was auf geringere Wassertiefen hindeutete als die der Meere auf Alta. Auch hatte diese Welt drei Monde. Der größte übertraf den Erdmond um einiges und drehte sich um seine Welt in einem kleineren Umkreis. Das deutete darauf hin, dass Darthans Gezeiten wesentlich stärker ausgeprägt waren als die der Erde. Die beiden kleineren Monde waren nicht viel mehr als große Asteroiden. Sie kreisten nur ein paar planetarische Durchmesser über Darthan und erinnerten Bethany an ein Gedicht, dass sie einmal gelesen hatte: »… die eiligen Monde des roten Mars, geflügelten Walküren gleich am düsteren Himmel, zu bergen die Gefallenen am Tag von Ragnarök …« Da sie Gelegenheit gehabt hatte, auf ihrer bisher einzigen Reise zur Erde Bilder vom Mars zu sehen und nicht sonderlich beeindruckt gewesen war, fragte sie sich, ob der Dichter nicht an eine andere Welt gedacht hatte.

»Darthan ist sehr schön«, stimmte Bethany zu. »Es wird noch schöner sein, denke ich, wenn wir morgen in eine Umlaufbahn kommen.«

»Ja«, bekräftigte Varlan. »Und am Tag danach, wenn wir zur Oberfläche hinuntergehen!«

Die Gesandtschaft sollte klein sein und nur aus Bethany, Richard und Phillip bestehen, dazu dem Piloten und Kopiloten des Raumtransporters, der sie beförderte. Tarsanau würde sie selbstverständlich begleiten, dazu ein paar seiner gegenwärtigen Inspektoren als ›Leibwache‹, und Varlan als Dolmetscherin.

Die Mitglieder der Gesandtschaft waren nicht nach Gesichtspunkten wie Intelligenz, Bildung oder Wissen ausgewählt worden, sondern nach ihrem wahrgenommenen Status in den Augen der Ryall. Richard Drake würde natürlich an der Spitze stehen. Bethany ging mit, weil sie Richards Frau und eine Kennerin der Kultur und Psychologie von Ryall war. Phillip ging mit, weil er Thronfolger von Sandar war.

Varlan musste als Dolmetscherin dabei sein, obwohl Bethany den Eindruck gewonnen hatte, dass Tarsanau sie lieber nicht dabei gehabt hätte. Nach seiner Reaktion auf die erste Begegnung mit Varlan vermutete Bethany, dass er eine »vermenschlichte« Ryall beunruhigend fand. Dennoch war Varlan ein entscheidendes Mitglied der Gesandtschaft, schließlich würde sie ihr Sprachrohr sein.

Verspätet war entschieden worden, dass auch Periskay an der Reise zur Oberfläche teilnehmen sollte, obwohl seine Beherrschung der Standardsprache für ernste Verhandlungen nicht ausreichte. Er sollte verfügbar sein, um Varlan während Perioden »gesellschaftlicher Interaktion« zu entlasten. Was Tarsanau meinte, wenn er von »gesellschaftlicher Interaktion« sprach, war nicht klar. Bethany hoffte nur, dass die Ryall das Äquivalent eines Sektfrühstücks mit ihren Freunden nicht darin sehen würden, dass sie gemeinsam um ein kaltes Sumpfloch lagerten.

Im Lauf der Zeit hatte Bethany Hunderte von Stunden damit verbracht, sich von Varlan über die Gesellschaftsstruktur der Ryall und ihre Wertvorstellungen unterrichten zu lassen. Sie glaubte viel gelernt zu haben, doch nun, als sie mit den Ryall in ihrem Heimatsystem in Verbindung trat, war sie sich ihres Wissens nicht mehr so sicher. So gab es auf allen Gebieten zahlreiche Feinheiten, die ein Fremder niemals verstehen konnte. Umgekehrt verhielt es sich genauso, wenn Bethany versuchte, Varlan menschliche Sitten, Traditionen und Denkweisen zu erklären. Sie wusste, dass die Gesellschaft der Ryall um die Sippe organisiert war – deren nächste menschliche Analogie die Clans der Hochlandschotten im Mittelalter darstellten –, und der Wohlfahrt der Gemeinschaft wie der gesamten Art diente. Das war ungefähr der Umfang dessen, was sie mit Sicherheit zu wissen glaubte. Wenn es darüber hinaus Loyalitäten gab, konnte Bethany sie nicht erkennen. Was Menschen die Ryall-Hegemonie nannten, war tatsächlich eine Serie miteinander verflochtener Allianzen zwischen erweiterten Familien, die von dem Begriff der Sippenehre zusammengehalten wurden.

Sippenehre diktierte das Erscheinungsbild der Gesandtschaft. Tarsanau betonte, dass Jene Die Herrschen nicht mit »geringeren Wesen« verhandeln würden, und Varlan erläuterte dazu, dass der Berater durchaus nicht snobistisch sei. Vielmehr sei der wahrgenommene Status der menschlichen Gesandtschaft ein integraler Bestandteil der Sippenehre und des Eides, unter denen ihnen sicheres Geleit gewährt worden sei. Eine Gesandtschaft von geringerem wahrgenommenem Status zu entsenden, um für die Menschheit zu verhandeln, wäre als eine Beleidigung angesehen worden und hätte ihren einzigen Schutz in diesem feindlichen Sternsystem entwerten können.

Es war nicht schwierig zu verstehen, dass die Ryall die Zahl der Menschen, die ihre Welt besuchten, niedrig halten wollten. Je weniger »Gesandte«, desto weniger Augenpaare, die Dinge von militärischer Bedeutung sehen könnten.

Richard Drake hatte seine eigenen Gründe, die Gesandtschaft klein zu halten. Hier ging es nicht um ein Handelsabkommen, wo nach langen und zähen Verhandlungen Kompromisse geschlossen wurden. Ihre Mission war einfach: Es galt, den Herrschern der Ryall gegenüberzutreten und das Ultimatum mitzuteilen: Kapitulation oder Tod.

Als sie erkennen musste, dass ihre Freundin nicht gerade die Mitteilsamste war, verließ Bethany die Feuerleitzentrale. Für die Gesprächsaufzeichnung musste sie auch Aufnahmegerät und Speicherkarten bereitlegen.

82

Der Raumtransporter durchschnitt mit gellendem Pfeifen die obere Atmosphäre von Darthan. Die Eintrittsgeschwindigkeit erzeugte eine feurige Hülle glühender Luftmoleküle, die seit einem halben Jahrtausend alle Wiedereintrittsmanöver begleitet hatte. An Bord saß Drake angeschnallt in der vorderen Reihe auf der Steuerbordseite, während auf der anderen Seite des schmalen Mittelganges seine Frau den Backbordsitz eingenommen hatte. Phillip saß hinter ihm. Varlan und Tarsanau zusammen mit sechs Ryall-Kriegern hielten den rückwärtigen Teil des Passagierraumes besetzt, wo die Sitze herausgenommen und durch Polster mit breiten Haltegurten, wie sie zur Sicherung von Frachtstücken verwendet wurden, ersetzt worden war.

Drake musste Tarsanau bewundern. Der Unterhändler ließ sich im Raumtransporter anschnallen, ohne mit einem Ohr zu zucken, was bei Ryall ein Zeichen von Nervosität war. Drake war nicht sicher, ob er diese stoische Gelassenheit hätte aufbringen können, wenn sie für die Reise zur Oberfläche ein Fahrzeug der Ryall benutzt hätten. Zum Glück erlaubten die Ryall ihnen, einen Raumtransporter der *Queen Julia* zu verwenden; wenn eine menschliche Delegation mit Denen Die Herrschen zusammentreffen sollte, wo sollten sie sonst für die Dauer der Konferenzen leben? Angesichts ihrer fremdenfeindlichen Instinkte war es sicher, dass die Ryall nichts besaßen, was einem Hotel Universal gleichkam.

»Wir haben keine Einrichtungen für euresgleichen«, hatte Tarsanau ihm erklärt, als sie die Einzelheiten des bevorstehenden Besuches auf der Heimatwelt der Ryall diskutiert hatten. »Was wir an Gefangenen gemacht haben, ist … anderswo untergebracht.«

Die Art und Weise, wie er es gesagt hatte, machte Drake frösteln. Seit mehr als einem Jahrhundert hatten die Ryall ganze Besatzungen oder einzelne Überlebende zerschossener Kriegsschiffe gefangen genommen, aber es gab kaum Kenntnisse über die Art ihrer Behandlung. Die meisten Fachleute meinten, dass diese Gefangenen für Forschungszwecke verwendet wurden, um zu entdecken, wie menschliche Wesen gebaut waren und funktionierten. Die menschliche Einstellung zu gefangenen Ryall war während der längsten Zeit des Krieges ähnlich gewesen, zumindest bis Bethany beschloss, Varlan eingehender zu studieren.

»Wir haben Proviant und andere Ausrüstung für vorübergehende Unterbringung. Wir werden einen unserer eigenen Raumtransporter damit versehen und ihn als Wohnquartier verwenden, solange wir an der Oberfläche sind.«

»Ich werde mit Denen Die Herrschen beraten.«

Zu Drakes Überraschung stimmte Tarsanau zu, einen Raumtransporter auf Darthan landen zu lassen. Kurz nachdem die *Queen Julia* eine hohe Umlaufbahn um die Heimatwelt der Ryall eingenommen hatte, trafen Instruktionen mit den genauen Zeiten und Vektoren für das Landungsmanöver ein. Der Raumtransporter sollte es ohne Eskorte ausführen, was zu einigen Spekulationen führte, bis Drake darauf hinwies, dass alle Abwehrsysteme im Raum und in der Oberfläche auf sie zielen würden. Die Ryall brauchten keine Eskorte. Ein einziges Kommando genügte, und sie würden augenblicklich verdampft.

Der lange Flug von der Umlaufbahn hinab verlief ohne besondere Ereignisse, und Drake sorgte dafür, dass der Pilot des Raumtransporters sein Radar nicht benutzte. Auch so beobachteten sie eine Anzahl von Schiffen und orbitalen Installationen, als sie ihre Annäherungsspirale flogen. Um für das unbewaffnete Auge sichtbar zu sein, musste ein Objekt in einer Umlaufbahn entweder sehr nahe oder sehr groß sein. Da die überaus argwöhnischen Ryall sie von ihren orbitalen Einrichtungen so fern wie möglich hielten, wurde Drake rasch klar, dass es Hunderte von gigantischen Strukturen in verschieden hohen Umlaufbahnen gab.

Was verständlich war, dachte Drake, schließlich war Darthan das Zentrum einer interstellaren Zivilisation, die noch mehr als die Menschen auf den Handel zwischen ihren verschiedenen Systemen angewiesen war. Raumschiffe benötigten Infrastrukturen, um operationsfähig zu bleiben, und viele Aktivitäten, die zur Instandhaltung, Wartung und Versorgung dieser Schiffe dienten, fanden am besten im Raum statt.

Auch waren Infrastrukturen nicht das Einzige. Die äußeren Umlaufbahnen waren wahrscheinlich überfüllt von Raumschiffen, die durch die Blockade im System festgehalten wurden. Es mussten nicht nur Handelsschiffe sein – Massenguttransporter, Frachter, Erzschiffe –, sondern auch Kriegsschiffe. Wahrscheinlich wurde irgendwo in der Nähe eine Flotte versammelt, um einen neuerlichen Durchbruchsversuch durch den Faltpunkt zu unternehmen. Kein Wunder, dass die Anweisungen zum Landemanöver so peinlich genau gewesen waren. Wenn sie ein wenig vom vorgeschriebenen Kurs abwichen, konnten sie leicht auf etwas stoßen.

»Sehen Sie, was ich sehe?«, fragte er Phillip über die Schulter.

»Sieht wie eine orbitale Schiffswerft aus«, sagte der Prinz, als eine kleine, sphärische Struktur als Silhouette vor dem Planeten in Sicht kam.

»Wie groß?«, fragte Drake.

»Schwer zu sagen. Wahrscheinlich ein Kilometer im Durchmesser, vielleicht größer.«

»Auch auf meiner Seite ist etwas Großes«, meldete Bethany. »Es sieht aus wie der Rahmen eines großen Drachens ohne die Bespannung.«

»Wahrscheinlich eine Sendeanlage oder ein Kraftwerk«, erwiderte Richard, bevor er auf seiner Seite weiter spähte.

Dann kam eine kurze Zeitspanne, in der nur der Planet das Blickfeld ausfüllte, gefolgt von der Rückkehr des Gewichts, als der Raumtransporter zu verlangsamen begann.

Die Spirale führte sie halbwegs um die Welt und zusehends tiefer über flache Schelfmeere, tiefe Ozeane und grüne Landmassen hinweg, die in Drake Heimwehgefühle weckten. Da und dort durchpflügten große Schiffe die See, und gegen Ende ihrer Annäherung überflog der Raumtransporter eine weite Bucht. Drake sah starke Aktivität an der Wasseroberfläche wie auch darunter. Die Ryall waren Amphibien, und die Stadt, die der Transporter überflog, war weniger hoch und mit dem Wasser besser integriert als jede menschliche Stadt es hätte sein können. In den wenigen Sekunden, die ihm zur Beobachtung blieben, sah er die blauen verzweigten Kanäle zwischen großen, teils bepflanzten, teils überkuppelten Strukturen, mit breiten Kanälen anstelle von Straßen, und lebhaftem Verkehr auf und unter der Wasseroberfläche.

Gleich darauf blieb die Wasserstadt unter ihnen zurück, und sie überflogen in niedriger Höhe Sumpfland. Der Raumtransporter verlangsamte weiter, sank tiefer, und die Triebwerke unter den Tragflächen wurden in die Vertikale geschwenkt. Anstelle von Staubwolken wirbelten sie Spritzwasser auf. Die Vorwärtsbewegung hörte auf, der Transporter schwebte in der Luft und ging langsam auf einen Landeplatz aus gewöhnlichem Beton nieder, der auf einer niedrigen Anhöhe lag. Die Triebwerke liefen aus, und eine Weile herrschte Stille. Der Zug der Schwerkraft, das graugrüne Sumpfland jenseits der Fenster und die herbeieilenden Ryall verrieten, dass sie angekommen waren.

Ein tiefes, kehliges Heulen hinter Drake unterbrach die Stille an Bord. Er, Bethany und Phillip wandten sich auf ihren Sitzen um. Was sie sahen, war Varlan, die sich erhoben hatte, behängt mit den geöffneten Haltegurten, Hals und Schwanz ausgestreckt, die Schnauze zum Himmel erhoben. Das Heulen wurde lauter, während sie den Kopf langsam hin und her schwenkte.

Drake sah verdutzt zu Bethany.

»Ein Freudengeheul«, sagte seine Frau auf die unausgesprochene Frage, ein breites Lächeln im Gesicht. »Sie ist glücklich, daheim zu sein.«

83

Die Luft Darthans war feuchtwarm und gesättigt mit fremdartigen Gerüchen, als Richard Drake die Klappleiter hinabstieg und den Beton des Landeplatzes betrat. Der Raumtransporter war auf einer kleinen Insel inmitten eines Sumpfgürtels gelandet, der die Übergangszone von einer blauen Lagune zum Festland bildete. Der Himmel über ihnen war von einem noch blasseren Blau als die Atmosphäre auf der Erde. Eine leicht gelbliche Sonne hing in halber Höhe am Himmel und badete alles in wohltuender Wärme. Am anderen Ufer der Lagune breitete sich die weitläufige Stadt aus.

»Es ist schön!«, sagte Bethany hinter ihm, als sie die Leiter herabgestiegen war.

»Ja, nicht wahr?«, antwortete er. Er fühlte sich beinahe wie einer der alten Entdecker. Wenn er Varlan und Tarsanau, ihre sechs Wachen und fünfzig oder sechzig andere Ryall übersah, konnte er sich leicht in die Rolle Patrick O'Malleys hineinversetzen, als dieser das erste Mal den Boden Altas betreten hatte. Die Kaste der zahlreichen Ryall, die sie umringten, war offensichtlich. Sie waren nicht nur bewaffnet, sondern bildeten einen lückenlosen Kreis um den gelandeten Raumtransporter.

»Wachtposten?«, fragte Bethany.

Richard nickte. »Ein lebendes ›Durchgang verboten‹-Schild, würde ich sagen. Sie sind hier, um dafür zu sorgen, dass wir nicht auf eigene Faust die Gegend erkunden, vielleicht aber auch, um Neugierige auf Distanz zu halten.«

»Glaubst du, der durchschnittliche Ryall ist so neugierig auf uns, wie wir es im umgekehrten Fall sein würden?«

»Warum sollten sie es nicht sein? Neugier ist einer der notwendigen Aspekte von Intelligenz, so habe ich es jedenfalls gelernt.«

»Ich dachte an ihre angeborene Fremdenfeindlichkeit.«

»Diese Ryall scheinen uns nicht sonderlich zu fürchten«, meinte er und zeigte auf den Kreis der Bewacher. »Wenigstens blecken sie nicht die Zähne.«

»Ein gutes Argument«, erwiderte sie. »Aber ich sehe keine Neugierigen. Vielleicht wirken wir so abstoßend auf sie, dass sie schon von selbst wegbleiben.«

Die Ankunft von Tarsanau und Varlan unterbrach ihr Zwiegespräch. Der Unterhändler sagte etwas in der pfeifenden Ryallsprache und Varlan dolmetschte.

»Ich denke, dieses trockene Land ist geeignet, dass du dein Lager aufschlägst, Admiral von den Drakes.«

»Sehr geeignet, Tarsanau. Ihr habt hier eine sehr schöne Stadt. Werden wir Gelegenheit haben, mehr davon zu sehen?«

»Ist das von Interesse für euch?«

»Sehr.«

»Warum?«

»Geradeso wie wir Varlan zeigten, wie wir leben, würde es uns helfen, eure Art besser zu verstehen, wenn wir sehen, wie ihr lebt.«

»Warum wollt ihr uns verstehen? Seid ihr nicht hier, um unsere Kapitulation zu verlangen? Wenn ihr euch in einer Position glaubt, das zu verlangen, was ist sonst noch wichtig?«

»In unserem Volk glauben wir, dass besseres Verständnis zwischen Kulturen dem Frieden förderlich ist.«

»Eine weitere seltsame fremde Idee«, sagte Tarsanau. »Jene Die Herrschen sind noch nicht bereit, euch zu empfangen. Es wird wahrscheinlich mehrere Tage dauern. In der Zwischenzeit kann ich veranlassen, dass euch etwas von unserer Stadt gezeigt wird … so dass ihr uns besser verstehen könnt.«

»Das würde uns gefallen.«

»Ihr Menschen scheint nicht sehr effiziente Schwimmer zu sein. Täusche ich mich in dieser Beobachtung?«

»Verglichen mit euch Ryall können wir überhaupt kaum schwimmen«, antwortete Drake. »Wir sind Landtiere, keine Amphibien. Unsere Fähigkeiten sind Laufen, Springen und Klettern.«

»Dann werde ich Vorbereitungen treffen. Ich werde ein Wasserfahrzeug beschaffen. Am Morgen werden wir uns einschiffen. Nun muss ich eure Ankunft Denen Die Herrschen melden. Ihr mögt die Arbeit an eurem Lager beginnen, wenn ihr wollt. Ihr sollt nicht belästigt werden, solange ihr innerhalb des Ringes der Krieger bleibt.«

Damit eilte Tarsanau fort. Als er den Rand der Insel erreichte, zögerte er keinen Augenblick, bevor er sich ins morastige Sumpfwasser stürzte und in die kristallblaue Lagune hinausschwamm. Sein schnelles Tempo war nur am leichten Kräuseln an der glatten Wasseroberfläche zu verfolgen.

Die kleine Gruppe der Menschen sah ihm nach, bis Drake sich umwandte und sagte: »Gut, Leute, dann wollen wir unser Lager aufschlagen!«

Fünf Stunden später stand die gelbe Sonne tief am Himmel und warf lange blaugraue Schatten über ihr neues Inselquartier. Neben dem Raumtransporter standen zwei orangerote Kuppelzelte. Als Notunterkünfte für alle Arten von Umweltbedingungen konstruiert, waren sie luftdicht, hatten aufblasbare Seitenwände und integrale Luftschleusen. Jedes Zelt hatte eine eigene Anlage zur Luftzirkulation und -reinigung, die gleichzeitig die Luftfeuchtigkeit regulierte und überschüssige Feuchtigkeit kondensierte und sammelte. Dazu gab es Packkisten mit Notrationen. Die zwei Kuppelzelte konnten ihre fünf Insassen dreißig Tage am Leben erhalten, ohne dass die Notwendigkeit bestand, ihre Nahrung aus der lokalen Biosphäre zu ergänzen. Zusätzlich zu ihren Luftschleuseneingängen, die aufrechtes Eintreten ermöglichten, waren die beiden Kuppelzelte durch einen röhrenförmigen Kriechtunnel miteinander verbunden und wurden durch ein Elektrokabel vom Generator des Raumtransporters mit Strom versorgt.

Zusätzlich zu den Lebensmittelvorräten, den Anlagen zur Luftreinigung und Abfallverwertung hatten die Notunterkünfte kompakte Analysegeräte, die Ablesungen über die Zusammensetzung der Außenluft lieferten. Darthans Atmosphäre war um reichlich fünf Prozent sauerstoffreicher und hatte einen zehn Prozent höheren Druck als die Atmosphären von Alta oder Erde. Dieser zusätzliche Sauerstoff erklärte das euphorische Gefühl, das sie den ganzen Nachmittag verspürt hatten, als sie ihre Unterkünfte aufgerichtet hatten. Nachteilig wirkte sich der Umstand aus, dass die Luft mit Feuchtigkeit gesättigt war und es schwierig machte, in der windstillen Luft die Körperwärme loszuwerden. Erst gegen Abend kam eine schwache Seebrise auf.

»Wenn diese sumpfige Verlandungszone nicht wäre, würde der Blick auf die Lagune mich an die Insel Pira erinnern«, bemerkte Bethany, als sie mit Richard schwitzend die Packkisten mit den Rationen zu ihrem neuen Heim schleppten.

»Ja, nicht wahr? Man darf nur die Inseln selbst nicht zu kritisch vergleichen«, erwiderte er lächelnd.

»Nun, mich erinnert es hier an nichts«, sagte Phillip und wischte sich Schweiß aus den Augen. »Ich komme von einer kalten Welt.«

Bethany lachte und imitierte ein Frösteln. »Ich erinnere mich.«

Ein Vorteil der hohen Luftfeuchtigkeit war, dass das gesammelte Kondenswasser schon vor der Fertigstellung ihres Lagers die beiden Tanks der Notversorgung gefüllt hatte. Drake schätzte den schalen Geschmack des destillierten Wassers nicht sonderlich, wollte aber den Vorrat an Bord des Raumtransporters nicht angreifen. Das Wasser der Lagune war leicht salzig, und ohnedies dachte niemand daran, die lokalen Mikroorganismen mit dem gefilterten Sumpfwasser zu sich zu nehmen. Soweit er es beurteilen konnte, war Darthan der Erde und Alta nahe genug, dass es in ihren Biosphären ein gewisses Maß an gegenseitiger Empfänglichkeit geben konnte.

Als er auf dieser fremden Welt stand und zum Himmel aufblickte, wo jeder Stern wie derjenige aussah, unter dem er das Licht der Welt erblickt hatte, verspürte Drake ein Gefühl von Zugehörigkeit, das ebenso unangebracht wie real war. Ein Ryall am nächtlichen Strand der Insel Pira hätte wahrscheinlich das Gleiche empfunden.

Es war längst dunkel, als Tarsanau zurückkehrte. Die Menschen saßen um ein Feuer vor ihren Zelten und beendeten eben ihr Abendessen aus Konserven mit dem Etikett »Notration Alpha-Vier«, als der Berater und Unterhändler wie ein Seehund aus dem sumpfigen Brackwasser auftauchte und dann auf das Feuer zu kam. Der größere Mond stand beinahe voll am Himmel und goss ein kaltes Licht über die kleine Insel, die Lagune und die Stadt. Das Licht war hell genug, um Drake an Antares in jenen ersten Tagen zu erinnern, als die Wellenfront der Supernova durch das System Valeria fegte. Mit dem Mondlicht rivalisierte ein weiches, bläuliches Licht, das seinen Ursprung irgendwo weiter draußen unter Wasser hatte und die Lagune und die Kanäle der Stadt von innen her beleuchtete. Gleichzeitig strahlte verschiedenfarbiges Licht von Kugeln aus, die hoch auf den Gebäuden angebracht waren.

Als Tarsanau in den Lichtkreis des Feuers kam, standen alle fünf Menschen von ihren Campinghockern auf und wandten sich ihm zu.

»Diejenigen Welche Herrschen werden euch in drei Tagen empfangen«, sagte er ohne Vorrede.

»Gibt es ein Problem?«, fragte Bethany.

Tarsanau wartete auf die Übersetzung und antwortete: »Wir haben eine Delegation von zweibeinigen Ungeheuern, die in unserer Stadt lagert. Sie verlangen eine Audienz bei Denen Die Herrschen, damit sie drohen können, jedes lebende Mitglied Der Rasse zu zerstören. Unter diesen Umständen gibt es viele Probleme.«

Richard überlegte, ob er die Fragen seiner Frau unterbrechen sollte, entschied sich dann dagegen. Offenbar war Tarsanaus Zusammentreffen mit den Herrschern der Ryall nicht reibungslos verlaufen. Es schien angezeigt, alles in Erfahrung zu bringen, was sie konnten.

»Gibt es etwas, was wir tun können, um mit den Problemen zu helfen?«

»Es gibt Sippenführer, die euch vor dem Zusammentreffen zu sehen wünschen. Wird das annehmbar sein?«

»Gewiss«, erwiderte Bethany. »Was kannst du uns über diese Sippenführer sagen?«

»Morgen«, antwortete der alte Ryall. »Wir werden diese Fragen während eurer Rundfahrt besprechen. Das Wasserfahrzeug wird –« es folgte ein kurzer Wortwechsel zwischen Tarsanau und Varlan »– zwei Stunden nach Sonnenaufgang hier sein. Ist das annehmbar?«

»Mehr als annehmbar.«

»Sehr gut. Ich werde euch verlassen und für die Nacht meine Unterkunft aufsuchen. Wenn ihr etwas wünscht, signalisiert den Wachen. Sie werden sehen, dass eure Bedürfnisse befriedigt werden, solange sie innerhalb vernünftiger Grenzen sind. Lebt wohl bis zum Morgen.«

Damit wandte er sich um, kehrte zum Ufer zurück und verschwand im schwimmenden Pflanzendickicht des Sumpfes, um in die blau leuchtende Lagune zurückzuschwimmen.

Drake sah ihm nach, dann ließ er seinen Blick über die Gesichter der anderen gehen. »Nun, ›früh zu Bett und auf zu früher Stund, macht den Menschen glücklich, reich, gesund‹, Leute. Löschen wir das Feuer und legen wir uns schlafen. Versuchen wir es wenigstens. Morgen wird ein geschäftiger Tag sein.«

»Richard, bist du wach?«

Drake erwachte von dem sanften Rippenstoß und der gewisperten Frage an seinem Ohr. Er brauchte einen Moment, um sich zu erinnern, wo er war und die vertraute, weiche Berührung des warmen weiblichen Körpers neben ihm zu registrieren.

»Was ist los? Kannst du nicht schlafen?«, fragte er seine Frau im Flüsterton. Die beiden teilten einen Schlafsack in einem der Zelte. Ihre einzige Gefährtin war Varlan, die ausgestreckt auf einem anderen Schlafsack auf der gegenüberliegenden Seite des Zeltes lag. Phillip und die beiden Piloten des Raumtransporters schliefen im zweiten Kuppelzelt.

»Nicht sehr gut«, flüsterte Bethany.

»Wo fehlt es?«

»Ich weiß nicht. Die Aufregung, vielleicht. Oder die seltsamen Nachtgeräusche.«

»Oder die Angst?«, fragte er.

»Oder die Angst«, wisperte sie. Ihr heißer Atem hauchte über sein Ohr. »Meinst du, sie könnten uns heute Nachmittag verwanzt haben?«

»Abhörgeräte? Sicher. Es würde einem von ihnen ein Leichtes sein, alle Arten von Geräten unter den Zeltboden zu schieben, während wir um das Feuer saßen. Außerdem gibt es natürlich nur ein paar Hundert Technologien, um unsere Gespräche aus der Entfernung aufzufangen und aufzuzeichnen.«

»Wie sollten sie verstehen, was sie hören?«, fragte sie.

»Nach einem Jahrhundert Krieg müssen einige von ihnen Standard verstehen. Mach dir deswegen keine Sorgen. Was beunruhigt dich?«

»Diese Stadt beunruhigt mich. Sie ist so schön mit ihren Kanälen und der Lagune. Wenn ich die Augen schließe, sehe ich sie von unseren Bomben zerstört. Könnten wir wirklich diese Welt mit Milliarden von denkenden, empfindenden Wesen vernichten, falls es dazu kommen sollte?«

Er blieb so lange still, dass sie sich fragte, ob er sie gehört habe. Als er antwortete, war Schmerz in seiner halblauten Stimme. »Ich sehe keine Alternative, wenn sie sich weigern zu kapitulieren. Unsere Städte sind auch schön, und die Ryall würden sie zerstören, wenn sie könnten.«

»Es wäre Verschwendung, ein solcher Verlust«, wisperte sie. Er hörte die Tränen in ihren Worten und beugte sich zu ihr, um beide Augen zu küssen. Und wirklich begegneten seine Lippen der Nässe von Tränen.

»Deshalb dürfen wir in unserer Mission nicht versagen. Wenn sie zugeben, dass sie diesen Krieg verloren haben, werden wir wenigstens eine Generation haben, um sie den Irrtum ihrer Instinkte zu lehren. Zumindest können wir sie lehren, dass der Angriff auf die Menschheit der schnellste Weg zu Darwins Schrottplatz ist. Aber nun schlaf. Der Morgen kann nicht mehr weit sein.«

Sie schmiegte sich an ihn, legte ihre Arme und Beine um seine. »Ich werd's versuchen, Richard.«

Er hielt sie umfangen, bis ihr Atem gleichmäßig und langsam ging. Dann, als er die Augen schloss, begann er die Nachtgeräusche zu bemerken, die verschieden von denen zu Hause waren. Zehn Minuten später sah er ein, dass er hellwach war und wahrscheinlich bleiben würde.

84

Nach dem Frühstück traf eine kleine Flotte von Wasserfahrzeugen ein, wie Tarsanau versprochen hatte. Sie kam aus einem der Kanäle und fuhr über die Lagune zur Insel. Ihr Erscheinen brachte die Wachen in eine plötzliche allgemeine Bewegung. Ihr Kreis öffnete sich und bildete ein Hufeisen, das den Menschen Zugang zum Wasser erlaubte.

Richard Drake studierte die Boote, als sie sich dem Ufer näherten und den Sumpfgürtel durchschnitten, und war überrascht, wie konventionell sie aussahen. Alle hatten einen spitzen Bug und ein gerade abgeschnittenes Heck. Der Rudergänger saß im Heck und hielt mit dem rechten Arm eine Ruderstange. Form folgt der Funktion, auch in der Ryall-Hegemonie, dachte er, als die kleine Flottille auf festen Grund stieß. Es gab ein großes und fünf kleinere Boote. Das Erstere war mit einem flachen Deck ausgestattet, das wie eine nachträgliche Ergänzung aussah und dem Boot Ähnlichkeit mit einem der alten Flugzeugträger der Erde verlieh. Geländer umgaben das Deck, und drei unbequem aussehende röhrenförmige, der menschlichen Gestalt angepasste Stühle beherrschten das Deck.

Tarsanau lag nahe dem Bug auf dem flachen Deck, hatte den Körper mit dem vorderen Beinpaar aufgestützt und umfasste mit beiden Händen das Geländer. Neben ihm war ein zweiter Ryall, den Richard wiedererkannte. Die fünf Menschen und Varlan kamen zum Ufer, als die beiden Ryall über das Geländer kletterten. Wie Richard schon am vergangenen Tag bemerkt hatte, waren sie bessere Schwimmer als Kletterer.

»Periskay!«, rief Bethany, als die beiden Ryall unbeholfen von Bord kletterten und festen Boden betraten.

»Bethany von den Drakes!«

»Ich war nicht sicher, ob wir uns wiedersehen würden.«

»Ich bin von Denen Die Herrschen auf Trab gehalten worden«, sagte der Ingenieur-Philosoph.

»Womit?«

»Wahrscheinlich hat er ihnen alles über uns erzählen müssen«, sagte Richard. »Richtig, Periskay?«

»Sie sind natürlich neugierig und möchten mehr über die Wesen wissen, die es gewagt haben, in unseren Bereich einzudringen und uns Bedingungen zu diktieren.«

»Was haben Sie ihnen über uns erzählt?«, fragte Bethany.

»Ich erzählte von meiner Gefangennahme und Haft, und wie Sie mich auf Corlis fanden und nach Spica brachten. Ich erzählte ihnen auch, wie ich die Menschensprache von Varlan lernte, und von Ihrer Idee, dass unsere zwei Arten in Frieden zusammenleben können.«

»Haben welche von ihnen anerkannt …?« Bethany ließ die Frage unvollendet, als sie den warnenden Blick ihres Mannes auffing. In heiklen Fragen sollte man nicht neugierig sein. Sie fuhr fort mit: »Aber lassen wir das. Die alte Affenneugier schlägt wieder durch. Ich vergaß, wo ich bin.«

Das erforderte, dass Tarsanau von Varlan aufgeklärt werden musste, was es mit Affen auf sich hatte; was mehrere Minuten dauerte. Als sie geendet hatte, wandte sich Varlan an Richard Drake und sagte: »Ich werde Sie heute nicht bei Ihrer Fahrt durch die Stadt begleiten. Ich habe einen Ruf bekommen, den Ältesten meiner eigenen Sippe aufzusuchen. Er wünscht mich daheim willkommen zu heißen und über das bevorstehende Zusammentreffen mit Denen Die Herrschen zu sprechen.«

»Dann wird Periskay unser Fremdenführer sein?«

»Ich werde Ihr Dolmetscher sein«, erwiderte der Ingenieur-Philosoph. »Tarsanau wird führen. Dies ist nicht meine Stadt. Ich bin ebenso wie Sie ein … Tourist hier.«

»Nun, dann wollen wir aufbrechen«, sagte Drake. »Jeder versorgt sich mit einem Getränk und ein paar Energieriegeln, sonst wird es ein trockener und hungriger Tag.«

Er nickte der Kopilotin des Raumtransporters zu und sagte: »Tut mir Leid, dass Sie den Dienst haben, Nina. Wenn Ryall Zugang zum Raumtransporter wünschen, stehen Sie ihnen nicht im Weg. Denken wir daran, dass hier auf jeden von uns ungefähr eine Milliarde Ryall kommen.«

»Ja, Sir«, sagte die stattliche Sandarerin. »Ich werde versuchen, dafür zu sorgen, dass sie sich nicht selbst verletzen. Ansonsten werde ich die perfekte Gastgeberin sein.«

»Tun Sie das. Behalten Sie sie im Auge und lassen Sie uns später wissen, was sie interessiert hat. Wenn sie noch keine Abhörwanzen gepflanzt haben, ist heute die beste Gelegenheit dazu.«

»Ich werde die Augen offen halten, Sir.«

»Ich weiß es. Wir sollten vor Dunkelwerden zurück sein.«

»Ich werde besser auch dableiben«, sagte Vincent Bartle, der Pilot. »Zu zweit können wir die Zelte und den Raumtransporter besser überwachen.«

»Und wenn Sie sich verspäten?«, fragte Nina Hensley. Ein leichtes Zittern in ihrer Stimme verriet die Sorge, dass sie und Lieutenant Bartle sich womöglich allein auf einer feindseligen fremden Welt wiederfinden könnten.

»Dann werden wir uns verspäten. Sie können nicht viel daran ändern, also sorgen Sie sich nicht.«

»Ja, Sir.«

Darauf wandte er sich an Tarsanau und sagte: »Wir sind bereit.«

Sie bestiegen das große Boot mit dem flachen Deck und nahmen ihre Plätze ein. Der Mann am Ruder stakte das Boot mit einer langen

Stange durch den Sumpfgürtel am Ufer und das zähe Geflecht des schwimmenden Pflanzenteppichs, dann steuerte er es hinaus in die Lagune. Drake saß auf dem vordersten Sitz, Bethany zu seiner Rechten und ein wenig zurück, und Phillip in der gleichen Position zu seiner Linken. Tarsanau und Periskay hatten sich auf dem Deck vor den Menschen niedergelassen und blickten nach achtern, so dass sie die Menschen sehen konnten. Das Wasser der Lagune lag spiegelglatt vor ihnen, doch Drake fragte sich, ob Ryall unter Seekrankheit zu leiden hatten. Er wusste, dass er dafür anfällig war, wenn er mit dem Rücken zur Fahrtrichtung in einem Boot sitzen musste.

In der Mitte der Lagune formierte sich die kleine Flottille. Ihr großes Boot wurde umringt von den fünf kleineren, die jeweils mit drei Kriegern ihrer Wache und einem Rudergänger besetzt waren. Drei der Boote fuhren voraus, zwei bildeten den Schluss. Sobald die Formation hergestellt war, gab Tarsanau dem Rudergänger ein Zeichen, und eine tiefe Vibration ging durch den Rumpf, als das Boot beschleunigte. Die Energiequelle, von welcher Art sie auch sein mochte, war vollkommen lautlos und ließ nur die Geräusche gurgelnden und rauschenden Wassers an den Bordwänden hören. Als sie auf einen breiten Kanal am anderen Ufer der Lagune zuhielten, hob sich das Boot aus dem Wasser und begann darüber hinzugleiten. Weiße Gischt sprühte nach beiden Seiten, und hinter dem Boot blieb ein v-förmiges Kielwasser im klaren Blau der Lagune zurück. Unter der Oberfläche waren die verzerrten Umrisse einzelner schwimmender Ryall zu erkennen, die der Flottille folgten. Die Wachboote behielten ihre Formation bei und beschleunigten gleichfalls, bis sie über die Wasseroberfläche dahinglitten. Der warme Fahrtwind pfiff an ihren Ohren vorbei, und mit zunehmender Geschwindigkeit ging das Rauschen und Gurgeln des Wassers in ein leises, gleichförmiges Zischen über.

Zwanzig Minuten später glitten sie mit hoher Geschwindigkeit durch einen breiten Kanal, an dessen Ufern sich runde Gebäude drängten. Einzelne Ryall hielten in ihren Beschäftigungen inne, um die zweibeinigen Wesen vorbeifahren zu sehen, bevor sie ihre Tätigkeiten wieder aufnahmen. Plötzlich endete der Kanal, und die kleine Flottille fuhr auf einen See hinaus. Dieses Gewässer war breiter und viel länger als die Lagune und eingefasst von niedrigen Hügeln, deren

Hänge bis zum Ufer mit baumähnlicher Vegetation bewachsen waren. Am anderen Ende des Sees befand sich eine Struktur, die aus der Ferne als schwarze Linie erkennbar war, aus der in gleichmäßigen Abständen Säulen himmelwärts ragten. Die Flottille erhöhte ihre Geschwindigkeit auf etwa 40 km/h und hielt auf die Struktur zu. Nach fünfminütiger Fahrt identifizierte Richard das Bauwerk als einen Damm.

»Wohin fahren wir?«, rief Bethany.

»Zum Wasserregulierungsbauwerk«, antwortete Periskay und zeigte mit der Schnauze in die Richtung des Dammes. Seine Ohren waren unter dem Druck des pfeifenden Fahrtwindes angelegt und seine Worte kaum verständlich.

Sie brauchten zehn weitere Minuten, um den Damm zu erreichen. Drake hatte erwartet, einen Fluss zu sehen, dessen Stau ein breites Flusstal füllte und den See bildete. Stattdessen erstreckte sich jenseits des Dammes eine weite Wasserfläche bis zum Horizont.

Der Bootsführer drehte parallel zum Damm und verringerte die Antriebsenergie, so dass das Boot verlangsamte und wieder ins Wasser sank. Auf der anderen Seite des Dammes war das Wasser aquamarinblau anstelle des klaren Türkis auf dieser Seite, und der Spiegel lag gute zwei Meter tiefer.

Tarsanau erläuterte etwas, und Periskay dolmetschte: »Jenseits des Dammes sehen Sie das Östliche Meer. Um diese Zeit ist der Wasserstand niedrig wegen … ich weiß nicht das Standardwort für das Phänomen. Es hat mit der Anziehungskraft des größeren Mondes zu tun.«

»Es sind die Gezeiten«, sagte Bethany. »Das Ansteigen und Absinken des Wassers durch die Anziehungskraft des Satelliten. Was Tarsanau sagt, ist, dass Ebbe herrscht.«

»Ja, der Mond ist in einer Position, wo die innere See niedriger steht als die Stadtkanäle. Diese Schleusentore hindern das Wasser daran, allzu rasch auszulaufen. Später wird die innere See höheren Wasserstand haben als die Stadt. Um diese Zeit werden die Schleusentore aufgezogen, um sicherzugehen, dass das Wasser nicht zu schnell eindringt und eine Flut verursacht. Ließe man das Wasser auf natürliche Weise ansteigen und absinken, würde jetzt kein Wasser in den Kanälen sein, und später würde Ihr Schiff und die Zelte im Wasser stehen. Desgleichen zahlreiche Gebäude der Stadt.«

»Ist das der Grund, warum die Gebäude rund sind und in der unteren Ebene nur Eingänge, aber keine Fenster haben?«, fragte Bethany. »Damit im Falle einer Überflutung die Eingänge wasserdicht verschlossen und die Räume im Inneren trocken gehalten werden können?«

»Wenn ich Ihre Bedeutung verstehe, ja, das ist der Grund für die runden Formen der Gebäude. Aber nicht so sehr, um unsere Besitztümer trocken zu halten. Als Amphibien haben wir in unserem Leben nur wenige Orte, die völlig frei von Wasser sind. Doch wenn es Sturmfluten gibt, bringt das Wasser Schmutz und andere Verunreinigungen in unsere Behausungen, und es erfordert große Anstrengung, sie danach zu reinigen. Andere Sippen natürlich, die nicht das Problem von Gezeiten haben, bauen ihre Wohnungen in anderen Formen, die besser für ihr Habitat geeignet sind, sei es Sumpfland oder eine trockene Gegend. Manche Sippen bauen sogar oben in den Bergen, wo der Regen manchmal weiß wird.«

»Ryall leben im Schnee?«

»Wenn das der Name dafür ist. Leben die Menschen nicht in allen Klimazonen ihrer Heimatwelt?«

»Ja, aber …«

»Warum sollte es dann bei uns anders sein? Das Leben breitet sich aus, um den vorhandenen Raum zu nutzen, nicht wahr?«

»Nichtintelligentes Leben sicherlich«, warf Drake ein, der ein potenzielles Problem in der Richtung sah, die das Gespräch nahm. »Intelligente Wesen haben eine Wahl, ob sie irgendwo leben werden oder nicht.«

Phillip Walkirk hatte das Gespräch verfolgt und war gleichfalls zu dem Schluss gekommen, dass ein Themenwechsel angezeigt sei. »Sie sprechen davon, dass andere Sippen andere Formen für ihre Wohnungen bevorzugen. Bedeutet das, dass diese ganze Stadt einer einzigen Sippe gehört?«

»Dies ist ein größeres Handelszentrum auf Darthan, und viele Sippen haben hier Interessen. Von den Einwohnern der Stadt gehören jedoch elf Zwölftel der Sippe der Windseitigen Küste an.«

»Diese Sippe muss eine Macht unter den Ryall sein, dass sie eine so große und schöne Stadt bauen konnte«, sagte Bethany.

»Es ist die mächtigste aller Sippen. Sie haben zwei Vertreter unter Denen Die Herrschen.«

»Zwei? Ist das ungewöhnlich?«

»Sehr ungewöhnlich für eine einzige Sippe. Der erhabenste von ihnen ist Sandok. Er ist der Erste unter Gleichen im Kreis Derer Die Herrschen.«

»Und der andere Vertreter?«

»Tarsanau.«

Bethany wandte sich an den anderen Ryall, der das Gespräch verfolgt hatte, ohne etwas zu verstehen. »Ist dies die Stadt deiner Sippe, Tarsanau?«

Nachdem Periskay die Frage verdolmetscht hatte, erhielt sie eine bestätigende Antwort.

»Hat diese Stadt einen Namen?«

Es gab einen schnellen Wortwechsel, worauf Periskay antwortete: »Der Name in unserer Sprache lässt sich nicht gut übertragen. Er bezieht sich auf den Ort, wo Die Rasse zum ersten Mal die Schnellen Esser besiegte. Tarsanau und ich sind übereinstimmend der Meinung, dass Sie die Stadt ›Hauptstadt‹ nennen können.«

»Dann ist es der Ort, von dem aus diese Welt regiert wird?«

»O nein«, erwiderte Periskay. »Nicht bloß Darthan. Dies ist die Stadt Jener Die Herrschen Über Die Rasse. Alle unsere Welten erhalten Anleitung von hier.«

»Dann scheint ›Hauptstadt‹ ein passender Name zu sein«, sagte sie.

Während Drake zuhörte, betrachtete er den Damm. Alle Schleusen waren so eingestellt, dass ihre Oberkante einen Zentimeter unter der Seeoberfläche waren. Überall entlang dem Damm rauschten kleine Wasserfälle zwei Meter herab in das aquamarinblaue Wasser darunter. So floss das Wasser aus den Stadtkanälen und Lagunen kontrolliert ab. Setzte der Gezeitenwechsel sein, konnte die Höhe der Schleusentore neu eingestellt werden, um den Zufluss von außen zu regulieren. Das tägliche Abfließen und wieder Auffüllen der Kanäle und Lagunen erneuerte die Wasserversorgung der Stadt, schwemmte Verschmutzung zur See hinaus und brachte täglich frisches Wasser herein. Irgendwo hatte er einmal gelesen, dass die Stadt Amsterdam auf dem Erdkontinent Europa ein ganz ähnliches System verwendete, um ihre Kanäle jahrhundertelang von Verschmutzung freizuhalten.

Die Besichtigungstour nahm ihren Fortgang. Nach dem Wasserregulierungsbauwerk führte Tarsanau sie durch die Wasserwege der

Hauptstadt. Auf der Fahrt durch einen Kanal passierten sie einen kilometerlangen Abschnitt, wo verschiedene Arten von Kletterpflanzen an Spalieren und über Brücken wuchsen, bis sie einen langen Tunnel mit grünen Wänden bildeten. Das Laubwerk war so dicht, dass die Sonne kaum durchdrang, und die Vielfalt fremdartiger Gerüche war eine Herausforderung für menschliche Nasen. Einige der Gerüche waren recht angenehm, andere hingegen weit weniger, und mindestens zwei drohten Übelkeit auszulösen. Die Luft war erfüllt vom Summen kleiner fliegender Lebewesen, von denen eines hartnäckig versuchte, sich in Bethanys Haar niederzulassen. Die einheimischen Ryall hatten das seltene Vergnügen, eines der zweibeinigen Ungeheuer zu sehen, wie es plötzlich vom Stuhl aufsprang und auf dem flachen Deck des Bootes herumtanzte und dabei nach dem seltsamen moosartigen Gewächs schlug, das aus dem Schädel drang. Schließlich gelang es Bethany mit der Hilfe ihres Mannes, sich zu überzeugen, dass das lästige Ungeziefer davongeflogen war, und mit angeknackstem Stolz nahm sie ihren Platz wieder ein, während Tarsanau und Periskay sie aus ausdruckslosen Obsidianaugen anstarrten.

Als Nächstes fuhren sie durch einen Markt unter freiem Himmel. Hier feilschten die Ryall zu beiden Seiten des Kanals miteinander, und die Lebhaftigkeit der Käufer und Verkäufer erinnerte an einen alten orientalischen Basar. Die Verrechnungseinheit des Warenaustausches war nicht offensichtlich. Erkennbar aber war die bewusste Nichtbeachtung der Boote. Dass sie auf einen Besuch der zweibeinigen Ungeheuer vorbereitet worden waren, lag auf der Hand. Wie viel von ihrem anderen Verhalten inszeniert war, ließ sich schwer beurteilen. Die kleine Flotte fuhr in einen Seitenkanal, der an einem sumpfigen Park vorbeiführte. In diesem erhoben sich mehrere lebensgroße Statuen von verschiedenen Ryall.

»Wer sind diese Leute?«, fragte Drake und zeigte zu den Statuen.

Er erhielt eine ausführliche Erklärung, die ihn nicht viel klüger machte. Vielleicht hätte Varlan ihm die Bedeutung erklären können, aber Periskays beschränkte Sprachkenntnisse reichten dafür nicht aus.

Zwanzig Minuten nach dem Verlassen des Marktes signalisierte Tarsanau dem Rudergänger, an einem steinernen Kai anzulegen. Sobald die Bordwand des Bootes die Kaimauer berührte, stiegen die beiden Ryall und ihre drei zweibeinigen Gäste an Land. Vor und hinter ihnen wurde es lebhaft am Kai, als Krieger aus ihren Wachbooten kletterten, um sie in die Mitte zu nehmen.

Tarsanau führte sie zu einer Reihe großer runder Gebäude und durch einen breiten Eingang, wo er lange genug Halt machte, um ihnen die mächtige wasserdichte Tür zu zeigen, die den Eingang im Falle einer Flut verschließen würde. Das Innere des Gebäudes war höhlenartig und als ein Wald dekoriert. Die Beleuchtung kam hauptsächlich durch eine einzige Öffnung im Mittelpunkt der Dachkuppel, ergänzt durch eine Anzahl von Kugellampen, die um die Peripherie angeordnet waren und die Beleuchtung vervollkommneten. Außer der runden Öffnung in der Dachkuppel war die Beleuchtung blau, als hätten die Ryall Nachtbeleuchtung eingeschaltet. Im Wald verstreut waren verschiedene holographische Darstellungen von Ryall bei verschiedenen Beschäftigungen, die vom Fischen bis zum Weben reichte. Im Hintergrund mehrerer Szenen waren Häuser zu sehen, deren Wände aus Schilfmatten geflochten waren und die auf Pfählen standen. Das Ambiente des Gebäudes war unverkennbar.

»Ein Museum?«, fragte Bethany.

»Ja, es ist ein Ort, wo wir unserer Vergangenheit gedenken. Wenn Sie uns zu verstehen wünschen, wie Sie sagen, ist dies ein guter Ort zur Besichtigung«, sagte Periskay.

»Wo sollten wir anfangen?«, fragte Phillip.

Tarsanau gab den Besuchern zu verstehen, dass sie ihm folgen sollten, und ging voraus. Seine relativ kurzen Beine trugen ihn schnell über die offene Fläche und durch einen Seitenkorridor. Die drei Gäste folgten, und Periskay bildete den Schluss. Die Wachdienst leistenden Krieger gaben sich damit zufrieden, den Eingang zu sperren, um sicherzugehen, dass niemand ohne ihre Einwilligung eintreten oder fortgehen konnte.

Der Korridor erwies sich als eine Galerie mit Ausstellungsstücken zu beiden Seiten. Bethany wäre gern da und dort stehen geblieben, doch Tarsanau führte sie ohne Aufenthalt weiter. Viele der dargestellten Szenen waren unter Wasser. Am Ende der Galerie wechselte das Milieu abrupt. Verborgene holographische Projektoren erfüllten die Luft mit bewegten Schleiern aus Farbe und Licht und erzeugten die Illusion, dass sie durch metertiefes Wasser blickten. Was sie betrachteten, beherrschte die Mitte einer weiteren höhlenartigen, überkuppelten Fläche. Als sie diese freie Fläche betraten, schwebte über ihnen ein in der Luft aufgehängtes Wesen, dessen Flanken von weißem Licht angestrahlt wurden.

Das Wesen war fischartig, mit einem kräftig ausgebildeten Schwanz, dessen Ende zwei horizontale Flossen bildeten. Der Körper war stromlinienförmig, mit einer großen Rückenflosse in der Mitte, die Nase zugespitzt und abgeflacht, und zwei bösartigen Augen, die auf Stielen über dem Maul saßen. Nase, Schwanz und Augen waren jedoch bloße Details, die man im Vorbeigehen bemerkte, während der Teil, der ihre Aufmerksamkeit fesselte – wie die Schöpfer des Museums beabsichtigt hatten –, das aufgerissene Maul war. Das Wesen posierte mit durchgedrücktem Rücken, den Schwanz hoch in der Luft, und das Maul voll rasiermesserscharfer Zähne, die dem Besucher, der diesen Teil der Galerie besuchte, entgegengereckt waren.

»Das ist ein Schneller Esser?«, fragte Richard Drake, als er zu der Erscheinung aufblickte. Wenn die Erbfeinde der Ryall so ausgesehen hatten, dann war es kein Wunder, dass die Ryall sie noch immer fürchteten.

»Ja«, antwortete Periskay. »Dies sind die Geschöpfe, gegen die wir so lange kämpften. Viele Millionen unserer Leute verschwanden durch diesen zähnestarrenden Schlund, bevor wir sie ausrotteten.«

Tarsanau sprach einige Worte, und Periskay fuhr fort: »Verstehen Sie jetzt, warum wir nicht glauben, dass unsere zwei Arten in Frieden miteinander leben können?«

»Es ist vollkommen verständlich«, erwiderte Drake. »Wenn wir in unserer Vergangenheit solche gefräßigen Feinde und Nahrungskonkurrenten gehabt hätten, würden wir wahrscheinlich das Gleiche glauben. Wir denken aber, dass es gefährlich ist, aus Analogien Schlussfolgerungen zu ziehen.«

Periskay begann zu dolmetschen, stockte dann. »Ich verstehe nicht, was Sie sagen.«

»Wir glauben, dass nichts, was im Leben geschieht, genau das Gleiche ist, was früher geschah. Zwei Ereignisse mögen ähnlich erscheinen, aber sie sind nicht dasselbe. Deshalb muss man in der Anwendung der Lektionen aus der Vergangenheit vorsichtig sein. Man kann von unbedeutenden Ähnlichkeiten leicht irregeführt werden.«

»Und der Sinn dieser Bemerkung für unsere bevorstehenden Diskussionen?«

»Nur, dass wir nicht die Schnellen Esser sind. Lektionen, die damals zu eurem Überleben führten, können heute, wenn falsch angewendet, zu eurer Vernichtung führen.«

»Ein interessanter, wenn auch fremdartiger Gedanke«, erwiderte Tarsanau. »Ich werde über seine Bedeutung nachdenken. Wollt ihr mehr über die Geschichte meiner Art sehen?«

»Sehr gern, wenn es keine Umstände macht.«

Als Tarsanau sie aus der Galerie der Schnellen Esser führte, warfen alle drei Besucher unwillkürlich nervöse Blicke über die Schultern. Die Stielaugen des unheimlichen Wesens schienen sie mit ihrem Blick zu verfolgen.

85

Kurz vor Dunkelwerden kehrte die Gruppe zu ihrer Insel zurück. Am Ende ihrer Besichtigung waren Richard, Bethany und Phillip in nachdenkliches Schweigen versunken. Sie hatten viel von der Ryall-Hauptstadt gesehen, und der Gesamteindruck war einer des Wiedererkennens gewesen. Die Anordnung der Gebäude, die Kanäle mit reinem Wasser, welche die Straßen der Stadt waren, die Märkte unter freiem Himmel und der Baumgarten – dies alles hätte leicht auf beinahe jede von Menschen besiedelte Welt versetzt werden können. Sogar das Museum hatte einen vertrauten Anblick geboten. Von allen Möglichkeiten, die es zur Darstellung der Vergangenheit einer Art gibt, waren anscheinend Menschen und Ryall über die gleiche Schablone gestolpert.

Die Form folgte der Funktion, das galt für die Hervorbringungen der Ryall wie für die der Menschen.

Bei Richard Drake hatte diese Beobachtung eine Saite zum Klingen gebracht, die mehr Intuition als Gedanke war. Den ganzen Nachmittag war in ihm eine Stimmung gewachsen, die während ihrer Besichtigung des Wasserregulierungsbauwerks ihren Anfang genommen hatte. Eigentlich sollte eine außerirdische Art für ihre alltäglichen Probleme mit fremdartigen Lösungen aufwarten. Doch der Stadtarchitekt hatte keine Kraftfelder verwendet, um die Gezeiten in Schach zu halten, noch eine Wand aus lebenden Pflanzen oder gar eine Eimerkette aus exotischen Tragtieren. Er hatte einen gewöhnlichen, alltäglichen Damm errichtet, um die Flut zurückzuhalten. Gewiss hatte das Bauwerk einige fremdartige Merkmale gezeigt, aber die Form war vorgegeben durch den Zweck, genauso wie es bei einem von Menschen errichteten Damm der Fall war. Es war die beste Form, um die Gewalt des andrängenden Wassers zurückzuhalten. Die Schleusentore waren leicht gebogen, um dem Wasserdruck besser standzuhalten, und mit massiven Scharnieren in vertikalen Säulen verankert, so dass sie gedreht werden konnten, um den Wasserspiegel zu senken oder ansteigen zu lassen. Die Überfälle waren unter den breiten Wasserkaskaden kaum sichtbar gewesen, aber sie waren zweifellos vorhanden, genauso wie die Betoneinfassungen zur Verhütung von Erosion. Wie kam es, fragte er sich, dass zwei Arten, die Museen und Gänge so gleicher Art bauten, unversöhnliche Feinde waren?

Es wäre verständlich gewesen, wenn die Denkprozesse von Mensch und Ryall so andersartig wären, dass keiner von beiden die Denkart des Gegners verständlich finden konnte. Unversöhnliche Feindschaft machte Sinn, wenn zwei Arten aus so radikal verschiedenen Umweltbedingungen kamen, dass sie keine gemeinsamen Bezugspunkte hatten. Ryall und Menschen, die sich auf Welten entwickelt hatten, die beinahe Zwillinge voneinander sein konnten, hatten mehr Dinge gemeinsam, als sie sich jemals bewusst gemacht hatten.

Darthans Luft war so süß wie die von Alta oder der Erde. Der Himmel war von einer etwas anderen Blautönung als der Himmel von Drakes Heimatwelt, aber er war noch immer blau und nicht grün oder grau oder schwarz. Die Schwerkraft, die an seinem Körper zog, war ein wenig schwächer als daheim, und das Zentralgestirn strahlte seine wärmenden Strahlen in einer etwas verschiedenen Frequenz und mit größerer Intensität aus, als er es von daheim gewohnt war. Dennoch war die Umstellung auf die geringere Schwere nicht lästig, noch waren die Sonnenstrahlen schädlich.

Darthan war Alta so ähnlich, dass er, Drake, wenn er wollte, seine Kleider ausziehen und nackt in die Lagune springen konnte, ohne befürchten zu müssen, dass er gefroren, geröstet, gekocht oder vakuumgetrocknet würde. Bis auf die Gefahr, die von Mikroorganismen drohte, gab es nichts, was ihn hinderte, zwischen amphibischen Passanten zu schwimmen oder sich entspannt treiben zu lassen, nur das Gesicht der Sonne zugewandt, von der angenehmen Wärme des

Wassers umspült. Jede Welt, die Menschen ohne Schutzanzüge betreten konnten, war ein Wunder im Universum, und bisher hatten Menschen wie Ryall Dutzende solcher Welten gefunden.

Doch trotz ihres gemeinsamen Erbes von sonnigen Himmeln und blauen Ozeanen bemühten sich die Kinder der Erde und die Kinder von Darthan mächtig, einander umzubringen. Denn trotz evolutionärer Parallelen hatten sie sich auf getrennten Wegen entwickelt, wofür ein einziger Unterschied ihrer Umwelt verantwortlich war. Dieser Unterschied war der gefräßige Appetit einer halbintelligenten Art fremdartiger Haie, die ungefähr zu der Zeit ausgerottet worden waren, als der Mensch die Landwirtschaft entdeckte. Wenn das Problem darin bestand, dass die Ryall menschliche Wesen als Schnelle Esser sahen, dann musste die Lösung … welche sein? Dieses Dilemma hatte Drake den ganzen Tag geplagt, und er konnte das Gefühl nicht abschütteln, dass die Antwort zum Greifen nahe war, ganz knapp außerhalb der Reichweite seiner ausgestreckten mentalen Finger.

»Sieh mal, da ist Varlan«, unterbrach Bethany seine Überlegungen. »Sie ist von ihrem Ausflug zurück, und Nina Hensley ist bei ihr.«

Die kleine Flottille war wieder in der Lagune und näherte sich der Insel, von der sie am Morgen aufgebrochen waren. Er blickte auf und sah die Kopilotin des Raumtransporters winken. Es war aber nicht das Winken »Willkommen zurück« mit offener Handfläche, sondern vielmehr ein Winken »Kommt schnell her« mit dem gekrümmten Handrücken.

»Was mag sie wollen?«, fragte er.

»Keine Ahnung«, antwortete seine Frau, »aber wir werden es bald erfahren.«

Minuten später stieß der Bug durch schwimmendes Wasserpflanzendickicht und Sumpf auf festen Boden. Die drei menschlichen Fahrgäste ließen zuerst die beiden Ryall an Land gehen, bevor auch sie über den Bug auf den weichen Boden sprangen. Richard fing den Aufprall mit federnden Knien ab und richtete sich auf, dann schritt er auf Nina Hensley zu. Bethany tat es ihm gleich, steuerte aber Varlan an.

»Was gibt es, Nina?«, fragte Drake. »Hatten Sie Schwierigkeiten mit den Ryall?«

»Keine, Sir. Sobald Sie außer Sicht waren, nahmen die Wachen wieder ihre kreisförmige Aufstellung ein und bewegten sich nicht von der Stelle, bis sie kurz vor Ihrer Rückkehr wieder die Hufeisenformation einnahmen.«

»Warum sind Sie dann so aufgeregt?«

»Varlan, Sir. Sie erschien vor ungefähr einer Stunde mit drei anderen Ryall. Sie warten im Zelt. Anscheinend sind es hohe Tiere, Sir. Sie sagen, sie wollen mit Ihnen sprechen.«

»Wie groß?«

»Herrscher, wenn ich Varlan bei der Vorstellung richtig verstand. Lieutenant Bartle ist bei ihnen im Zelt, während Varlan und ich hierher zum Ufer kamen, um Sie zu empfangen.«

»Nun, wir können die einheimischen Herren der Schöpfung nicht warten lassen. Gehen Sie voraus.«

Damit bewegte sich die kleine Gruppe von vier Menschen und drei Ryall zum nächsten orangefarbenen Kuppelzelt. Als sie näher kamen, holte Drake seine Frau ein.

»Wer sind sie?«

»Varlan hat das Oberhaupt ihrer Sippe mitgebracht. Er will mit uns über unsere Forderungen sprechen, bevor die formale Verhandlung beginnt. Es gibt zwei weitere Mitglieder der herrschenden Gruppe. Einer von ihnen ist Sandok. Varlan sagt, er sei verschlossen, also mach kein großes Aufhebens um ihn.«

Drake lachte. »Du meinst, all diese Kniefallübungen sollten umsonst gewesen sein?«

Ihre Antwort war ein Rippenstoß. Er rieb sich die Stelle noch, als sie die Unterkunft erreichten.

Im Kuppelzelt stand Vincent Bartle abseits von drei Ryall, die sich die Wartezeit mit der müßigen Betrachtung des Zeltinneren vertrieben. Sie wandten sich der offenen Luftschleuse zu, als Richard und Bethany eintraten. Varlan, die als vierte hereinkam, schob sich nach vorn und begann mit dem Vorstellen. »Admiral Richard Drake, Oberbefehlshaber der Flotte in Spica, darf ich Valascar von der Sippe der Duftenden Wasser vorstellen, und, in menschlichen Begriffen, meinen Vetter?«

»Valascar von den Duftenden Wassern, es ist mir ein Vergnügen, Sie kennen zu lernen«, erwiderte Drake. Es folgte ein Austausch in der Ryallsprache, worauf Varlan dolmetschte: »Valascar ist erfreut, den Admiral der Drakes zu treffen. Darf ich auch Sandok vorstellen, ein Mitglied der Sippe dieser Stadt, und Pasadon vom Größeren Kontinent, der eine weitere Fraktion unter Denen Die Herrschen verkörpert.«

»Grüße, Sandok und Pasadon«, sagte Drake.

Es folgten die weiteren Vorstellungen, dann setzten sich alle, die Menschen auf ihre Campinghocker, während die Ryall in einem Halbkreis kauerten, mit Varlan und Periskay als Dolmetscher zu beiden Seiten. Fünf Menschen und sechs Ryall drängten sich in dem kleinen Raum.

»Willkommen in unserem Lager«, begann Drake. »Wünschen Sie etwas zu essen? Wir haben Proviant, der für Angehörige Der Rasse geeignet ist.«

Valascar antwortete. »Wir kamen nicht zum Essen hierher. Bevor wir beginnen, solltet ihr wissen, dass diese unsere Tochter ...« – er zeigte zu Varlan – »... mich überzeugt hat, den Sippeneid zu ehren, den Tarsanau euch gewährt hat. Ihr seid unter dem Schutz seiner und meiner Sippe, während ihr hier seid.«

»Ich danke euch, denn ich weiß, welch eine große Ehre das ist, und welche Schwierigkeiten es bedeutet, einen Sippeneid zum Schutz der Feinde auszusprechen. Wir hoffen die Ehre zurückzuzahlen, indem wir demonstrieren, dass wir eure Nachbarn und nicht eure Feinde sind.«

»Die Verpflichtung war unsere«, erwiderte Valascar. »Ihr habt unsere Tochter während ihrer Gefangenschaft gut behandelt, und die Verweigerung der Bitte wäre gleichbedeutend mit ihrer Verbannung aus der Sippe gewesen. Aber mir gefällt nicht, dass ihr ihren Geist mit fremdartigem Unsinn gefüllt habt.«

»Ob es Unsinn ist, bleibt abzuwarten. Außerdem kam Varlan aus eigenem Willen zu ihren Ideen. Genauso wie wir sie studiert haben, um das Denken und die Gewohnheiten Der Rasse zu verstehen, hat sie uns studiert. Ich glaube, sie ist zu einem Verständnis dessen gekommen, was Menschen motiviert. Ich würde euch ersuchen, in dieser Angelegenheit auf ihren Rat zu hören.«

»Wir würden es vorziehen, die Worte von euch Menschen direkt zu hören.«

»Einverstanden. Sprechen wir von dem Grund, der uns nach Darthan geführt hat«, erwiderte Drake. Er holte tief Atem, eine menschliche Gewohnheit, deren Bedeutung die Ryall, wie er hoffte, nicht erkennen würden, dann fuhr er fort: »Wir sind gekommen, um eure Kapitulation zu verlangen.«

Es gab eine lange Pause, bevor Sandok antwortete: »Es ist unsere Beobachtung, dass Menschen kühn im Kampf sind. Eure Forderung bestätigt diese Beobachtung. Doch warum sollten wir die Zukunft unserer Art in fremde Hände legen?«

»Eure Zukunft liegt bereits in unseren Händen. So ist es, seit wir das System der Zwillingssonnen eroberten. Unsere Blockade wird zum baldigen Zusammenbruch eurer Wirtschaft führen, und damit werdet ihr die Fähigkeit zur Verteidigung der Sterntore verlieren. Eure Verteidigungen werden mit jedem Tag schwächer sein, und bald werdet ihr bis zu dem Punkt geschwächt sein, wo wir eure Verteidigungen durchbrechen und eine Flotte zur Zerstörung dieser Welt entsenden werden.«

»Unsere Verteidigungen bleiben stark. Das solltet ihr während unseres letzten Angriffs bemerkt haben.«

»Das ist richtig. Diese Krieger manövrierten ihre Schiffe mit großer Geschicklichkeit. Sie starben tapfer, und die Folge davon ist, dass sie euch nicht länger zur Verfügung stehen. Je mehr Schiffe und Krieger ihr gegen uns sendet, desto schneller beschleunigt ihr euren eigenen Zusammenbruch.«

»Und doch fürchtet ihr uns genug, um Frieden zu verlangen«, sagte Sandok.

»Wir achten euch, und um die Wahrheit zu sagen, ja wir fürchten euch auch. Eure Schiffe haben vielen unserer jungen Männer und Frauen den Tod gebracht. Die meisten unserer Familien haben Angehörige verloren. Furcht vor euren Kriegern ist jedoch nicht, was uns motiviert. Nein, wir sind gekommen, um eure Kapitulation zu fordern, weil es etwas gibt, was wir mehr fürchten als euch, unsere Feinde.«

»Was fürchtet ihr mehr als die Krieger Der Rasse?«

»Wir fürchten uns selbst.«

Nun gab es einen Ausbruch von Ryallsprache, und Varlan dolmetschte: »Wir verstehen nicht. Ihr scheint in Rätseln zu sprechen.«

»Es würde besser sein, wenn meine Frau es erklärt«, sagte er und wandte sich an Bethany. »Sag ihnen, warum du beschlossen hast, diese Mission mitzumachen, besonders den Teil über die zunehmende Ungeduld unserer Führer.«

Sie war einen Moment verwirrt, dann fasste sie sich, als sie verstand, was er meinte.

Drei Ryallköpfe drehten sich an den Enden langer Hälse und fixierten sie mit jeweils einem starren, schwarzen Auge. »Was mein Mann sagt, ist, dass wir hauptsächlich auf mein Drängen gekommen sind. Durch meine Studien mit Varlan bin ich zu der Überzeugung gelangt, dass Die Rasse mehr ist als die Summe ihrer genetischen Verschlüsselung. Gleichzeitig aber begann ich mich zu fragen, ob wir Menschen das Gleiche auch von uns behaupten können. Lasst mich erklären …«

Und Bethany berichtete von ihren langen Studien mit Varlan und ihren vielen Misserfolgen, ihrer Gefangenen (und Freundin) die menschliche Idee verständlich zu machen, dass intelligente Arten nicht Feinde sein müssen. Wie sie das Problem auch anging, Varlans Fremdenfeindlichkeit machte ihre Bemühungen zunichte. Dann erzählte Bethany, wie es zum Durchbruch gekommen war. Varlans Verweigerung der Fortpflanzung war der erste Fall gewesen, wo sie in Varlan eine Verhaltensweise identifizieren konnte, die im Widerspruch zu ihren natürlichen Instinkten stand.

Der dritte Ryall, Pasadon, sagte: »Ihre Instinkte waren richtig. Es wäre zu ihrem Nachteil gewesen, zu erlauben, dass ihre Jungen eure Gefangenen geworden wären.«

»Nein, Pasadon, da bin ich anderer Meinung. Ihr natürlicher Instinkt drängte sie zur Fortpflanzung. Ihre Intelligenz sagte ihr, es sei falsch, das zu tun. Sie folgte ihrer Intelligenz, nicht ihrem Instinkt.«

»Du siehst einen Bedeutungsunterschied, wo keiner besteht.«

»Wir würden sagen, dass ich über Semantik argumentierte. Ich glaube aber nicht, dass das der Fall ist. Es ist sehr wichtig, dass wir zwischen dem unterscheiden, was Varlan ›wollte‹ und dem, was sie ›entschied‹.«

»Das scheint uns eine offensichtliche Feststellung zu sein«, sagte Valascar.

»Mag sein«, fuhr Bethany fort. »Uns kam es nicht offensichtlich vor. Auch hätte ich es nicht für ausreichend gehalten, meinen Mann zu dieser Friedensmission zu überreden, wäre nicht zur gleichen Zeit etwas anderes geschehen. Um verständlich zu machen, was ich erklären will, muss ich zuerst eine menschliche Sitte erläutern, die ›Abendgesellschaft‹ genannt wird …«

Bethany schilderte die Gewohnheit der herrschenden Kreise unter den Menschen, am Ende eines Tages zusammenzukommen, Alkohol zu trinken und geselligen Umgang zu pflegen. Es dauerte eine Weile, ihnen verständlich zu machen, dass ein großer Teil der wirklichen Regierungspolitik und ihrer Entscheidungen bei diesen zwanglosen Zusammenkünften besprochen und eingeleitet wurde. Schließlich, als die Ryall zu einem rudimentären Verständnis gelangt waren, berichtete sie von der Abendgesellschaft in Evelyn Mortridges Haus.

Anschließend gab sie annähernd wörtlich das Gespräch zwischen den Parlamentsmitgliedern wieder, die mit dem Krieg und den wachsenden Verlusten ungeduldig geworden waren, und wie das Gespräch mit müheloser Selbstverständlichkeit zur Ausrottung der Ryall als praktischer Konsequenz übergegangen war.

»Ihre gefühllose Gleichgültigkeit erschreckte mich«, schloss sie. »Und so nahm ich Varlan und unterwegs Periskay mit und machte mich auf die Suche nach meinem Mann, um ihn zu überzeugen, dass er hierher nach Darthan kommen und mit euch verhandeln müsse.«

»Ich fürchte, dass wir die Allegorie nicht verstehen, die du uns gerade vorgetragen hast«, erwiderte Valascar und drehte den Kopf, damit er Bethany mit dem anderen Auge betrachten konnte.

Sie öffnete den Mund zu einer Antwort, blieb aber still, als Richard ihr bedeutete, dass er antworten wolle. Er wandte sich dem Ryall zu und sagte: »Unser ursprünglicher Plan war die Blockade des Systems der Zwillingssterne, bis zum Zusammenbruch eurer Wirtschaft, um dann die Herrschaft über eure Welten zu gewinnen. Wir dachten, dass es uns gelingen würde, euch in unserem Sinne zur Kompromissfähigkeit zu erziehen, so dass ihr nicht länger eine Bedrohung für uns darstellen würdet. In der Vergangenheit haben wir die Erfahrung gemacht, dass aus Feinden Handelspartner und, besser noch, Freunde werden können. So planten wir in unserer Unwissenheit euch zu zähmen.«

»Wir sind nicht leicht zu zähmen.«

»Wir können überzeugend sein, besonders wenn unsere Kriegsflotte euren Raum beherrscht. Wie auch immer, Bethany fand den Fehler in unserem Plan. Wir übersahen die Tatsache, dass auch uns Menschen durch unsere genetische Prägung Grenzen gesetzt sind.

Eure Art ist aggressiv gegen alle Konkurrenten, während es uns an Geduld fehlt, einem Zug, den wir von unseren primitiven Vorfahren geerbt haben. Die Wahrheit ist, dass uns die Geduld fehlt, die Verluste in Kauf zu nehmen, die erforderlich sind, um den Zusammenbruch eurer Zivilisation zu erreichen. Lange bevor unsere Blockade eure Wirtschaft zerstören kann, werden wir unserer Verluste überdrüssig und uns für ein direkteres Vorgehen gegen euch entscheiden. Wenn diese Zeit kommt, was bald der Fall sein muss, werden wir nicht mehr daran denken, euch zu unseren Freunden zu machen, und auf eine Ausrottungsstrategie umschalten.«

»Dann seht ihr dies als einen Kampf bis zum Tode, geradeso wie wir«, bemerkte Valascar. »Die Menschen, so scheint es, sind Der Rasse ähnlicher, als ihr behauptet.«

Er nickte. »Wir sind beide kriegerische Arten, und wenn dieser Krieg noch länger dauert, könnte der Zeitpunkt kommen, wo wir uns nicht mehr anders zu helfen wissen … genauso wie ihr euch nicht anders zu helfen wusstet als die Schnellen Esser zu töten, sobald sie in euren Meeren erschienen. Doch können wir unsere Instinkte bis zu einem gewissen Grad beherrschen, wie auch ihr es könnt. Es ist noch nicht zu spät. Wenn ihr euch jetzt ergebt, bevor unsere Geduld erschöpft ist, dann muss keine unserer Arten untergehen. Wer weiß, mit der Zeit könnten wir sogar Freunde werden. Ihr habt die Wahl. Gebt jetzt auf, und eure Welten werden leben. Kämpft weiter, und ihr werdet mit Sicherheit untergehen.«

Es war eine bestürzte Gruppe Ryall, die zwei Stunden nach Sonnenuntergang die Insel verließ. Danach saßen die fünf Menschen und Varlan um einen wärmenden, mit Flüssiggas betriebenen Heizstrahler, aßen ein kräftiges Abendessen und bewunderten den größeren Mond, der in dieser Nacht weniger voll schien als in der vorausgegangenen. Die kleineren Monde wanderten dicht über dem Horizont in ihren Bahnen, und da und dort waren stationäre Lichtpunkte auszumachen, die verschiedene orbitale Einrichtungen darstellten.

»War gut zu verstehen, worauf ich hinaus wollte?«, fragte Bethany ihre Freundin.

»Ich folgte deiner Logik. Und auch Jene Die Herrschen. Sie waren schockiert.«

»Schockiert? Wieso?«

»Indem ihnen vor Augen geführt wurde, wie wahrhaft fremdartig euer Verstand arbeitet.«

»Wieso?«

»Ihr sagtet uns, dass ihr kein Verlangen hättet, uns auszurotten, doch wegen einer Schwäche in euch selbst würdet ihr uns trotzdem ausrotten.«

»Das ist richtig.«

»Hättet ihr uns gesagt, dass eure Schiffe radioaktives Feuer herabregnen lassen werden, weil wir eine Bedrohung eurer Art darstellen, dann würden wir verstanden und sogar akzeptiert haben, dass ihr so denkt. Uns jedoch zu erklären, dass ihr uns zerstören werdet, weil ihr euch nicht beherrschen könnt, ist wirklich fremdartig.«

»Aber es ist unsere Denkweise. Es ist logisch.«

»Wirklich?«

»Natürlich ist es logisch. Das sagst du auch, Richard, nicht wahr?«

»Äh, was?«, fragte er.

»Hast du mir nicht zugehört?«

»Entschuldige, Schatz, ich habe gerade ins Feuer geschaut. Was war deine Frage?«

»Varlan meint, ich sei verrückt. Du nicht, oder?«

Er lächelte. »Entschuldige, ich werde mehr Information brauchen, um diese Frage zu beantworten ...« Zu dem plötzlichen Schmerz in seinen Rippen gesellte sich ein ebenso jäher Schmerz in der linken Schulter, wo ihre Faust landete.

»Au, du solltest deinen Mann nicht vor anderen Leuten schlagen.«

»Sag so etwas noch mal, und ich werde dich wieder schlagen«, versetzte sie lachend. »Woran dachtest du eben?«

»Ich dachte an den großen Publikumstag übermorgen. Überlegte, welche anderen Argumente wir anführen können, um sie davon zu überzeugen, dass Kapitulation der richtige Weg ist.«

»Und? Hast du eine Idee?«

»Nur eine«, sagte er.

»Und was für eine?«

»Als Erstes werden wir einen Holographieprojektor brauchen. Können wir den aus dem Raumtransporter ausbauen und mit einem tragbaren Generator verbinden?«

»Ich denke, gemeinsam wird uns das gelingen«, meinte sie. »Wozu brauchst du die Projektion?«

»Vielleicht brauche ich sie nicht. Trotzdem könnte sie uns zustatten kommen, wenn wir im Datenspeicher des Computers ein geeignetes Bild finden können.«

»Was für ein Bild?«

»Von einem Hai. Einem großen. Verstehst du?«

86

Am nächsten Tag ließen die Ryall sie allein, was alle zu schätzen wussten, da sie die Zeit brauchten, um sich auf ihre Audienz bei Denen Die Herrschen vorzubereiten. Richard, Bethany und Phillip verbrachten den größten Teil des Vormittags in einer Besprechung über Richards Strategie, die Aufmerksamkeit der führenden Ryall lange genug zu fesseln, um seinen Standpunkt verständlich zu machen. Ob es ihnen gelingen würde, die versammelten Würdenträger zu überzeugen, dass das Schicksal ihrer Spezies von ihrer Entscheidung abhing, blieb offen. Drake vermutete, dass nicht einmal die Ryall voraussagen konnten, wie sie sich verhalten würden. Aber wenn der morgige Abend käme, sollte ihnen niemand vorwerfen können, sie hätten es nicht versucht.

Phillip und die beiden Piloten des Raumtransporters verbrachten den Nachmittag mit dem Ausbau des holographischen Projektors. Nach einigen Neueinstellungen war der Betrachtungsraum des Projektors auf annähernd zwei Meter vergrößert, und zur allgemeinen Überraschung verfügte der Datenspeicher über Bilder von Haien, sogar eine beträchtliche Anzahl.

Unterdessen übten Richard und Bethany ihre Rollen ein. Sie beschlossen, dass Bethany den versammelten Anführern die Lage erklären würde, und dass Richard anschließend dem entscheidenden Punkt Nachdruck verleihen würde. Die Frage, die auch eine sorgfältig ausgearbeitete Strategie nicht beantworten konnte, war natürlich, ob die Führer der Ryall genauso wie Menschen auf den Druck reagieren würden. Bethany dachte es, aber Gewissheit gab es nicht – nicht auf der Grundlage von Studien eines einzelnen Mitglieds der Spezies.

»Was meinst du, Schatz?«, fragte sie am Ende ihrer Probe.

»Worüber?«

»Was würden wir tun, wenn wir in ihrer Lage wären und sie uns mit dem gleichen Ultimatum konfrontierten?«

Er blickte von seinen Notizen auf. Um die feuchte Hitze leichter zu ertragen, saß seine Frau in Shorts und Oberteil auf dem Campingstuhl. Trotzdem glänzte Schweiß auf ihrer Stirn, der Oberlippe und in dem Tal zwischen ihren Brüsten. Ihr ernster und konzentrierter Ausdruck stand in Widerspruch zu ihrer legeren Kleidung und dem vom Wind zerzausten rötlich braunen Haar.

»Was wir tun würden? Ich nehme an, dass wir einfach weiterkämpfen würden, bis sie uns überwältigt hätten. Ich fürchte, wir Menschen sind in diesen Dingen nicht sehr logisch.«

»Und wie, wenn die Ryall genauso starrsinnig sind wie wir?«

Er zuckte die Achseln. »Dann werden wir unser Möglichstes getan haben. Ergeben Sie sich, gut. Ergeben Sie sich nicht, dann haben wenigstens wir ein reines Gewissen.«

»Riskieren wir deshalb unser Leben, Richard, damit wir diese schöne Stadt reinen Gewissens zerstören können?«

Er beugte sich vor und wischte ihr eine Träne von der Wange. »Es ist nicht der einzige Grund, aber es ist einer von mehreren. Wir sind nicht verantwortlich für die Phobie, die sie in ihrem vorgeschichtlichen Stadium angenommen haben. Wir sind nur dafür verantwortlich, was wir tun können, um ihnen bei der Überwindung dieser nachteiligen Prägung zu helfen. Wenn sie entscheiden, unsere Hilfe nicht anzunehmen, dann haben sie die Konsequenzen zu tragen.«

»Was für ein grausamer Gedanke«, sagte sie traurig.

»Realistisch«, erwiderte er. »Nun, Schatz, statt uns um die ferne Zukunft zu sorgen, sollten wir uns auf den kleinen Abschnitt davor konzentrieren, der morgen stattfinden wird. Lass uns noch einmal die Punkte durchgehen, die du anführen willst …«

Der Regen begann kurz vor Morgengrauen, ein kalter Nieselregen, der das tropische Paradies, das sie sich in ihrer Vorstellung von der Hauptstadt gemacht hatten, Lügen strafte. Bethany erwachte zum gleichmäßigen Tropfgeräusch auf das Dach und die Seitenwände des Zeltes. Es dauerte einen Moment, bis sie erkannte, was das Geräusch erzeugte. Als die Wirklichkeit wieder auf sie eindrang, wälzte sie sich herum und ächzte.

»Was's los?«, murmelte Richard schlaftrunken. Er hatte bis nach Mitternacht wachgelegen, unfähig zu schlafen, weil sein Verstand nicht von der Arbeit ablassen wollte, und die Folge davon war, dass sein Körper an diesem Morgen mehr als gewöhnlich am Schlaf festhielt.

»Es regnet«, sagte sie mit deutlicher Entrüstung.

»Nun ja, auf einer Welt mit so viel Wasser muss es manchmal regnen, nicht wahr?«

»Aber warum heute?«

»Vielleicht haben es unsere Gastgeber so geplant.«

Sie lagen in ihrem Doppelschlafsack, bis graues Licht hinter den kleinen Fenstern des Kuppelzeltes heraufdämmerte. Ein weiteres, auf ihren Schlaf einwirkendes Problem war die gegenüber der Erde um zweieinhalb Stunden verkürzte Rotationsperiode Darthans, die den Tag-Nacht-Rhythmus des Menschen durcheinander brachte. Sobald deutlich wurde, dass die Sonne über einer dichten Wolkendecke erschienen war, krochen zuerst Bethany und dann Richard aus ihrem Schlafsack. Eine halbe Stunde später waren beide angekleidet und fühlten sich ein wenig besser, nachdem sie zwei Becher Fruchtsaft getrunken hatten. Beide hätten echten Kaffee vorgezogen, aber *Queen Julia* war ein sandarisches Schiff, und desgleichen ihre Raumtransporter. Das kühle sandarische Klima eignete sich nicht für den Anbau des Kaffeestrauches.

Phillip würde sie zur Audienz begleiten, während Nina Hensley und Vincent Bartle wieder zurückblieben, um den Raumtransporter zu bewachen.

Nach einem im Quartier zubereiteten Frühstück – Varlan war still hinausgeschlüpft, um möglichst weit von den menschlichen Küchendünsten zu essen – zog Bethany einen Regenmantel mit Kapuze über und machte sich auf die Suche nach ihrer Ryallfreundin. Varlan lag ausgestreckt auf einem Flecken mit niedrigem Bewuchs, der auf Darthan das Äquivalent für Gras darstellte. Sie genoss den Regen. Ihr Schuppenkleid glänzte vor Nässe, und sie hatte alle Gliedmaßen von sich gestreckt, um die kostbare Nässe zu genießen. Als Bethany näherkam, hob sie den Kopf.

»Da bist du ja! Sag bloß nicht, dass du diesen Regen magst.«

»Er fühlt sich herrlich an«, sagte Varlan. »Ich habe die Aversion von euch Menschen gegen eines der einfachen Vergnügen des Lebens nie verstanden, besonders wenn ihr darauf besteht, euch jeden Abend vor dem Schlafengehen mit Wasser zu übergießen.«

»Duschen sind warm. Regen ist kalt. Das ist der Unterschied.«

»Und ich hatte den Eindruck, dass Menschen warmblütig seien.«

»Nur bis zu einem gewissen Grad«, sagte Bethany. Sie verstummte, und Varlan betrachtete sie forschend mit dem ihr zugewandten Auge.

»Ist etwas nicht in Ordnung?«

»Es ist nichts. Ich dachte bloß nach. Wir haben nicht mehr viel Zeit zusammen, du und ich.«

»Das ist wahr«, versetzte ihre Freundin nüchtern. »Nach der Zusammenkunft mit Denen Die Herrschen werdet ihr zum Sterntor zurückkehren, und ich werde dableiben.«

»Ungeachtet des Ausgangs?«

»Du hast den Eid meiner Sippe, der dich schützt, Bethany. Valascar hat mir versprochen, dass er euch sicher aus diesem System bringen wird, was immer Jene Die Herrschen entscheiden. Verbunden mit der Versicherung von Tarsanaus Sippe sollte das ausreichend sein.«

»Ich werde dich vermissen, du seltsam denkende Eidechse.«

»Und ich werde deinen Affenoptimismus vermissen. Du hast mich vieles gelehrt. Wie lange mein Leben von diesem Augenblick an auch sein wird, ich werde immer an deine Lehren denken und wie sie zum Wohl meiner eigenen Art angewendet werden können.«

Bethany zwinkerte Tränen aus den Augen. »Komm, das Frühstück ist fertig, das Zelt gelüftet. Du kannst wieder hinein. Danach müssen wir uns für die Boote bereit machen.«

Eine Stunde später kam dieselbe Flottille, die sie zur Rundfahrt durch die Stadt aufgenommen hatte, am Ufer der kleinen Insel an. Das große Boot mit dem flachen Deck stieß wie vor zwei Tagen auf das sumpfige Ufer, aber diesmal gab es eine Verbesserung. Kaum hatte der Kiel den Widerstand festen Bodens gefunden, da schob sich eine lange Rampe teleskopisch unter dem Deck hervor, und Tarsanau lief auf allen sechs Beinen darauf an Land, als hätte er es sein Leben lang getan.

»Ich sehe, ihr habt unser Transportmittel verbessert«, sagte Drake, als er die Rampe erstieg. Obwohl sie nass vom Regen war, erwies sie sich als rutschfest.

»So kann ich meine Würde besser wahren«, erwiderte Tarsanau durch Varlan.

Als die drei Menschen ihre Sachen verstaut und ihre Plätze eingenommen hatten, ließen sich Varlan und Tarsanau neben ihnen nieder. Der Rudergänger zog die Rampe ein, dann stakte er das Boot durch den Sumpfgürtel hinaus und schaltete den Antrieb ein.

Als das Boot abdrehte und Kurs auf die regenverhangene Lagune nahm, winkten ihnen die beiden Piloten des Raumtransporters von der Insel nach, bevor sie in die Quartiere zurückkehrten. Sie hatten Anweisung, alle Dinge, die nicht unmittelbar benötigt wurden, einzupacken, zu verstauen und den Raumtransporter für einen schnellen Start bereit zu machen. Dies, so hatte Richard Drake ihnen eingeschärft, würde eine Vorstellung sein, nach der die Theatertruppe womöglich einen hastigen Rückzug würde antreten müssen, um dem zornigen Theaterpublikum zu entkommen.

Das Boot fuhr sie über die Lagune und in einen anderen Kanal als das letzte Mal. Sie glitten zwischen Gebäuden dahin, die wie Bienenkörbe von der Größe mittlerer Lagerhäuser aussahen und weiß, braun und gelb gestrichen waren. Der Kanal verließ die dicht bebaute innere Stadt und führte unter einer Fußgängerbrücke hindurch in einen großen offenen Park. In diesem Park gab es große Flächen der schilfähnlichen Gewächse, mit denen die Ryall die Böden ihrer Ruhekammern bestreuten, aber auch große Baumgewächse, die ihre Äste und Zweige wie irdische Trauerweiden herabhängen ließen. Der Kanal bog durch den Park nach links, und nachdem er eine weitere Fußgängerbrücke passiert hatte, führte er in gerader Linie auf das größte Gebäude zu, das sie in der Stadt bisher gesehen hatten. Seitwärts davon, wo der Park endete, erhoben sich mehrere der Bienenkorbhäuser, die mit hell- und dunkelblauen Mustern bemalt waren. Der zentrale Bau hatte enorme Ausmaße und ließ die umliegenden, durchaus stattlichen Bienenkorbhäuser klein erscheinen.

»Meinst du, dass das unser Ziel ist?«, unterbrach Bethany das lange Schweigen.

Richard nickte. »Entweder ist es der Regierungssitz oder eine Art Tempel.«

Schließlich näherten sie sich einem Abschnitt des Kanalufers, in das von beiden Seiten steinerne Rampen führten, um untergetauchten Schwimmern bequemes Verlassen des Wassers zu ermöglichen.

Auch gab es einen Bereich, wo Boote festmachen konnten. Dort legte das große Boot an. Ryall und Menschen gingen von Bord und standen eine kleine Weile herum, bis Tarsanau das Zeichen gab, ihm zu folgen.

Sie gingen auf einem kiesbedeckten Weg, der neben einem der Gleitwege verlief. Er sah neu aus und führte sie zu einer Öffnung in einem nahen Gebäude. Dieses betraten sie durch ein Tor und sahen sich in einem kurzen Vestibül, das nur vom grauen Tageslicht hinter ihnen erhellt war. Als sie weitergingen, wurde es zusehends dunkler, bis sie ihre Umgebung kaum noch ausmachen konnten. Dann bog Tarsanau um eine Ecke, und sie gelangten in einen hell beleuchteten offenen Raum, der, nach seiner enormen Größe zu urteilen, das Innere des Zentralgebäudes sein musste.

Die nächste Entsprechumg im menschlichen Bereich war eines der riesigen Sportstadien, die alle nach dem römischen Kolosseum geformt waren. Um eine ebene Fläche in der Mitte waren ringsum ansteigende Ränge von Ruheplätzen, wo Tausende von Ryall, alle auf den Bäuchen liegend und die vorderen Gliedmaßen über den Rand hängen lassend, die Vorgänge in der Mitte der Halle beobachten konnten. Bethany zählte 23 Ränge, und jeder war durch ein System von Rampen zugänglich, die den Zustrom und den Abfluss der Zuschauer erleichterten. Reihen von Leuchtstoffröhren unter der Überdachung beleuchteten die Tribünen und die zentrale Fläche. Gleichzeitig beleuchteten sie die Malerei, mit der die einzige, kreisförmige Wand geschmückt war.

Richard, Bethany und Phillip betrachteten die Malerei, die aus überlebensgroßen Darstellungen von Triumphen der Ryall bestanden. Einige davon waren Unterwasserszenen, die Ryall-Jäger zeigten, wie sie Schnelle Esser auf die scharfen Spitzen ihrer Speere spießten. Doch gab es auch andere Szenen, von denen viele für die Menschen keine erkennbare Bedeutung hatten. Die Darstellungen schienen in einer chronologischen Ordnung im Uhrzeigersinn um das Stadion oder die Arena angeordnet zu sein. Oder diente die Halle als Parlament, womöglich als Tempel? Zu ihrer Rechten waren Darstellungen aus dem Weltraum zu sehen. Die letzten waren Schiffe im Kampf, Ryall-Schiffe, die andere Raumschiffe rammten oder aufschlitzten. Waren die Schiffe selbst nicht zu identifizieren, so gab es keinen Zweifel darüber, wen die Körper darstellten, die aus einem aufgerissenen feindlichen Raumfahrzeug trieben. Sie waren ungefähr sternförmig, mit vier langen Spitzen, die ausgestreckt waren, und einer kleineren Spitze, die von ihren sphärischen Helmen und reflektierenden Visieren ausging.

Die Zuschauerränge der weiten Halle waren größtenteils leer, abgesehen von den zwei oder drei untersten Ebenen. Hier, in der Nähe der ebenen zentralen Fläche, hatten sich kleine Gruppen von Zuschauern versammelt und räkelten sich auf ihren Liegeplätzen, während sie geduldig auf den Beginn der Aktion warteten.

Tarsanau führte sie zu einer Treppe, die die gestaffelten Ränge durchschnitt und direkt zum Boden der ebenen Fläche hinabführte. Auch dort gab es Liegeplätze, die gleichfalls in einem weiten Kreis um die Fläche angeordnet waren und anders als die ansteigenden Ränge dahinter fast vollständig besetzt waren. Hier lagen Jene Die Herrschten, die Regierenden der Ryall-Hegemonie.

In der Mitte der freien Fläche hatte man ein Podium errichtet und einen Tisch sowie drei Stühle menschlicher Machart aufgestellt. Tarsanau führte sie an den Tisch, und Richard, der den Holoprojektor bis hierher getragen hatte, stellte ihn ab und nahm den Stuhl zur Rechten. Bethany setzte sich in die Mitte, Phillip an ihre linke Seite.

Richard blickte im Kreis der Ryallgesichter umher. Die meisten hatten ihre Köpfe nach rechts oder links gedreht, so dass sie ihn mit dem einen oder dem anderen Auge anstarren konnten. Er konzentrierte sich auf die Ryall in seiner unmittelbaren Umgebung. Sie waren von verschiedenen Körpertypen und beiderlei Geschlechts. Auf den Zuschauertribünen waren einige so jung, dass sie noch nicht das Schuppenkleid der Erwachsenen trugen. Andere, die sich unten auf der zentralen Fläche befanden, zeigten die Entfärbung hohen Alters. Alle hatten die Ohren aufgestellt und ihre Trommelfelle straff gespannt, um jedes Geräusch aufzufangen.

Wie die meisten überkuppelten Räume besaß auch diese Arena eine hervorragende Akustik. Überflutet von den zirpenden und zischenden Geräuschen der Ryall-Sprache, nutzte Drake die Wartezeit, um seine Blicke über die ansteigenden Tribünen streifen zu lassen, bis er eine Gruppe von Zuschauern entdeckte, die mindestens fünfzig Meter entfernt saß und deren Körperbewegungen der Kadenz der Geräusche zu entsprechen schien. Als er zu der Gruppe hinüberschaute und beiläufig »hallo« sagte, verstummte die ganze Gruppe, und alle Köpfe drehten sich in seine Richtung.

Auf den unteren Rängen um die zentrale Fläche herrschte ein allgemeines Kommen und Gehen, bis ein gellender Pfiff an der Grenze der Hörbarkeit den weitläufigen Höhlenraum förmlich durchbohrte. Drake wandte den Kopf und sah, dass ein Ryall die Plattform in der Mitte der Arena erstiegen hatte. Nach genauerem Hinsehen erkannte er, dass es Sandok war. In der Zeit, die er gebraucht hatte, um den Kopf zu wenden, hatten alle Geräusche aufgehört. Es war so still, dass er dachte, die Geräusche im Inneren seines Körpers könnten von den Ryall als störend empfunden werden.

Dann begann Sandok zu sprechen.

Seine Rede dauerte länger als zehn Minuten. Nach den ersten Sätzen blickte Drake Varlan an, die sich zu ihm beugte und sagte: »Sandok begrüßt Jene Die Herrschen und drückt seine Anerkennung und Dankbarkeit aus, dass sie an dieser Versammlung … ihr würdet es eine Ratsversammlung nennen … teilnehmen. Soll ich dolmetschen?«

»Nicht wenn er bloß die Formalitäten abwickelt. Bitte übersetze, wenn er zu einem wichtigen Thema kommt.«

Ein paar Minuten später sagte Varlan: »Er erklärt jetzt, wie eure Flotte das System der Zwillingssonnen überfallen und besetzt hat. Er erzählt ihnen, wie du, Richard von den Drakes, unsere Schiffe in dem System besiegtest, wo sie tapfer kämpften, und wie ihr jetzt unsere Sterntore besetzt haltet, und wie unsere große Zivilisation von eurer Flotte zerbrochen wurde. Er erklärt ausführlich, wie Richard von den Drakes ein Krieger ohnegleichen unter den Menschen ist, und dass du sie geehrt hast, indem du persönlich gekommen bist, zu ihnen zu sprechen.

Nun, Bethany, beschreibt er dich als Richards Partnerin und eine große eigenständige Philosophin. Er berichtet, wie du mich aus dem Sklavenlager rettetest, nachdem deine Leute mich gefangen hatten, und mir ein Heim gabst, wo ich eure Sprache und Lebensart lernen konnte. Er ist in seiner Beschreibung sehr schmeichelhaft …

Phillip beschreibt er als den künftigen Führer Jener Die Herrschen unter euren Leuten. Er sagt, dass seine Welt zuerst von unseren Angriffen heimgesucht worden sei, und dass es ihm gelungen sei, unsere Streitkräfte zurückzuschlagen, sogar als er die Heimatwelt evakuierte, um dem neuen Bösen Stern im Bereich der Menschen zu entkommen. Er sagt es mit hoher dichterischer Kraft und Beredsamkeit, die sich nicht übersetzen lässt.

Nun, Bethany, sagte er ihnen, dass du zu ihnen über die große Jagd sprechen wirst. Er erinnert sie daran, dass du von fremder Art bist und dass auch einige deiner Ideen fremd sein werden. Er ersucht sie, sorgfältig zuzuhören und wohl zu bedenken, was du zu sagen hast, denn das Schicksal der ausschlüpfenden Jungen wird von den Entscheidungen abhängen, die heute hier getroffen werden.

Er stellt jetzt dich vor, Bethany, früher von den Lindquists und nun von den Drakes. Er übergibt dir das Wort.«

Bethany schob ihren Stuhl zurück. Richard beugte sich zu ihr hin und gab ihr noch schnell einen Kuss auf die Wange. »Lass dich nicht einschüchtern. Denk daran, wir sind hier, um ihre Haut zu retten, nicht umgekehrt.«

»Ich werde daran denken, Richard. Erinnere auch du dich an deinen Text, wenn die Zeit kommt«, flüsterte sie.

Damit schritt sie zum Podium und erstieg die Stufen, die für menschliche Bedürfnisse angebracht worden waren. Am Tisch wärmte Richard unterdessen den Holoprojektor auf.

87

Bethany stand auf dem Podium und überblickte das Publikum ringsum. Bis auf ihre fremdartige Gestalt hätten sie durchaus eine Gruppe von Medizinstudenten sein können, die im Hörsaal einer Operation beiwohnten, oder Jurastudenten, die darauf warteten, über die Prinzipien der Zivilisation aufgeklärt zu werden. Neben ihr stand Varlan und wartete darauf, ihre Rede zu übersetzen.

Es folgte eine längere Pause, und Richard begann sich zu fragen, ob sie vom Lampenfieber erstarrt sei. Dann ertönte ihre Stimme in einem lauten, klaren Alt.

»Mitglieder der Sippen Der Rasse, wir danken euch, dass ihr heute hierher gekommen seid, um zu hören, was ich zu sagen habe. Wie Sandok von der Windseitigen Küste euch bereits mitgeteilt hat, bin ich eine Fremde, und vieles von dem, was ich sage, wird euch fremd vorkommen. Ich ersuche euch, zuzuhören, obwohl ihr meine Worte zuerst schwierig zu vereinbaren finden werdet, denn was ich sage, ist wichtig für die Zukunft unserer beider Arten.«

Bethany machte eine Pause, um Varlan Zeit zur Übersetzung zu geben und selbst die nächste Erklärung vorzubereiten. Es hatte Vorteile, in einer Rede übersetzt zu werden, fand sie. Es gab einem Zeit zu denken. »Mein Name ist Bethany Drake. Ich bin von Beruf Historikerin. Das bedeutet, dass ich gegenwärtige Ereignisse einschätze und eine Zeit in der Menschheitsgeschichte zu finden suche, in der meine Leute sich in einer ähnlichen Lage befanden. Dann beurteile ich, wie unsere Vorfahren das Problem behandelten und rate unseren Herrschenden, wie sie vorgehen können.«

(Pause)

»In gewisser Weise sind mein Mann und ich Ausnahmeerscheinungen unter den Menschen. Wir kommen von einer Koloniewelt, deren Zugang zu den Sternen abgeschnitten wurde, als Antares, den ihr den Bösen Stern nennt, im menschlichen Raum explodierte. Sechs Menschengenerationen lang hatten wir keine Kenntnis von der Existenz Der Rasse, noch von dem Krieg, den ihr gegen die Menschheit führtet. Erst nachdem die Wellenfront der Nova unseren Stern passierte, konnten wir unser Sterntor wiedergewinnen und die Suche nach unseren Mitmenschen aufnehmen.«

(Pause)

»Was wir fanden, war eine Welt, die durch die Strahlung der Supernova steril gemacht war. Dies hatten wir erwartet, denn keine Welt konnte so nahe bei Antares, wie New Providence es war, überlebt haben. Was uns überraschte, war die Entdeckung, dass viele der Städte auf New Providence vom Krieg zerstört waren, bevor die Nova den Planeten sterilisierte. Sehr verwirrt besuchten wir unsre Schwesterkolonie Sandar, und dort erfuhren wir von den Fremden, die über New Providence hergefallen waren und großen Schaden angerichtet hatten, bevor sie zurückgeschlagen werden konnten.«

(Pause)

»Das, Mitglieder Der Rasse, war meine erste Bekanntschaft mit euch. Man sagte mir, ihr wäret ein Haufen Feiglinge, üble Ungeheuer, die unser Volk angriffen, während wir versuchten, eine zum Untergang verurteile Welt zu räumen. Man sagte mir, mit euch könne man nicht vernünftig reden, der einzig mögliche Ausgang sei eure oder unsere völlige Vernichtung. Man zeigte uns Gefangene, Angehörige der Kriegerkaste, die wirklich furchtbare Kämpfer zu sein schienen. Dann, während wir auf Sandar waren, griffen eure Schiffe dieses System an. Die Sandarer reihten uns in ihre Verteidigung ein, und gemeinsam warfen wir eure Schiffe unter hohen eigenen Verlusten zurück.«

(Lange Pause)

Während Varlan dolmetschte, griff Bethany zur Feldflasche an ihrem Gürtel und nahm einen kräftigen Schluck Wasser. Wer eine Rede hielt, entdeckte sie, bekam einen trockenen Mund. Als Varlan signalisierte, dass sie fortfahren könne, hängte sie die Feldflasche wieder an den Gürtel und beschrieb langsam eine halbe Drehung, um alle Mitglieder ihres Publikums ins Auge zu fassen.

»Dann entdeckten wir, dass der Weg zur Heimatwelt der Menschheit von euren Schiffen blockiert war, und dass wir, obwohl es wieder möglich war unser eigenes System zu verlassen, trotzdem in einer Region gefangen waren, die keinen Ausgang hatte. Ohne eine andere Möglichkeit, die Erde zu erreichen, suchten wir im Bereich des Bösen Sterns nach Sterntoren. Wir schirmten unsere Schiffe gegen Strahlung ab und führten eine Flotte in das Herz des Nebels. Nach viel Arbeit fanden wir ein Sterntor und sandten Schiffe hindurch, um aufzuklären. So entdeckten wir zuerst das System Eulysta.«

(Pause)

»Zu unserer Überraschung war das System Eulysta bewohnt, und wir nahmen die Bergleute gefangen, die wir dort fanden, darunter auch Varlan. Um zu vermeiden, dass unser Überfall Denen Die Herrschen gemeldet wurde, tilgten wir die Hinweise auf unsere Anwesenheit in dem System und kehrten mit unseren Gefangenen zum Antaresnebel zurück. Während unserer Abwesenheit hatten unsere Wissenschaftler ein weiteres Sterntor ermittelt, und dieses führte zu einem System in unserem Herrschaftsbereich und schließlich zur Erde.«

Als Bethany diesmal eine Pause einlegte, um Varlan Gelegenheit zur Übersetzung zu geben, blickte sie fragend zu Richard. Er nickte.

»Varlan war die erste Vertreterin Der Rasse, der ich je begegnet war, und sie machte mich neugierig. Wart ihr wirklich so, wie meine Leute es behaupteten? Wie war eure Denkart? Was motivierte euch?

Ich beschloss, Varlan zu studieren, wie ich vorher schon lange Geschichte studiert hatte. Dabei stellte ich fest, dass ihr nicht die Ungeheuer seid, die unsere Leute in euch zu sehen glauben. Auch ist eure Lebensauffassung nicht so fremdartig, dass wir Menschen euch nicht verstehen könnten. Tatsächlich sind eure und unsere Denkprozesse einander ähnlich, mit einem einzigen Unterschied. Teil eurer Entwicklungsgeschichte waren die Schnellen Esser, und sie hinterließen eine Spur in eurem Erbgut.«

Sie nickte Richard zu, der den Holoprojektor einschaltete. Eine leuchtende blaue Sphäre erschien über dem Tisch. In ihr war ein langer, stromlinienförmiger Körper mit einer vertikalen Dreieckflosse auf dem Rücken, Seitenflossen in der Mitte und einem klaffenden Maul an der Unterseite des Kopfes, angefüllt mit scharfen Zähnen. Zu beiden Seiten des abgeflachten Kopfes saßen zwei starre Augen, die das Publikum fixierten. Die Ähnlichkeit mit dem Schnellen Esser, den sie im Museum gesehen hatten, war augenfällig.

»Dies ist für meine Art das Äquivalent eines Schnellen Essers. Wir nennen es einen Großen Weißen Hai. Er ist länger als ein Schneller Esser, und ich glaube, dass er mindestens genauso schnell ist. Er ist weniger intelligent als jene es waren, aber auch er ist eine Art Fressmaschine. Das ist alles, was er tut. Er schwimmt in den Ozeanen der Heimatwelt der Menschen und frisst …«

(Pause)

Während Varlan dolmetschte, beobachtete Bethany das Publikum. Die meisten hatten ihre Aufmerksamkeit dem Hologramm zugewandt. Sie fragte sich, ob das Anlegen der Ohren ein Hinweis darauf sei, dass der Hai die gleiche instinktive Reaktion auslöste wie ein Schneller Esser. Sie hoffte es, zählte sogar darauf.

»Es gibt zwei Unterschiede zwischen dem Großen Weißen Hai und dem Schnellen Esser. Der erste ist, dass meine Art den Hai nicht fürchtet. Wir müssen es nicht. Wir sind Landtiere, und als solche teilen wir nicht sein Habitat mit ihm. Bis auf gelegentliche unglückliche Schwimmer ist der Hai keine Gefahr für uns. Überdies hat der Hai niemals eine Vorliebe für Menschenfleisch entwickelt, weil wir nur gelegentlich seine Beute werden. Wenn Haie Menschen angreifen, handelt es sich oft um eine Verwechslung. Daher haben wir niemals eine Aversion gegen Haie entwickelt, wie Die Rasse eine Aversion gegen Schnelle Esser entwickelte.«

(Pause)

»Dass wir den Hai nicht fürchten müssen, bringt uns auf den zweiten Unterschied zwischen ihnen und Schnellen Essern. Haie bewohnen die Ozeane der Erde bis zum heutigen Tag. Selbst nachdem wir Menschen die Fähigkeit entwickelt hatten, sie auszurotten, taten wir es nicht. Das liegt daran, dass sie keine Gefahr für uns sind und insofern etwas Gutes tun, als sie andere Arten in Schach halten.

Ihr mögt daraus ersehen, dass unsere beiden Arten in der Vergangenheit auf ähnliche Lebewesen stießen. Weil ihr eure Umgebung mit den Schnellen Essern teilen musstet und im Laufe langer Zeiträume Teil ihrer Nahrungskette geworden wart, musstet ihr sie als eine ständige Gefahr ausrotten. Während wir auf Erden die Haie leben ließen, weil sie keine Gefahr für unsere Art darstellten, und so bewohnen sie unsere Ozeane noch immer.«

(Pause)

»Unsere beiden Spezies haben Instinkte entwickelt, die vollständig rational sind, wenn man unsere Entwicklungsgeschichten betrachtet. Ein anderer Aspekt unserer Evolution ist, dass wir beide intelligent sind. Tatsächlich sind unsere beiden Intelligenzen das Ergebnis ähnlicher geschichtlicher Erfahrungen. Meine Art entwickelte Intelligenz, weil die Raubtiere unserer Heimatwelt uns zwangen, zur Abwehr Waffen zu gebrauchen. Eure Art entwickelte Intelligenz, weil die Schnellen Esser euch aus dem Meer auf das Land trieben.«

(Pause)

»Das bringt uns zu dem wichtigsten Unterschied zwischen uns. Dieser Krieg, den wir führen, wird genährt von eurem Instinkt, alle möglichen Konkurrenten zu vernichten. Obwohl meine Art keinen gleichartigen Instinkt hat, ist unser Selbsterhaltungstrieb sehr stark. Wir kämpfen, weil wir angegriffen worden sind. Genauso wie ihr keine andere Wahl hattet, als ihr die Opfer der Schnellen Esser wart, haben wir keine andere Wahl als euren Versuchen, uns zu töten, Widerstand zu leisten.«

(Pause)

Als die Übersetzung fertig war, fasste Bethany wieder die versammelten Vertreter der Ryal-Sippen ins Auge und sagte: »Mit anderen Worten, vom menschlichen Standpunkt aus gesehen seid ihr die Schnellen Esser! Ihr seid die geistlosen Tötungsmaschinen, die hinter uns her sind, und solange ihr diese Einstellung beibehaltet, haben wir keine andere Wahl als euch zu vernichten.«

Hätte sie vor menschlichen Zuhörern gesprochen, würde Bethany zorniges Gemurmel, Zwischenrufe und vielleicht ein paar Wurfgeschosse aus dem Publikum erwartet haben. Sie hatte ihnen den denkbar schlimmsten Vorwurf gemacht, doch die Ryall saßen ruhig da, hielten die Köpfe seitwärts und hatten die Ohren aufgestellt und beobachteten sie aufmerksam mit ihren unergründlichen schwarzen Augen. Hier und dort erschien eine dreifach gegabelte Zungenspitze zwischen den lederigen Lippen, um genauso rasch wieder zu verschwinden.

Ohne ein weiteres Wort schritt Bethany zum Rand des Podiums und stieg hinunter. Als sie Richard passierte, flüsterte sie ihm zu: »Jetzt bist du dran. Hoffentlich habe ich sie für dich aufgerüttelt.«

»Gut gemacht, Schatz. Wir werden sehen.«

Drake erstieg das Podium und nahm seinen Platz neben Varlan ein. Er stand eine Weile einfach nur da und blickte langsam in die Runde, bis er mit seinem ganzen Publikum Augenkontakt hergestellt hatte.

»Für Jene Die Herrschen und andere. Mein Name ist Admiral Richard Drake, und ich bin der Mensch, der euch in diesem Krieg besiegt hat. Ich befehlige die Flotte, die das System der Zwillingssonnen besetzt. Ich habe die Macht, euren Schiffen den Zugang zu diesem System zu verwehren, und in kurzer Zeit werde ich die Macht haben, Feuer auf diese Stadt und diese Welt regnen zu lassen. Deshalb rufe ich euch auf, mir zuzuhören und meine Worte zu beherzigen.«

(Pause)

»Wie meine Frau euch gesagt hat, haben wir keinen Instinkt, der von uns verlangt, euch auszurotten. Das möchte ich betonen. *Menschliche Wesen haben keinen Instinkt, der von ihnen die Ausrottung Der Rasse verlangt.* Der Instinkt fehlt uns, weil wir im Gegensatz zu euch niemals eine andere Art auf unserer Heimatwelt hatten, die unsere Herrschaft ernstlich gefährdete. Wir haben uns nicht viele Generationen lang mit dem Kampf gegen die Schnellen Esser befassen müssen, bis dieser Kampf Teil unseres eigenen Erbgutes würde. Wir kämpfen, weil wir angegriffen wurden, und werden weiter kämpfen, solange ihr eine Gefahr für uns seid.«

(Pause)

»Dieser Krieg zwischen Der Rasse und der Menschheit hat seine Wurzel in zwei konkurrierenden Sichtweisen. Ihr glaubt, dass ihr uns zur Erhaltung eurer Art vernichten müsst, da wir sonst zu stark werden und euch in der Zukunft überwältigen könnten. Das ist die Lektion, die ihr von den Schnellen Essern gelernt habt. Ihr seht uns als einen neuen Typ von gefräßigen Bestien, die euch schließlich verschlingen werden, wenn ihr uns nicht unschädlich macht. Wir hingegen sehen euch als einen neuen Typ von Haien. Ihr seid gefährlich, aber ihr seid nicht unsere Erbfeinde. Ihr seid lediglich das letzte in einer Serie von Überlebensproblemen, die überwunden werden müssen. Wir kämpfen jetzt, weil ihr auch uns bedroht. Doch wenn wir eine Lösung finden können, die unsere Sicherheit garantiert, werden wir euch gern leben und in eurem heimatlichen Ozean schwimmen lassen, den wir kaum jemals besuchen.«

(Pause)

»Während dieses Krieges schien es lange Zeit keinen anderen möglichen Ausgang als den zu geben, den ihr sucht – nämlich die Ausrottung einer unserer zwei Arten. Lange Zeit schien es, dass ihr gewinnen würdet und uns Menschen das Schicksal der Vernichtung bestimmt sei. Mit unserer Eroberung des Systems der Zwillingssonnen scheint es jetzt aber wahrscheinlicher, dass ihr den Kampf verlieren werdet. Mit unserer Eroberung eures wichtigsten Sternsystems haben wir euch einen schweren Schlag versetzt. Nachdem dies geschehen ist, haben wir eine kurze Periode, in der wir den Ausgang dieses Krieges verändern können. Es gibt eine Lösung, die unsere beiden Arten unversehrt, sicher und frei lässt, unseren eigenen Interessen nachzugehen. Es ist jedoch eine Lösung, die von uns beiden verlangt, dass wir uns auf unsere Intelligenz verlassen, nicht auf unsere Instinkte. Also will ich auf eure Befürchtungen eingehen.

Ihr seid besorgt, dass die Menschen eines Tages in eure Heimatsysteme eindringen und euch verdrängen werden. Das ist falsches Denken. Es trifft zu, dass unsere beiden Arten Welten bewohnen, die einander sehr ähnlich sind. Meine Gefährten und ich haben oft erwähnt, wie schön Darthan sich für uns ausnimmt. Doch wenn wir die Schönheit eurer Welt anerkennen, wünschen wir sie uns nicht zugleich auch zu Eigen zu machen.«

(Pause)

»Die Wahrheit ist, dass wir binnen kurzem in der Lage sein werden, diese Welt und viele andere zu beherrschen. Aber Beherrschung ist nicht gleich Besitz. Um euch diese Welt zu entreißen, würden wir sie zu radioaktivem Staub bombardieren müssen. Damit würden wir sie auch für unsere eigenen Bedürfnisse nutzlos machen. Auch ist Darthan kein besonderer Fall. Es ist eine Binsenweisheit, dass eine intelligente, feindselige Bevölkerung einem Eindringling immer die Ausbeutung von Ressourcen ihrer Welt verwehren kann. Wir haben dies in Kriegen zwischen Menschen oft bestätigt gefunden. Da wir dies wissen und entdeckt haben, dass Welten wie Darthan im Universum häufig sind, sehen wir keine Notwendigkeit, die intelligenten Bewohner irgendeiner Welt auszurotten oder zu vertreiben. Wir ziehen die Erforschung der Eroberung vor, um neuen Lebensraum zu gewinnen.«

(Pause)

»Wie also bringen wir diesen Krieg zu einem Ende, das sowohl der Menschheit wie auch der Rasse ein Überleben und Gedeihen ermöglicht? Notwendig ist dazu ein einfacher Akt von eurer Seite, aber auch einer, der den in diesem Gebäude versammelten eine der härtesten Entscheidungen abverlangt, die sie jemals haben treffen müssen. Denn wir verlangen, dass ihr eure Instinkte überwindet und eure Intelligenz gebraucht, um die Lage objektiv zu betrachten. Statt abzuwarten, bis wir uns mit Gewalt den Weg in dieses System bahnen, fordern wir euch auf, jetzt die Waffen niederzulegen und uns ohne Kampf durch das Sterntor zu lassen.«

Varlan beendete ihre Übersetzung, und zum ersten Mal erhob sich einer von Denen Die Herrschen aus seiner kauernden Haltung. »Du sprichst mit großer Zuversicht von der Zukunft, zweibeiniges Ungeheuer.«

»Ich bin Krieger von Beruf und verstehe die Logistik des Krieges. Wir haben das zentrale System eures Sterntor-Netzwerkes erobert. Wenn wir es halten können, wird eure Zivilisation zusammenbrechen. Es ist unvermeidlich, wie es dir eure eigenen Krieger und Wirtschaftsphilosophen sicherlich gesagt haben werden.«

»Du sprichst von Kapitulation. Was sind die praktischen Konsequenzen, wenn wir deine Worte beherzigen, Ungeheuer?«

»Sobald ihr kapituliert, werden wir Schiffe zu eurer Seite der Sterntore schicken und dort Befestigungen errichten. Wir werden die Zerstörung eurer militärischen Flotten überwachen. Ob ihr sie einschmelzen oder verschrotten wollt, um sie eurer Wirtschaft nutzbar zu machen, oder ob ihr sie innerhalb eures Systems fliegen wollt, ist uns gleich. Sobald euch die Mittel fehlen, uns anzugreifen, werden wir das System der Zwillingssonnen wieder für den Handelsverkehr öffnen. Eure Schiffe werden beim Verlassen dieses Systems und bei der Ankunft an ihrem Bestimmungsort durchsucht. Solange sie nichts von militärischem Wert befördern, werden sie nicht behelligt.«

(Pause)

»Schließlich werden wir einige unserer Schiffe mit unseren Waren zu eurer Heimatwelt schicken und werden einigen eurer Schiffe erlauben, mit Dingen, die ihr erzeugt habt, den Hegemonialbereich der Menschen zu bereisen. Mit der Zeit werden wir einen Handel zwischen unseren Machtbereichen aufbauen. Und in dem Maße, wie wir von den Gütern des jeweiligen Partners mehr und mehr abhängig werden, werden wir einander weniger fürchten. Wir könnten sogar Freunde werden. Selbst wenn es dazu nicht kommen sollte, wird schließlich keine unserer Arten sich noch erinnern können, welches der Gegenstand der Streitigkeiten war.«

»Und das ist der Grund, dass du hierher gekommen bist?«

»Das ist der Grund. Wie ich gesagt habe, haben wir kein Verlangen, euch zu vernichten. Solange wir das System der Zwillingssonnen besetzt halten, habt ihr nur zwei Wahlmöglichkeiten: Kapitulation oder Tod. Da wir hoffen, eines Tages Die Rasse zu unseren Handelspartnern zu zählen, würden wir eure Vernichtung als eine Vergeudung wertvoller Ressourcen betrachten. Ob ihr unser Angebot annehmt, bleibt jedoch eure Entscheidung. Weist ihr es zurück, so werden wir auf den Weg des Krieges zurückkehren. Die Rasse wird dann eins mit den Schnellen Essern sein: bloß eine Geschichte, die menschliche Mütter ihren neu geschlüpften Jungen zur Abschreckung erzählen werden, damit sie sich richtig benehmen.«

Damit verließ Drake das Podium, stieg die zwei steilen Stufen hinab, holte Bethany und Phillip zu sich und ging mit ihnen den Weg zurück, auf dem sie gekommen waren. Als sie sich langsam die Rampe zwischen den Sitzreihen der Tribüne hinauf zum Ausgang bewegten, wandten sich hundert Köpfe auf langen Hälsen, um ihren Abgang zu verfolgen.

»Was meinst du«, flüsterte Bethany, »wie wir uns gehalten haben?«

»Ich weiß nicht«, antwortete er mit einem scharfen Ausstoßen des Atems. »Wahrscheinlich werden sie tagelang hin und her argumentieren. Wir können jetzt nichts tun als zu unserem Quartier zurückzukehren und abzuwarten.«

88

»Richard, wach auf.«

Schlaftrunken öffnete Drake die Augen. Es war dunkle Nacht. Finger berührten sein Gesicht, aber es waren nicht Bethanys Finger. Sie waren nicht menschlich.

»Richard, wach auf.«

»Ich bin wach«, flüsterte er. »Varlan?«

»Ja.«

»Was ist los?«

»Ihr müsst aufstehen. Es ist Zeit zur Abreise.«

Er setzte sich aufrecht und machte Licht. Kurz vor Sonnenuntergang waren sie zu ihrem Lager auf der Insel zurückgebracht worden, und nach einer schnellen Mahlzeit aus Notrationen zu Bett gegangen, müde von der Anspannung des Tages. Er blickte auf den Chronometer und sah, dass es auf Mitternacht ging. »Abreisen? Haben sie ihre Entscheidung schon getroffen? Müssen wir nicht zurück zur Versammlungshalle?«

»Sie haben ihre Entscheidung getroffen. Es ist Zeit, dass ihr diese Welt und dieses System verlasst.«

»Soll das heißen, dass die Entscheidung gegen uns fiel?«

»Ich kann nicht mehr sagen. Die Entscheidung ist gefallen, und es ist sehr wichtig, dass ihr sofort diese Welt verlasst! Steht auf! Tarsanau hat Vorkehrungen getroffen, dass euer Boot zu eurem Schiff zurückkehren kann und dass *Fernsucher* euch zurück zum Sterntor geleitet. Wir müssen uns beeilen. Es gibt viele unter Denen Die Herrschen, die den Eid der Sippenehre zurückziehen möchten, der euch hier schützt.«

»Richard, was ist geschehen?«, fragte Bethany, die von ihrem halblauten Gespräch nun ebenfalls erwacht war.

Varlan erklärte ihr rasch, dass es Zeit zur Abreise sei und dass die *Queen Julia* zum Sterntor zurückgeleitet würde. »Abreisen? Werfen sie uns hinaus?«

»Wie ich gerade erklärt habe, steht ihr noch unter dem Schutz des Sippeneides. Tarsanau bestand darauf, dass die Sippenehre nicht verletzt werde, und Valascar unterstützte ihn. Aber es gibt Grenzen für unseren Schutz, und diese Grenzen schließen die Zeit mit ein. Deshalb müsst ihr euch beeilen.«

»Kommst du mit uns?«

»Ich werde euch zum Sterntor begleiten. Für eure Sicherheit und um zu dolmetschen, sollte es notwendig werden. Am Tor werde ich mich auf *Fernsucher* übersetzen lassen und hierher zurückkehren.«

»Und du kannst uns nicht sagen, wie die Entscheidung ausfiel?«

»Nicht, wenn ihr diese Welt verlassen wollt«, erwiderte sie.

»Gut«, sagte Drake. »Das scheint mir deutlich genug. Bethany, weck die anderen. Wie viel Zeit haben wir bis zum Start, Varlan?«

»Eure Startfreigabe gilt noch –« sie rechnete rasch nach »– vierzig Minuten. Bis dahin müsst ihr auf dem Weg zur Umlaufbahn sein.«

»Verstehe. Dann ist keine Zeit zu verlieren. Vorwärts!«

Eine halbe Stunde später liefen die senkrecht geschwenkten Triebwerke des Raumtransporters an. Ihre heißen Abgase rüttelten an den beiden orangefarbenen Kuppelzelten, die sie zurückließen. Der Transporter hob ab, und bald verschwanden die Lichter der Hauptstadt unter einer dichten Wolkendecke. Als sie die Wolkenoberseite durchstießen, durchflutete das helle Licht des größeren Mondes den Passagierraum. Angeschnallt auf ihren Sitzen und in einem Netz für Frachtgut waren fünf Menschen und eine Ryall. Sie hatten nur ihre Kleider, ihre persönlichen Sachen und die Instrumente mitnehmen können, mit denen sie ihren Besuch auf der Heimatwelt des Feindes aufgezeichnet hatten.

Während ihres Aufstiegs durch die Atmosphäre grübelten fünf Gehirne über eine einzige Frage: Was war schief gegangen?

Zur allgemeinen Erleichterung kam die *Queen Julia* genau zur vorausberechneten Zeit in Sicht. Die Passagiere starrten aus den Steuerbordfenstern der Passagierkabine und spähten hinaus. Der Anblick des rasch größer werdenden Kreuzers zerstreute ihre Befürchtungen und verbreitete neue Zuversicht. Bald darauf vernahmen sie lautes Zischen, als der Raumtransporter mit den Steuertriebwerken vor das offene Hangartor des Kreuzers manövrierte, gefolgt von sanfter Beschleunigung, als sie von einer Winsch an Bord gezogen wurden.

Phillip war als Erster durch die Luftschleuse und bei seinem Ersten Offizier, der ihn erwartete. Nach einem flüchtigen Blick in die Runde fragte er: »Wo sind all Ihre Bewacher?«

»Von Bord gegangen, Kapitän.«

»Von Bord gegangen?«

»Vor etwa einer Stunde kam ein Ryall-Transporter und holte sie ab. Das geschah ungefähr zur gleichen Zeit, als wir hörten, dass Sie an Bord zurückkehren würden. Was ist unten passiert?«

»Ich weiß es nicht genau, aber ich habe den Eindruck, dass wir sie aufbrachten. Sind alle Ryall fort?«

»Alle, Sir. Kann nicht sagen, dass ich traurig wäre. Nachdem die Dolmetscher gegangen waren, gab es nicht mehr viel zu reden, und wenn es etwas gab, mussten wir es mit Zeichensprache versuchen.«

»Wenn Sie nicht reden konnten, wie erfuhren Sie dann, dass wir zurückkommen würden?«

»Wir erhielten eine Botschaft in Standard auf der Radiofrequenz, die wir offen halten sollten.«

»Stimme oder Daten?«

»Daten. Die Botschaft besagte, dass Sie an Bord zurückkommen würden, und gab uns Starterlaubnis zum Verlassen der Umlaufbahn, dazu die Parameter für den Kurs.«

»Wie lange bleibt unser Zeitfenster offen?«

»Ungefähr zwanzig Minuten, Sir.«

Phillip spitzte die Lippen und pfiff. »Man kann nicht sagen, dass sie bummeln, nicht?«

»Nein, Sir. Was ist los?«

»Anscheinend reagierten die Herrschenden stark auf unsere Kapitulationsaufforderung. Sind an Bord alle in Ordnung?«

»Keine Probleme. Warum lassen sie uns abreisen, wenn ihnen nicht gefiel, was Sie ihnen sagten?«

»Gute Frage, Captain Lieutenant. Ich wünschte, ich wüsste es. Vielleicht wollen sie warten, bis wir von all diesen kostspieligen Orbitaleinrichtungen weg sind, damit sie uns abschießen können, ohne sich wegen möglicher Kollateralschäden Sorgen machen zu müssen.«

In der Befehlszentrale beschäftigte das gleiche Thema Richard und Bethany. Ihre überstürzte Abreise hatte ein Gefühl von Desorientierung hinterlassen. Bei der Vorbereitung ihrer Ansprachen hatten sie eine Anzahl verschiedener Reaktionen auf ihr Ultimatum in Betracht gezogen. Vielleicht würden ihre Gastgeber ihnen sagen, dass sie am irren Gerede dieser verrückten Zweibeiner nicht interessiert seien und sie dann wieder fortschicken. Oder vielleicht würden sie alle fünf umbringen lassen, oder in eine Art Zoo einsperren, wenn die Ryall so etwas kannten. Aber immerhin gab es die Möglichkeit, dass sie sich tatsächlich zur Kapitulation entschließen würden.

Wie so oft im Leben war das geschehen, womit sie nicht gerechnet hatten: Mitten in der Nacht hatte man sie aus den Betten gerissen und ohne irgendeine Erklärung hinausgeworfen.

Als sie sich vor dem Verlassen der Umlaufbahn in ihren Sitzen anschnallten, wandte sich Bethany an Varlan und fragte: »Weißt du, welche Entscheidung getroffen wurde?«

»Ja.«

»Kannst du es uns sagen?«

»Nein. Es wäre eine Verletzung des Eides, den ich meiner Sippe leistete.«

»Wenn wir wüssten, wie die Entscheidung ausgefallen ist, könnten wir vielleicht durch Argumente eine andere Entscheidung herbeiführen.«

»Kein Argument kann etwas bewirken.«

»Kannst du uns nicht eine Andeutung machen?«

»Nein. Ich kann nur sicherstellen, dass ihr heimkehren könnt, bevor jene, die euch den Schutz verweigern würden, bei Denen Die Herrschen Gehör finden. Wenn das geschieht, bevor wir das Sterntor erreichen, werdet ihr hier gefangen sein. Mehr kann ich nicht sagen.«

»Du hast genug gesagt«, erwiderte Drake. Mit einem Knopfdruck stellte er die Verbindung zur Brücke her.

»Walkirk hier, Admiral«, meldete sich Phillip.

»Wie lange wird es dauern, bis wir die Umlaufbahn verlassen, Commander?«

»Zehn Minuten, Sir.«

»Die gleiche Umlaufbahn, die wir bei der Ankunft hatten?«

»Ziemlich gleich. Sie ist so berechnet, dass wir nicht den lokalen Raummüll rammen. Wir werden mit *Fernsucher* am Sterntor zusammentreffen.«

»Welche Beschleunigungsrate haben sie uns vorgegeben?«, fragte Drake.

»Moment, Sir. Ich habe diesen Teil des Flugplans noch nicht überprüft …« Phillip schnalzte. »Sie haben für den Rückflug zwei *g* Beschleunigung ausgerechnet, Sir. Sie müssen uns schnell los werden wollen.«

»Welche Flugzeit rechnen Sie bei zwei *g* Beschleunigung bis zum Sterntor, Commander?«

»Ich schätze sechzig Stunden, Sir.«

»Gut. Je länger wir im Ryall-Bereich sind, desto größer ist die Gefahr, dass sie es sich anders überlegen und wir da behalten werden. Wir werden dem Flugplan wie vorgesehen folgen.«

»Jawohl, Sir. Beschleunigung in acht Minuten und zwanzig Sekunden. Bitte schnallen Sie sich dort alle an.«

»Wir werden bereit sein.«

Zweieinhalb Tage später fühlte sich Richard Drake wie nach einer zehntägigen Sauftour. Seine Augen brannten, sein Mund schmeckte wie die Innenseite eines alten Turnschuhs, und jeder Muskel in seinem Körper schmerzte und verlangte nach einer anderen Position als der, in der er sich befand.

Ich muss alt werden, dachte er. *Sechzig Stunden bei zwei* g *sind ein Picknick, verglichen mit dem Beschleunigungsflug, den wir machten, um* Conqueror I *einzuholen.*

»Beschleunigung wird in zehn Minuten aufhören. Vergewissern Sie sich, dass Sie angeschnallt und auf Schwerelosigkeit vorbereitet sind. Ich wiederhole, Ende der Beschleunigung in zehn Minuten.«

Die Ankündigung hallte durch das Schiff und führte in allen Abteilungen zu Seufzern der Erleichterung. Ein Ende der Beschleunigung bedeutete nicht nur eine Erholung vom ständigen Beschleunigungsdruck, es signalisierte auch, dass sie bald durch den Faltpunkt und aus dem Herrschaftsbereich der Ryall sein würden.

Drake, Phillip und die Angehörigen der Aufklärungsgruppe waren während des langen Fluges zurück zum Faltpunkt nicht untätig gewesen. Während die wenigen aktiven Sensoren ausgeschaltet blieben, um nicht geortet zu werden, machten sie vollen Gebrauch von den passiven Sensoren, besonders den Bordteleskopen.

Das System Darthan war voll von interessanten Details. Innerhalb von sechs Stunden nach ihrem Abflug machten sie vor dem schwarzen Hintergrund des Raumes einen entfernten Antriebsstrahl von Reaktionsgasen aus. Innerhalb von Sekunden waren es Dutzende und dann Hunderte von glühenden Abgasfackeln.

Drakes erste Reaktion war, dass es sich um Kriegsschiffe handeln müsse, die zur Verfolgung der *Queen Julia* aufgeboten wurden. Diesen Gedanken verwarf er allerdings sogleich wieder. Zum einen gab es genug Ryallschiffe um den Faltpunkt, um eine Kriegsflotte am Durchbruch zu hindern, so dass ein einzelnes unbewaffnetes Schiff mit Leichtigkeit ausgeschaltet werden konnte. Zum anderen waren es zu viele, um etwas anderes als die Mobilisierung einer ganzen Flotte von vielleicht dreihundert Kriegsschiffen zu sein.

»Was halten Sie davon?«, hatte Drake den in der Befehlszentrale Dienst tuenden Offizier gefragt. Zusätzlich zu der höchst willkommenen Erkenntnis über die Bewegung der feindlichen Flotte lenkte die Beobachtung die allgemeine Aufmerksamkeit von der drückenden Last zu hoher Beschleunigung ab.

»Wir wissen nicht, was wir davon halten sollen, Admiral. Sie scheinen sich zu einem weiteren Versuch, die Blockade zu durchbrechen, zu versammeln, aber wenn es so ist, warum erlauben Sie uns, ihre Vorbereitungen zu beobachten?«

»Eine gute Frage«, meinte er. »Hat jemand eine Antwort?«

Wie sich herausstellte, waren Antworten an diesem Tag knapp gewesen, und dabei war es geblieben.

»Dreißig Sekunden bis null *g*. Alles bereit für Schwerelosigkeit. Festhalten. Zehn Sekunden. Fünf … vier … drei … zwei … eins … Beschleunigung aus!«

Wie so oft in seiner Laufbahn erlebte Drake ein unangenehmes Rebellieren seines Magens, das sich wieder legte, als er in seinen Haltegurten aufwärts schwebte. Er öffnete die Gurte, und als er frei gekommen war, blickte er zu Bethany, die sich ebenso eifrig wie er aus ihren Gurten zu befreien suchte. Varlan, in der Mitte zwischen ihnen, brauchte länger. Auch sie hatte unter der hohen Beschleunigung gelitten.

Richard nahm Verbindung mit der Brücke auf. Ein hager und abgezehrt aussehender Phillip Walkirk erschien im Bild.

»Commander Walkirk, Sie sehen mitgenommen aus! Ich dachte, zukünftige Könige sollten zu allen Zeiten vorzeigbar sein.«

»Darf ich vorschlagen, dass der Admiral in den Spiegel schaut, bevor er Bemerkungen über andere macht?«

»Nicht nötig«, sagte Drake. »Ich fühle mich so erschöpft, wie ich aussehe. Zu dumm, dass wir keine Zeit haben, uns für ein paar Stunden niederzulegen und die Schwerelosigkeit zu genießen. Wie lange noch zum Faltpunkt?«

»Wir werden die Grenze in zwanzig Minuten erreichen. Bisher scheint niemand Einwände gegen unsere Rückkehr zu haben, aber wir müssen die Daumen drücken.«

»Was ist mit diesem Ryall-Kreuzer?«

Phillip blickte zur Seite, dann wieder zu Drake. »*Fernsucher* manövriert gerade in eine Position nahebei. Das Hangartor hat sich soeben geöffnet, und ich würde sagen, dass sie im Begriff sind, ein Boot zu starten. Varlan sollte schon zum Hangar hinunter, damit keine unnötigen Wartezeiten entstehen.«

Zehn Minuten später versammelte sich eine schweigsame Gruppe in dem Nebenabteil des Hangars. Wieder glitt ein Beiboot der Ryall langsam herein, um zwischen *Queen Julias* Raumtransportern aufzusetzen. Richard, Bethany und Varlan verfolgten das Manöver durch die Fenster.

»Ich werde dich vermissen«, sagte Bethany zu ihrer Freundin.

Varlan wandte den Kopf und blickte mit dem rechten Auge in Bethanys.

»Auch ich werde dich vermissen. Wie ich dir schon sagte, hast du mich viele neue und wundersame Dinge gelehrt. Ich hoffe, dass ich etwas damit anfangen kann, wenn ich sie weiter studiere.«

»Und du kannst uns noch immer nicht sagen, was Diejenigen Die Herrschen entschieden haben?«

»Nein. Damit würde ich einen Eid brechen, den ich meiner Art und meiner Sippe geleistet habe. Alles wird mit der Zeit klar werden.«

»Gut klar oder schlecht klar?«

»Das hängt von der Perspektive ab, nicht wahr?«

Bethany lächelte, und Richard nickte. »Eine passende Antwort. Nun, wir werden dich nicht länger plagen. Auch ich werde dich vermissen.«

»Danke, Richard.«

Bethany versuchte Varlan zu umarmen, was in Anbetracht der Unterschiede ihrer Gestalt nicht einfach war. Richard bemerkte, dass Varlan die Umarmung erwiderte. Gelernte Reaktion oder echtes Gefühl? Es war unmöglich zu sagen, welche Gedanken hinter diesen Obsidianaugen vorgingen.

Ihr Abschied wurde unterbrochen vom Geräusch einströmender Luft in den Hangar. Bethany half Varlan zur Luftschleuse und wartete, bis die Kontrolleuchte von Bernsteingelb auf Grün schaltete.

»Eine letzte Frage«, sagte Bethany zu ihrer Freundin.

»Was möchtest du wissen?«

»Glaubtest du persönlich, was wir Denen Die Herrschen sagten, nämlich, dass wir gern eure Freunde sein würden, wenn ihr nur die Versuche aufgeben würdet, uns zu töten?«

»Ich glaube es, Bethany. Vielleicht glaubten es auch einige von ihnen.«

Damit machte Varlan kehrt, betrat die Luftschleuse, als sie sich öffnete, und zog sich zum wartenden Boot. Fünfzehn Minuten später waren Richard und Bethany wieder in der Befehlszentrale und schnallten sich an.

»Wir haben soeben die Faltpunktgrenze überquert«, meldete der Navigationsoffizier. »Transit kann jetzt jederzeit erfolgen.«

»Verstanden«, kam Phillip Walkirks Stimme über die Sprechanlage. »Generatoren aufladen.« Er schaltete auf eine andere Leitung, die ihn direkt mit dem kommandierenden Admiral verband. »Wir sind sprungbereit, Sir, wenn Sie den Befehl geben.«

»Sehr gut, Kapitän. Machen Sie den Übergang, wenn Sie bereit sind.«

»Allerdings fällt mir gerade ein Hinderungsgrund ein.«

»Welcher?«

»Wir werden den Übergang vorzeitig machen. Unser tägliches sicheres Zeitfenster öffnet sich erst in fünf Stunden und zwölf Minuten.«

»Wir werden es einfach riskieren müssen. Wenn wir bei der Ankunft nicht auf eine Mine stoßen, wird die Flotte vermutlich genug Verstand haben, sie zu deaktivieren, bevor sie sich auf uns einpeilt.«

»Ich fühle mich sicherer bei den Ryall, als dass ich dem gesunden Menschenverstand von jemandem im Flottenkommando vertraue.«

»Das Leben ist ein Kompromiss, Kapitän. Machen Sie den Übergang, wenn Sie bereit sind.«

»Jawohl, Sir. Dann beginnen wir jetzt mit der Startzählung.«

Die Bordlautsprecher wurden lebendig und sagten: »Faltraumübergang in dreißig Sekunden … zwanzig … zehn … fünf … vier … drei … zwei … eins. Übergang!«

89

Admiral Sergei Gower saß in seiner Kajüte, aß sein zweites Stück Toast mit Butter zum Frühstück und nahm einen letzten Schluck Tee, während er die letzte Morgenmeldung der Flotte las. Der gegenwärtige Zustand der Flotte war gut; nach Ansicht ihres Kommandeurs zu gut.

Unter zwei Seiten Heißluftgeschwätz, das sich auf den gemeinsamen Nenner »wir sind zu hundert Prozent bereit für alles« bringen ließ, folgte eine Liste aller Schiffe der Flotte. Neben ihren Namen stand der des jeweiligen Kapitäns und seine Einschätzung der Einsatzbereitschaft. Die Meldung garantierte langweilige Lektüre: »*TSNS Atalan … 100 Prozent; RSNS Arabesque … 100 Prozent; ASNS Beauregard … 100 Prozent.*« Als er die Kolonne der grünen Leuchtziffern überflog, stieß er gelegentlich auf ein Schiff in den hohen Neunzigern, aber das waren Ausnahmen von der Regel. Praktisch jedes Schiff und jede Orbitalfestung unter seinem Kommando meldete sich in erstklassigem Zustand und voller Einsatzbereitschaft, mit keiner einzigen Computerpanne oder Fehlfunktion der Waffensysteme, die ihre hundert Prozent schmälern könnten. Selbst die routinemäßigen Instandhaltungs- und Wartungsarbeiten fanden nur an Unterstützungssystemen statt, weil die Primärsysteme in voller Einsatzbereitschaft, von einem Augenblick zum anderen gefechtsklar sein mussten.

Nach Sergei Gowers Meinung konnte man nie voll gefechtsklar sein.

Das Problem war, dass mehr als zwei Wochen vergangen waren, seit die *Queen Julia* auf dieser törichten Friedensmission durch den Faltpunkt verschwunden war, und dass der Faltpunkt Spica/Darthan seither still wie ein Grab geblieben war. Das war mehr, als er von einigen der anderen Faltpunkte sagen konnte. Vor einer Woche hatte eine Ryall-Kampfgruppe mittlerer Größe versucht, aus dem Faltpunkt Spica/Haeselyn durchzubrechen. Die Blockade hatte gehalten, aber der Kommandeur des Sperrverbandes hatte sofort nach dem Ende des Gefechts nach Verstärkungen zum Ersatz seiner Verluste geschrien. Gower hatte daraufhin einen anstrengenden Vormittag damit verbracht, seine Flottenliste zu durchkämmen und ein Dutzend Ersatzschiffe freizumachen. Alle waren von anderen Faltpunkten oder von Reserven gekommen, die recht spärlich aus dem eigenen Herrschaftsbereich im System eintrafen.

Was immer die Ryall planten, ihr Hauptstoß würde wahrscheinlich von Darthan kommen. Jedenfalls setzte er darauf. Deshalb hatte die absolute Ruhe im Faltpunkt Spica/Darthan während der letzten zwei Wochen angefangen, an seinen Nerven zu zehren. Er war wie ein Pokerspieler, der die Hypothek auf sein Haus überschrieben hatte, um seinen Einsatz zu decken, und nun Blut schwitzte, ob er womöglich alles verlieren würde.

Missmutig zeichnete er die Morgenmeldung ab und überlegte, was er tun könnte, um seine Kampfgruppe zu 110 Prozent einsatzbereit zu machen. Er kam zu keinem Ergebnis, weil überall an Bord seines Flaggschiffes die Alarmsirenen einsetzten.

»Was gibt es, Rossforth?«, fuhr er den Dienst habenden Wachoffizier an, sobald dessen Züge auf seinem Bildschirm erschienen.

»Ein einzelnes Schiff ist im Faltpunkt erschienen, Admiral. Wir versuchen gerade eine Identifikation zu bekommen.« Nach einer sekundenlangen Pause fuhr Commander Rossforth aufgeregt fort: »Es ist die *Queen Julia*, Admiral. Ist von Darthan zurückgekehrt.«

»Probleme?«

»Eine Mine scheint sie geortet zu haben und peilt sie für den Angriff an.«

»Na, halten Sie das verdammte Ding auf!«

»Geschieht gerade, Sir. Alle Minen in diesem Abschnitt sind deaktiviert.«

»Sehen Sie zu, dass *Queen Julia* den schnellstmöglichen Kurs aus dem Faltpunkt nimmt. Wir können nicht riskieren, dass unsere einfältigen rechnergesteuerten Automaten sie erwischen.«

»Ja, Sir. Der Befehl geht jetzt hinaus. Der Kronprinz hat das Kommando und berichtet, dass alle an Bord wohlauf und sicher sind.«

Gower blickte mit einem wortlosen Dankgebet zur Decke auf.

»Sir, Admiral Drake ersucht um ein persönliches Gespräch. Er sagt, es sei dringend.«

»Weisen Sie die *Queen Julia* an, einen Kurs um die Flotte zu nehmen und dann hierher zum Flaggschiff zu kommen. Und sagen Sie Drake, dass ich mich auf seinen Bericht freue.«

»Jawohl, Sir.«

Richard Drake ging als Erster an Bord der *Royal Avenger*, gefolgt von Bethany und Phillip. Als die drei die Luftschleuse am Ende der Einschiffungsröhre verließen, nahm eine volle Kompanie sandarischer Marinesoldaten Haltung an, und eine Kapelle spielte die sandarische Nationalhymne. Die drei Ankömmlinge warteten, bis sie verklungen war, dann schritten sie die Front ab und auf den Platz zu, wo Sergei Gower wartete. Ein Lächeln erhellte die zerfurchten Züge des bärbeißigen alten Admirals.

»Willkommen daheim, Admiral Drake«, sagte Gower und erwies ihm die Ehrenbezeigung.

Drake erwiderte sie. »Wir freuen uns, Sergei.«

Gower begrüßte Bethany mit einer Verbeugung. »Meine Dame, es freut mich, Sie gesund wiederzusehen. Sie vermissen Ihre sechsbeinigen Freunde?«

»Freut mich, Sie zu sehen, Admiral. Ja, Varlan und Periskay blieben auf Darthan zurück.«

Richard und Bethany traten beiseite, um für die Ankunft dessen Platz zu machen, den zu sehen Gower wirklich froh war.

»Königliche Hoheit, willkommen zurück!«

»Danke, Sir. Ja, es ist gut wieder da zu sein«, sagte Phillip. Er hatte dem alten Admiral zuerst die Ehrenbezeigung erwiesen, doch Gowers Erwiderung ließ keinen Augenblick auf sich warten.

Nach den Formalitäten der Begrüßung sagte Gower: »Ich kann mir denken, dass sie in Eile sind, aber zuvor würde ich gern Ihren Bericht hören, Sir. Wollen wir uns in meinen Konferenzraum begeben?«

»Sehr gern, Sergei. Wir haben ihnen viel zu erzählen.«

Fünf Minuten später durchschritten sie einen der axialen Korridore des großen Schlachtschiffes, und Gower führte sie durch eine luftdichte und von zwei sandarischen Marinesoldaten flankierte Tür in den Konferenzraum. Sie nahmen Platz um einen großen, vor einem Fenster verankerten Tisch. Draußen drehte sich das Universum mit majestätischer Ruhe einmal in der Minute um die Schiffsachse.

Gower schaltete das in den Tisch eingebaute Aufzeichnungsgerät ein und verkündete mit klarer Stimme Datum und Uhrzeit, worauf er sich an Drake wandte. »Bitte, Sir, Sie können mit Ihrem Bericht beginnen.«

Richard begann mit ihrer Ankunft im System Darthan und ihrem Zusammentreffen mit dem Ryall-Schlachtschiff, dann schilderte er ihren Aufenthalt auf Darthan selbst. Von Zeit zu Zeit ließ er Phillip und Bethany zu Wort kommen, die von ihren Erfahrungen berichteten, und dann sprach er von ihrem Zusammentreffen mit Denen Die Herrschen, von der eiligen Abreise mitten in der Nacht und dem schnellen Flug zurück zum Faltpunkt, während überall in einem weiten Umkreis die Leuchtspuren der Reaktionsgase aus den Triebwerken von Ryall-Schiffen den Raum erfüllten und sie zu jagen schienen.

Das Ganze dauerte länger als eine Stunde. Gower meldete sich nicht zu Wort und zog es vor, aufmerksam zuzuhören und die Schilderungen der drei Rückkehrer nicht zu unterbrechen. Erst am Ende, als Drake die Ryall-Schiffe erwähnte, stellte er eine Frage.

»Wie viele Schiffe zählten Sie insgesamt, Sir?«

»Phillip, was war die Gesamtsumme, die von Ihrer Aufklärungsabteilung festgestellt wurde?«

»Wir zählten 312, die über die gesamte Ekliptik verbreitet waren. Nach unseren Messungen und Geschwindigkeitsberechnungen schienen sie alle den Faltpunkt anzusteuern.«

»Was schließen Sie aus dem Umstand, dass man Sie das sehen ließ, Admiral?«, fragte Gower.

Richard rieb sich die drei Tage alten Bartstoppeln und sagte: »Entweder ist das Ganze eine List, um die Tatsache zu verschleiern, dass sie anderswo Streitkräfte zusammenziehen, oder wir haben sie wirklich aufgebracht, und dies ist ihre Art, uns zu verstehen zu geben, was wir mit unserem Ultimatum tun können. Ich denke, wir sollten lieber sichergehen und annehmen, dass sie uns hier mit allem, was sie haben, angreifen werden.«

»Wann?«

»Die Schiffe, die wir beobachteten, werden weitere zwei bis drei Tage brauchen, um den Faltpunkt zu erreichen«, meinte Drake.

Nach einigem Nachdenken sagte er: »Ich würde sagen, eine Woche im Höchstfall. Sind wir bereit, einen solchen Angriff zurückzuschlagen?«

»Besser als vor Ihrer Abreise, Admiral. In den letzten zwei Wochen sind zwei Orbitalfestungen nachgekommen, beide von den Faltpunktverteidigungen der Erde.«

Drake zog die Brauen hoch. Er erinnerte sich der gewaltigen Festungen, denen sie vor dem Eintritt in das Sonnensystem begegnet waren.

»Und wenn es nur eine List war?«, überlegte Phillip. »Wenn all diese Fackeln von Reaktionsgasen von Frachtern statt von Kriegsschiffen stammten, und ihre Flotte sich auf einen der anderen Faltpunkte konzentriert?«

»Dann könnten wir ein Problem bekommen, Hoheit. Ich bin in meinen Vorkehrungen von der Annahme ausgegangen, dass der Schlag hier fallen wird.«

»Und wenn er anderswo fällt?«

Gower zuckte die Achseln. »Wir haben sechs andere Möglichkeiten. Soll ich meine Würfel herausholen? Wir können nicht überall stark sein.«

»Nun, es gibt eine Möglichkeit, festzustellen, ob sie uns täuschen wollten«, sagte Drake.

»Welche ist das?«

»Wenn eine Woche verstreicht und es erfolgt hier kein Angriff, werden wir uns auf anderweitige Einsätze einstellen müssen. Gibt es Hinweise auf die Stärke der feindlichen Streitkräfte gegenüber den anderen Faltpunkten?«

»Nur negative Daten«, antwortete Gower. »Wie geschickt wir auch versuchen, einen Blick auf die andere Seite zu werfen, unsere unbemannten Sonden kommen nie zu uns zurück. Sie werden zerstört, sobald sie auf der anderen Seite der Faltlinie erscheinen.«

»Also können wir nicht mehr tun, als uns darauf vorbereiten, sie überall zurückzuschlagen. Aber das geht schon über unseren eigentlichen Bericht hinaus. Geben Sie den an Großadmiral Belton weiter, und wir werden zusehen, dass wir so rasch wie möglich eine vollständige Lagemeldung abgeben können. Einstweilen haben wir immerhin eine Menge Aufzeichnungen vom feindlichen Hinterland.«

»Ausgezeichnet, Sir. Wann soll die Zeremonie der Rückübertragung des Flottenkommandos an Sie stattfinden?«

Drake schüttelte den Kopf. »Die Situation ist zu kritisch, um gerade jetzt die Kommandostruktur zu ändern. Ich werde unter Ihnen dienen, bis wir hinter uns haben, was die Ryall uns vermutlich zugedacht haben.«

»Ja, Sir. Wo würden Sie gern dienen?«

»Ich nehme an, die *Conqueror II* ist nach Corlis zurückgeschickt worden, um dort zusammengeflickt zu werden?«

»Nein, Sir. Wir haben sie hier repariert. Das Flickwerk ist nicht schön, und es fehlen die Lafetten einiger Waffensysteme, aber das Schiff ist noch kampffähig und hat seinen Platz im Sektor sechs der Blockade.«

»Gut, dann werde ich an Bord meines alten Schiffes gehen. Ich hoffe, Captain Carter wird es nichts ausmachen, mich wieder im Nacken zu haben. Ich werde Bethany beim Abfassen des Berichtes helfen und mich so rasch wie möglich mit den gegenwärtigen Flottenoperationen vertraut machen. Wenn die Ryall bis in zwei Wochen nicht aktiv geworden sind, werden wir die zeremonielle Übergabe des Flottenkommandos veranstalten.«

»Sehr gut, Sir.«

»Was soll mit meinem Schiff geschehen, Sir?«, fragte Phillip.

»*Queen Julia*? Ohne Offensivwaffen wird sie allenfalls für Kurierdienste geeignet sein, Hoheit.«

»Wir können die Offensivbewaffnung schneller wieder einbauen, als Sie glauben.«

»Das wird schwierig sein. Nahezu alles, was Sie ausgebaut haben, ist bereits für die Reparatur anderer Schiffe der Flotte verwendet worden. Ein guter Teil Ihrer Ausrüstung wurde verwendet, um die *Conqueror II* wieder in Gefechtsbereitschaft zu versetzen. Ich fürchte, es ist sehr wenig übrig, was Sie wieder einbauen können.«

»Kurierdienst, Sir?«

»Sind Sie dafür nicht zu haben, Hoheit?«

»Nicht, wenn wir mit einem Großangriff rechnen müssen.«

Gower runzelte die Brauen. »Ich nehme an, ich könnte an Bord der *Royal Avenger* etwas für Sie finden. Es würde bedeuten, dass Sie zeitweilig das Kommando ihres Schiffes aufgeben müssten.«

»Solange es zeitweilig ist, Sir …«

»Sie haben Ihre Sache gut genug gemacht, dass wir Ihnen vielleicht ein größeres Schiff besorgen können.«

»Das wäre mir recht, Sir.«

»Sehr gut. Admiral Drake, Sie brauchen einen Transporter für sich und Ihre Frau zur *Conqueror II*.«

»Ja, danke, Sergei.«

Gower schaltete das Aufzeichnungsgerät aus und öffnete einen kleinen schwarzen Kasten, um die Speicherkarte herauszunehmen. Er gab sie Drake. »Hier ist Ihre Kopie, Sir. Das Original werde ich so schnell wie möglich an die Strategieabteilung des Hauptquartiers weiterleiten.«

Sie erhoben sich von ihren Stühlen. Gower strahlte. »Es ist wirklich gut, Sie alle wiederzusehen. Eine große Erleichterung. Als Sie durch den Faltpunkt verschwanden, dachte ich offen gesagt nicht, dass ich Sie wiedersehen würde …«

»Wir hatten zeitweilig auch unsere Zweifel, Admiral«, erwiderte Bethany.

Gower nickte. »So glücklich ich bin, dass alles gut gegangen ist, würde ich doch noch glücklicher sein, wenn ich verstünde, warum man Sie gehen ließ. Es ergibt einfach keinen Sinn.«

Wie Sergei Gower gesagt hatte, war die *Conqueror II* zusammengeflickt und in die Kampfgruppe Spica/Darthan eingereiht worden. Sie hatte ihren Vorrang als Flaggschiff der Vereinigten Flotte zwar eingebüßt, doch auch hier eine achtbare Aufgabe gefunden. Nach fast einer Woche an Bord musste Richard Drake sich noch immer an die Kontraste gewöhnen.

Große Teile des Schiffes sahen so neu aus wie an dem Tag, als es aus Altas Orbitalschiffswerft Nummer zwei gekommen war. Doch war es möglich, durch eine druckdichte Tür im Schott zu treten und sich in einer rauchgeschwärzten Höhle zu sehen. Sein altes Quartier war ebenso ausgebrannt wie die Flotteneinsatzleitung. Captain Pelham stellte ihnen eine andere Kabine und einen kleinen Nebenraum zur Verfügung, wo sie den formellen Bericht über ihr Abenteuer auf Darthan vorbereiten konnten.

In den nächsten sieben Tagen verbrachte Bethany jede wache Stunde damit, ihre Eindrücke von der Reise in den Bericht für den Marinenachrichtendienst und die Psychologen zu Hause einzubringen. Schon jetzt war die Nachfrage so groß, dass mit drei bis vier Auflagen gerechnet wurde. Vielleicht würde der Bericht zu Hause in Homeport nicht auf die Bestsellerliste kommen, aber sie würde mit Recht beanspruchen können, die Autorin des meistgelesenen Buches im System Spica zu sein.

Nachdem sie in ihren Teil des Berichts eingebracht hatte, was sie sagen wollte, begann sie die Aufzeichnungen, die sie gemacht hatten, zu katalogisieren. Besonders Richards verborgener Knopflochkamera waren einige spektakuläre Ansichten des Versammlungssaales und der herrschenden Ryall gelungen. Bethany fügte noch einen eigenen Vortrag über die Rechte und Pflichten des Sippensystems der Ryall hinzu.

»Das ist eine Menge Text für die Eindrücke einer Dreitages-Tour, meinst du nicht?«, fragte Richard eines Abends, als er sie bei der Textbearbeitung an dem Schreibtisch in ihrem Abteil beobachtete.

Sie wandte den Kopf und lächelte. »Ihr Militärs versteht eben nicht, was dem wissenschaftlichen Denken wichtig ist.«

Richard Drake trug zu dem endgültigen Bericht bei, so viel er konnte, darunter einen langen Abschnitt über die Bedeutung der verwirrenden Ereignisse jener letzten Nacht auf Darthan. Seine Schlussfolgerung war, dass es selbst vom Standpunkt der Ryall gesehen keinen Sinn gehabt haben konnte, sie mitten in der Nacht hinauszuwerfen.

»... Hätten Sie uns in der Ratsversammlung mit Schmähungen überhäuft und in den tiefsten Kerker von Darthan geworfen, hätte es einen Sinn gehabt«, murmelte er, nachdem er seinen Text zum zehnten Mal gelesen hatte. Trotz seiner Bedenken übergab er den Bericht am nächsten Morgen der Nachrichtenabteilung zur Übermittlung.

Neben der Arbeit am Bericht verbrachte er viele Stunden mit den Vorbereitungen, wieder seine alte Stellung zu übernehmen. Dazu studierte er den gesamten Nachrichtenverkehr, Logbücher und die langweiligen Lagemeldungen der verschiedenen Kampfgruppen. Obwohl es keine Kämpfe gegeben hatte, war er überrascht, wie viel in einer Flotte wie der Angriffsgruppe Spica in der kurzen Zeit ihrer Abwesenheit geschehen konnte.

Einmal hatten die Ryall in der vergangenen Woche versucht, den Faltpunkt Spica/Haeselyn zu durchbrechen, aber der Angriff war mit geringen Verlusten unter den Verteidigern zurückgeschlagen worden.

Die anderen Faltpunkte waren ruhig geblieben, was Drake Anlass zu Überlegungen gab, worauf die Ryall warten mochten. Jeder Tag, der ohne Aktion blieb, hieß: Kräftigung der Blockadeflotte durch Nachschub und Verstärkungen. Dieser Umstand musste Denen Die Herrschen so offensichtlich sein wie ihm selbst, also warum hatten sie nicht angegriffen?

Seine Sorgen und Überlegungen, wann und wo die Ryall angreifen würden, wurden am siebten Tag nach ihrer Rückkehr beantwortet. Er und Bethany frühstückten in ihrer Kabine, als der Alarm »alles auf Gefechtsstationen« durch das Schiff hallte. Gleichzeitig begann ihr Anschluss der Gegensprechanlage zu summen.

»Was gibt es?«, fragte er den jungen Offizier am anderen Ende der Leitung, dessen Konterfei auf der kleinen Mattscheibe erschien.

»Sir, Sie sollten besser heraufkommen. Der Faltpunkt explodiert!«

90

Dasanu vom *Sternjäger* verabscheute und schmähte die zweibeinigen Ungeheuer mit einem tief sitzenden und unvernünftigen Hass. Die bloße Vorstellung, das Universum mit ihnen teilen zu müssen, erfüllte ihn mit Wut. Bei den Gelegenheiten, wenn er in der Anwesenheit zweibeiniger Gefangener war, musste er das Verlangen unterdrücken, ihre lächerlich dünnen Hälse zwischen seine Kiefer zu klemmen und zuzubeißen, bis ihre rote Kreislaufflüssigkeit aufhörte zu spritzen.

Außerdem hatte er einen besseren Grund als die meisten anderen, Menschen zu hassen. Denn Dasanu war Erster Kommandeur der Krieger Der Rasse. Seine Aufgabe war es, die zweibeinigen Ungeheuer in ihre Schlupfwinkel zurückzutreiben und diese dann zu zerstören. Seit einem Dutzend Generationen hatten seine Vorgänger die Zweibeiner aus vier ihrer Sternsysteme vertrieben. Seit das Kommando ihm zugefallen war, hatte er den Angriff fortgesetzt. Manchmal gewann er, manchmal verlor er, aber jedesmal war der Feind schwächer und weniger fähig, gegen den Sturzbach seines Zornes anzuschwimmen.

All das änderte sich abrupt mit den ersten Meldungen von Kriegsschiffen der Zweibeiner, die sich durch das Sterntor Carratyl in das

System der Zwillingssterne ergossen. Diese Meldungen, die er anfangs nicht geglaubt hatte, zwangen Dasanu zur Aufgabe aller Gedanken, den Kampf zu den Zweibeinern zu tragen. Stattdessen hatten diese den Kampf zu Der Rasse getragen. In kürzester Zeit hatte die Natur der Jagd sich verändert: Aus den Jägern waren plötzlich Gejagte geworden.

Notwendigerweise waren seine ersten Anstrengungen, die Eindringlinge zurückzuwerfen. Hastige, improvisierte Angriffe von Schiffen, die zufällig in der Nähe und greifbar waren. In jenen frühen Tagen der Invasion kam es vor allem auf Schnelligkeit an. Er hoffte die Eindringlinge aus dem Sterntor Darthan zu vertreiben, bevor sie den umgebenden Raum in Besitz nehmen konnten. Wäre ihm das gelungen, hätte er die verschiedenen Blockadestreitkräfte eine nach der anderen ausflankieren können. Zuerst hätte er sie von den Zwillingssonnen vertrieben, dann von Carratyl und schließlich von Eulysta. Er hätte sie zurückgetrieben durch das verdammte Loch, durch das sie sich eingeschlichen hatten, um dieses Loch dann als ein weiteres Portal zum Angriff auf ihre Heimatwelten zu gebrauchen.

Die Krieger, die diesen ersten, hastigen Angriff geführt hatten, waren ihrer Vorfahren würdig gewesen. Tapfer warfen sie sich ohne zu zögern gegen die Übermacht des ringsum lauernden Feindes, und als die Schlacht vorüber war, kehrten volle elf Zwölftel derjenigen, die tapfer durch das Sterntor geschwommen waren, nicht in die Heimat zurück.

Nachdem die Gelegenheit zu einem schnellen Sieg also nicht mehr gegeben war, begrenzte Dasanu seine Operation auf sondierende Vorstöße, um den Feind an eigenen Unternehmungen zu hindern und seine eigenen Verteidigungen zu stärken. So blieben den Zweibeinern Angriffe auf eine oder mehrere der Heimatwelten verwehrt. Er hatte auch Unternehmungen eingeleitet, den Nachrichtenverkehr mit den von Darthan abgeschnittenen Systemen wiederherzustellen. Es war frustrierend gewesen, auf die Kurierboote zu warten, die eine lange Serie von Sterntoren zwischen den plötzlich weit verstreuten Systemen navigieren mussten. Trotz der Verzögerungen im Nachrichtenverkehr hatte er endlich einen zweiten Angriff vortragen können. Dieser war sorgfältig vorbereitet und gleichzeitig gegen vier blockierte Sterntore geführt worden.

Erste Meldungen waren ermutigend. Trotz mörderischer Kämpfe durchbrach eine Anzahl Schiffe die Blockade der Zweibeiner. Wie befohlen, beschleunigten die Schiffe direkt zu den Zwillingssonnen. Die durchgebrochenen Schiffe hatten sich zu einer Streitmacht vereint und planmäßig das doppelte Zentralgestirn unter Ausnutzung von dessen Anziehungskraft umrundet; dann waren sie mit erhöhter Geschwindigkeit von rückwärts zum Angriff gegen die feindlichen Blockadestreitkräfte vorgegangen. Ihr Angriff sollte mit der zweiten Phase von Dasanus Durchbruchsversuch zusammenfallen.

Der Plan war so gut wie er unter den obwaltenden Umständen ausgeführt werden konnte, doch als die zweite Welle von Kriegsschiffen durch das Sterntor schwamm, musste sie allein kämpfen. Von der durchgebrochenen Streitmacht war nichts zu sehen gewesen. Trotz größter Tapferkeit im Feuer des überlegenen Feindes ging die Schlacht verloren, und die Krieger Der Rasse mussten sich wieder zurückziehen.

Als einer, der vom Ei an für den Krieg ausgebildet war, musste Dasanu die Strategie der Zweibeiner, das System der Zwillingssonnen zu erobern, widerwillig bewundern. Vorräte an Ersatzteilen und Waffen waren bereits knapp, und auch auf anderen Gebieten machten sich Mängel bemerkbar. Angesichts der Verluste an Schiffen und Kriegern und dem Rückgang der Bereitstellungen von Ersatz, Versorgungsgütern und Material rechnete er sich aus, dass Die Rasse vielleicht doch noch eine Möglichkeit hatte, aus dem Käfig auszubrechen, den die zweibeinigen Ungeheuer um sie errichtet hatten.

Zur Vorbereitung dieses wahrscheinlich letzten Großangriffs hatte er von zwölf Sternsystemen alles zusammengezogen, was an Schiffen, Besatzungen, Waffen und kriegswichtigen Gütern vorhanden war, ohne sich um die Auswirkungen dieser staatlich sanktionierten Plünderungsaktion auf die lokalen Wirtschaftsräume zu kümmern. So baute er nach und nach eine Streitmacht von überwältigender Stärke auf, welche die Blockade durchbrechen sollte; diesmal durfte es keinen Rückzug geben. Um den Kampfgeist der Krieger zu stärken, verbot Dasanu den Führern der durch den Faltpunkt gehenden Kriegsschiffe beim Verlust ihrer Ehre den Rückzug. Dieser Kampf würde zum Sieg oder zum Tod führen.

Von seinen Vorbereitungen vollauf in Anspruch genommen, erwartete Dasanu alles andere, als dass die Zweibeiner in das angestammte Sternsystem Der Rasse eindringen würden. Schließlich arbeitete die Zeit für sie. Sie brauchten nur zu warten, bis Die Rasse schließlich außerstande sein würde, eine wirkungsvolle Verteidigung aufzubieten. So war es eine Überraschung, als er Nachricht erhielt, dass *Fernsucher* mit einer Botschaft der zweibeinigen Ungeheuer im Sterntor aufgetaucht sei. Noch mehr überrascht war er, als Jene Die Herrschen sich einverstanden erklärten, mit ihnen zu sprechen. In hilflosem Zorn beobachtete er ein feindliches Schiff, das durch das Sterntor schwamm und nach Darthan geleitet wurde. Später, als seine Angriffsvorbereitungen in die letzte Phase eintraten, wurde das Piratenschiff der Zweibeiner zum Sterntor zurückgeleitet und durfte entgegen aller militärischen Logik den Machtbereich der Rasse verlassen.

Dann kam die letzte Beleidigung. Zu einem Zeitpunkt, als das Schicksal Der Rasse auf Messers Schneide stand, Schiffe und Krieger und große Mengen an Waffen für den interstellaren Krieg bereitgestellt waren und auf seine Befehle warteten, erhielt Dasanu seine letzten Instruktionen von Denen Die Herrschen. Diese Instruktionen waren die größte Überraschung von allen. Er starrte auf die Zeichen auf seinem Bildschirm und fragte sich, welche Wahnsinnigen solche Befehle ausgaben.

Noch wichtiger war, welcher Wahnsinnige sie befolgen würde?

Noch halb unfähig zu glauben, was sie ihm befahlen, schaltete er die Flottenfrequenz für alle Schiffsführer ein und sagte ruhig: »Volle Gefechtsbereitschaft. Bringt die Bomben in Position. Die erste Welle bereit zum Angriff. Tod den Schnellen Essern!«

Seit sie ihre Position in der Blockadeformation der Kampfgruppe Darthan eingenommen hatte, hatte die *Conqueror II* auf Anweisung ihres Kapitäns die Rotation um ihre Achse eingestellt. Als Drake zur Zentrale des Schlachtschiffes schwamm, den Vakuumanzug im Schlepptau, fand er alle anderen bereits in Schutzanzügen, die Helme griffbereit. Das war nicht ungewöhnlich. Die Mitglieder der Wache hatten seit Wochen in ihren Schutzanzügen Dienst getan, da jederzeit mit einem Angriff gerechnet werden musste.

»Was ist passiert?«, fragte er, als er einen der Beobachtersitze hinter dem Platz des Kapitäns einnahm. Dort angekommen, hielt er seinen Anzug in die Luft, hob die Füße und stieß sie mit der unbeholfenen Hast eines Mannes, der *in flagranti* ertappt worden ist und in die Hose fährt, während er vor einem eifersüchtigen Ehemann flieht, in die Hosenbeine. Sobald sie in dem glatten Material steckten, bückte er sich, hob die Arme über den Kopf und glitt in den Rumpfteil, dann versiegelte er den Nahtverschluss.

Captain Carter wandte den Kopf, bemerkte seine Anwesenheit und sagte: »Da sind sie ja, Sir! Gerade sind zwölf Antimateriebomben im Faltpunkt losgegangen. Große, schmutzige Dinger. Sie müssen jeweils eine Masse von einer Million Kilo haben, nach ihrer Explosionswirkung zu urteilen. Im Spektrum lesen wir Sauerstoff, Eisen, Mangan, Uran, Fluor, Jod, mehrere seltene Erden und praktisch alles andere in der periodischen Tabelle. Sieht so aus, als versuchten sie unsere Minenfelder auszuräumen, und das gelingt ihnen verdammt gut.«

Drake nickte. Sie machten es genauso wie bei ihrem letzten Durchbruch, bloß verzichteten sie diesmal auf Feinheiten. Indem sie den Faltpunkt mit aufgeladenen Partikeln füllten, blendeten sie nicht nur die Sensoren der Flotte, sondern setzten auch die gefährlichen Minen außer Gefecht, die in den letzten Wochen so sorgfältig im Faltpunkt ausgestreut worden waren.

»Wie sieht die Verteilung der Bomben aus?«

»Völlig willkürlich, soweit wir es beurteilen können.«

»Kommen Ryall-Schiffe durch?«

Carter schüttelte den Kopf. »Die Dichte ist noch zu hoch. Wir sollten sie in ungefähr zwei Minuten sehen.«

Die Verschmutzung des Faltpunktes mit energiereichem Plasma war wirkungsvoll, wenn es darum ging, automatisierte Waffensysteme unbrauchbar zu machen. Die Taktik hatte aber ihre Nachteile. Jedes Ryall-Schiff, das inmitten dieser Suppe erschien, würde blind und hilflos sein, bis das Plasma sich unter die kritische Dichte verteilte. Durch die Explosion der Bomben telegrafierten die Ryall ihre Angriffsabsicht und gaben der Blockadeflotte Zeit für Vorbereitungen. Die Preisgabe des Überraschungseffekts war allerdings kein so großer Nachteil, wie es scheinen mochte. Da die Kampfgruppe um den Faltpunkt Darthan ohnedies rund um die Uhr in voller Gefechtsbereitschaft war, war die Überraschung, die ein Angriff auslösen würde, begrenzt.

Nachdem er seinen Schutzanzug angelegt hatte, schnallte Drake sich im Sitz an und aktivierte die kleinen Bildschirme, die einem Beobachter zustanden. Von Rechts wegen sollte er unten in der Flotteneinsatzleitung sein und sich um das Gesamtgeschehen und nicht bloß um dieses eine Schiff kümmern. Aber seine alte Gefechtsstation war noch eine ausgebrannte Höhle, und da Sergei Gower nach wie vor das operative Flottenkommando innehatte, gab es für einen überzähligen Flottenadmiral wenig zu tun.

Da er Captain Carter nicht weiter stören wollte, dachte Drake an die einzige Person, mit der er sprechen konnte, ohne die Qualität der Verteidigung zu beeinträchtigen. Sobald er sich in die Bordsprechanlage eingestöpselt hatte, rief er Bethany an.

»Ich bin hier, Richard«, sagte sie sofort. Irgendwie schien es länger als fünf Minuten her zu sein, seit sie zusammen gefrühstückt hatten. Ihre Stimme hatte den echolosen dumpfen Klang von jemandem, der in einem Vakuumanzug steckte.

»Hast du den Helm auf?«, fragte er über die Audiofrequenz. Da die Bandbreiten des Schiffes gegenwärtig von den Computern gebraucht wurden, gab es keinen Raum für Gespräche mit Sichtkontakt. »Ja. Alle Anzeigeleuchten sind grün, und ich bin angeschnallt.«

»Bleib so.«

»Was gibt es?«

»Sie haben Antimateriebomben durch den Faltraum geschickt, um ihn von unseren Minen und Sensoren freizubekommen. Wir rechnen jetzt jede Minute mit ihrem Großangriff.«

»Also haben die Herrschenden unser Angebot abgelehnt?«, fragte sie. Obwohl sie versuchte, sich nichts anmerken zu lassen, kam ein klagender Tonfall in ihre Stimme.

»Ich fürchte, so ist es. Nun, es war den Versuch wert. Was immer jetzt geschieht, haben sie selbst zu verantworten.«

»Wir hätten widersprechen sollen, als sie uns hinauswarfen. Vielleicht, wenn wir hartnäckig geblieben wären ...«

»Zerbrich dir nicht den Kopf«, sagte er. »Bleib in deinem Anzug, und wenn Notalarm gegeben wird, lauf zum nächsten Rettungsboot.«

»Und du?«

»Ich werde eins bei der Zentrale nehmen.« Es entstand eine lange Pause, dann sagte er: »Ich liebe dich.«

»Ich dich auch, Schatz. Meinst du, es werden viele sein, wenn sie kommen?«

»So viele, wie sie aufbieten können«, antwortete er. »Und es muss gleich losgehen!«

Drake nahm seinen Platz auf dem Beobachtersitz bei Captain Pelham Carter ein und schnallte sich an, ohne den Blick von der großen holographischen Darstellung an der Frontseite der Zentrale zu wenden. Die zwölf Antimateriebomben mit ihren schweren Ladungen von Verunreinigungen hatten den Raum im Faltpunkt umgewandelt. Verschwunden war der schwarze Samt des reinen Vakuums. An seiner Stelle war ein Dutzend glühender Blumen erblüht, deren Blüten sich sichtbar und in tödlicher Symmetrie ausweiteten. Sie hatten den Faltpunkt noch nicht mit energiereichen Partikeln angefüllt – dafür war er zu groß –, aber sie füllten genug, um mehr als neunzig Prozent der selbststeuernden Minen auszuschalten und den Wald von Sensoren zu blenden, die viele der Gegenmaßnahmen steuerten.

Auch waren die expandierenden Blüten nicht die grünlich glühenden Wolken, die sie bei früheren Angriffen beobachtet hatten. Diesmal waren sie mehrfarbig, ein Hinweis auf die Mischung von Elementen, mit denen die Ryall ihre Antimaterie-Toroide umhüllt hatten. Während er sie beobachtete, wurden die glühenden Wolken merklich diffuser. Es war wieder möglich, Sterne durch die Wolken zu sehen. Plötzlich wimmelte der zerfließende Dunst von feindlichen Schiffen, und in allen Abteilungen der *Conqueror II* plärrte der Gefechtsalarm und zeigte an, dass der Kampf eröffnet war.

Die Weite des Raumes brachte es mit sich, dass in der vergrößerten Darstellung nur die nächsten Ryall-Kriegsschiffe sichtbar waren. Der Rest war zu fern, winzig bis zur Unsichtbarkeit und verborgen in der Schwärze und zwischen den noch energetischen Plasmawolken. Dennoch wurde der unsichtbare Feind von zahlreichen Ortungsgeräten, die unendlich empfindlicher waren als das menschliche Auge, ausgemacht und in seinen Bewegungen verfolgt. So erschienen sie in der holographischen Lagedarstellung als rot leuchtende Echozeichen. Eben noch war der Raum frei von feindlichen Schiffen gewesen, jetzt füllten tausend von ihnen den Faltpunkt.

Die meisten Menschen würden wohl einen Moment gezögert haben, als der volle Umfang der Bedrohung deutlich wurde. Der Rechner der Feuerleitzentrale war kein Mensch. Innerhalb von Hundertstelsekunden startete die erste Fernrakete von Bord der *Conqueror II.*; es war die erste von vielen. Angesichts der zahlreichen Ziele hatte der Rechner sofort auf Dauerfeuer geschaltet und überließ den Zielsuchköpfen der Raketen die Ortung und Zerstörung der angreifenden Schiffe, zuversichtlich, dass alle ein Ziel finden würden. So schnell die automatischen Startrampen beschickt und die Raketen gezündet werden konnten, begannen sie den Raum mit tödlichen, nuklear bestückten Pfeilen zu füllen.

Der Feuerleitrechner der *Conqueror II* war in seiner Einschätzung der taktischen Situation nicht allein. Überall um den Faltpunkt feuerten Schiffe und Festungen in den Faltpunkt, so schnell ihre Nachladesysteme arbeiten konnten. Im Inneren der Schiffe bewegte sich ein gleichmäßiger Strom von Geschossen aus den Magazinen zu den Abschussrampen und in den Raum hinaus. Wo die Entfernung einen Einsatz rechtfertigte, brannten Laserwaffen in Rumpfverkleidungen, und Antimaterieprojektoren schossen ihre beutegierigen Strahlen neutraler Antipartikel auf die feindlichen Schiffe.

In diesem Strudel der Vernichtung begannen Ryall-Schiffe in aktinisch strahlenden Blitzentladungen zu verschwinden. Überall am vielfarbig getönten Himmel punktierten die tödlichen Explosionen nuklearer Gefechtsköpfe die trübe Dunkelheit wie plötzlich aufleuchtende Glühwürmchen. Der Raum des Faltpunktes brannte von blendenden Explosionen und Entladungen von Gammastrahlen. Richard Drake sah ein Ryall-Schiff von der doppelten Größe der *Conqueror II* explodieren und innerhalb einer Sekunde verschwinden, ersetzt von einer glühenden Wolke eisenreichen Plasmas.

Gleichwohl kam nicht alle Zerstörung der menschlichen Seite zugute. Auch in der schalenförmigen Einschließungsfront der Kampfgruppe Darthan leuchteten immer wieder ähnliche Strahlungsausbrüche auf und verblassten dann, und jeder markierte den Tod von Hunderten.

Unaufhörlich stachen Laserstrahlen kreuz und quer durch den Raum zwischen den Fronten und schossen angreifende Raketen ab, bevor sie ihre Ziele erreichen konnten. Wo die Strahlen zu schwach oder zu langsam waren, um die Raketenkörper zu durchbohren, versuchten Abwehrraketen auf kurze Distanz die anfliegenden Geschosse zu zerstören. Die in solchen Fällen vorzeitig in Zielnähe explodierenden nuklearen Sprengköpfe richteten Schäden vor allem in den empfindlichen Sensoren und Antennenanlagen an. Fielen genug Sensoren aus, musste ein Schiff sich entweder aus der Schlachtordnung zurückziehen oder mit baldiger Vernichtung rechnen.

Der Schlagabtausch dauerte eine volle Minute, die eine Ewigkeit schien. So rasch wie sie im Faltpunkt erschienen waren, erkannten die Ryall-Schiffe den kürzesten Weg zum Durchbruch in die Freiheit und begannen in diese Richtung zu beschleunigen. Als sie der Blockadestreitmacht näher kamen, wurden sie mit allen im menschlichen Arsenal vorhandenen Waffen unter Feuer genommen.

Nach diesen sechzig Sekunden Hölle fiel Drake ein Unterschied auf. Während früherer Durchbruchsversuche waren Ryall-Schiffe, die ihre Magazine verschossen hatten, stets durch den Faltpunkt in die Sicherheit der anderen Seite zurückgekehrt. Diesmal verließ kein feindliches Schiff das Gemetzel aus eigenem Antrieb. Gewiss, die Zahl feindlicher Schiffe im Faltpunkt ging stetig zurück, doch nur wegen der dort wütenden Zerstörung.

Er wandte sich an Captain Carter. »Sie ziehen sich nicht zurück, selbst dann nicht, wenn sie beschädigt sind oder sich verschossen haben. Sie kämpfen weiter, bis sie einen Volltreffer bekommen.«

Der Kapitän nickte. »Anscheinend versuchen sie nicht mal ihre Transitgeneratoren aufzuladen. Dieser Durchbruchsversuch muss ein Kamikazeangriff sein. Sieg oder Tod … Was ist das?«

Drake spähte in die holographische Lagedarstellung, als ein weiterer Alarm durch das Schiff hallte. Die durch das Gemetzel beträchtlich ausgedünnte Ryall-Flotte bekam plötzlich Verstärkung, und nicht bloß von einer weiteren Angriffswelle.

»Das sind keine Kriegsschiffe«, stieß er hervor. »Das sind Orbitalfestungen!«

Dasanu vom *Sternjäger* sah die letzten massiven Festungen des Sterntores ins Nichts verschwinden und fragte sich, wie es seinen Kriegern einhundert Lichtjahre entfernt gehen mochte. Einen Moment überlegte er, ob es klug gewesen war, seinen Schiffen die Rückkehr durch das Tor zu verbieten, selbst wenn sie sich verschossen hatten. Zwar hatte er den Nachschub durch das Sterntor so organisiert, dass solche Schiffe jenseits des Tores aufmunitioniert werden konnten, doch hätte er vielleicht einige Ausnahmen von der Anordnung zulassen sollen, denn jetzt fehlte es an Rückmeldungen über den Verlauf der Schlacht. Aber nein, einigen Schiffen das Verlassen das Schlachtfeldes zu erlauben, den anderen hingegen nicht, wäre schlecht für die Moral der Krieger.

Ungebeten stellte sich die Erinnerung an eine Geschichte ein, die von einem zweibeinigen Gefangenen Dasanus Vernehmungsoffizieren erzählt worden war. Wie es schien, hatte der Gefangene einer Sippe angehört, die sich »die Griechen« nannte. Er erzählte eine Geschichte von seinen Vorfahren, einer Gruppe, die sich »die Spartaner« genannt hatte. Es schien, dass diese Spartaner vom Ei auf zu Kriegern erzogen wurden. Wenn Spartanerinnen ihre Jungen in die Schlacht schickten, taten sie es mit der Ermahnung: »Komm mit deinem Schild zurück, oder auf ihm«. Es hatte langer Erklärungen bedurft, bis Dasanu den Sinn der Aussage erfasst hatte, der darin bestand, dass von spartanischen Kriegern Sieg oder Kampf bis zum Tod erwartet worden war – eine Einstellung, die für einen Krieger Der Rasse besonders geeignet schien, gerade in der Schlacht, die jetzt jenseits des Sterntores tobte.

Nachdem auch die Festungen des Sterntores in die Schlacht gegangen waren, blieb nur noch ein Flottenverband übrig, der in den Kampf geworfen werden konnte.

»Bring das Schiff in Position«, sagte er zum Navigator der *Sternjäger*. »Bereite alles vor. Wir schwimmen durch das Sterntor.«

Schwerfällig, langsam und bis zu den Stahlplatten der Rumpfverkleidung vollgepackt mit schweren Raketen, Strahlenwaffen und Fusionsgeneratoren, waren Orbitalfestungen auf beiden Seiten der Front die Wächter der Faltpunkte. Festungen bewachten jeden wichtigen Faltpunkt im Machtbereich der Menschen, oder hatten es getan, bevor mehrere von ihnen nach Spica verlegt worden waren, die Blockade zu unterstützen. Mit einem Durchmesser von 250 Metern waren sie die mächtigsten mobilen Konstruktionen, die jemals gebaut worden waren; die Gegenstücke der Ryall waren allerdings noch größer.

»Sie müssen ihre Verteidigungen hier und in anderen Faltpunkten ausgedünnt haben, um damit aufzuwarten«, bemerkte Drake, als achtzehn der gigantischen, schwerfälligen Festungen im Faltpunkt Gestalt annahmen. »Sie schicken alles durch, bis zum letzten Aufklärer.«

»Feuer auf die Festungen konzentrieren«, sagte eine körperlose Stimme auf der Flottenfrequenz in völlig ruhigem Ton, als handelte es sich um die Bestellung eines Abendessens. Natürlich konnte der

Besitzer der Stimme es sich leisten, angesichts des Feindes Ruhe zu bewahren. Es war ein Computer.

Der Sperrverband der Kampfgruppe, zu dem *Conqueror II* gehörte, verlagerte die Feuerleitsysteme auf die neuen Ziele. Statt auf die schnellen kleineren Schiffe zu feuern, konzentrierte sich jetzt alles auf die schwerfälligen Giganten. Zu der Feuerkraft der Flotte kamen das halbe Dutzend eigener Orbitalfestungen, die von bewachten Faltpunkten im gesamten menschlichen Herrschaftsbereich zusammengezogen worden waren. In rascher Folge explodierten zwei der achtzehn Neuankömmlinge lautlos in expandierenden Plasmawolken. Allerdings erst nachdem sie eine doppelte Hand voll von Admiral Gowers Schiffen atomisiert hatten.

»Wir haben ein Problem«, sagte Carter zu Admiral Drake.

»Welches?«

»Sehen Sie sich unsere Bestandsanzeige an.«

Drakes Blick folgte dem Fingerzeig des Kapitäns. Auf einem der Nebenschirme war eine Liste von allen Dingen, die das Schlachtschiff im Kampf verbrauchte, von Raketen bis zum Kühlmittel für die Laserkanonen. Neben jedem Artikel war ein farbkodierter Balken, und überall, besonders bei den Raketenbeständen, verlagerte sich die Farbe von Gelb auf Rot. Die Kampfmittel der *Conqueror II* gingen zur Neige.

»Sie versuchen unsere Verteidigung zu überschwemmen!«

Der Kapitän nickte. »Und machen ihre Sache gut. Hier kommt ein neuer Schwarm. Das wird knapp.«

»Feuert auf die nächsten Feindschiffe!«, befahl Dasanu. *Sternjäger* war nahe am Rand des Sterntors herausgekommen und fand zahlreiche Feinde in Reichweite seiner Waffen. Während die Besatzung den Befehl ausführte und mehrere der überraschten Feinde vernichten konnte, arbeitete Dasanu an seinen Bildschirmen und versuchte sich ein Bild vom Geschehen zu machen.

Überall im Raum des Sterntores beschleunigten seine Schiffe auf den Feind zu und spien ihre tödlichen Geschosse aus. Partikelstrahlen blitzten auf und erloschen, hinterließen frisch ionisierte Spuren durch das Plasma. Andere Strahlen tasteten diese glühenden Pfade entlang, durchschnitten Stahlplatten und verbrannten das lebende Fleisch dahinter. Überall fanden seine Sensoren die Reste seiner

Schiffe, die Sauerstoff und Wasserdampf ins Vakuum bliesen oder um es mit expandierenden Wolken zu sprenkeln, die reich an verdampftem Eisen waren.

Die halbkugelförmige Abwehrfront der Blockade schien zu halten, obwohl es mehrere Lücken gab, die von den Schiffen Der Rasse verstärkt angegriffen wurden, um sie zu erweitern. Aber ob sie noch hielten oder nicht, die zweibeinigen Ungeheuer waren verwundet. Die Dichte ihrer auf das Sterntor zielenden Raketengeschosse hatte merklich abgenommen. Er befragte seinen Bordrechner. Tatsächlich hatten einige der kleineren Kriegsschiffe das Feuer eingestellt; offenbar waren ihre Magazine erschöpft. Sie feuerten nur noch mit ihren Strahlwaffen, um sich selbst und ihre Brüder zu verteidigen.

Auch Dasanus Streitkräfte verlangsamten ihre Feuergeschwindigkeit. In ihrem Fall war das Nachlassen jedoch eine Folge der Zerstörung so vieler Schiffe. Gegenwärtig schienen die Festungen das feindliche Feuer auf sich zu ziehen, was gute Nachricht für die bedrängten Kriegsschiffe bedeutete. Während er die dreidimensionale Weite des Schlachtfeldes überblickte, erhielt eine Festung einen Nahtreffer von einer Rakete, und eine feurige Explosion eruptierte aus ihrer Seite. Augenblicke später durchdrang eine weitere Rakete das Abwehrfeuer und landete einen Volltreffer in der Mitte der Festung. Dasanu beobachtete mit starrem Blick, wie sie in einem blendenden Glutball verschwand.

Auf der anderen Seite der Front explodierte ein Schiff der zweibeinigen Ungeheuer und trieb, sich langsam überschlagend, in die Schwärze davon. Die Hälfte seiner Länge war weg, und das Wrack verstreute Körper und halb geschmolzene Metalltrümmer in den Raum.

»Erster Krieger, wir werden angegriffen«, meldete sein Beobachter.

»Beginne Abwehr. Erwidere Feuer auf die Schiffe, die auf uns feuern. Maschinen volle Kraft. Kurs auf dieses Loch in ihrer Verteidigung direkt voraus.«

Dasanu fühlte das leise Erzittern des Rumpfes unter den Raketenstarts, die mit ihren weiß glühenden Abgasflammen die Stahlplatten des Rumpfes überspülten. Er sank tiefer in seinen gurtbespannten Rahmen, als die Triebwerke *Sternjäger* in die Richtung beschleunigten, wo vor wenigen Augenblicken noch ein Kreuzer der Zweibeiner den Raum bewacht hatte.

Auf seinem Bildschirm näherten sich kleine Raketensymbole seinem Schiff. Laserstrahlen blinkten auf und zerstörten sie. Aber mit jeder anfliegenden Rakete, die getroffen wurde, schienen die Zerstörungspunkte näher zu kommen.

»Beginne Ausweichmanöver«, befahl er.

Es war der letzte Befehl, den er gab.

Vier Raketensymbole erloschen nicht und rasten weiter auf *Sternjäger* zu. Laser fingerten ihnen entgegen und zerstörten zwei Raketen, brachten eine dritte zur Explosion. Unglücklicherweise blendete die Explosion nuklearen Feuers die Bordsensoren fast drei Herzschläge lang. Das genügte dem überlebenden Raketengeschoss, seine Beute zu erreichen.

Es gab einen Lichtblitz, der zu einer sphärischen Glutwolke anschwoll, und plötzlich war *Sternjäger* verschwunden.

Stirnrunzelnd beobachtete Sergei Gower ein Duell zwischen zwei Orbitalfestungen. Seine holographische Lagedarstellung zeigte die taktische Situation im gesamten Faltpunkt. Die eindringenden Ryall-Schiffe hatten fürchterliche Verluste erlitten. Von den mehr als tausend Schiffen, mit denen der Feind in die Schlacht gegangen war, hatte er weniger als vierhundert übrig. Von den achtzehn Orbitalfestungen, die den Transit in den Faltpunkt Darthan/Spica gemacht hatten, blieben nur sechs übrig, und auch sie waren mehr oder weniger stark beschädigt.

Er seinerseits hatte an Verlusten mehr als dreißig zerstörte und weitere vierzehn schwer beschädigte und kampfunfähige Schiffe zu beklagen. Allerdings war das Missverhältnis der Verluste hauptsächlich auf die Desorganisation und Orientierungslosigkeit der Ryall-Schiffe unmittelbar nach ihrer Ankunft auf dieser Seite des Faltpunktes zurückzuführen, wo sie sofort ins Kreuzfeuer der Blockadestreitkräfte gekommen waren, bevor sie sich zum Kampf formieren konnten. Und trotz ihrer Verluste war die Ryall-Flotte zahlenmäßig noch immer stärker als seine eigene Kampfgruppe, und seine Schiffe begannen unter Munitionsmangel zu leiden.

»Geben Sie mir eine Übersicht über alle Schiffe und ihre noch vorhandenen Munitionsvorräte«, befahl er seinem Logistikoffizier.

Kurz darauf erschien die schematische Darstellung auf dem Bildschirm. Die Hälfte der Kreuzer hatte sich bereits verschossen, und selbst die Schlachtschiffe begannen in den roten Bereich zu kommen.

Gower murmelte eine Verwünschung und fragte sich, ob sie doch noch überwältigt würden.

Plötzlich explodierte die Ryall-Festung, die er beobachtet hatte, und die eigene Orbitalfestung verlagerte ihr Feuer auf die kleineren Schiffe, die verzweifelt dem Faltpunkt zu entfliehen suchten. Wenigstens die Festungen hatten die Magazinkapazität, die ihnen erlaubte, weiterzufeuern, nachdem die Schiffe der Flotte sich längst verschossen hatten.

Mehrere Ryall-Schiffe im Wirkungsbereich der Festung explodierten kurz nacheinander.

Grimmig lächelnd schaltete er die Flottenfrequenz ein, die ihn mit allen Schiffen der Kampfgruppe Darthan verband.

»Alle Festungen konzentrieren ihr Feuer auf die Schiffe im Faltpunkt. Ihre Abwehr scheint nachzulassen. Ich wiederhole, alle Festungen konzentrieren ihr Feuer auf die feindlichen Schiffe.«

Die eigenen Festungen verlagerten ihr Feuer, und langsam nahm die Zahl der Explosionen im Faltraum während der nächsten Minuten deutlich zu. Selbst die feindlichen Festungen schienen weiter im Feuer zu stehen. Innerhalb von zwei Sekunden wurden aus sechs Ryall-Festungen vier.

Gower beobachtete die Lagedarstellung, während die Zählung der Feindschiffe eine stetige Verminderung zeigte. Der Prozess schien sich sogar zu beschleunigen. Je geringer die Zahl, desto rascher die Abnahme. Schließlich sank die Zahl der Feindschiffe in den zweistelligen Bereich. Gerade als dies geschah, explodierten die beiden letzten Orbitalfestungen der Ryall.

»Nur weiter so, Leute«, murmelte er zu sich selbst, als deutlich wurde, dass seine Kampfgruppe die Oberhand gewann. Wenn die Ryall nicht weitere tausend Schiffe hatten, die sie ihnen entgegenwerfen konnten …

»Ich glaube, wir werden es schaffen«, sagte Drake zu sich selbst, als er die Explosion der letzten Ryall-Festung beobachtete. *Conqueror II* war eines der Schiffe, die sie mit Raketen eingedeckt hatten, nachdem Admiral Gower die eigenen Festungen auf die Dezimierung der Ryall-Schiffe angesetzt hatte.

Die Kampfführung im Raum erforderte einen gewaltigen Materialeinsatz. Dies geschah zum einen durch die Ausschaltung feindlicher Sensoren und zum anderen durch den Einsatz so vieler Offensivwaffen, dass die Abwehr überfordert wurde. Lag ein Schiff im Dauerbeschuss von Raketen, musste die Abwehr früher oder später einen anfliegenden Gefechtskopf verfehlen.

So war es der Festung ergangen. Ein paar Nahexplosionen hatten einen Großteil der Sensoren auf einer Seite ausgeschaltet, und dann hatten sich die Computer der Abwehr als unfähig erwiesen, mit dem Geschosshagel von drei Schlachtschiffen und zwei Kreuzern fertig zu werden. Lange hatten sie jede Rakete im Anflug zerstört, plötzlich war aber doch eine durchgedrungen und hatte die Festung mit ihrem atomaren Sprengsatz vernichtet.

Es ist eine natürliche menschliche Reaktion im Kampf, die Aufmerksamkeit ganz auf den Gegner zu konzentrieren, der einen zu töten versucht. So war Drake, als er zum ersten Mal seit dem Beginn des Duells der *Conqueror II* mit der Orbitalfestung die holographische Lagedarstellung betrachtete, um das gesamte Kampfgeschehen zu verfolgen, sehr überrascht, dass weniger als achtzig Ryall-Schiffe übrig waren. Die Zahl der roten Echozeichen verringerte sich stetig, und innerhalb von wenigen Minuten waren es nur noch sechzig. In dem Maße, wie die Zahl feindlicher Schiffe abnahm, konnten mehr eigene die überlebenden unter Feuer nehmen. Der Prozess wurde zu einer Todesspirale. Rasch verringerte sich die Zahl der roten Echozeichen auf eins, und dann verschwand auch das letzte, als ein Ryall-Kreuzer explodierte.

Richard Drake konnte seinen Pulsschlag in den Ohren pochen hören, als es in der Zentrale der *Conqueror* totenstill wurde. Eine lange Minute gab es nichts als Stille, während besorgte Blicke nach neuen Feinden Ausschau hielten. Dann stieß jemand einen Jubelschrei aus. Richard war nicht sicher, ob die Stimme aus der Bordsprechanlage oder von jemandem in der Zentrale kam. Damit aber war der Bann gebrochen. Plötzlich brachen Hunderte von Stimmen in Triumphgeschrei aus, und das Schiff verwandelte sich in einen Hexenkessel. Aus der offenen Flottenfrequenz drang das Triumphgeheul anderer Stimmen.

Nach einer halben Minute befahl Captain Carter: »Beruhigt euch, Leute. Waffenmeister, wie hoch ist der Bestand an Raketen?«

»Wir haben noch achtundzwanzig, Sir.«

»Laser?«

»Kühlmittel auf zwanzig Prozent herunter.«

Drake befeuchtete sich die Lippen. Sie hatten es knapp geschafft. Als er die Lagedarstellung mit den noch glühenden Plasmawolken betrachtete, stellte er sich vor, wie viele Trümmer den Raum diesseits des Faltpunktes füllten, Überreste von Schiffen und Kriegern. Als ihm das ganze Ausmaß der Katastrophe bewusst wurde, die über die Feinde gekommen war, kam ihm plötzlich ein schrecklicher Gedanke.

»Angenommen, sie sind noch nicht fertig?«

Pelham Carter wandte nicht den Kopf. Er brauchte es nicht. Drake sah, wie Carters Hals sich rötete, wo er aus dem Kragen seines Schutzanzuges kam. Es war offensichtlich, dass der Kapitän den gleichen Gedanken gehabt hatte.

Wer konnte sagen, dass die Ryall nur tausend Schiffe gegen sie aufgeboten hatten, wo sie doch auf die Ressourcen von Dutzenden von Welten zurückgreifen konnten. Vorausgesetzt, er verfügte über ausreichende Kampfmittel, würde Drake seine Feinde in zwei Wellen angegriffen haben. Zuerst würde er die Hälfte seiner Flotte durch den Faltpunkt schicken, die Magazine der Verteidiger erschöpfen, und dann, während sie sich zu ihrem Sieg beglückwünschten, mit der anderen Hälfte seiner Flotte einen Überraschungsschlag führen. Eine einleuchtende Taktik, die noch in der vermeintlichen Niederlage das Blatt wenden konnte.

Er hatte nicht die Gelegenheit, seinen Verdacht auszusprechen. Plötzlich ging in der Zentrale und überall im Schiff der Alarm los. Drake stockte der Atem, und sein Magen, der sich langsam entspannt hatte, verkrampfte sich wieder zu einem harten, schmerzenden Klumpen in seinem Körper.

»Feindausbruch im Faltpunkt!«, verkündete die Computerstimme ruhig.

»Wie viele?«, fragte Carter.

Eine Pause trat ein, dann sagte der für die Aufklärung zuständige Nachrichtenoffizier. »Nur ein Schiff, Sir. Wir haben eine Identität. Es ist *Fernsucher*, und sie wollen Admiral Drake sprechen.«

Einer der Bildschirme ging an, und er sah Kopf und Schnauze eines Ryall, den er erkannte. Varlan.

»Was gibt es?«, fragte er, sobald die vertrauten Züge erschienen. Es folgte eine Pause, die viel länger war als jede Kommunikationsverzögerung. Dann öffnete Varlan die Schnauze, zeigte die Spitze ihrer dreifach gegabelten Zunge und sagte: »Wir ergeben uns. Jene Die Herrschen nehmen eure Bedingungen an.«

91

Im Hangar der *Royal Avenger* ging es zu wie in einem Bienenstock, als Richard Drake sein Kurierboot verließ und der Luftschleuse zustrebte, wo Phillip Walkirk ihn erwartete. Das sandarische Flaggschiff befand sich noch im schwerelosen Zustand, um das Kommen und Gehen der Reparaturboote und Sanitätsfahrzeuge zu erleichtern, die sich der in der Schlacht getroffenen Schiffe annahmen. Als er sich am Leitseil weiterzog, musste er Halt machen, um zwei Sanitäter vorbeizulassen. Sie manövrierten eine Bahre mit transparentem Druckaufsatz, unter dem ein Verwundeter lag. Drake biss die Zähne zusammen und widerstand dem Reflex, seinen Blick von den verzerrten Zügen des Verwundeten abzuwenden, der unter der transparenten Haube lag. Seine Frau zitierte gern jemanden, der sich Herzog von Wellington nannte und einst festgestellt hatte: »Das Einzige, was schlimmer ist als eine gewonnene Schlacht, ist eine verlorene Schlacht.« Seit dem Beginn dieses Invasionsunternehmens hatte Drake eine neue Wertschätzung für diese Empfindung entwickelt.

»Guten Tag, Sir«, sagte Phillip, als Drake endlich in die Luftschleuse trat. »Es freut mich, Sie zu sehen.«

»Ganz meinerseits, Hoheit. Hat die *Royal Avenger* Schäden davongetragen?«

»Nein, Sir. Wir haben den Sturm ohne einen Kratzer überstanden. Unglücklicherweise verloren wir viele Freunde auf *Wanderer* und *Amethyst.* Ich nehme an, Sie lernten einige von ihnen kennen, als Sie am Hof waren.«

»Ja, ich hörte es. Wir verloren die *Dagger* mit der gesamten Besatzung. In Homeport wird es Tränen geben, wenn die Nachricht dort anlangt.«

ASNS Dagger war einer der alten terranischen Kreuzer, die im System Alta eingeschlossen wurden, als die Antares-Supernova die Kolonie isoliert hatte. Sie war das Schwesterschiff der *Discovery,* die Drake während der Expeditionen nach New Providence und zur Erde befehligt hatte. »Ich fürchte, diesmal hat jeder einen Angehörigen oder Freund zu betrauern.«

»Es ist eine furchtbare Verschwendung, Sir«, meinte Phillip.

»Das kann man sagen«, pflichtete Drake ihm bei. »Gehen Sie voraus, Commander. Wir wollen Admiral Gower nicht warten lassen.«

Phillip führte ihn durch die vertrauten Korridore, bis sie den Befehlsstand des Admirals hinter der Zentrale der *Royal Avenger* erreichten. Ein Dutzend Schiffskapitäne waren um den Konferenztisch versammelt, jeder angeschnallt in ein röhrenförmiges, am Deck festgeschraubtes Gestell. Während Phillip Walkirk einen freien Platz in der Mitte des Tisches ansteuerte, bewegte sich Drake zum Fußende. Ein Schiff in Schwerelosigkeit ist kein Ort für militärisches Zeremoniell mit zackigen Ehrenbezeigungen und stramm stehenden Wachabteilungen, also schnallte Drake sich ganz unzeremoniell an.

Als er fertig war, ergriff Sergei Gower das Wort und sagte: »Admiral Drake, ich lege das Kommando über die Flotte in ihre Hände zurück.«

»Ich danke Ihnen, Admiral Gower. Ich übernehme das Kommando von Ihnen«, antwortete Drake förmlich. Dann blickte er in die Tischrunde. »Meine Herren, ich vertraue darauf, dass Ihre Schiffe einsatzbereit sind.«

Allgemeines Kopfnicken war die Antwort. Das war keine Überraschung, weil dieser Kriegsrat nur aus den Kapitänen der Kriegsschiffe bestand, die unbeschädigt aus der Schlacht hervorgegangen waren.

»Jedes Ihrer Schiffe wird zur Zeit neu ausgerüstet. Sobald Magazine und Vorräte ergänzt sind, werden Sie die Kampfgruppe *Darthan I* bilden und durch den Faltpunkt gehen, um festzustellen, ob das Kapitulationsangebot der Ryall echt ist. Geraten Sie in feindliches Feuer, werden Sie sich verteidigen und hierher zurückkehren, so rasch Ihre Generatoren aufgeladen werden können. Gibt es keinen Widerstand, werden Sie den Faltpunkt sichern und ein Schiff zur Meldung hierher zurückschicken. Wir werden dann Orbitalfestungen zur Verstärkung Ihrer Kampfgruppe entsenden. Unter keinen Umständen werden Sie irgendwelche Anstalten machen, die als Bedrohung des Planeten ausgelegt werden könnten. Irgendwelche Fragen?«

»Ja, Sir«, sagte Vizeadmiral Aguerre, dessen Streitmacht aus Schiffen der Terranischen Marine im vergangenen Monat die Blockade des Faltpunktes verstärkt hatte. Sein Flaggschiff war die *TSNS Michigan*, ein Schlachtschiff älterer Bauart, und er sollte die Expedition in den Herrschaftsbereich der Ryall befehligen. »Was macht uns glauben, dass dieses Kapitulationsangebot ernst gemeint ist?«

»Wir wissen nicht, was wir davon halten sollen, Admiral. Wir glauben, dass sie ihre Faltpunktverteidigungen entblößt haben, um die Streitmacht zusammenzubringen, die sie hier gegen uns in den Kampf geworfen haben. Die Anwesenheit von achtzehn Orbitalfestungen in der Angriffsformation macht es wahrscheinlich, dass wir ihre maximale Anstrengung gesehen haben. Es ist jedoch nicht auszuschließen, dass der Transit Sie in eine Falle führen wird, weshalb wir Wert darauf legen, dass Ihre Kampfgruppe stark genug ist, um sich zu behaupten, bis Sie hierher zurückkehren können.«

»Wo ist die Vertreterin der Ryall jetzt, Sir?«, fragte Kapitän Anderson, ein blonder Mann mit einer Narbe auf der Wange.

»Varlan ist an Bord der *Conqueror II*, wo sie von meiner Frau vernommen wird. Wir sollten eine Beurteilung ihrer Aussage haben, bevor Sie den Übergang machen.«

Er blickte wieder in die Runde der versammelten Kommandeure. »Ich möchte betonen, dass es kein Draufgängertum geben wird. Ihr Auftrag ist es, hineinzugehen, sich umzusehen und Fersengeld zu geben, wenn Sie auf Widerstand stoßen. Angesichts des dezimierten Zustands unseres Gegners bestehen gute Aussichten, dass wir hier genug Schiffe versammeln können, um zu überwältigen, was sie noch besitzen. Bevor wir uns jedoch zu einem Angriff entschließen, brauchen wir nachrichtendienstliche Erkenntnisse. Das ist Ihr einziger Auftrag, meine Herren. Bewerten Sie die Situation und bringen Sie uns einen Lagebericht.

Nun, wenn es keine weiteren Fragen gibt, können Sie an Bord Ihrer Schiffe zurückkehren. Ihnen allen viel Glück.«

Bethany Drake saß auf der Kante des schmalen Feldbettes, das sie mit ihrem Mann teilte, neben einem kleinen Bündel von Habseligkeiten. Zu ihren Füßen war lag eine offene Reisetasche. Sie achtete weder auf das Bündel noch auf die Tasche und konzentrierte ihre Aufmerksamkeit ganz auf das kleine glitzernde Rechteck, das sie vorsichtig zwischen Daumen und Zeigefinger hielt. Ein farbiges, dreidimensionales Bild schwebte wenige Zentimeter über dem glasähnlichen Polymer, ein Bild ihres Sohnes. Es war das Bild, das sie aufgenommen hatte, kurz bevor sie den kleinen Ritchie in der Obhut ihres Onkels zurückgelassen hatte. Es war das Bild, das sie immer bei sich trug und jeden Abend vor dem Schlafengehen betrachtete.

Als sie in das nach oben blickende rosige Gesicht mit den lachenden blauen Augen und dem zahnlosen Lächeln blickte, erinnerte sie sich, welche Mühe es dem Holographen bereitet hatte, diesen Ausdruck aus ihm herauszulocken. Viel lieber hätte er sich in den Armen seiner besorgten Mutter verkrochen. Er neigte zu der dickköpfigen Art seines Vaters, und sie vermutete, dass er ihr deswegen in zehn oder zwölf Jahren viel zu schaffen machen würde. Trotzdem hätte sie ihn gegen kein anderes Kind im Universum tauschen wollen.

Ungebetene Tränen traten ihr in die Augen. Sie wurden zur Flut, als sie daran dachte, wie sehr er gewachsen sein musste, seit sie ihm in Homeport den Abschiedskuss gegeben hatte.

Schon immer hatte sie sich über ihre Neigung geärgert, in unpassenden Augenblicken zu weinen. Es war etwas, um das sie Männer beneidete – ihre Fähigkeit, sich in Augenblicken starker Emotion gleichmütig zu geben. Sie wünschte, sie wäre besser darin. Doch war der wässerige Schleier, durch den sie jetzt ihre Umgebung sah, nicht das Ergebnis von Kummer. Die Tränen, die ihre Augen füllten, waren Freudentränen.

In weniger als vierundzwanzig Stunden würde sie die lange Heimreise antreten. Und in weiteren zwei Monaten, weniger, wenn sie mit ihren Verbindungen Glück hatte, würde sie ihren Sohn wieder auf dem Schoß haben; an diesem Tag würde sie anfangen zu vergessen. Allmählich würde sie die Härten und Ängste, den Tod und das Leiden, die Anspannungen und Gefahren dieser letzten paar Monate aus ihrem Bewusstsein verdrängen. Irgendwann, das wusste sie, würde der Krieg zu nichts weiter als einer schlimmen Erinnerung verblassen. Schließlich, wenn sie lange genug lebte, würde sie vielleicht wenn nicht mit Vergnügen, so doch mit einem herzerwärmenden Gefühl von Nostalgie daran zurückdenken. Für den Rest ihres Lebens würde ihr die Befriedigung bleiben, dass sie eine wichtige Rolle in der Beendigung des jahrhundertelangen Schreckens gespielt hatte.

Sie war nach Spica gekommen, um ihren Mann und alle anderen davon zu überzeugen, dass die Ryall trotz ihrer fremdartigen Denkprozesse stets in ihrem eigenen wohlverstandenen Interesse handeln würden – da dies die klassische Definition von Intelligenz war. Rückblickend erkannte Bethany, dass sie durch ihre lange Verbindung mit Varlan in die allerüblichste Falle der Xenologie getappt war – den Anthropomorphismus.

Der Mensch hat einen ausgeprägten Hang, charakteristische menschliche Eigenschaften Tieren und sogar unbelebten Objekten zuzuschreiben. Dieser Hang, wahrscheinlich in entwicklungsgeschichtlich ferner Vorzeit entstanden aus langer und genauer Beobachtung von Verhaltensweisen anderer Warmblüter und ihrem Vergleich mit den eigenen, ist nicht nur erkenntnistheoretisch wertvoll, er hat auch seinen Nutzen. So ist er beispielsweise verantwortlich für die erste große Partnerschaft des Menschen mit einer anderen Spezies – das uralte Bündnis von Mensch und Hund.

Die Identität des ersten Menschen, der erkannte, dass die wilden Wölfe der Wälder und Steppen gezähmt werden konnten, ist im Nebel ferner Vorzeit verloren. Trotzdem hat der in jener längst vergangenen Zeit geschlossene Bund unvermindert die Jahrtausende überdauert.

Es hilft, dass Menschen und Hunde beide Rudeltiere sind und daher ähnliche soziale Strukturen besitzen. Für Menschen werden Hunde Teil der Familie, Ersatzkinder, die auch den erzieherischen Regeln für Kinder unterworfen sind. In den meisten Familien wird Fido als eine kleinere oder größere pelzigere Version des kleinen Johnnie behandelt. Für Hunde sind Menschen die Anführer ihres Adoptivrudels, die Alphatiere der Beziehung, die Quelle von gleichmäßiger Nahrungsversorgung und Zärtlichkeit.

Im Zusammenleben sehen Menschen und Hunde den jeweils anderen als einen von ihrer eigenen Art und stellen ihr Handeln darauf ein. Den Hunden kann der Irrtum vergeben werden, weil sie es nicht besser wissen. Menschen hingegen, die intellektuell sehr wohl die inhärenten Unterschiede erkennen, sind dessen ungeachtet nicht davon abzubringen, dass Hunde einfach vierbeinige kleine Leute sind.

So war es mit Bethany und Varlan, obwohl sie die Ryall niemals als eine Art Schoßtier betrachtete. Als sie eine Zuneigung zu der Gefangenen fasste, veränderte sich ihre Einstellung zu Varlan allmählich. Wo sie vorher nur die lange Krokodilsschnauze, den echsenähnlichen Kopf mit den beweglichen Ohren und den obsidianschwarzen Augen als fremdartig mit gewissen vertrauten Zügen gesehen hatte, war in ihr die Empathie gewachsen, die notwendig war, um durch das fremdartige Äußere die Seele einer Freundin zu sehen.

Deshalb war es ein Schock für sie gewesen, als Varlan nach der Kapitulation der Ryall demonstrierte, wie völlig fremd die Denkprozesse ihrer Art waren.

Ein unverletzliches Gesetz des Lebens ist, dass jede Spezies, ob intelligent oder nicht, sich der Welt anpassen muss, wie sie ist. Dass die Einnahme von Spica schließlich zum wirtschaftlichen Zusammenbruch der Ryall führen würde, galt als gegeben. Wie wirkungsvoll die Strategie sein würde, hatte niemand gewusst, obwohl die massiven Verluste an Schiffen und Kriegern in den wiederholten Versuchen, die Blockade zu durchbrechen, dieser Strategie nützten.

Als die *Queen Julia* im Faltpunkt Darthan erschien, hatten Jene Die Herrschen begonnen, empfindliche Störungen ihrer Kriegsanstrengungen zu erkennen. Sie konnten vorausberechnen, wann diese Störungen zum Zusammenbruch ihrer Verteidigung führen würden und waren dabei auf eine weit kürzere Zeitspanne gekommen als die strategischen Planer auf Seiten der Menschen.

Offenbar (sie war sich bewusst, dass sie Varlans Version der Ereignisse wieder einmal vermenschlichen mochte) hatte die Darlegung, die sie und Richard vor den Herrschern der Ryall gemacht hatten, einen tiefen Eindruck hinterlassen, wenn auch nicht den beabsichtigten. Angesichts des drohenden Zusammenbruchs ihrer industriellen Fähigkeiten sahen die Herrschenden die unangenehme Wahl zwischen Kapitulation und Ausrottung. Wenigstens darin hatte Richards Plan makellos funktioniert.

Anders als geplant war jedoch die Reaktion der Ryall auf ihre Kapitulationsaufforderung gewesen. Gezwungen, sich mit ihrer misslichen Lage auseinander zu setzen, hatten Jene Die Herrschen nur etwa vier Stunden benötigt, um zu entscheiden, dass sie entweder bald die Blockade aufbrechen oder sich ergeben mussten. Nachdem sie zu dieser Schlussfolgerung gelangt waren, verloren sie keine Zeit, um ihr Dilemma durch rasches und entschlossenes Handeln aufzulösen.

Lange bevor die *Queen Julia* Darthan erreicht hatte, war bei den Ryall die Versammlung einer gewaltigen Streitmacht von Schiffen und Kriegern angelaufen. Vor das Ultimatum gestellt, beschleunigten sie lediglich ihre Vorbereitungen für einen letzten verzweifelten Großangriff zum Aufbrechen der Blockade. Schließlich, so überlegten sie, würde eine Kapitulation sie ohnehin ihre Krieger und Schiffe kosten, warum sie also nicht in einem letzten Großangriff einsetzen?

Wie Varlan erklärte, war ihr Auftrag ein letzter Ausweg gewesen. *Fernsucher* sollte als letztes Schiff in den Faltraum Spica geschickt werden. Sollte man bei ihrer Ankunft die Ryall siegreich finden, würde Galatan mit seinen Waffen in den Kampf eingreifen. Sollten sie aber die Ryall-Flotte geschlagen und die Faltpunktverteidigung intakt vorfinden, hatte sie Anweisung, die Kapitulationsbereitschaft zu signalisieren.

Während ihrer Befragung hatte Varlan ein weiteres Geheimnis aufgeklärt. Man hatte der *Queen Julia* nur die Rückreise von Darthan erlaubt, weil sie die Nachricht von den Kapitulationsverhandlungen überbringen musste. Wäre die diplomatische Mission nicht zurückgekehrt, würde jedes im Faltpunkt erscheinende Ryall-Schiff mit größter Wahrscheinlichkeit augenblicklich zerstört, und es gäbe keine Möglichkeit, der Menschheit die Kapitulation der Ryall bekannt zu machen. Indem sie die diplomatische Mission zur Flotte zurückkehren ließen, hatten Jene Die Herrschen ihre Optionen offen gehalten.

Es war die Kaltblütigkeit der Rechnung, die Bethany schließlich von der fremdartigen Natur des Ryallverstandes überzeugte. Sie bezweifelte, dass ihre eigene Art solch eine Entscheidung hätte treffen können, und niemals so schnell wie Jene Die Herrschen. Menschen kapitulieren nicht demütig, wenn sie sich überwältigenden Widrigkeiten gegenüber sehen. Vielmehr kämpfen sie weiter, wenn der Kampf schon lange chancenlos geworden ist, oftmals sogar in klarer Erkenntnis ihrer völligen Vernichtung.

Bethany fragte sich, ob die Ryall das Risiko wirklich kannten, das sie mit ihrer Entscheidung eingegangen waren, einen Großangriff zu führen und sich dann zu ergeben. Für Schiffsbesatzungen, die gerade erlebt hatten, wie Tausende ihrer Kameraden getötet worden waren, hätte die Versuchung, *Fernsucher* mit einer Rakete zu erledigen, überwältigend sein können.

Dennoch war schließlich alles gut gegangen.

Natürlich war der Krieg noch lange nicht zu Ende. Zum einen hatte bisher nur Darthan kapituliert. Es gab Dutzende von anderen Ryall-Welten. Jede würde überzeugt werden müssen, bevor Raketen und Laserstrahlen aufhörten, durch den schwarzen Himmel zu zischen. Tausend Dinge konnten noch immer schief gehen – alles vom

Misstrauen der einen oder der anderen Seite bis zu dummen Zufällen und Missverständnissen zwischen den Spezies.

Trotz der schmerzenden Leere, die Bethany jedes Mal empfand, wenn sie an ihren kleinen Sohn auf dem fernen Alta dachte, war ihr bewusst, dass die Entscheidung, ihn zu verlassen, richtig gewesen war. Es bedeutete, dass sie seinen ersten Geburtstag versäumen würde, und dass er wahrscheinlich laufen konnte, bevor sie ihn wiedersah. Diese kostbaren Augenblicke würden für immer verloren sein und ließen sich nicht nachholen; aber es würde andere Momente geben.

Eines jedoch würde sie nie tun: Niemals würde sie ihm von der Besuchergalerie eines Flughafens zuwinken, wenn sein Raumtransporter startete, um ihn letztendlich zu seinem Tod unter den Sternen zu bringen. Gewiss, sie hatte ihren Säugling verlassen, damit aber die Zukunft ihres Sohnes gesichert.

Der Friede war noch nicht besiegelt, aber er war in Sicht. Nach mehr als einem Jahrhundert würde das Blutvergießen enden, und überall konnten Mütter wieder ohne Furcht die Zukunft ihrer Kinder planen. Noch einmal hatte ein nackter Affe von einem kleinen Planeten eines unscheinbaren gelben Zwergsterns standhaft durchgehalten.

Die Menschheit würde leben, ebenso wie eine Rasse intelligenter Echsen, die einst einen gefräßigen fischähnlichen Räuber bekämpft hatte.

Das war schon eine bedeutende Errungenschaft, und ohne Zweifel eine, für die sie Tränen der Dankbarkeit vergießen durfte.